海外文学新進作家事典

日外アソシエーツ

Contemporary Foreign Authors

A Concise Dictionary
of Up-and-coming Non-Japanese Novelists.

Compiled by

Nichigai Associates, Inc.

©2016 by Nichigai Associates, Inc.

Printed in Japan

本書はディジタルデータでご利用いただくことが
できます。詳細はお問い合わせください。

●編集スタッフ● 松村 愛／熊木 ゆかり／河原 努
装 丁：赤田 麻衣子

刊行にあたって

　小社では、日本で紹介された外国人作家およびその翻訳書を紹介するツールとして、「最新海外作家事典」を企画し、1985年より刊行を続けてきた。それらを刊行順に列挙すると次のようになる。

「最新海外作家事典」（1985年7月刊）
「新訂最新海外作家事典」（1994年8月刊）
「最新海外作家事典 新訂第3版」（2002年1月刊）
「最新海外作家事典 新訂第4版」（2009年7月刊）

　このシリーズは、「既存の文学事典に掲載されていない外国の現代作家の経歴が日本語でわかる」ツールとして幸いにも好評をもって迎えられ、図書館等で広くご利用頂いている。同シリーズ最新刊が刊行されてから7年が経過し、新たな切り口から海外作家を紹介するツールを企画するにあたって、各国の文壇をリードする新進気鋭の作家たちを集めた人名事典を制作する運びとなった。

　本書では、この10年間に日本で翻訳書が紹介・出版されたフィクション分野の作家について、特に過去20年間に各国の文壇に新たに登場した作家約1,500人を選定し、その翻訳書約3,700点とともに紹介している。

　本書で紹介する作家には、2014年日本のミステリー界を席巻した「その女アレックス」のピエール・ルメートル（フランス）や、デビュー長編「叛逆航路」で史上最多となる英米ＳＦ文学賞７冠に輝いたアン・レッキー（アメリカ）、同じくデビュー作「窓から逃げた100歳老人」が全世界で1,000万部を突破したヨナス・ヨナソン（スウェーデン）らがいる。また、自費出版で200万ドル以上の売り上げを記録したファンタジー作家アマンダ・ホッキング（アメリカ）は、大手出版の手を借りずともベストセラー作家になるという夢を実現した、近年の電子出版界を象徴するような存在だ。

　こうした世界の文壇を賑わせている新進作家について調べようとする際、網羅的に一覧できる事典はこれまでなかった。本書は、一般に広く翻

訳・紹介されていながら、既成の関係事典や研究書ではカバーされていない新しい海外の作家について、日本語で横断的に知ることができる数少ないツールである。その範囲は、純文学からSF、ミステリー、ロマンスや児童書など多岐にわたっているが、本書では、著者の活動するジャンルを明記しており、その著者がどういった内容の作品を書いているのかがひと目で分かるようになっている。

　本書が海外作家を調べるための事典として定着し、人物を知るための、また選書する際のツールとして多くの人々に利用されることを願っている。

　　　2016年4月

　　　　　　　　　　　　　　　　　　　日外アソシエーツ

目　次

凡　例 ……………………………………………………… (6)

人名目次 ………………………………………………… (9)

海外文学 新進作家事典 ……………………………… 1

人名索引（欧文）……………………………………… 521

書名索引 ……………………………………………… 537

凡　　例

1．構　成

　人名目次（五十音順）

　本　　　文（五十音順）

　人名索引（欧文）（ABC順）

　書名索引（五十音順）

2．編集方針

　1）本事典は、最近10年間に日本でその作品が翻訳・紹介された世界中のフィクション分野の作家を対象とし、特にこの20年の間に各国の文壇に登場した新進気鋭の作家を収録した。

　2）各項目の記載は、見出し人名、略歴（プロフィール）、及び2006年〜2016年の間に刊行された翻訳書からなる。

　3）収録人数は1,453人、掲載翻訳書は3,674件である。

3．見出し人名

　1）見出しは、翻訳書における表記に従った。ただし図書によって表記が異なる場合は、一般的な名を採用し、不採用の名から適宜参照を立てた。

　　　〔例〕ガルブレイス，ロバート

　　　　　→ローリング，Ｊ．Ｋ．を見よ

　2）漢字圏の人名

　（1）漢字表記の作家は、判明する限りアルファベット表記を併記した。

　（2）使用漢字は、原則常用漢字、新字体に統一した。

　3）漢字圏以外の人名

　（1）漢字圏以外の人名は、姓・名のカタカナ表記とし、その後ろに英字表記を示した。姓と名に分かちがたい人名、無姓の人名については、全体を姓扱いにした。

　（2）「バ」や「ヴァ」等で読み方が割れる場合は、適宜参照を立てた。

　（3）姓に冠詞または前置詞を付けて呼ぶことが慣用化している人名につい

ては、冠詞や前置詞の付いたものを姓とみなした。

　　〔例〕ドゥ・ヴィガン，デルフィーヌ

４．見出しの排列

１）姓、名をそれぞれ一単位とし、その五十音順とした。ただし姓名の区別
　　が困難なものは全体を姓とみなした。

２）濁音・半濁音は清音、促音・拗音は直音とみなし、長音符（音引き）
　　は無視した。

5．略歴等

記述の内容は、原則として下記の通りとした。

　　主なジャンル／本名・別名／国籍／職業／肩書／生年月日（～没年月日）
　　／出生（出身）地／学歴／経歴（受賞歴，作風，家族等）

「主なジャンル」については、ミステリー、文学、スリラー、ヤングアダルト、フ
ァンタジー、児童書、ＳＦ、ロマンス、歴史、ユーモア、サスペンス、ホラー、そ
の他、の13項目に振り分けた。

6．最近の翻訳書

１）日本において2006年～2016年の間に刊行された翻訳書を収録した。

２）作品の記載形式は下記の通りとした。

書名／副書名／巻次／原書名／著者表示／版表示／出版地（東京の場合は
略）／出版者／刊行年月／ページ数／大きさ／叢書名／叢書番号／副叢書
名／副叢書番号／定価（刊行時）／ISBN（①で表示）／内容細目または内
容タイトル・内容著者表示

３）排列は刊行年月の新しい順とし、刊行年月が同じものは書名の字順とし
た。刊行年月と書名がいずれも同じ場合は、巻号の降順とし、上中下巻は
「上・中・下」の順に排列した。

４）筆名、合作名など様々な別名を持つ作家を判別するため、各図書におけ
る著者表示も明記した。

7. 人名目次

1）見出し人名と主なジャンル、その掲載ページを示した。

2）本文と同様、不採用の名から適宜参照を立てた。

8. 人名索引（欧文）

1）英字表記が判明している人名の英字表記と、その掲載ページを示した。

2）排列は、姓、名をそれぞれ一単位とし、そのアルファベット順とした。
姓名の区別が困難なものについては全体を姓とみなした。

3）ウムラウトなどアクセント記号の付いた文字は、アクセント記号のない
文字と同じとみなして排列した。

9. 書名索引

各書名を五十音順に排列し、見出し人名を補記して、書名の掲載ページ
を示した。

10. 参考資料等

データベース「whoplus」

データベース「bookplus」

JAPAN/MARC

各図書のあとがき、作者紹介等

人 名 目 次

〔ア〕

アイスラー, バリー（ミステリー, スリラー）……3
アウアー, マルギット（児童書）………………3
アヴァッローネ, シルヴィア（文学）…………4
アヴァンツィーニ, レーナ（ミステリー, ヤングアダルト）………………………4
アオヴィニ, カドゥスガヌ（文学）……………4
アギァレイ, アン（SF, ロマンス）……………5
アグス, ミレーナ（文学）………………………5
アクセルソン, カリーナ（ミステリー, 児童書）…5
アクーニン, ボリス（ミステリー）……………5
アシート, マーク（ユーモア, ヤングアダルト）……6
アシュビー, マデリン（SF, ファンタジー）……6
アースキン, キャスリン（ヤングアダルト）……7
アセンシ, マティルデ（歴史）…………………7
アダーソン, キャロライン（児童書）…………7
アダムズ, ウィル（ミステリー）………………7
アダムス, ガイ（ミステリー）…………………8
アダムスン, アイザック（ミステリー, スリラー）………………………………8
アッシャー, ジェイ（ヤングアダルト）………8
アッシャー, ニール（SF, ファンタジー）……9
アップデール, エレナー（ミステリー, ヤングアダルト）………………………9
アップルゲイト, キャサリン（SF, 児童書）……9
アディガ, アラヴィンド（文学）………………9
アディーチェ, チママンダ・ンゴズィ（文学）…10
アデライン, L.マリー（ロマンス）……………10
アトキンズ, エース（ミステリー, スリラー）…10
アドリントン, L.J.（ヤングアダルト）………11
アニー・ベイビー（文学）………………………11
アーノルド, ルイーズ（児童書）………………11
アハーン, セシリア（ロマンス）………………12
アベディ, イザベル（ヤングアダルト）………12
アベリ, ヤン（文学）……………………………12
アボダカ, ジェニファー（ミステリー, スリラー）………………………………13
アボット, ミーガン（ミステリー, スリラー）…13
アマート, メアリー（児童書）…………………13
アーモンド, デイヴィッド（児童書, ヤングアダルト）………………………14
アラルコン, ダニエル（文学）…………………14
アラン, ジェイ（SF, ファンタジー）…………15
アリーナ, フェリーチェ（児童書）……………15

アルヴテーゲン, カーリン（ミステリー, スリラー）………………………………15
アルスラン, アントニア（文学）………………15
アルテミエヴァ, ガリーナ（文学）……………16
アルトバッカー, E.J.（児童書, ファンタジー）………………………………16
アルパート, マーク（スリラー, SF）…………16
アルビン, ジェニファー（ヤングアダルト）……16
アルフォンシ, アリス（ミステリー）…………17
アルボム, ミッチ（文学）………………………17
アルメル, アリエット（文学）…………………17
アレグザンダー, ウィリアム（ファンタジー）…18
アレクサンダー, ターシャ（歴史, ミステリー）………………………………18
アレン, サラ・アディソン（文学）……………18
アーロノヴィッチ, ベン（ファンタジー, ミステリー）………………………………19
アロンソ, アナ（ヤングアダルト, 児童書）……19
アングルバーガー, トム（児童書）……………19
アンダースン, C.L.（SF, ファンタジー）……20
アンダーソン, エリ（ヤングアダルト, スリラー）………………………………20
アンダーソン, ジョディ・リン（ヤングアダルト）………………………………20
アンダーソン, ローリー・ハルツ（ヤングアダルト, 児童書）………………………21
アンドリューズ, ローリー（ミステリー, スリラー）………………………………21
アンブローズ, スター（ロマンス）……………21

〔イ〕

李珢（ミステリー）………………………………22
イ, ジョンミョン（歴史）………………………22
イ, チョルファン（児童書）……………………22
イ, ヨンド（ファンタジー）……………………23
イオーネ, ラリッサ（ロマンス）………………24
イートン, ジェイソン・カーター（児童書, ユーモア）………………………………24
イノックス, スーザン（ロマンス）……………24
イーホルム, エルスベツ（ミステリー）………25
イーワン, クリス（ミステリー, スリラー）……25
イングラート, J.F.（ミステリー, スリラー）…25
イングランダー, ネイサン（文学）……………26
インゴゥルフソン, ヴィクトル・アルナル（ミステリー, スリラー）…………………26
インドリダソン, アーナルデュル（ミステリー）………………………………26

(**9**)

〔ウ〕

ウー, ファン（文学）………………27
ウー, ミン（文学, 歴史）………………27
ヴァ　→バをも見よ
ヴァナス, D.J.（その他）………………28
ヴァプニャール, ラーラ（文学）………28
ヴァレア, エーリク（ミステリー）………28
ヴァレンタイン, ジェニー（ヤングアダルト,
　児童書）………………28
ヴァレンテ, キャサリン・M.（文学, ファンタ
　ジー）………………29
ヴァンス, リー（スリラー）………………29
ヴァン・ダイケン, レイチェル（歴史, ロマン
　ス）………………30
ヴァンダミア, ジェフ（文学, ファンタジー）…30
ヴァントリーズ, ブレンダ・リックマン（文
　学）………………30
ヴァンリアー, ドナ（文学）………………30
ヴィ　→ビをも見よ
ウィアー, アンディ（SF）………………31
ウィスプ, ケニルワージー
　→ローリング, J.K.を見よ
ウィッチャー, ムーニー（児童書, ファンタ
　ジー）………………31
ウィーブ, トリーナ（児童書）………………32
ウィーラー, トマス（ホラー）………………32
ウィリアムズ, カシャンバ（文学）………32
ウィルキンソン, キャロル（ファンタジー）…33
ウィルジェン, ミシェル（文学）………………33
ウィルス, イザボー・S.（ヤングアダルト,
　ファンタジー）………………33
ウィルソン, N.D.（児童書）………………34
ウィルソン, ケヴィン（文学, ユーモア）……34
ウィルソン, ダニエル・H.（SF）………………35
ウィルソン, ローラ（ミステリー, スリラー）…35
ヴィルトナー, マルティナ（ヤングアダルト,
　児童書）………………35
ウィンストン, ローリー（文学）………………35
ウィンター, アリエル・S.（ミステリー, 児童
　書）………………35
ウィンタース, ベン・H.（ミステリー）………36
ヴェ　→ベをも見よ
ウェイウェイオール, ロノ（ミステリー, スリ
　ラー）………………36
ウェイト, アーバン（ミステリー, 文学）………37
ウェイナー, ジェニファー（文学）………………37
ウエスターフェルド, スコット（SF, ヤングア
　ダルト）………………37
ウェルシュマン, マルカム・D.（児童書）………38
ウェルズ, ジェニファー・フェナー（SF）………38

ウェルズ, パメラ（ヤングアダルト, ロマン
　ス）………………39
ウェルズ, レイチェル（その他）………………39
ヴェルメシュ, ティムール（歴史, ユーモア）…39
ヴェンカトラマン, パドマ（ヤングアダルト,
　歴史）………………39
ウェンディグ, チャック（ホラー, SF）………40
ヴォ　→ボをも見よ
ウォーカー, カレン・トンプソン（ヤングアダ
　ルト, SF）………………40
ウォーターズ, サラ（文学, 歴史）………………40
ウォード, アマンダ・エア（文学）………………41
ヴォネガット, ノーブ（ミステリー, スリ
　ラー）………………41
ウォルヴン, スコット（ミステリー）………………41
ウォルター, ジェス（ミステリー, スリラー）…41
ウォールデン, マーク（文学, ヤングアダル
　ト）………………42
ウォルドマン, エイミー（文学）………………42
ウォルトン, ジョー（SF, ファンタジー）………42
ウォレス, サンドラ・ニール（歴史, 児童書）…43
ウォレス, ダニエル（ファンタジー）………………43
ウォン, ユスン（児童書）………………44
ウタミ, アユ（文学）………………44
ウッド, トム（ミステリー, スリラー）………44
ウッド, パトリシア（ヤングアダルト）………45
ウッドロウ, パトリック（スリラー）………………45
ウッドワース, スティーヴン（サスペンス, ホ
　ラー）………………45
ウティット・ヘーマムーン（文学）………………45
ウリベ, キルメン（文学）………………46
ウールフ, アンジェラ
　→エバーハート, エメラルドを見よ
ウルフ, インガー・アッシュ（ミステリー, ス
　リラー）………………46
ウルマン, エレン（ミステリー）………………46
殷　熙耕（文学）………………47
ウンガー, リザ（スリラー, サスペンス）………47

〔エ〕

エア, ルーシー（文学）………………47
エイブラハム, ダニエル（SF, ファンタジー）…48
エイムズ, エイヴリー（ミステリー, スリ
　ラー）………………48
エヴァーツ, ロバート（ミステリー）………………48
エヴァンズ, クリス（ファンタジー, 歴史）………49
エカ・クルニアワン（文学）………………49
エガーズ, デイヴ（文学）………………49
エーガラン, トム（スリラー, ホラー）………50
エージーエフデー, トマ（その他）………………50
エーズラ・オールスン, ユッシ（ミステリー,
　スリラー）………………50

エセックス, カレン（文学, 歴史）………………51
エゼル, シニ（ファンタジー, ヤングアダル
　ト）………………………………………52
エッピング, チャールズ（ミステリー）…………52
エドワーズ, キム（文学）………………………52
エドワーズ, ジェフ（スリラー）………………52
エナール, マティアス（文学）…………………53
エネル, ヤニック（文学）………………………53
エバーショフ, デイヴィッド（文学）…………53
エバーハート, エメラルド（児童書）…………53
エバンス, ダグラス（児童書）…………………54
エプスタイン, アダム・ジェイ（ヤングアダル
　ト, 児童書）……………………………………55
エリアン, アリシア（文学）……………………55
エリザーロフ, ミハイル（文学）………………55
エリス, デイヴィッド（ミステリー, スリ
　ラー）……………………………………………55
エリス, デボラ（児童書, 歴史）………………56
エリソン, J.T.（スリラー, サスペンス）………56
エール, ジャン＝マルセル（ミステリー）………57
エルスベルグ, マルク（スリラー）……………57
エルスワース, ロレッタ（ヤングアダルト, 歴
　史）………………………………………………57
エルダーキン, スーザン（文学）………………57
エルフグリエン, サラ・B.（ヤングアダルト,
　ファンタジー）………………………………58
エンゲル, トマス（ミステリー, スリラー）……58
エンゲルマン, ピーター・G.（ミステリー）……58

〔オ〕

オイェイェミ, ヘレン（文学）…………………59
オーウェン, ジェームズ・A.（SF, ファンタ
　ジー）……………………………………………59
オキャロル, ブレンダン（文学）………………59
オクサネン, ソフィ（文学）……………………60
オークメイド, キム・ファン（歴史）…………60
オコーナー, バーバラ（児童書）………………60
オズカン, セルダル（文学）……………………60
オスファテール, ラッシェル（児童書）………61
オースベル, ラモーナ（歴史）…………………61
オゼキ, ルース（文学）…………………………61
オドゥワン＝マミコニアン, ソフィー（ヤング
　アダルト, ファンタジー）……………………62
オブレヒト, テア（文学, 歴史）………………64
オヘイガン, アンドリュー（文学）……………64
オリヴァー, ローレン（ヤングアダルト, SF）…64
オリンジャー, ジュリー（文学）………………64
オルスン, ニール（歴史, ミステリー）…………65
オルソン, クリスティーナ（ミステリー, スリ
　ラー）……………………………………………65
オルソン, フレドリック・T.（ミステリー）……65

オルソン, リンダ（文学, ロマンス）……………66
オルテン, スティーヴ（SF, ホラー）……………66

〔カ〕

夏伊（文学）………………………………………66
カー, シェリー・ディクスン（ミステリー, ヤ
　ングアダルト）…………………………………66
カイパース, アリス（ヤングアダルト, 児童
　書）………………………………………………67
ガヴァルダ, アンナ（文学, 児童書）……………67
カウフマン, アンドリュー（ファンタジー）……67
郭敬明（ファンタジー, ヤングアダルト）………68
カーグマン, ジル（ロマンス）…………………68
カショア, クリスティン（ファンタジー, ヤン
　グアダルト）……………………………………68
カジンスキー, A.J.（スリラー）………………68
カスティヨン, クレール（文学）………………69
ガスパード, ジョン（ミステリー）……………69
カーソン, レイ（ヤングアダルト, ファンタ
　ジー）……………………………………………69
カーター, アリー（ヤングアダルト）…………70
カーター, ディーン・ヴィンセント（ホラー）…70
ガッパ, ペティナ（文学）………………………70
カッリージ, ドナート（ミステリー）…………71
カッレントフト, モンス（ミステリー, スリ
　ラー）……………………………………………71
ガーディナー, メグ（ミステリー, スリラー）…71
カード, メラニー（ヤングアダルト, ファンタ
　ジー）……………………………………………72
カドラ, ヤスミナ（文学）………………………72
カトラー, ロナルド（スリラー）………………73
カートライト, サラ・ブレイクリー（ファンタ
　ジー, ヤングアダルト）………………………73
カーニック, サイモン（ミステリー, スリ
　ラー）……………………………………………73
カービー, マシュー（ヤングアダルト, 児童
　書）………………………………………………74
カピュ, アレックス（文学）……………………74
カヘーニ, アメリア（ヤングアダルト, SF）……74
カペラ, アンソニー（文学）……………………74
カーペンター, リー（文学）……………………75
カーマン, パトリック（ヤングアダルト, 児童
　書）………………………………………………75
カミング, チャールズ（ミステリー, スリ
　ラー）……………………………………………75
カミングス, リンゼイ（ヤングアダルト, SF）…76
カーライル, リズ（ロマンス）…………………76
カラショフ, キャリー（ロマンス）……………76
カラン, コリーン（文学, ヤングアダルト）……77
カランサ, アンドレウ（文学）…………………77
カリー, ジュニア, ロン（文学）………………77
カーリイ, ジャック（ミステリー, スリラー）…77

（11）

ガリット, ジョーン・ラ (サスペンス, スリラー) ················78
カリン, ミッチ (文学) ················78
カルヴェッティ, パオラ (ロマンス, 文学) ·······78
カルザン, カルロ (児童書) ················79
ガルシア, エリック (SF, ファンタジー) ·······79
ガルシア, カミ (ファンタジー) ·······79
ガルシア, ラウラ・ガジェゴ (ファンタジー, ヤングアダルト) ················79
カールソン, ジェフ (SF) ················80
カルティ, リチャード (スリラー, ヤングアダルト) ················80
カルネジス, パノス (文学) ················80
ガルブレイス, ロバート
　→ローリング, J.K.を見よ
カルムス, メアリー (ロマンス) ················80
カルメル, ミレイユ (歴史, ロマンス) ···········81
ガレン, シャーナ (ロマンス) ················81
カロフィーリオ, ジャンリーコ (文学, ミステリー) ················82
カーン, ウォルター (文学) ················82
甘 耀明 (文学) ················82
姜 英淑 (文学) ················83
カーン, ルクサナ (児童書) ················83
カンデル, スーザン (ミステリー, スリラー) ····83
ガンビーノ, クリストファー・J. (ロマンス) ···83

〔 キ 〕

キー, ワット (ヤングアダルト) ················84
ギア, ケルスティン (ロマンス, ヤングアダルト) ················84
キアンブール, フレドゥン (ミステリー) ·······84
キーガン, クレア (文学) ················85
キース, エリック (ミステリー) ················85
ギデオン, メラニー (文学, ヤングアダルト) ·····85
キトル, カトリーナ (文学) ················86
キニー, ジェフ (児童書) ················86
ギビンズ, デイヴィッド (スリラー, 歴史) ·······87
ギフィン, エミリー (文学) ················87
ギブス, スチュアート (ヤングアダルト) ·······87
金 愛爛 (文学) ················88
キム, オンス (ミステリー) ················88
キム, ジュンヒョク (文学) ················88
キム, スキ (文学) ················89
キム, タクファン (文学, 歴史) ················89
金 英夏 (文学) ················89
キム, ラン (ロマンス) ················89
キメル, エリザベス・コーディー (児童書) ······90
キャヴァナー, スティーヴ (ミステリー, スリラー) ················90
キャシディー, キャシー (ヤングアダルト, ユーモア) ················90

キャッシュ, ワイリー (ミステリー, スリラー) ················90
キャッスル, リチャード (ミステリー, スリラー) ················91
キャップス, ロナルド・エヴェレット (文学) ···91
キャノン, ジョゼフ (サスペンス) ················91
ギャベイ, トム (ミステリー, スリラー) ·········91
キャボット, メグ (文学, ユーモア) ················92
キャメロン, W.ブルース (文学, ユーモア) ·····94
キャメロン, ピーター (文学) ················94
キャメロン, マーク (スリラー, ミステリー) ····95
キャラナン, リーアム (文学) ················95
キャリガー, ゲイル (SF, ファンタジー) ·········95
キャレル, ジェニファー・リー (歴史, ミステリー) ················96
キャロウェイ, キャシディ (ファンタジー, ロマンス) ················97
ギャロウェイ, スティーヴン (文学) ················97
キャロニタ, ジェン (ヤングアダルト) ···········97
キャントレル, レベッカ (ミステリー, スリラー) ················97
キャンビアス, ジェイムズ・L. (SF, ファンタジー) ················98
キャンピオン, アレクサンダー (ミステリー, スリラー) ················98
キャンベル, アナ (ロマンス) ················99
キャンベル, ゴードン (ミステリー) ················99
キャンベル, ジャック (SF, ファンタジー) ····100
ギルトロウ, ヘレン (スリラー) ················101
ギルバース, ハラルト (ミステリー) ················101
ギルバート, エリザベス (文学) ················101
ギルフォイル, ケヴィン (ミステリー, ユーモア) ················102
キンキントゥー (文学) ················102
キング, ジョナサン (ミステリー, スリラー) ···102
キングズベリー, カレン (児童書, ロマンス) ··103
キングスレイ, カザ (ヤングアダルト, ファンタジー) ················103
キングフィッシャー, ルパート (児童書) ·······103
ギンズバーグ, デブラ (文学) ················103
キンセラ, ソフィー (ロマンス) ················104
キンバリー, アリス (ミステリー) ················104

〔 ク 〕

久 遠 (ファンタジー) ················105
クイック, マシュー (文学, ヤングアダルト) ··105
グイン, マシュー (ミステリー) ················106
グオ, シャオルー (文学) ················106
クック, トロイ (ユーモア) ················106
クッチャー, フォルカー (ミステリー, 歴史) ··106
グッドマン, アリソン (ファンタジー, ヤングアダルト) ················107

人 名 目 次　　　　　ケルマン

クナウスゴール, カール・オーヴェ (文学) ···· 107
クノップ, クリス (ミステリー) ················ 108
クーパー・ボージー, トレイシー (ロマンス) ·· 108
クビカ, メアリー (ミステリー) ··············· 108
クライス, ケイト (児童書) ····················· 108
クライン, アーネスト (SF) ···················· 109
クライン, クリスティナ・ベイカー (文学) ···· 109
クライン, マシュー (ミステリー, スリラー) ·· 110
クラウザー, ヤスミン (文学) ··················· 110
クラウス, ニコール (文学) ····················· 110
クラウチ, ブレイク (ミステリー, スリラー) ·· 110
クラーク, スザンナ (SF, ファンタジー) ······· 111
クラーク, スティーヴン (ユーモア) ··········· 111
クラーク, マーティン (スリラー) ··············· 111
グラッセ, ジュール (ミステリー) ·············· 112
グラッタウアー, ダニエル (ロマンス, ユーモ
　ア) ··· 112
グラフ, リサ (ヤングアダルト, 児童書) ········ 112
グラフ, ローラン (文学) ························· 112
グラベンスタイン, クリス (児童書, スリ
　ラー) ·· 113
グラン, サラ (ミステリー, スリラー) ·········· 113
クランダル, スーザン (ロマンス) ·············· 113
クーリー, レイモンド (ミステリー, 歴史) ···· 114
クリーヴ, クリス (文学) ························· 114
クリーヴ, ポール (ミステリー, スリラー) ····· 115
クリスター, サム (ミステリー, スリラー) ····· 115
グリーソン, コリーン (ロマンス) ·············· 115
グリーニー, マーク (ミステリー, スリラー) ·· 116
グリムウッド, ジョン・コートニー (SF, ファ
　ンタジー) ·· 117
クリューバー, カイラ (ヤングアダルト, ファ
　ンタジー) ·· 117
クリーランド, ジェーン・K. (ミステリー) ··· 117
グリーン, サリー (ファンタジー) ·············· 118
グリーン, ジョン (文学, ヤングアダルト) ····· 118
グルーエン, サラ (歴史, 文学) ················· 118
クルーガー, ウィリアム・K. (ミステリー, ス
　リラー) ··· 119
クルージー, ジェニファー (ロマンス) ·········· 119
グルーバー, アンドレアス (ミステリー, ホ
　ラー) ·· 120
グルーバー, マイケル (ミステリー, スリ
　ラー) ·· 120
グルホフスキー, ドミトリー (SF, ファンタ
　ジー) ·· 121
グルーリー, ブライアン (ミステリー, スリ
　ラー) ·· 121
クレア, カサンドラ (SF, ファンタジー) ······ 121
グレアム=スミス, セス (文学, ユーモア) ····· 122
グレイ, キース (ヤングアダルト, 児童書) ····· 122
グレイ, ケス (児童書) ··························· 123
クレイ, フィル (文学) ··························· 123

グレイザー, ジジ・L. (ロマンス, ヤングアダ
　ルト) ·· 124
クレイン, カプリス (ロマンス, ヤングアダル
　ト) ··· 124
クレヴェンジャー, クレイグ (文学) ·········· 124
グレグソン, ジェシカ (ミステリー) ·········· 124
グレゴリー, デイヴィッド (文学) ·············· 125
グレゴリオ, マイケル (ミステリー) ·········· 125
グレシアン, アレックス (スリラー, ミステ
　リー) ·· 125
クレディ, グウィン (ロマンス) ················ 126
グレミン, エレーヌ (ミステリー) ·············· 126
クレメント, ピーター (ミステリー, スリ
　ラー) ·· 126
グローヴ, S.E. (SF, ヤングアダルト) ········· 126
クロウス, マルコ (SF, ファンタジー) ········· 127
クロス, ケイディ (ヤングアダルト, SF) ······· 127
グロスマン, レヴ (ミステリー, サスペンス) ·· 127
クローデル, フィリップ (文学) ················ 127
クロフト, シドニー (ロマンス) ················ 128
クワユレ, コフィ (文学) ························· 128
クワン (文学) ······································· 128
クワン, トレイシー (文学, ユーモア) ·········· 129
クンズル, ハリ (文学) ··························· 129
クーンツ, デボラ (ユーモア) ··················· 129

〔ケ〕

ケアリー, ジャクリーン (ファンタジー, ロマ
　ンス) ·· 130
ケアリー, ジャネット・リー (ヤングアダル
　ト, 児童書) ·· 130
ケイ, エリン (ロマンス) ························· 131
ケイツ, ベイリー (ミステリー, スリラー) ····· 131
ケイト, ローレン (ヤングアダルト, ファンタ
　ジー) ·· 131
ゲイリン, アリソン (ミステリー, スリラー) ·· 131
ケイン, チェルシー (ミステリー, スリラー) ·· 132
ケーシー, ジェーン (ミステリー, スリラー) ·· 132
ケース, ジョン (スリラー, サスペンス) ········ 132
ゲスラー, タチアナ (児童書) ··················· 133
ケニヨン, シェリリン (SF, ファンタジー) ···· 133
ケネン, アリー (ヤングアダルト) ·············· 134
ケブネス, キャロライン (スリラー, サスペン
　ス) ··· 134
ケプレル, ラーシュ (ミステリー, スリラー) ·· 135
ケラーマン, ジェシー (ミステリー) ·········· 135
ケリー, ジム (ミステリー, スリラー) ·········· 136
ケリー, ジャクリーン (児童書) ················ 136
ケリー, リン (児童書, ヤングアダルト) ········ 136
ゲルドム, ズザンネ (SF, ファンタジー) ······· 136
ゲルフィ, ブレント (スリラー) ················ 137
ケールマン, ダニエル (文学) ··················· 137

(**13**)

ケント　　　　　　　　　　　　人　名　目　次

ケント, スティーヴン・L.(SF, ファンタ
　ジー) ──────────────── 137
ケント, ハンナ(文学) ──────── 138
ゲンヌ, ファイーザ(文学) ────── 138

〔 コ 〕

胡 淑雯(文学) ────────────── 138
コ, ジョンウク(児童書) ────── 138
呉 明益(文学) ───────────── 139
ゴア, クリスティン(ユーモア, ロマンス) ──── 139
コーイ, ラヘル・ファン(ヤングアダルト) ──── 139
コイル, クレオ(ミステリー, スリラー) ──── 140
侯 文詠(その他) ────────── 141
洪 凌(SF) ─────────────── 141
コーウェル, クレシッダ(ユーモア, 児童書) ── 141
コグリン, ジャック(スリラー) ──── 142
コザック, ハーレイ・ジェーン(ミステリー,
　スリラー) ────────────── 143
コストヴァ, エリザベス(文学, 歴史) ──── 143
コスパー, ダーシー(ロマンス) ──── 143
胡蝶 藍(SF, ファンタジー) ──── 144
コッタリル, コリン(ミステリー, スリラー) ── 144
ゴッドバーセン, アンナ(ロマンス, 歴史) ── 144
コッパーマン, E.J.(ミステリー, スリラー) ── 145
コッブ, ジェイムズ・H.(ミステリー, スリ
　ラー) ──────────────── 145
ゴデ, ロラン(文学, 歴史) ────── 145
ゴードン, デイヴィッド(ミステリー) ──── 146
ゴードン, ニール(ミステリー) ──── 146
ゴードン, ロデリック(ファンタジー) ──── 147
コナリー, ジョン(ミステリー, スリラー) ── 147
コーネツキー, L.A.(ミステリー, スリラー) ── 148
コバブール, レナ(ファンタジー, ヤングアダ
　ルト) ──────────────── 148
コープ, アンドリュー(児童書) ──── 148
ゴフ, クリスティン(ミステリー, スリラー) ── 149
コメール, エルヴェ(ミステリー) ──── 149
コーリィ, ジェイムズ・S.A.(SF, ファンタ
　ジー) ──────────────── 149
コリータ, マイクル(スリラー, ミステリー) ── 150
コリンズ, スーザン(ファンタジー, ヤングア
　ダルト) ────────────── 150
コール, オーガスト(スリラー, SF) ──── 151
ゴールディング, ジュリア(ヤングアダルト,
　児童書) ────────────── 152
ゴールドシュタイン, バルバラ(歴史) ──── 152
ゴールドマン, ジョエル(ミステリー, スリ
　ラー) ──────────────── 153
コルバート, カート(ミステリー, スリラー) ── 153
コルファー, オーエン(ファンタジー) ──── 153
コレール, シェリー(ロマンス, サスペンス) ── 154
コワル, メアリ・ロビネット(SF) ──── 154

ゴンザレス, マヌエル(SF, ファンタジー) ──── 154
コンスタブル, ケイト(SF, ファンタジー) ──── 155
コンディ, アリー(ヤングアダルト, ファンタ
　ジー) ──────────────── 155
コンロン, エドワード(ミステリー, スリ
　ラー) ──────────────── 155

〔 サ 〕

サアット, アルフィアン(文学) ──── 156
サイード, S.F.(児童書, ファンタジー) ──── 156
サイモン, マイケル(ミステリー) ──── 156
ザコーアー, ジョン(ユーモア, SF) ──── 156
サスマン, ポール(ミステリー, スリラー) ── 157
サトクリフ, ウイリアム(ユーモア) ──── 157
サニイ, パリヌッシュ(文学) ──── 157
ザフィア, ダーヴィット(ユーモア) ──── 158
サーマン, ロブ(ファンタジー, スリラー) ── 158
サリヴァン, マイケル・J.(ファンタジー,
　SF) ───────────────── 158
ザール, サラ(文学, ヤングアダルト) ──── 159
サルドゥ, ロマン(歴史) ────── 159
ザン, コーティ(ミステリー) ──── 159
サンガーニ, ラディカ(ロマンス) ──── 159
サンソム, イアン(ユーモア, ミステリー) ── 160
サンソム, C.J.(歴史, ミステリー) ──── 160
サンダース, リー(ロマンス) ──── 160
サンダースン, ブランドン(SF, ファンタ
　ジー) ──────────────── 161
サンデル, ヨアキム(スリラー, サスペンス) ── 162
サントス, マリサ・デ・ロス(文学) ──── 162
サントーラ, ニック(スリラー) ──── 162
サントロファー, ジョナサン(ミステリー, ス
　リラー) ────────────── 163
サンプソン, キャサリン(ミステリー, スリ
　ラー) ──────────────── 163
サンブラ, アレハンドロ(文学) ──── 163

〔 シ 〕

シアーズ, マイクル(ミステリー, スリラー) ── 164
ジェイクス, S.E.(ロマンス, サスペンス) ──── 164
ジェイコブス, ケイト(文学, ロマンス) ──── 164
ジェイコブスン, アンドリュー(SF, ファンタ
　ジー) ──────────────── 165
ジェイコブソン, ジェニファー・リチャード
　(児童書) ────────────── 165
ジェイムズ, E.L.(ロマンス) ──── 165
シェッツイング, フランク(SF, ミステリー)
　──────────────────── 167
シェップ, エメリー(ミステリー) ──── 168

(14)

人 名 目 次　　　　　　　　　スクリハ

ジェネリン, マイケル (ミステリー, スリ
ラー) ……………………………………… 168
シェパード, サラ (ヤングアダルト, ミステ
リー) …………………………………………… 169
シェパード, ロイド (歴史, ミステリー) ……… 169
ジェミシン, N.K. (SF, ファンタジー) ……… 169
シェム=トヴ, タミ (ヤングアダルト) ……… 170
シエラ, ハビエル (歴史, ミステリー) ……… 170
シェレズ, スタヴ (ミステリー, スリラー) ……170
ジェンキンス, A.M. (ヤングアダルト) ……… 171
ジェンキンス, エミール (ミステリー, スリ
ラー) …………………………………………… 171
ジェンキンズ, T.M. (ミステリー) …………… 171
ジェンキンソン, セシ (児童書) ……………… 171
シェンケル, アンドレア・M. (ミステリー) ……172
ジェーンズ, ダイアン (ミステリー) ………… 172
シカタニ, ジェリー・オサム (文学) ………… 172
シグルザルドッティル, イルサ (ミステリー,
児童書) ……………………………………… 172
シーゲル, ジェイムズ (ミステリー) ………… 173
シトリン, M. (ミステリー) …………………… 173
シトロン, ラナ (ユーモア, ミステリー) …… 173
シフーコ, ミゲル (文学) ……………………… 174
シーボルト, アリス (文学) …………………… 174
シムシオン, グラム (ロマンス) ……………… 174
シムズ, クリス (ミステリー, スリラー) …… 174
シムッカ, サラ (ヤングアダルト, 文学) …… 175
ジムラー, リチャード (歴史) ………………… 175
シモンズ, ジョー (児童書) …………………… 175
シモンズ, モイヤ (児童書) …………………… 176
ジャイルズ, ジェニファー・セント (ロマン
ス) ……………………………………………… 176
ジャヴァン, シャードルト (文学) …………… 176
シャーヴィントン, ジェシカ (ファンタジー,
ロマンス) …………………………………… 177
シャーウッド, ベン (ファンタジー) ………… 177
ジャーキンス, グラント (ミステリー, スリ
ラー) …………………………………………… 177
ジャクソン, ヴィーナ (ロマンス) …………… 177
ジャクソン, ミック (文学) …………………… 178
ジャコメッティ, エリック (スリラー, ミステ
リー) …………………………………………… 178
ジャップ, アンドレア・H. (ミステリー, スリ
ラー) …………………………………………… 178
シャープ, デボラ (ミステリー, スリラー) …… 179
シャブレ, アンネ (ミステリー) ……………… 179
シャン, ダレン (ヤングアダルト, ファンタ
ジー) …………………………………………… 179
ジャンバンコ, V.M. (ミステリー) ………… 182
シュヴァイケルト, ウルリケ (ファンタジー,
ミステリー) ………………………………… 182
シュヴァリエ, トレイシー (歴史) …………… 183
シュヴァルツ, ブリッタ (児童書) …………… 183
シュヴィーゲル, テリーザ (ミステリー) …… 184

シュウェブリン, サマンタ (文学) …………… 184
シュタインガート, ゲイリー (文学, ユーモ
ア) ……………………………………………… 184
シュテーブナー, タニヤ (児童書, ヤングアダ
ルト) …………………………………………… 184
シュピールベルク, クリストフ (ミステリー)
…………………………………………………… 186
シューマン, ジョージ・D. (ミステリー, スリ
ラー) …………………………………………… 186
シュミット, ゲイリー (児童書, 文学) ……… 186
ジュライ, ミランダ (文学) …………………… 187
シュライバー, ジョー (ホラー) ……………… 187
春 樹 (文学) …………………………………… 187
ジョイ (ミステリー) …………………………… 188
ジョイス, リディア (ロマンス) ……………… 188
ジョイス, レイチェル (文学) ………………… 188
ジョハンセン, エリカ (ファンタジー, ヤング
アダルト) …………………………………… 188
ジョルダーノ, パオロ (文学) ………………… 189
ジョン, ミンヒ (ファンタジー) ……………… 189
ジョーンズ, ケリー (歴史, ミステリー) …… 190
ジョーンズ, V.M. (児童書, ヤングアダルト)
…………………………………………………… 190
ジョンストン, ティム (スリラー) …………… 190
ジョンソン, アダム (歴史, 文学) …………… 191
シーラッハ, フェルディナント・フォン (ミス
テリー) ……………………………………… 191
シルヴァー, イヴ (ロマンス) ………………… 192
シルヴァー, エリザベス・L. (文学) ………… 192
シルヴァ, ダニエル (ミステリー, スリラー) ……192
シルヴァー, ミッチ (歴史) …………………… 192
シルヴァン, ドミニク (ミステリー) ………… 193
シールズ, ジリアン (ヤングアダルト) ……… 193
シン, シャロン (SF, ファンタジー) ………… 194
シンハ, インドラ (文学) ……………………… 194

〔ス〕

スアレース, ダニエル (SF, スリラー) ……… 195
水天一色 (ミステリー) ………………………… 195
スヴァン, レオニー (ミステリー) …………… 195
スウィアジンスキー, ドゥエイン (ミステ
リー, スリラー) …………………………… 195
スウィーニー, リアン (ミステリー) ………… 196
スウェイン, ジェイムズ (ミステリー, スリ
ラー) …………………………………………… 196
スウェターリッチ, トマス (文学) …………… 196
スガルドリ, グイード (児童書) ……………… 196
スカルパ, ティツィアーノ (文学) …………… 197
スカロウ, アレックス (スリラー, ヤングアダ
ルト) …………………………………………… 197
スクリバック, マーシャ・フォーチャック (児
童書, 歴史) ………………………………… 197

(15)

スケルト　　　　　　人　名　目　次

スケルトン, マシュー (ヤングアダルト, ファ
　ンタジー) ……………………………… 198
スコット, ジャスパー・T. (SF) …………… 198
スコット, トレヴァー (ミステリー, スリ
　ラー) …………………………………… 198
スコット, マイケル (ファンタジー, ホラー) ‥198
スコット, ミシェル (ミステリー, ファンタ
　ジー) …………………………………… 199
スコルジー, ジョン (SF, ファンタジー) …… 199
スコールズ, ケン (SF, ファンタジー) ……… 200
ズーサック, マークース (文学) …………… 200
ズーター, マルティ (文学) ………………… 201
スタイン, ガース (ヤングアダルト) ……… 201
スタインハウアー, オレン (ミステリー, スリ
　ラー) …………………………………… 201
スタインバーグ, ジャニス (ミステリー) …… 202
スタインバーグ, ハンク (スリラー, サスペン
　ス) ……………………………………… 202
スタカート, ダイアン・A.S.
　→ブランドン, アリを見よ
スタニシチ, サーシャ (文学) ……………… 202
スタンディフォード, ナタリー (児童書, ヤン
　グアダルト) …………………………… 203
スターンバーグ, アダム (スリラー, SF) …… 203
スタンフ, ダグ (ミステリー, スリラー) …… 203
スタンリー, J.B. (ミステリー, スリラー) …… 203
スチュアート, マイク (ミステリー) ……… 204
スチュワート, トレントン・リー (文学, 児童
　書) ……………………………………… 204
スティーヴンス, シェヴィー (ミステリー, ス
　リラー) ………………………………… 205
スティーヴンス, テイラー (ミステリー, スリ
　ラー) …………………………………… 205
ステイス, ウェズリー (文学) ……………… 205
スティーフベーター, マギー (ファンタジー,
　ロマンス) ……………………………… 206
スティーブンス, ジョン (ヤングアダルト,
　ファンタジー) ………………………… 206
スティール, ジェイムズ (スリラー) ……… 207
ステッド, レベッカ (児童書) ……………… 207
ステッドマン, M.L. (歴史) ………………… 207
ステファノバ, カリーナ (その他) ………… 207
ステルマック, オレスト (ミステリー, スリ
　ラー) …………………………………… 208
ステン, ヴィヴェカ (ミステリー) ………… 208
ストーカー, デイカー (ホラー, ミステリー) ‥208
ストーク, フランシスコ・X. (文学, ヤングア
　ダルト) ………………………………… 209
ストケット, キャスリン (歴史) …………… 209
ストック, ジョン (ミステリー, スリラー) … 209
ストックウィン, ジュリアン (歴史) ……… 210
ストラウト, エリザベス (文学) …………… 210
ストラウド, ジョナサン (ファンタジー, ヤン
　グアダルト) …………………………… 211

ストラットン, アラン (ヤングアダルト, 文
　学) ……………………………………… 211
ストランゲル, シモン (ヤングアダルト) …… 212
ストランドベリ, マッツ (ファンタジー, ヤン
　グアダルト) …………………………… 212
ストール, マーガレット (ファンタジー) …… 212
ストレイド, シェリル (文学) ……………… 213
ストレンジ, マーク (ミステリー) ………… 213
ストーン, ジェフ (ヤングアダルト, 文学) …… 213
ストーン, デイヴィッド・L. (SF, ファンタ
　ジー) …………………………………… 214
ストーン, ニック (ミステリー, スリラー) …… 214
スナイダー, マリア・V. (ファンタジー, ロマ
　ンス) …………………………………… 214
スニケット, レモニー (児童書, スリラー) …… 214
スパークス, ニコラス (文学, ロマンス) …… 215
スパラコ, シモーナ (文学) ………………… 216
スパロウ, トマス (ミステリー) …………… 216
スピーゲルマン, ピーター (ミステリー, スリ
　ラー) …………………………………… 216
スプアー, ライク・E. (SF, ファンタジー) …… 217
スペンサー, ウェン (SF, ファンタジー) …… 217
スミス, ジョアン・フィスト (文学) ……… 217
スミス, ゼイディー (文学) ………………… 217
スミス, トム・ロブ (文学, ミステリー) …… 218
スミス, マーク・アレン (スリラー) ……… 219
スミス, ロジャー (スリラー, ホラー) …… 219
スメルチェック, ボリス・フォン (スリラー) ‥219
ズルーディ, アン (ミステリー, スリラー) …… 219
スローター, カリン (ミステリー, スリラー) ‥220
スローン, ロビン (文学, ファンタジー) …… 220
スワループ, ヴィカース (ミステリー) …… 221
スワンソン, ピーター (スリラー) ………… 221

〔セ〕

セイキー, マーカス (ミステリー, スリラー) … 221
セイジ, アンジー (ヤングアダルト, ファンタ
　ジー) …………………………………… 222
ゼヴィン, ガブリエル (文学, ヤングアダル
　ト) ……………………………………… 222
セジウィック, マーカス (ヤングアダルト, ホ
　ラー) …………………………………… 223
セッターフィールド, ダイアン (ミステリー)
　………………………………………… 223
セーデルベリ, アレクサンデル (ミステリー)
　………………………………………… 223
セペティス, ルータ (文学, ヤングアダルト) …224
ゼリーズ, A.J. (ミステリー) ……………… 224
セールベリ, ダン・T. (SF) ………………… 224
セロー, マーセル (文学) …………………… 224
センドカー, ヤン-フィリップ (文学) ……… 225

(16)

人 名 目 次　　　　　　テイウイ

〔 ソ 〕

蘇　徳 (文学) ………………………… 225
ソー, ブラッド (スリラー) ……………… 225
ソズノウスキ, デイヴィッド (文学) ……… 226
ソレン, ジャック (スリラー, ミステリー) …… 226
ソーン, エイミー (文学) ………………… 226
ソーンダズ, ケイト (児童書) …………… 226
ソーンダーズ, ジョージ (文学) ………… 227
ソンバー, ジャスティン (児童書, ファンタ
　ジー) …………………………………… 227

〔 タ 〕

ダイアー, ハドリー (ヤングアダルト) ……… 228
ダイアモンド, エミリー (児童書, ファンタ
　ジー) …………………………………… 228
ダイ・シージエ (文学) …………………… 229
ダイベック, ニック (文学) ……………… 229
ダイヤー, ヘザー (児童書) ……………… 229
タイラー, ヴァル (児童書) ……………… 230
ダウド, シヴォーン (ヤングアダルト) ……… 230
ダウンハム, ジェニー (ヤングアダルト, 文
　学) ……………………………………… 230
タオ, リン (文学) ………………………… 230
タクブンジャ (文学) ……………………… 231
ダーゴ, クレイグ (スリラー) …………… 231
ダシュナー, ジェイムズ (ヤングアダルト) …… 231
ダシルヴァ, ブルース (ミステリー, スリ
　ラー) …………………………………… 232
タシーロ, リズ (文学) …………………… 232
タージン, ジャネット (児童書, ヤングアダル
　ト) ……………………………………… 232
ダスグプタ, ラーナ (文学) ……………… 232
ターナー, メーガン・ウェイレン (ヤングアダ
　ルト, ファンタジー) …………………… 233
ダニエル=レイビー, ルーシー (ヤングアダル
　ト, ファンタジー) ……………………… 233
タヒア, サバア (ファンタジー) ………… 233
ダフィ, デイヴィッド (ミステリー, スリ
　ラー) …………………………………… 233
ダブラル, ジャック (スリラー) ………… 234
ダラム, ローラ (ミステリー) …………… 235
ダル, マイナク (SF) …………………… 235
タール, リリ (ヤングアダルト, 児童書) …… 235
タルデュー, ローランス (ロマンス) ……… 236
タルノフ, テリー (文学) ………………… 236
ターレ, サムコ (文学) …………………… 236
タワー, ウェルズ (文学) ………………… 236
タン, ショーン (児童書) ………………… 237

ダン, デイヴィッド (スリラー, サスペンス) ‥ 237
ダンバー, フィオナ (児童書) …………… 237

〔 チ 〕

チ, スヒョン (ロマンス) ………………… 238
チェ, ミンギョン (文学, 児童書) ………… 238
チェイス, クリフォード (文学) ………… 238
チェスマン, ハリエット・スコット (文学) … 239
チャイルズ, ローラ (ミステリー) ……… 239
チャイルド, リー (ミステリー, スリラー) … 240
チャッタワーラック (ミステリー) ……… 241
チャップマン, ドルー (スリラー, サスペン
　ス) ……………………………………… 241
チャップマン, リンダ (児童書) ………… 242
チャーニイ, ノア (ミステリー) ………… 242
チャン, カイリー (SF, ファンタジー) ……… 242
チャング, ウーク (文学) ………………… 243
チュイ, キム (文学) ……………………… 243
チョ, チャンイン (文学) ………………… 243
チョボスキー, スティーブン (ヤングアダル
　ト) ……………………………………… 243
チョルカス, クリストス (文学) ………… 244
チョールデンコウ, ジェニファ (児童書, ヤン
　グアダルト) …………………………… 244
チョン, アリ (文学) ……………………… 244
チョン, イヒョン (文学) ………………… 245
チョン, ギョンニン (文学) ……………… 245
チョン, セラン (文学) …………………… 245
陳　浩基 (ミステリー) …………………… 245
陳　雪 (文学) …………………………… 246

〔 ツ 〕

ツィッパート, ハンス (児童書) ………… 246
ツェー, ユーリ (文学) …………………… 246
ツェーフェルト, ジーグリット (児童書, ヤン
　グアダルト) …………………………… 247

〔 テ 〕

デイ, シルヴィア (ロマンス) …………… 247
ティー, ミシェル (文学) ………………… 248
ディアス, ジュノ (文学) ………………… 248
デイヴィス, キーラ (ロマンス, ミステリー) ‥ 249
デイヴィーズ, ジャクリーヌ (児童書) ……… 249
デイヴィス, マレー (ミステリー, スリラー) ‥ 249
デイヴィッド, イヴリン (ミステリー, ユーモ
　ア) ……………………………………… 250
デイヴィッドソン, クレイグ (文学, ホラー) ‥ 250

(*17*)

ディカミロ, ケイト (児童書) ……………… 250
ディケール, ジョエル (文学) ……………… 250
ティースラー, ザビーネ (ミステリー) ……… 251
ディックス, マシュー (ミステリー) ………… 251
ティデル, ヨハンナ (ヤングアダルト) ……… 251
ディテルリッジ, トニー (児童書, ヤングアダ
　ルト) ……………………………………… 251
ティドハー, ラヴィ (SF) …………………… 252
ディートリッヒ, ウィリアム (歴史, スリ
　ラー) ……………………………………… 253
テイバー, ジェイムズ・M. (スリラー) …… 253
DBCピエール (文学) ……………………… 254
デイビス, ニコラ (児童書) ………………… 254
デイビッドソン, アンドリュー (文学) …… 254
ディフェンバー, ヴァネッサ (文学) ……… 255
ディベン, ダミアン (児童書, SF) ………… 255
テイラー, サラ・スチュアート (ミステリー,
　スリラー) ………………………………… 255
テイラー, G.P. (SF, ファンタジー) ……… 255
テイラー, レイニ (ファンタジー) ………… 256
ティリエ, フランク (ミステリー, スリラー) …256
デイル, アンナ (ファンタジー, 児童書) … 257
ディレイニー, ジョゼフ (ヤングアダルト,
　ファンタジー) …………………………… 257
ティロ (児童書) …………………………… 258
ディーン, デブラ (文学) …………………… 259
ディン, リン (文学) ………………………… 259
デウィット, パトリック (文学) …………… 259
デヴィッドスン, メアリジャニス (ロマンス)
　………………………………………………… 259
テオリン, ヨハン (ミステリー, スリラー) … 260
デコック, ミヒャエル (児童書) …………… 261
デサイ, キラン (文学) ……………………… 261
デッカー, テッド (サスペンス) …………… 261
デッセン, サラ (文学) ……………………… 261
デップ, ダニエル (ミステリー) …………… 262
テベッツ, クリス (ヤングアダルト, ファンタ
　ジー) ……………………………………… 262
デューイ, キャスリーン (ヤングアダルト, 歴
　史) ………………………………………… 262
テラー, ヤンネ (文学, 児童書) …………… 263
デラニー, ルーク (ミステリー) …………… 263
デ・ラ・モッツ, アンデシュ (ミステリー) …… 263
テラン, ボストン (ミステリー, スリラー) … 264
デ・レーウ, ヤン (児童書) ………………… 264
テレル, ヘザー (ヤングアダルト, 歴史) … 264
田 原 (文学) ………………………………… 264
テンプル, ピーター (ミステリー) ………… 265
テンプルトン, ジュリア (ロマンス) ……… 265

〔ト〕

ドーア, アンソニー (文学) ………………… 265

ドイッチ, リチャード (ミステリー, スリ
　ラー) ……………………………………… 266
ドイロン, ポール (ミステリー, スリラー) ……266
トイン, サイモン (ミステリー, スリラー) ……266
ドゥ・ヴィガン, デルフィーヌ (文学) …… 267
ドゥエニャス, マリーア (歴史, ロマンス) ……267
トゥルン, モニク (文学) …………………… 268
ドクトロウ, コリイ (SF, ヤングアダルト) …… 268
トッド, アナ (ロマンス) …………………… 268
トーディ, ポール (文学) …………………… 269
ドノヒュー, キース (文学) ………………… 269
トマス, スカーレット (文学) ……………… 269
トーマス, ダイアン・コールター (サスペン
　ス, スリラー) …………………………… 269
トマスン, ダスティン (文学) ……………… 270
トムスン, キース (ミステリー, スリラー) … 270
ドラクール, グレゴワール (文学) ………… 270
トラッソーニ, ダニエル (文学) …………… 271
ドラモンド, ローリー・リン (文学) ……… 271
ドラン, テレサ (ヤングアダルト) ………… 271
トリジアーニ, アドリアナ (ロマンス, ヤング
　アダルト) ………………………………… 271
トリストラム, クレア (文学) ……………… 272
トール, アニカ (児童書, ヤングアダルト) … 272
トルツ, スティーヴ (文学) ………………… 272
トレイシー, P.J. (ミステリー, スリラー) … 273
トロッパー, ジョナサン (文学) …………… 273
トロヤノフ, イリヤ (文学, SF) …………… 273
ドンババンド, トミー (児童書) …………… 274
トンプソン, ジェイムズ (ミステリー, スリ
　ラー) ……………………………………… 274

〔ナ〕

ナイト, E.E. (SF) ………………………… 275
ナイト, ルネ (ミステリー, サスペンス) … 275
ナオウラ, ザラー (児童書) ………………… 275
ナデル, バーバラ (ミステリー, スリラー) … 276

〔ニ〕

ニキータス, デレク (ミステリー, スリラー) …276
ニクス, ガース (ファンタジー, ヤングアダル
　ト) ………………………………………… 276
ニコル, アンドリュー (ロマンス, ミステ
　リー) ……………………………………… 278
ニコルズ, サリー (児童書) ………………… 278
ニコルズ, デイヴィッド (文学) …………… 278
ニッフェネガー, オードリー (文学) ……… 279
ニート, パトリック (文学, ミステリー) …… 279

人 名 目 次　　　　　　　　　ハラシオ

ニュエン, ジェニー＝マイ（ヤングアダルト,
　ファンタジー）……………………… 279
ニールセン, ジェニーファー・A.（ヤングアダ
　ルト, ファンタジー）……………… 279

〔 ネ 〕

ネイピア, ビル（スリラー）……………… 280
ネヴィル, スチュアート（ミステリー, スリ
　ラー）………………………………… 280
ネス, パトリック（ヤングアダルト, SF）…… 280
ネスボ, ジョー（ミステリー, 児童書）……… 281
ネフ, ヘンリー・H.（ファンタジー）……… 282

〔 ノ 〕

ノイハウス, ネレ（ミステリー, ヤングアダル
　ト）…………………………………… 282
ノヴァク, B.J.（文学）…………………… 283
ノヴィク, ナオミ（SF, ファンタジー）……… 283
ノエル, アリソン（ヤングアダルト, ロマン
　ス）…………………………………… 283
ノース, ウィル（文学, ロマンス）………… 284
ノックス, トム（ミステリー）…………… 284
ノートン, カーラ（ミステリー, スリラー）…… 284

〔 ハ 〕

バ　→ヴァをも見よ
ハイジー, ジュリー（ミステリー, スリラー）…… 285
パイパー, アンドリュー（ミステリー, スリ
　ラー）………………………………… 285
バウアー, ベリンダ（ミステリー, スリラー）…… 285
ハウイー, ヒュー（SF, ファンタジー）……… 286
ハーウィッツ, グレッグ（ミステリー, スリ
　ラー）………………………………… 286
ハーヴェイ, マイケル（ミステリー, スリ
　ラー）………………………………… 287
パウエル, ガレス・L.（SF, ファンタジー）…… 287
パヴォーネ, クリス（ミステリー, スリラー）…… 287
ハウス, リチャード（スリラー）………… 287
ハウック, コリーン（ロマンス, ヤングアダル
　ト）…………………………………… 288
パオリーニ, クリストファー（ヤングアダル
　ト, ファンタジー）………………… 288
ハーカウェイ, ニック（SF, ファンタジー）…… 291
バーカム, ウェイン（ミステリー, サスペン
　ス）…………………………………… 291
パク, ヒョンウク（文学）………………… 291
朴 赫文（歴史）…………………………… 292

パク, ミンギュ（文学）…………………… 292
パーク, リンダ・スー（児童書）………… 292
ハークネス, デボラ（文学, 歴史）……… 293
バークレイ, リンウッド（ミステリー, スリ
　ラー）………………………………… 293
パーシー, ベンジャミン（スリラー, ホラー）…… 294
ハージ, ラウィ（文学）…………………… 294
パーシャル, サンドラ（ミステリー, スリ
　ラー）………………………………… 294
ハーシュ, ジェフ（ヤングアダルト）……… 295
パージュ, マルタン（文学, 児童書）……… 295
バース, L.G.（ファンタジー）…………… 295
ハース, ゲイリー・ヴァン（ミステリー, スリ
　ラー）………………………………… 295
バーズオール, ジーン（児童書）………… 296
バスケス, フアン・ガブリエル（文学）……… 296
ハスラム, クリス（ミステリー, スリラー）…… 296
バゼル, ジョシュ（ミステリー, スリラー）…… 296
パーソンズ, トニー（その他）…………… 297
巴代（文学）……………………………… 297
バーチェット, ジャン（歴史）…………… 297
バチガルピ, パオロ（SF, 文学）………… 298
バーチャード, ブレンドン（その他）……… 298
バッカラリオ, ピエール・ドミニコ（児童書）…… 299
バックナー, M.M.（SF, ファンタジー）……… 300
バックリー, マイケル（児童書, ミステリー）…… 300
バックリー・アーチャー, リンダ（ファンタ
　ジー, 児童書）……………………… 301
バッケル, トビアス・S.（SF, ファンタジー）…… 301
ハッサン, ヤエル（ヤングアダルト）……… 301
バッファ, D.W.（ミステリー, サスペンス）…… 302
ハーディング, ポール（文学）…………… 302
バーデュゴ, リー（ヤングアダルト, ファンタ
　ジー）………………………………… 302
ハート, ジョン（ミステリー, スリラー）……… 302
バード, ニコル（ロマンス, 歴史）……… 303
バドニッツ, ジュディ（文学）…………… 303
バトラー, ドリー・ヒルスタッド（児童書）…… 304
バートラム, ホリー（ロマンス）………… 304
バトルズ, ブレット（スリラー, ミステリー）…… 305
バートン, ジェイシー（ロマンス）……… 305
バートン, ジェシー（歴史, ミステリー）……… 305
ハナ, ソフィー（ミステリー, スリラー）……… 305
バーニー, ルー（ミステリー）…………… 306
ハーバック, チャド（文学）……………… 306
パハーレス, サンティアーゴ（文学）……… 306
バフ, ジョー（ミステリー, スリラー）……… 307
パブロッタ, アストリット（ミステリー）…… 307
パーマー, トム（児童書）………………… 307
ハマ, ロデ（ミステリー）………………… 308
ハミッド, モーシン（文学）……………… 308
ハミルトン, スティーヴ（ミステリー, スリ
　ラー）………………………………… 308
パラシオ, R.J.（文学, 児童書）………… 309

（*19*）

バラッツ・ログステッド, ローレン（文学）‥‥309
パラニューク, チャック（文学）‥‥‥‥‥‥309
バランタイン, リサ（スリラー, ミステリー）‥309
ハーリー, トーニャ（ヤングアダルト）‥‥‥‥309
バリー, ブルノニア（ミステリー）‥‥‥‥‥‥310
バリー, マックス（ユーモア, SF）‥‥‥‥‥310
バリエット, ブルー（児童書）‥‥‥‥‥‥‥310
ハリス, オリヴァー（スリラー, ミステリー）‥310
ハリス, マリア・G.（ヤングアダルト, ファン
　タジー）‥‥‥‥‥‥‥‥‥‥‥‥‥‥‥311
ハリス, ローズマリー（ミステリー, スリ
　ラー）‥‥‥‥‥‥‥‥‥‥‥‥‥‥‥‥311
ハリスン, A.S.A.（スリラー）‥‥‥‥‥‥312
ハリスン, キム（SF, ファンタジー）‥‥‥‥312
ハリソン, マイク（ミステリー, スリラー）‥‥312
バリントン, ジェイムズ（ミステリー, スリ
　ラー）‥‥‥‥‥‥‥‥‥‥‥‥‥‥‥‥312
パール, マシュー（歴史, スリラー）‥‥‥‥313
ハル, リンダ・ジョフィ（ミステリー, スリ
　ラー）‥‥‥‥‥‥‥‥‥‥‥‥‥‥‥‥314
バルダッチ, デイヴィッド（ミステリー, スリ
　ラー）‥‥‥‥‥‥‥‥‥‥‥‥‥‥‥‥314
ハルパーン, アディーナ（文学）‥‥‥‥‥‥314
バルベリ, ミュリエル（文学）‥‥‥‥‥‥‥315
バルマ, フェリクス・J.（文学）‥‥‥‥‥‥315
バーレー, ジョン（ミステリー, スリラー）‥‥315
バレット, トレーシー（ヤングアダルト）‥‥‥316
バレット, ローナ（ミステリー）‥‥‥‥‥‥316
バロ, ジャン=フランソワ（ミステリー, スリ
　ラー）‥‥‥‥‥‥‥‥‥‥‥‥‥‥‥‥317
バロンスキー, エヴァ（文学）‥‥‥‥‥‥‥317
パワーズ, ケヴィン（歴史）‥‥‥‥‥‥‥‥317
ハーン, ケヴィン（SF, ファンタジー）‥‥‥318
バーン, ケリガン（ロマンス, サスペンス）‥‥318
バンカー, アショーカ・K.（SF, ミステリー）
　‥‥‥‥‥‥‥‥‥‥‥‥‥‥‥‥‥‥318
バンク, メリッサ（文学）‥‥‥‥‥‥‥‥‥319
バーンズ, ジェニファー・リン（SF, ファンタ
　ジー）‥‥‥‥‥‥‥‥‥‥‥‥‥‥‥‥319
バーンズ, マイクル（スリラー）‥‥‥‥‥‥319
ハンター, イーヴィー（ロマンス）‥‥‥‥‥319
ハンター, エリン（ヤングアダルト, ファンタ
　ジー）‥‥‥‥‥‥‥‥‥‥‥‥‥‥‥‥320
ハンター, マディ（ミステリー, ロマンス）‥‥322
ハント, エリザベス・シンガー（児童書）‥‥‥322
ハント, レアード（文学）‥‥‥‥‥‥‥‥‥323
ハンリー, ヴィクトリア（ヤングアダルト,
　ファンタジー）‥‥‥‥‥‥‥‥‥‥‥‥323

〔ヒ〕

ビ　→ヴィをも見よ

ビジャトーロ, マルコス・M.（ミステリー, ス
　リラー）‥‥‥‥‥‥‥‥‥‥‥‥‥‥‥323
ビジャロボス, フアン・パブロ（文学）‥‥‥‥324
ビーション, リズ（児童書）‥‥‥‥‥‥‥‥324
ピース, デイヴィッド（ミステリー, 歴史）‥‥324
ヒスロップ, ヴィクトリア（文学）‥‥‥‥‥325
ピゾラット, ニック（ミステリー）‥‥‥‥‥325
ピッチャー, アナベル（児童書）‥‥‥‥‥‥325
ピート, マル（ヤングアダルト, 児童書）‥‥‥325
ビネ, ローラン（歴史）‥‥‥‥‥‥‥‥‥‥326
ビュークス, ローレン（SF, ファンタジー）‥‥326
ヒューズ, キャロル（ファンタジー）‥‥‥‥326
ヒューソン, デイヴィッド（ミステリー, スリ
　ラー）‥‥‥‥‥‥‥‥‥‥‥‥‥‥‥‥326
ビュッシ, ミシェル（ミステリー）‥‥‥‥‥327
ヒューマン, チャーリー（SF）‥‥‥‥‥‥‥328
馮 緒旋（児童書）‥‥‥‥‥‥‥‥‥‥‥‥328
ヒラタ, アンドレア（文学）‥‥‥‥‥‥‥‥328
ヒラハラ, ナオミ（ミステリー, 児童書）‥‥‥328
ヒリアー, ジェニファー（ミステリー, スリ
　ラー）‥‥‥‥‥‥‥‥‥‥‥‥‥‥‥‥329
ビリンガム, マーク（ミステリー, スリラー）‥329
ヒル, ケイシー（ミステリー）‥‥‥‥‥‥‥329
ヒル, ジョー（ホラー, ファンタジー）‥‥‥‥330
ヒル, スチュアート（ファンタジー, ヤングア
　ダルト）‥‥‥‥‥‥‥‥‥‥‥‥‥‥‥330
ヒル, トニ（スリラー）‥‥‥‥‥‥‥‥‥‥330
ビルストン, サラ（文学）‥‥‥‥‥‥‥‥‥331
ヒレンブラント, トム（ミステリー, SF）‥‥331
ビロー, ミシェル・M.（ロマンス）‥‥‥‥‥331
ビントフ, ステファニー（ミステリー, スリ
　ラー）‥‥‥‥‥‥‥‥‥‥‥‥‥‥‥‥331

〔フ〕

ファウアー, アダム（スリラー, サスペンス）‥332
ファウラー, テレーズ（文学）‥‥‥‥‥‥‥332
ファベロン=パトリアウ, グスタボ（文学）‥‥333
ファルコネス, イルデフォンソ（歴史, 文学）‥333
ファレッティ, ジョルジョ（ミステリー, スリ
　ラー）‥‥‥‥‥‥‥‥‥‥‥‥‥‥‥‥333
ファロン, ジェーン（ロマンス, ユーモア）‥‥334
ブイエー, ロブ（児童書）‥‥‥‥‥‥‥‥‥334
フィオラート, マリーナ（文学）‥‥‥‥‥‥334
V.Z., セシリー（文学, ヤングアダルト）‥‥334
フィツェック, セバスチャン（スリラー）‥‥‥335
フィッツジェラルド, コナー（ミステリー, ス
　リラー）‥‥‥‥‥‥‥‥‥‥‥‥‥‥‥336
フィッツパトリック, カイリー（歴史）‥‥‥‥336
フィッツパトリック, ベッカ（ヤングアダル
　ト, ミステリー）‥‥‥‥‥‥‥‥‥‥‥336
フィーハン, クリスティン（ロマンス, ファン
　タジー）‥‥‥‥‥‥‥‥‥‥‥‥‥‥‥336

人 名 目 次　　　　　　　フリン

フィファー, シャロン (ミステリー, スリラー) ……………………………………… 337
フィリップス, マリー (ユーモア) …………… 337
フィンチ, ポール (ホラー, ミステリー) …… 338
フーヴァー, コリーン (ヤングアダルト) …… 338
フェアスタイン, リンダ (ミステリー, スリラー) ……………………………………… 338
フェイ, ウォーレン (スリラー, SF) ………… 339
フェイ, リンジー (ミステリー) ……………… 339
フェイバー, ミッシェル (SF, 歴史) ………… 339
フェリス, ジョシュア (文学, ユーモア) …… 340
プエルトラス, ロマン (文学, ユーモア) …… 340
フェルフルスト, ディミトリ (文学) ………… 340
フェンキノス, ダヴィド (ロマンス) ………… 340
フォア, ジョナサン・サフラン (文学) ……… 341
フォアマン, ゲイル (ヤングアダルト) ……… 341
フォーク, ニック (児童書) …………………… 341
フォークナー, ブライアン (児童書, ファンタジー) ……………………………………… 341
フォゲリン, エイドリアン (児童書, ヤングアダルト) ……………………………………… 342
フォーサイス, ケイト (児童書, ファンタジー) ……………………………………… 342
フォックス, ヘレン (SF, ファンタジー) …… 343
フォーティア, アン (ミステリー, ロマンス) ‥ 343
フォーデン, ジャイルズ (文学) ……………… 343
フォード, ジェイミー (文学) ………………… 343
フォード, G.M. (ミステリー, スリラー) …… 344
フォード, ジャスパー (SF, ファンタジー) … 344
フォールズ, カット (ヤングアダルト, SF) … 344
フォワード, サイモン (SF) …………………… 344
フォンベル, ティモテ・ド (児童書) ………… 345
ブース, スティーヴン (ミステリー, スリラー) ……………………………………… 345
ブッシュ, ペトラ (ミステリー) ……………… 345
ブッチャー, ジム (SF, ファンタジー) …… 346
ブートナー, ロバート (SF, スリラー) ……… 346
フュアリー, ドルトン (スリラー) …………… 347
ブライアン, ケイト (ヤングアダルト, ミステリー) ……………………………………… 347
ブライアント, アン (児童書) ………………… 347
フライシュハウアー, ヴォルフラム (ミステリー) ……………………………………… 348
プライス, リッサ (ヤングアダルト, SF) …… 348
ブライヤー, マーク (ミステリー, スリラー) ‥ 348
フライリッチ, ロイ (サスペンス) …………… 349
ブラウン, アマンダ (その他) ………………… 349
ブラウン, E.R. (ミステリー, スリラー) …… 349
ブラウン, S.G. (文学, ユーモア) …………… 349
ブラウン, ダン (ミステリー, サスペンス) … 349
ブラウン, ピアース (ヤングアダルト, SF) … 351
ブラウンズ, アクセル (スリラー) …………… 351
ブラーグ, メナ・ヴァン (文学, 歴史) ……… 351
ブラザートン, マイク (SF, ファンタジー) … 352

ブラジョーン, ニーナ (ミステリー, ヤングアダルト) ……………………………………… 352
ブラスム, アンヌ=ソフィ (文学) …………… 352
プラセンシア, サルバドール (SF, ファンタジー) ……………………………………… 352
ブラック, アナスタシア (ロマンス) ………… 353
ブラック, C.S. (サスペンス) ………………… 353
ブラック, ホリー (ファンタジー) …………… 353
ブラック, リサ (ミステリー, スリラー) …… 354
ブラックウッド, グラント (スリラー) ……… 354
ブラッシェアーズ, アン (ロマンス, ヤングアダルト) ……………………………………… 355
ブラット, スコット (ミステリー, スリラー) ‥ 356
ブラッドフォード, アーサー (文学, 児童書) ‥ 356
ブラッドベリ, ジェニファー (ヤングアダルト) ……………………………………… 356
ブラッドリー, アラン (ミステリー, スリラー) ……………………………………… 356
ブラッドリー, セレステ (ロマンス, 歴史) … 357
フラナガン, ジョン (ファンタジー, ヤングアダルト) ……………………………………… 357
ブラナン, J.T. (スリラー) …………………… 358
フランク, E.R. (文学) ………………………… 359
ブランク, ハンネ (ロマンス, 歴史) ………… 359
フランク, ユリア (文学) ……………………… 359
フランクリン, トム (文学) …………………… 360
フランケル, ローリー (文学) ………………… 360
フランコ, ホルヘ (文学) ……………………… 360
フランシス, フェリックス (ミステリー, スリラー) ……………………………………… 360
フランシスコ, ルース (ミステリー) ………… 361
ブランドン, アリ (ミステリー, ロマンス) … 361
ブリショタ, アンヌ (ファンタジー) ………… 362
フリース, アニタ (ヤングアダルト, ファンタジー) ……………………………………… 363
プリースト, シェリー (SF, ファンタジー) … 363
プリーストリー, クリス (ホラー, 児童書) … 363
ブリセット, ルーサー (文学, 歴史) ………… 364
ブリッグズ, パトリシア (SF, ファンタジー) ……………………………………… 364
ブリッチ, パヴェル (ファンタジー) ………… 365
ブリテン, クリステン (SF, ファンタジー) … 365
フリード, セス (文学) ………………………… 365
フリードマン, ダニエル (ミステリー, スリラー) ……………………………………… 365
ブリトン, アンドリュー (ミステリー, スリラー) ……………………………………… 366
プリニース, サラ (児童書, ファンタジー) … 366
フリーマン, ブライアン (ミステリー, サスペンス) ……………………………………… 366
フリーマン, マーシャ (児童書, ヤングアダルト) ……………………………………… 367
ブリューワー, ヘザー (ヤングアダルト, ファンタジー) ……………………………………… 367
フリン, アレックス (ヤングアダルト) ……… 367

(21)

フリン　　　　　　　人　名　目　次

フリン, ギリアン (ミステリー, スリラー) ……368
ブール, サラ (歴史, ミステリー) ………………368
ブルー, ルーシー (ロマンス, ファンタジー) ‥368
フルエリン, リン (SF, ファンタジー) ………369
ブルーエン, ケン (ミステリー, スリラー) ……370
ブルック, クリスティーナ (ロマンス, 歴史) …370
ブルック, ローレン (ヤングアダルト) ………371
ブルックス, アダム (ミステリー) ……………371
ブルックス, ジェラルディン (歴史) …………371
ブルックス, ニック (ミステリー) ……………372
ブルックス, マックス (ホラー) ………………372
ブルックマイア, クリストファー (ミステ
　リー, スリラー) ………………………………373
ブルーム, インディゴ (ロマンス) ……………373
ブルーム, レズリー・M.M. (ヤングアダル
　ト) ………………………………………………373
ブレイク, ジェイムズ・カルロス (ミステ
　リー, スリラー) ………………………………373
フレイマン=ウェア, ギャレット (児童書, ヤ
　ングアダルト) …………………………………374
ブレヴォー, ギョーム (ファンタジー) ………374
フレーシュ, ジョゼ (歴史, ロマンス) ………374
ソレズティ, ダナ (ホラー, ミステリー) ……375
プレストン, M.K. (ミステリー, ロマンス) …375
ブレスフィールド, スティーヴン (歴史) ……375
ブレット, ピーター・V. (SF, ファンタジー)
　……………………………………………………376
ブレーデル, サラ (ミステリー, スリラー) ……376
ブレナン, アリスン (ミステリー, スリラー) …376
ブレナン, サラ・リース (SF, ヤングアダル
　ト) ………………………………………………378
フレンチ, タナ (ミステリー, スリラー) ……378
フレンチ, ニッキ (ミステリー, スリラー) ……378
ブレント, ピーター (スリラー) ………………379
フロイド, ビル (ミステリー, スリラー) ……379
フロイント, ペーター (SF, ファンタジー) …379
フロスト, スコット (ミステリー, スリラー) ‥379
ブローチ, エリース (児童書) …………………379
ブロックマイヤー, ケヴィン (文学, SF) ……380

〔ヘ〕

ベ →ヴェをも見よ
ベア, エリザベス (SF, ファンタジー) ………380
ベイヴァー, ミシェル (ファンタジー, 児童
　書) ………………………………………………381
ベイカー, キース (ファンタジー) ……………381
ベイカー, ケイジ (SF, ファンタジー) ………382
ベイカー, J.I. (ミステリー) …………………382
ヘイグ, フランチェスカ (SF) …………………382
ヘイグ, マット (ミステリー, ヤングアダル
　ト) ………………………………………………383
ベイジョー, デイヴィッド (文学) ……………383

ヘイズ, サマンサ (ミステリー, スリラー) ……383
ヘイダー, モー (ミステリー, スリラー) ……383
ベイヤード, ルイス (ミステリー, スリラー) ‥384
ヘイル, シャノン (ヤングアダルト, 文学) ……384
ヘイル, ジン (ファンタジー) …………………385
ヘインズ, エリザベス (ミステリー) …………385
ヘウス, ミレイユ (児童書) ……………………386
ベケット, サイモン (ミステリー) ……………386
ベケット, バーナード (ヤングアダルト, SF)
　……………………………………………………386
ベゴドー, フランソワ (文学) …………………386
ベスル, マリーシャ (ミステリー) ……………387
ベチュ, オリヴァー (歴史, ミステリー) ……387
ベッカー, ジェームズ
　→バリントン, ジェイムズを見よ
ベック, グレン (文学) …………………………387
ベッテルソン, ペール (文学) …………………388
ベニー, ステフ (ミステリー) …………………388
ベニー, ルイーズ (ミステリー, スリラー) ……388
ベニオフ, デイヴィッド (文学) ………………389
ベニーパッカー, サラ (児童書) ………………389
ベネット, ソフィア (児童書, ヤングアダル
　ト) ………………………………………………390
ベネット, ロバート・ジャクソン (SF, ファン
　タジー) …………………………………………390
ベネディクト, アレクサンドラ (ロマンス, ヤ
　ングアダルト) …………………………………390
ベノー, チャールズ (ミステリー) ……………390
ペマ, ツェテン (文学) …………………………391
ヘミオン, ティモシー (ミステリー, スリ
　ラー) ……………………………………………391
ヘミングス, カウイ・ハート (文学) …………391
ヘモン, アレクサンダル (文学) ………………391
ベヤジバ, ジェーン (文学) ……………………392
ヘラー, ピーター (文学) ………………………392
ベリー, ジェデダイア (文学) …………………392
ベリー, スティーヴ (ミステリー, スリラー) ‥393
ベリッシノット, アレッサンドロ (ミステ
　リー) ……………………………………………393
ヘルストレム, ベリエ (ミステリー, スリ
　ラー) ……………………………………………393
ベルターニャ, ジュリー (児童書) ……………394
ヘルマン, ユーディット (文学) ………………394
ヘルンドルフ, ヴォルフガング (ヤングアダ
　ルト) ……………………………………………394
ベレンスン, アレックス (スリラー) …………395
ベロー, ブリアン (児童書) ……………………395
ヘロン, ミック (ミステリー, スリラー) ……396
ベングトソン, ヨナス・T. (文学) ……………396
ベンダー, エイミー (文学) ……………………396
ベント, マックス (スリラー) …………………397
ヘンドリックス, ヴィッキー (ミステリー) ‥397
ベントン, ジム (ヤングアダルト) ……………397
ヘンリヒス, ベルティーナ (文学) ……………398

(22)

人 名 目 次　　　　マシ

〔 ホ 〕

ボ →ヴォをも見よ

ホイト, サラ・A.(ファンタジー, ミステ
リー) 398

ボイン, ジョン(歴史, 児童書) 399

ボーウェン, パトリック(ミステリー) 399

ボウラー, ティム(ヤングアダルト, 児童書) ..399

ホーガン, エドワード(ヤングアダルト) 399

ホーキンズ, ポーラ(ミステリー) 400

ホーク, リチャード(ミステリー, スリラー) ..400

ホークス, ジョン・トウェルヴ(SF, ファンタ
ジー) 400

ボジャノウスキ, マーク(文学) 400

ホスブ, デイヴィッド(ミステリー) 401

ボーセニュー, ジェイムズ(ミステリー) 401

ホダー, マーク(SF, ファンタジー) 401

ホッキング, アマンダ(ヤングアダルト, ファ
ンタジー) 402

ボックス, C.J.(ミステリー, スリラー) 402

ホッケンスミス, スティーヴ(ミステリー, ス
リラー) 403

ホッセイニ, カーレド(文学) 403

ポッター, エレン(児童書) 404

ボツナンスキ, ウルズラ(ミステリー, ヤング
アダルト) 405

ホッブズ, ロジャー(ミステリー, スリラー) ..405

ボドック, リリアナ(文学) 405

ボナンジンガ, ジェイ(ミステリー, ホラー) ..406

ボーネン, ステファン(児童書) 406

ホフ, マルヨライン(児童書) 406

ホーフィング, イサベル(ヤングアダルト,
ファンタジー) 406

ホブスン, M.K.(歴史, ファンタジー) 407

ホフマン, ジリアン(ミステリー, スリラー) ..407

ホフマン, ポール(SF, ファンタジー) 408

ボーラー, サラ(歴史) 408

ボラレーヴィ, アントネッラ(文学) 408

ポール, グレアム・シャープ(SF, ファンタ
ジー) 409

ホール, スティーヴン(文学) 409

ホルヴァートヴァー, テレザ(児童書) 409

ボルクス, シェイン
→ガレン, シャーナを見よ

ホルスト, ヨルン・リーエル(ミステリー) 409

ホルト, ジョナサン(スリラー) 410

ボールドウィン, ケアリー(スリラー, ミステ
リー) 410

ボルトン, S.J.(ミステリー, スリラー) 410

ボルバーン, バーバラ(ヤングアダルト) 411

ボルピ, ホルヘ(ミステリー, 文学) 411

ボルマン, メヒティルト(ミステリー) 411

ホルム, ジェニファー・L.(児童書, 歴史) 412

ホワイト, ジム(その他) 412

ホワイト, ハル(ミステリー) 412

ホワイト, マイケル(文学) 413

ボーン, サム(ミステリー) 413

ボンデュラント, マット(文学) 413

ボンド, ブラッドレー(SF, ファンタジー) 414

ボンドゥー, アンヌ=ロール(ヤングアダル
ト) 415

〔 マ 〕

マイケルズ, J.C.(ヤングアダルト) 416

マイヤー, クレメンス(文学) 416

マイヤー, デオン(ミステリー) 416

マイヤーズ, ランディ(文学) 417

マイルズ, ミシェル(ロマンス, ファンタ
ジー) 417

マーウッド, アレックス(ミステリー) 417

マカモア, ロバート(ヤングアダルト) 417

マカリスター, ケイティ(ロマンス, ヤングア
ダルト) 418

マカリスター, マージ(児童書) 419

マカン, A.L.(文学, ホラー) 419

マキナニー, カレン(ミステリー, スリラー) ..419

マキューエン, スコット(スリラー) 420

マギロウェイ, ブライアン(ミステリー, スリ
ラー) 420

マクガイア, ジェイミー(ロマンス) 420

マクダーモット, アンディ(ミステリー, スリ
ラー) 421

マクドナルド, クレイグ(スリラー, 歴史) 421

マクドノー, ヨナ・ゼルディス(児童書) 421

マグナソン, アンドリ・S.(児童書, SF) 422

マクナミー, グラム(ミステリー, スリラー) ..422

マクニッシュ, クリフ(ヤングアダルト, ファ
ンタジー) 422

マクニール, スーザン・イーリア(ミステ
リー, スリラー) 423

マクファディン, コーディ(スリラー, サスペ
ンス) 424

マクファーレン, フィオナ(文学) 424

マクマホン, キャスリーン(文学) 425

マクラウド, ケン(SF, ファンタジー) 425

マクリーン, グレース(文学) 425

マクレイン, ポーラ(歴史, 文学) 425

マケイン, チャールズ(スリラー) 426

マコーイ, ジュディ(ミステリー, ロマンス) ..426

マゴーワン, アンソニー(ヤングアダルト, ス
リラー) 426

マザネック, ヨアヒム(児童書) 426

マサーリ, ルカ(SF) 427

マージ, カム(ミステリー) 427

(23)

マシユ　　　　　　　　　　人 名 目 次

マーシュ, キャサリン (ファンタジー, 児童書) ……………… 427
マシューズ, L.S. (ヤングアダルト) ………… 427
マスター, アーファン (児童書) …………… 428
マスターマン, ベッキー (ミステリー, スリラー) ……………… 428
マースデン, キャロリン (ヤングアダルト) …… 428
マストローコラ, パオラ (文学) …………… 428
マタール, ヒシャーム (文学) ……………… 429
マーツィ, クリストフ (ファンタジー) ……… 429
マッカーシー, トム (文学) ………………… 429
マッギャン, オシーン (SF, ファンタジー) … 430
マッキントッシュ, D.J. (ミステリー, スリラー) ……………… 430
マッキンリー, ジェン (ミステリー, スリラー) ……………… 430
マッキンリー, デボラ (文学, ユーモア) …… 430
マック, T. (ミステリー) …………………… 431
マックラー, キャロリン (ヤングアダルト) …… 431
マッケナ, ジュリエット (SF, ファンタジー) ……………… 431
マッツッコ, メラニア・G. (文学) ………… 432
マーティン, ダグラス・A. (文学) ………… 432
マドア, ナンシー (その他) ………………… 432
マトゥーロ, クレア (ミステリー) ………… 433
マノック, ジョン (スリラー) ……………… 433
マフィ, タヘラ (ヤングアダルト, ロマンス) … 433
マラーニ, ディエゴ (文学) ………………… 433
マラホビッチ, グスタボ (スリラー, ミステリー) ……………… 434
マリー, ジェマ (ヤングアダルト) ………… 434
マリアーニ, スコット (スリラー) ………… 434
マリエット, G.M. (ミステリー, スリラー) … 435
マリオン, アイザック (ホラー) …………… 435
マリンズ, デブラ (ロマンス) ……………… 435
マール, メリッサ (ファンタジー, ロマンス) … 435
マルグレイ, ヘレン (ミステリー) ………… 436
マルソー, アルマ (その他) ………………… 436
マルティーニ, クリスティアーネ (ミステリー) ……………… 436
マルティン, エステバン (文学) …………… 437
マローン, マリアン (ファンタジー, 児童書) … 437
マン, アントニー (ミステリー) …………… 437
マンガレリ, ユベール (文学) ……………… 437
マンクーシ, マリ (ヤングアダルト, ロマンス) ……………… 438
マンデル, エミリー・セントジョン (文学, SF) ……………… 438

〔 ミ 〕

寵物先生 (ミステリー) …………………… 438

ミチャード, ジャクリーン (文学, ヤングアダルト) ……………… 439
ミッチェル, アレックス (ミステリー, スリラー) ……………… 439
ミッチェル, デイヴィッド (文学) ………… 439
ミード, リシェル (ファンタジー, ヤングアダルト) ……………… 440
ミュッソ, ギヨーム (文学) ………………… 440
ミラー, A.D. (ミステリー) ………………… 441
ミラー, キルステン (児童書) ……………… 441
ミラー, クリストファー (その他) ………… 441
ミラー, グレンダ (児童書, ヤングアダルト) … 441
ミラー, マデリン (歴史) …………………… 441
ミラー, レベッカ (文学) …………………… 442
ミラージェス, フランセスク (ヤングアダルト) ……………… 442
ミラン, コートニー (ロマンス, 歴史) ……… 442
ミリエズ, ジャック (ミステリー) ………… 443
ミルズ, マーク (ファンタジー) …………… 443
ミンター, ジェイ (その他) ………………… 444

〔 ム 〕

ムーディ, デイヴィッド (ホラー, スリラー) … 444
ムーニー, エドワード (Jr.) (文学) ……… 444
ムーニー, クリス (ミステリー, スリラー) … 444
ムリガン, アンディ (文学) ………………… 445
ムリノフスキ, サラ (ヤングアダルト, ファンタジー) ……………… 445
ムルルヴァ, ジャン=クロード (児童書, ファンタジー) ……………… 445
ムレール, メラニー (その他) ……………… 446

〔 メ 〕

メイ, ポール (ヤングアダルト, 児童書) ……… 446
メイコック, ダイアン (児童書) …………… 446
メイスン, ザッカリー (文学) ……………… 446
メイスン, ジェイミー (ミステリー, ユーモア) ……………… 447
メイヤー, ステファニー (ファンタジー, ロマンス) ……………… 447
メイヤー, マリッサ (SF, ファンタジー) …… 449
メスード, クレア (文学) …………………… 449
メスナー, ケイト (児童書) ………………… 449
メッツ, メリンダ (ヤングアダルト, ミステリー) ……………… 449
メドヴェイ, コーネリアス (文学) ………… 450
メヘラーン, マーシャ (文学) ……………… 450
メルコ, ポール (SF, ファンタジー) ……… 450

人 名 目 次　　　　　　　ラフアシ

メルドラム, クリスティーナ (文学, ヤングア
ダルト) ……………………………………… 451

〔 モ 〕

モアハウス, ライダ (SF, ファンタジー) ……… 451
モイーズ, ジョジョ (ロマンス, ミステリー) ‥ 451
モウル, ジョシュア (スリラー) ………………… 452
モガー, ロッティ (ミステリー) ………………… 452
モーガン, ニコラ (児童書) ……………………… 452
モーガン, リチャード (SF, ファンタジー) …… 452
モーゲンスターン, エリン (ファンタジー) …… 453
モス, タラ (ミステリー, スリラー) …………… 453
モス, ヘレン (児童書) …………………………… 453
モーゼズ, フィリップ・N. (SF, ファンタ
ジー) ……………………………………………… 454
モートン, ケイト (文学) ………………………… 455
モラ, ジャン (文学) ……………………………… 456
モーラン, クリステル (ミステリー) ………… 456
モランヴィル, シャレル・バイアーズ (児童
書) …………………………………………………… 456
モーリー, アイラ (文学) ………………………… 457
モリス, ボブ (ミステリー, スリラー) ………… 457
モリソン, ボイド (ミステリー, スリラー) …… 457
モルク, クリスチャン (ミステリー) ………… 458
モレイ, フレデリック (ミステリー) ………… 458
モレイス, リチャード・C. (その他) ………… 458
モレル, アレックス (ヤングアダルト) ……… 459
モンタナリ, リチャード (ミステリー, スリ
ラー) ……………………………………………… 459

〔 ヤ 〕

ヤーゲルフェルト, イェニー (ヤングアダル
ト) …………………………………………………… 459
ヤコブセン, シュテフェン (ミステリー) …… 459
ヤン, ユアン (ロマンス) ………………………… 460
ヤーン, ライアン・デイヴィッド (ミステ
リー, スリラー) ……………………………… 460
ヤング, ウィリアム・ポール (その他) ……… 460
ヤング, トマス・W. (スリラー) ……………… 461
ヤング, モイラ (ヤングアダルト) …………… 461
ヤンシー, リック (ミステリー, スリラー) …… 461
ヤンソン, アンナ (ミステリー, スリラー) …… 462

〔 ユ 〕

ユウ, チャールズ (SF, ファンタジー) ……… 462
ユージェニデス, ジェフリー (文学) ………… 462

ユーン, ポール (文学) …………………………… 462

〔 ヨ 〕

ヨート, ミカエル (ミステリー) ……………… 463
ヨナソン, ヨナス (文学, ユーモア) ………… 463

〔 ラ 〕

ライ, バリ (ヤングアダルト, ロマンス) ……… 464
ライアニエミ, ハンヌ (SF, ファンタジー) …… 464
ライアン, アンソニー (SF, ファンタジー) …… 464
ライアン, クリス (ミステリー, スリラー) …… 465
ライアン, ブリトニー (ファンタジー) ……… 465
ライアン, ロブ (ミステリー) ………………… 466
ライオダン, リック
　→リオーダン, リックを見よ
ライガ, バリー (ヤングアダルト, 文学) ……… 466
ライク, クリストファー (ミステリー, スリ
ラー) ……………………………………………… 466
ライクス, キャシー (ミステリー, スリラー) ‥ 467
ライザート, レベッカ (文学) ………………… 467
ライス, デイヴィッド (児童書) ……………… 467
ライティック・スミス, グレッグ (ヤングアダ
ルト) ……………………………………………… 468
ライリー, マシュー (ミステリー, スリラー) ‥ 468
ラヴェット, チャーリー (歴史, ミステリー) ‥ 468
ラクース, アマーラ (文学) …………………… 469
ラシター, リアノン (ミステリー, ホラー) …… 469
ラシャムジャ (文学) …………………………… 469
ラシュディ, マブルーク (文学) ……………… 469
ラシュナー, ウィリアム (ミステリー, スリ
ラー) ……………………………………………… 470
ラーセン, ライフ (文学) ……………………… 470
ラーソン, M.A. (ファンタジー) ……………… 470
ラーソン, オーサ (ミステリー, スリラー) …… 470
ラーソン, B.V. (SF, ファンタジー) ………… 471
ラタン, サンドラ (ミステリー) ……………… 471
ラックマン, トム (文学, ミステリー) ……… 471
ラッセル, カレン (文学, ユーモア) ………… 472
ラッセル, クレイグ (ミステリー) …………… 472
ラッツ, リサ (ミステリー, ユーモア) ……… 472
ラトナー, ヴァディ (文学) …………………… 472
ラーバレスティア, ジャスティーン (ヤング
アダルト) ………………………………………… 473
ラピドゥス, イェンス (ミステリー, スリ
ラー) ……………………………………………… 473
ラヒーミー, アティーク (文学) ……………… 474
ラブ, M.E. (ミステリー) ……………………… 474
ラファージ, ポール (SF, 歴史) ……………… 475

(25)

ラフイハ　　　　人名目次

ラフィーバース, R.L.(児童書, ファンタジー) ……………………… 475
ラーブチャルーンサップ, ラッタウット(文学) ……………………… 475
ラフトス, ピーター(ホラー) ……………… 476
ラプトン, ロザムンド(文学) …………… 476
ラプラント, アリス(文学) ……………… 476
ラフルーア, スザンヌ(児童書) ………… 477
ラム, ヴィンセント(その他) …………… 477
ラム, ジョン・J.(ミステリー, スリラー) ……… 477
ラングリッシュ, キャサリン(ファンタジー, 児童書) ……………………… 477
ランデイ, ウィリアム(ミステリー, スリラー) ……………………… 478
ランディ, デレク(ヤングアダルト, ファンタジー) ……………………… 478
ランバック, アンヌ(ミステリー) ……… 478
ランベール, P.J.(スリラー) …………… 479

〔リ〕

リー, イーユン(文学) …………………… 479
リー, ジョセフ(ミステリー) …………… 480
リー, チャンネ(文学) …………………… 480
リー, ドン(文学) ………………………… 480
リー, ナム(文学) ………………………… 480
リー, パトリック(ミステリー, スリラー) ……… 481
リーヴ, フィリップ(児童書, ヤングアダルト) ……………………… 481
リオーダン, リック(ヤングアダルト, ファンタジー) ……………………… 482
リカーズ, ジョン(ミステリー) ………… 483
リカルツィ, ロレンツォ(文学) ………… 484
リクス, ミーガン(児童書) ……………… 484
リグズ, ランサム(ヤングアダルト, スリラー) ……………………… 484
リース, マット・ベイノン(ミステリー, スリラー) ……………………… 484
リチャードソン, C.S.(文学) …………… 485
リテル, ジョナサン(文学) ……………… 485
リード, ハンナ(ミステリー, ユーモア) … 485
リードベック, ペッテル(児童書) ……… 486
リトルフィールド, ソフィー(スリラー, ミステリー) ……………………… 486
リマッサ, アレッサンドロ(文学) ……… 486
リミントン, ステラ(ミステリー, スリラー) … 487
リャン, ダイアン・ウェイ(ミステリー) … 487
リュウ, ケン(SF, ファンタジー) ……… 487
リリン, ニコライ(文学) ………………… 487
リロイ, J.T.(文学) ……………………… 488
リーン, サラ(児童書) …………………… 488
リン, フランシー(ミステリー, スリラー) … 488
リン, マット(ミステリー, スリラー) …… 489

リンク, ケリー(文学, SF) ……………… 489
リンゴー, ジョン(SF, ファンタジー) …… 490
リンズ, ゲイル(ミステリー, スリラー) … 490
リンチ, スコット(SF, ファンタジー) …… 490
リンデル, スーザン(歴史) ……………… 491
リンド, ヘイリー(ミステリー, スリラー) … 491
リンドクヴィスト, ヨン・アイヴィデ(ホラー) ……………………… 491

〔ル〕

ルー, マリー(SF, ファンタジー) ……… 492
ルイ, エドゥアール(文学) ……………… 492
ルイス, サイモン(ミステリー, スリラー) … 492
ルイス, ジル(ヤングアダルト) ………… 493
ルヴォワル, ニーナ(ミステリー) ……… 493
ルースルンド, アンデシュ(ミステリー, スリラー) ……………………… 493
ルッカ, グレッグ(ミステリー) ………… 494
ルツコスキ, マリー(ファンタジー) …… 494
ルービン, ジェイ(文学) ………………… 494
ルーベンフェルド, ジェド(ミステリー) … 495
ルメートル, ピエール(ミステリー, サスペンス) ……………………… 495

〔レ〕

レイナード, シルヴァイン(文学, ロマンス) … 496
レヴィ, ジュスティーヌ(文学) ………… 496
レヴィ, マルク(文学) …………………… 496
レヴィツカ, マリーナ(文学) …………… 497
レヴィンスン, ロバート・S.(ミステリー, スリラー) ……………………… 497
レスマン, C.B.(児童書) ………………… 497
レッキー, アン(SF, ファンタジー) …… 498
レックバリ, カミラ(ミステリー, スリラー) … 498
レドモンド, パトリック(スリラー) …… 499
レナー, ジェイムズ(ミステリー, スリラー) … 499
レナード, ピーター(ミステリー, スリラー) … 499
レニソン, ルイーズ(ヤングアダルト, 文学) … 499
レフラー, ライナー(スリラー) ………… 500
レヘトライネン, レーナ(ミステリー, スリラー) ……………………… 500

〔ロ〕

ロイ, ローリー(ミステリー) …………… 501
ロウ, イングリッド(児童書) …………… 501
ローウェル, ヴァージニア(ミステリー) … 501

人 名 目 次　　　　ワン

ローウェル, ネイサン (SF, ファンタジー) …‥ 501
ローウェル, ヘザー (ミステリー, ロマンス) ‥ 502
ローウェル, レインボー (文学) ………………… 502
ローガン, シャーロット (文学) ………………… 502
六六 (文学) ………………………………………… 502
ローシャ, ルイス・ミゲル (ミステリー, スリ
　ラー) …………………………………………… 503
ローシュ, シャーロッテ (文学) ………………… 503
ロス, アダム (文学, ミステリー) ……………… 503
ローズ, ダン (文学) ……………………………… 503
ロス, ベロニカ (ヤングアダルト) …………… 504
ロスファス, パトリック (ファンタジー, ヤン
　グアダルト) …………………………………… 504
ロースン, M.A. (ミステリー, サスペンス) …‥ 505
ローゼン, レナード (ミステリー, スリラー) … 505
ローセンフェルト, ハンス (ミステリー) ……‥ 505
ローゾフ, メグ (ヤングアダルト) …………… 506
ローソン, アンシア (ロマンス, ミステリー) ‥ 506
ロダート, ヴィクター (文学) ………………… 506
ロック, アッティカ (ミステリー) …………… 506
ロッツ, サラ (ミステリー, ホラー) ………… 507
ローテンバーグ, ロバート (ミステリー, スリ
　ラー) …………………………………………… 507
ロード, シンシア (児童書) …………………… 507
ロバーツ, グレゴリー・デイヴィッド (その
　他) ……………………………………………… 507
ロバートスン, イモジェン (歴史, ミステ
　リー) …………………………………………… 508
ロビラ, アレックス (その他) ………………… 508
ロビンズ, デイヴィッド・L. (スリラー) …… 509
ロビンスン, ジェレミー (スリラー, SF) … 509
ロビンソン, パトリック (ミステリー, スリ
　ラー) …………………………………………… 510
ロブソン, ジャスティナ (SF, ファンタジー)
　…………………………………………………… 510
ロブレスキー, デイヴィッド (文学) ………… 510
ローリー, ヴィクトリア (ミステリー, スリ
　ラー) …………………………………………… 510
ローリング, J.K. (ファンタジー, ミステ
　リー) …………………………………………… 511
ロリンズ, ジェームズ (スリラー, SF) ……… 513
ロロ, ゴード (ホラー, サスペンス) ………… 515
ロワチー, カリン (SF, ファンタジー) ……… 515
ロンカ, マッティ (ミステリー) ……………… 516

〔ワ〕

ワイズバーガー, ローレン (文学, ロマンス) … 516
ワイマン, マット (ヤングアダルト, スリ
　ラー) …………………………………………… 517
ワイルズ, デボラ (文学, 児童書) …………… 517
ワトキンズ, クレア (文学, SF) ……………… 517

ワトソン, ジュード (ミステリー, ヤングアダ
　ルト) …………………………………………… 517
ワーナー, ペニー (ミステリー, 児童書) ……… 519
ワン, ルル (文学) ……………………………… 520

(27)

海外文学　新進作家事典

海外文学　新進作家事典

〔 ア 〕

アイスラー, バリー　*Eisler, Barry*　　　　　　ミステリー, スリラー

アメリカの作家、弁護士。1964年ニュージャージー州生まれ。89年コーネル大学ロー・スクール卒業後、アメリカ中央情報局（CIA）の戦略スタッフとして3年間トレーニングを受ける。その後、在米の日本企業に弁護士として勤務。東京や大阪に3年間滞在した経験があり、流暢な日本語を話し、日本文化にも造詣が深い。柔道は学生時代から親しみ、黒帯の腕前。2002年東京を舞台に日米ハーフの殺し屋ジョン・レインが活躍するシリーズ第1作となる犯罪小説『レイン・フォール/雨の牙』を発表し作家デビュー。同作はベストセラーとなり、10カ国以上で翻訳・出版、09年には椎名桔平主演で映画化された。

最近の翻訳書

◇『フォールト・ライン―断たれた絆』 *Fault line* バリー・アイスラー著, 横山啓明訳　早川書房　2009.4　458p　20cm　（Hayakawa novels）　2000円　①978-4-15-209018-8

◇『ハード・レイン/雨の影』 *Hard rain* バリー・アイスラー著, 池田真紀子訳　早川書房　2009.3　495p　16cm　（ハヤカワ・ミステリ文庫　HM360-2）　940円　①978-4-15-178152-0

◇『レイン・フォール/雨の牙』 *Rain fall* バリー・アイスラー著, 池田真紀子訳　早川書房　2009.3　493p　16cm　（ハヤカワ・ミステリ文庫　HM360-1）　900円　①978-4-15-178151-3

◇『雨の掟』 *Killing rain* バリー・アイスラー著, 池田真紀子訳　ヴィレッジブックス　2007.9　474p　15cm　（ヴィレッジブックス）　960円　①978-4-86332-911-9

◇『雨の罠』 *Rain storm* バリー・アイスラー著, 池田真紀子訳　ソニー・マガジンズ　2006.6　487p　15cm　（ヴィレッジブックス）　950円　①4-7897-2902-8

アウアー, マルギット　*Auer, Margit*　　　　　　　　　　　　児童書

ドイツのジャーナリスト、作家。長年ジャーナリストとして新聞社や通信社で働いた後、2007年から児童書の作家として活躍。〈コーンフィールド先生とふしぎな動物の学校〉シリーズは、13年に第1巻が刊行され、以来ドイツで26万部を超えるセールスを記録。ドイツで最も著名なニュース週刊誌「デア・シュピーゲル」のベストセラー・ランキングリスト、児童書部門で何度もトップテン入りを果たしたことのある人気シリーズとして知られる。作家の夫、3人の息子とともにドイツ南部アイヒシュテットに暮らす。

最近の翻訳書

◇『コーンフィールド先生とふしぎな動物の学校　3　明かりを消して！』 *Die Schule der magischen Tiere-Licht aus!* マルギット・アウアー著, 中村智子訳　学研プラス　2016.2　252p　19cm　880円　①978-4-05-204356-7

◇『コーンフィールド先生とふしぎな動物の学校　2　校庭は穴だらけ！』 *Die Schule der magischen Tiere: voller Löcher!* マルギット・アウアー著, 中村智子訳　学研プラス　2015.11　254p　19cm　880円　①978-4-05-204316-1

◇『コーンフィールド先生とふしぎな動物の学校　1　カメとキツネと転校

生！』 *Die Schule der magischen Tiere* マルギット・アウアー著, 中村智子訳　学研教育出版　2015.7　246p　19cm　880円　①978-4-05-204128-0

アヴァッローネ, シルヴィア　*Avallone, Silvia*　　　　　　　　文学

イタリアの作家。1984年4月11日ビエッラ生まれ。ボローニャ大学卒。早くから雑誌に詩や短編小説を発表。2010年に発表した初の長編『鋼の夏』がベストセラーとなり、イタリアの文学賞・ストレーガ賞で次点となったほか、カンピエッロ文学新人賞、フライアーノ文学賞、フレジェネ賞を受賞。イタリアで最も注目を集める作家の一人。

最近の翻訳書

◇『鋼の夏』 *Acciaio*　シルヴィア・アヴァッローネ著, 荒瀬ゆみこ訳　早川書房　2011.9　475p　20cm　2800円　①978-4-15-209242-7

アヴァンツィーニ, レーナ　*Avanzini, Lena*　　　　ミステリー, ヤングアダルト

オーストリアの作家。1964年インスブルック生まれ。ミュージシャン、音楽教師として活動する傍ら、2007年頃から小説を書き始める。12年古都の闇を描き出したミステリー『インスブルック葬送曲』(11年)で、その年の最高のデビュー作に与えられるフリードリヒ・グラウザー賞新人賞を受賞。子供向けの小説も手がける。

最近の翻訳書

◇『インスブルック葬送曲』 *TOD IN INNSBRUCK*　レーナ・アヴァンツィーニ著, 小津薫訳　扶桑社　2013.11　428p　16cm　(扶桑社ミステリー　ア10-1)　800円　①978-4-594-06942-1

アオヴィニ, カドゥスガヌ　*Auvini, Kadresengane*　　　　　　　文学

漢字表記＝奥威尼 卡露斯

台湾の作家。1945年11月15日屏東県霧台郷好茶村(現・コチャポガヌ)生まれ。ルカイ族。台湾三育基督学院の企業管理学科を卒業後、80年代末までキリスト教の基督復臨安息日会で伝道に従事しながら教会事務の会計を担当。その後、"回帰部落運動"のなかで、90年故郷の好茶村に帰り、創作活動に従事するようになる。作品集には『魯凱童謡』(93年)、『雲豹的伝人』(96年)、『野百合之歌』(2002年)、『詩与散文的魯凱 神秘的消失』(06年)などがある。散文「雲豹の伝人」(『台湾原住民文学選4』草風館、04年)と長編小説「野のユリの歌」(同7, 09年)が翻訳されている。

最近の翻訳書

◇『台湾原住民文学選　7　海人・猟人』　下村作次郎, 孫大川, 土田滋, ワリス・ノカン編　シャマン・ラポガン, アオヴィニ・カドゥスガヌ著, 魚住悦子, 下村作次郎編訳・解説　浦安　草風館　2009.4　303p　20cm　2800円　①978-4-88323-185-0　内容：シャマン・ラポガン集 「海人」シャマン・ラポガン著, 魚住悦子訳 「漁夫の誕生」シャマン・ラポガン著, 魚住悦子訳 アオヴィニ・カドゥスガヌ集 「野のユリの歌」アオヴィニ・カドゥスガヌ著, 下村作次郎訳 解説「シャマン・ラポガンと海に生きる人々」魚住悦子著 「アワ文化と狩猟生活」下村作次郎著

アギアレイ, アン　*Aguirre, Ann*　　　SF, ロマンス

別筆名＝グレイ, アバ〈Gray, Ava〉

　　　　コナー, エレン〈Connor, Ellen〉

アメリカの作家。サーカスの道化役者や、声優、事務員など多彩な職歴を経た後、2008年『グリムスペース』でSF界にデビュー。スピード感あふれる語り口と、個性豊かな登場人物、先の読めないストーリーテリングの巧みさなどで大好評を博し、すぐさまシリーズ化された。ほかにもさまざまなジャンルでロマンティックな色合いの濃い作品を発表。「ニューヨーク・タイムズ」「USAトゥデイ」各紙のベストセラー作家。アバ・グレイ、エレン・コナーの筆名でも執筆する。メキシコ在住。

最近の翻訳書

◇『グリムスペース』　*Grimspace*　アン・アギアレイ著, 幹遥子訳　早川書房
2011.5　463p　16cm　（ハヤカワ文庫　SF1808）　940円　①978-4-15-011808-2

アグス, ミレーナ　*Agus, Milena*　　　文学

イタリアの作家。1955年サルデーニャ出身の両親のもとジェノバで生まれ、サルデーニャの州都カリアリの高校でイタリア語と歴史を教える。2005年旧石器時代から続くサルデーニャの一族を描いた『Mentre dorme il pescecane（サメが眠っている間に）』で作家デビュー。06年に発表した第2作『祖母の手帖』は20カ国で翻訳され、フランスでは1カ月で4版を重ね5万部以上を売り上げたほか、イタリアを代表する文学賞であるストレーガ賞やカンピエッロ賞の最終候補作となった。

最近の翻訳書

◇『祖母の手帖』　*MAL DI PIETRE*　ミレーナ・アグス著, 中嶋浩郎訳　新潮社
2012.11　141p　20cm　（CREST BOOKS）　1600円　①978-4-10-590098-4

アクセルソン, カリーナ　*Axelsson, Carina*　　　ミステリー, 児童書

アメリカの作家。カリフォルニア州生まれ。ニューヨークでファッションモデルとして活躍した後、パリに移住。モデルをしながら、絵本『Nigel of Hyde Park』（2004年）を発表。モデルとしての経験をもとに華麗なるファッション界の裏を描いた〈モデル探偵事件録〉シリーズで人気を得る。

最近の翻訳書

◇『モデル探偵事件録―アクセル、パリを駆け巡る』　*MODEL UNDER COVER A CRIME OF FASHION*　カリーナ・アクセルソン著, 池本尚美訳
早川書房　2016.1　439p　16cm　（ハヤカワ・ミステリ文庫　HM 426-4）
860円　①978-4-15-181504-1

アクーニン, ボリス　*Akunin, Boris*　　　ミステリー

本名＝チハルチシヴィリ, グリゴリー〈Chkhartishvili, Grigorii Shalvovich〉

別名＝Borisova, Anna

ロシアの作家、日本文学研究者、翻訳家、文芸批評家。1956年5月20日ソ連グルジア共和国トビリシ（ジョージア）生まれ。73年モスクワ大学（アジア・アフリカ諸国研究所）卒。父親がグルジア系だが、モスクワで育った。少年時代、安部公房の作品集を読み、日本文学の魅力に憑

りつかれる。70年東海大学交換留学生として来日。80年代後半にはペレストロイカで解禁となった三島由紀夫をはじめ、島田雅彦、多和田葉子らの作品を次々とロシアに紹介する。特に三島作品『サド侯爵夫人』『近代能楽集』『真夏の死』『金閣寺』のロシア語訳で知られる。文芸誌「外国文学」評論部長を経て、副編集長、のち編集長。ロシア語版『日本文学選集』の編集責任者も務め、日本の雑誌「新潮」などに寄稿する気鋭の批評家でもある。2007年三島由紀夫のロシア語訳で野間文芸翻訳賞を受賞。一方、ボリス・アクーニン（悪人）のペンネームでミステリー作家としても活躍し、1998年〈ファンドーリンの冒険〉シリーズを発表。2000年アンチ・ブッカー賞を受賞。気品ある作風で人気を呼び、俗悪とされていた推理小説の印象を変えた。ミリオンセラーを連発し、世界各国で翻訳されている。1991年8月革命時には妻とともに "ホワイトハウス" 前でエリツィン派と行動をともにした。

＊＊＊最近の翻訳書＊＊＊

◇『トルコ捨駒スパイ事件』 Турецкий гамбит　ボリス・アクーニン著, 奈倉有里訳　岩波書店　2015.6　275p　19cm　（ファンドーリンの捜査ファイル）　1900円　①978-4-00-061049-0

◇『堕天使（アザゼル）殺人事件』 Азазель　ボリス・アクーニン著, 沼野恭子訳　岩波書店　2015.6　322p　19cm　（ファンドーリンの捜査ファイル）　1900円　①978-4-00-061048-3

◇『アキレス将軍暗殺事件—ファンドーリンの捜査ファイル』 Смерть Ахиллеса　ボリス・アクーニン著, 沼野恭子, 毛利公美訳　岩波書店　2007.2　434p　19cm　1700円　①978-4-00-024635-4

◇『リヴァイアサン号殺人事件—ファンドーリンの捜査ファイル』 Левиафан　ボリス・アクーニン著, 沼野恭子訳　岩波書店　2007.2　319p　19cm　1600円　①978-4-00-024634-7

アシート, マーク　*Acito, Marc*　　　　ユーモア, ヤングアダルト

アメリカの作家、コラムニスト、脚本家。1966年1月11日ニュージャージー州ベイヨン生まれ。カーネギーメロン大学で舞台芸術を学んだあと、いくつかのオペラ団に所属。人気コラムニスト、脚本家としても活躍。2004年『ライ麦畑をぶっとばせ』で小説デビュー。05年同作はオレゴン・ブック・アワードを受賞した。オレゴン州ポートランド在住。

＊＊＊最近の翻訳書＊＊＊

◇『ライ麦畑をぶっとばせ』 *How I paid for college*　マーク・アシート著, 小原亜美訳　ソニー・マガジンズ　2006.3　492p　15cm　（ヴィレッジブックス）　900円　①4-7897-2819-6

アシュビー, マデリン　*Ashby, Madeline*　　　　SF, ファンタジー

アメリカの作家。1983年カリフォルニア州パノラマシティ生まれ。未来予測関連の仕事の傍ら、SFを執筆し、2007年の短編「In Which Joe and Laurie Save Rock n' Roll」でデビュー。12年第1長編『vN』を発表。カナダのトロント在住。

＊＊＊最近の翻訳書＊＊＊

◇『vN』 *vN*　マデリン・アシュビー著, 大森望訳　早川書房　2014.12　382p　19cm　（新☆ハヤカワ・SF・シリーズ　5018）　1900円　①978-4-15-335018-2

海外文学　新進作家事典　　アタムス

アースキン, キャスリン　*Erskine, Kathryn*　　　　　　　ヤングアダルト

オランダ生まれの作家。ヨーロッパ、アフリカ、カナダ、アメリカで育つ。15年間弁護士として働いた後、子供の頃からの夢だった作家に転身。初めての作品『Quaking』(2007年)が、アメリカ図書館協会のヤングアダルト図書館サービス部会が選定する "読書ぎらいのヤングアダルトも気軽に読めるトップテン" 入りする。10年『モッキンバード』で全米図書賞（児童文学部門）受賞。夫、2人の子供とともにバージニア州在住。

最近の翻訳書

◇『モッキンバード』 *MOCKINGBIRD* キャスリン・アースキン著, ニキリンコ訳　明石書店　2013.1　270p　20cm　1300円　①978-4-7503-3750-0

◇『ぼくの見つけた絶対値』 *THE ABSOLUTE VALUE OF MIKE* キャスリン・アースキン著, 代田亜香子訳　作品社　2012.7　266p　20cm　1800円　①978-4-86182-393-0

アセンシ, マティルデ　*Asensi, Matilde*　　　　　　　　　歴史

スペインのジャーナリスト、作家。1962年アリカンテ生まれ。バルセロナの大学でジャーナリズムを学び、卒業後は3年間ラジオ局で報道を担当。99年『El salón de ámbar（琥珀色の部屋）』で作家デビュー。第3作で、初の英訳作品となった『聖十字架の守り人』は、2007年の国際ラテン・ブック・アワードでベスト冒険小説に選ばれた。

最近の翻訳書

◇『聖十字架の守り人　上』 *EL ULTIMO CATON*（重訳）*THE LAST CATO* マティルデ・アセンシ著, 岡本ゆみ訳　オークラ出版　2014.12　311p　15cm（マグノリアブックス）　741円　①978-4-7755-2342-1

◇『聖十字架の守り人　下』 *EL ULTIMO CATON*（重訳）*THE LAST CATO* マティルデ・アセンシ著, 岡本ゆみ訳　オークラ出版　2014.12　377p　15cm（マグノリアブックス）　759円　①978-4-7755-2343-8

アダーソン, キャロライン　*Adderson, Caroline*　　　　　児童書

カナダの作家。アルバータ州出身。ブリティッシュ・コロンビア大学で教育学を修める。デビュー作がカナダの総督文学賞にノミネートされ、Ethel Wilson Fiction賞を受賞。CBC文学賞は3回受賞。2006年創作活動全体に対してMarian Engel賞を受賞。13年には〈Jasper John Dooley〉シリーズの『Left Behind』が書評誌「カーカス・レビュー」のベストチルドレンズブックに選出。『母さんが消えた夏』はシーラー・A.エゴフ児童文学賞を受賞した。ブリティッシュ・コロンビア州在住。

最近の翻訳書

◇『ニコラといたずら天使』 *A SIMPLE CASE OF ANGELS* キャロライン・アダーソン著, 田中奈津子訳　講談社　2015.10　239p　20cm（講談社文学の扉）　1400円　①978-4-06-283237-3

◇『母さんが消えた夏』 *Middle of Nowhere* キャロライン・アダーソン著, 田中奈津子訳　講談社　2014.6　262p　20cm（講談社文学の扉）　1400円　①978-4-06-283229-8

アダムズ, ウィル　*Adams, Will*　　　　　　　　　　　　ミステリー

イギリスの作家。営業職や倉庫番など多様な職業を経験した後、ワシントンD.C.に本社を持

つ法人コンサルタント企業に勤務。その一方で作家になるという夢を持ち続け小説の題材を収集。その後、専業作家になるため辞職し、2007年処女作『アレクサンダーの暗号』を発表した。エセックス在住。

最近の翻訳書

◇『アレクサンダーの暗号』 *The Alexander cipher* ウィル・アダムズ著, 棚橋志行訳 二見書房 2008.10 523p 15cm （二見文庫―ザ・ミステリ・コレクション） 952円 ①978-4-576-08137-3

アダムス, ガイ　*Adams, Guy*　　　　　　　　　　　　　ミステリー

イギリスの作家。1976年生まれ。俳優として12年間活動した後、専業作家となる。シャーロック・ホームズ研究の第一人者で、イギリス・グラナダテレビ制作のジェレミー・ブレット主演「シャーロック・ホームズ」のガイドブックや、BBC制作のベネディクト・カンバーバッチ主演「SHERLOCK シャーロック」のガイドブック『シャーロック・ケースブック』の執筆も手がける。また、テレビシリーズ〈時空刑事1973〉の小説版の執筆も担当した。

最近の翻訳書

◇『シャーロック・ホームズ恐怖！ 獣人モロー軍団』 *Sherlock Holmes：The Army of Dr Moreau* ガイ・アダムス著, 富永和子訳 竹書房 2015.6 323p 15cm （竹書房文庫　あ7-2） 770円 ①978-4-8019-0313-5

◇『シャーロック・ホームズ神の息吹殺人事件』 *Sherlock Holmes：THE BREATH OF GOD* ガイ・アダムス著, 富永和子訳 竹書房 2014.10 295p 15cm （竹書房文庫　あ7-1） 750円 ①978-4-8124-8895-9

アダムスン, アイザック　*Adamson, Isaac*　　　　　　ミステリー, スリラー

アメリカの作家。1971年コロラド州フォートコリンズ生まれ。大学で映画学を学ぶ。2000年日本を舞台にした『東京サッカーパンチ』で作家デビュー。長編第5作となる『コンプリケーション』はMWA賞ペーパーバック賞にノミネートされた。ポートランド在住。

最近の翻訳書

◇『コンプリケーション』 *COMPLICATION* アイザック・アダムスン著, 清水由貴子訳 早川書房 2014.3 322p 19cm （HAYAKAWA POCKET MYSTERY BOOKS　1881） 1700円 ①978-4-15-001881-8

アッシャー, ジェイ　*Asher, Jay*　　　　　　　　　　　ヤングアダルト

アメリカの作家。1975年カリフォルニア州生まれ。93年に高校を卒業後、クエスタ・カレッジとカリフォルニア州立工科大学サンルイスオビスポ校で学び、児童書作家を志す。書店員や図書館員、靴店員などの職を経験後、図書館に勤務しながら執筆活動を行う。2007年青春ミステリー『13の理由』でデビュー。「ニューヨーク・タイムズ」紙のベストセラー・リストに1年以上載り、アメリカだけでも100万部を超える大ヒット作となった。テレビドラマシリーズ化もされる。カリフォルニア州在住。

最近の翻訳書

◇『6日目の未来』 *The Future of Us* ジェイ・アッシャー, キャロリン・マックラー著, 野口やよい訳 新潮社 2012.12 426p 16cm （新潮文庫　アー26-1） 710円 ①978-4-10-218271-0

◇『13の理由』 *Thirteen reasons why* ジェイ・アッシャー著, 武富博子訳 講

談社　2009.3　341p　19cm　1600円　①978-4-06-215322-5

アッシャー, ニール　*Asher, Neal*　　　SF, ファンタジー

イギリスの作家。1961年エセックス州ビラリケイ生まれ。SFファンだった両親の影響を受け、E.C.タブをはじめとするSF小説を乱読する。16歳の時からSFを書き始め、さまざまな職業に就きながら90年代を通じて短編や中編を発表。2001年『Gridlinked』で長編デビューを果たす。同作は出版されるや大評判となり、人気シリーズとなった。

最近の翻訳書

◇『超人類カウル』　*Cowl*　ニール・アッシャー著, 金子司訳　早川書房　2007.12　607p　16cm　（ハヤカワ文庫　SF）　960円　①978-4-15-011646-0

アップデール, エレナー　*Updale, Eleanor*　　　ミステリー, ヤングアダルト

イギリスの作家。1953年南ロンドン・カンバーウェル生まれ。オックスフォード大学卒。歴史の分野で博士号を取得。75〜90年BBCでテレビとラジオのニュース番組制作にプロデューサーと携わり、子育てのため退職。以来さまざまな仕事に関わりながら、小説を書き始める。ビクトリア朝を舞台に元犯罪者がスパイになるという〈モンランシー〉シリーズでデビュー。子供たちのためのチャリティー運動 "コラム" の運営に携わり、病院での医学倫理委員会にも参加する。

最近の翻訳書

◇『最後の1分』　*THE LAST MINUTE*　エレナー・アップデール著, 杉田七重訳　東京創元社　2014.11　254p　20cm　1800円　①978-4-488-01035-5
◇『天才ジョニーの秘密』　*JOHNNY SWANSON*　エレナー・アップデール作, こだまともこ訳　評論社　2012.11　405p　19cm　（海外ミステリーBOX）　1600円　①978-4-566-02429-8

アップルゲイト, キャサリン　*Applegate, Katherine*　　　SF, 児童書

アメリカの作家。1956年ミシガン州生まれ。子供の頃から動物が好きで、一時は獣医を志すが、やがて作家を目指すようになる。さまざまな職を経験した後、96年SFヤングアダルト作品〈アニモーフ〉シリーズを書き始め、世界でシリーズ累計3500万部以上の大ヒットとなった。2008年『Home of the Brave』でゴールデン・カイト賞、ジョゼット・フランク児童文学賞、ジュディ・ロペス記念賞を受賞。また、『世界一幸せなゴリラ、イバン』（12年）でもニューベリー賞、クリストファー賞など数々の賞を受けた。

最近の翻訳書

◇『世界一幸せなゴリラ、イバン』　*The One and Only Ivan*　Katherine Applegate著, 岡田好惠訳, くまあやこ絵　講談社　2014.7　267p　20cm（講談社文学の扉）　1400円　①978-4-06-219040-4

アディガ, アラヴィンド　*Adiga, Aravind*　　　文学

インドの経済ジャーナリスト、作家。1974年10月23日マドラス（現・チェンナイ）生まれ、南インドのマンガロールで育つ。アメリカのコロンビア大学コロンビア・カレッジで英文学を学んだ後、経済ジャーナリストとして「フィナンシャル・タイムズ」「ウォールストリート・ジャーナル」各紙などに寄稿。南アジア特派員として「タイム」誌に勤務する。2008年初の小説作品

である『グローバリズム出づる処の殺人者より』でブッカー賞を受賞した。ムンバイ在住。

最近の翻訳書

◇『グローバリズム出づる処の殺人者より』 *The white tiger* アラヴィンド・アディガ著, 鈴木恵訳 文藝春秋 2009.2 319p 19cm 1800円 ①978-4-16-327560-4

アディーチェ, チママンダ・ンゴズィ *Adichie, Chimamanda Ngozi* 文学

ナイジェリアの作家。1977年9月15日エヌグ生まれ。イボ民族の出身。6人きょうだいの5番目に生まれ、大学町のスッカで育つ。ナイジェリア大学で短期間医学と薬学を学び、19歳で奨学金を得て渡米。ドレクセル大学、東コネティカット大学でコミュニケーション学と政治学を学び、作品を発表しながらジョンズ・ホプキンズ大学クリエイティブ・ライティングコースで修士を修める。2003年にO.ヘンリー賞、PEN/デービッド・T.K.ウォン短編賞を受賞。その後も数々の賞にノミネートされ、05年初の長編『パープル・ハイビスカス』でコモンウェルス作家賞を受賞。ビアフラ戦争をテーマとした長編『半分のぼった黄色い太陽』は、07年最年少でオレンジ賞に輝き、"ランドマークとなる小説"と絶賛の嵐を巻き起こす。08年エール大学でアフリカ研究の修士号を取得。ナイジェリアとアメリカを往復しながら創作活動を続ける。

最近の翻訳書

◇『明日は遠すぎて─Collected Stories 2』 *Tomorrow is too far.*［etc.］ チママンダ・ンゴズィ・アディーチェ著, くぼたのぞみ訳 河出書房新社 2012.3 205p 20cm 1800円 ①978-4-309-20591-5

◇『半分のぼった黄色い太陽』 *Half of a yellow sun* チママンダ・ンゴズィ・アディーチェ著, くぼたのぞみ訳 河出書房新社 2010.8 506p 20cm 2600円 ①978-4-309-20551-9

◇『アメリカにいる、きみ』 チママンダ・ンゴズィ・アディーチェ著, くぼたのぞみ訳 河出書房新社 2007.9 249p 20cm （Modern & classic） 1800円 ①978-4-309-20479-6

アデライン, L.マリー *Adeline, L.Marie* ロマンス

カナダの作家、テレビプロデューサー。本名はLisa Gabriele。カナダのテレビ局でプロデューサーを務める一方、作家として活動。本名で発表した2作の小説がカナダのベストセラーとなったほか、ビジネス書のゴーストライターも務めた。2013年L.マリー・アデライン名義の処女作『S.E.C.R.E.T.Shared』がカナダで発売されると、ベストセラー1位を記録。その後〈シークレット〉シリーズは世界的ベストセラーとなっている。

最近の翻訳書

◇『ラヴ・レッスン』 *S.E.C.R.E.T.Shared* L・マリー・アデライン著, 栗原百代訳 河出書房新社 2014.5 293p 20cm 1600円 ①978-4-309-20649-3

◇『シークレット』 *S.E.C.R.E.T* L・マリー・アデライン著, 栗原百代訳 河出書房新社 2013.11 266p 20cm 1400円 ①978-4-309-20634-9

アトキンズ, エース *Atkins, Ace* ミステリー, スリラー

アメリカの作家。1970年6月28日アラバマ州トロイ生まれ。父親はNFLで活躍した著名なプロフットボール選手ビリー・アトキンスで、自身もオーバーン大学でフットボール選手として活躍、最優秀選手に2度選出された経験を持つ。卒業後は、96年から「ダンパ・トリビューン」紙

の事件記者となり、ピュリッツァー賞にもノミネートされた。傍ら小説を執筆、多くのブルース奏者へのインタビューがきっかけとなり、98年『クロスロード・ブルース』で作家デビュー。その後、作家専業となる。2012年からロバート・B.パーカーの〈スペンサー〉シリーズを引き継いで執筆している。

最近の翻訳書

◇『帰郷』 *THE RANGER* エース・アトキンズ著, 小林宏明訳 早川書房 2013.8 486p 16cm （ハヤカワ・ミステリ文庫 HM 394-1） 1000円 ①978-4-15-179901-3

◇『ホワイト・シャドウ』 *White shadow* エース・アトキンズ著, 熊谷千寿訳 ランダムハウス講談社 2008.8 575p 15cm 950円 ①978-4-270-10217-6

アドリントン, L.J.　*Adlington, L.J.*　　　　　　　　　　ヤングアダルト

イギリスの作家。1970年生まれ。ケンブリッジ大学で英語の学位を取得し、日本やスペインに住んだ後、ヨーク州に在住。博物館や学校などで、各時代の衣装を着た実演を行い、歴史を伝える活動に携わる。50年代にワルシャワのユダヤ人居住区で見つかった日記に触発された『ペリー・Dの日記』で2005年に作家デビュー。

最近の翻訳書

◇『ペリー・Dの日記』 *The diary of Pelly-D* L.J.アドリントン作, 菊池由美訳 ポプラ社 2006.5 287p 20cm （ポプラ・リアル・シリーズ　2） 1400円 ①4-591-09253-4

アニー・ベイビー　*Anny baby*　　　　　　　　　　　　　　文学

中国名＝安妮宝貝（アンニホウバイ）

中国の作家。1974年7月11日浙江省寧波生まれ。中国銀行、出版社勤務を経て、24歳の時インターネット上に小説を発表。2000年短編第1集『さよなら、ビビアン』が累計100万部を越える大ベストセラーとなる。04年以降は伝統に回帰しながら、人生の深みを湛えた作品を発表。

最近の翻訳書

◇『さよなら、ビビアン』 アニー・ベイビー著, 泉京鹿訳 小学館 2007.7 318p 19cm 1500円 ①978-4-09-356704-6

アーノルド, ルイーズ　*Arnold, Louise*　　　　　　　　　児童書

イギリスの作家。4歳で初めて詩を書いた時から、作家になることを志望する。26歳の時にBBCが主催した創作コンテストで数千におよぶ応募作から『グレイ・アーサー』で第2のJ.K.ローリング賞を受賞し、2005年同作で作家デビュー。ケント大学を卒業後、現在はカンタベリーで執筆活動を行う。

最近の翻訳書

◇『グレイ・アーサー　2（おばけの訓練生）』 *The ghost school* ルイーズ・アーノルド作, 松本美菜子訳 ヴィレッジブックス 2007.11 445p 22cm 1600円 ①978-4-7897-3188-1

◇『グレイ・アーサー　1（おばけの友だち）』 *The invisible friend* ルイーズ・アーノルド作, 松本美菜子訳 ヴィレッジブックス 2007.7 373p 22cm 1400円 ①978-4-7897-3125-6

アハーン, セシリア　*Ahern, Cecelia*

ロマンス

アイルランドの作家。1981年9月30日ダブリン生まれ。父親はアイルランドの元首相バーティ・アハーン。ダブリンのグリフィス大学でジャーナリズム専攻し、卒業後は大学院で映画を専攻。母親に勧められて小説を書き始め、3カ月で処女小説『P.S.アイラヴユー』を書き上げた。同作は2004年アイルランドを皮切りに40カ国以上で出版されてベストセラーとなり、日本では林真理子の翻訳で出版。また08年にはヒラリー・スワンクとジェラルド・バトラーの配役で映画化された。08年初来日。

最近の翻訳書

◇『**恋に落ちる方法**』　*How To Fall In Love*　セシリア・アハーン著, 倉田真木訳　小学館　2015.1　333p　15cm　（小学館文庫　ア5-5）　750円　①978-4-09-406038-6
◇『**100人の人生の物語**』　*One hundred names*　セシリア・アハーン著, 阿部尚美訳　小学館　2014.1　428p　15cm　（小学館文庫　ア5-4）　819円　①978-4-09-408818-2
◇『**わたしの人生の物語**』　*The Time of My Life*　セシリア・アハーン著, 阿部尚美訳　小学館　2012.11　508p　16cm　（小学館文庫　ア5-3）　857円　①978-4-09-408674-4
◇『**もし、君に僕が見えたら　上**』　*If you could see me now*　セシリア・アハーン著, 川端麻祐子監訳　ゴマブックス　2009.7　325p　15cm　（ゴマ文庫　G130）　790円　①978-4-7771-5137-0
◇『**もし、君に僕が見えたら　下**』　*If you could see me now*　セシリア・アハーン著, 川端麻祐子監訳　ゴマブックス　2009.7　333p　15cm　（ゴマ文庫　G131）　790円　①978-4-7771-5138-7
◇『**愛は虹の向こうに**』　*Where rainbows end*　セシリア・アハーン著, 阿部尚美訳　小学館　2008.12　359p　15cm　（小学館文庫）　752円　①978-4-09-408189-3
◇『**P.S.アイラヴユー**』　*PS, I love you*　セシリア・アハーン著, 林真理子訳　小学館　2008.8　555p　15cm　（小学館文庫）　800円　①978-4-09-408293-7

アベディ, イザベル　*Abedi, Isabel*

ヤングアダルト

ドイツの作家。1967年3月2日西ドイツ・ミュンヘン生まれ。13年間コピーライターとして活躍した後、児童文学作家としてデビュー、著作は40を超える。若者向けのミステリーとして書かれた『日記は囁く』は特に評価が高く、2006年にドイツ語圏でもっとも権威があるドイツ児童文学賞の一部門であるドイツ児童文学賞青少年審査委員賞にノミネートされた。

最近の翻訳書

◇『**日記は囁く**』　*Whisper*　イザベル・アベディ著, 酒寄進一訳　東京創元社　2013.10　275p　19cm　1800円　①978-4-488-01010-2

アペリ, ヤン　*Apperry, Yann*

文学

フランスの作家。1972年生まれ。父親はフランス人、母親はアメリカ人。97年25歳の時に『Qui vive, Minuit（誰何）』でデビュー。2000年第3作にあたる『Diabolus in Musica, Grasset（ディアボルス・イン・ムジカ）』でメディシス賞を受賞。03年には『ファラゴ』で、高校生が選ぶゴンクール賞、およびマルグリット・ピュル＝ドゥマンジュ賞を受賞。このほか戯曲や、オペラの台本、映画のシナリオなどの執筆も手がける。

海外文学　新進作家事典　　　　　　　　　　　　　　　　　　アマト

最近の翻訳書

◇『ファラゴ』 *Farrago* ヤン・アペリ著, 大浦康介訳　河出書房新社　2008.1
444p　20cm　（Modern & classic）　1900円　①978-4-309-20484-0

アポダカ, ジェニファー　*Apodaca, Jennifer*　　　　　ミステリー, スリラー

筆名＝リヨン, ジェニファー〈Lyon, Jennifer〉

アメリカの作家。カリフォルニア州オレンジ郡生まれ。13歳の時に父親を亡くす。高校卒業
後に働きはじめた動物保護施設で夫に出会い、3人の息子をもうけたあと大学に入学し、それ
を機に小説を書き始めた。最初に手がけたミステリー小説『毒入りチョコはキスの味』が大手
出版社のケンジントンの目に留まり、作家デビュー。同作を第1作とする〈Tバック探偵サマン
サの事件簿〉シリーズで人気を呼び、セクシーかつ軽快なテンポの作品を次々と発表する。ま
た、ジェニファー・リヨン名義でロマンス小説を執筆。家族と南カリフォルニア在住。

最近の翻訳書

◇『翡翠の女神の甘い誘惑』 *Extremely hot* ジェニファー・アポダカ著, 清水
由貴子訳　宙出版　2009.8　475p　15cm　（オーロラブックス　ア1-1）
886円　①978-4-7767-9548-3
◇『毒入りチョコはキスの味─Tバック探偵サマンサの事件簿』 *Dating can be
murder* ジェニファー・アポダカ著, 米山裕子訳　ソニー・マガジンズ
2006.5　386p　15cm　（ヴィレッジブックス）　860円　①4-7897-2868-4

アボット, ミーガン　*Abbott, Megan*　　　　　　　　　ミステリー, スリラー

アメリカの作家。ミシガン州デトロイト生まれ。ミシガン大学を卒業後、2000年ニューヨー
ク大学で英米文学の博士号を得、02年にハードボイルド小説とフィルムノワールの研究書を刊
行。文学、創作、映画をニューヨーク大学などで教える。処女長編『さよならを言うことは』
（05年）がMWA賞最優秀新人賞にノミネートされる。第3作の『暗黒街の女』（07年）で、MWA
賞とバリー賞の最優秀ペーパーバック賞を受賞。

最近の翻訳書

◇『暗黒街の女』 *Queenpin* ミーガン・アボット著, 漆原敦子訳　早川書房
2008.11　191p　19cm　（ハヤカワ・ミステリ）　1200円　①978-4-15-
001818-4
◇『さよならを言うことは』 *Die a little* ミーガン・アボット著, 漆原敦子訳
早川書房　2007.4　253p　19cm　（ハヤカワ・ミステリ）　1200円　①978-4-
15-001798-9

アマート, メアリー　*Amato, Mary*　　　　　　　　　　　　　　児童書

アメリカの作家。1961年1月3日イリノイ州生まれ。インディアナ大学で特殊教育とダンスを
専攻した後、ジョンズ・ホプキンズ大学大学院で詩と創作を学んだ。児童書のほか、詩や脚本、
作曲、ダンス、パペット劇などに携わり幅広く活躍。『THE WORD EATER』（未訳）はアリ
ゾナ州読者賞に選ばれた。

最近の翻訳書

◇『パパのメールはラブレター!?』 *The naked mole-rat letters* メアリー・ア
マート作, 尾高薫訳　徳間書店　2011.12　318p　19cm　1600円　①978-4-
19-863318-9

13

アーモンド, デイヴィッド　*Almond, David*

児童書, ヤングアダルト

イギリスの作家。1951年5月15日、イングランド北部のタイン川を見下ろす、古びた炭鉱町に生まれる。7歳で妹を、15歳で父親を亡くす。20代初めに大学で小説や詩・戯曲を書き始める。82年小学校教師を辞め、家を売却して得た金を手にコミューンへ移り、短編を書く。これらの作品は文芸誌に掲載され、2冊の短編集にまとめられた。98年初の児童文学作品『肩胛骨は翼のなごり』が反響を呼び、カーネギー賞とウィットブレッド賞に輝く。2003年の『火を喰う者たち』ではボストングローブ・ホーンブック賞、スマーティーズ賞、ウィットブレッド賞を受賞した。10年国際アンデルセン賞作家賞を受賞。05年『肩胛骨は翼のなごり』が日本で舞台化され来日した。

最近の翻訳書

◇『ミナの物語』 *MY NAME IS MINA*　デイヴィッド・アーモンド著, 山田順子訳　東京創元社　2012.10　234p　19cm　1600円　①978-4-488-01348-6

◇『パパはバードマン』 *My dad's a birdman*　デイヴィッド・アーモンド作, ポリー・ダンバー絵, 金原瑞人訳　フレーベル館　2011.10　161p　21cm　1400円　①978-4-577-03963-2

◇『ヘヴンアイズ』 *Heaven eyes*　デイヴィッド・アーモンド著, 金原瑞人訳　新装版　河出書房新社　2010.6　253p　19cm　1500円　①978-4-309-20541-0

◇『肩胛骨は翼のなごり』 *Skellig*　デイヴィッド・アーモンド著, 山田順子訳　東京創元社　2009.1　241p　15cm　（創元推理文庫　543-02）　700円　①978-4-488-54302-0

◇『クレイ』 *Clay*　デイヴィッド・アーモンド著, 金原瑞人訳　河出書房新社　2007.7　300p　20cm　1600円　①978-4-309-20477-2

◇『星を数えて』 *Counting stars*　デイヴィッド・アーモンド著, 金原瑞人訳　河出書房新社　2006.3　271p　20cm　1600円　①4-309-20457-0

アラルコン, ダニエル　*Alarcón, Daniel*

文学

アメリカの作家。1977年南米ペルーのリマに生まれ、3歳で渡米。コロンビア大学で文化人類学を、アイオワ大学で創作を学び、英語とスペイン語で執筆。雑誌「ニューヨーカー」「ハーパーズ」などに短編を寄稿する一方、「グランタ」「ア・パブリック・スペース」及びペルーの文芸誌「エティケタ・ネグラ」などで編集にも携わる。またペルーの監獄や海賊本市場を取材するジャーナリスト、若手の南米作家たちを英語圏に紹介するアンソロジストとして幅広く活動。初の短編集『War by Candlelight』(2005年)がPEN／ヘミングウェイ賞の最終候補となり、07年に発表した初の長編『ロスト・シティ・レディオ』でPEN／USA賞、ドイツ国際文学賞を受賞。「ワシントン・ポスト」「サンフランシスコ・クロニクル」が選ぶ年間優秀作品にも挙げられた。カリフォルニア大学バークレー校客員教授も務める。カリフォルニア州オークランド在住。

最近の翻訳書

◇『夜、僕らは輪になって歩く』 *At Night We Walk in Circles*　ダニエル・アラルコン著, 藤井光訳　新潮社　2016.1　381p　19cm　（新潮クレスト・ブックス）　2200円　①978-4-10-590123-3

◇『ロスト・シティ・レディオ』 *Lost city radio*　ダニエル・アラルコン著, 藤井光訳　新潮社　2012.1　347p　20cm　（Crest books）　2100円　①978-4-10-590093-9

海外文学　新進作家事典　　　　　　　　　　　　　　アルスラ

アラン, ジェイ　*Allan, Jay*　　　　　　　　　　　SF, ファンタジー

アメリカの作家。子供の頃からSFやファンタジーのファンで読書が趣味。最初はノンフィクション作品を執筆していたが、その後フィクション創作を手がけるようになった。2012年に発表した『真紅の戦場―最強戦士の誕生』から始まる〈真紅の戦場〉シリーズで人気を博す。ほかに宇宙ミリタリーSF〈Portal Wars〉シリーズ、ディストピアSF〈Shattered States〉シリーズなどがある。ニューヨーク市在住。

最近の翻訳書

◇『真紅の戦場―最強戦士の誕生』　*MARINES*　ジェイ・アラン著, 嶋田洋一訳
早川書房　2015.1　318p　16cm　（ハヤカワ文庫 SF　1987）　780円
①978-4-15-011987-4

アリーナ, フェリーチェ　*Arena, Felice*　　　　　　　　　　児童書

オーストラリアの作家。1968年ビクトリア州生まれ。96年『Dolphin Boy Blue』でデビューし、2002年〈Specky Magee〉シリーズで、ベストセラー児童文学作家に。07年『ウィッシュ―願いをかなえよう！』が、IBBY障害児図書センター推薦図書に選ばれる。ビクトリア州メルボルン在住。

最近の翻訳書

◇『ウィッシュ―願いをかなえよう！』　*Wish*　フェリーチェ・アリーナ作, 横
山和江訳　講談社　2011.8　147p　20cm　1100円　①978-4-06-217135-9

アルヴテーゲン, カーリン　*Alvtegen, Karin*　　　　　ミステリー, スリラー

スウェーデンの作家。1965年6月8日ヒュースクヴァーナ生まれ。テレビ脚本家を経て、98年『罪』で小説家デビュー。2001年第2作の『喪失』で、北欧5カ国の推理小説家が対象のベスト北欧推理小説賞・ガラスの鍵賞を受賞。サイコサスペンスを得意としており、"スウェーデン・ミステリー界の女王"とも評される。

最近の翻訳書

◇『バタフライ・エフェクト』　*Fjärilseffekten*　カーリン・アルヴテーゲン著,
ヘレンハルメ美穂訳　小学館　2015.5　365p　15cm　（小学館文庫　ア4-7）
730円　①978-4-09-408837-3
◇『満開の栗の木』　*En sannolik historia*　カーリン・アルヴテーゲン著, 柳沢
由実子訳　小学館　2013.1　445p　16cm　（小学館文庫　ア4-6）　819円
①978-4-09-408716-1
◇『影』　*Skugga*　カーリン・アルヴテーゲン著, 柳沢由実子訳　小学館　2009.
11　487p　15cm　（小学館文庫　ア4-5）　838円　①978-4-09-408334-7
◇『恥辱』　*Skam*　カーリン・アルヴテーゲン著, 柳沢由実子訳　小学館　2007.
11　460p　15cm　（小学館文庫）　733円　①978-4-09-408152-7
◇『裏切り』　*Svek*　カーリン・アルヴテーゲン著, 柳沢由実子訳　小学館
2006.9　413p　16cm　（小学館文庫）　695円　①4-09-405463-4

アルスラン, アントニア　*Arslan, Antonia*　　　　　　　　文学

イタリアの作家。パドヴァ生まれのアルメニア系イタリア人。大学で教鞭を執る傍ら、18、19世紀イタリア大衆文学と女流文学の分野で先駆的な研究を手がける。アルメニアの偉大な詩人ダニエル・ヴァルジャンの『パンの歌』と『麦の海』を共訳したことから、自らのアイデン

15

ティティを再認識し、トルコが1915年に行ったアルメニア人虐殺をテーマにした『ひばり館』（2004年）で小説家デビュー。第15回イタリア・ペンクラブ賞ほか、多くの文学賞を受賞した。現在は大学を退官し、執筆に専念。

最近の翻訳書

◇『ひばり館』 *La masseria delle allodole* アントニア・アルスラン著, 草皆伸子訳 早川書房 2006.2 276p 20cm 2500円 ①4-15-208704-8

アルテミエヴァ, ガリーナ　*Artem'eva, Galina*　　　　文学

ロシアの作家。文学博士号を持ち、モスクワで外国人を相手にロシア語を教える。2010年よりロシア最大の出版社の一つであるEKSMO社より全8冊の小説集の刊行がスタートした。夫はピアニストのコンスタンチン・リフシッツで、子息はロシアのポップグループ、コールニのリードボーカルとして活躍する。ヨーロッパ在住。

最近の翻訳書

◇『ピクニック』 Пикник. [*etc.*] ガリーナ・アルテミエヴァ著, 水野典子, 織田桂子共訳 未知谷 2011.3 206p 20cm 2000円 ①978-4-89642-328-0

アルトバッカー, E.J.　*Altbacker, E.J.*　　　　児童書, ファンタジー

アメリカの作家、脚本家。ノートルダム大学で学士号を取得。脚本家としてアメリカのテレビシリーズ〈グリーン・ランタン〉〈スパイダーマン〉などを成功させる。2011年初めての著書である『サメ王国のグレイ』を出版。カリフォルニア州在住。

最近の翻訳書

◇『サメ王国のグレイ　2　運命のアトランティス決戦』 *SHARK WARS 2 : The Battle of Riptide* E.J.アルトバッカー著, 桑原洋子訳 KADOKAWA 2016.1 253p 19cm 920円 ①978-4-04-103521-4

◇『サメ王国のグレイ　1　七つの海を制する者』 *SHARK WARS* E.J.アルトバッカー著, 桑原洋子訳 KADOKAWA 2015.8 253p 19cm 900円 ①978-4-04-103520-7

アルパート, マーク　*Alpert, Mark*　　　　スリラー, SF

アメリカの作家。ニューヨーク市生まれ。プリンストン大学で天体物理学を専攻した後、コロンビア大学で美術学修士号を取得。新聞記者、科学雑誌編集者などを経て、2008年『アインシュタイン・セオリー』でデビュー。各国で絶賛され、シリーズ化された。

最近の翻訳書

◇『アインシュタイン・セオリー』 *Final theory* マーク・アルパート著, 横山啓明訳 早川書房 2008.12 554p 16cm （ハヤカワ文庫　NV） 940円 ①978-4-15-041189-3

アルビン, ジェニファー　*Albin, Gennifer*　　　　ヤングアダルト

アメリカの作家。ミズーリ大学で18世紀の女性をテーマに研究し、文学修士号を取得。2012年『時を紡ぐ少女』で作家としてデビュー。カンザス州レネクサ在住。

海外文学　新進作家事典　　　　　　アルメル

最近の翻訳書

◇『時を紡ぐ少女』　*CREWEL*　ジェニファー・アルビン著, 杉田七重訳　東京
創元社　2015.5　477p　15cm　（創元SF文庫　SFア4-1）　1300円　①978-4-
488-75501-0

アルフォンシ, アリス　*Alfonsi, Alice*　　　　　　　　　ミステリー

共同筆名＝キンバリー, アリス〈Kimberly, Alice〉

コイル, クレオ〈Coyle, Cleo〉

アメリカの作家。夫マーク・セラシーニとの夫婦合作のペンネーム、アリス・キンバリー名義
で、2004年『幽霊探偵からのメッセージ』でデビュー。2人の別のペンネーム、クレオ・コイ
ル名義で刊行している〈コクと深みの名推理〉シリーズも人気を博す。

最近の翻訳書

◇『ニキビとメガネと友情と』　*You're so vain.you probably think this zit is*
about you Ooo, ooo, itchy woman　アリス・アルフォンシ文, 野田香里訳
講談社　2008.10　135p　18cm　（ディズニー文庫―ハンナ・モンタナ　2)
720円　①978-4-06-282914-4

アルボム, ミッチ　*Albom, Mitch*　　　　　　　　　　　　　文学

アメリカの作家、コラムニスト。1958年ペンシルベニア州フィラデルフィア生まれ。70年代
後半、ブランダイス大学で社会学教授モリー・シュワルツと出会う。卒業後はプロミュージ
シャンを目指したが挫折、コロンビア大学でジャーナリズムの修士号を取得し「デトロイト・
フリープレス」紙のスポーツコラムニストとして活躍。鋭い洞察と軽妙なタッチのコラムで
高い評価を受け、AP通信によって全米ナンバーワンコラムニストに13回選ばれた。97年不治
の病に侵されたモリー教授と“人生の意味”について語り合った記録『モリー先生との火曜日』
を発表。国内で600万部を超え、40週余にわたって全米ベストセラー入りし、世界30カ国以上
で翻訳・出版された。2003年初のフィクション『天国の五人』を出版、「ニューヨーク・タイ
ムズ」紙ベストセラー1位を獲得。

最近の翻訳書

◇『天国からの電話』　*THE FIRST PHONE CALL FROM HEAVEN*　ミッ
チ・アルボム著, 大野晶子訳　静山社　2015.10　399p　19cm　1700円
①978-4-86389-329-0
◇『時の番人』　*THE TIME KEEPER*　ミッチ・アルボム著, 甲斐理恵子訳
静山社　2014.5　286p　20cm　1500円　①978-4-86389-280-4
◇『ささやかながら信じる心があれば』　*HAVE A LITTLE FAITH*　ミッチ・
アルボム著, 小田島則子, 小田島恒志訳　NHK出版　2012.6　309p　19cm
1600円　①978-4-14-081553-3
◇『もう一日』　*FOR ONE MORE DAY*　ミッチ・アルボム著, 小田島則子, 小
田島恒志訳　日本放送出版協会　2007.2　253p　20cm　1400円　①978-4-
14-081174-0

アルメル, アリエット　*Armel, Aliette*　　　　　　　　　　文学

フランスの作家。1984年より「マガジーヌ・リテレール」誌で批評欄を担当。著書にミシェ
ル・レリスの評伝やマルグリット・デュラスについてのエッセイがある。小説第1作である『ビ

ルキス、あるいはシバの女王への旅』で、2002年ウエスト賞を受賞した後、『Le Disparu de Salonique（テサロニキの失踪者）』『Le Pianiste de Trieste（トリエステのピアニスト）』を上梓。

最近の翻訳書

◇『ビルキス、あるいはシバの女王への旅』 Le voyage de Bilqis　アリエット・アルメル著, 北原ルミ訳　白水社　2008.10　223p　20cm　2400円　①978-4-560-09212-5

アレグザンダー, ウィリアム　Alexander, William　　　　　ファンタジー

アメリカの作家。1976年生まれ。雑誌に短編をいくつも発表した後、ファンタジー『仮面の街』で長編デビューし、2012年の全米図書賞を受賞。ミネソタ州ミネアポリスで教師をしつつ創作活動に取り組む。

最近の翻訳書

◇『影なき者の歌』 GHOULISH SONG　ウィリアム・アレグザンダー著, 斎藤倫子訳　東京創元社　2015.7　211p　20cm　1700円　①978-4-488-01046-1

◇『仮面の街』 GOBLIN SECRETS　ウィリアム・アレグザンダー著, 斎藤倫子訳　東京創元社　2015.4　268p　20cm　1900円　①978-4-488-01043-0

アレクサンダー, ターシャ　Alexander, Tasha　　　　　歴史, ミステリー

アメリカの作家。ノートルダム大学で英文学と中世史を学んだ後、数年の放浪生活を送る。2005年ヴィクトリア朝時代を舞台に若き未亡人エミリーがヨーロッパ美術界の謎に迫る『レディ・エミリーの事件帖』で作家デビュー。「ニューヨーク・タイムズ」紙ベストセラー作家。イギリス人の夫アンドリュー・グラントも同じく小説家で、シカゴとイギリスを行き来する生活を送る。

最近の翻訳書

◇『レディ・エミリーの事件帖―折れたアポロ像の鼻』 AND ONLY TO DECEIVE　ターシャ・アレクサンダー著, さとう史緒訳　ハーパーコリンズ・ジャパン　2016.1　527p　15cm　（ハーパーBOOKS）　907円　①978-4-596-55013-2

◇『エリザベスゴールデン・エイジ』 Elizabeth the golden age　ターシャ・アレグザンダー著, 野口百合子訳　ソフトバンククリエイティブ　2008.1　350p　16cm　（ソフトバンク文庫）　650円　①978-4-7973-4210-9

アレン, サラ・アディソン　Allen, Sarah Addison　　　　　文学

アメリカの作家。ノースカロライナ州アッシュビル生まれ。1994年大学卒業直後から執筆を開始。2007年初の主流文学作品『林檎の庭の秘密』が「ニューヨーク・タイムズ」紙のベストセラーとなり一躍名声を確立した。マジック・リアリズムと心温まる恋愛を融合させ、アメリカ南部の田舎町の情緒を盛り込んだ作風が特徴。

最近の翻訳書

◇『林檎の庭の秘密』 Garden spells　サラ・アディソン・アレン著, 佐田千織訳　早川書房　2010.1　422p　16cm　（ハヤカワ文庫　ア-1-1―イソラ文庫9）　860円　①978-4-15-150009-1

海外文学　新進作家事典　　　　　　　アンクル

アーロノヴィッチ, ベン　*Aaronovitch, Ben*　　　　　ファンタジー, ミステリー

イギリスの作家。1964年ロンドン生まれ。BBCの人気SFドラマシリーズ〈ドクター・フー〉の
ほか、「Casualty」「Jupiter Moon」などの脚本を手がける。2011年魔術師見習い兼ロンドン
警視庁特殊犯罪課の新米警官の冒険を描いた〈ロンドン警視庁特殊犯罪課〉シリーズの『女王
陛下の魔術師』でファンタジー界にデビュー。

最近の翻訳書

◇『空中庭園の魔術師』*BROKEN HOMES*　ベン・アーロノヴィッチ著, 金子
司訳　早川書房　2014.3　489p　16cm　（ハヤカワ文庫 FT　562―ロンドン
警視庁特殊犯罪課　4）　1100円　①978-4-15-020562-1

◇『地下迷宮の魔術師』*WHISPERS UNDER GROUND*　ベン・アーロノ
ヴィッチ著, 金子司訳　早川書房　2013.10　527p　16cm　（ハヤカワ文庫
FT　558―ロンドン警視庁特殊犯罪課　3）　1060円　①978-4-15-020558-4

◇『顔のない魔術師』*MOON OVER SOHO*　ベン・アーロノヴィッチ著, 金
子司訳　早川書房　2013.7　492p　16cm　（ハヤカワ文庫 FT　555―ロン
ドン警視庁特殊犯罪課　2）　1000円　①978-4-15-020555-3

◇『女王陛下の魔術師』*RIVERS OF LONDON*　ベン・アーロノヴィッチ著,
金子司訳　早川書房　2013.4　511p　16cm　（ハヤカワ文庫 FT　553―ロン
ドン警視庁特殊犯罪課　1）　1000円　①978-4-15-020553-9

アロンソ, アナ　*Alonso, Ana*　　　　　　　　　　ヤングアダルト, 児童書

スペインの詩人、作家。1970年バルセロナ生まれ。レオン大学でバイオテクノロジーを学び、
その後、スコットランドやフランスで活躍。詩人として、多くの詩集を刊行。2005年プレミ
オ・デ・ポエシア・イペリオン賞、06年プレミオ・デ・オホ・クリティコ・デ・ポエシア賞を
受賞。08年には『イフー王国の秘密』でスペイン児童文学賞のバルコ・デ・バポール賞を受賞
した。

最近の翻訳書

◇『イフー王国の秘密』*El secreto de If*　アナ・アロンソ, ハビエル・ペレグリ
ン著, ばんどうとしえ訳, 市瀬淑子絵, 坂東省次監修　未知谷　2011.8　314p
20cm　2800円　①978-4-89642-351-8

アングルバーガー, トム　*Angleberger, Tom*　　　　　　　　　　児童書

アメリカの作家。イラストレーターとして応募した新聞社に記者として採用され、バージニア
州の地方紙「ロアノーク・タイムズ」で記事やコラムを執筆。のち作家となった。〈オリガミ・
ヨーダの事件簿〉シリーズで知られる。同州クリスチャンズバーグで妻と暮らす。

最近の翻訳書

◇『オリガミ・チューバッカの占いのナゾ』*THE SECRET OF THE
FORTUNE WOOKIEE*　トム・アングルバーガー作, 相良倫子訳　徳間書店
2015.10　269p　19cm　（オリガミ・ヨーダの事件簿　3）　1500円　①978-4-
19-864034-7

◇『ダース・ペーパーの逆襲』*DARTH PAPER STRIKES BACK*　トム・ア
ングルバーガー作, 相良倫子訳　徳間書店　2015.6　236p　19cm　（オリガ
ミ・ヨーダの事件簿　2）　1500円　①978-4-19-863965-5

◇『オリガミ・ヨーダの研究レポート』*THE STRANGE CASE OF
ORIGAMI YODA*　トム・アングルバーガー作, 相良倫子訳　徳間書店

2014.10　205p　19cm　1500円　①978-4-19-863874-0

アンダースン, C.L.　*Anderson, C.L.*　　SF, ファンタジー

本名＝ゼッテル, サラ〈Zettel, Sarah〉

アメリカの作家。1966年12月14日カリフォルニア州サクラメント生まれ。ミシガン州立大学卒。幼い頃からSF小説のファンで、91年「アナログ」にサラ・ゼッテル名義で短編「Driven by Moonlight」を発表し、作家デビュー。その後も短編を発表し続け、96年初の長編『大いなる復活のとき』でローカス賞処女長編賞を受賞。その後、SF4作、ファンタジー8作を刊行。2009年C.L.アンダーソン名義で『エラスムスの迷宮』を発表、フィリップ・K.ディック賞を受賞。

＊＊＊最近の翻訳書＊＊＊

◇『エラスムスの迷宮』 *Bitter angels*　C.L.アンダースン著, 小野田和子訳　早川書房　2012.2　607p　16cm　（ハヤカワ文庫　SF1841）　1100円　①978-4-15-011841-9

アンダーソン, エリ　*Anderson, Eli*　　ヤングアダルト, スリラー

別筆名＝Serfaty, Thierry

フランスの作家、医師。1967年12月7日ストラスブール生まれ。小児腫瘍科の研修医を経て、放射線科の医師となる。傍ら小説を書き始め、Thierry Serfatyの名前でスリラーを執筆。一方、医者の経験に基づき、2009年エリ・アンダーソンの名前で発表した体内冒険ファンタジー『オスカー・ピル―体内に侵入せよ！』が大きな反響を呼ぶ。

＊＊＊最近の翻訳書＊＊＊

◇『オスカー・ピル　2　メディキュスの秘宝を守れ！　上』 *Oscar Pill*　エリ・アンダーソン著, 坂田雪子訳　角川書店　2013.5　293p　22cm　1900円　①978-4-04-110449-1

◇『オスカー・ピル　2　メディキュスの秘宝を守れ！　下』 *Oscar Pill*　エリ・アンダーソン著, 坂田雪子訳　角川書店　2013.5　279p　22cm　1900円　①978-4-04-110450-7

◇『オスカー・ピル　体内に潜入せよ！　上』 *Oscar Pill*　エリ・アンダーソン著, 坂田雪子訳　角川書店　2012.2　299p　22cm　1800円　①978-4-04-110155-1

◇『オスカー・ピル　体内に潜入せよ！　下』 *Oscar Pill*　エリ・アンダーソン著, 坂田雪子訳　角川書店　2012.2　311p　22cm　1800円　①978-4-04-110154-4

アンダーソン, ジョディ・リン　*Anderson, Jodi Lynn*　　ヤングアダルト

アメリカの作家。ニュージャージー州出身。メリーランド大学卒。ニューヨークで編集者を務めた後、執筆活動に入る。『ピーチズ★初恋』は2008年Young Reader's Choice Awardに選ばれた。ワシントンD.C.在住。

＊＊＊最近の翻訳書＊＊＊

◇『ピーチズ★卒業』 *The secrets of peaches*　ジョディ・リン・アンダーソン著, 相山夏奏訳　小学館　2010.3　365p　19cm　（Super！　YA）　1400円　①978-4-09-290562-7

◇『ピーチズ★初恋』 *Peaches* ジョディ・リン・アンダーソン著, 相山夏奏訳 小学館 2009.12 395p 19cm （Super！ YA） 1400円 ①978-4-09-290561-0

アンダーソン, ローリー・ハルツ　*Anderson, Laurie Halse*

ヤングアダルト, 児童書

アメリカの作家。1961年10月23日ニューヨーク州シラキュース生まれ。初めての小説『スピーク』(99年)でマイケル・L.プリンツ賞オナーブックなど、ヤングアダルト小説に贈られる数々の賞を受賞。『黄色い気球』(2000年)はアメリカ図書館協会優良図書に選ばれた。ほかに〈マック動物病院ボランティア日誌〉シリーズなどがある。

最近の翻訳書

◇『逃げおくれた猫を救え』 *Storm rescue* ローリー・ハルツ・アンダーソン作, 中井はるの訳, 藤丘ようこ画　金の星社 2010.3 213p 20cm （マック動物病院ボランティア日誌） 1400円 ①978-4-323-05704-0
◇『セラピー犬からのおくりもの』 *Say good-bye* ローリー・ハルツ・アンダーソン作, 中井はるの訳, 藤丘ようこ画　金の星社 2009.12 269p 20cm （マック動物病院ボランティア日誌） 1400円 ①978-4-323-05703-3
◇『キケンな野良猫王国』 *Homeless* ローリー・ハルツ・アンダーソン作, 中井はるの訳, 藤丘ようこ画　金の星社 2009.9 237p 20cm （マック動物病院ボランティア日誌） 1400円 ①978-4-323-05702-6
◇『悪徳子犬ブリーダーをさがせ』 *Fight for life* ローリー・ハルツ・アンダーソン作, 中井はるの訳, 藤丘ようこ画　金の星社 2009.8 253p 20cm （マック動物病院ボランティア日誌） 1400円 ①978-4-323-05701-9

アンドリューズ, ローリー　*Andrews, Lori*

ミステリー, スリラー

アメリカの法律家、作家。イリノイ工科大学シカゴ・ケントカレッジ終身教授。1952年生まれ。78年エール大学ロー・スクール卒。法医学、遺伝子学の専門家で、体外受精、人工授精、借り腹をめぐる数々の有名訴訟に関わる。世界保健機関（WHO）、アメリカ国立衛生研究所（NIH）をはじめ世界各国の政府機関で、生殖医療並びにクローン問題のアドバイザー、コンサルタントとして活躍。イリノイ工科大学シカゴ・ケントカレッジ法学教授、科学・法学・技術研究所所長を務めた。97年クリントン大統領に"人間クローン研究禁止"を方向づける答申リポートを提出、同リポートはアメリカ政府の公式見解としてホームページに掲載された。2006年『遺伝子捜査官アレックス 殺意の連鎖』でミステリー作家デビュー。シカゴ在住。

最近の翻訳書

◇『遺伝子捜査官アレックス 復讐の傷痕』 *The silent assassin* ローリー・アンドリューズ著, 大野尚江訳　早川書房 2008.11 494p 16cm （ハヤカワ・ミステリ文庫） 840円 ①978-4-15-177702-8
◇『遺伝子捜査官アレックス 殺意の連鎖』 *Sequence* ローリー・アンドリューズ著, 大野尚江訳　早川書房 2008.5 456p 16cm （ハヤカワ・ミステリ文庫） 800円 ①978-4-15-177701-1

アンブローズ, スター　*Ambrose, Starr*

ロマンス

アメリカの作家。デトロイト郊外で育つ。ミシガン州立大学で英文学の学士号を取得。2008年『嘘つきのくちびる』で作家デビュー、同作はシリーズ化された。ほかに〈Barringer's Pass〉

イ　　　　　　　　　　　海外文学　新進作家事典

シリーズなどがある。家族とミシガン州に暮らす。
最近の翻訳書
◇『嘘つきのくちびる』 *Lie to me*　スター・アンブローズ著, 原ゆう訳　ぶん
　か社　2010.5　559p　15cm　（フローラブックス　アー2-1）　1000円
　①978-4-8211-5357-2

〔イ〕

李垠　イ, ウン　*Lee, Eun*　　　　　　　　　　　　　　　　ミステリー
韓国の作家。ソウル生まれ。弘益大学で美術と写真を専攻、美術学博士学位を取得。1996年
「スポーツ・ソウル」の新春文芸短編推理小説部門に「ほくろのあるヌード」が入選し作家デ
ビュー。2003年韓国の推理小説読者から絶賛された『誰がスピノザを殺したか』を発表し、本
格的な活動を始める。その後、美術品の贋作問題を扱った本格推理物『美術館の鼠』（07年）で
注目され、コメディアンを主人公にしたスリラー『喜劇は終わった』（08年）や『不思議な美術
館』（09年）などを発表、韓国の代表的な推理小説家の地位を確立した。
最近の翻訳書
◇『美術館の鼠』　李垠著, きむふな訳　講談社　2009.11　237p　19cm　（島
　田荘司選アジア本格リーグ　3（韓国））　1600円　①978-4-06-215900-5

イ, ジョンミョン　*Lee, Jung-myung*　　　　　　　　　　　　　歴史
韓国の作家。大学で国文学を修めた後、雑誌社と新聞社で15年記者として働く。1999年キト
ラ古墳の壁画に描かれた星座の謎を追う歴史小説『千年後に』で小説家デビュー。2006年『景
福宮の秘密コード―ハングルに秘められた世宗大王の誓い（原題：根の深い木）』が、韓国で
ベストセラーとなった。
最近の翻訳書
◇『景福宮（キョンボックン）の秘密コード―ハングルに秘められた世宗大王の
　誓い　上』　イ・ジョンミョン著, 裵淵弘訳　河出書房新社　2011.9　265p
　20cm　1900円　①978-4-309-20574-8
◇『景福宮（キョンボックン）の秘密コード―ハングルに秘められた世宗大王の
　誓い　下』　イ・ジョンミョン著, 裵淵弘訳　河出書房新社　2011.9　256p
　20cm　1900円　①978-4-309-20575-5
◇『風の絵師　2　運命の絵画対決』　イ・ジョンミョン著, 米津篤八訳　早川
　書房　2009.6　265p　19cm　1600円　①978-4-15-209042-3
◇『風の絵師　1　宮廷絵師への道』　イ・ジョンミョン著, 米津篤八訳　早川
　書房　2009.5　260p　19cm　1600円　①978-4-15-209031-7

イ, チョルファン　*Lee, Chul-hwan*　　　　　　　　　　　　　児童書
韓国の作家。2000年から本の収益金で運営する"練炭の道、分かち合い基金"を通して、貧し
く恵まれない人々を支援する活動を行う。韓国で大ベストセラーとなった『月の街 山の街（原
題：練炭の道）』は、09年ミュージカルとしても上演され、第4回ミュージカルアワードで小劇
場創作ミュージカル賞を受賞。同作は中国と台湾でも翻訳されている。「美しい別れ」「パパの
松葉杖」は小学校の教科書に、「お父さんの傘」をはじめ7作品は中学校の国語の教科書に掲載

海外文学　新進作家事典　　　　　　　　　　　　　　　　　イ

されている。

最近の翻訳書
◇『月の街山の街』　イ・チョルファン著, 草弥剛訳　ワニブックス　2011.2
191p　20cm　1333円　Ⓘ978-4-8470-1964-7

イ, ヨンド　*Lee, Young-do*　　　　　　　　　　　　　　ファンタジー
韓国の作家。1972年生まれ。慶南大学校国語国文学科卒。97年韓国のパソコン通信「ハイテ
ル」に長編小説『ドラゴンラージャ』を連載。98年に単行本化されるとファンタジーブームの
火付け役となり、韓国内で100万部を超える大ヒットとなった。ほかの作品に〈フューチャー
ウォーカー〉シリーズ、『影の痕跡』などがある。

最近の翻訳書
◇『フューチャーウォーカー　7　愛しい人を待つ海辺』　*FUTURE WALKER*
イヨンド作, ホンカズミ訳, 金田榮路絵　岩崎書店　2012.6　285p　19cm
950円　Ⓘ978-4-265-05077-2
◇『フューチャーウォーカー　6　時の匠人』　*FUTURE WALKER*　イ・ヨン
ド作, ホン・カズミ訳, 金田榮路絵　岩崎書店　2012.2　297p　19cm　950円
Ⓘ978-4-265-05076-5
◇『フューチャーウォーカー　5　忘れられたものを呼ぶ声』　*FUTURE
WALKER*　イ・ヨンド作, ホン・カズミ訳, 金田榮路絵　岩崎書店　2011.11
277p　19cm　950円　Ⓘ978-4-265-05075-8
◇『フューチャーウォーカー　4　未来へはなつ矢』　*FUTURE WALKER*
イ・ヨンド作, ホン・カズミ訳, 金田榮路絵　岩崎書店　2011.8　277p　19cm
950円　Ⓘ978-4-265-05074-1
◇『フューチャーウォーカー　3　影はひとりで歩かない』　*FUTURE
WALKER*　イ・ヨンド作, ホン・カズミ訳, 金田榮路絵　岩崎書店　2011.5
300p　19cm　950円　Ⓘ978-4-265-05073-4
◇『フューチャーウォーカー　2　詩人の帰還』　*FUTURE WALKER*　イ・ヨ
ンド作, ホン・カズミ訳, 金田榮路絵　岩崎書店　2011.2　325p　19cm　950
円　Ⓘ978-4-265-05072-7
◇『フューチャーウォーカー　1　彼女は飛ばない』　*FUTURE WALKER*
イ・ヨンド作, ホン・カズミ訳, 金田榮路絵　岩崎書店　2010.11　300p
19cm　950円　Ⓘ978-4-265-05071-0
◇『ドラゴンラージャ　12（飛翔）』　*Dragon raja*　イ・ヨンド作, ホン・カズミ
訳　岩崎書店　2007.4　373p　19cm　950円　Ⓘ978-4-265-05062-8
◇『ドラゴンラージャ　11（真実）』　*Dragon raja*　イ・ヨンド作, ホン・カズミ
訳　岩崎書店　2007.2　421p　19cm　950円　Ⓘ978-4-265-05061-1
◇『ドラゴンラージャ　10（友情）』　*Dragon raja*　イ・ヨンド作, ホン・カズミ
訳　岩崎書店　2006.12　421p　19cm　950円　Ⓘ4-265-05060-3
◇『ドラゴンラージャ　9（予言）』　*Dragon raja*　イ・ヨンド作, ホン・カズミ
訳　岩崎書店　2006.10　397p　19cm　950円　Ⓘ4-265-05059-X
◇『ドラゴンラージャ　8（報復）』　*Dragon raja*　イ・ヨンド作, ホン・カズミ
訳　岩崎書店　2006.10　413p　19cm　950円　Ⓘ4-265-05058-1
◇『ドラゴンラージャ　7（追跡）』　*Dragon raja*　イ・ヨンド作, ホン・カズミ
訳　岩崎書店　2006.8　413p　19cm　950円　Ⓘ4-265-05057-3
◇『ドラゴンラージャ　6（神力）』　*Dragon raja*　イ・ヨンド作, ホン・カズミ

訳 岩崎書店 2006.8 373p 19cm 950円 ①4-265-05056-5

◇『ドラゴンラージャ 5〈野望〉』 *Dragon raja* イ・ヨンド作, ホン・カズミ
訳 岩崎書店 2006.6 357p 19cm 950円 ①4-265-05055-7

◇『ドラゴンラージャ 4〈要請〉』 *Dragon raja* イ・ヨンド作, ホン・カズミ
訳 岩崎書店 2006.4 365p 19cm 950円 ①4-265-05054-9

◇『ドラゴンラージャ 3〈疑念〉』 *Dragon raja* イ・ヨンド作, ホン・カズミ
訳 岩崎書店 2006.2 365p 19cm 950円 ①4-265-05053-0

イオーネ, ラリッサ　*Ione, Larissa*　　　　　　　　　　　ロマンス

共同筆名=クロフト, シドニー〈Croft, Sydney〉

アメリカの作家。13歳で執筆活動を始める。アメリカ空軍の気象学者、救命士、ドッグトレーナーなどの職を経て、長年の夢である執筆活動に専念している。〈デモニカ〉シリーズ、〈Lords of Deliverance〉シリーズ、〈MoonBound Clan Vampires〉シリーズなどがある。ステファニー・タイラーとの共同筆名シドニー・クロフトでも活動。

最近の翻訳書

◇『聖なる愛を悪魔に』 *Passion unleashed* ラリッサ・イオーネ著, 多田桃子
訳 オークラ出版 2010.6 606p 15cm （マグノリアロマンス LI-03）
1048円 ①978-4-7755-1540-2

◇『淡き影と愛の呪い』 *Desire unchained* ラリッサ・イオーネ著, 多田桃子訳
オークラ出版 2010.2 528p 15cm （マグノリアロマンス LI-02） 943
円 ①978-4-7755-1487-0

◇『危険なエクスタシーの代償』 *Pleasure unbound* ラリッサ・イオーネ著, 多
田桃子訳 オークラ出版 2009.5 519p 15cm （マグノリアロマンス LI-
01） 914円 ①978-4-7755-1352-1

イートン, ジェイソン・カーター　*Eaton, Jason Carter*　　　児童書, ユーモア

アメリカの作家。大学卒業後、3年間著名な映画プロデューサーのもとで制作進行ディレクターを務めた経験がある。ユーモアやパロデイが好きで、1997年友人3人とともに、第42代アメリカ大統領ビル・クリントンのひとり娘チェルシー・クリントンの大学生活を描いた政治風刺のコメディー本『Chelsea Clinton's Freshman Notebook（チェルシー・クリントンの新入生ノート）』（未訳）を出版。2000年にはインターネットのユーモアサイト「Freedonian」の創立者兼ライターとなり、メディアにも取り上げられるサイトだった。02年の絵本『The Day My Runny Nose Ran Away（ぼくの鼻水ずるするの鼻が逃げちゃった日）』（未訳）は自伝。08年の『ほどほどにちっちゃい男の子とファクトトラッカーの秘密』は、映画化が決定している。また、P.S.シャックマン『ポケットの中で何週間も何週間も腐らせずにツナを保存する方法』の編集にも携わった。妻と息子とともにニューヨークのスリーピーホロウ村在住。

最近の翻訳書

◇『ほどほどにちっちゃい男の子とファクトトラッカーの秘密』 *The facttracker* ジェイソン・カーター・イートン著, 小林美幸訳 河出書房新社
2009.10 290p 20cm 1600円 ①978-4-309-20527-4

イノックス, スーザン　*Enochs, Susan*　　　　　　　　　　ロマンス

アメリカの作家。10年以上にわたり4つの出版社でセールスとマーケティングの仕事に携わる。

海外文学　新進作家事典　　　　インクラ

うち2社では部長を務めた。『マン・ダイエット』で作家デビューを果たす。

最近の翻訳書

◇『マン・ダイエット』 *The man diet* スーザン・イノックス著, 島村浩子訳
ソフトバンククリエイティブ　2009.8　341p　16cm　（ソフトバンク文庫
イ-5-1）　850円　①978-4-7973-3215-5

イーホルム, エルスベツ　*Egholm, Elsebeth*　　　　ミステリー

デンマークの作家。1960年9月17日フュン島生まれ。オーフス大学で音楽理論を専攻するが、
ジャーナリスト専門学校に入学し直し、新聞記者となる。99年作家デビュー。2002年に刊行
された『赤ん坊は川を流れる』以降専業作家となる。脚本家としても活躍し、デンマークのク
ライム・サスペンスドラマ「ゾウズ・フー・キル」の脚本にも参加。

最近の翻訳書

◇『赤ん坊は川を流れる』 *SKJULTE FEJL OG MANGLER* エルスベツ・
イーホルム著, 木村由利子訳　東京創元社　2015.2　471p　15cm　（創元推
理文庫　Mイ6-1）　1280円　①978-4-488-15704-3

イーワン, クリス　*Ewan, Chris*　　　　ミステリー, スリラー

イギリスの作家、弁護士。1976年サマセット州トーントン生まれ。ノッティンガム大学でア
メリカ研究やカナダ文学を専攻。マン島で弁護士をしながら、2007年『腕利き泥棒のためのア
ムステルダム・ガイド』で作家デビュー。同作を第1作とする〈Good Thief's Guide〉シリーズ
で人気を得る。

最近の翻訳書

◇『腕利き泥棒のためのアムステルダム・ガイド』 *The good thief's guide to
Amsterdam* クリス・イーワン著, 佐藤耕士訳　講談社　2008.8　440p
15cm　（講談社文庫）　762円　①978-4-06-276122-2

イングラート, J.F.　*Englert, J.F.*　　　　ミステリー, スリラー

アメリカの作家。コロンビア大学ジャーナリズム大学院を修了し、フィクション、ノンフィク
ション両分野の本や脚本を手がける。『名犬ランドルフ、謎を解く』は〈Bull Moose Dog Run
Mystery〉としてシリーズ化された。妻、娘、愛犬とともにマンハッタンに暮らす。

最近の翻訳書

◇『名犬ランドルフと船上の密室』 *A dog at sea* J.F.イングラート著, 立石光
子訳　武田ランダムハウスジャパン　2010.6　332p　15cm　（RHブックス＋
プラス　イ2-3―黒ラブ探偵　3）　820円　①978-4-270-10351-7
◇『名犬ランドルフ、スパイになる』 *A dog among diplomats* J.F.イングラー
ト著, 立石光子訳　ランダムハウス講談社　2009.1　335p　15cm　（黒ラブ
探偵　2）　800円　①978-4-270-10265-7
◇『名犬ランドルフ、謎を解く』 *A dog about town* J.F.イングラート著, 立石
光子訳　ランダムハウス講談社　2008.3　360p　15cm　（黒ラブ探偵　1）
820円　①978-4-270-10165-0

インクラ　　海外文学　新進作家事典

イングランダー, ネイサン　*Englander, Nathan*　　文学

アメリカの作家。1970年ニューヨーク州ロングアイランド生まれ。ユダヤ系アメリカ人で、敬虔なユダヤ教徒として育つ。ニューヨーク州立大学3年の時、初めてイスラエルを訪れ、非宗教的なユダヤ知識人と出会ったことがきっかけとなり、信仰を捨て創作活動に入る。99年処女短編集『For the Relief of Unbearable Urges』が複数の文学賞を受賞。ほかの作品に、長編小説『The Ministry of Special Cases』など。14年東京国際文芸フェスティバルのため初来日。

最近の翻訳書

◇『アンネ・フランクについて語るときに僕たちの語ること』　*WHAT WE TALK ABOUT WHEN WE TALK ABOUT ANNE FRANK*　ネイサン・イングランダー著, 小竹由美子訳　新潮社　2013.3　271p　20cm　（CREST BOOKS）　1900円　①978-4-10-590101-1

インゴウルフソン, ヴィクトル・アルナル　*Ingólfsson, Viktor Arnar*

ミステリー, スリラー

アイスランドの作家。1955年4月12日アークレイリ生まれ。83年アイスランド工科大学卒業後、アイスランド大学、アメリカのジョージ・ワシントン大学でコミュニケーション学などを学んだ後、アイスランド道路省に入省、現在も勤務する。一方、78年処女作となるミステリーを発表、その後も何作か書くが、出版には至らなかった。98年、70年代のアイスランドを舞台にしたミステリー『Engin Spor（痕跡のない家）』（未訳）を発表し好評を博す。同作と『フラテイの暗号』（2002年）はともに、北欧5カ国の作家が書いた優れたミステリーに贈られるガラスの鍵賞にノミネートされた。05年の『Afturelding（夜明け）』（未訳）は、08年テレビドラマ化された。現在も作家と公務員の二足のわらじを履く。作品は特にドイツで人気が高い。

最近の翻訳書

◇『フラテイの暗号』　*FLATEYJARGÁTA*（重訳）*Das Rätsel von Flatey*　ヴィクトル・アルナル・インゴウルフソン著, 北川和代訳　東京創元社　2013.11　426p　15cm　（創元推理文庫　Mイ5-1）　1140円　①978-4-488-19603-5

インドリダソン, アーナルデュル　*Indridason, Arnaldur*　　ミステリー

アイスランドの作家。1961年1月28日レイキャビク生まれ。父親は著名な作家インドリディ・G.トーステンソン。アイスランド大学卒業後、新聞社に就職。その後フリーの映画評論家となる。97年レイキャビク警察の犯罪捜査官エーレンデュルを主人公とするシリーズ第1作『Synir duftsins』で作家デビュー。第3作の『湿地』（2000年）でガラスの鍵賞、第4作の『緑衣の女』（01年）では同賞とCWA賞ゴールド・ダガー賞を受賞。世界40カ国で翻訳され、シリーズ全体で累計900万部を超えるベストセラーとなる。

最近の翻訳書

◇『声』　*RÖDDIN*（重訳）*RÖDDIN*　アーナルデュル・インドリダソン著, 柳沢由実子訳　東京創元社　2015.7　414p　19cm　1900円　①978-4-488-01047-8

◇『湿地』　*MÝRIN*　アーナルデュル・インドリダソン著, 柳沢由実子訳　東京創元社　2015.5　391p　15cm　（創元推理文庫　Mイ7-1）　980円　①978-4-488-26603-5

◇『緑衣の女』　*GRAFARPÖGN*（重訳）*KVINNA I GRÖNT*　アーナルデュル・インドリダソン著, 柳沢由実子訳　東京創元社　2013.7　360p　19cm　1800円　①978-4-488-01001-0

海外文学　新進作家事典　　　　　　　　　　　　　　　　　　　ウア

◇『湿地』 *MÝRIN*　アーナルデュル・インドリダソン著, 柳沢由実子訳　東京
創元社　2012.6　343p　19cm　1700円　①978-4-488-01343-1

〔 ウ 〕

ウー, ファン　*Wu, Fan*　　　　　　　　　　　　　　　　　　　　文学

中国出身の作家。5人きょうだいの末っ子で南昌で生まれる。文化大革命時に両親が下放された中国南部の国営農場で育つ。中国の孫逸仙大学で英文学の学位を得ると、1997年アメリカへ渡り、スタンフォード大学で学ぶ。2002年執筆活動を始め、その後、短編作品が「グランタ」および「ミズーリ・レビュー」に掲載される。初の長編小説である『二月の花』(07年)は、出版社ピカドール・アジアの第1弾作品として上梓され、世界9カ国で翻訳された。英語と中国語の両方で執筆活動を行う。カリフォルニア州北部に夫と2人の子供と暮らす。

最近の翻訳書

◇『二月の花』 *February flowers*　ファン・ウー著, 森嶋マリ訳　ランダムハウ
ス講談社　2008.3　332p　20cm　1900円　①978-4-270-00323-7

ウー, ミン　*Wu, Ming*　　　　　　　　　　　　　　　　　　　文学, 歴史

別共同筆名＝ブリセット, ルーサー〈Blissett, Luther〉

ウー・ミンはボローニャ在住の4名のイタリア人による共同筆名で、当初の筆名はルーサー・ブリセット。1994年イタリアのアーティストや活動家、悪戯好きが集まり、"各人が作ったものをルーサー・ブリセットの名前で発表する"というプロジェクトを発足させる。ルーサー・ブリセットとは、80年代にイギリスに存在した無名のサッカー選手の名前で、名前によって作品の価値が決まるわけではないという考えからプロジェクト名に採用された。99年 "SEPPUKU" をして、ルーサー・ブリセット・プロジェクトは幕を閉じるが、その締めくくりとして、歴史エンターテインメント小説『Q』を発表。同作の執筆のため、全員で2年間にわたるリサーチを行い、持ち場を決めて全員が執筆し、全員で推敲を行った。刊行当時、著者の実名は明かされず、著者の正体はウンベルト・エーコではないかと憶測が飛び交う。また、同作は大手出版社からの出版物では初のアンチ・コピーライト小説で、公式ウェブサイト上で原書の全編を無料で読むことが出来た。さらに、イタリア最高の文芸賞であるストレーガ賞にノミネートされたが、最終選考まで残った時点で著者側が辞退を表明するなど話題を呼び、全世界で100万部を突破する大ヒットを記録。2000年プロジェクトの核であり、『Q』を発表した4名のイタリア人が、さらに1名を加えて新たなグループ "ウー・ミン" を結成。ウー・ミンは中国語で、"無名" "伍名 (5名)" という意味を持つ。09年『Q』の続編となる歴史超大作『アルタイ』を発表。08年ルーサー・ブリセット時代からメンバーだった "ウー・ミン3" が脱退。現在は4名で活動を続ける。

最近の翻訳書

◇『アルタイ』 *ALTAI*　ウー・ミン著, さとうななこ訳　東京創元社　2015.1
408p　20cm　2300円　①978-4-488-01039-3

ヴァ
　→バをも見よ

ヴァナス, D.J.　　*Vanas, D.J.*　　　　　　　　　　　　その他

アメリカの作家、カウンセラー。北米先住民オダワ族とオランダ人の血を引く。アメリカ空軍士官学校において理学士号を、南カリフォルニア大学にて理学修士号をそれぞれ取得。アメリカ全土で講演活動を行い、高く評価される。アメリカ・スピーカー協会およびコロラド州スピーカー協会では数少ないネイティブ・アメリカン会員の一人。

最近の翻訳書

◇『ドリーム・レッスン―a path to personal discovery & achievement』　*The tiny warrior*　D.J.ヴァナス著, 河井直子訳　角川書店　2006.3　109p　20cm　1000円　①4-04-791521-1

ヴァプニャール, ラーラ　　*Vapnyar, Lara*　　　　　　　　文学

アメリカの作家。1971年ソ連ロシア共和国生まれ。94年アメリカへ移住。2002年頃から「ニューヨーカー」「オープンシティ」「ゾーエトロープ」などに作品の掲載を始める。これらの文芸誌媒体に掲載された物語を集めた『うちにユダヤ人がいます』(03年)がデビュー作。「ロサンゼルス・タイムズ」文芸賞、ニューヨーク公立図書館若手作家賞などにノミネートされ、全米ユダヤ文化財団から新進ユダヤ系作家として表彰された。ニューヨークのスタテンアイランド在住。

最近の翻訳書

◇『うちにユダヤ人がいます』　*There are Jews in my house*　ラーラ・ヴァプニャール著, 片渕悦久訳　朝日出版社　2008.7　170p　21cm　1600円　①978-4-255-00442-6

ヴァレア, エーリク　　*Valeur, Erik*　　　　　　　　　　ミステリー

デンマークの作家、ジャーナリスト。1955年9月2日生まれ。ジャーナリストとして活動しながら、2011年自身の経験をもとに『7人目の子』を発表。スカンジナビア推理作家協会が授与する北欧最高のミステリー賞、ガラスの鍵賞を受賞した。

最近の翻訳書

◇『7人目の子　上』　*DET SYVENDE BARN*(重訳)　*Das siebte Kind*　エーリク・ヴァレア著, 長谷川圭訳　早川書房　2014.10　447p　16cm　(ハヤカワ・ミステリ文庫　HM 410-1)　940円　①978-4-15-180701-5

◇『7人目の子　下』　*DET SYVENDE BARN*(重訳)　*Das siebte Kind*　エーリク・ヴァレア著, 長谷川圭訳　早川書房　2014.10　434p　16cm　(ハヤカワ・ミステリ文庫　HM 410-2)　940円　①978-4-15-180702-2

ヴァレンタイン, ジェニー　　*Valentine, Jenny*　　　ヤングアダルト, 児童書

イギリスの作家。ロンドン大学ゴールドスミス・カレッジで英文学を学ぶ。15年間ロンドンの自然食品の店に勤め、教育助手やジュエリー作りも経験。2007年デビュー作『ヴァイオレットがぼくに残してくれたもの』でガーディアン賞を受賞。第2作『Broken Soup』をはじめ、『迷子のアリたち』『The Double Life of Cassiel Roadnight』などが、カーネギー賞ほか多くの賞の候補となる。シンガー・ソングライターの夫と2人の子供とともにウェールズのヘイ・オン・ワイ在住。

最近の翻訳書

◇『迷子のアリたち』　*The ant colony*　ジェニー・ヴァレンタイン著, 田中亜希

子訳　小学館　2011.4　285p　19cm　（Super！ YA）　1400円　①978-4-
09-290565-8
◇『ヴァイオレットがぼくに残してくれたもの』 *Finding Violet Park* ジェ
ニー・ヴァレンタイン著, 冨永星訳　小学館　2009.6　253p　19cm
（Super！ YA）　1400円　①978-4-09-290508-5

ヴァレンテ, キャサリン・M.　*Valente, Catherynne M.*　文学, ファンタジー

アメリカの作家。1979年シアトル生まれ。15歳で高校を卒業し、カリフォルニア大学サンディ
エゴ校とエディンバラ大学で古典文学を専攻。その後、オハイオ州クリーブランド、バージ
ニア州、シカゴ、オーストラリアのメルボルンなどを転々とし、日本にも2年間滞在。占い
師、電話オペレーター、司書、女優、ウェイトレスなどさまざまな職業を経験。2004年『The
Labyrinth』で作家デビューし、「ローカス」誌で注目される。『孤児の物語〈1〉夜の庭園にて』
（06年）はジェームズ・ディプトリー・ジュニア賞を受賞し、世界幻想文学大賞にノミネート
された。さらに続編『孤児の物語〈2〉硬貨と香料の都にて』（07年）と合わせて、シリーズ全体
でミソピーイク賞を受賞。短編から中長編、長編と精力的に発表、またファンタジーだけでな
く、詩、ノンフィクションと幅広いジャンルの作品を発表する。

最近の翻訳書

◇『影の妖精国で宴をひらいた少女』 *THE GIRL WHO FELL BENEATH*
FAIRYLAND AND LED THE REVELS THERE キャサリン・M・ヴァレ
ンテ著, 水越真麻訳　早川書房　2014.1　415p　16cm　（ハヤカワ文庫 FT
561）　820円　①978-4-15-020561-4
◇『宝石の筏で妖精国を旅した少女』 *THE GIRL WHO*
CIRCUMNAVIGATED FAIRYLAND IN A SHIP OF HER OWN
MAKING キャサリン・M・ヴァレンテ著, 水越真麻訳　早川書房　2013.8
399p　16cm　（ハヤカワ文庫 FT　556）　820円　①978-4-15-020556-0
◇『孤児の物語　2　硬貨と香料の都にて』 *THE ORPHAN'S TALES：IN*
THE CITIES OF COIN AND SPICE キャサリン・M・ヴァレンテ著, 井
辻朱美訳　東京創元社　2013.6　538p　22cm　（海外文学セレクション）
5600円　①978-4-488-01653-1
◇『孤児の物語　1　夜の庭園にて』 *THE ORPHAN'S TALES* キャサリン・
M・ヴァレンテ著, 井辻朱美訳　東京創元社　2013.1　518p　22cm　（海外文
学セレクション）　5500円　①978-4-488-01652-4

ヴァンス, リー　*Vance, Lee*　スリラー

アメリカの作家、実業家。80年スタンフォード大学を卒業してゴールドマン・サックスに入
社。83年ハーバード・ビジネススクールに進み、85年同校MBAを取得。その後、ゴールドマ
ン・サックスに再入社し、オプション取引のトレーダーなどとして活躍。共同経営者であるゼ
ネラルパートナーの地位に上り詰め、2000年退社。07年サスペンス大作『不法取引』で作家デ
ビュー。

最近の翻訳書

◇『不法取引』 *Restitution* リー・ヴァンス著, 梶原克教訳　日本経済新聞出
版社　2009.6　365p　20cm　2000円　①978-4-532-16699-1

ヴァン・ダイケン, レイチェル　*Van Dyken, Rachel*　　　歴史, ロマンス

アメリカの作家。ワシントン州生まれ。2011年リー・サンダースとの共作『The Parting Gift』でデビュー。単独名義でも短編をコンスタントに発表。13年『百万ドルは花嫁を賭けて』は「ニューヨーク・タイムズ」紙ベストセラー・リストの電子書籍フィクション部門で1位を獲得した。アイダホ州在住。

最近の翻訳書

◇『百万ドルは花嫁を賭けて』 *THE BET* レイチェル・ヴァン・ダイケン著, 草鹿佐恵子訳 オークラ出版 2014.6 353p 15cm （マグノリアロマンス RV-01） 800円 Ⓘ978-4-7755-2244-8

◇『壁の花とワルツを』 *WALTZING WITH THE WALLFLOWER BEGUILING BRIDGET*ほか レイチェル・ヴァン・ダイクン, リー・サンダース著, 大須賀典子訳 竹書房 2014.4 450p 15cm （ラズベリーブックス ダ2-1） 1000円 Ⓘ978-4-8124-9966-5

ヴァンダミア, ジェフ　*VanderMeer, Jeff*　　　文学, ファンタジー

アメリカの作家。1968年ペンシルベニア州生まれ。フロリダ大学在学中に短編集を出版。その後、クラリオン・ワークショップで創作を学んだ。2001年に発表した短編集『City of Saints and Madmen』で一躍注目を集める。03年の長編『Veniss Underground』は世界幻想文学大賞、ブラム・ストーカー賞ほか各賞の候補となった。アンソロジストとしても知られ、『The New Weird』（08年）、『Steampunk』（08年）ほかを編集するアメリカ・ジャンル・フィクション界のキーパーソンの1人である。フロリダ州タラハシー在住。

最近の翻訳書

◇『世界受容』 *ACCEPTANCE* ジェフ・ヴァンダミア著, 酒井昭伸訳 早川書房 2015.1 524p 16cm （ハヤカワ文庫 NV 1327―サザーン・リーチ 3） 1100円 Ⓘ978-4-15-041327-9

◇『監視機構』 *AUTHORITY* ジェフ・ヴァンダミア著, 酒井昭伸訳 早川書房 2014.11 538p 16cm （ハヤカワ文庫 NV 1323―サザーン・リーチ 2） 1100円 Ⓘ978-4-15-041323-1

◇『全滅領域』 *ANNIHILATION* ジェフ・ヴァンダミア著, 酒井昭伸訳 早川書房 2014.10 313p 16cm （ハヤカワ文庫 NV 1320―サザーン・リーチ 1） 820円 Ⓘ978-4-15-041320-0

ヴァントリーズ, ブレンダ・リックマン　*Vantrease, Brenda Rickman*　　　文学

アメリカの作家。1945年テネシー州生まれ。ミドルテネシー州立大学で英語学の博士号を取得。テネシー州ナッシュビルで25年にわたって英語教師として勤務。2004年『聖書の絵師』で作家デビュー。

最近の翻訳書

◇『聖書の絵師』 *The illuminator* ブレンダ・リックマン・ヴァントリーズ著, 野口百合子訳 新潮社 2006.4 397p 20cm 2300円 Ⓘ4-10-505151-2

ヴァンリアー, ドナ　*VanLiere, Donna*　　　文学

アメリカの作家、女優、脚本家。1966年生まれ。オハイオ州メディナ出身。女優として舞台に立つ一方、自ら多数の脚本、演出を手がける。2001年に発表した小説『天使の靴』は、02年にテレ

ビ映画化され、ニューソングが歌った主題歌も評判となった。同作を第1作とする〈Christmas Hope〉シリーズで知られる。テネシー州ナッシュビル在住。

最近の翻訳書

◇『天使の靴』 *The Christmas shoes* ドナ・ヴァンリアー著, 木村恵子訳 ポプラ社 2009.11 229p 16cm （ポプラ文庫 は3-1） 540円 ①978-4-591-11458-2

ヴィ

→ビをも見よ

ウィアー, アンディ　*Weir, Andy*　　　　　　　　SF

アメリカの作家。1972年6月16日カリフォルニア州生まれ。素粒子物理学者でエンジニアの息子として生まれる。15歳で国の研究所に雇われ、プログラマーとして勤務。科学、とくに宇宙開発に強い関心を寄せる。一方、作家を志望し、2009年よりSF小説『火星の人』を自らのウェブサイトに公開。この作品が好評を得、その後Kindle版を発売し、3カ月で3万5000ダウンロードを記録した。14年に書籍版が発売され、世界的なベストセラーとなる。15年同作はリドリー・スコット監督により「オデッセイ」のタイトルで映画化され、日本では第46回星雲賞の海外長編部門を受賞した。

最近の翻訳書

◇『火星の人　上』 *THE MARTIAN* アンディ・ウィアー著, 小野田和子訳 新版 早川書房 2015.12 319p 16cm （ハヤカワ文庫 SF 2043） 640円 ①978-4-15-012043-6
◇『火星の人　下』 *THE MARTIAN* アンディ・ウィアー著, 小野田和子訳 新版 早川書房 2015.12 312p 16cm （ハヤカワ文庫 SF 2044） 640円 ①978-4-15-012044-3
◇『火星の人』 *THE MARTIAN* アンディ・ウィアー著, 小野田和子訳 早川書房 2014.8 580p 16cm （ハヤカワ文庫 SF 1971） 1200円 ①978-4-15-011971-3

ウィスプ, ケニルワージー

→ローリング, J.K.を見よ

ウィッチャー, ムーニー　*Witcher, Moony*　　　児童書, ファンタジー

本名＝リッツォ, ロベルタ〈Rizzo, Roberta〉

イタリアの作家、ジャーナリスト。1957年ベネチア生まれ。幼い頃から画家や音楽家と付き合い、芸術は言葉を越えたコミュニケーションの手段となることを学んだ。ロベルタ・リッツォ名義で犯罪や事故などの記事を書く社会面担当のジャーナリストを務める傍ら、ムーニー・ウィッチャー名義で児童文学作家として活動し、2002年ファンタジー小説『ルナ・チャイルド』を出版、世界30カ国で翻訳されている。

最近の翻訳書

◇『ルナ・チャイルド　4(ニーナと水の迷宮の秘密)』 *Nina e l'Occhio segreto di Atlantide* ムーニー・ウィッチャー作, 荒瀬ゆみこ訳, 佐竹美保絵 岩崎書

店　2008.2　402p　19cm　1200円　①978-4-265-06174-7
◇『ルナ・チャイルド　3（ニーナと錬金タロットの謎）』 *Nina e la maledizione*　ムーニー・ウィッチャー作, 荒瀬ゆみこ訳, 佐竹美保絵　岩崎書店　2007.12　382p　19cm　1200円　①978-4-265-06173-0
◇『ルナ・チャイルド　2（ニーナと神々の宇宙船）』 *Nina e il mistero dell'ottava nota*　ムーニー・ウィッチャー作, 荒瀬ゆみこ訳　岩崎書店　2007.10　336p　19cm　1200円　①978-4-265-06172-3
◇『ルナ・チャイルド　1（ニーナと魔法宇宙の月）』 *La bambina della sesta luna*　ムーニー・ウィッチャー作, 荒瀬ゆみこ訳　岩崎書店　2007.9　330p　19cm　1200円　①978-4-265-06171-6

ウィーブ, トリーナ　*Wiebe, Trina*　　　児童書

カナダの作家。アルバータ州生まれ。8歳のクリスマスの時タイプライターをもらったことをきっかけに、物語を書き始める。『金魚はあわのおふろに入らない!?』を第1作とした〈アビーとテスのペットはおまかせ！〉シリーズは、公式ホームページとともに、子供たちに大人気のシリーズとなっている。ほかに〈Max-a-Million〉シリーズもある。

最近の翻訳書

◇『コブタがテレビをみるなんて！』 *Piglets don't watch television*　トリーナ・ウィーブ作, 宮坂宏美訳　ポプラ社　2006.5　146p　22cm　（ポップコーン・ブックス　16—アビーとテスのペットはおまかせ！　3）　1000円　①4-591-09251-8
◇『トカゲにリップクリーム？』 *Lizard don't wear lip gloss*　トリーナ・ウィーブ作, 宮坂宏美訳　ポプラ社　2006.2　143p　22cm　（ポップコーン・ブックス　14—アビーとテスのペットはおまかせ！　2）　1000円　①4-591-09030-2

ウィーラー, トマス　*Wheeler, Thomas*　　　ホラー

アメリカの脚本家、作家。22歳で20世紀FOXに脚本を売り込んで以来、脚本家、映画プロデューサーとしてハリウッドで活躍。ローマ帝国を描いたテレビドラマのミニ・シリーズや、ミステリー・シリーズの脚本・製作総指揮を担当。2004年『神秘結社アルカーヌム』で小説家デビュー。ロサンゼルス在住。

最近の翻訳書

◇『神秘結社アルカーヌム』 *The Arcanum*　トマス・ウィーラー著, 大瀧啓裕訳　扶桑社　2008.9　559p　16cm　（扶桑社ミステリー）　1048円　①978-4-594-05760-2

ウィリアムズ, カシャンバ　*Williams, Kashamba*　　　文学

アメリカの作家。スプリングフィールド大学を卒業し、福祉科学の学士号を取得。主に刑事裁判を学んだ。ソルマッグ・リーダーズ・チョイスの2003年度ベスト多文化自費出版賞、デジゴールド・マガジンの04年度新人女性作家賞を受賞。04年出版社プレシャスタイムズ・エンターテイメントを設立、自身や新人作家の作品を出版。デラウェア州在住。

最近の翻訳書

◇『明日なんて見えない　続』 *Grimey*　カシャンバ・ウィリアムズ著, Yuki訳

青山出版社　2006.4　237p　19cm　1000円　Ⓘ4-89998-065-5

ウィルキンソン, キャロル　*Wilkinson, Carole*　　　　　ファンタジー

イギリスの作家。10代からオーストラリアに住む。1996年『Stagefright』でデビュー。『Black Snake：The Daring of Ned Kelly』でオーストラリア児童図書賞ノンフィクション部門オナーブックを受賞。『ドラゴンキーパー 最後の宮廷龍』及び『ドラゴンキーパー 月下の翡翠龍』はオーストラリア児童図書賞ヤングリーダー部門賞を受賞した。

最近の翻訳書

◇『ラモーゼ─プリンス・イン・エグザイル　上』*Ramose*：*Prince in Exile Ramose and the Tomb Robbers*　キャロル・ウィルキンソン作, 入江真佐子訳　くもん出版　2014.3　281p　22cm　1800円　Ⓘ978-4-7743-2215-5

◇『ラモーゼ─プリンス・イン・エグザイル　下』*Ramose*：*Sting of the Scorpion Ramose*：*Wrath of Ra*　キャロル・ウィルキンソン作, 入江真佐子訳　くもん出版　2014.3　327p　22cm　1800円　Ⓘ978-4-7743-2216-2

◇『ドラゴンキーパー　月下の翡翠龍』*Dragon moon*　キャロル・ウィルキンソン作, もきかずこ訳　金の星社　2009.11　429p　22cm　2200円　Ⓘ978-4-323-07169-5

◇『ドラゴンキーパー　紫の幼龍』*Garden of the purple dragon*　キャロル・ウィルキンソン作, もきかずこ訳　金の星社　2009.1　429p　22cm　2200円　Ⓘ978-4-323-07120-6

◇『ドラゴンキーパー─最後の宮廷龍』*Dragonkeeper*　キャロル・ウィルキンソン作, もきかずこ訳　金の星社　2006.9　429p　22cm　2200円　Ⓘ978-4-323-07068-1

ウィルジェン, ミシェル　*Wildgen, Michelle*　　　　　　　文学

アメリカの作家。サラ・ローレンス・カレッジに学ぶ。2006年に出版された『サヨナラの代わりに』が処女作で、「ニューヨーク・タイムズ」紙のエディターズ・チョイス、「ピープル」誌の書籍トップ10などに選ばれた。フードライターとしても活躍し、新聞や雑誌などさまざまな媒体に料理に関するエッセイを数多く寄稿。文芸誌「ティンハウス」のエグゼクティブ・エディターにも名を連ねる。ウィスコンシン州マディソン在住。

最近の翻訳書

◇『サヨナラの代わりに』*YOU'RE NOT YOU*　ミシェル・ウィルジェン著, 堀川志野舞, 服部理佳訳　キノブックス　2015.9　429p　19cm　1600円　Ⓘ978-4-908059-22-3

ウィルス, イザボー・S.　*Wilce, Ysabeau S.*　　　　ヤングアダルト, ファンタジー

アメリカの作家。カリフォルニア州生まれ。2007年初の長編小説『二番目のフローラ 一万一千の部屋を持つ屋敷と魔法の執事』を発表。第2作の『ほんとうのフローラ 一万一千の部屋を持つ屋敷と魔法の執事』(08年)でアンドレ・ノートン賞を受賞。イリノイ州シカゴ在住。

最近の翻訳書

◇『怒りのフローラ　上』*FLORA'S FURY*　イザボー・S・ウィルス著, 杉田七重訳　東京創元社　2013.4　328p　20cm　(一万一千の部屋を持つ屋敷と魔法の執事)　2300円　Ⓘ978-4-488-01307-3

◇『怒りのフローラ　下』 FLORA'S FURY　イザボー・S・ウィルス著, 杉田七重訳　東京創元社　2013.4　318p　20cm　（一万一千の部屋を持つ屋敷と魔法の執事）　2300円　①978-4-488-01308-0

◇『ほんとうのフローラ──万一千の部屋を持つ屋敷と魔法の執事　上』Flora's dare　イザボー・S.ウィルス著, 杉田七重訳　東京創元社　2012.1　311p　20cm　2100円　①978-4-488-01341-7

◇『ほんとうのフローラ──万一千の部屋を持つ屋敷と魔法の執事　下』Flora's dare　イザボー・S.ウィルス著, 杉田七重訳　東京創元社　2012.1　311p　20cm　2100円　①978-4-488-01342-4

◇『二番目のフローラ──万一千の部屋を持つ屋敷と魔法の執事　上』Flora Segunda　イザボー・S.ウィルス著, 杉田七重訳　東京創元社　2011.6　273p　20cm　1900円　①978-4-488-01333-2

◇『二番目のフローラ──万一千の部屋を持つ屋敷と魔法の執事　下』Flora Segunda　イザボー・S.ウィルス著, 杉田七重訳　東京創元社　2011.6　267p　20cm　1900円　①978-4-488-01334-9

ウィルソン, N.D.　Wilson, N.D.　　　　児童書

アメリカの作家。ニュー・セイント・アンドルーズ・カレッジ文学部の特別研究員で、古典修辞法を教える。また、「クレデンダ/アジェンダ」や教養雑誌などの編集長を務めた。2007年児童向け冒険小説『Leepike Ridge』を発表。〈100の扉〉シリーズで人気を博す。家族とともにアイダホ州に暮らす。

最近の翻訳書

◇『100の扉　3［上］　チェストナットの王』 The Chestnut King　N.D.Wilson作, 大谷真弓訳　小学館　2010.11　413p　18cm　（小学館ファンタジー文庫）　830円　①978-4-09-230157-3

◇『100の扉　3［下］　チェストナットの王』 The Chestnut King　N.D.Wilson作, 大谷真弓訳　小学館　2010.11　414p　18cm　（小学館ファンタジー文庫）　830円　①978-4-09-230158-0

◇『100の扉　2［上］　タンポポの炎』 Dandelion fire　N.D.Wilson作, 大谷真弓訳　小学館　2009.8　350p　18cm　（小学館ファンタジー文庫）　720円　①978-4-09-230153-5

◇『100の扉　2［下］　タンポポの炎』 Dandelion fire　N.D.Wilson作, 大谷真弓訳　小学館　2009.8　381p　18cm　（小学館ファンタジー文庫）　720円　①978-4-09-230154-2

◇『100の扉　1』 100 cupboards　N.D.Wilson作, 大谷真弓訳　小学館　2009.2　431p　18cm　（小学館ファンタジー文庫）　750円　①978-4-09-230152-8

ウィルソン, ケヴィン　Wilson, Kevin　　　　文学, ユーモア

アメリカの作家。1978年テネシー州スワニー生まれ。2009年さまざまな雑誌や書籍に発表した短編をまとめた『地球の中心までトンネルを掘る』を刊行。この第1短編集で、同年シャーリイ・ジャクスン賞、10年アメリカ図書館協会アレックス賞を受賞。スワニーにあるサウス大学で英文学の准教授を務めながら作品を発表する。

最近の翻訳書

◇『地球の中心までトンネルを掘る』 TUNNELING TO THE CENTER OF

THE EARTH　ケヴィン・ウィルソン著, 芹澤恵訳　東京創元社　2015.8
312p　19cm　（海外文学セレクション）　1800円　①978-4-488-01658-6

ウィルソン, ダニエル・H.　*Wilson, Daniel H.*　　　　SF

アメリカの作家。オクラホマ州タルサ生まれ。カーネギーメロン大学に学ぶ。人工知能の修士号とロボット工学の博士号を持つ。ロボットをテーマにしたノンフィクションを多数執筆。『ロボポカリプス』で小説家としてデビュー。オレゴン州ポートランド在住。

最近の翻訳書

◇『ロボポカリプス』　*ROBOPOCALYPSE*　ダニエル・H・ウィルソン著, 鎌田三平訳　角川書店　2012.12　478p　19cm　2000円　①978-4-04-110156-8

ウィルソン, ローラ　*Wilson, Laura*　　　　ミステリー, スリラー

イギリスの作家。1964年ロンドン生まれ。オックスフォード大学のサマービル・カレッジとロンドン大学のユニバーシティ・カレッジで英文学の学位を取得。2006年『千の嘘』でCWA賞最優秀長編賞にノミネートされ、08年『Statton's War』でCWA賞エリス・ピーター・ヒストリカル・ダガー賞を受賞した。

最近の翻訳書

◇『千の嘘』　*A thousand lies*　ローラ・ウィルソン著, 日暮雅通訳　東京創元社　2008.7　424p　15cm　（創元推理文庫）　1100円　①978-4-488-28504-3

ヴィルトナー, マルティナ　*Wildner, Martina*　　　　ヤングアダルト, 児童書

ドイツの作家、イラストレーター。1968年アルガウ生まれ。88～92年エアランゲンの大学でイスラム研究を専攻、92～97年ニュルンベルクの大学でグラフィック・デザインを学ぶ。97年から雑誌に児童文学を発表し、2003年ペーター・ヘルトリング賞を受賞。その後も10代の読者に向けた作品を多く執筆。14年にはドイツ青少年文学賞を受賞した。ベルリン在住。

最近の翻訳書

◇『ミシェルのゆううつな一日』　*Michelles Fehler*　マルティナ・ヴィルトナー作, 若松宣子訳　岩波書店　2010.1　354p　19cm　1900円　①978-4-00-115637-9

ウィンストン, ローリー　*Winston, Lolly*　　　　文学

アメリカの作家。コネティカット州ハートフォード生まれ。サラローレンス大学で創作を学ぶ。「ワーキング・マザー」や「ファミリー・サークル」などの雑誌でフリーライターとして働いた後、2004年『グッド・グリーフ―私は、ここにいる。』で作家デビュー。同作は15カ国語に翻訳された。夫とカリフォルニアに在住。

最近の翻訳書

◇『グッド・グリーフ―私は、ここにいる。』　*Good grief*　ローリー・ウィンストン著, 小沢瑞穂訳　小学館　2006.9　389p　20cm　1900円　①4-09-356621-6

ウィンター, アリエル・S.　*Winter, Ariel S.*　　　　ミステリー, 児童書

アメリカの作家。2012年長編ミステリー『自堕落な凶器』が「ロサンゼルス・タイムズ」ブッ

ク・プライズ最終候補作となり、長編小説デビュー。ほかに児童向け絵本『One of a kind』（未訳）がある。メリーランド州ボルティモア在住。

最近の翻訳書

◇『**自堕落な凶器　上巻**』 *THE TWENTY-YEAR DEATH.vol.1*　アリエル・S・ウィンター著，鈴木恵訳　新潮社　2014.8　426p　16cm　（新潮文庫　ウー25-1）　750円　①978-4-10-218571-1

◇『**自堕落な凶器　下巻**』 *THE TWENTY-YEAR DEATH.vol.2*　アリエル・S・ウィンター著，鈴木恵訳　新潮社　2014.8　463p　16cm　（新潮文庫　ウー25-2）　790円　①978-4-10-218572-8

ウィンタース, ベン・H.　*Winters, Ben H.*　　　　　　　　　ミステリー

アメリカの作家。メリーランド州出身。ワシントン大学卒。第6長編となる『地上最後の刑事』で2012年MWA賞最優秀ペーパーバック賞を受賞。また、13年『カウントダウン・シティ』でフィリップ・K.ディック賞を受賞した。脚本家としても活動。インディアナポリス在住。

最近の翻訳書

◇『**世界の終わりの七日間**』 *WORLD OF TROUBLE*　ベン・H・ウィンタース著，上野元美訳　早川書房　2015.12　294p　19cm　（HAYAKAWA POCKET MYSTERY BOOKS　1902）　1600円　①978-4-15-001902-0

◇『**カウントダウン・シティ**』 *COUNTDOWN CITY*　ベン・H・ウィンタース著，上野元美訳　早川書房　2014.11　290p　19cm　（HAYAKAWA POCKET MYSTERY BOOKS　1889）　1600円　①978-4-15-001889-4

◇『**地上最後の刑事**』 *THE LAST POLICEMAN*　ベン・H・ウィンタース著，上野元美訳　早川書房　2013.12　311p　19cm　（HAYAKAWA POCKET MYSTERY BOOKS　1878）　1600円　①978-4-15-001878-8

ヴェ

→べをも見よ

ウェイウェイオール, ロノ　*Waiwaiole, Lono*　　　　　ミステリー, スリラー

アメリカの作家。カリフォルニア州サンフランシスコ生まれ。ハワイ人の血を半分、イタリア人の血を四分の一、オランダ系の血を四分の一ひいている。アメリカの西海岸を転々とし、オレゴン州ポートランドの高校を卒業。新聞やタウン誌の編集、プロのポーカー・プレイヤーを経て、ポートランドで社会科と英語の教師を務める。2003年『鎮魂歌は歌わない』で作家デビュー、04年アンソニー賞最優秀新人賞の候補となる。同作は〈Wiley〉としてシリーズ化され、04年第2作『人狩りは終わらない』、05年第3作『Wiley's Refrain』を刊行。

最近の翻訳書

◇『**人狩りは終わらない**』 *Wiley's shuffle*　ロノ・ウェイウェイオール著，高橋恭美子訳　文藝春秋　2011.5　379p　16cm　（文春文庫　ウ20-2）　743円　①978-4-16-770593-0

◇『**鎮魂歌は歌わない**』 *Wiley's lament*　ロノ・ウェイウェイオール著，高橋恭美子訳　文藝春秋　2008.7　396p　16cm　（文春文庫）　743円　①978-4-16-770562-6

海外文学　新進作家事典　　　　　　　　　　　　ウエスタ

ウェイト, アーバン　*Waite, Urban*　　　　　　　　　ミステリー, 文学

アメリカの作家。1980年ワシントン州シアトル生まれ。12歳でバイク店の床掃除を始めて以来、苦学の末にワシントン大学、西ワシントン大学、エマーソン・カレッジで学位を取得。雑誌に掲載された短編がエージェントの目に留まり、2011年『生、なお恐るべし』で長編デビュー。シアトル在住。

*** 最近の翻訳書 ***

◇『訣別のトリガー』 *The carrion birds*　アーバン・ウェイト著, 鈴木恵訳　新潮社　2013.8　423p　16cm　（新潮文庫　ウー23-2）　750円　①978-4-10-217922-2

◇『生、なお恐るべし』 *The terror of living*　アーバン・ウェイト著, 鈴木恵訳　新潮社　2011.8　467p　16cm　（新潮文庫　ウー23-1）　781円　①978-4-10-217921-5

ウェイナー, ジェニファー　*Weiner, Jennifer*　　　　　　　　　文学

本名 = Weiner, Jennifer Agnes

アメリカの作家。1970年3月28日ルイジアナ州生まれ。87〜91年プリンストン大学で英文学を専攻し、首席で卒業。卒業後は「フィラデルフィア・インクワイアー」の記者を務め、コラムニストとしても活躍。2001年自身の体験をベースにした処女小説『グッド・イン・ベッド』を発表、世界15カ国で翻訳される。03年記者を辞め、執筆に専念。ペンシルベニア州フィラデルフィア在住。

*** 最近の翻訳書 ***

◇『グッド・イン・ベッド　上』 *Good in bed*　ジェニファー・ウェイナー著, イシイシノブ訳　早川書房　2010.7　411p　16cm　（ハヤカワ文庫　ウー2-1—イソラ文庫　24）　900円　①978-4-15-150024-4

◇『グッド・イン・ベッド　下』 *Good in bed*　ジェニファー・ウェイナー著, イシイシノブ訳　早川書房　2010.7　375p　16cm　（ハヤカワ文庫　ウー2-2—イソラ文庫　25）　900円　①978-4-15-150025-1

ウエスターフェルド, スコット　*Westerfeld, Scott*　　　　　SF, ヤングアダルト

アメリカの作家。1963年テキサス州ダラス生まれ。SF、ファンタジー、ヤングアダルトを中心に執筆し、フィリップ・K.ディック賞特別賞をはじめとする多数の賞を受賞。2009年刊行の『リヴァイアサン―クジラと蒸気機関』に始まるスチームパンク冒険譚〈リヴァイアサン〉3部作はローカス賞やオーリアリス賞を受賞し、ベストセラーとなった。〈アグリーズ〉〈ミッドナイターズ〉シリーズも日本に紹介されている。01年作家のジャスティーン・ラーバレスティアと結婚した。ニューヨークとシドニー在住。

*** 最近の翻訳書 ***

◇『ゴリアテ―ロリスと電磁兵器』 *Goliath*　スコット・ウエスターフェルド著, 小林美幸訳　早川書房　2014.10　594p　16cm　（ハヤカワ文庫 SF 1978）　1180円　①978-4-15-011978-2

◇『ベヒモス―クラーケンと潜水艦』 *Behemoth*　スコット・ウエスターフェルド著, 小林美幸訳　早川書房　2014.6　543p　16cm　（ハヤカワ文庫 SF 1949）　1080円　①978-4-15-011949-2

◇『リヴァイアサン―クジラと蒸気機関』 *Leviathan*　スコット・ウエスターフェルド著, 小林美幸訳　早川書房　2013.12　494p　16cm　（ハヤカワ文庫

SF 1933) 900円 ①978-4-15-011933-1

◇『ゴリアテ―ロリスと電磁兵器』 *Goliath* スコット・ウエスターフェルド
著, 小林美幸訳 早川書房 2012.12 494p 19cm （新☆ハヤカワ・SF・シ
リーズ 5007) 1700円 ①978-4-15-335007-6

◇『ベヒモス―クラーケンと潜水艦』 *Behemoth* スコット・ウエスターフェル
ド著, 小林美幸訳 早川書房 2012.6 453p 19cm （新☆ハヤカワ・SF・
シリーズ 5004) 1600円 ①978-4-15-335004-5

◇『リヴァイアサン―クジラと蒸気機関』 *Leviathan* スコット・ウエスター
フェルド著, 小林美幸訳 早川書房 2011.12 410p 19cm （新☆ハヤカ
ワ・SF・シリーズ no.5001) 1600円 ①978-4-15-335001-4

◇『ミッドナイターズ 3(青い時間のなかへ)』 *Blue Moon* スコット・ウエ
スターフェルド著, 金原瑞人, 大谷真弓訳 東京書籍 2007.12 485p 22cm
1900円 ①978-4-487-80167-1

◇『ミッドナイターズ 2(ダークリングの謎)』 *Touching darkness* スコッ
ト・ウエスターフェルド著, 金原瑞人, 大谷真弓訳 東京書籍 2007.10 421p
22cm 1900円 ①978-4-487-80166-4

◇『ミッドナイターズ 1(真夜中に生まれし者)』 *The secret hour* スコッ
ト・ウエスターフェルド著, 金原瑞人, 大谷真弓訳 東京書籍 2007.7 367p
22cm 1800円 ①978-4-487-80165-7

◇『アグリーズ 2(みにくい自分にサヨナラ)』 *Uglies* スコット・ウエスター
フェルド著, 谷崎ケイ訳 ヴィレッジブックス 2007.1 327p 19cm 1100
円 ①978-4-7897-3044-0

◇『アグリーズ 1(あたしがキレイになる日)』 *Uglies* スコット・ウエスター
フェルド著, 谷崎ケイ訳 ヴィレッジブックス 2006.12 267p 19cm
1100円 ①4-7897-2947-8

ウェルシュマン, マルカム・D. *Welshman, Malcolm D.* 児童書

イギリスの作家。獣医師を経て作家に。ロンドン動物園や避暑地の診療所、外来種専門の病院
でコンサルタントとして働いた経験を持つ。「サンデー・タイムズ」や獣医雑誌などで長期に
わたりエッセイも連載。現在はBBCラジオのレギュラーパネリストとして活躍、トークショー
も行う。サマーセット在住。

最近の翻訳書

◇『ポール先生のゆかいな動物病院』 *Pets in prospect* マルカム・D.ウェル
シュマン著, 山本やよい訳 ヴィレッジブックス 2009.8 417p 15cm
（ヴィレッジブックス F-ウ7-1) 840円 ①978-4-86332-177-9

ウェルズ, ジェニファー・フェナー *Wells, Jennifer Foehner* SF

アメリカの作家、編集者。イリノイ州出身。2014年第1長編である近未来ハード・サスペンス
SF『異種間通信』を電子書籍として発売すると、たちまち大評判となり、2カ月後にはベスト
セラー作家の仲間入りを果たした。翌15年、優れた電子書籍に与えられるeLitブック・アワー
ドのSF/ファンタジー部門で金賞を受賞。

最近の翻訳書

◇『異種間通信』 *FLUENCY* ジェニファー・フェナー・ウェルズ著, 幹遙子
訳 早川書房 2016.1 476p 15cm （ハヤカワ文庫SF) 1000円 ①978-
4-15-012048-1

ウェルズ, パメラ　*Wells, Pamela*　　　ヤングアダルト, ロマンス

アメリカの作家。ミシシッピ州出身。ジョージア州の大学でジャーナリズムを専攻した後、カリフォルニア州のペパーダイン大学で教育・心理学の修士号を取得。2007年『ハートブレイカーズ―失恋に効く28のルール』で作家デビュー。続編に『The Crushes』(未訳)がある。

最近の翻訳書

◇『**ハートブレイカーズ―失恋に効く28のルール**』　*The heartbreakers*　パメラ・ウェルズ著, 金原瑞人訳　アスキー・メディアワークス　2011.3　351p　19cm　1200円　①978-4-04-868748-5

ウェルズ, レイチェル　*Wells, Rachel*　　　その他

イギリスの作家。デボン州生まれ。愛猫家。数年間ロンドンで働いた後、家族やペットたちとデボン州に住む。2014年『通い猫アルフィーの奇跡』で作家デビュー。

最近の翻訳書

◇『**通い猫アルフィーの奇跡**』　*ALFIE THE DOORSTEP CAT*　レイチェル・ウェルズ著, 中西和美訳　ハーパーコリンズ・ジャパン　2015.9　381p　15cm　(ハーパーBOOKS)　815円　①978-4-596-55004-0

ヴェルメシュ, ティムール　*Vermes, Timur*　　　歴史, ユーモア

ドイツの作家。1967年西ドイツ・ニュルンベルク生まれ。母親はドイツ人、父親はハンガリー人。エルランゲン大学で歴史と政治を学ぶ。ジャーナリストとしてタブロイド紙の「アーベントツァイトゥング」「ケルナーエクスプレス」で活躍。その後、「シェイプ」をはじめとする複数の雑誌でも執筆活動を行う。2009年よりゴーストライターとして4作品を上梓。12年初めて実名で著した小説『帰ってきたヒトラー』を発表。

最近の翻訳書

◇『**帰ってきたヒトラー　上**』　*ER IST WIEDER DA*　ティムール・ヴェルメシュ著, 森内薫訳　河出書房新社　2014.1　249p　20cm　1600円　①978-4-309-20640-0

◇『**帰ってきたヒトラー　下**』　*ER IST WIEDER DA*　ティムール・ヴェルメシュ著, 森内薫訳　河出書房新社　2014.1　258p　20cm　1600円　①978-4-309-20641-7

ヴェンカトラマン, パドマ　*Venkatraman, Padma*　　　ヤングアダルト, 歴史

アメリカの作家。インド・チェンナイ生まれ。父方の祖父が法学者、母親は弁護士。子供の頃から科学・数学と文学の双方に関心を持つ。アメリカのウィリアム・アンド・メアリー大学で海洋学の学位を取得し、キール大学海洋研究所、ジョンズ・ホプキンズ大学の研究員ほか、研究生活を経て、作家となる。2009年『図書室からはじまる愛』がボストン作家協会賞を受賞、またアメリカ図書館協会ヤングアダルトのためのベストブックスに選ばれた。ロードアイランド州在住。

最近の翻訳書

◇『**図書室からはじまる愛**』　*Climbing the stairs*　パドマ・ヴェンカトラマン著, 小梨直訳　白水社　2010.6　260p　20cm　2200円　①978-4-560-08073-3

ウェンディグ, チャック　*Wendig, Chuck*　　　　　　　　　ホラー, SF

アメリカの作家、脚本家。他者の死を予知できる女性が活躍する〈ミリアム・ブラック〉シリーズ、女子高生の日常を描いたヤングアダルト小説〈アトランタ・バーンズ〉シリーズ、ディストピアを舞台にした冒険小説〈ハートランド〉3部作、犯罪組織の男を描くダークファンタジー〈ムーキー・パール〉シリーズ、「スター・ウォーズ・サーガ」のスピンオフ小説〈スター・ウォーズ/アフターマス〉3部作など、多数のシリーズを持ち、数々の小説を発表するエンターテインメント作家で、読者から大きな支持を集めている。ほかにコミックやゲームなどポップカルチャーの評論、映画やテレビの脚本や構成も手がける。2010年のテレビドラマ「Collapsus」はエミー賞のデジタル部門にノミネートされた。また、公式ブログは月に20本ほどの長文をアップし、ツイッターで発言しない日はない。書くことに取り憑かれた"ペンモンキー（執筆中毒者）"と自称する。ペンシルベニア州在住。

最近の翻訳書

◇『ゼロの総和』　*ZEROES*　チャック・ウェンディグ作, 入間眞訳　ハーパーコリンズ・ジャパン　2016.2　606p　15cm　（ハーパーBOOKS）　1037円　①978-4-596-55014-9

ヴォ

　→ボをも見よ

ウォーカー, カレン・トンプソン　*Walker, Karen Thompson*　ヤングアダルト, SF

アメリカの作家。カリフォルニア州サンディエゴ生まれ。カリフォルニア大学ロサンゼルス校で英文学と創作を専攻し、コロンビア大学大学院で学んだ後、サイモン・シュスター社で書籍の編集に携わる。2012年『奇跡の時代』で作家デビュー。

最近の翻訳書

◇『奇跡の時代』　*THE AGE OF MIRACLES*　カレン・トンプソン・ウォーカー著, 雨海弘美訳　角川書店　2013.6　334p　19cm　1900円　①978-4-04-110486-6

ウォーターズ, サラ　*Waters, Sarah*　　　　　　　　　　　　　文学, 歴史

イギリスの作家。1966年7月21日ペンブルックシャー州ニーランド生まれ。ケント大学に学ぶ。98年『TIPPING THE VELVET』で作家デビュー。99年第2長編『半身』が評判となり、全米図書賞や「サンデー・タイムズ」の若手作家年間最優秀賞、35歳以下の作家を対象とするサマセット・モーム賞を受賞。また、2002年の第3長編『荊の城』でCWA賞エリス・ピーター・ヒストリカル・ダガー賞を受賞し、第4長編『夜愁』（06年）、第5長編『エアーズ家の没落』（09年）の3度にわたりブッカー賞の最終候補に選ばれている。

最近の翻訳書

◇『黄昏の彼女たち　上』　*The paying guests*　サラ・ウォーターズ著, 中村有希訳　東京創元社　2016.1　428p　15cm　（創元推理文庫　Mウ14-8）　1240円　①978-4-488-25409-4

◇『黄昏の彼女たち　下』　*The paying guests*　サラ・ウォーターズ著, 中村有希訳　東京創元社　2016.1　422p　15cm　（創元推理文庫　Mウ14-9）　1240円　①978-4-488-25410-0

◇『エアーズ家の没落　上』　*The little stranger*　サラ・ウォーターズ著, 中村

有希訳　東京創元社　2010.9　332p　15cm　（創元推理文庫　254-07）　960
円　①978-4-488-25407-0
◇『エアーズ家の没落　下』　*The little stranger*　サラ・ウォーターズ著, 中村
有希訳　東京創元社　2010.9　391p　15cm　（創元推理文庫　254-08）
1000円　①978-4-488-25408-7
◇『夜愁　上』　*The night watch*　サラ・ウォーターズ著, 中村有希訳　東京創
元社　2007.5　348p　15cm　（創元推理文庫）　880円　①978-4-488-25405-6
◇『夜愁　下』　*The night watch*　サラ・ウォーターズ著, 中村有希訳　東京創
元社　2007.5　332p　15cm　（創元推理文庫）　880円　①978-4-488-25406-3

ウォード, アマンダ・エア　*Ward, Amanda Eyre*　　　　　文学

アメリカの作家。1972年ニューヨーク市生まれ。ウィリアムズ・カレッジ及びモンタナ大学
を卒業。各文芸誌に短編小説を発表。定期的に地元の「オースティン・クロニクル」紙にも寄
稿する。2003年『カレンの眠る日』でデビュー。15年第5作となる『The Same Sky』を上梓。
夫は地質学者で、家族とテキサス州オースティンに在住。

最近の翻訳書

◇『カレンの眠る日』　*Sleep toward heaven*　アマンダ・エア・ウォード著, 務
台夏子訳　新潮社　2006.6　391p　16cm　（新潮文庫）　705円　①4-10-
215951-7

ヴォネガット, ノーブ　*Vonnegut, Norb*　　　　ミステリー, スリラー

アメリカの作家。1958年ルイジアナ州レイクチャールズ生まれ。80年ハーバード大学を第2位
優等で卒業、86年同大ビジネススクールでMBAを取得。モルガン・スタンレー、ペイン・ウェ
バーなどの投資銀行で個人クライアントの資産管理を行う。2009年『トップ・プロデューサー
――ウォール街の殺人』で作家デビュー。現在は「Acrimoney」というウェブサイトを運営しつ
つ、執筆活動を行う。

最近の翻訳書

◇『トップ・プロデューサー――ウォール街の殺人』　*Top producer*　ノーブ・
ヴォネガット著, 北沢あかね訳　小学館　2011.5　612p　15cm　（小学館文
庫　う11-1）　924円　①978-4-09-408468-9

ウォルヴン, スコット　*Wolven, Scott*　　　　　ミステリー

アメリカの作家。コロンビア大学卒。主にインターネット上に作品を発表していたが、2002〜
04年〈ベスト・アメリカン・ミステリー〉シリーズにその作品が収録されて注目を浴びる。05
年『北東の大地、逃亡の西』でデビュー。ニューヨーク州北部在住。

最近の翻訳書

◇『北東の大地、逃亡の西』　*Controlled burn*　スコット・ウォルヴン著, 七搦
理美子訳　早川書房　2007.11　249p　19cm　（ハヤカワ・ミステリ）　1300
円　①978-4-15-001806-1

ウォルター, ジェス　*Walter, Jess*　　　　ミステリー, スリラー

アメリカの作家、ジャーナリスト。1965年ワシントン州スポーケン生まれ。イースタン・ワ

シントン大学卒。ジャーナリスト、ノンフィクション作家として「ワシントン・ポスト」紙などに寄稿。ノンフィクション『Every Knee Shall Bow』(95年)で作家デビュー。2001年小説『血の奔流』を発表、高い評価を得る。06年『市民ヴィンス』(05年)でMWA賞最優秀長編賞を受賞、07年には『ザ・ゼロ』が全米図書賞の最終候補作となった。スポーケン在住。

最近の翻訳書

◇『美しき廃墟』 *BEAUTIFUL RUINS* ジェス・ウォルター著、児玉晃二訳　岩波書店　2015.5　397p　19cm　2400円　①978-4-00-022229-7

◇『ザ・ゼロ』 *THE ZERO* ジェス・ウォルター著、上岡伸雄、児玉晃二訳　岩波書店　2013.12　477p　20cm　3200円　①978-4-00-023054-4

◇『市民ヴィンス』 *Citizen Vince* ジェス・ウォルター著、田村義進訳　早川書房　2006.12　470p　16cm　（ハヤカワ・ミステリ文庫）　840円　①4-15-176651-0

ウォールデン, マーク　*Walden, Mark*　　　　　文学, ヤングアダルト

イギリスの作家。ニューキャッスル大学で英文学を学ぶ。10年間ゲームの制作に携わった後、現在は作家業と父親業に専念する。〈H.I.V.E.〉シリーズ、〈Earthfall〉シリーズがある。

最近の翻訳書

◇『H.I.V.E.—悪のエリート養成機関　volume3　ルネッサンス・イニシアチブ』 *H.I.V.E* マーク・ウォールデン作、三辺律子訳　ほるぷ出版　2011.12　444p　20cm　1800円　①978-4-593-53463-0

◇『H.I.V.E.—悪のエリート養成機関　volume2　オーバーロード・プロトコル』 *H.I.V.E* マーク・ウォールデン作、三辺律子訳　ほるぷ出版　2010.5　460p　20cm　1800円　①978-4-593-53462-3

◇『H.I.V.E.—悪のエリート養成機関　volume1』 *H.I.V.E* マーク・ウォールデン作, 三辺律子訳　ほるぷ出版　2008.6　365p　20cm　1600円　①978-4-593-53461-6

ウォルドマン, エイミー　*Waldman, Amy*　　　　　文学

アメリカの作家、ジャーナリスト。1969年生まれ。エール大学卒。「ニューヨーク・タイムズ」紙で8年間、そのうちの3年間をニューデリー支局で記者として勤めた。アメリカ同時多発テロの犠牲者たちのプロフィールを遺族にインタビューして集めた連載企画「Portraits of Grief」にニューヨーク市内担当の記者として参加、この企画は2002年ピュリッツァー賞を受賞した。11年社会派フィクション『サブミッション』を発表、12年のアメリカン・ブック・アウォードをはじめ数々の賞を受け、ヨーロッパやアジアを中心とする諸外国語で翻訳・出版される。

最近の翻訳書

◇『サブミッション』 *THE SUBMISSION* エイミー・ウォルドマン著、上岡伸雄訳　岩波書店　2013.12　518p　20cm　3200円　①978-4-00-023053-7

ウォルトン, ジョー　*Walton, Jo*　　　　　SF, ファンタジー

イギリス生まれの作家。1964年12月1日ウェールズのアバデアで生まれ、イングランドのランカスター大学に学ぶ。97年ウェールズに戻り、2000年『The King's peace』で作家デビュー、同作でジョン・W.キャンベル記念賞を受賞。02年カナダへ移住。04年『ドラゴンがいっぱい！—アゴールニン家の遺産相続奮闘記』で世界幻想文学大賞を受賞。歴史改編小説の〈ファージ

ング〉3部作（06〜08年）の第2部『暗殺のハムレット』でプロメテウス賞を受けた。『図書室の魔法』（11年）はヒューゴー賞、ネビュラ賞、英国幻想文学大賞を受賞。カナダのモントリオール在住。

最近の翻訳書

◇『図書室の魔法　上』 *Among others*　ジョー・ウォルトン著, 茂木健訳　東京創元社　2014.4　301p　15cm　（創元SF文庫　SFウ13-1）　860円　①978-4-488-74901-9

◇『図書室の魔法　下』 *Among others*　ジョー・ウォルトン著, 茂木健訳　東京創元社　2014.4　286p　15cm　（創元SF文庫　SFウ13-2）　860円　①978-4-488-74902-6

◇『バッキンガムの光芒―ファージング 3』 *Half a crown*　ジョー・ウォルトン著, 茂木健訳　東京創元社　2010.8　494p　15cm　（創元推理文庫　279-07）　1240円　①978-4-488-27907-3

◇『暗殺のハムレット―ファージング 2』 *Ha'penny*　ジョー・ウォルトン著, 茂木健訳　東京創元社　2010.7　481p　15cm　（創元推理文庫　279-06）　1200円　①978-4-488-27906-6

◇『英雄たちの朝―ファージング 1』 *Farthing*　ジョー・ウォルトン著, 茂木健訳　東京創元社　2010.6　460p　15cm　（創元推理文庫　279-05）　1160円　①978-4-488-27905-9

◇『ドラゴンがいっぱい！―アゴールニン家の遺産相続奮闘記』 *Tooth and claw*　ジョー・ウォルトン著, 和爾桃子訳　早川書房　2008.3　462p　16cm　（ハヤカワ文庫　FT）　800円　①978-4-15-020464-8

ウォレス, サンドラ・ニール　*Wallace, Sandra Neil*　　歴史, 児童書

アメリカ在住の作家。カナダ・セントーマス生まれ。15年間、テレビのリポーターやキャスターを務めた後、2010年『ぼくは牛飼い』で作家に転身。その後、プロフットボールの選手と人種差別を題材にした『Muckers』（13年）、女性アスリートの生涯を描いた夫リッチとの共著『Babe Conquers the World』（14年）を発表。ニューハンプシャー州在住。

最近の翻訳書

◇『ぼくは牛飼い』 *LITTLE JOE*　サンドラ・ニール・ウォレス作, 渋谷弘子訳　さ・え・ら書房　2014.4　254p　20cm　1600円　①978-4-378-01512-5

ウォレス, ダニエル　*Wallace, Daniel*　　ファンタジー

アメリカの作家、イラストレーター。1959年アラバマ州バーミンガム生まれ。「ロサンゼルス・タイムズ」紙でイラストレーターとして活躍する傍ら、「Story」「Glimmer Train」「Praire Scbooner」など多くの雑誌に短編を発表。「アルゴンキン・ブックス」の編集者の目に留まったのを機に、98年『ビッグフィッシュ―父と息子のものがたり』で作家デビュー。同作はティム・バートン監督により映画化もされた。現在はノースカロライナ大学で教鞭も執る。ノースカロライナ州チャペル・ヒル在住。

最近の翻訳書

◇『ミスター・セバスチャンとサーカスから消えた男の話』 *Mr.sebastian and the negro magician*　ダニエル・ウォレス著, 川副智子訳　武田ランダムハウスジャパン　2012.12　455p　15cm　（RHブックス・プラス　ウ6-1）　950円　①978-4-270-10436-1

ウオン　　　　　　　　　　海外文学　新進作家事典

◇『ミスター・セバスチャンとサーカスから消えた男の話』　*Mr.Sebastian and*
the negro magician　ダニエル・ウォレス著, 川副智子訳　武田ランダムハウ
スジャパン　2010.4　366p　20cm　2200円　①978-4-270-00579-8

ウォン, ユスン　*Uon, Yu-soon*　　　　　　　　　　　　　　　　児童書

韓国の作家。1957年江原道原州生まれ。仁川教育大学卒業後、仁荷大学教育学部の大学院を
修了。啓蒙社の児童文学賞とMBCの創作童話大賞を受賞したことがあり、現在は京畿道富川
の小学校で教鞭を執る。未訳の作品に『字を知らないサムディギ』『飛べ！ 草の種』『トルベ
のキキョウ畑』などがある。

最近の翻訳書

◇『北からやって来た女の子』　ウォン・ユスン文, チェ・ジョンイン絵, 榊原
咲月訳　現文メディア　2008.12　143p　21cm　（韓国人気童話シリーズ
7）　1200円　①978-4-652-06809-0

ウタミ, アユ　*Utami, Ayu*　　　　　　　　　　　　　　　　　　　文学

インドネシアの作家、ジャーナリスト。1968年11月21日インドネシアのボゴールに生まれ、
ジャカルタで育つ。インドネシア大学文学部ロシア学科を卒業後、雑誌編集者としてジャーナ
リズムの世界に入る。スハルト政権下で民主化と言論の自由を求める声の高まる中、94年報
道週刊誌「テンポ」など3誌が発禁処分を受けた際に設立された非合法のインデペンデント・
ジャーナリスト・アライアンスに名を連ねたが、これが原因で職を失い、文化団体コミュニタ
ス・ウタン・カユの活動に参加。98年スハルト政権が崩壊するとほぼ同時に最初の小説『サマ
ン』を発表、ジャカルタ芸術協会のコンクールで大賞を受け、空前のベストセラーとなった。
2000年オランダ王室のプリンス・クラウス賞を受賞。

最近の翻訳書

◇『サマン』　*Saman*　アユ・ウタミ著, 竹下愛訳　木犀社　2007.5　245p
20cm　2200円　①978-4-89618-051-0

ウッド, トム　*Wood, Tom*　　　　　　　　　　　　　　ミステリー, スリラー

イギリスの作家。1978年スタッフォードシャー州バートン・アポン・トレント生まれ。書店
員、清掃員、工場労働者、スーパーマーケットのレジ係など、さまざまな職業に就いていたが、
2010年に処女作である、プロの暗殺者ヴィクターを主人公にした冒険アクション巨編『パー
フェクト・ハンター』を発表、「ニューヨーカー」「パブリッシャーズ・ウィークリー」などで
絶賛された。ロンドン在住。

最近の翻訳書

◇『ファイナル・ターゲット　上』　*The enemy*　トム・ウッド著, 熊谷千寿訳
早川書房　2013.3　312p　16cm　（ハヤカワ文庫 NV　1279）　840円
①978-4-15-041279-1
◇『ファイナル・ターゲット　下』　*The enemy*　トム・ウッド著, 熊谷千寿訳
早川書房　2013.3　313p　16cm　（ハヤカワ文庫 NV　1280）　840円
①978-4-15-041280-7
◇『パーフェクト・ハンター　上』　*The hunter*　トム・ウッド著, 熊谷千寿訳
早川書房　2012.1　347p　16cm　（ハヤカワ文庫　NV1249）　840円
①978-4-15-041249-4

海外文学　新進作家事典　　ウテイツ

◇『パーフェクト・ハンター　下』　*The hunter*　トム・ウッド著, 熊谷千寿訳
早川書房　2012.1　349p　16cm　（ハヤカワ文庫　NV1250）　840円
①978-4-15-041250-0

ウッド, パトリシア　*Wood, Patricia*　　　　ヤングアダルト

アメリカの作家。ワシントン州シアトル生まれ。1972年アメリカ陸軍に入隊、医療技術者の訓練を受ける。除隊後、北イリノイ大学を経て、乗馬インストラクター、高校教師、サメ研究チームのスタッフなど、さまざまな職業に従事する。2007年『僕とばあばと宝くじ』でデビュー。夫とハワイ・ホノルルに係留されたヨットで暮らし、博士号取得を目指してハワイ大学に通う。

最近の翻訳書

◇『僕とばあばと宝くじ』　*Lottery*　パトリシア・ウッド著, 小林さゆり訳　ランダムハウス講談社　2008.7　476p　19cm　1900円　①978-4-270-00391-6

ウッドロウ, パトリック　*Woodrow, Patrick*　　　　スリラー

イギリスの作家。1971年生まれ。ケンブリッジ大学で学び、ロンドン、シンガポール、シアトルで経営コンサルタントとして10年間働いた後、作家に転身。2005年『南海のトレジャーハント』でデビュー。ロンドン在住。

最近の翻訳書

◇『南海のトレジャーハント』　*Double cross*　パトリック・ウッドロウ著, 熊谷千寿訳　早川書房　2006.8　543p　16cm　（ハヤカワ文庫　NV）　940円
①4-15-041123-9

ウッドワース, スティーヴン　*Woodworth, Stephen*　　　　サスペンス, ホラー

アメリカの作家。カリフォルニア州フラートン生まれ。新人作家の登竜門として定評のあるクラリオン・ウェスト・ライターズ・ワークショップを卒業後、ライターズ・オブ・ザ・フューチャーコンテストで第1席となる。数多くの雑誌に短編を寄稿。

最近の翻訳書

◇『レッド・ハンド』　*With red hands*　スティーヴン・ウッドワース著, 棚橋志行訳　ソフトバンククリエイティブ　2006.10　430p　16cm　（SB文庫）　800円　①4-7973-3326-X
◇『ヴァイオレット・アイ』　*Through violet eyes*　スティーヴン・ウッドワース著, 風間賢二訳　ソフトバンククリエイティブ　2006.3　455p　16cm（SB文庫）　780円　①4-7973-3323-5

ウティット・ヘーマムーン　*Uthit Hēmamūn*　　　　文学

タイの作家。1975年サラブリー県生まれ。絵を描くことが好きで、シラパコーン芸術大学で絵画を学ぶ。99年卒業後は映画作りと音楽制作に没頭し、各地の教育機関で上映活動を行う。また、マノップ・ウドムデート総監督の映画「銃口の花」で芸術部門監督を務めた。2000年雑誌に映画批評を掲載し始める傍ら、短編小説を書き始める。09年第3長編『ラップレー、ケンコーイ』で東南アジア文学賞、セブン・ブック賞を受賞。バンコク在住。

ウリヘ　　　　　　　海外文学　新進作家事典

最近の翻訳書

◇『残り香を秘めた京都』　ウティット・ヘーマムーン著, 宇戸清治訳　［京都］京都市立芸術大学　2014.3　49p　15cm

◇『ウティット・ヘーマムーン短編集—ウティット・ヘーマムーン講演会（タイ）資料 短編作品日本語訳 私はどこから来たのか、私はどこへ行くのか？』国際交流基金編, ウティット・ヘーマムーン著, 宇戸清治訳　国際交流基金　2010.3　32p　30cm　（開高健記念アジア作家講演会シリーズ　19）

ウリベ, キルメン　*Uribe, Kirmen*　　　　　　　　　　　　　　　文学

スペインの作家、詩人。1970年10月5日バスク自治州ビスカイア県オンダロア生まれ。本名はKirmen Uribe Urbieta。バスク大学でバスク文学を学んだ後、北イタリアのトレント大学で比較文学の修士号を取得。2001年処女詩集『Bitartean heldueskutik（しばらくのあいだ手を握っていて）』を出版。バスク語詩における"静かな革命"と評され、02年スペイン批評家賞を受賞、英語版はアメリカ・ペンクラブの翻訳賞最終候補作となる。世界各地のポエトリー・フェスティバルに参加し、朗読会や講演を精力的に行う。08年初の小説『ビルバオ—ニューヨーク—ビルバオ』を発表し、09年スペイン国民小説賞を受賞。12年初来日。

最近の翻訳書

◇『ムシェ—小さな英雄の物語』　*MUSSCHE*　キルメン・ウリベ著, 金子奈美訳　白水社　2015.10　234p　20cm　（エクス・リブリス）　2300円　①978-4-560-09042-8

◇『ビルバオ—ニューヨーク—ビルバオ』　*BILBAO-NEW YORK-BILBAO*　キルメン・ウリベ著, 金子奈美訳　白水社　2012.10　232　20cm　（エクス・リブリス）　2400円　①978-4-560-09024-4

ウールフ, アンジェラ

→エバーハート, エメラルドを見よ

ウルフ, インガー・アッシュ　*Wolfe, Inger Ash*　　　　ミステリー, スリラー

別筆名＝レッドヒル, マイケル〈Redhill, Michael〉

カナダの作家、詩人、劇作家。1966年6月12日アメリカ・メリーランド州ボルティモア生まれ。マイケル・レッドヒルの名前で詩人、劇作家、小説家として活躍。小説2作、短編小説のコレクション、演劇3作、詩のコレクション5作などがある。最初の小説『Martin Sloane』（2001年）はカナダの多数の賞を受賞、またノミネートされた。一方、インガー・アッシュ・ウルフとして、08年『死を騙る男』を発表、〈Hazel Micallef Mystery〉としてシリーズ化された。

最近の翻訳書

◇『死を騙る男』　*The calling*　インガー・アッシュ・ウルフ著, 藤倉秀彦訳　東京創元社　2011.1　498p　15cm　（創元推理文庫　217-03）　1300円　①978-4-488-21703-7

ウルマン, エレン　*Ullman, Ellen*　　　　　　　　　　　　　ミステリー

アメリカの作家。作家兼コンピュータープログラマーとして活動し、1980年代から90年代初頭にかけてのコンピューター業界を描いたノンフィクション『Close to the Machine：Technophilia and its Discontents』（97年）でデビュー。2003年にはプログラマが主人公のフィクション『The Bug』を上梓。この作品は「ニューヨーク・タイムズ」紙で注目作として取り上げられ、PEN/ヘミングウェイ賞候補になった。12年のミステリー小説『血の探求』は「ニューヨーク・タイムズ」紙で同年の注目すべき100冊の1冊に選出された。

最近の翻訳書

◇『血の探求』 *BY BLOOD* エレン・ウルマン著, 辻早苗訳　東京創元社
2014.1　394p　19cm　2200円　①978-4-488-01015-7

殷 煕耕　ウン, ヒギョン　*Eun, Hee-kyung*　　　　文学

韓国の作家。1959年全羅北道コチャン生まれ。淑明女子大学国文科に学び、延世大学大学院国文科を修了。95年短編「二重奏」が東亜日報主催の新春文芸中編部門で受賞し、文壇デビュー。同年長編『鳥の贈り物』で第1回文学トンネ小説賞を、97年『他人への話しかけ』で東西文学賞を、98年短編「妻の箱」で李箱文学賞を受賞。デビューから旺盛な創作力を発揮し文壇の注目を集める。現代人の孤独と女性の人生を描く作風が評価され、フェミニズム文学を代表する作家として韓国で最も読まれる女流作家となる。

最近の翻訳書

◇『美しさが僕をさげすむ』　ウンヒギョン著, 呉永雅訳　クオン　2013.12
301p　19cm　（新しい韓国の文学　08）　2500円　①978-4-904855-19-5
◇『他人への話しかけ』　殷煕耕著, 安宇植訳　トランスビュー　2010.11　39p
19cm　400円　①978-4-7987-0105-9

ウンガー, リザ　*Unger, Lisa*　　　　スリラー, サスペンス

アメリカの作家。コネティカット州ハートフォード生まれ。子供時代はオランダ、イングランド、アメリカのニュージャージーで過ごす。ニュースクール・フォー・ソーシャル・リサーチを卒業後、ニューヨークで広報の仕事に就くが、2000年文筆で身を立てる夢を実現するために退職。06年『美しい嘘』を発表、ベストセラーとなった。14冊のベストセラーがあり、国際的な賞も数多く受賞。フロリダ州タンパベイで夫と娘とともに3人で暮らす。

最近の翻訳書

◇『美しい嘘』 *Beautiful lies* リザ・ウンガー著, 対馬妙訳　早川書房　2007.5
549p　16cm　（ハヤカワ・ミステリ文庫）　840円　①978-4-15-176951-1

〔 エ 〕

エア, ルーシー　*Eyre, Lucy*　　　　文学

イギリスの作家。ロンドン出身。父親はロイヤル・ナショナル・シアター芸術監督を務めた演出家のリチャード・エア、母親はテレビプロデューサーのスー・バートウィスル。オックスフォード大学で哲学、政治学、経済学を学ぶ。2007年『戸棚の奥のソクラテス』で作家デビュー。エチオピアのアジスアベバ在住。

最近の翻訳書

◇『戸棚の奥のソクラテス』 *If minds had toes* ルーシー・エア著, 栗木さつき
訳　集英社　2008.7　431p　19cm　1800円　①978-4-08-773462-1

エイフラ　　　　　　海外文学　新進作家事典

エイブラハム, ダニエル　Abraham, Daniel　　　　SF, ファンタジー

共同筆名＝コーリイ, ジェイムズ.S.A〈Corey, James S. A.〉

アメリカの作家。1969年生まれ。96年『Mixing Rebecca』でデビュー。代表的長編にファンタジー『Long Price』4部作がある。短編「両替官とアイアン卿―経済学のおとぎ噺」は、ヒューゴー賞と世界幻想文学大賞の候補になった。また、ジョージ・R.R.マーティン、ガードナー・ドゾワとともに『ハンターズ・ラン』(2007年)を発表。タイ・フランクとの共同筆名であるジェイムズ・S.A.コーリイとしても活動。

最近の翻訳書

◇『ハンターズ・ラン』 Hunter's run　ジョージ・R.R.マーティン, ガードナー・ドゾワ, ダニエル・エイブラハム著, 酒井昭伸訳　早川書房　2010.6　495p　16cm　（ハヤカワ文庫　SF1761）　1000円　①978-4-15-011761-0

エイムズ, エイヴリー　Aames, Avery　　　　ミステリー, スリラー

別筆名＝ガーバー, ダリル・ウッド〈Gerber, Daryl Wood〉

アメリカの作家、女優。カリフォルニア州生まれ。スタンフォード大学卒。ロサンゼルスで女優として活躍し、人気番組『ジェシカおばさんの事件簿』シリーズに出演。その後、執筆活動を始め、長編デビュー作となる〈チーズ専門店〉シリーズ第1作『名探偵のキッシュをひとつ』で、2010年度アガサ賞処女長編賞に輝く。ダリル・ウッド・ガーバーのペンネームでも活動。

最近の翻訳書

◇『ブルーベリー・チーズは大誤算―チーズ専門店　4』 TO BRIE OR NOT TO BRIE　エイヴリー・エイムズ著, 赤尾秀子訳　原書房　2014.7　391p　15cm　（コージーブックス）　900円　①978-4-562-06029-0

◇『消えたカマンベールの秘密―チーズ専門店　3』 CLOBBERED BY CAMEMBERT　エイヴリー・エイムズ著, 赤尾秀子訳　原書房　2013.6　447p　15cm　（コージーブックス）　905円　①978-4-562-06016-0

◇『チーズフォンデュと死の財宝―チーズ専門店　2』 LOST AND FONDUE　エイヴリー・エイムズ著, 赤尾秀子訳　原書房　2012.11　431p　15cm　（コージーブックス）　895円　①978-4-562-06009-2

◇『名探偵のキッシュをひとつ―チーズ専門店　1』 THE LONG QUICHE GOODBYE　エイヴリー・エイムズ著, 赤尾秀子訳　原書房　2012.4　449p　15cm　（コージーブックス）　895円　①978-4-562-06000-9

エヴァーツ, ロバート　Eversz, Robert　　　　ミステリー

アメリカの作家、脚本家。モンタナ州で生まれ、ネバダ州とカリフォルニア州で育つ。カリフォルニア大学サンタ・クルーズ校を卒業し、同大ロサンゼルス校映画科を中退。ハリウッドで映画製作に携わり、脚本も執筆。1992年、13年間暮らしたロサンゼルスからチェコスロバキアのプラハに移り、やがてスペインのカタルーニャ地方に拠点を移す。96年アメリカで処女作『シューティング・エルヴィス』を発表、注目される。2004年『Burning Garbo』(03年)がネロ・ウルフ賞にノミネートされた。

最近の翻訳書

◇『ニーナの誓い』 Zero to the bone　ロバート・エヴァーツ著, 匝瑳玲子訳　二見書房　2007.5　486p　15cm　（二見文庫―ザ・ミステリ・コレクション）　829円　①978-4-576-07056-8

48

海外文学　新進作家事典　　**エカス**

エヴァンズ, クリス　*Evans, Chris*　　ファンタジー, 歴史

カナダの作家。トロント生まれ。編集者として歴史専門書の出版を手がけるスタックポール・ブックス社に勤務。2000年にSFファンタジー創作講座クラリオン・イーストに参加、短編創作を学ぶ。08年歴史編集者としての知識を生かして書いた『鉄のエルフ〈1〉炎が鍛えた闇』でデビュー。13年より専業作家となる。ニューヨーク在住。

最近の翻訳書

◇『鉄のエルフ　2　赤い星』 *A darkness forged in fire*　クリス・エヴァンズ著, 月岡小穂訳　早川書房　2009.4　376p　16cm　（ハヤカワ文庫　FT493）760円　①978-4-15-020493-8

◇『鉄のエルフ　1　炎が鍛えた闇』 *A darkness forged in fire*　クリス・エヴァンズ著, 月岡小穂訳　早川書房　2009.3　362p　16cm　（ハヤカワ文庫　FT492）　760円　①978-4-15-020492-1

エカ・クルニアワン　*Eka Kurniawan*　　文学

インドネシアの作家。1975年西ジャワ州タシクマラヤ生まれ。ガジャマダ大学卒。2002年長編小説『美は傷―混血の娼婦デウィ・アユ一族の悲劇』でデビュー。多彩な登場人物、歴史的事件を取り込んだエピソードが織り成す、濃密なマジック・リアリズムの物語で注目を集める。インドネシアで注目される新進若手作家。マレーシア在住。

最近の翻訳書

◇『美は傷―混血の娼婦デウィ・アユ一族の悲劇　上巻』 *Cantik itu luka*　エカ・クルニアワン著, 太田りべか訳　新風舎　2006.11　411p　15cm　（新風舎文庫）　848円　①4-289-50226-1

◇『美は傷―混血の娼婦デウィ・アユ一族の悲劇　下巻』 *Cantik itu luka*　エカ・クルニアワン著, 太田りべか訳　新風舎　2006.11　414p　15cm　（新風舎文庫）　848円　①4-289-50227-X

エガーズ, デイヴ　*Eggers, Dave*　　文学

アメリカの作家。1970年マサチューセッツ州ボストンで生まれ、シカゴ近郊で育つ。イリノイ大学卒業後、93年友人3人と雑誌「マイト」を創刊。サンフランシスコで漫画家、グラフィックデザイナー、フリーライターとして働く。98年出版社マクスウィーニーズを創立、季刊誌「マクスウィーニーズ」の編集、本の出版、ウェブサイトの開設などに従事。2000年に発表した初の著書である回想記『驚くべき天才の胸もはりさけんばかりの奮闘記』は40週連続全米ベストセラー・リスト入りし、「タイム」ベストブック、「ニューヨーク・タイムズ」編集者の選ぶ今年のベスト10などに選出、ピュリッツァー賞候補にもなった。ノンフィクションとフィクションの両方で活動し、モーリス・センダックの絵本『かいじゅうたちのいるところ』のノベライズも手がけた。社会活動家としても知られる。北カリフォルニア在住。

最近の翻訳書

◇『ザ・サークル』 *THE CIRCLE*　デイヴ・エガーズ著, 吉田恭子訳　早川書房　2014.12　526p　19cm　2600円　①978-4-15-209511-4

◇『かいじゅうたちのいるところ』 *The wild things*　デイヴ・エガーズ著, 小田島恒志, 小田島則子訳　河出書房新社　2009.12　283p　20cm　1600円　①978-4-309-20530-4

49

エーゲラン, トム　*Egeland, Tom*　　　　　　　　　　スリラー, ホラー

ノルウェーの作家。1959年7月8日オスロ生まれ。記者、編集者を経て、テレビ局の報道部門に転身。傍ら執筆活動に入り、88年作家デビュー。2001年に発表した『Sirkelens Ende』は、『ダ・ヴィンチ・コード』に先駆けた作品として、世界的に注目を浴びる。07年より専業作家。09年リバートン賞受賞。

最近の翻訳書

◇『狼の夜―**TV**局ハイジャック　上』*Ulvenatten*　トム・エーゲラン著, アンデルセン由美訳　扶桑社　2008.2　397p　16cm　（扶桑社ミステリー）　800円　①978-4-594-05603-2

◇『狼の夜―**TV**局ハイジャック　下』*Ulvenatten*　トム・エーゲラン著, アンデルセン由美訳　扶桑社　2008.2　369p　16cm　（扶桑社ミステリー）　800円　①978-4-594-05604-9

エージーエフデー, トマ　*EJFD, Thomas*　　　　　　　　　　　　　　その他

フランスの作家。1973年10月31日シャンパーヌ地方ランス生まれ。学歴は中等教育までだが、文学には情熱を傾け読書に没頭。作家になることを夢見たが、左官職人となった。執筆活動は続け、フランスの雑誌「Revue Française de Go」に囲碁の連載を持ち、絶賛される。『居眠り名棋士』はこの連載をまとめたもの。オーブ県のトロワ在住。

最近の翻訳書

◇『居眠り名棋士―人生が磨かれる**4**つの物語』*Le joueur endormi.[etc.]*　トマ・エージーエフデー著, ブルネ陽子訳　総合法令出版　2010.12　171p　20cm　1300円　①978-4-86280-232-3

エーズラ・オールスン, ユッシ　*Adler-Olsen, Jussi*　　　　　ミステリー, スリラー

デンマークの作家。1950年8月2日コペンハーゲン生まれ。10代後半から薬学や映画製作などを学び、出版業界などで働く。85年からコミックやコメディの研究書を執筆。その後フィクションに転じ、2007年初のミステリー小説『特捜部Q―檻の中の女』がベストセラーとなる。シリーズ第3作『特捜部Q―Pからのメッセージ』（09年）で北欧ミステリ賞の最高峰であるガラスの鍵賞を、第4作『特捜部Q―カルテ番号64』（10年）でデンマークの文学賞・金の月桂樹賞を受賞。同シリーズではほかにアメリカのバリー賞、フランスのエル文学賞などを受賞している。デンマークを代表するミステリー作家で、北欧やヨーロッパで絶大な人気を誇る。

最近の翻訳書

◇『特捜部**Q**―吊された少女』*DEN GRÆNSELØSE*（重訳）　ユッシ・エーズラ・オールスン著, 吉田奈保子訳　早川書房　2015.11　621p　19cm（HAYAKAWA POCKET MYSTERY BOOKS　1901）　2100円　①978-4-15-001901-3

◇『アルファベット・ハウス』*ALFABETHUSET*（重訳）　ユッシ・エーズラ・オールスン著, 鈴木恵訳　早川書房　2015.10　572p　19cm　（HAYAKAWA POCKET MYSTERY BOOKS　1900）　2000円　①978-4-15-001900-6

◇『特捜部**Q**―カルテ番号**64** 上』*JOURNAL 64*　ユッシ・エーズラ・オールスン著　吉田薫訳　早川書房　2014.12　349p　16cm　（ハヤカワ・ミステリ文庫　HM 385-5）　780円　①978-4-15-179455-1

◇『特捜部**Q**―カルテ番号**64** 下』*JOURNAL 64*　ユッシ・エーズラ・オールスン著　吉田薫訳　早川書房　2014.12　330p　16cm　（ハヤカワ・ミステリ

海外文学　新進作家事典　　　　　　　　　　　　　　　エセツク

　　　文庫　HM 385-6）　780円　Ⓘ978-4-15-179456-8
◇『特捜部Q―知りすぎたマルコ』　*MARCO EFFEKTEN*　ユッシ・エーズ
　　ラ・オールスン著, 吉田薫訳　早川書房　2014.7　566p　19cm　（ハヤカワ・
　　ポケット・ミステリ）　2000円　Ⓘ978-4-15-001885-6
◇『特捜部Q―Pからのメッセージ　上』　*FLASKEPOST FRA P*　ユッシ・エー
　　ズラ・オールスン著　吉田薫, 福原美穂子訳　早川書房　2013.12　381p
　　16cm　（ハヤカワ・ミステリ文庫　HM 385-3）　800円　Ⓘ978-4-15-179453-
　　7
◇『特捜部Q―Pからのメッセージ　下』　*FLASKEPOST FRA P*　ユッシ・エー
　　ズラ・オールスン著　吉田薫, 福原美穂子訳　早川書房　2013.12　357p
　　16cm　（ハヤカワ・ミステリ文庫　HM 385-4）　800円　Ⓘ978-4-15-179454-
　　4
◇『特捜部Q―カルテ番号64』　*JOURNAL 64*　ユッシ・エーズラ・オールスン
　　著, 吉田薫訳　早川書房　2013.5　548p　19cm　（HAYAKAWA POCKET
　　MYSTERY BOOKS　1871）　2000円　Ⓘ978-4-15-001871-9
◇『特捜部Q―キジ殺し』　*FASANDRÆBERNE*　ユッシ・エーズラ・オールス
　　ン著, 吉田薫, 福原美穂子訳　早川書房　2013.4　613p　16cm　（ハヤカワ・
　　ミステリ文庫　HM 385-2）　1040円　Ⓘ978-4-15-179452-0
◇『特捜部Q―檻の中の女』　*KVINDEN I BURET*　ユッシ・エーズラ・オー
　　ルスン著, 吉田奈保子訳　早川書房　2012.10　578p　16cm　（ハヤカワ・ミ
　　ステリ文庫　HM 385-1）　1000円　Ⓘ978-4-15-179451-3
◇『特捜部Q―Pからのメッセージ』　*FLASKEPOST FRA P*　ユッシ・エーズ
　　ラ・オールスン著, 吉田薫, 福原美穂子訳　早川書房　2012.6　582p　19cm
　　（HAYAKAWA POCKET MYSTERY BOOKS　1860）　2100円　Ⓘ978-4-
　　15-001860-3
◇『特捜部Q―キジ殺し』　*FASANDRAEBERNE*　ユッシ・エーズラ・オールス
　　ン著, 吉田薫, 福原美穂子訳　早川書房　2011.11　492p　19cm　（Hayakawa
　　pocket mystery books　no.1853）　1900円　Ⓘ978-4-15-001853-5
◇『特捜部Q―檻の中の女』　*KVINDEN I BURET*　ユッシ・エーズラ・オー
　　ルスン著, 吉田奈保子訳　早川書房　2011.6　461p　19cm　（Hayakawa
　　pocket mystery books　no.1848）　1900円　Ⓘ978-4-15-001848-1

エセックス, カレン　*Essex, Karen*　　　　　　　　　　　　文学, 歴史

アメリカの作家、脚本家、ジャーナリスト。ルイジアナ州ニューオーリンズ生まれ。チュレー
ン大学を卒業し、バンダービルト大学大学院に学んだ後、ゴダード大学の創作コースにおいて
修士号を取得。2001年映画製作の仕事に携わりながら書いた初の小説『クレオパトラ（I・II）』
は鮮烈なクレオパトラ像をつくりあげてベストセラーとなり、世界20言語に翻訳された。ロサ
ンゼルス在住。

最近の翻訳書
◇『ダ・ヴィンチの白鳥たち　上』　*Leonardo's swans*　カレン・エセックス著,
　　那波かおり訳　角川書店　2006.10　260p　20cm　1900円　Ⓘ4-04-791532-7
◇『ダ・ヴィンチの白鳥たち　下』　*Leonardo's swans*　カレン・エセックス著,
　　那波かおり訳　角川書店　2006.10　279p　20cm　1900円　Ⓘ4-04-791533-5

エゼル, シニ　*Ezer, Sini*　　　　　　　　ファンタジー, ヤングアダルト

フィンランドの作家。1964年生まれ。フィンランドで生まれ、3〜10歳までを日本で過ごした。フィンランドの高校を卒業した後イスラエルへ渡り、イスラエル工科大学で分子生物学の博士号を取得。イスラエルで結婚し、15年間イスラエルに居住。その後、フィンランドに戻り、ヘルシンキ大学に遺伝子研究者として勤務する傍ら、本を執筆する。家族とともにエスポー市に在住。

最近の翻訳書

◇『砂漠の鷲—アーロの冒険』　*Aavikkohaukka*　シニ・エゼル著, ツルネンマルテイ訳　新評論　2015.8　262p　19cm　1600円　①978-4-7948-1014-4

エッピング, チャールズ　*Epping, Charles*　　　　　　　　ミステリー

アメリカの作家。1952年オレゴン州生まれ。ノートルダム大学で学位を、ソルボンヌ大学、エール大学で修士号を取得。ジュネーブ、ロンドン、チューリヒで投資銀行の経営に携わり、スイスに本拠を置く投資顧問会社の経営責任者を務める。傍ら、2006年『闇の秘密口座』で作家デビュー。また、『私のための世界経済テキスト』は10カ国以上で出版された。

最近の翻訳書

◇『闇の秘密口座』　*Trust*　チャールズ・エッピング著, 高田有現訳　扶桑社　2008.8　604p　16cm　（扶桑社ミステリー）　952円　①978-4-594-05735-0

エドワーズ, キム　*Edwards, Kim*　　　　　　　　文学

アメリカの作家。ケンタッキー大学准教授。ニューヨーク州スカネアトレス出身。コルゲート大学、アイオワ大学を卒業。1990年短編「Sky Juice」でネルソン・オルグレン賞を受賞。短編集『The Secrets of the Fire King』(97年)は98年のPEN/ヘミングウェイ賞の最終候補作に残った。2002年にはホワイティング賞を受賞。05年初の長編『メモリー・キーパーの娘』を発表。ケンタッキー大学准教授を務め、過去に神奈川県小田原市で2年間英語を教えた経験を持つ。

最近の翻訳書

◇『メモリー・キーパーの娘』　*The memory keeper's daughter*　キム・エドワーズ著, 宮崎真紀訳　日本放送出版協会　2008.2　550p　20cm　2000円　①978-4-14-005537-3

エドワーズ, ジェフ　*Edwards, Jeff*　　　　　　　　スリラー

アメリカの作家。23年間にわたりアメリカ海軍対潜戦特技官として活躍。退役後、米海軍のハイテク水中戦に関するシンクタンクのコンサルタントとなる。2004年軍事スリラー『U307を雷撃せよ』で作家デビューし、05年同作でアメリカ軍事作家協会のニミッツ提督賞を受賞。

最近の翻訳書

◇『原潜デルタ3(スリー)を撃沈せよ　上』　*The seventh angel*　ジェフ・エドワーズ著, 棚橋志行訳　文藝春秋　2010.3　298p　16cm　（文春文庫　E8-3）　657円　①978-4-16-770583-1

◇『原潜デルタ3(スリー)を撃沈せよ　下』　*The seventh angel*　ジェフ・エドワーズ著, 棚橋志行訳　文藝春秋　2010.3　309p　16cm　（文春文庫　E8-4）　667円　①978-4-16-770584-8

◇『**U307を雷撃せよ　上**』 *Torpedo* ジェフ・エドワーズ著, 棚橋志行訳　文藝春秋　2007.7　327p　16cm　（文春文庫）　676円　⑪978-4-16-770550-3

◇『**U307を雷撃せよ　下**』 *Torpedo* ジェフ・エドワーズ著, 棚橋志行訳　文藝春秋　2007.7　321p　16cm　（文春文庫）　676円　⑪978-4-16-770551-0

エナール, マティアス　*Énard, Mathias*　　　　　　　文学

フランスの作家。1972年1月11日ニオール生まれ。アラビア語とペルシャ語を専攻。2003年の処女作『La perfection du tir』が2つの文学賞を受賞し、注目される。08年発表の『Zone』は、リーブル・アンテール賞および十二月賞を受賞。同じく10年発表の『話してあげて、戦や王さま、象の話を』で高校生が選ぶゴンクール賞を受賞。15年『Boussole（羅針盤）』でゴンクール賞を受賞。バルセロナでアラブ語を教える。

最近の翻訳書

◇『**話してあげて、戦や王さま、象の話を**』 *PARLE-LEUR DE BATAILLES, DE ROIS ET D'ÉLÉPHANTS* マティアス・エナール著, 関口涼子訳　河出書房新社　2012.10　172p　20cm　1800円　⑪978-4-309-20605-9

エネル, ヤニック　*Haenel, Yannick*　　　　　　　文学

フランスの作家。1967年レンヌ生まれ。国立ブリタネ軍学校卒。フランス語の教師を経て文筆活動に入り、96年処女小説を発表。97年に創始した文芸誌「Lighe de risque」の編集に携わりながら、小説を出版する。2007年刊行の長編小説『Cercle』で十二月賞とロジェ・ニミエ賞に輝き、『ユダヤ人大虐殺の証人ヤン・カルスキ』（09年）ではアンテラリエ賞、フナック賞を受賞。11年東京日仏学院の招待で来日し講演を行った。

最近の翻訳書

◇『**ユダヤ人大虐殺の証人ヤン・カルスキ**』 *Jan Karski* ヤニック・エネル著, 飛幡祐規訳　河出書房新社　2011.3　225p　20cm　2200円　⑪978-4-309-22539-5

エバーショフ, デイヴィッド　*Ebershoff, David*　　　　　　　文学

アメリカの編集者、作家。1969年カリフォルニア州ロサンゼルス生まれ。大手出版社ランダムハウスの編集者として、フィクション、ノンフィクション、詩集など幅広い作品の編集を担当し、数多くのベストセラーを手がける。2000年世界初の性別適合手術に成功した人物の実話をもとにした『リリーのすべて』を発表。ラムダ文学賞を受賞したほか、「ニューヨーク・タイムズ」紙の注目の本に選ばれる。15年にはトム・フーパー監督、エディ・レッドメイン主演で映画化された。また、「OUT」誌の最も影響力のあるLGBT100人に2度選出される。プリンストン大学、ニューヨーク大学、コロンビア大学でライティングを教える。ニューヨーク市在住。

最近の翻訳書

◇『**リリーのすべて**』 *THE DANISH GIRL* デイヴィッド・エバーショフ著, 斉藤博昭訳　早川書房　2016.1　459p　16cm　（ハヤカワ文庫 NV　1376）　920円　⑪978-4-15-041376-7

エバーハート, エメラルド　*Everhart, Emerald*　　　　　　　児童書

本名＝ウールフ, アンジェラ〈Woolfe, Angela〉

イギリスの作家。1976年ウォーリックシャー生まれ。ケンブリッジ大学を卒業後、「ガーディアン」紙や「ヴォーグ」誌に勤務。その後、物語の執筆を始め、風変わりな科学者アヴリルと、皮肉屋の犬オーガスタスの活躍を描いた〈不思議なアヴリル・クランプ〉シリーズ（未訳）で人気を得る。ロンドン在住。

＊＊＊最近の翻訳書＊＊＊

◇『魔法の国のかわいいバレリーナ　5　プリンセスと消えた友情』 *Ursula and the potion plot* エメラルド・エバーハート著, 岡田好惠訳　学研教育出版　2011.7　166p　19cm　800円　①978-4-05-203438-1

◇『魔法の国のかわいいバレリーナ　4　わがままアイドルがやってきた！』 *Valentina and the producers* エメラルド・エバーハート著, 岡田好惠訳　学研教育出版　2011.5　154p　19cm　800円　①978-4-05-203415-2

◇『魔法の国のかわいいバレリーナ　3　ローラ＝ベラとルビーどろぼう』 *Laura-Bella and the ruby thief* エメラルド・エバーハート著, 岡田好惠訳　学研教育出版　2011.2　164p　19cm　800円　①978-4-05-203381-0

◇『魔法の国のかわいいバレリーナ　2　クリスとアイスミステリー』 *Crystal and the ice mystery* エメラルド・エバーハート著, 岡田好惠訳　学研教育出版　2010.12　140p　19cm　800円　①978-4-05-203331-5

◇『魔法の国のかわいいバレリーナ　1　ジェシカと秘密のスパイ』 *Jessica Juniper and the secret spy* エメラルド・エバーハート著, 岡田好惠訳　学研教育出版　2010.9　152p　19cm　800円　①978-4-05-203330-8

◇『魔法の国の小さなバレリーナ　5　ウルスラと消えたプリンセス』 *Kingdom of the frosty mountains* エメラルド・エバーハート著, 岡田好惠訳　学研教育出版　2010.6　134p　19cm　800円　①978-4-05-203182-3

◇『魔法の国の小さなバレリーナ　4　オーディション大作戦！』 *Kingdom of the frosty mountains* エメラルド・エバーハート著, 岡田好惠訳　学研教育出版　2010.4　126p　19cm　800円　①978-4-05-203181-6

◇『魔法の国の小さなバレリーナ　3　ローラ＝ベラと春の祭り』 *Laura-Bella bergamotta* エメラルド・エバーハート著, 岡田好惠訳　学研教育出版　2010.2　125p　19cm　800円　①978-4-05-203180-9

◇『魔法の国の小さなバレリーナ　2　伝説のプリマとクリスの秘密』 *Crystal Coldwater* エメラルド・エバーハート著, 岡田好惠訳　学研教育出版　2009.11　126p　19cm　800円　①978-4-05-203136-6

◇『魔法の国の小さなバレリーナ　1　バレエ学校は大さわぎ！』 *Jessica Juniper* エメラルド・エバーハート著, 岡田好惠訳　学研教育出版　2009.11　158p　19cm　800円　①978-4-05-203135-9

エバンス, ダグラス　*Evans, Douglas*　児童書

アメリカの作家。オハイオ州ユークリッド生まれ。教育学修士号を取得後、アメリカ国内の小学校やロンドンとヘルシンキのインターナショナル・スクールで教鞭を執った。イギリスの作家ロアルド・ダールに会って魅了されたことがきっかけで創作を始め、1996年『ろうかのいちばんおくの教室は』を出版。カリフォルニア州バークレー在住。

＊＊＊最近の翻訳書＊＊＊

◇『エレベーター・ファミリー』 *The elevator family* ダグラス・エバンス作, 清水奈緒子訳, 矢島眞澄絵　改訂版　PHP研究所　2011.7（第2刷）　103p　22cm　（PHP創作シリーズ）　1200円　①978-4-569-78172-3

海外文学　新進作家事典　　　**エリス**

エプスタイン, アダム・ジェイ　*Epstein, Adam Jay*　　ヤングアダルト, 児童書

アメリカの脚本家、作家。ニューヨーク州グレートネック生まれ。子供の頃はロールプレイングゲームやマンガに夢中で、長じて映画やテレビの脚本家となる。ある日ロサンゼルスの駐車場で脚本家のアンドリュー・ジェイコブスンと出会い、以来一緒に映画やテレビの脚本を書く。2010年単語や文のひとつひとつを2人で考えて書き上げた初のファンタジー小説『黒猫オルドウィンの冒険』を刊行。世界中で人気となり、シリーズ化された。家族とともにロサンゼルスに住み、2人は近所同士。

最近の翻訳書

◇『黒猫オルドウィンの探索―三びきの魔法使いと動く要塞』 *Secrets of the crown*　アダム・ジェイ・エプスタイン, アンドリュー・ジェイコブスン著, 大谷真弓訳　早川書房　2011.10　326p　20cm　1700円　①978-4-15-209244-1

◇『黒猫オルドウィンの冒険―三びきの魔法使い、旅に出る』 *The familiars*　アダム・ジェイ・エプスタイン, アンドリュー・ジェイコブスン著, 大谷真弓訳　早川書房　2010.11　317p　20cm　1600円　①978-4-15-209170-3

エリアン, アリシア　*Erian, Alicia*　　文学

アメリカの作家、脚本家。1967年ニューヨーク州シラキュース生まれ。エジプト人の父親とアメリカ人の母親の間に生まれる。ニューヨーク州立大学で文学を学び、雑誌などに短編を発表しはじめる。数多くの雑誌や新聞に寄稿したものを、2001年短編集としてまとめ刊行。05年初の長編となる『誰かがわたしを壊すまえに』を上梓。たちまち大きな評判を呼び、映画「アメリカン・ビューティー」の脚本でアカデミー賞に輝いたアラン・ボールが映画化権利を獲得、07年に全米公開された（日本未公開）。現在は大学で創作を教えるほか、映画やドラマの脚本も手がけるなど、多方面で活躍する。

最近の翻訳書

◇『誰かがわたしを壊すまえに』 *Towelhead*　アリシア・エリアン著, 池田真紀子訳　ヴィレッジブックス　2009.12　487p　15cm　（ヴィレッジブックス F-エ2-1）　880円　①978-4-86332-205-9

エリザーロフ, ミハイル　*Elizarov, Mikhail*　　文学

ロシアの作家。1973年1月28日ウクライナ・イヴァーノフランキーウシク生まれ。ハリコフ国立大学卒業後カメラマンなどを経て、2001年中短編集『爪』で注目を集め、表題作「爪」でアンドレイ・ベールイ賞にノミネートされた。08年には『図書館大戦争』でロシア・ブッカー賞を受賞。暗い想像力と前衛的な文学性をもつ新世代の作家として高く評価される。モスクワ在住。

最近の翻訳書

◇『図書館大戦争』 Библиотекарь　ミハイル・エリザーロフ著, 北川和美訳　河出書房新社　2015.11　384p　20cm　2800円　①978-4-309-20692-9

エリス, デイヴィッド　*Ellis, David*　　ミステリー, スリラー

アメリカの作家。1967年イリノイ州シカゴ生まれ。ノースウェスタン・ロー・スクール卒業後、シカゴの法律事務所パートナーとなり、主に商法関係の訴訟と行政法を専門に、民事と刑事の両面で数多くの裁判に関わる。のちイリノイ州下院議長の副法律顧問を務める。傍ら、2001年作家としても活動を始める。02年『覗く。』でMWA賞最優秀処女長編賞を受賞。以後、

55

エリス　　　　　　　　海外文学　新進作家事典

リーガル・ミステリーを中心に作品を発表。シカゴ在住。

最近の翻訳書

◇『死は見る者の目に宿る』 *Eye of the beholder* デイヴィッド・エリス著, 七搦理美子訳　ランダムハウス講談社　2008.2　639p　15cm　950円　Ⓘ978-4-270-10160-5

エリス, デボラ　*Ellis, Deborah*　　　　　　　　　　児童書, 歴史

カナダの作家、平和活動家。1960年コクレーン生まれ。17歳の頃より非暴力の政治活動に参加、高校卒業後は平和運動や女性解放運動に身を投じる。のちトロントの精神障害者の施設でカウンセラーとして働く。また、作家として途上国で生きる子供たちを主人公とした作品を次々発表、子供たちが背負わされたさまざまな問題に、世界中の読者の関心を促している。『Xをさがして』でカナダ総督文学賞を受賞。戦乱のアフガニスタンを生きぬく少女を描いた3部作『生きのびるために』『さすらいの旅』『泥かべの町』は、15カ国語以上に翻訳され、100万ドル以上の印税をストリート・チルドレンやアフガニスタンの女性のために活動するNGOに寄付している。オンタリオ州在住。

最近の翻訳書

◇『希望の学校―新・生きのびるために』 *MY NAME IS PARVANA* デボラ・エリス作, もりうちすみこ訳　さ・え・ら書房　2013.4　253p　22cm　1500円　Ⓘ978-4-378-01498-2

◇『きみ、ひとりじゃない』 *No safe place* デボラ・エリス作, もりうちすみこ訳　さ・え・ら書房　2011.4　287p　20cm　1600円　Ⓘ978-4-378-01489-0

◇『ヘブンショップ』 *The heaven shop* デボラ・エリス作, さくまゆみこ訳　鈴木出版　2006.4　277p　22cm　（鈴木出版の海外児童文学　この地球を生きる子どもたち　10）　1600円　Ⓘ4-7902-3163-1

エリソン, J.T.　*Ellison, J.T.*　　　　　　　　　スリラー, サスペンス

アメリカの作家。大学で政治学や経済学を学ぶ。ホワイトハウスやアメリカ商務省で働いた後、作家になる夢を実現するために警察やFBIでのリサーチを重ねる。2007年に作家デビュー。10年〈刑事テイラー・ジャクソン〉シリーズの『The Cold Room』が国際スリラー作家協会（ITW）ベスト・ペーパーバック・オリジナル賞を受賞。11年に発表した『Where All The Dead Lie』はRITA賞ベスト・ロマンティック・サスペンス部門にノミネートされる。「ニューヨーク・タイムズ」紙ベストセラー作家。

最近の翻訳書

◇『連鎖』 *ALL THE PRETTY GIRLS* J.T.エリソン作, 矢沢聖子訳　ハーパーコリンズ・ジャパン　2016.2　429p　15cm　（MIRA文庫）　870円　Ⓘ978-4-596-91660-0

◇『激情』 *The Lost Key* キャサリン・コールター,J・T・エリソン著, 水川玲訳　二見書房　2015.6　619p　15cm　（二見文庫　コ5-28―ザ・ミステリ・コレクション）　1048円　Ⓘ978-4-576-15064-2

◇『略奪』 *The Final Cut* キャサリン・コールター,J・T・エリソン著, 水川玲訳　二見書房　2014.9　600p　15cm　（二見文庫　コ5-25―ザ・ミステリ・コレクション）　1000円　Ⓘ978-4-576-14106-0

エール, ジャン＝マルセル　*Erre, Jean-Marcel*　ミステリー

フランスの作家。1971年ペルピニャン生まれ。2006年に第1作『犬の面倒を見て』がヒットし、以来、フランス文学界で独特の存在感を示す作家として活躍。南仏の高等学校で文学と映画を教える傍ら、12年には『シャーロックの謎』が2つの文学賞にノミネートされた。

最近の翻訳書

◇『**Zの喜劇**』　*SÉRIE Z*　ジャン＝マルセル・エール著, 中原毅志訳　近代文藝社　2015.4　391p　20cm　2000円　①978-4-7733-7963-1

エルスベルグ, マルク　*Elsberg, Marc*　スリラー

オーストリアの作家。1967年ウィーン生まれ。オーストリアの日刊紙「デア・シュタンダード」のコラムニストとして活躍し、現在はウィーンとハンブルクの広告会社で戦略コンサルタントおよびクリエイティブ・ディレクターを務める。2007年、のちにベストセラーとなる『ブラックアウト』の執筆を開始。

最近の翻訳書

◇『**ゼロ　上**』　*ZERO*　マルク・エルスベルグ著, 岡むつみ訳　KADOKAWA　2015.12　289p　15cm　（角川文庫　エ5-3）　880円　①978-4-04-102507-9
◇『**ゼロ　下**』　*ZERO*　マルク・エルスベルグ著, 岡むつみ訳　KADOKAWA　2015.12　332p　15cm　（角川文庫　エ5-4）　880円　①978-4-04-102508-6
◇『**ブラックアウト　上**』　*BLACKOUT*　マルク・エルスベルグ著, 猪股和夫, 竹之内悦子訳　角川書店　2012.7　488p　15cm　（角川文庫　エ5-1）　781円　①978-4-04-100255-1
◇『**ブラックアウト　下**』　*BLACKOUT*　マルク・エルスベルグ著, 猪股和夫, 竹之内悦子訳　角川書店　2012.7　522p　15cm　（角川文庫　エ5-2）　781円　①978-4-04-100254-4

エルスワース, ロレッタ　*Ellsworth, Loretta*　ヤングアダルト, 歴史

アメリカの作家。アイオワ州メイソンシティ生まれ。元教師で、2002年アメリカの開拓時代を舞台にした『とむらう女』を刊行。ヤングアダルト作品を執筆し、『モッキンバードを探して』（未訳）は国際読書学会（IRA）の優れた本やニューヨーク公共図書館の10代のための推薦図書に選ばれた。ミネソタ州レイクビル在住。

最近の翻訳書

◇『**ハートビートに耳をかたむけて**』　*In a heartbeat*　ロレッタ・エルスワース著, 三辺律子訳　小学館　2011.3　351p　19cm　（Super！　YA）　1500円　①978-4-09-290566-5
◇『**とむらう女**』　*The shrouding woman*　ロレッタ・エルスワース著, 代田亜香子訳　作品社　2009.11　158p　20cm　1600円　①978-4-86182-267-4

エルダーキン, スーザン　*Elderkin, Susan*　文学

イギリスの作家。1968年サセックス州生まれ。ケンブリッジ大学を卒業し、イースト・アングリア大学創作科で修士号を取得。アイスクリームの販売員やスロバキアの靴工場で英語教師の職を経験し、作家となる。2000年刊行のデビュー長編作『チョコレート・マウンテンに沈む夕日』でベティー・トラスク賞を受賞。02年には“オレンジ・フューチャーズ”（イギリスのオレ

ンジ文学賞審査委員会が21世紀の初めに全世界から選んだ21人の女性作家）に名を連ねる。ま
た長編第2作の『奏でる声』も複数の文学賞の候補となり、同作を発表した03年には、文芸誌
「グランタ」によって"イギリス新鋭作家20傑"に選出された。

最近の翻訳書

◇『奏でる声』 *The voices* スーザン・エルダーキン著, 星野真理訳　中央公論
新社　2008.3　436p　20cm　2600円　①978-4-12-003926-3
◇『チョコレート・マウンテンに沈む夕日』 *Sunset over chocolate mountains*
スーザン・エルダーキン著, 奥村直史訳　中央公論新社　2006.12　394p
20cm　2400円　①4-12-003793-2

エルフグリエン, サラ・B. *Elfgren, Sara B.*　　　　ヤングアダルト, ファンタジー

本名＝Elfgren, Sara Bergmark

スウェーデンの脚本家、作家。1980年生まれ。映画やテレビドラマの脚本家として執筆活動を
始める。2008年作家でジャーナリストのマッツ・ストランドベリと出会い、ティーンエイジャー
が主人公の物語で意気投合。11年マッツとの共著『ザ・サークル』が作家としてのデビュー作。
同作は世界中で翻訳され、国内外で数々の賞を受賞。12年第2作『Eld（ザ・ファイヤー）』、13
年第3作『Nyckeln（ザ・キー）』を刊行、3部作〈Engelsfors（エンゲルスフォシュ）〉シリーズは
完結し、スウェーデン国内で累計34万部以上売り上げるベストセラーとなった。ファンサービ
スにと、2.5作目としてスピンオフの短編をコミック仕立てにした『Talesfrom Engelsfors（エ
ンゲルスフォシュの物語）』もある。『ザ・サークル』は映画化もされた。

最近の翻訳書

◇『ザ・サークル──選ばれし者たち』 *CIRKELN* サラ・B.エルフグリエン,
マッツ・ストランドベリ著, 久山葉子訳　イースト・プレス　2014.8　637p
19cm　1900円　①978-4-7816-1228-7

エンゲル, トマス *Enger, Thomas*　　　　ミステリー, スリラー

ノルウェーの作家。1973年11月21日オスロ生まれ。兵役を終えた後、ジャーナリズムを学ぶ。
ノルウェーのオンライン新聞「ネッタヴィーセン」に入社し、8年間在籍。この間、小説を執
筆し、2010年『瘢痕』で作家デビュー。オスロ在住。

最近の翻訳書

◇『瘢痕』 *SKINNDØD*（重訳）*Burned* トマス・エンゲル著, 公手成幸訳　早
川書房　2014.9　579p　16cm　（ハヤカワ・ミステリ文庫　HM 408-1）
1160円　①978-4-15-180601-8

エンゲルマン, ピーター・G. *Engelman, Peter G.*　　　　ミステリー

アメリカの作家。両親はチェコ出身。第二次大戦中、ロンドンに生まれる。1940年アメリカに
移住。公認会計士として働き、引退後、執筆活動に専念。メリーランド州ボルティモア在住。

最近の翻訳書

◇『マジシャン殺人事件』 *Magic, malice and murder* ピーター・G.エンゲル
マン著, 真崎義博訳　扶桑社　2009.3　172p　16cm　（扶桑社ミステリー
1169）　667円　①978-4-594-05906-4

〔 オ 〕

オイェイェミ, ヘレン　*Oyeyemi, Helen*　　　　　　文学

イギリスの作家。1984年ナイジェリア生まれ。88年4歳でロンドンへ移住。大学進学のための
Aレベルの試験勉強中に『イカルス・ガール』を執筆。ケンブリッジ大学コーパス・クリス
ティ・カレッジで社会政治学を学び、2006年卒業。プラハ在住。

最近の翻訳書

◇『イカルス・ガール』　*The Icarus girl*　ヘレン・オイェイェミ著, 金原瑞人,
ふなとよし子訳　産業編集センター　2006.8　451p　19cm　1400円　①4-
916199-87-1

オーウェン, ジェームズ・A.　*Owen, James A.*　　　SF, ファンタジー

アメリカの作家、イラストレーター。コミックブック〈スターチャイルド〉のシリーズで人気を
博した後、〈ドラゴンシップ〉シリーズを発表。同シリーズは世界各国で翻訳される人気シリー
ズ。文章とイラストの両方を手がける独特のスタイルを持ち、熱烈な愛読者を得ている。

最近の翻訳書

◇『幻のドラゴン号』　*The Indigo King*　ジェームズ・A・オーウェン作, 三辺
律子訳　評論社　2014.6　493p　22cm　（ドラゴンシップ・シリーズ　3）
1900円　①978-4-566-02443-4

◇『レッド・ドラゴン号を探せ！』　*The Search For The Red Dragon*　ジェー
ムズ・A・オーウェン作, 三辺律子訳　評論社　2013.10　462p　22cm　（ド
ラゴンシップ・シリーズ　2）　1900円　①978-4-566-02442-7

◇『インディゴ・ドラゴン号の冒険』　*HERE, THERE BE DRAGONS*
ジェームズ・A・オーウェン作, 三辺律子訳　評論社　2013.5　446p　22cm
（ドラゴンシップ・シリーズ　1）　1900円　①978-4-566-02441-0

オキャロル, ブレンダン　*O'Carroll, Brendan*　　　　　　文学

アイルランドの作家、脚本家、俳優。1955年9月15日ダブリンに11人兄姉の末っ子として生ま
れる。母親はアイルランド下院議員を務めたモーリーン・オキャロル。作家業の傍ら、脚本
家、俳優、ラジオプロデューサーもこなし、ナショナル・エンターテインメント・アウォード
でアイルランドNo.1エンターテイナーに輝く。作家としての処女作『マミー』（94年）はベスト
セラーとなり、アンジェリカ・ヒューストン監督・主演で映画化もされた。同作は続く『チズ
ラーズ』（95年）、『グラニー』（96年）と〈アグネス・ブラウン〉3部作を形成、アイルランドで大
ヒットした。

最近の翻訳書

◇『グラニー』　*The granny*　ブレンダン・オキャロル著, 伊達淳訳　芦屋　恵
光社　2011.12　229p　19cm　1600円　①978-4-905335-01-6

◇『チズラーズ』　*The Chisellers*　ブレンダン・オキャロル著, 伊達淳訳　芦屋
恵光社　2011.5　224p　19cm　1600円　①978-4-905335-00-9

オクサネン, ソフィ　*Oksanen, Sofi*　　　　　　　　　　　文学

フィンランドの作家、脚本家。1977年ユヴァスキュラ生まれ。フィンランド人の父親とエストニア人の母親を持つ。ユヴァスキュラ大学とヘルシンキ大学で文学を学んだ後、フィンランド・シアター・アカデミーで演劇を学ぶ。2003年ソ連の支配下にあったエストニアを描いた『Stalinin lehmat（スターリンの牛たち）』で作家活動を開始。08年激動の歴史に翻弄された2人の女の邂逅を描いた『粛清』を発表、フィンランドでベストセラー第1位を記録するや、世界40カ国以上で翻訳される。同作でフィンランド最高峰のフィンランディア文学賞、北欧地域で北欧理事会文学賞、07年にEUが新設したヨーロピアン・ブック・プライズ、さらにはフランスのフェミナ賞外国語小説賞、フナック賞にそれぞれ輝いた。13年にはスウェーデン・アカデミー北欧賞をフィンランド人の女性として初めて受賞。

最近の翻訳書

◇『粛清』　*Puhdistus*　ソフィ・オクサネン著, 上野元美訳　早川書房　2012.2
　403p　20cm　2300円　①978-4-15-209272-4

オークメイド, キム・ファン　*Alkemade, Kim van*　　　　　歴史

アメリカの作家。ニューヨーク市生まれ。オランダからアメリカに渡った父親と東欧ユダヤ移民の子孫である母親との間に生まれ、ウィスコンシン大学で英文学の博士号を取得。シッペンスバーグ大学の教授を務めながら文芸誌にエッセイを寄稿。祖父から聞いた実話をもとに、20世紀初頭の孤児施設で人体実験に運命を狂わされた幼いユダヤ人少女を描いた『8番目の子』（2015年）で作家デビュー。「ニューヨーク・タイムズ」紙ベストセラーとなる。ペンシルベニア州カーライル在住。

最近の翻訳書

◇『8番目の子』　*ORPHAN 8*　キム・ファン・オークメイド作, 矢沢聖子訳
　ハーパーコリンズ・ジャパン　2016.2　463p　15cm　（ハーパーBOOKS）
　926円　①978-4-596-55015-6

オコーナー, バーバラ　*O'Connor, Barbara*　　　　　　　児童書

アメリカの作家。サウスカロナイナ州グリーンビル生まれ。サウスカロライナ大学を卒業後、カリフォルニア大学ロサンゼルス校で子供の本の創作ゼミを受講し、創作の道へ進む。伝記や中学年向けの物語を執筆。1997年初の小説『パラダイスに向かって』を発表。『犬どろぼう完全計画』でペアレンツチョイス賞、ウイリアム・アレン・ホワイト賞などを受賞。

最近の翻訳書

◇『スモーキー山脈からの手紙』　*GREETINGS FROM NOWHERE*　バーバラ・オコーナー作, こだまともこ訳　評論社　2015.6　278p　20cm　1500円
　①978-4-566-01393-3
◇『犬どろぼう完全計画』　*How to steal a dog*　バーバラ・オコーナー作, 三辺律子訳, かみやしん絵　文溪堂　2010.10　251p　22cm　1500円　①978-4-89423-704-9

オズカン, セルダル　*Özkan, Serdar*　　　　　　　　　　文学

トルコの作家。1975年8月1日生まれ。イスタンブール出身。アメリカでマーケティングと心理学の学位を取得後、トルコに戻り、イスタンブールのボスポラス大学で心理学の勉強を続ける。2002年より執筆活動に専念。03年トルコでデビュー作『失われた薔薇』を発表、44カ国語

海外文学　新進作家事典　　　　　　　　　　　　　　オセキ

に翻訳、65カ国以上で出版され、多くの国でベストセラーとなった。

最近の翻訳書

◇『失われた薔薇』 *The missing rose*　セルダル・オズカン著, 吉田利子訳
ヴィレッジブックス　2009.5　262p　18cm　1400円　①978-4-86332-051-2

オスファテール, ラッシェル　*Hausfater, Rachel*　　　　　　　　　　児童書

フランスの作家。1955年12月3日パリ生まれ。パリ郊外ボビニーの中学校で英語を教える。3人の子供たちのために作られた絵本をはじめ、小さな児童たちから思春期の生徒たちのために書いた著書が20冊以上ある。『ジャコのお菓子な学校』(2001年)は、02年ムーヴモン・デ・ヴィラージュダンファン賞、03年リール・エリールフォントネイ・スー・ボワ賞とリール・エリールサン・ジャン・ドゥ・ブレイ賞などを受賞、『ジジのエジプト旅行』(03年)もゴヤ・デクベート賞、ペップ・ソリダリテ賞、グラニョット賞、リブランテット賞、みんなのための図書館賞、モンモリヨンの子供文学賞など多くの賞を受けた。ドイツ、アメリカ、イスラエルなどで暮らした経験を持つ。

最近の翻訳書

◇『ジャコのお菓子な学校』 *L'ecole des gateaux*　ラッシェル・オスファテール作, ダニエル遠藤みのり訳, 風川恭子絵　文研出版　2012.12　167p　22cm（文研じゅべにーる）　1400円　①978-4-580-82159-0
◇『ジジのエジプト旅行』 *Gigi en Egypte*　ラッシェル・オスファテール作, ダニエル遠藤みのり訳, 風川恭子絵　文研出版　2010.11　151p　22cm（文研じゅべにーる）　1300円　①978-4-580-82105-7

オースベル, ラモーナ　*Ausubel, Ramona*　　　　　　　　　　　　　歴史

アメリカの作家。ニューメキシコ州サンタフェ生まれ。カリフォルニア大学アーバイン校創作科で修士号を取得。祖母の体験から着想を得、2012年第二次大戦下のルーマニアのユダヤ人の村を舞台とした長編小説『No One Is Here Except All of Us』でデビュー。その後、「ニューヨーカー」誌や「パリス・レビュー」誌などに短編小説を発表し、ベスト・アメリカン・ショート・ストーリーズ、プッシュカート賞、フランク・オコナー国際短編賞などにノミネートされる。カリフォルニア州在住。

最近の翻訳書

◇『生まれるためのガイドブック』 *A GUIDE TO BEING BORN*　ラモーナ・オースベル著, 小林久美子訳　白水社　2015.9　238p　20cm（エクス・リブリス）　2400円　①978-4-560-09041-1

オゼキ, ルース　*Ozeki, Ruth*　　　　　　　　　　　　　　　　　　文学

アメリカの作家、僧侶。1956年コネティカット州ニューヘブン生まれ。父親はアメリカ人、母親はハワイ生まれの日本人。5、6歳の頃から作家に憧れる。スミス・カレッジを卒業、日本には3年間留学し、奈良女子大学大学院で日本の古典文学などを学ぶ。帰国後、低予算映画や日本のテレビ番組の制作に携わる。98年肉牛へのホルモン剤投与が人間の体に与える影響について警鐘を鳴らす小説『イヤー・オブ・ミート』でデビュー。版を重ね、英語圏を中心に話題となった。2010年曹洞宗の僧侶となる。『あるときの物語』(13年)はブッカー賞の最終候補作となり、キッチー賞などを受賞した。

61

最近の翻訳書

◇『**あるときの物語　上**』 *A TALE FOR THE TIME BEING* 　ルース・オゼ
キ著，田中文訳　早川書房　2014.2　323p　20cm　1700円　①978-4-15-
209441-4

◇『**あるときの物語　下**』 *A TALE FOR THE TIME BEING* 　ルース・オゼ
キ著，田中文訳　早川書房　2014.2　321p　20cm　1700円　①978-4-15-
209442-1

オドゥワン＝マミコニアン，ソフィー　*Audouin-Mamikonian, Sophie*

ヤングアダルト，ファンタジー

フランスの作家。1961年8月24日サン・ジャン・ド・リュズ生まれ。アルメニア王国時代の国王
の直系子孫。12歳から小説を書き始める。2003年ファンタジー小説〈タラ・ダンカン〉シリー
ズの第1作を発表、子供たちから圧倒的な支持を集め、テレビアニメ化もされる。14年に全12
巻で完結。

最近の翻訳書

◇『**タラ・ダンカン　12［上］　魂の解放**』 *TARA DUNCAN L'ULTIME
COMBAT* 　ソフィー・オドゥワン＝マミコニアン著　山本知子，加藤かおり
訳　KADOKAWA　2015.8　313p　21cm　1400円　①978-4-04-067736-1

◇『**タラ・ダンカン　12［下］　魂の解放**』 *TARA DUNCAN L'ULTIME
COMBAT* 　ソフィー・オドゥワン＝マミコニアン著　山本知子，加藤かおり
訳　KADOKAWA　2015.8　313p　21cm　1400円　①978-4-04-067737-8

◇『**タラ・ダンカン　11［上］　宇宙戦争**』 *TARA DUNCAN LA GUERRE
DES PLANÈTES* 　ソフィー・オドゥワン＝マミコニアン著　山本知子，加藤
かおり訳　KADOKAWA　2014.8　312p　21cm　1400円　①978-4-04-
066935-9

◇『**タラ・ダンカン　11［下］　宇宙戦争**』 *TARA DUNCAN LA GUERRE
DES PLANÈTES* 　ソフィー・オドゥワン＝マミコニアン著　山本知子，加藤
かおり訳　KADOKAWA　2014.8　312p　21cm　1400円　①978-4-04-
066936-6

◇『**タラ・ダンカン　10［上］　悪魔の兄弟**』 *TARA DUNCAN DORAGONS
CONTRE DEMONS* 　ソフィー・オドゥワン＝マミコニアン著　山本知子，
加藤かおり訳　メディアファクトリー　2013.8　312p　21cm　1400円
①978-4-8401-5262-4

◇『**タラ・ダンカン　10［下］　悪魔の兄弟**』 *TARA DUNCAN DORAGONS
CONTRE DEMONS* 　ソフィー・オドゥワン＝マミコニアン著　山本知子，
加藤かおり訳　メディアファクトリー　2013.8　312p　21cm　1400円
①978-4-8401-5263-1

◇『**タラ・ダンカン　9［上］　黒い女王**』 *TARA DUNCAN CONTRE LA
REINE NOIRE* 　ソフィー・オドゥワン＝マミコニアン著　山本知子，加藤か
おり訳　メディアファクトリー　2012.8　310p　21cm　1400円　①978-4-
8401-4665-4

◇『**タラ・ダンカン　9［下］　黒い女王**』 *TARA DUNCAN CONTRE LA
REINE NOIRE* 　ソフィー・オドゥワン＝マミコニアン著　山本知子，加藤か
おり訳　メディアファクトリー　2012.8　299p　21cm　1400円　①978-4-
8401-4666-1

◇『**タラ・ダンカン　1［上］　若き魔術師たち**』 *TARA DUNCAN LES*

海外文学　新進作家事典　　　　　　　　　　　　　　　**オトウワ**

SORTCELIERS　ソフィー・オドゥワン＝マミコニアン著, 山本知子訳　YA
版　メディアファクトリー　2011.9　332p　18cm　760円　①978-4-8401-
4230-4

◇『タラ・ダンカン　**1**[下]　若き魔術師たち』　*TARA DUNCAN LES*
SORTCELIERS　ソフィー・オドゥワン＝マミコニアン著, 山本知子訳　YA
版　メディアファクトリー　2011.9　340p　18cm　760円　①978-4-8401-
4231-1

◇『タラ・ダンカン　**8**[上]　悪魔の指輪』　*TARA DUNCAN ET*
L'INVASION FANTOME　ソフィー・オドゥワン＝マミコニアン著, 山本知
子, 加藤かおり訳　メディアファクトリー　2011.8　325p　21cm　1400円
①978-4-8401-3992-2

◇『タラ・ダンカン　**8**[下]　悪魔の指輪』　*TARA DUNCAN ET*
L'INVASION FANTOME　ソフィー・オドゥワン＝マミコニアン著, 山本知
子, 加藤かおり訳　メディアファクトリー　2011.8　349p　21cm　1400円
①978-4-8401-3993-9

◇『タラ・ダンカン　**7**[上]　幽霊たちの野望』　*TARA DUNCAN ET*
L'INVASION FANTOME　ソフィー・オドゥワン＝マミコニアン著, 山本知
子, 加藤かおり訳　メディアファクトリー　2010.8　341p　21cm　1400円
①978-4-8401-3472-9

◇『タラ・ダンカン　**7**[下]　幽霊たちの野望』　*TARA DUNCAN ET*
L'INVASION FANTOME　ソフィー・オドゥワン＝マミコニアン著, 山本知
子, 加藤かおり訳　メディアファクトリー　2010.8　341p　21cm　1400円
①978-4-8401-3473-6

◇『タラ・ダンカン　**6**[上]　マジスターの罠』　*TARA DUNCAN DANS LE*
PIEGE DE MAGISTER　ソフィー・オドゥワン＝マミコニアン著, 山本知
子, 加藤かおり訳　メディアファクトリー　2009.7　349p　21cm　1400円
①978-4-8401-2865-0

◇『タラ・ダンカン　**6**[下]　マジスターの罠』　*TARA DUNCAN DANS LE*
PIEGE DE MAGISTER　ソフィー・オドゥワン＝マミコニアン著, 山本知
子, 加藤かおり訳　メディアファクトリー　2009.7　349p　21cm　1400円
①978-4-8401-2866-7

◇『タラ・ダンカン　**5**[上]　禁じられた大陸』　*TARA DUNCAN LE*
CONTINENT INTERDIT　ソフィー・オドゥワン＝マミコニアン著, 山本
知子, 加藤かおり訳　メディアファクトリー　2008.7　331p　21cm　1400円
①978-4-8401-2374-7

◇『タラ・ダンカン　**5**[下]　禁じられた大陸』　*TARA DUNCAN LE*
CONTINENT INTERDIT　ソフィー・オドゥワン＝マミコニアン著, 山本
知子, 加藤かおり訳　メディアファクトリー　2008.7　346p　21cm　1400円
①978-4-8401-2375-4

◇『タラ・ダンカン　**4**[上]　ドラゴンの裏切り』　*TARA DUNCAN LE*
DRAGON RENEGAT　ソフィー・オドゥワン＝マミコニアン著, 山本知子訳
メディアファクトリー　2007.8　291p　21cm　1400円　①978-4-8401-1894-1

◇『タラ・ダンカン　**4**[下]　ドラゴンの裏切り』　*TARA DUNCAN LE*
DRAGON RENEGAT　ソフィー・オドゥワン＝マミコニアン著, 山本知子訳
メディアファクトリー　2007.8　308p　21cm　1400円　①978-4-8401-1895-8

◇『タラ・ダンカン　**3**[上]　魔法の王杖』　*TARA DUNCAN LE SCEPTRE*
MAUDIT　ソフィー・オドゥワン＝マミコニアン著, 山本知子訳　メディア
ファクトリー　2006.8　276p　21cm　1400円　①4-8401-1584-2

オフレヒ　　　　　　　海外文学　新進作家事典

◇『タラ・ダンカン　3［下］　魔法の王杖』 *TARA DUNCAN LE SCEPTRE*
MAUDIT　ソフィー・オドゥワン＝マミコニアン著, 山本知子訳　メディア
ファクトリー　2006.8　273p　21cm　1400円　①4-8401-1585-0

オブレヒト, テア　*Obreht, Téa*　　　　　　　　　　　　文学, 歴史

アメリカの作家。1985年ユーゴスラビアのベオグラード（現・セルビア）に生まれる。ユーゴ
スラビア解体に伴って紛争の激化する同地を離れ、7歳の時に家族とともにキプロスへ、やが
てエジプトへ渡る。97年アメリカに移住。16歳で南カリフォルニア大学に入学し、20歳でコー
ネル大学大学院の創作科に進学。創作活動を開始し、雑誌「ニューヨーカー」「ゾエトロープ」
「ハーパーズ」や、新聞「ニューヨーク・タイムズ」「ガーディアン」などに短編を寄稿。2011
年25歳で発表した初の長編『タイガーズ・ワイフ』は、英語圏の女性作家に贈られるオレンジ
賞を史上最年少で受賞、全米図書賞最終候補作となるなど国際的な評価を得た。

＊＊＊最近の翻訳書＊＊＊

◇『タイガーズ・ワイフ』 *THE TIGER'S WIFE*　テア・オブレヒト著, 藤井
光訳　新潮社　2012.8　382p　20cm　（CREST BOOKS）　2200円　①978-
4-10-590096-0

オヘイガン, アンドリュー　*O'Hagan, Andrew*　　　　　　　　　文学

イギリスの作家。1968年スコットランドのグラスゴーに生まれ、エアーシアで育つ。95年ノン
フィクション作品『The Missing』でデビューし、注目を集める。99年初の長編小説『Our Fathers』
を発表、同作はブッカー賞とウィットブレッド賞候補となる。2003年長編第2作『Personality』
でジェームズ・テイト・ブラック記念賞を受賞。同年文学誌「グランタ」の"若手イギリス人
作家トップ20"に選出された。06年長編第3作『Near Me』でロサンゼルス・タイムズ賞を受
賞。ロンドン在住。

＊＊＊最近の翻訳書＊＊＊

◇『マルチーズ犬マフとその友人マリリン・モンローの生活と意見』 *The life*
and opinions of Maf the dog, and of his friend Mariryn Monroe　アンド
リュー・オヘイガン著, 佐藤由樹子訳　早川書房　2011.6　375p　19cm
1800円　①978-4-15-209216-8

オリヴァー, ローレン　*Oliver, Lauren*　　　　　　　　　ヤングアダルト, SF

アメリカの作家。1982年ニューヨーク生まれ。シカゴ大学で文学と哲学を学び、ニューヨー
ク大学で創作学修士課程を修了。その後、出版社に勤務しながら処女作『BEFORE I FALL』
を執筆、2010年作家デビュー。11年ディストピア3部作の第1作『デリリウム17』を発表、高い
評価を受ける。

＊＊＊最近の翻訳書＊＊＊

◇『デリリウム17』 *DELIRIUM*　ローレン・オリヴァー著, 三辺律子訳　新潮
社　2014.2　587p　16cm　（新潮文庫　オ-12-1）　890円　①978-4-10-
218511-7

オリンジャー, ジュリー　*Orringer, Julie*　　　　　　　　　　　文学

アメリカの作家。1973年フロリダ州マイアミで生まれ、ルイジアナ州のニューオーリンズで
育つ。アイオワ大学創作科およびコーネル大学を卒業。2003年『溺れる人魚たち』で小説家

海外文学　新進作家事典　　　　　　　　　　　　　　　　オルソン

デビュー。「Publishers Weekly」誌ほか多数の書評誌でアメリカ文学界の新星として絶賛される。また、同作で書店バーンズ＆ノーブル03年度新人賞3位に輝く。ブルックリン在住。

最近の翻訳書

◇『溺れる人魚たち』 *How to breathe underwater*　ジュリー・オリンジャー著, 川副智子訳　ランダムハウス講談社　2008.7　415p　15cm　850円　Ⓘ978-4-270-10208-4

◇『溺れる人魚たち』 *How to breathe underwater*　ジュリー・オリンジャー著, 川副智子訳　ランダムハウス講談社　2006.5　382p　20cm　2100円　Ⓘ4-270-00128-3

オルスン, ニール　*Olson, Neil*　　　　　　　　　　　　　　歴史, ミステリー

アメリカの作家。ギリシャ移民3世。文芸エージェントとして長く出版に携わる。2005年ギリシャのイコンをめぐる歴史伝奇ミステリー『奇跡の聖母』で作家としてデビュー。妻とともにニューヨーク在住。

最近の翻訳書

◇『奇跡の聖母』 *The icon*　ニール・オルスン著, 高山祥子訳　扶桑社　2008.7　591p　16cm　（扶桑社ミステリー）　1143円　Ⓘ978-4-594-05718-3

オルソン, クリスティーナ　*Ohlsson, Kristina*　　　　　　　ミステリー, スリラー

スウェーデンの作家。1979年3月2日クリシャンスタード生まれ。大学で政治学を学んだ後、スウェーデン国防大学、外務省、公安警察で働く。2009年公安警察勤務中に執筆した『シンデレラたちの罪』によりデビュー。以後、シリーズの第2巻、第3巻が続けてスウェーデン推理作家アカデミー賞にノミネートされる。12年以降専業作家となる。ストックホルム在住。

最近の翻訳書

◇『シンデレラたちの罪』 *ASKUNGAR*　クリスティーナ・オルソン著, ヘレンハルメ美穂訳　東京創元社　2015.8　534p　15cm　（創元推理文庫　Mオ5-1）　1300円　Ⓘ978-4-488-19204-4

オルソン, フレドリック・T.　*Olsson, Fredrik T.*　　　　　　　　　ミステリー

スウェーデンの作家。1969年イェーテボリ生まれ。95年より映画やテレビの脚本家として活動し、コメディからミステリーまでさまざまなジャンルの脚本を書く。スウェーデンのテレビ各局で番組製作にも関わる一方、コメディアンとしても活動。2014年SF『人類暗号』で長編小説デビュー。ストックホルム在住。

最近の翻訳書

◇『人類暗号　上』 *SLUTET PÅ KEDJAN*　フレドリック・T・オルソン著, 熊谷千寿訳　早川書房　2015.6　396p　16cm　（ハヤカワ文庫 NV　1346）　1000円　Ⓘ978-4-15-041346-0

◇『人類暗号　下』 *SLUTET PÅ KEDJAN*　フレドリック・T・オルソン著, 熊谷千寿訳　早川書房　2015.6　393p　16cm　（ハヤカワ文庫 NV　1347）　1000円　Ⓘ978-4-15-041347-7

オルソン, リンダ　*Olsson, Linda*　　　　　　　　　　　　　文学, ロマンス

ニュージーランドの作家。スウェーデン・ストックホルム生まれ。金融業界で働いた後、ケニア、シンガポール、日本と移り住み、1990年夫とともにニュージーランドに永住。2003年新聞社主催の短編コンテストで1位となり、オークランド大学大学院創作コースを受講中に書き上げた『やさしい歌を歌ってあげる』(05年) でデビュー。同作はニュージーランド・ペンギン社創設以来、最も売れたデビュー作となった。また、故国スウェーデンなど15カ国で版権が売れ、アメリカでもベストセラー入りした。

最近の翻訳書

◇『やさしい歌を歌ってあげる』 *Astrid & Veronika* リンダ・オルソン著, 野口百合子訳 ランダムハウス講談社 2008.9 267p 20cm 1800円 ①978-4-270-00402-9

オルテン, スティーヴ　*Alten, Steve*　　　　　　　　　　　　　SF, ホラー

アメリカの作家、海洋学・古生物研究家。ペンシルベニア州フィラデルフィア生まれ。デラウェア大学でスポーツ医学の修士号を、テンプル大学で博士号を取得。会社経営などの傍ら、海洋学・古生物学の調査を続け、1997年長編『メガロドン』で作家デビュー。南フロリダ在住。

最近の翻訳書

◇『邪神創世記　上』 *Resurrection* スティーヴ・オルテン著, 野村芳夫訳 文藝春秋 2006.5 342p 16cm （文春文庫） 752円 ①4-16-770521-4

◇『邪神創世記　下』 *Resurrection* スティーヴ・オルテン著, 野村芳夫訳 文藝春秋 2006.5 351p 16cm （文春文庫） 752円 ①4-16-770522-2

〔 カ 〕

夏伊　カ, イ　*Xia, Yi*　　　　　　　　　　　　　　　　　　　　　文学

中国の作家。1988年北京生まれ。幼い頃からピアノの教育を受け、数々のコンクールに入賞、ピアニストとしての将来を嘱望される。中学卒業後にアメリカへ留学。一方、北京大学附属中学校3年の16歳の時に小説『雲上的少女』を書き上げ、自ら出版社に持ち込む。10代の恋愛を描いた内容が同世代の共感を呼び、バレンタインデーのプレゼントとして贈ることが中国国内で流行となったほど圧倒的な支持を受け、ベストセラーとなった。父親は中国国際人材交流協会駐日事務所総代表を務める。

最近の翻訳書

◇『雲上的少女—dreamy days』 夏伊著, 桑島道夫訳 文藝春秋 2006.6 332p 19cm 1857円 ①4-16-324750-5

カー, シェリー・ディクスン　*Carr, Shelly Dickson*　　ミステリー, ヤングアダルト

アメリカの作家。本格ミステリーの巨匠ジョン・ディクスン・カーの孫娘として生まれ、劇団の役員を務めつつ、イギリスのドラマ「ダウントン・アビー」「SHERLOCK シャーロック」のアメリカでの放送実現に尽力。2013年『ザ・リッパー—切り裂きジャックの秘密』で作家デビューし、同作でベンジャミン・フランクリン賞の新人部門、ヤングアダルト部門で金賞、ミステリー部門で銀賞を受賞。夫と3人の娘とともにボストンのビーコン・ヒルに在住。

最近の翻訳書

◇『ザ・リッパー―切り裂きジャックの秘密　上』 *RIPPED*　シェリー・ディ
クスン・カー著, 駒月雅子訳　扶桑社　2015.8　430p　16cm　（扶桑社ミス
テリー　カ12-1）　950円　①978-4-594-07309-1

◇『ザ・リッパー―切り裂きジャックの秘密　下』 *RIPPED*　シェリー・ディ
クスン・カー著, 駒月雅子訳　扶桑社　2015.8　429p　16cm　（扶桑社ミス
テリー　カ12-2）　950円　①978-4-594-07310-7

カイパース, アリス　*Kuipers, Alice*　　　ヤングアダルト, 児童書

イギリス出身の作家。1979年ロンドン生まれ。マンチェスター・メトロポリタン大学を卒業。
2003年カナダへ移住。07年シングルマザーとその娘の冷蔵庫に貼るメモのやりとりで語られ
る小説『冷蔵庫のうえの人生』で作家デビュー。同作は約30カ国で翻訳され、いくつかの賞を
受賞した。11年『The Worst Thing She Ever Did』でアーサー・エリス賞を受賞。

最近の翻訳書

◇『冷蔵庫のうえの人生』 *Life on the refrigerator door*　アリス・カイパース
著, 八木明子訳　文藝春秋　2007.12　238p　20cm　1200円　①978-4-16-
326570-4

ガヴァルダ, アンナ　*Gavalda, Anna*　　　文学, 児童書

フランスの作家。1970年12月9日パリ郊外ブローニュ・ビヤンクール生まれ。中学教師の傍ら
執筆活動を行い、99年29歳の時に『泣きたい気分』で作家デビュー。口コミで瞬く間に評判が
広がり、一躍ベストセラー作家となる。その後、執筆に専念。2002年初の児童書である『トト
の勇気』を出版。04年初来日。

最近の翻訳書

◇『恋するよりも素敵なこと―パリ七区のお伽話　上』 *Emsemble, c'est tout*
アンナ・ガヴァルダ著, 薛善子訳　学習研究社　2007.2　366p　20cm　1800
円　①978-4-05-403102-9

◇『恋するよりも素敵なこと―パリ七区のお伽話　下』 *Emsemble, c'est tout*
アンナ・ガヴァルダ著, 薛善子訳　学習研究社　2007.2　427p　20cm　1800
円　①978-4-05-403328-3

◇『トトの勇気』 *35 kilos d'espoir*　アンナ・ガヴァルダ作, 藤本泉訳　鈴木出
版　2006.2　157p　22cm　（鈴木出版の海外児童文学　この地球を生きる子ど
もたち　7）　1300円　①4-7902-3164-X

カウフマン, アンドリュー　*Kaufman, Andrew*　　　ファンタジー

カナダの作家、脚本家、ラジオプロデューサー。1968年ウィンガム生まれ。脚本家、ラジオ
プロデューサーとして活動し、2003年中編小説『All My Friends Are Superheroes』で作家デ
ビュー。トロント在住。

最近の翻訳書

◇『銀行強盗にあって妻が縮んでしまった事件』 *THE TINY WIFE*　アンド
リュー・カウフマン著, 田内志文訳　東京創元社　2013.9　133p　20cm
1200円　①978-4-488-01007-2

郭 敬明　カク, ケイメイ　*Guo, Jing-ming*　　　　　ファンタジー, ヤングアダルト

中国の作家。「最小説」編集責任者。1983年6月6日四川省生まれ。"80後（バーリンホウ）"と呼ばれる80年代生まれの中国人若手作家の一人。2003年上海大学1年生の時に小説『幻城』でデビュー、200万部を超えるベストセラーとなり、一躍人気作家となる。青春期の友情、愛、憤怒などをテーマにした中にも"一人っ子世代"特有の孤独感がにじむ作風で、女子中高生のカリスマ的存在となる。07年小説『悲しみは逆流して河になる（悲傷逆流成河）』が発売1週間で100万部を突破、作家長者番付首位となった。同年張悦然など"80後"の作家9人とともに中国作家協会への加入を認められる。08年も作家長者番付首位。一方、新しい雑誌の企画や編集、新人作家の発掘に取り組み、06年月刊誌「最小説」を創刊。編集責任者を務め、"80後"と90年代生まれの"90後"の若手小説家の作品を掲載。30万部でスタートし、10〜20代の女性の支持を得る。また1冊1作品のポケットブック・シリーズを成功させるなど、出版界の旗手となった。10年初来日。

最近の翻訳書

◇『悲しみは逆流して河になる』　郭敬明著, 泉京鹿訳　講談社　2011.6　511p
20cm　2300円　①978-4-06-215605-9

カーグマン, ジル　*Kargman, Jill*　　　　　　　　　　　　　ロマンス

アメリカの作家。ニューヨーク生まれ。2004年ニューヨークの名門私立学校に通っていた頃からの親友であるキャリー・カラショフとの共著『わたしにふさわしい場所―ニューヨークセレブ事情』で作家デビュー。以後もカラショフとの共著で『Wolves in Chic Clothing』『Bittersweet Sixteen』などを出版するが、近年はそれぞれが単独で小説を発表している。

最近の翻訳書

◇『わたしにふさわしい場所―ニューヨークセレブ事情　上』　*The right address*　キャリー・カラショフ, ジル・カーグマン著, 中尾眞樹訳　扶桑社　2007.9　332p　16cm　（扶桑社セレクト）　705円　①978-4-594-05484-7
◇『わたしにふさわしい場所―ニューヨークセレブ事情　下』　*The right address*　キャリー・カラショフ, ジル・カーグマン著, 中尾眞樹訳　扶桑社　2007.9　328p　16cm　（扶桑社セレクト）　705円　①978-4-594-05485-4

カショア, クリスティン　*Cashore, Kristin*　　　　ファンタジー, ヤングアダルト

アメリカの作家。ペンシルベニア州生まれ。4人姉妹の二女。シモンズ大学で児童文学の修士号を取得。2008年刊行のデビュー作『剣姫―グレイスリング』は「ニューヨーク・タイムズ」紙のベストセラー・リストに掲載され、ファンタジーおよびヤングアダルトの文学賞を多数受賞。マサチューセッツ州在住。

最近の翻訳書

◇『剣姫―グレイスリング』　*Graceling*　クリスティン・カショア著, 和爾桃子訳　早川書房　2011.5　539p　16cm　（ハヤカワ文庫　FT533）　1000円
①978-4-15-020533-1

カジンスキー, A.J.　*Kazinski, A.J.*　　　　　　　　　　　　スリラー

A.J.カジンスキーは、デンマークの作家アナス・ロノウ・クラーロン（Anders Rønnow Klarlund, 1971年生まれ）と同じくデンマークの作家ヤコブ・ヴァインライヒ（Jacob Weinreich, 72年生まれ）の共同筆名。2010年サスペンス小説『ラスト・グッドマン』でデビュー。ともにコペン

ハーゲン在住。

最近の翻訳書

◇『ラスト・グッドマン　上』 *DEN SIDSTE GODE MAND*（重訳）　A・J・カジンスキー著, 岩澤雅利訳　早川書房　2012.6　397p　16cm　（ハヤカワ文庫 NV　1259）　820円　①978-4-15-041259-3

◇『ラスト・グッドマン　下』 *DEN SIDSTE GODE MAND*（重訳）　A・J・カジンスキー著, 岩澤雅利訳　早川書房　2012.6　397p　16cm　（ハヤカワ文庫 NV　1260）　820円　①978-4-15-041260-9

カスティヨン, クレール　*Castillon, Claire*　　　　文学

フランスの作家。1975年ブーローニュ・ビヤンクール生まれ。25歳の時作家デビュー。2001年の第2作『Je prends racine』が批評家の注目を集める。04年第5作『Vous parler d'elle』でフランス文芸家協会が若手の有望作家の作品に与えるティド・モニエ賞を受賞。作家としての地位を確立した。パリ在住。

最近の翻訳書

◇『だから、ひとりだけって言ったのに』 *Insecte*　クレール・カスティヨン著, 河村真紀子訳　早川書房　2010.8　220p　20cm　1800円　①978-4-15-209145-1

ガスパード, ジョン　*Gaspard, John*　　　　ミステリー

アメリカの作家。1958年ミネソタ州ミネアポリス生まれ。低予算映画の製作、映画に関する著書の執筆を経て、2013年〈イーライ・マークス〉シリーズ第1作『マジシャンは騙りを破る』を発表。ミネソタ州ミネアポリス在住。

最近の翻訳書

◇『マジシャンは騙りを破る』 *THE AMBITIOUS CARD*　ジョン・ガスパード著, 法村里絵訳　東京創元社　2015.12　395p　15cm　（創元推理文庫　M カ13-1）　1100円　①978-4-488-28902-7

カーソン, レイ　*Carson, Rae*　　　　ヤングアダルト, ファンタジー

アメリカの作家。1973年8月17日カリフォルニア州生まれ。さまざまな仕事を経験した後、2011年『炎と茨の王女』で作家デビュー。作家の夫とともにオハイオ州コロンバスに在住。

最近の翻訳書

◇『魔法使いの王国』 *THE BITTER KINGDOM*　レイ・カーソン著, 杉田七重訳　東京創元社　2015.4　526p　15cm　（創元推理文庫　Fカ2-3—［炎と茨の王女］［3]）　1400円　①978-4-488-56804-7

◇『白金の王冠』 *THE CROWN OF EMBERS*　レイ・カーソン著, 杉田七重訳　東京創元社　2014.5　509p　15cm　（創元推理文庫　Fカ2-2—［炎と茨の王女］［2]）　1300円　①978-4-488-56803-0

◇『炎と茨の王女』 *THE GIRL OF FIRE AND THORNS*　レイ・カーソン著, 杉田七重訳　東京創元社　2013.12　524p　15cm　（創元推理文庫　Fカ2-1)　1300円　①978-4-488-56802-3

カーター, アリー　*Carter, Ally*　　　　　　　　　　　　　　　　　　　ヤングアダルト

アメリカの作家。オクラホマ州生まれ。オクラホマ州立大学とコーネル大学で学ぶ。会社勤務を経て、作家となる。2005年最初の小説を発表。06年初めてのヤングアダルト作品となる〈スパイガール〉シリーズでは、究極の学園生活を展開した。映画化も決定している。

最近の翻訳書

◇『スパイガール　episode4　あの娘をつかまえて！』*Only the Good Spy Young*　アリー・カーター作, 橋本恵訳　理論社　2012.6　389p　19cm　1600円　Ⓘ978-4-652-07994-2

◇『快盗ビショップの娘』*Heist society*　アリー・カーター著, 橋本恵訳　理論社　2010.4　397p　19cm　1500円　Ⓘ978-4-652-07972-0

◇『スパイガール　episode 3　セレブ警護！』*Don't judge a girl by her cover*　アリー・カーター作, 橋本恵訳　理論社　2009.9　385p　19cm　1500円　Ⓘ978-4-652-07956-0

◇『スパイガール　episode 2　男子禁制！』*Cross my heart and hope to spy*　アリー・カーター作, 橋本恵訳　理論社　2008.2　365p　19cm　1400円　Ⓘ978-4-652-07925-6

◇『スパイガール』*I'd tell you I love you, but then I'd have to kill you*　アリー・カーター作, 橋本恵訳　理論社　2006.10　395p　19cm　1500円　Ⓘ4-652-07790-4

カーター, ディーン・ヴィンセント　*Carter, Dean Vincent*　　　　　　　ホラー

イギリスの作家。1976年7月ウェストミッドランズ州生まれ。大学卒業後、ロンドンの出版社で郵便物の配布の仕事をしていた時、業界誌が届いたことを知らせる社内メールにジョークを書き添えて送ったことが編集者の目に留まり、2006年『ガンジス・レッド、悪魔の手と呼ばれしもの』で作家デビュー。

最近の翻訳書

◇『ガンジス・レッド、悪魔の手と呼ばれしもの』*The hand of the devil*　ディーン・ヴィンセント・カーター著, 原田勝訳　あすなろ書房　2008.8　359p　19cm　1500円　Ⓘ978-4-7515-2208-0

ガッパ, ペティナ　*Gappah, Petina*　　　　　　　　　　　　　　　　　　　　文学

ジンバブエの作家。1971年ザンビア生まれ。父親の赴任先であるザンビアで生まれ、間もなくジンバブエ（当時はローデシア）に帰国。ジンバブエ大学で法律を学び、オーストリアのグラーツ大学、イギリスのケンブリッジ大学に留学。国際商取引法の博士号を持つ。98年よりジュネーブの世界貿易機関に勤務。2009年短編集『イースタリーのエレジー』でデビューし、「ガーディアン」紙のファーストブック賞を受賞。また、フランク・オコナー国際短編賞の最終候補となり、一躍注目を集める。

最近の翻訳書

◇『イースタリーのエレジー』*AN ELEGY FOR EASTERLY*　ペティナ・ガッパ著, 小川高義訳　新潮社　2013.6　255p　20cm　（CREST BOOKS）1900円　Ⓘ978-4-10-590102-8

カッリージ, ドナート　*Carrisi, Donato*　　　　ミステリー

イタリアの作家。1973年生まれ。大学で法律と犯罪学を学ぶ。99年より映画やテレビドラマの脚本を手がけた後、作家に転身。2009年サイコサスペンス長編『六人目の少女』でデビュー。世界23カ国で刊行され、バンカレッラ賞、フランス国鉄ミステリー大賞、ベルギー推理小説賞など多数の賞に輝き、大型新人として注目を集める。ローマ在住。

最近の翻訳書

◇『六人目の少女』 *IL SUGGERITORE* ドナート・カッリージ著, 清水由貴子訳　早川書房　2015.3　655p　16cm　（ハヤカワ・ミステリ文庫　HM 415-1）　1100円　①978-4-15-180951-4

◇『ローマで消えた女たち』 *IL TRIBUNALE DELLE ANIME* ドナート・カッリージ著, 清水由貴子訳　早川書房　2014.6　541p　19cm（HAYAKAWA POCKET MYSTERY BOOKS　1884）　1900円　①978-4-15-001884-9

◇『六人目の少女』 *IL SUGGERITORE* ドナート・カッリージ著, 清水由貴子訳　早川書房　2013.1　520p　19cm　（HAYAKAWA POCKET MYSTERY BOOKS　1867）　1900円　①978-4-15-001867-2

カッレントフト, モンス　*Kallentoft, Mons*　　　ミステリー, スリラー

スウェーデンの作家。1968年4月15日リンショーピン・ユングスブロー生まれ。2000年『Pesetas』で作家デビューし、スウェーデン作家連盟の新人賞を受賞。〈女性刑事モーリン・フォシュ〉シリーズはスウェーデンでシリーズ150万部を突破、全世界25カ国で出版される。美食家、フードジャーナリストという肩書きも持つ異色の作家。

最近の翻訳書

◇『秋の城に死す　上』 *HÖSTOFFER* モンス・カッレントフト著, 久山葉子訳　東京創元社　2015.12　330p　15cm　（創元推理文庫　Mカ11-5）　1140円　①978-4-488-25607-4

◇『秋の城に死す　下』 *HÖSTOFFER* モンス・カッレントフト著, 久山葉子訳　東京創元社　2015.12　346p　15cm　（創元推理文庫　Mカ11-6）　1140円　①978-4-488-25608-1

◇『天使の死んだ夏　上』 *SOMMARDÖDEN* モンス・カッレントフト著, 久山葉子訳　東京創元社　2013.10　337p　15cm　（創元推理文庫　Mカ11-3）　1040円　①978-4-488-25605-0

◇『天使の死んだ夏　下』 *SOMMARDÖDEN* モンス・カッレントフト著, 久山葉子訳　東京創元社　2013.10　332p　15cm　（創元推理文庫　Mカ11-4）　1040円　①978-4-488-25606-7

◇『冬の生贄　上』 *MIDVINTERBLOD* モンス・カッレントフト著, 久山葉子訳　東京創元社　2013.3　341p　15cm　（創元推理文庫　Mカ11-1）　1000円　①978-4-488-25603-6

◇『冬の生贄　下』 *MIDVINTERBLOD* モンス・カッレントフト著, 久山葉子訳　東京創元社　2013.3　345p　15cm　（創元推理文庫　Mカ11-2）　1000円　①978-4-488-25604-3

ガーディナー, メグ　*Gardiner, Meg*　　　　ミステリー, スリラー

アメリカの作家。オクラホマ州に生まれ、カリフォルニア州サンタバーバラで育つ。スタン

フォード大学ロー・スクールを卒業後、弁護士となる。のち、カリフォルニア大学サンタバーバラ校でクリエイティブ・ライティングを教える傍ら、執筆活動を続ける。2009年、〈エヴァン・ディレイニー〉シリーズ第1作の『チャイナ・レイク』でMWA賞最優秀ペーパーバック賞を受賞。テキサス州オースティン在住。

最近の翻訳書

◇『心理検死官ジョー・ベケット **3 嘘つきのララバイ**』 *The liar's lullaby* メグ・ガーディナー著, 山田久美子訳 集英社 2013.3 563p 16cm （集英社文庫 カ6-6） 950円 ①978-4-08-760663-8

◇『心理検死官ジョー・ベケット **2 メモリー・コレクター**』 *The memory collector* メグ・ガーディナー著, 山田久美子訳 集英社 2011.11 535p 16cm （集英社文庫 カ6-5） 905円 ①978-4-08-760637-9

◇『死の同窓会』 *Crosscut* メグ・ガーディナー著, 杉田七重訳 集英社 2011.5 623p 16cm （集英社文庫 カ6-4） 1000円 ①978-4-08-760622-5

◇『心理検死官ジョー・ベケット』 *The dirty secrets club* メグ・ガーディナー著, 山田久美子訳 集英社 2010.11 551p 16cm （集英社文庫 カ6-3） 905円 ①978-4-08-760615-7

◇『暗闇の岬』 *Jericho point* メグ・ガーディナー著, 杉田七重訳 集英社 2010.8 567p 16cm （集英社文庫 カ6-2） 933円 ①978-4-08-760608-9

◇『裏切りの峡谷』 *Mission Canyon* メグ・ガーディナー著, 杉田七重訳 集英社 2010.5 567p 16cm （集英社文庫 カ6-1） 933円 ①978-4-08-760603-4

◇『チャイナ・レイク』 *China lake* メグ・ガーディナー著, 山西美都紀訳 早川書房 2009.11 650p 16cm （ハヤカワ・ミステリ文庫 HM367-1） 1000円 ①978-4-15-178501-6

カード, メラニー　*Card, Melanie*　　　　ヤングアダルト, ファンタジー

アメリカの作家。2011年魔法と闇社会が支配する異世界ファンタジー『落ちこぼれネクロマンサーと死せる美女』でデビュー。執筆していない時は地元の劇団で活動している。

最近の翻訳書

◇『落ちこぼれネクロマンサーと黒魔術の館』 *WARD AGAINST DARKNESS* メラニー・カード著, 圷香織訳 東京創元社 2014.10 390p 15cm （創元推理文庫 Fカ3-2） 1200円 ①978-4-488-52406-7

◇『落ちこぼれネクロマンサーと死せる美女』 *WARD AGAINST DEATH* メラニー・カード著, 圷香織訳 東京創元社 2014.7 411p 15cm （創元推理文庫 Fカ3-1） 1100円 ①978-4-488-52405-0

カドラ, ヤスミナ　*Khadra, Yasmina*　　　　文学

フランスの作家。1955年アルジェリア生まれ。本名はムハマド・ムルセフール（Mohammed Moulessehoul）。アルジェリア軍の将校時代、軍の検閲を逃れるため女性名のペンネームで執筆活動を始め、文学、ミステリーと幅広いジャンルで次々と話題作を発表。イスラムの声を伝える作家として国際的に高い評価を得、作品は25カ国で翻訳されたが、2001年自伝を発表し、フランスに亡命するまでその正体は不明だった。02年発表の『カブールの燕たち』は「サンフランシスコ・クロニクル」ブック・オブ・ザ・イヤーに選出、ダブリン国際文学賞の最終候補にもなった。05年イスラエルとパレスチナを舞台に、根深い社会問題と夫婦の哀しい愛の姿を描いた作品『テロル』を発表、「フィガロ・マガジン」に絶賛され、フランス書店組合賞を受

賞した。

最近の翻訳書

◇『昼が夜に負うもの』 *Ce que le jour doit a la nuit* ヤスミナ・カドラ著, 藤本優子訳 早川書房 2009.10 472p 19cm （ハヤカワepiブック・プラネット） 2100円 ①978-4-15-209075-1

◇『テロル』 *L'attentat* ヤスミナ・カドラ著, 藤本優子訳 早川書房 2007.3 278p 19cm （ハヤカワepiブック・プラネット） 1800円 ①978-4-15-208805-5

◇『カブールの燕たち』 *Les hirondelles de Kaboul* ヤスミナ・カドラ著, 香川由利子訳 早川書房 2007.2 182p 19cm （ハヤカワepiブック・プラネット） 1600円 ①978-4-15-208797-3

カトラー, ロナルド　*Cutler, Ronald*　　　スリラー

アメリカのラジオプロデューサー、脚本家、作家。ラジオのパーソナリティ、ラジオ局の経営者を経て、クリエイター、プロデューサー、脚本家として、多くの人気ラジオ番組を手がけ、数多くの賞を受賞。1987年には、のちのCBSラジオの番組ディレクター、フランク・マーフィーに "ラジオ界のスティーブン・スピルバーグ" と評された。2008年『秘密の巻物』で小説家デビュー。

最近の翻訳書

◇『秘密の巻物—イエス文書に書かれていたこと』 *The secret scroll* ロナルド・カトラー著, 新谷寿美香訳 イースト・プレス 2008.10 414p 20cm 1800円 ①978-4-87257-989-5

カートライト, サラ・ブレイクリー　*Cartwright, Sarah Blakley*

ファンタジー, ヤングアダルト

アメリカの作家。1988年カリフォルニア州ロサンゼルスに生まれ、同地とメキシコで育つ。バーナード・カレッジを優秀な成績で卒業し、2008年度のメアリー・ゴードン・フィクションによる作品奨学金賞、および09年度のルノー・マーシャル・バーナード賞（散文）を受賞。ニューヨークとロサンゼルスで執筆作業を行う。

最近の翻訳書

◇『赤ずきん』 *Red riding hood* サラ・ブレイクリー・カートライト著, デイヴィッド・レスリー・ジョンソン脚本, 富永晶子訳 竹書房 2011.6 317p 15cm （竹書房文庫　カー3-1） 667円 ①978-4-8124-4602-7

カーニック, サイモン　*Kernick, Simon*　　　ミステリー, スリラー

イギリスの作家。1966年バークシャー州スラウ生まれ。大学卒業後、さまざまな職を経て、2002年『殺す警官』で作家デビュー。06年の第5作『ノンストップ！』でスピード感あふれるサスペンスに作風を転換、イギリスで40万部を売り上げるベストセラーとなった。

最近の翻訳書

◇『ハイスピード！』 *Severed* サイモン・カーニック著, 佐藤耕士訳 文藝春秋 2014.5 373p 16cm （文春文庫　カ13-2） 750円 ①978-4-16-790111-0

◇『ノンストップ！』 *Relentless* サイモン・カーニック著, 佐藤耕士訳 文藝春秋 2010.6 445p 16cm （文春文庫） 819円 ①978-4-16-770586-2

カービー, マシュー　*Kirby, Matthew*　　　ヤングアダルト, 児童書

アメリカの作家。ユタ州に生まれ、メリーランド州、カリフォルニア州、ハワイで育つ。スクールカウンセラーの傍ら執筆に励む。2010年ヤングアダルト小説『クロックワークスリー──マコーリー公開の秘密と三つの宝物』でデビュー。ユタ州在住。

最近の翻訳書

◇『クロックワークスリー──マコーリー公園の秘密と三つの宝物』 *The clockwork three*　マシュー・カービー作, 石崎洋司訳, 平澤朋子絵　講談社　2011.12　511p　20cm　2200円　Ⓘ978-4-06-217410-7

カピュ, アレックス　*Capus, Alex*　　　文学

スイスの作家。1961年7月23日フランス・ノルマンディー生まれ。スイスのバーゼル大学で歴史、哲学などを専攻。ジャーナリストとしてさまざまな新聞社で働き、94年短編集『このいまいましい重力』で作家デビュー。ヒット作を次々に発表し続け、数々の文学賞を受賞。

最近の翻訳書

◇『アフリカで一番美しい船』 *Eine Frage der Zeit*　アレックス・カピュ著, 浅井晶子訳　ランダムハウス講談社　2008.11　310p　20cm　1900円　Ⓘ978-4-270-00439-5

カヘーニ, アメリア　*Kahaney, Amelia*　　　ヤングアダルト, SF

アメリカの作家。カリフォルニア州サンディエゴで生まれ育ち、15歳でハワイ島に転居。カリフォルニア州立大学サンタクルーズ校に進み、ヨーロッパ文学を専攻した後、2001年ニューヨーク市に移住。トラック運転手、映画撮影スタッフ、受付、地雷撲滅運動家など仕事を転々とし、住居も10回替わった後、ブルックリン・カレッジで小説作法の勉強を始めた。以後、ワークショップや大学でライティングの指導にあたりながら創作に専念。『秘密の心臓』で作家デビュー。ブルックリン在住。

最近の翻訳書

◇『秘密の心臓』 *The Brokenhearted*　アメリア・カヘーニ著, 法村里絵訳　チャイコ　2016.1　383p　21cm　（赤毛のアンセム・シリーズ　1）　1850円　Ⓘ978-4-9907661-2-2

カペラ, アンソニー　*Capella, Anthony*　　　文学

イギリスの作家。1962年ウガンダで生まれ、オックスフォード大学セント・ピーターズ・カレッジで英文学を学ぶ。2005年恋愛料理小説『ドルチェには恋を添えて』でデビューし、イギリス、アメリカでベストセラーとなった。オックスフォード在住。

最近の翻訳書

◇『ドルチェには恋を添えて』 *The food of love*　アンソニー・カペラ著, 鹿田昌美訳　ヴィレッジブックス　2008.2　461p　15cm　（ヴィレッジブックス）　980円　Ⓘ978-4-86332-948-5

◇『ドルチェには恋を添えて』 *The food of love*　アンソニー・カペラ著, 鹿田昌美訳　ヴィレッジブックス　2006.12　422p　20cm　2200円　Ⓘ4-7897-3034-4

カーペンター, リー　*Carpenter, Lea*　　　　文学

アメリカの作家。デラウェア州ウィルミントン生まれ。プリンストン大学卒業後、ハーバード大学大学院を修了。文芸誌「ゾエトロープ」「パリ・レビュー」の編集や、ニューヨーク公共図書館の運営に携わる。2013年『11日間』で作家デビュー。ニューヨーク市マンハッタン在住。

最近の翻訳書

◇『**11日間**』 *ELEVEN DAYS*　リー・カーペンター著, 高山真由美訳　早川書房　2014.8　356p　20cm　2400円　①978-4-15-209474-2

カーマン, パトリック　*Carman, Patrick*　　　ヤングアダルト, 児童書

アメリカの作家。オレゴン州生まれ。大学卒業後、広告会社の経営、ボードゲームの作成、ウェブサイト、世界規模のミュージック・ショーなど、さまざまなことを手がける。2人の娘に読み聞かせをするうちに小説を書こうと思い立ち、子供が寝る前のお話として最初の小説『アレクサと秘密の扉』を創作。これをもとに〈エリオン国物語〉シリーズが生まれ、20カ国以上で出版される。ワシントン州在住。

最近の翻訳書

◇『**サーティーナイン・クルーズ　5　闇の包囲網**』 *The 39 clues*　パトリック・カーマン著, 小浜杏訳　メディアファクトリー　2010.2　239p　19cm　900円　①978-4-8401-3172-8

◇『**エリオン国物語　3（テンスシティの奇跡）**』 *The Tenth City*　パトリック・カーマン著, 金原瑞人, 小田原智美訳　アスペクト　2007.3　254p　22cm　1800円　①978-4-7572-1362-3

◇『**エリオン国物語　2（ダークタワーの戦い）**』 *Beyond the valley of thorns*　パトリック・カーマン著, 金原瑞人, 小田原智美訳　アスペクト　2006.12　284p　22cm　1800円　①4-7572-1333-6

◇『**エリオン国物語　1（アレクサと秘密の扉）**』 *The dark hills divide*　パトリック・カーマン著, 金原瑞人訳　アスペクト　2006.10　334p　22cm　1800円　①4-7572-1307-7

カミング, チャールズ　*Cumming, Charles*　　　ミステリー, スリラー

イギリスの作家。1971年スコットランド生まれ。エリート校として有名なイートン・カレッジを経て、エディンバラ大学で英文学を学び、最優等で卒業。95年イギリス秘密情報部（SIS）から勧誘されるが断わった。2001年その経験をもとに書き上げたスパイ小説『A Spy by Nature』でデビューし、絶賛される。11年発表の第5作『ケンブリッジ・シックス』はCWA賞イアン・フレミング・スティール・ダガー賞の候補作となり、翌12年に発表した『甦ったスパイ』で同賞を受賞した。

最近の翻訳書

◇『**甦ったスパイ**』 *A FOREIGN COUNTRY*　チャールズ・カミング著, 横山啓明訳　早川書房　2013.8　515p　16cm　（ハヤカワ文庫 NV　1287）　1000円　①978-4-15-041287-6

◇『**ケンブリッジ・シックス**』 *THE TRINITY SIX*　チャールズ・カミング著, 熊谷千寿訳　早川書房　2013.1　543p　16cm　（ハヤカワ文庫 NV　1275）　1000円　①978-4-15-041275-3

カミングス, リンゼイ　Cummings, Lindsay　　　ヤングアダルト, SF

アメリカの作家。SFやファンタジーを手がける専業作家であり、インスタグラムのタグ#booknerdigansのリーダー。2014年『殺人特区』でデビューを果たした後、小学校中学年から高学年向けの〈The Balance Keepers〉3部作も手がける。テキサス州在住。

最近の翻訳書

◇『殺人特区』 *THE MURDER COMPLEX* リンゼイ・カミングス作, 村井智之訳　ハーパーコリンズ・ジャパン　2016.2　391p　15cm　（ハーパーBOOKS）　852円　①978-4-596-55016-3

カーライル, リズ　Carlyle, Liz　　　ロマンス

アメリカの作家。バージニア州生まれ。1999年処女作『My False Heart』を発表して脚光を浴びる。その後もヒストリカル・ロマンスを発表、綿密なリサーチによって描かれた作品に定評がある。RITA賞、ロマンティック・タイムズ賞を受賞したほか、「ニューヨーク・タイムズ」紙などのベストセラー・リストにもしばしば登場する。

最近の翻訳書

◇『戯れの夜に惑わされ』 *The Devil To Pay* リズ・カーライル著, 川副智子訳　二見書房　2013.12　476p　15cm　（二見文庫　カ8-3―ザ・ミステリ・コレクション）　895円　①978-4-576-13168-9

◇『結婚をめぐる十箇条―修養学校の秋：The School for Heiresses』 *TEN REASONS TO STAY AFTER MIDNIGHT* サブリナ・ジェフリーズ, リズ・カーライル著, 上中京訳　扶桑社　2012.12　340p　16cm　（扶桑社ロマンス　シ31-6）　800円　①978-4-594-06711-3　内容：「結婚をめぐる十箇条」サブリナ・ジェフリーズ著　「真夜中過ぎに」リズ・カーライル著

◇『愛する道をみつけて』 *A deal with the devil* リズ・カーライル著, 川副智子訳　二見書房　2012.3　501p　15cm　（二見文庫　カ8-2―ザ・ミステリ・コレクション）　895円　①978-4-576-12017-1

◇『月夜に輝く涙』 *The devil you know* リズ・カーライル著, 川副智子訳　二見書房　2011.4　548p　15cm　（二見文庫　カ8-1―ザ・ミステリ・コレクション）　952円　①978-4-576-11032-5

◇『愛にふれた侯爵』 *One touch of scandal* リズ・カーライル著, 高里ひろ訳　早川書房　2010.12　531p　16cm　（ハヤカワ文庫　カー1-1―イソラ文庫28）　1000円　①978-4-15-150028-2

◇『今宵、心をきみにゆだねて』 *A woman of virtue* リズ・カーライル著, 猪俣美江子訳　ヴィレッジブックス　2008.10　562p　15cm　（ヴィレッジブックス）　940円　①978-4-86332-084-0

カラショフ, キャリー　Karasyov, Carrie　　　ロマンス

アメリカの作家。ニューヨーク市生まれ。2004年ニューヨークの名門私立学校に通っていた頃からの親友であるジル・カーグマンとの共著『わたしにふさわしい場所―ニューヨークセレブ事情』で作家デビュー。以後もカーグマンとの共著で『Wolves in Chic Clothing』『Bittersweet Sixteen』などを出版するが、近年はそれぞれが単独で小説を発表している。

最近の翻訳書

◇『わたしにふさわしい場所―ニューヨークセレブ事情　上』 *The right address* キャリー・カラショフ, ジル・カーグマン著, 中尾眞樹訳　扶桑社

2007.9　332p　16cm　（扶桑社セレクト）　705円　①978-4-594-05484-7

◇『わたしにふさわしい場所―ニューヨークセレブ事情　下』　*The right address*　キャリー・カラショフ, ジル・カーグマン著, 中尾眞樹訳　扶桑社　2007.9　328p　16cm　（扶桑社セレクト）　705円　①978-4-594-05485-4

カラン, コリーン　*Curran, Colleen*　　　　　　　　　　　　　文学, ヤングアダルト

アメリカの作家。ウィスコンシン州ミルウォーキー生まれ。数多くの雑誌に短編を寄稿。2005年『15歳―あたしたち、最高の女の子』で長編デビュー。バージニア州リッチモンド在住。

最近の翻訳書

◇『15歳―あたしたち、最高の女の子』　*Whores on the hill*　コリーン・カラン著, 近藤麻里子訳　ソフトバンククリエイティブ　2006.7　295p　19cm　1400円　①4-7973-3219-0

カランサ, アンドレウ　*Carranza, Andreu*　　　　　　　　　　　　　　　　文学

スペインの作家、ジャーナリスト。1956年アスコー生まれ。「ラ・バングアルディア」紙、ラジオ局のカデナ・セールなどの大手メディアに寄稿、出演。レクル賞、リベラ・デブラ賞（いずれもカタルーニャ語の文学賞）などを受賞している。2007年同じカタルーニャ生まれの作家で編集者エステバン・マルティンとの初の共作となる『ガウディの鍵』を上梓。刊行当初から話題となり、20カ国以上で翻訳・出版された。

最近の翻訳書

◇『ガウディの鍵』　*LA CLAVE GAUDI*　エステバン・マルティン, アンドレウ・カランサ著, 木村裕美訳　集英社　2013.10　528p　16cm　（集英社文庫　マ16-1）　950円　①978-4-08-760669-0

カリー, ジュニア, ロン　*Currie, Jr., Ron*　　　　　　　　　　　　　　　　文学

アメリカの作家。1975年メーン州ウォータービル生まれ。2007年に発表した処女作の連作短編集『神は死んだ』で、優れたアメリカの若手作家に贈られるニューヨーク公立図書館若獅子賞を受賞。09年初の長編『Everything Matters！』を発表。

最近の翻訳書

◇『神は死んだ』　*GOD IS DEAD*　ロン・カリー・ジュニア著, 藤井光訳　白水社　2013.4　242p　20cm　（エクス・リブリス）　2200円　①978-4-560-09027-5

カーリイ, ジャック　*Kerley, Jack*　　　　　　　　　　　　　　ミステリー, スリラー

別筆名＝Kerley, J.A.

アメリカの作家。ケンタッキー州生まれ。本名はJohn Albert Kerley。コピーライターとして20年間にわたって活躍後、2004年〈カーソン・ライダー〉シリーズ第1作『百番目の男』で作家デビュー。緻密な伏線と大胆な真相が日本のミステリー界で高く評価され、05年の「このミステリーがすごい！」「IN POCKET」「週刊文春」各誌のミステリーランキングでランクインを果たした。第2作『デス・コレクターズ』は、本格ミステリ作家クラブにより、00〜09年の10年間に翻訳された海外本格ミステリーの最優秀作に選ばれた。J.A.Kerley名義の著書もある。ケンタッキー州ニューポート在住。

カリツト　　　　　　　海外文学　新進作家事典

最近の翻訳書

◇『髑髏の檻』 *BURIED ALIVE* ジャック・カーリイ著, 三角和代訳　文藝春
秋　2015.8　388p　16cm　（文春文庫　カ10-6）　830円　①978-4-16-
790434-0
◇『イン・ザ・ブラッド』 *IN THE BLOOD* ジャック・カーリイ著, 三角和代
訳　文藝春秋　2013.10　429p　16cm　（文春文庫　カ10-5）　830円
①978-4-16-781225-6
◇『ブラッド・ブラザー』 *Blood brother* ジャック・カーリイ著, 三角和代訳
文藝春秋　2011.9　410p　16cm　（文春文庫　カ10-4）　790円　①978-4-16-
770596-1
◇『毒蛇の園』 *A garden of vipers* ジャック・カーリイ著, 三角和代訳　文藝
春秋　2009.8　473p　16cm　（文春文庫　カ10-3）　857円　①978-4-16-
770577-0
◇『デス・コレクターズ』 *The death collectors* ジャック・カーリイ著, 三角
和代訳　文藝春秋　2006.12　439p　16cm　（文春文庫）　771円　①4-16-
770540-0

ガリット, ジョーン・ラ　*Galite, John La*　　　　　サスペンス, スリラー

フランスの作家。1952年チュニジア・チュニス生まれ。パリで大学の理学部に進み、博士号を
取得後、生化学を数年間教える。その後、アメリカに移って作家業に専念。99年3作目の小説
『窓辺の疑惑』を発表。

最近の翻訳書

◇『窓辺の疑惑』 *Zacharie* ジョーン・ラ・ガリット著, 島津智訳　PHP研究
所　2008.1　244p　20cm　1500円　①978-4-569-69526-6

カリン, ミッチ　*Cullin, Mitch*　　　　　　　　　　　　　　文学

アメリカの作家。1968年5月23日ニューメキシコ州サンタフェ生まれ。小説『Whompyjawed』
（99年）や『Branches』（2000年）で高い評価を得る。ストーニー・ブルック短編小説賞のほか
多くの賞を受賞。その作品は10カ国語以上に翻訳されている。

最近の翻訳書

◇『ミスター・ホームズ名探偵最後の事件』 *A SLIGHT TRICK OF THE
MIND* ミッチ・カリン著, 駒月雅子訳　KADOKAWA　2015.3　339p
19cm　1800円　①978-4-04-101559-9

カルヴェッティ, パオラ　*Calvetti, Paola*　　　　　　　ロマンス, 文学

イタリアの作家。ミラノ生まれ。イタリアの新聞「ラ・レプブリカ」ミラノ支局のジャーナリ
ストとして活躍。その後、ミラノ・スカラ座広報部長を経て、イタリア・ツーリングクラブの
広報部長。1999年自身の経験を織り交ぜた『最後のラブレター』で作家デビュー、一躍ベスト
セラー作家となり、同作はバンカレッラ賞の最終候補作にもなった。

最近の翻訳書

◇『本のなかで恋をして』 *Noi due come un romanzo* パオラ・カルヴェッ
ティ著, 中村浩子訳　小学館　2011.6　564p　15cm　（小学館文庫　カ2-1）
857円　①978-4-09-408547-1

海外文学　新進作家事典　　　　　　　　　　　　　カルシア

カルザン, カルロ　*Carzan, Carlo*　　　　　　　　　　　　　児童書

イタリアの作家。1967年パレルモ生まれ。同地で子供のための遊戯館、コジ・ペル・ジョーコ
を主宰し、90年代初頭から数多くの "遊びイベント" を開催。公的機関、企業、出版社、カル
チャー関係者の協力のもと、教員や "遊びの専門家" の育成、子供たちとの実験作業、"楽しむ
読書" の普及などを手がける。シチリアの寓話を絵本にするプロジェクト「トゥルトゥン」を
コーディネートし、2006年国際アンデルセン賞に入選。

最近の翻訳書

◇『サッカーが消える日—2030年、蹴音のない世界。』 *Ti ricordi il calcio？*
カルロ・カルザン著, 沖山ナオミ訳　東邦出版　2011.11　189p　19cm　1429
円　①978-4-8094-0984-4

ガルシア, エリック　*Garcia, Eric*　　　　　　　　　　　　SF, ファンタジー

アメリカの作家。1973年フロリダ州マイアミ生まれ。コーネル大学と南カリフォルニア大学
で小説創作と映画学を専攻後、99年恐竜探偵ヴィンセント・ルビオを主人公としたハードボイ
ルド小説のシリーズ第1作『さらば、愛しき鉤爪』で作家デビュー。2002年に発表した『マッ
チスティック・メン』はリドリー・スコット監督、ニコラス・ケージ主演で映画化された。妻、
娘とカリフォルニア州ロサンゼルス在住。

最近の翻訳書

◇『カサンドラの紳士養成講座』 *Cassandra French's finishing school for boys*
エリック・ガルシア著, 土屋晃訳　ヴィレッジブックス　2010.11　450p
15cm　（ヴィレッジブックス　F-カ1-5）　900円　①978-4-86332-292-9
◇『レポメン』 *The repossession mambo*　エリック・ガルシア著, 土屋晃訳
新潮社　2009.10　471p　16cm　（新潮文庫　カ-32-1）　781円　①978-4-
10-217331-2

ガルシア, カミ　*Garcia, Kami*　　　　　　　　　　　　　　ファンタジー

アメリカの作家。ワシントンD.C.生まれ。ジョージ・ワシントン大学で教育学の修士号を取
得後、幼児やティーンエイジャーたちの読書グループを率いる。マーガレット・ストールとの
共著『ビューティフル・クリーチャーズ』で作家デビュー。カリフォルニア州ロサンゼルスに
家族と暮らす。

最近の翻訳書

◇『ビューティフル・クリーチャーズ』 *BEAUTIFUL CREATURES*　カミ・
ガルシア, マーガレット・ストール著, 富永晶子訳　ビジネス社　2014.1
598p　19cm　1800円　①978-4-8284-1740-0

ガルシア, ラウラ・ガジェゴ　*García, Laura Gallego*　ファンタジー, ヤングアダルト

スペインの作家。1977年10月11日バレンシア生まれ。バレンシア大学で学びながら、21歳の
時に処女作『この世の終わり』（99年）でバルコ・デ・バポール児童文学賞を受賞し、児童文学
作家としてデビュー。『漂泊の王の伝説』（2001年）で2度目の同賞受賞を果たす。

最近の翻訳書

◇『この世のおわり』 *Finis mundi*　ラウラ・ガジェゴ・ガルシア作, 松下直弘
訳　偕成社　2010.10　395p　22cm　1600円　①978-4-03-540490-3

79

カルソン　　　　　　海外文学　新進作家事典

◇『漂泊の王の伝説』 *La leyenda del rey errante* ラウラ・ガジェゴ・ガルシ
ア作, 松下直弘訳　偕成社　2008.3　315p　22cm　1500円　①978-4-03-
540480-4

カールソン, ジェフ　*Carlson, Jeff*　　　　　　　　　SF

アメリカの作家。1969年カリフォルニア州生まれ。アリゾナ大学で英文学を専攻し、運転手、印
刷工、建設労働者などの職を転々とした後、2002年SF作家デビュー。07年発表の初長編『Plague
Year』が好評を博し、翌08年の続編『Plague War』はフィリップ・K.ディック賞候補となっ
た。『凍りついた空』(10年)の原型となった中編版は、07年第1四半期のライター・オブ・ザ・
フューチャー・コンテストで優勝している。

最近の翻訳書

◇『凍りついた空―エウロパ**2113**』 *THE FROZEN SKY* ジェフ・カールソン
著, 中原尚哉訳　東京創元社　2014.10　449p　15cm　（創元SF文庫　SFカ
4-1）　1140円　①978-4-488-75001-5

カルティ, リチャード　*Kurti, Richard*　　　　スリラー, ヤングアダルト

イギリスの作家。ケンブリッジ大学で哲学と英文学を学ぶ。BBC勤務、短編映画やドキュメ
ンタリー映画の監督などを経て脚本家となり、数々のテレビドラマの脚本を手がける。『モン
キー・ウォーズ』で小説家デビュー。エセックス在住。

最近の翻訳書

◇『モンキー・ウォーズ』 *MONKEY WARS* リチャード・カルティ著, 久保
美代子訳　あすなろ書房　2013.11　446p　20cm　1900円　①978-4-7515-
2227-1

カルネジス, パノス　*Karnezis, Panos*　　　　　　　　　文学

作家。1967年ギリシャ・アマリアーダ生まれ。4歳からアテネで育つ。92年工学を学ぶためイ
ギリスに留学。博士号取得後、シェフィールドの鉄鋼会社で働く。その後、イースト・アング
リア大学創作科に学び、2002年短編集『石の葬式』でデビュー。04年初の長編小説『The Maze』
を発表し、ウィットブレット賞処女長編小説賞の最終候補作に選ばれた。オックスフォード
在住。

最近の翻訳書

◇『石の葬式』 *Little infamies* パノス・カルネジス著, 岩本正恵訳　白水社
2006.8　302p　20cm　2400円　①4-560-02747-1

ガルブレイス, ロバート

→ローリング, J.K.を見よ

カルムス, メアリー　*Calmes, Mary*　　　　　　　　　ロマンス

アメリカの作家。幼い頃から書くことが好きで、カリフォルニア州ストックトンのパシフィッ
ク大学でイギリス文学を専攻。コピー店で働きながら執筆活動を続ける。〈A MATTER OF
TIME〉4部作、〈Change of Heart〉〈Warders〉などのシリーズがある。夫、2人の子供とともに
ハワイ・ホノルルで暮らす。

海外文学　新進作家事典　　　　　　　　　　　　　　カレン

最近の翻訳書

◇『守護天使に恋して』 *The guardian*　メアリー・カルムス著, 岡本ゆり訳
オークラ出版　2011.6　265p　15cm　（プリズムロマンス　mc-01）　762円
①978-4-7755-1698-0

カルメル, ミレイユ　*Calmel, Mireille*　　　　　　　　　　歴史, ロマンス

フランスの作家。1964年12月8日マルティーグ生まれ。8歳の時に重篤な病に陥り、療養所で
少女時代を送る。30歳の時に最初の小説を書き始めるが、生活保護を受けながらの執筆活動
だった。5年後、デビュー作が刊行されるやベストセラーを記録し、フランスの歴史ロマンス
界の新女王と呼ばれる。

最近の翻訳書

◇『女海賊メアリ・リード　第4巻　二人の女海賊』 *Lady pirate*　ミレイユ・
カルメル著, 永田千奈訳　草思社　2009.2　294p　19cm　1400円　①978-4-
7942-1694-6
◇『女海賊メアリ・リード　第3巻　復讐のカーニバル』 *Lady pirate*　ミレイ
ユ・カルメル著, 永田千奈訳　草思社　2009.2　253p　19cm　1400円
①978-4-7942-1693-9
◇『女海賊メアリ・リード　第2巻　水晶ドクロの秘密』 *Lady pirate*　ミレイ
ユ・カルメル著, 永田千奈訳　草思社　2009.1　254p　19cm　1400円
①978-4-7942-1689-2
◇『女海賊メアリ・リード　第1巻　偽りの天使』 *Lady pirate*　ミレイユ・カ
ルメル著, 永田千奈訳　草思社　2009.1　269p　19cm　1400円　①978-4-
7942-1688-5

ガレン, シャーナ　*Galen, Shana*　　　　　　　　　　　　　　ロマンス

別筆名＝ボルクス, シェイン〈Bolks, Shane〉

アメリカの作家。ミシガン州出身。テキサス州で11年間中学、高校の教師を務める傍ら、2004
年シェイン・ボルクス名義でロマンス小説『片思いの終わらせ方』を発表し作家デビュー。新
人作家に贈られるゴールデン・ハート賞やRITA賞の長編ヒストリカル部門でファイナリスト
になるなど注目を集める。シャーナ・ガレン名義でヒストリカル・ロマンスも執筆し、テンポ
の速いリージェンシー・ロマンスに定評がある。

最近の翻訳書

◇『月夜にささやきを』 *Love and Let Spy*　シャーナ・ガレン著, 水川玲訳　二
見書房　2015.10　470p　15cm　（ザ・ミステリ・コレクション）　857円
①978-4-576-15141-0
◇『片思いの終わらせ方』 *THE GOOD, THE BAD, AND THE UGLY MEN
I'VE DATED*　シェイン・ボルクス著, 美島幸訳　オークラ出版　2012.5
451p　15cm　（マグノリアロマンス　SB-01）　886円　①978-4-7755-1840-3
◇『伯爵令嬢の駆け落ち』 *Blackthorne's bride*　シャーナ・ガレン著, 芦原夕貴
訳　オークラ出版　2012.1　404p　15cm　（マグノリアロマンス　SG-03）
857円　①978-4-7755-1786-4
◇『誘惑された伯爵』 *Good groom hunting*　シャーナ・ガレン著, 芦原夕貴訳
オークラ出版　2011.5　408p　15cm　（マグノリアロマンス　SG-02）　857
円　①978-4-7755-1674-4

カロフイ　　　海外文学　新進作家事典

◇『すり替えられた花嫁』 *No man's bride*　シャーナ・ガレン著, 芦原夕貴訳
オークラ出版　2011.1　403p　15cm　（マグノリアロマンス　SG-01）　857
円　①978-4-7755-1620-1

カロフィーリオ, ジャンリーコ　*Carofiglio, Gianrico*　　　　文学, ミステリー

イタリアの作家、検察官。1961年5月30日バーリ生まれ。刑事訴訟法の専門家で、本職はバー
リの凶悪組織犯罪を扱うマフィア担当検事。専門書執筆の傍ら、2002年『無意識の証人』で小
説家デビューし、イタリアの5つの文学賞を受賞。続けて第2作『眼を閉じて』、第3作『過去は
見知らぬ土地』、第4作『正当なる疑惑』を発表し、いずれも高い評価を受けている。

最近の翻訳書

◇『眼を閉じて』 *Ad occhi chiusi*　ジャンリーコ・カロフィーリオ著, 石橋典子
訳　文藝春秋　2007.2　268p　16cm　（文春文庫）　590円　①978-4-16-
770544-2

カーン, ウォルター　*Kirn, Walter*　　　　文学

アメリカの作家、批評家。1962年8月3日特許弁護士の父親と看護師の母親の間に、オハイオ州
アクロンで生まれる。子供の頃ミネソタ州の小さな町に暮らし、また西部の町へ移り住み、両
親の影響で10代の数年間をモルモン教徒として過ごした。プリンストン大学とオックスフォー
ド大学で英文学を学んだ後、国語の教師時代にレイモンド・カーヴァーの担当編集者に見出
され小説家デビュー。現在は「アトランティック」や「ヴォーグ」などの雑誌にエッセイを、
「ニューヨーク・タイムズ」紙のブック・レビューに書評を発表。これまでに6作の小説を出
版。第3作の『Thumbsucker（親指を吸う人）』（99年, 未訳）はマイク・ミルズ監督、キアヌ・
リーヴス主演で2005年に映画化。第4作の『マイレージ、マイライフ』（01年）はジョージ・ク
ルーニー主演で、09年に映画化された。また、09年には初めてノンフィクション『Lost in the
Meritocracy（実力主義社会で途方に暮れて）』（未訳）を出版した。

最近の翻訳書

◇『マイレージ、マイライフ』 *Up in the air*　ウォルター・カーン著, 江口泰子
訳　小学館　2010.1　445p　15cm　（小学館文庫　カ1-1）　800円　①978-4-
09-408435-1

甘 耀明　カン, ヨウメイ　*Gan, Yao-ming*　　　　文学

台湾の作家。1972年苗栗県生まれ。台中の東海大学中国文学部在籍中に創作を始め、卒業後
は苗栗の地方新聞の記者などをしながら小説を執筆。2002年「神秘列車」で寶島文学賞審査員
賞、「伯公討妾（伯公、妾を娶る）」で聯合報短編小説審査員賞を受賞するなど、発表した6編
が文学賞を続けて受賞。03年これらの作品を収めた初めての短編小説集『神秘列車』を刊行。
02年東華大学大学院に進学し修士号を取得。05年中短編小説「水鬼學校和失去媽媽的水獺」で
「中国時報」開巻十大好書（年間ベストテン賞）、中編小説「匿神」で呉濁流文学賞、06年「香
猪」で林栄文学賞を受賞。

最近の翻訳書

◇『神秘列車』　甘耀明著, 白水紀子訳　白水社　2015.7　172p　20cm　（エク
ス・リブリス）　1900円　①978-4-560-09040-4

海外文学　新進作家事典　　　　カンヒノ

姜 英淑　カン, ヨンスク　*Kan, Young-sook*　　　　文学

韓国の作家。1966年江原道春川生まれ。高校卒業後、いったん就職するが、小説を書くために
ソウル芸術大学の文芸創作科に入学。98年短編小説「8月の食事」がソウル新聞新春文芸に当
選。2006年初の長編小説「リナ」が単行本化され、同年の韓国日報文学賞を受けた。10年第2
長編『ライティングクラブ』を発表。11年金裕貞文学賞、白信愛文学賞を受賞。

最近の翻訳書

◇『リナ』　姜英淑著, 吉川凪訳　現代企画室　2011.10　289p　20cm　2500円
　①978-4-7738-1113-1

カーン, ルクサナ　*Khan, Rukhsana*　　　　児童書

カナダの作家。1962年パキスタンのラホールに生まれ、3歳の時カナダに移住する。イスラム
社会をはじめ、さまざまな国際的なテーマで子供のための作品を発表し、講演活動を行う。国
内外の数々の賞を受賞し、『ジャミーラの青いスカーフ』では2009年の中東図書賞を受賞。カ
ナダのオンタリオ州トロント在住。

最近の翻訳書

◇『ジャミーラの青いスカーフ』　*Wanting mor*　ルクサナ・カーン作, もりう
　ちすみこ訳　さ・え・ら書房　2010.12　318p　20cm　1600円　①978-4-378-
　01486-9

カンデル, スーザン　*Kandel, Susan*　　　　ミステリー, スリラー

アメリカの作家。カリフォルニア州ロサンゼルス生まれ。東海岸で20代を送った後、1980年
代に故郷に戻り、カリフォルニア大学ロサンゼルス校大学院で美術史を専攻。90年代には美術
評論家として「ロサンゼルス・タイムズ」紙や美術雑誌に寄稿する傍ら、ニューヨーク大学と
カリフォルニア大学で美術史を教える。91年に結婚、2人の娘にも恵まれる。一方、幼い頃か
ら大のミステリー・ファンで、自身もミステリー作家になる夢を抱いていた。2004年伝記作家
シシー・カルーソーが活躍する連作ミステリーの第1作『E・S・ガードナーへの手紙』を発表、
05年度のアガサ賞最優秀処女長編賞にノミネートされ、注目を集める。以後、年1冊のペース
で〈シシー・カルーソー〉シリーズを発表。

最近の翻訳書

◇『少女探偵の肖像』　*Not a girl detective*　スーザン・カンデル著, 青木純子訳
　東京創元社　2009.7　395p　15cm　（創元推理文庫　294-05）　1000円
　①978-4-488-29405-2
◇『E・S・ガードナーへの手紙』　*I dreamed I married Perry Mason*　スーザ
　ン・カンデル著, 青木純子訳　東京創元社　2008.5　350p　15cm　（創元推
　理文庫）　900円　①978-4-488-29404-5

ガンビーノ, クリストファー・J.　*Gambino, Christopher J.*　　　　ロマンス

アメリカの作家、実業家。ニューヨーク州フラッシング（クイーンズ）生まれ。実の父親がマ
フィアのボスという環境に育ち、苦難に満ちた少年時代を送る。独学で小説の書き方を学び、
1997年『マイ・オンリー・サン』で作家デビュー。自らの宗教心の目覚めを反映したロマンス
小説にも取り組む。一方、同年制作会社ニコール・プロダクションズを設立。自ら脚本を手が
け、映画を製作。個人投資家、洋服小売店やレストランを含む複数の事業のオーナーとしても
活躍する。

キ　　　　　　　　　　　海外文学　新進作家事典

最近の翻訳書
◇『マイ・オンリー・サン』 *My only son* クリストファー・J.ガンビーノ著，
　岩木貴子訳　アーティストハウスパブリッシャーズ　2006.11　402p　19cm
　1600円　①4-86234-056-3

〔 キ 〕

キー, ワット　*Key, Watt*　　　　　　　　　　　　　　ヤングアダルト

アメリカの作家。1970年生まれ。アラバマ州の森で狩猟や釣りをして幼少期を過ごし、バー
ミンガム・サザン・カレッジに学ぶ。2004年『風の少年ムーン』で作家デビュー、同作は全米
で高い評価を受ける。ほかの著書に『Dirt Road Home』（未訳）がある。家族とともに南アラ
バマに暮らす。

最近の翻訳書
◇『風の少年ムーン』 *Alabama moon* ワット・キー作，茅野美ど里訳　偕成社
　2010.11　454p　20cm　1800円　①978-4-03-726790-2

ギア, ケルスティン　*Gier, Kerstin*　　　　　　ロマンス, ヤングアダルト

ドイツの作家。1966年西ドイツ・ベルギッシュグラートバッハ生まれ。大学で教育学を修め、
95年から作家活動を始める。デビュー作『Männer und andere Katastrophen』が映画化されて
評判となり、多数の恋愛小説が常時ベストセラーのリストを飾る。2005年『Ein unmoralisches
Sonderangebot』でドイツ語圏の恋愛小説賞であるデリア賞受賞。夫と息子とともにケルン近
郊の村で暮らす。

最近の翻訳書
◇『紅玉（ルビー）は終わりにして始まり』 *RUBINROT：Liebe geht durch alle
　Zeiten* ケルスティン・ギア著，遠山明子訳　東京創元社　2015.11　368p
　15cm　（創元推理文庫　Fキ4-1―時間旅行者の系譜）　980円　①978-4-488-
　55705-8
◇『夫に出会わないためのTo Doリスト』 *AUF DER ANDEREN SEITE IST
　DAS GRAS VIEL GRÜNER* ケルスティン・ギア著，遠山明子訳　東京創
　元社　2014.10　275p　19cm　1900円　①978-4-488-01029-4
◇『比類なき翠玉（エメラルド）』 *SMARAGDGRÜN* ケルスティン・ギア著，
　遠山明子訳　東京創元社　2013.8　412p　19cm　（時間旅行者の系譜）
　2100円　①978-4-488-01005-8
◇『青玉（サファイア）は光り輝く』 *SAPHIRBLAU：Liebe geht durch alle
　Zeiten* ケルスティン・ギア著，遠山明子訳　東京創元社　2013.5　347p
　19cm　（時間旅行者の系譜）　2000円　①978-4-488-01309-7
◇『紅玉（ルビー）は終わりにして始まり―時間旅行者の系譜』 *RUBINROT：
　Liebe geht durch alle Zeiten* ケルスティン・ギア著，遠山明子訳　東京創元
　社　2013.2　324p　19cm　1900円　①978-4-488-01347-9

キアンプール, フレドゥン　*Kianpour, Fredun*　　　　　　　　ミステリー

ドイツの作家、ピアニスト。1973年ペルシャ人とドイツ人の両親のもと、ドイツに生まれる。

海外文学　新進作家事典　　　　　　　　　　　　キテオン

ハノーファー音楽大学でピアノを学んだのちソロ活動に入り、ベルリン・フィルハーモニーの
ホールや、2000年のハノーファー万国博覧会ドイツ共和国館などで演奏。01～08年カナダの企
業で経営コンサルタントとして働く。この間、08年『幽霊ピアニスト事件』で作家デビュー。
作品の朗読とピアノ演奏を組み合わせたイベントを精力的に行う。ドイツ・フランクフルト
在住。

最近の翻訳書

◇『**幽霊ピアニスト事件**』 *Nachleben*　フレドゥン・キアンプール著, 酒寄進一
　訳　東京創元社　2015.9　361p　15cm　（創元推理文庫　Mキ12-1）　1160
　円　①978-4-488-23403-4

◇『**この世の涯てまで、よろしく**』 *Nachleben*　フレドゥン・キアンプール著,
　酒寄進一訳　東京創元社　2011.5　314p　19cm　2000円　①978-4-488-
　01335-6

キーガン, クレア　*Keegan, Claire*　　　　　　　　　　文学

アイルランドの作家。1968年ウィックロー県のローマ・カトリック教徒の農家に生まれる。
高校卒業後、アメリカに渡り、ニューオーリンズのロヨラ大学で学ぶ。92年母国に戻り、ウェー
ルズ大学大学院、ダブリンのトリニティ・カレッジで学ぶ。短編集『Antarctica』（99年）でデ
ビュー。同作は「ロサンゼルス・タイムズ」紙の年間最優秀図書に選ばれ、優れたアイルラン
ド文学に授与されるウィリアム・トレヴァー賞、ルーニー賞など多数受賞。第2短編集となる
『青い野を歩く』（2007年）もオリーブ・クック賞、フランシス・マクマナス賞を受賞した。

最近の翻訳書

◇『**青い野を歩く**』 *Walk the blue fields*　クレア・キーガン著, 岩本正恵訳　白
　水社　2009.12　225p　20cm　（Ex libris）　2200円　①978-4-560-09006-0

キース, エリック　*Keith, Erick*　　　　　　　　　　ミステリー

アメリカの作家、パズル作家。ゲーム会社のパズルデザイナーとして活躍。2011年、アガサ・
クリスティの『そして誰もいなくなった』を踏まえ、パズル作家としての経験を活かしたミス
テリー『ムーンズエンド荘の殺人』で小説家デビュー。妻とともにカリフォルニア州サンディ
エゴに在住。

最近の翻訳書

◇『**ムーンズエンド荘の殺人**』 *NINE MAN'S MURDER*　エリック・キース
　著, 森沢くみ子訳　東京創元社　2013.6　302p　15cm　（創元推理文庫　M
　キ11-1）　900円　①978-4-488-25203-8

ギデオン, メラニー　*Gideon, Melanie*　　　　　　文学, ヤングアダルト

アメリカの作家。1963年ロードアイランド州生まれ。エマーソン・カレッジ卒。児童書3冊を
刊行後、回想録『The Slippery Year』（2009年）がベストセラーを記録。12年初の大人向けの
フィクション長編『妻22と研究者101の関係』を刊行。ベイエリアに暮らす。

最近の翻訳書

◇『**妻22と研究者101の関係**』 *WIFE 22*　メラニー・ギデオン著, 田中文訳　早
　川書房　2015.2　577p　19cm　2600円　①978-4-15-209521-3

85

キトル　　　　　海外文学　新進作家事典

キトル, カトリーナ　*Kittle, Katrina*　　　　　文学

アメリカの作家。イリノイ州生まれ。2000年エイズ患者を扱った小説『Traveling Light』でデビュー。ノースカロライナ芸術学校で学び、オハイオ大学を卒業後、教職に就く傍ら、小説を執筆。深刻な問題に直面した個人や家族の心の機微を、筆力豊に描きだす作家として、高い評価を得る。オハイオ州デイトンに在住。

最近の翻訳書

◇『真実ふたつと嘘ひとつ　上』*Two truths and a lie*　カトリーナ・キトル著, 小林令子訳　扶桑社　2008.3　360p　16cm　（扶桑社ミステリー）　800円　①978-4-594-05626-1

◇『真実ふたつと嘘ひとつ　下』*Two truths and a lie*　カトリーナ・キトル著, 小林令子訳　扶桑社　2008.3　355p　16cm　（扶桑社ミステリー）　800円　①978-4-594-05627-8

キニー, ジェフ　*Kinney, Jeff*　　　　　児童書

アメリカの作家。1971年2月19日ワシントンD.C.生まれ。オンラインゲームの開発者及びデザイナー。2007年から書き始めた代表作の児童向け書籍〈グレッグのダメ日記〉シリーズは世界45の言語に翻訳され、シリーズ累計1億5000万部を突破する大人気作品となる。09年「タイム」誌の“世界で最も影響力のある100人”にも選ばれる。15年には「フォーブス」誌の“世界で最も稼ぐ作家ランキング”で第5位にランクインした。同年初来日。家族とマサチューセッツ州在住。

最近の翻訳書

◇『グレッグのダメ日記—グレッグ・ヘフリーの記録』*Diary of a wimpy kid*　ジェフ・キニー作, 中井はるの訳　ハンディ版　ポプラ社　2015.11　221p　19cm　750円　①978-4-591-14775-7

◇『グレッグのダメ日記—やっぱり、むいてないよ！』*Diary of a wimpy kid old school*　ジェフ・キニー作, 中井はるの訳　ポプラ社　2015.11　221p　21cm　1200円　①978-4-591-14720-7

◇『グレッグのダメ日記—とんでもないよ』*Diary of a wimpy kid the Long Haul*　ジェフ・キニー作, 中井はるの訳　ポプラ社　2014.11　221p　21cm　1200円　①978-4-591-14196-0

◇『グレッグのダメ日記—わけがわからないよ！』*Diary of a wimpy kid hard luck*　ジェフ・キニー作, 中井はるの訳　ポプラ社　2013.11　221p　21cm　1200円　①978-4-591-13651-5

◇『グレッグのダメ日記—どんどん、ひどくなるよ』*Diary of a wimpy kid the third wheel*　ジェフ・キニー作, 中井はるの訳　ポプラ社　2012.11　221p　21cm　1200円　①978-4-591-13131-2

◇『グレッグのダメ日記—どうかしてるよ！』*Diary of a wimpy kid cabin fever*　ジェフ・キニー作, 中井はるの訳　ポプラ社　2011.11　221p　21cm　1200円　①978-4-591-12646-2

◇『グレッグのダメ日記—なんとか、やっていくよ』*Diary of a wimpy kid the ugly truth*　ジェフ・キニー作, 中井はるの訳　ポプラ社　2010.11　221p　21cm　1200円　①978-4-591-12117-7

◇『グレッグのダメ日記—あ～あ、どうしてこうなるの!?』*Diary of a wimpy kid dogs days*　ジェフ・キニー作, 中井はるの訳　ポプラ社　2009.11　221p　21cm　1200円　①978-4-591-11226-5

海外文学　新進作家事典　　　　　　　　　　　　　　　　　　　キフス

◇『グレッグのダメ日記―もう、がまんできない！』　*Diary of a wimpy kid and greg heffley*　ジェフ・キニー作, 中井はるの訳　ポプラ社　2009.4　221p　21cm　1200円　①978-4-591-10910-6
◇『グレッグのダメ日記―ボクの日記があぶない』　*Diary of a wimpy kid rodrick rules*　ジェフ・キニー作, 中井はるの訳　ポプラ社　2008.9　220p　21cm　1200円　①978-4-591-10464-4
◇『グレッグのダメ日記―グレッグ・ヘフリーの記録』　*Diary of a wimpy kid*　ジェフ・キニー作, 中井はるの訳　ポプラ社　2008.5　221p　21cm　1200円　①978-4-591-10336-4

ギビンズ, デイヴィッド　*Gibbins, David*　　　　　　　　　　スリラー, 歴史

カナダの作家。1962年サスカチュワン州サスカトゥーン生まれ。イギリスのブリストル大学を首席で卒業後、ケンブリッジ大学で考古学の博士号を取得。大学講師を務めながら、古代の沈没船の引き揚げ、調査に従事。2005年圧倒的な最新知識で古代史最大の謎を解く歴史海洋冒険ロマン『アトランティスを探せ』で作家デビュー。

最近の翻訳書

◇『ユダヤの秘宝を追え　上』　*CRUSADER GOLD. Vol.1*　デイヴィッド・ギビンズ著, 遠藤宏昭訳　扶桑社　2014.8　302p　16cm　（扶桑社ミステリー　キ12-3）　670円　①978-4-594-07079-3
◇『ユダヤの秘宝を追え　下』　*CRUSADER GOLD. Vol.2*　デイヴィッド・ギビンズ著, 遠藤宏昭訳　扶桑社　2014.8　303p　16cm　（扶桑社ミステリー　キ12-4）　670円　①978-4-594-07080-9
◇『アトランティスを探せ　上』　*Atlantis*　デイヴィッド・ギビンズ著, 遠藤宏昭訳　扶桑社　2009.7　357p　16cm　（扶桑社ミステリー　1183）　752円　①978-4-594-06001-5
◇『アトランティスを探せ　下』　*Atlantis*　デイヴィッド・ギビンズ著, 遠藤宏昭訳　扶桑社　2009.7　366p　16cm　（扶桑社ミステリー　1184）　752円　①978-4-594-06002-2

ギフィン, エミリー　*Giffin, Emily*　　　　　　　　　　　　　　　文学

アメリカの作家。1972年3月20日メリーランド州ボルティモア生まれ。ノースカロライナ州のウェイクフォレスト大学を卒業後、バージニア大学ロー・スクールに進学。卒業後はニューヨークで弁護士として活動するが、2001年アメリカ同時多発テロの5日後に仕事を辞めてロンドンに移り、小説の執筆を始める。04年『サムシング・ボロウ』で作家デビュー。刊行と同時に「ニューヨーク・タイムズ」紙ベストセラー・リスト入りを果たす。その後アメリカに戻り、アトランタ在住。

最近の翻訳書

◇『サムシング・ボロウ』　*Something borrowed*　エミリー・ギフィン著, 葉月悦子訳　宙出版　2009.10　583p　15cm　（オーロラブックス　ギ1-1）　943円　①978-4-7767-9555-1

ギブス, スチュアート　*Gibbs, Stuart*　　　　　　　　　　ヤングアダルト

アメリカの作家、脚本家。テレビや映画の脚本の執筆で活躍後、2011年〈FunJungle〉シリーズの第1作『Belly Up』で児童文学作家としてデビュー。12年〈スパイスクール〉シリーズの

87

第1作『スパイスクール―〈しのびよるアナグマ作戦〉を追え！』を発表。ほかに〈The Last Musketeer〉シリーズがある。カリフォルニア州ロサンゼルス在住。

最近の翻訳書

◇『スパイスクール―〈しのびよるアナグマ作戦〉を追え！』 *SPY SCHOOL*
スチュアート・ギブス著, 橋本恵訳 小学館 2014.10 351p 19cm
（SUPER！ YA） 1500円 ⑪978-4-09-290578-8

金 愛爛 キム, エラン *Kim, Ae-ran* 文学

韓国の作家。1980年仁川生まれ。韓国芸術総合学校演劇院劇作科在学中の2002年、短編「ノックしない家」で第1回大山大学文学賞小説部門を受賞。03年同作を季刊「創作と批評」春号に発表して作家デビュー。若い同世代の社会文化的な貧しさを透明な感性とウィットあふれる文体、清新な想像力で表現し多くの読者を得る。また大山創作基金と韓国日報文学賞を最年少で受賞。ほかに李孝石文学賞、今日の若い芸術家賞、金裕貞文学賞など韓国国内の主な文学賞を受賞している。11年初の長編小説『どきどき 僕の人生』を刊行。

最近の翻訳書

◇『どきどき 僕の人生』 キムエラン著, きむふな訳 クオン 2013.7 502p
19cm （新しい韓国の文学 07） 2500円 ⑪978-4-904855-17-1
◇『だれが海辺で気ままに花火を上げるのか』 金愛爛著, きむふな訳 トランスビュー 2010.11 33p 19cm 400円 ⑪978-4-7987-0101-1

キム, オンス *Kim, Un-su* ミステリー

韓国の作家。1972年釜山生まれ。慶熙大学校国文科を卒業して同大学院を修了。2002年「晋州新聞」秋の文芸に「断髪長ストリート」と「本気に気軽に習う作文教室」が当選。03年「東亜日報」新春文芸に中編「フライデーと決別する」が当選。06年長編小説『キャビネット』で文学ドンネ小説賞を受賞。同作はフランス、中国でも翻訳・出版された。

最近の翻訳書

◇『設計者』 キムオンス著, オスンヨン訳 クオン 2013.4 555p 19cm
（新しい韓国の文学 06） 2200円 ⑪978-4-904855-16-4

キム, ジュンヒョク *Kim, Jung-hyuk* 文学

韓国の作家。1971年慶尚北道金泉生まれ。啓明大学国文学科卒。ウェブデザイナー、雑誌記者などを経て、2000年月刊誌「文学と社会」に中編「ペンギンニュース」を発表しデビュー。08年短編「拍子っぱずれのD」で第2回金裕貞文学賞、10年短編「1F/B1」で第1回若い作家賞を受賞。「楽器たちの図書館」はNHKラジオ講座のテキストで話題になった。創作のほか、インターネット文学放送番組「文章の音」の司会や「ハンギョレ新聞」のコラムを担当するなど、多彩な活動を行う。

最近の翻訳書

◇『楽器たちの図書館』 キム・ジュンヒョク著, 波田野節子, 吉原育子訳 クオン 2011.11 342p 19cm （新しい韓国の文学 02） 2200円 ⑪978-4-904855-04-1

海外文学　新進作家事典　　　　　　　　　　　　　　　　　　キム

キム, スキ　*Kim, Suki*　　　　　　　　　　　　　　　　　　　文学

韓国出身の作家。ソウルで生まれ、13歳でニューヨークへ移住。バーナードカレッジ卒業後、ロンドンに学ぶ。「ニューヨーク・タイムズ」「ニューズ・ウィーク」「ウォールストリート・ジャーナル」各紙などに執筆。小説『通訳/インタープリター』で、2004年のGustav Myers Award、PEN Beyond Margins Award受賞、PEN/ヘミングウェイ賞の候補となった。マンハッタン在住。

最近の翻訳書

◇『通訳/インタープリター』 *The interpreter*　スキ・キム著, 國重純二訳　集英社　2007.2　329p　19cm　2500円　①978-4-08-773414-0

キム, タクファン　*Kim, Tag-hwan*　　　　　　　　　　　　　文学, 歴史

韓国の作家。1968年鎮海生まれ。ソウル大学国語国文科、同大学院国語国文科博士課程で学んだ後、韓国士官学校などで教職に就く。96年長編小説『十二頭の鯨の愛の物語』で作家デビュー。40編以上の作品を発表し、『不滅の李舜臣』『ファン・ジニ』などがテレビドラマ化、『烈女門の秘密』『ロシアン珈琲』などが映画化されている。建陽大学文学映像情報学部教授を務める。

最近の翻訳書

◇『ロシアン珈琲―愛より残酷』　キム・タククワン著, 中野宣子訳　大阪　かんよう出版　2013.5　256p　20cm　2200円　①978-4-906902-13-2
◇『ファン・ジニ　2』　キム・タクファン著, 米津篤八訳　早川書房　2007.9　173p　16cm　（ハヤカワ文庫　NV）　571円　①978-4-15-041152-7
◇『ファン・ジニ　1』　キム・タクファン著, 米津篤八訳　早川書房　2007.8　182p　16cm　（ハヤカワ文庫　NV）　571円　①978-4-15-041149-7

金 英夏　キム, ヨンハ　*Kim, Young-ha*　　　　　　　　　　　文学

韓国の作家、脚本家。1968年生まれ。延世大学大学院で経営学を学ぶ。95年季刊「レビュー」誌に短編「鏡についての瞑想」を発表して作家デビュー、96年第1長編『私は私を破壊する権利がある』を出版。2004年長編『黒い花』で東仁文学賞を受賞するなど、韓国文学の若き旗手として活躍。また、映画「私の頭の中の消しゴム」の脚本も執筆、自作『私は私を破壊する権利がある』の映画化に際しても自ら脚本を手がけた。

最近の翻訳書

◇『阿娘（アラン）はなぜ』　金英夏著, 森本由紀子訳　白帝社　2008.12　318p　19cm　1600円　①978-4-89174-841-8

キム, ラン　*Kim, Rang*　　　　　　　　　　　　　　　　　　ロマンス

韓国の作家。1972年江原道太白生まれ。ライトなロマンス小説を描く作家として根強いファンを持つ。2人の子供を育てながら、精力的に執筆活動を続ける。『ぶどう畑のあの男』は韓国でテレビドラマ化された。

最近の翻訳書

◇『ぶどう畑のあの男』　キム・ラン著, 金智子訳　講談社　2007.5　349p　15cm　（講談社文庫）　895円　①978-4-06-275743-0

89

キメル, エリザベス・コーディー　*Kimmel, Elizabeth Cody*　児童書

アメリカの作家。ニューヨーク市生まれ。幼い頃から読書家で、小学3年生の時に書いた物語は学校図書館で1年間貸し出された。著作権代理業を経て、1998年『In The Stone Circle』で作家デビュー。夫、娘とニューヨーク州在住。

最近の翻訳書

◇『ある日とつぜん、霊媒師　3　呪われた504号室』*Unhappy medium*　エリザベス・コーディー・キメル著、もりうちすみこ訳　朔北社　2013.4　307p　19cm　1400円　①978-4-86085-106-4

◇『ある日とつぜん、霊媒師　2　恐怖の空き家』*Scaredy Kat*　エリザベス・コーディー・キメル著, もりうちすみこ訳　朔北社　2012.4　268p　19cm　1400円　①978-4-86085-100-2

◇『ある日とつぜん、霊媒師』*School spirit*　エリザベス・コーディー・キメル著, もりうちすみこ訳　朔北社　2011.10　333p　19cm　1400円　①978-4-86085-097-5

キャヴァナー, スティーヴ　*Cavanagh, Steve*　ミステリー, スリラー

イギリスの作家。北アイルランド・ベルファスト生まれ。法律を学ぶため、18歳でダブリンに向かう。皿洗い、用心棒、警備員、コールセンターのオペレーターなどの仕事を経て、弁護士事務所で働く。2015年『弁護士の血』で作家デビューし、北アイルランドの優れた芸術作品を表彰する北アイルランド・アーツ・カウンシルACES賞を受賞。

最近の翻訳書

◇『弁護士の血』*THE DEFENCE*　スティーヴ・キャヴァナー著, 横山啓明訳　早川書房　2015.7　468p　16cm　（ハヤカワ・ミステリ文庫　HM 421-1）　1200円　①978-4-15-181251-4

キャシディー, キャシー　*Cassidy, Cathy*　ヤングアダルト, ユーモア

イギリスの作家。1962年ウェストミッドランズ州コベントリー生まれ。リバプールの美術学校で学んだ後、少女向け雑誌の編集者や人生相談の回答者を長く務め、教師を経て、作家となる。2010年には主にイギリスの10代の読者の投票によって "Queen of Teen" 作家に選ばれた。家族とともにスコットランドに在住。

最近の翻訳書

◇『スカーレット─わるいのはいつもわたし？』*Scarlett*　キャシー・キャシディー作, もりうちすみこ訳, 大高郁子絵　偕成社　2011.6　326p　19cm　1400円　①978-4-03-726850-3

キャッシュ, ワイリー　*Cash, Wiley*　ミステリー, スリラー

アメリカの作家。1977年9月7日ノースカロライナ州生まれ。ルイジアナ大学ラファイエット校で国文学の博士号を取得。創作の教鞭を執りながら執筆活動を開始し、2012年デビュー作『A Land More Kind than Home』でCWA賞の最優秀新人賞（ジョン・クリーシー・ダガー賞）を獲得。ノースカロライナ州ウィルミントン在住。

最近の翻訳書

◇『約束の道』*THIS DARK ROAD TO MERCY*　ワイリー・キャッシュ著, 友廣純訳　早川書房　2014.5　381p　16cm　（ハヤカワ・ミステリ文庫

HM 403-1) 780円 ①978-4-15-180351-2

キャッスル, リチャード　*Castle, Richard*　　　　ミステリー, スリラー

アメリカの作家。大学在学中に発表した処女作『In a Hail of Bullets』で、ノム・デ・プルーム協会のトム・ストロー賞ミステリー文芸部門を受賞。高い評価を得た〈デリック・ストーム〉シリーズをはじめ、〈Nikki Heat〉シリーズなど数多くのベストセラーを手がける。マンハッタン在住。

最近の翻訳書

◇『裸のヒート』 *NAKED HEAT* リチャード・キャッスル著, 入間眞訳
　ヴィレッジブックス　2013.12　506p　15cm　（ヴィレッジブックス　F-キ5-2)　880円　①978-4-86491-103-0
◇『長い酷暑』 *HEAT WAVE* リチャード・キャッスル著, 入間眞訳　ヴィレッジブックス　2013.1　368p　15cm　（ヴィレッジブックス　F-キ5-1)　760円　①978-4-86491-034-7

キャップス, ロナルド・エヴェレット　*Capps, Ronald Everett*　　　　文学

アメリカの作家。オーバーン大学を卒業。2004年『ママの遺したラヴソング』で作家デビュー、同作はシェイニー・ゲイベル監督の手により映画化された。アラバマ州フェアホープ在住。

最近の翻訳書

◇『ママの遺したラヴソング』 *Off magazine street* ロナルド・エヴェレット・キャップス著, 江崎リエ訳　角川書店　2007.3　382p　19cm　1600円
　①978-4-04-791545-9

キャノン, ジョゼフ　*Kanon, Joseph*　　　　サスペンス

アメリカの作家。アメリカの名門出版社であるホートン・ミフリンの元役員で、30年にわたり出版社に勤め編集や経営に携わる。退職後の1997年、原爆開発計画を背景にしたサスペンス小説『ロス・アラモス運命の閃光』で作家デビューし、MWA賞最優秀処女長編賞を受賞。

最近の翻訳書

◇『さらば、ベルリン　上』 *The good German* ジョゼフ・キャノン著, 澁谷正子訳　早川書房　2007.2　472p　16cm　（ハヤカワ文庫　NV)　880円
　①978-4-15-041136-7
◇『さらば、ベルリン　下』 *The good German* ジョゼフ・キャノン著, 澁谷正子訳　早川書房　2007.2　533p　16cm　（ハヤカワ文庫　NV)　880円
　①978-4-15-041137-4

ギャベイ, トム　*Gabbay, Tom*　　　　ミステリー, スリラー

アメリカの作家。1953年4月1日インディアナ州ブルーミントン生まれ。NBCのディレクターとして「セサミ・ストリート」など子供向け番組やコメディ番組の制作に携わる。NBC退職後、映画やテレビ番組の台本を執筆した後、2006年『凶弾』で作家デビュー。家族とヨーロッパに在住。

最近の翻訳書

◇『凶弾』 *The Berlin conspiracy* トム・ギャベイ著, 加賀山卓朗訳　二見書

房 2007.9 459p 15cm （二見文庫―ザ・ミステリ・コレクション） 895円 ①978-4-576-07139-8

キャボット, メグ　*Cabot, Meg*

文学, ユーモア

筆名＝キャボット, パトリシア〈Cabot, Patricia〉

　　キャロル, ジェニー〈Carroll, Jenny〉

アメリカの作家、イラストレーター。1967年2月1日インディアナ州ブルーミントン生まれ。ニューヨークでイラストレーターとして活躍した後、作家となる。メグ・キャボット名義で執筆した〈プリンセス・ダイアリー〉シリーズは100万部を超えるベストセラーとなり、「プリティ・プリンセス」として映画化もされた。パトリシア・キャボット、ジェニー・キャロルなどのペンネームも用い、ヤングアダルト向け作品から大人向けのロマンス小説まで幅広く手がける。詩人の夫と一緒にフロリダ州とニューヨークを行き来して暮らす。

＊＊＊最近の翻訳書＊＊＊

◇『嘆きのマリアの伝言』　*The mediator ninth Key*　メグ・キャボット著, 代田亜香子訳　ヴィレッジブックス　2013.1　273p　15cm　（ヴィレッジブックス　F-キ4-2―霊能者は女子高生！　2）　660円　①978-4-86491-035-4

◇『霊能者は女子高生！』　*The mediator shadowland*　メグ・キャボット著, 代田亜香子訳　ヴィレッジブックス　2012.10　285p　15cm　（ヴィレッジブックス　F-キ4-1）　660円　①978-4-86491-018-7

◇『エアヘッド！―売れっ子モデルになっちゃった!?』　*Airhead !*　メグ・キャボット著, 代田亜香子訳　河出書房新社　2012.8　300p　20cm　1600円　①978-4-309-20600-4

◇『でぶじゃないの、骨太なだけ』　*Big boned*　メグ・キャボット著, 中村有希訳　東京創元社　2011.11　356p　15cm　（創元推理文庫　232-04）　1000円　①978-4-488-23204-7

◇『アリー・フィンクルの女の子のルール　6（遠足で大騒ぎ！篇）』　*Allie Finkle's rules for girls.6 : blast from the past*　メグ・キャボット著, 代田亜香子訳　河出書房新社　2011.11　217p　20cm　1500円　①978-4-309-20580-9

◇『アリー・フィンクルの女の子のルール　5（お誕生日パーティ篇）』　*Allie Finkle's rules for girls.5 : glitter girls and the great fake out*　メグ・キャボット著, 代田亜香子訳　河出書房新社　2011.10　183p　20cm　1500円　①978-4-309-20578-6

◇『アリー・フィンクルの女の子のルール　4（主演女優はだれ？篇）』　*Allie Finkle's rules for girls.4 : stage fright*　メグ・キャボット著, 代田亜香子訳　河出書房新社　2011.9　194p　20cm　1400円　①978-4-309-20576-2

◇『アリー・フィンクルの女の子のルール　3（友達？それとも親友？篇）』　*Allie Finkle's rules for girls.3 : best friends and drama queens*　メグ・キャボット著, 代田亜香子訳　河出書房新社　2011.8　185p　20cm　1400円　①978-4-309-20569-4

◇『アリー・フィンクルの女の子のルール　2（転校生になっちゃった！篇）』　*Allie Finkle's rules for girls.2 : the new girl*　メグ・キャボット著, 代田亜香子訳　河出書房新社　2011.7　205p　20cm　1400円　①978-4-309-20568-7

◇『アリー・フィンクルの女の子のルール　1（ドタバタひっこし篇）』　*Allie Finkle's rules for girls.1 : moving day*　メグ・キャボット著, 代田亜香子訳　河出書房新社　2011.6　213p　20cm　1400円　①978-4-309-20565-6

海外文学　新進作家事典　　　　　　　　　　　　　　　　キヤホツ

◇『サイズ14でもでぶじゃない』 *Size 14 is not fat either*　メグ・キャボット著, 中村有希訳　東京創元社　2011.2　454p　15cm　（創元推理文庫　232-03）　1200円　①978-4-488-23203-0

◇『プリンセス・ダイアリー　永遠のプリンセス篇』 *Forever princess*　メグ・キャボット著, 代田亜香子訳　河出書房新社　2010.7　397p　19cm　1800円　①978-4-309-20544-1

◇『恋の続きはマンハッタンで』 *Queen of babble in the big city*　メグ・キャボット著, 松本裕訳　原書房　2010.7　415p　15cm　（ライムブックス　キ1-2）　876円　①978-4-562-04389-7

◇『サイズ12はでぶじゃない』 *Size 12 is not fat*　メグ・キャボット著, 中村有希訳　東京創元社　2010.6　462p　15cm　（創元推理文庫　232-02）　1200円　①978-4-488-23202-3

◇『嘘つきは恋のはじまり』 *Pants on fire*　メグ・キャボット作, 代田亜香子訳　理論社　2010.3　355p　19cm　1500円　①978-4-652-07967-6

◇『プリンセス・ダイアリー　崖の下のプリンセス篇』 *Princess Mia*　メグ・キャボット著, 代田亜香子訳　河出書房新社　2010.1　299p　19cm　1600円　①978-4-309-20533-5

◇『ヴィンテージ・ドレス・プリンセス』 *Queen of babble*　メグ・キャボット著, 松本裕訳　原書房　2010.1　441p　15cm　（ライムブックス　キ1-1）　886円　①978-4-562-04377-4

◇『プリンセス・ダイアリー　がけっぷちのプリンセス篇』 *Princess on the brink*　メグ・キャボット著, 代田亜香子訳　河出書房新社　2009.5　261p　19cm　1400円　①978-4-309-20519-9

◇『ジンクス―恋の呪い』 *Jinx*　メグ・キャボット作, 代田亜香子訳　理論社　2009.3　363p　19cm　1400円　①978-4-652-07946-1

◇『プリンセス・ダイアリー　スイート・シックスティーン篇』 *Sweet sixteen princess*　メグ・キャボット著, 代田亜香子訳　河出書房新社　2008.8　85p　19cm　1000円　①978-4-309-20496-3

◇『人気者になる方法』 *How to be popular*　メグ・キャボット作, 代田亜香子訳　理論社　2008.7　381p　19cm　1500円　①978-4-652-07935-5

◇『プリンセス・ダイアリー　パーティ・プリンセス篇』 *Party princess*　メグ・キャボット著, 代田亜香子訳　河出書房新社　2008.3　317p　19cm　1400円　①978-4-309-20490-1

◇『メディエータzero　episode 3（復讐のハイウェイ）』 *The mediator reunion*　メグ・キャボット著, 代田亜香子訳　理論社　2008.1　343p　19cm　1380円　①978-4-652-07914-0

◇『プリンセス・ダイアリー　クリスマスプレゼント篇』 *The princess present*　メグ・キャボット著, 代田亜香子訳　河出書房新社　2007.10　85p　19cm　1000円　①978-4-309-20481-9

◇『メディエータzero　episode 2（吸血鬼の息子）』 *The mediator ninth key*　メグ・キャボット作, 代田亜香子訳　理論社　2007.10　341p　19cm　1380円　①978-4-652-07913-3

◇『メディエータzero　episode 1（天使は血を流さない）』 *The mediator shadowland*　メグ・キャボット作, 代田亜香子訳　理論社　2007.8　337p　19cm　1380円　①978-4-652-07910-2

◇『シャイニング・オン』 *Shining on*　ジャクリーン・ウィルソン, メグ・キャボット他著, 尾高薫, 小原亜美, 代田亜香子, 田中亜希子, 冨永星, 三輪美矢子訳

理論社　2007.6　229p　19cm　1300円　①978-4-652-07908-9　内容：「指先は歌う」マロリー・ブラックマン著　「うちへ帰ると」メルヴィン・バージェス著　「ボーイフレンドの掟とは」メグ・キャボット著　「わかってる？」アン・ファイン著　「ジョン・レノンのいうとおり」キャシー・ホプキンス著　「伝説の人」スー・リム著　「猫に呼ばれて」セリア・リーズ著　「あきらめてます」メグ・ローゾフ著　「傷ついたのは…」ロージー・ラシュトン著　「バッドシスター」ジャクリーン・ウィルソン著

◇『アヴァロン─恋の〈伝説学園〉へようこそ！』　*Avalon High*　メグ・キャボット作, 代田亜香子訳　理論社　2007.2　389p　19cm　1380円　①978-4-652-07796-2

◇『プリンセス・ダイアリー　3　恋するプリンセス篇』　*Princess in love*　M.キャボット著, 金原瑞人, 代田亜香子訳　河出書房新社　2006.8　287p　15cm（河出文庫）　680円　①4-309-46274-X

◇『プリンセス・ダイアリー　2　ラブレター騒動篇』　*Princess in the spotlight*　M.キャボット著, 金原瑞人, 代田亜香子訳　河出書房新社　2006.7　284p　15cm　（河出文庫）　680円　①4-309-46273-1

◇『プリンセス・ダイアリー　1』　*The princess diaries*　M.キャボット著, 金原瑞人, 代田亜香子訳　河出書房新社　2006.6　315p　15cm　（河出文庫）　680円　①4-309-46272-3

◇『プリンセス・ダイアリー　悩める見習いプリンセス篇』　*Princess in training*　メグ・キャボット著, 代田亜香子訳　河出書房新社　2006.5　303p　19cm　1400円　①4-309-20462-7

◇『メディエータ　3（サヨナラ、愛しい幽霊）』　*The mediator twilight*　メグ・キャボット作, 代田亜香子訳　理論社　2006.2　379p　19cm　1380円　①4-652-07772-6

キャメロン, W.ブルース　*Cameron, W.Bruce*　　文学, ユーモア

アメリカの作家、コラムニスト。1960年ミシガン州生まれ。ウエストミンスター・カレッジに学び、15年間ゼネラル・モータース（GM）に勤務した後、コラムニストとして活躍。全米新聞コラムニスト協会（NSNC）により最優秀コラムニストに選出される。2011年に発表した『野良犬トビーの愛すべき転生』は全米でベストセラーとなり、12年続編『A Dog's Journey』が刊行された。

最近の翻訳書

◇『野良犬トビーの愛すべき転生』　*A DOG'S PURPOSE*　W・ブルース・キャメロン著, 青木多香子訳　新潮社　2012.7　455p　16cm　（新潮文庫キー14-1）　750円　①978-4-10-218081-5

キャメロン, ピーター　*Cameron, Peter*　　文学

アメリカの作家。1959年11月29日ニュージャージー州ポンプトンブレーンズ生まれ。少年時代をイギリスで過ごす。82年ニューヨーク州のハミルトン大学卒業。ニューヨーク市で自然保護代理店のための仕事をしながら、「ニューヨーカー」「ローリングストーン」「マドモアゼル」誌などに作品を発表。86年短編集『ママがプールを洗う日』で小説家デビューし、高い評価を得る。2002年刊行の『最終目的地』はPEN/フォークナー賞およびロサンゼルス・タイムズ文学賞にノミネートされたほか、ジェームズ・アイボリー監督によって映画化された。

海外文学　新進作家事典　　　　　　　　　　　　　　　　　**キャリカ**

最近の翻訳書

◇『**最終目的地**』 *The city of your final destination*　ピーター・キャメロン著,
岩本正恵訳　新潮社　2009.4　440p　20cm　（Crest books）　2400円
①978-4-10-590075-5

キャメロン, マーク　*Cameron, Marc*　　　　　　　　　スリラー, ミステリー

アメリカの作家。テキサス州出身。30年近く法執行機関で働き、職務のため辺境のアラスカ
からマンハッタン、カナダからメキシコ、その間に位置する各地を転々とした。柔術の黒帯
二段を有し、しばしばほかの法執行機関や民間団体の人々に護身術を教える。2011年作家デ
ビュー。〈ジェリコ・クイン〉シリーズを執筆する。アラスカ在住。

最近の翻訳書

◇『**殺戮者のウイルス**』 *NATIONAL SECURITY*　マーク・キャメロン著, 多
田桃子訳　オークラ出版　2015.11　489p　15cm　（マグノリアブックス）
914円　①978-4-7755-2478-7

キャラナン, リーアム　*Callanan, Liam*　　　　　　　　　　　　　　文学

アメリカの作家。ウィスコンシン・ミルウォーキー大学准教授。カリフォルニアで育つ。エー
ル大学を卒業し、ジョージタウン大学で文学の修士号を、ジョージメイスン大学で創作の修士
号を取得。2004年長編第1作『漂流爆弾』が、MWA賞最優秀新人賞にノミネート。執筆活動
の傍ら、ウィスコンシン・ミルウォーキー大学准教授を務め、文学を教える。また自作のエッ
セイをラジオで朗読するほか、「ニューヨーク・タイムズ」「ワシントン・ポスト」に寄稿する。

最近の翻訳書

◇『**漂流爆弾**』 *The cloud atlas*　リーアム・キャラナン著, 中原裕子訳　早川書
房　2006.2　573p　16cm　（ハヤカワ文庫　NV）　940円　①4-15-041108-5

キャリガー, ゲイル　*Carriger, Gail*　　　　　　　　　　　SF, ファンタジー

アメリカの作家。イギリス人の母親と気むずかしい父親に厳格に育てられ、反動で物語を書き
始める。イギリスの田舎町を出る口実に高等教育を受け、考古学と人類学の学位を取得。ヨー
ロッパの歴史ある街をいくつも旅したこともある。2009年、アメリカのユーモア作家P.G.ウッ
ドハウスと、18～19世紀のイギリスの女性作家ジェーン・オースティンの影響を受けて書い
た〈英国パラソル奇譚〉シリーズ第1巻『アレクシア女史、倫敦で吸血鬼と戦う』でデビュー、
ローカス賞をはじめ3つの賞にノミネートされる。また、同シリーズの第2巻『アレクシア女史、
飛行船で人狼城を訪う』、第3巻『アレクシア女史、欧羅巴で騎士団と遭う』はともに「ニュー
ヨーク・タイムズ」紙のベストセラー・リストにランクインしている。

最近の翻訳書

◇『**プルーデンス女史、印度茶会事件を解決する**』 *Prudence*　ゲイル・キャリ
ガー著, 川野靖子訳　早川書房　2015.12　463p　16cm　（ハヤカワ文庫　FT
582—続・英国パラソル奇譚）　920円　①978-4-15-020582-9
◇『**ソフロニア嬢、仮面舞踏会を密偵（スパイ）する**』 *Waistcoats & weaponry
finishing school book the third*　ゲイル・キャリガー著, 川野靖子訳　早川書
房　2015.4　378p　16cm　（ハヤカワ文庫　FT　572—英国空中学園譚）
880円　①978-4-15-020572-0
◇『**ソフロニア嬢、発明の礼儀作法を学ぶ**』 *Curtsies & conspiracies finishing*

school book the second　ゲイル・キャリガー著，川野靖子訳　早川書房
2013.12　408p　16cm　（ハヤカワ文庫 FT　560—英国空中学園譚）　820円
①978-4-15-020560-7

◇『ソフロニア嬢、空賊の秘宝を探る』　Etiquette and espionage finishing
school book the first　ゲイル・キャリガー著，川野靖子訳　早川書房　2013.2
393p　16cm　（ハヤカワ文庫 FT　551—英国空中学園譚）　820円　①978-4-
15-020551-5

◇『アレクシア女史、埃及で木乃伊と踊る』　Timeless　ゲイル・キャリガー著，
川野靖子訳　早川書房　2012.9　462p　16cm　（ハヤカワ文庫 FT　548—英
国パラソル奇譚）　860円　①978-4-15-020548-5

◇『アレクシア女史、女王陛下の暗殺を憂う』　Heartless　ゲイル・キャリガー
著，川野靖子訳　早川書房　2012.4　447p　16cm　（ハヤカワ文庫 FT　542
—英国パラソル奇譚）　820円　①978-4-15-020542-3

◇『アレクシア女史、欧羅巴で騎士団と遭う』　Blameless　ゲイル・キャリガー
著，川野靖子訳　早川書房　2011.12　415p　16cm　（ハヤカワ文庫　FT540
—英国パラソル奇譚）　820円　①978-4-15-020540-9

◇『アレクシア女史、飛行船で人狼城を訪（おとな）う』　Changeless　ゲイル・
キャリガー著，川野靖子訳　早川書房　2011.6　439p　16cm　（ハヤカワ文
庫　FT534—英国パラソル奇譚）　820円　①978-4-15-020534-8

◇『アレクシア女史、倫敦で吸血鬼と戦う』　Soulless　ゲイル・キャリガー著，
川野靖子訳　早川書房　2011.4　398p　16cm　（ハヤカワ文庫　FT532—英
国パラソル奇譚）　800円　①978-4-15-020532-4

キャレル, ジェニファー・リー　Carrell, Jennifer Lee　　　　歴史, ミステリー

アメリカの作家。1962年3月25日生まれ。ハーバード大学で英米文学の博士号を取得したシェ
イクスピア学者で、オックスフォード大学、スタンフォード大学でも学び、英米文学の学位を
取得。ハーバード大学で文学と執筆を教えたほか、ハイペリオン・シアター・カンパニーでは
シェイクスピア劇の演出を手がけた。2001年に発表したシェイクスピア学者がシェイクスピ
アの謎を追う物語『シェイクスピア・シークレット』（日本では文庫化に際し、『骨とともに葬
られ』に改題）は世界32カ国で刊行されて大反響を呼び、〈Kate Stanley〉としてシリーズ化さ
れた。アリゾナ州ツーソン在住。

＊＊＊最近の翻訳書＊＊＊

◇『骨とともに葬られ　上』　Interred with their bones　ジェニファー・リー・
キャレル著，布施由紀子訳　角川書店　2011.12　362p　15cm　（角川文庫
17190）　781円　①978-4-04-100032-8

◇『骨とともに葬られ　下』　Interred with their bones　ジェニファー・リー・
キャレル著，布施由紀子訳　角川書店　2011.12　333p　15cm　（角川文庫
17191）　781円　①978-4-04-100031-1

◇『シェイクスピア・シークレット　上』　Interred with their bones　ジェニ
ファー・リー・キャレル著，布施由紀子訳　角川書店　2009.5　318p　20cm
1800円　①978-4-04-791617-3

◇『シェイクスピア・シークレット　下』　Interred with their bones　ジェニ
ファー・リー・キャレル著，布施由紀子訳　角川書店　2009.5　289p　20cm
1800円　①978-4-04-791618-0

海外文学　新進作家事典　　　　　　　　　　　　　　　　**キャント**

キャロウェイ, キャシディ　*Calloway, Cassidy*　　　　　ファンタジー, ロマンス

筆名＝ボルトン, アニ〈Bolton, Ani〉

アメリカの作家。本名はキャスリーン・ボルトン（Kathleen Bolton）。9歳の時にローラ・インガルス・ワイルダーの『大草原の小さな家』に感銘を受け、作家を志す。カリフォルニア大学サンマルコス校を卒業後は編集の仕事に携わり、2009年『ママは大統領―ファーストガールの告白』で作家デビュー。アニ・ボルトン名義でファンタジーやロマンス小説も執筆する。

＊＊＊最近の翻訳書＊＊＊

◇『ママは大統領―ファーストガールの告白』　*Confessions of a First Daughter*　キャシディ・キャロウェイ著, 山本紗耶訳　小学館　2012.11　315p　19cm　（SUPER！ YA）　1500円　①978-4-09-290574-0

ギャロウェイ, スティーヴン　*Galloway, Steven*　　　　　　　　　　　文学

カナダの作家。1975年7月13日バンクーバー生まれ。2000年『Finnie Walsh』で長編デビュー、Amazonカナダの国内作家処女長編賞にノミネートされる。03年『Ascension』を発表し、エセル・ウィルソン賞の候補作となる。ブリティッシュ・コロンビア大学などで創作講座の教鞭を執る。ブリティッシュコロンビア州ニュー・ウェストミンスター在住。

＊＊＊最近の翻訳書＊＊＊

◇『サラエボのチェリスト』　*The cellist of Sarajevo*　スティーヴン・ギャロウェイ著, 佐々木信雄訳　ランダムハウス講談社　2009.1　285p　20cm　1800円　①978-4-270-00465-4

キャロニタ, ジェン　*Calonita, Jen*　　　　　　　　　　　　ヤングアダルト

アメリカの作家。ボストン大学卒業後、ファッション誌「マドモアゼル」の編集部からキャリアをスタートさせ、「ティーン・ピープル」「グラマー」「マリ・クレール」「エンタテインメント・ウィークリー」など雑誌の編集に携わる。トップスターへのインタビューも経験。雑誌編集の豊富な経験をもとに、2007年処女小説『転校生は、ハリウッドスター』を刊行、すぐにシリーズ化された。夫のマイク、息子のタイラーとともにニューヨークに在住。

＊＊＊最近の翻訳書＊＊＊

◇『ハリウッドスターと謎のライバル』　*Secrets of my Hollywood life*　ジェン・キャロニタ著, 灰島かり, 松村紗耶共訳　小学館　2010.7　412p　19cm（Super！ YA）　1500円　①978-4-09-290563-4

◇『ハリウッドスター、撮影開始！』　*Secrets of my Hollywood life*　ジェン・キャロニタ著, 灰島かり, 松村紗耶共訳　小学館　2009.11　365p　19cm（Super！ YA）　1500円　①978-4-09-290517-7

◇『転校生は、ハリウッドスター』　*Secrets of my Hollywood life*　ジェン・キャロニタ著, 灰島かり, 松村紗耶共訳　小学館　2009.6　381p　19cm（Super！ YA）　1500円　①978-4-09-290516-0

キャントレル, レベッカ　*Cantrell, Rebecca*　　　　　　　ミステリー, スリラー

ドイツ出身の作家。ベルリン自由大学とゲオルク・アウグスト大学でドイツ語や歴史などを学んだ後、アメリカのカーネギーメロン大学を卒業。テクニカルライターを経て、『レクイエムの夜』でデビュー。「ニューヨーク・タイムズ」「USAトゥデイ」各紙のベストセラー作家と

97

なった。ジェームズ・ロリンズとの共著もある。

最近の翻訳書

◇『穢れた血　上』*BLOOD INFERNAL*　ジェームズ・ロリンズ, レベッカ・キャントレル著, 小川みゆき訳　オークラ出版　2015.12　381p　15cm　（マグノリアブックス）　778円　①978-4-7755-2495-4

◇『穢れた血　下』*BLOOD INFERNAL*　ジェームズ・ロリンズ, レベッカ・キャントレル著, 小川みゆき訳　オークラ出版　2015.12　385p　15cm　（マグノリアブックス）　778円　①978-4-7755-2496-1

◇『聖なる血　上』*INNOCENT BLOOD*　ジェームズ・ロリンズ, レベッカ・キャントレル著, 小川みゆき訳　オークラ出版　2015.8　456p　15cm　（マグノリアブックス）　824円　①978-4-7755-2445-9

◇『聖なる血　下』*INNOCENT BLOOD*　ジェームズ・ロリンズ, レベッカ・キャントレル著, 小川みゆき訳　オークラ出版　2015.8　401p　15cm　（マグノリアブックス）　796円　①978-4-7755-2446-6

◇『血の福音書　上』*THE BLOOD GOSPEL*　ジェームズ・ロリンズ, レベッカ・キャントレル著, 小川みゆき訳　オークラ出版　2014.9　369p　15cm　（マグノリアブックス）　759円　①978-4-7755-2294-3

◇『血の福音書　下』*THE BLOOD GOSPEL*　ジェームズ・ロリンズ, レベッカ・キャントレル著, 小川みゆき訳　オークラ出版　2014.9　497p　15cm　（マグノリアブックス）　898円　①978-4-7755-2295-0

◇『レクイエムの夜』*A trace of smoke*　レベッカ・キャントレル著, 宇佐川晶子訳　早川書房　2010.8　447p　16cm　（ハヤカワ・ミステリ文庫　HM374-1）　900円　①978-4-15-178901-4

キャンビアス, ジェイムズ・L.　*Cambias, James L.*　　　SF, ファンタジー

アメリカの作家、ゲームデザイナー。ルイジアナ州ニューオーリンズ生まれ。シカゴ大学卒。テーブルトークRPGのデザイナーとして活躍していたが、2000年「F&SF」誌に短編「A Diagram of Rapture」を発表。一躍話題を呼び、この短編はジェイムズ・ティプトリー・ジュニア賞、ジョン・W.キャンベル新人賞にノミネートされた。14年『A Darkling Sea』で長編デビュー。ニューイングランド在住。

最近の翻訳書

◇『ラグランジュ・ミッション』*CORSAIR*　ジェイムズ・L.キャンビアス著, 中原尚哉訳　早川書房　2016.2　412p　15cm　（ハヤカワ文庫SF）　920円　①978-4-15-012054-2

キャンピオン, アレクサンダー　*Campion, Alexander*　　　ミステリー, スリラー

アメリカの作家。1944年ブラジル人外交官の両親のもと、ニューヨークに生まれる。家庭ではポルトガル語を話していた。コロンビア大学卒業後、経営コンサルタントをしていた際、ベンチャー事業の手伝いを頼まれ、半年の約束で渡仏。以後、35年間パリで暮らす。仕事柄三つ星レストランでの会食や1人での外食が多く、やがてレストラン評論家として執筆を開始。2010年〈パリのグルメ捜査官〉シリーズで小説家デビュー。カナダ・トロント在住。

最近の翻訳書

◇『美食家たちが消えていく』*KILLER CRITIQUE*　アレクサンダー・キャンピオン著, 小川敏子訳　原書房　2014.8　455p　15cm　（コージーブック

海外文学　新進作家事典　　　　　　　　　　　　　キャンベ

ス　キ1-3―パリのグルメ捜査官　3)　　1000円　①978-4-562-06030-6
◇『りんご酒と嘆きの休暇』 *CRIME FRAÎCHE*　アレクサンダー・キャンピ
オン著，小川敏子訳　原書房　2013.2　399p　15cm　（コージーブックス
キ1-2―パリのグルメ捜査官　2)　　886円　①978-4-562-06012-2
◇『予約の消えた三つ星レストラン』 *THE GRAVE GOURMET*　アレクサン
ダー・キャンピオン著，小川敏子訳　原書房　2012.7　421p　15cm　（コー
ジーブックス　キ1-1―パリのグルメ捜査官　1)　　886円　①978-4-562-
06005-4

キャンベル，アナ　*Campbell, Anna*　　　　　　　　　　　　ロマンス

オーストラリアの作家。ブリスベーン生まれ。実家はアボカド農家。クイーンズランド大学
で文学を学ぶ。卒業して銀行に勤めた後、イギリスで2年間暮らす。さまざまな職業を経験し、
聴覚障害者のための慈善団体で12年間働く傍ら、執筆活動を続ける。2007年ロマンティック・
タイムズ・ファーストヒストリカルロマンス賞、オールアバウトロマンス読者が選ぶ新人作
家賞を受賞。デビュー作『罪深き愛のゆくえ』は、08年RITA賞の最終候補作となった。リー
ジェンシー・ロマンスを数多く執筆し、ダークな作風が人気。

最近の翻訳書
◇『悪魔に捧げた身代わりのキス』 *SEVEN NIGHTS IN A ROGUE'S BED*
アナ・キャンベル著，芦原夕貴訳　集英社クリエイティブ　2015.4　554p
16cm　（ベルベット文庫）　1100円　①978-4-420-32032-0
◇『黒い悦びに包まれて』 *Midnight's Wild Passion*　アナ・キャンベル著，森
嶋マリ訳　二見書房　2014.7　649p　15cm　（二見文庫　キ8-6―ザ・ミステ
リ・コレクション）　1048円　①978-4-576-14078-0
◇『危険な愛のいざない』 *My Reckless Surrender*　アナ・キャンベル著，森嶋
マリ訳　二見書房　2013.8　600p　15cm　（二見文庫　キ8-5―ザ・ミステ
リ・コレクション）　952円　①978-4-576-13103-0
◇『誘惑は愛のために』 *Tempt the Devil*　アナ・キャンベル著，森嶋マリ訳
二見書房　2012.8　557p　15cm　（二見文庫　キ8-4―ザ・ミステリ・コレク
ション）　952円　①978-4-576-12090-4
◇『その心にふれたくて』 *Captive of sin*　アナ・キャンベル著，森嶋マリ訳
二見書房　2011.10　587p　15cm　（二見文庫　キ8-3―ザ・ミステリ・コレ
クション）　952円　①978-4-576-11120-9
◇『囚われの愛ゆえに』 *Untouched*　アナ・キャンベル著，森嶋マリ訳　二見書
房　2010.11　558p　15cm　（二見文庫　キ8-2―ザ・ミステリ・コレクショ
ン）　952円　①978-4-576-10147-7
◇『罪深き愛のゆくえ』 *Claiming the courtesan*　アナ・キャンベル著，森嶋マ
リ訳　二見書房　2009.11　558p　15cm　（二見文庫　キ8-1―ザ・ミステ
リ・コレクション）　952円　①978-4-576-09150-1

キャンベル，ゴードン　*Campbell, Gordon*　　　　　　　　　ミステリー

アメリカの作家。1942年生まれ。ユタ州で弁護士として活動。アメリカ法廷弁護士委員会委
員、アメリカ法廷弁護士学会フェロー。自らの体験をもとに30年かけて正統派リーガル・サ
スペンス『逆転立証』を執筆し、65歳で作家デビュー。MWA賞最優秀新人賞の最終候補作と
なった。ユタ州ソルトレークシティ在住。

キャンヘ　　　　　海外文学　新進作家事典

最近の翻訳書

◇『逆転立証　上』 *MISSING WITNESS*　ゴードン・キャンベル著, 越前敏弥訳　武田ランダムハウスジャパン　2012.11　356p　15cm　（RHブックス・プラス　キ4-1）　850円　①978-4-270-10432-3

◇『逆転立証　下』 *MISSING WITNESS*　ゴードン・キャンベル著, 越前敏弥訳　武田ランダムハウスジャパン　2012.11　351p　15cm　（RHブックス・プラス　キ4-2）　850円　①978-4-270-10433-0

キャンベル, ジャック　*Campbell, Jack*　　　　　　SF, ファンタジー

本名＝ヘムリイ, ジョン・G.〈Hemry, John G.〉

アメリカの作家、元軍人。1974年カンザス州の高校を卒業し、78年アメリカ海軍兵学校に入学。退役後、海軍士官としての経験を生かし、2000年本名のジョン・G.ヘムリイ名義のスペース・オペラ『月面の聖戦〈1〉下士官の使命』で小説家デビュー（日本では12年にジャック・キャンベル名義で刊行された）。以後6冊以上の長編を発表。06年ジャック・キャンベル名義で発表した『彷徨える艦隊 旗艦ドーントレス』は、そのユニークな主人公、戦闘シーンなどで話題を呼び、戦争SFの傑作と高く評価された。〈月面の聖戦〉シリーズ、〈彷徨える艦隊〉シリーズで人気。メリーランド州在住。

最近の翻訳書

◇『彷徨える艦隊　10　巡航戦艦ステッドファスト』 *The lost fleet beyond the frontier steadfast*　ジャック・キャンベル著, 月岡小穂訳　早川書房　2015.4　591p　16cm　（ハヤカワ文庫 SF　1999）　1160円　①978-4-15-011999-7

◇『彷徨える艦隊外伝　2　星々を守る盾』 *The lost stars : perilous shield*　ジャック・キャンベル著, 月岡小穂訳　早川書房　2014.8　623p　16cm　（ハヤカワ文庫 SF　1972）　1200円　①978-4-15-011972-0

◇『彷徨える艦隊　9　戦艦ガーディアン』 *The lost fleet beyond the frontier guardian*　ジャック・キャンベル著, 月岡小穂訳　早川書房　2014.1　606p　16cm　（ハヤカワ文庫 SF　1939）　1100円　①978-4-15-011939-3

◇『彷徨える艦隊外伝　1　反逆の騎士』 *The lost stars : tarnished knight*　ジャック・キャンベル著, 月岡小穂訳　早川書房　2013.5　543p　16cm　（ハヤカワ文庫 SF　1900）　1000円　①978-4-15-011900-3

◇『彷徨える艦隊　8　無敵戦艦インビンシブル』 *The lost fleet beyond the frontier invincible*　ジャック・キャンベル著, 月岡小穂訳　早川書房　2013.2　559p　16cm　（ハヤカワ文庫 SF　1891）　1000円　①978-4-15-011891-4

◇『月面の聖戦　3　永遠の正義』 *STARK'S CRUSADE*　ジャック・キャンベル著, 月岡小穂訳　早川書房　2012.11　447p　16cm　（ハヤカワ文庫 SF　1881）　880円　①978-4-15-011881-5

◇『月面の聖戦　2　指揮官の決断』 *STARK'S COMMAND*　ジャック・キャンベル著, 月岡小穂訳　早川書房　2012.8　447p　16cm　（ハヤカワ文庫 SF　1866）　880円　①978-4-15-011866-2

◇『月面の聖戦　1　下士官の使命』 *STARK'S WAR*　ジャック・キャンベル著, 月岡小穂訳　早川書房　2012.5　399p　16cm　（ハヤカワ文庫 SF　1851）　860円　①978-4-15-011851-8

◇『彷徨える艦隊　7　戦艦ドレッドノート』 *The lost fleet : beyond the frontier dreadnaught*　ジャック・キャンベル著, 月岡小穂訳　早川書房　2012.1　511p　16cm　（ハヤカワ文庫 SF1838）　900円　①978-4-15-011838-9

海外文学　新進作家事典　　　　　　　　　　　　　　　　キルハト

◇『彷徨える艦隊　6　巡航戦艦ヴィクトリアス』 *The lost fleet：victorious*
　ジャック・キャンベル著，月岡小穂訳　早川書房　2011.4　495p　16cm
　（ハヤカワ文庫　SF1804）　880円　①978-4-15-011804-4
◇『彷徨える艦隊　5　戦艦リレントレス』 *The lost fleet*　ジャック・キャンベ
　ル著，月岡小穂訳　早川書房　2010.1　479p　16cm　（ハヤカワ文庫
　SF1740）　860円　①978-4-15-011740-5
◇『彷徨える艦隊　4　巡航戦艦ヴァリアント』 *The lost fleet*　ジャック・キャ
　ンベル著，月岡小穂訳　早川書房　2009.11　476p　16cm　（ハヤカワ文庫
　SF1732）　860円　①978-4-15-011732-0
◇『彷徨える艦隊　3　巡航戦艦カレイジャス』 *The lost fleet*　ジャック・キャ
　ンベル著，月岡小穂訳　早川書房　2009.8　463p　16cm　（ハヤカワ文庫
　SF1721）　840円　①978-4-15-011721-4
◇『彷徨える艦隊　2　特務戦隊フュリアス』 *The lost fleet*　ジャック・キャン
　ベル著，月岡小穂訳　早川書房　2009.5　446p　16cm　（ハヤカワ文庫
　SF1712）　840円　①978-4-15-011712-2
◇『彷徨える艦隊　旗艦ドーントレス』 *The lost fleet dauntless*　ジャック・
　キャンベル著，月岡小穂訳　早川書房　2008.10　431p　16cm　（ハヤカワ文
　庫　SF）　840円　①978-4-15-011686-6

ギルトロウ, ヘレン　*Giltrow, Helen*　　　　　　　　　　　　スリラー

イギリスの作家。チェルトナム生まれ。オックスフォード大学出版局などに編集者として勤
務。2001年フリーとなり、フィクション、ノンフィクション、教育関連の執筆を手がける。13
年『謀略監獄』で小説家デビュー。

最近の翻訳書
◇『謀略監獄』　*THE DISTANCE*　ヘレン・ギルトロウ著，田村義進訳　文藝
　春秋　2016.1　469p　20cm　2150円　①978-4-16-390390-3

ギルバース, ハラルト　*Gilbers, Harald*　　　　　　　　　　ミステリー

ドイツの作家。1969年生まれ。ドイツのアウグスブルクとミュンヘンの大学で英文学と歴史
学を学んだ後、テレビ局で文芸部編集部員として勤務。その後、フリーの舞台監督として活
動。2013年『ゲルマニア』で作家デビューし、14年フリードリヒ・グラウザー賞（ドイツ推理
作家協会賞）新人賞を受賞した。ミュンヘン近郊のエアディング在住。

最近の翻訳書
◇『ゲルマニア』　*GERMANIA*　ハラルト・ギルバース著，酒寄進一訳　集英社
　2015.6　527p　16cm　（集英社文庫　キ15-1）　1100円　①978-4-08-760706-
　2

ギルバート, エリザベス　*Gilbert, Elizabeth*　　　　　　　　　文学

アメリカの作家、ジャーナリスト。1969年コネティカット州ウォーターバリー生まれ。ニュー
ヨーク大学を卒業後、ジャーナリストとしての仕事を開始。93年初めての短編小説を「エス
クァイア」誌に発表。97年処女短編集『巡礼者たち』を出版、パリス・レビュー新人賞、プッ
シュカート賞を受け、PEN/ヘミングウェイ賞にもノミネートされた。2006年「タイム」誌が
選ぶ "世界で最も影響力のある100人" に選ばれた。

101

最近の翻訳書

◇『食べて、祈って、恋をして―女が直面するあらゆること探究の書』 *Eat, pray, love* エリザベス・ギルバート著, 那波かおり訳 武田ランダムハウスジャパン 2010.8 567p 15cm (RHブックス＋プラス キ3-1) 895円 ①978-4-270-10361-6

◇『食べて、祈って、恋をして―女が直面するあらゆること探究の書』 *Eat, pray, love* エリザベス・ギルバート著, 那波かおり訳 ランダムハウス講談社 2009.12 521p 20cm 1800円 ①978-4-270-00553-8

ギルフォイル, ケヴィン　*Guilfoile, Kevin*　　　　　ミステリー, ユーモア

アメリカの作家、ジャーナリスト。1968年7月16日ニュージャージー州ティーネック生まれ。90年ノートルダム大学卒。大リーグ・アストロズの広報を経て、シカゴでデザイン会社の創設に参画し、クリエイティブ・ディレクターとして働く。2005年『我らが影歩みし所』で作家デビュー。ジャーナリスト、ユーモア作家として新聞・雑誌を中心に活躍。

最近の翻訳書

◇『我らが影歩みし所　上』 *Cast of shadows* ケヴィン・ギルフォイル著, 伊藤真訳 扶桑社 2006.12 445p 16cm (扶桑社ミステリー) 895円 ①4-594-05296-7

◇『我らが影歩みし所　下』 *Cast of shadows* ケヴィン・ギルフォイル著, 伊藤真訳 扶桑社 2006.12 391p 16cm (扶桑社ミステリー) 857円 ①4-594-05297-5

キンキントゥー　*Khin Khin Htoo*　　　　　文学

本名＝ドー・トゥートゥー。

ミャンマーの作家。1962年生まれ。両親の生まれ故郷であるミンジャン北部の村落で生まれ育つ。85年マンダレー大学化学科を卒業、87年高等弁護士の資格を取得。93年「シュエウッフモン・マガジン」に掲載された短編「頭に花飾りを」で作家デビュー。2003年『ペッセインクンタウン短編小説集』で国民文学賞（短編小説部門）、07年小説『上ビルマの親類たち』でトゥン基金文学賞を受賞（いずれも未訳）。長編・短編合わせて約300編を発表、うち20編ほどがミャンマー国内で映画化、ビデオドラマ化されている。夫は作家のネーウィンミンで、夫と一人娘とマンダレーで暮らす。

最近の翻訳書

◇『買い物かご―短編集』 キンキントゥー著, 斎藤紋子訳 大阪 大同生命国際文化基金 2014.10 211p 20cm (アジアの現代文芸 ミャンマー 8)

キング, ジョナサン　*King, Jonathon*　　　　　ミステリー, スリラー

アメリカの作家。ミシガン州生まれ。「フィラデルフィア・デイリー・ニューズ」紙を皮切りに、20余年にわたり、主に犯罪と刑事裁判を専門とするジャーナリストとして活躍。2002年『真夜中の青い彼方』で作家デビューし、03年MWA賞処女長編賞を受賞。ほかに元警官マックス・フリーマンのシリーズがある。南フロリダ在住。

最近の翻訳書

◇『真夜中の青い彼方』 *The blue edge of midnight* ジョナサン・キング著, 芹澤恵訳 文藝春秋 2006.9 404p 16cm (文春文庫) 857円 ①4-16-

770529-X

キングズベリー, カレン　*Kingsbury, Karen*

児童書, ロマンス

アメリカの作家。バージニア州フェアファクス生まれ。「ロサンゼルス・デイリー・ニュース」紙の記者を経て、雑誌「ピープル」に寄稿。数十冊の著書があり、そのほとんどが家族で読まれるベストセラーに入っている。『Oceans Apart』で2005年のGold Medallion Book Awardを受賞。

最近の翻訳書

◇『赤い手袋の奇跡—サラの歌』 *Sarah's song* カレン・キングズベリー著, 小沢瑞穂訳　集英社　2008.10　164p　19cm　1400円　①978-4-08-773468-3

◇『赤い手袋の奇跡—マギーの約束』 *Maggie's miracle* カレン・キングズベリー著, 小沢瑞穂訳　集英社　2007.10　174p　19cm　1400円　①978-4-08-773460-7

◇『赤い手袋の奇跡—ギデオンの贈りもの』 *Gideon's gift* カレン・キングズベリー著, 小沢瑞穂訳　集英社　2006.10　167p　19cm　1300円　①4-08-773454-4

キングスレイ, カザ　*Kingsley, Kaza*

ヤングアダルト, ファンタジー

アメリカの作家。オハイオ州クリーブランド出身。2006年『エレック・レックス〈1〉竜の魔眼』が話題を呼び、一躍ファンタジー界の寵児に。07年には「フォワード・マガジン」誌のヤングアダルト小説部門銀メダル、ベンジャミン・フランクリン賞の最優秀処女小説賞など、3つの賞に輝いた。

最近の翻訳書

◇『エレック・レックス　1（竜の魔眼）』 *The dragon's eye* カザ・キングスレイ著, 服部千佳子, 富原まさ江訳　エンターブレイン　2008.3　517p　21cm　2000円　①978-4-7577-4069-3

◇『エレック・レックス　2（闇の王子の誕生）』 *The monsters of otherness* カザ・キングスレイ著, 服部千佳子, 上川典子訳　エンターブレイン　2008.3　499p　21cm　2000円　①978-4-7577-4070-9

キングフィッシャー, ルパート　*Kingfisher, Rupert*

児童書

イギリスの作家、脚本家。オックスフォードシャー州出身。ブリストル大学で哲学を修めた後、ロンドン大学で劇作を学び、演劇やBBCラジオの脚本家として活躍。2008年初めての児童文学作品となる『マドレーヌは小さな名コック』で作家デビュー。

最近の翻訳書

◇『マドレーヌは小さな名コック』 *MADAME PAMPLEMOUSSE AND HER INCREDIBLE EDIBLES* ルパート・キングフィッシャー作, 三原泉訳, つつみあれい絵　徳間書店　2012.9　158p　22cm　1400円　①978-4-19-863482-7

ギンズバーグ, デブラ　*Ginsberg, Debra*

文学

アメリカの作家。1962年6月15日ロンドン生まれ。伝記や回想録を手がけ、2冊の回想録を出版。2006年初の小説となる『匿名投稿』を発表、全米読書界の絶賛を浴びた。南カリフォルニ

ア在住。

最近の翻訳書

◇『匿名投稿』 *Blind submission* デブラ・ギンズバーグ著, 中井京子訳 扶桑
社 2009.5 607p 16cm （扶桑社ミステリー 1176） 952円 ①978-4-
594-05963-7

キンセラ, ソフィー *Kinsella, Sophie*　　　　　　　　ロマンス

筆名＝ウィッカム, マデリーン〈Wickham, Madeleine〉

イギリスの作家。1969年12月12日ロンドン生まれ。オックスフォード大学ニューカレッジで
音楽, 哲学, 政治学, 経済学を学ぶ。卒業後, 小学校教師の傍ら, ロンドンのキングズ・カレッ
ジで音楽学の修士課程を修了。金融ジャーナリストを経て, 95年マデリーン・ウィッカム名義
で出版した『悪意と憂鬱の英国式週末テニス』で作家デビュー。2000年ソフィー・キンセラ名
義で『買い物中毒のひそかな夢と欲望』を発表（日本では01年に翻訳され, 03年『レベッカの
お買いもの日記』に改題される）, 全英ベストセラー入りを果たし, 09年には「お買いもの中
毒な私！」のタイトルで映画化された。05年『エマの秘密に恋したら…』の刊行時にウィッカ
ムと同一人物であることを公表した。

最近の翻訳書

◇『スターな彼女の捜しもの』 *TWENTIES GIRL* ソフィー・キンセラ著, 佐
竹史子訳 ヴィレッジブックス 2014.1 664p 15cm （ヴィレッジブック
ス F-キ3-3） 920円 ①978-4-86491-111-5

◇『家事場の女神さま』 *THE UNDOMESTIC GODDESS* ソフィー・キンセ
ラ著, 佐竹史子訳 ヴィレッジブックス 2013.2 597p 15cm （ヴィレッ
ジブックス F-キ3-2） 880円 ①978-4-86491-039-2

◇『本日も、記憶喪失。』 *REMEMBER ME？* ソフィー・キンセラ著, 佐竹
史子訳 ヴィレッジブックス 2012.5 556p 15cm （ヴィレッジブックス
F-キ3-1） 880円 ①978-4-86332-382-7

◇『レベッカのお買いもの日記 6（サプライズ大作戦！篇）』 *Mini shopaholic*
ソフィー・キンセラ著, 佐竹史子訳 ヴィレッジブックス 2011.5 551p
15cm （ヴィレッジブックス S-キ1-7） 880円 ①978-4-86332-322-3

◇『レベッカのお買いもの日記 5（ベイビー・パニック！篇）』 *Shopaholic &
baby* ソフィー・キンセラ著, 佐竹史子訳 ヴィレッジブックス 2009.5
597p 15cm （ヴィレッジブックス S-キ1-6） 900円 ①978-4-86332-152-
6

◇『レベッカのお買いもの日記 4（波乱の新婚生活！篇）』 *Shopaholic & sister*
ソフィー・キンセラ著, 佐竹史子訳 ヴィレッジブックス 2008.12 566p
15cm （ヴィレッジブックス S-キ1-5） 880円 ①978-4-86332-110-6

◇『エマの秘密に恋したら…』 *Can you keep a secret？* ソフィー・キンセラ
著, 佐竹史子訳 ヴィレッジブックス 2007.4 429p 15cm （ヴィレッジ
ブックス） 850円 ①978-4-7897-3082-2

キンバリー, アリス *Kimberly, Alice*　　　　　　　　ミステリー

単独筆名＝セラシーニ, マーク〈Cerasini, Marc〉

　　　　　　アルフォンシ, アリス〈Alfonsi, Alice〉

別共同筆名＝コイル, クレオ〈Coyle, Cleo〉

アリス・キンバリーは、アメリカの作家で夫のマーク・セラシーニと妻アリス・アルフォンシの夫婦合作の筆名。ともにペンシルベニア州ピッツバーグ出身。2004年にデビュー。頭は切れるが体が動かない幽霊探偵と、体は動くが推理がいまいちのミステリー書店主の名コンビを主人公にすえたデビュー作『幽霊探偵からのメッセージ』に始まる〈ミステリ書店〉シリーズで人気を得る。クレオ・コイルの共同筆名でも活動。

最近の翻訳書

◇『幽霊探偵と呪われた館』 *The ghost and the haunted mansion* アリス・キンバリー著, 新井ひろみ訳 ランダムハウス講談社 2010.1 476p 15cm （ミステリ書店 5） 860円 ①978-4-270-10336-4

◇『幽霊探偵と銀幕のヒロイン』 *The ghost and the femme fatale* アリス・キンバリー著, 新井ひろみ訳 ランダムハウス講談社 2008.10 444p 15cm （ミステリ書店 4） 830円 ①978-4-270-10241-1

◇『幽霊探偵とポーの呪い』 *The ghost and the dead man's library* アリス・キンバリー著, 新井ひろみ訳 ランダムハウス講談社 2007.8 409p 15cm （ミステリ書店 3） 820円 ①978-4-270-10114-8

◇『幽霊探偵の五セント硬貨』 *The ghost and the dead deb* アリス・キンバリー著, 新井ひろみ訳 ランダムハウス講談社 2006.12 426p 15cm （ミステリ書店 2） 820円 ①4-270-10074-5

◇『幽霊探偵からのメッセージ』 *The ghost and Mrs.McClure* アリス・キンバリー著, 新井ひろみ訳 ランダムハウス講談社 2006.1 367p 15cm （ミステリ書店 1） 780円 ①4-270-10027-3

〔ク〕

久遠 ク,オン *Jiu, Yuan* ファンタジー

台湾の作家。大学在学中の2009年、『罌籠葬』で第1回台湾角川ライトノベル大賞金賞を受賞。11年同作が『華葬伝―Flower Requiem』として日本で刊行される。台北在住。

最近の翻訳書

◇『華葬伝―**Flower Requiem 上**』 久遠著, 根木佳子訳 角川書店 2011.1 236p 15cm （角川ビーンズ文庫 BB78-1） 514円 ①978-4-04-455029-5

◇『華葬伝―**Flower Requiem 下**』 久遠著, 根木佳子訳 角川書店 2011.1 200p 15cm （角川ビーンズ文庫 BB78-2） 495円 ①978-4-04-455035-6

クイック, マシュー *Quick, Matthew* 文学, ヤングアダルト

アメリカの作家。ニュージャージー州出身。ラ・サール大学に学ぶ。17歳で作家を志し、国語教師の職に就いたが初志を忘れられず、2004年教職を辞めて各地を放浪。08年『世界にひとつのプレイブック』で作家デビュー、同作は09年のPEN/ヘミングウェイ賞の最終候補作にノミネートされた。また、デービッド・O.ラッセル監督により映画化され、12年トロント国際映画祭で最高賞の観客賞を受け、アメリカでもヒットした。小説家でピアニストのアリシア・ベセットとノースカロライナ州アウターバンクスに暮らす。

最近の翻訳書

◇『世界にひとつのプレイブック』 *THE SILVER LININGS PLAYBOOK* マシュー・クイック著, 佐宗鈴夫訳 集英社 2013.1 412p 16cm （集英社

クイン　　　　　　　　海外文学　新進作家事典

　　文庫　ク19-1)　900円　①978-4-08-760660-7

グイン, マシュー　*Guinn, Matthew*　　　　　　ミステリー

アメリカの作家。ジョージア州アトランタ生まれ。ジョージア大学、ミシシッピ大学に学ぶ。
サウスカロライナ大学で博士号を取得。2013年に発表した『解剖迷宮』でMWA賞最優秀新人
賞にノミネートされた。ミシシッピ州ジャクスン在住。

最近の翻訳書

◇『解剖迷宮』　*THE RESURRECTIONIST*　マシュー・グイン著, 友廣純訳
　　早川書房　2015.4　390p　16cm　（ハヤカワ・ミステリ文庫　HM 416-1)
　　900円　①978-4-15-181001-5

グオ, シャオルー　*Guo, Xiaolu*　　　　　　　　文学

漢字名＝郭 小櫓

中国の作家、映画監督。映画監督として、ロカルノ映画祭金豹賞を受賞した「中国娘」やクレ
テイユ国際女性映画祭で最優秀フィクション賞を受賞した「How Is Your Fish Today？」な
どの作品がある。作家としても『Who is my mother's boyfriend？』など10冊以上の小説を出
版している。

最近の翻訳書

◇『わたしは女の子だから』　*BECAUSE I AM A GIRL*　ティム・ブッチャー,
　　グオ・シャオルー, ジョアン・ハリス, キャシー・レット, デボラ・モガー, マ
　　リー・フィリップス, アーヴィン・ウェルシュ著, 角田光代訳　英治出版
　　2012.11　251p　20cm　1600円　①978-4-86276-118-7　内容：「道の歌」ジョ
　　アン・ハリス著　「彼女の夢」ティム・ブッチャー著　「店を運ぶ女」デボラ・
　　モガー著　「卵巣ルーレット」キャシー・レット著　「あるカンボジア人の歌」
　　グオ・シャオルー著　「チェンジ」マリー・フィリップス著　「返答」サブハド
　　ラ・ベルベース著　「送金」アーヴィン・ウェルシュ著

クック, トロイ　*Cook, Troy*　　　　　　　　　ユーモア

アメリカの作家、映画監督。ロサンゼルスで映画のアシスタントカメラマンを経て、1993年脚
本家・映画監督デビュー。以後、「テイクダウン」(94年)、「スター・コンバット」(95年)、「セ
ンチュリオン・フォース」(98年)の監督を務める。その後、子供が生まれたことを機にコロラ
ド州に転居し、小説を書き始める。

最近の翻訳書

◇『州知事戦線異状あり！』　*The one minute assassin*　トロイ・クック著, 高
　　澤真弓訳　東京創元社　2009.9　442p　15cm　（創元推理文庫　115-03)
　　1200円　①978-4-488-11503-6
◇『最高の銀行強盗のための47ヶ条』　*47 rules of highly effective bank robbers*
　　トロイ・クック著, 高澤真弓訳　東京創元社　2008.9　412p　15cm　（創元
　　推理文庫）　1000円　①978-4-488-11502-9

クッチャー, フォルカー　*Kutscher, Volker*　　　ミステリー, 歴史

ドイツの作家。1962年12月26日西ドイツ・リンドラール生まれ。ヴッパータール大学、ケル

海外文学　新進作家事典　　　　　　　　　　クナウス

ン大学でドイツの言語および文献の研究、哲学、歴史学を専攻し、幼少期を過ごしたヴィッパーフルトで地元新聞のジャーナリスト、ライターを経て作家となり、95年に発表したミステリー『Bullenmord（警官殺し）』（クリスチャン・シュナルケとの共著）でデビュー。シュナルケとの共著や単著を刊行した後、2007年から単独で警察小説〈ゲレオン・ラート〉シリーズを執筆。同シリーズの第1作『濡れた魚』でベルリン・ミステリー賞を受賞。

最近の翻訳書

◇『ゴールドスティン　上』 *GOLDSTEIN*　フォルカー・クッチャー著, 酒寄
　進一訳　東京創元社　2014.7　369p　15cm　（創元推理文庫　Mク18-5）
　1300円　①978-4-488-25807-8

◇『ゴールドスティン　下』 *GOLDSTEIN*　フォルカー・クッチャー著, 酒寄
　進一訳　東京創元社　2014.7　401p　15cm　（創元推理文庫　Mク18-6）
　1300円　①978-4-488-25808-5

◇『死者の声なき声　上』 *DER STUMME TOD*　フォルカー・クッチャー著,
　酒寄進一訳　東京創元社　2013.8　362p　15cm　（創元推理文庫　Mク18-3）
　1080円　①978-4-488-25805-4

◇『死者の声なき声　下』 *DER STUMME TOD*　フォルカー・クッチャー著,
　酒寄進一訳　東京創元社　2013.8　393p　15cm　（創元推理文庫　Mク18-4）
　1080円　①978-4-488-25806-1

◇『濡れた魚　上』 *DER NASSE FISCH*　フォルカー・クッチャー著, 酒寄進
　一訳　東京創元社　2012.8　346p　15cm　（創元推理文庫　Mク18-1）
　1000円　①978-4-488-25803-0

◇『濡れた魚　下』 *DER NASSE FISCH*　フォルカー・クッチャー著, 酒寄進
　一訳　東京創元社　2012.8　358p　15cm　（創元推理文庫　Mク18-2）
　1000円　①978-4-488-25804-7

グッドマン, アリソン　*Goodman, Alison*　　　　ファンタジー, ヤングアダルト

オーストラリアの作家。1966年メルボルン生まれ。98年『Singing the Dogstar Blues』でデビュー。このデビュー作と、2008年に刊行された中華風ファンタジー『竜に選ばれし者イオン』でオーストラリアのSF賞であるオーリアリス賞を受賞した。メルボルン大学で創作を教えながら、夫と暮らす。

最近の翻訳書

◇『竜に選ばれし者イオン　上』 *EON*　アリソン・グッドマン著, 佐田千織訳
　早川書房　2016.1　378p　16cm　（ハヤカワ文庫 FT　583）　880円　①978-
　4-15-020583-6

◇『竜に選ばれし者イオン　下』 *EON*　アリソン・グッドマン著, 佐田千織訳
　早川書房　2016.1　339p　16cm　（ハヤカワ文庫 FT　584）　880円　①978-
　4-15-020584-3

クナウスゴール, カール・オーヴェ　*Knausgård, Karl Ove*　　　　文学

ノルウェーの作家。1968年12月6日オスロ生まれ。ベルゲン大学卒。98年に発表したデビュー長編作『Ute av verden』でノルウェー文芸批評家賞を受賞。2004年に発表した長編第2作は国際IMPACダブリン文学賞にノミネートされた。09年に自伝的小説である『わが闘争―父の死』を発表。ノルウェーの文学賞ブラーゲ賞を受賞するなど高く評価されたが、一方で実在する人物を包み隠さず描いたことで議論を呼んだ。妻子とともにスウェーデン在住。

クノツフ　　　　　　　海外文学　新進作家事典

最近の翻訳書

◇『わが闘争―父の死』　*MIN KAMP*　カール・オーヴェ・クナウスゴール著,
岡本健志, 安藤佳子訳　早川書房　2015.9　584p　20cm　3800円　①978-4-
15-209562-6

クノップ, クリス　*Knopf, Chris*　　　　　　ミステリー

アメリカの作家。大学では英語英文学を専攻し、大学院在籍中から執筆活動を始める。子供が
生まれたため就職するが、執筆活動は続けていた。クリエイティブディレクター、コピーライ
ターを経て、現在も広告会社の会長を務める。執筆開始から数十年を経て、2005年に発表した
ハードボイルド『私が終わる場所』で作家デビュー。同作は〈サム・アキーロ〉としてシリー
ズ化される。13年『Dead Anyway』でネロ賞を受賞した。ほかに〈Arthur Cathcart〉シリー
ズがある。

最近の翻訳書

◇『私が終わる場所』　*The last refuge*　クリス・クノップ著, 熊谷千寿訳　早川
書房　2007.9　541p　16cm　（ハヤカワ・ミステリ文庫）　1000円　①978-4-
15-177151-4

クーパー・ポージー, トレイシー　*Cooper-Posey, Tracy*　　　ロマンス

共同筆名＝ブラック, アナスタシア〈Black, Anastasia〉

オーストラリアの作家。パース生まれ。ロマンス小説を中心に作品を発表し、受賞経験もあ
る。一方で雑誌編集者や広告コーディネーターなど多彩な顔を持つ。早くからインターネッ
トの可能性に着目し、オンラインでも活躍の場を広げている。アメリカ・ワシントン州在住
のジュリア・テンプルトンとの共同筆名アナスタシア・ブラックでも作品を発表。現在はカナ
ダ・エドモントン在住。

最近の翻訳書

◇『許されざる愛』　*Red leopard*　トレイシー・クーパー・ポージー著, 田辺千
幸訳　ソフトバンククリエイティブ　2008.8　406p　16cm　（ソフトバンク
文庫）　820円　①978-4-7973-4869-9

クビカ, メアリー　*Kubica, Mary*　　　　　　ミステリー

アメリカの作家。マイアミ大学で歴史学とアメリカ文学の学位を取得。その後、2014年に『グッ
ド・ガール』で作家デビュー。同作と『PRETTY BABY』（未訳）はベストセラーとなった。
シカゴ在住。

最近の翻訳書

◇『グッド・ガール』　*THE GOOD GIRL*　メアリー・クビカ著, 小林玲子訳
小学館　2015.4　492p　15cm　（小学館文庫　ク7-1）　860円　①978-4-09-
406129-1

クライス, ケイト　*Klise, Kate*　　　　　　　児童書

アメリカの作家。1963年4月13日イリノイ州ピオリア生まれ。子供の頃から妹のM.サラ・クラ
イスが絵を、自身が文章を担当して一緒に本を作る。〈ゆうれい作家はおおいそがし〉シリーズ
の第1作『オンボロ屋敷へようこそ』（2009年）は全米の17州で児童文学賞にノミネートされた。

自身はミズーリ州ノーウッド、妹はカリフォルニア州バークレー在住。

最近の翻訳書

◇『ゆうれい作家はおおいそがし　4　白い手ぶくろのひみつ』 *GREETINGS FROM THE GRAVEYARD*　ケイト・クライス文, M・サラ・クライス絵, 宮坂宏美訳　ほるぷ出版　2015.3　179p　22cm　1400円　①978-4-593-56536-8

◇『ゆうれい作家はおおいそがし　3　死者のコインをさがせ』 *TILL DEATH DO US BARK*　ケイト・クライス文, M・サラ・クライス絵, 宮坂宏美訳　ほるぷ出版　2014.10　150p　22cm　1300円　①978-4-593-56535-1

◇『ゆうれい作家はおおいそがし　2　ハカバのハロウィーン』 *OVER MY DEAD BODY*　ケイト・クライス文, M・サラ・クライス絵, 宮坂宏美訳　ほるぷ出版　2014.8　146p　22cm　1300円　①978-4-593-56534-4

◇『ゆうれい作家はおおいそがし　1　オンボロ屋敷へようこそ』 *DYING TO MEET YOU*　ケイト・クライス文, M・サラ・クライス絵, 宮坂宏美訳　ほるぷ出版　2014.5　185p　22cm　1400円　①978-4-593-56533-7

クライン, アーネスト　*Cline, Ernest*　　　SF

アメリカの作家。1972年オハイオ州アッシュランド生まれ。簡単料理専門コック、魚さばき職人、ビデオショップ店員、テクニカルサポート・ロボットなどを経験し、ギーク（オタク）活動に専念。脚本を担当した映画、ゲームをテーマとしたドキュメンタリー映画の制作のほか、俳優としても活躍。2012年SFアクションアドベンチャー『ゲームウォーズ』で作家デビュー。15年スティーブン・スピルバーグ監督により映画化されることが決定した。テキサス州オースティン在住。

最近の翻訳書

◇『ゲームウォーズ　上』 *READY PLAYER ONE*　アーネスト・クライン著, 池田真紀子訳　ソフトバンククリエイティブ　2014.5　398p　16cm　（ソフトバンク文庫　ク5-1)　780円　①978-4-7973-6525-2

◇『ゲームウォーズ　下』 *READY PLAYER ONE*　アーネスト・クライン著, 池田真紀子訳　ソフトバンククリエイティブ　2014.5　342p　16cm　（ソフトバンク文庫　ク5-2)　780円　①978-4-7973-7382-0

クライン, クリスティナ・ベイカー　*Kline, Christina Baker*　　　文学

アメリカの作家、編集者。1964年イギリス・ケンブリッジ生まれ。イングランド、アメリカのテネシー州、メーン州で子供時代を送り、その後はミネソタ州、ノースダコタ州で多くの時間を過ごす。エール大学、ケンブリッジ大学などを卒業し、バージニア大学では小説創作コースの特別研究員を務める。フォーダム大学やエール大学などで創作や文学を教え、最近はジェラルディン・R.ドッジ財団から奨励金を得る。5冊の小説のほか、出産から子育ての期間にエッセイを執筆。フェミニストの母親クリスティナ・L.ベイカーとの共著『The Conversatin Begins』もある。『孤児列車』(2013年)は「ニューヨーク・タイムズ」紙のベストセラー・リスト入り。家族とともにニュージャージー州モントクレア在住。

最近の翻訳書

◇『孤児列車』 *ORPHAN TRAIN*　クリスティナ・ベイカー・クライン著, 田栗美奈子訳　作品社　2015.3　361p　19cm　2400円　①978-4-86182-520-0

クライン, マシュー　Klein, Matthew　　　　ミステリー, スリラー

アメリカの作家、起業家、プログラマー。ニューヨーク生まれ。1990年エール大学卒業。その後、シリコンバレーにあるスタンフォード大学ビジネススクールに通うが、卒業を目前にして中退し、自身が設立したテクノロジー企業の経営に携わる。のち金融関係のソフトウェアを開発する会社を経営。一方、2006年『Switchback』で作家デビュー。第2作の『キング・オブ・スティング』(07年) は書評誌に絶賛された。ニューヨーク近郊に暮らす。

最近の翻訳書

◇『キング・オブ・スティング』　*Con ed*　マシュー・クライン著, 澁谷正子訳
　　早川書房　2008.7　461p　16cm　(ハヤカワ文庫　NV)　880円　①978-4-15-041178-7

クラウザー, ヤスミン　Crowther, Yasmin　　　　文学

イギリスの作家。イラン人の母親とイギリス人の父親のもとイギリスに生まれる。1979年のイラン革命以前には定期的にイランを訪れていた。オックスフォード大学、ケント大学に学び、シンクタンクのサステイナビリティー社に勤務。企業コンサルタントの傍ら、35歳で長編『サフラン・キッチン』を執筆し、作家デビュー。2005年ロンドン・ブックフェアにおいて各国の出版社の注目を集め、ドイツ、イタリア、オランダなどでの出版が決まり、話題となった。デボン州在住。

最近の翻訳書

◇『サフラン・キッチン』　*The saffron kitchen*　ヤスミン・クラウザー著, 小竹由美子訳　新潮社　2006.8　329p　20cm　(Crest books)　2200円　①4-10-590056-0

クラウス, ニコール　Krauss, Nicole　　　　文学

アメリカの作家、詩人。1974年8月18日ニューヨーク州マンハッタン生まれ。スタンフォード大学を卒業後、イギリスに渡り、オックスフォード大学およびロンドン大学コートールド美術研究所で学位を取得。「ニューヨーク・タイムズ」「ロサンゼルス・タイムズ」各紙のブックレビュー、「パルチザン・レビュー」に文芸批評を寄稿。エール大学若い詩人賞で最終選考に残る。これまで「パリ・レビュー」「プラウシェアーズ」「ダブルテイク」などで詩作を発表。2003年処女長編『2/3の不在』が「ロサンゼルス・タイムズ」の"ブック・オブ・ザ・イヤー"に選ばれ、一躍全米の注目を浴びる。『Great House』(10年) は、同年の全米図書賞、11年のオレンジ賞の最終候補となった。ブルックリン在住。

最近の翻訳書

◇『ヒストリー・オブ・ラヴ』　*The history of love*　ニコール・クラウス著, 村松潔訳　新潮社　2006.12　334p　20cm　2200円　①4-10-505431-7

クラウチ, ブレイク　Crouch, Blake　　　　ミステリー, スリラー

アメリカの作家。1978年ノースカロライナ州ステイツビル生まれ。ノースカロライナ大学チャペルヒル校で文学と創作の学士号を取得。これまでに10編の長編を上梓したほか、「エラリー・クイーンズ・ミステリーマガジン」「ヒッチコック」誌に中短編も発表。脚本家としても活躍。コロラド州デュランゴ在住。

最近の翻訳書

◇『ラスト・タウン―神の怒り』　*THE LAST TOWN*　ブレイク・クラウチ著,

海外文学　新進作家事典　　　　　　　　　　　　　　　クラク

東野さやか訳　早川書房　2015.8　443p　16cm　（ハヤカワ文庫 NV
1354）　980円　①978-4-15-041354-5
◇『ウェイワード—背反者たち』　*WAYWARD*　ブレイク・クラウチ著，東野さ
やか訳　早川書房　2015.3　504p　16cm　（ハヤカワ文庫 NV　1334）　980
円　①978-4-15-041334-7
◇『パインズ—美しい地獄』　*PINES*　ブレイク・クラウチ著，東野さやか訳
早川書房　2014.3　439p　16cm　（ハヤカワ文庫 NV　1303）　900円
①978-4-15-041303-3

クラーク, スザンナ　*Clarke, Susanna*　　　　　　　　　　SF, ファンタジー

イギリスの作家。1959年11月1日ノッティンガムシャー州ノッティンガム生まれ。オックス
フォード大学を卒業後、ロンドンで出版の仕事に就くが、90年からイタリアとスペインで暮ら
す。92年スペインから戻り、出版の仕事をしながら『ジョナサン・ストレンジとミスター・ノ
レル』を書き始める。10年かかって完成した同作は、世界幻想文学大賞、ヒューゴー賞、ロー
カス賞を受賞。アメリカの書店員が選ぶ“ブックセンス・オブ・ザ・イヤー”でも1位を獲得す
るなど、世界的なベストセラーとなった。

最近の翻訳書

◇『ジョナサン・ストレンジとミスター・ノレル　1』*Jonathan Strange and*
Mr.Norrell　スザンナ・クラーク著，中村浩美訳　ヴィレッジブックス
2008.11　345p　20cm　1600円　①978-4-86332-093-2
◇『ジョナサン・ストレンジとミスター・ノレル　2』*Jonathan Strange and*
Mr.Norrell　スザンナ・クラーク著，中村浩美訳　ヴィレッジブックス
2008.11　490p　20cm　1800円　①978-4-86332-094-9
◇『ジョナサン・ストレンジとミスター・ノレル　3』*Jonathan Strange and*
Mr.Norrell　スザンナ・クラーク著，中村浩美訳　ヴィレッジブックス
2008.11　509p　20cm　1800円　①978-4-86332-095-6

クラーク, スティーヴン　*Clarke, Stephen*　　　　　　　　　　　ユーモア

イギリスの作家、ジャーナリスト。1958年10月15日ハートフォード州セントオールバンズ生
まれ。2004年ジャーナリストとしてフランスに滞在した10年間の経験をもとに『くそったれ、
美しきパリの12か月』を執筆し、200部を自費出版。フランスの新聞書評をきっかけに注目を
浴び、世界中で大ベストセラーとなった。

最近の翻訳書

◇『くそったれ、美しきパリの12か月』*A year in the merde*　スティーヴン・
クラーク著，村井智之訳　ヴィレッジブックス　2008.2　441p　15cm
（ヴィレッジブックス）　780円　①978-4-86332-947-8
◇『くそったれ、美しきパリの12か月』*A year in the merde*　スティーヴン・
クラーク著，村井智之訳　ソニー・マガジンズ　2006.1　421p　19cm　1700
円　①4-7897-2767-X

クラーク, マーティン　*Clark, Martin*　　　　　　　　　　　　スリラー

アメリカの作家。デービッドソン・カレッジに学び、1984年バージニア大学ロー・スクール
卒。92年バージニア州史上最年少の32歳で州判事に任命される。執務の傍ら執筆した最初の
小説『The Many Aspects of Mobile Home Living』（2000年）は数多くのベストセラー・リス

トに登場し、「ニューヨーク・タイムズ」紙の年間注目作や、ブック・オブ・ザ・マンス・クラブ・セレクションに選出。現在も巡回判事の職にあり、バージニア州スチュアートの町に妻と暮らす。

最近の翻訳書

◇『**州検事　上**』 *The legal limit*　マーティン・クラーク著, 田村義進訳　早川書房　2010.6　335p　16cm　（ハヤカワ・ミステリ文庫　HM372-1）　760円
①978-4-15-178801-7

◇『**州検事　下**』 *The legal limit*　マーティン・クラーク著, 田村義進訳　早川書房　2010.6　340p　16cm　（ハヤカワ・ミステリ文庫　HM372-2）　760円
①978-4-15-178802-4

グラッセ, ジュール　*Grasset, Jules*　　　　　　　ミステリー

フランスの作家、医師。1943年生まれ。『悪魔のヴァイオリン』で2005年度パリ警視庁賞を受賞。本業は医師であるということ以外のプロフィールは公表されていない。

最近の翻訳書

◇『**悪魔のヴァイオリン**』 *Les violons du diable*　ジュール・グラッセ著, 野口雄司訳　早川書房　2006.1　155p　19cm　（ハヤカワ・ミステリ）　900円
①4-15-001780-8

グラッタウアー, ダニエル　*Glattauer, Daniel*　　　　ロマンス, ユーモア

オーストリアの作家。1960年5月19日ウィーン生まれ。ジャーナリストを経て、作家に。『クリスマスの犬 (Der Weihnachtshund)』(2000年) がドラマ化されるなど、ドイツ語圏でもっとも成功している作家の一人。06年『北風の吹く夜には』がドイツ書籍賞にノミネートされたほか、Amazon.deの09年年間ベスト1に。07年の『Alle sieben Wellen』(未訳) もベストセラーとなった。

最近の翻訳書

◇『**北風の吹く夜には**』 *Gut gegen Nordwind*　ダニエル・グラッタウアー著, 若松宣子訳　三修社　2012.3　300p　20cm　1800円　①978-4-384-05615-0

グラフ, リサ　*Graff, Lisa*　　　　　　　　　　ヤングアダルト, 児童書

アメリカの作家。カリフォルニア州出身。カリフォルニア大学ロサンゼルス校在学中にイタリア留学を経験。ニューヨーク市のニュースクール大学で児童文学創作の修士号を取得。その後約5年間、出版社で児童書の編集に携わり、同時に作家デビューを果たす。2010年からは執筆に専念。ニューヨーク市在住。

最近の翻訳書

◇『**アニーのかさ**』 *Umbrella summer*　リサ・グラフ作, 武富博子訳　講談社　2010.7　255p　20cm　1400円　①978-4-06-216379-8

グラフ, ローラン　*Graff, Laurent*　　　　　　　　　　文学

フランスの作家。1968年生まれ。出版社で文書保管員として働く。2001年『ハッピーデイズ』を出版、世界各国で翻訳され、一躍人気を博す。淡々と乾いた語り口のなかに、独特のアイロニーと哀愁を醸し出す作風で人気となる。

海外文学　新進作家事典　　　　　　　　　　クランタ

最近の翻訳書

◇『ハッピーデイズ』 *Les jours heureux* ローラン・グラフ著, 工藤妙子訳
角川書店　2008.1　126p　20cm　1500円　①978-4-04-791600-5

グラベンスタイン, クリス　*Grabenstein, Chris*　　　　児童書, スリラー

アメリカの作家、コピーライター。ニューヨーク州バッファロー生まれ。1980年代初めには
即興コメディアンを志すが、その後広告業界でコピーライターとして活動。セブンアップ、ド
クターペッパー、ケンタッキー・フライド・チキン、ミラー・ライトなどを手がける一方、テ
レビや映画の脚本も執筆。20年を経て作家に転身。第1作『殺人遊園地へいらっしゃい』(2005
年)で、06年アンソニー賞の最優秀新人賞を受賞した。家族とともにニューヨーク市在住。

最近の翻訳書

◇『殺人遊園地へいらっしゃい』 *Tilt-a-whirl* クリス・グラベンスタイン著,
猪俣美江子訳　早川書房　2007.9　510p　16cm　(ハヤカワ・ミステリ文
庫)　940円　①978-4-15-177201-6

グラン, サラ　*Gran, Sara*　　　　　　　　　　　ミステリー, スリラー

アメリカの作家。1971年ニューヨーク市ブルックリン生まれ。書店員や古書販売などさまざ
まな職業を経験し、2001年『Saturn's Return To New York』で作家デビュー。女性私立探偵
クレア・デウィットを主人公としたシリーズの第1作である第4長編『探偵は壊れた街で』(11
年)が評判となり、12年マカヴィティ賞最優秀長編賞、ドイツ・ミステリー大賞翻訳部門1位
を獲得。また、ハメット賞やシェイマス賞新人賞の最終候補作にもなった。テレビドラマや映
画の脚本も手がける。カリフォルニア在住。

最近の翻訳書

◇『探偵は壊れた街で』 *CLAIRE DEWITT AND THE CITY OF THE
DEAD* サラ・グラン著, 高山祥子訳　東京創元社　2015.4　412p　15cm
(創元推理文庫　Mク25-1)　1200円　①978-4-488-16202-3
◇『堕天使の街』 *Dope* サラ・グラン著, 田辺千幸訳　小学館　2007.3　286p
15cm　(小学館文庫)　571円　①978-4-09-403872-9

クランダル, スーザン　*Crandall, Susan*　　　　　　　　　ロマンス

アメリカの作家。インディアナ州ノーブルズビル生まれ。歯科衛生士として働いていたが、作
家に転身。デビュー作『ひとときの永遠』でRITA賞の2004年度最優秀新人作品賞に選ばれた。
インディアナ州在住。

最近の翻訳書

◇『愛に揺れるまなざし』 *A kiss in winter* スーザン・クランダル著, 清水寛
子訳　二見書房　2009.9　538p　15cm　(二見文庫　ク7-2—ザ・ミステリ・
コレクション)　952円　①978-4-576-09121-1
◇『ひとときの永遠』 *Back roads* スーザン・クランダル著, 清水寛子訳　二見
書房　2006.4　550p　15cm　(二見文庫—ザ・ミステリ・コレクション)
952円　①4-576-06036-8

113

クーリー, レイモンド　Khoury, Raymond

ミステリー, 歴史

レバノン出身の作家。1960年ベイルート生まれ。ベイルート・アメリカン大学で建築学を学び、卒業後間もなくレバノン戦争が勃発したため、国外に脱出。ロンドンでの建築関係の仕事を経て、フランスのビジネス・スクールでMBAを取得。その後、ロンドンの投資銀行に3年間勤務。退職後、映画産業に関わる銀行家と知り合ったことがきっかけで脚本家に転身し、テレビや映画のプロデュースにも携わる。2005年刊行のデビュー作『テンプル騎士団の古文書』が話題となり、アメリカNBCテレビでミニシリーズ化された。同作刊行から5年連続で「ニューヨーク・タイムズ」紙のベストセラー・リスト入り。

最近の翻訳書

◇『テンプル騎士団の聖戦　上』 *The Templar salvation*　レイモンド・クーリー著, 澁谷正子訳　早川書房　2011.5　354p　16cm　（ハヤカワ文庫 NV1239）　760円　①978-4-15-041239-5

◇『テンプル騎士団の聖戦　下』 *The Templar salvation*　レイモンド・クーリー著, 澁谷正子訳　早川書房　2011.5　364p　16cm　（ハヤカワ文庫 NV1240）　760円　①978-4-15-041240-1

◇『神の球体　上』 *The sign*　レイモンド・クーリー著, 澁谷正子訳　早川書房 2010.3　395p　16cm　（ハヤカワ文庫　NV1214）　800円　①978-4-15-041214-2

◇『神の球体　下』 *The sign*　レイモンド・クーリー著, 澁谷正子訳　早川書房 2010.3　383p　16cm　（ハヤカワ文庫　NV1215）　800円　①978-4-15-041215-9

◇『ウロボロスの古写本　上』 *The sanctuary*　レイモンド・クーリー著, 澁谷正子訳　早川書房　2009.6　366p　16cm　（ハヤカワ文庫　NV1197）　760円　①978-4-15-041197-8

◇『ウロボロスの古写本　下』 *The sanctuary*　レイモンド・クーリー著, 澁谷正子訳　早川書房　2009.6　363p　16cm　（ハヤカワ文庫　NV1198）　760円　①978-4-15-041198-5

◇『テンプル騎士団の古文書　上』 *The last Templar*　レイモンド・クーリー著, 澁谷正子訳　早川書房　2009.1　340p　16cm　（ハヤカワ文庫 NV1190）　740円　①978-4-15-041190-9

◇『テンプル騎士団の古文書　下』 *The last Templar*　レイモンド・クーリー著, 澁谷正子訳　早川書房　2009.1　322p　16cm　（ハヤカワ文庫 NV1191）　740円　①978-4-15-041191-6

クリーヴ, クリス　Cleave, Chris

文学

イギリスの作家。1973年ロンドン生まれ。幼少時の数年カメルーンで育つ。オックスフォード大学ベリオール・カレッジで実験心理学を学んだ。「デイリー・テレグラフ」紙での勤務などを経て、執筆活動に入る。2005年刊行のデビュー作『息子を奪ったあなたへ』は高い評価を受け、06年優れた作品を著した35歳以下の若手作家に与えられるサマセット・モーム賞を受賞。第2作の『Little Bee』以降全ての小説が「ニューヨーク・タイムズ」紙でベストセラー・リスト入りしている。執筆を続ける傍ら、「ガーディアン」紙でコラムを担当。妻と2人の息子とともにロンドン在住。

最近の翻訳書

◇『息子を奪ったあなたへ』 *Incendiary*　クリス・クリーヴ著, 匝瑳玲子訳　早川書房　2008.7　427p　16cm　（ハヤカワepi文庫）　880円　①978-4-15-120050-2

海外文学　新進作家事典　　　　　　　　　　　クリソン

クリーヴ, ポール　*Cleave, Paul*　　　　　　　　　　ミステリー, スリラー

ニュージーランドの作家。1974年クライストチャーチ生まれ。高校卒業後、地元で就職するが、
25歳で仕事を辞め家も売り執筆に専念。2006年『清掃魔』で作家デビューし、自国とオースト
ラリアで話題に。07年ドイツ語版がドイツでベストセラーとなる。『殺人鬼ジョー』(13年) は
MWA賞の最優秀ペーパーバック賞、バリー賞にノミネートされ、オーストラリアのネッド・
ケリー賞を受賞した。

＊＊＊最近の翻訳書＊＊＊

◇『殺人鬼ジョー　上』 *JOE VICTIM*　ポール・クリーヴ著, 北野寿美枝訳
　　早川書房　2015.1　375p　16cm　(ハヤカワ・ミステリ文庫　HM 413-1)
　　900円　①978-4-15-180851-7
◇『殺人鬼ジョー　下』 *JOE VICTIM*　ポール・クリーヴ著, 北野寿美枝訳
　　早川書房　2015.1　357p　16cm　(ハヤカワ・ミステリ文庫　HM 413-2)
　　900円　①978-4-15-180852-4
◇『清掃魔』 *The cleaner*　ポール・クリーヴ著, 松田和也訳　柏書房　2008.11
　　422p　19cm　1700円　①978-4-7601-3471-7

クリスター, サム　*Christer, Sam*　　　　　　　　　　ミステリー, スリラー

本名＝モーリー, マイケル〈Morley, Michael〉

別筆名＝トレース, ジョン〈Trace, Jon〉

イギリスの作家。1957年マンチェスター生まれ。テレビ局に入り、司会者、プロデューサー、
ディレクターとして多くのドキュメンタリー制作を手がけ、数々の賞を受賞。2008年本名の
マイケル・モーリー名義で最初の小説『Spider』(未訳) を執筆。10年にはジョン・トレース名
義で『The Venice Conspiracy』(未訳) を執筆。12年サム・クリスター名義では初の小説とな
る『列石の暗号』を執筆した。妻と3人の息子と共にロンドン在住。

＊＊＊最近の翻訳書＊＊＊

◇『列石の暗号　上巻』 *THE STONEHENGE LEGACY*　サム・クリスター
　　著, 大久保寛訳　新潮社　2013.3　370p　16cm　(新潮文庫　クー42-1)
　　670円　①978-4-10-218341-0
◇『列石の暗号　下巻』 *THE STONEHENGE LEGACY*　サム・クリスター
　　著, 大久保寛訳　新潮社　2013.3　399p　16cm　(新潮文庫　クー42-2)
　　670円　①978-4-10-218342-7

グリーソン, コリーン　*Gleason, Colleen*　　　　　　　　　　ロマンス

アメリカの作家。ヴァンパイアもののパラノーマルロマンスを手がける世界的ベストセラー作
家。〈The Gardella Vampire Hunters〉〈Stoker & Holmes〉〈Regency Draculia〉などのシリー
ズがある。

＊＊＊最近の翻訳書＊＊＊

◇『キスへのカウントダウン』 *Countdown to a Kiss*　コリーン・グリーソン,
　　リズ・ケリー, ホリー・バートラム, マラ・ジェイコブズ著, 多田桃子訳　オー
　　クラ出版　2014.1　469p　15cm　(マグノリアロマンス　an-06)　914円
　　①978-4-7755-2171-7　内容:「大晦日はどうしてる?」コリーン・グリーソン
　　著　「デビュタントのお守り役」リズ・ケリー著　「一生に一度のキス」ホ
　　リー・バートラム著　「パーフェクト・キス」マラ・ジェイコブズ著

115

クリニ　　　　　　　　海外文学　新進作家事典

グリーニー, マーク　*Greaney, Mark*　　　　　　　ミステリー, スリラー

アメリカの作家。1968年テネシー州メンフィス生まれ。メンフィス大学卒。国際関係と政治学の学士号を持ち、スペイン語とドイツ語に堪能。2009年冒険アクション『暗殺者グレイマン』でデビュー。同作執筆のための取材で数多くの国々を旅し、軍人や法執行機関関係者とともに銃火器使用、戦場医療、近接戦闘術の高度な訓練を受けた。11年よりトム・クランシーの〈ジャック・ライアン〉シリーズを共著者として手がけ、クランシー没後、『米朝開戦』以降、単独で同シリーズを書き継ぐ。スキューバ・ダイビングの資格も持つ。テネシー州メンフィス在住。

最近の翻訳書

◇『米露開戦　4』 *COMMAND AUTHORITY.vol.4*　トム・クランシー, マーク・グリーニー著, 田村源二訳　新潮社　2015.2　335p　16cm　（新潮文庫　クー28-60）　630円　①978-4-10-247260-6

◇『米露開戦　3』 *COMMAND AUTHORITY.vol.3*　トム・クランシー, マーク・グリーニー著, 田村源二訳　新潮社　2015.2　311p　16cm　（新潮文庫　クー28-59）　630円　①978-4-10-247259-0

◇『米露開戦　2』 *COMMAND AUTHORITY.vol.2*　トム・クランシー, マーク・グリーニー著, 田村源二訳　新潮社　2015.1　319p　16cm　（新潮文庫　クー28-58）　630円　①978-4-10-247258-3

◇『米露開戦　1』 *COMMAND AUTHORITY.vol.1*　トム・クランシー, マーク・グリーニー著, 田村源二訳　新潮社　2015.1　319p　16cm　（新潮文庫　クー28-57）　630円　①978-4-10-247257-6

◇『暗殺者の復讐』 *DEAD EYE*　マーク・グリーニー著, 伏見威蕃訳　早川書房　2014.5　621p　16cm　（ハヤカワ文庫 NV　1307）　1140円　①978-4-15-041307-1

◇『米中開戦　4』 *THREAT VECTOR*　トム・クランシー, マーク・グリーニー著, 田村源二訳　新潮社　2014.2　335p　16cm　（新潮文庫　クー28-56）　630円　①978-4-10-247256-9

◇『米中開戦　3』 *THREAT VECTOR*　トム・クランシー, マーク・グリーニー著, 田村源二訳　新潮社　2014.2　311p　16cm　（新潮文庫　クー28-55）　630円　①978-4-10-247255-2

◇『米中開戦　2』 *THREAT VECTOR*　トム・クランシー, マーク・グリーニー著, 田村源二訳　新潮社　2014.1　328p　16cm　（新潮文庫　クー28-54）　630円　①978-4-10-247254-5

◇『米中開戦　1』 *THREAT VECTOR*　トム・クランシー, マーク・グリーニー著, 田村源二訳　新潮社　2014.1　321p　16cm　（新潮文庫　クー28-53）　630円　①978-4-10-247253-8

◇『暗殺者の鎮魂』 *BALLISTIC*　マーク・グリーニー著, 伏見威蕃訳　早川書房　2013.10　603p　16cm　（ハヤカワ文庫 NV　1292）　1100円　①978-4-15-041292-0

◇『暗殺者の正義』 *ON TARGET*　マーク・グリーニー著, 伏見威蕃訳　早川書房　2013.4　564p　16cm　（ハヤカワ文庫 NV　1281）　1040円　①978-4-15-041281-4

◇『ライアンの代価　4』 *LOCKED ON*　トム・クランシー, マーク・グリーニー著, 田村源二訳　新潮社　2013.1　303p　16cm　（新潮文庫　クー28-50）　590円　①978-4-10-247250-7

◇『ライアンの代価　3』 *LOCKED ON*　トム・クランシー, マーク・グリーニー著, 田村源二訳　新潮社　2013.1　298p　16cm　（新潮文庫　クー28-

海外文学　新進作家事典　　　　　　　　　　　　　　　クリラン

49)　590円　①978-4-10-247249-1
◇『ライアンの代価　2』　*LOCKED ON*　トム・クランシー, マーク・グリー
ニー著, 田村源二訳　新潮社　2012.12　303p　16cm　（新潮文庫　クー28-
48)　590円　①978-4-10-247248-4
◇『ライアンの代価　1』　*LOCKED ON*　トム・クランシー, マーク・グリー
ニー著, 田村源二訳　新潮社　2012.12　295p　16cm　（新潮文庫　クー28-
47)　590円　①978-4-10-247247-7
◇『暗殺者グレイマン』　*THE GRAY MAN*　マーク・グリーニー著, 伏見威蕃
訳　早川書房　2012.9　473p　16cm　（ハヤカワ文庫　NV　1267)　940円
①978-4-15-041267-8

グリムウッド, ジョン・コートニー　*Grimwood, Jon Courtenay*　SF, ファンタジー

イギリスの作家。マルタ・バレッタ生まれ。アラビア語の方言を話す乳母に育てられ、その後
マレーシアやノルウェーで少年時代を過ごす。キングストン大学を卒業後、編集者やフリーの
ライターとして活動。1997年長編『neoAddix』でデビュー。2003年の『Felaheen』と、06年
の『End of the World Blues』で、英国SF協会賞を受賞。

最近の翻訳書

◇『サムサーラ・ジャンクション』　*Redrobe*　ジョン・コートニー・グリムウッ
ド著, 嶋田洋一訳　早川書房　2007.6　527p　16cm　（ハヤカワ文庫　SF)
940円　①978-4-15-011616-3

クリューバー, カイラ　*Kluver, Cayla*　　　　　　　　ヤングアダルト, ファンタジー

アメリカの作家。1992年10月2日ウィスコンシン州生まれ。13歳の時、処女作『レガシー1』を
書き始める。『レガシー2』で、2008年読者が選ぶ文学賞の金賞、同年ムーンビーム児童文学賞
銅賞など、多くの読者賞を受賞。弁護士の両親、2人の姉妹とともにウィスコンシン州に住む。

最近の翻訳書

◇『レガシー　2』　*Allegiance*　カイラ・クリューバー著, 平林祥訳　WAVE出
版　2011.4　679p　20cm　2900円　①978-4-87290-511-3
◇『レガシー　1』　*Legacy*　カイラ・クリューバー著, 平林祥訳　WAVE出版
2010.7　659p　20cm　2400円　①978-4-87290-486-4

クリーランド, ジェーン・K.　*Cleland, Jane K.*　　　　　　　　　　　ミステリー

アメリカの作家。ニューハンプシャー州でアンティークと稀覯本の店を経営した後、ニュー
ヨークで会社経営やビジネス書の執筆、講演活動などを行う。2006年女性鑑定士が主人公の
アンティーク×謎解き小説『出張鑑定にご用心』を発表して作家デビュー。同作はアガサ賞、
マカヴィティ賞、デービッド賞の最優秀処女長編賞最終候補作となった。

最近の翻訳書

◇『落札された死』　*DEADLY APPRAISAL*　ジェーン・K・クリーランド著,
髙橋まり子訳　東京創元社　2015.5　460p　15cm　（創元推理文庫　Mク24-
2)　1260円　①978-4-488-12806-7
◇『出張鑑定にご用心』　*CONSIGNED TO DEATH*　ジェーン・K・クリーラ
ンド著, 髙橋まり子訳　東京創元社　2014.10　436p　15cm　（創元推理文庫
Mク24-1)　1180円　①978-4-488-12805-0

117

グリーン, サリー　Green, Sally

ファンタジー

イギリスの作家。さまざまな仕事を経験した後、2010年に小説執筆の楽しさに目覚め、執筆活動を開始。14年デビュー長編となった純愛ファンタジー『ハーフ・バッド』は世界中で話題となった。イングランド北西部在住。

最近の翻訳書

◇『ハーフ・バッド—ネイサン・バーンと悪の血脈　上』 *HALF BAD*　サリー・グリーン著, 田辺千幸訳　早川書房　2015.1　254p　19cm　1500円　①978-4-15-209515-2

◇『ハーフ・バッド—ネイサン・バーンと悪の血脈　下』 *HALF BAD*　サリー・グリーン著, 田辺千幸訳　早川書房　2015.1　243p　19cm　1500円　①978-4-15-209516-9

グリーン, ジョン　Green, John

文学, ヤングアダルト

アメリカの作家。1977年インディアナ州インディアナポリスで生まれ、フロリダ州オーランドで育つ。書評誌「Booklist」で働きながら作品を書き上げ、2006年『アラスカを追いかけて』で作家デビューし、マイケル・L.プリンツ賞を受賞。『さよならを待つふたりのために』は14年に映画化され、アメリカ国内だけで350万部のベストセラーとなるなど、アメリカで最も人気のある作家の一人。弟のハンク・グリーンとインターネットの動画投稿サイト「YouTube」に「VlogBrothersチャンネル」を開設し、動画を投稿する活動でも知られる。

最近の翻訳書

◇『さよならを待つふたりのために』 *THE FAULT IN OUR STARS*　ジョン・グリーン作, 金原瑞人, 竹内茜訳　岩波書店　2013.7　337p　19cm（STAMP BOOKS）　1800円　①978-4-00-116405-3

◇『ペーパータウン』 *PAPER TOWNS*　ジョン・グリーン作, 金原瑞人訳　岩波書店　2013.1　381p　19cm（STAMP BOOKS）　1900円　①978-4-00-116402-2

◇『アラスカを追いかけて』 *Looking for Alaska*　ジョン・グリーン著, 伊達淳訳　白水社　2006.11　312p　19cm　2000円　①4-560-02759-5

グルーエン, サラ　Gruen, Sara

歴史, 文学

カナダの作家。バンクーバー生まれ。オタワのカールトン大学卒業後、1999年アメリカへ移住し、テクニカルライターとなるが、2年後リストラにあう。その後プロの作家を目指して小説を書き始める。2004年『もう一度あの馬に乗って』で作家デビュー。第3作の『サーカス象に水を』が口コミでベストセラーとなり、06年度の各誌人気ランキングにランクイン。ALA/Alex賞、"ブックセンス"アダルト・フィクション部門大賞、コスモポリタン読者賞など、数々の賞に輝いた。夫、3人の息子とともにノースカロライナ州で暮らす。

最近の翻訳書

◇『サーカス象に水を』 *Water for elephants*　サラ・グルーエン著, 川副智子訳　武田ランダムハウスジャパン　2012.2　541p　15cm（RHブックス+プラス　ク8-1）　950円　①978-4-270-10405-7

◇『もう一度あの馬に乗って』 *Riding lessons*　サラ・グルーエン著, 加藤洋子訳　ヴィレッジブックス　2009.5　462p　15cm（ヴィレッジブックス　F-ク7-1）　880円　①978-4-86332-149-6

◇『サーカス象に水を』 *Water for elephants*　サラ・グルーエン著, 川副智子訳

ランダムハウス講談社　2008.7　509p　20cm　2300円　①978-4-270-00366-4

クルーガー, ウィリアム・K.　*Krueger, William K.*　　ミステリー, スリラー

本名＝クルーガー, ウィリアム・ケント〈Krueger, William Kent〉

アメリカの作家。ワイオミング州トリントンで生まれ、オレゴン州で育つ。スタンフォード大学を中退後、さまざまな職業を経て、1998年〈コーク・オコナー〉シリーズの第1作『凍りつく心臓』で作家デビュー。同作はアンソニー賞、バリー賞の最優秀処女長編賞をダブル受賞し、ハードボイルドの新星として注目を浴びる。2014年『ありふれた祈り』(13年)でMWA賞最優秀長編賞を受賞。ミネソタ州セントポール在住。

最近の翻訳書

◇『ありふれた祈り』 *ORDINARY GRACE*　ウィリアム・ケント・クルーガー著, 宇佐川晶子訳　早川書房　2014.12　398p　19cm　（HAYAKAWA POCKET MYSTERY BOOKS　1890）　1800円　①978-4-15-001890-0

◇『血の咆哮』 *THUNDER BAY*　ウィリアム・K.クルーガー著, 野口百合子訳　講談社　2014.4　520p　15cm　（講談社文庫　く50-7）　1240円　①978-4-06-277815-2

◇『希望の記憶』 *Copper River*　ウィリアム・K.クルーガー著, 野口百合子訳　講談社　2011.11　542p　15cm　（講談社文庫　く50-6）　905円　①978-4-06-277109-2

◇『闇の記憶』 *Mercy falls*　ウィリアム・K.クルーガー著, 野口百合子訳　講談社　2011.6　596p　15cm　（講談社文庫　く50-5）　1086円　①978-4-06-276953-2

◇『二度死んだ少女』 *Blood hollow*　ウィリアム・K.クルーガー著, 野口百合子訳　講談社　2009.2　622p　15cm　（講談社文庫　く50-4）　1086円　①978-4-06-276275-5

◇『煉獄の丘』 *Purgatory ridge*　ウィリアム・K.クルーガー著, 野口百合子訳　講談社　2007.1　624p　15cm　（講談社文庫）　990円　①978-4-06-275611-2

クルージー, ジェニファー　*Crusie, Jennifer*　　ロマンス

アメリカの作家。オハイオ州ワパコネタ生まれ。ボウリンググリーン州立大学芸術教育学科を卒業後、1971年に結婚。小・中学校の美術教師や高校の英語教師を務めながら、別の大学でも学ぶ。91年その研究の一環として女性向けロマンス小説を大量に読んだところ、ロマンス小説にはまり、実作を始める。93年作家デビューしてすぐに注目を集め、98年『嘘でもいいから』で、異例のスピードでハードカバー作家の仲間入りを果たす。コミカルかつロマンティックな作風で人気を集め、全米ベストセラーとなる作品を発表し続ける。95年と2005年にRITA賞を受賞している。

最近の翻訳書

◇『サマー・オブ・ラブ―恋人たちのシエスタ』　リンダ・ハワード, ジェニファー・クルージー, リンダ・ラエル・ミラー著, 沢田由美子, 高田映実, 内海規子訳　ハーレクイン　2009.6　430p　15cm　（Mira）　848円　①978-4-596-91362-3

◇『レディの願い』　ジェニファー・クルージー著, 仁嶋いずる訳　ハーレクイン　2008.7　297p　15cm　（Mira）　724円　①978-4-596-91303-6

◇『ハッピーエンドのその先に』　ジェニファー・クルージー著, やまのまや訳　ハーレクイン　2008.5　274p　15cm　（Mira）　724円　①978-4-596-91293-0

◇『理想の恋の作りかた』 ジェニファー・クルージー著, 岡聖子訳 ハーレクイン 2008.1 301p 15cm （Mira） 724円 ①978-4-596-91271-8

◇『嘘でもいいから』 *Tell me lies* ジェニファー・クルージー著, 山田久美子訳 集英社 2007.9 548p 16cm （集英社文庫） 933円 ①978-4-08-760538-9

◇『危ない恋人』 ジェニファー・クルージー作, 青山梢訳 ハーレクイン 2007.9 188p 17cm （ハーレクイン・アフロディーテ） 667円 ①978-4-596-30826-9

◇『恋におちる確率』 *Bet me* ジェニファー・クルージー著, 平林祥訳 原書房 2007.6 625p 15cm （ライムブックス） 952円 ①978-4-562-04323-1

◇『夜ふけの恋人』 ジェニファー・クルージー作, 神鳥奈穂子訳 ハーレクイン 2007.4 220p 17cm （ハーレクイン・アフロディーテ） 667円 ①978-4-596-30811-5

◇『レディの願い』 ジェニファー・クルージー作, 仁嶋いずる訳 ハーレクイン 2007.2 188p 17cm （ハーレクイン・アフロディーテ） 667円 ①978-4-596-30806-1

◇『キスは極上』 *Faking it* ジェニファー・クルージー著, 中村三千恵訳 二見書房 2006.8 525p 15cm （二見文庫―ザ・ミステリ・コレクション） 952円 ①4-576-06113-5

グルーバー, アンドレアス　*Gruber, Andreas*　　　ミステリー, ホラー

オーストリアの作家。1968年ウィーン生まれ。長く薬品会社に勤務。96年から本格的に短編小説の執筆を始める。ジャンルは、SF、ホラー、ブラックユーモア、探偵もの、冒険もの、パロディなど多岐にわたる。99年マールブルク文学賞短編部門2位、ドナウフェスティバル文学コンクール1位、2002年ドイツ幻想文学賞短編集部門1位、同短編部門1位、ドイツサイエンスフィクション賞短編部門2位、クルト・ラスヴィッツ賞短編部門3位、03年ドイツ幻想文学賞短編部門4位など、ドイツ語圏の文学賞の短編部門で何度も入賞し、ノミネート作品も多い。05年オーストリア版ラヴクラフト叢書の1冊として初の長編『Der Judas-Schrein（ユダの筺）』を上梓、06年同作はドイツ幻想文学賞長編デビュー作部門1位に輝く。09年ヴィンセント賞賞短編部門1位。11年の『夏を殺す少女』でドイツのホラー小説を対象にしたヴィンセント賞長編部門1位を獲得。12年ヴィンセント賞短編部門2位。短編の名手であり、オーストリア・ミステリーの一翼を担う作家として知られる。ニーダーエスターライヒ州グリレンベルク在住。

最近の翻訳書

◇『黒のクイーン』 *SCHWARZE DAME* アンドレアス・グルーバー著, 酒寄進一訳 東京創元社 2014.1 366p 15cm （創元推理文庫 Mク19-2） 1000円 ①978-4-488-16006-7

◇『夏を殺す少女』 *RACHESOMMER* アンドレアス・グルーバー著, 酒寄進一訳 東京創元社 2013.2 460p 15cm （創元推理文庫 Mク19-1） 1100円 ①978-4-488-16005-0

グルーバー, マイケル　*Gruber, Michael*　　　ミステリー, スリラー

アメリカの作家。1940年ニューヨーク市ブルックリン生まれ。英文学の学士号を取得後、ニューヨークのさまざまな雑誌で編集に従事。その後、マイアミ大学で海洋生物学の博士号を取得し、68〜69年衛生兵としてアメリカ陸軍に所属。以後、レストランのシェフ、犯罪訴訟に関する郡の分析官などを経て、77年から20年間ワシントンD.C.で政府関係の仕事に携わる。傍らミステリ作家のゴーストライターを務め、99年からは執筆に専念。2003年『夜の回帰線』で

海外文学 新進作家事典　　　　　　　　クレア

正式に作家デビューした。ワシントン州シアトル在住。

最近の翻訳書

◇『**わが骨を動かす者へ—1611年のシェイクスピア　上巻**』 *The book of air and shadows*　マイケル・グルーバー著, 富永和子訳　エンターブレイン　2008.1　335p　20cm　1800円　①978-4-7577-3938-3

◇『**わが骨を動かす者へ—1611年のシェイクスピア　下巻**』 *The book of air and shadows*　マイケル・グルーバー著, 富永和子訳　エンターブレイン　2008.1　333p　20cm　1800円　①978-4-7577-3939-0

◇『**魔女の愛した子**』 *The witch's boy*　マイケル・グルーバー著, 三辺律子訳　理論社　2007.7　413p　19cm　1500円　①978-4-652-07911-9

◇『**血の協会　上巻**』 *Valley of bones*　マイケル・グルーバー著, 田口俊樹訳　新潮社　2006.9　422p　16cm　（新潮文庫）　743円　①4-10-214323-8

◇『**血の協会　下巻**』 *Valley of bones*　マイケル・グルーバー著, 田口俊樹訳　新潮社　2006.9　395p　16cm　（新潮文庫）　705円　①4-10-214324-6

グルホフスキー, ドミトリー　*Glukhovsky, Dmitry*　　　SF, ファンタジー

ロシアの作家、ジャーナリスト。1979年6月12日モスクワ生まれ。エルサレムのヘブライ大学でジャーナリズムと国際関係学を修める。フランス、モスクワのテレビ局、ドイツ、イスラエルのラジオ局でリポーターとして活躍し、英語、フランス語、ドイツ語、ヘブライ語、スペイン語を操る。2002年初の小説『METRO2033』で作家デビュー。モスクワ在住。

最近の翻訳書

◇『**METRO2033　上**』 *Metro 2033*　ドミトリー・グルホフスキー作, 小賀明子訳　小学館　2011.2　367p　20cm　1700円　①978-4-09-356711-4

◇『**METRO2033　下**』 *Metro 2033*　ドミトリー・グルホフスキー作, 小賀明子訳　小学館　2011.2　366p　20cm　1700円　①978-4-09-356712-1

グルーリー, ブライアン　*Gruley, Bryan*　　　ミステリー, スリラー

アメリカの作家。ミシガン州デトロイト生まれ。「ウォールストリート・ジャーナル」シカゴ支局長を務める。2010年小説デビュー作『湖は餓えて煙る』がMWA賞最優秀新人賞候補となったほか、ミステリー専門誌「ストランド・マガジン」によるストランド・クリティークス・アワード最優秀新人賞、アンソニー賞最優秀ペーパーバック長編賞、バリー賞最優秀ペーパーバック長編賞を受賞するなど高く評価される。

最近の翻訳書

◇『**湖は餓えて煙る**』 *Starvation Lake*　ブライアン・グルーリー著, 青木千鶴訳　早川書房　2010.9　552p　19cm　（Hayakawa pocket mystery books no.1839）　1900円　①978-4-15-001839-9

クレア, カサンドラ　*Clare, Cassandra*　　　SF, ファンタジー

アメリカの作家。イランのテヘランでアメリカ人の両親のもとに生まれ、幼い頃はヨーロッパ各地に移り住んだ。12歳頃から創作を始め小説家を目指すが、大学卒業後はエンターテインメント系雑誌やタブロイド紙のライターとなる。2004年ファンタジーのアンソロジーに作品を発表、07年『シャドウハンター骨の街』でファンタジー作家として本格デビュー。同作は全世界で大ベストセラーを記録、ローカス賞など数々の賞にノミネートされる。13年には「シャド

ウハンター」として映画化もされた。

最近の翻訳書

◇『シャドウハンター 硝子の街 上』 *City of ashes* カサンドラ・クレア著,
杉本詠美訳 東京創元社 2012.7 366p 15cm （創元推理文庫 Ｆク7-5）
1000円 ①978-4-488-57009-5

◇『シャドウハンター 硝子の街 下』 *City of ashes* カサンドラ・クレア著,
杉本詠美訳 東京創元社 2012.7 331p 15cm （創元推理文庫 Ｆク7-6）
1000円 ①978-4-488-57010-1

◇『シャドウハンター 灰の街 上』 *City of ashes* カサンドラ・クレア著, 杉
本詠美訳 東京創元社 2011.9 281p 15cm （創元推理文庫） 860円
①978-4-488-57007-1

◇『シャドウハンター 灰の街 下』 *City of ashes* カサンドラ・クレア著, 杉
本詠美訳 東京創元社 2011.9 296p 15cm （創元推理文庫） 860円
①978-4-488-57008-8

◇『シャドウハンター 骨の街 上』 *City of bones* カサンドラ・クレア著, 杉
本詠美訳 東京創元社 2011.4 332p 15cm （創元推理文庫 570-05）
960円 ①978-4-488-57005-7

◇『シャドウハンター 骨の街 下』 *City of bones* カサンドラ・クレア著, 杉
本詠美訳 東京創元社 2011.4 315p 15cm （創元推理文庫 570-06）
960円 ①978-4-488-57006-4

グレアム＝スミス, セス　*Grahame-Smith, Seth*　　　　　　文学, ユーモア

アメリカの作家、脚本家。1976年1月4日ニューヨーク州生まれ。本名はSeth Jared。エマーソン・カレッジ卒。テレビシリーズの脚本家として活躍。2009年ジェーン・オースティンの小説『高慢と偏見』をもとにしたパロディー小説『高慢と偏見とゾンビ』を発表、全米で100万部を売上げ、一躍人気作家となる。10年『ヴァンパイアハンター・リンカーン』は「ニューヨーク・タイムズ」紙のベストセラー・リストで初登場4位を記録した。映画の脚本家としてはティム・バートン監督の「ダーク・シャドウ」(12年)でデビュー。『ヴァンパイアハンター・リンカーン』を原作とした同監督の「リンカーン 秘密の書」(12年)でも脚本と製作を手がけた。ロサンゼルス在住。

最近の翻訳書

◇『ヴァンパイアハンター・リンカーン』 *Abraham Lincoln vampire hunter*
セス・グレアム＝スミス著, 赤尾秀子訳 新書館 2011.6 530p 16cm
1000円 ①978-4-403-56004-0

◇『高慢と偏見とゾンビ』 *Pride and prejudice and zombies* ジェイン・オー
スティン, セス・グレアム＝スミス著, 安原和見訳 二見書房 2010.2 510p
15cm （二見文庫 オ1-1―ザ・ミステリ・コレクション） 952円 ①978-4-
576-10007-4

グレイ, キース　*Gray, Keith*　　　　　　　　　　ヤングアダルト, 児童書

イギリスの作家。1972年リンカーンシャー州グリムズビー生まれ。12歳まではまったく本を読まない子供だったが、児童文学作家ロバート・ウェストールの『「機関銃要塞」の少年たち』を読んで本の面白さに目覚める。経営・経済学を専攻したが、向いていないと学校を辞め、トラックの運転手、ピザ・ハットの店員、バーテンダー、テーマパークのぬいぐるみに入るアルバイト、レコード店などの職を転々とする。のち執筆活動に入り、96年処女作『ジェイミー

が消えた庭』を発表、ガーディアン賞の候補作となる。2009年には『ロス、きみを送る旅』がカーネギー賞にノミネートされた。新しい世代の子供の本の書き手として期待を集める。

最近の翻訳書

◇『ロス、きみを送る旅』 *Ostrich boys* キース・グレイ作, 野沢佳織訳　徳間書店　2012.3　318p　20cm　1600円　①978-4-19-863379-0

◇『絶体絶命27時間！』 *Malarkey* キース・グレイ作, 野沢佳織訳　徳間書店　2008.3　246p　19cm　1400円　①978-4-19-862506-1

グレイ, ケス　*Gray, Kes* 児童書

イギリスの作家。1960年エセックス州チェルムフォード生まれ。ケント大学卒業後、コピーライターとして活躍。『ちゃんとたべなさい』でイギリスの子供たちが選ぶ2001年シェフィールド児童図書賞を受賞。

最近の翻訳書

◇『デイジーのめちゃくちゃ！ おさかなつり』 *Daisy and the trouble with maggots* ケス・グレイ作, 吉上恭太訳, ニック・シャラット, ギャリー・パーソンズ絵　小峰書店　2012.3　171p　20cm　（いたずらデイジーの楽しいおはなし）　1300円　①978-4-338-25106-8

◇『デイジーのびっくり！ クリスマス』 *Daisy and the trouble with christmas* ケス・グレイ作, 吉上恭太訳, ニック・シャラット, ギャリー・パーソンズ絵　小峰書店　2011.11　173p　20cm　（いたずらデイジーの楽しいおはなし）　1300円　①978-4-338-25105-1

◇『デイジーのもんだい！ 子ネコちゃん』 *Daisy and the trouble with kittens* ケス・グレイ作, 吉上恭太訳, ニック・シャラット, ギャリー・パーソンズ絵　小峰書店　2011.8　161p　20cm　（いたずらデイジーの楽しいおはなし）　1300円　①978-4-338-25104-4

◇『デイジーのおさわがせ巨人くん』 *Daisy and the trouble with giants* ケス・グレイ作, 吉上恭太訳, ニック・シャラット, ギャリー・パーソンズ絵　小峰書店　2010.3　166p　20cm　（いたずらデイジーの楽しいおはなし）　1300円　①978-4-338-25103-7

◇『デイジーのおおさわぎ動物園』 *Daisy and the trouble with zoos* ケス・グレイ作, 吉上恭太訳, ニック・シャラット, ギャリー・パーソンズ絵　小峰書店　2010.2　154p　20cm　（いたずらデイジーの楽しいおはなし）　1300円　①978-4-338-25102-0

◇『デイジーのこまっちゃうまいにち』 *Daisy and the trouble with life* ケス・グレイ作, 吉上恭太訳, ニック・シャラット, ギャリー・パーソンズ絵　小峰書店　2010.1　155p　20cm　（いたずらデイジーの楽しいおはなし）　1300円　①978-4-338-25101-3

クレイ, フィル　*Klay, Phil* 文学

アメリカの作家。1983年ニューヨーク州ウエストチェスター生まれ。ダートマス大学を卒業し、2005年アメリカ海兵隊に入隊。07〜08年広報担当としてイラクのアンバール県で勤務。除隊後、ハンター大学創作科で修士号を取得。海兵隊員として戦場の最前線に臨んでいた自身の体験を反映したデビュー作『一時帰還』で14年全米図書賞を受賞。

最近の翻訳書

◇『一時帰還』 *REDEPLOYMENT* フィル・クレイ著, 上岡伸雄訳 岩波書
店 2015.7 325p 19cm 2400円 ①978-4-00-061054-4

グレイザー, ジジ・L. *Grazer, Gigi L.*　　　　ロマンス, ヤングアダルト

アメリカの脚本家、作家。カリフォルニア州ロサンゼルス生まれ。1998年公開の映画「グッド
ナイト・ムーン」(ジュリア・ロバーツ、スーザン・サランドン主演) で脚本家としてデビュー。
作家としては、2000年に、1980年代のロサンゼルスを舞台とした恋愛小説『Rescue Me』を発
表。ロサンゼルス在住。

最近の翻訳書

◇『こんな結婚の順番』 *Maneater* ジジ・L.グレイザー著, 小川敏子訳 ラン
ダムハウス講談社 2006.7 476p 15cm 840円 ①4-270-10048-6

クレイン, カプリス *Crane, Caprice*　　　　ロマンス, ヤングアダルト

アメリカの作家。カリフォルニア州ロサンゼルス出身。ニューヨーク大学卒。母親は女優、父
親はテレビ司会者で、ハリウッドで育つ。大学卒業後、テレビや映画業界でプロデューサー、
脚本家として活躍。2006年刊行のデビュー作『Stupid & Contagious』では女性読者の熱烈な
支持を受け、同年「ロマンティック・タイムズ」誌のベストチックリット賞を受賞。13年ヤン
グアダルト小説の処女作『Confessions of a Hater』を刊行。

最近の翻訳書

◇『リニューアル・ガール』 *Forget about it* カプリス・クレイン著, 由良章子
訳 早川書房 2008.3 374p 19cm 1500円 ①978-4-15-208904-5

クレヴェンジャー, クレイグ *Clevenger, Craig*　　　　文学

アメリカの作家。1965年テキサス州ダラスで生まれ、カリフォルニア州で育つ。カリフォルニ
ア州立大学ロングビーチ校で英語を学び、高校教師となる。ロンドンやダブリンなどで暮らし
た後、サンタ・バーバラに落ち着き、2002年処女作『曲芸師のハンドブック』で作家デビュー。
同作は20回もの推敲を重ねて形となった。

最近の翻訳書

◇『曲芸師のハンドブック』 *The contortionist's handbook* クレイグ・クレ
ヴェンジャー著, 三川基好訳 ヴィレッジブックス 2008.4 334p 20cm
1900円 ①978-4-86332-006-2

グレグソン, ジェシカ *Gregson, Jessica*　　　　ミステリー

イギリスの作家。1978年ロンドン生まれ。ケンブリッジ大学を卒業後、内務省に政策アドバ
イザーとして勤める傍ら、デビュー作となる『エンジェル・メイカー』(2007年) を執筆。スー
ダン南部で人道支援要員として、難民救済活動にも従事する。ロンドン在住。

最近の翻訳書

◇『エンジェル・メイカー』 *The angel makers* ジェシカ・グレグソン著, 子
安亜弥訳 ランダムハウス講談社 2007.11 511p 15cm 900円 ①978-4-
270-10133-9

海外文学　新進作家事典　　クレシア

グレゴリー, デイヴィッド　*Gregory, David*　　文学

アメリカの作家。テキサス・インスツルメンツ（TI）ほか数社に10年間勤務した後、北テキサス大学に戻り、コミュニケーションと社会学の修士号を取得、執筆活動を始める。ダラスの神学校で修士号を得て、小説を書き始め、2005年処女作『神様の食卓』（『ミステリー・ディナー』の改題）で作家デビュー。

最近の翻訳書

◇『神様の食卓』　*Dinner with a perfect stranger*　デイヴィッド・グレゴリー著, 西田美緒子訳　ランダムハウス講談社　2006.11　168p　15cm　680円
①4-270-10067-2

グレゴリオ, マイケル　*Gregorio, Michael*　　ミステリー

マイケル・グレゴリオは、イタリアの哲学教師の妻ダニエラ・デ・グレゴリオ（Daniela De Gregorio）と、写真史・英語教師の夫マイケル・G.ジェイコブ（Michael G. Jacob）夫妻の共同筆名。2006年より専業作家として活動し、新人離れしたストーリーテリングと緻密な構成で世界中のエージェントの度肝を抜いた『純粋理性批判殺人事件』でデビュー。同作は世界15カ国で刊行され大きな話題となった。夫妻はイタリアのスポレト在住。

最近の翻訳書

◇『贖罪の日々　上』　*Days of atonement*　マイケル・グレゴリオ著, 羽田詩津子訳　角川書店　2009.11　349p　15cm　（角川文庫　15952）　895円
①978-4-04-296303-5
◇『贖罪の日々　下』　*Days of atonement*　マイケル・グレゴリオ著, 羽田詩津子訳　角川書店　2009.11　333p　15cm　（角川文庫　15953）　857円
①978-4-04-296304-2
◇『純粋理性批判殺人事件　上』　*Critique of criminal reason*　マイケル・グレゴリオ著, 羽田詩津子訳　角川書店　2006.8　327p　15cm　（角川文庫）
705円　①4-04-296301-3
◇『純粋理性批判殺人事件　下』　*Critique of criminal reason*　マイケル・グレゴリオ著, 羽田詩津子訳　角川書店　2006.8　302p　15cm　（角川文庫）
667円　①4-04-296302-1

グレシアン, アレックス　*Grecian, Alex*　　スリラー, ミステリー

アメリカの作家。広告業界からグラフィックノベルの世界を経て、2012年ヴィクトリア朝警察小説『刑事たちの三日間』を発表。バリー賞、「ストランド・マガジン」批評家新人賞にノミネートされる。アメリカ中西部在住。

最近の翻訳書

◇『刑事たちの四十八時間』　*THE BLACK COUNTRY*　アレックス・グレシアン著, 谷泰子訳　東京創元社　2014.9　466p　15cm　（創元推理文庫　Mク22-3）　1300円　①978-4-488-19008-8
◇『刑事たちの三日間　上』　*THE YARD*　アレックス・グレシアン著, 谷泰子訳　東京創元社　2013.7　356p　15cm　（創元推理文庫　Mク22-1）　960円
①978-4-488-19006-4
◇『刑事たちの三日間　下』　*THE YARD*　アレックス・グレシアン著, 谷泰子訳　東京創元社　2013.7　354p　15cm　（創元推理文庫　Mク22-2）　960円
①978-4-488-19007-1

クレディ, グウィン　*Cready, Gwyn*　ロマンス

アメリカの作家。ペンシルベニア州ピッツバーグ生まれ。シカゴ大学で英文学を専攻した後、同大でMBAを取得。大学卒業後は製薬会社のブランドマネージャーとしてキャリアを積むが、作家を目指すようになり、2007年デビュー。タイム・トラベルを題材にしたパラノーマルロマンスを得意とする。09年第2長編『Mr.ダーシーに恋して』でRITA賞（パラノーマル部門）を受賞。郷里のピッツバーグ在住。

最近の翻訳書

◇『**Mr.ダーシーに恋して**』　*Seducing Mr.Darcy*　グウィン・クレディ著, 木下淳子訳　二見書房　2010.10　565p　15cm　（二見文庫　ク8-1―ザ・ミステリ・コレクション）　952円　①978-4-576-10133-0

グレミヨン, エレーヌ　*Grémillon, Hélène*　ミステリー

フランスの作家。1977年2月8日ポワティエ生まれ。文学と歴史の学位を持つ。放送や雑誌の記者などを経て、2010『火曜日の手紙』で作家デビュー。たちまちベストセラーとなり、5つの文学賞に輝く高い評価を得た。パリ在住。

最近の翻訳書

◇『**火曜日の手紙**』　*LE CONFIDENT*　エレーヌ・グレミヨン著, 池畑奈央子訳　早川書房　2014.6　345p　20cm　2200円　①978-4-15-209463-6

クレメント, ピーター　*Clement, Peter*　ミステリー, スリラー

作家、医師。大学病院の救急部（ER）部長を務めるなど、約30年にわたる臨床経験を持つ。1998年『Lethal Practice』で作家デビュー。豊かな医学知識と経験を盛り込んだ、医療現場の臨場感あふれる医学ミステリーを得意とする。最新の医学問題や医療関係者の内面を克明に描いた作品を多数発表。

最近の翻訳書

◇『**遺骸**』　*Mortal remains*　ピーター・クレメント著, 佐藤睦訳　札幌　柏艪舎　2006.3　465p　20cm　1900円　①4-434-07359-1

グローヴ, S.E.　*Grove, S.E.*　SF, ヤングアダルト

作家、歴史家、旅行家。ラテンアメリカとアメリカの各地を転々として育った歴史家で、長年にわたって地図を研究。熱心な旅行家でもあり、この25年間に2年に1回は引っ越しをし、ようやく最近ボストンに落ち着いた。2014年〈マップメイカー〉3部作の第1作で作家デビュー。「ニューヨーク・タイムズ」紙のベストセラー・リスト入りも果たした。

最近の翻訳書

◇『**マップメイカー―ソフィアとガラスの地図　上**』　*THE GLASS SENTENCE*　S・E・グローヴ著, 吉嶺英美訳　早川書房　2015.7　367p　16cm　（ハヤカワ文庫 FT　576）　900円　①978-4-15-020576-8

◇『**マップメイカー―ソフィアとガラスの地図　下**』　*THE GLASS SENTENCE*　S・E・グローヴ著, 吉嶺英美訳　早川書房　2015.7　351p　16cm　（ハヤカワ文庫 FT　577）　900円　①978-4-15-020577-5

海外文学　新進作家事典　　　　　　　　クロテル

クロウス, マルコ　*Kloos, Marko*　　　　　　　SF, ファンタジー

ドイツの作家。ドイツ北西部の街ミュンスターおよびその周辺で生まれ育つ。ドイツ軍を除隊後、20代半ばでアメリカに移住。書店員、港湾労働者、ネットワーク管理者などさまざまな職業に就くが、2005年に専業主夫として自宅で2人の幼い子供を育てるようになってからは、SF作家を目指して執筆を開始。13年『宇宙兵志願』をAmazonのKindle・ダイレクト・パブリッシングを利用して電子自費出版すると、大きな反響を呼び、たちまちベストセラーとなる。ニューハンプシャー在住。

最近の翻訳書

◇『宇宙兵志願』 *TERMS OF ENLISTMENT*　マルコ・クロウス著, 金子浩訳　早川書房　2015.5　431p　16cm　（ハヤカワ文庫 SF　2010）　1000円　①978-4-15-012010-8

クロス, ケイディ　*Cross, Kady*　　　　　　　ヤングアダルト, SF

別筆名＝スミス, キャスリン〈Smith, Kathryn〉

クロス, ケイト〈Cross, Kate〉

ロック, ケイト〈Locke, Kate〉

カナダの作家。1971年生まれ。キャスリン・スミスとして20作以上の小説を発表後、2011年よりケイディ・クロスの筆名で〈スチームパンク・クロニクル〉シリーズを発表し、ティーンエイジャーを中心とする読者から絶大な支持を受ける。並行して、ケイト・クロス及びケイト・ロック名義でも、スチームパンク作品を刊行。コネティカット州在住。

最近の翻訳書

◇『少女は時計仕掛けの首輪を填める』 *THE GIRL IN THE CLOCKWORK COLLAR*　ケイディ・クロス著, 小林美幸訳　竹書房　2014.8　484p　15cm　（竹書房文庫　く4-2―スチームパンク・クロニクル）　952円　①978-4-8124-8816-4

◇『少女は鋼のコルセットを身に纏う』 *THE GIRL IN THE STEEL CORSET*　ケイディ・クロス著, 小林美幸訳　竹書房　2014.2　523p　15cm　（竹書房文庫　く4-1―スチームパンク・クロニクル）　952円　①978-4-8124-9853-8

グロスマン, レヴ　*Grossman, Lev*　　　　　　　ミステリー, サスペンス

アメリカの作家、書評家。1969年マサチューセッツ州レキシントン生まれ。ハーバード大学とエール大学で英文学を学ぶ。97年『Warp』で作家デビュー。「タイム」「ニューヨーク・タイムズ」「エンターテインメント・ウィークリー」「ヴィレッジ・ヴォイス」などで書評家としても活躍。ニューヨーク市ブルックリン在住。

最近の翻訳書

◇『コーデックス』 *Codex*　レヴ・グロスマン著, 三川基好訳　ソニー・マガジンズ　2006.3　454p　20cm　2000円　①4-7897-2833-1

クローデル, フィリップ　*Claudel, Philippe*　　　　　　　文学

フランスの作家、脚本家。1962年2月2日ロレーヌ地方生まれ。99年小説『忘却のムーズ川』でデビュー。『私は捨てる』で2000年度フランス・テレビジョン賞、03年『灰色の魂』でルノードー賞など3つの賞を、07年『ブロデックの報告書』で高校生のゴンクール賞を受賞。ナンシー

大学で文学と文化人類学を教える傍ら、執筆を続ける。さらに映画「ずっと前から愛している」(08年)を監督、戯曲「愛の言葉を語ってよ」(08年)もパリで初演されるなど、活躍の場を広げている。

最近の翻訳書

◇『ブロデックの報告書』 *Le rapport de Brodeck* フィリップ・クローデル著, 高橋啓訳 みすず書房 2009.1 316p 20cm 2800円 ⓘ978-4-622-07440-3

◇『子どもたちのいない世界』 *Le monde sans les enfants* フィリップ・クローデル著, 高橋啓訳 みすず書房 2006.11 179p 20cm 2400円 ⓘ4-622-07257-2

クロフト, シドニー *Croft, Sydney*　　　　　ロマンス

単独筆名＝イオーネ, ラリッサ〈Ione, Larissa〉

　　　　　ジェイクス, S.E.〈Jakes, S.E.〉

シドニー・クロフトは新進女性ロマンス小説作家のラリッサ・イオーネとステファニー・タイラー (S.E.ジェイクス) の共同筆名。〈ACRO〉シリーズで知られる。

最近の翻訳書

◇『春は嵐の季節』 *Unleashing the storm* シドニー・クロフト著, 古関まりん訳 扶桑社 2010.5 575p 16cm (扶桑社ロマンス 1218) 933円 ⓘ978-4-594-06204-0

◇『嵐を呼ぶ絆』 *Riding the storm* シドニー・クロフト著, 古関まりん訳 扶桑社 2009.9 528p 16cm (扶桑社ロマンス 1194) 876円 ⓘ978-4-594-06038-1

クワユレ, コフィ *Kwahulé, Koffi*　　　　　文学

コートジボワールの作家、演劇人。1956年アバングル生まれ。アビジャン国立芸術学院で演劇を学んだ後、79年パリの国立演劇技芸高等学院 (ENSATT) で俳優教育を、パリ第三大学で演劇学の博士号を取得。以来、俳優、演出家、劇作家、小説家としてパリを拠点に活躍。2006年処女小説『Baby face (ベビー・フェイス)』でアマドゥ・クルマ賞とコートジボワール文学大賞を受賞。10年第2作の『Mousieur Ki (ムッシュー・キ)』を発表。フランス語圏アフリカ現代演劇の最も重要な演劇人の一人であり、ジャズと不可分の独特な作風で知られる。

最近の翻訳書

◇『ザット・オールド・ブラック・マジック/ブルー・ス・キャット』 コフィ・クワユレ著, 八木雅子訳, コフィ・クワユレ著, 八木雅子訳 れんが書房新社 2012.2 181p 19cm (コレクション現代フランス語圏演劇 09) 1200円 ⓘ978-4-8462-0389-4

クワン *K'wan*　　　　　文学

アメリカの作家。両親は詩人と画家。高校卒業後、自分の居場所を探しながらアメリカ中を彷徨う。その頃、拘置所に入れられ、そこで執筆を決意。2002年初の小説『ギャングスタ』を発表、実際にストリートの渦中にいるようなリアルな世界観が多くの読者に絶賛され、ヒップホップ・ノベルズの名作として注目を浴びる。以後、『ロード・ドッグス』(03年)、『Street Dreams』(04年) などを次々と発表する。ニュージャージー州在住。

海外文学　新進作家事典　　　　　　　　　　　　クンツ

最近の翻訳書

◇『ギャングスタ』 *Gangsta*　クワン著, バルーチャ・ハシム訳　青山出版社
2007.7　328p　19cm　（Hiphop・novels）　1200円　①978-4-89998-064-3

クワン, トレイシー　*Quan, Tracy*　　　　　　　　　　　　文学, ユーモア

アメリカの作家。10代の頃から娼婦として働き、その経験をもとにオンライン版「サロン」の
コラムニストとして活躍。数々の雑誌にエッセイや記事を発表し、ウェブマガジンの編集など
にも携わる。のち自伝的作品『マンハッタン・コールガールの日記』で作家デビュー。また、
性にまつわるフォーラムを各地で開催。

最近の翻訳書

◇『マンハッタン・コールガールの日記』 *Diary of a Manhattan call girl*　ト
レイシー・クワン著, 竹内さなみ訳　角川書店　2007.2　460p　15cm　（角
川文庫）　781円　①978-4-04-296601-2

クンズル, ハリ　*Kunzru, Hari*　　　　　　　　　　　　　　文学

イギリスの作家、ジャーナリスト。1969年エセックス州ウッドフォード・グリーン生まれ。
本名はHari Mohan Nath Kunzru。父親がインド系。オックスフォード大学ウォーダム・カ
レッジで英文学を学び、ウォリック大学で哲学と文学の修士号を受けた。ジャーナリストを
経て、小説家に。激動期のインドを舞台にし、混血の主人公を扱ったデビュー長編作『The
Impressionist』（2002年）で、ベティー・トラスク賞とサマセット・モーム賞を受賞。また03年
「グランタ」誌が選ぶ "20人の若きイギリス人作家" にも選出される。小説以外の場でもさまざ
まな活動を行う。ニューヨーク在住。

最近の翻訳書

◇『民のいない神』 *GODS WITHOUT MEN*　ハリ・クンズル著, 木原善彦訳
白水社　2015.2　382p　20cm　（エクス・リブリス）　2900円　①978-4-560-
09038-1

クーンツ, デボラ　*Coonts, Deborah*　　　　　　　　　　　　ユーモア

アメリカの作家。年齢非公開。2月7日テキサス州生まれ。自身で興した事業のほか、弁護士業
や全国誌でのユーモアコラム執筆など多彩な活動を経て、2010年長編『私の職場はラスベガ
ス』で作家デビュー。ネバダ州ラスベガス在住。

最近の翻訳書

◇『規格外ホテル』 *LUCKY STIFF*　デボラ・クーンツ著, 中川聖訳　東京創
元社　2014.6　494p　15cm　（創元推理文庫　Мク21-2）　1340円　①978-4-
488-23704-2
◇『私の職場はラスベガス』 *WANNA GET LUCKY？*　デボラ・クーンツ著,
中川聖訳　東京創元社　2013.10　503p　15cm　（創元推理文庫　Мク21-1）
1300円　①978-4-488-23703-5

〔ケ〕

ケアリー, ジャクリーン　Carey, Jacqueline　　　　ファンタジー, ロマンス

アメリカの作家。1964年イリノイ州ハイランドパーク生まれ。レイクフォレスト大学で心理学と英文学の学位を取得。大学在学中に交換留学でロンドンに渡り、書店で半年間働いたことをきっかけに文筆業に入る。2001年歴史ファンタジー『クシエルの矢』でデビューし、ローカス賞処女長編賞を受賞するなど絶賛を浴びた。同作は多くのファンを得てシリーズ化される。旅を愛し、フィンランドからエジプトまで訪れた経験がある。ミシガン州在住。

最近の翻訳書

◇『クシエルの啓示　3　遥かなる道』Kushiel's avatar　ジャクリーン・ケアリー著, 和爾桃子訳　早川書房　2010.10　463p　16cm　（ハヤカワ文庫 FT522）　1000円　①978-4-15-020522-5

◇『クシエルの啓示　2　灼熱の聖地』Kushiel's avatar　ジャクリーン・ケアリー著, 和爾桃子訳　早川書房　2010.8　475p　16cm　（ハヤカワ文庫 FT519）　1000円　①978-4-15-020519-5

◇『クシエルの啓示　1　流浪の王子』Kushiel's avatar　ジャクリーン・ケアリー著, 和爾桃子訳　早川書房　2010.6　474p　16cm　（ハヤカワ文庫 FT516）　1000円　①978-4-15-020516-4

◇『クシエルの使徒　3　罪人たちの迷宮』Kushiel's chosen　ジャクリーン・ケアリー著, 和爾桃子訳　早川書房　2010.4　431p　16cm　（ハヤカワ文庫 FT513）　900円　①978-4-15-020513-3

◇『クシエルの使徒　2　白鳥の女王』Kushiel's chosen　ジャクリーン・ケアリー著, 和爾桃子訳　早川書房　2010.2　423p　16cm　（ハヤカワ文庫 FT510）　900円　①978-4-15-020510-2

◇『クシエルの使徒　1　深紅の衣』Kushiel's chosen　ジャクリーン・ケアリー著, 和爾桃子訳　早川書房　2009.12　436p　16cm　（ハヤカワ文庫 FT506）　880円　①978-4-15-020506-5

◇『クシエルの矢　3　森と狼の凍土』Kushiel's dart　ジャクリーン・ケアリー著, 和爾桃子訳　早川書房　2009.10　559p　16cm　（ハヤカワ文庫 FT503）　1000円　①978-4-15-020503-4

◇『クシエルの矢　2　蜘蛛たちの宮廷』Kushiel's dart　ジャクリーン・ケアリー著, 和爾桃子訳　早川書房　2009.8　430p　16cm　（ハヤカワ文庫 FT501）　860円　①978-4-15-020501-0

◇『クシエルの矢　1　八天使の王国』Kushiel's dart　ジャクリーン・ケアリー著, 和爾桃子訳　早川書房　2009.6　431p　16cm　（ハヤカワ文庫 FT498）　860円　①978-4-15-020498-3

ケアリー, ジャネット・リー　Carey, Janet Lee　　　　ヤングアダルト, 児童書

アメリカの作家、ミュージシャン。ニューヨーク生まれ。1981年シアトル・パシフィック大学卒業後、数年間の教師生活を経て、執筆活動・音楽活動に入る。自身のグループ、ドリーム・ウィーバーズを率いて会議や集会に参加し、自作のおとぎ話や歌を披露。ヤングアダルト小説関連の賞を多数受賞している。家族とともにシアトル近郊に暮らす。

海外文学　新進作家事典　　　　　　　　　　　　　　ケイリン

最近の翻訳書
◇『あの空をおぼえてる』 *Wenny has wings* J.L.ケアリー著, 浅尾敦則訳　ポ
　プラ社　2008.4　253p　16cm　（ポプラ文庫）　540円　①978-4-591-10299-2

ケイ, エリン　*Kaye, Erin*　　　　　　　　　　　　　　　　　　ロマンス

アイルランドの作家。1966年ラーン生まれ。本名はPatricia Kay。ポーランド系アメリカ人の
父親とイギリス系アイルランド人の母親に生まれる。兄弟姉妹が5人おり、カトリック教徒と
して育ったが、プロテスタント系のグラマースクールで教育を受ける。アルスター大学卒業後
の10年間はキャリア・ウーマンとして金融界で活躍し、その後作家に転身。2003年『マザーズ
アンドドーターズ』でデビューした。夫と2人の子供とともにスコットランドの東海岸に住む。

最近の翻訳書
◇『マザーズアンドドーターズ─愛と憎しみのはてに』 *Mothers and daughters*
　エリン・ケイ著, 小牟田康彦訳　五曜書房　2009.10　442p　19cm　1857円
　①978-4-434-13647-4

ケイツ, ベイリー　*Cates, Bailey*　　　　　　　　　　　ミステリー, スリラー

別筆名＝McRae, Cricket
　　　　McRAE, K.C.
アメリカの作家。コロラド州立大学で哲学・文学・歴史を学んだ後、20年ほどアメリカ西部で
過ごすうちに開拓時代の人々の手仕事に興味を持つ。石鹸工房のオーナーやマイクロソフト社
のマネージャーを経て、現在はベイリー・ケイツ、Cricket McRae、K.C.McRAEの3つの筆名
を使い分けながらミステリーを執筆する。

最近の翻訳書
◇『隠し味は罪とスパイス─ハニービー・ベーカリーの事件簿』 *BROWNIES
AND BROOMSTICKS* ベイリー・ケイツ著, 飯原裕美訳　ヴィレッジブッ
　クス　2014.9　453p　15cm　（ヴィレッジブックス　F-ケ5-1）　900円
　①978-4-86491-170-2

ケイト, ローレン　*Kate, Lauren*　　　　　　ヤングアダルト, ファンタジー

アメリカの作家。テキサス州ダラス生まれ。ジョージア州アトランタで学んだ後、ニューヨー
クで作家デビュー。2009年『The Betrayal of Natalie Hargrove』（未訳）を発表。同年に書き
始めた〈フォールン〉シリーズはベストセラーとなった。ロサンゼルスに暮らす。

最近の翻訳書
◇『フォールン─堕ちた天使たち　上』 *Fallen* ローレン・ケイト著, 久米真麻
　子訳　ソフトバンククリエイティブ　2011.7　327p　16cm　（ソフトバンク
　文庫）　800円　①978-4-7973-6386-9
◇『フォールン─堕ちた天使たち　下』 *Fallen* ローレン・ケイト著, 久米真麻
　子訳　ソフトバンククリエイティブ　2011.7　295p　16cm　（ソフトバンク
　文庫）　800円　①978-4-7973-6387-6

ゲイリン, アリソン　*Gaylin, Alison*　　　　　　　　　　ミステリー, スリラー

アメリカの作家、ジャーナリスト。15年以上に及ぶジャーナリスト生活を経て、2005年『ミ

ラー・アイズ』で小説家としてデビュー。デビュー作がMWA賞候補となった。07年最初の単行本『TRASHED』を刊行。〈ブレンナ・スペクター〉シリーズ第1作『And She Was』(12年)は、13年シェイマス賞を受賞した。ニューヨーク州北部在住。

最近の翻訳書

◇『ミラー・アイズ』 *Hide your eyes* アリソン・ゲイリン著, 公手成幸訳 講談社 2007.10 483p 15cm （講談社文庫） 800円 ①978-4-06-275864-2

ケイン, チェルシー　*Cain, Chelsea*　　　ミステリー, スリラー

アメリカの作家。1972年アイオワ州のヒッピー・コミューンで生まれ、ワシントン州ベリングハムで育つ。ノンフィクションやコラムなどを執筆していたが、第一子を妊娠中に初の小説『ビューティ・キラー〈1〉獲物』を書く。これが大手出版社の目に留まり、2007年新人としては破格の初版20万部で刊行される。イギリスやイタリアなどのヨーロッパ各地でもベストセラーとなった。オレゴン州ポートランド在住。

最近の翻訳書

◇『原罪』 *Kill you twice* チェルシー・ケイン著, 高橋恭美子訳 ヴィレッジブックス 2013.9 492p 15cm （ヴィレッジブックス F-ケ3-5） 920円 ①978-4-86491-082-8
◇『昏い季節』 *The night season* チェルシー・ケイン著, 高橋恭美子訳 ヴィレッジブックス 2012.8 445p 15cm （ヴィレッジブックス F-ケ3-4） 880円 ①978-4-86491-002-6
◇『ビューティ・キラー 3 悪心』 チェルシー・ケイン著, 高橋恭美子訳 ヴィレッジブックス 2011.8 417p 15cm （ヴィレッジブックス F-ケ3-3） 860円 ①978-4-86332-336-0
◇『ビューティ・キラー 2 犠牲』 *Sweetheart* チェルシー・ケイン著, 高橋恭美子訳 ヴィレッジブックス 2009.6 443p 15cm （ヴィレッジブックス F-ケ3-2） 860円 ①978-4-86332-154-0
◇『ビューティ・キラー 1 獲物』 *Heartsick* チェルシー・ケイン著, 高橋恭美子訳 ヴィレッジブックス 2008.6 467p 15cm （ヴィレッジブックス F-ケ3-1） 860円 ①978-4-86332-036-9

ケーシー, ジェーン　*Casey, Jane*　　　ミステリー, スリラー

アイルランドの作家。ダブリン生まれ。オックスフォード大学ジーザスカレッジで英語を学んだ後、ダブリンのトリニティ・カレッジでアイルランド文学の修士号を取得。2010年作家としてデビューを果たす。〈メイヴ・ケリガン〉シリーズ第2作『The Reckoning』が13年度のMWA賞メアリ・ヒギンズ・クラーク賞にノミネートされ、同年CWA賞図書館賞にもノミネートされた。刑事弁護士の夫とともにサウス・ロンドン在住。

最近の翻訳書

◇『震える業火』 *THE BURNING* ジェーン・ケーシー著, 中井京子訳 ヴィレッジブックス 2014.8 646p 15cm （ヴィレッジブックス F-ケ4-1） 1050円 ①978-4-86491-162-7

ケース, ジョン　*Case, John*　　　スリラー, サスペンス

単独筆名＝ホーガン, ジム〈Hougan, Jim〉

ホーガン, キャロリン〈Hougan, Carlyn〉

ジョン・ケースは、アメリカの作家ジム（1942年生まれ）とキャロリン（43年〜2007年）のホーガン夫妻による共同筆名で、作家だったキャロリンの祖父の名前からとった。1997年『創世の暗号』でデビュー。新作を発表するごとにベストセラー・リストに名を連ねる人気サスペンス作家として知られる。ジムは単独で2冊のノンフィクションと小説があり、キャロリンは『封印』など4冊の小説がある。

最近の翻訳書

◇『ゴーストダンサー　上』 *Ghost dancer* ジョン・ケース著, 佐藤耕士訳　ランダムハウス講談社　2007.11　367p　15cm　850円　①978-4-270-10134-6

◇『ゴーストダンサー　下』 *Ghost dancer* ジョン・ケース著, 佐藤耕士訳　ランダムハウス講談社　2007.11　351p　15cm　850円　①978-4-270-10135-3

◇『殺人マジック』 *The murder artist* ジョン・ケース著, 池田真紀子訳　ランダムハウス講談社　2006.6　575p　15cm　950円　①4-270-10042-7

ゲスラー, タチアナ　*Gessler, Tatjana*　　　　　　　　　　児童書

ドイツの作家、テレビ司会者、ジャーナリスト。1973年ハイデルベルク生まれ。大学では経営工学を学ぶ。学生の頃から地方新聞やラジオ局で研修生、コピーライターとしてメディアに携わるようになる。大学卒業後、さまざまな公営放送で司会、ニュースキャスターを務める。2005年からは南西ドイツ放送（SWR）にて動物番組のリポーター、司会を担当する傍ら、作家としても活躍。

最近の翻訳書

◇『動物病院のマリー　6　消えた子馬をさがして！』 *Unsere tierklinik：das verschwundene fohlen* タチアナ・ゲスラー著, 中村智子訳　学研プラス　2015.12　183p　19cm　880円　①978-4-05-204321-5

◇『動物病院のマリー　5　とじこめられたモルモットを助けて！』 *Unsere tierklinik：meerschweinchen in gefahr* タチアナ・ゲスラー著, 中村智子訳　学研教育出版　2015.5　183p　19cm　880円　①978-4-05-204170-9

◇『動物病院のマリー　4　動物サーカスがやってきた！』 *Unsere tierklinik：ein herz für kätzchen* タチアナ・ゲスラー著, 中村智子訳　学研教育出版　2014.9　177p　19cm　880円　①978-4-05-203967-6

◇『動物病院のマリー　3　子犬救出大作戦！』 *Unsere tierklinik：rettet die hundewelpen* タチアナ・ゲスラー著, 中村智子訳　学研教育出版　2014.4　191p　19cm　880円　①978-4-05-203957-7

◇『動物病院のマリー　2　猫たちが行方不明！』 *Unsere tierklinik：kätzchen vermisst* タチアナ・ゲスラー著, 中村智子訳　学研教育出版　2013.11　213p　19cm　880円　①978-4-05-203675-0

◇『動物病院のマリー　1　走れ、捨て犬チョコチップ！』 *Unsere tierklinik：rehkitz in not* タチアナ・ゲスラー著, 中村智子訳　学研教育出版　2013.6　197p　19cm　880円　①978-4-05-203674-3

ケニヨン, シェリリン　*Kenyon, Sherrilyn*　　　　　　　SF, ファンタジー

別筆名＝マクレガー, キンリー〈MacGregor, Kinley〉

アメリカの作家。ジョージア州生まれ。個性豊かなヴァンパイヤ・スレイヤーたちの活躍を描いた代表作〈ダークハンター〉シリーズで一躍人気作家の仲間入りを果たし、全世界での累計

ケネン　　　　　　　　　海外文学　新進作家事典

売り上げ部数1000万部以上を記録。自身のウェブサイトのアクセス数は1週間平均で12万件を超えるなど、世界各国で熱烈なファンを獲得する。架空の諜報組織 "BAD" のメンバーたちを主人公に迎えたシリーズのほか、多彩なパラノーマル・ロマンス、キンリー・マクレガー名義によるファンタジーなど新たな作品を次々と発表し、「ニューヨーク・タイムズ」「USAトゥデイ」各紙などのベストセラー・リストに送り込んでいる。テネシー州ナッシュビル近郊在住。

最近の翻訳書

◇『宿命の恋人―ヴェイン』 *Night play* シェリリン・ケニヨン著, 佐竹史子訳　竹書房　2011.3　479p　15cm　（ラズベリーブックス　ケ1-6）　1000円　Ⓘ978-4-8124-4519-8

◇『真夜中の太陽―ウルフ』 *Kiss of the night* シェリリン・ケニヨン著, 佐竹史子訳　竹書房　2010.8　519p　15cm　（ラズベリーブックス　ケ1-5）　952円　Ⓘ978-4-8124-4303-3

◇『永遠の恋人に誓って』 *Dragonswan* シェリリン・ケニヨン著, 尾高梢訳　原書房　2010.6　175p　15cm　（ライムブックス　LRケ1-1―Luxury romance）　552円　Ⓘ978-4-562-04387-3

◇『漆黒の旅人―ザレク』 *Dance with the devil* シェリリン・ケニヨン著, 佐竹史子訳　竹書房　2010.1　527p　15cm　（ラズベリーブックス　ケ1-4）　952円　Ⓘ978-4-8124-4083-4

◇『夜を抱く戦士―タロン』 *Night embrace* シェリリン・ケニヨン著, 佐竹史子訳　竹書房　2009.7　667p　15cm　（ラズベリーブックス　ケ1-3）　1000円　Ⓘ978-4-8124-3896-1

◇『暗闇の王子―キリアン』 *Night pleasures* シェリリン・ケニヨン著, 佐竹史子訳　竹書房　2008.9　527p　15cm　（ラズベリーブックス）　943円　Ⓘ978-4-8124-3594-6

◇『囚われの恋人―ジュリアン』 *Fantasy lover* シェリリン・ケニヨン著, 佐竹史子訳　竹書房　2008.3　509p　15cm　（ラズベリーブックス）　914円　Ⓘ978-4-8124-3417-8

◇『瞳の奥のシークレット』 *BAD ATTITUDE* シェリリン・ケニヨン著, 石原未奈子訳　ヴィレッジブックス　2007.7　394p　15cm　（ヴィレッジブックス）　850円　Ⓘ978-4-86332-901-0

ケネン, アリー　*Kennen, Ally*　　　　　　　　ヤングアダルト

イギリスの作家。南西部のエクスムーアの農場で少女時代を過ごし、成人してからは道路建設反対の市民運動や遺跡の発掘に参加。シンガー・ソングライターとして、自作の曲をUKチャート入りさせた経験も持つ。2006年『ビースト』で小説家デビュー。「タイムズ」などで高い評価を得た。ブリストル在住。

最近の翻訳書

◇『ビースト』 *Beast* アリー・ケネン著, 羽地和世訳　早川書房　2006.7　302p　19cm　1500円　Ⓘ4-15-208745-5

ケプネス, キャロライン　*Kepnes, Caroline*　　　　　スリラー, サスペンス

アメリカの作家。1976年マサチューセッツ州ケープコッド生まれ。ブラウン大学卒業後、作家として短編小説を数多く発表。また、雑誌やウェブでポップカルチャーの記事を執筆するほか、放送作家、映画監督としても活躍。2014年初の長編小説『YOU』を発表し、CWA賞新人賞の最終候補作となる。カリフォルニア州ロサンゼルス在住。

海外文学　新進作家事典　　　　　　　　　　　　　　　ケラマン

最近の翻訳書

◇『**YOU** 上』 *YOU* キャロライン・ケプネス著, 白石朗訳　講談社　2016.1
386p 15cm（講談社文庫　け18-1）1100円　①978-4-06-293273-8

◇『**YOU** 下』 *YOU* キャロライン・ケプネス著, 白石朗訳　講談社　2016.1
397p 15cm（講談社文庫　け18-2）1100円　①978-4-06-293274-5

ケプレル, ラーシュ　*Kepler, Lars*　　　　　　　　　　ミステリー, スリラー

ラーシュ・ケプレルは、スウェーデンの純文学作家で夫のアレクサンデル・アンドリル（Alexander Ahndoril, 1967年ストックホルム生まれ）と妻アレクサンドラ・コエーリョ・アンドリル（Alexandra Coelho Ahndoril, 66年ヘルシンボリ生まれ）夫妻の共同筆名。2009年正体を隠した覆面作家としてデビュー作『催眠』を発表し、その完成度の高さで大きな反響を呼ぶ。その後正体を明かし、10年には第2作『契約』を発表。11年よりヨーナ・リンナ警部を主人公としたシリーズを発表し人気を博す。『催眠』はラッセ・ハルストレム監督により映画化され、13年「ヒプノティスト―催眠―」のタイトルで日本でも公開された。

最近の翻訳書

◇『**交霊** 上』 *Eldvittent*（重訳）ラーシュ・ケプレル著, 岩澤雅利, 羽根由訳
早川書房　2013.12 412p 16cm（ハヤカワ・ミステリ文庫　HM 373-5）
900円　①978-4-15-178855-0

◇『**交霊** 下』 *Eldvittent*（重訳）ラーシュ・ケプレル著, 岩澤雅利, 羽根由訳
早川書房　2013.12 415p 16cm（ハヤカワ・ミステリ文庫　HM 373-6）
900円　①978-4-15-178856-7

◇『**契約** 上』 *Paganinikontraktet* ラーシュ・ケプレル著, ヘレンハルメ美穂
訳　早川書房　2011.7 447p 16cm（ハヤカワ・ミステリ文庫　HM373-
3）880円　①978-4-15-178853-6

◇『**契約** 下』 *Paganinikontraktet* ラーシュ・ケプレル著, ヘレンハルメ美穂
訳　早川書房　2011.7 429p 16cm（ハヤカワ・ミステリ文庫　HM373-
4）880円　①978-4-15-178854-3

◇『**催眠** 上』 *Hypnotisoren* ラーシュ・ケプレル著, ヘレンハルメ美穂訳
早川書房　2010.7 463p 16cm（ハヤカワ・ミステリ文庫　HM373-1）
880円　①978-4-15-178851-2

◇『**催眠** 下』 *Hypnotisoren* ラーシュ・ケプレル著, ヘレンハルメ美穂訳
早川書房　2010.7 453p 16cm（ハヤカワ・ミステリ文庫　HM373-2）
880円　①978-4-15-178852-9

ケラーマン, ジェシー　*Kellerman, Jesse*　　　　　　　　　　ミステリー

アメリカの作家、劇作家。1978年9月1日カリフォルニア州ロサンゼルス生まれ。ベストセラー作家のジョナサン・ケラーマンとフェイ・ケラーマンの長男として生まれる。ハーバード大学で心理学を、ブランダイス大学で劇作を学ぶ。2006年『Sunstroke』で作家デビューし、4冊の作品を発表。長編第5作にあたるスリラー『駄作』でMWA賞最優秀長編賞にノミネートされた。劇作家としても評価されており、03年には戯曲「Things Beyond Our Control」で将来有望な劇作家に与えられるプリンセス・グレース賞を受賞。カリフォルニア州在住。

最近の翻訳書

◇『**駄作**』 *POTBOILER* ジェシー・ケラーマン著, 林香織訳　早川書房
2014.6 566p 16cm（ハヤカワ・ミステリ文庫　HM 404-1）1100円
①978-4-15-180401-4

135

ケリー, ジム　*Kelly, Jim*　　　　　　　　　　　　ミステリー, スリラー

イギリスの作家、ジャーナリスト。1957年4月1日ハートフォードシャー州バーネット生まれ。ジャーナリストとして「フィナンシャル・タイムズ」紙などで執筆。2002年新聞記者としての経験を生かして執筆した『水時計』でデビュー。06年CWA賞図書館賞を受賞。黄金期の探偵小説を彷彿させる謎解きミステリーを執筆する。

最近の翻訳書

◇『逆さの骨』*The moon Tunnel*　ジム・ケリー著, 玉木亨訳　東京創元社　2014.2　453p　15cm　（創元推理文庫　Mケ2-3）　1300円　①978-4-488-27807-6

◇『火焔の鎖』*The fire baby*　ジム・ケリー著, 玉木亨訳　東京創元社　2012.1　445p　15cm　（創元推理文庫　278-06）　1200円　①978-4-488-27806-9

◇『水時計』*The water clock*　ジム・ケリー著, 玉木亨訳　東京創元社　2009.9　426p　15cm　（創元推理文庫　278-05）　1080円　①978-4-488-27805-2

ケリー, ジャクリーン　*Kelly, Jacqueline*　　　　　　　　　　　　児童書

ニュージーランド出身の作家。ニュージーランドで生まれ、幼い頃に両親とカナダへ移り住む。アメリカ・テキサス州の大学に進学し、医師として長く働いた後、テキサス大学ロー・スクールへ入学。弁護士として活動後、小説を書き始め、2009年『ダーウィンと出会った夏』で作家デビュー。10年同作はニューベリー賞オナーブックに選ばれた。

最近の翻訳書

◇『ダーウィンと出会った夏』*The evolution of Calpurnia Tate*　ジャクリーン・ケリー作, 斎藤倫子訳　ほるぷ出版　2011.7　412p　19cm　1500円　①978-4-593-53474-6

ケリー, リン　*Kelly, Lynne*　　　　　　　　　　　　児童書, ヤングアダルト

アメリカの作家。1969年イリノイ州ゲイルズバーグ生まれ。スティーブン・F.オースティン州立大学で心理学を学ぶ。卒業後は手話通訳となり、2002年から数年間は特殊学校の教師としても働く。この頃より児童文学の作家を目指し、12年『ぼくと象のものがたり』で作家デビュー。同作は南アジア図書館賞オナーブック、クリスタルカイト賞を受賞、インド、フランスでも出版された。テキサス州ヒューストン在住。

最近の翻訳書

◇『ぼくと象のものがたり』*CHAINED*　リン・ケリー作, 若林千鶴訳　鈴木出版　2015.3　317p　20cm　（鈴木出版の海外児童文学 この地球を生きる子どもたち）　1600円　①978-4-7902-3306-0

ゲルドム, ズザンネ　*Gerdom, Susanne*　　　　　　　　　　　　SF, ファンタジー

別筆名＝ヒル, フランセス・G.〈Hill, Frances G.〉

ドイツの作家。1958年西ドイツ・デュッセルドルフ生まれ。学校卒業後、書店員となるための職業訓練を受けたが、本を売るだけでは創作への欲求が満たされず、女優を経て演出の仕事をするようになる。やがて小説を書き始め、2000年フランセス・G.ヒル名義で処女作『Ellorans Traum』を発表。03年ズザンネ・ゲルドム名義で『Anidas Prophezeiung』を発表、同年のファンタジー新人賞を受賞。同作は〈AnidA〉としてシリーズ化された。

海外文学　新進作家事典　　　　　　　　　　　　　ケント

最近の翻訳書

◇『霧の王』 *DER NEBELKÖNIG*　ズザンネ・ゲルドム著, 遠山明子訳　東京
創元社　2012.12　293p　20cm　2000円　①978-4-488-01304-2

ゲルフィ, ブレント　*Ghelfi, Brent*　　　　　　　　　　スリラー

アメリカの作家。アメリカ連邦控訴裁判所に書記官として勤務した後、アリゾナ州フェニック
スで法律事務所のパートナーとなる。実業家としても活躍し、ロシアを広範囲に旅する。2007
年『狼のゲーム』でデビュー。同作は国際スリラー作家協会新人賞の候補作となった。フェ
ニックス在住。

最近の翻訳書

◇『狼のゲーム』 *Volk's game*　ブレント・ゲルフィ著, 鈴木恵訳　ランダムハ
ウス講談社　2009.1　450p　15cm　900円　①978-4-270-10264-0

ケールマン, ダニエル　*Kehlmann, Daniel*　　　　　　　　文学

ドイツの作家。1975年1月13日西ドイツ・ミュンヘン生まれ。81年からオーストリアのウィー
ンに住み、ウィーン大学で哲学と文芸学を学んだ後、カント哲学をテーマとする博士論文を準
備する傍ら小説の執筆を行う。97年『Beerholms Vorstellung』で作家デビュー。2003年に発
表した『僕とカミンスキー 盲目の老画家との奇妙な旅』は18万部のベストセラーとなり、24
カ国語に翻訳されて国際的な名声を得た。続いて、05年に発表した『世界の測量 ガウスとフ
ンボルトの物語』はドイツで100万部を超すベストセラーとなり、45カ国に翻訳されて国際的
ヒット作品となった。文芸学者・批評家としても活動し、マインツ大学、ゲッティンゲン大学
などで講師を務めるほか、有名新聞雑誌に批評やエッセイを寄稿。クライスト賞、ヴェルト文
学賞、トーマス・マン賞、アデナウアー財団文学賞を受賞している。

最近の翻訳書

◇『名声』 *Ruhm*　ダニエル・ケールマン著, 瀬川裕司訳　三修社　2010.12
236p　20cm　1900円　①978-4-384-05545-0
◇『僕とカミンスキー——盲目の老画家との奇妙な旅』 *Ich und Kaminski*　ダニ
エル・ケールマン著, 瀬川裕司訳　三修社　2009.3　239p　20cm　1800円
①978-4-384-04195-8
◇『世界の測量—ガウスとフンボルトの物語』 *Die Vermessung der Welt*　ダ
ニエル・ケールマン著, 瀬川裕司訳　三修社　2008.5　334p　20cm　1900円
①978-4-384-04107-1

ケント, スティーヴン・L.　*Kent, Steven L.*　　　　　　SF, ファンタジー

アメリカの作家。カリフォルニア州で生まれ、ハワイ州ホノルルで育つ。ブリガムヤング大学
でジャーナリズム論とコミュニケーション論を専攻し、のち通信課程で修士号を取得。1979〜
81年LDS教会の宣教師。88年からテレビガイドの販売マーケティングを手がける、93年より
フリージャーナリストとして、テレビゲームのレビューなどを執筆。2006年〈共和国の戦士〉
シリーズを発表、SFファンの人気を得た。

最近の翻訳書

◇『共和国の戦士　3　クローン同盟』 *The clone alliance*　スティーヴン・L.
ケント著, 嶋田洋一訳　早川書房　2011.9　479p　16cm　（ハヤカワ文庫
SF1825）　960円　①978-4-15-011825-9

137

ケント   海外文学　新進作家事典

◇『共和国の戦士　**2**　星間大戦勃発』*Rogue clone*　スティーヴン・L.ケント
　著,嶋田洋一訳　早川書房　2011.2　539p　16cm　（ハヤカワ文庫
　SF1794）　1000円　①978-4-15-011794-8
◇『共和国の戦士』*The clone republic*　スティーヴン・L.ケント著,嶋田洋一
　訳　早川書房　2010.5　543p　16cm　（ハヤカワ文庫　SF1758）　980円
　①978-4-15-011758-0

ケント, ハンナ　*Kent, Hannah*   文学

オーストラリアの作家。1985年アデレード生まれ。友人と「キル・ユア・ダーリンズ」という
文芸誌を創刊する一方、オーストラリアでもトップレベルのフリンダース大学で博士号を取
得。2013年実在したアイスランド最後の女性死刑囚を描いた『凍える墓』がイギリスで出版さ
れてベストセラーとなり、ベイリーズ・ウィメンズ・プライズなど数多くの文学賞にノミネー
トされる。さらに本国オーストラリアのABIA年間最優秀小説賞ほか数々の文学賞を受賞。

最近の翻訳書

◇『凍える墓』*BURIAL RITES*　ハンナ・ケント著,加藤洋子訳　集英社
　2015.1　431p　16cm　（集英社文庫　ケ6-1）　940円　①978-4-08-760699-7

ゲンヌ, ファイーザ　*Guène, Faïza*   文学

フランスの作家、映画監督、脚本家。1985年ボビニー生まれ。両親がアルジェリア系。パリ北
東部郊外のパンタンで育つ。2004年19歳の時に『明日はきっとうまくいく』で作家デビュー。
ユーモアとアイロニー溢れるみずみずしい文章と移民社会に暮らす若者像をポジティブに描
く姿勢が高く評価される。映画監督・脚本家としても活躍し、中編映画「Rien que des mots
（ただ言葉だけ）」（04年）などを発表している。

最近の翻訳書

◇『明日はきっとうまくいく』*Kiffe kiffe demain*　ファイーザ・ゲンヌ著,河
　村真紀子訳　早川書房　2006.3　187p　20cm　1500円　①4-15-208715-3

〔 コ 〕

胡 淑雯　コ, シュクブン　*Hu, Shu-wen*   文学

台湾の作家。1970年12月台北生まれ。台湾大学の外文系を卒業。新聞記者、編集者、女性運
動団体・婦女新知基金会の専従を経験。2001年「真相一種」で梁実秋文学賞散文創作部門一等
賞、02年「末花街38巷」で教育部文芸創作賞社会組短編小説部門二等賞、04年「界線」で時報
文学賞散文部門一等賞を獲得。06年最初の作品集『哀艶是童年』、11年長編『太陽の血は黒い
（太陽的血是黒的）』を刊行。

最近の翻訳書

◇『太陽の血は黒い』　胡淑雯著,三須祐介訳　名古屋　あるむ　2015.4　459p
　20cm　（台湾文学セレクション　2）　2500円　①978-4-86333-099-3

コ, ジョンウク　*Ko, Jung-wook*   児童書

韓国の作家。成均館大学大学院国語国文学科を修了し、文学博士号を持つ。「文化日報」紙の

新春文芸に短編小説が当選して作家となる。成均館大学で教鞭を執りながら、韓国障害人連盟（DPI）理事及び韓国障害者人権フォーラムの共同代表として、障害者への福祉充実のために尽力。『ぼくのすてきなお兄ちゃん』など、障害者をテーマとした童話を手がける。

最近の翻訳書

◇『ぼくのすてきなお兄ちゃん』 コ・ジョンウク文, ソン・ジンホン絵, 吉田昌喜訳 現文メディア 2008.11 219p 21cm （韓国人気童話シリーズ5） 1200円 ①978-4-652-06807-6

呉 明益　ゴ, メイエキ　*Wu, Ming-yi*　　　　　　　　　文学

台湾の作家、エッセイスト。国立東華大学中国文学部教授。1971年6月20日台北生まれ。輔仁大学マスメディア学部を卒業し、国立中央大学中国文学部で博士号を取得。短編小説集『本日公休』(97年)で作家デビュー。写真、イラストも手がけた自然エッセイ『迷蝶誌（チョウに魅せられて）』(2000年)、『家離水邊那麼近（うちは水辺までこんなに近い）』(07年)や、戦時中日本の戦闘機作りに参加した台湾人少年を描いた長編小説『睡眠的航線（眠りの先を行く船）』(07年)、写真評論・エッセイ集『浮光（光はゆらめいて）』(14年)などバラエティに富んだ作品を生み出す。長編小説『複眼人』(11年)は英語版が刊行され高い評価を得る。03年、07年、11年、12年、14年に「中国時報」「開巻十大好書」選出、04年雑誌「文訊」新世紀セレクション選出、07年香港「亜洲週刊」年間十大小説選出、08年、12年台北国際ブックフェア賞（小説部門）など受賞多数。国立東華大学中国文学部教授も務める。

最近の翻訳書

◇『歩道橋の魔術師』 呉明益著, 天野健太郎訳 白水社 2015.5 212p 20cm （エクス・リブリス） 2100円 ①978-4-560-09039-8

ゴア, クリスティン　*Gore, Kristin*　　　　　　　ユーモア, ロマンス

アメリカの作家、脚本家。1977年6月5日生まれ。父親はアメリカ副大統領を務めたアル・ゴアで、祖父は上院議員。ハーバード大学在学中、「Harvard Lampoon」誌に寄稿するなど執筆活動を開始。人気テレビバラエティ番組「Futurama」「Saturday Night Live」の仕事でエミー賞を受賞。2005年『大統領選挙とバニラウォッカ』で作家デビュー。

最近の翻訳書

◇『大統領選挙とバニラウォッカ』 *Sammy's hill* クリスティン・ゴア著, 鹿田昌美訳, 湊和夫解説・監修 イースト・プレス 2008.7 503p 19cm 1300円 ①978-4-87257-935-2

コーイ, ラヘル・ファン　*Kooij, Rachel van*　　　　　ヤングアダルト

オーストリアの作家。1968年オランダのヴァーゲニンゲンで生まれ、10歳の時にオーストリアへ移り住む。ウィーン大学で教育学、養護教育学、特殊教育学を学び、ウィーン近郊のクロスターノイブルクで障害者支援の仕事に携わる。傍ら、2002年作家デビュー。以後、ほぼ1年おきに作品を発表している。

最近の翻訳書

◇『クララ先生、さようなら』 *Klaras Kiste* ラヘル・ファン・コーイ作, 石川素子訳, いちかわなつこ絵 徳間書店 2014.9 301p 19cm 1600円 ①978-4-19-863866-5

コイル, クレオ　*Coyle, Cleo*

ミステリー, スリラー

単独筆名＝セラシーニ, マーク〈Cerasini, Marc〉

　　　　アルフォンシ, アリス〈Alfonsi, Alice〉

別共同筆名＝キンバリー, アリス〈Kimberly, Alice〉

クレオ・コイルは、アメリカの作家で夫のマーク・セラシーニと妻のアリス・アルフォンシの夫婦合作の筆名。ともにペンシルベニア州ピッツバーグ出身。同名義で刊行するコージー・ミステリー〈コクと深みの名推理〉シリーズで人気を博す。アリス・キンバリーの共同筆名でも活動。

＊＊＊最近の翻訳書＊＊＊

◇『億万長者の究極ブレンド』*Billionaire blend*　クレオ・コイル著, 小川敏子訳　原書房　2015.9　529p　15cm　（コージーブックス　コ1-3―コクと深みの名推理　13）　1100円　Ⓘ978-4-562-06043-6

◇『聖夜の罪はカラメル・ラテ』*Holiday buzz*　クレオ・コイル著, 小川敏子訳　原書房　2014.12　522p　15cm　（コージーブックス　コ1-2―コクと深みの名推理　12）　1100円　Ⓘ978-4-562-06034-4

◇『謎を運ぶコーヒー・マフィン』*A brew to kill*　クレオ・コイル著, 小川敏子訳　原書房　2014.3　533p　15cm　（コージーブックス　コ1-1―コクと深みの名推理　11）　950円　Ⓘ978-4-562-06025-2

◇『モカマジックの誘惑』*Murder by mocha*　クレオ・コイル著, 小川敏子訳　武田ランダムハウスジャパン　2012.10　511p　15cm　（RHブックス・プラス　コ2-10―コクと深みの名推理　10）　950円　Ⓘ978-4-270-10429-3

◇『深煎りローストはやけどのもと』*Roast mortem*　クレオ・コイル著, 小川敏子訳　武田ランダムハウスジャパン　2011.10　496p　15cm　（RHブックス+プラス　コ2-9―コクと深みの名推理　9）　900円　Ⓘ978-4-270-10396-8

◇『クリスマス・ラテのお別れ』*Holiday grind*　クレオ・コイル著, 小川敏子訳　武田ランダムハウスジャパン　2010.11　494p　15cm　（RHブックス+プラス　コ2-8―コクと深みの名推理　8）　880円　Ⓘ978-4-270-10369-2

◇『エスプレッソと不機嫌な花嫁』*Espresso shot*　クレオ・コイル著, 小川敏子訳　ランダムハウス講談社　2009.12　582p　15cm　（コクと深みの名推理　7）　900円　Ⓘ978-4-270-10332-6

◇『コーヒーのない四つ星レストラン』*French pressed*　クレオ・コイル著, 小川敏子訳　ランダムハウス講談社　2009.5　503p　15cm　（コクと深みの名推理　6）　880円　Ⓘ978-4-270-10292-3

◇『秘密の多いコーヒー豆』*Decaffeinated corpse*　クレオ・コイル著, 小川敏子訳　ランダムハウス講談社　2008.11　427p　15cm　（コクと深みの名推理　5）　840円　Ⓘ978-4-270-10249-7

◇『危ない夏のコーヒー・カクテル』*Murder most frothy*　クレオ・コイル著, 小川敏子訳　ランダムハウス講談社　2008.4　404p　15cm　（コクと深みの名推理　4）　820円　Ⓘ978-4-270-10173-5

◇『秋のカフェ・ラテ事件』*Latte trouble*　クレオ・コイル著, 小川敏子訳　ランダムハウス講談社　2007.10　410p　15cm　（コクと深みの名推理　3）　820円　Ⓘ978-4-270-10127-8

◇『事件の後はカプチーノ』*Through the grinder*　クレオ・コイル著, 小川敏子訳　ランダムハウス講談社　2007.4　429p　15cm　（コクと深みの名推理　2）　840円　Ⓘ978-4-270-10093-6

◇『名探偵のコーヒーのいれ方』*On what grounds*　クレオ・コイル著, 小川敏

子訳　ランダムハウス講談社　2006.10　431p　15cm　（コクと深みの名推理
1）　840円　①4-270-10062-1

侯 文詠　コウ，ブンエイ　*How, Wen-yeong*　　　　　　　その他

台湾の医師、作家。嘉義県出身。医学博士（台湾大学）取得。1998年から作家活動と同時に台
北医学大学の副教授を兼任し、「医学と文学」などの人文系の講座を受け持つ。87〜89年徴兵
を終えた後、90年台湾大学医学院附設医院に入る。麻酔科の研修医を経て、指導医、講師を務
める傍ら、創作に励む。97年博士の学位を取得し、同年台湾大学医学院を辞職。99年『ザ・ホ
スピタル（白色巨塔）』を発表、20万部以上のベストセラーとなり、テレビドラマも人気を博
すなど、一躍人気作家の仲間入りを果たした。

最近の翻訳書

◇『ザ・ホスピタル　上』　侯文詠著, 樋口裕子訳　角川書店　2007.10　318p
19cm　1400円　①978-4-04-791537-4
◇『ザ・ホスピタル　下』　侯文詠著, 樋口裕子訳　角川書店　2007.10　310p
19cm　1400円　①978-4-04-791538-1

洪 凌　コウ，リョウ　*Hong, Ling*　　　　　　　SF

英語名＝Hung, Lucifer

台湾の作家。世新大学性別研究所助理教授。1971年台中生まれ。台湾大学外文系を卒業後、イ
ギリスのサセックス大学で修士号、香港中文大学で博士号を取得。国立中興大学人文社会科学
研究センター博士後研究員を経て、世新大学性別研究所助理教授を務める。傍ら、セクシュア
ル・マイノリティの立場からサイエンスファンタジー、サイバーパンク、テクノゴシック、あ
るいは武俠小説などを発表。評論、翻訳、学術論述など多岐にわたる活動を旺盛に展開する。
台湾を代表するクィアSF小説作家。

最近の翻訳書

◇『フーガ黒い太陽』　黒太陽賦格　洪凌著, 櫻庭ゆみ子訳　名古屋　あるむ
2013.2　361p　20cm　（台湾文学セレクション　1）　2300円　①978-4-
86333-062-7

コーウェル, クレシッダ　*Cowell, Cresida*　　　　　　　ユーモア, 児童書

イギリスの作家。1966年4月15日ロンドンで生まれ、ロンドンとスコットランドの西海岸沖の
小さな無人島で育つ。オックスフォード大学で英文学を学んだほか、グラフィックデザインや
イラストレーションの学士号・修士号も持つ。最初にイラストレーターとして仕事を始め、そ
の後、絵本や読み物などを出版。2006年の『That Rabbit Belongs to Emily Brown』はネスレ
子供の本賞の金賞を獲得し、〈Emily Brown〉としてシリーズ化された。ほかに〈How to Train
Your Dragon〉シリーズ、〈Super Sue〉シリーズがある。ロンドンで夫と娘と暮らす。

最近の翻訳書

◇『ヒックとドラゴンヒーロー手帳』　*A journal for heroes*　クレシッダ・コー
ウェル作, 相良倫子, 陶浪亜希日本語共訳　小峰書店　2015.7　1冊（ページ付
なし）　19cm　900円　①978-4-338-24953-9
◇『ヒックとドラゴンドラゴン大図鑑—ドラゴン・ガイドブック』　*The
Incomplete Book Dragons*　クレシッダ・コーウェル作・絵, 相良倫子, 陶浪亜
希日本語共訳　小峰書店　2014.12　205p　19cm　1800円　①978-4-338-

コクリン　　海外文学　新進作家事典

24952-2

◇『ヒックとドラゴン　**11**　**孤独な英雄**』　*How to betray a dragon's hero*　クレシッダ・コーウェル作, 相良倫子, 陶浪亜希日本語共訳　小峰書店　2014.7　407p　19cm　1000円　①978-4-338-24911-9

◇『ヒックとドラゴン　**10**　**砂漠の宝石**』　*How to seize a dragon's jewel*　クレシッダ・コーウェル作, 相良倫子, 陶浪亜希日本語共訳　小峰書店　2013.7　411p　19cm　1000円　①978-4-338-24910-2

◇『ヒックとドラゴン外伝─トゥースレス大騒動』　*The day of the dreader　How to train your viking*　クレシッダ・コーウェル作, 相良倫子, 陶浪亜希日本語共訳　小峰書店　2012.11　198p　19cm　1000円　①978-4-338-24951-5

◇『ヒックとドラゴン　**9**　**運命の秘剣**』　*How to steal a dragon's sword*　クレシッダ・コーウェル作, 相良倫子, 陶浪亜希日本語共訳　小峰書店　2012.6　388p　19cm　1000円　①978-4-338-24909-6

◇『ヒックとドラゴン　**8**　**樹海の決戦**』　*How to break a dragon's heart*　クレシッダ・コーウェル作, 相良倫子, 陶浪亜希日本語共訳　小峰書店　2011.3　329, 4p　19cm　900円　①978-4-338-24908-9

◇『ヒックとドラゴン　**7**　**復讐の航海**』　*How to ride a dragon's storm*　クレシッダ・コーウェル作, 相良倫子, 陶浪亜希日本語共訳　小峰書店　2010.12　278p　19cm　900円　①978-4-338-24907-2

◇『ヒックとドラゴン　**6**　**迷宮の図書館**』　*A hero's guide to deadly dragons*　クレシッダ・コーウェル作, 相良倫子, 陶浪亜希日本語共訳　小峰書店　2010.8　208, 32p　19cm　900円　①978-4-338-24906-5

◇『ヒックとドラゴン　**5**　**灼熱の予言**』　*How to twist a dragon's tale*　クレシッダ・コーウェル作, 相良倫子, 陶浪亜希日本語共訳　小峰書店　2010.6　263p　19cm　900円　①978-4-338-24905-8

◇『ヒックとドラゴン　**4**　**氷海の呪い**』　*How to cheat a dragon's curse*　クレシッダ・コーウェル作, 相良倫子, 陶浪亜希日本語共訳　小峰書店　2010.3　246p　19cm　900円　①978-4-338-24904-1

◇『ヒックとドラゴン　**3**　**天牢の女海賊**』　*How to speak dragonese*　クレシッダ・コーウェル作, 相良倫子, 陶浪亜希日本語共訳　小峰書店　2010.1　238p　19cm　900円　①978-4-338-24903-4

◇『ヒックとドラゴン　**2**　**深海の秘宝**』　*How to be a pirate*　クレシッダ・コーウェル作, 相良倫子, 陶浪亜希日本語共訳　小峰書店　2009.11　229p　19cm　900円　①978-4-338-24902-7

◇『ヒックとドラゴン　**1**　**伝説の怪物**』　*How to train your dragon*　クレシッダ・コーウェル作, 相良倫子, 陶浪亜希日本語共訳　小峰書店　2009.11　230p　19cm　900円　①978-4-338-24901-0

コグリン, ジャック　*Coughlin, Jack*　　　　　　　　スリラー

アメリカの作家。1966年マサチューセッツ州ウォルサム生まれ。19歳で海兵隊に入隊し、イラク戦争時のバグダッドや、世界各地の危険地帯でスナイパーを務めた。2005年ケイシー・クールマンおよびドナルド・A.デービスとの共著で、イラクでの体験を記した自伝的ノンフィクション『Shooter』を発表し、作家デビュー。デービスとの共著で、07年に小説第1作となるカイル・スワンソンを主人公にした『不屈の弾道』を出版、以後シリーズ化する。

最近の翻訳書

◇『狙撃手の使命』　*Clean kill*　ジャック・コグリン, ドナルド・A・デイヴィス

142

著, 公手成幸訳 早川書房 2014.6 504p 16cm （ハヤカワ文庫 NV
1308） 1000円 ①978-4-15-041308-8
◇『運命の強敵』 *Dead shot* ジャック・コグリン, ドナルド・A・デイヴィス
著, 公手成幸訳 早川書房 2012.8 491p 16cm （ハヤカワ文庫 NV
1264） 980円 ①978-4-15-041264-7
◇『不屈の弾道』 *Kill zone* ジャック・コグリン, ドナルド・A.デイヴィス著,
公手成幸訳 早川書房 2011.6 519p 16cm （ハヤカワ文庫 NV1242）
980円 ①978-4-15-041242-5

コザック, ハーレイ・ジェーン　*Kozak, Harley Jane*　　　　ミステリー, スリラー

アメリカの作家。1957年1月28日ペンシルベニア州ウィルクスバリ生まれ。5歳の頃から演劇
に目覚め、子役としてキャリアを積む。ハイスクール卒業後は本格的に演技を学ぶためニュー
ヨークへ移り、その後、映画、テレビ、舞台で活躍。のち、カリフォルニアへ移住。2004年
『誘惑は殺意の香り』を発表し、作家に転身。同作で、04年アガサ賞最優秀新人賞、05年マカ
ヴィティ賞とアンソニー賞の最優秀新人賞を受賞。カリフォルニア州アグーラヒルズ在住。

最近の翻訳書

◇『誘惑は殺意の香り』 *Dating dead men* ハーレイ・ジェーン・コザック著,
羽田詩津子訳 早川書房 2007.11 459p 16cm （ハヤカワ・ミステリ文
庫） 800円 ①978-4-15-177401-0

コストヴァ, エリザベス　*Kostova, Elizabeth*　　　　　　　文学, 歴史

本名＝Kostova, Elizabeth Z.Johnson

アメリカの作家。1964年12月26日コネティカット州ニューロンドン生まれ。エール大学を卒
業し、ミシガン大学で創作学の修士号を取得。処女作『ヒストリアン』は執筆中の2003年に
ホップウッド賞を受賞し、05年に刊行される。同作は全米ベストセラー第1位となり、40カ国
語以上に翻訳され、世界で150万部以上発行された。

最近の翻訳書

◇『白鳥泥棒　上』 *THE SWAN THIEVES* エリザベス・コストヴァ著, 高瀬
素子訳 NHK出版 2012.12 405p 20cm 2400円 ①978-4-14-005629-5
◇『白鳥泥棒　下』 *THE SWAN THIEVES* エリザベス・コストヴァ著, 高瀬
素子訳 NHK出版 2012.12 403p 20cm 2400円 ①978-4-14-005630-1
◇『ヒストリアン　1』 *The historian* エリザベス・コストヴァ著, 高瀬素子訳
日本放送出版協会 2006.2 493p 20cm 1700円 ①4-14-005493-X
◇『ヒストリアン　2』 *The historian* エリザベス・コストヴァ著, 高瀬素子訳
日本放送出版協会 2006.2 501p 20cm 1700円 ①4-14-005494-8

コスパー, ダーシー　*Cosper, Darcy*　　　　　　　　　　　　　　ロマンス

アメリカの作家、書評家。「ニューヨーク・タイムズ」紙のブックレビュー、「ブックフォーラ
ム」「ヴィレッジ・ヴォイス」「ナーヴ」「GQ」など新聞、雑誌、ウェブサイトに寄稿。作家と
してはアンソロジーに短編が収録された後、2004年『ウエディング・シーズン』で長編小説デ
ビュー。カリフォルニア州ロサンゼルスとニューヨーク在住。

最近の翻訳書

◇『ウエディング・シーズン』 *Wedding season* ダーシー・コスパー著, 佐々

田雅子訳　集英社　2006.11　487p　16cm　（集英社文庫）　857円　Ⓝ4-08-760517-5

胡蝶 藍　コチョウ, ラン　*Hudie, lan*　　　　　　　　　　　　SF, ファンタジー

本名＝王 冬

中国の作家。1983年11月9日生まれ。中国最大のオンライン小説レーベル「起点中文網」の代表作家で、オンラインゲームを題材にした作品が豊富で、同ジャンルの第一人者と呼ばれる。印象的なキャラクター作りと軽快でユーモアにあふれる文体に特徴がある。代表作は『網游之近戦法師』『全職高手』『天醒之路』など。北京在住。

最近の翻訳書

◇『マスターオブスキル全職高手　1　放たれた闘神』　胡蝶藍著, 山中未穂訳　リブレ出版　2015.12　350p　19cm　（LBブックス）　1200円　Ⓝ978-4-7997-2764-5

◇『マスターオブスキル全職高手　2　千機傘目覚める』　胡蝶藍著, 山中未穂訳　リブレ出版　2015.12　350p　19cm　（LBブックス）　1200円　Ⓝ978-4-7997-2765-2

コッタリル, コリン　*Cotterill, Colin*　　　　　　　　　　　　ミステリー, スリラー

イギリスの作家。1952年ロンドン生まれ。教師になるための教育を受けた後、体育を教えるためイスラエルへ。各地を転々とし、オーストラリア、アメリカ、日本で教職に就く。のち、東南アジアでユネスコやNGO活動の一環として、児童虐待の被害者を救援する活動に携わる傍ら、マンガや小説を執筆。2004年に発表された『老検死官シリ先生がゆく』で小説家デビューし、フランス国鉄が主催するSNCFミステリー賞を受賞したほか、CWA賞、バリー賞にノミネートされるなど、世界各国で評価を得る。〈シリ先生〉シリーズの第2作『三十三本の歯』ではディリス賞を受賞。09年CWA賞図書館賞受賞。その後、タイのチェンマイ大学で教鞭を執りながら、年1作のペースで同シリーズを発表。タイを舞台に女性犯罪リポーターが活躍する〈犯罪報道記者ジムの事件簿〉シリーズもある。ラオスの子供たちに本を送る活動にも力を注ぐ。妻とタイ南部に暮らす。

最近の翻訳書

◇『渚の忘れ物―犯罪報道記者ジムの事件簿』　*GRANDAD, THERE'S A HEAD ON THE BEACH*　コリン・コッタリル著, 中井京子訳　集英社　2015.2　414p　16cm　（集英社文庫　コ15-1）　870円　Ⓝ978-4-08-760701-7

◇『三十三本の歯』　*THIRTY-THREE TEETH*　コリン・コッタリル著, 雨沢泰訳　ヴィレッジブックス　2012.5　377p　15cm　（ヴィレッジブックス　F-コ4-2）　880円　Ⓝ978-4-86332-383-4

◇『老検死官シリ先生がゆく』　*The coroner's lunch*　コリン・コッタリル著, 雨沢泰訳　ヴィレッジブックス　2008.8　378p　15cm　（ヴィレッジブックス）　900円　Ⓝ978-4-86332-065-9

ゴッドバーセン, アンナ　*Godbersen, Anna*　　　　　　　　　　ロマンス, 歴史

アメリカの作家。1980年4月10日カリフォルニア州バークレー生まれ。バーナード・カレッジ卒。2007年『LUXE』でデビューし、大ヒットを記録した。ブルックリン在住。

海外文学　新進作家事典　　　　コテ

最近の翻訳書

◇『**Luxe　1　禁じられた恋**』 *The luxe*　アンナ・ゴッドバーセン著, 池内恵訳
主婦の友社　2009.2　191p　19cm　1000円　①978-4-07-261657-4
◇『**Luxe　2　裏切りの代償**』 *The luxe*　アンナ・ゴッドバーセン著, 池内恵訳
主婦の友社　2009.2　156p　19cm　1000円　①978-4-07-261663-5
◇『**Luxe　3　悪魔の罠**』 *The luxe*　アンナ・ゴッドバーセン著, 池内恵訳　主
婦の友社　2009.2　158p　19cm　1000円　①978-4-07-261670-3

コッパーマン, E.J.　*Copperman, E.J.*　　　　ミステリー, スリラー

別筆名＝コーエン, ジェフリー〈Cohen, Jeffrey〉

アメリカの作家。1957年ニュージャージー州生まれ。ラトガース大学卒。ライターとして活躍
した後、2002年ジェフリー・コーエン名義の『For Whom the Minivan Rolls』で作家デビュー。
同名義で3つのミステリー・シリーズを発表。E.J.コッパーマン名義では、10年に刊行した『海
辺の幽霊ゲストハウス』を第1作とするシリーズのほか、14年より新シリーズを開始するなど
旺盛な執筆活動を行う。

最近の翻訳書

◇『海辺の幽霊ゲストハウス』 *NIGHT OF THE LIVING DEED*　E・J・
コッパーマン著, 藤井美佐子訳　東京創元社　2015.7　451p　15cm　（創元
推理文庫　Mコ13-1）　1260円　①978-4-488-25903-7

コッブ, ジェイムズ・H.　*Cobb, James H.*　　　　ミステリー, スリラー

アメリカの作家。1953年〜2014年7月8日。海軍の家系に育ち、自らも軍事史と軍事テクノロ
ジーを研究。現存のテクノロジーを応用したステルス駆逐艦の軍事行動を描いた処女長編『ス
テルス艦カニンガム出撃』(1996年)は、緻密なハイテク描写に加え、巧みな語り口と人物造形
を持った斬新な作品で評判を呼んだ。

最近の翻訳書

◇『隠密部隊ファントム・フォース　上』 *Phantom force*　ジェイムズ・H.
コッブ著, 伏見威蕃訳　文藝春秋　2006.3　377p　16cm　（文春文庫）　657
円　①4-16-770518-4
◇『隠密部隊ファントム・フォース　下』 *Phantom force*　ジェイムズ・H.
コッブ著, 伏見威蕃訳　文藝春秋　2006.3　399p　16cm　（文春文庫）　657
円　①4-16-770519-2

ゴデ, ロラン　*Gaude, Laurent*　　　　文学, 歴史

フランスの作家、劇作家。1972年7月6日パリ生まれ。劇作家として活躍していたが、その後
小説も書き始める。特に2002年発表の第2長編『ツォンゴール王の死』はフランスで大ベスト
セラーとなり、"高校生が選ぶゴンクール賞"と"書店賞"を受賞。04年には『スコルタの太陽』
を発表、ゴンクール賞とジャン・ジオノ賞(審査員賞)を受賞。ギリシャ神話や古典悲劇など
から自由に材をとり、また戦争状態における不条理な世界を舞台にするなど、その普遍性の高
い悲劇作品は現代フランス作家の中でも異色の存在といわれる。

最近の翻訳書

◇『スコルタの太陽』 *Le soleil des Scorta*　ロラン・ゴデ著, 新島進訳　河出書
房新社　2008.6　244p　20cm　（Modern & classic）　1800円　①978-4-309-

145

コトン　　　　　海外文学　新進作家事典

20493-2

ゴードン, デイヴィッド　*Gordon, David*　　　　ミステリー

アメリカの作家。ニューヨーク市クイーンズ地区生まれ。サラ・ローレンス大学を卒業、コロンビア大学大学院創作学科で修士号を取得。映画、出版、ファッション業界を経て、2010年『二流小説家』で作家デビュー。同作で11年度のMWA賞最優秀新人賞候補となり、日本では"ミステリが読みたい！大賞""このミステリーがすごい！""週刊文春ミステリーベスト10"の海外部門で軒並み1位を獲得、映画化もされた。12年第2作『ミステリーガール』を発表。ニューヨークに在住。

＊＊＊最近の翻訳書＊＊＊

◇『雪山の白い虎』　*WHITE TIGER ON SNOW MOUNTAIN*　デイヴィッド・ゴードン著, 青木千鶴訳　早川書房　2014.12　461p　20cm　2600円　①978-4-15-209510-7

◇『ミステリガール』　*MYSTERY GIRL*　デイヴィッド・ゴードン著, 青木千鶴訳　早川書房　2013.6　534p　19cm　（HAYAKAWA POCKET MYSTERY BOOKS　1872）　1900円　①978-4-15-001872-6

◇『二流小説家』　*THE SERIALIST*　デイヴィッド・ゴードン著, 青木千鶴訳　早川書房　2013.1　562p　16cm　（ハヤカワ・ミステリ文庫　HM 386-1）　1000円　①978-4-15-179501-5

◇『ミステリアス・ショーケース』　*What I've been trying to do all this time.*［*etc.*］　デイヴィッド・ゴードン他著, 早川書房編集部編　早川書房　2012.3　253p　19cm　（Hayakawa pocket mystery books　no.1857）　1300円　①978-4-15-001857-3　内容：「ぼくがしようとしてきたこと」デイヴィッド・ゴードン著, 青木千鶴訳　「クイーンズのヴァンパイア」デイヴィッド・ゴードン著, 青木千鶴訳　「この場所と黄海のあいだ」ニック・ピゾラット著, 東野さやか訳　「彼の両手がずっと待っていたもの」トム・フランクリン, ベス・アン・フェンリイ著, 伏見威蕃訳　「悪魔がオレヴォにやってくる」デイヴィット・ベニオフ著, 田口俊樹訳　「四人目の空席」スティーヴ・ハミルトン著, 越前敏弥訳　「彼女がくれたもの」トマス・H.クック著, 府中由美恵訳　「ライラックの香り」ダグ・アリン著, 富永和子訳

◇『二流小説家』　*The serialist*　デイヴィッド・ゴードン著, 青木千鶴訳　早川書房　2011.3　454p　19cm　（Hayakawa pocket mystery books　no.1845）　1900円　①978-4-15-001845-0

ゴードン, ニール　*Gordon, Neil*　　　　ミステリー

南アフリカ出身の作家。1958年に同国で生まれた後、ニューヨーク、スコットランド、パリ、イスラエルに移り住み、ミシガン大学、エルサレム大学、ソルボンヌ大学で学ぶ。エール大学でフランス文学の博士号を取得。多言語に通じ、広範な知識と鋭い鑑賞眼を備え、「ボストン・レビュー」誌で文芸編集者を務めた。傍ら、文学の教鞭も執る。95年ナチス・ドイツのホロコーストをテーマとしたサスペンス『犠牲の羊たち』で作家デビューし、スパイ小説家ジョン・ル・カレの再来として脚光を浴びる。『ランナウェイ/逃亡者』（2003年）はロバート・レッドフォード監督・主演で映画化された。

＊＊＊最近の翻訳書＊＊＊

◇『ランナウェイ/逃亡者』　*THE COMPANY YOU KEEP*　ニール・ゴードン著, 嵯峨静江訳　早川書房　2013.9　651p　16cm　（ハヤカワ文庫 NV

146

海外文学　新進作家事典　　　　　　　　　　　　　　　　　　　　コナリ

1289）　1200円　①978-4-15-041289-0

ゴードン, ロデリック　*Gordon, Roderick*　　　　　　　　　　　ファンタジー

イギリスの作家。1960年ロンドン生まれ。大学卒業後、投資銀行に勤めていたが、2001年解
雇される。05年大学時代からの友人ブライアン・ウィリアムズの助けを借りてファンタジー小
説『トンネル』を共同執筆し自費出版。07年Chicken House Publishingから再刊行されると、
ベストセラーとなり、40カ国以上で出版、シリーズ化もされた。コンサルタント業の傍ら、執
筆活動を続ける。

＊＊＊最近の翻訳書＊＊＊

◇『トンネル　2［上］　謎の暗黒世界ディープス』*Deeper*　ロデリック・ゴー
　ドン, ブライアン・ウィリアムズ著, 堀江里美, 田内志文訳　ゴマブックス
　2009.1　318p　18cm　950円　①978-4-7771-1200-5

◇『トンネル　2［中］　謎の暗黒世界ディープス』*Deeper*　ロデリック・ゴー
　ドン, ブライアン・ウィリアムズ著, 堀江里美, 田内志文訳　ゴマブックス
　2009.1　307p　18cm　950円　①978-4-7771-1201-2

◇『トンネル　2［下］　謎の暗黒世界ディープス』*Deeper*　ロデリック・ゴー
　ドン, ブライアン・ウィリアムズ著, 堀江里美, 田内志文訳　ゴマブックス
　2009.1　324p　18cm　950円　①978-4-7771-1202-9

◇『トンネル　上』*Tunnels*　ロデリック・ゴードン, ブライアン・ウィリアム
　ズ著, 堀江里美, 田内志文訳　ゴマブックス　2008.11　254p　18cm　890円
　①978-4-7771-1141-1

◇『トンネル　中』*Tunnels*　ロデリック・ゴードン, ブライアン・ウィリアム
　ズ著, 堀江里美, 田内志文訳　ゴマブックス　2008.11　228p　18cm　890円
　①978-4-7771-1142-8

◇『トンネル　下』*Tunnels*　ロデリック・ゴードン, ブライアン・ウィリアム
　ズ著, 堀江里美, 田内志文訳　ゴマブックス　2008.11　236p　18cm　890円
　①978-4-7771-1143-5

◇『トンネル―2 謎の暗黒世界ディープス　上』*Deeper*　ロデリック・ゴード
　ン, ブライアン・ウィリアムズ著, 堀江里美, 田内志文訳　ゴマブックス
　2008.8　414p　20cm　1700円　①978-4-7771-0969-2

◇『トンネル―2 謎の暗黒世界ディープス　下』*Deeper*　ロデリック・ゴード
　ン, ブライアン・ウィリアムズ著, 堀江里美, 田内志文訳　ゴマブックス
　2008.8　414p　20cm　1700円　①978-4-7771-0970-8

◇『トンネル　上』*Tunnels*　ロデリック・ゴードン, ブライアン・ウィリアム
　ズ著, 堀江里美, 田内志文訳　ゴマブックス　2008.1　318p　20cm　1500円
　①978-4-7771-0780-3

◇『トンネル　下』*Tunnels*　ロデリック・ゴードン, ブライアン・ウィリアム
　ズ著, 堀江里美, 田内志文訳　ゴマブックス　2008.1　334p　20cm　1500円
　①978-4-7771-0781-0

コナリー, ジョン　*Connolly, John*　　　　　　　　　　　　ミステリー, スリラー

アイルランドの作家。1968年ダブリン生まれ。ダブリン大学を卒業後、ジャーナリスト、バー
テンダー、地元政府の公務員、ウェイター、ロンドンのハロッズ百貨店の雑用係などさまざま
な職業を経験。99年の作家デビュー作『死せるものすべてに』はブラム・ストーカー賞とバ
リー賞にノミネートされ、シェイマス賞を受賞。2003年『The White Road』でバリー賞イギ

コネツキ　　　　　海外文学　新進作家事典

リスミステリー賞を、12年デクラン・バークとの共著『Books to Die For』でアガサ賞最優秀
ノンフィクション賞を受けた。

最近の翻訳書

◇『失われたものたちの本』 *THE BOOK OF LOST THINGS*　ジョン・コナ
リー著, 田内志文訳　東京創元社　2015.9　381p　19cm　2200円　⑪978-4-
488-01049-2

◇『**BIBLIO MYSTERIES　3**』 *THE MUSEUM OF LITERARY SOULS
THE BOOK OF GHOSTS*ほか　リード・ファレル・コールマン, ジョン・コ
ナリー, アン・ペリー著　ディスカヴァー・トゥエンティワン　2014.11
228p　19cm　1300円　⑪978-4-7993-1620-7　内容:「カクストン私設図書
館」ジョン・コナリー著「亡霊たちの書」リード・ファレル・コールマン著
「巻物」アン・ペリー著

コーネツキー, L.A.　*Kornetsky, L.A.*　　　　　ミステリー, スリラー

別筆名＝ギルマン, ローラ・アン〈Gilman, Laura Anne〉

アメリカの作家。ローラ・アン・ギルマンとして〈Cosa Nostradamus〉シリーズなどを発表。
2009年からの『The Vineart War trilogy』ではネビュラ賞にノミネートされる。一方、L.A.
コーネツキー名義では、〈The Gin & Tonic Mysteries〉シリーズの『犬猫探偵と月曜日の嘘』な
どを発表。ニューヨーク市在住。

最近の翻訳書

◇『犬猫探偵と月曜日の嘘』 *COLLARED*　L・A・コーネツキー著, 和爾桃子
訳　ヴィレッジブックス　2013.9　387p　15cm　（ヴィレッジブックス　F-
コ8-1）　800円　⑪978-4-86491-084-2

コバブール, レナ　*Kaaberbol, Lene*　　　　　ファンタジー, ヤングアダルト

デンマークの作家。1960年3月24日コペンハーゲン生まれ。12歳から小説を書き始め、15歳で
はじめての本を出版。大学では英文学と演劇を専攻。高校教師、コピーライター、出版社の編
集者、清掃アシスタント、乗馬教師などを経験して、作家となる。子供向けのファンタジーを
中心に数多くの作品を執筆。アニタ・フリースとの共著『スーツケースの中の少年』で2008年
度ハラルドモゴンセン賞ベストクライムノベル賞などを受賞、「ニューヨーク・タイムズ」紙
のベストセラーにもなる。

最近の翻訳書

◇『スーツケースの中の少年』 *DRENGEN I KUFFERTEN*（重訳）*The Boy
in the Suitcase*　レナ・コバブール, アニタ・フリース著, 土屋京子訳　講談
社　2013.7　459p　15cm　（講談社文庫　こ82-1）　1000円　⑪978-4-06-
277597-7

コープ, アンドリュー　*Cope, Andrew*　　　　　児童書

イギリスの作家。1966年ダービー生まれ。小学校教師で、臨床心理学者でもある。〈スパイ・
ドッグ〉シリーズと〈SPY PIPS〉〈SPY CAT〉シリーズ（未訳）で人気を集め、〈スパイ・ドッ
グ〉シリーズは10冊以上出版されている。

最近の翻訳書

◇『天才犬ララ、危機一髪!?―秘密指令！ 誘拐団をやっつけろ!!』 *SPY DOG.*

海外文学　新進作家事典

#2　アンドリュー・コープ作, 柴野理奈子訳, 百田文絵　講談社　2013.2
246p　18cm　（講談社青い鳥文庫　297-2）　670円　①978-4-06-285336-1
◇『スパイ・ドッグ―天才スパイ犬、ララ誕生！』　SPY DOG　アンドリュー・
コープ作, 前沢明枝, 柴野理奈子訳, 百田文絵　講談社　2012.10　247p
18cm　（講談社青い鳥文庫　297-1）　640円　①978-4-06-285314-9

ゴフ, クリスティン　Goff, Christine　　　　　　　　　　ミステリー, スリラー

アメリカの作家。コロラド州生まれ。ノンフィクションライターとして活動後、2000年〈バー
ドウォッチャー・ミステリ〉シリーズの第1作『ワタリガラスはやかまし屋』で作家デビュー。
6人の子供の母親で、家族とコロラド州在住。

最近の翻訳書

◇『違いのわかる渡り鳥』　Death of a songbird　クリスティン・ゴフ著, 早川麻
百合訳　東京創元社　2011.3　339p　15cm　（創元推理文庫　190-05）
1000円　①978-4-488-19005-7
◇『ワタリガラスはやかまし屋』　A rant of ravens　クリスティン・ゴフ著, 早
川麻百合訳　東京創元社　2009.1　316p　15cm　（創元推理文庫　190-04）
900円　①978-4-488-19004-0

コメール, エルヴェ　Commère, Hervé　　　　　　　　　　　　　　ミステリー

フランスの作家。1974年ルーアン生まれ。大学で文学を学んだ後、昼はバーテンダー、夜は執
筆という二重生活を送る。2006年よりレンヌに居住し、第1作『J'attraperai ta mort』（09年）
を出版。第2作の『悪意の波紋』は11年のマルセイユ推理小説賞などを受賞。12年よりパリに
居を移し、作家活動を続ける。

最近の翻訳書

◇『悪意の波紋』　LES RONDS DANS L'EAU　エルヴェ・コメール著, 山口羊
子訳　集英社　2015.3　342p　16cm　（集英社文庫　コ16-1）　760円
①978-4-08-760702-4

コーリィ, ジェイムズ・S.A.　Corey, James S.A.　　　　　　　SF, ファンタジー

単独筆名＝エイブラハム, ダニエル〈Abraham, Daniel〉
　　　　　フランク, タイ〈Franck, Ty〉

ジェイムズ・S.A.コーリィは、アメリカの作家ダニエル・エイブラハムとタイ・フランクの共
同筆名。ともに1969年生まれ。エイブラハムは、96年『Mixing Rebecca』でデビュー。代表
的長編にファンタジー〈Long Price〉4部作がある。短編「両替官とアイアン卿―経済学のおと
ぎ噺」は、ヒューゴー賞と世界幻想文学大賞の候補になった。フランクはジョージ・R.R.マー
ティンのアシスタントを務めながら短編を発表。ジェイムズ・S.A.コーリィとして、11年に
発表された本格宇宙SF『巨獣めざめる』は、長編第1作ながら大きな話題となり、ヒューゴー
賞長編部門とローカス賞SF長編部門の最終候補となった。同作から始まる〈The Expanse〉シ
リーズは、『Caliban's War』（12年）、『Abaddon's Gate』（13年）と刊行が続く。

最近の翻訳書

◇『巨獣めざめる　上』　LEVIATHAN WAKES　ジェイムズ・S・A・コーリ
ィ著, 中原尚哉訳　早川書房　2013.4　431p　16cm　（ハヤカワ文庫 SF
1898）　840円　①978-4-15-011898-3

◇『巨獣めざめる　下』 *LEVIATHAN WAKES*　ジェイムズ・S・A・コーリイ著, 中原尚哉訳　早川書房　2013.4　420p　16cm　（ハヤカワ文庫 SF 1899）　840円　①978-4-15-011899-0

コリータ, マイクル　*Koryta, Michael*　　　　　スリラー, ミステリー

アメリカの作家。インディアナ州ブルーミントン出身。インディアナ大学在学中に、探偵事務所や新聞社で働いた経験を活かしハードボイルド小説『さよならを告げた夜』を執筆。2003年出版社セント・マーティンズ・プレスとPWA共催の新人コンテストで第1席となり、04年刊行される。05年にはMWA賞最優秀新人賞にもノミネート。『夜を希（ねが）う』(08年)ではロサンゼルス・タイムズ最優秀ミステリー賞を受賞し、09年バリー賞にノミネートされた。ブルーミントン在住。

最近の翻訳書

◇『深い森の灯台』 *THE RIDGE*　マイクル・コリータ著, 青木悦子訳　東京創元社　2015.12　467p　15cm　（創元推理文庫　Mコ12-4）　1300円　①978-4-488-11706-1

◇『冷たい川が呼ぶ　上』 *SO COLD THE RIVER*　マイクル・コリータ著, 青木悦子訳　東京創元社　2012.9　311p　15cm　（創元推理文庫　Mコ12-2）　940円　①978-4-488-11704-7

◇『冷たい川が呼ぶ　下』 *SO COLD THE RIVER*　マイクル・コリータ著, 青木悦子訳　東京創元社　2012.9　315p　15cm　（創元推理文庫　Mコ12-3）　940円　①978-4-488-11705-4

◇『夜を希（ねが）う』 *Envy the night*　マイクル・コリータ著, 青木悦子訳　東京創元社　2011.10　477p　15cm　（創元推理文庫　117-03）　1260円　①978-4-488-11703-0

◇『さよならを告げた夜』 *Tonight I said goodbye*　マイクル・コリータ著, 越前敏弥訳　早川書房　2006.8　364p　20cm　2000円　①4-15-208752-8

コリンズ, スーザン　*Collins, Suzanne*　　　　ファンタジー, ヤングアダルト

アメリカの作家。1962年8月11日コネティカット州生まれ。91年から児童向けのテレビ番組を多数手がけ、エミー賞の受賞経験もある。番組制作の際に出会った児童文学作家に勧められ、児童書の執筆を始める。2008年より刊行された〈ハンガー・ゲーム〉シリーズ3部作は全世界でベストセラーとなり、映画「ハンガー・ゲーム」もシリーズ化されて大ヒットした。ほかに03〜07年に刊行されたファンタジー小説〈アンダーランドクロニクル〉シリーズ5部作もある。

最近の翻訳書

◇『ハンガー・ゲーム　上』 *THE HUNGER GAMES*　スーザン・コリンズ著, 河井直子訳　KADOKAWA　2013.11　319p　15cm　（MF文庫ダ・ヴィンチ）　590円　①978-4-04-066415-6

◇『ハンガー・ゲーム　下』 *THE HUNGER GAMES*　スーザン・コリンズ著, 河井直子訳　KADOKAWA　2013.11　287p　15cm　（MF文庫ダ・ヴィンチ）　590円　①978-4-04-067090-4

◇『ハンガー・ゲーム　3　マネシカケスの少女　上』 *MOCKINGJAY*　スーザン・コリンズ著, 河井直子訳　KADOKAWA　2013.11　303p　15cm　（MF文庫ダ・ヴィンチ）　590円　①978-4-04-066418-7

◇『ハンガー・ゲーム　3　マネシカケスの少女　下』 *MOCKINGJAY*　スーザン・コリンズ著, 河井直子訳　KADOKAWA　2013.11　351p　15cm　（MF

海外文学　新進作家事典

文庫ダ・ヴィンチ）　590円　①978-4-04-066419-4
◇『ハンガー・ゲーム　2　燃え広がる炎 上』　*CATCHING FIRE*　スーザン・コリンズ著, 河井直子訳　KADOKAWA　2013.11　286p　15cm　（MF文庫ダ・ヴィンチ）　590円　①978-4-04-066416-3
◇『ハンガー・ゲーム　2　燃え広がる炎 下』　*CATCHING FIRE*　スーザン・コリンズ著, 河井直子訳　KADOKAWA　2013.11　335p　15cm　（MF文庫ダ・ヴィンチ）　590円　①978-4-04-066417-0
◇『ハンガー・ゲーム　3　マネシカケスの少女 上』　*THE HUNGER GAMES*　スーザン・コリンズ著, 河井直子訳　メディアファクトリー　2012.11　303p　15cm　（MF文庫ダ・ヴィンチ　すー5-5）　590円　①978-4-8401-4867-2
◇『ハンガー・ゲーム　3　マネシカケスの少女 下』　*THE HUNGER GAMES*　スーザン・コリンズ著, 河井直子訳　メディアファクトリー　2012.11　351p　15cm　（MF文庫ダ・ヴィンチ　すー5-6）　590円　①978-4-8401-4868-9
◇『ハンガー・ゲーム　2　燃え広がる炎 上』　*THE HUNGER GAMES*　スーザン・コリンズ著, 河井直子訳　メディアファクトリー　2012.9　286p　15cm　（MF文庫ダ・ヴィンチ　すー5-3）　590円　①978-4-8401-4803-0
◇『ハンガー・ゲーム　2　燃え広がる炎 下』　*THE HUNGER GAMES*　スーザン・コリンズ著, 河井直子訳　メディアファクトリー　2012.9　335p　15cm　（MF文庫ダ・ヴィンチ　すー5-4）　590円　①978-4-8401-4804-7
◇『ハンガー・ゲーム 上』　*THE HUNGER GAMES*　スーザン・コリンズ著, 河井直子訳　メディアファクトリー　2012.7　319p　15cm　（MF文庫ダ・ヴィンチ　すー5-1）　590円　①978-4-8401-4631-9
◇『ハンガー・ゲーム 下』　*THE HUNGER GAMES*　スーザン・コリンズ著, 河井直子訳　メディアファクトリー　2012.7　287p　15cm　（MF文庫ダ・ヴィンチ　すー5-2）　590円　①978-4-8401-4632-6
◇『ハンガー・ゲーム』　*THE HUNGER GAMES*　スーザン・コリンズ著, 河井直子訳　メディアファクトリー　2009.10　479p　22cm　1800円　①978-4-8401-3063-9

コール, オーガスト　*Cole, August*　　　　　　　　　　　スリラー, SF

アメリカのライター、アナリスト。サンフランシスコ州生まれ。ペンシルベニア大学、ハーバード大学、ジョン・F.ケネディ行政大学大学院に学ぶ。「ウォールストリート・ジャーナル」の国防産業担当リポーターを経て、シンクタンク大西洋評議会（アトランティック・カウンシル）の非常駐シニア・フェローとして、フィクションを通じて未来の戦争を探求することに専念する。『中国軍を駆逐せよ！』の共著者で、ニュー・アメリカ財団の戦略家P.W.シンガーとともにアメリカ国防総省のNextTec（次世代テクノロジー）プロジェクトのまとめ役も務める。

最近の翻訳書

◇『中国軍を駆逐せよ！―ゴースト・フリート出撃す 上』　*GHOST FLEET*（*vol.1*）　P.W.シンガー, オーガスト・コール著, 伏見威蕃訳　二見書房　2016.2　337p　15cm　（ザ・ミステリ・コレクション）　857円　①978-4-576-16037-5
◇『中国軍を駆逐せよ！―ゴースト・フリート出撃す 下』　*GHOST FLEET*（*vol.2*）　P.W.シンガー, オーガスト・コール著, 伏見威蕃訳　二見書房　2016.2　347p　15cm　（ザ・ミステリ・コレクション）　857円　①978-4-576-16038-2

151

ゴールディング, ジュリア　*Golding, Julia*　　　　ヤングアダルト, 児童書

イギリスの作家。1969年生まれでロンドン郊外で育つ。ケンブリッジ大学で英文学を専攻。卒業後、外務省に入り、外交官としてポーランドに着任。外務省を離れた後、オックスフォード大学で英国ロマン派文学の博士号を取得。その後、貧困者救済機関であるオックスファムのロビイストとして運動し、交戦地帯に住む市民の救済のために国連と政府に働きかける。2006年〈キャット・ロイヤル〉シリーズの第1作『キャットと王立劇場のダイヤモンド』で作家デビュー、同作はネスレ児童文学賞、オッタカー児童図書賞を受賞した。〈コニー・ライオンハート〉シリーズでも人気を博す。

最近の翻訳書

◇『キャットとカレージャス号の陰謀』 *Cat O'nine TAILS* ジュリア・ゴールディング作, 雨海弘美訳　静山社　2012.8　331p　19cm　（キャット・ロイヤルシリーズ　4）　1500円　①978-4-86389-148-7

◇『キャットとバレロワイヤルの盗賊王』 *Den of THIEVES* ジュリア・ゴールディング作, 雨海弘美訳　静山社　2012.6　355p　19cm　（キャット・ロイヤルシリーズ　3）　1500円　①978-4-86389-147-0

◇『キャットと奴隷船の少年』 *Cat among the pigeons* ジュリア・ゴールディング作, 雨海弘美訳　静山社　2011.7　323p　19cm　（キャット・ロイヤルシリーズ　2）　1400円　①978-4-86389-112-8

◇『キャットと王立劇場のダイヤモンド』 *The diamond of Drury Lane* ジュリア・ゴールディング作, 雨海弘美訳　静山社　2011.6　357p　19cm　（キャット・ロイヤルシリーズ　1）　1400円　①978-4-86389-106-7

◇『キメラの呪い』 *The chimera's curse* ジュリア・ゴールディング作, 嶋田水子, 木田恒訳　静山社　2010.6　347p　22cm　（コニー・ライオンハートシリーズ　4）　1600円　①978-4-86389-053-4

◇『ゴルゴンの眼光』 *The gorgon's gaze* ジュリア・ゴールディング作, 木田恒, 藤田優里子訳　静山社　2009.6　378p　22cm　（コニー・ライオンハートシリーズ　2）　1700円　①978-4-915512-76-6

◇『ミノタウルスの洞窟』 *Mines of the minotaur* ジュリア・ゴールディング作, 嶋田水子, 木田恒訳　静山社　2009.6　330p　22cm　（コニー・ライオンハートシリーズ　3）　1600円　①978-4-915512-77-3

◇『サイレンの秘密』 *Secret of the sirens* ジュリア・ゴールディング作, 松岡佑子, カースティ・祖父江訳　静山社　2007.11　467p　22cm　（コニー・ライオンハートと神秘の生物　v.1）　1900円　①978-4-915512-61-2

ゴールドシュタイン, バルバラ　*Goldstein, Barbara*　　　　歴史

ドイツの作家。1966年〜2014年。西ドイツ・ノイミュンスター生まれ。銀行をはじめいくつかの企業でキャリアを積み、ビジネス関係の著作を上梓。03年より作家活動に専念する。歴史小説を得意とし、その作品は各国で翻訳・出版された。14年に48歳の若さで死去。

最近の翻訳書

◇『ルネサンスをかけぬけた男ラファエロ』 *DER MALER DER LIEBE* バルバラ・ゴールドシュタイン著, 鈴木久仁子, 相沢和子訳　クインテッセンス出版　2012.10　431p　22cm　3600円　①978-4-7812-0276-1

ゴールドマン, ジョエル　*Goldman, Joel*　　　　ミステリー, スリラー

アメリカの作家、弁護士。ミズーリ州カンザスシティ生まれ。法廷専門の弁護士としてカンザスシティの大手法律事務所に勤務。2002年に『Motion to Kill』を出版して以降、年1冊のペースで、弁護士ルー・メイスンを主人公にしたペーパーバックを発表。04年『プライベートファイル』がMWA賞最優秀ペーパーバック賞の候補作となった。

最近の翻訳書

◇『プライベートファイル』　*The last witness*　ジョエル・ゴールドマン著, 白
　石朗訳　小学館　2006.1　557p　15cm　（小学館文庫）　752円　①4-09-
　405466-9

コルバート, カート　*Colbert, Curt*　　　　ミステリー, スリラー

アメリカの作家。1947年8月23日生まれ。ワシントン州シアトル出身。ベトナム戦争に従軍した後、地味な役柄の俳優業や食品会社のコンサルタントなどで生計を立てながら詩作をする。2001年〈ジェイク・ロシター〉シリーズの第1作『ラット・シティの銃声』で作家デビュー、シェイマス賞の最優秀処女長編賞候補作となる。以降、同シリーズを書き継ぐ。

最近の翻訳書

◇『ラット・シティの銃声』　*Rat City*　カート・コルバート著, 小田川佳子訳
　東京創元社　2006.7　421p　15cm　（創元推理文庫）　1000円　①4-488-
　16004-2

コルファー, オーエン　*Colfer, Eoin*　　　　ファンタジー

アイルランドの作家。1965年5月14日ウェックスフォード生まれ。両親は教育者で、小さな頃から物語を書き始める。ダブリン大学卒業後、郷里のウェックスフォードで小学校の教師となる。91年結婚。本を執筆するための取材を目的に、92〜96年妻とともにイタリア、チュニジア、サウジアラビアで暮らす。98年に出版された処女作『Benny and Omar』がアイルランドで瞬く間にベストセラーとなり、99年続編も刊行。2001年に発表した〈アルテミス・ファウル〉シリーズは世界的なベストセラーとなり、教職を辞して作家活動に専念。05年には『ウィッシュリスト』が第52回産経児童出版文化賞を受賞している。

最近の翻訳書

◇『エアーマン』　*Airman*　オーエン・コルファー作, 茅野美ど里訳　偕成社
　2011.7　585p　22cm　2200円　①978-4-03-726840-4
◇『新銀河ヒッチハイク・ガイド　上』　*And another thing...*　E.コルファー著,
　安原和見訳　河出書房新社　2011.5　284p　15cm　（河出文庫　コ5-1）
　760円　①978-4-309-46356-8
◇『新銀河ヒッチハイク・ガイド　下』　*And another thing...*　E.コルファー著,
　安原和見訳　河出書房新社　2011.5　304p　15cm　（河出文庫　コ5-2）
　760円　①978-4-309-46357-5
◇『アルテミス・ファウル―失われし島』　*Artemis Fowl : the lost colony*　オー
　エン・コルファー著, 大久保寛訳　角川書店　2010.8　444p　22cm　2200円
　①978-4-04-791637-1
◇『アルテミス・ファウル―永遠の暗号』　*Artemis Fowl : the eternity code*
　オーエン・コルファー著, 大久保寛訳　角川書店　2008.7　441p　15cm
　（角川文庫）　781円　①978-4-04-296903-7
◇『アルテミス・ファウル―北極の事件簿』　*Artemis Fowl : the Arctic*

コレル　　　　　　海外文学　新進作家事典

Incident オーエン・コルファー著, 大久保寛訳　角川書店　2007.11　389p
15cm　（角川文庫）　705円　①978-4-04-296902-0

◇『アルテミス・ファウル―妖精の身代金』　*Artemis Fowl* オーエン・コル
ファー著, 大久保寛訳　角川書店　2007.7　366p　15cm　（角川文庫）　667
円　①978-4-04-296901-3

◇『アルテミス・ファウル―オパールの策略』　*Artemis Fowl : the Opal
deception* オーエン・コルファー著, 大久保寛訳　角川書店　2007.3　387p
22cm　2000円　①978-4-04-791544-2

◇『アルテミス・ファウル―永遠の暗号』　*Artemis Fowl : the eternity code*
オーエン・コルファー著, 大久保寛訳　角川書店　2006.2　385p　22cm
2000円　①4-04-791514-9

コレール, シェリー　*Coriell, Shelley*　　　　　ロマンス, サスペンス

アメリカの作家。ジャーナリストを経て、ロマンティック・サスペンスやヤングアダルト小説
を手がける作家となる。デビュー作『ひびわれた心を抱いて』は2014年度の「パブリッシャー
ズ・ウィークリー」誌夏期ベストロマンス、および「ロマンティック・タイムズ」推薦図書
（Top Pick）に選ばれ、アメリカ以外でも出版される。RITA賞の新人部門、ゴールデンハート
賞の最終候補者にも過去6度ノミネートされた。家族とともにアリゾナ州在住。

最近の翻訳書

◇『ひびわれた心を抱いて』　*The Broken* シェリー・コレール著, 藤井喜美枝
訳　二見書房　2015.6　565p　15cm　（二見文庫　コ8-1―ザ・ミステリ・コ
レクション）　952円　①978-4-576-15065-9

コワル, メアリ・ロビネット　*Kowal, Mary Robinette*　　　　SF

アメリカの作家。1969年ノースカロライナ州生まれ。2000年代半ば頃から雑誌に短編を発表
し、08年ジョン・W.キャンベル新人賞を受賞。また、短編「For Want of a Nail」（10年）で
ヒューゴー賞を受賞したほか、「Evil Robot Monkey」（08年）、「Kiss Me Twice」（11年）でも
同賞候補となった。初長編『ミス・エルズワースと不機嫌な隣人』（10年）はネビュラ賞長編部
門とローカス賞処女長編賞の候補となる。イリノイ州シカゴ在住。

最近の翻訳書

◇『ミス・エルズワースと不機嫌な隣人―幻想の英国年代記』　*SHADES OF
MILK AND HONEY* メアリ・ロビネット・コワル著, 原島文世訳　早川書
房　2014.4　370p　16cm　（ハヤカワ文庫 FT　563）　780円　①978-4-15-
020563-8

ゴンザレス, マヌエル　*Gonzales, Manuel*　　　　SF, ファンタジー

アメリカの作家。1974年テキサス州プレイノ生まれ。メキシコからの移民3世にあたる。コロ
ンビア大学大学院創作科に進み、ジョージ・ソーンダーズ、エイミー・ベンダー、ブライアン・
エヴンソンといった現代アメリカ作家たちに触れる。修了後は故郷テキサスに戻り、6歳から
18歳を対象に文章の指導をする非営利団体の所長を務める傍ら、創作に励む。2013年『ミニ
チュアの妻』を発表し、全米各紙誌で高い評価を受ける。ケンタッキー大学大学院創作科で教
鞭を執る。

最近の翻訳書

◇『ミニチュアの妻』　*THE MINIATURE WIFE AND OTHER STORIES*

マヌエル・ゴンザレス著, 藤井光訳　白水社　2015.12　283p　20cm　（エクス・リブリス）　2600円　①978-4-560-09043-5

コンスタブル, ケイト　*Constable, Kate*　　　　　**SF, ファンタジー**

オーストラリアの作家。1966年メルボルン生まれ。メルボルン大学卒業後、レコード会社ワーナーミュージックにパートタイムで勤務する傍ら、執筆活動を始める。2002年〈トレマリスの歌術師〉シリーズで小説家デビュー。夫と娘2人とともにメルボルン在住。

最近の翻訳書

◇『トレマリスの歌術師　3　第十の力』　*The chanters of Tremaris*　ケイト・コンスタブル著, 小竹由加里訳　ポプラ社　2009.1　373p　20cm　1800円　①978-4-591-10759-1

◇『トレマリスの歌術師　2　水のない海』　*The chanters of Tremaris*　ケイト・コンスタブル著, 小竹由加里訳　ポプラ社　2008.9　381p　20cm　1800円　①978-4-591-10495-8

◇『トレマリスの歌術師　1　万歌の歌い手』　*The chanters of Tremaris*　ケイト・コンスタブル著, 浅羽莢子, 小竹由加里訳　ポプラ社　2008.6　349p　20cm　1600円　①978-4-591-10343-2

コンディ, アリー　*Condie, Ally*　　　　　**ヤングアダルト, ファンタジー**

本名＝Condie, Allyson Braithwaite

アメリカの作家。ユタ州生まれ。ブリガムヤング大学卒。数年間、ユタ州とニューヨーク州の高校で英語教師を務めた後、創作活動に入る。メジャーデビュー作『カッシアの物語』が高い評価を得、「パブリッシャーズ・ウィークリー」誌の2010年のベスト児童書賞、アメリカ・ヤングアダルト図書館サービス協会の11年の若い読者のためのベスト・フィクション賞などを受賞。夫と4人の子供とユタ州ソルトレイクシティに在住。

最近の翻訳書

◇『カッシアの物語　3』　*Reached*　アリー・コンディ著, 高橋啓, 石飛千尋訳　プレジデント社　2015.12　581p　20cm　2100円　①978-4-8334-2158-4

◇『カッシアの物語　2』　*Crossed*　アリー・コンディ著, 高橋啓訳　プレジデント社　2013.4　411p　20cm　1900円　①978-4-8334-2037-2

◇『カッシアの物語』　*Matched*　アリー・コンディ著, 高橋啓訳　プレジデント社　2011.11　486p　20cm　1800円　①978-4-8334-1979-6

コンロン, エドワード　*Conlon, Edward*　　　　　**ミステリー, スリラー**

アメリカの作家。1965年1月15日ニューヨーク市ブロンクス生まれ。87年ハーバード大学卒業後、ニューヨーク市警入り。パトロール警官から、2001年刑事に昇進。この間、筆名を使って「ニューヨーカー」などにコラムを執筆し、それらをまとめた処女作『Blue Blood』（04年）が絶賛される。11年自らの体験をもとに書き上げた警察小説『赤と赤』はフィクションのデビュー作で、MWA賞の最優秀新人賞にノミネートされた。

最近の翻訳書

◇『赤と赤　上』　*RED ON RED*　エドワード・コンロン著, 鈴木恵訳　早川書房　2013.9　429p　16cm　（ハヤカワ・ミステリ文庫　HM 396-1）　900円　①978-4-15-180001-6

サアツト　　　　　　　　海外文学　新進作家事典

◇『赤と赤　下』 *RED ON RED* エドワード・コンロン著, 鈴木恵訳　早川書
房　2013.9　423p　16cm　（ハヤカワ・ミステリ文庫　HM 396-2）　900円
①978-4-15-180002-3

〔 サ 〕

サアット, アルフィアン　*Sa'at, Alfian*　　　　　　　　　　　文学

シンガポールの詩人、作家、劇作家。1977年生まれ。マレー系。シンガポール随一の名門中等
学校からジュニア・カレッジへ進み、シンガポール国立大学医学部へ入学するが、卒業はせず
創作活動に専念。詩、劇、短編小説の各分野で幅広く活動し、数々の賞を受賞。98年第1詩集
『荒ぶる時（One Fierce Hour）』、99年第2短編集『サヤン、シンガポール』を発表。戯曲はド
イツ語、スウェーデン語などに訳され、上演されている。現在は劇団W！ ld Riceの座付き作
家としても活躍する。

最近の翻訳書
◇『サヤン、シンガポール―アルフィアン短編集』 *Corridor*　アルフィアン・
サアット著, 幸節みゆき訳　段々社　2015.2　244p　19cm　（アジア文学館）
1900円　①978-4-434-20110-3

サイード, S.F.　*Said, S.F.*　　　　　　　　　児童書, ファンタジー

イギリスの作家。1967年レバノンのベイルートで生まれ、2歳からロンドンで暮らす。2003年
『バージャック―メソポタミアン・ブルーの影』でネスレスマーティーズ賞金賞を受賞。

最近の翻訳書
◇『バージャック　アウトローの掟』 *The outlaw Varjak Paw* S.F.サイード
著, 金原瑞人, 相山夏奏訳, 田口智子絵　偕成社　2011.3　288p　22cm　1500
円　①978-4-03-540500-9
◇『バージャック　メソポタミアン・ブルーの影』 *Varjak Paw* S.F.サイード
作, 金原瑞人, 相山夏奏訳　偕成社　2008.1　235p　22cm　1500円　①978-4-
03-540470-5

サイモン, マイケル　*Simon, Michael*　　　　　　　　　ミステリー

アメリカの作家、脚本家。1963年ニューヨーク州ロングアイランド・レビットタウン生まれ。
舞台俳優、タクシー運転手、DJ、編集者などを経て、2004年『ダーティ・サリー』で作家デ
ビュー。同作はシリーズ化された。ブルックリン・カレッジとニューヨーク大学で教鞭を執
る。ニューヨーク市在住。

最近の翻訳書
◇『ダーティ・サリー』 *Dirty Sally*　マイケル・サイモン著, 三川基好訳　文藝
春秋　2006.8　437p　16cm　（文春文庫）　857円　①4-16-770532-X

ザコーアー, ジョン　*Zakour, John*　　　　　　　　　ユーモア, SF

アメリカの作家。1957年生まれ。もともとはコンピューター・ゲームのプログラマーだった
が、その後コーネル大学に勤務してサイエンスライターに転身、HTMLの書き方についての

ガイドブックを執筆するほか、ユーモア本『男性のための妊娠ガイド』も出版。2001年ローレンス・ゲイネムと共著で最初のユーモアSFミステリー小説『プルトニウム・ブロンド』を発表。一方、さまざまな会社が出しているグリーティングカードのデザインを手がけたり、コンピューターの知識と絵の才能の両方を生かして、インターネット上でマンガを連載。人間行動学の修士号を取得した後、栄養学の博士号に挑戦。さまざまな本業を持つ才人。

最近の翻訳書

◇『プルトニウム・ブロンド』 *The plutonium blonde* ジョン・ザコーアー, ローレンス・ゲイネム著, 斉藤伯好著 早川書房 2006.2 524p 16cm （ハヤカワ文庫 SF） 940円 ①4-15-011549-4

サスマン, ポール *Sussman, Paul* 　　　　　　　　　ミステリー, スリラー

イギリスの作家、コラムニスト。1966年7月11日〜2012年5月31日。ケンブリッジ大学セント・ジョンズ・カレッジで歴史学を専攻。卒業後、主にエジプトでフィールドの考古学者として勤務。91年帰国。雑誌の創刊に関わるなど、ジャーナリストとして活動を始め、新聞・雑誌でコラムを担当。97年"ブリティッシュ・コラムニスト・オブ・ザ・イヤー"にノミネートされる。2002年『カンビュセス王の秘宝』で小説家デビュー。著書は30言語以上に翻訳されている。執筆活動の傍ら、いくつかの発掘調査チームに公式に参加。12年動脈瘤破裂のため妻と2人の子供を残し45歳で突然死した。

最近の翻訳書

◇『聖教会最古の秘宝　上』 *The last secret of the temple* ポール・サスマン著, 黒原敏行訳 角川書店 2006.4 317p 15cm （角川文庫） 705円 ①4-04-291203-6
◇『聖教会最古の秘宝　下』 *The last secret of the temple* ポール・サスマン著, 黒原敏行訳 角川書店 2006.4 323p 15cm （角川文庫） 705円 ①4-04-291204-4

サトクリフ, ウイリアム *Sutcliffe, William* 　　　　　　　　　　　　　ユーモア

イギリスの作家。1971年ロンドン生まれ。テレビ・リサーチャーやツアー・ガイドなどさまざまな職種を経て、96年『New Boy』で作家デビュー。大学入学前に4カ月間インドを旅した経験から書いた著書『インドかよ！』(97年)はイギリスでベストセラーとなり、映画化された。

最近の翻訳書

◇『インドかよ！』 *ARE YOU EXPERIENCED ?* ウイリアム・サトクリフ著, 村井智之訳 ヴィレッジブックス 2008.1 408p 15cm （ヴィレッジブックス） 840円 ①978-4-86332-944-7

サニイ, パリヌッシュ *Saniee, Parinoush* 　　　　　　　　　　　　　　　文学

イランの社会学者、作家。1949年テヘラン生まれ。大学で心理学を専攻した社会学者で、イラン技術・職業訓練教育省の機関で研究調査部門に勤務した経験を持つ。小説も執筆し、『幸せの残像』は2回の発禁処分を受けながらも発売を続け、20万部を超えるイラン最大のベストセラー作品となった。同作はイタリアのジョバンニ・ボッカチオ賞を受賞。

最近の翻訳書

◇『幸せの残像』 *Sahme-man.*(重訳) *The book of fate* パリヌッシュ・サニイ著, 那須省一訳 福岡 書肆侃侃房 2013.9 655p 19cm 2500円

サフィア　　　　　　海外文学　新進作家事典

①978-4-86385-122-1

ザフィア, ダーヴィット　*Safier, David*　　　　　　　ユーモア

ドイツの脚本家、作家。1966年12月13日ブレーメン生まれ。人気ドラマを数多く手がける脚本家で、2003年ドイツテレビ界で最も権威のあるグリム賞やドイツテレビ賞、04年テレビ界のオスカーといわれるアメリカのエミー賞を受賞。小説家としても『あたしのカルマの旅』などのベストセラーがあり、近年で最も成功したドイツ語の著者といわれる。ブレーメン在住。

最近の翻訳書

◇『あたしのカルマの旅』 *MIESES KARMA*　ダーヴィット・ザフィア著, 平野卿子訳　サンマーク出版　2013.11　396p　19cm　1700円　①978-4-7631-3326-7

サーマン, ロブ　*Thurman, Rob*　　　　　　ファンタジー, スリラー

アメリカの作家。2006年『夜に彷徨うもの』でデビュー。同作はシリーズ化され、ほかに〈Cal Leandros〉〈Trickster〉〈The Korsak Brothers〉のシリーズがある。

最近の翻訳書

◇『闇の劫火―夜に彷徨うもの』 *Deathwish*　ロブ・サーマン著, 原島文世訳中央公論新社　2011.3　387p　18cm　（C・novels fantasia　さ4-5）　1500円①978-4-12-501147-9

◇『血の饗宴―夜に彷徨うもの』 *Madhouse*　ロブ・サーマン著, 原島文世訳中央公論新社　2010.3　344p　18cm　（C・novels fantasia　さ4-4）　1400円①978-4-12-501109-7

◇『月影の罠―夜に彷徨うもの』 *Moonshine*　ロブ・サーマン著, 原島文世訳中央公論新社　2009.6　350p　18cm　（C・novels fantasia　さ4-3）　1400円①978-4-12-501078-6

◇『夜に彷徨うもの　上』 *Nightlife*　ロブ・サーマン著, 原島文世訳　中央公論新社　2008.5　217p　18cm　（C・novels fantasia）　950円　①978-4-12-501033-5

◇『夜に彷徨うもの　下』 *Nightlife*　ロブ・サーマン著, 原島文世訳　中央公論新社　2008.5　214p　18cm　（C・novels fantasia）　950円　①978-4-12-501034-2

サリヴァン, マイケル・J.　*Sullivan, Michael J.*　　　　　ファンタジー, SF

アメリカの作家。1961年ミシガン州デトロイト生まれ。作家を志すも一度は断念し、アーティストとして広告業界で活動。やがて娘のために創った物語をきっかけに、冒険ファンタジー〈盗賊ロイス＆ハドリアン〉シリーズ（全6巻）を完成させ、2008年にデビュー。バージニア州フェアファクス在住。

最近の翻訳書

◇『魔境の二人組』 *Avempartha*　マイケル・J・サリヴァン著, 矢口悟訳　早川書房　2012.8　463p　16cm　（ハヤカワ文庫 FT　547―盗賊ロイス＆ハドリアン）　980円　①978-4-15-020547-8

◇『王都の二人組』 *The crown conspiracy*　マイケル・J.サリヴァン著, 矢口悟訳　早川書房　2012.3　441p　16cm　（ハヤカワ文庫 FT541―盗賊ロイス＆ハドリアン）　900円　①978-4-15-020541-6

海外文学　新進作家事典　　　　　　　　　　　　サンカニ

ザール, サラ　*Zarr, Sara*　　　　　　　　　　　　文学, ヤングアダルト

アメリカの作家。オハイオ州クリーブランド生まれ。2007年のデビュー作『Story of a girl』で全米図書賞の最終候補に選ばれるなど、数々の権威ある賞にノミネートされる。ヤングアダルト小説のほか、エッセイやノンフィクションも手がけ、10年には全米図書賞の審査員を務めるなど幅広く活躍。ユタ州ソルトレークシティ在住。

最近の翻訳書

◇『ルーシー変奏曲』　*The Lucy Variations*　サラ・ザール著, 西本かおる訳　小学館　2014.2　381p　19cm　（SUPER！YA）　1500円　①978-4-09-290577-1

サルドゥ, ロマン　*Sardou, Romain*　　　　　　　　　　　　歴史

フランスの作家。1974年1月6日パリ生まれ。父親はシンガー・ソングライターのミッシェル・サルドゥ。高校を中退し、脚本家になろうと決意して演劇学校に入学。3年にわたって学ぶと同時に、劇作の演習を重ねる。4年の歳月をかけて私設図書館をつくり、歴史書を読みあさる。その後、ロサンゼルスに渡り、子供向けの脚本を書く。フランスに帰国して結婚。2002年の小説デビュー作『我らの罪を許したまえ』で成功を収めた。

最近の翻訳書

◇『我らの罪を許したまえ』　*Pardonnez nos offenses*　ロマン・サルドゥ著, 山口羊子訳　エンジン・ルーム　2010.5　477p　20cm　1800円　①978-4-309-90862-5

ザン, コーティ　*Zan, Koethi*　　　　　　　　　　　　ミステリー

アメリカの作家。アラバマ州オップ生まれ。エール大学ロー・スクール卒業後、法律事務所を経て、MTVで副法律顧問兼常務取締役を務める。一方、2013年ダーク・サスペンス『禁止リスト』で作家デビュー。

最近の翻訳書

◇『禁止リスト　上』　*THE NEVER LIST*　コーティ・ザン著, 三角和代訳　講談社　2015.8　247p　15cm　（講談社文庫　さ111-1）　880円　①978-4-06-293164-9
◇『禁止リスト　下』　*THE NEVER LIST*　コーティ・ザン著, 三角和代訳　講談社　2015.8　242p　15cm　（講談社文庫　さ111-2）　880円　①978-4-06-293213-4

サンガーニ, ラディカ　*Sanghani, Radhika*　　　　　　　　　　　　ロマンス

イギリスの作家、ジャーナリスト。ロンドン生まれ。ユニバーシティ・カレッジ・ロンドンの英文学部を卒業後、シティ・ユニバーシティ・ロンドンで新聞ジャーナリズムの修士号を取得。「デイリー・テレグラフ」紙で女性関係の記事を担当し、女性問題のコメンテーターとしてテレビやラジオにも出演。2014年『ヴァージン』で作家デビュー。

最近の翻訳書

◇『ヴァージン』　*Virgin*　ラディカ・サンガーニ著, 田畑あや子訳　辰巳出版　2015.8　357p　19cm　1700円　①978-4-7778-1512-8

サンソム, イアン　*Sansom, Ian*

ユーモア, ミステリー

イギリスの作家。1966年12月4日生まれ。ケンブリッジ大学、オックスフォード大学を出て、北アイルランドのクイーンズ大学で教鞭を執る。2006年〈移動図書館貸出記録〉シリーズの第1作『蔵書まるごと消失事件』を刊行。

最近の翻訳書

◇『アマチュア手品師失踪事件』　*Mr Dixon disappears*　イアン・サンソム著, 玉木亨訳　東京創元社　2010.7　357p　15cm　（創元推理文庫　297-03—移動図書館貸出記録　2）　980円　⓵978-4-488-29703-9

◇『蔵書まるごと消失事件』　*The case of the missing books*　イアン・サンソム著, 玉木亨訳　東京創元社　2010.2　461p　15cm　（創元推理文庫　297-02—移動図書館貸出記録　1）　1200円　⓵978-4-488-29702-2

サンソム, C.J.　*Sansom, C.J.*

歴史, ミステリー

本名＝Sansom, Christopher John

イギリスの作家、弁護士。1952年エディンバラ生まれ。バーミンガムで歴史学の博士号を取得後に法律を学び、事務弁護士として社会的弱者のために尽力。2003年その経験と知識を生かした『チューダー王朝弁護士シャードレイク』で作家デビュー、同作はベストセラーとなり、CWA賞のジョン・クリーシー・ダガー賞とエリス・ピーター・ヒストリカル・ダガー賞にノミネートされた。05年〈シャードレイク〉シリーズ第2作の『暗き炎』でエリス・ピーター・ヒストリカル・ダガー賞、07年にはシリーズ全体が評価されCWA賞図書館賞を受賞した。サセックス州在住。

最近の翻訳書

◇『支配者—チューダー王朝弁護士シャードレイク　上』　*SOVEREIGN*　C・J・サンソム著, 越前敏弥訳　集英社　2014.11　476p　16cm　（集英社文庫　サ6-4）　940円　⓵978-4-08-760694-2

◇『支配者—チューダー王朝弁護士シャードレイク　下』　*SOVEREIGN*　C・J・サンソム著, 越前敏弥訳　集英社　2014.11　414p　16cm　（集英社文庫　サ6-5）　860円　⓵978-4-08-760695-9

◇『暗き炎—チューダー王朝弁護士シャードレイク　上』　*DARK FIRE*　C・J・サンソム著, 越前敏弥訳　集英社　2013.8　398p　16cm　（集英社文庫　サ6-2）　800円　⓵978-4-08-760670-6

◇『暗き炎—チューダー王朝弁護士シャードレイク　下』　*DARK FIRE*　C・J・サンソム著, 越前敏弥訳　集英社　2013.8　390p　16cm　（集英社文庫　サ6-3）　800円　⓵978-4-08-760671-3

◇『チューダー王朝弁護士シャードレイク』　*DISSOLUTION*　C・J・サンソム著, 越前敏弥訳　集英社　2012.8　595p　16cm　（集英社文庫　サ6-1）　1050円　⓵978-4-08-760648-5

サンダース, リー　*Sanders, Leah*

ロマンス

アメリカの作家。アイダホ州ブラックフット生まれ。高校で国語教師を10年以上務めた後、2011年レイチェル・ヴァン・ダイクンとの共作『The Parting Gift』で作家デビュー。単独作品も多数。アイダホ州在住。

最近の翻訳書

◇『壁の花とワルツを』　*WALTZING WITH THE WALLFLOWER*

*BEGUILING BRIDGET*ほか　レイチェル・ヴァン・ダイクン, リー・サン
ダース著, 大須賀典子訳　竹書房　2014.4　450p　15cm　（ラズベリーブッ
クス　ダ2-1)　1000円　①978-4-8124-9966-5

サンダースン, ブランドン　*Sanderson, Brandon*　SF, ファンタジー

アメリカの作家。1975年12月ネブラスカ州リンカーン生まれ。94年ブリガム・ヤング大学に
入学し生化学を専攻したが、のち英文学に転向。在学中は学内のSF・ファンタジー同人誌の
編集に携わる。2004年に修士号を取得し、卒業後も大学に残り教鞭を執る。傍ら小説を執筆。
05年『エラントリス―鎖された都の物語』でデビューすると、オースン・スコット・カードら
に激賞され、名声を確立。06年より刊行された〈ミストボーン〉3部作の第3部は「ニューヨー
ク・タイムズ」紙でベストセラー・リスト入りした。09年にはロバート・ジョーダンが完結さ
せることなく亡くなった〈時の車輪〉シリーズの最終第12部『飛竜雷天』を、ジョーダンの未亡
人から指名を受け執筆。10年の『王たちの道』は同年のホイットニー賞、11年のデービッド・
ゲメル・レジェンド賞を受賞した。妻、息子とともにユタ州プロボ在住。

最近の翻訳書

◇『王たちの道　3　自由への架け橋』　*THE WAY OF KINGS*　ブランドン・
　サンダースン著, 川野靖子訳　早川書房　2015.6　494p　19cm　（新☆ハヤ
　カワ・SF・シリーズ　5021)　2300円　①978-4-15-335021-2

◇『王たちの道　2　死を呼ぶ嵐』　*THE WAY OF KINGS*　ブランドン・サン
　ダースン著, 川野靖子訳　早川書房　2015.2　478p　19cm　（新☆ハヤカワ・
　SF・シリーズ　5019)　2200円　①978-4-15-335019-9

◇『王たちの道　1　白き暗殺者』　*THE WAY OF KINGS*　ブランドン・サン
　ダースン著, 川野靖子訳　早川書房　2014.10　510p　19cm　（新☆ハヤカ
　ワ・SF・シリーズ　5017)　2200円　①978-4-15-335017-5

◇『飛竜雷天　上　雷雲の到来』　*The gathering storm*　ロバート・ジョーダン,
　ブランドン・サンダースン著, 月岡小穂訳　早川書房　2011.11　703p　16cm
　（ハヤカワ文庫　FT538―時の車輪　12)　1429円　①978-4-15-020538-6

◇『飛竜雷天　下　光の集結』　*The gathering storm*　ロバート・ジョーダン,
　ブランドン・サンダースン著, 月岡小穂訳　早川書房　2011.11　703p　16cm
　（ハヤカワ文庫　FT539―時の車輪　12)　1429円　①978-4-15-020539-3

◇『ミストクローク―霧の羽衣　3　永遠の大地』　*Mistborn : the hero of ages*
　ブランドン・サンダースン著, 金子司訳　早川書房　2011.1　478p　15cm
　（ハヤカワ文庫FT)　940円　①978-4-15-020527-0

◇『ミストクローク―霧の羽衣　2　古からの声』　*Mistborn : the hero of ages*
　ブランドン・サンダースン著, 金子司訳　早川書房　2010.11　479p　16cm
　（ハヤカワ文庫　FT524)　940円　①978-4-15-020524-9

◇『ミストクローク―霧の羽衣　1　新たな救い手』　*Mistborn : the hero of
　ages*　ブランドン・サンダースン著, 金子司訳　早川書房　2010.9　479p
　16cm　（ハヤカワ文庫　FT521)　940円　①978-4-15-020521-8

◇『ミストスピリット―霧のうつし身　3　秘められし言葉』　*Mistborn*　ブラ
　ンドン・サンダースン著, 金子司訳　早川書房　2010.6　511p　16cm　（ハ
　ヤカワ文庫　FT515)　920円　①978-4-15-020515-7

◇『ミストスピリット―霧のうつし身　2　試されし王』　*Mistborn*　ブランド
　ン・サンダースン著, 金子司訳　早川書房　2010.4　527p　16cm　（ハヤカ
　ワ文庫　FT512)　940円　①978-4-15-020512-6

◇『ミストスピリット―霧のうつし身　1　遺されし力』　*Mistborn*　ブランド

ン・サンダースン著, 金子司訳　早川書房　2010.2　495p　16cm　（ハヤカ
ワ文庫　FT509）　900円　⑪978-4-15-020509-6

◇『ミストボーン―霧の落とし子　**3**　**白き海の踊り手**』 *Mistborn*　ブランド
ン・サンダースン著, 金子司訳　早川書房　2009.9　415p　16cm　（ハヤカ
ワ文庫　FT502）　820円　⑪978-4-15-020502-7

◇『ミストボーン―霧の落とし子　**2**　**赤き血の太陽**』 *Mistborn*　ブランドン・
サンダースン著, 金子司訳　早川書房　2009.7　447p　16cm　（ハヤカワ文
庫　FT499）　820円　⑪978-4-15-020499-0

◇『ミストボーン―霧の落とし子　**1**　**灰色の帝国**』 *Mistborn*　ブランドン・サ
ンダースン著, 金子司訳　早川書房　2009.5　429p　16cm　（ハヤカワ文庫
FT495）　820円　⑪978-4-15-020495-2

◇『エラントリス―鎖された都の物語　**上**』 *Elantris*　ブランドン・サンダー
スン著, 岩原明子訳　早川書房　2006.8　511p　16cm　（ハヤカワ文庫
FT）　920円　⑪4-15-020422-5

◇『エラントリス―鎖された都の物語　**下**』 *Elantris*　ブランドン・サンダー
スン著, 岩原明子訳　早川書房　2006.8　527p　16cm　（ハヤカワ文庫
FT）　920円　⑪4-15-020423-3

サンデル, ヨアキム　*Zander, Joakim*　　　　　　　　　　　スリラー, サスペンス

スウェーデンの作家。1975年ストックホルム生まれ。スウェーデン国内だけでなく、シリア、
イスラエルでも生活し、アメリカへの留学経験もある。兵役終了後、ウプサラ大学で法律を学
ぶ。オランダのマーストリヒト大学で博士号を取得した後、ブリュッセルの欧州議会や欧州委
員会に勤務するなど法律家としてキャリアを積む。2013年『スパイは泳ぎつづける』で作家デ
ビュー。ヘルシンキ在住。

最近の翻訳書

◇『スパイは泳ぎつづける』 *SIMMAREN*　ヨアキム・サンデル著, ヘレンハル
メ美穂, 中村有以訳　早川書房　2014.12　536p　16cm　（ハヤカワ文庫 NV
1326）　1100円　⑪978-4-15-041326-2

サントス, マリサ・デ・ロス　*Santos, Marisa de los*　　　　　　　　　　文学

アメリカの詩人、作家。メリーランド州ボルティモア生まれ。大学で文学と創作を専攻後、詩
人として活躍。1999年詩集『From the Bones Out』を刊行、繊細で美しい文体が好評を博す。
2006年『あなたと出会った日から』で小説家デビュー。08年小説第2作『BELONG TO ME』
を出版、「ニューヨーク・タイムズ」紙のベストセラー作家となった。03年より家族とともに
デラウェア州ウィルミント在住。

最近の翻訳書

◇『あなたと出会った日から』 *Love walked in*　マリサ・デ・ロス・サントス
著, 近藤麻里子訳　ソフトバンククリエイティブ　2008.9　543p　16cm
（ソフトバンク文庫）　850円　⑪978-4-7973-4412-7

サントーラ, ニック　*Santora, Nick*　　　　　　　　　　　　　　　　スリラー

アメリカの脚本家、作家、テレビプロデューサー。1970年ニューヨーク市クイーンズ区生ま
れ。コロンビア大学ロー・スクールを卒業後、弁護士として6年間法律事務所に勤務。初めて
書いた脚本がニューヨーク国際インディペンデントフィルム＆ビデオ映画祭コンペティション

海外文学　新進作家事典　　　　　　　　**サンフラ**

で最優秀脚本賞に選ばれる。テレビシリーズでは、「ブレイクアウト・キング」製作総指揮、「プリズン・ブレイク」「VEGAS」「HOSTAGES」「SCORPION」など脚本を手がける。2007年初の小説『SLIP&FALL』がアメリカ全土でベストセラーに。

最近の翻訳書

◇『フィフティーン・ディジッツ』 *FIFTEEN DIGITS* ニック・サントーラ
著, 三角和代訳 角川書店 2013.8 439p 15cm （角川文庫 サ4-1） 857
円 ①978-4-04-100973-4

サントロファー, ジョナサン *Santlofer, Jonathan* ミステリー, スリラー

アメリカの画家、作家。1946年ニューヨーク市生まれ。ボストン大学で美術を学び、ファイン・アートの画家として活躍。日本をはじめ世界各国で個展が開かれるなど高く評価され、その作品は多くの美術館に収蔵されている。一方、「ニューヨーク・タイムズ」紙などで美術評論家としても活躍。シカゴの画廊火災で打撃を受けた後、ローマに渡ってルネッサンスやバロック絵画を研究する中で小説の執筆を始め、2002年『デス・アーティスト』で作家デビュー。07年発表の『赤と黒の肖像』は長編第4作にあたる。ニューヨーク在住。

最近の翻訳書

◇『赤と黒の肖像』 *Anatomy of fear* ジョナサン・サントロファー著, 三浦玲
子訳 早川書房 2007.11 415p 20cm （Hayakawa novels） 2000円
①978-4-15-208874-1

サンプソン, キャサリン *Sampson, Catherine* ミステリー, スリラー

イギリスの作家。1984年リーズ大学を卒業後、奨学生としてハーバード大学に学ぶ。専門は中国語。BBC勤務を経て、88年「タイムズ」の北京特派員となる。92年北京で同じくジャーナリストの夫と結婚、3人の子供を育てる。95年から小説を書き始め、2003年デビュー作『ついてないことだらけ』を刊行。同作は〈Robin Ballantyne〉としてシリーズ化された。ほかに〈PI Song〉シリーズがある。

最近の翻訳書

◇『ついてないことだらけ』 *Falling off air* キャサリン・サンプソン著, 後藤
由季子訳 新潮社 2007.8 489p 16cm （新潮文庫） 781円 ①978-4-10-
216451-8

サンブラ, アレハンドロ *Zambra, Alejandro* 文学

チリの作家、詩人、批評家。1975年サンティアゴ生まれ。10代の時にエズラ・パウンド、ホルヘ・ルイス・ボルヘス、マルセル・プルーストらに多大な影響を受ける。2冊の詩集を発表した後、2006年小説第1作『盆栽』が大きな反響を呼び、チリ批評家賞、チリ図書協会賞を受賞。翻訳書は、07年の『木々の私生活』との1冊本『盆栽/木々の私生活』として刊行された。ディエゴ・ポルタレス大学で文学の教授を務める。

最近の翻訳書

◇『盆栽/木々の私生活』 *BONSÁI LA VIDA PRIVADA DE LOS ÁRBOLES*
アレハンドロ・サンブラ著, 松本健二訳 白水社 2013.9 210p 20cm
（エクス・リブリス） 2000円 ①978-4-560-09029-9

〔 シ 〕

シアーズ, マイクル　Sears, Michael　　　　　　　ミステリー, スリラー

アメリカの作家。1950年生まれ。コロンビア大学ビジネススクール卒業後、ペイン・ウェバー
証券などのウォール街の会社に20年以上にわたって勤務。2012年父子の心の交流を織り込ん
で描いた金融サスペンス『ブラック・フライデー』でデビューして高い評価を受け、シェイマ
ス賞（アメリカ私立探偵作家クラブ賞）最優秀新人賞を受賞。さらにMWA賞、国際スリラー作
家協会賞、アンソニー賞、バリー賞の最優秀新人賞にノミネートされた。

最近の翻訳書

◇『秘密資産』　MORTAL BONDS　マイクル・シアーズ著, 北野寿美枝訳　早
　川書房　2014.7　511p　16cm　（ハヤカワ文庫 NV　1309）　1100円
　①978-4-15-041309-5
◇『ブラック・フライデー』　BLACK FRIDAYS　マイクル・シアーズ著, 北野
　寿美枝訳　早川書房　2014.1　502p　16cm　（ハヤカワ文庫 NV　1297）
　1000円　①978-4-15-041297-5

ジェイクス, S.E.　Jakes, S.E.　　　　　　　　　　ロマンス, サスペンス

本名＝タイラー, ステファニー〈Tyler, Stephanie〉
共同筆名＝クロフト, シドニー〈Croft, Sydney〉

アメリカの作家。S.E.ジェイクスは「ニューヨーク・タイムズ」紙のベストセラー作家ステファ
ニー・タイラーの筆名で、M/Mロマンスの〈Men of Honor〉シリーズ、〈Hell or High Water〉
シリーズで知られる。ステファニー・タイラー名義では〈Hold Trilogy〉シリーズ、〈Shadow
Force〉シリーズなどがある。ロマンス作家ラリッサ・イオーネとの共同筆名シドニー・クロフ
トでも活動。家族とニューヨークに在住。

最近の翻訳書

◇『幽霊狩り』　CATCH A GHOST　S・E・ジェイクス著, 冬斗亜紀訳　新書
　館　2015.12　425p　16cm　（モノクローム・ロマンス文庫　14—ヘル・オ
　ア・ハイウォーター　1）　900円　①978-4-403-56024-8

ジェイコブス, ケイト　Jacobs, Kate　　　　　　　　　　文学, ロマンス

カナダの作家。バンクーバー近隣の町で育つ。カールトン大学でジャーナリズムの学位、ニュー
ヨーク大学で修士号を取得。編集者を経て、作家となる。2006年『金曜日の編み物クラブ』を
出版。

最近の翻訳書

◇『金曜日の編み物クラブ』　The Friday night knitting club　ケイト・ジェイ
　コブス著, 中根佳穂訳　ランダムハウス講談社　2008.10　535, 4p　20cm
　2400円　①978-4-270-00430-2

海外文学　新進作家事典　　　　　　　　シエイム

ジェイコブスン, アンドリュー　*Jacobson, Andrew*　　　　　SF, ファンタジー

アメリカの脚本家、作家。ウィスコンシン州ミルウォーキー生まれ。子供の頃から空想や物語が好きで、「スター・ウォーズ」のフィギュアで遊んでいたという。のち映画やテレビの脚本家となる。ある日ロサンゼルスの駐車場で脚本家のアダム・ジェイ・エプスタインと出会い、一緒に映画やテレビの脚本を書く。2010年単語や文のひとつひとつを2人で考えて書き上げた初のファンタジー小説『黒猫オルドウィンの冒険 (The Familiars)』を刊行。世界中で人気となり、シリーズ化された。家族とともにロサンゼルスに住み、2人は近所同士。

最近の翻訳書

◇『黒猫オルドウィンの探索—三びきの魔法使いと動く要塞』 *Secrets of the crown* アダム・ジェイ・エプスタイン, アンドリュー・ジェイコブスン著, 大谷真弓訳　早川書房　2011.10　326p　20cm　1700円　①978-4-15-209244-1

◇『黒猫オルドウィンの冒険—三びきの魔法使い、旅に出る』 *The familiars* アダム・ジェイ・エプスタイン, アンドリュー・ジェイコブスン著, 大谷真弓訳　早川書房　2010.11　317p　20cm　1600円　①978-4-15-209170-3

ジェイコブソン, ジェニファー・リチャード　*Jacobson, Jennifer Richard*

児童書

アメリカの作家。1958年ニューハンプシャー州生まれ。ハーバード大学大学院で教育学の修士号を取得。ニューイングランド各地の学校で、幼稚園から小学校6年生までの子供たちを教え、カリキュラム・コーディネーター、国語専任教師などを務めた。その後、作家活動を始め、絵本や小学生向け読み物、ヤングアダルト作品を発表。教育分野の実用書も出版している。執筆活動の傍ら、教育コンサルタントとして教師の指導にあたり、学校訪問などを通じて子供たちに書くことを教えている。メーン州ヤーマス在住。

最近の翻訳書

◇『いちばんに、なりたい！』 *Winnie at her best* ジェニファー・リチャード・ジェイコブソン作, 武富博子訳　講談社　2009.7　120p　20cm　1200円　①978-4-06-215591-5

◇『キャンプで、おおあわて』 *Truly winnie* ジェニファー・リチャード・ジェイコブソン著, 武富博子訳　講談社　2008.9　157p　20cm　1200円　①978-4-06-214933-4

◇『バレエなんて、きらい』 *Winnie dancing on her own* ジェニファー・リチャード・ジェイコブソン作, 武富博子訳　講談社　2008.3　132p　20cm　1200円　①978-4-06-214504-6

ジェイムズ, E.L.　*James, E.L.*　　　　　　　　　　　　　　ロマンス

イギリスの作家。1963年ロンドン生まれ。ケント大学卒業後、テレビ局で契約書の作成、予算決定、キャスティングなどの番組制作業務に携わる。2011年ステファニー・メイヤーのベストセラー小説『トワイライト』のファン・フィクション（二次創作）として執筆した官能ロマンス小説『フィフティ・シェイズ・オブ・グレイ』をオンライン小説として発表、12年アメリカの大手出版社ランダムハウスから出版される。ロマンス小説と官能小説の要素を併せ持った内容が主婦層を中心に支持され、半年後に出版されたシルヴィア・デイの『ベアード・トゥ・ユー』などとともに"マミー・ポルノ"と呼ばれブームを興す。同年「タイム」の"もっとも影響力のある100人"に選ばれた。その後、〈フィフティ・シェイズ〉3部作は全世界で累計1億部を売り上げ、15年には『フィフティ・シェイズ・オブ・グレイ』が映画化された。夫と2人の息

子とともにウェスト・ロンドン在住。

最近の翻訳書

◇『グレイ　上』 *GREY* ELジェイムズ著, 池田真紀子訳　早川書房　2015.12
478p　19cm　（RiViERA）　1400円　①978-4-15-209586-2

◇『グレイ　下』 *GREY* ELジェイムズ著, 池田真紀子訳　早川書房　2015.12
429p　19cm　（RiViERA）　1400円　①978-4-15-209587-9

◇『フィフティ・シェイズ・フリード　上』 *FIFTY SHADES FREED* EL
ジェイムズ著, 池田真紀子訳　早川書房　2015.11　331p　16cm　（ハヤカワ
文庫 NV　1364）　620円　①978-4-15-041364-4

◇『フィフティ・シェイズ・フリード　中』 *FIFTY SHADES FREED* EL
ジェイムズ著, 池田真紀子訳　早川書房　2015.11　332p　16cm　（ハヤカワ
文庫 NV　1365）　620円　①978-4-15-041365-1

◇『フィフティ・シェイズ・フリード　下』 *FIFTY SHADES FREED* EL
ジェイムズ著, 池田真紀子訳　早川書房　2015.11　350p　16cm　（ハヤカワ
文庫 NV　1366）　620円　①978-4-15-041366-8

◇『フィフティ・シェイズ・ダーカー　上』 *FIFTY SHADES DARKER* EL
ジェイムズ著, 池田真紀子訳　早川書房　2015.6　301p　15cm　（ハヤカワ
文庫NV）　600円　①978-4-15-041348-4

◇『フィフティ・シェイズ・ダーカー　中』 *FIFTY SHADES DARKER* EL
ジェイムズ著, 池田真紀子訳　早川書房　2015.6　296p　16cm　（ハヤカワ
文庫 NV　1349）　600円　①978-4-15-041349-1

◇『フィフティ・シェイズ・ダーカー　下』 *FIFTY SHADES DARKER* EL
ジェイムズ著, 池田真紀子訳　早川書房　2015.6　334p　16cm　（ハヤカワ
文庫 NV　1350）　600円　①978-4-15-041350-7

◇『フィフティ・シェイズ・オブ・グレイ　上』 *FIFTY SHADES OF GREY*
ELジェイムズ著, 池田真紀子訳　早川書房　2015.1　291p　16cm　（ハヤカ
ワ文庫 NV　1315）　600円　①978-4-15-041315-6

◇『フィフティ・シェイズ・オブ・グレイ　中』 *FIFTY SHADES OF GREY*
ELジェイムズ著, 池田真紀子訳　早川書房　2015.1　318p　16cm　（ハヤカ
ワ文庫 NV　1316）　600円　①978-4-15-041316-3

◇『フィフティ・シェイズ・オブ・グレイ　下』 *FIFTY SHADES OF GREY*
ELジェイムズ著, 池田真紀子訳　早川書房　2015.1　295p　16cm　（ハヤカ
ワ文庫 NV　1317）　600円　①978-4-15-041317-0

◇『フィフティ・シェイズ・フリード　上』 *FIFTY SHADES FREED* EL
ジェイムズ著, 池田真紀子訳　早川書房　2013.4　402p　19cm
（RiViERA）　1400円　①978-4-15-209364-6

◇『フィフティ・シェイズ・フリード　下』 *FIFTY SHADES FREED* EL
ジェイムズ著, 池田真紀子訳　早川書房　2013.4　516p　19cm
（RiViERA）　1400円　①978-4-15-209365-3

◇『フィフティ・シェイズ・ダーカー　上』 *FIFTY SHADES DARKER* EL
ジェイムズ著, 池田真紀子訳　早川書房　2013.2　438p　19cm
（RiViERA）　1400円　①978-4-15-209355-4

◇『フィフティ・シェイズ・ダーカー　下』 *FIFTY SHADES DARKER* EL
ジェイムズ著, 池田真紀子訳　早川書房　2013.2　405p　19cm
（RiViERA）　1400円　①978-4-15-209356-1

◇『フィフティ・シェイズ・オブ・グレイ　上』 *FIFTY SHADES OF GREY*
ELジェイムズ著, 池田真紀子訳　早川書房　2012.11　424p　19cm

海外文学　新進作家事典　　　　　　　　　　　　シエツツ

　　（RiViERA）　1400円　①978-4-15-209330-1
◇『フィフティ・シェイズ・オブ・グレイ　下』　*FIFTY SHADES OF GREY*
　　ELジェイムズ著, 池田真紀子訳　早川書房　2012.11　387p　19cm
　　（RiViERA）　1400円　①978-4-15-209331-8

シェッツィング, フランク　*Schätzing, Frank*　　　　　　SF, ミステリー
　ドイツの作家。1957年5月28日西ドイツ・ケルン生まれ。大学ではコミュニケーション学を専
攻。卒業後は大手広告会社でクリエーターとして活動し、その後、ケルンで広告代理店と音楽
プロダクションを設立。一方、小説の執筆を始め、95年ベストセラーとなった『黒のトイフェ
ル』で作家デビュー。その後、『グルメ警部キュッパー』などのミステリーやポリティカル・
サスペンス、ミステリー短編集を出版し、好評を博す。2004年の『深海のYrr』はドイツ国内
だけで200万部を超すベストセラーとなり、ドイツSF文学賞、ドイツ・ミステリー大賞、クル
ト・ラスヴィッツ賞などを受賞。作家活動の傍らミュージシャンとしても活動する。
　　　　　　　　　　　　　　最近の翻訳書
◇『**緊急速報　上**』　*BREAKING NEWS*　フランク・シェッツィング著, 北川
　　和代訳　早川書房　2015.1　628p　16cm　（ハヤカワ文庫 NV　1328）
　　1100円　①978-4-15-041328-6
◇『**緊急速報　中**』　*BREAKING NEWS*　フランク・シェッツィング著, 北川
　　和代訳　早川書房　2015.1　604p　16cm　（ハヤカワ文庫 NV　1329）
　　1100円　①978-4-15-041329-3
◇『**緊急速報　下**』　*BREAKING NEWS*　フランク・シェッツィング著, 田中
　　順子, 岡本朋子訳　早川書房　2015.1　671p　16cm　（ハヤカワ文庫 NV
　　1330）　1100円　①978-4-15-041330-9
◇『**沈黙への三日間　上**』　*Lautlos*　フランク・シェッツィング著, 北川和代訳
　　早川書房　2011.3　526p　16cm　（ハヤカワ文庫　NV1236）　920円
　　①978-4-15-041236-4
◇『**沈黙への三日間　下**』　*Lautlos*　フランク・シェッツィング著, 北川和代訳
　　早川書房　2011.3　559p　16cm　（ハヤカワ文庫　NV1237）　920円
　　①978-4-15-041237-1
◇『**LIMIT　4**』　*Limit*　フランク・シェッツィング著, 北川和代訳　早川書房
　　2010.7　591p　16cm　（ハヤカワ文庫　NV1223）　905円　①978-4-15-
　　041223-4
◇『**LIMIT　3**』　*Limit*　フランク・シェッツィング著, 北川和代訳　早川書房
　　2010.7　617p　16cm　（ハヤカワ文庫　NV1222）　905円　①978-4-15-
　　041222-7
◇『**LIMIT　2**』　*Limit*　フランク・シェッツィング著, 北川和代訳　早川書房
　　2010.6　565p　16cm　（ハヤカワ文庫　NV1221）　857円　①978-4-15-
　　041221-0
◇『**LIMIT　1**』　*Limit*　フランク・シェッツィング著, 北川和代訳　早川書房
　　2010.6　589p　16cm　（ハヤカワ文庫　NV1220）　857円　①978-4-15-
　　041220-3
◇『**砂漠のゲシュペンスト　上**』　*Die dunkle Seite*　フランク・シェッツィング
　　著, 北川和代訳　早川書房　2009.8　398p　16cm　（ハヤカワ文庫
　　NV1200）　720円　①978-4-15-041200-5
◇『**砂漠のゲシュペンスト　下**』　*Die dunkle Seite*　フランク・シェッツィング
　　著, 北川和代訳　早川書房　2009.8　347p　16cm　（ハヤカワ文庫

NV1201） 720円 ①978-4-15-041201-2

◇『黒のトイフェル　上』 *Tod und Teufel* フランク・シェッツィング著, 北川和代訳　早川書房　2009.2　381p　16cm　（ハヤカワ文庫　NV1192）　700円　①978-4-15-041192-3

◇『黒のトイフェル　下』 *Tod und Teufel* フランク・シェッツィング著, 北川和代訳　早川書房　2009.2　363p　16cm　（ハヤカワ文庫　NV1193）　700円　①978-4-15-041193-0

◇『深海のyrr（イール）　上』 *Der Schwarm* フランク・シェッツィング著, 北川和代訳　早川書房　2008.4　540p　16cm　（ハヤカワ文庫　NV）　800円　①978-4-15-041170-1

◇『深海のyrr（イール）　中』 *Der Schwarm* フランク・シェッツィング著, 北川和代訳　早川書房　2008.4　568p　16cm　（ハヤカワ文庫　NV）　800円　①978-4-15-041171-8

◇『深海のyrr（イール）　下』 *Der Schwarm* フランク・シェッツィング著, 北川和代訳　早川書房　2008.4　550p　16cm　（ハヤカワ文庫　NV）　800円　①978-4-15-041172-5

◇『グルメ警部キュッパー』 *Mordshunger* フランク・シェッツィング著, 熊河浩訳　ランダムハウス講談社　2008.2　495p　15cm　860円　①978-4-270-10158-2

シェップ, エメリー　*Schepp, Emelie*　　　　　　　　　ミステリー

スウェーデンの作家。1979年生まれ。広告業界でプロジェクトリーダーとして働く傍ら、2013年自費出版でミステリー『Ker死神の刻印』を発表。同作が5カ月で4万部を売り上げて話題となり、14年大手出版社ヴァールストレム＆ヴィードストランドから再刊行される。スウェーデン・ミステリー界のホープとして注目を集める。

最近の翻訳書

◇『Ker死神の刻印』 *MÄRKTA FÖR LIVET* エメリー・シェップ著, ヘレンハルメ美穂訳　集英社　2015.11　558p　16cm　（集英社文庫　シ22-1）　1050円　①978-4-08-760714-7

ジェネリン, マイケル　*Genelin, Michael*　　　　　ミステリー, スリラー

アメリカの作家、法律家。ニューヨーク生まれ。カリフォルニア大学ロサンゼルス校（UCLA）で政治学の学士号を、同大ロー・スクールで法学博士の学位を取得。卒業後、ロサンゼルス郡の地方検事補として多数の事件を担当。その後、アメリカ国務省、司法省のコンサルタントを経て、スロバキア、パレスチナ、インドネシアなどに派遣され、腐敗防止、刑事司法制度の改革、政府の再編成、情報の自由化などに助力。映画やテレビ、舞台の脚本も手がける。2008年スロバキアを舞台にした『冷血の彼方』で作家デビュー。同作は〈Commander Jana Matinova〉としてシリーズ化される。家族とともにパリに在住。

最近の翻訳書

◇『冷血の彼方』 *Siren of the waters* マイケル・ジェネリン著, 林啓恵訳　東京創元社　2011.2　405p　15cm　（創元推理文庫　174-04）　1120円　①978-4-488-17404-0

海外文学　新進作家事典　　　　シエミシ

シェパード, サラ　*Shepard, Sara*　　　　ヤングアダルト, ミステリー

アメリカの作家。ニューヨーク大学卒業後、ブルックリン大学で美術学の修士号を取得。フィラデルフィア郊外の裕福な地域で育った経験が『ライアーズ』の構想の元となっている。ほかに〈The Lying Game〉シリーズ、〈The Perfectionists〉シリーズなどがある。アリゾナ州ツーソンに3年住んだ後、現在は慣れ親しんだフィラデルフィア郊外で暮らす。

最近の翻訳書

◇『ライアーズ　4　つながれた絆』　*Unbelievable*　サラ・シェパード著, 中尾眞樹訳　AC Books　2011.5　366p　19cm　1500円　①978-4-904249-29-1

◇『ライアーズ　3　誘惑の代償』　*Pretty little liars*　サラ・シェパード著, 中尾眞樹訳　AC Books　2011.3　334p　19cm　1500円　①978-4-904249-28-4

◇『ライアーズ　2　崩壊のはじまり』　*Pretty little liars*　サラ・シェパード著, 中尾眞樹訳　AC Books　2010.7　382p　19cm　1500円　①978-4-904249-22-2

◇『ライアーズ　1　ひみつ同盟、16歳の再会』　*Pretty little liars*　サラ・シェパード著, 中尾眞樹訳　AC Books　2010.5　342p　19cm　1500円　①978-4-904249-17-8

シェパード, ロイド　*Shepherd, Lloyd*　　　　歴史, ミステリー

イギリスの作家、ジャーナリスト。ジャーナリスト、デジタルメディア・プロデューサーとして、「ガーディアン」紙、チャンネル4、BBC、Yahoo！ などに勤務。2012年『闇と影』で作家デビュー。家族とともにサウス・ロンドン在住。

最近の翻訳書

◇『闇と影　上』　*THE ENGLISH MONSTER*　ロイド・シェパード著, 林香織訳　早川書房　2012.7　308p　16cm　（ハヤカワ・ミステリ文庫　HM 383-1）　740円　①978-4-15-179351-6

◇『闇と影　下』　*THE ENGLISH MONSTER*　ロイド・シェパード著, 林香織訳　早川書房　2012.7　319p　16cm　（ハヤカワ・ミステリ文庫　HM 383-2）　740円　①978-4-15-179352-3

ジェミシン, N.K.　*Jemisin, N.K.*　　　　SF, ファンタジー

本名＝Jemisin, Nora K.

アメリカの作家。キャリア・カウンセラーを務める一方、2004年作家デビュー。以来、SFや文学雑誌に多数の短編小説を発表する。10年短編「Non-Zero Probabilities」がヒューゴー賞およびネビュラ賞にノミネートされ、長編デビュー作『The hundred thousand kingdoms（空の都の神々は）』（10年）で、11年ローカス賞を受賞。同作はヒューゴー賞、ネビュラ賞候補となり、世界幻想文学大賞にもノミネートされた。ニューヨーク市ブルックリン在住。

最近の翻訳書

◇『世界樹の影の都』　*The broken kingdoms*　N・K・ジェミシン著, 佐田千織訳　早川書房　2012.10　555p　16cm　（ハヤカワ文庫 FT　550）　1100円　①978-4-15-020550-8

◇『空の都の神々は』　*The hundred thousand kingdoms*　N.K.ジェミシン著, 佐田千織訳　早川書房　2011.10　573p　16cm　（ハヤカワ文庫　FT537）　1040円　①978-4-15-020537-9

シェム＝トヴ, タミ　*Shem-Tov, Tami*　　　　ヤングアダルト

イスラエルの作家。1969年生まれ。ジャーナリストを経て、作家として活動。ヤングアダルト
向けのデビュー作『ミリだけのために』でゼヴ賞を受賞。2007年『父さんの手紙はぜんぶおぼ
えた』で国立ホロコースト記念館のヤド・ヴァシェム賞、08年ゼヴ賞を受賞。またフランクフ
ルト・ブックフェアの10年ドイツ児童文学賞にノミネートされた。『ぼくたちに翼があったこ
ろ―コルチャック先生と107人の子どもたち』は、イスラエル国内でレアゴールドバーグ児童
文学賞をはじめ、5つの賞を受けた。

最近の翻訳書

◇『ぼくたちに翼があったころ―コルチャック先生と107人の子どもたち』　タ
　ミ・シェム＝トヴ作, 樋口範子訳, 岡本よしろう画　福音館書店　2015.9
　350p　20cm　1700円　①978-4-8340-8116-9
◇『父さんの手紙はぜんぶおぼえた』*Letters from nowhere*　タミ・シェム＝
　トヴ著, 母袋夏生訳　岩波書店　2011.10　270p　21cm　2100円　①978-4-
　00-115648-5

シエラ, ハビエル　*Sierra, Javier*　　　　歴史, ミステリー

スペインの作家、ジャーナリスト。1971年テルエル生まれ。マドリード・コンプルテンセ大学
でジャーナリズム、情報科学を専攻。長年、月刊誌「科学を超えて」の編集長を務め、現在は
同誌の顧問。95年初の著書を出版。98年『青い衣の女』で小説家デビュー。2004年に出版さ
れた『最後の晩餐の暗号』が英訳され、06年3月「ニューヨーク・タイムズ」紙のベストセラー
第6位になったことで国際的にも注目される。『プラド美術館の師』は13年スペイン国内で年
間ベストセラー1位に輝いた。現在、最も多くの言語に翻訳されているスペイン人作家のひと
り。テレビやラジオにも出演する。

最近の翻訳書

◇『プラド美術館の師』*EL MAESTRO DEL PRADO*　ハビエル・シエラ著,
　八重樫克彦, 八重樫由貴子訳　ナチュラルスピリット　2015.11　377p　19cm
　2150円　①978-4-86451-183-4
◇『失われた天使　上』*EL ÁNGEL PERDIDO*　ハビエル・シエラ著, 八重樫
　克彦, 八重樫由貴子訳　ナチュラルスピリット　2015.9　317p　20cm　1700
　円　①978-4-86451-176-6
◇『失われた天使　下』*EL ÁNGEL PERDIDO*　ハビエル・シエラ著, 八重樫
　克彦, 八重樫由貴子訳　ナチュラルスピリット　2015.9　357p　20cm　1800
　円　①978-4-86451-177-3
◇『最後の晩餐の暗号』*LA CENA SECRETA*　ハビエル・シエラ著, 宮崎真紀
　訳　イースト・プレス　2015.3　409p　20cm　2200円　①978-4-7816-1315-4

シェレズ, スタヴ　*Sherez, Stav*　　　　ミステリー, スリラー

イギリスのフリージャーナリスト、音楽評論家、作家。1970年生まれ。リーズ大学に学び、ロ
ンドンでフリージャーナリスト、音楽評論家として活動。初の小説『野良犬の運河』（2004年）
が大手出版社の目に留まり、小説家としてデビュー。同年のCWA賞最優秀新人賞（ジョン・ク
リーシー・ダガー賞）候補となった。

最近の翻訳書

◇『野良犬の運河　上』*The devil's playground*　スタヴ・シェレズ著, 松本剛
　史訳　ヴィレッジブックス　2008.3　324p　15cm　（ヴィレッジブックス）

720円　①978-4-86332-951-5

◇『**野良犬の運河　下**』　*The devil's playground*　スタヴ・シェレズ著, 松本剛
史訳　ヴィレッジブックス　2008.3　278p　15cm　（ヴィレッジブックス）
640円　①978-4-86332-952-2

ジェンキンス, A.M.　*Jenkins, A.M.*　　　　　　　　　　ヤングアダルト

本名＝Jenkins, Amanda McRaney

アメリカの作家。主に若い読者向けの作品を手がける。『キリエル』で優れたヤングアダルト作
品に贈られるマイケル・L.プリンツ賞のオナーブックにも選ばれた。ほかの著書に『Breaking
Boxes』『Damage』『Out of Order』『Night Road』などがある。テキサス州在住。

最近の翻訳書

◇『**キリエル**』　*Repossessed*　A.M.ジェンキンス著, 宮坂宏美訳　あかね書房
2011.3　262p　19cm　1400円　①978-4-251-06675-6

ジェンキンス, エミール　*Jenkins, Emyl*　　　　　　　ミステリー, スリラー

アメリカの作家。ノースカロライナ州シャーロット生まれ。2カ所の競売場に勤め、現役で活
躍しているアンティーク鑑定士。アンティークに関する数多くの記事、著書、業界誌のコラム
を執筆。2005年『アンティーク鑑定士は見やぶる』で小説家デビュー。バージニア州リッチモ
ンド在住。

最近の翻訳書

◇『**アンティーク鑑定士は疑う**』　*The big steal*　エミール・ジェンキンス著, 田
辺千幸訳　武田ランダムハウスジャパン　2010.12　462p　15cm　（RHブッ
クス＋プラス　シ1-2）　860円　①978-4-270-10373-9
◇『**アンティーク鑑定士は見やぶる**』　*Stealing with style*　エミール・ジェンキ
ンス著, 田辺千幸訳　ランダムハウス講談社　2006.6　461p　15cm　840円
①4-270-10045-1

ジェンキンズ, T.M.　*Jenkins, T.M.*　　　　　　　　　　　ミステリー

本名＝Jenkins, Tina M.

イギリスの作家、キャスター。ロンドンの夕刊紙「イブニング・スタンダード」でコラムを執
筆する一方、テームズ・テレビでニュースキャスターを、ITNテレビでリポーターを務める。
その後、BBCやチャンネル4でドキュメンタリー番組の制作に携わる。2006年『死者覚醒』で
作家デビュー。現在はハリウッド在住。

最近の翻訳書

◇『**死者覚醒**』　*The waking*　T.M.ジェンキンズ著, 熊谷千寿訳　早川書房
2008.2　639p　16cm　（ハヤカワ文庫　NV）　980円　①978-4-15-041165-7

ジェンキンソン, セシ　*Jenkinson, Ceci*　　　　　　　　　　　児童書

イギリスの作家。初めての児童書『ママ・ショップ』が高い人気を得、シリーズ化された。ほかの
著書に『The Spookoscope (Oli & Skipjacks Tales/Trouble)』『Gnomes Are Forever』『Mirror
Mischief (Oli & Skipjacks Tales/Trouble)』『Undercover Aliens』などがある。ウェールズで
夫と2人の幼い息子と暮らす。

シエンケ　　　　　　海外文学　新進作家事典

最近の翻訳書

◇『ママ・ショップ—母親交換取次店』 *The mum shop* セシ・ジェンキンソ
ン著, 斎藤静代訳　主婦の友社　2009.10　205p　22cm　1600円　①978-4-
07-266531-2

シェンケル, アンドレア・M.　*Schenkel, Andrea M.*　　　　ミステリー

ドイツの作家。1962年3月21日東ドイツ・レーゲンスブルク生まれ。専業主婦だったが、20年
に起きた一家皆殺し事件をモデルにしたミステリー小説『凍える森』(2006年)を執筆、処女作
でドイツ・ミステリー大賞やフリードリヒ・グラウザー賞新人賞を受賞。1930年代のナチ時
代に実際にあった事件に基づく第2作『Kalteis』(2007年)でもドイツ・ミステリー大賞を受け、
初の2年連続受賞となった。レーゲンスブルク近くの小さな村に家族とともに住む。

最近の翻訳書

◇『凍える森』 *Tannod* アンドレア・M.シェンケル著, 平野卿子訳　集英社
2007.10　198p　16cm　(集英社文庫)　514円　①978-4-08-760542-6

ジェーンズ, ダイアン　*Janes, Diane*　　　　ミステリー

イギリスの作家。バーミンガム生まれ。サスペンス作品『月に歪む夜』でデビューし、2010年
CWA賞最優秀新人賞(ジョン・クリーシー・ダガー賞)にノミネートされた。

最近の翻訳書

◇『月に歪む夜』 *THE PULL OF THE MOON* ダイアン・ジェーンズ著, 横
山啓明訳　東京創元社　2012.9　423p　15cm　(創元推理文庫　Mシ14-1)
1200円　①978-4-488-15823-1

シカタニ, ジェリー・オサム　*Shikatani, Gerry Osamu*　　　　文学

カナダの詩人、作家、編集者。1950年2月6日トロント生まれ。日系カナダ人。テキスト・サウ
ンド・パフォーマー、映画芸術家、文学コンサルタント、翻訳家(フランス語を英語に翻訳)、
食と旅のジャーナリスト、料理コンサルタント、研究者と幅広く活躍。大学等で詩、小説、ド
ラマなどの文芸指導を幅広い世代を対象に行う。カナダで文学作品などの審査員を多数務め
る。使用言語は英語、フランス語、日本語(会話)。

最近の翻訳書

◇『湖・その他の物語』 *Lake & other stories* ジェリー・オサム・シカタニ原
作, 多湖正紀, 村上裕美編訳　大阪　大阪教育図書　2010.12　172p　21cm
1800円　①978-4-271-31013-6

シグルザルドッティル, イルサ　*Sigurdardottir, Yrsa*　　　　ミステリー, 児童書

アイスランドの作家。1963年8月24日レイキャビク生まれ。アイスランド大学卒、コンコルディ
ア大学卒。大学卒業後、建設会社に勤めながら執筆活動を開始。98年より子供のための作品を
5冊発表し、2005年歴史ミステリー『魔女遊戯』で大人向けミステリー作家としてデビュー。

最近の翻訳書

◇『魔女遊戯』 *Last rituals* イルサ・シグルザルドッティル著, 戸田裕之訳
集英社　2011.2　509p　16cm　(集英社文庫　シ19-1)　933円　①978-4-08-
760619-5

海外文学　新進作家事典　　　　　　　シトロン

シーゲル, ジェイムズ　*Siegel, James*　　　　　　　　ミステリー

アメリカの作家。ニューヨークの大手広告会社BBDOのエグゼクティブ・ディレクターとして
有名企業のCMを手がける一方、作家としても活躍。2001年元相棒が解決できなかった事件を
引き継ぐことになった老探偵の活躍を描いた『Epitaph』でデビュー。03年の第2作『唇が嘘
を重ねる』は各紙誌で絶賛され「ニューヨーク・タイムズ」紙のベストセラー・リスト入りし
たほか、「すべてはその朝始まった」のタイトルで映画化もされた。

最近の翻訳書

◇『唇が嘘を重ねる』　*DERAILED*　ジェイムズ・シーゲル著, 大西央士訳
ヴィレッジブックス　2006.9　473p　15cm　（ヴィレッジブックス）　880円
①978-4-86332-839-6

シトリン, M.　*Citrin, Micael*　　　　　　　　　　　　ミステリー

本名＝シトリン, マイケル〈Citrin, Michael〉

アメリカの作家。書籍の編集者を務める傍ら、妻のT.マックとともに児童向けの作品を執筆。
デビュー作『Drawing Lessons』は優れたヤングアダルト作品としてアメリカ国内で評判となっ
た。ロンドンを舞台にした痛快ミステリー〈シャーロック・ホームズ＆イレギュラーズ〉シリー
ズで人気を得る。マサチューセッツ州在住。

最近の翻訳書

◇『シャーロック・ホームズ＆イレギュラーズ　4　最後の対決』　*Sherlock*
Holmes and the Baker Street irregulars. case book no.4：The final meeting
T.マック,M.シトリン著, 金原瑞人, 相山夏奏共訳　文渓堂　2012.1　252p
19cm　900円　①978-4-89423-564-9

◇『シャーロック・ホームズ＆イレギュラーズ　3　女神ディアーナの暗号』
Sherlock Holmes and the Baker Street irregulars. case book no.3：In search
of Watson　T.マック,M.シトリン著, 金原瑞人, 相山夏奏共訳　文渓堂
2011.11　204p　19cm　900円　①978-4-89423-563-2

◇『シャーロック・ホームズ＆イレギュラーズ　2　冥界からの使者』　*Sherlock*
Holmes and the Baker Street irregulars. case book no.2：The mystery of the
conjured man　T.マック,M.シトリン作, 金原瑞人, 相山夏奏共訳　文渓堂
2011.9　205p　19cm　900円　①978-4-89423-562-5

◇『シャーロック・ホームズ＆イレギュラーズ　1　消されたサーカスの男』
Sherlock Holmes and the Baker Street irregulars. case book no.1：The fall
of the amazing Zalindas　T.マック,M.シトリン作, 金原瑞人, 相山夏奏共訳
文渓堂　2011.9　252p　19cm　900円　①978-4-89423-561-8

シトロン, ラナ　*Citron, Lana*　　　　　　　　　ユーモア, ミステリー

アイルランドの作家、女優。1969年生まれ。ユダヤ系。トリニティ・カレッジで歴史学を専
攻。作家として小説やノンフィクション、脚本などを手がける傍ら、女優としてテレビや映
画、舞台で活躍。スタンダップ・コメディエンヌとしてもエディンバラ・フリンジ・フェス
ティバルに出演するなど、多方面で才能を発揮する。ロンドン在住。

最近の翻訳書

◇『ハニー・トラップ探偵社』　*The honey trap*　ラナ・シトロン著, 田栗美奈子
訳　作品社　2011.10　273p　19cm　1900円　①978-4-86182-348-0

173

シフーコ, ミゲル　*Syjuco, Miguel*　　　　　　　　　　文学

フィリピンの作家。1976年マニラ生まれ。アテネオ大学で英文学の学位を受け、アメリカの
コロンビア大学でクリエイティブ・ライティング修士号を、オーストラリアのアデレード大学
で博士号を取得。2008年デビュー作『イルストラード』でマン・アジアン文学賞をはじめ、多
数の文学賞を受賞するなど高い評価を受ける。カナダ・モントリオール在住。

最近の翻訳書

◇『イルストラード』　*Ilustrado*　ミゲル・シフーコ著, 中野学而訳　白水社
2011.6　458p　20cm　（Ex libris）　3000円　①978-4-560-09016-9

シーボルト, アリス　*Sebold, Alice*　　　　　　　　　　文学

アメリカの作家。1962年ウィスコンシン州マディソン生まれ。シラキュース大学を卒業後、
ヒューストン大学で学び、カリフォルニア大学で修士号を取得。教師を務める傍ら、「ニュー
ヨーク・タイムズ」「シカゴ・トリビューン」各紙に寄稿し、作家を目指す。99年自身のレイ
プ体験を乗り越えるまでを綴ったノンフィクション『ラッキー』でデビュー。レイプ事件を題
材にした初の小説『ラブリー・ボーン』（2002年）は世界で1000万部以上売れたベストセラーと
なった。03年初来日。『奇術師カーターの華麗なるフィナーレ』の翻訳書がある作家の夫グレ
ン・デービッド・ゴールドとともにカリフォルニア州在住。

最近の翻訳書

◇『オルモスト・ムーン―月が欠けゆく夜』　*The almost moon*　アリス・シー
ボルト著, イシイシノブ訳　ヴィレッジブックス　2010.1　422p　20cm
1600円　①978-4-86332-218-9
◇『ラブリー・ボーン』　*The lovely bones*　アリス・シーボルト著, イシイシノ
ブ訳　ヴィレッジブックス　2009.12　540p　15cm　（ヴィレッジブックス
F-シ7-1）　860円　①978-4-86332-197-7
◇『ラブリー・ボーン』　*The lovely bones*　アリス・シーボルト著, イシイシノ
ブ訳　ヴィレッジブックス　2009.6　485p　20cm　1600円　①978-4-86332-
161-8

シムシオン, グラム　*Simsion, Graeme*　　　　　　　　　　ロマンス

オーストラリアの作家。ニュージーランド生まれ。年齢非公開。ITコンサルタント、データ・マ
ネージメントの会社やワイン販売業者、アンティーク家具の会社を経営し成功。2007年より脚
本を書き始め、10年『ワイフ・プロジェクト』でAustralian Writers Guild/Inception Award for
Best Romantic Comedy Scriptを受賞。これを小説化し、12年にVictorian Premier's Literary
Award for an Unpublished Manuscriptを受賞。小説は13年に刊行され、35カ国語以上に翻訳
される。オーストラリア在住。

最近の翻訳書

◇『ワイフ・プロジェクト』　*The Rosie Project*　グラム・シムシオン著, 小川
敏子訳　講談社　2014.2　351p　19cm　2100円　①978-4-06-218316-1

シムズ, クリス　*Simms, Chris*　　　　　　　　　　ミステリー, スリラー

イギリスの作家。ニューカッスルの大学で社会心理学を修め、電話のセールス、郵便局、ホテ
ル、空港、ナイトクラブ、養鶏場などさまざまな職業を経た後、作家を志す。フリーのコピー
ライターとして働く傍ら、ミステリー作家としてデビュー。〈マンチェスター警察殺人課ファ

イル〉シリーズを執筆する。

最近の翻訳書

◇『残虐なる月―マンチェスター警察殺人課ファイル』 *Savage moon* クリ
ス・シムズ著，延原泰子訳　小学館　2008.11　596p　15cm　（小学館文庫）
857円　①978-4-09-408216-6

◇『剥がされた皮膚―マンチェスター警察殺人課ファイル』 *Shifting skin* ク
リス・シムズ著，延原泰子訳　小学館　2006.12　519p　15cm　（小学館文
庫）　800円　①4-09-408087-2

シムッカ, サラ　*Simukka, Salla*　　　　　　　　ヤングアダルト, 文学

フィンランドの作家。1981年6月16日タンペレ生まれ。2013年『Jäljallä』と続編『Toisaalla』
でトペリウス賞を受賞し、注目を集める。主にヤングアダルト向けの作品を執筆し、スウェー
デン語で書かれた小説や児童書、戯曲を精力的にフィンランド語に翻訳している。また、書評
の執筆や文芸誌の編集にも携わるなど、多彩な経歴を持つ。タンペレ在住。

最近の翻訳書

◇『ルミッキ　3　黒檀のように黒く』 *MUSTA KUIN EEBENPUU* サラ・
シムッカ著，古市真由美訳　西村書店東京出版編集部　2015.12　211p　19cm
1200円　①978-4-89013-967-5

◇『ルミッキ　2　雪のように白く』 *VALKEA KUIN LUMI* サラ・シムッカ
著，古市真由美訳　西村書店東京出版編集部　2015.10　253p　19cm　1200
円　①978-4-89013-966-8

◇『ルミッキ　1　血のように赤く』 *PUNAINEN KUIN VERI* サラ・シムッ
カ著，古市真由美訳　西村書店東京出版編集部　2015.7　301p　19cm　1200
円　①978-4-89013-961-3

ジムラー, リチャード　*Zimler, Richard*　　　　　　　　　歴史

アメリカ出身の作家。1956年ニューヨーク市郊外マンハセットの世俗的なユダヤ人家庭に生
まれる。77年デューク大学で比較宗教学の学士号を取得し、82年スタンフォード大学大学院
でジャーナリズムの修士号を獲得。その後、サンフランシスコでジャーナリストとして7年間
働く。90年ポルトガルのポルトへ移り住み、ポルト大学でジャーナリズム学を講義する一方、
小説を執筆。アメリカとポルトガルの国籍を持つ。

最近の翻訳書

◇『リスボンの最後のカバリスト』 *The last kabbalist of Lisbon* リチャード・
ジムラー著，木村光二訳　而立書房　2009.1　438p　22cm　5000円　①978-
4-88059-346-3

シモンズ, ジョー　*Simmons, Jo*　　　　　　　　　　　児童書

イギリスの作家。長年ジャーナリストを務めた。2013年初めての創作読み物となる『ピップ
通りは大さわぎ！』を刊行。シリーズ化された。ブライトン在住。

最近の翻訳書

◇『ピップ通りは大さわぎ！　2　ボビーのおやつはデリ～シャス！』 *PIP
STREET.2 : A CRUMPETY CALAMITY* ジョー・シモンズ作，岡田好恵
訳　学研教育出版　2014.3　158p　21cm　1100円　①978-4-05-203832-7

◇『ピップ通りは大さわぎ！　1　ボビーの町はデンジャラス！』*PIP*
STREET.1：A WHISKERY MYSTERY　ジョー・シモンズ作，岡田好惠訳
学研教育出版　2013.11　156p　21cm　1100円　①978-4-05-203831-0

シモンズ, モイヤ　*Simons, Moya*　　児童書

オーストラリアの作家。ニューサウスウェールズ州生まれ。自分の子供に励まされて、児童文
学の作品を書き始める。これまでに30冊以上の作品を出版。『たいせつな友だち』は、2008年
度オーストラリア児童図書協議会優良図書、オーストラリア家族療法士協会の推薦図書に選ば
れている。

*** 最近の翻訳書 ***

◇『たいせつな友だち』　モイヤ・シモンズ作，中井はるの訳，後藤貴志画　く
　　もん出版　2009.7　142p　21cm　1300円　①978-4-7743-1653-6

ジャイルズ, ジェニファー・セント　*Giles, Jennifer St.*　　ロマンス

別筆名＝セインツ, ジェニファー〈Saints, Jennifer〉
　　　　セイント, J.L.〈Saint, J.L.〉

アメリカの作家。フロリダ州マイアミ生まれ。2004年のデビュー以降、パラノーマル・ロマン
スのシリーズと並行して、ゴシック・サスペンス色の強いヒストリカルの〈キルダレン〉シリー
ズを出版。02年その第2作『竜ひそむ入り江の秘密』でアメリカ・ロマンス作家協会ゴールデ
ン・ハート賞を受賞。各紙ベストセラー・リストにも登場する。ジェニファー・セインツ、J.
L.セイントの筆名でも活動。ジョージア州在住。

*** 最近の翻訳書 ***

◇『海を渡る呼び声の秘密』　*Silken shadows*　ジェニファー・セント・ジャイ
　　ルズ著，上中京訳　扶桑社　2009.7　511p　16cm　（扶桑社ロマンス　1186）
　　895円　①978-4-594-06003-9
◇『竜ひそむ入り江の秘密』　*Darkest dreams*　ジェニファー・セント・ジャイ
　　ルズ著，上中京訳　扶桑社　2008.10　558p　16cm　（扶桑社ロマンス）　895
　　円　①978-4-594-05802-9

ジャヴァン, シャードルト　*Djavann, Chahdortt*　　文学

作家、批評家、人類学者。1967年イラン生まれ。79年、12歳の時にイラン革命を経験。91年
イランを出国し、93年パリに移る。95年パリの社会科学高等研究院に登録、人類学を専攻。98
年テヘランに一時帰国。同年社会科学高等研究院に修士論文「イランの教科書の宗教主義」を
提出。2002年小説『私はよそ者』を出版。03年の評論『ヴェールを捨てよ！』で反ヴェール論
者としてフランス社会から注目されるようになった。以降、04年小説『他者の自画像』、評論
『アッラーはヨーロッパをどう考えているか？』、06年小説『モンテスキューの孤独』、07年評
論『止むを得ず、西欧だ』、08年小説『口の利けない女』、09年評論『イラン体制と交渉をする
な─西欧指導者への公開書簡』などを執筆、イランの現体制への批判的な姿勢を貫いている。
フランス入国以前の経歴は明らかにされていないが、名前のシャードルトは、王（シャー）の
娘（ドルト）の意味。パリ在住。

*** 最近の翻訳書 ***

◇『モンテスキューの孤独』　*Comment peut-on être français ?*　　シャードル
　　ト・ジャヴァン著，白井成雄訳　水声社　2010.11　283p　20cm　（フィク

海外文学　新進作家事典　　　　　　　　　シヤクソ

ションの楽しみ）　2800円　①978-4-89176-807-2

シャーヴィントン, ジェシカ　*Shirvington, Jessica*　　　　ファンタジー, ロマンス

オーストラリアの作家。1979年4月15日生まれ。シドニー出身。シドニーやロンドンで、レストランやコーヒーなどを扱う食料品輸入会社を経営した経歴を持つ。2人目の娘の出産後、小説を書き始め、2010年『ヴァイオレット目覚めのとき』でデビュー、大評判となる。オリンピックの短距離走選手である夫マットや娘たちとともにシドニーで暮らす。

最近の翻訳書

◇『ヴァイオレット　2　禁じられた絆』　*ENTICE*　ジェシカ・シャーヴィントン著, 水越真麻訳　早川書房　2014.8　541p　16cm　（ハヤカワ文庫 FT 568）　1100円　①978-4-15-020568-3

◇『ヴァイオレット　目覚めのとき』　*EMBRACE*　ジェシカ・シャーヴィントン著, 水越真麻訳　早川書房　2014.5　453p　16cm　（ハヤカワ文庫 FT 564）　920円　①978-4-15-020564-5

シャーウッド, ベン　*Sherwood, Ben*　　　　　　　　　　　ファンタジー

アメリカの作家、ジャーナリスト。カリフォルニア州ロサンゼルス生まれ。ハーバード大学を卒業後、オックスフォード大学へ留学。その後ジャーナリズムの世界に身を投じ、1997年「NBCナイトリー・ニュース」のシニア・プロデューサーとなる。ノンフィクションの記事を「ニューヨーク・タイムズ」「ワシントン・ポスト」「ロサンゼルス・タイムズ」各紙に発表。2000年『ぼくは747を食べてる人を知っています』で小説家デビュー。04年の小説『きみがくれた未来』はベストセラーとなり、10年に「Charlie St. Cloud」として映画化された。

最近の翻訳書

◇『きみがくれた未来』　*The death and life of Charlie St.Cloud*　ベン・シャーウッド著, 尾之上浩司訳　角川書店　2010.11　350p　15cm　（角川文庫 16554）　705円　①978-4-04-298210-4

ジャーキンス, グラント　*Jerkins, Grant*　　　　　　　　ミステリー, スリラー

アメリカの作家。ジョージア州アトランタ生まれ。成人発達障害者の権利を支援する仕事を続けながら、稀少本の販売を手がける。2010年『いたって明解な殺人』で作家デビュー。妻と息子とともにアトランタに在住。

最近の翻訳書

◇『あの夏、エデン・ロードで』　*At the end of the road*　グラント・ジャーキンス著, 二宮磐訳　新潮社　2013.2　399p　16cm　（新潮文庫　シー40-2）　670円　①978-4-10-217852-2

◇『いたって明解な殺人』　*A very simple crime*　グラント・ジャーキンス著, 二宮磐訳　新潮社　2011.4　338p　16cm　（新潮文庫　シー40-1）　629円　①978-4-10-217851-5

ジャクソン, ヴィーナ　*Jackson, Vina*　　　　　　　　　　　　ロマンス

ヴィーナ・ジャクソンは2人の匿名の女性作家の共作時の筆名。どちらもロマンスや官能の分野で出版歴を持つ以外、経歴は明かされていない。1人はプロの作家として活躍、もう1人はロ

177

ンドンの金融街で働くビジネスウーマンだという。ロンドン郊外で行われたフェスティバル
に向かう電車の中で偶然向い合せに座ったことがきっかけで、『エイティ・デイズ・イエロー』
を共作。同作はベストセラーとなり、3部作として成功、スピンオフも2作ある。

最近の翻訳書

◇『エイティ・デイズ・ブルー』 *EIGHTY DAYS BLUE* ヴィーナ・ジャクソ
ン著, 木村浩美訳 早川書房 2013.6 365p 19cm （RiViERA） 1400円
①978-4-15-209382-0

◇『エイティ・デイズ・イエロー』 *EIGHTY DAYS YELLOW* ヴィーナ・
ジャクソン著, 木村浩美訳 早川書房 2013.4 364p 19cm （RiViERA）
1400円 ①978-4-15-209369-1

ジャクソン, ミック *Jackson, Mick* 文学

イギリスの作家、ドキュメンタリー映画監督。1960年ランカシャー州生まれ。20代の頃にア
メリカのロックバンドで活動した後、ドキュメンタリーを中心とした短編映画の監督・脚本を
手がける。97年広大な邸宅の敷地内の地下にトンネルを張りめぐらせ、自らの頭蓋骨にドリ
ルで穴をあけるという奇行をなす実在した貴族を主人公とした小説『穴掘り公爵』で作家デ
ビュー、ブッカー賞とウィットブレッド賞の最終候補作となった。

最近の翻訳書

◇『10の奇妙な話』 *Ten Sorry Tales* ミック・ジャクソン著, 田内志文訳 東
京創元社 2016.2 179p 19cm 1500円 ①978-4-488-01053-9

ジャコメッティ, エリック *Giacometti, Eric* スリラー, ミステリー

フランスの作家。「パリジャン」や「フランスの今日」に寄稿する、調査報道部門のジャーナリ
スト。1990年代末には利権漁りのフリーメーソンが関わった、コートダジュール事件も調査。
長年の友人であり、フリーメーソンの儀式の指導者であるジャック・ラヴェンヌとの共著でマ
ルカス警視を主人公にしたシリーズ第1作『ヒラムの儀式』を執筆。この成功を受け、2006年
同じマルカス警視を主人公にした『カザノヴァの陰謀』、07年『血の兄弟』を共同執筆。

最近の翻訳書

◇『ヒラムの儀式 上』 *Le rituel de l'ombre* エリック・ジャコメッティ,
ジャック・ラヴェンヌ著, 吉田花子訳 講談社 2009.2 387p 15cm （講
談社文庫 し84-1） 838円 ①978-4-06-276287-8

◇『ヒラムの儀式 下』 *Le rituel de l'ombre* エリック・ジャコメッティ,
ジャック・ラヴェンヌ著, 吉田花子訳 講談社 2009.2 357p 15cm （講
談社文庫 し84-2） 819円 ①978-4-06-276288-5

ジャップ, アンドレア・H. *Japp, Andréa H.* ミステリー, スリラー

フランスの作家、毒物学者。1957年9月17日パリ生まれ。大学では毒物学を専攻し、生化学の
博士号を取得。『ボストン生まれの女』でコニャック・フェスティバル大賞を受賞してミステ
リー作家としてデビュー。その後も科学者としての仕事を続け、アメリカ航空宇宙局（NASA）
でも仕事をする。さらに専門の方では本名で食の安全に関する啓蒙書などを著し、テレビのシ
ナリオやマンガの原作を書くなど多方面で活躍。作家としては、96年に天才数学者グロリア・
パーカー＝シモンズが活躍する『殺人者の放物線』を発表して以来、〈グロリア〉シリーズを書
き継ぐ。

海外文学　新進作家事典　　　　シヤン

最近の翻訳書

◇『殺人者の放物線』 *La parabole de tueur*　アンドレア・H.ジャップ著, 藤田
　真利子訳　東京創元社　2006.8　350p　15cm　（創元推理文庫）　860円
　Ⓘ4-488-16502-8

シャープ, デボラ　*Sharp, Deborah*　　　　　　　　　　ミステリー, スリラー

アメリカの作家。1954年フロリダ州フォートローダーデール生まれ。ジョージア大学大学院修
了。「USAトゥディ」紙に記者として20年以上勤務した後、2008年コージー・ミステリー『マ
マのトランクを開けないで』で作家デビュー。

最近の翻訳書

◇『ママのトランクを開けないで』 *Mama does time*　デボラ・シャープ著, 戸
　田早紀訳　早川書房　2010.4　478p　16cm　（ハヤカワ文庫　シー2-1―イソ
　ラ文庫　15）　920円　Ⓘ978-4-15-150015-2

シャプレ, アンネ　*Chaplet, Anne*　　　　　　　　　　　　　　　　ミステリー

ドイツの作家、政治学者、現代史家。1952年西ドイツ・オスナブリュック生まれ。本名はコー
ラ・シュテファン（Cora Stephan）。ハンブルク大学、フランクフルト大学で政治学、歴史学、
経済学を学ぶ。76年政治学の博士号を取得。85年ジャーナリストや社会・女性問題研究者に
授与されるエリザベート・ゼルバート賞を受賞。大学講師、翻訳家、評論家、著述家として雑
誌やテレビなどでも幅広く活躍。一方、98年アンネ・シャプレ名義で発表した作家デビュー作
『カルーソーという悲劇』は各誌紙の書評で絶賛され、その後、ほぼ1年に1作のペースでミス
テリーを刊行。2001年と04年にドイツ・ミステリー大賞を2回受賞するなど、短期間のうちに
“ドイツ・ミステリー界の女王”などと呼ばれるようになった。現在、オーバーヘッセン、フラ
ンクフルト、南仏アルデシュの家を行き来して暮らしている。

最近の翻訳書

◇『カルーソーという悲劇』 *Caruso singt nicht mehr*　アンネ・シャプレ著,
　平井吉夫訳　東京創元社　2007.5　381p　15cm　（創元推理文庫）　960円
　Ⓘ978-4-488-23402-7

シャン, ダレン　*Shan, Darren*　　　　　　　　　ヤングアダルト, ファンタジー

アイルランドの作家。1972年7月2日ロンドンで生まれ、6歳でアイルランドに移る。5歳で作
家を目指し、17歳から小説を書き始める。ローハンプトン・カレッジで社会学を専攻し、さ
らに1年間児童文学を研究。地元アイルランドのケーブル局に勤務しながら週末に小説を書く
生活を経て、2年後文筆業に専念。99年本名のダレン・オショーネシー名義のミステリー『the
CITY―アユアマルカ　蘇る死者』でデビュー。その後スティーブン・キングの影響で初めて子
供向けのホラー作品を書き、2000年ダレン・シャン名義で、体の半分がバンパイア（吸血鬼）
となった少年が語る闇の世界の冒険ファンタジー〈ダレン・シャン〉（全12巻）を出版。世界各
国で翻訳され、大ヒットシリーズとなる。〈デモナータ〉シリーズでも人気を博す。02年、03年
来日。

最近の翻訳書

◇『デモナータ　10幕　地獄の英雄たち』 *Hell's Heroes*　Darren Shan作, 橋本
　恵訳, 田口智子絵　小学館　2012.12　363p　18cm　（小学館ファンタジー文
　庫）　680円　Ⓘ978-4-09-230190-0
◇『デモナータ　9幕　暗黒のよび声』 *Dark Calling*　Darren Shan作, 橋本恵

179

訳, 田口智子絵　小学館　2012.12　328p　18cm　（小学館ファンタジー文庫）　680円　①978-4-09-230189-4

◇『デモナータ　8幕　狼島』 *Wolf island*　Darren Shan作, 橋本恵訳, 田口智子絵　小学館　2012.10　345p　18cm　（小学館ファンタジー文庫）　680円　①978-4-09-230188-7

◇『デモナータ　7幕　死の影』 *Death's Shadow*　Darren Shan作, 橋本恵訳, 田口智子絵　小学館　2012.10　367p　18cm　（小学館ファンタジー文庫）　680円　①978-4-09-230187-0

◇『デモナータ　6幕　悪魔の黙示録』 *Demon Apocalypse*　Darren Shan作, 橋本恵訳, 田口智子絵　小学館　2012.8　369p　18cm　（小学館ファンタジー文庫）　680円　①978-4-09-230186-3

◇『デモナータ　5幕　血の呪い』 *Blood Beast*　Darren Shan作, 橋本恵訳, 田口智子絵　小学館　2012.7　417p　18cm　（小学館ファンタジー文庫）　680円　①978-4-09-230185-6

◇『デモナータ　4幕　ベック』 *Bec*　Darren Shan作, 橋本恵訳, 田口智子絵　小学館　2012.7　432p　18cm　（小学館ファンタジー文庫）　680円　①978-4-09-230184-9

◇『デモナータ　3幕　スローター』 *Slawter*　Darren Shan作, 橋本恵訳, 田口智子絵　小学館　2012.5　416p　18cm　（小学館ファンタジー文庫）　680円　①978-4-09-230183-2

◇『クレプスリー伝説—ダレン・シャン前史　4　運命の兄弟』 *The saga of larten crepsley book.4：brothers to the death*　Darren Shan作, 橋本恵訳, 田口智子絵　小学館　2012.4　294p　22cm　1600円　①978-4-09-290554-2

◇『デモナータ　2幕　悪魔の盗人』 *Demon Thief*　Darren Shan作, 橋本恵訳, 田口智子絵　小学館　2012.4　409p　18cm　（小学館ファンタジー文庫）　680円　①978-4-09-230182-5

◇『デモナータ　1幕　ロード・ロス』 *Lord Loss*　Darren Shan作, 橋本恵訳, 田口智子絵　小学館　2012.4　395p　18cm　（小学館ファンタジー文庫）　680円　①978-4-09-230181-8

◇『クレプスリー伝説—ダレン・シャン前史　3　呪われた宮殿』 *The saga of Larten Crepsley book.3：palace of the damned*　Darren Shan作, 橋本恵訳, 田口智子絵　小学館　2011.12　270p　22cm　1600円　①978-4-09-290553-5

◇『クレプスリー伝説—ダレン・シャン前史　2　死への航海』 *The saga of Larten Crepsley book.2：ocean of blood*　Darren Shan作, 橋本恵訳, 田口智子絵　小学館　2011.6　285p　22cm　1600円　①978-4-09-290552-8

◇『クレプスリー伝説—ダレン・シャン前史　1　殺人者の誕生』 *The saga of Larten Crepsley book.1：birth of a killer*　Darren Shan作, 橋本恵訳, 田口智子絵　小学館　2011.4　317p　22cm　1600円　①978-4-09-290551-1

◇『**The city**　3　蛇の街』 *City of the snakes*　ダレン・シャン著, 西本かおる訳　小学館　2010.7　638p　22cm　2400円　①978-4-09-290547-4

◇『やせっぽちの死刑執行人　上』 *The thin executioner*　Darren Shan作, 西本かおる訳, 田口智子絵　小学館　2010.5　252p　22cm　1400円　①978-4-09-290544-3

◇『やせっぽちの死刑執行人　下』 *The thin executioner*　Darren Shan作, 西本かおる訳, 田口智子絵　小学館　2010.5　270p　22cm　1400円　①978-4-09-290545-0

◇『デモナータ　10幕　地獄の英雄たち』 *Hell's heroes*　Darren Shan作, 橋本

恵訳, 田口智子絵　小学館　2009.12　344p　22cm　1500円　①978-4-09-290330-2

◇『**The city　2**　地獄の地平線』 *Hell's horizon*　ダレン・シャン著, 西本かおる訳　小学館　2009.10　655p　22cm　2400円　①978-4-09-290542-9

◇『デモナータ　**9**幕　暗黒のよび声』 *Dark calling*　Darren Shan作, 橋本恵訳, 田口智子絵　小学館　2009.8　309p　22cm　1500円　①978-4-09-290329-6

◇『デモナータ　**8**幕　狼島』 *Wolf island*　Darren Shan作, 橋本恵訳, 田口智子絵　小学館　2009.2　332p　22cm　1500円　①978-4-09-290328-9

◇『**The city　1**　アユアマルカ―蘇る死者』 *Procession of the dead.* 新版　D.B.シャン著, 西本かおる訳　小学館　2008.11　549p　22cm　2200円　①978-4-09-290541-2

◇『デモナータ　**7**幕　死の影』 *Death's shadow*　Darren Shan作, 橋本恵訳, 田口智子絵　小学館　2008.9　342p　22cm　1500円　①978-4-09-290327-2

◇『デモナータ　**6**幕　悪魔の黙示録』 *Demon apocalypse*　Darren Shan作, 橋本恵訳, 田口智子絵　小学館　2008.3　350p　22cm　1500円　①978-4-09-290326-5

◇『ダレン・シャンインジャパン―羽黒山/恐山とデモナータ/高野山』 Darren Shan作, 西本かおる訳　小学館　2007.12　172p　18cm　（小学館ファンタジー文庫）　660円　①978-4-09-230113-9

◇『ダレン・シャン　**12**(運命の息子)』 *Sons of destiny*　Darren Shan作, 橋本恵訳　小学館　2007.7　313p　18cm　（小学館ファンタジー文庫）　660円　①978-4-09-230112-2

◇『ダレン・シャン　**11**(闇の帝王)』 *The lord of the shadows*　Darren Shan作, 橋本恵訳　小学館　2007.7　295p　18cm　（小学館ファンタジー文庫）　660円　①978-4-09-230111-5

◇『デモナータ　**5**幕　血の呪い』 *Blood beast*　Darren Shan作, 橋本恵訳, 田口智子絵　小学館　2007.7　390p　22cm　1500円　①978-4-09-290325-8

◇『ダレン・シャン　**10**(精霊の湖)』 *The lake of souls*　Darren Shan作, 橋本恵訳　小学館　2007.6　347p　18cm　（小学館ファンタジー文庫）　660円　①978-4-09-230110-8

◇『ダレン・シャン　**9**(夜明けの覇者)』 *Killers of the dawn*　Darren Shan作, 橋本恵訳　小学館　2007.4　277p　18cm　（小学館ファンタジー文庫）　660円　①978-4-09-230109-2

◇『ダレン・シャン　**8**(真夜中の同志)』 *Allies of the night*　Darren Shan作, 橋本恵訳　小学館　2007.3　297p　18cm　（小学館ファンタジー文庫）　660円　①978-4-09-230108-5

◇『ダレン・シャン　**7**(黄昏のハンター)』 *Hunters of the dusk*　Darren Shan作, 橋本恵訳　小学館　2007.2　282p　18cm　（小学館ファンタジー文庫）　660円　①978-4-09-230107-8

◇『デモナータ　**4**幕　ベック』 *Bec*　Darren Shan作, 橋本恵訳, 田口智子絵　小学館　2007.2　406p　22cm　1500円　①978-4-09-290324-1

◇『ダレン・シャン　**6**(バンパイアの運命)』 *The vampire prince*　Darren Shan作, 橋本恵訳　小学館　2006.12　240p　18cm　（小学館ファンタジー文庫）　660円　①4-09-230106-5

◇『ダレン・シャン　**5**(バンパイアの試練)』 *Trials of death*　Darren Shan作, 橋本恵訳　小学館　2006.12　251p　18cm　（小学館ファンタジー文庫）　660円　①4-09-230105-7

シヤンハ　　　　　海外文学　新進作家事典

◇『ダレン・シャン　4(バンパイア・マウンテン)』　*Vampire mountain*
Darren Shan作, 橋本恵訳　小学館　2006.12　269p　18cm　(小学館ファン
タジー文庫)　660円　Ⓘ4-09-230104-9
◇『デモナータ　3幕　スローター』　*Slawter*　Darren Shan作, 橋本恵訳, 田口
智子絵　小学館　2006.9　390p　22cm　1500円　Ⓘ4-09-290323-5
◇『ダレン・シャン　3(バンパイア・クリスマス)』　*Tunnels of blood*　Darren
Shan作, 橋本恵訳　小学館　2006.8　311p　18cm　(小学館ファンタジー文
庫)　660円　Ⓘ4-09-230103-0
◇『ダレン・シャン　2(若きバンパイア)』　*The vampire's assistant*　Darren
Shan作, 橋本恵訳　小学館　2006.8　314p　18cm　(小学館ファンタジー文
庫)　660円　Ⓘ4-09-230102-2
◇『ダレン・シャン　1(奇怪なサーカス)』　*Cirque du freak*　Darren Shan作,
橋本恵訳　小学館　2006.8　333p　18cm　(小学館ファンタジー文庫)　660
円　Ⓘ4-09-230101-4
◇『デモナータ　2幕　悪魔の盗人』　*Demon thief*　Darren Shan作, 橋本恵訳,
田口智子絵　小学館　2006.2　382p　22cm　1500円　Ⓘ4-09-290322-7
◇『今夜はだれも眠れない』　*Kid's night in*　ダレン・シャン, ジャクリーン・
ウィルソンほか著, 内藤文子, 西本かおる, 橋本恵訳　ダイヤモンド社　2006.1
228p　19cm　1600円　Ⓘ4-478-93075-9　内容:「女の子は救われる フリーク
エントフライヤー」メアリ・ホフマン著 「本物のレベッカ」ジャクリーン・
ウィルソン著 「メアリーの髪」オーエン・コルファー著 「今夜は非番の天使
たち」アニー・ダルトン著 「最後のハロウィーン」レイチェル・コーン著
「ヘンリーの『占星術ガイド』」ジェシカ・アダムス著.「そして信じる者も
フェアリーテールじゃないよ」ジェレミー・ストロング著 「クマのマグワー
スとアルジー・ボタン」ブライアン・ジェイクス著 「マイティー・ワンの娘」
ヴィヴィアン・フレンチ著 「王さまへの手紙」ジリアン・クロス著 「海から
の贈りもの」ビヴァリー・ナイドゥー著 「ハグロサン」ダレン・シャン著

ジャンバンコ, V.M.　*Giambanco, V.M.*　　　　ミステリー

イタリアの作家。高校卒業後、ロンドンに渡る。ロンドン大学ゴールドスミス・カレッジで英
語と演劇を学んだ後、クラシック音楽の小売りや書店員を経て、映画の編集助手に。「ドニー・
ブラスコ」「フォー・ウェディング」「秘密と嘘」など数多くの作品の編集に携わる。2013年サ
スペンス小説『闇からの贈り物』でデビュー。ロンドン在住。

最近の翻訳書

◇『闇からの贈り物　上』　*THE GIFT OF DARKNESS*　V・M・ジャンバン
コ著, 谷垣暁美訳　集英社　2015.5　387p　16cm　(集英社文庫　シ21-1)
800円　Ⓘ978-4-08-760704-8
◇『闇からの贈り物　下』　*THE GIFT OF DARKNESS*　V・M・ジャンバン
コ著, 谷垣暁美訳　集英社　2015.5　381p　16cm　(集英社文庫　シ21-2)
800円　Ⓘ978-4-08-760705-5

シュヴァイケルト, ウルリケ　*Schweikert, Ulrike*　　ファンタジー, ミステリー

別筆名＝シュペーマン, リーケ〈Speemann, Rike〉

ドイツの作家。1966年11月28日シュヴェービッシュ・ハル生まれ。シュトゥットガルトの銀
行勤務の後、大学で地学、ジャーナリズムを学び、作家に転身。『魔女と聖女』『聖堂騎士団の

印章』など女性を主人公にした歴史小説で知られる。またリーケ・シュペーマン名義で吸血鬼小説『血の臭い』などファンタジーやミステリーを執筆。シュトゥットガルト近郊に在住。

最近の翻訳書

◇『ファンタージエン―夜の魂』 *Die Seele der Nacht* ウルリケ・シュヴァイケルト著, 酒寄進一訳 ソフトバンククリエイティブ 2007.3 365p 23cm 1900円 ①978-4-7973-2985-8

シュヴァリエ, トレイシー *Chevalier, Tracy*　　　　　　　歴史

アメリカの作家。1962年10月19日ワシントンD.C.で生まれ、オーバリン大学卒業後の84年からイギリスへ移り住む。出版社に数年間勤務した後、イースト・アングリア大学大学院で創作文芸を学ぶ。事典の編集者などを経て、執筆活動に入り、97年『The Virgin Blue』で作家デビュー、WHスミス社の新人賞を受賞し注目される。99年17世紀の画家フェルメールとそのモデルの少女を描いた小説『真珠の耳飾りの少女』が世界で400万部を超える大ベストセラーとなった。

最近の翻訳書

◇『貴婦人と一角獣』 *THE LADY AND THE UNICORN* トレイシー・シュヴァリエ著, 木下哲夫訳 白水社 2013.3 339p 18cm （白水uブックス 181―海外小説の誘惑） 1300円 ①978-4-560-07181-6
◇『天使が堕ちるとき』 *Falling angels* トレイシー・シュヴァリエ著, 松井光代訳 文芸社 2006.11 369p 19cm 1500円 ①4-286-01938-1

シュヴァルツ, ブリッタ *Schwarz, Britta*　　　　　　　児童書

ドイツの作家。1966年西ドイツ・アウエタール生まれ。99年自分の娘のために最初の児童書『Meine Brille kann zaubern（私の眼鏡は魔法の眼鏡）』を書き下ろし、2003年〈かわいいおばけ ゴロの冒険〉シリーズの第1作『ゴロのお引越し』を発表。以来、シリーズを書き継ぐ。現在も生まれ故郷の町で家族と一緒に生活しながら文筆活動を行っている。

最近の翻訳書

◇『ゴロのおかしな大作戦』 *Golo in Gefahr* ブリッタ・シュヴァルツ作, ひやままさこ訳 さいたま セバ工房 2007.1 148p 22cm （かわいいおばけゴロの冒険 第5巻） 1300円 ①978-4-89423-488-8
◇『ゴロとトビおじさん』 *Golo und der Ohrflusterspuk* ブリッタ・シュヴァルツ作, ひやままさこ訳 さいたま セバ工房 2006.12 141p 22cm （かわいいおばけゴロの冒険 第4巻） 1300円 ①4-89423-487-4
◇『ゴロのネットサーフィン』 *Golo jagt die Bilderdiebe* ブリッタ・シュヴァルツ作, ひやままさこ訳 さいたま セバ工房 2006.9 143p 22cm （かわいいおばけゴロの冒険 第3巻） 1300円 ①4-89423-486-6
◇『ゴロのギリシャ旅行』 *Golo macht urlaub* ブリッタ・シュヴァルツ作, ひやままさこ訳 さいたま セバ工房 2006.5 134p 22cm （かわいいおばけゴロの冒険 第2巻） 1300円 ①4-89423-485-8
◇『ゴロのお引越し』 *Golo zieht um* ブリッタ・シュヴァルツ作, ひやままさこ訳 さいたま セバ工房 2006.4 135p 22cm （かわいいおばけゴロの冒険 第1巻） 1300円 ①4-89423-484-X

シユウイ　　　　海外文学　新進作家事典

シュヴィーゲル, テリーザ　*Schwegel, Theresa*　　　ミステリー

アメリカの作家。イリノイ州シカゴ郊外アルゴンキン生まれ。ロヨラ大学でコミュニケーション学の学士号を、チャップマン大学で映画学の修士号を取得。2005年警察小説『オフィサー・ダウン』で作家デビュー、06年同作でMWA賞最優秀新人賞を受賞。カリフォルニア州ロサンゼルス在住。

最近の翻訳書

◇『オフィサー・ダウン』 *Officer down* テリーザ・シュヴィーゲル著, 駒月雅子訳　早川書房　2006.11　431p　16cm　（ハヤカワ・ミステリ文庫）　760円　④4-15-176551-4

シュウェブリン, サマンタ　*Schweblin, Samanta*　　　文学

アルゼンチンの作家。1978年ブエノスアイレス生まれ。ブエノスアイレス大学で現代芸術論を学ぶ一方、文学活動を開始。これまでに『騒ぎの核心』（2002年、未訳）と『口のなかの小鳥たち』（09年）の2冊の短編集を刊行、スペイン語圏における新世代幻想文学の旗手とされる。『口のなかの小鳥たち』は英・独・仏・伊など数カ国語に翻訳された。

最近の翻訳書

◇『口のなかの小鳥たち』 *PÁJAROS EN LA BOCA* サマンタ・シュウェブリン著, 松本健二訳　東宣出版　2014.10　239p　18cm　（はじめて出逢う世界のおはなし　アルゼンチン編）　1900円　①978-4-88588-083-4

シュタインガート, ゲイリー　*Shteyngart, Gary*　　　文学, ユーモア

アメリカの作家。1972年ソ連レニングラード生まれ。79年アメリカに移住。デビュー小説『The Russian Debutante's Handbook』（2002年）はスティーブン・クレイン賞の処女小説部門と全米ユダヤ図書賞の小説部門を受賞。第2作となる『Absurdistan』（06年）は「ニューヨーク・タイムズ」ブックレビューと「タイム」誌で年間最優秀図書10冊の一つに選ばれ、「ワシントン・ポスト」ブックワールド、「サンフランシスコ・クロニクル」「シカゴ・トリビューン」など多くの紙誌で年間最優秀図書に選出された。第3作となる『スーパー・サッド・トゥルー・ラブ・ストーリー』（10年）も、「ニューヨーク・タイムズ」ブックレビューで年間最優秀図書10冊の一つに選ばれたほか、40以上の紙誌で年間最優秀図書に選出された。

最近の翻訳書

◇『スーパー・サッド・トゥルー・ラブ・ストーリー』 *SUPER SAD TRUE LOVE STORY* ゲイリー・シュタインガート著, 近藤隆文訳　NHK出版　2013.10　452p　19cm　2300円　①978-4-14-005638-7

シュテーブナー, タニヤ　*Stewner, Tanya*　　　児童書, ヤングアダルト

ドイツの作家。1974年西ドイツ・ヴッパータール生まれ。10歳から物語を書き始める。デュッセルドルフ、ヴッパータール、ロンドンの大学で文芸翻訳、英語学、文学を学ぶ。翻訳と編集の仕事に携わった後、〈動物と話せる少女リリアーネ〉シリーズのヒットにより専業作家となる。〈フローラとパウラと妖精の森〉シリーズなど、児童書、ヤングアダルトを中心に活躍する。

最近の翻訳書

◇『動物と話せる少女リリアーネスペシャル　3　小さなロバの大きな勇気！モルモットの親友をさがして！』 *LILIANE SUSEWIND：Meerschwein ist nicht gern allein* タニヤ・シュテーブナー著, 中村智子訳　学研教育出版

184

海外文学　新進作家事典　　　シユテフ

2015.9　151p　19cm　800円　①978-4-05-204264-5

◇『動物と話せる少女リリアーネ　10　小さなフクロウと森を守れ！』
LILIANE SUSEWIND : Eine Eule steckt den Kopf nicht in den Sand　タニ
ヤ・シュテーブナー著, 中村智子訳　学研教育出版　2015.2　319p　19cm
880円　①978-4-05-204117-4

◇『フローラとパウラと妖精の森　3　友だちの名前はユニコーン！』　*DAS
EINHORN IN ELFENWALD*　タニヤ・シュテーブナー著, 中村智子訳　学
研教育出版　2014.11　270p　19cm　880円　①978-4-05-204066-5

◇『フローラとパウラと妖精の森　2　美しいフェアリーは危険!?』　*EINE FEE
IST KEINE ELFE*　タニヤ・シュテーブナー著, 中村智子訳　学研教育出版
2014.7　260p　19cm　880円　①978-4-05-204020-7

◇『動物と話せる少女リリアーネスペシャル　2　ボンサイの大冒険！』
LILIANE SUSEWIND BONSAI　タニヤ・シュテーブナー著, 中村智子訳
学研教育出版　2014.4　139p　19cm　800円　①978-4-05-203968-3

◇『フローラとパウラと妖精の森　1　妖精たちが大さわぎ！』　*WIE WECKT
MAN EINE ELFE?*　　タニヤ・シュテーブナー著, 中村智子訳　学研教育出
版　2014.2　302p　19cm　880円　①978-4-05-203856-3

◇『動物と話せる少女リリアーネ　9　ペンギン、飛べ大空へ！　上巻』
LILIANE SUSEWIND : Ein Pinguin will hoch hinaus　タニヤ・シュテーブ
ナー著, 中村智子訳　学研教育出版　2013.10　217p　19cm　880円　①978-
4-05-203829-7

◇『動物と話せる少女リリアーネ　9　ペンギン、飛べ大空へ！　下巻』
LILIANE SUSEWIND : Ein Pinguin will hoch hinaus　タニヤ・シュテーブ
ナー著, 中村智子訳　学研教育出版　2013.10　199p　19cm　880円　①978-
4-05-203830-3

◇『動物と話せる少女リリアーネ　8　迷子の子鹿と雪山の奇跡！』　*LILIANE
SUSEWIND : Ein Kleines Reh allein im Schnee*　タニヤ・シュテーブナー
著, 中村智子訳　学研教育出版　2013.2　259p　19cm　880円　①978-4-05-
203665-1

◇『動物と話せる少女リリアーネスペシャル　1　友だちがいっしょなら！』
LILIANE SUSEWIND : Mit Freunden ist man nie allein　タニヤ・シュ
テーブナー著, 中村智子訳　学研教育出版　2012.9　148p　19cm　800円
①978-4-05-203611-8

◇『動物と話せる少女リリアーネ　7　さすらいのオオカミ森に帰る！』
LILIANE SUSEWIND : Rückt dem Wolf nicht auf den Pelz !　タニヤ・
シュテーブナー著, 中村智子訳　学研教育出版　2012.4　263p　19cm　880円
①978-4-05-203572-2

◇『動物と話せる少女リリアーネ　6　赤ちゃんパンダのママを探して！』
LILIANE SUSEWIND : Ein Panda ist kein Känguru　タニヤ・シュテーブ
ナー著, 中村智子訳　学研教育出版　2011.12　279p　19cm　880円　①978-
4-05-203481-7

◇『動物と話せる少女リリアーネ　5　走れストーム風のように！』　*LILIANE
SUSEWIND : So springt man nicht mit Pferden um*　タニヤ・シュテーブ
ナー著, 中村智子訳　学研教育出版　2011.7　279p　19cm　880円　①978-4-
05-203435-0

◇『動物と話せる少女リリアーネ　4　笑うチンパンジーのひみつ！』
LILIANE SUSEWIND : Schimpansen Macht man nicht zum affen　タニ
ヤ・シュテーブナー著, 中村智子訳　学研教育出版　2011.3　279p　19cm

880円 ①978-4-05-203373-5

◇『動物と話せる少女リリアーネ　3　イルカ救出大作戦！』 *LILIANE SUSEWIND：Delphine in Seenot*　タニヤ・シュテーブナー著，中村智子訳　学研教育出版　2010.12　247p　19cm　880円　①978-4-05-203368-1

◇『動物と話せる少女リリアーネ　2　トラはライオンに恋してる！』 *LILIANE SUSEWIND：Tiger kussen keine Lowen*　タニヤ・シュテーブナー著，中村智子訳　学研教育出版　2010.9　263p　19cm　880円　①978-4-05-203249-3

◇『動物と話せる少女リリアーネ　1　動物園は大さわぎ！』 *LILIANE SUSEWIND：Mit Elefanten spricht man nicht！*　タニヤ・シュテーブナー著，中村智子訳　学研教育出版　2010.7　211p　19cm　880円　①978-4-05-203248-6

シュピールベルク, クリストフ　*Spielberg, Christoph*　ミステリー

ドイツの作家、医師。1947年ベルリン生まれ。内科医、心臓病の専門医として、ベルリン市内の病院に長く勤務した後、フリーの医師となる。2002年作家デビュー作『陰謀病棟』（01年）でフリードリヒ・グラウザー賞新人賞を受賞、シリーズ化されるヒット作となった。短編「Happy Birthday」でアガサ・クリスティー賞を受賞。

最近の翻訳書

◇『陰謀病棟』 *Die russische Spende*　クリストフ・シュピールベルク著，松本みどり訳　扶桑社　2008.10　475p　16cm　（扶桑社ミステリー）　933円　①978-4-594-05761-9

シューマン, ジョージ・D.　*Shuman, George D.*　ミステリー, スリラー

アメリカの作家。ペンシルベニア州生まれ。元警部補。ワシントンD.C.で20年間警察に勤務。麻薬囮捜査官、特殊任務部隊、内務監査部を歴任して、警察を退官。高級リゾート地の管理責任者などをしながら、小説の執筆を始める。豊富な警察知識を活かして書かれた処女作で〈盲目の超能力者シェリー・ムーア〉シリーズの第1作『18秒の遺言』は、発表されると同時にミステリー界で大いに注目され、シェイマス賞最優秀処女長編賞やスリラー・アワード最優秀新人賞にノミネートされる。その後もシリーズ第2作が2007年に発表されるなど、積極的に執筆活動を行う。

最近の翻訳書

◇『最後の吐息』 *Last breath*　ジョージ・D.シューマン著，上野元美訳　ヴィレッジブックス　2010.1　401p　15cm　（ヴィレッジブックス　F-シ6-2）　900円　①978-4-86332-215-8

◇『18秒の遺言』 *18 seconds*　ジョージ・D・シューマン著，上野元美訳　ヴィレッジブックス　2008.4　451p　16cm　（ヴィレッジブックス）　960円　①978-4-86332-012-3

シュミット, ゲイリー　*Schmidt, Gary*　児童書, 文学

アメリカの作家。1957年ニューヨーク州ヒックスビル生まれ。カルビン大学で教鞭を執りながら執筆活動を続け、『Lizzie Bright and the Buckminster Boy』（2005年）と『The Wednesday Wars』（07年）はニューベリー賞オナーブックに選ばれた。ミシガン州在住。

海外文学　新進作家事典　　　　　　　　　　シユン

最近の翻訳書

◇『最高の子—牛小屋と僕と大統領』 *First boy*　ゲイリー・シュミット著, 上
野元美訳　講談社　2006.10　249p　15cm　（講談社文庫）　619円　①4-06-
275533-5

ジュライ, ミランダ　*July, Miranda*　　　　　　　　　　　　　　　　文学

アメリカの作家、映画監督、現代美術家。1974年2月15日バーモント州バリ生まれ。カリフォ
ルニア大学サンタクルーズ校中退。カリフォルニア州バークレーで育つ。両親はともに作家
で、出版社を営む。幼い頃から物語や芝居を作るのが好きで、高校生の時にパンククラブで上
演した戯曲が好評を博す。90年代半ばから短編映画を制作し始め、2005年脚本・監督・主演
を務めた初の長編映画「君とボクの虹色の世界」で、カンヌ国際映画祭でカメラドール（新人
監督賞）など4部門を受賞し一躍脚光を浴びる。小説も手がけ、07年第1短編集『いちばんここ
に似合う人』を刊行、20カ国で出版され、フランク・オコナー国際短編賞を受賞。また、コン
テンポラリー・アーティストとして、ハレル・フレッチャーと共同で参加型ウェブサイトを立
ち上げ、07年に同サイトの書籍版を刊行。作品はサンフランシスコ現代美術館に所蔵されてい
る。パートナーは映画監督のマイク・ミルズ。

最近の翻訳書

◇『あなたを選んでくれるもの』 *It chooses you*　ミランダ・ジュライ著, 岸本
佐知子訳　新潮社　2015.8　245p　20cm　（CREST BOOKS）　2300円
①978-4-10-590119-6

◇『いちばんここに似合う人』 *No one belongs here more than you*　ミラン
ダ・ジュライ著, 岸本佐知子訳　新潮社　2010.8　282p　20cm　（Crest
books）　1900円　①978-4-10-590085-4

シュライバー, ジョー　*Schreiber, Joe*　　　　　　　　　　　　　　ホラー

アメリカの作家。1969年ミシガン州生まれ。ミシガン大学卒業後、書店員、法律事務所の事務
員などさまざまな職業に就きながら各地を転々とし、現在はMRI専門の放射線技師として働
く。2006年『屍車』で小説家デビュー。

最近の翻訳書

◇『屍車』 *Chasing the dead*　ジョー・シュライバー著, 戸田裕之訳　集英社
2009.11　291p　16cm　（集英社文庫　シ17-1）　686円　①978-4-08-760593-
8

春樹　シュン, ジュ　*Chun, Shu*　　　　　　　　　　　　　　　　　　文学

中国の作家。1983年山東省生まれ。"80後（バーリンホウ）"（中国の80年代生まれ）を代表する
作家。2002年に発表した長編小説『北京ドール（北京娃娃—十七歳少女的残酷青春自白）』が
発禁処分となるが、若者の熱狂的な支持を受け、中国国内でベストセラーとなり、アメリカ、
イギリス、イタリア、オランダ、ノルウェーなどでも翻訳・出版された。

最近の翻訳書

◇『北京ドール』　春樹著, 若松ゆり子訳　講談社　2006.8　342p　19cm
1900円　①4-06-211719-3

ジョイ *Joy*

ミステリー

アメリカの作家。オハイオ州コロンバス生まれ。オハイオ州立コロンバス短期大学卒、キャピタル大学卒。保険業で弁護士補佐として勤めた後、作家としての道を歩み始める。2000年出版会社エンド・オブ・ザ・レインボー・プロジェクトを発足。著書『Twilight Mood』が「ブラック・イシューズ・ブック・レビュー」の投票でベスト自費出版作品に選ばれる。貧しい家庭に育ち、リッチなライフスタイルに強烈な野心を持つ若者たちの姿を描いたストリート・クライム・ノベル『ダラー・ビル』は、雑誌「エッセンス」でベストセラー・リストに掲載されるなど高い評価を得る。ニューヨーク市の「クォータリー・ブック・レビュー」で書評活動をする傍ら、創作活動に取り組む。

最近の翻訳書

◇『ダラー・ビル』 *Dollar bill* ジョイ著, Naoko訳 青山出版社 2006.4
237p 19cm 1000円 ①4-89998-060-4

ジョイス, リディア *Joyce, Lydia*

ロマンス

アメリカの作家。インディアナ州生まれ。小学生の頃より作家を志し、インディアナ州のパデュー大学で英語とスペイン語を修了。結婚、出産を経て、作家としてデビュー。2005年に処女作を刊行して以来、19世紀から20世紀初頭のヴィクトリア朝を舞台にしたヒストリカルロマンスを発表し人気を得る。ワシントンD.C.郊外在住。

最近の翻訳書

◇『水の都の仮面』 *The music of the night* リディア・ジョイス著, 栗原百代訳 二見書房 2007.9 398p 15cm （二見文庫—ザ・ミステリ・コレクション） 790円 ①978-4-576-07138-1

ジョイス, レイチェル *Joyce, Rachel*

文学

イギリスの作家。テレビやラジオ、演劇などの分野で長年にわたって活躍した後、2012年『ハロルド・フライの思いもよらない巡礼の旅』で小説の分野にも進出し、ブッカー賞にノミネートされる。同年ナショナル・ブック・アワードにより"今年最も期待される新人作家"に選ばれた。イギリスのグロスターシャー在住。

最近の翻訳書

◇『ハロルド・フライの思いもよらない巡礼の旅』 *THE UNLIKELY PILGRIMAGE OF HAROLD FRY* レイチェル・ジョイス著, 亀井よし子訳 講談社 2013.8 395p 19cm 1900円 ①978-4-06-218400-7

ジョハンセン, エリカ *Johansen, Erika*

ファンタジー, ヤングアダルト

アメリカの作家。カリフォルニア州サンフランシスコ・ベイエリア生まれ。スワスモア大学に学び、のちアイオワ大学の創作科で修士号を取得。その後、法学科の大学院で弁護士の資格を取りつつ、2014年『ティアリングの女王』を書き上げた。

最近の翻訳書

◇『ティアリングの女王 上』 *THE QUEEN OF THE TEARLING* エリカ・ジョハンセン著, 桑原洋子訳 早川書房 2015.5 319p 16cm （ハヤカワ文庫 FT 573） 880円 ①978-4-15-020573-7

◇『ティアリングの女王 下』 *THE QUEEN OF THE TEARLING* エリ

カ・ジョハンセン著, 桑原洋子訳　早川書房　2015.5　335p　16cm　（ハヤカワ文庫 FT　574）　880円　Ⓘ978-4-15-020574-4

ジョルダーノ, パオロ　*Giordano, Paolo*　　　　文学

イタリアの物理学者、作家。1982年12月19日トリノ生まれ。トリノ大学大学院博士課程修了。素粒子物理学が専門の物理学者。学位論文で多忙な時に小説を書き始め、2008年デビュー長編『素数たちの孤独』がイタリアでは異例の200万部を超えるベストセラーとなった。同国最高峰のストレーガ賞、カンピエッロ文学新人賞など、数々の文学賞に輝いた。

最近の翻訳書

◇『兵士たちの肉体』　*Il corpo umano*　パオロ・ジョルダーノ著, 飯田亮介訳　早川書房　2013.10　444p　20cm　2100円　Ⓘ978-4-15-209406-3

◇『素数たちの孤独』　*La solitudine dei numeri primi*　パオロ・ジョルダーノ著, 飯田亮介訳　早川書房　2013.6　414p　16cm　（ハヤカワepi文庫　74）　900円　Ⓘ978-4-15-120074-8

◇『素数たちの孤独』　*La solitudine dei numeri primi*　パオロ・ジョルダーノ著, 飯田亮介訳　早川書房　2009.7　382p　19cm　（ハヤカワepiブック・プラネット）　1800円　Ⓘ978-4-15-209053-9

ジョン, ミンヒ　*Jun, Min-hee*　　　　ファンタジー

本名＝全 民熙

韓国の作家。建国大学政治外交科卒。韓国民族芸術人総連合の研究員として勤務。1999年400万というパソコン通信史上最高の照会数を達成した長編小説『歳月の石』で小説家デビュー。次に発表した〈ルーンの子供たち〉シリーズは、オンラインゲーム「テイルズウィーバー」として開発され、大きな話題を呼んだ。ほかに『ArcheAge年代記』『もみの木と鷹』『相続者たち』などの作品を発表。韓国を代表するファンタジー小説家。

最近の翻訳書

◇『ルーンの子供たち　7　冬の剣』　ジョン・ミンヒ著, 酒井君二訳　宙出版　2011.10　316p　18cm　（Next novels）　857円　Ⓘ978-4-7767-9588-9

◇『ルーンの子供たち　6　冬の剣』　ジョン・ミンヒ著, 酒井君二訳　宙出版　2011.8　232p　18cm　（Next novels）　857円　Ⓘ978-4-7767-9587-2

◇『ルーンの子供たち　5　冬の剣』　ジョン・ミンヒ著, 酒井君二訳　宙出版　2011.6　271p　18cm　（Next novels）　857円　Ⓘ978-4-7767-9584-1

◇『ルーンの子供たち　4　冬の剣』　ジョン・ミンヒ著, 酒井君二訳　宙出版　2011.4　217p　18cm　（Next novels）　838円　Ⓘ978-4-7767-9581-0

◇『ルーンの子供たち　3　冬の剣』　ジョン・ミンヒ著, 酒井君二訳　宙出版　2011.2　205p　18cm　（Next novels）　838円　Ⓘ978-4-7767-9580-3

◇『ルーンの子供たち　2　冬の剣』　ジョン・ミンヒ著, 酒井君二訳　宙出版　2010.12　215p　18cm　（Next novels）　838円　Ⓘ978-4-7767-9577-3

◇『ルーンの子供たち　1　冬の剣』　ジョン・ミンヒ著, 酒井君二訳　宙出版　2010.10　253p　18cm　（Next novels）　857円　Ⓘ978-4-7767-9570-4

◇『ルーンの子供たち―demonic　5』　ジョン・ミンヒ著, 酒井君二訳　宙出版　2008.3　361p　22cm　1700円　Ⓘ978-4-7767-9462-2

◇『ルーンの子供たち―demonic　4』　ジョン・ミンヒ著, 酒井君二訳　宙出版　2008.2　451p　22cm　1800円　Ⓘ978-4-7767-9453-0

シヲンス　　海外文学　新進作家事典

◇『ルーンの子供たち―demonic　3』　ジョン・ミンヒ著, 酒井君二訳　宙出
版　2007.12　590p　22cm　1900円　Ⓘ978-4-7767-9402-8
◇『ルーンの子供たち―demonic　2』　ジョン・ミンヒ著, 酒井君二訳　宙出
版　2007.11　599p　22cm　1900円　Ⓘ978-4-7767-9388-5
◇『ルーンの子供たち―demonic　1』　ジョン・ミンヒ著, 酒井君二訳　宙出
版　2007.9　579p　22cm　1900円　Ⓘ978-4-7767-9375-5
◇『ルーンの子供たち　3(冬の剣夜明けを選べ)』　ジョン・ミンヒ著, 酒井君
二訳　宙出版　2006.5　561p　22cm　2000円　Ⓘ4-7767-9253-2
◇『ルーンの子供たち　2(冬の剣消えることのない血)』　ジョン・ミンヒ著,
酒井君二訳　宙出版　2006.3　711p　22cm　2200円　Ⓘ4-7767-9238-9
◇『ルーンの子供たち　1(冬の剣)』　ジョン・ミンヒ著, 酒井君二訳　宙出版
2006.2　474p　22cm　1900円　Ⓘ4-7767-9237-0

ジョーンズ, ケリー　*Jones, Kelly*　　　　　　　　　　歴史, ミステリー

アメリカの作家。アイダホ州ツインフォールズ生まれ。ワシントン州のゴンザーガ大学で英語
と美術を専攻。在学中、フィレンツェに1年間留学。卒業後はさまざまな職業を経験。2005年
タペストリーに秘められた中世の悲恋をめぐるミステリー・ロマンス『七番目のユニコーン』
で作家デビュー。

最近の翻訳書

◇『七番目のユニコーン』　*The seventh unicorn*　ケリー・ジョーンズ著, 松井
みどり訳　文藝春秋　2006.5　542p　16cm　（文春文庫）　952円　Ⓘ4-16-
770523-0

ジョーンズ, V.M.　*Jones, V.M.*　　　　　　　　　　児童書, ヤングアダルト

ザンビア出身の作家。1958年8月23日ルアンシャ生まれ。本名はVictoria Mary Jones。ジンバ
ブエで教育を受け、南アフリカのケープタウン大学で英語、考古学、文化人類学の文学士号を
取得。95年ニュージーランドのクライストチャーチ市に移り住む。2002年から執筆活動を開
始。デビュー作『バディーたいせつな相棒』(同年)で、ニュージーランド・ポスト児童書賞の
児童書部門と最優秀処女作賞のダブル受賞に加え、エスター・グレン賞候補作にも選ばれた。

最近の翻訳書

◇『バディーたいせつな相棒』　*Buddy*　V.M.ジョーンズ著, 田中亜希子訳
PHP研究所　2008.2　285p　20cm　1400円　Ⓘ978-4-569-68758-2

ジョンストン, ティム　*Johnston, Tim*　　　　　　　　　　スリラー

アメリカの作家。1962年アイオワ州生まれ。アイオワ大学に学び、マサチューセッツ大学ア
マースト校に学ぶ。2002年ヤングアダルト小説『Never So Green』を発表。09年に刊行され
た短編集『Irish Girl』でキャサリン・アン・ポーター賞を受賞。初の本格スリラー『ディセン
ト生贄の山』はO.ヘンリー賞に輝き、全米でベストセラーとなった。メンフィス大学で創作の
授業の教鞭も執る。

最近の翻訳書

◇『ディセント生贄の山』　*DESCENT*　ティム・ジョンストン著, 中谷友紀子
訳　小学館　2015.9　589p　15cm　（小学館文庫　シ4-1）　930円　Ⓘ978-4-
09-406201-4

海外文学　新進作家事典　　　　　　　　　　　シラツハ

ジョンソン, アダム　*Johnson, Adam*　　　　　　　　　　　　　　歴史, 文学

アメリカの作家、英文学者。1967年7月12日サウスダコタ州生まれ。高校卒業後、アリゾナ州立大学に入学。ジャーナリズムの学位を修めた後、ルイジアナ州立マクニーズ大学で創作と英文学の修士号、フロリダ州立大学で英文学の博士号を取得する。99年スタンフォード大学のウォレス・ステグナー・フェローシップに参加。修了後、同大で講師となり、学部生に創作を教える。のち同大英文学科准教授。2002年春に出版されたデビュー短編集『トラウマ・プレート』は、「サンフランシスコ・クロニクル」紙でbest books of that yearに選ばれるなど高い評価を受ける。03年には初の長編小説『Parasites Like Us』を発表、好評を博す。12年『半島の密使』を刊行し、13年ピュリッツァー賞フィクション部門賞を受賞。

最近の翻訳書

◇『半島の密使　上巻』　*THE ORPHAN MASTER'S SON・vol.1*　アダム・ジョンソン著, 佐藤耕士訳, 蓮池薫監訳　新潮社　2013.6　472p　16cm　（新潮文庫　シー41-1)　790円　①978-4-10-218181-2

◇『半島の密使　下巻』　*THE ORPHAN MASTER'S SON・vol.2*　アダム・ジョンソン著, 佐藤耕士訳, 蓮池薫監訳　新潮社　2013.6　476p　16cm　（新潮文庫　シー41-2)　790円　①978-4-10-218182-9

シーラッハ, フェルディナント・フォン　*Schirach, Ferdinand von*　　ミステリー

ドイツの作家、弁護士。1964年西ドイツ・ミュンヘン生まれ。ナチ党全国青少年最高指導者バルドゥール・フォン・シーラッハの孫。94年からベルリンで刑事事件弁護士として活躍。2009年小説『犯罪』で作家デビュー。ドイツで大ベストセラーとなり、クライスト賞など多くの文学賞を受賞。12年に「Gluck」(邦題：『犯罪』「幸運」)として映画化もされる。日本では、12年本屋大賞翻訳小説部門第1位を受賞した。10年には『罪悪』がドイツCDブック賞ベスト朗読賞を受賞した。

最近の翻訳書

◇『罪悪』　*Schuld*　フェルディナント・フォン・シーラッハ著, 酒寄進一訳　東京創元社　2016.2　245p　15cm　（創元推理文庫）　720円　①978-4-488-18603-6

◇『カールの降誕祭（クリスマス）』　*Carl Tohrbergs Weihnachten*　フェルディナント・フォン・シーラッハ著, 酒寄進一訳　東京創元社　2015.11　93p　20cm　1500円　①978-4-488-01050-8

◇『犯罪』　*Glück und andere verbrechen*　フェルディナント・フォン・シーラッハ著, 酒寄進一訳　東京創元社　2015.4　277p　15cm　（創元推理文庫　Mシ15-1)　720円　①978-4-488-18602-9

◇『禁忌』　*Tabu*　フェルディナント・フォン・シーラッハ著, 酒寄進一訳　東京創元社　2015.1　238p　20cm　1700円　①978-4-488-01040-9

◇『コリーニ事件』　*Der fall collini*　フェルディナント・フォン・シーラッハ著, 酒寄進一訳　東京創元社　2013.4　203p　20cm　1600円　①978-4-488-01000-3

◇『罪悪』　*Schuld*　フェルディナント・フォン・シーラッハ著, 酒寄進一訳　東京創元社　2012.2　212p　20cm　1800円　①978-4-488-01344-8

◇『犯罪』　*Verbrechen*　フェルディナント・フォン・シーラッハ著, 酒寄進一訳　東京創元社　2011.6　218p　20cm　1800円　①978-4-488-01336-3

シルヴァー, イヴ　*Silver, Eve*　　　　　　　　　　　　ロマンス

別筆名＝ケニン, イヴ〈Kenin, Eve〉

カナダの作家。大学の学位を2つ取得。2005年『ホワイトチャペルの雨音』で作家デビュー。その後、ヒストリカルやコンテンポラリーのロマンス小説を上梓し、高い評価を得る。また、イヴ・ケニン名義でも作品を発表。作家業の傍ら、人体解剖学と微生物学の講師として教鞭を執る。カナダ在住。

最近の翻訳書

◇『**ホワイトチャペルの雨音**』*Dark desires*　イヴ・シルヴァー著, 高橋恭美子訳　ヴィレッジブックス　2010.1　388p　15cm　（ヴィレッジブックス　F-シ8-1）　820円　①978-4-86332-210-3

◇『**悪魔のくちづけは, 死**』*Demon's kiss*　イヴ・シルヴァー著, 文月郁訳　扶桑社　2010.1　415p　16cm　（扶桑社ロマンス　1210）　838円　①978-4-594-06133-3

シルヴァー, エリザベス・L.　*Silver, Elizabeth L.*　　　　　文学

アメリカの作家。1978年ルイジアナ州ニューオーリンズ生まれ。大学で創作などを学んだ後、教師、弁護士、司法書士などの職歴を経てライターとなり、2013年『ノア・P・シングルトンの告白』でデビュー。カリフォルニア州ロサンゼルス在住。

最近の翻訳書

◇『**ノア・P・シングルトンの告白**』*THE EXECUTION OF NOA P. SINGLETON*　エリザベス・L・シルヴァー著, 宇佐川晶子訳　早川書房　2015.2　495p　16cm　（ハヤカワ・ミステリ文庫　HM 414-1）　1080円　①978-4-15-180901-9

シルヴァ, ダニエル　*Silva, Daniel*　　　　　　　　ミステリー, スリラー

アメリカの作家。元CNNエグゼクティブ・プロデューサー。1960年生まれ。サンフランシスコ州立大学在学中にUPI通信社に臨時で雇われ、その後、正式に入社。CNNに転じるとエグゼクティブ・プロデューサーとして数々のニュース番組や人気トークショーを手がける。在職中の96年、冒険スパイ小説『マルベリー作戦』で作家デビュー、同作が全米ベストセラーとなり一躍注目を集める。現代を舞台にCIAエージェントが活躍する〈マイクル・オズボーン〉シリーズや、〈美術修復師ガブリエル・アロン〉シリーズなどで人気を博す。

最近の翻訳書

◇『**告解**』*The confessor*　ダニエル・シルヴァ著, 山本光伸訳　論創社　2006.6　393p　19cm　（美術修復師ガブリエル・アロンシリーズ）　2000円　①4-8460-0559-3

シルヴァー, ミッチ　*Silver, Mitch*　　　　　　　　　　　　歴史

アメリカの作家。1946年ニューヨーク市ブルックリンで生まれ、ロングアイランドで育つ。エール大学、ハーバード大学ロー・スクールを卒業し、広告代理店でクリエイティブ・ディレクターとして活躍。2007年のデビュー作『イアン・フレミング極秘文書』で注目を集めた。ニューヨーク郊外の町ライに暮らす。

海外文学　新進作家事典　　　　　　　　　　　　　　　　シルス

最近の翻訳書

◇『イアン・フレミング極秘文書』 *In secret service*　ミッチ・シルヴァー著,
上野元美訳　小学館　2008.7　445p　15cm　（小学館文庫）　733円　①978-
4-09-408188-6

シルヴァン, ドミニク　*Sylvain, Dominique*　　　　　　　　ミステリー

フランスの作家。1957年9月30日ティオンビル生まれ。20歳の時にジャーナリストを志してパ
リへ行き、フリーライターに。93年以降、東京、シンガポール、ロンドンなどに住み、2003年
以降は東京に移り住んで作家活動に専念。デビュー作は『BAKA！』(1995年)。2005年ELLE
読者大賞を受賞。

最近の翻訳書

◇『サムライの娘』 *La fille du samouraï*　ドミニク・シルヴァン著, 中原毅志訳
小学館　2007.5　430p　15cm　（小学館文庫）　714円　①978-4-09-408063-6

◇『欲望通りにすむ女』 *Passage du désir*　ドミニク・シルヴァン著, 中原毅志
訳　小学館　2007.3　418p　15cm　（小学館文庫）　714円　①978-4-09-
408062-9

シールズ, ジリアン　*Shields, Gillian*　　　　　　　　　　ヤングアダルト

イギリスの作家。ヨークシャー州生まれ。セントキャサリン大学、ケンブリッジ大学に学び、
卒業後はロンドンで演技を勉強。英語と芝居の教師をしながら、子供向けの本を執筆する。日
本で紹介されるのは、本国でベストセラーとなった〈マーメイド・ガールズ〉シリーズが初めて。

最近の翻訳書

◇『マーメイド・ガールズ―2 mermaid S.O.S　6　イバリンとひみつの火山』
Poppy's last chance　ジリアン・シールズ作, 田中亜希子, 宮坂宏美訳、つじむ
らあゆこ画　あすなろ書房　2008.8　110p　19cm　800円　①978-4-7515-
2562-3

◇『マーメイド・ガールズ―2 Mermaid S.O.S　5　フローネのマジック・ロ
ケット』 *Becky and the stardust locket*　ジリアン・シールズ作, 田中亜希子,
宮坂宏美訳、つじむらあゆこ画　あすなろ書房　2008.8　108p　19cm　800円
①978-4-7515-2561-6

◇『マーメイド・ガールズ―2 Mermaid S.O.S　4　ユウキとクジラの友だち』
Jess makes a promise　ジリアン・シールズ作, 宮坂宏美, 田中亜希子訳, つじ
むらあゆこ画　あすなろ書房　2008.7　109p　19cm　800円　①978-4-7515-
2560-9

◇『マーメイド・ガールズ―2 Mermaid S.O.S　3　ハティと空飛ぶじゅうた
ん』 *Megan and the night diamond*　ジリアン・シールズ作, 田中亜希子, 宮
坂宏美訳、つじむらあゆこ画　あすなろ書房　2008.7　111p　19cm　800円
①978-4-7515-2559-3

◇『マーメイド・ガールズ―2 Mermaid S.O.S　2　メロディのマーメイド・
ハープ』 *Katie and the snow babies*　ジリアン・シールズ作, 宮坂宏美, 田中
亜希子訳、つじむらあゆこ画　あすなろ書房　2008.7　106p　19cm　800円
①978-4-7515-2558-6

◇『マーメイド・ガールズ―2 Mermaid S.O.S　1　バニラと白いゆうれい』
Amber's first task　ジリアン・シールズ作, 田中亜希子, 宮坂宏美訳, つじむ
らあゆこ画　あすなろ書房　2008.7　106p　19cm　800円　①978-4-7515-

シン　　　　　　　　　　海外文学　新進作家事典

2557-9
◇『マーメイド・ガールズ―Mermaid S.O.S　6　ウルルと虹色の光』 *Lucy and the magic crystal*　ジリアン・シールズ作, 田中亜希子, 宮坂宏美訳　あすなろ書房　2007.9　109p　19cm　800円　①978-4-7515-2556-2
◇『マーメイド・ガールズ―Mermaid S.O.S　5　エラリーヌとアザラシの赤ちゃん』 *Scarlett's new friend*　ジリアン・シールズ作, 宮坂宏美, 田中亜希子訳　あすなろ書房　2007.9　105p　19cm　800円　①978-4-7515-2555-5
◇『マーメイド・ガールズ―Mermaid S.O.S　4　リコと赤いルビー』 *Holly takes a risk*　ジリアン・シールズ作, 田中亜希子, 宮坂宏美訳　あすなろ書房　2007.8　102p　19cm　800円　①978-4-7515-2554-8
◇『マーメイド・ガールズ―Mermaid S.O.S　3　スイッピーと銀色のイルカ』 *Sophie makes a splash*　ジリアン・シールズ作, 宮坂宏美, 田中亜希子訳　あすなろ書房　2007.8　94p　19cm　800円　①978-4-7515-2553-1
◇『マーメイド・ガールズ―Mermaid S.O.S　2　サーシャと魔法のパール・クリーム』 *Ellie and the secret potion*　ジリアン・シールズ作, 田中亜希子, 宮坂宏美訳　あすなろ書房　2007.7　102p　19cm　800円　①978-4-7515-2552-4
◇『マーメイド・ガールズ―Mermaid S.O.S　1　マリンのマジック・ポーチ』 *Misty to the rescue*　ジリアン・シールズ作, 宮坂宏美, 田中亜希子訳　あすなろ書房　2007.7　106p　19cm　800円　①978-4-7515-2551-7

シン, シャロン　*Shinn, Sharon*　　　　　　　　　　　　　　　SF, ファンタジー

アメリカの作家。1957年カンザス州ウィチタで生まれ、ミズーリ州セントルイスで育つ。雑誌編集者を務める傍ら、ファンタジーやSF小説を書き始める。95年処女長編『魔法使いとリリス』を発表し、優れたファンタジー作品に贈られるウィリアム・L.クロフォード賞を受賞。

＊＊＊最近の翻訳書＊＊＊
◇『オーバーン城の夏　上』 *Summers at castle Auburn*　シャロン・シン著, 東川えり訳　小学館　2007.12　357p　15cm　（小学館ルルル文庫）　590円　①978-4-09-452038-5
◇『オーバーン城の夏　下』 *Summers at castle Auburn*　シャロン・シン著, 東川えり訳　小学館　2007.12　339p　15cm　（小学館ルルル文庫）　581円　①978-4-09-452045-3

シンハ, インドラ　*Sinha, Indra*　　　　　　　　　　　　　　　　　　文学

イギリスの作家、コピーライター。1950年インド・ボンベイ（現・ムンバイ）生まれ。父親はインド海軍の将校、母親はイギリス人の作家。ケンブリッジ大学で英文学を専攻。イギリスの大手広告会社でコピーライターを務めた後、作家に転身。99年初期のサイバースペースの暗部を描いたノンフィクション『The Cybergypsies』を発表。2002年故郷ムンバイを舞台とする小説第1作『The Death of Mr Love』を発表。07年の長編第2作『アニマルズ・ピープル』は、同年のブッカー賞最終候補となり、08年コモンウェルス賞を受賞した。

＊＊＊最近の翻訳書＊＊＊
◇『アニマルズ・ピープル』 *Animal's people*　インドラ・シンハ著, 谷崎由依訳　早川書房　2011.3　498p　20cm　2500円　①978-4-15-209193-2

〔 ス 〕

スアレース, ダニエル　*Suarez, Daniel*　　　　　　　SF, スリラー

アメリカの作家。1964年ニュージャージー州サマービル生まれ。ITコンサルタントとして、金融やエンターテインメント関係の多数の企業でシステム開発を手がけた経験を持つ。2006年『デーモン』で小説家デビュー。カリフォルニア州在住。

最近の翻訳書

◇『デーモン　上』　*Daemon*　ダニエル・スアレース著, 上野元美訳　講談社
2011.8　448p　15cm　（講談社文庫　す38-1）　819円　①978-4-06-277029-3
◇『デーモン　下』　*Daemon*　ダニエル・スアレース著, 上野元美訳　講談社
2011.8　438p　15cm　（講談社文庫　す38-2）　819円　①978-4-06-277030-9

水天一色　スイテンイッシキ　*Shuitianyise*　　　　　　　ミステリー

中国の作家。1981年生まれ。19歳で本格的に創作を開始し、インターネットサイトに作品を発表し始める。北京工業大学コンピューター学部を卒業後、2006年からミステリー専門誌「推理」の編集者となり、同誌を中心に作品を発表。中国推理小説界の新星として注目される。

最近の翻訳書

◇『蝶の夢―乱神館記』　水天一色著, 大澤理子訳　講談社　2009.11　394p
19cm　（島田荘司選アジア本格リーグ　4（中国））　2200円　①978-4-06-215901-2

スヴァン, レオニー　*Swann, Leonie*　　　　　　　ミステリー

ドイツの作家。1975年西ドイツ・ダッハウ生まれ。ミュンヘン大学で、情報学、市場・広告心理学、英文学を学んで修士号を取得。また、哲学大学の哲学科で学び、学士号を取得。フリージャーナリスト、リポーター、編集者などを経て、2005年『ひつじ探偵団』で作家デビュー。ドイツの代表的総合誌「シュピーゲル」のベストセラー・リストにおいて上位にランクインした。

最近の翻訳書

◇『ひつじ探偵団』　*Glennkill*　レオニー・スヴァン著, 小津薫訳　早川書房
2007.1　414p　19cm　1700円　①978-4-15-208789-8

スウィアジンスキー, ドゥエイン　*Swierczynski, Duane*　　　　　ミステリー, スリラー

アメリカの作家。1972年2月22日ペンシルベニア州フィラデルフィア生まれ。フリーペーパー「フィラデルフィア・シティペーパー」編集長の傍ら、大学でジャーナリズムを教える。2005年『Secret Dead Men』で作家デビュー。06年に発表した『メアリー－ケイト』はジョー・ランズデールやグレッグ・ルッカといった著名作家から高い評価を得た。アメリカン・コミックの制作にも関わる。

最近の翻訳書

◇『解雇手当』　*Severance package*　ドゥエイン・スウィアジンスキー著, 公手

成幸訳　早川書房　2009.6　447p　16cm　（ハヤカワ・ミステリ文庫
HM358-2）　920円　①978-4-15-178052-3
◇『メアリーーケイト』　*The blonde*　ドゥエイン・スウィアジンスキー著, 公
手成幸訳　早川書房　2008.11　408p　16cm　（ハヤカワ・ミステリ文庫）
840円　①978-4-15-178051-6

スウィーニー, リアン　*Sweeney, Leann*　　　　　　　ミステリー

アメリカの作家。ニューヨーク州ナイアガラフォールズ生まれ。看護師として長年勤め、1980年
より小説家を目指す。『猫とキルトと死体がひとつ』から始まる〈A Cats in Trouble Mystery〉
シリーズや、私立探偵アビー・ローズが活躍する〈A Yellow Rose Mystery〉シリーズがある。
74年よりテキサス州に在住。

最近の翻訳書

◇『猫とキルトと死体がひとつ』　*The cat, the quilt and the corpse*　リアン・
スウィーニー著, 山西美都紀訳　早川書房　2010.6　495p　16cm　（ハヤカ
ワ文庫　スー2-1ーイソラ文庫　22）　900円　①978-4-15-150022-0

スウェイン, ジェイムズ　*Swain, James*　　　　　　　ミステリー, スリラー

アメリカの作家。ニューヨーク州ハンティントン生まれ。ニューヨーク大学を卒業し、雑誌の編
集者、脚本家を経て、広告会社の経営者として成功。2001年『カジノを罠にかけろ（Grift Sense）』
で作家デビュー。同作は〈TonyValentine〉としてシリーズ化される。ほかに〈Jack Carpenter〉
シリーズ、〈Billy Cunningham〉シリーズ、〈Peter Warlock〉シリーズなど。カード・マジック
とギャンブルの名手でもある。

最近の翻訳書

◇『ファニーマネー』　*Funny money*　ジェイムズ・スウェイン著, 三川基好訳
文藝春秋　2006.2　387p　16cm　（文春文庫）　743円　①4-16-770516-8

スウェターリッチ, トマス　*Sweterlitsch, Thomas*　　　　　　　文学

アメリカの作家。カーネギーメロン大学で文学と文化理論の修士号を取得。その後、視覚身体
障害者のためのカーネギー図書館に勤務し、作家を目指して執筆を始める。2014年『明日と明
日』で長編デビュー。妻と娘とともにピッツバーグに在住。

最近の翻訳書

◇『明日と明日』　*TOMORROW AND TOMORROW*　トマス・スウェター
リッチ著, 日暮雅通訳　早川書房　2015.8　462p　16cm　（ハヤカワ文庫 SF
2024）　1040円　①978-4-15-012024-5

スガルドリ, グイード　*Sgardoli, Guido*　　　　　　　児童書

イタリアの作家。1965年ベネト州生まれ。2004年児童文学作家としてデビュー。獣医として
働きながら多くの作品を発表。07年『りっぱな兵士になりたかった男の話』でイタリア・アブ
ルッツォ州ペンネ市主催の文学賞であるペンネ賞（児童文学部門）を受賞。09年にはイタリア・
アンデルセン賞の最優秀作家賞を受賞した。イタリアで最も人気のある児童文学作家の一人。

最近の翻訳書

◇『りっぱな兵士になりたかった男の話』　*KASPAR IL BRAVO SOLDATO*

グイード・スガルドリ著, 杉本あり訳　講談社　2012.6　165p　20cm　1300
円　①978-4-06-217762-7

スカルパ, ティツィアーノ　*Scarpa, Tiziano*　　　　　　文学

イタリアの作家。1963年5月16日ベネチア生まれ。96年小説『焼きつく目』を発表。以来、小
説をはじめ、評論、エッセイ、詩などを多数発表。イタリアで最も活躍する作家のひとりであ
る。2008年『スターバト・マーテル』でストレーガ賞とスーペルモンデッロ賞を受賞。

最近の翻訳書

◇『スターバト・マーテル』 *Stabat mater*　ティツィアーノ・スカルパ著, 中山
エツコ訳　河出書房新社　2011.9　182p　20cm　1800円　①978-4-309-
20573-1

スカロウ, アレックス　*Scarrow, Alex*　　　　　　スリラー, ヤングアダルト

イギリスの作家。1966年生まれ。大学卒業後、ロックギタリストとして活動。その後、グラ
フィックアーティスト、ゲームデザイナー、シナリオ作家を経て、作家となる。一般書のス
リラー小説などを手がけた後、2006年最初の小説『A Thousand Suns』を発表。『タイムライ
ダーズ』は初めてのヤングアダルト小説で、シリーズ化され、世界中でベストセラーとなった。

最近の翻訳書

◇『タイムライダーズ　失われた暗号 1』 *TIME RIDERS*：*The Doomsday
Code*　アレックス・スカロウ作, 金原瑞人, 樋渡正人訳　小学館　2015.12
313p　19cm　1400円　①978-4-09-290609-9
◇『タイムライダーズ　失われた暗号 2』 *TIME RIDERS*：*The Doomsday
Code*　アレックス・スカロウ作, 金原瑞人, 樋渡正人訳　小学館　2015.12
301p　19cm　1400円　①978-4-09-290610-5
◇『タイムライダーズ　紀元前6500万年からの逆襲 1』 *TIME RIDERS*：*Day
of the Predator*　アレックス・スカロウ作, 金原瑞人, 樋渡正人訳　小学館
2015.4　301p　19cm　1400円　①978-4-09-290602-0
◇『タイムライダーズ　紀元前6500万年からの逆襲 2』 *TIME RIDERS*：*Day
of the Predator*　アレックス・スカロウ作, 金原瑞人, 樋渡正人訳　小学館
2015.4　299p　19cm　1400円　①978-4-09-290603-7
◇『タイムライダーズ 1』 *TIME RIDERS*　アレックス・スカロウ作, 金原瑞
人, 樋渡正人訳　小学館　2014.10　287p　19cm　1400円　①978-4-09-
290600-6
◇『タイムライダーズ 2』 *TIME RIDERS*　アレックス・スカロウ作, 金原瑞
人, 樋渡正人訳　小学館　2014.10　315p　19cm　1400円　①978-4-09-
290601-3

スクリパック, マーシャ・フォーチャック　*Skrypuch, Marsha Forchuk*
児童書, 歴史

カナダの作家。ブラントフォード生まれ。同州のウェスタン大学で英文学の学士号を取得。
ヨーロッパを旅行した後、大学でとライブラリ科学の修士号を得る。1999年初のジュニア小
説『The Hunger』が刊行され、高い評価を受けた。

スケルト　　　　　　　海外文学　新進作家事典

最近の翻訳書

◇『希望の戦争』 *Hope's war* マーシャ・フォーチャック・スクリパック著, 荒
木文枝訳　ポプラ社　2008.4　334p　20cm　1600円　①978-4-591-10321-0

スケルトン, マシュー　*Skelton, Matthew*　　　　ヤングアダルト, ファンタジー

イギリス出身の作家。1971年サウサンプトンで生まれ、4歳でカナダに引っ越して子供時代を
アルバータ州エドモントンで過ごす。アルバータ大学の英文科を卒業し、オックスフォード大
学で博士号を取得。99年『エンデュミオンと叡智の書』で作家デビュー。

最近の翻訳書

◇『エンデュミオンと叡智の書』 *Endymion spring* マシュー・スケルトン著,
大久保寛訳　新潮社　2008.9　485p　16cm　（新潮文庫）　743円　①978-4-
10-216871-4
◇『エンデュミオン・スプリング』 *Endymion spring* マシュー・スケルトン
著, 大久保寛訳　新潮社　2006.6　397p　20cm　2300円　①4-10-505251-9

スコット, ジャスパー・T.　*Scott, Jasper T.*　　　　　　　　　　SF

カナダの作家。カルガリー生まれ。南アフリカ出身の両親のうち、イギリス系の母親からはイ
ギリス文化の、オランダ系の父親からはヨーロッパ文化の影響を受ける。結婚後は妻からラテ
ン文化の影響を受ける。大学卒業後、さまざまな職業を転々として、SF作家となった。

最近の翻訳書

◇『最後の帝国艦隊』 *DARK SPACE* ジャスパー・T・スコット著, 幹遙子訳
早川書房　2015.3　319p　16cm　（ハヤカワ文庫 SF　1998）　840円
①978-4-15-011998-0

スコット, トレヴァー　*Scott, Trevor*　　　　　　　ミステリー, スリラー

アメリカの作家。ミネソタ州ダルース生まれ。アメリカ海軍では空母に乗艦し、空軍ではミサ
イル部隊でドイツに駐留した、銃器のプロ。ノーザン・ミシガン大学大学院で創作の修士号を
取得。2000年〈ジェイク・アダムズ〉シリーズの第1作『最新鋭機を狙え』で作家デビュー。軍
事に関する知識と巧みな筆力に定評があり、〈トニー・カルーソ〉シリーズでも人気を得る。

最近の翻訳書

◇『最新鋭機を狙え』 *Fatal network* トレヴァー・スコット著, 棚橋志行訳
扶桑社　2007.10　399p　16cm　（扶桑社ミステリー）　838円　①978-4-594-
05506-6

スコット, マイケル　*Scott, Michael*　　　　　　　ファンタジー, ホラー

アイルランドの作家。ダブリン生まれ。神話や民俗学に造詣が深く、ファンタジー、SF、ホ
ラー、民話など幅広い作風で人気を博す。「アイリッシュ・タイムズ」紙はファンタジーの第
一人者と称した。アイルランドでもっとも成功した作家のひとり。

最近の翻訳書

◇『伝説の双子ソフィー＆ジョシュ』 *The enchantress* マイケル・スコット
著, 橋本恵訳　理論社　2013.11　572p　22cm　（アルケミスト　6）　2800円
①978-4-652-20039-1

◇『魔導師アブラハム―ワーロック』 *The warlock : the secrets of the immortal nicholas flamel* マイケル・スコット著, 橋本恵訳 理論社 2012. 12 437p 22cm （アルケミスト 5） 2200円 ⓘ978-4-652-07999-7

◇『死霊術師ジョン・ディー―ネクロマンサー』 *The necromancer* マイケル・スコット著, 橋本恵訳 理論社 2011.7 437p 22cm （アルケミスト 4） 2200円 ⓘ978-4-652-07980-5

◇『呪術師ペレネル―ソーサレス』 *The sorceress* マイケル・スコット著, 橋本恵訳 理論社 2009.11 509p 22cm （アルケミスト 3） 2000円 ⓘ978-4-652-07960-7

◇『魔術師ニコロ・マキャベリ―マジシャン』 *The magician* マイケル・スコット著, 橋本恵訳 理論社 2008.11 499p 22cm （アルケミスト 2） 2000円 ⓘ978-4-652-07942-3

◇『錬金術師ニコラ・フラメル』 *The secret of the immmortal Nicholas Flamel* マイケル・スコット著, 橋本恵訳 理論社 2007.11 443p 22cm （アルケミスト） 1800円 ⓘ978-4-652-07917-1

スコット, ミシェル　*Scott, Michele*　　　　　ミステリー, ファンタジー

アメリカの作家。カリフォルニア州サンディエゴ生まれ。9歳の頃から物語を書き始める。南カリフォルニア大学でジャーナリズム論を専攻。2004年コージー・ミステリ『おいしいワインに殺意をそえて』でデビュー。児童ファンタジーや乗馬ミステリー・シリーズも執筆。サンディエゴ在住。

最近の翻訳書

◇『おいしいワインに殺意をそえて』 *Murder uncorked* ミシェル・スコット著, 青木千鶴訳 早川書房 2009.10 396p 16cm （ハヤカワ文庫 ス-1-1―イソラ文庫 2） 780円 ⓘ978-4-15-150002-2

スコルジー, ジョン　*Scalzi, John*　　　　　　　　　SF, ファンタジー

アメリカの作家。1969年カリフォルニア州生まれ。91年にシカゴ大学を卒業後、地元の新聞で映画評やコラムを書く仕事に就く。天文学、映画、経済、ゲームなどについてのノンフィクションや記事をさまざまな媒体で発表。2005年刊行の長編第1作『老人と宇宙』は、ヒューゴー賞、ローカス賞の候補となり、06年ジョン・W.キャンベル賞を受賞、〈老人と宇宙〉シリーズ第3作『最後の星戦』は星雲賞を受賞。10年には『アンドロイドの夢の羊』でも星雲賞を受賞している。12年刊行の『レッドスーツ』では、13年のヒューゴー賞とローカス賞をダブル受賞した。オハイオ州在住。

最近の翻訳書

◇『ロックイン―統合捜査』 *LOCK IN* ジョン・スコルジー著, 内田昌之訳 早川書房 2016.2 327p 19cm （新☆ハヤカワ・SF・シリーズ） 1600円 ⓘ978-4-15-335025-0

◇『レッドスーツ』 *REDSHIRTS* ジョン・スコルジー著, 内田昌之訳 早川書房 2014.2 342p 19cm （新☆ハヤカワ・SF・シリーズ 5013） 1600円 ⓘ978-4-15-335013-7

◇『戦いの虚空』 *THE HUMAN DIVISION* ジョン・スコルジー著, 内田昌之訳 早川書房 2013.10 687p 16cm （ハヤカワ文庫 SF 1924―老人と宇宙 5） 1200円 ⓘ978-4-15-011924-9

◇『アンドロイドの夢の羊』 *THE ANDROID'S DREAM* ジョン・スコル

ジー著, 内田昌之訳　早川書房　2012.10　571p　16cm　（ハヤカワ文庫 SF 1875）　1040円　①978-4-15-011875-4

◇『ゾーイの物語—老人と宇宙 4』　*Zoe's tale*　ジョン・スコルジー著, 内田昌之訳　早川書房　2010.9　511p　16cm　（ハヤカワ文庫　SF1777）　940円　①978-4-15-011777-1

◇『最後の星戦—老人と宇宙 3』　*The last colony*　ジョン・スコルジー著, 内田昌之訳　早川書房　2009.6　478p　16cm　（ハヤカワ文庫　SF1716）　880円　①978-4-15-011716-0

◇『遠すぎた星—老人と宇宙 2』　*The ghost brigades*　ジョン・スコルジー著, 内田昌之訳　早川書房　2008.6　473p　16cm　（ハヤカワ文庫　SF）　840円　①978-4-15-011668-2

◇『老人と宇宙』　*Old man's war*　ジョン・スコルジー著, 内田昌之訳　早川書房　2007.2　431p　16cm　（ハヤカワ文庫　SF）　840円　①978-4-15-011600-2

スコールズ, ケン　*Scholes, Ken*　　　　　　SF, ファンタジー

本名＝Scholes, Kenneth G.

アメリカの作家。1968年1月13日ワシントン州シアトル生まれ。2000年作家デビュー。以後、さまざまなジャンルの短編を発表し、04年ライター・オブ・ザ・フューチャーに選ばれる。09年初の長編『失われた都』を発表、ローカス賞処女長編賞およびデービッド・ゲメル・レジェンド賞候補となり、11年フランスのイマジナル賞翻訳部門を受賞。〈Psalms of Isaak〉としてシリーズ化された。妻と双子の娘たちとオレゴン州ポートランド近郊に在住。

最近の翻訳書

◇『失われた都　上』　*Lamentation*　ケン・スコールズ著, 金子司訳　早川書房　2011.9　381p　16cm　（ハヤカワ文庫　FT535—イサークの図書館）　780円　①978-4-15-020535-5

◇『失われた都　下』　*Lamentation*　ケン・スコールズ著, 金子司訳　早川書房　2011.9　367p　16cm　（ハヤカワ文庫　FT536—イサークの図書館）　780円　①978-4-15-020536-2

ズーサック, マークース　*Zusak, Markus*　　　　　　文学

オーストラリアの作家。1975年6月23日ドイツとオーストリアから移民してきた両親の間にシドニーで生まれる。99年の『The Underdog』に始まる、自伝的要素の濃い〈ウルフ〉3部作を発表し、ヤングアダルトの作家として注目を浴びる。3部作のうちの『Fighting Ruben Wolfe』と『When Dogs Cry』の2作でオーストラリア児童図書賞の次点に選ばれた。2002年刊行の『メッセージ』で、オーストラリア児童図書賞、マイケル・L.プリンツ賞のオナーブックを受賞。05年の『本泥棒』は大人向けに書いた初めての作品で、出版後「ニューヨーク・タイムズ」紙のベストセラー・リストにランクインし、異例のロングセラーとなった。13年には「やさしい本泥棒」として映画化された。

最近の翻訳書

◇『本泥棒』　*The book thief*　マークース・ズーサック著, 入江真佐子訳　早川書房　2007.7　692p　19cm　2200円　①978-4-15-208835-2

海外文学　新進作家事典　　　　　　　　　　　　　　　　　　　　スタイン

ズーター, マルティン　*Suter, Martin*　　　　　　　　　　　　　　文学

スイスの作家、脚本家、コラムニスト。1948年2月29日チューリヒ生まれ。コピーライターとして広告会社に勤める傍ら、雑誌のルポルタージュや映画・テレビの脚本を執筆。その後、作家、脚本家、コラムニストとして独立、雑誌の連載コラムで人気を博す。97年『縮みゆく記憶』で作家デビュー、チューリヒ州名誉賞、フランスの外国人作家処女長編賞を受賞。その後、『プリオンの迷宮』（2002年）でドイツ・ミステリー賞、『Der Teufel von Mailand』（06年）でフリードリヒ・グラウザー賞を受けた。

最近の翻訳書

◇『絵画鑑定家』　*Der Letzte Weynfeldt*　マルティン・ズーター著, シドラ房子訳　ランダムハウス講談社　2010.1　383p　15cm　860円　①978-4-270-10335-7

◇『縮みゆく記憶』　*Small world*　マルティン・ズーター著, シドラ房子訳　ランダムハウス講談社　2008.8　406p　15cm　860円　①978-4-270-10219-0

スタイン, ガース　*Stein, Garth*　　　　　　　　　　　　　ヤングアダルト

アメリカの作家。カリフォルニア州ロサンゼルスで生まれ、シアトルで育つ。コロンビア大学で映画を学んだ後、ドキュメンタリー映画の製作に携わり、数多くの賞に輝く。1998年から小説を書き始める。2005年に出版された第3作の『エンゾーレーサーになりたかった犬とある家族の物語』は35カ国で翻訳され、400万部の大ベストセラーとなった。妻と3人の息子とともにシアトルに暮らす。

最近の翻訳書

◇『エンゾーレーサーになりたかった犬とある家族の物語』　*The art of racing in the rain*　ガース・スタイン著, 山田久美子訳　ヴィレッジブックス　2009.6　350p　20cm　1600円　①978-4-86332-163-2

スタインハウアー, オレン　*Steinhauer, Olen*　　　　　　ミステリー, スリラー

アメリカの作家。1970年メリーランド州ボルティモア生まれ。バージニア州で育ち、その後、ジョージア州、ミシシッピ州、ペンシルベニア州、テキサス州、カリフォルニア州、マサチューセッツ州、ニューヨークと各地を転々とする。最終学歴はボストンのエマーソン大学創作科修士課程修了。大学卒業後、フルブライト奨学生としてルーマニアに1年間滞在したほか、クロアチア、チェコ、イタリアの在住歴がある。多数の職業を経験した後、2003年初の長編小説『嘆きの橋』で作家デビュー、同年度のMWA賞の最優秀新人賞候補となった。09年から発表したスパイ小説3部作〈ツーリスト〉はベストセラーとなった。10年のシリーズ2部目『ツーリストの帰還』で同年のハメット賞を受賞。ハンガリーとニューヨークを行き来して活動する。

最近の翻訳書

◇『ツーリストの帰還　上』　*THE NEAREST EXIT*　オレン・スタインハウアー著, 村上博基訳　早川書房　2013.11　328p　16cm　（ハヤカワ文庫NV 1293）　840円　①978-4-15-041293-7

◇『ツーリストの帰還　下』　*THE NEAREST EXIT*　オレン・スタインハウアー著, 村上博基訳　早川書房　2013.11　334p　16cm　（ハヤカワ文庫NV 1294）　840円　①978-4-15-041294-4

◇『ツーリスト─沈みゆく帝国のスパイ　上』　*The tourist*　オレン・スタインハウアー著, 村上博基訳　早川書房　2010.8　335p　16cm　（ハヤカワ文庫NV1224）　800円　①978-4-15-041224-1

201

スタイン　　　　　　海外文学　新進作家事典

◇『ツーリスト─沈みゆく帝国のスパイ　下』　*The tourist*　オレン・スタイン
ハウアー著, 村上博基訳　早川書房　2010.8　351p　16cm　（ハヤカワ文庫
NV1225）　800円　①978-4-15-041225-8
◇『極限捜査』　*The confession*　オレン・スタインハウアー著, 村上博基訳　文
藝春秋　2008.10　529p　16cm　（文春文庫）　933円　①978-4-16-770567-1

スタインバーグ, ジャニス　*Steinberg, Janice*　　　　　　　　　　ミステリー

アメリカの作家、ジャーナリスト。ウィスコンシン州ホワイトフィッシュ・ベイ生まれ。カリ
フォルニア大学アーバイン校で学士号および修士号を取得。卒業後、広告業界誌「アドバタ
イジング・エイジ」のフリーライターを経て、芸術分野を専門とするジャーナリストとして
「ロサンゼルス・タイムズ」「ダンスマガジン」「サンディエゴ・ユニオン・トリビューン」な
どに寄稿。カリフォルニア大学サンディエゴ校でフィクション・ライティング、サンディエ
ゴ州立大学でダンス批評の講師も務める。一方、ミステリー小説を執筆。1995年『Death of a
Postmodernist』を刊行、同作は〈Margo Simon〉としてシリーズ化され、第5作の『Death in
a City of Mystics』はシェイマス賞にノミネートされた。2013年に発表した『ブリキの馬』で
サンディエゴ図書賞（一般文芸部門）を受賞。カリフォルニア州サンディエゴ在住。

最近の翻訳書

◇『ブリキの馬』　*THE TIN HORSE*　ジャニス・スタインバーグ著, 青木千鶴
訳　早川書房　2015.8　590p　20cm　3000円　①978-4-15-209556-5

スタインバーグ, ハンク　*Steinberg, Hank*　　　　　　　　　　スリラー, サスペンス

アメリカの作家、脚本家。1969年11月19日生まれ。ニューヨーク州出身。人気テレビシリー
ズ〈FBI 失踪者を追え！〉などの脚本を担当し、エミー賞、全米脚本家組合賞、ヒューマニタ
ス賞にノミネートされる。2013年『アウト・オブ・レンジ─射程外』で小説家デビュー。家族
とともにロサンゼルスで暮らす。

最近の翻訳書

◇『アウト・オブ・レンジ─射程外』　*OUT OF RANGE*　ハンク・スタイン
バーグ著, 田村義進訳　早川書房　2013.11　520p　16cm　（ハヤカワ文庫
NV　1295）　1000円　①978-4-15-041295-1

スタカート, ダイアン・**A.S.**

→ブランドン, アリを見よ

スタニシチ, サーシャ　*Stanišić, Saša*　　　　　　　　　　文学

ユーゴスラビア出身の作家。1978年ヴィシェグラード生まれ。92年、14歳の時に家族ととも
に戦火を逃れドイツのハイデルベルクへ移住。現地の学校から大学へ進学し、ドイツ語で詩や
エッセイ、短編小説を発表、高い評価を受ける。2006年『兵士はどうやってグラモフォンを修
理するか』で長編デビューし、同年のドイツ文学賞の最終候補に残ったほか、07年ブレーメン
市文学奨励賞、08年シャミッソー賞、ハイミト・フォン・ドデラー文学奨励賞を受賞した。

最近の翻訳書

◇『兵士はどうやってグラモフォンを修理するか』　*Wie der Soldat das
Grammofon repariert*　サーシャ・スタニシチ著, 浅井晶子訳　白水社　2011.

2 402p 20cm （Ex libris） 2700円 ①978-4-560-09014-5

スタンディフォード, ナタリー　*Standiford, Natalie*　　児童書, ヤングアダルト

アメリカの作家。メリーランド州ボルティモア生まれ。大学卒業後、長年の夢だったニューヨークに引っ越し、書店員と盲目の弁護士のための朗読アルバイトをする。その弁護士の伝手で大手出版社の編集アシスタントとして3年ほど働いた後、作家となる。絵本や児童書を数多く出版した後、2005年『デート・ゲーム』で初めてヤングアダルト小説を発表、アメリカでベストセラーとなった。

最近の翻訳書

◇『ガールズX－レート』*Ex-rating*　ナタリー・スタンディフォード著, 代田亜香子訳　主婦の友社　2007.2　283p　18cm　1400円　①978-4-07-246244-7

◇『ガールズ・ハート』*Can true love survive high school?*　ナタリー・スタンディフォード著, 代田亜香子訳　主婦の友社　2006.10　285p　18cm　1400円　①4-07-246238-1

◇『ガールズ＆ボーイズ』*Breaking up is really, really hard to do*　ナタリー・スタンディフォード著, 代田亜香子訳　主婦の友社　2006.7　281p　18cm　1400円　①4-07-246221-7

スターンバーグ, アダム　*Sternbergh, Adam*　　スリラー, SF

アメリカ在住の作家、ジャーナリスト。カナダ・トロント出身。「ニューヨーク・タイムズ」紙の日曜版「ニューヨーク・タイムズ・マガジン」で文化欄の編集を担当したほか、数々の雑誌、ウェブサイトに記事を執筆。2014年『Mr.スペードマン』で長編デビュー。ブルックリンのキャロルガーデンズ在住。

最近の翻訳書

◇『Mr.スペードマン』*SHOVEL READY*　アダム・スターンバーグ著, 山中朝晶訳　早川書房　2014.12　420p　16cm　（ハヤカワ文庫 NV　1325）920円　①978-4-15-041325-5

スタンフ, ダグ　*Stumpf, Doug*　　ミステリー, スリラー

作家、編集者。書籍編集者を経て、雑誌「ヴァニティ・フェア」の副編集長となる。ウォールストリートの金融犯罪に巻き込まれる靴磨きの活躍を描いた初の長編小説『ウォールストリートの靴磨きの告白』(2007年)で作家デビュー。ニューヨーク在住。

最近の翻訳書

◇『ウォールストリートの靴磨きの告白』*Confessions of a Wall Street shoeshine boy*　ダグ・スタンフ著, 椿香也子訳　ランダムハウス講談社　2008.8　445p　20cm　2200円　①978-4-270-00393-0

スタンリー, J.B.　*Stanley, J.B.*　　ミステリー, スリラー

別筆名＝Adams, Ellery

アメリカの作家。フランクリン・マーシャル大学で英語の学士号、ウェストチェスター大学で英文学の修士号、ノースカロライナ・セントラル大学で図書館学および情報科学の修士号を取得。その後8年間中等学校の教師を務めた。オークションギャラリーで働いていたことも

スチユア　　　　　　　海外文学　新進作家事典

あり、Ellery Adams名義でその経験を生かしたアンティーク・コレクターのシリーズも刊行。
Jennifer Stanley、Lucy Arlingtonのペンネームも用いる。夫と2人の子供とともにバージニア
州リッチモンド在住。

最近の翻訳書

◇『カップケーキよ、永遠なれ』 *Black beans & vice* Ｊ・Ｂ・スタンリー著, 武
藤崇恵訳　原書房　2014.2　439p　15cm　（コージーブックス　ス1-1―ダイ
エット・クラブ　6）　930円　①978-4-562-06024-5

◇『とんでもないパティシエ』 *The battered body* J.B.スタンリー著, 武藤崇恵
訳　武田ランダムハウスジャパン　2011.8　495p　15cm　（RHブックス+プ
ラス　ス5-5―ダイエット・クラブ　5）　900円　①978-4-270-10392-0

◇『バーベキューは命がけ』 *Stiffs and swine* J.B.スタンリー著, 武藤崇恵訳
武田ランダムハウスジャパン　2011.2　478p　15cm　（RHブックス+プラス
ス5-4―ダイエット・クラブ　4）　860円　①978-4-270-10377-7

◇『料理教室の探偵たち』 *Chili con corpses* J.B.スタンリー著, 武藤崇恵訳
武田ランダムハウスジャパン　2010.8　414p　15cm　（RHブックス+プラス
ス5-3―ダイエット・クラブ　3）　800円　①978-4-270-10359-3

◇『アイスクリームの受難』 *Fit to die* J.B.スタンリー著, 武藤崇恵訳　ラン
ダムハウス講談社　2010.2　351p　15cm　（ダイエット・クラブ　2）　760
円　①978-4-270-10338-8

◇『ベーカリーは罪深い』 *Carbs & cadavers* J.B.スタンリー著, 武藤崇恵訳
ランダムハウス講談社　2009.6　412p　15cm　（ダイエット・クラブ　1）
800円　①978-4-270-10298-5

スチュアート, マイク　*Stewart, Mike*　　　　　　　ミステリー

アメリカの作家。1955年5月15日アラバマ州フリーデンバーグ生まれ。本名はマイケル・ガー
ネット・スチュアート（Michael Garnet Stewart）。ウィルコックス・アカデミーを卒業後、
オーバーン大学で学士号を取得。卒業後、「アトランタ・ジャーナル」紙の編集者や州知事候
補の選挙活動に従事。その後、サンフォード大学附属カンバーランド法律学校に入り、「カン
バーランド・ロー・レビュー」誌の副主筆を務めた。のちに企業弁護士として成功し、99年
『Sins of the Brother』で作家デビュー。アラバマ州バーミングハムに在住。

最近の翻訳書

◇『パーフェクト・ライフ　上』 *A perfect life* マイク・スチュアート著, 高澤
真弓訳　東京創元社　2011.8　295p　15cm　（創元推理文庫）　860円
①978-4-488-26505-2

◇『パーフェクト・ライフ　下』 *A perfect life* マイク・スチュアート著, 高澤
真弓訳　東京創元社　2011.8　302p　15cm　（創元推理文庫）　860円
①978-4-488-26506-9

スチュワート, トレントン・リー　*Stewart, Trenton Lee*　　　文学, 児童書

アメリカの作家。アイオワ・ライターズ・ワークショップを修了。大人向けの小説でデビュー
した後、2007年『秘密結社ベネディクト団』を発表。08年E.B.ホワイト賞を受賞するなど高く
評価され、シリーズ化された。妻と2人の息子とともにアーカンソー州リトルロックに暮らす。

最近の翻訳書

◇『秘密結社ベネディクト団　上　孤独な子どもをねらえ』 *The mysterious*

204

Benedict Society トレントン・リー・スチュワート著, 久米真麻子訳 ヴィレッジブックス 2010.3 349p 18cm 880円 ①978-4-86332-230-1

◇『秘密結社ベネディクト団 下 素直になったら負け』 *The mysterious Benedict Society* トレントン・リー・スチュワート著, 久米真麻子訳 ヴィレッジブックス 2010.3 358p 18cm 880円 ①978-4-86332-231-8

スティーヴンス, シェヴィー *Stevens, Chevy*　　ミステリー, スリラー

カナダの作家。カナダ南西岸のバンクーバー・アイランドで育つ。販売員として働いた後、公認不動産業者となる。売家の内覧会の間に想像したシナリオをもとに、デビュー作『扉は今も閉ざされて』を書き始めた。半年後、仕事を辞め執筆に専念して書き上げた同作は、2010年に刊行されるやインターナショナル・スリラー・ライターズ・インクが選ぶ11年スリラー・アウォード新人賞部門を受賞するなど、絶賛を浴びベストセラーとなった。

最近の翻訳書

◇『知らずにいれば』 *Never knowing* シェヴィー・スティーヴンス著, 小田川佳子訳 早川書房 2012.10 542p 16cm （ハヤカワ・ミステリ文庫 HM382-2） 1040円 ①978-4-15-179302-8

◇『扉は今も閉ざされて』 *Still missing* シェヴィー・スティーヴンス著, 小田川佳子訳 早川書房 2011.11 463p 16cm （ハヤカワ・ミステリ文庫 HM382-1） 900円 ①978-4-15-179301-1

スティーヴンス, テイラー *Stevens, Taylor*　　ミステリー, スリラー

アメリカの作家。「神の子」組織の中で誕生。普通の教育を受けないままカルト集団の "働き蜂" として育つ。2011年世界中を放浪した経験をもとに描かれた『インフォメーショニスト』でデビュー。一躍「ニューヨーク・タイムズ」紙のベストセラー作家となり、同作は17カ国語で翻訳される。世界中を旅して人生の大半を過ごし、最終的にテキサス州ダラスに腰を落ち着けた。

最近の翻訳書

◇『ドールマン 上』 *THE DOLL* テイラー・スティーヴンス著, 北沢あかね訳 講談社 2014.7 305p 15cm （講談社文庫） 1000円 ①978-4-06-277880-0

◇『ドールマン 下』 *THE DOLL* テイラー・スティーヴンス著, 北沢あかね訳 講談社 2014.7 312p 15cm （講談社文庫） 1000円 ①978-4-06-277881-7

◇『インフォメーショニスト 上 潜入篇』 *THE INFORMATIONIST* テイラー・スティーヴンス著, 北沢あかね訳 講談社 2012.4 287p 15cm （講談社文庫 す43-1） 695円 ①978-4-06-277244-0

◇『インフォメーショニスト 下 死闘篇』 *THE INFORMATIONIST* テイラー・スティーヴンス著, 北沢あかね訳 講談社 2012.4 266p 15cm （講談社文庫 す43-2） 695円 ①978-4-06-277245-7

ステイス, ウェズリー *Stace, Wesley*　　文学

イギリスの作家、シンガー・ソングライター。1965年サセックス州ヘイスティングス生まれ。ケンブリッジ大学で英文学、のちに社会学を専攻。88年ジョン・ウェズリー・ハーディング（John Wesley Harding）の名でシンガー・ソングライターとしてデビュー。98年物語性が強

い自作曲「The Ballad of Miss Fortune」を発表、コンサートで歌い続ける傍ら、"小説にしないと歌詞の主人公の物語が語り尽くせない"と小説化を進め、7年間をかけて長編小説『ミスフォーチュン』(2005年) を完成させた。デビュー作となる同作は緻密な構成と完成度の高さから絶賛を受け、ガーディアン新人賞、コモンウェルス賞など権威ある文学賞にノミネートされたほか、フランスでもベストセラー・リストに入るなど話題を呼ぶ。07年日本版刊行を機に来日。

最近の翻訳書

◇『ミスフォーチュン』 *Misfortune* ウェズリー・ステイス著, 立石光子訳 早川書房 2007.6 603p 20cm 2600円 ①978-4-15-208822-2

スティーフベーター, マギー *Stiefvater, Maggie*　　ファンタジー, ロマンス

アメリカの作家。2008年『Lament』でデビュー。詩的で叙情性豊かな作風で描かれたラブストーリー『シヴァ―狼の恋人』は「ニューヨーク・タイムズ」紙のベストセラー・リストに32週間連続ランクインした。アーティストとして絵画制作や音楽活動も手がけ、そのマルチな才能で注目される。バージニア州郊外在住。

最近の翻訳書

◇『バラッド―妖精のミューズに捧げる物語詩』 *Ballad* マギー・スティーフベーター著, 武富博子訳 東京創元社 2012.6 409p 15cm （創元推理文庫 Ｆス6-2） 1200円 ①978-4-488-57403-1

◇『ラメント―妖精の騎士に捧げる哀歌』 *Lament* マギー・スティーフベーター著, 武富博子訳 東京創元社 2012.1 381p 15cm （創元推理文庫 574-02） 980円 ①978-4-488-57402-4

◇『シヴァ―狼の恋人 上』 *Shiver* マギー・スティーフベーター著, 橋本恵訳 ソフトバンククリエイティブ 2010.7 261p 19cm 1400円 ①978-4-7973-5657-1

◇『シヴァ―狼の恋人 下』 *Shiver* マギー・スティーフベーター著, 橋本恵訳 ソフトバンククリエイティブ 2010.7 317p 19cm 1400円 ①978-4-7973-6110-0

スティーブンス, ジョン *Stephens, John*　　ヤングアダルト, ファンタジー

アメリカの作家。バージニア大学で美学の修士号を取得。テレビドラマのプロデューサー、脚本家を経て、『エメラルド・アトラス―最古の魔術書』を執筆。同作は2010年のボローニャ児童図書展で話題となり、アメリカではランダムハウス社が初版25万部で刊行。39カ国に版権が売れた。ロサンゼルス在住。

最近の翻訳書

◇『ブラック・レコニング―最古の魔術書3』 *THE BLACK RECKONING* ジョン・スティーブンス著, こだまともこ訳 あすなろ書房 2015.12 495p 21cm 2400円 ①978-4-7515-2357-5

◇『ファイアー・クロニクル―最古の魔術書2』 *THE FIRE CHRONICLE* ジョン・スティーブンス著, こだまともこ訳 あすなろ書房 2013.12 495p 21cm 2400円 ①978-4-7515-2356-8

◇『エメラルドアトラス―最古の魔術書』 *The emerald atlas* ジョン・スティーブンス著, 片岡しのぶ訳 あすなろ書房 2011.12 391p 21cm 2200円 ①978-4-7515-2355-1

海外文学　新進作家事典　　　　　　　　　　　　　　ステフア

スティール, ジェイムズ　*Steel, James*　　　　　　　　　　スリラー

イギリスの作家。ケンブリッジ生まれ。オックスフォード大学エクセター・カレッジで歴史学を専攻し、さらに同大学ニュー・カレッジで教育学を学ぶ。大手広告代理店サーチ・アンド・サーチに入社して営業マネージャーとなり、3年後ロンドンのシティーにある投資銀行M&Gに転職、日本部門に配属された。その後、ロンドンとマンチェスターのいくつかの学校で歴史と政治の授業を受け持ち、歴史科主任および教務課長を経て、ロンドン西部の私立学校の副校長を務める。2009年『傭兵チーム、極寒の地へ』を刊行。

最近の翻訳書

◇『傭兵チーム、極寒の地へ　上』 *December* 　ジェイムズ・スティール著, 公
　手成幸訳　早川書房　2010.5　330p　16cm　（ハヤカワ文庫　NV1217）
　740円　①978-4-15-041217-3
◇『傭兵チーム、極寒の地へ　下』 *December* 　ジェイムズ・スティール著, 公
　手成幸訳　早川書房　2010.5　334p　16cm　（ハヤカワ文庫　NV1218）
　740円　①978-4-15-041218-0

ステッド, レベッカ　*Stead, Rebecca*　　　　　　　　　　児童書

アメリカのファンタジー作家。1968年1月16日ニューヨーク市のマンハッタンに生まれ育つ。大学卒業後、弁護士となるが、結婚、出産を経て、2007年にグリーンランドを舞台にしたサイエンスファンタジー『First Light』で作家デビュー。09年発表の『きみに出会うとき』が話題となり、10年ニューベリー賞を受賞。第3作『ウソつきとスパイ』で、13年ガーディアン賞を受賞した。ニューヨーク在住。

最近の翻訳書

◇『ウソつきとスパイ』 *LIAR & SPY* 　レベッカ・ステッド作, 樋渡正人訳
　小峰書店　2015.5　276p　20cm　（Sunnyside Books）　1500円　①978-4-
　338-28704-3
◇『きみに出会うとき』 *When you reach me* 　レベッカ・ステッド著, ないと
　うふみこ訳　東京創元社　2011.4　265p　20cm　1900円　①978-4-488-
　01330-1

ステッドマン, M.L.　*Stedman, M.L.*　　　　　　　　　　歴史

オーストラリアの作家。西オーストラリア・パースで生まれ育った弁護士。2012年長編小説『海を照らす光』でデビューし、有力紙誌に絶賛された。ロンドン在住。

最近の翻訳書

◇『海を照らす光』 *THE LIGHT BETWEEN OCEANS* 　M・L・ステッドマ
　ン著, 古屋美登里訳　早川書房　2015.1　462p　20cm　2800円　①978-4-15-
　209514-5

ステファノバ, カリーナ　*Stefanova, Kalina*　　　　　　　その他

ブルガリアの作家。1962年生まれ。演劇の客員研究者として、アメリカのニューヨーク大学、東京の明治大学、南アフリカのケープタウン大学に勤めた後、多くの国際劇場や芸術祭の審査員、国際演劇評論家協会副会長などを歴任。現在、ナショナル・アカデミー・オブ・シアター・アンド・フィルム・アーツ教授を務め、演劇論、舞台美術を教える。2004年『7人のこびとがアンに教えてくれたこと』で作家デビュー。

207

ステルマ　　　　　海外文学　新進作家事典

最近の翻訳書

◇『7人のこびとがアンに教えてくれたこと』 *Ann's dwarves*　カリーナ・ステ
ファノバ著，田内志文訳　ポプラ社　2011.10　133p　20cm　1100円　①978-
4-591-12621-9

ステルマック, オレスト　*Stelmach, Orest*　　　　　ミステリー, スリラー

アメリカの作家。コネティカット州生まれ。ウクライナ移民の両親のもと、ウクライナ・コ
ミュニティで育ち、皿洗いやデパートの商品陳列などの仕事で生活費を稼ぎながら、ダート
マス・カレッジとシカゴ大学で学位を取得。卒業後、日本での英語講師を経て、国際投資マ
ネージャーの仕事に従事。2012年短編「In Persona Christi」が『アメリカ探偵作家クラブ傑
作選Vengeance』の一編に選ばれてデビュー。14年初めての長編小説となるサスペンス・ミス
テリー『チェルノブイリから来た少年』を刊行。ウクライナ語のほかにスペイン語、日本語を
話す。

最近の翻訳書

◇『チェルノブイリから来た少年　上』 *THE BOY FROM REACTOR 4*　オ
レスト・ステルマック著，箸本すみれ訳　竹書房　2014.7　294p　15cm
（竹書房文庫　す4-1）　660円　①978-4-8124-8965-9
◇『チェルノブイリから来た少年　下』 *THE BOY FROM REACTOR 4*　オ
レスト・ステルマック著，箸本すみれ訳　竹書房　2014.7　295p　15cm
（竹書房文庫　す4-2）　660円　①978-4-8124-8966-6

ステン, ヴィヴェカ　*Sten, Viveca*　　　　　　　　　ミステリー

本名＝Sten, Viveca Bergstedt

スウェーデンの作家。1959年ストックホルム郊外に生まれる。ストックホルム大学とストッ
クホルム商科大学を卒業後、多くの企業で法務関係の仕事に携わり、法律書も執筆。スウェー
デンとデンマークの郵便会社、Post Nordの法律顧問を務めるなどキャリアウーマンとして成
功する一方、2008年ミステリー『静かな水のなかで』を発表し、好評を博す。以後、シリーズ
作品は13年までに6冊に及び、スウェーデンではテレビドラマ化もされる。ストックホルム郊
外に在住。

最近の翻訳書

◇『煌めく氷のなかで』 *I GRUNDEN UTAN SKULD*（重訳）　ヴィヴェカ・
ステン著，三谷武司訳　早川書房　2014.3　511p　16cm　（ハヤカワ・ミス
テリ文庫　HM 398-3）　1000円　①978-4-15-180103-7
◇『夏の陽射しのなかで』 *I DEN INNERSTA KRETSEN*（重訳）　ヴィヴェ
カ・ステン著，三谷武司訳　早川書房　2014.1　543p　16cm　（ハヤカワ・ミ
ステリ文庫　HM 398-2）　1000円　①978-4-15-180102-0
◇『静かな水のなかで』 *I DE LUGNASTE VATTEN*　ヴィヴェカ・ステン著，
三谷武司訳　早川書房　2013.11　559p　16cm　（ハヤカワ・ミステリ文庫
HM 398-1）　1000円　①978-4-15-180101-3

ストーカー, デイカー　*Stoker, Dacre*　　　　　　　ホラー, ミステリー

カナダの作家。『ドラキュラ』で知られるアイルランド出身の作家ブラム・ストーカーの甥の
曾孫にあたる。2009年最初の小説『新ドラキュラ』の執筆後、『Dracula meets Stoker』と題
したドキュメンタリー映画を監督・プロデュースした。アメリカのサウスカロライナ州在住。

海外文学　新進作家事典　　　　　　　　　　　　　　　　　　　ストツク

最近の翻訳書

◇『新ドラキュラ—不死者　上』 *DRACULA*　デイカー・ストーカー, イアン・ホルト著, 番由美子訳　メディアファクトリー　2013.1　351p　15cm　（MF文庫ダ・ヴィンチ　てー1-1）　619円　①978-4-8401-4954-9

◇『新ドラキュラ—不死者　下』 *DRACULA*　デイカー・ストーカー, イアン・ホルト著, 番由美子訳　メディアファクトリー　2013.1　300p　15cm　（MF文庫ダ・ヴィンチ　てー1-2）　619円　①978-4-8401-4955-6

ストーク, フランシスコ・X.　*Stork, Francisco X.*　　　文学, ヤングアダルト

メキシコの作家。1953年モンテレイ生まれ。9歳の時にアメリカのテキサス州に移住。大学で英米文学、哲学を学び、大学院ではラテンアメリカ文学を専攻。修了後、さらにロー・スクールに通い、弁護士として生計を立てながら作家になるという夢を追う。法律関係の仕事に20年従事した後、2000年第1作『The Way of the Jaguar』でデビュー。

最近の翻訳書

◇『マルセロ・イン・ザ・リアルワールド』 *MARCELO IN THE REAL WORLD*　フランシスコ・X・ストーク作, 千葉茂樹訳　岩波書店　2013.3　387p　19cm　（STAMP BOOKS）　1900円　①978-4-00-116403-9

ストケット, キャスリン　*Stockett, Kathryn*　　　　　　　　　　　　歴史

アメリカの作家。ミシシッピ州ジャクソン生まれ。アラバマ大学英語創作科卒。ニューヨークで雑誌編集に携わる。2001年のアメリカ同時多発テロ後、5年の歳月をかけて執筆した『ヘルプ—心がつなぐストーリー』は多くの出版社から断られ、日の目を見るにはさらに数年を要したが、口コミで拡がり、「ニューヨーク・タイムズ」紙のベストセラー・リストに103週ランクインするロングセラーを記録。3年間でデジタル版を合わせて1130万部以上を売り上げる記録的ミリオンセラーとなった。また、幼なじみの監督による同名の映画も大ヒット、数々の賞を受賞した。アトランタ在住。

最近の翻訳書

◇『ヘルプ—心がつなぐストーリー　上』 *The help*　キャスリン・ストケット著, 栗原百代訳　集英社　2012.2　396p　16cm　（集英社文庫　ス11-1）　686円　①978-4-08-760641-6

◇『ヘルプ—心がつなぐストーリー　下』 *The help*　キャスリン・ストケット著, 栗原百代訳　集英社　2012.2　367p　16cm　（集英社文庫　ス11-2）　648円　①978-4-08-760642-3

ストック, ジョン　*Stock, Jon*　　　　　　　　　　　　　　ミステリー, スリラー

イギリスの作家、ジャーナリスト。1966年ウィルトシャー州ティッドワース生まれ。ケンブリッジ大学で英語を学ぶ。海外特派員時代の経験を活かし、フリーの記者として新聞や雑誌に寄稿する一方、97年『The Riot ACT』で作家デビュー。スパイ小説を執筆し、第3作となる『暁に走れ—死への42.195キロ』はワーナー・ブラザーズが映画化権を獲得した。妻と3人の子供とともにイングランド南部ウィルトシャーに在住。

最近の翻訳書

◇『暁に走れ—死への**42.195**キロ』 *Dead Spy Running*　ジョン・ストック著, 村井智之訳　小学館　2011.12　461p　15cm　（小学館文庫　ス2-1）　762円

①978-4-09-408510-5

ストックウィン, ジュリアン　*Stockwin, Julian*　　　歴史

イギリスの作家。1944年ハンプシャー州ベイジングストーク生まれ。15歳でイギリス海軍に入隊するが、両親のオーストラリア移住にともないオーストラリア海軍に移る。下士官で退役後、タスマニア大学で教育心理学とコンピューターを学び、90年イギリスに戻る。97年からギルフォード・カレッジでソフトウェアのプログラミングをパートタイムで教え始め、同時に執筆活動を開始。2001年〈海の覇者トマス・キッド〉シリーズの第1作『風雲の出帆』でデビュー、たちまち人気作家となる。妻とデボン州アイビーブリッジに在住。

最近の翻訳書

◇『ノルマンディ沖の陰謀』　*Treachery*　ジュリアン・ストックウィン著, 大森洋子訳　早川書房　2014.3　526p　16cm　（ハヤカワ文庫 NV　1302—海の覇者トマス・キッド　9）　1040円　①978-4-15-041302-6

◇『謎の私掠船を追え』　*The admiral's daughter*　ジュリアン・ストックウィン著, 大森洋子訳　早川書房　2012.7　543p　16cm　（ハヤカワ文庫 NV 1263—海の覇者トマス・キッド　8）　1000円　①978-4-15-041263-0

◇『新艦長、孤高の海路』　*Command*　ジュリアン・ストックウィン著, 大森洋子訳　早川書房　2009.4　521p　16cm　（ハヤカワ文庫　NV1185—海の覇者トマス・キッド　7）　980円　①978-4-15-041185-5

◇『ナポレオン艦隊追撃』　*Tenacious*　ジュリアン・ストックウィン著, 大森洋子訳　早川書房　2008.3　538p　16cm　（ハヤカワ文庫　NV—海の覇者トマス・キッド　6）　940円　①978-4-15-041166-4

◇『新任海尉、出港せよ』　*Quarterdeck*　ジュリアン・ストックウィン著, 大森洋子訳　早川書房　2006.7　527p　16cm　（ハヤカワ文庫　NV—海の覇者トマス・キッド　5）　940円　①4-15-041121-2

ストラウト, エリザベス　*Strout, Elizabeth*　　　文学

アメリカの作家。1956年1月6日メーン州ポートランド生まれ。シラキュース大学で学ぶ。長年にわたりマンハッタンコミュニティカレッジで文学を教える傍ら、「ニューヨーカー」をはじめ多くの雑誌に短編を中心とした小説を発表。98年初の長編作品『目覚めの季節—エイミーとイザベル』を刊行、オレンジ賞とPEN/フォークナー賞の候補となり、ロサンゼルス・タイムズ新人賞とシカゴ・トリビューン・ハートランド賞を受賞。2008年に発表した『オリーヴ・キタリッジの生活』でピュリッツァー賞を受賞。メーン州とニューヨーク市で暮らす。

最近の翻訳書

◇『バージェス家の出来事』　*THE BURGESS BOYS*　エリザベス・ストラウト著, 小川高義訳　早川書房　2014.5　443p　20cm　2500円　①978-4-15-209459-9

◇『オリーヴ・キタリッジの生活』　*Olive Kitteridge*　エリザベス・ストラウト著, 小川高義訳　早川書房　2012.10　460p　16cm　（ハヤカワepi文庫　70）　940円　①978-4-15-120070-0

◇『オリーヴ・キタリッジの生活』　*Olive Kitteridge*　エリザベス・ストラウト著, 小川高義訳　早川書房　2010.10　405p　20cm　2200円　①978-4-15-209162-8

海外文学　新進作家事典　　　　　　　　　　　　　　ストラツ

ストラウド, ジョナサン　*Stroud, Jonathan*　　　　ファンタジー, ヤングアダルト

イギリスの作家。ベッドフォードシャー州ベッドフォード生まれ。ヨーク大学で英文学を専攻した後、子供向け図書の編集者の傍らで執筆を続け、1999年『Buried Fire』で作家デビュー。2003年に発表した『バーティミアス サマルカンドの秘宝』は世界30カ国で出版され、人気を博す。家族とともにハートフォードシャー州在住。

＊＊＊最近の翻訳書＊＊＊

◇『ロックウッド除霊探偵局　2[上]　人骨鏡の謎 上』　*LOCKWOOD & CO. THE WHISPERING SKULL*　ジョナサン・ストラウド作, 金原瑞人, 松山美保訳　小学館　2015.10　315p　19cm　1400円　①978-4-09-290606-8

◇『ロックウッド除霊探偵局　2[下]　人骨鏡の謎 下』　*LOCKWOOD & CO. THE WHISPERING SKULL*　ジョナサン・ストラウド作, 金原瑞人, 松山美保訳　小学館　2015.10　317p　19cm　1400円　①978-4-09-290607-5

◇『ロックウッド除霊探偵局　1[上]　霊を呼ぶペンダント 上』　*LOCKWOOD & CO.THE SCREAMING STAIRCASE*　ジョナサン・ストラウド作, 金原瑞人, 松山美保訳　小学館　2015.3　255p　19cm　1400円　①978-4-09-290604-4

◇『ロックウッド除霊探偵局　1[下]　霊を呼ぶペンダント 下』　*LOCKWOOD & CO.THE SCREAMING STAIRCASE*　ジョナサン・ストラウド作, 金原瑞人, 松山美保訳　小学館　2015.3　287p　19cm　1400円　①978-4-09-290605-1

◇『バーティミアス　[1-3]　サマルカンドの秘宝 3（ネズミ編）』　*THE AMULET OF SAMARKAND*　ジョナサン・ストラウド作, 金原瑞人, 松山美保訳　軽装版　理論社　2013.6　249p　19cm　1100円　①978-4-652-20023-0

◇『バーティミアス　[1-2]　サマルカンドの秘宝 2（スカラベ編）』　*THE AMULET OF SAMARKAND*　ジョナサン・ストラウド作, 金原瑞人, 松山美保訳　軽装版　理論社　2013.5　237p　19cm　1100円　①978-4-652-20022-3

◇『バーティミアス　[1-1]　サマルカンドの秘宝 1（ハヤブサ編）』　*THE AMULET OF SAMARKAND*　ジョナサン・ストラウド作, 金原瑞人, 松山美保訳　軽装版　理論社　2013.4　237p　19cm　1100円　①978-4-652-20021-6

◇『バーティミアス　ソロモンの指輪 3（スナネコ編）』　*The ring of Solomon*　ジョナサン・ストラウド作, 金原瑞人, 松山美保訳　理論社　2012.3　237p　19cm　1000円　①978-4-652-07986-7

◇『バーティミアス　ソロモンの指輪 2（ヤモリ編）』　*The ring of Solomon*　ジョナサン・ストラウド作, 金原瑞人, 松山美保訳　理論社　2012.2　242p　19cm　1000円　①978-4-652-07985-0

◇『バーティミアス　ソロモンの指輪 1（フェニックス編）』　*The ring of Solomon*　ジョナサン・ストラウド作, 金原瑞人, 松山美保訳　理論社　2012.1　254p　19cm　1000円　①978-4-652-07984-3

◇『勇者の谷』　*Heroes of the valley*　ジョナサン・ストラウド著, 金原瑞人, 松山美保訳　理論社　2009.8　587p　20cm　2400円　①978-4-652-07954-6

ストラットン, アラン　*Stratton, Allan*　　　　　　　　　ヤングアダルト, 文学

カナダの作家、劇作家。1951年ストラトフォード生まれ。俳優や教師の職を経て、劇作家、小

211

ストラン　　海外文学　新進作家事典

説家として活躍。2001年に出版された『レズリーの日記』で新しいヤングアダルト文学の書き手として注目される。南アフリカ、ジンバブエ、ボツワナを訪れて取材した体験から生まれた『沈黙のはてに』は国際的な評価も高く、アメリカ図書館協会のマイケル・L.プリンツ賞のオナーブックに選ばれる。トロント在住。

最近の翻訳書

◇『沈黙のはてに』 *Chanda's secrets* アラン・ストラットン著, さくまゆみこ訳　あすなろ書房　2006.1　352p　19cm　1500円　①4-7515-2198-5

ストランゲル, シモン　*Stranger, Simon*　　　　　ヤングアダルト

ノルウェーの作家。1976年オスロ生まれ。オスロ大学で哲学と宗教史を学んだ後、作家学校に1年通う。2003年国際貿易により生まれる格差と貧困の問題を扱った大人向けの小説『この一連の出来事を僕らは世界と呼んでいる』で作家デビュー。06年子供向けの読みもの『イェンガンゲル』でリスクモール協会児童書賞を受賞、同作は現在9カ国語に翻訳されている。また、ヤングアダルト作品『バルザフ』のアラビア語翻訳書は、12年IBBY（国際児童図書評議会）オナーリストでパレスチナの最優良翻訳作品に選ばれた。

最近の翻訳書

◇『ドコカ行き難民ボート。』 *BARSAKH* シモン・ストランゲル著, 枇谷玲子訳　汐文社　2015.3　163p　19cm　1600円　①978-4-8113-2178-3
◇『地球から子どもたちが消える。』 *DE SOM IKKE FINNES* シモン・ストランゲル著, 枇谷玲子, 朝田千恵訳　汐文社　2015.3　239p　19cm　1600円　①978-4-8113-2179-0
◇『このTシャツは児童労働で作られました。』 *VERDENSREDDERNE* シモン・ストランゲル著, 枇谷玲子訳　汐文社　2013.2　251p　19cm　1600円　①978-4-8113-8974-5

ストランドベリ, マッツ　*Strandberg, Mats*　　　ファンタジー, ヤングアダルト

スウェーデンの作家、ジャーナリスト。1974年ファーゲシュタ生まれ。スウェーデンの二大タブロイド紙の一つ「アフトンブラーデット」のコラムニストとして一躍有名になり、2004年に年間最優秀コラムニスト賞を受賞。著作の中にはスウェーデン最大のゲイ・ニュースサイトQXの年間最優秀作品にも選ばれたものもある。08年脚本家のサラ・B.エルフグリエンと出会い、ティーンエイジャーが主人公の物語で意気投合。11年サラとの共著で『ザ・サークル』を刊行すると、世界中で翻訳され、国内外で数々の賞を受賞。12年第2作『Eld（ザ・ファイヤー）』、13年第3作『Nyckeln（ザ・キー）』を刊行、3部作〈Engelsfors（エンゲルスフォシュ）〉シリーズは完結し、スウェーデン国内で累計34万部以上売り上げるベストセラーとなった。ファンサービスにと、2.5作目としてスピンオフの短編をコミック仕立てにした『Talesfrom Engelsfors（エンゲルスフォシュの物語）』もある。『ザ・サークル』は映画化もされた。

最近の翻訳書

◇『ザ・サークル──選ばれし者たち』 *CIRKELN* サラ・B・エルフグリエン, マッツ・ストランドベリ著, 久山葉子訳　イースト・プレス　2014.8　637p　19cm　1900円　①978-4-7816-1228-7

ストール, マーガレット　*Stohl, Margaret*　　　　　　ファンタジー

アメリカの作家。アマースト大学とエール大学でアメリカ文学を専攻し、スタンフォード大学で英語の修士号を取得。イギリス・ノリッチのイースト・アングリア大学では詩人ジョージ・

212

海外文学　新進作家事典　　　　　　　　　　　　　　　ストン

マン・マクベスのもと、クリエイティブ・ライティングを学ぶ。これまでに数多くの人気テレビゲームの脚本を手がける。カミ・ガルシアとの共著『ビューティフル・クリーチャーズ』で作家デビュー。カリフォルニア州ロサンゼルスに家族と暮らす。

最近の翻訳書

◇『ビューティフル・クリーチャーズ』 *BEAUTIFUL CREATURES* カミ・ガルシア, マーガレット・ストール著, 富永晶子訳　ビジネス社　2014.1
598p　19cm　1800円　①978-4-8284-1740-0

ストレイド, シェリル　*Strayed, Cheryl*　　　　　　　　　　文学

アメリカの作家。1968年生まれ。2006年デビュー作『TORCH』が好評を博す。12年『わたしに会うまでの1600キロ』は全米ベストセラー1位となり、数多くの文学賞を受賞。世界30カ国以上で刊行される。一方、「ニューヨーク・タイムズ・マガジン」や「ヴォーグ」などの雑誌に数多くのエッセイを発表。オレゴン州ポートランド在住。

最近の翻訳書

◇『わたしに会うまでの1600キロ』 *WILD* シェリル・ストレイド著, 雨海弘美, 矢羽野薫訳　静山社　2015.7　382p　19cm　1600円　①978-4-86389-308-5

ストレンジ, マーク　*Strange, Marc*　　　　　　　　　　ミステリー

カナダの作家。1941年7月24日〜2012年5月19日。バンクリークヒル生まれ。カナダで俳優、テレビ番組の共同制作者などとして活躍した後、2007年元ボクサーのホテル警備責任者ジョー・グランディを主人公としたスタイリッシュ・ハードボイルド『Sucker Punch』で作家デビュー。同作は08年のアーサー・エリス賞最優秀新人賞にノミネートされる。シリーズ第2作『ボディブロー』では、10年のMWA賞最優秀ペーパーバック賞を受賞した。

最近の翻訳書

◇『ボディブロー』 *Body blows* マーク・ストレンジ著, 真崎義博訳　早川書房　2010.12　415p　16cm　（ハヤカワ・ミステリ文庫　HM377-1）　940円　①978-4-15-179051-5

ストーン, ジェフ　*Stone, Jeff*　　　　　　　　ヤングアダルト, 文学

アメリカの作家。孤児としてミシガン州デトロイトで養父母に育てられる。ミシガン州立大学を卒業後、配管工、写真家、編集者、ダンス教師、コンサート・プロモーターなど種々の職業に就く。また、長年にわたって少林寺拳法を修行、2005年には黒帯を授けられた。同年カンフーを題材としたヤングアダルト小説『カンフーファイブ』で作家デビュー。

最近の翻訳書

◇『カンフーファイブ　2　とべ! マァラオ樹上の猿拳』 *Monkey* ジェフ・ストーン作, もきかずこ訳, スカイエマ絵　ランダムハウス講談社　2009.9　253p　19cm　950円　①978-4-270-00529-3
◇『カンフーファイブ　1　ほえろフウ! 怒りの虎拳』 *Tiger* ジェフ・ストーン作, もきかずこ訳, スカイエマ絵　ランダムハウス講談社　2009.6　254p　19cm　950円　①978-4-270-00502-6

ストーン, デイヴィッド・L. *Stone, David L.* SF, ファンタジー

イギリスの作家。1978年生まれ。10歳の時からファンタジー小説〈イルムア年代記〉を構想。学校を中退して「Interzone」「Xenox」「The Edge」「SFX」などさまざまな雑誌にストーリーや書評を寄稿。2003年〈イルムア年代記〉シリーズの第1作『襲われた魔都ダリッチ』を出版、新しい時代のファンタジー作家として注目される。

最近の翻訳書

◇『サスティ姫の裏切り』 *The Shadewell shenanigans* デイヴィッド・L.ストーン著, 日暮雅通訳 ソニー・マガジンズ 2006.2 349p 22cm （イルムア年代記 3） 2400円 ①4-7897-2762-9

ストーン, ニック *Stone, Nick* ミステリー, スリラー

イギリスの作家。1966年ケンブリッジ生まれ。父親はスコットランド人の歴史学者、母親はハイチの名家の出身。幼い頃はハイチで暮らし、71年イギリスに戻る。10代の頃はボクサーを目指していたが、ケンブリッジ大学入学後は歴史学に専念。デビュー作『ミスター・クラリネット』で、2006年度CWA賞イアン・フレミング・スティール・ダガー賞、07年度マカヴィティ最優秀新人賞を受賞。

最近の翻訳書

◇『ミスター・クラリネット 上』 *Mr. Clarinet* ニック・ストーン著, 熊谷千寿訳 武田ランダムハウスジャパン 2011.11 399p 15cm （RHブックス＋プラス ス6-1） 900円 ①978-4-270-10398-2

◇『ミスター・クラリネット 下』 *Mr. Clarinet* ニック・ストーン著, 熊谷千寿訳 武田ランダムハウスジャパン 2011.11 414p 15cm （RHブックス＋プラス ス6-2） 920円 ①978-4-270-10399-9

スナイダー, マリア・V. *Snyder, Maria V.* ファンタジー, ロマンス

アメリカの作家。ペンシルベニア州フィラデルフィア生まれ。気象学に興味を持ち、ペンシルベニア州立大学に進んで学士号を取得。気象学者となったのち小説家に転身した。2005年の『毒見師イレーナ』は「ニューヨーク・タイムズ」紙のベストセラー・リスト入りを果たし、一躍人気作家となった。

最近の翻訳書

◇『毒見師イレーナ』 *POISON STUDY* マリア・V・スナイダー著, 渡辺由佳里訳 ハーパーコリンズ・ジャパン 2015.7 526p 15cm （ハーパーBOOKS） 907円 ①978-4-596-55002-6

スニケット, レモニー *Snicket, Lemony* 児童書, スリラー

アメリカ出身の作家。カリフォルニア州サンフランシスコ生まれ。1999年からスタートした児童向けの〈世にも不幸なできごと〉シリーズで人気を集め、2004年「レモニー・スニケットの世にも不幸せな物語」として映画化された。

最近の翻訳書

◇『終わり』 *The end* レモニー・スニケット著, 宇佐川晶子訳 草思社 2008.11 302p 19cm （世にも不幸なできごと 13） 1600円 ①978-4-7942-1674-8

◇『終わりから二番めの危機』 *The penultimate peril* レモニー・スニケット

著, 宇佐川晶子訳　草思社　2007.8　309p　19cm　（世にも不幸なできごと　12）　1500円　①978-4-7942-1623-6

◇『ぶきみな岩屋』　*The grim grotto*　レモニー・スニケット著, 宇佐川晶子訳　草思社　2006.12　289p　19cm　（世にも不幸なできごと　11）　1500円　①4-7942-1546-0

◇『つるつるスロープ』　*The slippery slope*　レモニー・スニケット著, 宇佐川晶子訳　草思社　2006.3　299p　19cm　（世にも不幸なできごと　10）　1500円　①4-7942-1480-4

スパークス, ニコラス　*Sparks, Nicholas*　　　　　　文学, ロマンス

アメリカの作家。1965年12月31日ネブラスカ州オマハ生まれ。幼年時代はアメリカ各地を転々とする。奨学金で進んだノートルダム大学では800メートルの陸上選手として活躍。大学卒業後, 不動産業, ウエイター, 歯科用品販売など職を転々としながら作家を志した。90年初めてのスポーツ・ノンフィクションを共著で出版。96年妻の63年連れ添った祖父母の実話をもとに書いた『きみに読む物語』で作家デビュー, 全米で600万部を超えるベストセラーとなり, 一躍人気作家となった。第2作『メッセージ・イン・ア・ボトル』も全米で170万部を超えるベストセラーとなり, 98年ケビン・コスナー主演で映画化される。2004年『きみに読む物語』が映画化され,「マディソン郡の橋」を超える観客動員数を記録。著書は全世界で累計5000万部を超え, 40以上の言語に翻訳されている。

最近の翻訳書

◇『セイフヘイヴン』　*Safe haven*　ニコラス・スパークス著, 雨沢泰訳　ソフトバンククリエイティブ　2013.10　478p　16cm　（ソフトバンク文庫　ス2-8）　800円　①978-4-7973-6871-0

◇『あの日にかえりたい』　*A bend in the road*　ニコラス・スパークス著, 雨沢泰訳　ソフトバンククリエイティブ　2012.12　478p　16cm　（ソフトバンク文庫　ス2-7）　780円　①978-4-7973-6870-3

◇『一枚のめぐり逢い』　*The lucky one*　ニコラス・スパークス著, 雨沢泰訳　ソフトバンククリエイティブ　2012.5　471p　16cm　（ソフトバンク文庫　ス2-6）　780円　①978-4-7973-6524-5

◇『星空のウェディング―きみに読む物語』　*The wedding*　ニコラス・スパークス著, 雨沢泰訳　ソフトバンククリエイティブ　2012.1　389p　16cm　（ソフトバンク文庫　スー2-5）　740円　①978-4-7973-6788-1

◇『メッセージ・イン・ア・ボトル』　*Message in a bottle*　ニコラス・スパークス著, 大野晶子訳　ソフトバンククリエイティブ　2011.12　469p　16cm　（ソフトバンク文庫　スー2-4）　780円　①978-4-7973-6824-6

◇『最後の初恋』　*Nights in Rodanthe*　ニコラス・スパークス著, 雨沢泰訳　ソフトバンククリエイティブ　2011.11　295p　16cm　（ソフトバンク文庫　スー2-3）　740円　①978-4-7973-6719-5

◇『親愛なるきみへ』　*Dear John*　ニコラス・スパークス著, 雨沢泰訳　ソフトバンククリエイティブ　2011.9　429p　16cm　（ソフトバンク文庫　スー2-2）　780円　①978-4-7973-6768-3

◇『ラスト・ソング』　*The last song*　ニコラス・スパークス著, 雨沢泰訳　アチーブメント出版　2010.6　510p　19cm　1500円　①978-4-902222-86-9

◇『きみと選ぶ道』　*The choice*　ニコラス・スパークス著, 雨沢泰訳　エクスナレッジ　2009.3　358p　20cm　1600円　①978-4-7678-0818-5

◇『最後の初恋』　*Nights in rodanthe*　ニコラス・スパークス著, 雨沢泰訳　ソ

スハラコ　　　　　海外文学　新進作家事典

　　　ソフトバンククリエイティブ　2008.9　262p　20cm　1500円　①978-4-7973-
　　　4690-9
◇『きみに読む物語』　*The notebook*　ニコラス・スパークス著，雨沢泰訳　ソ
　　　フトバンククリエイティブ　2007.12　319p　16cm　（ソフトバンク文庫）
　　　650円　①978-4-7973-4343-4
◇『きみを想う夜空に』　*Dear John*　ニコラス・スパークス著，雨沢泰訳　エク
　　　スナレッジ　2007.12　374p　20cm　1500円　①978-4-7678-0638-9

スパラコ, シモーナ　*Sparaco, Simona*　　　　　　　　　文学

　イタリアの作家、脚本家。1978年12月14日ローマ生まれ。イギリスの大学でコミュニケーショ
ン学を修めた後、イタリアへ戻って文学部の映画部門に入学。その後、トリノのホールデンス
クールのマスターコースなど、いくつかの創作コースに通う。2013年『誰も知らないわたした
ちのこと』でローマ賞を受賞、同作はイタリア最高の文学賞であるストレーガ賞の最終候補作
にもノミネートされた。

*** 最近の翻訳書 ***

◇『誰も知らないわたしたちのこと』　*NESSUNO SA DI NOI*　シモーナ・ス
　　　パラコ著、泉典子訳　紀伊國屋書店　2013.11　277p　19cm　1800円　①978-
　　　4-314-01112-9

スパロウ, トマス　*Sparrow, Thomas*　　　　　　　　　ミステリー

　筆名＝カービー, エルトン

　アメリカの作家。1947年ミネソタ州生まれ。本名はトーマス・オニール。アリゾナ州立大学
を卒業後、書店員、タクシーの運転手、テニスのインストラクターなど職業を転々とする。ス
ポーツライターを経て、地元の音楽を宣伝するために自ら新聞を発刊。同紙上ではエルトン・
カービー名義で批評を執筆。99年『真冬の牙』で作家デビュー。

*** 最近の翻訳書 ***

◇『真冬の牙』　*Social climbing*　トマス・スパロウ著，遠藤宏昭訳　扶桑社
　　　2006.3　321p　16cm　（扶桑社ミステリー）　800円　①4-594-05140-5

スピーゲルマン, ピーター　*Spiegelman, Peter*　　　　　ミステリー, スリラー

　アメリカの作家。ニューヨーク生まれ。バッサー大学で英文学を専攻。アメリカの金融業界、
ソフトウェア産業の世界的企業で20年以上のキャリアを積むが、執筆に専念するため2001年
退職。ミステリーを中心に執筆、私立探偵ジョン・マーチを生みだした処女作『Death's Little
Helpers』が評価され、04年マーチ一族を通してヘッジファンド・ビジネスの裏を描く『Black
Map』でシェイマス賞最優秀新人賞を受賞。『わたしを殺して、そして傷口を舐めて。』（07年）
はバリー賞にノミネートされた。コネティカット州在住。

*** 最近の翻訳書 ***

◇『わたしを殺して、そして傷口を舐めて。』　*Red cat*　ピーター・スピーゲル
　　　マン著、東本貢司訳　エンターブレイン　2008.4　478p　19cm　2000円
　　　①978-4-7577-4159-1

海外文学　新進作家事典　　　　　　　　　　　　　　　　　　　　スミス

スプアー, ライク・E.　*Spoor, Ryk E.*　　　　　　　　　　　SF, ファンタジー

アメリカの作家。1962年7月21日ネブラスカ州オマハ生まれ。ピッツバーグ大学を卒業後、SF
とファンタジーを中心としたロールプレイングゲームやボードゲーム、ゲームの小説版などを
手がける大手ゲーム出版社ウィザーズ・オブ・ザ・コースト社でプレイテスティング・コンサ
ルタントを務める。2003年ファンタジー長編『Digital Knight』で作家デビュー。

最近の翻訳書

◇『グランド・セントラル・アリーナ　上』　*Grand central arena*　ライク・E.
　スプアー著, 金子浩訳　早川書房　2011.7　399p　16cm　（ハヤカワ文庫
　SF1818）　840円　①978-4-15-011818-1
◇『グランド・セントラル・アリーナ　下』　*Grand central arena*　ライク・E.
　スプアー著, 金子浩訳　早川書房　2011.7　395p　16cm　（ハヤカワ文庫
　SF1819）　840円　①978-4-15-011819-8

スペンサー, ウェン　*Spencer, Wen*　　　　　　　　　　　　　SF, ファンタジー

アメリカの作家。1963年ペンシルベニア州生まれ。ピッツバーグ大学で情報科学の学位を得
た後、さまざまな仕事に就きながら、作家を目指す。2001年〈Ukiah Oregon〉シリーズ第1作
『エイリアン・テイスト』でデビュー。超能力探偵を主人公にしたこの作品は一躍注目を集め、
処女長編を対象としたコンプトン・クルーク賞を受賞。03年発表の〈Elfhome〉シリーズ第1作
『ティンカー』でサファイア賞を受賞、さらにこの年最も活躍した新人作家に与えられるジョ
ン・W.キャンベル新人賞も受賞した。アメリカ国内、ヨーロッパ、アジアを旅した。

最近の翻訳書

◇『エイリアン・テイスト』　*Alien taste*　ウェン・スペンサー著, 赤尾秀子訳
　早川書房　2008.10　431p　16cm　（ハヤカワ文庫　SF）　860円　①978-4-
　15-011685-9
◇『ようこそ女たちの王国へ』　*A brother's price*　ウェン・スペンサー著, 赤尾
　秀子訳　早川書房　2007.10　461p　16cm　（ハヤカワ文庫　SF）　860円
　①978-4-15-011639-2
◇『ティンカー』　*Tinker*　ウェン・スペンサー著, 赤尾秀子訳　早川書房
　2006.7　623p　16cm　（ハヤカワ文庫　SF）　940円　①4-15-011572-9

スミス, ジョアン・フイスト　*Smith, Joanne Huist*　　　　　　　　文学

アメリカの作家。オハイオ州デイトン生まれ。ライト州立大学で英語学の学士号を取得。「デ
イトン・デイリー・ニュース」記者を務めた。2014年『13番目の贈りもの―ほんとうにあった
クリスマスの奇跡』を出版。3人の子供と2人の孫がいる。

最近の翻訳書

◇『**13番目の贈りもの―ほんとうにあったクリスマスの奇跡**』　*THE 13th
　GIFT*　ジョアン・フイスト・スミス著, 川田志津訳　東洋出版　2014.12
　302p　18cm　1600円　①978-4-8096-7761-8

スミス, ゼイディー　*Smith, Zadie*　　　　　　　　　　　　　　文学

イギリスの作家。本名はSadie Smith。1975年10月27日、イギリス人の父親とジャマイカ人の
母親の間にロンドンのブレントで生まれる。ケンブリッジ大学在学中に書いた草稿が出版社
の目に留まり、2000年ロンドン北西部の移民の町を舞台にした長編第1作『ホワイト・ティー

217

ス（White Teeth）』で作家デビュー。新人離れした技量が高く評価され、イギリス出版界の話
題となる。同作はイギリス、アメリカでベストセラーとなり、ウィットブレッド賞処女長編小
説賞、ガーディアン新人賞、イギリス図書賞新人賞、コモンウェルス作家賞最優秀新人賞など
の文学賞を相次いで受賞。02年長編第2作『直筆商の哀しみ（The Autograph Man）』を刊行。
05年の『美について』で、06年のオレンジ賞、サマセット・モーム賞を受賞した。

最近の翻訳書

◇『美について』 *ON BEAUTY* ゼイディー・スミス著, 堀江里美訳 河出書
房新社 2015.11 520p 20cm 3700円 ①978-4-309-20691-2

スミス, トム・ロブ *Smith, Tom Rob* 文学, ミステリー

イギリスの作家。1979年ロンドン生まれ。イギリス人の父親とスウェーデン人の母親を持つ。
ケンブリッジ大学英文学科在学中から映画・テレビドラマの脚本を手がける。2001年首席で卒
業後、奨学金を得て1年間イタリアに留学。08年の処女小説『チャイルド44』は刊行1年前から
世界的に注目を集め、同年のCWA賞イアン・フレミング・スティール・ダガー賞、09年国際ス
リラー作家協会賞処女長編賞、ギャラクシー・ブック賞新人作家賞ほか、数多くの賞を獲得。
またマン・ブッカー賞にノミネートされる。日本でも09年「このミステリーがすごい！」海外
編第1位を獲得。続編『グラーグ57』（09年）で評価を確実なものとし、11年の『エージェント
6』でシリーズは完結。14年刊行の『偽りの楽園』は世界で最も売れた国際的ベストセラーと
なり、ディラン・トマス賞にノミネートされた。15年には『チャイルド44』が「チャイルド44
森に消えた子供たち」として映画化される。11年来日。ロンドン在住。

最近の翻訳書

◇『偽りの楽園 上巻』 *THE FARM.vol.1* トム・ロブ・スミス著, 田口俊樹
訳 新潮社 2015.9 306p 16cm （新潮文庫 スー25-7） 630円 ①978-
4-10-216937-7

◇『偽りの楽園 下巻』 *THE FARM.vol.2* トム・ロブ・スミス著, 田口俊樹
訳 新潮社 2015.9 296p 16cm （新潮文庫 スー25-8） 630円 ①978-
4-10-216938-4

◇『エージェント6 上巻』 *Agent 6* トム・ロブ・スミス著, 田口俊樹訳 新
潮社 2011.9 393p 16cm （新潮文庫 スー25-5） 705円 ①978-4-10-
216935-3

◇『エージェント6 下巻』 *Agent 6* トム・ロブ・スミス著, 田口俊樹訳 新
潮社 2011.9 479p 16cm （新潮文庫 スー25-6） 781円 ①978-4-10-
216936-0

◇『グラーグ57 上巻』 *The secret speech* トム・ロブ・スミス著, 田口俊樹訳
新潮社 2009.9 382p 16cm （新潮文庫 スー25-3） 667円 ①978-4-10-
216933-9

◇『グラーグ57 下巻』 *The secret speech* トム・ロブ・スミス著, 田口俊樹訳
新潮社 2009.9 365p 16cm （新潮文庫 スー25-4） 667円 ①978-4-10-
216934-6

◇『チャイルド44 上巻』 *Child 44* トム・ロブ・スミス著, 田口俊樹訳 新潮
社 2008.9 394p 16cm （新潮文庫） 705円 ①978-4-10-216931-5

◇『チャイルド44 下巻』 *Child 44* トム・ロブ・スミス著, 田口俊樹訳 新潮
社 2008.9 383p 16cm （新潮文庫） 667円 ①978-4-10-216932-2

海外文学　新進作家事典

スミス, マーク・アレン　*Smith, Mark Allen*　　　スリラー

アメリカの作家。ニューヨーク生まれ。テレビの報道番組やドキュメンタリー映画のプロデューサー、映画の脚本家として活躍。2012年サスペンス小説『尋問請負人』で小説デビューし、各書評で絶賛される。ニューヨーク市在住。

最近の翻訳書

◇『尋問請負人』　*THE INQUISITOR*　マーク・アレン・スミス著, 山中朝晶訳　早川書房　2012.5　440p　16cm　（ハヤカワ文庫 NV　1256）　900円　ⓘ978-4-15-041256-2

スミス, ロジャー　*Smith, Roger*　　　スリラー, ホラー

筆名＝ワイルド, マックス〈Wilde, Max〉

南アフリカの作家。1960年ヨハネスブルグ生まれ。映画の脚本家、プロデューサー、監督を務めた後、2009年『血のケープタウン』で作家デビュー。同作でドイツ犯罪小説賞（国際部門）を受賞。映画化も決定している。マックス・ワイルドの筆名でホラーも執筆する。ケープタウン在住。

最近の翻訳書

◇『はいつくばって慈悲を乞え』　*Wake up dead*　ロジャー・スミス著, 長野きよみ訳　早川書房　2011.3　447p　16cm　（ハヤカワ・ミステリ文庫 HM371-2）　980円　ⓘ978-4-15-178752-2

◇『血のケープタウン』　*Mixed blood*　ロジャー・スミス著, 長野きよみ訳　早川書房　2010.6　447p　16cm　（ハヤカワ・ミステリ文庫　HM371-1）　960円　ⓘ978-4-15-178751-5

スメルチェック, ボリス・フォン　*Smercek, Boris von*　　　スリラー

筆名＝ネストル, トム〈Nestor, Tom〉

　　エマーソン, トム〈Emerson, Tom〉

ドイツの作家。1968年マールバッハ・アム・ネッカー生まれ。87年卒業し、ドイツ連邦軍を経て、88〜2001年銀行員として勤務。この間、1995年に執筆活動を開始。98年最初のスリラー小説『Tod im Regenwald』を刊行。2001〜04年フリーライター、05年から経営コンサルタントの傍ら、執筆活動を続ける。代表作『ジャングルセミナー』は、5カ国以上で翻訳された。トム・ネストルの筆名でも著作があり、トム・エマーソンの筆名で冒険小説も書く。シュトゥットガルト近郊在住。

最近の翻訳書

◇『ニンジンより大切なもの』　*Hannibals Marchen*　ボリス・フォン・スメルチェック著, 清水紀子訳　主婦の友社　2006.6　127p　22cm　1300円　ⓘ4-07-247500-9

ズルーディ, アン　*Zouroudi, Anne*　　　ミステリー, スリラー

イギリスの作家。1959年リンカーンシャー州生まれ。リーズ大学でロシア語を専攻後、旅行会社などに勤務し、ギリシャに滞在。2007年主人公ヘルメス・ディアクトロスが活躍するサスペンス小説『アテネからの使者』でデビューし、08年ITV3ミステリー賞やデズモンド・エリオット賞にノミネートされ注目を集める。ダービーシャー州ピークディストリクト在住。

スロタ　　　海外文学　新進作家事典

最近の翻訳書

◇『ネメシスのささやき』 *The whispers of nemesis* アン・ズルーディ著，
ハーディング祥子訳　小学館　2014.3　427p　15cm　（小学館文庫　ス1-5）
800円　①978-4-09-408766-6

◇『悲しみの聖母』 *The lady of sorrows* アン・ズルーディ著，ハーディング
祥子訳　小学館　2013.12　364p　15cm　（小学館文庫　ス1-4）752円
①978-4-09-408765-9

◇『テッサリアの医師』 *The doctor of Thessaly* アン・ズルーディ著，ハー
ディング祥子訳　小学館　2010.12　355p　15cm　（小学館文庫　ス1-2）
752円　①978-4-09-408470-2

◇『ミダスの汚れた手』 *The taint of Midas* アン・ズルーディ著，ハーディン
グ祥子訳　小学館　2010.5　403p　15cm　（小学館文庫　ス1-3）　752円
①978-4-09-408471-9

◇『アテネからの使者』 *The messenger of Athens* アン・ズルーディ著，ハー
ディング祥子訳　小学館　2009.2　429p　15cm　（小学館文庫　ス1-1）
800円　①978-4-09-408358-3

スローター, カリン　*Slaughter, Karin*　　　ミステリー, スリラー

アメリカの作家。1971年1月6日ジョージア州サウスジョージアの小さな町で生まれ育つ。作
家デビュー作『開かれた瞳孔』（2001年）が絶賛され、ヨーロッパ各国で刊行、CWA賞にもノ
ミネートされる。〈ウィル・トレント〉〈グラント・カウンティ〉シリーズで知られる。ジョージ
ア州アトランタ在住。

最近の翻訳書

◇『警官の街』 *COP TOWN* カリン・スローター著，出水純訳　オークラ出
版　2016.1　569p　15cm　（マグノリアブックス）　1000円　①978-4-7755-
2507-4

◇『プリティ・ガールズ　上』 *PRETTY GIRLS* カリン・スローター著，堤
朝子訳　ハーパーコリンズ・ジャパン　2015.12　342p　15cm　（ハーパー
BOOKS）　861円　①978-4-596-55009-5

◇『プリティ・ガールズ　下』 *PRETTY GIRLS* カリン・スローター著，堤
朝子訳　ハーパーコリンズ・ジャパン　2015.12　382p　15cm　（ハーパー
BOOKS）　889円　①978-4-596-55010-1

スローン, ロビン　*Sloan, Robin*　　　文学, ファンタジー

アメリカの作家。1979年生まれ。ミシガン州出身。ミシガン州立大学卒業後、ジャーナリ
スト養成学校やテレビ局などで働く。2004年には情報社会の未来を予想したFlashムービー
「EPIC2014」を共同製作して話題を呼んだ。12年ウェブで発表した作品をもとにした『ペナ
ンブラ氏の24時間書店』で作家デビューし、アメリカ図書館協会アレックス賞を受賞。

最近の翻訳書

◇『ペナンブラ氏の24時間書店』 *MR.PENUMBRA'S 24-HOUR
BOOKSTORE* ロビン・スローン著，島村浩子訳　東京創元社　2014.4
343p　19cm　1900円　①978-4-488-01018-8

海外文学　新進作家事典　　　　　　　　　　　　セイキ

スワループ, ヴィカース　*Swarup, Vikas*　　　　　ミステリー

インドの外交官、作家。1961年ウッタルプラデシュ州アラハバード生まれ。弁護士の家庭に育つ。アラハバード大学で歴史学、心理学、哲学を学んだ後、86年インド外務省に入り、87〜90年トルコ、93〜97年アメリカ、97〜2000年エチオピア、00〜03年イギリス、06〜09年南アフリカ、09〜13年在大阪・神戸総領事。帰国後は国連担当官、15年報道官。ロンドン勤務の時、突然小説を書きたい衝動に見舞われ、「クイズ$ミリオネア」を題材にした小説『ぼくと1ルピーの神様』を2カ月で書き上げる。05年に刊行すると、全世界で絶賛され、06年南アフリカのボエーク賞、パリ書籍フェア読者賞などを受賞した。08年には「スラムドッグ$ミリオネア」(ダニー・ボイル監督)として映画化され、アカデミー賞8部門をはじめとする50以上の映画賞を受賞し話題となる。

最近の翻訳書

◇『**6人の容疑者　上**』　*Six suspects*　ヴィカース・スワループ著, 子安亜弥訳
　武田ランダムハウスジャパン　2012.8　387p　15cm　(RHブックス・プラス　ス7-1)　900円　①978-4-270-10420-0
◇『**6人の容疑者　下**』　*Six suspects*　ヴィカース・スワループ著, 子安亜弥訳
　武田ランダムハウスジャパン　2012.8　453p　15cm　(RHブックス・プラス　ス7-2)　950円　①978-4-270-10421-7
◇『**6人の容疑者　上**』　*Six suspects*　ヴィカース・スワループ著, 子安亜弥訳
　武田ランダムハウスジャパン　2010.9　335p　20cm　1800円　①978-4-270-00602-3
◇『**6人の容疑者　下**』　*Six suspects*　ヴィカース・スワループ著, 子安亜弥訳
　武田ランダムハウスジャパン　2010.9　367p　20cm　1800円　①978-4-270-00603-0
◇『**ぼくと1ルピーの神様**』　*Q and A*　ヴィカス・スワラップ著, 子安亜弥訳
　ランダムハウス講談社　2009.2　461p　15cm　800円　①978-4-270-10277-0
◇『**ぼくと1ルピーの神様**』　*Q and A*　ヴィカス・スワラップ著, 子安亜弥訳
　ランダムハウス講談社　2006.9　382p　20cm　1900円　①4-270-00145-3

スワンソン, ピーター　*Swanson, Peter*　　　　　スリラー

アメリカの作家。トリニティ・カレッジ、エマーソン・カレッジ、マサチューセッツ大学アマースト校でクリエイティブ・ライティングを学んだ後、雑誌のライターや詩人として活躍。2014年『時計仕掛けの恋人』で作家デビュー、ジェイムズ・エルロイを見出した名物エージェントが送り出す次世代ノワールの注目株として話題を呼ぶ。マサチューセッツ州在住。

最近の翻訳書

◇『**時計仕掛けの恋人**』　*THE GIRL WITH A CLOCK FOR A HEART*
　ピーター・スワンソン著, 棚橋志行訳　ヴィレッジブックス　2014.10　396p
　15cm　(ヴィレッジブックス　F-ス10-1)　860円　①978-4-86491-172-6

〔 セ 〕

セイキー, マーカス　*Sakey, Marcus*　　　　　ミステリー, スリラー

アメリカの作家。ミシガン州フリント生まれ。10年以上広告やマーケティングの業界で働いた後、2007年『錆びた刃』で作家としてデビュー。『ブリリアンス―超能ゲーム』(13年)がMWA

セイシ　　　　　海外文学　新進作家事典

賞の最優秀ペーパーバック賞にノミネートされた。

最近の翻訳書

◇『ブリリアンス—超能ゲーム』 *Brilliance* マーカス・セイキー著, 小田川佳
子訳　早川書房　2015.2　600p　16cm　（ハヤカワ文庫 NV　1332）　1060
円　①978-4-15-041332-3
◇『錆びた刃』 *The blade itself* マーカス・セイキー著, 匝瑳玲子訳　早川書房
2007.6　422p　20cm　（Hayakawa novels）　2000円　①978-4-15-208829-1

セイジ, アンジー　*Sage, Angie*　　　　　　　ヤングアダルト, ファンタジー

イギリスの作家。1952年ロンドン生まれ。子供の頃からイーディス・ネズビットやエリザベ
ス・ジョージなどを愛読。幼年向けの絵本を手がけた後、2005年本格的なファンタジー小説
である処女長編『セプティマス・ヒープ（第一の書）』を刊行、ベストセラーとなり、年1作の
ペースで同シリーズを書き続ける。コーンウォール在住。

最近の翻訳書

◇『ちび吸血鬼捕獲作戦』 *Vampire brat* アンジー・セイジ著, 斎藤倫子訳　東
京創元社　2010.6　193p　20cm　（Sogen bookland—いたずらアラミンタ
4）　1700円　①978-4-488-01976-1
◇『カエルはどこだ』 *Frognapped* アンジー・セイジ著, 斎藤倫子訳　東京創
元社　2010.5　197p　20cm　（Sogen bookland—いたずらアラミンタ　3）
1700円　①978-4-488-01975-4
◇『お誕生日の剣』 *The sword in the grotto* アンジー・セイジ著, 斎藤倫子訳
東京創元社　2010.1　152p　20cm　（Sogen bookland—いたずらアラミンタ
2）　1600円　①978-4-488-01972-3
◇『ようこそキミワルーイ屋敷へ』 *My haunted house* アンジー・セイジ著,
斎藤倫子訳　東京創元社　2009.12　139p　20cm　（Sogen bookland—いた
ずらアラミンタ　1）　1600円　①978-4-488-01971-6

ゼヴィン, ガブリエル　*Zevin, Gabrielle*　　　　　　　文学, ヤングアダルト

アメリカの作家。1977年ニューヨーク生まれ。ハーバード大学卒業後、映画の脚本の仕事に
携わる。2005年出版の『天国からはじまる物語』がベストセラーとなり、07年に手がけた映画
脚本はインディペンデント・スピリット賞の脚本新人賞にノミネートされた。第3作の青春小
説『誰かが私にキスをした』は舞台を日本に移して映画化され（監督ハンス・カノーザ）、そ
の脚本も担当した。14年に発表した『書店主フィクリーのものがたり』は「ニューヨーク・タ
イムズ」紙のベストセラー・リストに4カ月にわたってランクインし、全米の図書館員が運営
する「Library Reads」ベストブックに選ばれた。ニューヨーク在住。

最近の翻訳書

◇『書店主フィクリーのものがたり』 *THE STORIED LIFE OF A.J.FIKRY*
ガブリエル・ゼヴィン著, 小尾芙佐訳　早川書房　2015.10　322p　19cm
1700円　①978-4-15-209570-1
◇『誰かが私にキスをした』 *Memoirs of a teenage amnesiac* ガブリエル・ゼ
ヴィン著, 松井里弥訳　集英社　2010.2　349p　16cm　（集英社文庫　セ2-
1）　619円　①978-4-08-760599-0
◇『失くした記憶の物語』 *Memoirs of a teenage amnesiac* ガブリエル・ゼ
ヴィン作, 堀川志野舞訳　理論社　2008.4　367p　20cm　1400円　①978-4-

海外文学　新進作家事典　　　　　　　　　　　セテルヘ

652-07923-2

セジウィック, マーカス　*Sedgwick, Marcus*　　　　　ヤングアダルト, ホラー

イギリスの作家。1968年ケント州生まれ。英語教師を経て、児童書の出版編集に携わりなが
ら小説を書く。初めて書いた小説『Floodland』が注目され、オライオン社から出版。その後、
『Witch Hill―魔女が丘』『ザ・ダークホース』『シーグと拳銃と黄金の謎』など話題作を次々発
表、『Witch Hill』はMWA賞、『ザ・ダークホース』はガーディアン賞とカーネギー賞、『シー
グと拳銃と黄金の謎』はカーネギー賞の最終候補補となった。若者向けのサスペンスホラーの
書き手として“ヤングアダルト界のスティーブン・キング”と評される。木版や石版画も得意
とし、自作のイラストも手がける。

最近の翻訳書

◇『エルフとレーブンのふしぎな冒険　2　ばけもの山とひみつの城』
MONSTER MOUNTAINS　マーカス・セジウィック著, 中野聖訳, 朝日川日
和絵　学研プラス　2015.12　183p　19cm　880円　①978-4-05-204348-2

◇『エルフとレーブンのふしぎな冒険　1　おそろしの森はキケンがいっぱ
い！』　*FRIGHT FOREST*　マーカス・セジウィック著, 中野聖訳, 朝日川日
和絵　学研プラス　2015.10　183p　19cm　880円　①978-4-05-204308-6

◇『シーグと拳銃と黄金の謎』　*Revolver*　マーカス・セジウィック著, 小田原智
美訳　作品社　2012.2　247p　20cm　1800円　①978-4-86182-371-8

◇『ソードハンド―闇の血族』　*My swordhand is singing*　マーカス・セジ
ウィック著, 西田登訳　あかね書房　2009.3　270p　20cm　（YA dark）
2100円　①978-4-251-06663-3

セッターフィールド, ダイアン　*Setterfield, Diane*　　　　　　　ミステリー

イギリスの作家、フランス文学者。1964年8月22日バークシャー州レディング生まれ。ブリス
トル大学でフランス文学を学ぶ。19〜20世紀のフランス文学の専門家で、とくにアンドレ・
ジードを研究。イギリスとフランスの大学で教鞭を執った後、個人でフランス語を教える。作
家のジム・クレイスに才能を見出され、2006年『13番目の物語』で作家デビュー。オックス
フォード在住。

最近の翻訳書

◇『**13番目の物語　上**』　*The thirteenth tale*　ダイアン・セッターフィールド
著, 鈴木彩織訳　日本放送出版協会　2008.8　325p　20cm　1800円　①978-
4-14-005546-5

◇『**13番目の物語　下**』　*The thirteenth tale*　ダイアン・セッターフィールド
著, 鈴木彩織訳　日本放送出版協会　2008.8　333p　20cm　1800円　①978-
4-14-005547-2

セーデルベリ, アレクサンデル　*Söderberg, Alexander*　　　　ミステリー

スウェーデンの作家。1970年生まれ。スウェーデンのテレビ局でテレビドラマやコメディ番
組の脚本家として活躍した後、2012年『アンダルシアの友』で作家デビュー。

最近の翻訳書

◇『アンダルシアの友』　*DEN ANDALUSISKE VÄNNEN*　アレクサンデル・
セーデルベリ著, ヘレンハルメ美穂訳　早川書房　2014.1　612p　19cm
（HAYAKAWA POCKET MYSTERY BOOKS　1879）　2100円　①978-4-

セヘテイ　　　　　　海外文学　新進作家事典

15-001879-5

セペティス, ルータ　*Sepetys, Ruta*　　　　　　　　文学, ヤングアダルト

アメリカの作家。ミシガン州デトロイト生まれ。大学でオペラ、国際金融を学んだ後、パリなどヨーロッパで暮らす。帰国後、ロサンゼルス、ナッシュビルなどで音楽プロデューサーとして活躍、大学でも教鞭を執る。結婚し、2011年『灰色の地平線のかなたに』で作家デビュー。

最近の翻訳書

◇『灰色の地平線のかなたに』*Between shades of gray*　ルータ・セペティス作, 野沢佳織訳　岩波書店　2012.1　398p　19cm　2100円　①978-4-00-115651-5

ゼリーズ, A.J.　*Zerries, A.J.*　　　　　　　　　　　　　　　ミステリー

A.J.ゼリーズは、アメリカの作家で夫のアル（Al）と妻ジーン（Jean）のゼリーズ夫妻の合同筆名。夫のアルはニューヨーク市生まれ。プラット・インスティテュートで広告を学んだ後、アメリカ陸軍、舞台美術、テレビプロデューサー、エージェント業を経て、画家として活動。また、スクール・オブ・ビジュアル・アーツで広告を教える。妻のジーンはニュージャージー州ニューアーク生まれ。ラトガーズ大学で英米文学を専攻した後、アルの勧めでコピーライターとして活動。以来、ニューヨークの広告代理店でコピーライター、クリエイティブ・ディレクターとして活躍。2006年A.J.ゼリーズとしてアート・サスペンス『消えたゴッホ』で作家デビュー。ニューヨーク州ロングアイランド在住。

最近の翻訳書

◇『消えたゴッホ　上』*The lost Van Gogh*　A.J.ゼリーズ著, 北澤和彦訳　ランダムハウス講談社　2009.7　375p　15cm　900円　①978-4-270-10307-4
◇『消えたゴッホ　下』*The lost Van Gogh*　A.J.ゼリーズ著, 北澤和彦訳　ランダムハウス講談社　2009.7　392p　15cm　900円　①978-4-270-10308-1

セールベリ, ダン・T.　*Sehlberg, Dan T.*　　　　　　　　　　　SF

スウェーデンの作家。1969年ストックホルム生まれ。スウェーデンの新聞社アフトンブラーデッドに勤務した後、実業家に転身し複数のIT関連会社を起業。その後、不動産会社役員を務める。一方、2013年『モナ 聖なる感染』で作家デビュー。フランクフルト・ブックフェアで高く評価され、20カ国以上での出版とハリウッドでの映画化が決定した。

最近の翻訳書

◇『モナ聖なる感染』*MONA*（重訳）*MONA*　ダン・T・セールベリ著, 満園真木訳　小学館　2014.9　653p　15cm　（小学館文庫　セ1-1）　980円　①978-4-09-408819-9

セロー, マーセル　*Theroux, Marcel*　　　　　　　　　　　　　文学

イギリスの作家。父親は作家のポール・セローで、1968年6月13日ウガンダで生まれ、イギリスで育つ。ケンブリッジ大学で英文学を、エール大学でソ連・東欧の国際関係を研究。環境問題から日本の"わびさび"まで、多様なテーマのドキュメンタリー番組制作に携わるほか、2002年に発表した小説『ペーパーチェイス』でサマセット・モーム賞を受賞。『極北』（09年）は全米図書賞及びアーサー・C.クラーク賞の最終候補作となり、フランスのリナペルシュ賞を受けた。

224

海外文学　新進作家事典　　　　　　　　　　　　ソ

最近の翻訳書

◇『極北』 *Far North* マーセル・セロー著, 村上春樹訳　中央公論新社
2012.4　377p　20cm　1900円　①978-4-12-004364-2

センドカー, ヤン-フィリップ　*Sendker, Jan-Philipp*　　　　　　文学

ドイツのジャーナリスト、作家。1960年西ドイツ・ハンブルク生まれ。ドイツの代表的週刊
誌「シュテルン」に勤務し、ニューヨーク特派員、アジア特派員を長く務める。2000年中国を
テーマにしたルポルタージュ『Risse in der Grosen Mauer』を刊行。02年同じくアジアを舞
台とした初の文芸作品『鼓動を聴いて』を発表、ドイツの読者の間に深く静かな感動を呼ぶ話
題作となった。家族とともにポツダム在住。

最近の翻訳書

◇『鼓動を聴いて』 *Das Herzenhoren* ヤン－フィリップ・センドカー著, たか
おまゆみ訳　ヴィレッジブックス　2010.7　361p　15cm　（ヴィレッジブッ
クス　F-セ2-1）　860円　①978-4-86332-260-8

〔 ソ 〕

蘇 徳　ソ, トク　*Su, De*　　　　　　　　　　　　　　　　　文学

中国の作家。1981年上海生まれ。華東師範大学中国語中国文学部卒。80年代に生まれた世代
"80後（バーリンホウ）"を代表する女性作家。2001年から小説を発表。08年上海市作家協会第
1期作家マスタークラスを卒業。09年8〜10月アイルランドのコーク市にライター・イン・レジ
デンスとして滞在、コーク大学にて講演「孤独と叛逆─中国青年作家群像」を行う。長編小説
に『レール上の愛情』『卒業以後、結婚以前』、短編小説に「私の荒涼とした額に沿って」「も
しものこともなく」など。

最近の翻訳書

◇『エマーソンの夜』　蘇徳著, 桑島道夫訳　トランスビュー　2010.11　38p
19cm　400円　①978-4-7987-0117-2

ソー, ブラッド　*Thor, Brad*　　　　　　　　　　　　　　　スリラー

アメリカのプロデューサー、作家。1969年イリノイ州シカゴ生まれ。テレビの脚本執筆や、映
画プロデューサーのジョン・ヒューズのもとで働いた経験を持つ。のちプロダクション、ソー・
エンターテインメントを設立、アメリカの旅行番組で世界的に人気のある「トラヴェリング・
ライト」のほかコマーシャル・フィルムなどを制作。同番組のプロデューサー、キャスターと
して知られる。保守系シンクタンク・ヘリテージ財団のメンバーでもある。一方、少年時代か
ら作家になることを夢見て、南カリフォルニア大学で創作を学び、2002年シークレット・サー
ビス隊員スコット・ハーヴァスを主人公にした『傭兵部隊〈ライオン〉を追え』でデビュー。そ
の後〈スコット・ハーヴァス〉としてシリーズ化された。

最近の翻訳書

◇『ブラック・リスト─極秘抹殺指令　上』 *BLACK LIST* ブラッド・ソー
著, 伏見威蕃訳　ソフトバンククリエイティブ　2014.3　327p　16cm　（ソ
フトバンク文庫　ソ1-1）　780円　①978-4-7973-7486-5
◇『ブラック・リスト─極秘抹殺指令　下』 *BLACK LIST* ブラッド・ソー

著, 伏見威蕃訳　ソフトバンククリエイティブ　2014.3　335p　16cm　（ソフトバンク文庫　ソ1-2）　780円　①978-4-7973-7487-2

ソズノウスキ, デイヴィッド　*Sosnowski, David*　　　　文学

アメリカの作家。1959年生まれ。ミシガン州デトロイト出身。大学で創作を教えたり、グリーティングカード会社や漫画家向けのジョークを書くなど、さまざまな仕事を経て、作家に転身。多くの短編のほか、『Rapture』などの著書がある。

最近の翻訳書

◇『大吸血時代』　*Vamped*　デイヴィッド・ソズノウスキ著, 金原瑞人, 大谷真弓訳　求龍堂　2006.3　601p　20cm　1800円　①4-7630-0601-0

ソレン, ジャック　*Soren, Jack*　　　　スリラー, ミステリー

カナダの作家。トロント生まれ。ソフトウェアのマニュアルライターやウェイター、タクシードライバー、私立探偵といったさまざまな職を経て、2014年『ジョニー＆ルー——掟破りの男たち』で作家デビュー。トロント在住。

最近の翻訳書

◇『ジョニー＆ルー——掟破りの男たち』　*THE MONARCH*　ジャック・ソレン著, 仁嶋いずる訳　ハーパーコリンズ・ジャパン　2015.9　526p　15cm（ハーパーBOOKS）　944円　①978-4-596-55005-7

ソーン, エイミー　*Sohn, Amy*　　　　文学

アメリカの作家、コラムニスト。ニューヨーク生まれ。「ニューヨークプレス」紙にコラム「フィメール・トラブル」を執筆し、有名になる。「ニューヨーク・ポスト」「プレイボーイ」「GQ」などの紙誌にも寄稿。家族とニューヨーク市ブルックリン在住。

最近の翻訳書

◇『プロスペクトパーク・ウエスト』　*Prospect park west*　エイミー・ソーン著, 飛田野裕子訳　マガジンハウス　2010.6　452p　19cm　1600円　①978-4-8387-2109-2

ソーンダズ, ケイト　*Saunders, Kate*　　　　児童書

イギリスの作家。1960年ロンドン生まれ。25歳まで女優をした後、作家となり、またジャーナリストとしても活躍。99年初の子供向け作品である〈いたずら魔女のノシーとマーム〉を発表、全6巻の人気シリーズとなった。ロンドン在住。

最近の翻訳書

◇『キャットとアラバスターの石』　*Cat and Stinkwater war*　ケイト・ソーンダズ作, 三辺律子訳　小峰書店　2008.12　275p　19cm　（Y.A.books）　1400円　①978-4-338-14427-8
◇『いたずら魔女のノシーとマーム　6（最後の宇宙決戦）』　*Broomsticks in space*　ケイト・ソーンダズ作, 相良倫子, 陶浪亜希共訳　小峰書店　2006.7　130p　19cm　800円　①4-338-21406-6
◇『いたずら魔女のノシーとマーム　5（恐怖のタイムマシン旅行）』　*Witch you were here*　ケイト・ソーンダズ作, 相良倫子, 陶浪亜希共訳　小峰書店

海外文学　新進作家事典　　　　ソンハ

2006.6　131p　19cm　800円　Ⓘ4-338-21405-8
◇『いたずら魔女のノシーとマーム　**4**（魔法のパワーハット）』　*Power hat*
panic　ケイト・ソーンダズ作, 相良倫子, 陶浪亜希共訳　小峰書店　2006.4
165p　19cm　800円　Ⓘ4-338-21404-X
◇『いたずら魔女のノシーとマーム　**3**（呪われた花嫁）』　*Red stocking rescue*
ケイト・ソーンダズ作, 相良倫子, 陶浪亜希共訳　小峰書店　2006.2　157p
19cm　800円　Ⓘ4-338-21403-1

ソーンダーズ, ジョージ　*Saunders, George*　　　　文学

アメリカの作家。シラキュース大学教授。1958年12月2日テキサス州アマリロ生まれ。コロラ
ド鉱業大学で地球物理学を専攻し、インドネシアのスマトラ島で石油探査の仕事をしていた
が、体調を崩して帰国。その後もビバリーヒルズのドアマン、シカゴの屋根職人、カントリー
＆ウエスタンのギタリスト、コンビニの店員、テキサスの食肉加工工場作業員などさまざまな
職業を経験。86年シラキュース大学教養学部の創作科（修士課程）に進み、88年修了後は製薬
会社や環境エンジニアリングの会社などで技術文書ライターとして働きながら、創作を続け
た。96年『シヴィルウォーランド・イン・バッド・デクライン』で作家デビュー、同年PEN/
ヘミングウェイ賞の最終候補にノミネートされる。2006年マッカーサー賞、グッゲンハイ
ム賞を受賞。"小説家志望の若者に最も文体を真似される小説家"といわれる。

最近の翻訳書
◇『短くて恐ろしいフィルの時代』　*The brief and frightening reign of Phil*
ジョージ・ソーンダーズ著, 岸本佐知子訳　角川書店　2011.12　143p　20cm
1300円　Ⓘ978-4-04-791644-9

ソンパー, ジャスティン　*Somper, Justin*　　　　児童書, ファンタジー

イギリスの作家。セント・オールバンズ生まれ。子供向けシリーズのライターや編集者、大手
出版社のマーケティング担当などを経て、1998年児童書およびヤングアダルト図書のPRコン
サルタントとして独立。2005年〈ヴァンパイレーツ〉シリーズ第1巻を発表し、ベストセラー作
家に。ほかに〈Allies & Assassins〉シリーズがある。

最近の翻訳書
◇『ヴァンパイレーツ　**14**　最後の海戦』　*Vampirates：immortal war*　ジャス
ティン・ソンパー作, 海後礼子訳　岩崎書店　2014.2　381p　19cm　1400円
Ⓘ978-4-265-07664-2
◇『ヴァンパイレーツ　**13**　予言の刻』　*Vampirates：immortal war*　ジャス
ティン・ソンパー作, 海後礼子訳　岩崎書店　2013.10　381p　19cm　1400円
Ⓘ978-4-265-07663-5
◇『ヴァンパイレーツ　**12**　微笑む罠』　*Vampirates：empire of night*　ジャス
ティン・ソンパー作, 海後礼子訳　岩崎書店　2013.6　393p　19cm　1400円
Ⓘ978-4-265-07662-8
◇『ヴァンパイレーツ　**11**　夜の帝国』　*Vampirates：empire of night*　ジャス
ティン・ソンパー作, 海後礼子訳　岩崎書店　2013.3　349p　19cm　1200円
Ⓘ978-4-265-07661-1
◇『ヴァンパイレーツ　**10**　死者の伝言』　*Vampirates：black heart*　ジャス
ティン・ソンパー作, 海後礼子訳　岩崎書店　2011.9　265p　19cm　950円
Ⓘ978-4-265-07660-4
◇『ヴァンパイレーツ　**9**　眠る秘密』　*Vampirates：black heart*　ジャスティ

227

タイア　　　　海外文学　新進作家事典

ン・ソンパー作，海後礼子訳　岩崎書店　2011.5　237p　19cm　950円
①978-4-265-07659-8

◇『ヴァンパイレーツ　8　黒のハート』 *Vampirates：black heart*　ジャスティ
ン・ソンパー作，海後礼子訳　岩崎書店　2010.12　245p　19cm　950円
①978-4-265-07658-1

◇『ヴァンパイレーツ　7　目覚めし者たち』 *Vampirates*　ジャスティン・ソ
ンパー作，海後礼子訳　岩崎書店　2010.7　261p　19cm　950円　①978-4-
265-07657-4

◇『ヴァンパイレーツ　6　血の偶像』 *Vampirates*　ジャスティン・ソンパー作，
海後礼子訳　岩崎書店　2010.4　277p　19cm　950円　①978-4-265-07656-7

◇『ヴァンパイレーツ　5　さまよえる魂』 *Vampirates*　ジャスティン・ソン
パー作，海後礼子訳　岩崎書店　2009.12　261p　19cm　950円　①978-4-
265-07655-0

◇『ヴァンパイレーツ　4　剣の重み』 *Vampirates*　ジャスティン・ソンパー作，
海後礼子訳　岩崎書店　2009.8　289p　19cm　950円　①978-4-265-07654-3

◇『ヴァンパイレーツ　3　うごめく野望』 *Vampirates*　ジャスティン・ソン
パー作，海後礼子訳　岩崎書店　2009.5　285p　19cm　950円　①978-4-265-
07653-6

◇『ヴァンパイレーツ　2　運命の夜明け』 *Vampirates*　ジャスティン・ソン
パー作，海後礼子訳　岩崎書店　2009.2　229p　19cm　950円　①978-4-265-
07652-9

◇『ヴァンパイレーツ　1　死の海賊船』 *Vampirates*　ジャスティン・ソン
パー作，海後礼子訳　岩崎書店　2009.2　229p　19cm　950円　①978-4-265-
07651-2

〔 タ 〕

ダイアー, ハドリー　*Dyer, Hadley*　　　　　　　　　　ヤングアダルト

カナダの作家、編集者。アナポリスバレー出身。長く児童文学の批評、広報、編集に携わり、カ
ナディアン・チルドレンズ・ブックセンターで図書コーディネーターとして活躍。また、ハー
パーコリンズカナダの児童文学編集責任者を務める。「グローバル・アンド・メイルズ」に寄
稿する傍ら、ライアーソン大学で出版課程の講師も担当。国際児童図書評議会カナダ支部の会
長を務めた経験も持つ。2006年『ロザリーの秘密』で児童文学作家としてデビュー。オンタリ
オ州トロント在住。

最近の翻訳書

◇『ロザリーの秘密─夏の日、ジョニーを捜して』 *Johnny Kellock died today*
ハドリー・ダイアー著, 粉川栄, 三好玲子訳　バベルプレス　2011.5　185p
19cm　1200円　①978-4-89449-114-4

ダイアモンド, エミリー　*Diamand, Emily*　　　　　　児童書, ファンタジー

イギリスの作家。地元の夜間教室で学んだことがきっかけで物語を書き始め、『リリーと海賊
の身代金─魔法の宝石に選ばれた少女』で2008年タイムズ/チキンハウス児童文学大賞最優秀
賞を受賞して作家デビュー。環境問題に関心が高く、環境運動に携わった数年間の経験が、自
然と作品の背景をなしている。パートナーと一人息子とともにヨークシャーに暮らす。

海外文学　新進作家事典　　　　　　　　　　タイヤ

最近の翻訳書

◇『リリーと海賊の身代金—魔法の宝石に選ばれた少女　上』 *Reavers' ransom*
エミリー・ダイアモンド著, 上川典子訳　ゴマブックス　2009.2　252p
22cm　1500円　①978-4-7771-1249-4

◇『リリーと海賊の身代金—魔法の宝石に選ばれた少女　下』 *Reavers' ransom*
エミリー・ダイアモンド著, 上川典子訳　ゴマブックス　2009.2　255p
22cm　1500円　①978-4-7771-1250-0

ダイ・シージエ　戴 思傑　*Dai, Sijie*　　　　　　　　　　　文学

中国の作家、映画監督。1954年3月2日医師の両親のもと福建省に生まれる。71〜74年下放政
策により四川省の山岳地帯で再教育を受ける。高校の教師を経て、78年四川大学に入学。84
年国の給費学生としてパリに留学し、ジャン・ルーシュ、エリック・ロメールなどの映画監督
に出会う。89年「中国、わがいたみ」で長編監督デビュー、ジャン・ヴィゴ賞を受賞。2000年
初の長編小説『バルザックと小さな中国のお針子』を発表。世界各国でベストセラーとなり、
02年自身の監督で「小さな中国のお針子」として映画化。カンヌ国際映画祭 "ある視点" 部門
に出品し、高い評価を得る。監督作品に「中国の植物学者の娘たち」(05年)などがある。

最近の翻訳書

◇『孔子の空中曲芸』 *L'acrobatie aerienne de confucius*　ダイ・シージエ著,
新島進, 山本武男訳　早川書房　2010.10　245p　20cm　1800円　①978-4-
15-209161-1

◇『月が昇らなかった夜に』 *Par une nuit ou la lune ne s'est pas levee*　ダイ・
シージエ著, 新島進訳　早川書房　2010.5　283p　19cm　（ハヤカワepiブッ
ク・プラネット）　1700円　①978-4-15-209130-7

◇『フロイトの弟子と旅する長椅子』 *Le complexe de di*　ダイ・シージエ著,
新島進訳　早川書房　2007.5　326p　19cm　（ハヤカワepiブック・プラネッ
ト）　1800円　①978-4-15-208823-9

◇『バルザックと小さな中国のお針子』 *Balzac et la petite tailleuse Chinoise*
ダイ・シージエ著, 新島進訳　早川書房　2007.3　238p　16cm　（ハヤカワ
epi文庫）　660円　①978-4-15-120040-3

ダイベック, ニック　*Dybek, Nick*　　　　　　　　　　　　　文学

アメリカの作家。ミシガン大学卒業後、アイオワ・ライターズ・ワークショップで創作を学ぶ。
2012年に発表した『フリント船長がまだいい人だったころ』は、「グランタ」誌をはじめとす
る有名紙誌に絶賛された。ニューヨーク在住。

最近の翻訳書

◇『フリント船長がまだいい人だったころ』 *WHEN CAPTAIN FLINT WAS
STILL A GOOD MAN*　ニック・ダイベック著, 田中文訳　早川書房　2012.
8　330p　19cm　（HAYAKAWA POCKET MYSTERY BOOKS　1862）
1700円　①978-4-15-001862-7

ダイヤー, ヘザー　*Dyer, Heather*　　　　　　　　　　　　　児童書

イギリスの作家。スコットランドで生まれ、1歳になる前にウェールズへ引っ越して幼少期を
豊かな自然の中で過ごす。10歳の時に家族でカナダへ移住し、湖のほとりに建つ小屋で暮ら
す体験をした。大学卒業後は、さくらんぼつみ、ホテルの客室係、スイートショップの店員

タイラ　　　　　　　　　　海外文学　新進作家事典

などさまざまな仕事を経験。2002年『Tina and the Penguin』（未訳）で児童文学作家としてデ
ビュー。

最近の翻訳書

◇『11号室のひみつ』　*The fish in room 11*　ヘザー・ダイヤー作，ピーター・ベ
　イリー絵，相良倫子訳　小峰書店　2011.12　172p　22cm　（おはなしメリー
　ゴーラウンド）　1400円　①978-4-338-22207-5

タイラー，ヴァル　*Tyler, Val*　　　　　　　　　　　　　　　　　　　児童書

イギリスの作家。20年間、教師として5歳から18歳までの子供たちを教えたのち作家となり、
2005年『グリニッジ大冒険―"時"が盗まれた！』を発表。青少年のための長編冒険小説を手
がける。

最近の翻訳書

◇『グリニッジ大冒険―"時"が盗まれた！』　*The time wreccas*　ヴァル・タイ
　ラー著，柏倉美穂，北村ルミ子，西川真由美，花井千佳，安井ルイ訳，近藤裕子監
　訳　バベル・プレス　2011.2　522p　19cm　1700円　①978-4-89449-110-6

ダウド，シヴォーン　*Dowd, Siobhan*　　　　　　　　　　　　　ヤングアダルト

イギリスの作家。1960年2月4日～2007年8月21日。ロンドンのアイルランド系の家庭に生まれ
る。オックスフォード大学卒業後、国際ペンクラブ（PEN）でアジアや中南米の作家の人権活
動などに携わる。2006年『A Swift Pure Cry』で作家デビュー、ブランフォード・ボウズ賞を
受賞。その後の活躍が期待されたが、07年がんのため47歳で逝去。死後、書きためていた作品
が刊行され、高く評価される。09年『ボグ・チャイルド』でカーネギー賞、ビスト最優秀児童
図書賞を受賞。

最近の翻訳書

◇『サラスの旅』　*Solace of the road*　シヴォーン・ダウド著，尾高薫訳　武蔵
　野　ゴブリン書房　2012.7　365p　20cm　1700円　①978-4-902257-25-0
◇『ボグ・チャイルド』　*Bog child*　シヴォーン・ダウド作，千葉茂樹訳　武蔵
　野　ゴブリン書房　2011.1　478p　20cm　2000円　①978-4-902257-21-2

ダウンハム，ジェニー　*Downham, Jenny*　　　　　　　　ヤングアダルト，文学

イギリスの作家。1964年ロンドン生まれ。俳優から作家に転身。2007年『16歳。死ぬ前にし
てみたいこと』を発表、絶賛され、同年のガーディアン賞、08年のカーネギーメダルにノミ
ネート。08年優れた新人作家に与えられるイギリスのブランフォード・ボウズ賞を受賞した。
ロンドン在住。

最近の翻訳書

◇『16歳。死ぬ前にしてみたいこと』　*Before I die*　ジェニー・ダウンハム著，
　代田亜香子訳　PHP研究所　2008.10　397p　19cm　1500円　①978-4-569-
　68908-1

タオ，リン　*Tao, Lin*　　　　　　　　　　　　　　　　　　　　　　　　文学

アメリカの作家。台湾出身の両親のもと、1983年バージニア州に生まれる。詩人として活動
を開始し、文芸誌への寄稿や自身のブログなどで注目を集める。2007年23歳の時に青春小説

『イー・イー・イー』でデビュー。ニューヨーク在住。ほかの作品に『ベッド』（07年）、『アメリカン・アパレルで万引』（09年）、『リチャード・イェーツ』（10年）、『Taipei』（13年）などがある。

最近の翻訳書

◇『イー・イー・イー』 *Eeeee eee eeee* タオ・リン著, 山崎まどか訳 河出書房新社 2009.8 170p 19cm 1400円 ①978-4-309-20523-6

タクブンジャ *Stag-vbum-rgyal* 文学

チベットの作家。1966年中国青海省黄南チベット族自治州貴南県の牧畜民の家庭に9人兄弟の3番目として生まれる。海南民族師範学校に進むと、教師として赴任してきたチベット文学の先駆者トンドゥプジャに啓発され、小説を書き始めた。86年卒業後は小学校教師となり、88年から2年間、休職して西北民族学院（現・西北民族大学）に聴講生として通う。93年の『魂』でチベット最高峰の文学賞であるダンチャル文学賞を受賞。チベット語母語文学のリーダー的存在で、チベット現代文学の旗手として活躍する。代表作に長編『静かなる草原』『哀』、短編の〈犬〉シリーズなどがある。

最近の翻訳書

◇『ハバ犬を育てる話』 タクブンジャ著, 海老原志穂, 大川謙作, 星泉, 三浦順子訳 府中（東京都） 東京外国語大学出版会 2015.3 291p 19cm （物語の島アジア） 2400円 ①978-4-904575-45-1

ダーゴ, クレイグ *Dirgo, Craig* スリラー

アメリカの作家。1999年〈ジョン・タフト〉シリーズの第1作『The Einstein Papers』で作家デビュー。また、人気作家クライブ・カッスラーの共著者としても〈オレゴンファイル〉シリーズの第1作『Golden Buddha』（2003年）、第2作『Sacred Stone』（04年）を著している。

最近の翻訳書

◇『N42°の恐怖』 *Tremor* クレイグ・ダーゴ著, 戸ノ崎聖子訳 札幌 柏艪舎 2008.1 357p 20cm 1800円 ①978-4-434-11363-5

ダシュナー, ジェイムズ *Dashner, James* ヤングアダルト

アメリカの作家。1972年ジョージア州生まれ。ブリガム・ヤング大学卒。金融の分野で仕事をしていたが、2003年『A Door in the Woods』で作家デビュー。記憶を失い、謎の巨大な迷路（メイズ）に送りこまれた主人公たちが脱出に挑む〈メイズ・ランナー〉シリーズで人気を得、映画化もされる。ロッキーマウンテン在住。

最近の翻訳書

◇『メイズ・ランナー 2 砂漠の迷宮』 *THE SCORCH TRIALS* ジェイムズ・ダシュナー著, 田内志文訳 KADOKAWA 2015.9 517p 15cm （角川文庫 タ2-2） 880円 ①978-4-04-103630-3

◇『メイズ・ランナー』 *THE MAZE RUNNER* ジェイムズ・ダシュナー著, 田内志文訳 KADOKAWA 2015.4 539p 15cm （角川文庫 タ2-1） 840円 ①978-4-04-101425-7

ダシルヴァ, ブルース　*DeSilva, Bruce*　　ミステリー, スリラー

アメリカの作家。マサチューセッツ州トーントン生まれ。AP通信記者を経て、コロンビア大学ジャーナリズム部論文指導教官を務める。41年間ジャーナリストとして活動した後、作家に転身。2010年〈リアム・マリガン〉シリーズの第1作『記者魂』を発表、11年同作でMWA賞最優秀新人賞を受賞。ニュージャージー州在住。

最近の翻訳書

◇『記者魂』*Rogue island* ブルース・ダシルヴァ著, 青木千鶴訳　早川書房　2011.7　382p　19cm　(Hayakawa pocket mystery books　no.1849)　1600円　①978-4-15-001849-8

タシーロ, リズ　*Tuccillo, Liz*　　文学

アメリカの作家。大ヒットしたドラマ「SEX AND THE CITY」のエグゼクティブ・ストーリー・エディターを務める。オフ・ブロードウェイの脚本も執筆。2004年に「SEX AND THE CITY」のスタッフであるグレッグ・ベーレントと出版した共著『そんな彼なら捨てちゃえば』はベストセラーになり、09年映画化された。08年初の小説『ひとりな理由(わけ)はきかないで』で作家デビュー。

最近の翻訳書

◇『ひとりな理由(わけ)はきかないで』*How to be single* リズ・タシーロ著, 雨海弘美訳　ヴィレッジブックス　2009.11　477p　19cm　1400円　①978-4-86332-196-0

タージン, ジャネット　*Tashjian, Janet*　　児童書, ヤングアダルト

アメリカの作家。ロードアイランド州イースト・プロビデンス出身。ロードアイランド大学でジャーナリズムを専攻し、卒業後はハイテク産業で働く。その後、仕事を辞めて世界中を旅し、エマーソン大学に入り、美術学修士号の課程で学んだ。1999年『Tru Confessions』で作家デビューし、主にヤングアダルト分野で活躍。カリフォルニア州ロサンゼルス在住。

最近の翻訳書

◇『ぼくが本を読まない理由(わけ)』*MY LIFE AS A BOOK* ジャネット・タージン著, ジェイク・タージンイラスト, 小寺敦子訳　PHP研究所　2015.12　204p　20cm　1400円　①978-4-569-78510-3

◇『ラリー──ぼくが言わずにいたこと』*The gospel according to Larry* ジャネット・タージン著, 田中亜希子訳　主婦の友社　2007.4　217p　20cm　1600円　①978-4-07-253936-1

ダスグプタ, ラーナ　*Dasgupta, Rana*　　文学

イギリス出身の作家。1971年10月5日カンタベリーで生まれ、ケンブリッジで育つ。その後フランス、マレーシア、アメリカで暮らし、2001年よりインドのデリーに在住。05年『東京へ飛ばない夜』で作家デビュー。

最近の翻訳書

◇『東京へ飛ばない夜』*Tokyo cancelled* ラーナ・ダスグプタ著, 白川貴子, 中村有以訳　ランダムハウス講談社　2009.3　520p　20cm　2300円　①978-4-270-00478-4

海外文学　新進作家事典　　　　　　　　　　　　　　　　　タフイ

ターナー, メーガン・ウェイレン　　*Turner, Megan Whalen*

ヤングアダルト, ファンタジー

アメリカの作家。1965年生まれ。87年シカゴ大学英文学科を卒業。95年ヤングアダルト向けの短編集『Instead of Three Wishes』で作家デビューし、「ニューヨーク・タイムズ」紙などで絶賛される。第2作で最初の長編である『盗神伝1 ハミアテスの約束』(96年)で97年のニューベリー賞オナーブック、アメリカ図書館協会優秀図書賞、アメリカ図書館協会ヤングアダルト部門ベストブックなど数々の賞に輝いた。〈盗神伝〉シリーズで人気を集める。オハイオ州在住。

最近の翻訳書

◇『盗神伝　5』　*The king of Attolia*　メーガン・ウェイレン・ターナー作, 金原瑞人, 宮坂宏美訳　あかね書房　2006.6　301p　22cm　1700円　①4-251-06285-X

◇『盗神伝　4』　*The king of Attolia*　メーガン・ウェイレン・ターナー作, 金原瑞人, 宮坂宏美訳　あかね書房　2006.6　317p　22cm　1700円　①4-251-06284-1

ダニエル＝レイビー, ルーシー　　*Daniel Raby, Lucy*　　ヤングアダルト, ファンタジー

イギリスの作家。1958年クロイドン生まれ。5歳で最初の本を書き、8歳の頃に書いたキリスト誕生詩劇は、しばらくの間、保育園で演じられたという。ロンドン大学で英文学を専攻し、卒業後、複数の新聞社に勤めた後、コピーライターやジャーナリストを経て、子供向けテレビ番組の製作に関わる。2005年初の小説『ヤング・サンタクロース』を発表。ロンドン郊外に在住。

最近の翻訳書

◇『ヤング・サンタクロース』　*Nickolai of the north*　ルーシー・ダニエル＝レイビー著, 桜内篤子訳　小学館　2007.12　349p　22cm　1700円　①978-4-09-290511-5

タヒア, サバア　　*Tahir, Sabaa*

ファンタジー

アメリカの作家。ロンドンで生まれ、カリフォルニア州のモハーヴェ砂漠で育つ。新聞社で編集者としての夜間勤務の傍ら『仮面の帝国守護者』を執筆し、2015年作家デビュー。家族とサンフランシスコ・ベイエリア在住。

最近の翻訳書

◇『仮面の帝国守護者　上』　*AN EMBER IN THE ASHES*　サバア・タヒア著, 原島文世訳　早川書房　2015.10　367p　16cm　（ハヤカワ文庫 FT 580）　940円　①978-4-15-020580-5

◇『仮面の帝国守護者　下』　*AN EMBER IN THE ASHES*　サバア・タヒア著, 原島文世訳　早川書房　2015.10　351p　16cm　（ハヤカワ文庫 FT 581）　940円　①978-4-15-020581-2

ダフィ, デイヴィッド　　*Duffy, David*

ミステリー, スリラー

アメリカの作家。1957年生まれ。30年にわたってアメリカ企業や多国籍企業のコンサルティング業務に従事し、顧客企業の広告宣伝、マーケティング活動、投資家向け広報活動に携わる。2011年サスペンス巨編『KGB（カーゲーベー）から来た男』でデビューし、MWA賞最優秀新人賞にノミネートされた。ニューヨーク州ハドソンリバーバレー在住。

233

タフラル　　　　　海外文学　新進作家事典

最近の翻訳書

◇『KGB（カーゲーベー）から来た男』 *LAST TO FOLD*　デイヴィッド・ダ
フィ著, 山中朝晶訳　早川書房　2013.5　605p　16cm　（ハヤカワ文庫 NV
1282）　1040円　①978-4-15-041282-1

ダブラル, ジャック　*Du Brul, Jack*　　　　　　　　　　　　スリラー

アメリカの作家。ジョージ・ワシントン大学を卒業。1998年地質学者フィリップ・マーサー
を主人公とする冒険小説『Vulcan's Forge』で作家デビュー。その後、同シリーズの冒険小説
をほぼ年1作のペースで発表。また、クライブ・カッスラーとの共作〈オレゴン・ファイル〉シ
リーズも執筆。

最近の翻訳書

◇『謀略のステルス艇を追撃せよ！　上』 *Mirage.vol.1*　クライブ・カッス
ラー, ジャック・ダブラル著, 伏見威蕃訳　扶桑社　2015.7　269p　16cm
（扶桑社ミステリー　カ11-5）　680円　①978-4-594-07282-7

◇『謀略のステルス艇を追撃せよ！　下』 *Mirage.vol.2*　クライブ・カッス
ラー, ジャック・ダブラル著, 伏見威蕃訳　扶桑社　2015.7　275p　16cm
（扶桑社ミステリー　カ11-6）　680円　①978-4-594-07283-4

◇『絶境の秘密寺院に急行せよ！　上』 *The jungle*　クライブ・カッスラー,
ジャック・ダブラル著, 伏見威蕃訳　ソフトバンククリエイティブ　2011.11
310p　16cm　（ソフトバンク文庫　カー2-15）　600円　①978-4-7973-6626-6

◇『絶境の秘密寺院に急行せよ！　下』 *The jungle*　クライブ・カッスラー,
ジャック・ダブラル著, 伏見威蕃訳　ソフトバンククリエイティブ　2011.11
343p　16cm　（ソフトバンク文庫　カー2-16）　600円　①978-4-7973-6627-3

◇『南極の中国艦を破壊せよ！　　上』 *The silent sea*　クライブ・カッスラー,
ジャック・ダブラル著, 伏見威蕃訳　ソフトバンククリエイティブ　2011.3
306p　16cm　（ソフトバンク文庫　カー2-11）　600円　①978-4-7973-6018-9

◇『南極の中国艦を破壊せよ！　　下』 *The silent sea*　クライブ・カッスラー,
ジャック・ダブラル著, 伏見威蕃訳　ソフトバンククリエイティブ　2011.3
322p　16cm　（ソフトバンク文庫　カー2-12）　600円　①978-4-7973-6019-6

◇『エルサレムの秘宝を発見せよ！　上』 *Corsair*　クライブ・カッスラー,
ジャック・ダブラル著, 伏見威蕃訳　ソフトバンククリエイティブ　2010.9
341p　16cm　（ソフトバンク文庫　カー2-9）　600円　①978-4-7973-5529-1

◇『エルサレムの秘宝を発見せよ！　下』 *Corsair*　クライブ・カッスラー,
ジャック・ダブラル著, 伏見威蕃訳　ソフトバンククリエイティブ　2010.9
351p　16cm　（ソフトバンク文庫　カー2-10）　600円　①978-4-7973-5530-7

◇『戦慄のウイルス・テロを阻止せよ！　上』 *Plague ship*　クライブ・カッス
ラー, ジャック・ダブラル著, 伏見威蕃訳　ソフトバンククリエイティブ
2009.9　398p　16cm　（ソフトバンク文庫　カー2-5）　650円　①978-4-
7973-5180-4

◇『戦慄のウイルス・テロを阻止せよ！　下』 *Plague ship*　クライブ・カッス
ラー, ジャック・ダブラル著, 伏見威蕃訳　ソフトバンククリエイティブ
2009.9　374p　16cm　（ソフトバンク文庫　カー2-6）　650円　①978-4-
7973-5181-1

◇『日本海の海賊を撃滅せよ！　　上』 *Dark watch*　クライブ・カッスラー,
ジャック・ダブラル著, 黒原敏行訳　ソフトバンククリエイティブ　2008.9
319p　16cm　（ソフトバンク文庫）　600円　①978-4-7973-4214-7

海外文学　新進作家事典　　　　　　　　　　　　　　　タル

◇『日本海の海賊を撃滅せよ！　下』　*Dark watch*　クライブ・カッスラー，
　ジャック・ダブラル著，黒原敏行訳　ソフトバンククリエイティブ　2008.9
　309p　16cm　（ソフトバンク文庫）　600円　①978-4-7973-4992-4
◇『遭難船のダイヤを追え！　上』　*Skeleton coast*　クライブ・カッスラー，
　ジャック・ダブラル著，黒原敏行訳　ソフトバンククリエイティブ　2007.10
　350p　16cm　（ソフトバンク文庫）　600円　①978-4-7973-4131-7
◇『遭難船のダイヤを追え！　下』　*Skeleton coast*　クライブ・カッスラー，
　ジャック・ダブラル著，黒原敏行訳　ソフトバンククリエイティブ　2007.10
　325p　16cm　（ソフトバンク文庫）　600円　①978-4-7973-4132-4

ダラム, ローラ　*Durham, Laura*　　　　　　　　　　ミステリー

アメリカの作家、ウエディング・プランナー。デューク学卒業後、ウエディング・プランニング会社を設立。ウエディング・プランナーとして10年近くにわたり数々の結婚式を手がける。「Washingtonian magazine」の"ワシントンD.C.でNo.1のウエディング・コンサルタント"に3年連続で選ばれた。その知識と経験を盛り込んだ〈Annabelle Archer〉シリーズ3部作の第1作『ウエディング・プランナーは眠れない（Better Off Wed）』（2005年）で作家デビューし、同作で06年アガサ賞最優秀処女長編賞を受賞。プランナーの仕事をしながら執筆を続ける。

最近の翻訳書

◇『ウエディング・プランナーは狙われる』　*To love and to perish*　ローラ・ダラム著，上條ひろみ訳　ランダムハウス講談社　2007.6　350p　15cm　780円　①978-4-270-10100-1
◇『ウエディング・プランナーは凍りつく』　*For better or hearse*　ローラ・ダラム著，上條ひろみ訳　ランダムハウス講談社　2006.11　383p　15cm　800円　①4-270-10068-0

ダル, マイナク　*Dhar, Mainak*　　　　　　　　　　　　SF

インドの作家。インド経営大学院アーマダバード校（IIMA）を修了後、会社に勤める傍ら、作家として活動。SF〈Alice in Deadland〉シリーズやビジネス書『Brand Management 101』など幅広く執筆。『Heroes R Us』（2011年）は映画化が決まった。

最近の翻訳書

◇『なぜ、ぼくのパソコンは壊れたのか？』　*THE CUBICLE MANIFESTO*　マイナク・ダル著，上原裕美子訳　日本経済新聞出版社　2013.5　141p　19cm　1000円　①978-4-532-31885-7

タール, リリ　*Thal, Lilli*　　　　　　　　　ヤングアダルト, 児童書

ドイツの作家。1960年生まれ。高校卒業後、看護師として働いたあと、大学で中世史を学ぶ。その後、マルチメディア・情報技術を学び、2000年から執筆活動に入る。デビュー作の『ピレマイヤー警部』は02年にベスト児童推理小説賞を受賞し、以来シリーズ化された。『ミムス―宮廷道化師』は04年のドイツ児童文学賞にノミネートされたほか、バード・ハルツブルク青少年文学賞、若い読者が選ぶ青少年文学賞などを受けた。2人の子供と夫とともにフランケン在住。

最近の翻訳書

◇『ミムス―宮廷道化師』　*Mimus*　リリ・タール作, 木本栄訳　小峰書店

タルテユ　　　　　海外文学　新進作家事典

2009.12　550p　20cm　（Y.A.books）　2400円　①978-4-338-14431-5

タルデュー, ローランス　*Tardieu, Laurence*　　　　ロマンス

フランスの作家。1972年マルセイユ生まれ。2002年『Comme un père』でデビュー、04年『Le Jugement de Léa』を発表。07年『すべては消えゆくのだから』(06年)でプリンス・モーリス恋愛小説賞、アラン・フルニエ賞を受賞。舞台女優としても活動。パリ近郊に在住。

最近の翻訳書

◇『すべては消えゆくのだから』　*Puisque rien ne dure*　ローランス・タルデュー著, 赤星絵理訳　早川書房　2007.8　150p　20cm　1500円　①978-4-15-208843-7

タルノフ, テリー　*Tarnoff, Terry*　　　　文学

アメリカの作家。1947年ウィスコンシン州ライスレイク生まれ。60年代をウィスコンシン大学で過ごし、イーストビレッジの書店で働いた後、ヨーロッパへ旅に出る。71年から始まる8年の旅を経て、サンフランシスコに戻り、ミュージシャンとして数年過ごした後、作家に転身。旅の経験をもとに、2004年『太陽が沈む前に』を発表。劇作家、映画脚本家としても活躍する一方で映画講座の講師、タクシードライバー、アフリカアート画廊の経営、インターネット映画サイトの運営などさまざまな仕事を手がける。

最近の翻訳書

◇『太陽が沈む前に』　*The bone man of Benares*　テリー・タルノフ著, 山川健一訳　太田出版　2007.6　333p　19cm　1600円　①978-4-7783-1065-3

ターレ, サムコ　*Tále, Samko*　　　　文学

本名＝カピターニョヴァー, ダニエラ〈Kapitáňova, Danielá〉

スロバキアの作家。1956年チェコスロバキア・コマールノ生まれ。チェコスロバキア国立音楽大学演劇学部で演出を学び、地元コマールノの劇場で働く。2000年サムコ・ターレの筆名で執筆した『墓地の書』で作家デビュー、現代文学としては珍しくベストセラーとなり、10カ国語以上に翻訳される。05年より本名のダニエラ・カピターニョヴァーで長編・連作短編集を発表している。

最近の翻訳書

◇『墓地の書』　*Kniha o cintorine*　サムコ・ターレ著, 木村英明訳　京都　松籟社　2012.4　222p　20cm　（東欧の想像力　8）　1700円　①978-4-87984-303-6

タワー, ウェルズ　*Tower, Wells*　　　　文学

カナダの作家。1973年4月14日バンクーバー生まれ。ウェスリアン大学で人類学と社会学を学んだ後、コロンビア大学創作科で修士号を取得。2002年短編「茶色い海岸」でパリ・レビュー新人賞を受賞。デビュー短編集『奪い尽くされ、焼き尽くされ』はフランク・オコナー賞最終候補となり、ニューヨーク公共図書館ヤング・ライオン賞を受賞、9カ国語に翻訳された。コロンビア大学で教鞭を執る傍ら、「ニューヨーク・タイムズ」「ニューヨーカー」「マクスウィーニーズ」「パリス・レビュー」などの紙誌に小説およびノンフィクションを寄稿。

海外文学　新進作家事典　　　タンハ

最近の翻訳書

◇『奪い尽くされ、焼き尽くされ』 *Everything Ravaged, Everything Burned*
ウェルズ・タワー著，藤井光訳　新潮社　2010.7　271p　20cm　（Crest
books）　1900円　①978-4-10-590084-7

タン, ショーン　*Tan, Shaun*　　　児童書

オーストラリアの作家、イラストレーター、映像作家。1974年生まれ。10代からSF作品の挿
絵を手がけ、西オーストラリア大学で美術と英文学を修める。イラストレーター、絵本作家と
して活躍し、オーストラリア児童図書賞の絵本部門で3年連続銀賞を受賞。2001年ボローニャ
国際絵本原画展の最高賞であるラガッティ賞を受賞。また、舞台監督、映画のコンセプトアー
ティストとしても活躍の場を広げ、11年アニメ「The Lost Thing」でアカデミー賞短編アニ
メーション賞、アストリッド・リンドグレーン記念文学賞を受賞。

最近の翻訳書

◇『遠い町から来た話』 *Tales from outer suburbia*　ショーン・タン著，岸本佐
知子訳　河出書房新社　2011.10　89p　25cm　1800円　①978-4-309-20577-9

ダン, デイヴィッド　*Dun, David*　　　スリラー, サスペンス

アメリカの作家。1949年ワシントン州西部生まれ。ワシントン大学で心理学を専攻し、シア
トル大学で法律を学んだ後、カリフォルニア州北部で弁護士となり法律事務所を開設。2001
年『氷雪のサバイバル戦』で作家デビュー、クライブ・カッスラーに絶賛される。「ニューヨー
ク・タイムズ」「USAトゥデイ」各紙のベストセラー作家。

最近の翻訳書

◇『破壊計画〈コルジセプス〉　上』 *Unacceptable risk*　デイヴィッド・ダン著，
田中昌太郎訳　早川書房　2006.4　362p　16cm　（ハヤカワ文庫　NV）
740円　④4-15-041114-X
◇『破壊計画〈コルジセプス〉　下』 *Unacceptable risk*　デイヴィッド・ダン著，
田中昌太郎訳　早川書房　2006.4　334p　16cm　（ハヤカワ文庫　NV）
740円　④4-15-041115-8

ダンバー, フィオナ　*Dunbar, Fiona*　　　児童書

イギリスの作家。1961年ヘメル・ヘムステッド生まれ。大学卒業後、得意の絵の腕を活かして
広告や雑誌のイラスト、児童書の挿絵、さらには自身でも3冊の絵本を書く。2005年初めての
子供向け小説『ミラクル・クッキーめしあがれ！』を出版。同作は〈魔法のスイーツ大作戦〉
としてシリーズ化された。ほかに〈ロリー＆エルシーのおしゃれマジック〉シリーズ、〈Kitty
Slade〉シリーズがある。イギリスのティーンたちから大人気の作家。ロンドン在住。

最近の翻訳書

◇『ゴールド・タイガーリリー』 *Tiger lily gold*　フィオナ・ダンバー作，露久
保由美子訳，沖ふみか絵　フレーベル館　2010.2　370p　19cm　（ロリー
＆エルシーのおしゃれ・マジック　3）　1000円　①978-4-577-03783-6
◇『ブルー・ロックガール』 *Blue gene baby*　フィオナ・ダンバー作，露久保由
美子訳，沖ふみか絵　フレーベル館　2008.11　407p　19cm　（ロリー＆エル
シーのおしゃれマジック　2）　1000円　①978-4-577-03636-5
◇『ピンク・カメレオン』 *Pink chameleon*　フィオナ・ダンバー作，露久保由

チ   海外文学　新進作家事典

　　　美子訳, 沖ふみか絵　フレーベル館　2008.7　373p　19cm　（ロリー＆エル
　　　シーのおしゃれマジック　1）　1000円　①978-4-577-03635-8
　◇『夢をかなえて！ ウィッシュ・チョコ』　Chocolate wishes　フィオナ・ダン
　　　バー作, 露久保由美子訳　フレーベル館　2007.2　341p　19cm　（魔法のス
　　　イーツ大作戦　3）　1000円　①978-4-577-03287-9
　◇『恋のキューピッド・ケーキ』　Cupid cakes　フィオナ・ダンバー作, 露久保
　　　由美子訳　フレーベル館　2006.11　318p　19cm　（魔法のスイーツ大作戦
　　　2）　1000円　①4-577-03286-4
　◇『ミラクルクッキーめしあがれ！』　The truth cookie　フィオナ・ダンバー
　　　作, 露久保由美子訳　フレーベル館　2006.7　281p　19cm　（魔法のスイー
　　　ツ大作戦）　1000円　①4-577-03285-6

〔 チ 〕

チ, スヒョン　*Ji, Soo-hyun*　　　　　　　　　　　　　　　　　　　　　　ロマンス

　韓国の作家。1973年7月25日生まれ。2001年2月から、インターネット上で『先輩と僕、また
はアイツと私』の連載開始。『私の名前はキム・サムスン』もインターネット小説で、ドラマ
化された。
　　　　　　　　　　　　　　　最近の翻訳書
　◇『私の名前はキム・サムスン　上』　チ・スヒョン著, 尹京蘭訳　角川春樹事
　　　務所　2012.1　238p　16cm　（ハルキ文庫　チ1-1）　648円　①978-4-7584-
　　　3621-2
　◇『私の名前はキム・サムスン　下』　チ・スヒョン著, 尹京蘭訳　角川春樹事
　　　務所　2012.1　212p　16cm　（ハルキ文庫　チ1-2）　648円　①978-4-7584-
　　　3622-9
　◇『私の名前はキム・サムスン　上』　チ・スヒョン著, 尹京蘭訳　ブックマン
　　　社　2006.12　215p　19cm　1333円　①4-89308-630-8
　◇『私の名前はキム・サムスン　下』　チ・スヒョン著, 尹京蘭訳　ブックマン
　　　社　2006.12　196p　19cm　1333円　①4-89308-647-2

チェ, ミンギョン　*Choi, Min-kyong*　　　　　　　　　　　　　　　　　文学, 児童書

　韓国の作家。1974年全羅北道井邑生まれ。光州の大学に進学したが退学。文学を学ぶために
ソウルに上京、ソウル女子大学に合格、過酷な習作期を過ごす。在学中にソウル芸術大学文学
賞を受賞。2006年32歳でソウル芸術大学文芸創作科を卒業。同年「晋州新聞」主催の秋の文
芸公募展に短編小説「古いクリスマス」で当選。『ゴーストばあちゃん』（09年）で韓国の世界
青少年文学賞を受けた。夫と京畿道坡州在住。
　　　　　　　　　　　　　　　最近の翻訳書
　◇『ゴーストばあちゃん』　チェ・ミンギョン文, 梅澤美貴訳　現文メディア
　　　2010.3　328p　19cm　1300円　①978-4-652-06907-3

チェイス, クリフォード　*Chase, Clifford*　　　　　　　　　　　　　　　　　文学

　アメリカの作家。ニューズウィーク社の宣伝部に20年間勤める。亡くなった兄について書い

た回想録『The Hurry-Up Song：A Memoir of Losing My Brother』を出版したほか、短編集『Queer 13：Lesbian And Gay Writers Recall Seventh Grade』を編纂。2006年初の長編小説『ウィンキー』を刊行。バージニア州ウィリアムズバーグ在住。

最近の翻訳書

◇『ウィンキー』 *Winkie* クリフォード・チェイス著, 松本依子訳 早川書房 2006.11 331p 19cm 1600円 ⓘ4-15-208773-0

チェスマン, ハリエット・スコット　*Chessman, Harriet Scott*　文学

アメリカの作家。エール大学で文学や女性学を講じた経験を持つ。1999年『Ohio Angels』で作家デビュー。ほかの著書に『Lydia Cassatt Reading the Morning paper』（2001年）、『The Beauty of Ordinary Things』（13年）などがあり、美術や文学に関する評論や子供向けの本も執筆。家族とカリフォルニア州サンフランシスコ在住。

最近の翻訳書

◇『わたしの知らない母』 *Someone not really her mother* ハリエット・スコット・チェスマン著, 原田勝訳 白水社 2006.8 250p 20cm 1900円 ⓘ4-560-02749-8

チャイルズ, ローラ　*Childs, Laura*　ミステリー

アメリカの作家、脚本家。本名はGerry Schmitt。広告代理店でライター兼プロデューサー、さらに自らが設立したマーケティング会社のCEO兼クリエイティブ・ディレクターを務めた後、広告業界での経験をもとに映画の脚本を書く。その後、ミステリー作家を目指し、2001年〈お茶と探偵〉シリーズの第1作『ダージリンは死を招く』でデビュー。〈卵料理のカフェ〉シリーズ、写真をデコレーションするスクラップ・ブッキングが職業の女性が活躍する〈A Scrapbooking Mystery〉シリーズも人気。本名のGerry Schmitt名義で『Little Girl Gone：An Afton Tangler Thriller』もある。

最近の翻訳書

◇『幸せケーキは事件の火種』 *Scorched eggs* ローラ・チャイルズ著, 東野さやか訳 原書房 2016.1 402p 15cm （卵料理のカフェ 6） 930円 ⓘ978-4-562-06047-4

◇『スイート・ティーは花嫁の復讐』 *Sweet tea revenge* ローラ・チャイルズ著, 東野さやか訳 原書房 2015.7 430p 15cm （お茶と探偵 14） 940円 ⓘ978-4-562-06041-2

◇『保安官にとびきりの朝食を』 *Eggs in a casket* ローラ・チャイルズ著, 東野さやか訳 原書房 2015.3 438p 15cm （卵料理のカフェ 5） 940円 ⓘ978-4-562-06037-5

◇『ローズ・ティーは昔の恋人に』 *Agony of the leaves* ローラ・チャイルズ著, 東野さやか訳 原書房 2014.9 415p 15cm （お茶と探偵 13） 930円 ⓘ978-4-562-06031-3

◇『あったかスープと雪の森の罠』 *Stake & eggs* ローラ・チャイルズ著, 東野さやか訳 原書房 2014.1 431p 15cm （卵料理のカフェ 4） 920円 ⓘ978-4-562-06023-8

◇『オーガニック・ティーと黒ひげの杯』 *Scones & bones* ローラ・チャイルズ著, 東野さやか訳 原書房 2013.8 446p 15cm （お茶と探偵 12） 924円 ⓘ978-4-562-06018-4

◇『ミントの香りは危険がいっぱい』 *The teaberry strangler* ローラ・チャイルズ著, 東野さやか訳 武田ランダムハウスジャパン 2012.6 510p 15cm （お茶と探偵 11） 900円 ①978-4-270-10414-9

◇『ほかほかパンプキンとあぶない読書会』 *Bedeviled eggs* ローラ・チャイルズ著, 東野さやか訳 武田ランダムハウスジャパン 2011.12 463p 15cm （卵料理のカフェ 3） 860円 ①978-4-270-10401-9

◇『ウーロンと仮面舞踏会の夜』 *Oolong dead* ローラ・チャイルズ著, 東野さやか訳 武田ランダムハウスジャパン 2011.4 479p 15cm （お茶と探偵 10） 880円 ①978-4-270-10382-1

◇『チェリーパイの困った届け先』 *Eggs Benedict Arnold* ローラ・チャイルズ著, 東野さやか訳 武田ランダムハウスジャパン 2011.1 479p 15cm （卵料理のカフェ 2） 880円 ①978-4-270-10374-6

◇『ホワイト・ティーは映画のあとで』 *The silver needle murder* ローラ・チャイルズ著, 東野さやか訳 武田ランダムハウスジャパン 2010.6 446p 15cm （お茶と探偵 9） 840円 ①978-4-270-10350-0

◇『あつあつ卵の不吉な火曜日』 *Eggs in purgatory* ローラ・チャイルズ著, 東野さやか訳 ランダムハウス講談社 2009.12 461p 15cm （卵料理のカフェ 1） 860円 ①978-4-270-10333-3

◇『ロンジン・ティーと天使のいる庭』 *Dragonwell dead* ローラ・チャイルズ著, 東野さやか訳 ランダムハウス講談社 2009.7 445p 15cm （お茶と探偵 8） 840円 ①978-4-270-10306-7

◇『ブラッドオレンジ・ティーと秘密の小部屋』 *Blood orange brewing* ローラ・チャイルズ著, 東野さやか訳 ランダムハウス講談社 2008.12 415p 15cm （お茶と探偵 7） 800円 ①978-4-270-10258-9

◇『カモミール・ティーは雨の日に』 *Chamomile mourning* ローラ・チャイルズ著, 東野さやか訳 ランダムハウス講談社 2008.5 410p 15cm （お茶と探偵 6） 800円 ①978-4-270-10187-2

◇『ジャスミン・ティーは幽霊と』 *The jasmine moon murder* ローラ・チャイルズ著, 東野さやか訳 ランダムハウス講談社 2007.12 427p 15cm （お茶と探偵 5） 800円 ①978-4-270-10142-1

◇『イングリッシュ・ブレックファスト倶楽部』 *The English breakfast murder* ローラ・チャイルズ著, 東野さやか訳 ランダムハウス講談社 2007.5 399p 15cm （お茶と探偵 4） 780円 ①978-4-270-10097-4

◇『アール・グレイと消えた首飾り』 *Shades of Earl Grey* ローラ・チャイルズ著, 東野さやか訳 ランダムハウス講談社 2006.12 383p 15cm （お茶と探偵 3） 780円 ①4-270-10073-7

◇『グリーン・ティーは裏切らない』 *Gunpowder green* ローラ・チャイルズ著, 東野さやか訳 ランダムハウス講談社 2006.4 397p 15cm （お茶と探偵 2） 780円 ①4-270-10035-4

チャイルド, リー　*Child, Lee*　　　ミステリー, スリラー

イギリスの作家。1954年10月29日ウェストミッドランズ州コベントリー生まれ。地元テレビ局勤務を経て、97年アメリカの田舎町を舞台にした小説『キリング・フロアー』でデビュー、アンソニー賞最優秀処女長編賞を受賞。第2作の『反撃』もベストセラーとなり、ニュー・ハードボイルドの旗手として注目される。

海外文学　新進作家事典　　　　　　　　　　　　　　チヤツフ

最近の翻訳書

◇『最重要容疑者　上』 *A WANTED MAN* リー・チャイルド著, 小林宏明訳
講談社　2014.9　322p　15cm　（講談社文庫　ち5-13）　950円　①978-4-06-277751-3

◇『最重要容疑者　下』 *A WANTED MAN* リー・チャイルド著, 小林宏明訳
講談社　2014.9　348p　15cm　（講談社文庫　ち5-14）　950円　①978-4-06-277752-0

◇『アウトロー　上』 *ONE SHOT* リー・チャイルド著, 小林宏明訳　講談社
2013.1　309p　15cm　（講談社文庫　ち5-11）　800円　①978-4-06-277352-2

◇『アウトロー　下』 *ONE SHOT* リー・チャイルド著, 小林宏明訳　講談社
2013.1　374p　15cm　（講談社文庫　ち5-12）　800円　①978-4-06-277353-9

◇『キリング・フロアー　上』 *KILLING FLOOR* リー・チャイルド著, 小林
宏明訳　新装版　講談社　2012.12　339p　15cm　（講談社文庫　ち5-9）
800円　①978-4-06-277354-6

◇『キリング・フロアー　下』 *KILLING FLOOR* リー・チャイルド著, 小林
宏明訳　新装版　講談社　2012.12　365p　15cm　（講談社文庫　ち5-10）
800円　①978-4-06-277381-2

◇『前夜　上』 *The enemy* リー・チャイルド著, 小林宏明訳　講談社　2009.
5　417p　15cm　（講談社文庫　ち5-7）　819円　①978-4-06-276328-8

◇『前夜　下』 *The enemy* リー・チャイルド著, 小林宏明訳　講談社　2009.
5　423p　15cm　（講談社文庫　ち5-8）　819円　①978-4-06-276329-5

◇『警鐘　上』 *Tripwire* リー・チャイルド著, 小林宏明訳　講談社　2006.2
367p　15cm　（講談社文庫）　733円　①4-06-275324-3

◇『警鐘　下』 *Tripwire* リー・チャイルド著, 小林宏明訳　講談社　2006.2
443p　15cm　（講談社文庫）　762円　①4-06-275325-1

チャッタワーラック　*Jattawaalak*　　　　　　　　　　　　ミステリー

本名＝ポーンサック・ウラットチャッチャイラット

タイの作家。ペッチャブリー県出身。マヒドン大学放射線技術学科を卒業後、タイ国立開発行政研究院（NIDA）でコンピューター・サイエンスの修士号を取得。技術専門職の仕事の傍ら、本名で短編小説や青少年向けの読み物を書き、海外ミステリーや経営書の翻訳にも従事。2007年 "チャッタワーラック" の筆名で書き下ろした長編ミステリー『二つの時計の謎』を発表、ナンミー・ブックス出版社のミステリー大賞を受賞した。筆名は〈シャーロック・ホームズ〉シリーズの1作『四つの署名』のタイ語訳題にちなむ。

最近の翻訳書

◇『二つの時計の謎』 *The time for dead* チャッタワーラック著, 宇戸清治訳
講談社　2009.9　283p　19cm　（島田荘司選アジア本格リーグ　2（タイ））
1700円　①978-4-06-215760-5

チャップマン, ドルー　*Chapman, Drew*　　　　　スリラー, サスペンス

アメリカの作家、脚本家。ニューヨークで生まれ育ち、ミシガン大学で歴史を専攻。大学卒業後はカリフォルニア州ロサンゼルスに移って、ウォルト・ディズニー・アニメーション、20世紀フォックス、ユニバーサル、ワーナー・ブラザース、ソニー・ピクチャーズなど、大手の映画会社で脚本を執筆。テレビドラマの脚本も数多く手がける。2014年『米中対決―見えない戦争』で作家デビュー。

チヤツフ　　　　　　　　海外文学　新進作家事典

最近の翻訳書

◇『米中対決―見えない戦争』　*THE ASCENDANT*　ドルー・チャップマン著，
奥村章子訳　早川書房　2014.4　571p　16cm　（ハヤカワ文庫 NV　1306）
1040円　①978-4-15-041306-4

チャップマン, リンダ　*Chapman, Linda*　　　　　　　　児童書

別筆名＝Cliff, Alex

イギリスの作家。1969年リバプール生まれ。本名はLinda Anne Chapman。劇場のステージマネージャー、犬の調教師、書店員、乳母、教師、研究助手などとして働いた後、99年から専業作家となる。ユニコーン、人魚、妖精などの物語で知られる。フィギュアスケートが大好きな少女たちが活躍する〈アイスプリンセス〉シリーズで日本デビュー。ほかに〈Stardust〉シリーズ、〈My Secret Unicorn〉シリーズや、Alex Cliffの筆名で〈Superpowers〉シリーズがある。レスターシャー州在住。

最近の翻訳書

◇『アイスプリンセス　3　涙キラっ☆さよならのアイスダンス』　*Skating school.5 : blue skate dreams.*［etc.］　リンダ・チャップマン作，岡田好惠訳，タアモ絵　アスキー・メディアワークス　2011.6　200p　18cm　（角川つばさ文庫　Eち1-3）　660円　①978-4-04-631126-9

◇『アイスプリンセス　2　星空キラっ☆宝さがしのスケート合宿!!』　*Skating school.3 : scarlet skate magic.*［etc.］　リンダ・チャップマン作，岡田好惠訳，タアモ絵　アスキー・メディアワークス　2011.4　205p　18cm　（角川つばさ文庫　Eち1-2）　660円　①978-4-04-631125-2

◇『アイスプリンセス　1　雪色キラっ☆スケート魔法学園へ!?』　*Skating school.1 : white skate wishes.*［etc.］　リンダ・チャップマン作，岡田好惠訳，タアモ絵　アスキー・メディアワークス　2011.2　217p　18cm　（角川つばさ文庫　Eち1-1）　660円　①978-4-04-631124-5

チャーニイ, ノア　*Charney, Noah*　　　　　　　　ミステリー

アメリカの作家、美術史家。1979年コネティカット州ニューヘブン生まれ。コルビイ・カレッジで美術史と英米文学を専攻。夏季休暇中はロンドンやボストンの競売会社クリスティーズで働いた。その後、ロンドンのコートールド美術研究所で17世紀のローマ美術を学び、ケンブリッジ大学では16世紀のフィレンツェ美術と図像学、および美術犯罪史を研究した。また、スロベニアのリュブリャーナ大学で建築史と犯罪史を学ぶ。まもなくしてテレビ界に入り、美術の解説をしたり、美術番組の脚本を書くなどする。さらに、ローマを拠点にした美術犯罪調査機構を設立した。2007年美術品犯罪調査の経験からミステリー『名画消失』で作家デビュー。同作は17言語に翻訳されて、5カ国でベストセラーとなった。

最近の翻訳書

◇『名画消失』　*The art thief*　ノア・チャーニイ著，山本博訳　早川書房
2008.1　397p　20cm　（Hayakawa novels）　1900円　①978-4-15-208889-5

チャン, カイリー　*Chan, Kylie*　　　　　　　　SF, ファンタジー

オーストラリアの作家。1986年香港の男性と中国東部で伝統的な中国風の結婚式を挙げる。93年香港に移り、以後10年間を同地で過ごす。多くの中国文化に触れ、その慣習と生活を深く理解するようになった。香港でITコンサルタント会社を経営し、成功を収めるが、2003年これ

242

海外文学　新進作家事典　　　　　　　　　　　　　　　　　　チヨホス

を閉鎖し、オーストラリアに帰国。中国神話、中国文化、武術の知識を駆使して、広く読者を
魅了する物語の執筆を開始。帰国後、太極拳に加え、中国拳法（詠春拳および南派周家拳）を
学び、ともに上級帯を取得。

最近の翻訳書

◇『玄天　第1巻　白虎』 *WHITE TIGER DARK HEAVENS.BOOK ONE*
カイリー・チャン著, 石川ミカ訳, 西沢有里監訳　バベルプレス　2012.6
519p　21cm　1700円　①978-4-89449-128-1

チャング, ウーク　*Chung, Ook*　　　　　　　　　　　　　　　　　文学

カナダの作家。1963年韓国人の両親のもと神奈川県横浜市で生まれる。2歳の時に家族とカナ
ダへ移住してケベック州で育つ。コンコルディア大学、マッギル大学でフランス文学を専攻。
文芸誌「アンコヴェニアン」の創刊に参加。2000年ル・クレジオに関する論文で博士号取得。
1994年に短編集『道に迷ったオリエント』を上梓。2001年初の長編小説『キムチ』を刊行。03
年第2長編『禁じられた実験』と短編集『舞踏の物語』をカナダで発表。02年『キムチ』でカ
ナダ・日本文学賞を受賞した。

最近の翻訳書

◇『キムチ』 *Kimchi* 　ウーク・チャング著, 岩津航訳　青土社　2007.9　237p
20cm　2200円　①978-4-7917-6360-3

チュイ, キム　*Thúy, Kim*　　　　　　　　　　　　　　　　　　　文学

カナダの作家。1968年9月19日ベトナムのサイゴン（現・ホーチミン）に生まれ、10歳でカナダ
に移住。モントリオール大学で学んだ後、裁縫師、通訳、弁護士、レストラン経営者などさま
ざまな職を経験。2009年自伝的小説『小川』でデビュー。10年カナダ総督文学賞など数々の文
学賞を受賞。モントリオール在住。

最近の翻訳書

◇『小川』 *RU* 　キム・チュイ著, 山出裕子訳　彩流社　2012.9　145p　20cm
2000円　①978-4-7791-1822-7

チョ, チャンイン　趙 昌仁　*Cho, Chang-in*　　　　　　　　　　　文学

韓国の作家。ソウル生まれ。韓国の中央大学及び同大学院で文学を専攻。雑誌社、新聞社の記
者として勤務した後、作家に転身。2000年父と息子の愛情をテーマにした『カシコギ』を発表。
200万部のベストセラーとなり、テレビドラマ化され、劇場でもロングラン上演を果たすなど
"カシコギ・シンドローム"を巻き起こした。11年同作は日本で「グッドライフ」としてテレビ
ドラマ化される。核家族化した現代社会の中で、家族愛の意味を問う作品を発表し続ける。

最近の翻訳書

◇『クミョンに灯る愛』　チョ・チャンイン著, 金光英実訳　小学館　2011.4
364p　15cm　（小学館文庫　ち2-2）　752円　①978-4-09-408584-6
◇『グッドライフ』　チョ・チャンイン著, 金光英実訳　小学館　2011.2　381p
15cm　（小学館文庫　ち2-1）　752円　①978-4-09-408583-9

チョボスキー, スティーブン　*Chbosky, Stephen*　　　　　　ヤングアダルト

アメリカの作家、映画監督。1970年1月25日ペンシルベニア州ピッツバーグ生まれ。南カリフォ

243

ルニア大学映画テレビ学部脚本科卒。大学卒業後、映画製作者として活動、初監督作品「The Four Corners of Nowhere」がサンダンス映画祭でプレミア上映される。99年『ウォールフラワー』で作家デビュー、一躍人気ヤングアダルト作家となる。ニューヨーク在住。

最近の翻訳書

◇『ウォールフラワー』 *THE PERKS OF BEING A WALLFLOWER* スティーブン・チョボスキー著、田内志文訳 集英社 2013.11 333p 16cm
（集英社文庫 チ7-1） 720円 Ⓘ978-4-08-760676-8

チョルカス, クリストス *Tsiolkas, Christos* 文学

オーストラリアの作家。1965年メルボルン生まれ。ギリシャ系2世。95年の第1長編『ローディド』は10代の同性愛者のドラッグや性的体験を赤裸々に描き、オーストラリアのグランジ文学の代表作とされる。『スラップ』(2008年)はベストセラーとなり、テレビドラマ版がイギリス、アメリカなどの英語圏のみならず全世界で放映される。ほかの著書に『Dead Europe（死せるヨーロッパ）』(05年)、『Barracuda（バラクーダ）』(13年)などがある。生まれ故郷のメルボルン在住。

最近の翻訳書

◇『スラップ』 *The Slap* クリストス・チョルカス著, 湊圭史訳 現代企画室 2014.12 525p 19cm （オーストラリア現代文学傑作選） 2500円 Ⓘ978-4-7738-1426-2

チョールデンコウ, ジェニファ *Choldenko, Gennifer* 児童書, ヤングアダルト

アメリカの作家。1957年カリフォルニア州サンタモニカ生まれ。2001年『Notes from a Liar and Her Dog（うそつきと、うそつきの犬からのノート）』で作家デビュー。04年第2作の『アル・カポネによろしく』を発表、カーネギー賞にノミネートされ、05年ニューベリー賞オナーブックに選ばれた。"チョールデンコウ"という珍しい姓はポーランドからの移民だった義父に由来する。カリフォルニア州サンフランシスコのベイエリア在住。

最近の翻訳書

◇『アル・カポネによろしく』 *Al Capone does my shirts* ジェニファ・チョールデンコウ著, こだまともこ訳 あすなろ書房 2006.12 359p 20cm 1500円 Ⓘ4-7515-2203-5

チョン, アリ *Jeon, Ari* 文学

韓国の作家。1986年ソウル生まれ。2005年梨花女子高を卒業後、延世大学でフランス文学を学ぶ。中高生の時、文学思想社の青少年文学賞、青い作家青少年文学賞、鄭芝溶青少年文学賞など多くの文学賞を受賞。大学に進学後も創作に打ち込み、天馬文学賞、中央大義血創作文学賞などを受賞。08年女子高生チンニョ（おり姫）の生活を日記風に綴った青春小説『おり姫の日記帳』で第2回世界青少年文学賞を受賞。

最近の翻訳書

◇『おり姫の日記帳』 *Jiknyeo's diary* チョン・アリ著, 花井道男訳 現文メディア 2009.7 335p 19cm 1400円 Ⓘ978-4-652-06906-6

海外文学　新進作家事典　　　　　　　　　　　チン

チョン, イヒョン　*Jung, Yi-hyun*　　　　　　　　　　　文学

韓国の作家。1972年ソウル生まれ。誠信女子大学政治外交科卒、ソウル芸術大学文芸創作科卒。2002年第1回「文学と社会」新人文学賞を受賞してデビュー。翌年小説集『ロマンチックな愛と社会』を出版。04年短編「他人の孤独」でイ・ヒョソク文学賞を、06年短編「サムブン百貨店」で韓国現代文学賞を受賞。07年「朝鮮日報」に連載された『マイスウィートソウル』が大ベストセラーとなる。テレビドラマ化もされた。

最近の翻訳書

◇『マイスウィートソウル』　チョン・イヒョン著, 清水由希子訳　講談社
　　2007.11　453p　19cm　1900円　①978-4-06-213797-3

チョン, ギョンニン　*Jeon, Kyung-rin*　　　　　　　　　　　文学

韓国の作家。1962年慶尚南道咸安生まれ。95年「砂漠の月」が東亜日報の新春文芸中編小説部門に入選し、文壇デビュー。96年短編「山羊を連れた女」で韓国日報文学賞、97年長編『どこにもいない男』で文学の街小説賞、99年『メリーゴーランド サーカスの女』で21世紀文学賞を受賞。2004年朝鮮王朝の名妓を描いた『ファン・ジニ』を発表、韓国で30万部のベストセラーとなり、"ファン・ジニ"ブームを巻き起こした。ドラマや映画も制作され、日本でもNHK総合で放送され人気を博した。

最近の翻訳書

◇『ファン・ジニ　上巻』　チョン・ギョンニン著, 金暎姫訳　徳間書店
　　2008.9　263p　19cm　1500円　①978-4-19-862606-8
◇『ファン・ジニ　下巻』　チョン・ギョンニン著, 金暎姫訳　徳間書店
　　2008.9　271p　19cm　1500円　①978-4-19-862607-5

チョン, セラン　鄭 世朗　*Chung, Se-rang*　　　　　　　　　　　文学

韓国の作家。1984年ソウルに生まれ、郊外の一山（イルサン）でニュータウンの発生と発展を観察しつつ成長。パジュ出版都市にある出版社に編集者として2年あまり勤務した経験も持つ。2010年「ファンタスティック」誌に発表した短編ファンタジー「ドリーム、ドリーム、ドリーム」を皮切りに小説家として本格的な創作活動を始め、『アンダー、サンダー、テンダー』によって第7回チャンビ長編小説賞を受賞。純文学からロマンス、SF、ホラーまでジャンルの境界を越えた作品を書くことで知られる。

最近の翻訳書

◇『アンダー、サンダー、テンダー』　チョンセラン著, 吉川凪訳　クオン
　　2015.6　315p　19cm　（新しい韓国の文学　13）　2500円　①978-4-904855-31-7

陳 浩基　チン, コウキ　*Chen, Hao-ji*　　　　　　　　　　　ミステリー

英語名＝チェン, サイモン

香港の作家。1975年生まれ。香港中文大学計算機学科卒。ウェブサイトのデザインやゲームの企画、脚本の執筆、マンガの編集者などを務める。2008年童話ミステリー「傑克魔豆殺人事件（ジャックと豆の木殺人事件）」が第6回台湾推理作家協会賞最終候補作となる。09年には「藍鬚子的密室（青髭公の密室）」と「窺伺藍色的藍（青き青を窺う）」の2編が第7回台湾推理作家協会賞最終候補作となり、「藍鬚子的密室（青髭公の密室）」で同賞を受賞。10年「合理推論（合理的な推理）」がコミックリズ百万映画小説賞の3位入選、SF短編「時間就是金錢（時は

245

金なり）」が第10回倪匡SF賞の3位に入選。11年最初の小説「世界を売った男」で台湾の出版社が主催する公募の第2回島田荘司小説賞を受賞。15年「13・67」で台北国際ブックフェア賞（小説部門）、第1回香港文学季推薦賞を受賞。

最近の翻訳書

◇『世界を売った男』　陳浩基著, 玉田誠訳　文藝春秋　2012.6　271p　19cm　1200円　①978-4-16-381450-6

陳 雪　チン, セツ　*Chen, Xue*　　　　　　　　　　　文学

台湾の作家。1970年6月3日台中生まれ。本名は陳雅令。93年国立中央大学中文系卒。最初の作品集『悪女の書』（95年）は夜市で服の販売をするかたわら創作されたもので、クィア小説として注目を集めた。

最近の翻訳書

◇『橋の上の子ども』　陳雪著, 白水紀子訳　現代企画室　2011.11　219p　20cm　2200円　①978-4-7738-1115-5

〔 ツ 〕

ツィッパート, ハンス　*Zippert, Hans*　　　　　　　　児童書

ドイツの作家、ジャーナリスト。1957年西ドイツ・ビーレフェルト生まれ。ジャーナリストとして「フランクフルター・アルゲマイネ」「ヴェルト」紙などに寄稿し、機知に富んだ記事・エッセイで評判が高い。「ヴェルト」紙の人気コラム「Zippert zappt」は連載記録が10年を越え、2007年ヘンリ・ナンネン賞を受賞した。イラストレーターのルディ・フルツマイヤーとのコンビで子供向けの物語なども手がける。

最近の翻訳書

◇『お皿監視人―あるいはお天気を本当にきめているのはだれか』　*Die Tellerwachter oder wer das Wetter wirklich Macht*　ハンス・ツィッパート作, ミヒャエル・ゾーヴァ絵, 諏訪功, ヴォルフガング・シュレヒト訳　三修社　2009.10　118p　19cm　1600円　①978-4-384-05561-0

ツェー, ユーリ　*Zeh, Juli*　　　　　　　　　　　　　文学

ドイツの作家。1974年6月30日西ドイツ・ボン生まれ。2001年『鷲と天使』で作家デビュー。現代ドイツを代表する作家であり、ドイツ文学賞、ヘルダーリン奨励賞、カール・アメリー文学賞など数々の著名文学賞を受賞。『ゲームへの衝動』（04年）ほか著書多数。1995年よりライプツィヒ在住。

最近の翻訳書

◇『シルフ警視と宇宙の謎』　*Schilf*　ユーリ・ツェー著, 浅井晶子訳　早川書房　2009.8　393p　19cm　（ハヤカワepiブック・プラネット）　2000円　①978-4-15-209060-7

海外文学　新進作家事典　　　　　　　　　　　　　　　　テイ

ツェーフェルト, ジーグリット　*Zeevaert, Sigrid*　　　　児童書, ヤングアダルト

ドイツの作家。1960年1月30日西ドイツ・アーヘン生まれ。教師を志して大学へ進むが、教職課程修了時の卒業試験の一環として執筆した最初の児童書『海がきこえる』が高い評価を得、90年から児童文学作家として活動を始める。病気、死、いじめ、差別、家族関係のトラブルなど、子供や10代の若者が抱える現実的な問題をテーマにした作品が多い。2006年ドイツ語圏の優れた児童文学作家に贈られるフリードリヒ・ベーデッカー賞を受賞。

＊＊＊最近の翻訳書＊＊＊

◇『ぼくとヨシュと水色の空』　*JAN UND JOSH*　ジーグリット・ツェーフェルト作, はたさわゆうこ訳　徳間書店　2012.11　281p　19cm　1500円
①978-4-19-863518-3

〔 テ 〕

デイ, シルヴィア　*Day, Sylvia*　　　　　　　　　　　　　　ロマンス

別筆名＝Day, S.J.
　　　　Dare, Livia

アメリカの作家。日系アメリカ人。1973年3月11日カリフォルニア州ロサンゼルス生まれ。アメリカ陸軍の諜報機関でロシア語のエキスパーとして働いた経験がある。2004年に作家デビューすると、すぐにベストセラー入りを果たす。現在は執筆に専念。S.J.Day、Livia Dareの名義でロマンス、アクションのシリーズを多数執筆。その後、シルヴィア・デイの名義で、ヒストリカル、コンテンポラリー、ロマンティック・サスペンス、ファンタジー、SFなど、さまざまなジャンルの小説を手がける。欧米圏をはじめロシア、アジア圏でも広く翻訳されている人気作家。RITA賞、the Goodreads Choice Award、Romantic Times Reviewers'Choice Awardなど、ノミネートや受賞歴も多数。

＊＊＊最近の翻訳書＊＊＊

◇『エントワインド・ウィズ・ユー──ベアード・トゥ・ユー 3　上』
ENTWINED WITH YOU　シルヴィア・デイ著, 中谷ハルナ訳　集英社クリエイティブ　2014.2　315p　16cm　（ベルベット文庫）　880円　①978-4-420-32018-4

◇『エントワインド・ウィズ・ユー──ベアード・トゥ・ユー 3　下』
ENTWINED WITH YOU　シルヴィア・デイ著, 中谷ハルナ訳　集英社クリエイティブ　2014.2　303p　16cm　（ベルベット文庫）　880円　①978-4-420-32019-1

◇『罪という名の記憶』　*SEVEN YEARS TO SIN*　シルヴィア・デイ著, 卯月陶子訳　オークラ出版　2013.9　424p　15cm　（マグノリアロマンス　SD-01）　857円　①978-4-7755-2087-1

◇『かりそめの結婚は恋の罠』　*PRIDE AND PLEASURE*　シルヴィア・デイ著, 鈴木美朋訳　竹書房　2013.7　373p　15cm　（ラズベリーブックス　デ2-1）　952円　①978-4-8124-9546-9

◇『ベアード・トゥ・ユー　上』　*BARED TO YOU*　シルヴィア・デイ著, 中谷ハルナ訳　集英社クリエイティブ　2013.6　282p　16cm　（ベルベット文庫）　770円　①978-4-420-32001-6

◇『ベアード・トゥ・ユー　下』　*BARED TO YOU*　シルヴィア・デイ著, 中谷ハルナ訳　集英社クリエイティブ　2013.6　281p　16cm　（ベルベット文

テイ 海外文学 新進作家事典

庫) 770円 ①978-4-420-32002-3
◇『リフレクティッド・イン・ユー──ベアード・トゥ・ユー 2 上』
REFLECTED IN YOU シルヴィア・デイ著, 中谷ハルナ訳 集英社クリエ
イティブ 2013.6 254p 16cm (ベルベット文庫) 730円 ①978-4-420-
32003-0
◇『リフレクティッド・イン・ユー──ベアード・トゥ・ユー 2 下』
REFLECTED IN YOU シルヴィア・デイ著, 中谷ハルナ訳 集英社クリエ
イティブ 2013.6 270p 16cm (ベルベット文庫) 750円 ①978-4-420-
32004-7
◇『愛に手錠をかけるとき』 *HOT IN HANDCUFFS ARRESTING DESIRE*
ほか シャイラ・ブラック, シルヴィア・デイ, シャイロー・ウォーカー著, 多
田桃子訳 オークラ出版 2013.6 511p 15cm (マグノリアロマンス an-
03) 943円 ①978-4-7755-2041-3 内容:「謎解きは初夜に」シャイラ・ブ
ラック著 「炎に誘われて」シルヴィア・デイ著 「切れない糸をたぐって」
シャイロー・ウォーカー著
◇『ベアード・トゥ・ユー 上』 *BARED TO YOU* シルヴィア・デイ著, 中
谷ハルナ訳 集英社クリエイティブ 2013.1 239p 19cm 1200円 ①978-
4-420-31062-8
◇『ベアード・トゥ・ユー 下』 *BARED TO YOU* シルヴィア・デイ著, 中
谷ハルナ訳 集英社クリエイティブ 2013.1 239p 19cm 1200円 ①978-
4-420-31063-5
◇『氷と堕天使の企み』 *Passion for the game* シルヴィア・デイ著, 谷崎純訳
ランダムハウス講談社 2010.3 447p 15cm 860円 ①978-4-270-10340-1
◇『わがままな求婚者』 *The stranger I married* シルヴィア・デイ著, 村上和
美訳 ランダムハウス講談社 2009.7 479p 15cm 860円 ①978-4-270-
10305-0
◇『復讐の輪舞(ロンド)』 *Ask for it* シルヴィア・デイ著, 長瀬蘭子訳 ラン
ダムハウス講談社 2009.4 479p 15cm 860円 ①978-4-270-10284-8

ティー, ミシェル *Tea, Michelle* 文学

アメリカの作家。1971年マサチューセッツ州生まれ。20代前半をアリゾナ州で過ごした後、サ
ンフランシスコのミッション地区へと移り、ダイクカルチャーとストリートポエトリーに影響
を受ける。小説やノンフィクションを発表する一方、詩の朗読イベント"Sister Spit"の共同創
設者として活動。またアート・ディレクターも務める。自伝的小説『ヴァレンシア・ストリー
ト』(2000年)で、ラムダ賞最優秀レズビアン小説賞を受賞。

最近の翻訳書
◇『ヴァレンシア・ストリート』 *Valencia* ミシェル・ティー著, 西山敦子訳
太田出版 2011.5 326p 19cm 2850円 ①978-4-7783-1253-4

ディアス, ジュノ *Díaz, Junot* 文学

アメリカの作家。1968年12月31日ドミニカ共和国の貧しい農家に生まれ、サントドミンゴで
幼年期を送る。75年家族でアメリカに移住したが、父親が失踪、兄は白血病を患い、窮乏状
態の中で育った。皿洗い、ビリヤード台配達、製鉄業などの仕事をしながらラトガーズ大学、
コーネル大学大学院で文学と創作を学び、デビュー短編集『ハイウェイとゴミ溜め』(96年)で
高い評価を受けた。初長編『オスカー・ワオの短く凄まじい人生』(2007年)は全米批評家協会

海外文学　新進作家事典　　　　　　　　　**テイウイ**

賞とピュリッツァー賞を受賞し、英米で100万部のベストセラーとなった。12年には"天才奨学金"として知られるマッカーサー奨学金を得る。マサチューセッツ工科大学創作科で教鞭を執る一方、ピュリッツァー賞選考委員も務める。

＊＊＊最近の翻訳書＊＊＊

◇『こうしてお前は彼女にフラれる』 *This is how you lose her*　ジュノ・ディアス著, 都甲幸治, 久保尚美訳　新潮社　2013.8　236p　20cm　（CREST BOOKS）　1900円　①978-4-10-590103-5

◇『オスカー・ワオの短く凄まじい人生』 *The brief wondrous life of Oscar Wao*　ジュノ・ディアス著, 都甲幸治, 久保尚美訳　新潮社　2011.2　414p　20cm　（Crest books）　2400円　①978-4-10-590089-2

デイヴィス, キーラ　*Davis, Kyra*　　　　　ロマンス, ミステリー

アメリカの作家。カリフォルニア州サンタクララ生まれ。サンフランシスコのゴールデンゲート大学でビジネスの学士号を取得。2005年よりミステリー小説を出版し、13年『誘惑のストレンジャー』が「ニューヨーク・タイムズ」紙のベストセラー・リスト入りを果たす。カリフォルニア州ロサンゼルス在住。

＊＊＊最近の翻訳書＊＊＊

◇『誘惑のストレンジャー　Part1』 *Just One Night.Part 1：The Stranger*　キーラ・デイヴィス著, 公庄さつき訳　集英社クリエイティブ　2014.3　220p　16cm　（ベルベット文庫）　640円　①978-4-420-32020-7

デイヴィーズ, ジャクリーヌ　*Davies, Jacqueline*　　　　　児童書

アメリカの作家。オハイオ州クリーブランド生まれ。小学生の時から物語や詩を書いていた。2人の息子がレモネードスタンドについて議論しているのを見ていた時に"レモネード戦争"という言葉を思いつき、2007年からの〈レモネード〉シリーズが生まれる。マサチューセッツ州ボストンに在住。

＊＊＊最近の翻訳書＊＊＊

◇『レモネード戦争』 *THE LEMONADE WAR*　ジャクリーヌ・デイヴィーズ作, 日当陽子訳, 小栗麗加絵　フレーベル館　2014.11　187p　21cm　（ものがたりの庭　3）　1300円　①978-4-577-04251-9

デイヴィス, マレー　*Davies, Murray*　　　　　ミステリー, スリラー

イギリスの作家。1947年鉱山労働者の子としてサウスウェールズ地方に生まれ、奨学金で大学に進む。デイリー・メイルやミラー社の記者として新聞業界で20年以上活躍し、アンゴラ、ザンビア、エチオピア、ザイール、ボスニアなどのさまざまな事件を取材した。99年『The Drumbeat of Jimmy Sands』で作家デビュー。

＊＊＊最近の翻訳書＊＊＊

◇『ようこそグリニッジ警察へ』 *WELCOME TO MEANTIME*　マレー・デイヴィス著, 林香織訳　早川書房　2013.2　596p　16cm　（ハヤカワ・ミステリ文庫　HM 389-1）　1100円　①978-4-15-179651-7

テイウイ　　　　　海外文学　新進作家事典

デイヴィッド, イヴリン　*David, Evelyn*　　　　ミステリー, ユーモア

イヴリン・デイヴィッドは、原書の紹介文では二重人格者と紹介されるが、アメリカの作家マリアン・エデルマン・ボーデン (Marian Edelman Borden) とロンダ・ドーセット (Rhonda Dossett) の共同筆名。マリアンは4人の子供の母親で、大学卒業後の20年間で、育児と教育に関する8冊の著書を出す。ニューヨーク在住。ロンダは生物学を学んだ後、オクラホマで石灰行政官として炭鉱の再利用計画に携わる。2人が出会った経緯は明らかにされていないが、直接顔を合わせることはなく、メールでのやり取りだけで作品を執筆している。

最近の翻訳書

◇『探偵は犬を連れて』 *Murder off the books*　イヴリン・デイヴィッド著, 木村博江訳　東京創元社　2009.2　436p　15cm　（創元推理文庫　128-03）　1120円　①978-4-488-12803-6

デイヴィッドソン, クレイグ　*Davidson, Craig*　　　　文学, ホラー

筆名＝Lestewka, Patrick

カナダの作家。1976年トロント生まれ。Patrick Lestewka名義で出版したホラー小説『The Preserve』で作家デビュー。2005年クレイグ・デイヴィッドソン名義で短編集『君と歩く世界』を発表、同作は12年ジャック・オーディアール監督の手により映画化された。

最近の翻訳書

◇『君と歩く世界』 *RUST AND BONE*　クレイグ・デイヴィッドソン著, 峯村利哉訳　集英社　2013.2　395p　16cm　（集英社文庫　テ12-1）　800円　①978-4-08-760662-1

ディカミロ, ケイト　*DiCamillo, Kate*　　　　児童書

アメリカの作家。1964年3月25日ペンシルベニア州生まれ。南部で子供時代の大半を過ごし、フロリダ大学を卒業。作家デビュー作の『きいてほしいの、あたしのこと—ウィン・ディキシーのいた夏』（2000年）は01年ニューベリー賞最終候補作となり、「パブリッシャーズ・ウィークリー」のベスト・ブック・オブ・ザ・イヤーなど数々の賞を受賞。04年『ねずみの騎士デスペローの物語』でニューベリー賞を受賞。

最近の翻訳書

◇『ピーターと象と魔術師』 *The magician's elephant*　ケイト・ディカミロ作, 長友恵子訳　岩波書店　2009.11　193p　20cm　1700円　①978-4-00-115635-5

◇『愛をみつけたうさぎ—エドワード・テュレインの奇跡の旅』 *The miraculous journey of Edward Tulane*　ケイト・ディカミロ作, バグラム・イバトーリーン絵, 子安亜弥訳　ポプラ社　2006.10　205p　22cm　1400円　①4-591-09458-8

ディケール, ジョエル　*Dicker, Joël*　　　　文学

スイスの作家。1985年6月16日ジュネーブ生まれ。ジュネーブ大学で法律を学ぶ。2005年の短編で"ローザンヌの若い作家のための国際文学賞"を受賞。10年第1長編でジュネーブ作家協会賞を受賞。12年にはミステリー『ハリー・クバート事件』で高校生が選ぶゴンクール賞、アカデミー・フランセーズ賞などを受賞。世界32カ国以上で翻訳・出版され、欧州で200万部のメガセラーとなった。

250

海外文学　新進作家事典　　　　　　　　　　　　　　　　　　テイテル

最近の翻訳書

◇『ハリー・クバート事件　上』 *LA VÉRITÉ SUR L'AFFAIRE HARRY QUEBERT*　ジョエル・ディケール著, 橘明美訳　東京創元社　2014.7　418p　19cm　1600円　①978-4-488-01026-3
◇『ハリー・クバート事件　下』 *LA VÉRITÉ SUR L'AFFAIRE HARRY QUEBERT*　ジョエル・ディケール著, 橘明美訳　東京創元社　2014.7　398p　19cm　1600円　①978-4-488-01027-0

ティースラー, ザビーネ　*Thiesler, Sabine*　　　　　　　　ミステリー

ドイツの作家、女優、劇作家。ベルリン生まれ。大学でドイツ文学と演劇を学ぶ。舞台やテレビで女優として活躍し、同時に劇作家、テレビドラマの脚本家としても成功を収めた。2006年ミステリー小説『チャイルド・コレクター』で作家デビュー。

最近の翻訳書

◇『チャイルド・コレクター　上』 *Der Kindersammler*　ザビーネ・ティースラー著, 小津薫訳　早川書房　2008.1　371p　16cm　（ハヤカワ文庫　NV）740円　①978-4-15-041161-9
◇『チャイルド・コレクター　下』 *Der Kindersammler*　ザビーネ・ティースラー著, 小津薫訳　早川書房　2008.1　379p　16cm　（ハヤカワ文庫　NV）740円　①978-4-15-041162-6

ディックス, マシュー　*Dicks, Matthew*　　　　　　　　　　ミステリー

アメリカの作家。ロードアイランド州ウーンソケットで生まれ、マサチューセッツ州で育つ。18歳で家を出てさまざまな職業を経験、23歳の時に強盗事件に遭遇して人生を考え直し、カレッジに入った。小学校教師となり、2005年にはウェスト・ハートフォードの"ティーチャー・オブ・ザ・イヤー"に選ばれた。09年ミステリー『泥棒は几帳面であるべし』で作家デビュー。コネティカット州ニューウィンストン在住。

最近の翻訳書

◇『泥棒は几帳面であるべし』 *SOMETHING MISSING*　マシュー・ディックス著, 髙山祥子訳　東京創元社　2013.7　350p　15cm　（創元推理文庫　Mテ13-1）　940円　①978-4-488-19104-7

ティデル, ヨハンナ　*Thydell, Johanna*　　　　　　　　　ヤングアダルト

スウェーデンの作家。1980年11月14日ネシェー生まれ。2003年『天井に星の輝く』で作家デビュー。多感で不安定なティーンエイジャーの心の揺らぎを的確に描きとった同作で、権威あるアウグスト賞など複数の文学賞を受賞し、一躍国民的人気作家となる。09年には映画化され、ベルリン映画祭の14歳以上向け作品部門にも出品された。ストックホルム在住。

最近の翻訳書

◇『天井に星の輝く』 *I taket lyser stjarnorna*　ヨハンナ・ティデル著, 佐伯愛子訳　白水社　2009.3　245p　20cm　2000円　①978-4-560-02767-7

ディテルリッジ, トニー　*DiTerlizzi, Tony*　　　　　　　児童書, ヤングアダルト

アメリカの絵本作家。1969年カリフォルニア州生まれ。ファンタジーロールプレイングゲー

テイトハ　　　　　海外文学　新進作家事典

ム「ダンジョンズ＆ドラゴンズ」のキャラクターなど、いくつかのカードゲームに関わった後、子供向けの創作絵本や挿絵の仕事を始め、J.R.R.トールキン、アン・マキャフリー、グレッグ・ベアなどの作品のイラストも手がける。ホリー・ブラックと作った〈スパイダーウィック家の謎〉シリーズは世界30カ国以上で翻訳される。精密に描き込まれた画風でゲーム、ファンタジー両方の世界で人気を博す。2003年絵本『スパイダー屋敷の晩餐会』がコールデコット賞オナーブックに選ばれる。

最近の翻訳書

◇『ワンダラ　9　エバ、ほんとうのワンダラへ』　*THE BATTLE FOR WONDLA*　トニー・ディテルリッジ作, 飯野眞由美訳　文溪堂　2015.3　223p　19cm　900円　①978-4-89423-749-0

◇『ワンダラ　8　ニューアッティカ壊滅』　*THE BATTLE FOR WONDLA*　トニー・ディテルリッジ作, 飯野眞由美訳　文溪堂　2015.1　223p　19cm　900円　①978-4-89423-748-3

◇『ワンダラ　7　裏切りの惑星』　*THE BATTLE FOR WONDLA*　トニー・ディテルリッジ作, 飯野眞由美訳　文溪堂　2014.10　223p　19cm　900円　①978-4-89423-747-6

◇『ワンダラ　6　再生ふたりのエバ』　*A HERO FOR WONDLA*　トニー・ディテルリッジ作, 飯野眞由美訳　文溪堂　2014.1　215p　19cm　900円　①978-4-89423-746-9

◇『ワンダラ　5　独裁者カドマスの攻撃』　*A HERO FOR WONDLA*　トニー・ディテルリッジ作, 飯野眞由美訳　文溪堂　2013.11　191p　19cm　900円　①978-4-89423-745-2

◇『ワンダラ　4　謎の人類再生計画』　*A HERO FOR WONDLA*　トニー・ディテルリッジ作, 飯野眞由美訳　文溪堂　2013.8　223p　19cm　900円　①978-4-89423-744-5

◇『ワンダラ　3　惑星オーボナの秘密』　*THE SEARCH FOR WONDLA*　トニー・ディテルリッジ作, 飯野眞由美訳　文溪堂　2013.4　207p　19cm　900円　①978-4-89423-743-8

◇『ワンダラ　2　人類滅亡？』　*THE SEARCH FOR WONDLA*　トニー・ディテルリッジ作, 飯野眞由美訳　文溪堂　2013.2　222p　19cm　900円　①978-4-89423-742-1

◇『ワンダラ　1　地下シェルターからの脱出』　*THE SEARCH FOR WONDLA*　トニー・ディテルリッジ作, 飯野眞由美訳　文溪堂　2013.2　222p　19cm　900円　①978-4-89423-741-4

◇『ケニー＆ドラゴン―伝説の竜退治』　*THE KENNY & THE DRAGON*　トニー・ディテルリッジ作・絵, 水間千恵訳　文溪堂　2009.11　190p　22cm　1400円　①978-4-89423-630-1

◇『スパイダーウィックの謎―映画版』　ホリー・ブラック, トニー・ディテルリッジ原作, なかおえつこ訳　文溪堂　2008.4　29p　26cm　1200円　①978-4-89423-567-0

ティドハー, ラヴィ　*Tidhar, Lavie*　　　　　SF

イスラエルの作家。1976年11月16日生まれ。キブツで育ち、15歳から南アフリカ、ラオス、南太平洋のバヌアツなどに住む。さまざまな言語を習得し、2005年ウェブマガジン「Sci Fiction」に発表した短編「The Dope Friend」が高い評価を得る。以後、短編を雑誌に発表しつつ、長編を執筆。スチームパンク小説〈ブックマン秘史〉シリーズ3部作で好評を博す。11年発表の

『Osama』で世界幻想文学大賞を、中編「Gorel&The Pot-Bellied God」で英国幻想文学大賞を受賞。『完璧な夏の日』は「ガーディアン」紙の13年度ベストSFに選出された。コミックブック原作者や編集者、ライターとしても活躍しており、『The World SF Blog』で英国SF協会賞ノンフィクション部門も受賞。ロンドン在住。

最近の翻訳書

◇『完璧な夏の日　上』 *THE VIOLENT CENTURY*　ラヴィ・ティドハー著, 茂木健訳　東京創元社　2015.2　300p　15cm　（創元SF文庫　SFテ4-1）1000円　①978-4-488-75201-9

◇『完璧な夏の日　下』 *THE VIOLENT CENTURY*　ラヴィ・ティドハー著, 茂木健訳　東京創元社　2015.2　305p　15cm　（創元SF文庫　SFテ4-2）1000円　①978-4-488-75202-6

◇『終末のグレイト・ゲーム』 *THE GREAT GAME*　ラヴィ・ティドハー著, 小川隆訳　早川書房　2014.4　557p　16cm　（ハヤカワ文庫SF　1956—ブックマン秘史　3）　1140円　①978-4-15-011956-0

◇『影のミレディ』 *CAMERA OBSCURA*　ラヴィ・ティドハー著, 小川隆訳　早川書房　2013.12　541p　16cm　（ハヤカワ文庫SF　1932—ブックマン秘史　2）1040円　①978-4-15-011932-4

◇『革命の倫敦』 *THE BOOKMAN*　ラヴィ・ティドハー著, 小川隆訳　早川書房　2013.8　493p　16cm　（ハヤカワ文庫SF　1916—ブックマン秘史　1）　1000円　①978-4-15-011916-4

ディートリッヒ, ウィリアム　*Dietrich, William*　歴史, スリラー

アメリカの作家、ジャーナリスト。1951年ワシントン州生まれ。長年自然・環境分野のジャーナリストとして活躍し、89年に起きたアラスカ沖タンカー原油流出事故のレポートが認められ、90年のピュリッツァー賞を受賞。取材で世界各地を飛び回り、全国科学基金の給費プロジェクトとして南極探検が行われた際には科学ジャーナリストして参加、98年その体験をもとに南極を舞台にした小説『氷の帝国』で作家デビュー。2007年〈イーサン・ゲイジ〉シリーズの第1作『ピラミッド封印された数列』を発表。

最近の翻訳書

◇『ピラミッドロゼッタの鍵』 *The Rosetta key*　ウィリアム・ディートリッヒ著, 村上和久訳　文藝春秋　2009.7　413p　19cm　1900円　①978-4-16-328370-8

◇『ピラミッド封印された数列　上』 *Napoleon's pyramids*　ウィリアム・ディートリッヒ著, 村上和久訳　文藝春秋　2009.1　293p　20cm　1900円　①978-4-16-327850-6

◇『ピラミッド封印された数列　下』 *Napoleon's pyramids*　ウィリアム・ディートリッヒ著, 村上和久訳　文藝春秋　2009.1　281p　20cm　1900円　①978-4-16-327860-5

テイバー, ジェイムズ・M.　*Tabor, James M.*　スリラー

アメリカの探検家、作家。バージニア州で生まれ、コネティカット州で育つ。登山家、洞窟探検家、ダイバーであり、公共放送サービス（PBS）のアウトドア番組のホストや「ヒストリー・チャンネル」の地底旅行を扱った特別番組の制作責任者を務める。「ワシントン・ポスト」など多数の紙誌にも寄稿。2012年『ディープゾーン』で作家デビュー。

テイヒシ　　　　海外文学　新進作家事典

最近の翻訳書

◇『ディープゾーン』 *THE DEEP ZONE* ジェイムズ・M・テイバー著, 加賀
山卓朗訳　早川書房　2013.6　566p　16cm　（ハヤカワ文庫 NV　1285）
1060円　①978-4-15-041285-2

DBCピエール　ディービーシーピエール　*DBC Pierre*　　　　文学

イギリスの作家。1961年6月オーストラリア・レイネラ生まれ。本名はピーター・ウォーレン・
フィンレー（Peter Warren Finlay）。イギリス人を両親にオーストラリアで生まれ、1歳半で
アメリカに移住、7歳から23歳までをメキシコで暮らす。その後もオーストラリア、スペイン、
イギリスなどを転々とする。漫画家、映画製作者、グラフィックデザイナーなどを経て、99年
にアメリカのコロラド州コロンバイン高校で起きた銃乱射事件を素材にした風刺小説『ヴァー
ノン・ゴッド・リトル』で作家デビューし、2003年同作でブッカー賞を受賞。筆名の一部であ
る“DBC”は、“ダーティー・バット・クリーン（汚くも美しく）”の略。アイルランドのリート
リム在住。

最近の翻訳書

◇『ヴァーノン・ゴッド・リトル─死をめぐる21世紀の喜劇』 *Vernon god little*
D.B.C.ピエール著, 都甲幸治訳　ヴィレッジブックス　2007.12　396p
20cm　2800円　①978-4-7897-3236-9

デイビス, ニコラ　*Davies, Nicola*　　　　児童書

イギリスの作家、テレビプロデューサー。ケンブリッジ大学で動物学を専攻。卒業後はBBC
で「The Really Wild Show」など自然科学番組の制作や司会者として活動する一方、動物に
関する絵本や児童書を次々に発表して高い評価を得る。イングランド在住。

最近の翻訳書

◇『クジラに救われた村』 *THE WHALE WHO SAVED US* ニコラ・デイビ
ス文, もりうちすみこ訳　さ・え・ら書房　2015.12　143p　20cm　1300円
①978-4-378-01516-3
◇『ゾウがとおる村』 *THE ELEPHANT ROAD* ニコラ・デイビス文, もりう
ちすみこ訳　さ・え・ら書房　2014.2　133p　20cm　1300円　①978-4-378-
01514-9
◇『あたしがおうちに帰る旅』 *A Girl Called Dog* ニコラ・デイビス作, 代田
亜香子訳　小学館　2013.6　189p　20cm　1400円　①978-4-09-290527-6

デイビッドソン, アンドリュー　*Davidson, Andrew*　　　　文学

カナダの作家。1969年生まれ。英文学の学位を取得し、30歳で来日。英会話スクールの教師
をしながら5年間滞在。その間、小説家となることを決意し、2008年『ガーゴイル─転生する
炎の愛』でデビュー。同作はアメリカのダブルデイ社が破格の125万ドルという版権料で獲得
し、超大型新人として注目された。世界27カ国が翻訳権を取得。アメリカ、カナダでは刊行さ
れるや即ベストセラーとなった。

最近の翻訳書

◇『ガーゴイル─転生する炎の愛』 *The gargoyle* アンドリュー・デイビッド
ソン著, 東江一紀訳　徳間書店　2008.10　549p　20cm　2000円　①978-4-
19-862621-1

海外文学　新進作家事典　　　　　　　　　　　　　　テイラ

ディフェンバー, ヴァネッサ　*Diffenbaugh, Vanessa*　　　　　　　文学

アメリカの作家。カリフォルニア州サンフランシスコで生まれ、同州チコで育つ。スタンフォード大学で創作と教育学を学んだ後、低所得者層の若者を対象に文学と創作を教える。里親制度のもとで育つ子供たちの将来の自立を支援する"カメリア・ネットワーク"を発足。2011年『花言葉をさがして』で作家デビュー。現在はマサチューセッツ州ケンブリッジに在住。

最近の翻訳書

◇『花言葉をさがして』　*The language of flowers*　ヴァネッサ・ディフェン
　バー著, 金原瑞人, 西田佳子訳　ポプラ社　2011.12　433p　20cm　1600円
　①978-4-591-12700-1

ディベン, ダミアン　*Dibben, Damian*　　　　　　　　　　　児童書, SF

イギリスの作家、脚本家。俳優として舞台や映画でキャリアを積んだ後、脚本家に転身。数々のドラマの脚本をこなす。2011年冒険物語『ヒストリーキーパーズ―時空の守り人』で作家としてデビュー、40カ国25言語以上に翻訳される人気作となる。ロンドン在住。

最近の翻訳書

◇『ヒストリーキーパーズ―時空の守り人　上』　*THE HISTORY KEEPERS*
　ダミアン・ディベン著, 中村浩美訳　ソフトバンククリエイティブ　2012.8
　303p　19cm　1500円　①978-4-7973-6765-2
◇『ヒストリーキーパーズ―時空の守り人　下』　*THE HISTORY KEEPERS*
　ダミアン・ディベン著, 中村浩美訳　ソフトバンククリエイティブ　2012.8
　286p　19cm　1500円　①978-4-7973-6766-9

テイラー, サラ・スチュアート　*Taylor, Sarah Stewart*　　ミステリー, スリラー

アメリカの作家。1971年ニューヨーク州ロングアイランド生まれ。ミドルベリー・カレッジとトリニティ・カレッジで創作と文学を学んだ後、ジャーナリストとして「ニューヨーク・タイムズ」紙や「ボストン・グローブ」紙に寄稿する傍ら、小説家を志す。2003年〈スウィーニー・セント・ジョージ〉シリーズの第1作『狡猾なる死神よ』で作家デビュー、04年のアガサ賞最優秀処女長編賞の候補となった。

最近の翻訳書

◇『死者の館に』　*Mansions of the dead*　サラ・スチュアート・テイラー, 野口
　百合子著　東京創元社　2010.4　445p　15cm　（創元推理文庫　270-05）
　1300円　①978-4-488-27005-6
◇『狡猾なる死神よ』　*O'artful death*　サラ・スチュアート・テイラー著, 野口
　百合子訳　東京創元社　2008.2　382p　15cm　（創元推理文庫）　980円
　①978-4-488-27004-9

テイラー, G.P.　*Taylor, G.P.*　　　　　　　　　　　SF, ファンタジー

イギリスの作家、牧師。1958年ヨークシャー生まれ。16歳で牧師になる修行を始めるが、すぐに嫌になってロンドンへ逃げ、パンクのような暮らしぶりでさまざまな宗教、魔術、座禅などを体験。やがて、ヨークシャーに戻り警官を経て牧師となり、2003年地元の子供たちを喜ばせようと書いた『シャドウマンサー』で作家デビュー。

255

テイラ　　　　　　　　　海外文学　新進作家事典

最近の翻訳書
◇『シャドウマンサー』 *Shadowmancer* G.P.テイラー著, 亀井よし子訳　新潮
　社　2006.6　395p　22cm　1900円　Ⓘ4-10-505171-7

テイラー, レイニ　*Taylor, Laini*　　　　　　　　　ファンタジー

アメリカの作家。1971年カリフォルニア州生まれ。カリフォルニア大学バークレー校を卒業
後、イラストレーターや書籍編集などの仕事に就く。2004年イラストレーターの夫ジム・ディ・
バートロとともにグラフィックノベル『The Drowned』を刊行。07年には初の長編となる妖
精ファンタジー『Dreamdark：Blackbringer』を発表。11年に発表した『煙と骨の魔法少女』
は、アンドレ・ノートン賞の最終候補にあがったほか、各書評で絶賛された。オレゴン州ポー
トランド在住。

最近の翻訳書
◇『星影の娘と真紅の帝国　上』 *DAYS OF BLOOD AND STARLIGHT*　レ
　イニ・テイラー著, 桑原洋子訳　早川書房　2014.6　325p　16cm　（ハヤカ
　ワ文庫 FT　565）　860円　Ⓘ978-4-15-020565-2
◇『星影の娘と真紅の帝国　下』 *DAYS OF BLOOD AND STARLIGHT*　レ
　イニ・テイラー著, 桑原洋子訳　早川書房　2014.6　351p　16cm　（ハヤカ
　ワ文庫 FT　566）　860円　Ⓘ978-4-15-020566-9
◇『煙と骨の魔法少女』 *DAUGHTER OF SMOKE AND BONE*　レイニ・テ
　イラー著, 桑原洋子訳　早川書房　2013.11　549p　16cm　（ハヤカワ文庫
　FT　559）　1000円　Ⓘ978-4-15-020559-1

ティリエ, フランク　*Thilliez, Franck*　　　　　　ミステリー, スリラー

フランスの作家。1973年10月15日アヌシー生まれ。ITエンジニアとして勤務する傍ら、創作を
開始。2004年フランコ・シャルコ警視を主人公にした〈Franck Sharko〉シリーズの第2作『タルタ
ロスの審問官』で注目を集める。05年リューシー・エヌベルを初登場させた〈Lucie Hennebelle〉
シリーズの第1作『死者の部屋』でフランス国鉄ミステリー大賞、ポラール河岸大賞を受賞。
北フランスのパ・ド・カレー在住。

最近の翻訳書
◇『**GATACA**　上』 *Gataca*　フランク・ティリエ著, 平岡敦訳　早川書房
　2013.5　375p　16cm　（ハヤカワ文庫 NV　1283）　900円　Ⓘ978-4-15-
　041283-8
◇『**GATACA**　下』 *Gataca*　フランク・ティリエ著, 平岡敦訳　早川書房
　2013.5　382p　16cm　（ハヤカワ文庫 NV　1284）　900円　Ⓘ978-4-15-
　041284-5
◇『**シンドロームE**　上』 *Le syndrome E*　フランク・ティリエ著, 平岡敦訳
　早川書房　2011.11　348p　16cm　（ハヤカワ文庫　NV1246）　860円
　Ⓘ978-4-15-041246-3
◇『**シンドロームE**　下』 *Le syndrome E*　フランク・ティリエ著, 平岡敦訳
　早川書房　2011.11　341p　16cm　（ハヤカワ文庫　NV1247）　860円
　Ⓘ978-4-15-041247-0
◇『**死者の部屋**』 *La chambre des morts*　フランク・ティリエ著, 平岡敦訳
　新潮社　2008.5　483p　16cm　（新潮文庫）　781円　Ⓘ978-4-10-216771-7
◇『**七匹の蛾が鳴く**』 *Deuils de miel*　フランク・ティリエ著, 吉田恒雄訳　ラ
　ンダムハウス講談社　2008.4　438p　15cm　880円　Ⓘ978-4-270-10172-8

海外文学　新進作家事典　　　　　**テイレイ**

◇『タルタロスの審問官』 *Train d'enfer pour ange rouge* フランク・ティリエ著, 吉田恒雄訳　ランダムハウス講談社　2007.9　511p　15cm　900円
①978-4-270-10119-3

デイル, アンナ　*Dale, Anna*　　　　ファンタジー, 児童書

イギリスの作家。1971年生まれ。本が好きで8歳の頃から作家を夢見ていた。書店で働きながら大学院で児童文学の創作を専攻。その時に書いた修士論文が大手出版社の目に留まり、2004年小説『正しい魔女のつくりかた』として刊行されデビュー。同作は海外10カ国以上で翻訳され、大ヒットした。

最近の翻訳書

◇『スパイ少女ドーン・バックル』 *Dawn undercover* アンナ・デイル著, 岡本さゆり訳　早川書房　2007.5　331p　20cm　（ハリネズミの本箱）　1700円
①978-4-15-250048-9

ディレイニー, ジョゼフ　*Delaney, Joseph*　　　ヤングアダルト, ファンタジー

イギリスの作家。1945年ランカシャー州プレストン生まれ。ランカシャー大学を卒業。ブラックプール・シックスス・フォーム・カレッジで、メディア及び映像関連について教える一方、大人向けの小説を執筆。初の児童書『魔使いの弟子』(2004年)が人気となり、以後、〈魔使い〉シリーズを手がける。

最近の翻訳書

◇『魔使いの復讐』 *The spook's revenge* ジョゼフ・ディレイニー著, 田中亜希子訳　東京創元社　2015.2　397p　20cm　（sogen bookland）　2500円
①978-4-488-01994-5
◇『魔使いの敵―闇の国のアリス』 *The spook's alice* ジョゼフ・ディレイニー著, 田中亜希子訳　東京創元社　2014.8　379p　20cm　（sogen bookland）　2400円　①978-4-488-01993-8
◇『魔使いの血』 *The spook's blood* ジョゼフ・ディレイニー著, 田中亜希子訳　東京創元社　2014.3　359p　20cm　（sogen bookland）　2300円　①978-4-488-01992-1
◇『魔使いの呪い』 *The spook's curse* ジョゼフ・ディレイニー著, 金原瑞人, 田中亜希子訳　東京創元社　2014.1　348p　15cm　（創元推理文庫　Fテ7-2）　960円　①978-4-488-58003-2
◇『魔使いの秘密』 *The spook's secret* ジョゼフ・ディレイニー著, 金原瑞人, 田中亜希子訳　東京創元社　2014.1　375p　15cm　（創元推理文庫　Fテ7-3）　980円　①978-4-488-58004-9
◇『魔使いの弟子』 *The spook's apprentice* ジョゼフ・ディレイニー著, 金原瑞人, 田中亜希子訳　東京創元社　2013.12　269p　15cm　（創元推理文庫　Fテ7-1）　800円　①978-4-488-58002-5
◇『魔使いの盟友―魔女グリマルキン』 *The spook's i am grimalkin* ジョゼフ・ディレイニー著, 田中亜希子訳　東京創元社　2013.8　333p　20cm　（sogen bookland）　2300円　①978-4-488-01991-4
◇『魔使いの運命』 *The spook's destiny* ジョゼフ・ディレイニー著, 田中亜希子訳　東京創元社　2013.3　334p　20cm　（sogen bookland）　2200円
①978-4-488-01990-7
◇『魔女の物語―〈魔使いシリーズ〉外伝』 *The spook's stories : witches* ジョ

ゼフ・ディレイニー著，田中亜希子訳　東京創元社　2012.8　237p　20cm
（sogen bookland）　1900円　①978-4-488-01989-1

◇『**魔使いの悪夢**』*The spook's nightmare*　ジョゼフ・ディレイニー著，田中
亜希子訳　東京創元社　2012.3　382p　20cm　（Sogen bookland）　2400円
①978-4-488-01988-4

◇『**魔使いの犠牲**』*The spook's sacrifice*　ジョゼフ・ディレイニー著，田中亜
希子訳　東京創元社　2011.3　333p　20cm　（Sogen bookland）　2200円
①978-4-488-01981-5

◇『**魔使いの過ち　上**』*The spook's mistake*　ジョゼフ・ディレイニー著，金
原瑞人，田中亜希子訳　東京創元社　2010.3　225p　20cm　（Sogen
bookland）　1900円　①978-4-488-01973-0

◇『**魔使いの過ち　下**』*The spook's mistake*　ジョゼフ・ディレイニー著，金
原瑞人，田中亜希子訳　東京創元社　2010.3　219p　20cm　（Sogen
bookland）　1900円　①978-4-488-01974-7

◇『**魔使いの戦い　上**』*The spook's battle*　ジョゼフ・ディレイニー著，金原
瑞人，田中亜希子訳　東京創元社　2009.2　228p　20cm　（Sogen bookland）
1900円　①978-4-488-01965-5

◇『**魔使いの戦い　下**』*The spook's battle*　ジョゼフ・ディレイニー著，金原
瑞人，田中亜希子訳　東京創元社　2009.2　220p　20cm　（Sogen bookland）
1900円　①978-4-488-01966-2

◇『**魔使いの秘密**』*The spook's secret*　ジョゼフ・ディレイニー著，金原瑞人，
田中亜希子訳　東京創元社　2008.2　410p　20cm　（Sogen bookland）
2500円　①978-4-488-01958-7

◇『**魔使いの呪い**』*The spook's curse*　ジョゼフ・ディレイニー著，金原瑞人，
田中亜希子訳　東京創元社　2007.9　380p　20cm　（Sogen bookland）
2400円　①978-4-488-01955-6

◇『**魔使いの弟子**』*The spook's apprentice*　ジョゼフ・ディレイニー著，金原
瑞人，田中亜希子訳　東京創元社　2007.3　297p　20cm　（Sogen bookland）
1900円　①978-4-488-01952-5

ティロ　*Thilo*　　　　　　　　　　　　　　　　　　　　　　　　　児童書

本名＝ペトリ・ラザック，ティロ〈Petry-Lassak, Thilo〉

ドイツの作家。ノルトラインウェストファーレン州にある両親が経営する書店の児童書コー
ナーでたくさんの本を読んで育つ。ミュンスター大学で学び，世界各地を旅する。演芸トリオ
を組んで成功し，ラジオやテレビの仕事をはじめ，「セサミ・ストリート」の脚本なども手が
ける。児童書や戯曲を数多く執筆。妻と4人の子供とドイツのマインツで暮らす。

最近の翻訳書

◇『**ピッチの王様　3　チャンスをつかめ**』*Wir Wollen ins Finale！：Hardys
einmalige Chance*　ティロ文，若松宣子訳，森川泉絵　ほるぷ出版　2015.12
133p　19cm　900円　①978-4-593-56539-9

◇『**ピッチの王様　2　キケンなわな**』*Wir Wollen ins Finale！：Mattis
riskantes Spiel*　ティロ文，若松宣子訳，森川泉絵　ほるぷ出版　2015.8
133p　19cm　900円　①978-4-593-56538-2

◇『**ピッチの王様　1　4人の誓い**』*Wir Wollen ins Finale！：Noahs großer
Traum*　ティロ文，若松宣子訳，森川泉絵　ほるぷ出版　2015.4　131p
19cm　900円　①978-4-593-56537-5

海外文学　新進作家事典　　　　　　　　　　　　　　　　テウイツ

ディーン, デブラ　*Dean, Debra*　　　　　　　　　　　　　　　文学

アメリカの作家。ワシントン州シアトル生まれ。ホイットマン・カレッジで英語と演劇を専攻。卒業後ニューヨークへ行き、ネイバーフッド・プレイハウス（プロの俳優養成所）で2年間研鑽を積みながら、10年近く舞台女優として働く。1990年北西部へ戻り、オレゴン大学で美術の修士号を取得。教師として働きながら文芸誌に短編を発表しはじめる。2006年の長編第1作『エルミタージュの聖母』は20カ国語以上に翻訳された。夫とともにワシントン州シアトル在住。

最近の翻訳書

◇『エルミタージュの聖母』　*The Madonnas of Leningrad*　デブラ・ディーン著, 成川裕子訳　PHP研究所　2009.4　261p　19cm　1600円　①978-4-569-70634-4

ディン, リン　*Dinh, Linh*　　　　　　　　　　　　　　　　　文学

アメリカの詩人、作家、翻訳家。1963年ベトナム・サイゴン生まれ。75年にベトナム戦争最末期の母国を逃れ、偽名を使って国外へ脱出してアメリカに移住。各地を転々とした後、フィラデルフィアに落ち着いた。事務員やペンキ職人、清掃人などさまざまな職業に就く一方、詩や小説の執筆、朗読活動に積極的に取り組み、前衛誌で人気を博す。短編集、詩集を数冊発表。

最近の翻訳書

◇『血液と石鹸』　*Blood and soap*　リン・ディン著, 柴田元幸訳　早川書房　2008.9　237p　19cm　（ハヤカワepiブック・プラネット）　1700円　①978-4-15-208957-1

デウィット, パトリック　*deWitt, Patrick*　　　　　　　　　　　文学

カナダの作家。1975年3月6日バンクーバー島生まれ。皿洗い、バーテンダーなどの職を経て、2009年『みんなバーに帰る』で作家デビュー。11年発表の『シスターズ・ブラザーズ』でブッカー賞の最終候補作に選出されたほか、カナダで最も権威があるとされる総督文学賞をはじめ4冠を制覇。日本では、各種年末ミステリーベスト10入りを果たした。オレゴン州ポートランド在住。

最近の翻訳書

◇『みんなバーに帰る』　*ABLUTIONS*　パトリック・デウィット著, 茂木健訳　東京創元社　2015.1　268p　20cm　1700円　①978-4-488-01041-6

◇『シスターズ・ブラザーズ』　*THE SISTERS BROTHERS*　パトリック・デウィット著, 茂木健訳　東京創元社　2014.12　445p　15cm　（創元推理文庫Mテ14-1）　1200円　①978-4-488-18002-7

◇『シスターズ・ブラザーズ』　*THE SISTERS BROTHERS*　パトリック・デウィット著, 茂木健訳　東京創元社　2013.5　356p　20cm　1900円　①978-4-488-01004-1

デヴィッドスン, メアリジャニス　*Davidson, MaryJanice*　　　　ロマンス

アメリカの作家。アメリカ空軍の軍人の子として各地を転々としながら育つ。20代前半からロマンス作品の原稿を出版社に投稿する。2000年に出版されたアンソロジー〈ウィンダム・ウェアウルフ〉シリーズ第1作『Love's Prisoner』で、すぐれたロマンスSFに贈られる読者賞、サファイア賞を受賞。01年電子書籍の出版をメインにした小出版社から本格デビュー。電子書籍

のロマンス読者のあいだで話題になり、のちにロマンス大手の出版社からも続々と作品が発表されるようになる。04年発表の『ヴァンパイアはご機嫌ななめ(UNDEAD AND UNWED)』でPEARL賞を受賞。ヴァンパイアをヒロインに迎えた同シリーズをはじめ、ヤングアダルトからエロティック・ロマンス、自己啓発系のノンフィクションまで幅広いジャンルを執筆。「ニューヨーク・タイムズ」「USAトゥデイ」各紙のベストセラー作家。夫と2人の子供とともにミネアポリスで暮らす。

最近の翻訳書

◇『キス・キス・キス 抱きしめるほどせつなくて』 ローリ・フォスター, メアリジャニス・デヴィッドスン, ジョアン・ロス著, 石原未奈子, 松井里弥, 鈴木美朋訳 ヴィレッジブックス 2009.11 381p 15cm (ヴィレッジブックス F-フ6-11) 840円 ①978-4-86332-194-6 内容:「憎まれっ子, ロマンスにはばかる」メアリジャニス・デヴィッドスン著, 松井里弥訳 「魔女のルール」ジョアン・ロス著, 鈴木美朋訳 「抱きしめるほどせつなくて」ローリ・フォスター著, 石原未奈子訳

◇『シークレット―とらわれた王女』 エマ・ホリー他著, 日暮京他訳 ソフトバンククリエイティブ 2009.11 613p 16cm (ソフトバンク文庫 ラ-3-2) 900円 ①978-4-7973-5429-4 内容:「夢のなかの恋人」ジェイド・ローレス著, 桂桃子訳 「恋におちた捜査官」キンバリー・ディーン著, 玲月ふう訳 「月に魅せられて」メアリジャニス・デビッドソン著, 村上あすか訳 「とらわれた王女」エマ・ホリー著, 日暮京訳

◇『ヴァンパイアはご機嫌ななめ』 Undead and unwed メアリジャニス・デヴィッドスン著, 和爾桃子訳 早川書房 2006.10 318p 19cm 1600円 ①4-15-208768-4

テオリン, ヨハン　*Theorin, Johan*　　　　　　　　　　ミステリー, スリラー

スウェーデンの作家、ジャーナリスト。1963年イェーテボリ生まれ。ジャーナリストとして活躍する傍ら、新聞や雑誌に短編を発表。2007年刊行の長編デビュー作『黄昏に眠る秋』はベストセラーとなり、世界20カ国以上で出版される。同年スウェーデン推理作家アカデミー賞最優秀新人賞受賞、09年にはCWA賞最優秀新人賞(ジョン・クリーシー・ダガー賞)も受賞するなど、高い評価を得る。同作は〈The Öland Quartet〉としてシリーズ化された。

最近の翻訳書

◇『赤く微笑む春』 *BLODLÄGE*(重訳) *The Quarry* ヨハン・テオリン著, 三角和代訳 早川書房 2013.4 458p 19cm (HAYAKAWA POCKET MYSTERY BOOKS 1870) 1800円 ①978-4-15-001870-2

◇『黄昏に眠る秋』 *SKUMTIMMEN*(重訳) *Echoes from the Dead* ヨハン・テオリン著, 三角和代訳 早川書房 2013.3 602p 16cm (ハヤカワ・ミステリ文庫 HM 390-1) 1000円 ①978-4-15-179701-9

◇『冬の灯台が語るとき』 *The darkest room* ヨハン・テオリン著, 三角和代訳 早川書房 2012.2 462p 19cm (Hayakawa pocket mystery books no.1856) 1800円 ①978-4-15-001856-6

◇『黄昏に眠る秋』 *Echoes from the dead* ヨハン・テオリン著, 三角和代訳 早川書房 2011.4 474p 19cm (Hayakawa pocket mystery books no.1846) 1800円 ①978-4-15-001846-7

海外文学　新進作家事典　　　　　　　　　　　　　　　テツセン

デコック, ミヒャエル　*De Cock, Michael*　　　　　　　児童書

ベルギーの作家、ジャーナリスト。1972年生まれ。ブリュッセル芸術大学で演劇を学び、テレビなどで俳優として活躍。その後、脚本や文学に活動範囲を広げ、『ロージーとムサ』で2011年ベルギー最優秀児童文学賞銀賞（ブーケンベルプ賞）を、『おばあちゃんが小さくなったわけ』（未訳）で11年オランダ最優秀児童文学賞銀賞（銀の石筆賞）を受賞。

最近の翻訳書

◇『ロージーとムサ パパからの手紙』　*ROSIE EN MOUSSA, DE BRIEF VAN PAPA*　ミヒャエル・デコック作、ユーディット・バニステンダール絵、久保谷洋訳　朝日学生新聞社　2012.10　86p　22cm　1000円　①978-4-904826-69-0

◇『ロージーとムサ』　*ROSIE EN MOUSSA*　ミヒャエル・デコック作、ユーディット・バニステンダール絵、久保谷洋訳　朝日学生新聞社　2012.7　86p　22cm　1000円　①978-4-904826-57-7

デサイ, キラン　*Desai, Kiran*　　　　　　　　　　　　文学

インド出身の作家。1971年9月3日ニューデリー生まれ。母親はインドのジェーン・オースティンとも呼ばれる作家、アニタ・デサイ。14歳の時にインドを離れ、イギリスを経て、母とともにアメリカへ移住。97年作家サルマン・ラシュディが『グアヴァ園は大騒ぎ』をインド系作家のアンソロジーに部分収録、「ニューヨーカー」にも一部が掲載され話題となり、大学在学中の98年同作で作家デビュー。同年新人の長編小説に与えられるイギリスの賞、ベティー・トラスク賞を受賞。第2作の『喪失の響き』で2006年度ブッカー賞を受賞。35歳での受賞は、女性受賞者では史上最年少となった。

最近の翻訳書

◇『喪失の響き』　*The inheritance of loss*　キラン・デサイ著, 谷崎由依訳　早川書房　2008.3　500p　19cm　（ハヤカワepiブック・プラネット）　2000円　①978-4-15-208905-2

デッカー, テッド　*Dekker, Ted*　　　　　　　　　　　サスペンス

アメリカの作家。両親は宣教師で、赴任先のインドネシアの密林で生まれ育つ。その後、アメリカの永住権を取得して同国の大学で宗教学と哲学を学ぶ。卒業後はカリフォルニア州の医療関連企業に勤め、やがて独立して会社を起こす。1997年からフルタイムの作家となり、2001年初の単著『Heaven's Wager』を出版。スリリングな展開と、驚くべきひねりを効かせたサスペンス小説で注目を浴びる。家族とテキサス州オースティン在住。

最近の翻訳書

◇『影の爆殺魔 上』　*Three*　テッド・デッカー著、棚橋志行訳　扶桑社　2006.1　352p　16cm　（扶桑社ミステリー）　819円　①4-594-05098-0

◇『影の爆殺魔 下』　*Three*　テッド・デッカー著、棚橋志行訳　扶桑社　2006.1　327p　16cm　（扶桑社ミステリー）　819円　①4-594-05099-9

デッセン, サラ　*Dessen, Sarah*　　　　　　　　　　　文学

アメリカの作家。1970年イリノイ州で生まれるが、両親がノースカロライナ大学の教授だった関係でノースカロライナ州チャペルヒルで育つ。子供の頃から作家を志し、ノースカロライナ大学卒業後も就職せずに小説を書き続ける。97年処女作『夏の終わりに』がアメリカ図書館協

議会ヤングアダルト部門最優良図書に選ばれた。『あなたに似た人』『月をつかんで』『ドリームランド』などの作品を発表し続け、アメリカ図書館協議会最優良図書や「スクール・ライブラリー・ジャーナル」の年間最優良図書に選ばれるなど高い評価を得る。執筆の傍ら、母校で教鞭を執る。

最近の翻訳書

◇『愛のうたをききたくて』 *This lullaby* サラ・デッセン作, おびかゆうこ訳 徳間書店 2008.7 440p 19cm 1800円 ①978-4-19-862567-2

デップ, ダニエル *Depp, Daniel*　　　　　　　　　ミステリー

アメリカの作家。1953年生まれ。俳優ジョニー・デップの異父兄。ケンタッキー大学で古典や欧州史を学び、図書館などで働いた後、カリフォルニアで中学校教師を10年務める。その後、弟に誘われ、映画製作会社スカラマンガを設立、ジョニーの主演・初監督作品「ブレイブ」(97年)の脚本を共同執筆した。2009年にはハリウッドで映画製作に携わった経験をもとに虚飾の街を鮮やかに描いた『負け犬の街』で作家デビュー。

最近の翻訳書

◇『バビロン・ナイツ』 *Babylon Nights* ダニエル・デップ著, 岡野隆也訳 小学館 2013.8 445p 15cm (小学館文庫 テ1-2) 819円 ①978-4-09-408714-7

◇『負け犬の街』 *Loser's town* ダニエル・デップ著, 岡野隆也訳 小学館 2009.12 429p 15cm (小学館文庫 テ1-1) 800円 ①978-4-09-408449-8

テベッツ, クリス *Tebbetts, Chris*　　　　　ヤングアダルト, ファンタジー

アメリカの作家。オハイオ州生まれ。冒険ファンタジーのシリーズなどで活躍し、ジェームズ・パターソンとの共著〈ザ・ワースト中学生〉シリーズで人気を集める。

最近の翻訳書

◇『ザ・ワースト中学生―ブロッコリーとヘビといじめからのサバイバル大作戦』 *Middle School：HOW I SURVIVED BULLIES, BROCCOLI, AND SNAKE HILL* ジェームズ・パターソン, クリス・テベッツ作, たからしげる訳 ポプラ社 2014.2 311p 20cm 1300円 ①978-4-591-13542-6

◇『ザ・ワースト中学生―ここから出してくれ〜!!』 *Middle School：Get Me out of Here!* ジェームズ・パターソン, クリス・テベッツ作, たからしげる訳 ポプラ社 2013.2 259p 20cm 1300円 ①978-4-591-13227-2

◇『ザ・ワースト中学生―人生で最悪の日々』 ジェームズ・パターソン, クリス・テベッツ作, たからしげる訳 ポプラ社 2012.9 308p 20cm 1300円 ①978-4-591-12994-4

デューイ, キャスリーン *Duey, Kathleen*　　　　　ヤングアダルト, 歴史

アメリカの作家。コロラド州出身。1990年代から児童文学作家として活動。代表作である〈アメリカン・ダイアリー〉〈サバイバル〉のシリーズは、細部まで綿密にリサーチされた歴史物語で、それぞれ10冊以上続く人気シリーズとなった。ファンタジーや本格歴史物語を手がけるなど、多彩な著作活動を行う。南カリフォルニア在住。

最近の翻訳書

◇『サムライ』 *Samurai* ロバート・グールド写真, キャスリーン・デューイ

文, ユージーン・エプスタイン画, MON訳　岩崎書店　2007.10　95p　21cm
（タイムソルジャー　6）　900円　①978-4-265-06676-6
◇『エジプトのミイラ』 *Mummy*　ロバート・グールド写真, キャスリーン・
デューイ文, ユージーン・エプスタイン画, MON訳　岩崎書店　2007.10
95p　21cm　（タイムソルジャー　5）　900円　①978-4-265-06675-9
◇『キング・アーサー』 *Arthur*　キャスリーン・デューイ文, ロバート・グール
ド写真, ユージーン・エプスタイン画, MON訳　岩崎書店　2007.8　95p
21cm　（タイムソルジャー　4）　900円　①978-4-265-06674-2
◇『パイレーツ』 *Patch*　キャスリーン・デューイ文, ロバート・グールド写真,
ユージーン・エプスタイン画, MON訳　岩崎書店　2007.8　95p　21cm
（タイムソルジャー　3）　900円　①978-4-265-06673-5
◇『**Rex　2**』 *Rex*　ロバート・グールド写真, キャスリーン・デューイ文, ユー
ジーン・エプスタイン画, MON訳　岩崎書店　2007.6　95p　21cm　（タイ
ムソルジャー　2）　900円　①978-4-265-06672-8
◇『**Rex　1**』 *Rex*　ロバート・グールド写真, キャスリーン・デューイ文, ユー
ジーン・エプスタイン画, MON訳　岩崎書店　2007.6　95p　21cm　（タイ
ムソルジャー　1）　900円　①978-4-265-06671-1

テラー, ヤンネ　*Teller, Janne*　　　　　　　　　　　　　　文学, 児童書

デンマークの作家。1964年4月8日コペンハーゲン生まれ。欧州連合に勤務。95年から執筆を
開始、99年小説『Odin's Island（オーディンの島）』（未訳）でデビュー。『人生なんて無意味だ』
は2001年度のデンマーク文化省児童文学賞を受賞。各国語に翻訳されるとともに版を重ね、一
躍名声を博して次々と文学賞を獲得した。最優秀児童書賞（フランス, 08年）、最優秀翻訳書賞
（アメリカ, 10年）。短編小説、エッセイなど多数。

最近の翻訳書

◇『人生なんて無意味だ』 *Intet*　ヤンネ・テラー著, 長島要一訳　幻冬舎
2011.11　205p　18cm　952円　①978-4-344-02097-9

デラニー, ルーク　*Delaney, Luke*　　　　　　　　　　　　　　　　ミステリー

イギリスの作家。ロンドン警視庁の元警察官で、1980年代後半より凶悪犯罪の発生率で悪名
高いロンドン南東部に配属され、のちに犯罪捜査部刑事として組織犯罪絡みの事件から連続殺
人まで広く殺人捜査に携わる。刑事時代の経験をもとに、2013年『冷酷』で作家デビューする
と、同作は世界12カ国で翻訳されるなど各方面で話題となった。

最近の翻訳書

◇『冷酷』 *COLD KILLING*　ルーク・デラニー著, 堤朝子訳　ヴィレッジブッ
ク ス　2014.3　596p　15cm　（ヴィレッジブックス　F-テ4-1）　980円
①978-4-86491-124-5

デ・ラ・モッツ, アンデシュ　*de la Motte, Anders*　　　　　　　　　ミステリー

スウェーデンの作家。1971年生まれ。ストックホルム警察の元警官で、セキュリティ・コン
サルタントとして仕事をしながら小説を執筆。2010年『監視ごっこ』で作家デビューし、ス
ウェーデン推理作家協会賞の新人賞を受賞した。

テラン　　　　　　　　　　海外文学　新進作家事典

最近の翻訳書

◇『炎上投稿』 *buzz*　アンデシュ・デ・ラ・モッツ著, 真崎義博訳　早川書房
2015.6　531p　16cm　（ハヤカワ・ミステリ文庫　HM 405-2）　1300円
①978-4-15-180452-6
◇『監視ごっこ』 *geim*　アンデシュ・デ・ラ・モッツ著, 真崎義博訳　早川書
房　2014.7　476p　16cm　（ハヤカワ・ミステリ文庫　HM 405-1）　1000円
①978-4-15-180451-9

テラン, ボストン　*Teran, Boston*　　　　　　　ミステリー, スリラー

アメリカの作家。ニューヨーク市サウス・ブロンクスのイタリア系一家に生まれ育つ。1999
年初の長編『神は銃弾』を発表。直後から絶賛を受け、MWA賞最優秀新人賞にノミネートさ
れ、CWA賞最優秀新人賞（ジョン・クリーシー・ダガー賞）や日本冒険小説協会大賞を受賞。

最近の翻訳書

◇『暴力の教義』 *THE CREED OF VIOLENCE*　ボストン・テラン著, 田口
俊樹訳　新潮社　2012.9　374p　16cm　（新潮文庫　テ-24-1）　670円
①978-4-10-218231-4
◇『音もなく少女は』 *Woman*　ボストン・テラン著, 田口俊樹訳　文藝春秋
2010.8　469p　16cm　（文春文庫　テ12-4）　876円　①978-4-16-770587-9

デ・レーウ, ヤン　*De Leeuw, Jan*　　　　　　　　　　児童書

ベルギーの作家。1968年5月21日アールスト生まれ。心理学を専攻。大人のための作品や青少
年向け戯曲を発表した後、2004年『羽の国』で青少年文学の作家としてデビュー。この作品で
本の子供ライオン賞、翌年『夜の国』で金のフクロウ・若い読者賞を受賞。

最近の翻訳書

◇『15の夏を抱きしめて』 *VIJFTIEN WILDE ZOMERS*　ヤン・デ・レーウ
作, 西村由美訳　岩波書店　2014.3　292p　19cm　（STAMP BOOKS）
1700円　①978-4-00-116409-1

テレル, ヘザー　*Terrell, Heather*　　　　　　　ヤングアダルト, 歴史

アメリカの作家、弁護士。ボストン・カレッジで美術史を専攻する一方、ボストン大学ロー・
スクールを優秀な成績で卒業。以後、弁護士としてアメリカのトップ企業の訴訟問題を扱い、
ニューヨークの名だたる企業や高級ホテル・グループの訴訟担当者として働く。傍ら、ニュー
ヨーク大学で美術や考古学を学んで執筆活動を行い、2007年『蛹令嬢の肖像』で作家デビュー。

最近の翻訳書

◇『蛹令嬢の肖像』 *The chrysalis*　ヘザー・テレル著, 宮内もと子訳　集英社
2009.7　379p　16cm　（集英社文庫　テ10-1）　714円　①978-4-08-760582-2

田原　デン, ゲン　*Tian, Yuan*　　　　　　　　　　　　文学

中国の作家、歌手、女優。1985年湖北省武漢生まれ。幼い頃からピアノ、ギターを習い、両親
からモーパッサン、バルザックなどさまざまな本を与えられて育つ。"80後（バーリンホウ）"
と呼ばれる中国80年代生まれの一人っ子世代で、海賊版の洋楽CDで覚えた英語で詩を書いて
作曲し、ネイティブと変わらぬ発音で、2002年16歳でインディペンデント・バンド "跳房子

（Hopscotch）"のボーカルとしてデビュー。同年、初の小説『斑馬森林』も出版。04年には映画「胡蝶」で女優デビューも果たし、香港電影金像奨最優秀新人賞を受賞。07年小説『水の彼方 Double Mono（双生水莕）』を発表。音楽、小説、映画の垣根を越えて多彩な才能を発揮、"80後"を代表するアーティストとして脚光を浴び、"中国13億人のミューズ（芸術の女神）"と呼ばれる。09年来日。北京在住。

＊＊＊最近の翻訳書＊＊＊

◇『水の彼方』　田原著, 泉京鹿訳　講談社　2009.6　332p　19cm　1600円
　　①978-4-06-215471-0

テンプル, ピーター　*Temple, Peter*　　　　　　　　ミステリー

オーストラリアの作家。1946年南アフリカで生まれ、その後にオーストラリアへ移住。新聞や雑誌の記者・編集者として活動後に作家となり、96年『Bad Debts』でネッド・ケリー賞新人長編賞を受賞。2000年第3作の『シューティング・スター』で同賞最優秀長編賞を初受賞。ネッド・ケリー賞を5度以上受賞したオーストラリア・ミステリー界の第一人者で、07年には『壊れた海辺』でCWA賞ゴールド・ダガー賞を受けている。

＊＊＊最近の翻訳書＊＊＊

◇『シューティング・スター』　*SHOOTING STAR*　ピーター・テンプル著, 圭初幸恵訳　札幌　柏艪舎　2012.5　287p　19cm　（［文芸シリーズ］）　1800円　①978-4-434-16660-0
◇『壊れた海辺』　*The broken shore*　ピーター・テンプル著, 土屋晃訳　ランダムハウス講談社　2008.10　559p　15cm　950円　①978-4-270-10240-4

テンプルトン, ジュリア　*Templeton, Julia*　　　　　　　　ロマンス

共同筆名＝ブラック, アナスタシア〈Black, Anastasia〉
アメリカの作家。スパイシーなヒストリカル、タイムトラベル、ヴァンパイア、コンテンポラリーのロマンスを手がける。カナダ在住のトレイシー・クーパー・ポージーとの共同筆名アナスタシア・ブラックでも作品を発表。ワシントン州在住。

＊＊＊最近の翻訳書＊＊＊

◇『罪深き貴公子』　*SINJIN*　ジュリア・テンプルトン著, 大原葵訳　オークラ出版　2014.6　337p　15cm　（マグノリアロマンス　JT-01）　762円　①978-4-7755-2245-5
◇『天使の甘い罠』　ジェス・マイケルズ, レダ・スワン, ジュリア・テンプルトン著, 文月梨乃, 森本花梨, 喜多川愛訳　ソフトバンククリエイティブ　2008.12　422p　16cm　（ソフトバンク文庫）　840円　①978-4-7973-4934-4

〔ト〕

ドーア, アンソニー　*Doerr, Anthony*　　　　　　　　文学

アメリカの作家。1973年オハイオ州クリーブランド生まれ。オハイオ州立大学大学院創作科を修了。2002年短編集『シェル・コレクター』で作家デビュー。「アトランティック・マンスリー」「パリス・レビュー」「ゾエトロープ」などに作品を発表。短編「ハンターの妻」でO.ヘンリー賞、「ネムナス川」でプッシュカート賞を受賞したほか、バーンズ＆ノーブル・ディス

カバー賞、ローマ賞、ニューヨーク公共図書館ヤング・ライオン賞など受賞多数。15年には『All the Light We Cannot See』でピュリッツァー賞を受けた。アイダホ州在住。

最近の翻訳書

◇『メモリー・ウォール』 *Memory wall* アンソニー・ドーア著, 岩本正恵訳 新潮社 2011.10 316p 20cm （Crest books） 2000円 ⓘ978-4-10-590092-2

ドイッチ, リチャード *Doetsch, Richard* ミステリー, スリラー

アメリカの作家。ニューヨークのマリスト・カレッジを卒業後、ニューヨーク大学で不動産学の修士号を取得。1980年代の後半にロックバンドを結成してギター、キーボードを担当、作詞・作曲も手がけた。モデルや映画俳優の経験もある。スポーツは万能で、トライアスロンとスキーは競技会に出場し、テコンドーでは黒帯を取得。コネティカット州グリーンウィッチにある不動産投資運用会社の代表を務める。『天国への鍵』（2002年）で小説家としてデビュー。同作を〈Michael St.Pierre〉としてシリーズ化された。

最近の翻訳書

◇『夜明け前の死』 *Half-past dawn* リチャード・ドイッチ著, 佐藤耕士訳 新潮社 2014.11 626p 16cm （新潮文庫 トー23-3） 940円 ⓘ978-4-10-217833-1
◇『13時間前の未来 上巻』 *The 13th hour* リチャード・ドイッチ著, 佐藤耕士訳 新潮社 2011.3 325p 16cm （新潮文庫 トー23-1） 629円 ⓘ978-4-10-217831-7
◇『13時間前の未来 下巻』 *The 13th hour* リチャード・ドイッチ著, 佐藤耕士訳 新潮社 2011.3 298p 16cm （新潮文庫 トー23-2） 590円 ⓘ978-4-10-217832-4
◇『天国への鍵』 *The thieves of heaven* リチャード・ドイッチ著, 奥村章子訳 早川書房 2007.11 601p 16cm （ハヤカワ文庫 NV） 1000円 ⓘ978-4-15-041154-1

ドイロン, ポール *Doiron, Paul* ミステリー, スリラー

アメリカの作家。メーン州出身。エール大学卒業後、エマーソン・カレッジの創作講座で学ぶ。処女作『森へ消えた男』はMWA賞、アンソニー賞、マカヴィティ賞、スリラー賞などの処女長編賞にノミネートされた。メーン州の地域誌「ダウン・イースト」編集長を務める傍ら、州の登録ガイドとしての活動にも力を尽くす。同州在住。

最近の翻訳書

◇『森へ消えた男』 *The poacher's son* ポール・ドイロン著, 山中朝晶訳 早川書房 2010.10 478p 16cm （ハヤカワ・ミステリ文庫 HM375-1） 900円 ⓘ978-4-15-178951-9

トイン, サイモン *Toyne, Simon* ミステリー, スリラー

イギリスの作家、テレビプロデューサー。1968年2月29日生まれ。テレビ業界で20年間ディレクター、プロデューサーとして活躍、数々の賞を受賞する。一念発起して仕事を辞め、小説執筆のためだけに家族とフランスへ移住。2011年宗教ミステリー『サンクトゥス』で作家デビュー、25カ国語以上に翻訳され、50以上の国々で出版される。

海外文学　新進作家事典　　　　　　　　　　　　　　　　トウエニ

最近の翻訳書

◇『ザ・キー　上』 *THE KEY* サイモン・トイン著, 土屋晃訳　アルファポリ
　ス　2015.4　270p　15cm　（アルファポリス文庫）　650円　Ⓘ978-4-434-
　20423-4
◇『ザ・キー　下』 *THE KEY* サイモン・トイン著, 土屋晃訳　アルファポリ
　ス　2015.4　302p　15cm　（アルファポリス文庫）　650円　Ⓘ978-4-434-
　20424-1
◇『サンクトゥス　上』 *SANCTUS* サイモン・トイン著, 土屋晃訳　アル
　ファポリス　2014.9　306p　15cm　（アルファポリス文庫）　650円　Ⓘ978-
　4-434-19720-8
◇『サンクトゥス　下』 *SANCTUS* サイモン・トイン著, 土屋晃訳　アル
　ファポリス　2014.9　323p　15cm　（アルファポリス文庫）　650円　Ⓘ978-
　4-434-19721-5
◇『ザ・キー　上』 *THE KEY* サイモン・トイン著, 土屋晃訳　アルファポリ
　ス　2014.5　238p　19cm　1600円　Ⓘ978-4-434-19328-6
◇『ザ・キー　下』 *THE KEY* サイモン・トイン著, 土屋晃訳　アルファポリ
　ス　2014.5　262p　19cm　1600円　Ⓘ978-4-434-19329-3
◇『サンクトゥス　上』 *SANCTUS* サイモン・トイン著, 土屋晃訳　アル
　ファポリス　2012.8　268p　19cm　1600円　Ⓘ978-4-434-16839-0
◇『サンクトゥス　下』 *SANCTUS* サイモン・トイン著, 土屋晃訳　アル
　ファポリス　2012.8　285p　19cm　1600円　Ⓘ978-4-434-16840-6

ドゥ・ヴィガン, デルフィーヌ　*de Vigan, Delphine*　　　　　　文学

フランスの作家、映画監督。1966年3月1日ブーローニュ・ビヤンクール生まれ。5歳で両親が離婚、母親と妹と暮らすが、13歳で母に捨てられ、ノルマンディーに住む父親のもとへ。19歳でパリに戻り、アルバイトで生計を立てながら学業を終える。2008年小説『ノーと私』でフランス本屋大賞を受賞。同作はザブー・ブライトマン監督により映画化された。その後、『Les heures souterraines』『リュシル』を上梓。いずれも世界各国で翻訳・出版される。14年には映画「A coup sûr」で監督デビュー。パリ在住。

最近の翻訳書

◇『リュシル―闇のかなたに』 *RIEN NE S'OPPOSE À LA NUIT* デル
　フィーヌ・ドゥ・ヴィガン著, 山口羊子訳　エンジン・ルーム　2014.12
　399p　19cm　1600円　Ⓘ978-4-309-92042-9

ドゥエニャス, マリーア　*Dueñas, María*　　　　　　　　　歴史, ロマンス

スペインの作家。1964年シウダ・レアル県プエルトリャノ生まれ。英語文献学博士取得。アメリカの大学で教鞭を執った経験を持ち、教育、文化、出版に関するさまざまなプロジェクトに参加。2009年ロマンス・ミステリー巨編『情熱のシーラ』で作家デビュー。世界で400万部超の大ベストセラーとなり、多くの読者や評論家を魅了する。ムルシア大学教授も務める。

最近の翻訳書

◇『情熱のシーラ　下』 *EL TIEMPO ENTRE COSTURAS* マリーア・ドゥ
　エニャス著, 宮﨑真紀監訳, 草野香, 轟志津香訳　NHK出版　2015.7　255, 4p
　19cm　1500円　Ⓘ978-4-14-005667-7
◇『情熱のシーラ　中』 *EL TIEMPO ENTRE COSTURAS* マリーア・ドゥ

エニャス著, 宮﨑真紀監訳, 船越隆子, 轟志津香訳　NHK出版　2015.6　277p
19cm　1500円　①978-4-14-005666-0

◇『情熱のシーラ　上』 *EL TIEMPO ENTRE COSTURAS*　マリーア・ドゥ
エニャス著, 宮﨑真紀監訳, 大友香奈子, 村田悦子訳　NHK出版　2015.5
259p　19cm　1500円　①978-4-14-005665-3

トゥルン, モニク　*Truong, Monique*　　　　　　　　　　文学

本名＝Truong, Monique T.D.

アメリカの作家。1968年南ベトナム・サイゴン生まれ。75年6歳の時、ベトナム戦争末期のサイ
ゴンから家族とともにアメリカに移住。エール大学で文学を学んだ後、コロンビア大学ロー・
スクールを修了。著作権法に関する弁護士となる。2003年第二次大戦前のパリを舞台にベトナ
ム人の料理人を描いた『ブック・オブ・ソルト』で作家デビューし、バード小説賞など多
数の文学賞を受賞、一躍話題の作家となる。15年には日本に3カ月間滞在し、ラフカディオ・
ハーン（小泉八雲）に関する取材を重ね、小説を執筆。ニューヨーク市ブルックリン在住。

＊＊＊最近の翻訳書＊＊＊

◇『ブック・オブ・ソルト』 *THE BOOK OF SALT*　モニク・トゥルン著, 小
林富久子訳　彩流社　2012.11　373p　20cm　2800円　①978-4-7791-1831-9

ドクトロウ, コリイ　*Doctorow, Cory*　　　　　　　SF, ヤングアダルト

カナダの作家。1971年7月17日トロント生まれ。両親ともに教師。数学とコンピューター・サ
イエンスを教える父親の影響を受け、幼い頃からその2つの分野に親しんでいた。17歳の時に
初めてSFを雑誌に発表。98年「サイエンス・フィクション・エイジ」誌に発表した短編「ク
ラップハウンド」で注目される。2003年に発表した第1長編『マジック・キングダムで落ちぶ
れて』で、ローカス賞処女長編賞を受賞した。09年『リトル・ブラザー』でジョン・W.キャ
ンベル記念賞、プロメテウス賞、ホワイトパイン賞を受賞。

＊＊＊最近の翻訳書＊＊＊

◇『リトル・ブラザー』 *Little brother*　コリイ・ドクトロウ著, 金子浩訳　早川
書房　2011.3　446p　19cm　2000円　①978-4-15-209199-4

トッド, アナ　*Todd, Anna*　　　　　　　　　　　　　ロマンス

アメリカの作家。高校を卒業して1カ月後に結婚した夫がイラクに派兵されている間、デパー
トのコスメカウンターや国税庁の出先機関での事務処理など、さまざまなアルバイトをこな
す。2014年処女作である恋愛小説『AFTER』を出版、世界的ヒットとなる。テキサス州在住。

＊＊＊最近の翻訳書＊＊＊

◇『**AFTER　4**』 *AFTER*　アナ・トッド著, 飯原裕美訳　小学館　2016.2
234p　15cm　（小学館文庫）　620円　①978-4-09-406255-7

◇『**AFTER　3**』 *AFTER*　アナ・トッド著, 飯原裕美訳　小学館　2016.1
219p　15cm　（小学館文庫　ト3-3）　600円　①978-4-09-406249-6

◇『**AFTER　2**』 *AFTER*　アナ・トッド著, 飯原裕美訳　小学館　2015.12
215p　15cm　（小学館文庫　ト3-2）　600円　①978-4-09-406154-3

◇『**AFTER　1**』 *AFTER*　アナ・トッド著, 飯原裕美訳　小学館　2015.12
203p　15cm　（小学館文庫　ト3-1）　580円　①978-4-09-406153-6

海外文学　新進作家事典　　　　　　　　　　　　　　　　　トマス

トーディ, ポール　Torday, Paul　　　　　　　　　　　　　　　　文学

イギリスの作家。1946年〜2013年。ダーラム州生まれ。ハンガリー人の父親とアイルランド人の母親の間に生まれる。オックスフォード大学ペンブルック・カレッジで英文学を学んだ後、家業である船のエンジン修理会社に勤務。約30年間勤務の後、非常勤会長に退いたことを機に執筆を始める。07年中東の砂漠に魚の泳ぐ川を造るイギリス人の活躍を描いた『イエメンで鮭釣りを』で作家デビュー、同作はベストセラーとなり、同年ボランジェ・エブリマン・ウッドハウス賞を受賞、08年にはギャラクシー・ブリティッシュ・ブック賞の最優秀新人作家にノミネートされた。

*** 最近の翻訳書 ***

◇『ウィルバーフォース氏のヴィンテージ・ワイン』 *The irresistible inheritance of Wilberforce* ポール・トーディ著, 小竹由美子訳 白水社 2010.8 379p 20cm （Ex libris） 2600円 ①978-4-560-09011-4

◇『イエメンで鮭釣りを』 *Salmon fishing in the Yemen* ポール・トーディ著, 小竹由美子訳 白水社 2009.4 368p 20cm （Ex libris） 2500円 ①978-4-560-09002-2

ドノヒュー, キース　Donohue, Keith　　　　　　　　　　　　　　文学

アメリカの作家。1960年ペンシルベニア州ピッツバーグ生まれ。デューケーン大学卒業後、芸術活動を財政的に支援するための連邦政府機関「全国芸術基金」でスピーチ原稿を書く仕事に従事。その後、アメリカカトリック大学で現代アイルランド文学の博士号を取得。2006年『盗まれっ子』で作家デビュー。「全国芸術基金」とは異なる連邦政府機関に在籍しながら、創作のほか、「ワシントン・ポスト」紙などに評論を寄稿する。

*** 最近の翻訳書 ***

◇『盗まれっ子』 *The stolen child* キース・ドノヒュー著, 田口俊樹訳 武田ランダムハウスジャパン 2011.5 445p 20cm 2300円 ①978-4-270-00646-7

トマス, スカーレット　Thomas, Scarlett　　　　　　　　　　　　文学

イギリスの作家。1972年ロンドン生まれ。98年ミステリー長編『Dead Clever』でデビュー。2001年には「インディペンデント・オン・サンデー」紙により "イギリスの新進作家20人" に選ばれた。04年からケント大学で英文学と創作を教える傍ら、創作活動を続ける。

*** 最近の翻訳書 ***

◇『Y氏の終わり』 *The end of Mr.Y* スカーレット・トマス著, 田中一江訳 早川書房 2007.12 533p 20cm （Hayakawa novels） 2000円 ①978-4-15-208879-6

トーマス, ダイアン・コールター　Thomas, Diane Coulter　　サスペンス, スリラー

アメリカの作家。1942年4月22日カリフォルニア州オークランド生まれ。コロンビア大学において演劇、映画史、批評でMFAを取得。さらにジョージア州立大学のMFA創作科コースで学ぶ。雑誌の映画・演劇評論の編集者、ライターを経て、2005年『親愛なるE—エルヴィスとアクサ往復書簡』で作家デビュー。15年第2作の『Wilderness』を発表した。

*** 最近の翻訳書 ***

◇『親愛なるE—エルヴィスとアクサ往復書簡』 *The year the music changed* ダイアン・コールター・トーマス著, 小竹由美子訳 ポプラ社 2006.11

382p　20cm　1600円　Ⓓ4-591-09506-1

トマスン, ダスティン　*Thomason, Dustin*　　　　文学

アメリカの作家。ハーバード大学で人類学と医学を学び、コロンビア大学で医学博士号とMBAを取得。8歳からの親友であるイアン・コールドウェルとの共著で、15世紀ローマの貴人による古書をめぐる暗号解読ミステリー『フランチェスコの暗号』（2004年）で作家デビュー。その後、多くのテレビドラマを制作した後、12年ミステリー小説『滅亡の暗号』を単独で書き上げた。カリフォルニア州ロサンゼルス在住。

最近の翻訳書

◇『滅亡の暗号　上』 *12.21*　ダスティン・トマスン著, 柿沼瑛子訳　新潮社　2012.10　296p　16cm　（新潮文庫　トー24-1）　590円　Ⓘ978-4-10-218251-2

◇『滅亡の暗号　下』 *12.21*　ダスティン・トマスン著, 柿沼瑛子訳　新潮社　2012.10　266p　16cm　（新潮文庫　トー24-2）　550円　Ⓘ978-4-10-218252-9

トムスン, キース　*Thomson, Keith*　　　　ミステリー, スリラー

アメリカ在住の作家。1968年2月2日生まれ。フランスでセミプロの野球選手、「ニューズデイ」紙の漫画家、映画監督、脚本家など、さまざまな職を経て作家になる。ニュース・ウェブサイト「ハフィントン・ポスト」で諜報に関する記事も執筆。アラバマ州で暮らしている。

最近の翻訳書

◇『コードネームを忘れた男　上巻』 *TWICE A SPY.vol.1*　キース・トムスン著, 熊谷千寿訳　新潮社　2013.12　297p　16cm　（新潮文庫　トー22-3）　630円　Ⓘ978-4-10-217683-2

◇『コードネームを忘れた男　下巻』 *TWICE A SPY.vol.2*　キース・トムスン著, 熊谷千寿訳　新潮社　2013.12　287p　16cm　（新潮文庫　トー22-4）　590円　Ⓘ978-4-10-217684-9

◇『ぼくを忘れたスパイ　上巻』 *Once a spy*　キース・トムスン著, 熊谷千寿訳　新潮社　2010.10　313p　16cm　（新潮文庫　トー22-1）　590円　Ⓘ978-4-10-217681-8

◇『ぼくを忘れたスパイ　下巻』 *Once a spy*　キース・トムスン著, 熊谷千寿訳　新潮社　2010.10　307p　16cm　（新潮文庫　トー22-2）　590円　Ⓘ978-4-10-217682-5

ドラクール, グレゴワール　*Delacourt, Grégoire*　　　　文学

フランスの作家。1960年生まれ。広告マンを経て、50歳の2011年に『L'Ecrivain de la famille』で作家デビュー、同作は5つの文学賞を受賞した。12年に発表した第2作『私の欲しいものリスト』はベストセラーとなり、13年の舞台化も大ヒット、14年には映画化された。

最近の翻訳書

◇『私の欲しいものリスト』 *LA LISTE DE MES ENVIES*　グレゴワール・ドラクール著, 中島さおり訳　早川書房　2014.2　159p　20cm　1600円　Ⓘ978-4-15-209440-7

海外文学　新進作家事典　　　　　　　　　　　トリシア

トラッソーニ, ダニエル　*Trussoni, Danielle*　　　　　　　　文学

アメリカの作家。1973年ウィスコンシン州生まれ。2006年『Falling Through the Earth』が
「ニューヨーク・タイムズ」紙の選ぶ10冊に選ばれる。10年初の小説『天使の檻』を刊行。

最近の翻訳書

◇『天使の檻　上』 *ANGELOLOGY*　ダニエル・トラッソーニ著, 池田真紀子
訳　角川書店　2012.10　314p　19cm　1800円　①978-4-04-110325-8
◇『天使の檻　下』 *ANGELOLOGY*　ダニエル・トラッソーニ著, 池田真紀子
訳　角川書店　2012.10　350p　19cm　1800円　①978-4-04-110326-5

ドラモンド, ローリー・リン　*Drummond, Laurie Lynn*　　　　文学

アメリカの作家。テキサス州ブライアンに生まれ、バージニア州北部で育つ。ニューヨーク州
イサカ・カレッジで演劇を専攻。ルイジアナ州立大学警察の私服警官を経て、1979年同州のバ
トンルージュ市警に入り、制服警官として勤務。交通事故に遭い辞職した後、ルイジアナ州立
大学で英語の学士号と創作の修士号を取得。2004年『あなたに不利な証拠として』を出版、05
年同作収録作の「傷痕」でMWA賞最優秀短編賞を受賞した。

最近の翻訳書

◇『あなたに不利な証拠として』 *Anything you say can and will be used*
against you　ローリー・リン・ドラモンド著, 駒月雅子訳　早川書房　2008.3
453p　16cm　（ハヤカワ・ミステリ文庫）　760円　①978-4-15-177601-4
◇『あなたに不利な証拠として』 *Anything you say can and will be used*
against you　ローリー・リン・ドラモンド著, 駒月雅子訳　早川書房　2006.2
308p　19cm　（ハヤカワ・ミステリ）　1300円　①4-15-001783-2

ドラン, テレサ　*Doran, Teresa*　　　　　　　　　　ヤングアダルト

イギリス出身の作家。1958年アイルランド中北部マリンガーで生まれ、イングランド南西端
のコーンウォール州で育つ。子育ての傍ら、小説やイラストを手がける。2003年『残された天
使たち』で作家デビュー。

最近の翻訳書

◇『残された天使たち』 *Running home*　テレサ・ドラン著, 杉田七重訳　求龍
堂　2006.2　351p　20cm　1400円　①4-7630-0537-5

トリジアーニ, アドリアナ　*Trigiani, Adriana*　　　ロマンス, ヤングアダルト

アメリカの作家。バージニア州南西部の炭鉱の町でイタリア系の大家族に囲まれて育つ。脚
本家としてテレビ業界で活躍した後、2000年故郷を舞台にした『Big Stone Gap』で作家デ
ビュー。ヤングアダルト小説やメモワール、料理本まで幅広く執筆し、世界35カ国で出版され
ている。ニューヨーク在住。

最近の翻訳書

◇『愛するということ　上』 *THE SHOEMAKER'S WIFE*　アドリアナ・トリ
ジアーニ著, 鈴木美朋訳　ヴィレッジブックス　2013.11　436p　15cm
（ヴィレッジブックス　F-ト5-1）　820円　①978-4-86491-095-8
◇『愛するということ　下』 *THE SHOEMAKER'S WIFE*　アドリアナ・トリ
ジアーニ著, 鈴木美朋訳　ヴィレッジブックス　2013.11　433p　15cm

271

トリスト　　　　　海外文学　新進作家事典

（ヴィレッジブックス　F-ト5-2）　820円　①978-4-86491-096-5

トリストラム, クレア　*Tristram, Claire*　　　　　　　　　　　文学

アメリカの作家。1958年ミシガン州メノミニー生まれ。フリーライターとして政治, 文化, 科学について,「サロン」「ワイヤード・マガジン」「ニューヨーク・タイムズ」そのほか多くの雑誌や新聞に寄稿。2004年『アフター 終わらない記憶』で小説デビュー。

最近の翻訳書

◇『アフター 終わらない記憶』　*After*　クレア・トリストラム著, 高月園子訳　集英社　2006.11　215p　16cm　（集英社文庫）　476円　①4-08-760518-3

トール, アニカ　*Thor, Annika*　　　　　　　　　　児童書, ヤングアダルト

スウェーデンの作家。1950年7月2日イェーテボリのユダヤ人家庭に生まれる。映画製作関係者の養成機関であるスウェーデン国立映画学校卒業後, 図書館員やフリーライターを経て, 96年『海の島 ステフィとネッリの物語』で作家デビュー。ナチスの迫害を逃れてスウェーデンの島に移り住んだ姉妹を描いた同作でドイツ児童文学賞を受賞。シリーズ第3作『海の深み ステフィとネッリの物語』で, 99年スウェーデン図書館協会よりニルス・ホルゲション賞を受賞したほか, シリーズ4部作（ほかに『睡蓮の池』『大海の光』）で2000年ポーランドのコルチャック賞を受賞。1997年『ノーラ, 12歳の秋』でその年の最も優れた子供の本におくられるアウグスト・ストリンドベリ賞を受賞。さらに全業績に対し, 99年北欧学校図書館協会賞, 2000年アストリッド・リンドグレーン記念文学賞, 05年マリア・グリーペ賞を受賞。10年初来日。

最近の翻訳書

◇『わたしの中の遠い夏』　*Motljus*　アニカ・トール著, 菱木晃子訳　新宿書房　2011.6　335p　20cm　2200円　①978-4-88008-417-6
◇『大海の光―ステフィとネッリの物語』　*Oppet hav*　アニカ・トール著, 菱木晃子訳　新宿書房　2009.8　310p　20cm　2000円　①978-4-88008-398-8
◇『海の深み―ステフィとネッリの物語』　*Havets djup*　アニカ・トール著, 菱木晃子訳　新宿書房　2009.4　267p　20cm　2000円　①978-4-88008-396-4
◇『睡蓮の池―ステフィとネッリの物語』　*Nackrosdammen*　アニカ・トール著, 菱木晃子訳　新宿書房　2008.5　248p　20cm　2000円　①978-4-88008-386-5
◇『海の島―ステフィとネッリの物語』　*En o i havet*　アニカ・トール著, 菱木晃子訳　新宿書房　2006.6　293p　20cm　2000円　①4-88008-354-2

トルツ, スティーヴ　*Toltz, Steve*　　　　　　　　　　　　　　文学

オーストラリアの作家。1972年シドニー生まれ。モントリオール, ニューヨーク, パリ, バルセロナを転々とし, カメラマン, 警備員, 英語教師, シナリオライターなどさまざまな職業を経験。2008年デビュー小説『ぼくを創るすべての要素のほんの一部』でブッカー賞, ガーディアン賞の最終候補入りを果たした。

最近の翻訳書

◇『ぼくを創るすべての要素のほんの一部』　*A fraction of the whole*　スティーヴ・トルツ著, 宇丹貴代実訳　ランダムハウス講談社　2009.6　615p　20cm　3300円　①978-4-270-00503-3

272

海外文学　新進作家事典　　　　　　　　　トロヤノ

トレイシー, P.J.　*Tracy, P.J.*　　　　　　　　　　　ミステリー, スリラー

P.J.トレイシーは、アメリカの作家パトリシア・J.ランブレヒト（Patricia J. Lambrecht）とトレイシー・ランブレヒト（Traci Lambrecht）母娘による共同筆名。母パトリシアは、ミネソタ州のセントオラフ大学を中退後、執筆活動を開始。フリーのライターとして短編小説や雑誌記事、ロマンス小説などを執筆。娘のトレイシーは、セントオラフ大学でロシア語を専攻。一時はオペラ歌手を目指したり、ロックバンドを組んで活動していた。その後、母娘のコンビでロマンス小説を書き始め、後にミステリーに転向。2003年のデビュー作『天使が震える夜明け』はイギリスで50万部を突破し、04年アンソニー賞、バリー賞、ガムシュー賞、ミネソタ文学賞最優秀新人長編賞を連続受賞。パトリシアはミネアポリス郊外の牧場に住み、トレイシーは南カリフォルニア在住。

最近の翻訳書

◇『埋葬』　*Snow blind*　P.J.トレイシー著, 中谷ハルナ訳　集英社　2009.4　393p　16cm　（集英社文庫　ト9-3―ミネアポリス警察署殺人課シリーズ）　819円　①978-4-08-760575-4

◇『闇に浮かぶ牛』　*Dead run*　P.J.トレイシー著, 中谷ハルナ訳　集英社　2008.5　450p　16cm　（集英社文庫―ミネアポリス警察署殺人課シリーズ）　781円　①978-4-08-760554-9

◇『沈黙の虫たち』　*Live bait*　P.J.トレイシー著, 中谷ハルナ訳　集英社　2007.11　508p　16cm　（集英社文庫―ミネアポリス警察署殺人課シリーズ）　838円　①978-4-08-760544-0

◇『天使が震える夜明け』　*Monkeewrench*　P.J.トレイシー著, 戸田早紀訳　ヴィレッジブックス　2006.9　591p　15cm　（ヴィレッジブックス）　940円　①4-7897-2953-2

トロッパー, ジョナサン　*Tropper, Jonathan*　　　　　　　　　　　文学

アメリカの作家。1970年2月19日ニューヨーク州リバーデイル生まれ。同地で生まれ育ち、ニューヨーク州立大学で創作を学ぶ。マンハッタンビル・カレッジで創作講座を持つ。2000年『Plan B』で作家デビュー。『This is Where I Leave You』（09年）は、14年にドラマ化され、脚本も手がけた。ニューヨーク州ウェストチェスター在住。

最近の翻訳書

◇『ぼくが妻を亡くしてから』　*How to talk to a widower*　ジョナサン・トロッパー著, 上條ひろみ訳　ソフトバンククリエイティブ　2007.7　389p　19cm　1500円　①978-4-7973-4049-5

トロヤノフ, イリヤ　*Trojanow, Ilija*　　　　　　　　　　　文学, SF

ドイツの作家。1965年8月23日ブルガリア・ソフィア生まれのブルガリア系ドイツ人。71年政治亡命を果たした両親とともにドイツに移住。父親の仕事の都合で少年時代をケニアで過ごす。ミュンヘン大学を卒業後、89年アフリカ文学専門の出版社を創業。96年初の長編小説を発表。2006年に発表した『世界収集家』は、ライプツィヒ・ブックフェア賞を受賞するなど高い評価を受けた。ベルリン文学賞はじめ数々の文学賞を受賞した世界的作家として知られる。

最近の翻訳書

◇『世界収集家』　*DER WELTENSAMMLER*　イリヤ・トロヤノフ著, 浅井晶子訳　早川書房　2015.11　692p　20cm　3500円　①978-4-15-209579-4

ドンババンド, トミー　*Donbavand, Tommy*　児童書

イギリスの作家。マージーサイド州リバプール生まれ。早くから演劇に興味を持ち、俳優、脚本家、演出家として、舞台の仕事に数多く携わる。その経験を生かし、親や先生向けのアクティビティ教材本『Quick Fixes For Bored Kids』を出版、その後に手がけた〈ホラー横丁13番地〉シリーズがイギリス国内で人気を呼ぶ。現在は執筆活動に専念しつつ、各地の学校や書店へ精力的に出向き、文章創作のためのワークショップを続ける。

最近の翻訳書

◇『ホラー横丁13番地　6　狼男の爪』 *Scream street claw of the werewolf*　トミー・ドンババンド作, 伏見操訳, ヒョーゴノスケ絵　偕成社　2012.3　181p　19cm　900円　①978-4-03-521760-2

◇『ホラー横丁13番地　5　骸骨の頭』 *Scream street skull of the skeleton*　トミー・ドンババンド作, 伏見操訳, ヒョーゴノスケ絵　偕成社　2012.3　171p　19cm　900円　①978-4-03-521750-3

◇『ホラー横丁13番地　4　ゾンビの肉』 *Scream street flesh of the zombie*　トミー・ドンババンド作, 伏見操訳, ヒョーゴノスケ絵　偕成社　2012.3　177p　19cm　900円　①978-4-03-521740-4

◇『ホラー横丁13番地　3　ミイラの心臓』 *Scream street heart of the mummy*　トミー・ドンババンド作, 伏見操訳, ヒョーゴノスケ絵　偕成社　2012.3　165p　19cm　900円　①978-4-03-521730-5

◇『ホラー横丁13番地　2　魔女の血』 *Scream street blood of the witch*　トミー・ドンババンド作, 伏見操訳, ヒョーゴノスケ絵　偕成社　2012.3　177p　19cm　900円　①978-4-03-521720-6

◇『ホラー横丁13番地　1　吸血鬼の牙』 *Scream street fang of the vampire*　トミー・ドンババンド作, 伏見操訳, ヒョーゴノスケ絵　偕成社　2012.2　187p　19cm　900円　①978-4-03-521710-7

◇『デヴィッド・ベッカム・アカデミー　3　ちっちゃなヒーロー』 *David Beckham Academy novels*　かとうりつこ訳　トミー・ドンバヴァンド著　主婦の友社　2010.4　93p　19cm　840円　①978-4-07-269370-4

トンプソン, ジェイムズ　*Thompson, James*　ミステリー, スリラー

アメリカの作家。1964年〜2014年8月1日。バーテンダー、クラブのガードマン、建設作業員、兵士などさまざまな職業を経験した後、作家に転向。フィンランド人の妻と共にヘルシンキに居住し、執筆活動を行う。2009年に発表した『極夜』ではMWA賞やアンソニー賞などの新人賞にノミネートされ、注目を浴びる。また、ヘルシンキ大学で学び、英語文献学の修士号を取得。英語はもちろん、フィンランド語も流暢に操った。14年49歳の若さでフィンランドで亡くなった。

最近の翻訳書

◇『血の極点』 *HELSINKI BLOOD*　ジェイムズ・トンプソン著, 高里ひろ訳　集英社　2016.1　375p　16cm　（集英社文庫　ト10-4）　840円　①978-4-08-760717-8

◇『白の迷路』 *HELSINKI WHITE*　ジェイムズ・トンプソン著, 高里ひろ訳　集英社　2014.12　399p　16cm　（集英社文庫　ト10-3）　820円　①978-4-08-760698-0

◇『凍氷』 *LUCIFER'S TEARS*　ジェイムズ・トンプソン著, 高里ひろ訳　集英社　2014.2　414p　16cm　（集英社文庫　ト10-2）　820円　①978-4-08-

760682-9

◇『極夜―カーモス』 *SNOW ANGELS* ジェイムズ・トンプソン著, 高里ひろ
訳 集英社 2013.2 359p 16cm （集英社文庫 ト10-1） 760円 ①978-
4-08-760661-4

〔ナ〕

ナイト, E.E. *Knight, E.E.*   SF

アメリカの作家。1965年ウィスコンシン州生まれ。大学卒業後、マクドナルドの店長をはじ
めとしたさまざまな職業を経験。ロール・プレイング・ゲーム関係の著書も多数執筆。30代に
なってから作家を目指して勉強を始め、2003年『ヴァンパイア・アース―〈狼〉の道』でSF界
にデビュー。イリノイ州在住。

最近の翻訳書

◇『ヴァンパイア・アース―〈狼〉の道』 *Way of the wolf book one of the
vampire earth* E.E.ナイト著, 佐田千織訳 早川書房 2010.10 559p
16cm （ハヤカワ文庫 SF1782） 1000円 ①978-4-15-011782-5

ナイト, ルネ *Knight, Renée*   ミステリー, サスペンス

イギリスの作家。BBCで美術ドキュメンタリー番組のディレクターを担当した後、著作活動に
転向。テレビ番組や映画の台本を手がける。2013年大手出版社の小説創作コースを卒業。在
籍中に執筆を始めたミステリー『夏の沈黙』の出版権をめぐって、熾烈なオークション合戦が
勃発し、未執筆の2冊目とともに破格の高値で落札される。同時に世界規模の注目を集め、本
国での発売を前に瞬く間に25カ国での発売が決定した。ロンドン在住。

最近の翻訳書

◇『夏の沈黙』 *DISCLAIMER* ルネ・ナイト著, 古賀弥生訳 東京創元社
2015.5 304p 19cm 1700円 ①978-4-488-01045-4

ナオウラ, ザラー *Naoura, Salah*   児童書

ドイツの作家、翻訳家。1964年11月2日ドイツ人の母親とシリア人の父親のもとにベルリンで
生まれる。ベルリンの大学でドイツ文学を専攻。91～92年ストックホルムの大学で北欧文学
について学び、卒業後は92年から2年間、児童書出版社に勤務。95年フリーとなり、詩、絵本、
幼年物語、児童文学を数多く発表。翻訳家としても、翻訳した作家がドイツ児童文学賞絵本賞
を受賞するなど、高く評価されている。

最近の翻訳書

◇『落っこちた！』 *HILFE! ICH WILL HIER RAUS!* ザラー・ナオウラ
作, 森川弘子訳, 佐竹美保絵 岩波書店 2014.9 189p 22cm 1800円
①978-4-00-115663-8

◇『マッティのうそとほんとの物語』 *MATTI UND SAMI UND DIE DREI
GRÖSSTEN FEHLER DES UNIBERSUMS* ザラー・ナオウラ作, 森川弘
子訳 岩波書店 2013.10 168p 22cm 1600円 ①978-4-00-115662-1

ナデル, バーバラ　*Nadel, Barbara*　　　ミステリー, スリラー

イギリスの作家。ロンドン・イーストエンド生まれ。女優としての訓練を受けたこともあり、イギリスの全国統合失調症友の会のグッド・コンパニオンズ・プロジェクトで広報担当者として働いた経験を持つ。作家になる前には病院で心の健康の相談員をしていた。性的虐待を経験したティーンエイジャーのために働いていたこともあり、高校や大学で心理学を教えたこともある。1999年『Belshazzar's Daughter』を出版。2005年『イスタンブールの記憶』でCWA賞シルバー・ダガー賞を受賞した。

最近の翻訳書

◇『イスタンブールの記憶』　*Deadly web*　バーバラ・ナデル著, 高山真由美訳　アップフロントブックス　2008.9　503p　19cm　1600円　①978-4-8470-1765-0

〔 ニ 〕

ニキータス, デレク　*Nikitas, Derek*　　　ミステリー, スリラー

アメリカの作家。ニューハンプシャー州マンチェスター生まれ。ノースカロライナ大学卒業後、チェコ、イングランド、コスタリカを放浪。ニューヨーク州立大学などで創作などの教鞭を執り、1999年からは雑誌などに短編小説を発表。2007年の『弔いの炎』で長編デビューを飾り、MWA賞の最優秀新人賞にノミネートされた。

最近の翻訳書

◇『弔いの炎』　*Pyres*　デレク・ニキータス著, 嵯峨静江訳　早川書房　2009.4　523p　16cm　（ハヤカワ・ミステリ文庫　HM361-1）　980円　①978-4-15-178201-5

ニクス, ガース　*Nix, Garth*　　　ファンタジー, ヤングアダルト

オーストラリアの作家。1963年メルボルン生まれ。キャンベラ大学を卒業後、書店経営者、書籍のセールス、出版社の営業担当、編集者、マーケティング・コンサルタント、出版エージェントを経て、2001年専業作家となる。〈古王国記〉シリーズ3部作の第1作となる『サブリエル 冥界の扉』（1995年）は、オーストラリアで大反響を呼び、オーリアリス賞のファンタジー部門とヤングアダルト小説部門の両方で大賞を獲得。アメリカをはじめ世界で高い評価を得る。同シリーズの第2作『ライラエル 氷の迷宮』（2001）もディトマー賞を受賞。〈セブンスタワー〉〈王国の鍵〉シリーズも高い人気を誇る。

最近の翻訳書

◇『銀河帝国を継ぐ者』　*A CONFUSION OF PRINCES*　ガース・ニクス著, 中村仁美訳　東京創元社　2014.8　461p　15cm　（創元SF文庫　SFニ3-1）　1200円　①978-4-488-70201-4

◇『王国の鍵　7　復活の日曜日』　*The keys to the kingdom : lord Sunday*　ガース・ニクス著, 原田勝訳　主婦の友社　2011.12　357p　20cm　2100円　①978-4-07-254835-6

◇『王国の鍵　6　雨やまぬ土曜日』　*The keys to the kingdom : superior saturday*　ガース・ニクス著, 原田勝訳　主婦の友社　2011.6　302p　20cm　2000円　①978-4-07-254829-5

◇『王国の鍵　5　記憶を盗む金曜日』　*The keys to the kingdom : lady friday*

ガース・ニクス著, 原田勝訳　主婦の友社　2011.1　351p　20cm　2000円
①978-4-07-254812-7

◇『王国の鍵　4　戦場の木曜日』 *Sir Thursday*　ガース・ニクス著, 原田勝訳
主婦の友社　2010.4　389p　20cm　2000円　①978-4-07-254806-6

◇『王国の鍵　3　海に沈んだ水曜日』 *Drowned Wednesday*　ガース・ニクス
著, 原田勝訳　主婦の友社　2009.12　446p　20cm　2100円　①978-4-07-
254798-4

◇『王国の鍵　2　地の底の火曜日』 *Grim Tuesday*　ガース・ニクス著, 原田
勝訳　主婦の友社　2009.8　364p　20cm　1900円　①978-4-07-254781-6

◇『王国の鍵　1　アーサーの月曜日』 *Mister Monday*　ガース・ニクス著, 原
田勝訳　主婦の友社　2009.4　397p　20cm　1900円　①978-4-07-254775-5

◇『海賊黒パンと、プリンセスに魔女トロル、2ひきのエイリアンをめぐるぼう
けん』 *One beastly beast*　ガース・ニクス作, 原田勝訳　主婦の友社　2008.9
191p　22cm　1600円　①978-4-07-261640-6

◇『セブンスタワー――第七の塔　6（紫の塔）』　ガース・ニクス作, 西本かおる
訳　小学館　2008.4　322p　18cm　（小学館ファンタジー文庫）　660円
①978-4-09-230136-8

◇『セブンスタワー――第七の塔　5（戦い）』 *The seventh tower*　ガース・ニク
ス作, 西本かおる訳　小学館　2008.3　274p　18cm　（小学館ファンタジー
文庫）　660円　①978-4-09-230135-1

◇『セブンスタワー――第七の塔　4（キーストーン）』 *The seventh tower*　ガー
ス・ニクス作, 西本かおる訳　小学館　2008.2　332p　18cm　（小学館ファ
ンタジー文庫）　660円　①978-4-09-230134-4

◇『セブンスタワー――第七の塔　3（魔法の国）』 *The seventh tower*　ガース・
ニクス作, 西本かおる訳　小学館　2007.12　316p　18cm　（小学館ファンタ
ジー文庫）　660円　①978-4-09-230133-7

◇『セブンスタワー――第七の塔　2（城へ）』 *The seventh tower*　ガース・ニク
ス作, 西本かおる訳　小学館　2007.11　292p　18cm　（小学館ファンタジー
文庫）　660円　①978-4-09-230132-0

◇『セブンスタワー――第七の塔　1（光と影）』 *The seventh tower*　ガース・ニ
クス作, 西本かおる訳　小学館　2007.10　277p　18cm　（小学館ファンタ
ジー文庫）　660円　①978-4-09-230131-3

◇『アブホーセン――聖賢の絆　上』 *Abhorsen*　ガース・ニクス著, 原田勝訳　主
婦の友社　2007.1　305p　16cm　（古王国記　3）　838円　①4-07-252948-6

◇『アブホーセン――聖賢の絆　下』 *Abhorsen*　ガース・ニクス著, 原田勝訳　主
婦の友社　2007.1　233p　16cm　（古王国記　3）　743円　①4-07-252954-0

◇『ライラエル――氷の迷宮　上』 *Lirael*　ガース・ニクス著, 原田勝訳　主婦の
友社　2006.11　353p　16cm　（古王国記　2）　857円　①4-07-252925-7

◇『ライラエル――氷の迷宮　下』 *Lirael*　ガース・ニクス著, 原田勝訳　主婦の
友社　2006.11　402p　16cm　（古王国記　2）　933円　①4-07-252931-1

◇『サブリエル――冥界の扉　上』 *Sabriel*　ガース・ニクス著, 原田勝訳　主婦
の友社　2006.8　270p　15cm　（古王国記　1）　743円　①4-07-252902-8

◇『サブリエル――冥界の扉　下』 *Sabriel*　ガース・ニクス著, 原田勝訳　主婦
の友社　2006.8　262p　15cm　（古王国記　1）　743円　①4-07-252919-2

◇『だれも寝てはならぬ』 *Kid's night in*　ガース・ニクス, マーガレット・
マーヒーほか著, 安次嶺佳子, 内藤文子, 西本かおる, 橋本恵訳　ダイヤモンド

社　2006.1　242p　19cm　1600円　①4-478-93076-7　内容:「少年はおののく スター」マリアン・カーリー著「ぽた、ぽた、ぽた」マロリー・ブラックマン著「アンダー・ザ・スキン」セリア・リーズ著「珍品の館」フィリップ・アーダー著「空の船」ジェラルディン・マコーリアン著「動物園のふしぎな家具」デボラ・ライト著「シーッ!」ブライアン・パッテン著「ウサギのチャーリー」ガース・ニクス著「これでもかというほどに ポッサムの真実」ジェームズ・モロニー著「影泥棒」マーガレット・マーヒー著「はみだし者」エヴァ・イボットソン著「海をわたったカエルの話」ディック・キング＝スミス著「自伝のためのメモ」モーリス・グライツマン著「チェリーパイ」ロス・アスキス著「カルロスへ」マイケル・モーパーゴ著「バブル・トラブル」ロジャー・マクゴー著「モルモット・レース」ジョージア・ビング著

ニコル, アンドリュー　*Nicoll, Andrew*　　　　　ロマンス, ミステリー

イギリスの作家。1962年1月4日スコットランド・ダンディー生まれ。「サン」紙への寄稿をはじめ、ジャーナリストとして活躍する傍ら、詩や短編小説を発表。電車通勤の中、18カ月で執筆したデビュー作『善良な町長の物語』(2008年)で、スコットランド・ファーストブック賞を受賞。

最近の翻訳書

◇『善良な町長の物語』　*The good mayor*　アンドリュー・ニコル著, 伊達淳訳　白水社　2009.12　414p　19cm　2700円　①978-4-560-08034-4

ニコルズ, サリー　*Nicholls, Sally*　　　　　　　　児童書

イギリスの作家。1983年6月22日ストックトン・オン・ティーズ生まれ。日本、ニュージーランド、オーストラリアなど世界中を旅行した後、イギリスに戻って大学で哲学を学ぶ。バース・スパー大学大学院在学中に「永遠に生きるために」の原稿が大学院の賞を受賞、2008年の出版につながる。09年同作でウォーターストーン児童文学賞最優秀賞も受賞した。

最近の翻訳書

◇『永遠に生きるために』　*Ways to live forever*　サリー・ニコルズ作, 野の水生訳　偕成社　2009.2　317p　20cm　1400円　①978-4-03-744910-0

ニコルズ, デイヴィッド　*Nicholls, David*　　　　　　　文学

イギリスの作家、脚本家。1966年11月30日ハンプシャー州イーストレイ生まれ。ブリストル大学で英文学と演劇、アメリカン・ミュージカル＆ドラマティック・アカデミーで演技を学ぶ。俳優としての活動を経て、リサーチ係兼脚本編集係として働き始める。映画「背信の行方」の脚本を監督マシュー・ウォーカスと共同執筆したことがきっかけで、テレビドラマや映画の脚本を手がけるようになる。2003年初の小説『Starter for Ten』を発表。

最近の翻訳書

◇『ワン・デイ　上』　*ONE DAY*　デイヴィッド・ニコルズ著, 川副智子訳　早川書房　2012.5　372p　16cm　（ハヤカワ文庫 NV　1257）　760円　①978-4-15-041257-9
◇『ワン・デイ　下』　*ONE DAY*　デイヴィッド・ニコルズ著, 川副智子訳　早川書房　2012.5　381p　16cm　（ハヤカワ文庫 NV　1258）　760円　①978-4-15-041258-6

海外文学　新進作家事典　　　　　　　　　　　　　　　　ニルセン

ニッフェネガー, オードリー　*Niffenegger, Audrey*　　　　　　　文学

アメリカの作家。1963年ミシガン州サウスヘブン生まれ。コロンビア・カレッジ・シカゴの Center for Book and Paper Artsで教鞭を執る。2003年『タイムトラベラーズ・ワイフ』(のち『きみがぼくを見つけた日』に改題)で作家デビュー、同作は「ニューヨーク・タイムズ」紙のベストセラー・リストで28週連続トップ10入りを果たした。

最近の翻訳書

◇『きみがぼくを見つけた日　上』　*The time traveler's wife*　オードリー・ニッフェネガー著, 羽田詩津子訳　ランダムハウス講談社　2006.5　447p　15cm　880円　①4-270-10039-7

◇『きみがぼくを見つけた日　下』　*The time traveler's wife*　オードリー・ニッフェネガー著, 羽田詩津子訳　ランダムハウス講談社　2006.5　413p　15cm　850円　①4-270-10040-0

ニート, パトリック　*Neate, Patrick*　　　　　　　　　　文学, ミステリー

イギリスの作家。1970年10月24日ロンドン生まれ。ひょんなことからアフリカの小国で革命を指揮することになった英語教師の奮闘をコミカルに描いた『Musungu Jim and the Great Chief Tuloko』で2000年のベティトラスク賞、三つの大陸と二つの世紀を股にかけたジャズと家族の一大叙事詩『Twelve Bar Blues』で01年のウィットブレッド賞を獲得し、一躍脚光を浴びる。音楽評論も得意としており、04年ヒップホップ論『Where You're At』で全米書評家協会賞を受賞。『シティ・オブ・タイニー・ライツ』(05年)は、発売2週間後に、物語同様にロンドンで大規模テロが発生し、その予言的内容が話題を呼んだ。

最近の翻訳書

◇『シティ・オブ・タイニー・ライツ』　*City of tiny lights*　パトリック・ニート著, 東野さやか訳　早川書房　2006.1　386p　20cm　2100円　①4-15-208698-X

ニュエン, ジェニー＝マイ　*Nuyen, Jenny-Mai*　　　ヤングアダルト, ファンタジー

ドイツの作家。1988年3月14日西ドイツ・ミュンヘン生まれ。父親はベトナム系ドイツ人。14歳で最初の小説を出版社に送り、2006年16歳で書いた『ニジューラ』でデビュー、ドイツのファンタジー界で大きな話題となる。07年19歳の時に出版された『ドラゴンゲート』もベストセラーとなる。作家業の傍ら、ニューヨークで映画製作を学ぶ。その後、ベルリンに移り、ベルリン自由大学で哲学を学ぶ。

最近の翻訳書

◇『ドラゴンゲート　上巻』　*Das Drachentor*　ジェニー＝マイ・ニュエン著, 天沼春樹訳　柏書房　2009.3　406p　20cm　1900円　①978-4-7601-3488-5

◇『ドラゴンゲート　下巻』　*Das Drachentor*　ジェニー＝マイ・ニュエン著, 天沼春樹訳　柏書房　2009.3　437p　20cm　1900円　①978-4-7601-3489-2

ニールセン, ジェニファー・A.　*Nielsen, Jennifer A.*

ヤングアダルト, ファンタジー

アメリカの作家。ユタ州生まれ。2010年『Elliot and the Goblin War』(未訳)で作家デビュー。同作は〈Underworld Chronicles〉シリーズ3部作となった。ほかに〈カーシア国〉シリーズ3部作、〈Mark of the Thief〉シリーズがある。「ニューヨーク・タイムズ」ベストセラー作家。夫

と3人の子供たちとユタ州北部在住。

最近の翻訳書

◇『消えた王』 *THE RUNAWAY KING* ジェニファー・A・ニールセン作, 橋本恵訳 ほるぷ出版 2015.9 357p 22cm （カーシア国3部作 2） 1700円 ①978-4-593-53493-7

◇『偽りの王子』 *THE FALSE PRINCE* ジェニファー・A・ニールセン作, 橋本恵訳 ほるぷ出版 2014.10 357p 22cm （カーシア国3部作 1） 1700円 ①978-4-593-53492-0

〔 ネ 〕

ネイピア, ビル　*Napier, Bill*　　　スリラー

イギリスの作家、天文学者。カーディフ大学名誉教授。本名はWilliam M.Napier。1940年スコットランドのパースに生まれる。グラスゴー大学で天文学の博士号を取得。ロンドン大学ロイヤル・ホロウェイ・カレッジの講師を務めた後、エディンバラ王立天文台、オックスフォード大学を経て、96年より北アイルランドのアーマー天文台で研究を続け、天文がもたらす危険に関する世界的権威として知られる。天文学関連の論文や研究書多数。98年科学をもとにした小説『天空の劫罰 (Nemesis)』で小説家デビュー。現在はフルタイムの天文学者の仕事は辞め、作家活動に専念する。

最近の翻訳書

◇『聖なる暗号』 *Splintered icon* ビル・ネイピア著, 三角和代訳 早川書房 2006.3 452p 16cm （ハヤカワ文庫 NV） 820円 ①4-15-041111-5

ネヴィル, スチュアート　*Neville, Stuart*　　　ミステリー, スリラー

イギリスの作家。北アイルランド・アーマー州生まれ。ミュージシャン、作曲家、舞台・テレビのプロデューサーなどを経て、マルチメディア・デザイン会社のパートナーとなる。2009年処女長編『ベルファストの12人の亡霊』でロサンゼルス・タイムズ・ブックプライズを受賞、アンソニー賞、バリー賞、マカヴィティ賞にノミネートされた。

最近の翻訳書

◇『ベルファストの12人の亡霊』 *The ghosts of Belfast* スチュアート・ネヴィル著, 佐藤耕士訳 武田ランダムハウスジャパン 2010.8 527p 15cm （RHブックス＋プラス ネ2-1） 950円 ①978-4-270-10360-9

ネス, パトリック　*Ness, Patrick*　　　ヤングアダルト, SF

アメリカの作家。1971年バージニア州フォートベルボア生まれ。南カリフォルニア大学卒業後、99年渡英。一般向け読み物を2冊出版した後、ヤングアダルト向けの3部作〈混沌の叫び〉シリーズを刊行。第1部『心のナイフ』(2008年)でガーディアン賞、ジェイムズ・ティプトリー・ジュニア賞、ブックトラスト・ティーンエイジ賞、第2部『問う者、答える者』(09年)でコスタ賞児童書部門、第3部『人という怪物』(10年)でカーネギー賞に輝いた。また07年に早世したシヴォーン・ダウド原案の『怪物はささやく』でカーネギー賞とケイト・グリーナウェイ賞を受賞した。同作は映画化もされる。ロンドン在住。

海外文学　新進作家事典　　　　　　　　　　　　　　　ネスホ

最近の翻訳書

◇『まだなにかある　上』 *MORE THAN THIS* パトリック・ネス著, 三辺律子訳　辰巳出版　2015.6　229p　19cm　1700円　①978-4-7778-1503-6

◇『まだなにかある　下』 *MORE THAN THIS* パトリック・ネス著, 三辺律子訳　辰巳出版　2015.6　270p　19cm　1700円　①978-4-7778-1504-3

◇『人という怪物　上』 *MONSTERS OF MEN* パトリック・ネス著, 金原瑞人, 樋渡正人訳　東京創元社　2013.9　341p　19cm　（混沌の叫び　3）2300円　①978-4-488-01002-7

◇『人という怪物　下』 *MONSTERS OF MEN* パトリック・ネス著, 金原瑞人, 樋渡正人訳　東京創元社　2013.9　372p　19cm　（混沌の叫び　3）2300円　①978-4-488-01003-4

◇『問う者、答える者　上』 *THE ASK AND THE ANSWER* パトリック・ネス, 金原瑞人, 樋渡正人訳　東京創元社　2012.11　297p　19cm　（混沌の叫び　2）　1900円　①978-4-488-01349-3

◇『問う者、答える者　下』 *THE ASK AND THE ANSWER：CHAOS WALKING TRILOGY2* パトリック・ネス著, 金原瑞人, 樋渡正人訳　東京創元社　2012.11　284p　19cm　1900円　①978-4-488-01350-9

◇『心のナイフ　上』 *THE KNIFE OF NEVER LETTING GO* パトリック・ネス著, 金原瑞人, 樋渡正人訳　東京創元社　2012.5　274p　19cm　（混沌の叫び　1）　1900円　①978-4-488-01345-5

◇『心のナイフ　下』 *THE KNIFE OF NEVER LETTING GO* パトリック・ネス著, 金原瑞人, 樋渡正人訳　東京創元社　2012.5　269p　19cm　（混沌の叫び　1）　1900円　①978-4-488-01346-2

◇『怪物はささやく』 *A monster calls* パトリック・ネス著, シヴォーン・ダウド原案, 池田真紀子訳　あすなろ書房　2011.11　221p　20cm　1600円　①978-4-7515-2222-6

ネスボ, ジョー　*Nesbø, Jo*　　　　　　　　　　　　　　　　ミステリー, 児童書

ノルウェーの作家。1960年3月29日オスロ生まれ。ノルウェー経済大学を卒業後、就職する傍ら、大学時代から始めた音楽活動も続行し、バンドを結成。しばらく仕事とバンドを両立させていたが、やがて燃え尽き症候群のような状態となり、オーストラリアへ半年逃れる。この時、初めて書いた小説が〈ハリー・ホーレ〉シリーズの第1作『ザ・バット―神話の殺人』で、帰国後、97年に出版されるや、北欧の最も優れた推理小説に与えられるガラスの鍵賞を含む複数の賞を受賞。ミュージシャン、作詞家、エコノミストとしても活躍。2008年『ヘッドハンターズ』でノルウェー・ブッククラブ賞最優秀小説賞を受賞。11年には同作がノルウェー・ドイツ合作で映画化される。

最近の翻訳書

◇『ネメシス―復讐の女神　上』 *SORGENFRI*（重訳）　ジョー・ネスボ著, 戸田裕之訳　集英社　2015.7　380p　16cm　（集英社文庫　ネ1-4）　840円　①978-4-08-760708-6

◇『ネメシス―復讐の女神　下』 *SORGENFRI*（重訳）　ジョー・ネスボ著, 戸田裕之訳　集英社　2015.7　367p　16cm　（集英社文庫　ネ1-5）　820円　①978-4-08-760709-3

◇『ザ・バット―神話の殺人』 *THE BAT* ジョー・ネスボ著, 戸田裕之訳　集英社　2014.8　533p　16cm　（集英社文庫　ネ1-3）　1000円　①978-4-08-760688-1

ネフ　　　　　　　　　　　　　海外文学　新進作家事典

◇『スノーマン　上』 *SNØMANNEN*（重訳）*THE SNOWMAN*　ジョー・ネ
スボ著, 戸田裕之訳　集英社　2013.10　360p　16cm　（集英社文庫　ネ1-1）
800円　Ⓘ978-4-08-760674-4
◇『スノーマン　下』 *SNØMANNEN*（重訳）*THE SNOWMAN*　ジョー・ネ
スボ著, 戸田裕之訳　集英社　2013.10　366p　16cm　（集英社文庫　ネ1-2）
800円　Ⓘ978-4-08-760675-1
◇『ヘッドハンターズ』 *Hodejegerne*（重訳）*Headhunters*　ジョー・ネスボ著,
北澤和彦訳　講談社　2013.10　413p　15cm　（講談社文庫　ね5-1）　950円
Ⓘ978-4-06-277657-8
◇『コマドリの賭け　上』 *The redbreast*　ジョー・ネスボ著, 井野上悦子訳
ランダムハウス講談社　2009.2　436p　15cm　900円　Ⓘ978-4-270-10271-8
◇『コマドリの賭け　下』 *The redbreast*　ジョー・ネスボ著, 井野上悦子訳
ランダムハウス講談社　2009.2　347p　15cm　850円　Ⓘ978-4-270-10272-5

ネフ, ヘンリー・**H.**　*Neff, Henry H.*　　　　　　　　　　　ファンタジー

アメリカの作家。イリノイ州シカゴ出身。コーネル大学卒業後、ビジネス界で働いた後、サ
ンフランシスコ高校で歴史と美術を教える。2007年『タペストリー』で作家、画家としてデ
ビュー。現在はニューヨークのブルックリン在住。

＊＊＊最近の翻訳書＊＊＊

◇『タペストリー　上　運命の光る糸』 *Tapestry*　ヘンリー・H.ネフ著, 大嶌
双恵訳　ヴィレッジブックス　2010.4　300p　18cm　860円　Ⓘ978-4-
86332-236-3
◇『タペストリー　下　封じられた物語』 *Tapestry*　ヘンリー・H.ネフ著, 大
嶌双恵訳　ヴィレッジブックス　2010.4　381p　18cm　880円　Ⓘ978-4-
86332-237-0

〔ノ〕

ノイハウス, ネレ　*Neuhaus, Nele*　　　　　　　　ミステリー, ヤングアダルト

ドイツの作家。1967年西ドイツ・ミュンスター生まれ。21歳の時に結婚し、夫が経営するソー
セージ工場で働いていたが、2005年初の長編ミステリー『Unter Haien』を自費出版。その後、
『悪女は自殺しない』『Mordsfreunde』に始まる〈刑事オリヴァー＆ピア〉シリーズを自費出版
し、地元の書店で絶大な人気を博す。評判を聞きつけた老舗出版社ウルシュタイン社からの出
版が決定し、09年正式にデビュー。"ドイツミステリーの女王"と呼ばれる。

＊＊＊最近の翻訳書＊＊＊

◇『悪女は自殺しない』 *EINE UNBELIEBTE FRAU*　ネレ・ノイハウス著,
酒寄進一訳　東京創元社　2015.6　426p　15cm　（創元推理文庫　Mノ4-3）
1200円　Ⓘ978-4-488-27607-2
◇『白雪姫には死んでもらう』 *SCHNEEWITTCHEN MUSS STERBEN*　ネ
レ・ノイハウス著, 酒寄進一訳　東京創元社　2013.5　574p　15cm　（創元
推理文庫　Mノ4-2）　1300円　Ⓘ978-4-488-27606-5
◇『深い疵』 *TIEFE WUNDEN*　ネレ・ノイハウス著, 酒寄進一訳　東京創元
社　2012.6　521p　15cm　（創元推理文庫　Mノ4-1）　1200円　Ⓘ978-4-

海外文学　新進作家事典

488-27605-8

ノヴァク, B.J.　*Novak, B.J.*　文学

アメリカの俳優、脚本家、作家。1979年マサチューセッツ州ニュートン生まれ。本名はベンジャミン・ジョセフ・マナリー・ノヴァク。父親は有名人・著名人の自伝を数多く手がけた著述家のウィリアム・ノヴァク。ハーバード大学で英文学・スペイン文学を専攻、学内のユーモア雑誌「ハーバード・ランプーン」編集部に在籍。卒業後はスタンダップ・コメディアンとなり、テレビドラマ「ザ・オフィス」のライアン・ハワード役で一躍注目を集める。2014年短編集『愛を返品した男』で作家デビュー。

最近の翻訳書

◇『愛を返品した男―物語とその他の物語』 *ONE MORE THING* Ｂ・Ｊ・ノヴァク著, 山崎まどか訳　早川書房　2015.8　364p　19cm　2200円　①978-4-15-209557-2

ノヴィク, ナオミ　*Novik, Naomi*　SF, ファンタジー

アメリカの作家。1973年ポーランド移民の子としてニューヨークで生まれる。ブラウン大学で英文学を学んだ後、コロンビア大学でコンピューターを学び、コンピューターゲームの開発者となる。2006年『気高き王家の翼』で小説家としてデビューすると、07年ヒューゴー賞史上初めて新人としてノミネートされたほか、ローカス賞、ジョン・W.キャンベル新人賞を受賞。同作は「ロード・オブ・ザ・リング」のピーター・ジャクソン監督が映像化権を取得したことでも注目され、〈テレメア戦記〉として人気シリーズとなった。作家であり出版社社長であるチャールズ・アーダイとニューヨーク市在住。

最近の翻訳書

◇『テメレア戦記　6　大海蛇の舌』 *TONGUES OF SERPENTS* ナオミ・ノヴィク著, 那波かおり訳　ヴィレッジブックス　2015.3　486p　20cm　1900円　①978-4-86491-203-7

◇『テメレア戦記　5　鷲の勝利』 *VICTORY OF EAGLES* ナオミ・ノヴィク著, 那波かおり訳　ヴィレッジブックス　2013.12　493p　20cm　1700円　①978-4-86491-105-4

◇『テメレア戦記　4　象牙の帝国』 ナオミ・ノヴィク著, 那波かおり訳　ヴィレッジブックス　2011.7　502p　20cm　1600円　①978-4-86332-333-9

◇『テメレア戦記　3　黒雲の彼方へ』 *Black powder war* ナオミ・ノヴィク著, 那波かおり訳　ヴィレッジブックス　2009.12　486p　20cm　1600円　①978-4-86332-208-0

◇『テメレア戦記　2　翡翠の玉座』 *Throne of jade* ナオミ・ノヴィク著, 那波かおり訳　ヴィレッジブックス　2008.12　525p　20cm　1600円　①978-4-86332-114-4

◇『テメレア戦記　1　気高き王家の翼』 *His majesty's dragon* ナオミ・ノヴィク著, 那波かおり訳　ヴィレッジブックス　2007.12　438p　19cm　1600円　①978-4-86332-596-8

ノエル, アリソン　*Noël, Alyson*　ヤングアダルト, ロマンス

アメリカの作家。カリフォルニア州オレンジカウンティ生まれ。ジュエリーデザイナー、ホテルのフロントパーソン、フライトアテンダントなどさまざまな仕事を経験した後、作家とな

る。ヤングアダルト作品を中心に執筆し、〈不死人夜想曲〉シリーズで人気を集める。

最近の翻訳書

◇『翡翠のクローザー』 *SHADOWLAND* アリソン・ノエル著, 堀川志野舞訳
ヴィレッジブックス 2013.10 549p 15cm （ヴィレッジブックス F-ノ2-
3—不死人夜想曲 #3） 840円 Ⓘ978-4-86491-090-3

◇『蒼月のライアー』 *BLUE MOON* アリソン・ノエル著, 堀川志野舞訳
ヴィレッジブックス 2013.4 481p 15cm （ヴィレッジブックス F-ノ2-2
—不死人夜想曲 #2） 820円 Ⓘ978-4-86491-058-3

◇『漆黒のエンジェル』 *EVERMORE* アリソン・ノエル著, 堀川志野舞訳
ヴィレッジブックス 2012.10 462p 15cm （ヴィレッジブックス F-ノ2-
1—不死人夜想曲 #1） 800円 Ⓘ978-4-86491-019-4

ノース, ウィル　*North, Will*　　　　　　　　　　　　文学, ロマンス

アメリカの作家。ニューヨーク市生まれ。10冊を超えるノンフィクションの著作があり、ビ
ル・クリントン元アメリカ大統領やアル・ゴア元アメリカ副大統領のゴーストライターを務め
たこともあるという。2007年処女小説『きみの遠い故郷へ』を出版。登山家としても知られ
る。ワシントン州シアトル在住。

最近の翻訳書

◇『きみの遠い故郷へ』 *The long walk home* ウィル・ノース著, 田口俊樹訳
文藝春秋 2008.5 389p 20cm 2095円 Ⓘ978-4-16-327080-7

ノックス, トム　*Knox, Tom*　　　　　　　　　　　　　　ミステリー

本名＝トマス, ショーン〈Thomas, Sean〉
イギリスのジャーナリスト、作家。世界各地を取材し、「タイムズ」「ガーディアン」「デイリー
メール」紙などに寄稿。本名のショーン・トマス名義で2006年に発表したネット交際体験記
『Millions of Women are Waiting to Meet You』は8カ国語に翻訳された。08年『ジェネシス・
シークレット』で作家デビュー。父親は詩人、作家として知られるD.M.トマス。ロンドン在住。

最近の翻訳書

◇『ジェネシス・シークレット』 *The genesis secret* トム・ノックス著, 山本
雅子訳 武田ランダムハウスジャパン 2010.10 548p 15cm （RHブック
ス+プラス ノ1-1） 950円 Ⓘ978-4-270-10367-8

ノートン, カーラ　*Norton, Carla*　　　　　　　　　ミステリー, スリラー

アメリカの作家、編集者。ニューメキシコ州生まれ。レイモンド・カレッジ卒。カリフォルニ
アで多数の新聞や雑誌に執筆。東京のほか、ニューヨーク、シアトル、フロリダなどアメリカ
各地を転々とする。「リーダーズダイジェスト」日本語版の編集にも携わった。7年間に及ぶ
誘拐監禁事件を丹念に取材した『完璧な犠牲者』（1989年）など、ノンフィクションの分野で活
躍。2013年に発表した初めてのフィクション『密室の王』でITW2014スリラー・アワードに
ノミネートされた。ほかの著書に『死体菜園』（1992年）がある。執筆の傍ら、大学での講義や
講演も行う。

最近の翻訳書

◇『密室の王』 *THE EDGE OF NORMAL* カーラ・ノートン著, 羽田詩津子

訳　KADOKAWA　2014.5　477p　15cm　（角川文庫　ノ1-1）　880円
①978-4-04-101411-0

〔 ハ 〕

バ

→ヴァをも見よ

ハイジー, ジュリー　*Hyzy, Julie*　　　　ミステリー, スリラー

アメリカの作家。イリノイ州シカゴ出身。アイスクリーム・パーラーやホットドッグ・スタンドに勤めた後、俳優や銀行員などさまざまな職を経て、SF作品で作家としてデビュー。2008年ミステリー『厨房のちいさな名探偵』で09年度のアンソニー賞、バリー賞、ラヴィー賞に輝き、「ニューヨーク・タイムズ」紙のベストセラー作家の一人となった。

最近の翻訳書

◇『クリスマスのシェフは命がけ』　*HAIL TO THE CHEF*　ジュリー・ハイジー著, 赤尾秀子訳　原書房　2015.11　414p　15cm　（コージーブックス　ハ1-2―大統領の料理人　2）　840円　①978-4-562-06045-0

◇『厨房のちいさな名探偵』　*STATE OF THE ONION*　ジュリー・ハイジー著, 赤尾秀子訳　原書房　2015.5　423p　15cm　（コージーブックス　ハ1-1―大統領の料理人　1）　830円　①978-4-562-06039-9

パイパー, アンドリュー　*Pyper, Andrew*　　　　ミステリー, スリラー

カナダの作家。1968年ストラトフォード生まれ。ケベック州モントリオールのマッギル大学で英文学の学士号・修士号を取得した後、トロント大学で法律を学ぶ。96年弁護士資格を得たが、これまでに弁護士として活躍したことはない。同年短編集『Kiss Me』を発表。99年カナダで『ロスト・ガールズ』を発表し長編デビュー、同作はカナダ推理作家協会賞最優秀処女長編賞を受賞し、ベストセラーの第1位となる。『堕天使のコード』(2013年)で国際スリラー作家協会最優秀長編賞を受賞。オンタリオ州トロント在住。

最近の翻訳書

◇『堕天使のコード』　*THE DEMONOLOGIST*　アンドリュー・パイパー著, 松本剛史訳　新潮社　2014.12　502p　16cm　（新潮文庫　ハー53-2）　840円　①978-4-10-217362-6

◇『キリング・サークル』　*The killing circle*　アンドリュー・パイパー著, 佐藤耕士訳　新潮社　2009.10　573p　16cm　（新潮文庫　ハー53-1）　895円　①978-4-10-217361-9

バウアー, ベリンダ　*Bauer, Belinda*　　　　ミステリー, スリラー

イギリスの作家。1962年生まれ。イギリスと南アフリカ共和国で育つ。ジャーナリスト、脚本家としてキャリアを積み、初の脚本作品「The Locker Room」で若手脚本家を対象としたカール・フォアマン/BAFTA賞を受賞。2010年『ブラックランズ』で作家デビュー。同作でCWA賞ゴールド・ダガー賞を受賞し、クライムノベルの超新星となった。ウェールズ在住。

ハウイ　　　　　海外文学　新進作家事典

最近の翻訳書

◇『生と死にまつわるいくつかの現実』 *The Facts of Life and Death*　ベリン
ダ・バウアー著, 吉井智津美訳　小学館　2015.7　524p　15cm　（小学館文庫
ハ8-6）　972円　①978-4-09-406131-4

◇『ラバーネッカー』 *RUBBERNECKER*　ベリンダ・バウアー著, 満園真木訳
小学館　2014.6　460p　15cm　（小学館文庫　ハ8-4）　830円　①978-4-09-
408853-3

◇『ハンティング』 *FINDERS KEEPERS*　ベリンダ・バウアー著, 松原葉子
訳　小学館　2013.9　587p　15cm　（小学館文庫　ハ8-3）　781円　①978-4-
09-408785-7

◇『ダークサイド』 *DARKSIDE*　ベリンダ・バウアー著, 杉本葉子訳　小学館
2012.7　554p　16cm　（小学館文庫　ハ8-2）　886円　①978-4-09-408625-6

◇『ブラックランズ』 *Blacklands*　ベリンダ・バウアー著, 杉本葉子訳　小学館
2010.10　396p　15cm　（小学館文庫　ハ8-1）　781円　①978-4-09-408550-1

ハウイー, ヒュー　*Howey, Hugh*　　　　　　　　　　　SF, ファンタジー

アメリカの作家。1975年ノースカロライナ州シャーロット生まれ。ヨットの船長を8年務めた
後、結婚を機に陸に上がり、小説の執筆を本格的に開始。〈Molly Fyde〉シリーズで好評を博し
た後、2011年中編として「ウール」第1部をAmazon・Kindleで発表すると爆発的なヒットと
なり、読者に促される形で続編を執筆。全5部をオムニバスにした『ウール』はアメリカとイ
ギリスで大手出版社が出版権を、大手映画会社が映画化権を獲得。Kindle Bookレビューズ・
ベスト・インディーズ・ブック・オブ2012を受賞した。

最近の翻訳書

◇『ダスト 上』 *Dust*　ヒュー・ハウイー著, 雨海弘美訳　KADOKAWA
2015.8　277p　15cm　（角川文庫　ハ30-5）　760円　①978-4-04-101546-9

◇『ダスト 下』 *Dust*　ヒュー・ハウイー著, 雨海弘美訳　KADOKAWA
2015.8　254p　15cm　（角川文庫　ハ30-6）　720円　①978-4-04-101547-6

◇『シフト 上』 *Shift*　ヒュー・ハウイー著, 雨海弘美訳　KADOKAWA
2014.7　341p　15cm　（角川文庫　ハ30-3）　800円　①978-4-04-101440-0

◇『シフト 下』 *Shift*　ヒュー・ハウイー著, 雨海弘美訳　KADOKAWA
2014.7　331p　15cm　（角川文庫　ハ30-4）　800円　①978-4-04-101441-7

◇『ウール 上』 *Wool*　ヒュー・ハウイー著, 雨海弘美訳　角川書店　2013.9
351p　15cm　（角川文庫　ハ30-1）　781円　①978-4-04-101015-0

◇『ウール 下』 *Wool*　ヒュー・ハウイー著, 雨海弘美訳　角川書店　2013.9
366p　15cm　（角川文庫　ハ30-2）　781円　①978-4-04-101016-7

ハーウィッツ, グレッグ　*Hurwitz, Gregg*　　　　　　　ミステリー, スリラー

アメリカの作家。カリフォルニア州サンフランシスコ出身。代々医者の家系に生まれる。ハー
バード大学とオックスフォード大学トリニティ・カレッジで英語と心理学を学んだ後、作家と
なる。綿密な調査と膨大なデータをもとに、躍動感のあるサスペンスを執筆。"次代のマイク
ル・クライトン"との呼び名も高い。映画の脚本も手がける。

最近の翻訳書

◇『犯罪小説家』 *The crime writer*　グレッグ・ハーウィッツ著, 金子浩訳
ヴィレッジブックス　2010.2　467p　15cm　（ヴィレッジブックス　F-ハ7-

海外文学　新進作家事典　　　　　　　　　　　　ハウス

　　4)　900円　①978-4-86332-222-6
◇『処刑者たち　上』　*The kill clause*　グレッグ・ハーウィッツ著, 金子浩訳
　ヴィレッジブックス　2007.8　400p　15cm　800円　①978-4-7897-3147-8
◇『処刑者たち　下』　*The kill clause*　グレッグ・ハーウィッツ著, 金子浩訳
　ヴィレッジブックス　2007.8　372p　15cm　780円　①978-4-7897-3148-5

ハーヴェイ, マイケル　*Harvey, Michael*　　　　　　　ミステリー, スリラー

アメリカの作家。マサチューセッツ州ボストン生まれ。デューク大学、ノースウエスタン大学、ホーリークロス大学で学ぶ。ドキュメンタリー番組のクリエイター兼製作責任者として活躍。「Eyewitness」で1999年度のアカデミー賞ドキュメンタリー短編部門に、未解決殺人事件を扱う人気テレビシリーズ「Cold Case Files」で2005年度のエミー賞ノンフィクション・シリーズ部門にノミネートされた。07年〈私立探偵マイケル・ケリー〉シリーズの第1作『報いの街よ、暁に眠れ』で作家デビュー。イリノイ州シカゴ在住。

最近の翻訳書

◇『報いの街よ、暁に眠れ』　*The Chicago way*　マイケル・ハーヴェイ著, 中西和美訳　ヴィレッジブックス　2007.12　415p　15cm　（ヴィレッジブックス）　850円　①978-4-7897-3230-7

パウエル, ガレス・L.　*Powell, Gareth L.*　　　　　　**SF**, ファンタジー

イギリスの作家。1970年ブリストル生まれ。グラモーガン大学（現・サウスウェールズ大学）で人文科学と創作を学び、2008年まで大手ソフトウェア会社に勤務。「インターゾーン」「ソラリス・ライジング3」などに短編を執筆し、「アクアク・マカーク」で07年度インターゾーン読者賞を受賞。同作を下敷きにした『ガンメタル・ゴースト』で13年度英国SF協会賞を受賞。

最近の翻訳書

◇『ガンメタル・ゴースト』　*ACK-ACK MACAQUE*　ガレス・L・パウエル著, 三角和代訳　東京創元社　2015.12　461p　15cm　（創元SF文庫　SFハ20-1）　1300円　①978-4-488-75901-8

パヴォーネ, クリス　*Pavone, Chris*　　　　　　　　ミステリー, スリラー

アメリカの作家。1968年ニューヨーク市生まれ。コーネル大学で政治学を学んだ後、いくつもの出版社に勤務し、編集者として料理本などを手がける。自らもワインのカタログ本を執筆し、99年に出版。2012年には初の小説である『ルクセンブルクの迷路』を発表、大好評を博して全米でベストセラーとなった。ニューヨーク市在住。

最近の翻訳書

◇『ルクセンブルクの迷路』　*THE EXPATS*　クリス・パヴォーネ著, 澁谷正子訳　早川書房　2013.2　584p　16cm　（ハヤカワ文庫 NV　1277）　1040円　①978-4-15-041277-7

ハウス, リチャード　*House, Richard*　　　　　　　　　　スリラー

イギリスの作家、映像作家。1961年キプロス生まれ。シカゴ・アート・インスティテュートで芸術修士号、イーストアングリア大学で博士号を取得。シカゴを拠点とした団体、Hahaの一員としてさまざまなアートプロジェクトに参加。長編2作を発表した後、2013年大型スリラー

287

『クロニクル』4部作を発表。同作はブッカー賞候補となり、注目を集めた。バーミンガム大学で創作を教える。

最近の翻訳書

◇『クロニクル　4　最後の罠』 *THE HIT* リチャード・ハウス著　濱野大道訳　早川書房　2015.6　423p　16cm　（ハヤカワ文庫 NV　1351）　1000円　①978-4-15-041351-4

◇『クロニクル　3　ある殺人の記録』 *THE KILL* リチャード・ハウス著　武藤陽生訳　早川書房　2015.6　463p　16cm　（ハヤカワ文庫 NV　1345）　1000円　①978-4-15-041345-3

◇『クロニクル　2　砂漠の陰謀』 *THE MASSIVE* リチャード・ハウス著　濱野大道訳　早川書房　2015.5　516p　16cm　（ハヤカワ文庫 NV　1342）　940円　①978-4-15-041342-2

◇『クロニクル　1　トルコの逃避行』 *SUTLER* リチャード・ハウス著　武藤陽生訳　早川書房　2015.4　473p　16cm　（ハヤカワ文庫 NV　1338）　900円　①978-4-15-041338-5

ハウック, コリーン　*Houck, Colleen*　　　　ロマンス, ヤングアダルト

アメリカの作家。1969年10月3日アリゾナ州ツーソン生まれ。2011年呪われた美しき虎と運命の少女のラブ・ファンタジー〈タイガーズ・カース〉シリーズでデビュー。当初はkindleのみでの配信だったが、多くのファンに支持され出版される。同シリーズは「ニューヨーク・タイムズ」紙のベストセラー・リストにランクイン。オレゴン州セーラム在住。

最近の翻訳書

◇『夢見の森の虎』 *tiGER'S QUEST* コリーン・ハウック著, 松山美保訳　ヴィレッジブックス　2014.2　613p　20cm　（タイガーズ・カース・シリーズ　#2）　2000円　①978-4-86491-118-4

◇『白い虎の月』 *tiGER'S CURSE* コリーン・ハウック著, 松山美保訳　ヴィレッジブックス　2013.6　580p　20cm　（タイガーズ・カース・シリーズ　#1）　1900円　①978-4-86491-068-2

パオリーニ, クリストファー　*Paolini, Christopher*　　ヤングアダルト, ファンタジー

アメリカの作家。1983年11月17日南カリフォルニアで生まれ、美しい自然に恵まれたモンタナ州で育つ。幼い頃から両親に小説や絵画を学び、『指輪物語』などのファンタジーに親しんだ。15歳で高校を卒業すると同時に"ドラゴンライダー"の物語を書き始める。17歳で〈ドラゴンライダー〉シリーズの第1作『エラゴン』を書き上げ、表紙も自分で描いて自費出版したところ、小さな書店や図書館の口コミで評判となる。2003年ニューヨークの大手出版社クノッフ社から出版されると瞬く間にベストセラーとなり、シリーズ化された。モンタナ州パラダイス・バレー在住。

最近の翻訳書

◇『インヘリタンス―果てなき旅　[4]』 *Inheritance* クリストファー・パオリーニ著, 大嶌双恵訳　静山社　2015.6　397p　19cm　（ドラゴンライダー　15）　920円　①978-4-86389-306-1

◇『インヘリタンス―果てなき旅　[3]』 *Inheritance* クリストファー・パオリーニ著, 大嶌双恵訳　静山社　2015.6　397p　19cm　（ドラゴンライダー　14）　920円　①978-4-86389-305-4

海外文学　新進作家事典　　　　ハオリニ

◇『インヘリタンス─果てなき旅　[2]』 *Inheritance*　クリストファー・パオ
リーニ著, 大嶌双恵訳　静山社　2015.6　413p　19cm　（ドラゴンライダー
13）　920円　①978-4-86389-304-7

◇『インヘリタンス─果てなき旅　[1]』 *Inheritance*　クリストファー・パオ
リーニ著, 大嶌双恵訳　静山社　2015.6　365p　19cm　（ドラゴンライダー
12）　880円　①978-4-86389-303-0

◇『ブリジンガー──炎に誓う絆　[4]』 *Brisingr*　クリストファー・パオリーニ
著, 大嶌双恵訳　静山社　2014.9　333p　19cm　（ドラゴンライダー　11）
840円　①978-4-86389-291-0

◇『ブリジンガー──炎に誓う絆　[3]』 *Brisingr*　クリストファー・パオリーニ
著, 大嶌双恵訳　静山社　2014.9　341p　19cm　（ドラゴンライダー　10）
880円　①978-4-86389-290-3

◇『ブリジンガー──炎に誓う絆　[2]』 *Brisingr*　クリストファー・パオリーニ
著, 大嶌双恵訳　静山社　2014.9　349p　19cm　（ドラゴンライダー　9）
880円　①978-4-86389-289-7

◇『ブリジンガー──炎に誓う絆　[1]』 *Brisingr*　クリストファー・パオリーニ
著, 大嶌双恵訳　静山社　2014.9　325p　19cm　（ドラゴンライダー　8）
840円　①978-4-86389-288-0

◇『ブリジンガー──炎に誓う絆　上』 *Brisingr*　クリストファー・パオリーニ
著, 大嶌双恵訳　静山社　2014.3　517p　22cm　（ドラゴンライダーBOOK
3）　1900円　①978-4-86389-256-9

◇『ブリジンガー──炎に誓う絆　下』 *Brisingr*　クリストファー・パオリーニ
著, 大嶌双恵訳　静山社　2014.3　517p　22cm　（ドラゴンライダーBOOK
3）　1900円　①978-4-86389-257-6

◇『インヘリタンス─果てなき旅　上』 *Inheritance*　クリストファー・パオ
リーニ著, 大嶌双恵訳　静山　2012.11　589p　22cm　（ドラゴンライダー
BOOK　4）　1900円　①978-4-86389-193-7

◇『インヘリタンス─果てなき旅　下』 *Inheritance*　クリストファー・パオ
リーニ著, 大嶌双恵訳　静山　2012.11　599p　22cm　（ドラゴンライダー
BOOK　4）　1900円　①978-4-86389-194-4

◇『エルデスト─宿命の赤き翼　[4]』 *Eldest*　クリストファー・パオリーニ
著, 大嶌双恵訳　静山社　2012.3　347p　19cm　（ドラゴンライダー　7）
880円　①978-4-86389-153-1

◇『エルデスト─宿命の赤き翼　[3]』 *Eldest*　クリストファー・パオリーニ
著, 大嶌双恵訳　静山社　2012.3　308p　19cm　（ドラゴンライダー　6）
800円　①978-4-86389-152-4

◇『エルデスト─宿命の赤き翼　[2]』 *Eldest*　クリストファー・パオリーニ
著, 大嶌双恵訳　静山社　2012.3　330p　19cm　（ドラゴンライダー　5）
840円　①978-4-86389-151-7

◇『エルデスト─宿命の赤き翼　[1]』 *Eldest*　クリストファー・パオリーニ
著, 大嶌双恵訳　静山社　2012.3　362p　19cm　（ドラゴンライダー　4）
880円　①978-4-86389-150-0

◇『エルデスト─宿命の赤き翼　上』 *Eldest*　クリストファー・パオリーニ著,
大嶌双恵訳　静山社　2011.12　533p　22cm　（ドラゴンライダー　BOOK
2）　1800円　①978-4-86389-145-6

◇『エルデスト─宿命の赤き翼　下』 *Eldest*　クリストファー・パオリーニ著,
大嶌双恵訳　静山社　2011.12　501p　22cm　（ドラゴンライダー　BOOK

2)　1800円　Ⓘ978-4-86389-146-3

◇『エラゴン―遺志を継ぐ者　[3]』 *Eragon*　クリストファー・パオリーニ著, 大嶌双恵訳　静山社　2011.11　357p　19cm　（ドラゴンライダー　3）　880 円　Ⓘ978-4-86389-140-1

◇『エラゴン―遺志を継ぐ者　[2]』 *Eragon*　クリストファー・パオリーニ著, 大嶌双恵訳　静山社　2011.11　325p　19cm　（ドラゴンライダー　2）　840 円　Ⓘ978-4-86389-139-5

◇『エラゴン―遺志を継ぐ者　[1]』 *Eragon*　クリストファー・パオリーニ著, 大嶌双恵訳　静山社　2011.11　293p　19cm　（ドラゴンライダー　1）　800 円　Ⓘ978-4-86389-138-8

◇『エラゴン―遺志を継ぐ者』 *Eragon*　クリストファー・パオリーニ著, 大嶌 双恵訳　静山社　2011.7　645p　22cm　（ドラゴンライダー　book 1）　 1900円　Ⓘ978-4-86389-131-9

◇『ブリジンガー――炎に誓う絆　[4]』 *Brisingr*　クリストファー・パオリーニ 著, 大嶌双恵訳　ヴィレッジブックス　2010.12　333p　18cm　（ドラゴンラ イダー　11）　620円　Ⓘ978-4-86332-287-5

◇『ブリジンガー――炎に誓う絆　[3]』 *Brisingr*　クリストファー・パオリーニ 著, 大嶌双恵訳　ヴィレッジブックス　2010.12　341p　18cm　（ドラゴンラ イダー　10）　640円　Ⓘ978-4-86332-286-8

◇『ブリジンガー――炎に誓う絆　[2]』 *Brisingr*　クリストファー・パオリーニ 著, 大嶌双恵訳　ヴィレッジブックス　2010.11　349p　18cm　（ドラゴンラ イダー　9）　640円　Ⓘ978-4-86332-285-1

◇『ブリジンガー――炎に誓う絆　[1]』 *Brisingr*　クリストファー・パオリーニ 著, 大嶌双恵訳　ヴィレッジブックス　2010.11　325p　18cm　（ドラゴンラ イダー　8）　620円　Ⓘ978-4-86332-284-4

◇『ブリジンガー――炎に誓う絆　上』 *Brisingr*　クリストファー・パオリーニ 著, 大嶌双恵訳　ヴィレッジブックス　2009.3　517p　22cm　（ドラゴンラ イダー　3）　1900円　Ⓘ978-4-86332-075-8

◇『ブリジンガー――炎に誓う絆　下』 *Brisingr*　クリストファー・パオリーニ 著, 大嶌双恵訳　ヴィレッジブックス　2009.3　517p　22cm　（ドラゴンラ イダー　3）　1900円　Ⓘ978-4-86332-076-5

◇『エルデスト―宿命の赤き翼　5』 *Eragon : Inheritance Book2*　クリスト ファー・パオリーニ著, 大嶌双恵訳　ヴィレッジブックス　2007.10　330p 18cm　（ドラゴンライダー）　620円　Ⓘ978-4-86332-573-9

◇『エルデスト―宿命の赤き翼　4』 *Eldest : Inheritance Book2*　クリスト ファー・パオリーニ著, 大嶌双恵訳　ヴィレッジブックス　2007.9　362p 18cm　（ドラゴンライダー）　640円　Ⓘ978-4-86332-572-2

◇『エルデスト―宿命の赤き翼　7』 *Eragon : Inheritance Book2*　クリスト ファー・パオリーニ著, 大嶌双恵訳　ヴィレッジブックス　2007.9　347p 18cm　（ドラゴンライダー）　640円　Ⓘ978-4-86332-575-3

◇『エルデスト―宿命の赤き翼　6』 *Eragon : Inheritance Book2*　クリスト ファー・パオリーニ著, 大嶌双恵訳　ヴィレッジブックス　2007.9　308p 18cm　（ドラゴンライダー）　620円　Ⓘ978-4-86332-574-6

◇『エラゴン―遺志を継ぐ者　3』 *Eragon : Inheritance Book1*　クリスト ファー・パオリーニ著, 大嶌双恵訳　ヴィレッジブックス　2006.12　357p 18cm　（ドラゴンライダー）　620円　Ⓘ978-4-86332-513-5

◇『エラゴン―遺志を継ぐ者　2』 *Eragon : Inheritance Book1*　クリスト

ファー・パオリーニ著, 大嶌双恵訳　ヴィレッジブックス　2006.12　325p
18cm　（ドラゴンライダー）　600円　①978-4-86332-512-8
◇『エラゴン―遺志を継ぐ者　**1**』　*Eragon：Inheritance Book1*　クリスト
ファー・パオリーニ著, 大嶌双恵訳　ヴィレッジブックス　2006.12　293p
18cm　（ドラゴンライダー）　580円　①978-4-86332-511-1
◇『エラゴン―遺志を継ぐ者　**[3]**』　*Eragon*　クリストファー・パオリーニ著,
大嶌双恵訳　ヴィレッジブックス　2006.10　357p　18cm　（ドラゴンライ
ダー　3）　620円　①4-7897-2960-5
◇『エラゴン―遺志を継ぐ者　**[2]**』　*Eragon*　クリストファー・パオリーニ著,
大嶌双恵訳　ヴィレッジブックス　2006.10　325p　18cm　（ドラゴンライ
ダー　2）　600円　①4-7897-2959-1
◇『エラゴン―遺志を継ぐ者　**[1]**』　*Eragon*　クリストファー・パオリーニ著,
大嶌双恵訳　ヴィレッジブックス　2006.10　293p　18cm　（ドラゴンライ
ダー　1）　580円　①4-7897-2958-3

ハーカウェイ, ニック　*Harkaway, Nick*　　　　　　　　　　SF, ファンタジー

イギリスの作家。1972年コーンウォール生まれ。ケンブリッジ大学で社会学と政治学を専攻。
2008年近未来青春アクション・サスペンス『世界が終わってしまったあとの世界で』でデビュー。
さまざまなジャンル・フィクションの要素を織り込んだ独特の作風が高く評価される。ロンド
ン在住。

最近の翻訳書

◇『エンジェルメイカー』　*ANGELMAKER*　ニック・ハーカウェイ著, 黒原敏
行訳　早川書房　2015.6　726p　19cm　（HAYAKAWA POCKET
MYSTERY BOOKS　1896）　2800円　①978-4-15-001896-2
◇『世界が終わってしまったあとの世界で　上』　*THE GONE-AWAY*
WORLD　ニック・ハーカウェイ著, 黒原敏行訳　早川書房　2014.4　457p
16cm　（ハヤカワ文庫 NV　1304）　960円　①978-4-15-041304-0
◇『世界が終わってしまったあとの世界で　下』　*THE GONE-AWAY*
WORLD　ニック・ハーカウェイ著, 黒原敏行訳　早川書房　2014.4　458p
16cm　（ハヤカワ文庫 NV　1305）　960円　①978-4-15-041305-7

バーカム, ウェイン　*Barcomb, Wayne*　　　　　　　　　　ミステリー, サスペンス

アメリカの作家。1933年生まれ。マサチューセッツ州ノースアダムス出身。マサチューセッ
ツ州立大学で学ぶ。長く大学教科書の出版社のCEO（最高経営責任者）を務めた後、専業作家
に転身。地方の小出版社から刊行した『Blood Tide』（2003年）、『Undercurrent』（06年）の好
評を受け、大手出版社であるセント・マーティンズから『殺す女』を刊行。ベテラン編集者で
あった妻と二人三脚での執筆を続ける。フロリダ州サラソタ在住。

最近の翻訳書

◇『殺す女』　*The hunted*　ウェイン・バーカム著, 山中朝晶訳　早川書房
2010.3　447p　16cm　（ハヤカワ・ミステリ文庫　HM370-1）　860円
①978-4-15-178701-0

パク, ヒョンウク　*Park, Hyun-wook*　　　　　　　　　　　　　　　文学

韓国の作家。1967年ソウル生まれ。延世大学社会学科で哲学を専攻し、91年卒業。30歳を過

ぎてから勤めていた会社を辞める。99年から書き始めて2001年に発表した『同情のない世の中』で第6回文学トンネ新人作家賞を受賞し、作家デビュー。03年長編『鳥は』を発表。若手の先頭を行く、才能豊かな作家として評価される。ベストセラーとなった小説『もうひとり夫が欲しい』は、08年「妻が結婚した」として映画化された。

最近の翻訳書

◇『もうひとり夫が欲しい』　パク・ヒョンウク著, 蓮池薫訳　新潮社　2008.3
318p　20cm　1800円　①978-4-10-505831-9

朴 赫文　パク, ヒョンムン　*Park, Hyuk-moon*　　　　　　　歴史

韓国の作家。1963年慶尚南道巨済島生まれ。高麗大学国語教育科卒。ソウル信一高校の国語教師として勤務。若い頃から、宗教、歴史、東洋哲学の世界に心酔していたが、99年本格的な歴史小説『八旗軍』(全3巻)を発表して注目された。さらに唐の高宗によって乱暴な将師と貶められた淵蓋蘇文を、民族の誇るべき英雄として描いた大河実録『淵蓋蘇文』(全6巻)を発表し、"東北公程専門家"としても評価される。

最近の翻訳書

◇『朱蒙　下』　朴赫文著, 舘野晰, 蔡星慧訳　晩聲社　2007.9　333p　19cm
1500円　①978-4-89188-336-2
◇『朱蒙　上』　朴赫文著, 舘野晰, 蔡星慧訳　晩聲社　2007.8　250p　19cm
1500円　①978-4-89188-334-8

パク, ミンギュ　*Park, Min-gyu*　　　　　　　　　　　　　文学

韓国の作家。1968年慶尚南道蔚山生まれ。中央大学文芸創作学科卒。2003年『地球英雄伝説』で文学トンネ新人作家賞、『三美スーパースターズの最後のファンクラブ』でハンギョレ文学賞を同時に受賞しデビュー。その後、05年『カステラ』で申東曄創作賞、07年「黄色い川、舟一隻」で李孝石文学賞、09年「近所」で黄順元文学賞、10年「朝の門」で李箱文学賞を受賞。14年『カステラ』が第1回日本翻訳大賞を受賞した。

最近の翻訳書

◇『亡き王女のためのパヴァーヌ』　パクミンギュ著, 吉原育子訳　クオン
2015.4　477p　19cm　(新しい韓国の文学　12)　2500円　①978-4-904855-29-4
◇『カステラ』　パクミンギュ著, ヒョンジェフン, 斎藤真理子訳　武蔵野　ク
レイン　2014.4　336p　19cm　1700円　①978-4-906681-39-6

パーク, リンダ・スー　*Park, Linda Sue*　　　　　　　　　児童書

アメリカの作家。1960年イリノイ州生まれ。韓国系2世。幼い頃から詩や物語を書き、9歳で子供向けの雑誌に詩を寄稿。スタンフォード大学を卒業後、イギリスやアイルランドでも英文学を学ぶ。石油会社の広報勤務や記者、英語教師などを経て、99年童話『Seesaw Girl』で児童文学作家としてデビュー。主として韓国を舞台とする作品を執筆。第3作にあたる『モギーちいさな焼きもの師』で2002年度ニューベリー賞を受賞。同年に刊行された第4作『木槿の咲く庭—スンヒィとテヨルの物語』は初めての本格的小説で、ジェーン・アダムス賞など数々の賞にノミネートされた。夫と2人の子供とともにニューヨークで暮らす。

最近の翻訳書

◇『サーティーナイン・クルーズ　**9**　海賊の秘宝』　*The 39 clues*　リンダ・

スー・パーク著, 小浜杏訳　KADOKAWA　2014.2　273p　19cm　900円
①978-4-04-066473-6
◇『サーティーナイン・クルーズ　16　だれも信用するな』　*The 39 clues*　小
浜杏訳　リンダ・スー・パーク著　KADOKAWA　2014.2　279p　19cm
900円　①978-4-04-066335-7
◇『魔法の泉への道』　*A long walk to water*　リンダ・スー・パーク著, 金利光
訳　あすなろ書房　2011.11　151p　20cm　1300円　①978-4-7515-2221-9
◇『サーティーナイン・クルーズ　9　海賊の秘宝』　*The 39 clues*　リンダ・
スー・パーク著, 小浜杏訳　メディアファクトリー　2011.6　287p　19cm
900円　①978-4-8401-3948-9
◇『木槿の咲く庭─スンヒィとテヨルの物語』　*When my name was Keoko*　リ
ンダ・スー・パーク著, 柳田由紀子訳　新潮社　2006.6　286p　20cm　1800
円　①4-10-505221-7

ハークネス, デボラ　*Harkness, Deborah*　　　　　　　　　　文学, 歴史

アメリカの作家、歴史学者。南カリフォルニア大学教授。1965年生まれ。16〜18世紀のヨー
ロッパにおける魔法と科学の歴史を専門とし、ケンブリッジ大学やエール大学から学術書も出
版。一方、2011年『魔女の目覚め』でフィクション作家としてデビューし、「ニューヨーク・
タイムズ」「パブリッシャーズ・ウィークリー」のベストセラー・リスト初登場2位にランクイ
ンした。

最近の翻訳書

◇『魔女の血族　上』　*THE BOOK OF LIFE*　デボラ・ハークネス著, 中西和
美訳　ヴィレッジブックス　2015.4　516p　15cm　（ヴィレッジブックス
F-ハ20-5）　900円　①978-4-86491-223-5
◇『魔女の血族　下』　*THE BOOK OF LIFE*　デボラ・ハークネス著, 中西和
美訳　ヴィレッジブックス　2015.4　487p　15cm　（ヴィレッジブックス
F-ハ20-6）　880円　①978-4-86491-224-2
◇『魔女の契り　上』　*SHADOW OF NIGHT*　デボラ・ハークネス著, 中西和
美訳　ヴィレッジブックス　2013.3　488p　15cm　（ヴィレッジブックス
F-ハ20-3）　860円　①978-4-86491-042-2
◇『魔女の契り　下』　*SHADOW OF NIGHT*　デボラ・ハークネス著, 中西和
美訳　ヴィレッジブックス　2013.3　518p　15cm　（ヴィレッジブックス
F-ハ20-4）　880円　①978-4-86491-043-9
◇『魔女の目覚め　上』　*A discovery of witches*　デボラ・ハークネス著, 中西
和美訳　ヴィレッジブックス　2011.7　518p　15cm　（ヴィレッジブックス
F-ハ20-1）　880円　①978-4-86332-329-2
◇『魔女の目覚め　下』　*A discovery of witches*　デボラ・ハークネス著, 中西
和美訳　ヴィレッジブックス　2011.7　530p　15cm　（ヴィレッジブックス
F-ハ20-2）　900円　①978-4-86332-330-8

バークレイ, リンウッド　*Barclay, Linwood*　　　　　　　ミステリー, スリラー

カナダの作家。アメリカ生まれ。新聞社に勤務する傍ら、1990年代にノンフィクション作家
として活躍。2004年ミステリー作家としてのキャリアをスタートさせ、07年に出版されたミ
ステリー『失踪家族』が、イギリスで60万部のヒットとなり、世界30カ国以上で翻訳された。
08年に刊行された『崩壊家族』はカナダ推理作家協会アーサー・エリス賞（最優秀作品賞）を

受賞。オンタリオ州トロント在住。

最近の翻訳書

◇『救いようがない』 *BAD MOVE* リンウッド・バークレイ著, 長島水際訳
ヴィレッジブックス 2014.3 565p 15cm （ヴィレッジブックス F-ハ19-3） 1000円 ①978-4-86491-123-8

◇『崩壊家族』 *TOO CLOSE TO HOME* リンウッド・バークレイ著, 高山祥子訳 ヴィレッジブックス 2013.6 638p 15cm （ヴィレッジブックス F-ハ19-2） 940円 ①978-4-86491-066-8

◇『失踪家族』 *No time for goodbye* リンウッド・バークレイ著, 高山祥子訳 ヴィレッジブックス 2010.8 566p 15cm （ヴィレッジブックス F-ハ19-1） 920円 ①978-4-86332-271-4

パーシー, ベンジャミン　*Percy, Benjamin*　　スリラー, ホラー

アメリカの作家。1979年オレゴン州生まれ。ブラウン大学卒業後、南イリノイ大学で芸術修士号を取得。2006年第1短編集『The Language of Elk』を発表。07年の第2短編集『Refresh, Refresh』でプッシュカート賞を受賞。08年には有望な新鋭作家に与えられるホワイティング賞を受賞した。アイオワ州立大学で創作を教える。

最近の翻訳書

◇『森の奥へ』 *THE WILDING* ベンジャミン・パーシー著, 古屋美登里訳 早川書房 2012.5 372p 20cm 2500円 ①978-4-15-209300-4

ハージ, ラウィ　*Hage, Rawi*　　文学

カナダの作家、写真家。1964年レバノン・ベイルート生まれ。75年に始まったレバノン内戦下のベイルートとキプロスで育つ。84年ニューヨークへ渡り、91年カナダ・モントリオールに移住。写真と美術を学び、ケベック大学でMFAを取得。2006年初の小説『デニーロ・ゲーム』を発表。カナダの主要な文学賞にノミネートされ、08年度国際IMPACダブリン文学賞を受賞、世界30カ国で翻訳される。同年第2作『Cockroach』を発表。一方、写真家としての顔も持ち、世界各地で個展を開催。モントリオール在住。

最近の翻訳書

◇『デニーロ・ゲーム』 *De Niro's game* ラウィ・ハージ著, 藤井光訳 白水社 2011.8 291p 20cm （エクス・リブリス） 2400円 ①978-4-560-09017-6

パーシャル, サンドラ　*Parshall, Sandra*　　ミステリー, スリラー

アメリカの作家。サウスカロライナ州生まれ。地元のタウン誌をはじめ、ボルティモアなどでコラムニスト、報道記者として経験を積む。幼い頃からフィクションを執筆していたが、初の長編サスペンス『冷たい月』で2007年アガサ賞最優賞処女長編賞を受賞。ジャーナリストの夫とバージニア州に暮らす。

最近の翻訳書

◇『冷たい月』 *The heat of the moon* サンドラ・パーシャル著, 戸田早紀訳 ランダムハウス講談社 2009.3 471p 15cm 880円 ①978-4-270-10280-0

海外文学　新進作家事典　　　　　　　　　　　　　　　　ハス

ハーシュ, ジェフ　*Hirsch, Jeff*　　　　　　　　　　　　ヤングアダルト

アメリカの作家。バージニア州リッチモンド生まれ。中学生の時にバージニア大学の作家育成ワークショップに参加して小説の執筆を学び、高校時代は演劇の脚本を執筆して上演。イースト・カロライナ大学では演劇を学び、カリフォルニア大学大学院で脚本の修士号を取得した。10代向けを中心にした小説が多い。現在は妻とともにニューヨーク州ビーコン在住。

*** 最近の翻訳書 ***

◇『サーティーナイン・クルーズ　21　アトランティスの謎』 *The 39 clues*
ジェフ・ハーシュ著, 小浜杏訳　KADOKAWA　2015.12　251p　19×13cm
900円　Ⓘ978-4-04-103526-9

パージュ, マルタン　*Page, Martin*　　　　　　　　　　　文学, 児童書

フランスの作家。1975年パリ生まれ。ソルボンヌ大学で法律、心理学、美術史、言語学、哲学、人類学などさまざまな学問を学ぶ。2001年大学在学中に執筆した『僕はどうやってバカになったか』で作家デビュー、批評家の注目を集め、世界30カ国以上で翻訳されるベストセラーとなる。

*** 最近の翻訳書 ***

◇『ぼくのベッド』 *LA BATAILLE CONTRE MON LIT*　マルタン・パージュぶん, サンドリーヌ・ボニーニえ, かわむらまきこやく　近代文藝社
2014.5　1冊（ページ付なし）　19×22cm　1200円　Ⓘ978-4-7733-7926-6
◇『たぶん、愛の話』 *Peut-être une histoire d'amour*　マルタン・パージュ
著, 河村真紀子訳　近代文藝社　2013.7　207p　20cm　1800円　Ⓘ978-4-7733-7874-0

バース, L.G.　*Bass, L.G.*　　　　　　　　　　　　　　ファンタジー

アメリカの作家。ジャーナリストや編集者として活躍した後、作家に転身。カンフーと中国の伝説をこよなく愛する。ニューヨーク在住。

*** 最近の翻訳書 ***

◇『月影のアウトロー　1（星明王、降誕！）』 *Sign of the qin*　L.G.バース著,
松山美保訳　ソニー・マガジンズ　2006.3　298p　19cm　1200円　Ⓘ4-7897-2776-9
◇『月影のアウトロー　2（破壊王ヤムの復活）』 *Sign of the qin*　L.G.バース
著, 松山美保訳　ソニー・マガジンズ　2006.3　293p　19cm　1200円　Ⓘ4-7897-2777-7

ハース, ゲイリー・ヴァン　*Haas, Gary Van*　　　　　ミステリー, スリラー

アメリカのジャーナリスト、作家。カリフォルニア大学ロサンゼルス校でジャーナリズムを学ぶ。ギリシャ人の妻と結婚し、ギリシャを中心にヨーロッパ文化や料理の記事を執筆。2000年冒険ミステリー『弔いのイコン』で作家デビュー。

*** 最近の翻訳書 ***

◇『弔いのイコン』 *The ikon*　ゲイリー・ヴァン・ハース著, 戸田裕之訳　ランダムハウス講談社　2009.4　367p　15cm　880円　Ⓘ978-4-270-10287-9

バーズオール, ジーン　*Birdsall, Jeanne*　　児童書

アメリカの作家。1951年生まれ。ペンシルベニア州フィラデルフィア出身。10歳の頃に作家になることを決心。2005年デビュー作『夏の魔法 ペンダーウィックの四姉妹』で全米図書館賞児童文学部門を受賞。マサチューセッツ州ノーサンプトン在住。

最近の翻訳書

◇『ささやかな奇跡』　*THE PENDERWICKS ON GARDAM STREET*　ジーン・バーズオール作, 代田亜香子訳　小峰書店　2015.8　372p　19cm（Sunnyside Books—ペンダーウィックの四姉妹　2）　1700円　①978-4-338-28705-0

◇『夏の魔法—ペンダーウィックの四姉妹』　*THE PENDERWICKS*　ジーン・バーズオール作, 代田亜香子訳　小峰書店　2014.6　325p　19cm（Sunnyside Books）　1600円　①978-4-338-28701-2

バスケス, フアン・ガブリエル　*Vásquez, Juan Gabriel*　　文学

コロンビアの作家。1973年ボゴタ生まれ。ロサリオ大学法学部卒業後、フランスに留学し、パリ大学でラテンアメリカ文学を専攻して博士号を取得した。ヴィクトル・ユゴーやE.M.フォースターの翻訳、さらにジョゼフ・コンラッドの伝記などを執筆。2004年『密告者』、07年『コスタグアナ秘史』を刊行。第3作『物が落ちる音』（11年）でアルファグアラ賞を受賞、同作の英訳によって14年に国際IMPACダブリン文学賞も受賞し、国際的な評価を得た。

最近の翻訳書

◇『コスタグアナ秘史』　*HISTORIA SECRETA DE COSTAGUANA*　フアン・ガブリエル・バスケス著, 久野量一訳　水声社　2016.1　322p　20cm（フィクションのエル・ドラード）　2800円　①978-4-89176-959-8

◇『物が落ちる音』　*El ruido de las cosas al caer*　フアン・ガブリエル・バスケス著, 柳原孝敦訳　京都　松籟社　2016.1　314p　19cm（創造するラテンアメリカ　4）　2000円　①978-4-87984-344-9

ハスラム, クリス　*Haslam, Chris*　　ミステリー, スリラー

イギリスの作家。ヨーロッパ、南米、アジアを旅しながら、くず鉄業者、聖書売り、銃器インストラクター、バーのオーナー、テレビの修理、輸入業などの職に就く。2003年『ファンダンゴは踊れない』で作家デビュー、MWA賞の最優秀ペーパーバック賞にノミネートされ注目を集めた。

最近の翻訳書

◇『ファンダンゴは踊れない』　*Twelve step Fandango*　クリス・ハスラム著, 栗原百代訳　早川書房　2006.3　431p　16cm（ハヤカワ・ミステリ文庫）820円　①4-15-176151-9

バゼル, ジョシュ　*Bazell, Josh*　　ミステリー, スリラー

アメリカの作家。1970年生まれ。ニューヨーク出身。ブラウン大学の創作科、コロンビア大学の医学部を卒業。映画脚本家、ニューヨーク市検死局などを経て、カリフォルニア大学のレジデント（研修医）となる。2009年メディカル・スリラー『死神を葬れ』で作家デビュー。

海外文学　新進作家事典　　　　　　　　　　　　　　　ハチエツ

最近の翻訳書

◇『死神を葬れ』 *Beat the reaper*　ジョシュ・バゼル著, 池田真紀子訳　新潮社
2009.8　479p　16cm　（新潮文庫　ハ-52-1）　781円　①978-4-10-217421-0

パーソンズ, トニー　*Parsons, Tony*　　　　　　　　　　　　　その他

イギリスの作家、音楽ジャーナリスト。1953年11月6日エセックス州生まれ。70年代はパンク・ムーブメントに共感し、「New Musical Express」音楽記者として活躍。その後、雑誌、新聞のコラムを担当、テレビ「The Late Review」ではG.グリーアとコンビを組み人気番組となった。99年自身の経験をもとに、シングル・ファーザーが悪戦苦闘する姿を描いた『ビューティフル・ボーイ』で作家デビュー。同作はイギリスで100万部を超えるベストセラーとなり、2000年イギリス図書賞に輝く。同年続編『ビューティフル・ファミリー』を発表。妻は日本人。01年来日。

最近の翻訳書

◇『三人姉妹』 *The family way*　トニー・パーソンズ著, 小田島則子, 小田島恒
志訳　河出書房新社　2009.1　475p　19cm　1900円　①978-4-309-20513-7

巴代　ハダイ　*Badai*　　　　　　　　　　　　　　　　　　　文学

台湾の作家。1962年台東県卑南郷泰安村タマラカウ（大巴六九）生まれ。プユマ族。本名は林二郎。卑南国民中学卒業後、中正預校、陸軍士官学校で学び、職業軍人となる。教官を務めた後、2006年退役。この間、05年台南大学台湾文化研究所修士。02年『薑路』で原住民報導文学賞を、08年『苗鶲』で台湾文学賞を受賞。巫術についての研究書や、タマラカウ部落に伝わる祭儀を記録した書も出版する。また、台湾原住民族文学ペンクラブ副会長も務める。

最近の翻訳書

◇『タマラカウ物語　上　女巫ディーグワン』　巴代著, 魚住悦子訳　浦安　草
風館　2012.12　361p　20cm　2800円　①978-4-88323-189-8
◇『タマラカウ物語　下　戦士マテル』　巴代著, 魚住悦子訳　浦安　草風館
2012.12　417p　20cm　2800円　①978-4-88323-190-4

バーチェット, ジャン　*Burchett, Jan*　　　　　　　　　　　歴史

イギリスの作家。長年の友人であるサラ・ボーラー（ロンドン在住）と共同で児童文学を執筆し、16年の間に150冊を執筆。海賊アドベンチャー〈タイムスリップ海賊サム・シルバー〉シリーズなどで人気を得る。エセックス州在住。

最近の翻訳書

◇『タイムスリップ海賊サム・シルバー　4　裏切り者のわな！』 *SAM
SILVER UNDERCOVER PIRATE.Book4 : THE DEADLY TRAP*　ジャ
ン・バーチェット, サラ・ボーラー著, 浅尾敦則訳, スカイエマ絵
KADOKAWA　2014.5　173p　19cm　850円　①978-4-04-066737-9
◇『タイムスリップ海賊サム・シルバー　3　真夜中の救出作戦』 *SAM
SILVER UNDERCOMER PIRATE.Book3 : KIDNAPPED*　ジャン・バー
チェット, サラ・ボーラー著, 浅尾敦則訳, スカイエマ絵　KADOKAWA
2014.3　158p　19cm　850円　①978-4-04-066359-3
◇『タイムスリップ海賊サム・シルバー　2　幽霊船をおいかけろ！』 *SAM
SILVER UNDERCOVER PIRATE.Book2 : THE GHOST SHIP*　ジャン・

バーチェット, サラ・ボーラー著, 浅尾敦則訳, スカイエマ絵　KADOKAWA
2013.10　174p　19cm　850円　①978-4-04-066009-7

◇『タイムスリップ海賊サム・シルバー　1　伝説の秘宝をさがせ』 *SAM*
SILVER UNDERCOVER PIRATE.Book1：SKELETON ISLAND　ジャ
ン・バーチェット, サラ・ボーラー著, 浅尾敦則訳, スカイエマ絵　メディア
ファクトリー　2013.7　174p　19cm　850円　①978-4-8401-5261-7

バチガルピ, パオロ　*Bacigalupi, Paolo*　　　　　　　　　SF, 文学

アメリカの作家。1972年コロラド州生まれ。オバーリン大学在学中、中国に渡り、コンサルタ
ントなどをしながら数年間を中国で暮らす。帰国後、ウェブ開発者や環境分野の専門誌の編
集をしながら小説を書き、99年雑誌「F&SF」に掲載された短編「ポケットのなかの法」でデ
ビュー。同作で2013年星雲賞の海外短編部門を受賞。05年に発表した「カロリーマン」でシオ
ドア・スタージョン記念賞、08年の「第六ポンプ」でローカス賞中短編部門を受賞。09年初の
長編『ねじまき少女』はヒューゴー賞とネビュラ賞の長編部門、ローカス賞処女長編賞、ジョ
ン・W.キャンベル記念賞など主要SF賞を総なめにし、「タイム」誌の長編10選にも選ばれた。
13年国際SFシンポジウムのため来日。

最近の翻訳書

◇『神の水』 *The water knife*　パオロ・バチガルピ著, 中原尚哉訳　早川書房
　2015.10　476p　19cm　（新☆ハヤカワ・SF・シリーズ　5023）　2000円
　①978-4-15-335023-6

◇『第六ポンプ』 *Pump six and other stories*　パオロ・バチガルピ著, 中原尚
　哉, 金子浩訳　早川書房　2013.12　510p　16cm　（ハヤカワ文庫 SF　1934）
　980円　①978-4-15-011934-8

◇『シップブレイカー』 *Ship breaker*　パオロ・バチガルピ著, 田中一江訳　早
　川書房　2012.8　431p　16cm　（ハヤカワ文庫 SF　1867）　880円　①978-
　4-15-011867-9

◇『第六ポンプ』 *Pump six and other stories*　パオロ・バチガルピ著, 中原尚
　哉, 金子浩訳　早川書房　2012.2　392p　19cm　（新☆ハヤカワ・SF・シ
　リーズ　no.5002）　1600円　①978-4-15-335002-1

◇『ねじまき少女　上』 *The windup girl*　パオロ・バチガルピ著, 田中一江, 金
　子浩訳　早川書房　2011.5　391p　16cm　（ハヤカワ文庫　SF1809）　840
　円　①978-4-15-011809-9

◇『ねじまき少女　下』 *The windup girl*　パオロ・バチガルピ著, 田中一江, 金
　子浩訳　早川書房　2011.5　382p　16cm　（ハヤカワ文庫　SF1810）　840
　円　①978-4-15-011810-5

バーチャード, ブレンドン　*Burchard, Brendon*　　　　　　　　その他

アメリカの作家。モンタナ州生まれ。ライフコーチ、リーダーシップ・スピーカー、チャンジ
マネジメント・コンサルタントとして活動。フォーチュン500社から新興企業、非営利組織、
大学まで幅広いクライアントを持つ一方、全米で個人向けにセミナーも行う。テレビやラジオ
番組にもレギュラー出演するほか、精力的にボランティア活動も従事する。2008年『奇跡が起
こる遊園地』で作家デビュー。

最近の翻訳書

◇『奇跡が起こる遊園地―人生のゴールデンチケット』 *Life's golden ticket*
　ブレンドン・バーチャード著, 服部千佳子訳　ダイヤモンド社　2011.3　318p

海外文学　新進作家事典　　　　　　　　　　　　　　ハツカラ

19cm　1600円　Ⓘ978-4-478-73340-0

バッカラリオ, ピエール・ドミニコ　*Baccalario, Pierdomenico*　　児童書

イタリアの作家。1974年3月6日ピエモンテ州アックイテルメ生まれ。高校時代より短編の創作を始める。98年、15日間で書き上げたという『La Strada del Guerriero』でデビュー。『コミック密売人』で2012年度バンカレッリーノ賞を受賞した。

最近の翻訳書

◇『**THE LOCK**―ぼくたちが"世界"を変える日　2　洞窟にひそむ物体』　*THE LOCK*　ピエルドメニコ・バッカラリオ作、田中寛崇絵　学研プラス　2015. 12　308p　20cm　980円　Ⓘ978-4-05-204322-2

◇『**THE LOCK**―ぼくたちが"世界"を変える日　1　仕かけられたなぞ』　*THE LOCK*　ピエルドメニコ・バッカラリオ作、田中寛崇絵　学研プラス　2015. 12　304p　20cm　980円　Ⓘ978-4-05-204054-2

◇『コミック密売人』　*LO SPACCIATORE DI FUMETTI*　ピエルドメニコ・バッカラリオ作, 杉本あり訳　岩波書店　2015.2　299p　19cm　（STAMP BOOKS）　1700円　Ⓘ978-4-00-116410-7

◇『ユリシーズ・ムーアと空想の旅人』　*Ulysses Moore and the imaginary travellers*　Pierdomenico Baccalario著、金原瑞人, 佐野真奈美, 井上里訳　学研教育出版　2013.10　328p　22cm　（ULYSSES MOORE　2-6）　1500円　Ⓘ978-4-05-203716-0

◇『ユリシーズ・ムーアと灰の庭』　*Ulysses Moore and the ash garden*　Pierdomenico Baccalario著、金原瑞人, 佐野真奈美, 井上里訳　学研教育出版　2013.7　298p　22cm　（ULYSSES MOORE　2-5）　1500円　Ⓘ978-4-05-203715-3

◇『ユリシーズ・ムーアと氷の国』　*Ulysses Moore and the ice land*　Pierdomenico Baccalario著、金原瑞人, 佐野真奈美, 井上里訳　学研教育出版　2013.4　298p　22cm　（ULYSSES MOORE　2-4）　1500円　Ⓘ978-4-05-203714-6

◇『ユリシーズ・ムーアとなぞの迷宮』　*Ulysses Moore and the labyrinth of shadows*　Pierdomenico Baccalario著、金原瑞人, 佐野真奈美, 井上里訳　学研教育出版　2012.12　332p　22cm　（ULYSSES MOORE　2-3）　1500円　Ⓘ978-4-05-203701-6

◇『ユリシーズ・ムーアと雷の使い手』　*Ulysses Moore and the lord of the ray*　Pierdomenico Baccalario著、金原瑞人, 佐野真奈美, 井上里訳　学研パブリッシング　2012.10　268p　22cm　（ULYSSES MOORE　2-2）　1500円　Ⓘ978-4-05-203631-6

◇『ユリシーズ・ムーアと隠された町』　*Ulysses Moore and the hidden city*　Pierdomenico Baccalario著、金原瑞人, 佐野真奈美, 井上里訳　学研パブリッシング　2012.6　309p　22cm　（ULYSSES MOORE　2-1）　1500円　Ⓘ978-4-05-203604-0

◇『ユリシーズ・ムーアと第一のかぎ』　*Ulysses Moore and the first key*　Pierdomenico Baccalario著、金原瑞人, 佐野真奈美, 井上里訳　学研パブリッシング　2011.6　331p　22cm　1500円　Ⓘ978-4-05-203319-3

◇『ユリシーズ・ムーアと石の守護者』　*Ulysses Moore and the guardians of stone*　Pierdomenico Baccalario著、金原瑞人, 佐野真奈美, 井上里訳　学研パブリッシング　2011.4　333p　22cm　1500円　Ⓘ978-4-05-203318-6

299

◇『ユリシーズ・ムーアと仮面の島』 *Ulysses Moore and the Isle of masks*
Pierdomenico Baccalario著, 金原瑞人, 佐野真奈美, 井上里訳　学研パブリッシング　2011.2　330p　22cm　1500円　①978-4-05-203317-9
◇『ユリシーズ・ムーアと鏡の館』 *Ulysses Moore and the house of mirrors*
Pierdomenico Baccalario著, 金原瑞人, 佐野真奈美, 井上里訳　学研パブリッシング　2010.12　298p　22cm　1500円　①978-4-05-203316-2
◇『ユリシーズ・ムーアとなぞの地図』 *Ulysses Moore and the map of secrets*
Pierdomenico Baccalario著, 金原瑞人訳　学研パブリッシング　2010.10　334p　22cm　1500円　①978-4-05-203315-5
◇『ユリシーズ・ムーアと時の扉』 *Ulysses Moore and the door to time*
Pierdomenico Baccalario著, 金原瑞人訳　学研パブリッシング　2010.10　271p　22cm　1500円　①978-4-05-203314-8

バックナー, M.M.　*Buckner, M.M.*　　　　　SF, ファンタジー

アメリカの作家。本名はMary M.Buckner。全米規模の金融会社でマーケティング担当副社長を務めた後、2003年に発表した『Hyperthought』でSF界にデビュー。同年アメリカで発表されたペーパーバック・オリジナルのSFのなかで最高の作品に贈られるフィリップ・K.ディック賞にノミネートされる。04年同じ世界を舞台にした『Neurolink』を発表。05年に発表した『ウォー・サーフ』でフィリップ・K.ディック賞を受賞した。

最近の翻訳書

◇『ウォー・サーフ　上』 *War surf*　M.M.バックナー著, 冬川亘訳　早川書房　2007.8　383p　16cm　（ハヤカワ文庫　SF）　760円　①978-4-15-011626-2
◇『ウォー・サーフ　下』 *War surf*　M.M.バックナー著, 冬川亘訳　早川書房　2007.8　367p　16cm　（ハヤカワ文庫　SF）　760円　①978-4-15-011627-9

バックリー, マイケル　*Buckley, Michael*　　　　　児童書, ミステリー

アメリカの作家。オハイオ州アクロン生まれ。コメディアン、パンクロックバンドのリードボーカルなどを経て、オハイオ大学に入学。卒業後、ニューヨークに移り住み、CBSの人気トーク番組「デービッド・レターマンのレイト・ショー」の助手を務める。以後、数々のアニメや子供向け番組の製作に関わる。2005年〈グリム姉妹の事件簿〉シリーズの第1作『グリム姉妹の事件簿 事件のかげに巨人あり』を発表。

最近の翻訳書

◇『グリム姉妹の事件簿　3　誘拐犯の正体は!?』 *The sisters Grimm：the problem child*　マイケル・バックリー著, 三辺律子訳　東京創元社　2011.7　301p　20cm　（Sogen bookland）　2400円　①978-4-488-01984-6
◇『グリム姉妹の事件簿　2　学校の怪事件』 *The sisters Grimm*　マイケル・バックリー著, 三辺律子訳　東京創元社　2009.10　300p　20cm　（Sogen bookland）　2400円　①978-4-488-01970-9
◇『グリム姉妹の事件簿　1　事件のかげに巨人あり』 *The sisters Grimm*　マイケル・バックリー著, 三辺律子訳　東京創元社　2009.6　302p　20cm　（Sogen bookland）　2300円　①978-4-488-01968-6

バックリー・アーチャー, リンダ　*Buckley-Archer, Linda*　ファンタジー, 児童書

イギリスの作家。サセックス州に生まれ、幼少期を中部スタフォードシャーの田園地帯で過ごす。ロンドン大学ゴールドスミス・カレッジでフランス文学の修士号、クリエイティブ・ライティングの博士号を得る。大学の講師を数年務めた後、2005年からロンドンを拠点に執筆活動に携わる。BBCラジオ・テレビのドラマ脚本も手がける。『タイムトラベラー』（06年）は、07年ブランフォード・ボウズ賞特別推薦作品に選ばれた。ロンドン南西部で夫と2人の子供と暮らす。

最近の翻訳書

◇『タイムトラベラー　3　さらば反重力マシン』　*Time quake*　リンダ・バックリー・アーチャー著, 小原亜美訳　ソフトバンククリエイティブ　2010.10
475p　22cm　1900円　①978-4-7973-4332-8

◇『タイムトラベラー　2　ふたつの反重力マシン』　*The Tar Man*　リンダ・バックリー・アーチャー著, 小原亜美訳　ソフトバンククリエイティブ
2009.1　537p　22cm　1900円　①978-4-7973-4331-1

◇『タイムトラベラー――消えた反重力マシン』　*Gideon the cutpurse*　リンダ・バックリー・アーチャー著, 小原亜美訳　ソフトバンククリエイティブ
2007.12　485p　22cm　1900円　①978-4-7973-3755-6

バッケル, トビアス・S.　*Buckell, Tobias S.*　SF, ファンタジー

アメリカの作家。1979年カリブ海の島国グレナダの首都セントジョージに生まれるアメリカのオハイオ州に移住。ブラフトン大学で英文学を専攻。19歳の時、短編「Fish Merchant」が「サイエンス・フィクション・エイジ」誌に掲載され、作家デビュー。以来30編以上の短編を「アナログ」誌などのSF雑誌やアンソロジーに発表。2002年にはジョン・W.キャンベル新人賞の候補となる。06年発表の長編デビュー作『クリスタル・レイン』はローカス賞処女長編賞にノミネートされた。

最近の翻訳書

◇『ヘイロー　6　ザ・コール・プロトコル』　*HALO*　富永和子訳　トビアス・S・バッケル作　TOブックス　2013.1　554p　19cm　1700円　①978-4-86472-068-7

◇『クリスタル・レイン』　*Crystal rain*　トバイアス・S.バッケル著, 金子浩訳
早川書房　2009.10　588p　16cm　（ハヤカワ文庫　SF1728）　1000円
①978-4-15-011728-3

ハッサン, ヤエル　*Hassan, Yaël*　ヤングアダルト

フランス在住の作家。1952年生まれ。ポーランド系ユダヤ人。少女時代をベルギーで過ごし、イスラエルの大学を卒業。84～94年家族とともにイスラエルで暮らした後、再びフランスに戻り現在はパリ在住。大きな交通事故の後、車いすでの生活を余儀なくされ、療養中に小説を書き始める。家族と祖先・子孫をテーマにした、歴史・宗教・社会情勢に関わる作品を、数多く出版している。

最近の翻訳書

◇『わたしは忘れない』　*Un grand pere tombe du ciel*　ヤエル・ハッサン作, ダニエル遠藤みのり訳, 金藤權絵　文研出版　2008.7　175p　22cm　（文研じゅべにーる）　1300円　①978-4-580-82037-1

バッファ, D.W.　*Buffa, D.W.*

ミステリー, サスペンス

アメリカの作家。カリフォルニア州サンフランシスコ生まれ。シカゴ大学の政治学博士課程を修了。10年間の弁護士生活を経て、1997年弁護士アントネッリを主人公にした処女小説『弁護』で作家デビュー。以降、『訴追』『審判』とシリーズ化され、『審判』は02年のMWA賞最優秀長編賞にノミネートされた。

最近の翻訳書

◇『聖林殺人事件』*Star witness*　D.W.バッファ著, 二宮磐訳　文藝春秋
2006.11　560p　16cm　（文春文庫）　952円　①4-16-770513-3

ハーディング, ポール　*Harding, Paul*

文学

アメリカの作家。1967年生まれ。ロックバンドのドラマーとして活動した後、アイオワ大学の創作科課程を修了。ハーバード大学の創作科などで講師を務める傍ら、小説を執筆。2009年ニューヨーク大学医学部附属の新興出版社ベルビュー・プレスより『ティンカーズ』を刊行しデビュー。10年ピュリッツァー賞フィクション部門を受賞し、一躍その名を知られるようになる。マサチューセッツ州ボストン近郊在住。

最近の翻訳書

◇『ティンカーズ』*TINKERS*　ポール・ハーディング著, 小竹由美子訳　白水
社　2012.4　208p　20cm　（エクス・リブリス）　2100円　①978-4-560-
09021-3

バーデュゴ, リー　*Bardugo, Leigh*

ヤングアダルト, ファンタジー

アメリカの作家。イスラエル・エルサレムで生まれ、アメリカ・ロサンゼルスで育つ。エール大学卒業後、広告業界、新聞業界で働き、メーキャップ・アーティストとしても活動。2012年戦争孤児の少女と幼なじみの少年の冒険を描いたファンタジー『太陽の召喚者』で作家デビュー。同作は発表されるとたちまち評判を呼び、「ニューヨーク・タイムズ」紙のベストセラー・リストに載り、また、Amazonのベスト・ティーン・ブックスにも選ばれた。

最近の翻訳書

◇『白光の召喚者』*RUIN AND RISING*　リー・バーデュゴ著, 田辺千幸訳
早川書房　2015.6　463p　16cm　（ハヤカワ文庫 FT　575—魔法師グリー
シャの騎士団　3）　1180円　①978-4-15-020575-1
◇『魔獣の召喚者』*SIEGE AND STORM*　リー・バーデュゴ著, 田辺千幸訳
早川書房　2014.9　495p　16cm　（ハヤカワ文庫 FT　569—魔法師グリー
シャの騎士団　2）　1000円　①978-4-15-020569-0
◇『太陽の召喚者—魔法師グリーシャの騎士団　1』*SHADOW AND BONE*
リー・バーデュゴ著, 田辺千幸訳　早川書房　2014.7　382p　15cm　（ハヤ
カワ文庫FT）　880円　①978-4-15-020567-6

ハート, ジョン　*Hart, John*

ミステリー, スリラー

アメリカの作家。1965年ノースカロライナ州ダーラム生まれ。幼少期をローワン郡で過ごす。デービッドソン・カレッジでフランス文学、その後大学院で会計学と法学の学位を取得。会計、株式仲買人、刑事弁護などさまざまな分野で活躍したが、やがて職を辞し、作家を志す。1年間図書館にこもって執筆した『キングの死』が全米各紙誌で絶賛され、新人としては異例のセールスを記録。2006年MWA賞最優秀新人賞にノミネートされた。07年発表の第2長編『川

海外文学　新進作家事典　　　　　　　　　　　　　ハトニツ

は静かに流れ』で同賞最優秀長編賞に輝く。09年第3長編『ラスト・チャイルド』は、MWA
賞最優秀長編賞およびCWA賞最優秀スリラー賞をダブル受賞。"ミステリー界の新帝王"と呼
ばれる。ノースカロライナ州在住。

最近の翻訳書

◇『アイアン・ハウス』 *Iron house* ジョン・ハート著, 東野さやか訳　早川書
房　2012.1　555p　19cm　（Hayakawa pocket mystery books　no.1855）
1700円　⒤978-4-15-001855-9

◇『アイアン・ハウス　上』 *Iron house* ジョン・ハート著, 東野さやか訳　早
川書房　2012.1　373p　16cm　（ハヤカワ・ミステリ文庫　HM331-5）　850
円　⒤978-4-15-176705-0

◇『アイアン・ハウス　下』 *Iron house* ジョン・ハート著, 東野さやか訳　早
川書房　2012.1　405p　16cm　（ハヤカワ・ミステリ文庫　HM331-6）　850
円　⒤978-4-15-176706-7

◇『ラスト・チャイルド』 *The last child* ジョン・ハート著, 東野さやか訳
早川書房　2010.4　458p　19cm　（Hayakawa pocket mystery books　no.
1836）　1600円　⒤978-4-15-001836-8

◇『ラスト・チャイルド　上』 *The last child* ジョン・ハート著, 東野さやか
訳　早川書房　2010.4　367p　16cm　（ハヤカワ・ミステリ文庫　HM331-
3）　800円　⒤978-4-15-176703-6

◇『ラスト・チャイルド　下』 *The last child* ジョン・ハート著, 東野さやか
訳　早川書房　2010.4　345p　16cm　（ハヤカワ・ミステリ文庫　HM331-
4）　800円　⒤978-4-15-176704-3

◇『川は静かに流れ』 *Down river* ジョン・ハート著, 東野さやか訳　早川書
房　2009.2　573p　16cm　（ハヤカワ・ミステリ文庫　HM331-2）　980円
⒤978-4-15-176702-9

◇『キングの死』 *The king of lies* ジョン・ハート著, 東野さやか訳　早川書
房　2006.12　604p　16cm　（ハヤカワ・ミステリ文庫）　940円　⒤4-15-
176701-0

バード, ニコル　*Byrd, Nicole*　　　　　　　　　　　　　　　　ロマンス, 歴史

ニコル・バードは当初、母のシェリル・ザック（Cheryl Zach, 1947年アメリカ生）と娘のミシェ
ル・プレイス（Michelle Place）による共同執筆用の筆名だった。現在は娘のミシェルが子育て
のために休筆していることから、母のシェリルがひとりで執筆。シェリル・ザックとしては、
ヤングアダルト向け作品やコンテンポラリー・ロマンスを多数刊行。とりわけロマンスの分野
では1996年にアメリカ・ロマンス協会の名誉殿堂入りを果たす程の実力者。その後、同じよう
に執筆に興味を示していた娘とともに、かねてから興味のあったヒストリカル作品の執筆を
始め、互いのミドルネーム（ミシェルのニコルとシェリルのバード）を組み合わせたニコル・
バードが誕生した。

最近の翻訳書

◇『令嬢と華麗なる詐欺師』 *Dear impostor* ニコル・バード著, 麗月ふう訳
ランダムハウス講談社　2009.5　623p　15cm　950円　⒤978-4-270-10291-6

バドニッツ, ジュディ　*Budnitz, Judy*　　　　　　　　　　　　　　　　文学

アメリカの作家。1973年マサチューセッツ州ニュートンで生まれ、ジョージア州アトランタ
で育つ。95年ハーバード大学を卒業後、98年ニューヨーク大学でクリエイティブ・ライティ

303

ングのMFAを得る。98年に発表した『空中スキップ』で高い評価を受け、続く長編『イースターエッグに降る雪』はオレンジ賞最終候補にノミネートされる。2007年にはイギリス「グランタ」誌がおよそ10年に一度選ぶ“最も優れたアメリカの若手作家”の一人に選ばれた。カリフォルニア州サンフランシスコ在住。1児の母親。

最近の翻訳書

◇『元気で大きいアメリカの赤ちゃん』 *NICE BIG AMERICAN BABY* ジュディ・バドニッツ著, 岸本佐知子訳 文藝春秋 2015.2 427p 20cm 2500円 ①978-4-16-394210-0

◇『空中スキップ』 *Flying leap* ジュディ・バドニッツ著, 岸本佐知子訳 マガジンハウス 2007.2 341p 20cm 1900円 ①978-4-8387-1540-4

バトラー, ドリー・ヒルスタッド　*Butler, Dori Hillestad*　　　児童書

アメリカの作家。ミネソタ州の小さな町で育つ。絵本や児童書を数多く発表し、高い評価を得る。2010年に発表した〈名探偵犬バディ〉シリーズの第1作『消えた少年のひみつ』が、11年MWA賞児童図書賞を受賞。ワシントン州カークランド在住。

最近の翻訳書

◇『青い舌の怪獣をさがせ！』 *The Case of the Library Monster* ドリー・ヒルスタッド・バトラー作, もりうちすみこ訳, うしろだなぎさ絵 国土社 2014.2 130p 22cm （名探偵犬バディ ［5］） 1300円 ①978-4-337-03705-2

◇『なぞの火災報知器事件』 *The Case of the Fire Alarm* ドリー・ヒルスタッド・バトラー作, もりうちすみこ訳, うしろだなぎさ絵 国土社 2013.9 130p 22cm （名探偵犬バディ ［4］） 1300円 ①978-4-337-03704-5

◇『なぞのワゴン車を追え！』 *The Case of the Missing Family* ドリー・ヒルスタッド・バトラー作, もりうちすみこ訳, うしろだなぎさ絵 国土社 2012.12 122p 22cm （名探偵犬バディ ［3］） 1300円 ①978-4-337-03703-8

◇『すりかわったチャンピオン犬』 *The Case of the Mixed-up Mutts* ドリー・ヒルスタッド・バトラー作, もりうちすみこ訳, うしろだなぎさ絵 国土社 2012.9 122p 22cm （名探偵犬バディ ［2］） 1300円 ①978-4-337-03702-1

◇『消えた少年のひみつ』 *The Case of the Lost Boy* ドリー・ヒルスタッド・バトラー作, もりうちすみこ訳, うしろだなぎさ絵 国土社 2012.5 122p 22cm （名探偵犬バディ ［1］） 1300円 ①978-4-337-03701-4

バートラム, ホリー　*Bertram, Holli*　　　ロマンス

アメリカの作家。デトロイトで生まれ育つ。アメリカ・ロマンス作家協会のゴールデンハート賞を受賞している。

最近の翻訳書

◇『キスへのカウントダウン』 *Countdown to a Kiss* コリーン・グリーソン, リズ・ケリー, ホリー・バートラム, マラ・ジェイコブズ著, 多田桃子訳 オークラ出版 2014.1 469p 15cm （マグノリアロマンス an-06） 914円 ①978-4-7755-2171-7 内容：「大晦日はどうしてる？」コリーン・グリーソン著 「デビュタントのお守り役」リズ・ケリー著 「一生に一度のキス」ホリー・バートラム著 「パーフェクト・キス」マラ・ジェイコブズ著

海外文学　新進作家事典　　　　　　　　　　　　ハナ

バトルズ, ブレット　*Battles, Brett*　　　　　　　　　　スリラー, ミステリー

アメリカの作家。カリフォルニア州ロサンゼルス生まれ。大学卒業後、ベトナムやドイツを旅する。スティーブン・キングとグレアム・グリーンに大きな影響を受けて執筆を続け、2007年正統派スパイ・アクション〈掃除屋クイン〉シリーズの第1作『懸賞首の男』で長編デビュー。バリー賞とシェイマス賞の最終候補作となる。09年シリーズ第2作『裏切りの代償』でバリー賞最優秀サスペンス賞を受賞。

最近の翻訳書

◇『裏切りの代償』　*The deceived*　ブレット・バトルズ著, 鎌田三平訳　武田ランダムハウスジャパン　2011.2　567p　15cm　（RHブックス＋プラス　ハ10-2—掃除屋クイン　2）　950円　①978-4-270-10378-4

◇『懸賞首の男』　*The cleaner*　ブレット・バトルズ著, 鎌田三平訳　ランダムハウス講談社　2009.8　551p　15cm　（掃除屋クイン　1）　950円　①978-4-270-10311-1

バートン, ジェイシー　*Burton, Jaci*　　　　　　　　　　　　　ロマンス

アメリカの作家。ミズーリ州で育ち、その後30年カリフォルニア州で過ごす。2003年作家デビュー。以後、パラノーマル・ロマンスを中心に50作近い作品を世に送り出す。10年には「ニューヨーク・タイムズ」「USAトゥデイ」各紙のベストセラー・リスト入りを果たした。オクラホマ州在住。

最近の翻訳書

◇『闇に煌めく恋人』　*The darkest touch*　ジェイシー・バートン著, 田辺千幸訳　原書房　2011.11　455p　15cm　（ライムブックス　バ1-1）　905円　①978-4-562-04421-4

◇『風の彼方へ』　*Riding wild*　ジェイシー・バートン著, 岡本桃子訳　ソフトバンククリエイティブ　2008.11　391p　16cm　（ソフトバンク文庫）　820円　①978-4-7973-4935-1

バートン, ジェシー　*Burton, Jessie*　　　　　　　　　　　歴史, ミステリー

イギリスの作家、女優。1982年南ロンドン生まれ。オックスフォード大学およびセントラル・スクール・オブ・スピーチ・アンド・ドラマで学ぶ。ロイヤル・ナショナル・シアターなどの舞台に立つ傍ら、シティで秘書として働く。2014年『ミニチュア作家』は大型新人のデビュー長編として高い評価を受け、イギリスの書店チェーン、ウォーターストーンズのブック・オブ・ザ・イヤーに選出され、全英図書賞（スペックセイバーズ・ナショナル・ブック・アワード）の新人賞と最優秀賞に輝いた。

最近の翻訳書

◇『ミニチュア作家』　*THE MINIATURIST*　ジェシー・バートン著, 青木純子訳　早川書房　2015.5　495p　20cm　3000円　①978-4-15-209540-4

ハナ, ソフィー　*Hannah, Sophie*　　　　　　　　　　ミステリー, スリラー

イギリスの作家、詩人。1971年マンチェスター生まれ。マンチェスター大学を卒業後、24歳の時に最初の詩集を刊行。その後は詩人として活躍し、2004年ポエトリー・ブック・ソサエティの"次世代の注目すべき詩人"に選ばれた。06年初めてのミステリー小説『Little Faces』を発表すると、デビュー作ながら10万部超のベストセラーとなり、小説家としての才能にも注目が

305

ハニ　　　　　　　　　海外文学　新進作家事典

集まった。ケンブリッジ在住。

最近の翻訳書

◇『モノグラム殺人事件』 *THE MONOGRAM MURDERS* ソフィー・ハナ
著, 山本博, 大野尚江訳　早川書房　2014.10　385p　19cm　（〈名探偵ポア
ロ〉シリーズ）　1900円　①978-4-15-209497-1

バーニー, ルー　*Berney, Lou*　　　　　　　　ミステリー

アメリカの作家。脚本家、構成作家を経て、小説家に転身。処女作である『ガットショット・
ストレート』(2010年)が「パブリッシャーズ・ウィークリー」など紙誌で高い評価を受けた。
オクラホマ州在住。

最近の翻訳書

◇『ガットショット・ストレート』 *GUTSHOT STRAIGHT* ルー・バーニー
著, 細美遙子訳　イースト・プレス　2014.8　453p　19cm　1900円　①978-
4-7816-1169-3

ハーバック, チャド　*Harbach, Chad*　　　　　　　　文学

アメリカの作家、編集者。ウィスコンシン州出身。ハーバード大学卒業後、バージニア大学大
学院創作科を修了。9年の歳月をかけて完成させた『守備の極意』で2011年作家デビュー。有
力紙誌や読者より熱狂的な支持を受け、「ニューヨーク・タイムズ」紙のベストセラー・リスト
に半年にわたりランクインした。また同年の「ニューヨーク・タイムズ」およびAmazon.com
の年間ベストブックに選出されたほか、ガーディアン賞、国際IMPACダブリン文学賞にもノ
ミネートされた。

最近の翻訳書

◇『守備の極意　上』 *THE ART OF FIELDING* チャド・ハーバック著, 土
屋政雄訳　早川書房　2013.11　367p　20cm　2500円　①978-4-15-209386-8
◇『守備の極意　下』 *THE ART OF FIELDING* チャド・ハーバック著, 土
屋政雄訳　早川書房　2013.11　358p　20cm　2500円　①978-4-15-209387-5

パハーレス, サンティアーゴ　*Pajares, Santiago*　　　　　文学

スペインの作家。1979年マドリード生まれ。17歳で物語や短編映画の脚本を書き始める。情
報処理専門課程を卒業後、コンピューター関係の仕事に携わる傍ら、23歳の時に処女作『螺旋』
を執筆、2004年出版社タブラ・パサから出版され小説家デビュー。同作は読者や批評家から高
い評価を受けたほか、スペイン文化省より06年ブダペストで開催された欧州新人作家フェス
ティバルのスペイン代表に選出される。06年小説『La mitad de uno』を刊行。第3作『キャン
バス』(09年)より専業作家となった。また映画の脚本も手がけ、脚本に関する著作『Guiones,
puntos, comas』(10年)もある。脚本・監督を務めた短編映画「Berlin」はトゥデラ短編映画祭
で受賞した。

最近の翻訳書

◇『キャンバス』 *El lienzo* サンティアーゴ・パハーレス著, 木村榮一訳　ヴィ
レッジブックス　2011.12　290p　20cm　1800円　①978-4-86332-362-9
◇『螺旋』 *El paso de la helice* サンティアーゴ・パハーレス著, 木村榮一訳
ヴィレッジブックス　2010.2　614p　20cm　2200円　①978-4-86332-223-3

バフ, ジョー　*Buff, Joe*　　ミステリー, スリラー

アメリカの作家。全米海軍連盟、海軍潜水艦連盟、海軍大学財団の終身会員で、アメリカ海軍協会の会員でもある。潜水艦に関する該博な知識には定評があり、2000年海洋軍事アクション小説〈ジェフリー・フラー〉シリーズの第1作『原潜迎撃』を発表。同シリーズに『深海の雷鳴』（01年）、『原潜、氷海に潜航せよ』（02年）などがある。妻とニューヨーク州ダチェス郡在住。

最近の翻訳書

◇『原潜、氷海に潜航せよ』　*Crush depth*　ジョー・バフ著, 上野元美訳　ヴィレッジブックス　2007.3　681p　15cm　（ヴィレッジブックス）　1200円　Ⓘ978-4-7897-3068-6

◇『深海の雷鳴』　*Thunder in the deep*　ジョー・バフ著, 上野元美訳　ヴィレッジブックス　2006.2　655p　15cm　（ヴィレッジブックス）　1100円　Ⓘ978-4-86332-806-8

パプロッタ, アストリット　*Paprotta, Astrid*　　ミステリー

ドイツの作家。西ドイツ・デューレン生まれ。1997年『Der Mond fing an zu tanzen（月は踊り出した）』（未訳）でデビュー。以来、"パトリシア・ハイスミスの後継者"として各紙誌で絶賛を浴びる。2005年『死体絵画』でドイツ・ミステリー大賞を受賞。

最近の翻訳書

◇『死体絵画』　*Die ungeschminkte Wahrheit*　アストリット・パプロッタ著, 小津薫訳　講談社　2006.3　596p　15cm　（講談社文庫）　857円　Ⓘ4-06-275349-9

パーマー, トム　*Palmer, Tom*　　児童書

イギリスの作家。1967年8月1日ウェストヨークシャー州リーズ生まれ。詩や物語を書きながら、書店や図書館勤めをしていたが、やがて〈フットボール・アカデミー〉シリーズや〈サッカー探偵〉シリーズ（未訳）で知られる作家となる。

最近の翻訳書

◇『フットボール・アカデミー　6　最高のキャプテンDFライアンの決意』　*CAPTAIN FANTASTIC*　トム・パーマー作, 石崎洋司訳, 岡本正樹絵　岩崎書店　2014.7　149p　19cm　900円　Ⓘ978-4-265-06876-0

◇『フットボール・アカデミー　5　最後のゴールDFジェームズの選択』　*FREE KICK*　トム・パーマー作, 石崎洋司訳, 岡本正樹絵　岩崎書店　2014.4　165p　19cm　900円　Ⓘ978-4-265-06875-3

◇『フットボール・アカデミー　4　孤独な司令塔MFベンの苦悩』　*READING THE GAME*　トム・パーマー作, 石崎洋司訳, 岡本正樹絵　岩崎書店　2014.1　149p　19cm　900円　Ⓘ978-4-265-06874-6

◇『フットボール・アカデミー　3　PKはまかせろ！　GKトマーシュの勇気』　*THE REAL THING*　トム・パーマー作, 石崎洋司訳, 岡本正樹絵　岩崎書店　2013.10　173p　19cm　900円　Ⓘ978-4-265-06873-9

◇『フットボール・アカデミー　2　ストライカーはおれだ！　FWユニスの希望』　*STRIKING OUT*　トム・パーマー作, 石崎洋司訳, 岡本正樹絵　岩崎書店　2013.7　157p　19cm　900円　Ⓘ978-4-265-06872-2

◇『フットボール・アカデミー　1　ユナイテッド入団！　MFジェイクの挑戦』　*BOYS UNITED*　トム・パーマー作, 石崎洋司訳, 岡本正樹絵　岩崎書店

2013.4 189p 19cm 900円 ①978-4-265-06871-5

ハマ, ロデ *Hammer, Lotte*   ミステリー

デンマークの作家。1955年生まれ。看護師として働いていたが、50代にして作家を志す。教師だった兄のセーアン (Søren, 52年生まれ) がロデ一家の住む家の2階に移り住み、ロデに一緒に小説を書こうと誘ったことがきっかけで共同執筆を開始。2010年コペンハーゲン警察殺人捜査課課長のコンラズ・シモンスンを主人公にした『死せる獣―殺人捜査課シモンスン』でデビュー。デンマークでベストセラーを記録した。

最近の翻訳書

◇『死せる獣―殺人捜査課シモンスン』 *SVINEHUNDE* ロデ・ハマ, セーアン・ハマ著, 松永りえ訳 早川書房 2012.5 518p 19cm （HAYAKAWA POCKET MYSTERY BOOKS 1859） 1900円 ①978-4-15-001859-7

ハミッド, モーシン *Hamid, Mohsin*   文学

パキスタンの作家。1971年パンジャブ州ラホール生まれ。アメリカへ渡り、プリンストン大学、ハーバード大学ロー・スクールを卒業後、マッキンゼーでコンサルタントとして働く。この間に小説を執筆。2000年『Moth Smoke』で作家デビュー、同作はベティ・トラスク賞を受賞したほか、PEN／ヘミングウェイ賞の最終候補作となり、パキスタンでテレビドラマ化もされた。第2作の『コウモリの見た夢』(07年) は国際的ベストセラーになり、さまざまな賞を受賞、ブッカー賞の最終候補作にも選ばれた。ロンドン在住。

最近の翻訳書

◇『コウモリの見た夢』 *The reluctant fundamentalist* モーシン・ハミッド著, 川上純子訳 武田ランダムハウスジャパン 2011.6 211p 20cm 1900円 ①978-4-270-00654-2

ハミルトン, スティーヴ *Hamilton, Steve*   ミステリー, スリラー

アメリカの作家。1961年ミシガン州デトロイト生まれ。ミシガン大学を卒業。IBMに勤務の傍ら執筆した私立探偵アレックス・マクナイトを主人公とするハードボイルド小説『氷の闇を越えて』が、97年私立探偵小説コンテスト最優秀作品に選ばれ、98年出版されデビュー。同作は、99年MWA賞処女長編賞、シェイマス賞処女長編賞をダブル受賞した。ニューヨーク州に在住。

最近の翻訳書

◇『氷の闇を越えて』 *A COLD DAY IN PARADISE* スティーヴ・ハミルトン著, 越前敏弥訳 新版 早川書房 2013.7 408p 16cm （ハヤカワ・ミステリ文庫 HM 234-5） 840円 ①978-4-15-171855-7
◇『解錠師』 *THE LOCK ARTIST* スティーヴ・ハミルトン著, 越前敏弥訳 早川書房 2012.12 571p 16cm （ハヤカワ・ミステリ文庫 HM 234-4） 940円 ①978-4-15-171854-0
◇『解錠師』 *The lock artist* スティーヴ・ハミルトン著, 越前敏弥訳 早川書房 2011.12 427p 19cm （Hayakawa pocket mystery books no.1854） 1800円 ①978-4-15-001854-2

海外文学　新進作家事典　　ハリ

パラシオ, R.J.　*Palacio, R.J.*　　文学, 児童書

本名＝Palacio, Raquel Jaramillo

アメリカの作家。長くアートディレクター、デザイナー、編集者として多くの本を担当。2012年『Wonder ワンダー』で作家デビュー。夫と2人の息子とニューヨーク市在住。

最近の翻訳書

◇『ワンダー』　*WONDER*　R・J・パラシオ作, 中井はるの訳　ほるぷ出版
2015.7　421p　22cm　1500円　①978-4-593-53495-1

バラッツ・ログステッド, ローレン　*Baratz-Logsted, Lauren*　　文学

アメリカの作家。1962年生まれ。コネティカット州モンロー出身。大学卒業後、書店業に約11年間携わった後、文筆業に転身。フリーライターや編集者としてキャリアを積み、2003年作家として処女作を上梓。以降、コメディタッチからロマンスまで幅広い作風の小説を発表。コネティカット州ダンベリー在住。

最近の翻訳書

◇『ゆらめく炎の中で』　*Vertigo*　ローレン・バラッツ・ログステッド著, 森嶋マリ訳　二見書房　2007.6　518p　15cm　（二見文庫—ザ・ミステリ・コレクション）　867円　①978-4-576-07083-4

パラニューク, チャック　*Palahniuk, Chuck*　　文学

アメリカの作家。1962年2月21日ワシントン州パスコ生まれ。オレゴン大学でジャーナリズムを学んだ後、整備士として働く。95年「ストーリー」誌に掲載された「ファイト・クラブ」で作家デビュー、大きな反響を呼び、99年ブラッド・ピット主演により映画化された。

最近の翻訳書

◇『ファイト・クラブ』　*FIGHT CLUB*　チャック・パラニューク著, 池田真紀子訳　新版　早川書房　2015.4　326p　16cm　（ハヤカワ文庫 NV　1337）　840円　①978-4-15-041337-8

バランタイン, リサ　*Ballantyne, Lisa*　　スリラー, ミステリー

イギリスの作家。スコットランド・アーマデイル生まれ。セント・アンドルーズ大学で英文学を学んだ後、中国で勤務しながら小説の執筆を始める。2012年に発表したデビュー作『その罪のゆくえ』はMWA賞候補となったほか、IMPACダブリン文学賞の候補となるなど高く評価された。15年長編第2作『Redemption Road』を発表。グラスゴー在住。

最近の翻訳書

◇『その罪のゆくえ』　*THE GUILTY ONE*　リサ・バランタイン著, 高山真由美訳　早川書房　2015.7　571p　16cm　（ハヤカワ・ミステリ文庫　HM420-1）　1300円　①978-4-15-181201-9

ハーリー, トーニャ　*Hurley, Tonya*　　ヤングアダルト

アメリカの作家、脚本家、テレビプロデューサー。映画やビデオゲーム、ボードゲーム、ウェブコンテンツ製作など、さまざまな分野で活躍。〈ゴースト・ガール〉シリーズで人気を集め、世界30カ国で翻訳・出版された。夫と娘とともにニューヨークで暮らしている。

ハリ　　　　　　　　　　海外文学　新進作家事典

最近の翻訳書
◇『ゴースト・ガール』 *Ghostgirl* トーニャ・ハーリー作, 築地誠子訳　ポプ
ラ社　2009.4　352p　21cm　1600円　①978-4-591-10900-7

バリー, ブルノニア　*Barry, Brunonia*　　　　　　　　　　　ミステリー

アメリカの作家。マサチューセッツ州セイラム生まれ。グリーン・マウンテン・カレッジと
ニュー・ハンプシャー大学で文学を学んだ後、ダブリンに渡り、ジェイムズ・ジョイスの研究
を行う。帰国後、ニューヨーク大学で脚本の勉強をし、ハリウッドで脚本の下読みの仕事を始
める。その後、夫とともにロジック・パズルの開発に成功、財を築く。2008年自費出版で刊行
したミステリー『レースリーダー』が敏腕編集者の目に留まり、大手出版社よりデビュー。た
ちまちベストセラーとなった。マサチューセッツ州セイラム在住。

最近の翻訳書
◇『レースリーダー』 *The lace reader* ブルノニア・バリー著, 池田真紀子訳
ヴィレッジブックス　2009.11　561p　15cm　（ヴィレッジブックス　F-ハ
18-1）　920円　①978-4-86332-191-5

バリー, マックス　*Barry, Max*　　　　　　　　　　　　　ユーモア, SF

オーストラリアの作家。1973年3月18日生まれ。ヒューレット・パッカード勤務の傍ら、99年
長編小説『Syrup』で作家デビュー。2003年第2長編『ジェニファー・ガバメント』、06年第3
長編『Company』を発表。11年の第4長編『機械男』はダーレン・アロノフスキー監督による
映画化が決定している。メルボルン在住。

最近の翻訳書
◇『機械男』 *MACHINE MAN* マックス・バリー著, 鈴木恵訳　文藝春秋
2013.5　342p　19cm　2000円　①978-4-16-382180-1

バリエット, ブルー　*Balliett, Blue*　　　　　　　　　　　　　児童書

アメリカの作家。1955年ニューヨーク市生まれ。ブラウン大学で美術史を学んだ後、シカゴ
大学附属学校で教師を経験し、2004年『フェルメールの暗号』で作家デビュー。05年同作で
MWA賞の最優秀ジュブナイル賞を受賞した。現在は、家族とともにイリノイ州シカゴ在住。

最近の翻訳書
◇『フェルメールの暗号』 *Chasing Vermeer* ブルー・バリエット著, 種田紫訳
ヴィレッジブックス　2009.4　277p　15cm　（ヴィレッジブックス　F-ハ17-
1）　720円　①978-4-86332-145-8
◇『フランク・ロイド・ライトの伝言』 *The Wright 3* ブルー・バリエット著,
ブレット・ヘルキスト絵, 三輪美矢子訳　ヴィレッジブックス　2009.4　332p
20cm　1600円　①978-4-86332-140-3

ハリス, オリヴァー　*Harris, Oliver*　　　　　　　　　スリラー, ミステリー

イギリスの作家。1978年北ロンドン生まれ。ユニバーシティ・カレッジ・ロンドン卒、イース
ト・アングリア大学卒。衣料倉庫や広告会社などで働いた後、帝国戦争博物館の文書館に勤
務。一方、書評なども手がける。2011年『バッドタイム・ブルース』で作家デビュー。

最近の翻訳書

◇『バッドタイム・ブルース』 *THE HOLLOW MAN* オリヴァー・ハリス著,
府川由美恵訳 早川書房 2013.7 615p 16cm （ハヤカワ・ミステリ文庫
HM 393-1） 1040円 ①978-4-15-179851-1

ハリス, マリア・G. *Harris, Maria G.* ヤングアダルト, ファンタジー

メキシコ生まれの作家。メキシコで生まれ, 5歳の時に母親の離婚を機にドイツのフランクフ
ルト, 続いてイギリスのマンチェスターに移り住む。オックスフォード大学で生化学を学び,
卒業後は数年間, 研究所に勤務した。10代の頃, 故国メキシコのユカタン州やチアパス州のマ
ヤ遺跡をたびたび訪れて考古学的興味を抱き, 小説『ジョシュア・ファイル』を執筆。

最近の翻訳書

◇『ジョシュア・ファイル **10** 世界の終わりのとき 下』 *The Joshua files*：
apocalypse moon マリア・G・ハリス作, 石随じゅん訳 評論社 2012.11
233p 19cm 980円 ①978-4-566-01449-7

◇『ジョシュア・ファイル **9** 世界の終わりのとき 上』 *The Joshua files*：
apocalypse moon マリア・G・ハリス作, 石随じゅん訳 評論社 2012.11
237p 19cm 980円 ①978-4-566-01448-0

◇『ジョシュア・ファイル **8** パラレルワールド 下』 *The Joshua files*：*dark
parallel* マリア・G・ハリス作, 石随じゅん訳 評論社 2012.10 213p
19cm 980円 ①978-4-566-01447-3

◇『ジョシュア・ファイル **7** パラレルワールド 上』 *The Joshua files*：*dark
parallel* マリア・G・ハリス作, 石随じゅん訳 評論社 2012.10 206p
19cm 980円 ①978-4-566-01446-6

◇『ジョシュア・ファイル **6** 消えた時間』 *The Joshua files*：*zero moment*
マリア・G.ハリス作, 石随じゅん訳 評論社 2011.3 218p 19cm 980円
①978-4-566-01445-9

◇『ジョシュア・ファイル **5** 消えた時間』 *The Joshua files*：*zero moment*
マリア・G.ハリス作, 石随じゅん訳 評論社 2011.3 202p 19cm 980円
①978-4-566-01444-2

◇『ジョシュア・ファイル **4** 未来からの使者』 *The Joshua files*：*ice shock*
マリア・G.ハリス作, 石随じゅん訳 評論社 2010.11 228p 19cm 980円
①978-4-566-01443-5

◇『ジョシュア・ファイル **3** 未来からの使者』 *The Joshua files*：*ice shock*
マリア・G.ハリス作, 石随じゅん訳 評論社 2010.11 227p 19cm 980円
①978-4-566-01442-8

◇『ジョシュア・ファイル **2** 見えない都市』 *The Joshua files*：*invisible city*
マリア・G.ハリス作, 石随じゅん訳 評論社 2010.9 230p 19cm 980円
①978-4-566-01441-1

◇『ジョシュア・ファイル **1** 見えない都市』 *The Joshua files*：*invisible city*
マリア・G.ハリス作, 石随じゅん訳 評論社 2010.9 221p 19cm 980円
①978-4-566-01440-4

ハリス, ローズマリー *Harris, Rosemary* ミステリー, スリラー

アメリカの作家。ニューヨーク市ブルックリン生まれ。書店やテレビ業界で働いた後, 2008
年〈ダーティー・ビジネス〉シリーズの第1作『事件現場は花ざかり』でデビュー、アガサ賞や

アンソニー賞にノミネートされた。現在は夫とゴールデンレトリーバーとともに、ニューヨークとコネティカット州フェアフィールド郡を行き来して暮らす。

最近の翻訳書

◇『事件現場は花ざかり』 *Pushing up daisies* ローズマリー・ハリス著, 矢沢
聖子訳 早川書房 2010.8 399p 16cm （ハヤカワ文庫 ハー4-1―イソラ
文庫 26） 900円 ①978-4-15-150026-8

ハリスン, A.S.A. *Harrison, A.S.A.* スリラー

カナダの作家。1948年～2013年4月。ノンフィクション3作を発表後、2013年6月初のフィクション『妻の沈黙』を刊行。しかし、同作刊行直前の4月、がんにより65歳で死去。第2長編の執筆中だった。生前はカナダ・トロントに夫のビジュアル・アーティスト、ジョン・マッシーと暮らしていた。

最近の翻訳書

◇『妻の沈黙』 *THE SILENT WIFE* Ａ・Ｓ・Ａ・ハリスン著, 山本やよい訳
早川書房 2014.8 409p 16cm （ハヤカワ・ミステリ文庫 HM 406-1)
920円 ①978-4-15-180501-1

ハリスン, キム *Harrison, Kim* SF, ファンタジー

アメリカの作家。本名はダウン・クック。1966年ミシガン州デトロイト生まれ。アメリカ中西部の町で、男兄弟に囲まれて育つ。2004年『死せる魔女がゆく』を発表。PEARL賞ならびにロマンティック・タイムズ・レヴュアーズ・チョイス賞を受賞。

最近の翻訳書

◇『死せる魔女がゆく―魔女探偵レイチェル 上』 *Dead witch walking* キム・
ハリスン著, 月岡小穂訳 早川書房 2007.9 367p 16cm （ハヤカワ文庫
FT） 760円 ①978-4-15-020449-5
◇『死せる魔女がゆく―魔女探偵レイチェル 下』 *Dead witch walking* キム・
ハリスン著, 月岡小穂訳 早川書房 2007.9 361p 16cm （ハヤカワ文庫
FT） 760円 ①978-4-15-020450-1

ハリソン, マイク *Harrison, Mike* ミステリー, スリラー

イギリスの作家。広告業界での職歴を経て作家に転身。2005年のデビュー作『揺さぶり』が、06年マカヴィティ賞最優秀処女長編賞にノミネートされる。同作は〈Eddie Dancer Mystery〉としてシリーズ化される。カナダのアルバータ州オコトクス在住。

最近の翻訳書

◇『揺さぶり』 *All shook up* マイク・ハリソン著, 棚橋志行訳 ヴィレッジ
ブックス 2008.5 319p 15cm 800円 ①978-4-86332-022-2

バリントン, ジェイムズ *Barrington, James* ミステリー, スリラー

別筆名＝ベッカー, ジェームズ〈Becker, James〉
アダムズ, マックス〈Adams, Max〉
スティール, ジャック〈Steel, Jack〉

海外文学　新進作家事典　　　　　　　　　　　　　　　　　　　ハル

イギリスの作家。ケンブリッジ生まれ。イギリス海軍艦隊航空隊に20年以上所属し、フォークランド紛争をはじめ、イエメン、北アイルランド、ロシアなど世界のさまざまな地域で主に秘密作戦や諜報活動に従事する。退役後に作家活動を開始、ジェームズ・バリントン名義で2004年『ロシア軍殺戮指令』を発表し小説家デビュー。同作は秘密工作員〈ポール・リクター〉としてシリーズ化。ほかにもジェームズ・ベッカー、マックス・アダムズ、ジャック・スティールなどのペンネームで次々と作品を発表。ジェームズ・ベッカー名義では『皇帝ネロの密使』(08年)が第1作となる〈クリス・ブロンソン〉シリーズでも人気を博している。

最近の翻訳書

◇『預言者モーゼの秘宝―クリス・ブロンソンの黙示録』　*THE MOSES STONE*　ジェームズ・ベッカー著, 荻野融訳　竹書房　2016.2　281p　15cm（竹書房文庫）　700円　①978-4-8019-0612-9

◇『預言者モーゼの秘宝―クリス・ブロンソンの黙示録』　*THE MOSES STONE*　ジェームズ・ベッカー著, 荻野融訳　竹書房　2016.2　266p　15cm（竹書房文庫）　700円　①978-4-8019-0613-6

◇『皇帝ネロの密使　上』　*THE FIRST APOSTLE*　ジェームズ・ベッカー著, 荻野融訳　竹書房　2015.2　261p　15cm（竹書房文庫　ベ1-1）　660円①978-4-8019-0147-6

◇『皇帝ネロの密使　下』　*THE FIRST APOSTLE*　ジェームズ・ベッカー著, 荻野融訳　竹書房　2015.2　265p　15cm（竹書房文庫　ベ1-2）　660円①978-4-8019-0148-3

◇『ロシア軍殺戮指令　上』　*Overkill*　ジェイムズ・バリントン著, 鎌田三平訳二見書房　2006.6　420p　15cm（二見文庫―ザ・ミステリ・コレクション）829円　①4-576-06075-9

◇『ロシア軍殺戮指令　下』　*Overkill*　ジェイムズ・バリントン著, 鎌田三平訳二見書房　2006.6　418p　15cm（二見文庫―ザ・ミステリ・コレクション）829円　①4-576-06076-7

パール, マシュー　*Pearl, Matthew*　　　　　　　　　　　歴史, スリラー

アメリカの作家。マサチューセッツ州ボストン生まれ。1997年ハーバード大学英米文学科を首席で卒業。98年研究の成果を評価され、アメリカ・ダンテ協会からダンテ賞を授与される。2000年エール大学ロー・スクールを卒業。03年『ダンテ・クラブ』で作家デビュー。ロングフェロー訳『地獄篇』の復刊に当たっては自ら編集を担当した。06年第2作『ポー・シャドウ』を発表。13年マサチューセッツ・ブック・アワード受賞。ハーバード・ロー・スクール客員講師を務める。マサチューセッツ州ケンブリッジ在住。

最近の翻訳書

◇『ポー・シャドウ　上巻』　*The Poe shadow*　マシュー・パール著, 鈴木恵訳新潮社　2007.10　341p　16cm（新潮文庫）　629円　①978-4-10-216353-5

◇『ポー・シャドウ　下巻』　*The Poe shadow*　マシュー・パール著, 鈴木恵訳新潮社　2007.10　399p　16cm（新潮文庫）　667円　①978-4-10-216354-2

◇『ダンテ・クラブ　上巻』　*The Dante club*　マシュー・パール著, 鈴木恵訳新潮社　2007.5　428p　16cm（新潮文庫）　705円　①978-4-10-216351-1

◇『ダンテ・クラブ　下巻』　*The Dante club*　マシュー・パール著, 鈴木恵訳新潮社　2007.5　353p　16cm（新潮文庫）　667円　①978-4-10-216352-8

ハル, リンダ・ジョフィ　Hull, Linda Joffe　　　　　　　ミステリー, スリラー

アメリカの作家。ミズーリ州セントルイス生まれ。カリフォルニア大学ロサンゼルス校で経済学を学ぶ。8歳の頃に父親から本を読むことを勧められて読書家になり, やがて執筆活動を始め, 2012年『The Big Bang』で作家デビュー。13年倹約のスペシャリストであるマディを主人公にしたミステリーシリーズの第1作『クーポンマダムの事件メモ』で人気を集める。

最近の翻訳書

◇『クーポンマダムの事件メモ』ETERNALLY 21　リンダ・ジョフィ・ハル著, 片山奈緒美訳　早川書房　2015.12　479p　16cm　（ハヤカワ・ミステリ文庫　HM 426-3—my perfume）　900円　①978-4-15-181503-4

バルダッチ, デイヴィッド　Baldacci, David　　　　　　　ミステリー, スリラー

アメリカの作家。1960年8月5日バージニア州リッチモンド生まれ。バージニア大学ロー・スクールを卒業。法学博士号を持つ。電気掃除機のセールスマン, ガードマン, フェンス職人, スチーム清掃員, 法律事務所の雑役などの職に就いた後, ワシントンD.C.で9年間法人弁護士を務めた。96年に発表した小説『目撃（黙殺）』が世界10カ国以上で翻訳され, クリント・イーストウッド主演で映画化もされるベストセラーとなり, 作家に転身。その作品は45カ国語以上に翻訳され, 80カ国以上の国で出版, 全世界での売り上げは1億1000万部を超える。また, 慈善活動にも熱心で, ウィッシュ・ユー・ウェル財団を設立し, 識字教育プログラムの発展と拡大を促進するなど, 識字率の向上を支援している。家族とともに郷里のバージニア州在住。

最近の翻訳書

◇『フェイスオフ対決』FACEOFF　デイヴィッド・バルダッチ編, 田口俊樹訳集英社　2015.9　559p　16cm　（集英社文庫　ハ19-1）　1100円　①978-4-08-760711-6　内容:「レッド・アイ」デニス・レヘイン, マイクル・コナリー著「すんでのところで」イアン・ランキン, ピーター・ジェイムズ著「ガスライト」R・L・スタイン, ダグラス・プレストン, リンカーン・チャイルド著「笑うブッダ」M・J・ローズ, リサ・ガードナー著「黒ヒョウに乗って」スティーヴ・マルティニ, リンダ・フェアスタイン著「リンカーン・ライムと獲物」ジェフリー・ディーヴァー, ジョン・サンドフォード著「忌むべきものの夜」ヘザー・グレアム, F・ポール・ウィルソン著「短い休憩」レイモンド・クーリー, リンウッド・バークレイ著「サイレント・ハント」ジョン・レスクワ, T・ジェファーソン・パーカー著「悪魔の骨」スティーブ・ベリー, ジェームズ・ロリンズ著「有効にして有益な約因」リー・チャイルド, ジョゼフ・フィンダー著

◇『サーティーナイン・クルーズ　18　地球最後の日』THE 39 CLUES　小浜杏訳　デヴィッド・バルダッチ著　KADOKAWA　2014.12　239p　19cm　900円　①978-4-04-067303-5

◇『サーティーナイン・クルーズ　17　破滅へのカウントダウン』THE 39 CLUES　小浜杏訳　デヴィッド・バルダッチ著　KADOKAWA　2014.7　247p　19cm　900円　①978-4-04-066927-4

◇『クリスマス・トレイン』The Christmas train　デイヴィッド・バルダッチ著, 武者圭子訳　小学館　2006.11　349p　20cm　1900円　①4-09-356561-9

ハルパーン, アディーナ　Halpern, Adena　　　　　　　　　　文学

アメリカの作家。ペンシルベニア州フィラデルフィア生まれ。「マリ・クレール」誌,「ニュー

海外文学　新進作家事典　　　　　　　　　　　　ハレ

ヨーク・タイムズ」紙などにライフスタイル指南の記事を執筆。2008年処女長編『人生最高の10のできごと』を刊行。脚本家の夫とともにカリフォルニア州ロサンゼルス在住。

最近の翻訳書

◇『人生最高の10のできごと』 *The ten best days of my life*　アディーナ・ハルパーン著, 田辺千幸訳　早川書房　2009.10　372p　16cm　（ハヤカワ文庫　ハー1-1─イソラ文庫　1）　760円　①978-4-15-150001-5

バルベリ, ミュリエル　*Barbery, Muriel*　　　　　　　　　　文学

フランスの作家。1969年5月28日モロッコ・カサブランカ生まれ。エコール・ノルマル・シュペリウール（高等師範学校）で哲学の教員資格を取得し, 教員養成短期大学（IUFM）で教鞭を執る。2000年『至福の味』で作家デビュー, 同年度のフランス最優秀料理小説賞を受賞。06年第2作『優雅なハリネズミ』を発表, フランスの書店員が選ぶ賞（本屋大賞）に輝き, 発売以来100万部を超えるミリオンセラーとなる。08年1月夫とともに来日し, 2年間京都で暮らした。09年から京都市名誉親善大使を務める。

最近の翻訳書

◇『優雅なハリネズミ』 *L'elegance du herisson*　ミュリエル・バルベリ著, 河村真紀子訳　早川書房　2008.10　374p　20cm　1800円　①978-4-15-208963-2

パルマ, フェリクス・J.　*Palma, Félix J.*　　　　　　　　　　文学

スペインの作家。1968年6月16日スペイン南部アンダルシア地方の港町サンルーカル・デ・バラメダ生まれ。本名はFélix Jesús Palma Macías。98年短編集『El vigilante de la salamandra（火とかげの守り人）』で作家デビュー。その後, 短編集を3冊, 長編を2冊発表し, 2005年『Las corrientes oceánicas』でルイス・ベレンゲル小説賞を受賞。08年新人作家の登竜門のひとつであるセビリア学芸協会文学賞を受賞した『時の地図』を出版, ベストセラーとなった。新聞のコラムニスト, 文芸評論家としても活躍。

最近の翻訳書

◇『宙（そら）の地図　上』 *EL MAPA DEL CIELO*　フェリクス・J・パルマ著, 宮崎真紀訳　早川書房　2012.11　474p　16cm　（ハヤカワ文庫 NV 1271）　900円　①978-4-15-041271-5

◇『宙（そら）の地図　下』 *EL MAPA DEL CIELO*　フェリクス・J・パルマ著, 宮崎真紀訳　早川書房　2012.11　463p　16cm　（ハヤカワ文庫 NV 1272）　900円　①978-4-15-041272-2

◇『時の地図　上』 *El mapa del tiempo*　フェリクス・J.パルマ著, 宮崎真紀訳　早川書房　2010.10　414p　16cm　（ハヤカワ文庫　NV1227）　800円　①978-4-15-041227-2

◇『時の地図　下』 *El mapa del tiempo*　フェリクス・J.パルマ著, 宮崎真紀訳　早川書房　2010.10　411p　16cm　（ハヤカワ文庫　NV1228）　800円　①978-4-15-041228-9

バーレー, ジョン　*Burley, John*　　　　　　　　　　ミステリー, スリラー

アメリカの作家, 医師。1971年メリーランド州ボルティモア生まれ。メリーランド大学に学ぶ。イリノイ州シカゴでメディカルスクールを卒業後, メリーランド大学メディカル・センターでレジデントとして救急医療に従事。2013年『仮面の町』で作家デビュー。執筆活動の傍

ハレツト 　　　　　　海外文学　新進作家事典

ら、北カリフォルニアで救急科の医師として勤務。

最近の翻訳書

◇『仮面の町』 *THE ABSENCE OF MERCY* ジョン・バーレー著, 坂本あお
　い訳　ハーパーコリンズ・ジャパン　2015.11　422p　15cm　（ハーパー
　BOOKS）　898円　①978-4-596-55008-8

バレット, トレーシー　*Barrett, Tracy*　　　　　　　　ヤングアダルト

アメリカの作家。1955年オハイオ州クリーブランドで生まれ、ニューヨーク郊外の町で育つ。
ブラウン大学、カリフォルニア大学に学ぶ。バンダービルト大学で教鞭を執る傍ら、中世の女
流作家の研究を進める。国からの助成金を得て行ったビサンチン帝国の皇女アンナ・コムネナ
の調査をもとに、初の長編小説『緋色の皇女アンナ』（99年）を発表。2008年ヤングアダルト作
品〈XXホームズの探偵ノート〉シリーズの第1作『名画「すみれ色の少女」の謎』を出版、人
気を集める。

最近の翻訳書

◇『XX（ダブルエックス）・ホームズの探偵ノート　4　いなくなったプリンセ
　ス』 *The Sherlock files.4 : the missing heir* トレーシー・バレット作, こだ
　まともこ訳, 十々夜絵　フレーベル館　2012.7　271p　19cm　1000円
　①978-4-577-04037-9
◇『XX（ダブルエックス）・ホームズの探偵ノート　3　消えたエジプトの魔よ
　け』 *The Sherlock files.3 : the case that time forgot* トレーシー・バレット
　作, こだまともこ訳, 十々夜絵　フレーベル館　2011.7　270p　19cm　1000
　円　①978-4-577-03935-9
◇『XX（ダブルエックス）・ホームズの探偵ノート　2　ブラックスロープの怪
　物』 *The Sherlock files.2 : the beast of Blackslope* トレーシー・バレット作,
　こだまともこ訳, 十々夜絵　フレーベル館　2011.3　294p　19cm　1000円
　①978-4-577-03865-9
◇『XX（ダブルエックス）・ホームズの探偵ノート　1　名画「すみれ色の少女」
　の謎』 *The Sherlock files : the 100-year-old secret* トレーシー・バレット作,
　こだまともこ訳, 十々夜絵　フレーベル館　2010.11　274p　19cm　1000円
　①978-4-577-03864-2

バレット, ローナ　*Barrett, Lorna*　　　　　　　　　　ミステリー

本名＝バートレット, ロレイン〈Bartlett, Lorrain〉
筆名＝バートレット, L.L.〈Bartlett, L.L.〉

アメリカの作家。ニューヨーク州ロチェスター生まれ。〈本の町の殺人〉シリーズで人気を集
め、第3作の『本を隠すなら本の中に』はアガサ賞にノミネートされた。本名のロレイン・バー
トレット、別筆名のL.L.バートレット名義でも作品を発表する。夫とニューヨーク州ロチェス
ター在住。

最近の翻訳書

◇『本を隠すなら本の中に―本の町の殺人　3』 *BOOKPLATE SPECIAL*
　ローナ・バレット著, 大友香奈子訳　東京創元社　2014.7　382p　15cm
　（創元推理文庫）　1200円　①978-4-488-21307-7
◇『サイン会の死―本の町の殺人　2』 *BOOKMARKED FOR DEATH* ロー
　ナ・バレット著, 大友香奈子訳　東京創元社　2013.12　393p　15cm　（創元

316

推理文庫　Mハ21-2)　1080円　①978-4-488-21306-0

◇『本の町の殺人』　*MURDER IS BINDING*　ローナ・バレット著, 大友香奈
子訳　東京創元社　2013.8　382p　15cm　（創元推理文庫　Mハ21-1)　980
円　①978-4-488-21305-3

パロ, ジャン＝フランソワ　*Parot, Jean-François*　　　　ミステリー, スリラー

フランスの作家、外交官。1946年6月27日生まれ。18世紀フランス史を専攻し、修士課程を修
了後、外交官となる。キンシャサを皮切りにサイゴン、アテネ、ソフィアなどで総領事を務
め、外務省人事部、軍事防衛協力部部長を経て、西アフリカの駐ギニアビサウ共和国大使を務
める。傍ら、作家としても活動し、2001年〈ニコラ警視の事件〉シリーズの第1作『ブラン・マ
ントー通りの謎』を発表。年に1冊弱のペースで続編を刊行し、どれも10万部を超える人気シ
リーズとなる。

最近の翻訳書

◇『ロワイヤル通りの悪魔憑き』　*Le-fantome de la rue Royale*　ジャン＝フラ
ンソワ・パロ著, 吉田恒雄訳　ランダムハウス講談社　2010.2　452p　15cm
（ニコラ警視の事件　3)　920円　①978-4-270-10339-5
◇『鉛を呑まされた男』　*L'homme au ventre de plomb*　ジャン＝フランソワ・
パロ著, 吉田恒雄訳　ランダムハウス講談社　2009.8　394p　15cm　（ニコ
ラ警視の事件　2)　880円　①978-4-270-10312-8
◇『ブラン・マントー通りの謎』　*L'enigme des blancs-manteaux*　ジャン＝フ
ランソワ・パロ著, 吉田恒雄訳　ランダムハウス講談社　2008.11　504p
15cm　（ニコラ警視の事件　1)　900円　①978-4-270-10247-3

バロンスキー, エヴァ　*Baronsky, Eva*　　　　文学

ドイツの作家。1968年生まれ。インテリアデザイン、マーケティングを学び、フリーのグラ
フィックデザイナー、ジャーナリストなどとして活動。その後作家に転身し、2010年初の小説
『Herr Mozart wacht auf』を出版し、フリードリヒ・ヘルダーリン賞奨励賞を受賞した。

最近の翻訳書

◇『マグノリアの眠り』　*MAGNOLIENSCHLAF*　エヴァ・バロンスキー著, 松
永美穂訳　岩波書店　2013.7　199p　20cm　2300円　①978-4-00-024817-4

パワーズ, ケヴィン　*Powers, Kevin*　　　　歴史

アメリカの作家。1980年7月11日バージニア州リッチモンド生まれ。17歳でアメリカ陸軍に入
隊。2004〜05年イラクに派遣され、機関銃手としてモスル、タル・アファルに配置される。名
誉除隊後、バージニア・コモンウエルス大学で英語を学び、12年テキサス大学オースティン校
で詩の修士号を取得。同年刊行されたデビュー作『イエロー・バード』は、全米図書賞の候補
になったほか、同年のガーディアン新人賞、13年のPEN/ヘミングウェイ賞を受賞するなど高
く評価された。

最近の翻訳書

◇『イエロー・バード』　*THE YELLOW BIRDS*　ケヴィン・パワーズ著, 佐々
田雅子訳　早川書房　2013.11　258p　20cm　2100円　①978-4-15-209415-5

ハン　　　　　　　　　　海外文学　新進作家事典

ハーン, ケヴィン　*Hearne, Kevin*　　　　　　　　SF, ファンタジー

アメリカの作家。アリゾナ州出身。北アリゾナ大学を卒業後、高校で英語を教える。一方、2011年バトル・ファンタジー『鉄の魔道僧1』で作家デビュー。コロラド州在住。

最近の翻訳書

◇『スター・ウォーズ ジェダイの継承者　上』　ケヴィン・ハーン著, 甲斐理恵子訳　ヴィレッジブックス　2015.9　230p　15cm　（ヴィレッジブックス）900円　①978-4-86491-245-7

◇『スター・ウォーズ ジェダイの継承者　下』　ケヴィン・ハーン著, 甲斐理恵子訳　ヴィレッジブックス　2015.9　230p　15cm　（ヴィレッジブックス）900円　①978-4-86491-246-4

◇『鉄（くろがね）の魔道僧　2　魔女の狂宴』　*HEXED*　ケヴィン・ハーン著, 田辺千幸訳　早川書房　2013.9　428p　16cm　（ハヤカワ文庫FT　557）880円　①978-4-15-020557-7

◇『鉄（くろがね）の魔道僧　1　神々の秘剣』　*HOUNDED*　ケヴィン・ハーン著, 田辺千幸訳　早川書房　2013.3　425p　16cm　（ハヤカワ文庫FT　552）　880円　①978-4-15-020552-2

バーン, ケリガン　*Byrne, Kerrigan*　　　　　　　　ロマンス, サスペンス

アメリカの作家。警察関係からベリーダンス講師までさまざまな職を経験した後、2012年ロマンス作家としてデビュー。以降、複数のヒストリカル・シリーズおよびロマンティック・サスペンスを発表。15年『ダークな騎士に魅せられて』が「ライブラリー・ジャーナル」のベスト・ブックでロマンス部門トップ10に選ばれ、「ロマンティック・タイムズ」でもファースト・ヒストリカル・ロマンス部門にノミネートされるなど注目を集める。ロッキー山脈のふもとに在住。

最近の翻訳書

◇『ダークな騎士に魅せられて』　*THE HIGHWAYMAN：Victorian Rebels 1*　ケリガン・バーン著, 長瀬夏実訳　二見書房　2016.2　501p　15cm　（ザ・ミステリ・コレクション）　972円　①978-4-576-16005-4

バンカー, アショーカ・K.　*Banker, Ashok K.*　　　　　　SF, ミステリー

インドの作家。1964年2月7日ムンバイ生まれ。ジャーナリスト、コピーライター、テレビ・映画の脚本家を経て、インドにおける英語作家として、SF、ミステリー、ホラーなどを発表。2003年からそれまでの全キャリアを注ぎこんで、大叙事詩『ラーマーヤナ』21世紀版を発表。

最近の翻訳書

◇『樹海の妖魔　上』　*Demons of chitrakut*　アショーカ・K.バンカー著, 大嶋豊訳　ポプラ社　2007.1　387p　20cm　（ラーマーヤナ　5）　2200円　①978-4-591-09588-1

◇『樹海の妖魔　下』　*Demons of chitrakut*　アショーカ・K.バンカー著, 大嶋豊訳　ポプラ社　2007.1　402p　20cm　（ラーマーヤナ　6）　2200円　①978-4-591-09589-8

◇『聖都決戦　上』　*Siege of mithila*　アショーカ・K.バンカー著, 大嶋豊訳　ポプラ社　2006.10　295p　20cm　（ラーマーヤナ　3）　1800円　①4-591-09468-5

◇『聖都決戦　下』　*Siege of mithila*　アショーカ・K.バンカー著, 大嶋豊訳

ポプラ社　2006.10　343p　20cm　（ラーマーヤナ　4）　1800円　①4-591-
09469-3

◇『蒼の皇子　上』 *Prince of Ayodhya*　アショーカ・K.バンカー著，大嶋豊訳
ポプラ社　2006.6　341p　20cm　（ラーマーヤナ　1）　1800円　①4-591-
09306-9

◇『蒼の皇子　下』 *Prince of Ayodhya*　アショーカ・K.バンカー著，大嶋豊訳
ポプラ社　2006.6　328p　20cm　（ラーマーヤナ　2）　1800円　①4-591-
09315-8

バンク，メリッサ　*Bank, Melissa*　　　　　　　　　　　　文学

アメリカの作家。1961年生まれ。ペンシルベニア州フィラデルフィア出身。コーネル大学創
作科に学び、同大大学院修士課程を修了。大学教員、コピーライターなどさまざまな職業に就
く傍ら、雑誌などに寄稿を続ける。93年ネルソン・アルグレン賞短編小説部門を受賞。99年小
説『娘たちのための狩りと釣りの手引き』で作家デビュー、アメリカでベストセラーとなる。
同年日本語版出版にあたり、来日。

最近の翻訳書

◇『ささやかだけど忘れられないいくつかのこと』 *The Wonder Spot*　メリッ
サ・バンク著，雨海弘美訳　ヴィレッジブックス　2008.1　543p　19cm
2200円　①978-4-86332-600-2

バーンズ，ジェニファー・リン　*Barnes, Jennifer Lynn*　　SF，ファンタジー

アメリカの作家。オクラホマ州タルサ出身。2006年19歳の時に『オーラが見える転校生』を
書いて作家デビュー。エール大学卒業後、ケンブリッジ大学に留学した。

最近の翻訳書

◇『オーラが見える転校生』 *Golden*　ジェニファー・リン・バーンズ著，鹿田
昌美訳　ヴィレッジブックス　2007.5　319p　19cm　1500円　①978-4-
7897-3098-3

バーンズ，マイクル　*Byrnes, Michael*　　　　　　　　　　スリラー

アメリカの作家。1970年5月3日ニュージャージー州オレンジ生まれ。ニュージャージー州の
モントクレア大学で科学を学び、同州のラトガーズ大学でMBAを取得。保険仲立人として活
躍。2007年『聖なる遺骨』を発表し、作家デビューを果たした。ニュージャージー州で妻と2
人の娘とともに暮らす。

最近の翻訳書

◇『聖なる遺骨』 *The sacred bones*　マイクル・バーンズ著，七搦理美子訳　早
川書房　2007.6　567p　16cm　（ハヤカワ文庫　NV）　900円　①978-4-15-
041144-2

ハンター，イーヴィー　*Hunter, Evie*　　　　　　　　　　ロマンス

イーヴィー・ハンターは、アイルランド生まれのキャロライン・マッコール（Caroline McCall）
とアイリーン・ゴームリー（Eileen Gormeley）の共同筆名。2010年2人はダブリンの創作ワー
クショップで出会った。

ハンタ　　　　　　海外文学　新進作家事典

最近の翻訳書

◇『冬の歓び―わたしだけのハリウッド・スター　上』 *THE PLEASURES OF*
WINTER　イーヴィー・ハンター著, 喜須海理子訳　集英社クリエイティブ
2013.11　284p　16cm　（ベルベット文庫）　800円　①978-4-420-32014-6

◇『冬の歓び―わたしだけのハリウッド・スター　下』 *THE PLEASURES OF*
WINTER　イーヴィー・ハンター著, 喜須海理子訳　集英社クリエイティブ
2013.11　287p　16cm　（ベルベット文庫）　800円　①978-4-420-32015-3

ハンター, エリン　*Hunter, Erin*　　　　　　　ヤングアダルト, ファンタジー

エリン・ハンターは、イギリスに住む4人の女性児童文学作家、ケイト・キャリー（Kate Cary）、チェリス・ボールドリー（Cherith Baldry）、ビクトリア・ホームズ（Victoria Holmes）、トゥイ・サザーランド（Tui Sutherland）による共同筆名。大自然に深い敬意を払いながら、動物たちの行動をもとに想像力豊かな物語を生み出している。2003年に始まった〈ウォーリアーズ〉シリーズは全米では100万部を超えるヒットを記録。ほかに〈サバイバーズ〉シリーズなどがある。

最近の翻訳書

◇『ウォーリアーズ　4-1　予言の猫』 *Fourth apprentice*　エリン・ハンター作　高林由香子訳　小峰書店　2016.1　399p　20cm　1800円　①978-4-338-29901-5

◇『サバイバーズ　3　ひとすじの光』 *Darkness falls*　エリン・ハンター作, 井上里訳　小峰書店　2015.6　357p　19cm　1300円　①978-4-338-28803-3

◇『サバイバーズ　2　見えざる敵』 *A hidden enemy*　エリン・ハンター作, 井上里訳　小峰書店　2014.9　339p　19cm　1200円　①978-4-338-28802-6

◇『サバイバーズ　1　孤独の犬』 *The empty city*　エリン・ハンター作, 井上里訳　小峰書店　2014.9　339p　19cm　1200円　①978-4-338-28801-9

◇『ウォーリアーズ　3-6　日の出』 *Sunrise*　エリン・ハンター作　高林由香子訳　小峰書店　2014.6　430p　20cm　1800円　①978-4-338-26906-3

◇『ウォーリアーズ　2-6　日没』 *Sunset*　エリン・ハンター作　高林由香子訳　ポケット版　小峰書店　2014.3　411p　18cm　1000円　①978-4-338-28106-5

◇『ウォーリアーズ　2-5　夕暮れ』 *Twiliht*　エリン・ハンター作　高林由香子訳　ポケット版　小峰書店　2014.3　417p　18cm　1000円　①978-4-338-28105-8

◇『ウォーリアーズ　2-4　星の光』 *Starlight*　エリン・ハンター作　高林由香子訳　ポケット版　小峰書店　2014.2　411p　18cm　1000円　①978-4-338-28104-1

◇『ウォーリアーズ　2-3　夜明け』 *Dawn*　エリン・ハンター作　高林由香子訳　ポケット版　小峰書店　2014.2　447p　18cm　1000円　①978-4-338-28103-4

◇『ウォーリアーズ　2-2　月明り』 *Moonrise*　エリン・ハンター作　高林由香子訳　ポケット版　小峰書店　2014.1　383p　18cm　1000円　①978-4-338-28102-7

◇『ウォーリアーズ　2-1　真夜中に』 *Midnight*　エリン・ハンター作　高林由香子訳　ポケット版　小峰書店　2014.1　397p　18cm　1000円　①978-4-338-28101-0

◇『ウォーリアーズ　3-5　長い影』 *Long shadows*　エリン・ハンター作　高林由香子訳　小峰書店　2013.11　433p　20cm　1800円　①978-4-338-26905-6

海外文学　新進作家事典　　　　　　　　　　ハンタ

◇『ウォーリアーズ　3-4　日食』 *Eclipse* エリン・ハンター作　高林由香子
訳　小峰書店　2013.3　453p　20cm　1800円　①978-4-338-26904-9

◇『ウォーリアーズ　3-3　追放』 *Outcast* エリン・ハンター作　高林由香子
訳　小峰書店　2012.10　421p　20cm　1800円　①978-4-338-26903-2

◇『ウォーリアーズ　3-2　闇の川』 *Dark river* エリン・ハンター作, 高林由
香子訳　小峰書店　2012.3　453p　20cm　1800円　①978-4-338-26902-5

◇『ウォーリアーズ　3-1　見えるもの』 *The sight* エリン・ハンター作, 高林
由香子訳　小峰書店　2011.10　490p　20cm　1800円　①978-4-338-26901-8

◇『ウォーリアーズ　2-6　日没』 *Sunset* エリン・ハンター作　高林由香子訳
小峰書店　2010.10　411p　20cm　1600円　①978-4-338-23806-9

◇『ウォーリアーズ　2-5　夕暮れ』 *Twilight* エリン・ハンター作, 高林由香
子訳　小峰書店　2010.5　417p　20cm　1600円　①978-4-338-23805-2

◇『ウォーリアーズ　2-4　星の光』 *Starlight* エリン・ハンター作, 高林由香
子訳　小峰書店　2010.2　411p　20cm　1600円　①978-4-338-23804-5

◇『ウォーリアーズ　2-3　夜明け』 *Dawn* エリン・ハンター作, 高林由香子
訳　小峰書店　2009.7　447p　20cm　1600円　①978-4-338-23803-8

◇『ウォーリアーズ　6　ファイヤハートの旅立ち』 *The darkest hour* エリ
ン・ハンター作, 金原瑞人, 高林由香子共訳　ポケット版　小峰書店　2009.5
402p　18cm　980円　①978-4-338-24006-2

◇『ウォーリアーズ　5　ファイヤハートの危機』 *A dangerous path* エリン・
ハンター作, 金原瑞人, 高林由香子共訳　ポケット版　小峰書店　2009.5
416p　18cm　980円　①978-4-338-24005-5

◇『ウォーリアーズ　4　ファイヤハートの挑戦』 *Rising storm* エリン・ハン
ター作, 金原瑞人, 高林由香子共訳　ポケット版　小峰書店　2009.5　408p
18cm　980円　①978-4-338-24004-8

◇『ウォーリアーズ　2-2　月明り』 *Moonrise* エリン・ハンター作, 高林由香
子訳　小峰書店　2009.3　383p　20cm　1600円　①978-4-338-23802-1

◇『ウォーリアーズ　3　ファイヤハートの戦い』 *Forest of secrets* エリン・
ハンター作, 金原瑞人, 高林由香子共訳　ポケット版　小峰書店　2009.2
413p　18cm　980円　①978-4-338-24003-1

◇『ウォーリアーズ　2　ファイヤポー、戦士になる』 *Fire and ice* エリン・
ハンター作, 金原瑞人, 高林由香子共訳　ポケット版　小峰書店　2009.2
420p　18cm　980円　①978-4-338-24002-4

◇『ウォーリアーズ　1　ファイヤポー、野生にかえる』 *Into the wild* エリ
ン・ハンター作, 金原瑞人訳　ポケット版　小峰書店　2009.2　389p　18cm
980円　①978-4-338-24001-7

◇『ウォーリアーズ　2-1　真夜中に』 *Midnight* エリン・ハンター作, 高林由
香子訳　小峰書店　2008.11　397p　20cm　1600円　①978-4-338-23801-4

◇『ウォーリアーズ　6　ファイヤハートの旅立ち』 *The darkest hour* エリ
ン・ハンター作, 金原瑞人, 高林由香子共訳　小峰書店　2007.11　402p
20cm　1600円　①978-4-338-22706-3

◇『ウォーリアーズ　5　ファイヤハートの危機』 *A dangerous path* エリン・
ハンター作, 金原瑞人, 高林由香子共訳　小峰書店　2007.9　416p　20cm
1600円　①978-4-338-22705-6

◇『ウォーリアーズ　4　ファイヤハートの挑戦』 *Rising storm* エリン・ハン
ター作, 金原瑞人, 高林由香子共訳　小峰書店　2007.6　408p　20cm　1600

円 ①978-4-338-22704-9

◇『ウォーリアーズ 3 ファイヤハートの戦い』 *Forest of secrets* エリン・
ハンター作, 金原瑞人, 高林由香子共訳 小峰書店 2007.4 413p 20cm
1600円 ①978-4-338-22703-2

◇『ウォーリアーズ 2 ファイヤポー、戦士になる』 *Fire and ice* エリン・
ハンター作, 金原瑞人, 高林由香子共訳 小峰書店 2007.2 420p 20cm
1600円 ①978-4-338-22702-5

◇『ウォーリアーズ 1 ファイヤポー、野生にかえる』 *Into the wild* エリ
ン・ハンター作, 金原瑞人訳 小峰書店 2006.11 389p 20cm 1600円
①4-338-22701-X

ハンター, マディ *Hunter, Maddy* ミステリー, ロマンス

アメリカ在住の作家。ロマンス作家としてキャリアをスタート。その後、趣味の旅行で遭遇した体験をモチーフに『死んでもいきたいアルプス旅行』を執筆、2004年度のアガサ賞最優秀処女長編賞にノミネートされる。夫とウィスコンシン州マディソン郡在住。

最近の翻訳書

◇『死んでもいきたいアルプス旅行』 *Alpine for you* マディ・ハンター著, 智
田貴子訳 扶桑社 2006.3 394p 16cm （扶桑社ミステリー） 933円
①4-594-05139-1

ハント, エリザベス・シンガー *Hunt, Elizabeth Singer* 児童書

アメリカの作家。1970年8月1日バージニア州ロアノーク生まれ。2歳の頃にルイジアナ州リバーリッジに移る。ボストン大学卒業後はニューヨークで広告の仕事に就く。96年カリフォルニアに移る。99年イギリスに渡り、東南アジア研究所の修士課程に入学。その後マーケティング・コンサルタントとして働く。冒険旅行をが好きで、そのことが世界中に赴いて悪と戦う〈シークレット・エージェント ジャック〉シリーズ（2004年〜）の創作につながった。11年にはシリーズ第14作となる『The Mission to Find Max：Egypt』を刊行。夫と2人の子供とカリフォルニア州サンフランシスコに在住。

最近の翻訳書

◇『アロサウルスをつかまえろ！』 *The escape of the deadly dinosaur* エリザ
ベス・シンガー・ハント著, 田内志文訳 エクスナレッジ 2007.12 92p
19cm （シークレット・エージェントジャック ミッション・ファイル1（ア
メリカ編）） 800円 ①978-4-7678-0698-3

◇『クラウン・ジュエルを追え！』 *The caper of the crown jewels* エリザベ
ス・シンガー・ハント著, 田内志文訳 エクスナレッジ 2007.12 100p
19cm （シークレット・エージェントジャック ミッション・ファイル2（イ
ギリス編）） 800円 ①978-4-7678-0617-4

◇『消えたモナリザをさがせ！』 *The mystery of the Mona Lisa* エリザベ
ス・シンガー・ハント著, 田内志文訳 エクスナレッジ 2007.12 84p
19cm （シークレット・エージェントジャック ミッション・ファイル3（フ
ランス編）） 800円 ①978-4-7678-0699-0

◇『グランプリ・レースの危機を救え！』 *Peril at the grand prix* エリザベ
ス・シンガー・ハント著, 田内志文訳 エクスナレッジ 2007.12 97p
19cm （シークレット・エージェントジャック ミッション・ファイル4（イ
タリア編）） 800円 ①978-4-7678-0640-2

海外文学　新進作家事典　　　　　　　　　　　ヒシヤト

ハント, レアード　*Hunt, Laird*　　　　　　　　　　　　　　文学

アメリカの作家。デンバー大学英文科教授。1968年シンガポール生まれ。90〜91年埼玉県熊谷市で英会話を教えていた頃に、本格的に小説を書き始める。作家になる前は5年間、国連の報道官を務めた。2000年短編集『パリ物語集』、01年第1長編『不可能的に』を発表。コロラド州ボルダー在住。

*** 最近の翻訳書 ***

◇『優しい鬼』　*Kind One*　レアード・ハント著, 柴田元幸訳　朝日新聞出版　2015.10　229p　19cm　1800円　①978-4-02-251313-7

◇『インディアナ、インディアナ』　*Indiana, indiana*　レアード・ハント著, 柴田元幸訳　朝日新聞社　2006.5　233p　20cm　1600円　①4-02-250187-1

ハンリー, ヴィクトリア　*Hanley, Victoria*　　　　　　ヤングアダルト, ファンタジー

アメリカの作家。カリフォルニア州生まれ。保育士、教員、フォークシンガー、ウェイトレス、パン焼き職人など、さまざまな仕事を経て、2000年ファンタジー小説『水晶玉と伝説の剣』で作家デビュー。世界9カ国で翻訳され、好評を博す。家族とコロラド州在住。

*** 最近の翻訳書 ***

◇『オラクルの光―預言に隠されし陰謀』　*The light of the oracle*　ヴィクトリア・ハンリー著, 杉田七重訳　小学館　2008.3　252p　15cm　（小学館ルルル文庫）　514円　①978-4-09-452057-6

◇『オラクルの光―風に選ばれし娘』　*The light of the oracle*　ヴィクトリア・ハンリー著, 杉田七重訳　小学館　2008.2　250p　15cm　（小学館ルルル文庫）　514円　①978-4-09-452053-8

〔 ヒ 〕

ビ

→ヴィをも見よ

ビジャトーロ, マルコス・M.　*Villatoro, Marcos M.*　　　　　ミステリー, スリラー

アメリカの作家。カリフォルニア州サンフランシスコ生まれ。少年時代をテネシー州の炭鉱町で過ごし、1980年代から90年代にかけて紛争の激しかったグアテマラやニカラグアで生活した。その後、アラバマ州に移住して中米諸国からの移民たちのために社会運動に携わった。2001年〈ロミリア・チャコン〉シリーズの第1作『褐色の街角』を発表、「ロサンゼルス・タイムス」紙のブックレビューで同年のベストブックの一つに選ばれた。ほかに詩集やルポルタージュ、小説などの著作があり、カリフォルニアのカレッジで創作講座も持つ。

*** 最近の翻訳書 ***

◇『殺人図像学』　*Minos*　マルコス・M.ビジャトーロ著, 宮崎真紀訳　東京創元社　2007.9　454p　15cm　（創元推理文庫）　1300円　①978-4-488-15103-4

◇『褐色の街角』　*Home killings*　マルコス・M.ビジャトーロ著, 宮崎真紀訳　東京創元社　2006.7　413p　15cm　（創元推理文庫）　1040円　①4-488-15102-7

ビジャロボス, フアン・パブロ　*Villalobos, Juan Pablo*　文学

メキシコの作家。1973年グアダラハラ生まれ。大学ではマーケティングとスペイン文学を専攻。数多くの市場調査を手がけた後、紀行文や文学批評、映画批評などを発表。EUがラテンアメリカに特化して設けた "アルバン・プログラム" の奨学金を得て、スペインに留学。バルセロナで作家活動と電気関連の会社勤務を両立させていたが、2011年8月よりブラジル在住。11年小説第1作『巣窟の祭典』がスペインで出版され、その後10カ国で7言語に翻訳される。そのうち英語訳は、11年イギリスのガーディアン賞の新人作家部門にノミネートされた。

最近の翻訳書

◇『巣窟の祭典』 *FIESTA EN LA MADRIGUERA SI VIVIÉRAMOS EN UN LUGAR NORMAL* フアン・パブロ・ビジャロボス著, 難波幸子訳 作品社 2013.2 260p 20cm 2400円 ①978-4-86182-428-9

ピーション, リズ　*Pichon, Liz*　児童書

イギリスの作家。ミドルセックス大学、ロンドン芸術大学でグラフィックデザインを学ぶ。グリーティングカード、カレンダー、生活雑貨などのデザインを手がけた後、絵本作家となる。2004年『My Big Brother Boris』でスマーティーズ賞銀賞を受賞。〈トム・ゲイツ〉シリーズ第1作『トホホなまいにち』(11年) でもロアルド・ダール賞、レッドハウス・チルドレンズブック賞、ウォーターストーンチルドレンズブック賞など数々の賞に輝いた。イースト・サセックス州ブライトン在住。

最近の翻訳書

◇『トム・ゲイツ ステキないいわけ』 *TOM GATES : EXCELLENT EXCUSES* L.ピーション作, 宮坂宏美訳 小学館 2014.1 340p 20cm 1400円 ①978-4-09-290559-7
◇『トム・ゲイツ トホホなまいにち』 *TOM GATES : THE BRILLIANT WORLD OF TOM GATES* L.ピーション作, 宮坂宏美訳 小学館 2013.11 238p 20cm 1300円 ①978-4-09-290558-0

ピース, デイヴィッド　*Peace, David*　ミステリー, 歴史

イギリスの作家。1967年生まれ。ヨークシャー出身。94年に来日。東京・恵比寿の古本屋で出合ったジェームズ・エルロイの小説に傾倒して、作家になることを決意し、99年〈ヨークシャー〉4部作の第1作『1974ジョーカー』を上梓して作家デビュー。イギリスの暗黒部を描き、各国で高く評価され、フランスのコニャック・フェスティヴァル・ミステリー大賞ノワール賞を受賞。2003年には文芸誌「グランタ」の選ぶ若手イギリス作家ベスト20の一人に選ばれる。04年、1980年代にイギリスで起きた鉱山ストライキを題材にした『GB84』でジェームズ・テイト・ブラック記念賞を受賞した。

最近の翻訳書

◇『**TOKYO YEAR ZERO**』 *Tokyo year zero* デイヴィッド・ピース著, 酒井武志訳 文藝春秋 2012.11 558p 16cm (文春文庫 ヒ6-1) 943円 ①978-4-16-781213-3
◇『**占領都市**』 *Occupied city* デイヴィッド・ピース著, 酒井武志訳 文藝春秋 2012.8 383p 20cm (TOKYO YEAR ZERO 2) 2000円 ①978-4-16-375570-0
◇『**TOKYO YEAR ZERO**』 *Tokyo year zero* デイヴィッド・ピース著, 酒井武志訳 文藝春秋 2007.10 379p 20cm 1762円 ①978-4-16-326420-2

海外文学　新進作家事典　　　　　　　　　　　　　　ヒト

ヒスロップ, ヴィクトリア　*Hislop, Victoria*　　　　　　　　文学

イギリスの作家、トラベルジャーナリスト。オックスフォード大学セント・ヒルダ・カレッジ
で英語英文学を学び、卒業後、出版社勤務を経て結婚。1990年出産を機にフリージャーナリス
トとなる。教育や子育てに関する記事からスタートし、のちトラベルジャーナリストとして活
動。2005年『封印の島』で小説家デビュー、07年度のブリティッシュ・ブック・アワード新人
賞を獲得。世界20数カ国語に翻訳された。08年の第2作『The Return』も「サンデー・タイム
ズ」ナンバーワンベストセラーとなった。ケント州シシングハーストに夫とふたりの子供と暮
らす。

最近の翻訳書

◇『封印の島　上』 *The island*　ヴィクトリア・ヒスロップ著, 中村妙子訳　み
　　すず書房　2008.5　251p　20cm　2800円　①978-4-622-07395-6
◇『封印の島　下』 *The island*　ヴィクトリア・ヒスロップ著, 中村妙子訳　み
　　すず書房　2008.5　p253-439　20cm　2600円　①978-4-622-07396-3

ピゾラット, ニック　*Pizzolatto, Nic*　　　　　　　　　　　ミステリー

アメリカの作家、脚本家。1975年ルイジアナ州ニューオーリンズ生まれ。アーカンソー大学、
ルイジアナ州立大学に学ぶ。短編を中心に執筆活動を始め、2004年全米雑誌賞、06年にはフラ
ンク・オコナー短編小説賞にノミネートされる。10年初長編『逃亡のガルヴェストン』はMWA
賞最優秀新人賞、バーンズ&ノーブル優秀新人賞の候補に挙がった。脚本家、プロデューサー
としても活躍し、テレビシリーズ「True Detective」を手がけたことで知られる。カリフォル
ニア州ロサンゼルス在住。

最近の翻訳書

◇『逃亡のガルヴェストン』 *Galveston*　ニック・ピゾラット著, 東野さやか訳
　　早川書房　2011.5　273p　19cm　（Hayakawa pocket mystery books　no.
　　1847）　1300円　①978-4-15-001847-4

ピッチャー, アナベル　*Pitcher, Annabel*　　　　　　　　　児童書

イギリスの作家。1982年ウェストヨークシャー州生まれ。10代の初めの頃から作家になるこ
とを決意し、その後、オックスフォード大学で英文学を学ぶ。2011年『My Sister Lives on the
Mantelpiece』で作家デビュー。12年に発表された『ケチャップ・シンドローム』で、14年MWA
賞ヤングアダルト部門を受賞。ヨークシャー在住。

最近の翻訳書

◇『ケチャップ・シンドローム』 *KETCHUP CLOUDS*　アナベル・ピッ
　　チャー著, 吉澤康子訳　早川書房　2015.10　415p　16cm　（ハヤカワ・ミス
　　テリ文庫　HM 426-1—my perfume）　840円　①978-4-15-181501-0

ピート, マル　*Peet, Mal*　　　　　　　　　　　ヤングアダルト, 児童書

イギリスの作家。1947年10月5日〜2015年3月2日。ノーフォーク生まれ。大学卒業後、教師な
どさまざまな職業に就き、のちイラストレーターとして活躍。2003年『キーパー』で作家デ
ビューし、04年同作でブランフォード・ボウズ賞を受賞した。05年には『Tamar』でカーネ
ギー賞、09年には『Exposure』でガーディアン賞を受けたが、15年67歳で病死した。

最近の翻訳書

◇『キーパー』 *Keeper* マル・ピート著, 池央耿訳 評論社 2006.5 257p
20cm 1500円 Ⓘ4-566-02401-6

ビネ, ローラン *Binet, Laurent*　　　　　　　　歴史

フランスの作家。1972年7月19日パリ生まれ。パリ大学で現代文学を修め、兵役でフランス語
教師としてスロバキアに赴任。その後、パリ第3大学、第8大学で教鞭を執る。2009年の小説
第1作『HHhH（エイチ・エイチ・エイチ・エイチ）―プラハ、1942年』で10年度ゴンクール賞
最優秀新人賞、11年リーヴル・ド・ポッシュ読者大賞を受賞した。

最近の翻訳書

◇『**HHhH―プラハ、1942年**』 *HHhH* ローラン・ビネ著, 高橋啓訳 東京創元
社 2013.6 393p 20cm 2600円 Ⓘ978-4-488-01655-5

ビュークス, ローレン *Beukes, Lauren*　　　　SF, ファンタジー

南アフリカの作家。1976年6月5日ヨハネスブルク生まれ。ケープタウン大学卒業後、主にジャー
ナリスト、コラムニストとしてハリウッドの芸能分野や「マリ・クレール」「ELLE」「コスモポ
リタン」などの国際的女性雑誌で活躍。南アフリカのヴォーダコム年間ベストジャーナリスト
賞では、2007年度と08年度のウエスタン・ケープ地域ベストコラムニストに選ばれる。脚本家
としても連続ドラマを多数手がけたほか、ディズニーやフランス・アニメの脚本、コミック・
マンガ作品の脚本なども執筆。11年『ZOO CITY』(10年)でアーサー・C.クラーク賞を受賞。

最近の翻訳書

◇『シャイニング・ガール』 *THE SHINING GIRLS* ローレン・ビュークス
著, 木村浩美訳 早川書房 2014.2 477p 16cm （ハヤカワ文庫 NV
1300） 940円 Ⓘ978-4-15-041300-2

◇『**ZOO CITY**』 *ZOO CITY* ローレン・ビュークス著, 和爾桃子訳 早川書
房 2013.6 447p 16cm （ハヤカワ文庫 SF 1906） 860円 Ⓘ978-4-15-
011906-5

ヒューズ, キャロル *Hughes, Carol*　　　　　　ファンタジー

アメリカの作家。イングランドの海辺の町で小さなホテルを経営する両親に育てられる。絵画
を学ぶために美術学校に進んだ後、アメリカへ移住して作家となる。夫と娘2人とカリフォル
ニア州ロサンゼルス在住。

最近の翻訳書

◇『ダーティ・ドラゴン』 *Dirty magic* キャロル・ヒューズ著, 西本かおる訳
小学館 2008.9 511p 22cm 1900円 Ⓘ978-4-09-290503-0

ヒューソン, デイヴィッド *Hewson, David*　　　ミステリー, スリラー

イギリスの作家。1953年ヨークシャー州生まれ。70年代に北ヨークシャーのスカボローで記
者となったのを皮切りに、「タイムズ」紙の記者を経て、「インデペンデント」紙の創刊にも参
加。「サンデー・タイムズ」紙ではコラムニストを務めた。96年『Semana Santa』でデビュー、
W・H.スミス賞新人賞を受賞。2005年からは専業作家となった。〈キリング〉シリーズのほか、
〈Nic Costa〉シリーズ、〈Pieter Vos〉シリーズがある。ケント州カンタベリー近郊に在住。

海外文学　新進作家事典　　　　　　　　　　　　　　　ヒユツシ

＊＊＊最近の翻訳書＊＊＊

◇『**キリング　4　解決**』 *The killing* 　デイヴィッド・ヒューソン著, ソーラン・スヴァイストロップ原作, 山本やよい訳　早川書房　2013.4　335p　16cm（ハヤカワ・ミステリ文庫　HM 388-4）　800円　①978-4-15-179604-3

◇『**キリング　3　逆転**』 *The killing* 　デイヴィッド・ヒューソン著, ソーラン・スヴァイストロップ原作, 山本やよい訳　早川書房　2013.3　477p　16cm（ハヤカワ・ミステリ文庫　HM 388-3）　940円　①978-4-15-179603-6

◇『**キリング　2　捜査**』 *The killing* 　デイヴィッド・ヒューソン著, ソーラン・スヴァイストロップ原作, 山本やよい訳　早川書房　2013.2　407p　16cm（ハヤカワ・ミステリ文庫　HM 388-2）　880円　①978-4-15-179602-9

◇『**キリング　1　事件**』 *The killing* 　デイヴィッド・ヒューソン著, ソーラン・スヴァイストロップ原作, 山本やよい訳　早川書房　2013.1　331p　16cm（ハヤカワ・ミステリ文庫　HM 388-1）　780円　①978-4-15-179601-2

◇『**蜥蜴の牙　上**』 *The lizard's bite* 　デヴィッド・ヒューソン著, 山本やよい訳　武田ランダムハウスジャパン　2010.6　366p　15cm　（RHブックス＋プラス　ヒ1-9）　840円　①978-4-270-10352-4

◇『**蜥蜴の牙　下**』 *The lizard's bite* 　デヴィッド・ヒューソン著, 山本やよい訳　武田ランダムハウスジャパン　2010.6　319p　15cm　（RHブックス＋プラス　ヒ1-10）　820円　①978-4-270-10353-1

◇『**聖なる比率　上**』 *The sacred cut* 　デヴィッド・ヒューソン著, 山本やよい訳　ランダムハウス講談社　2008.10　374p　15cm　840円　①978-4-270-10238-1

◇『**聖なる比率　下**』 *The sacred cut* 　デヴィッド・ヒューソン著, 山本やよい訳　ランダムハウス講談社　2008.10　316p　15cm　820円　①978-4-270-10239-8

◇『**ヴェネツィアの悪魔　上**』 *Lucifer's shadow* 　デヴィッド・ヒューソン著, 山本やよい訳　ランダムハウス講談社　2007.10　393p　15cm　840円　①978-4-270-10125-4

◇『**ヴェネツィアの悪魔　下**』 *Lucifer's shadow* 　デヴィッド・ヒューソン著, 山本やよい訳　ランダムハウス講談社　2007.10　381p　15cm　820円　①978-4-270-10126-1

◇『**生贄たちの狂宴　上**』 *The villa of mysteries* 　デヴィッド・ヒューソン著, 山本やよい訳　ランダムハウス講談社　2007.4　312p　15cm　800円　①978-4-270-10090-5

◇『**生贄たちの狂宴　下**』 *The villa of mysteries* 　デヴィッド・ヒューソン著, 山本やよい訳　ランダムハウス講談社　2007.4　360p　15cm　820円　①978-4-270-10091-2

◇『**死者の季節　上**』 *A season for the dead* 　デヴィッド・ヒューソン著, 山本やよい訳　ランダムハウス講談社　2006.10　319p　15cm　780円　①4-270-10060-5

◇『**死者の季節　下**』 *A season for the dead* 　デヴィッド・ヒューソン著, 山本やよい訳　ランダムハウス講談社　2006.10　351p　15cm　800円　①4-270-10061-3

ビュッシ, ミシェル　*Bussi, Michel*　　　　　　　　　　　　ミステリー

フランスの作家、地理学者。1965年4月29日ルーヴィエ生まれ。ルーアン大学で地理学の教授を務める傍ら、小説を執筆。2006年『Code Lupin』で作家デビューし、以後、年1冊のペース

327

で作品を発表。11年『Nymphéas noirs』でルブラン賞、フロベール賞などを受賞、実力派作家としての地位を固める。

最近の翻訳書

◇『彼女のいない飛行機』 *UN AVION SANS ELLE* ミシェル・ビュッシ著,
平岡敦訳 集英社 2015.8 653p 16cm （集英社文庫 ヒ8-1） 1200円
①978-4-08-760710-9

ヒューマン, チャーリー *Human, Charlie*　　SF

南アフリカの作家。生年非公開。ケープタウン生まれ。ケープタウン大学で創作の修士号を取得。2013年アポカリプス冒険小説『鋼鉄の黙示録』で作家デビュー。

最近の翻訳書

◇『鋼鉄の黙示録』 *APOCALYPSE NOW NOW* チャーリー・ヒューマン著,
安原和見訳 東京創元社 2015.3 434p 15cm （創元SF文庫 SFヒ3-1）
1280円 ①978-4-488-75301-6

馮 緒旋 ヒョウ, ショセン *Feng, Xu-xuan*　　児童書

中国の作家。宜昌市伍家崗区の教育局長を務める。屈原文芸創作賞、楚天蒲公英賞を受賞。主な作品に『長江三峡の移民の子どもたち』（2003年）などがある。

最近の翻訳書

◇『長江三峡の移民の子どもたち』 馮緒旋著, 家野四郎訳 新風舎 2007.9
238p 20cm 1900円 ①978-4-289-02815-3

ヒラタ, アンドレア *Hirata, Andrea*　　文学

インドネシアの作家。日系インドネシア人。バンカ・ブリトゥン州生まれ。インドネシア大学経済学部を卒業後、イギリスのシェフィールド・ハラム大学で経済学を専攻し修士号を取得。その後インドネシアに戻り、電気通信会社テレコムセルに勤務。2005年自身の子供時代をモデルとした『虹の少年たち』で小説家デビュー。同作は500万部を超えるベストセラーとなり、映画やドラマも大ヒットするなど、インドネシアでは"ラスカル・プランギ現象"とも呼ばれる社会現象を引き起こした。その後の続編も相次いで映画化され、『虹の少年たち』は20カ国以上で翻訳・出版される。

最近の翻訳書

◇『虹の少年たち』 *LASKAR PELANGI* アンドレア・ヒラタ著, 加藤ひろあき, 福武慎太郎訳 サンマーク出版 2013.10 410p 19cm 1900円 ①978-4-7631-3232-1

ヒラハラ, ナオミ *Hirahara, Naomi*　　ミステリー, 児童書

アメリカの作家。日系3世。カリフォルニア州パサデナ生まれ。ロサンゼルス郊外で被爆者の両親のもとで育つ。14歳の時に広島の祖母と平和記念資料館を訪れ、両親の苦難を深く知る。スタンフォード大学国際関係学部を卒業後、ロサンゼルスの日系人向け新聞「羅府新報」の記者兼編集者を経て、1996年カンザス州のニューマン大学ミルトンセンターに特別研究員として迎えられたのを機に同社を退職。97年からは編集・出版に携わる傍ら、ノンフィクション作品を執筆。被害者にも、加害者にもなれない灰色の存在である両親のようなアメリカ人被爆者

海外文学　新進作家事典　　　　　　　　　　　　　　　　　ヒル

のことを一人でも多くの人に知らせたいという思いから、父親と同じ経緯で被爆したマスという日系2世の庭師を主人公にした小説『Summer of the Big Bachi』(2004年)で作家デビュー、同作はマカヴィティ賞の処女長編賞にノミネートされた。日本では、08年に〈庭師マス・アライ事件簿〉シリーズの第2作『ガサガサ・ガール』(05年)から翻訳される。07年には第3作『スネークスキン三味線』(06年)でMWA賞最優秀ペーパーバック賞を受賞した。

最近の翻訳書

◇『スネークスキン三味線―庭師マス・アライ事件簿』 *Snakeskin shamisen*
　　ナオミ・ヒラハラ著, 富永和子訳　小学館　2008.4　376p　15cm　（小学館
　　文庫）　733円　①978-4-09-408197-8
◇『ガサガサ・ガール―庭師マス・アライ事件簿』 *Gasa-gasa girl*　ナオミ・ヒ
　　ラハラ著, 富永和子訳　小学館　2008.2　343p　15cm　（小学館文庫）　695
　　円　①978-4-09-408198-5

ヒリアー, ジェニファー　*Hillier, Jennifer*　　　　　　　　ミステリー, スリラー

カナダの作家、ジャーナリスト。トロント生まれ。シリアルキラーに関しての犯罪実話研究家でもある。2011年サイコ・スリラー『歪められた旋律』で小説家デビュー。トロント在住。

最近の翻訳書

◇『歪められた旋律　上』 *CREEP.Vol.1*　ジェニファー・ヒリアー著, 高山真
　　由美訳　扶桑社　2015.5　295p　16cm　（扶桑社ミステリー　ヒ13-1）　800
　　円　①978-4-594-07249-0
◇『歪められた旋律　下』 *CREEP.Vol.2*　ジェニファー・ヒリアー著, 高山真
　　由美訳　扶桑社　2015.5　283p　16cm　（扶桑社ミステリー　ヒ13-2）　800
　　円　①978-4-594-07250-6

ビリンガム, マーク　*Billingham, Mark*　　　　　　　　　　ミステリー, スリラー

イギリスの作家。バーミンガム生まれ。2001年クライム・ノベルで作家デビュー。その後、『Scaredy Cat』で03年のシャーロック・アワードを、『Lazybones』で05年のクライム・ノベル・オブ・ザ・イヤーを受賞。テレビやラジオ番組などの放送作家、コメディアンとしても活躍。

最近の翻訳書

◇『グッナイ、スリーピーヘッド』 *Sleepyhead*　マーク・ビリンガム著, 三木基
　　子訳　札幌　柏艪舎　2007.3　390p　20cm　1900円　①978-4-434-10205-9

ヒル, ケイシー　*Hill, Casey*　　　　　　　　　　　　　　　　　　　ミステリー

ケイシー・ヒルは、女性向けのフィクションを数多く手がけるアイルランドのベストセラー作家メリッサ・ヒル（Melissa Hill）と夫のケヴィン・ヒル（Kevin Hill）の共同筆名。2011年〈ライリー・スティール〉シリーズ第1作にあたるシリアルキラー・ミステリー『タブー』でケイシー・ヒルとしてデビュー。ダブリン在住。

最近の翻訳書

◇『タブー』 *TABOO*　ケイシー・ヒル著, 堤朝子訳　ヴィレッジブックス
　　2013.7　492p　15cm　（ヴィレッジブックス　F-ヒ4-1）　920円　①978-4-
　　86491-073-6

329

ヒル　　　　　　　　　　　　　　海外文学　新進作家事典

ヒル, ジョー　*Hill, Joe*　　　　　　　　　　　　　ホラー, ファンタジー

アメリカの作家。1972年6月4日メーン州ハーモン生まれ。95年バッサー大学卒。ヒル・ジョー
はペンネーム。20代で創作を始め、2005年デビュー作『20世紀の幽霊たち』でブラム・ストー
カー賞、英国幻想文学大賞、国際ホラー作家協会賞を受賞。『ロック＆キー』（05年）ではアイ
ズナー賞を受賞。同作はシリーズ化された。『NOS4A2―ノスフェラトゥ』（13年）は同年度ブ
ラム・ストーカー賞最優秀長編賞候補にノミネートされる。

最近の翻訳書

◇『**NOS4A2（ノスフェラトゥ）　上**』　*NOS4A2*　ジョー・ヒル著, 白石朗訳
　小学館　2014.5　587p　15cm　（小学館文庫　ヒ1-5）　920円　①978-4-09-
408809-0

◇『**NOS4A2（ノスフェラトゥ）　下**』　*NOS4A2*　ジョー・ヒル著, 白石朗訳
　小学館　2014.5　569p　15cm　（小学館文庫　ヒ1-6）　920円　①978-4-09-
408810-6

◇『**ホーンズ　角**』　*HORNS*　ジョー・ヒル著, 白石朗訳　小学館　2012.4
732p　16cm　（小学館文庫　ヒ1-3）　933円　①978-4-09-408465-8

◇『**20世紀の幽霊たち**』　*20th century ghosts*　ジョー・ヒル著, 白石朗, 安野玲,
玉木亨, 大森望訳　小学館　2008.9　699p　15cm　（小学館文庫）　933円
①978-4-09-408134-3

◇『**ハートシェイプト・ボックス**』　*Heart-shaped box*　ジョー・ヒル著, 白石朗
訳　小学館　2007.12　617p　15cm　（小学館文庫）　819円　①978-4-09-
408130-5

ヒル, スチュアート　*Hill, Stuart*　　　　　　　ファンタジー, ヤングアダルト

イギリスの作家。1958年レスター生まれ。自動車整備工、墓地の庭師、考古学の研究員などの
仕事を経験。2005年書店員として働きながら書き上げた『アイスマーク』でデビューし、人気
シリーズとなる。レスター在住。

最近の翻訳書

◇『**アイスマーク　2　炎の刻印**』　*Blade of fire*　スチュアート・ヒル著, 金原
瑞人, 中村浩美訳　ヴィレッジブックス　2009.11　757p　22cm　2300円
①978-4-86332-195-3

◇『**アイスマーク―赤き王女の剣**』　*The cry of the icemark*　スチュアート・ヒ
ル著, 金原瑞人, 中村浩美訳　ヴィレッジブックス　2007.6　563p　22cm
1900円　①978-4-7897-2784-6

ヒル, トニ　*Hill, Toni*　　　　　　　　　　　　　　　　　　スリラー

スペインの作家。1966年バルセロナ生まれ。心理学で学位を取得するが、書籍編集者や翻訳
家としてキャリアを積む。翻訳を手がけた英米作家はジョナサン・サフラン・フォア、デビッ
ド・セダリスなど多数。2011年警察小説『死んだ人形たちの季節』で小説家デビューし、スペ
インでベストセラーとなった。

最近の翻訳書

◇『**よき自殺**』　*LOS BUENOS SUICIDAS*　トニ・ヒル著, 宮﨑真紀訳　集英社
2015.10　463p　16cm　（集英社文庫　ヒ7-2）　940円　①978-4-08-760712-3

◇『**死んだ人形たちの季節**』　*EL VERANO DE LOS JUGUETES MUERTOS*
トニ・ヒル著, 宮﨑真紀訳　集英社　2014.10　455p　16cm　（集英社文庫

海外文学　新進作家事典　　　ヒントフ

ヒ7-1)　920円　①978-4-08-760692-8

ビルストン, サラ　*Bilston, Sarah*　　　　　文学

イギリス生まれの作家。ロンドン大学で修士号、オックスフォード大学で博士号を取得。その後、アメリカのコネティカット州に移住し、ハートフォード大学で教鞭を執る。ビクトリア朝に関する学術書があるほか、2006年初の小説『Qの「絶対安静」ダイアリー』を発表。

最近の翻訳書

◇『Qの「絶対安静」ダイアリー──ママになるまで、じっとガマンの3カ月』
　Bed rest　サラ・ビルストン著, 高山祥子訳　ソフトバンククリエイティブ
　2007.4　301p　19cm　1700円　①978-4-7973-3312-1

ヒレンブラント, トム　*Hillenbrand, Tom*　　　ミステリー, SF

ドイツの作家。1972年西ドイツ・ハンブルク生まれ。「シュピーゲル・オンライン」の経済コラムや、名探偵シェフが活躍するミステリー・シリーズで人気を博す。2014年『ドローンランド』を発表。フリードリヒ・グラウザー賞（ドイツ推理作家協会賞）とクルト・ラスヴィッツ賞という、ドイツ語圏のミステリー、SFの主要賞を同時に受賞し、高い評価を得る。

最近の翻訳書

◇『ドローンランド』　*DROHNENLAND*　トム・ヒレンブラント著, 赤坂桃子
　訳　河出書房新社　2016.1　405p　19cm　2800円　①978-4-309-20695-0

ピロー, ミシェル・M.　*Pillow, Michelle M.*　　　ロマンス

アメリカの作家。アメリカ中西部の生まれで、1男5女の6人きょうだい。2004年頃から本格的に作品を発表。ヒストリカル、パラノーマル、エロティカ、コンテンポラリーとどんな分野も手がけるロマンス作家で、Eブックを含めるとすでに50点以上の作品がある。「ロマンチック・タイムズ」誌の書評家賞など、受賞多数。〈Dragon Lords〉〈Lords of the Var〉〈Lords of the Abyss〉〈Divinity Warriors〉などのシリーズがある。写真家としての顔も持つ。

最近の翻訳書

◇『オタク男とエッチな彼女』　*Bit by the bug*　ミシェル・M.ピロー著, 松井里
　弥訳　集英社　2010.5　363p　16cm　（集英社文庫　ヒ6-1─［ラヴァーズ
　＆シスターズ］）　781円　①978-4-08-760604-1

ピントフ, ステファニー　*Pintoff, Stefanie*　　　ミステリー, スリラー

アメリカの作家。コロンビア大学ロー・スクールを卒業し、ニューヨーク大学で文学博士号を取得。検事、教師などを経て、2009年のデビュー作『邪悪』で、セント・マーティンズ社とアメリカ探偵作家クラブ（MWA）が共催した第1回ミナト・ブックス・ミステリーコンテストの第1席を獲得したほか、10年MWA賞最優秀新人賞を受賞。アガサ賞、アンソニー賞、マカヴィティ賞の各新人賞にもノミネートされた。同作は〈Simon Ziele〉としてシリーズ化され、第2作『ピグマリオンの冷笑』（10年）、第3作『Secret of The White Rose』（11年）と続く。ニューヨーク市マンハッタン在住。

最近の翻訳書

◇『ピグマリオンの冷笑』　*A curtain falls*　ステファニー・ピントフ著, 七搦理
　美子訳　早川書房　2011.7　504p　16cm　（ハヤカワ・ミステリ文庫）

HM378-2） 980円 ①978-4-15-179102-4

◇『邪悪』 *IN THE SHADOW OF GOTHAM* ステファニー・ピントフ著, 七搦理美子訳 早川書房 2011.1 478p 15cm （ハヤカワ・ミステリ文庫） 940円 ①978-4-15-179101-7

〔 フ 〕

ファウアー, アダム *Fawer, Adam*　　　　　　　　　　　　スリラー, サスペンス

アメリカの作家。1970年生まれ。幼い頃に病で視力を失い、度重なる手術のため少年時代の多くを病院で過ごし、病床で小説の朗読テープを聴いていた。やがて視力が回復、ペンシルベニア大学で統計学を学び、スタンフォード大学でMBAを取得。有名企業でマーケティングを担当する傍ら、一念発起して執筆した『数学的にありえない』（2005年）で作家デビュー。日米独伊ほか15カ国以上で出版されるベストセラーとなり、06年第1回世界スリラー作家クラブ新人賞を受賞した。

最近の翻訳書

◇『心理学的にありえない 上』 *Empath（y）* アダム・ファウアー著, 矢口誠訳 文藝春秋 2014.3 446p 16cm （文春文庫 フ31-3） 820円 ①978-4-16-790065-6

◇『心理学的にありえない 下』 *Empath（y）* アダム・ファウアー著, 矢口誠訳 文藝春秋 2014.3 427p 16cm （文春文庫 フ31-4） 820円 ①978-4-16-790066-3

◇『心理学的にありえない 上』 *Empath（y）* アダム・ファウアー著, 矢口誠訳 文藝春秋 2011.9 423p 20cm 2000円 ①978-4-16-380860-4

◇『心理学的にありえない 下』 *Empath（y）* アダム・ファウアー著, 矢口誠訳 文藝春秋 2011.9 394p 20cm 2000円 ①978-4-16-380870-3

◇『数学的にありえない 上』 *Improbable* アダム・ファウアー著, 矢口誠訳 文藝春秋 2009.8 362p 16cm （文春文庫 フ31-1） 733円 ①978-4-16-770575-6

◇『数学的にありえない 下』 *Improbable* アダム・ファウアー著, 矢口誠訳 文藝春秋 2009.8 371p 16cm （文春文庫 フ31-2） 733円 ①978-4-16-770576-3

◇『数学的にありえない 上』 *Improbable* アダム・ファウアー著, 矢口誠訳 文藝春秋 2006.8 317p 20cm 2095円 ①4-16-325310-6

◇『数学的にありえない 下』 *Improbable* アダム・ファウアー著, 矢口誠訳 文藝春秋 2006.8 319p 20cm 2095円 ①4-16-325320-3

ファウラー, テレーズ *Fowler, Therese*　　　　　　　　　　　　　　　　　文学

アメリカの作家。イリノイ州出身。大学で創作学科コースの学位を取得。2007年『愛してる。ずっと愛してた。』を出版。ノースカロライナ州立大学の客員教授も務める。夫と2人の息子とノースカロライナ州ローリーに在住。

最近の翻訳書

◇『愛してる。ずっと愛してた。 上』 *Souvenir* テレーズ・ファウラー著, 松井百合子, 早川麻百合訳 エンターブレイン 2008.4 269p 20cm 1700

海外文学　新進作家事典　　　　　　　　　　　　　　　　　　　フアレツ

　円　①978-4-7577-4160-7
◇『愛してる。ずっと愛してた。　下』　*Souvenir*　テレーズ・ファウラー著,
　森沢くみ子, 早川麻百合訳　エンターブレイン　2008.4　303p　20cm　1700
　円　①978-4-7577-4161-4

ファベロン＝パトリアウ, グスタボ　*Faverón Patriau, Gustavo*　　　　文学

ペルーの作家、文芸批評家、ジャーナリスト。1966年リマ生まれ。ペルー・カトリカ大学で文
学と言語学を専攻した後、アメリカ・コーネル大学大学院でスペイン語圏の文学を研究。メー
ン州のボードウィン大学で准教授として教鞭を執りながら執筆活動を行い、2010年『古書収
集家』で作家デビュー。05〜11年に書き綴ったブログ「プエンテ・アエレオ」(「空中の橋」の
意)はスペインの日刊紙「ABC」から"スペイン語圏において最も影響力のあるブログ"との
評価を受けた。

最近の翻訳書

◇『古書収集家』　*El Anticuario*　グスタボ・ファベロン＝パトリアウ著, 高野
　雅司訳　水声社　2014.12　284p　20cm　(フィクションの楽しみ)　2800円
　①978-4-8010-0079-7

ファルコネス, イルデフォンソ　*Falcones, Ildefonso*　　　　歴史, 文学

スペインの作家。1958年バルセロナ生まれ。本職は弁護士で、2006年に出版したした小説『海
のカテドラル』はホセ・マヌエル・ララ財団主催の年間ベストセラー小説賞をはじめとする
スペイン国内の各賞のほか、イタリアのジョヴァンニ・ボッカッチョ賞(07年)、フランスの
Fulbert de Chartres賞(09年)など海外でも文学賞を受賞、世界40カ国で翻訳・出版されるな
ど、高い評価を受ける。

最近の翻訳書

◇『海のカテドラル　上』　*La catedral del mar*　イルデフォンソ・ファルコネ
　ス著, 木村裕美訳　武田ランダムハウスジャパン　2010.5　523, 3p　15cm
　(RHブックス＋プラス　フ12-1)　950円　①978-4-270-10330-2
◇『海のカテドラル　下』　*La catedral del mar*　イルデフォンソ・ファルコネ
　ス著, 木村裕美訳　武田ランダムハウスジャパン　2010.5　545, 3p　15cm
　(RHブックス＋プラス　フ12-2)　950円　①978-4-270-10331-9

ファレッティ, ジョルジョ　*Faletti, Giorgio*　　　　ミステリー, スリラー

イタリアの作家、コメディアン、俳優。1950年〜2014年。イタリア・ピエモンテ州アスティ
生まれ。テレビの人気番組でコメディアンとして名を馳せる一方、作詞家としてもミーナ、ア
ンジェロ・ブランドゥアルディなどと組んで仕事をする。1994年サンレモ音楽祭に出場して
自ら歌い、準優勝と審査員賞を受賞。2002年に『僕は、殺す』で小説家デビュー。同作は3カ
月間ベストセラー1位となり、日本を含む世界25カ国で訳され、450万部を売り上げた。05年
ヴィア・ポー賞を受賞。俳優としても映画「Notte prima degli esami」(06年)でダヴィッド・
ディ・ドナテッロ賞候補となり、「シチリア！　シチリア！」(09年)などに出演した。

最近の翻訳書

◇『僕は、殺す　上』　*Io uccido*　ジョルジョ・ファレッティ著, 中田文, 村上圭
　輔訳　文藝春秋　2007.4　410p　16cm　(文春文庫)　667円　①978-4-16-
　770546-6
◇『僕は、殺す　下』　*Io uccido*　ジョルジョ・ファレッティ著, 中田文, 村上圭

輔訳　文藝春秋　2007.4　413p　16cm　（文春文庫）　667円　①978-4-16-770547-3

ファロン, ジェーン　*Fallon, Jane*　　　　ロマンス, ユーモア

イギリスの作家、テレビプロデューサー。1960年ロンドン生まれ。ロンドン大学卒。世界的人気を誇る連続ドラマ「イーストエンダーズ」など多数の番組を世に送り出すプロデューサーとして活躍。2007年ロンドンの広告業界を舞台に、嘘が下手でどこか憎めない主人公が繰り広げるスラップスティック・コメディ『マシューを捨てたくて』で作家デビュー。大学時代からのパートナーであるコメディアンのリッキー・ジャーヴェイズとともにロンドン北部在住。

最近の翻訳書

◇『マシューを捨てたくて』　*Getting rid of Matthew*　ジェーン・ファロン著, 大谷真弓訳　早川書房　2010.3　527p　16cm　（ハヤカワ文庫　フー1-1―イソラ文庫　13）　940円　①978-4-15-150013-8

ブイエー, ロブ　*Buyea, Rob*　　　　児童書

アメリカの作家、高校教師。コネティカット州の小学校で3年生と4年生を6年間教え、その後、マサチューセッツ州の高校に勤務。担当は生物学で、レスリングの指導にもあたる。2010年『テラプト先生がいるから』で作家デビュー。マサチューセッツ州ノースアンドーバー在住。

最近の翻訳書

◇『テラプト先生がいるから』　*BECAUSE OF MR.TERUPT*　ロブ・ブイエー作, 西田佳子訳　静山社　2013.7　287p　20cm　1600円　①978-4-86389-216-3

フィオラート, マリーナ　*Fiorato, Marina*　　　　文学

イギリスの作家。マンチェスター生まれ。オックスフォード大学で歴史学、ベネチア大学文学部でシェイクスピアを専攻。その後アート・デザインを学び、イラストレーター、俳優、映画評論家として活躍。ロックバンドのU2やローリング・ストーンズのツアー宣伝用の映画製作にも携わる。2008年『水の血脈』で作家デビュー。ロンドン在住。

最近の翻訳書

◇『水の血脈』　*The glassblower of Murano*　マリーナ・フィオラート著, 酒井裕美訳　ヴィレッジブックス　2012.1　413p　15cm　（ヴィレッジブックス　F-フ17-1）　860円　①978-4-86332-366-7

V.Z., セシリー　*V.Z., Cecily*　　　　文学, ヤングアダルト

アメリカの作家。1970年6月27日生まれ。ニューヨーク市マンハッタンで育ち、私立校に通う。2002年自らの経験を生かし、マンハッタンの私立学校を舞台とした小説『ゴシップガール』で作家デビュー、英米でベストセラーとなり、シリーズ化される。07年にはテレビドラマ化され、全6シーズンも続く大ヒット作品となった。

最近の翻訳書

◇『ゴシップガール　2』　*Gossip girl*　セシリー・V.Z.著, 鹿田昌美訳　ヴィレッジブックス　2009.12　351p　15cm　（ヴィレッジブックス　S-セ1-4）　700円　①978-4-86332-199-1

海外文学　新進作家事典　　　　　　　　　　フイツエ

◇『ゴシップガール　1』 *Gossip girl* セシリー・V.Z.著, 鹿田昌美訳　ヴィ
　レッジブックス　2009.12　314p　15cm　（ヴィレッジブックス　S-セ1-3）
　680円　①978-4-86332-198-4
◇『ゴシップガール—セリーナとブレアの物語　上』 *It had to be you* セシ
　リー・V.Z.著, 鹿田昌美訳　ヴィレッジブックス　2009.6　297p　15cm
　（ヴィレッジブックス　S-セ1-1）　680円　①978-4-86332-158-8
◇『ゴシップガール—セリーナとブレアの物語　下』 *It had to be you* セシ
　リー・V.Z.著, 鹿田昌美訳　ヴィレッジブックス　2009.6　283p　15cm
　（ヴィレッジブックス　S-セ1-2）　680円　①978-4-86332-159-5
◇『ゴシップガール　11』 *Don't you forget about me* セシリー・V.Z.著, 鹿田
　昌美訳　ヴィレッジブックス　2008.12　405p　19cm　1400円　①978-4-
　86332-104-5
◇『ゴシップガール　10』 *Would I lie to you* セシリー・V.Z.著, 鹿田昌美訳
　ヴィレッジブックス　2008.8　269p　19cm　1400円　①978-4-86332-066-6
◇『ゴシップガール　9』 *Only in your dreams* セシリー・V.Z.著, 鹿田昌美訳
　ヴィレッジブックス　2008.4　389p　19cm　1400円　①978-4-86332-007-9
◇『ゴシップガール　8』 *Nothing can keep us together* セシリー・V.Z.著, 鹿
　田昌美訳　ヴィレッジブックス　2007.8　362p　19cm　1400円　①978-4-
　7897-3142-3
◇『ゴシップガール　7』 *Nobody does it better* セシリー・V.Z.著, 鹿田昌美訳
　ヴィレッジブックス　2007.6　357p　19cm　1400円　①978-4-7897-3108-9
◇『ゴシップガール　6』 *You're the one that I want* セシリー・V.Z.著, 鹿田
　昌美訳　ヴィレッジブックス　2007.1　347p　19cm　1400円　①978-4-
　7897-3042-6
◇『ゴシップガール　5』 *I like it like that* セシリー・V.Z.著, 鹿田昌美訳　ソ
　ニー・マガジンズ　2006.6　323p　19cm　1300円　①4-7897-2870-6
◇『ゴシップガール　4』 *Because I'm worth it* セシリー・V.Z.著, 鹿田昌美
　訳　ソニー・マガジンズ　2006.3　373p　19cm　1300円　①4-7897-2811-0

フィツェック, セバスチャン　*Fitzek, Sebastian*　　　　　　　スリラー

ドイツの作家、放送作家。1971年西ドイツ・ベルリン生まれ。早くからテレビ・ラジオ局で
ディレクター、放送作家として活躍。2006年処女作『治療島』を刊行すると、直後にインター
ネットの通販サイト「Amazon」（ドイツ）で週間売り上げ1位となり、一躍注目を集める。第2
作の『ラジオ・キラー』(07年) もベストセラーとなり、本格スリラー作家の地位を不動のもの
にする。

最近の翻訳書

◇『アイ・コレクター』 *DER AUGENSAMMLER* セバスチャン・フィ
　ツェック著, 小津薫訳　早川書房　2012.4　405p　19cm　（HAYAKAWA
　POCKET MYSTERY BOOKS　1858）　1800円　①978-4-15-001858-0
◇『サイコブレイカー』 *Der Seelenbrecher* セバスチャン・フィツェック著,
　赤根洋子訳　柏書房　2009.7　376p　19cm　1500円　①978-4-7601-3557-8
◇『前世療法』 *Das Kind* セバスチャン・フィツェック著, 赤根洋子訳　柏書
　房　2008.6　446p　19cm　1600円　①978-4-7601-3348-2
◇『ラジオ・キラー』 *Amokspiel* セバスチャン・フィツェック著, 赤根洋子訳
　柏書房　2008.1　494p　19cm　1700円　①978-4-7601-3265-2

フイツツ　　　　　　　　海外文学　新進作家事典

◇『治療島』 *Die Therapie* セバスチャン・フィツェック著, 赤根洋子訳　柏
書房　2007.7　366p　19cm　1500円　①978-4-7601-3167-9

フィッツジェラルド, コナー　*Fitzgerald, Conor*　　　　ミステリー, スリラー

イギリスの作家。1964年ケンブリッジ生まれ。20代の頃にイタリアで暮らした後、翻訳家や
ジャーナリストとして大使館や国連などの仕事に従事。2010年CWA賞最優秀新人賞（ジョン・
クリーシー・ダガー賞）にノミネートされた『晩夏の犬―ローマ警察警視ブルーム』で作家デ
ビューし、以後、精力的に活動を続ける。

最近の翻訳書

◇『晩夏の犬―ローマ警察警視ブルーム』 *THE DOGS OF ROME* コナー・
フィッツジェラルド著, 加賀山卓朗訳　ヴィレッジブックス　2012.6　636p
15cm　（ヴィレッジブックス　F-フ18-1）　940円　①978-4-86332-389-6

フィッツパトリック, カイリー　*Fitzpatrick, Kylie*　　　　　　　歴史

デンマーク出身の作家。1964年オーストラリア人の両親の間にコペンハーゲンで生まれ、イ
ギリス、アメリカ、オーストラリアで育つ。女優やドキュメンタリーフィルムの調査員という
職を経て、フリーの脚本編集者となる。パートナーと娘とともにイギリスのサマセット在住。

最近の翻訳書

◇『九つめの緋色』 *The ninth stone* カイリー・フィッツパトリック著, 子安
亜弥訳　ランダムハウス講談社　2008.9　571p　15cm　950円　①978-4-
270-10228-2

フィッツパトリック, ベッカ　*Fitzpatrick, Becca*　　　ヤングアダルト, ミステリー

アメリカの作家。1979年生まれ、ユタ州センタービル出身。大学で健康科学の学位を取得後、
物語の執筆を始める。2009年『黒衣の天使と危険な恋』で作家デビュー。同作は全米で大ヒッ
トし、「ニューヨーク・タイムズ」紙のベストセラー・リストにランクイン。10年出版の続編
『Crescendo』もベストセラー・リストに入った。コロラド州在住。

最近の翻訳書

◇『黒衣の天使と危険な恋』 *Hush, hush* ベッカ・フィッツパトリック著, 宋
美沙訳　メディアファクトリー　2011.4　366p　19cm　1300円　①978-4-
8401-3877-2

フィーハン, クリスティン　*Feehan, Christine*　　　　ロマンス, ファンタジー

アメリカの作家。カリフォルニア州生まれ。1999年作家デビュー。デビュー作の『愛をささや
く夜明け』は同年のParanormal Excellence Awards in Romantic Literature（PEARL）で新人
賞を含む3部門を受賞。以後も同賞をたびたび受賞し、RITA賞にもノミネートされる。2007
年には『Dark Hunger』がコミック本としても発表された。"パラノーマル・ロマンスの女王"
と呼ばれる実力派ロマンス作家。夫と11人の子供とともにカリフォルニア州在住。

最近の翻訳書

◇『夜霧は愛とともに』 *Dark Gold* クリスティン・フィーハン著, 島村浩子訳
二見書房　2013.4　475p　15cm　（二見文庫　フ13-3―ザ・ミステリ・コレ
クション）　876円　①978-4-576-13033-0

海外文学　新進作家事典　　　　　　　　　　フイリツ

◇『愛がきこえる夜』 *Dark desire*　クリスティン・フィーハン著, 島村浩子訳
二見書房　2010.12　526p　15cm　（二見文庫　フ13-2—ザ・ミステリ・コレ
クション）　952円　①978-4-576-10162-0
◇『愛をささやく夜明け』 *Dark prince*　クリスティン・フィーハン著, 島村浩
子訳　二見書房　2010.4　520p　15cm　（二見文庫　フ13-1—ザ・ミステ
リ・コレクション）　952円　①978-4-576-10033-3

フィファー, シャロン　*Fiffer, Sharon*　　　　　　　　ミステリー, スリラー

アメリカの作家。1951年生まれ。イリノイ州カンカキー出身。実家は居酒屋。ライターの夫
と共同でアメリカ文学の追想録を編集した後、文学雑誌に発表した短編で作家デビュー。ノン
フィクションを2冊執筆した後、2001年アンティーク雑貨収集の趣味を生かした長編『掘り出
し物には理由がある』を発表、同作を第1作とした〈アンティーク雑貨探偵〉シリーズで人気を
博す。

最近の翻訳書

◇『月夜のかかしと宝探し』 *BURIED STUFF*　シャロン・フィファー著, 川
副智子訳　原書房　2015.2　406p　15cm　（コージーブックス　フ1-4—アン
ティーク雑貨探偵　4）　940円　①978-4-562-06036-8
◇『まったなしの偽物鑑定』 *THE WRONG STUFF*　シャロン・フィファー
著, 川副智子訳　原書房　2013.10　367p　15cm　（コージーブックス　フ1-
3—アンティーク雑貨探偵　3）　838円　①978-4-562-06020-7
◇『ガラス瓶のなかの依頼人』 *DEAD GUY'S STUFF*　シャロン・フィファー
著, 川副智子訳　原書房　2013.1　407p　15cm　（コージーブックス　フ1-2
—アンティーク雑貨探偵　2）　876円　①978-4-562-06011-5
◇『掘り出し物には理由（わけ）がある』 *KILLER STUFF*　シャロン・フィ
ファー著, 川副智子訳　原書房　2012.8　430p　15cm　（コージーブックス
フ1-1—アンティーク雑貨探偵　1）　886円　①978-4-562-06006-1

フィリップス, マリー　*Phillips, Marie*　　　　　　　　　　　ユーモア

イギリスの作家。1976年ロンドン生まれ。大学で人類学とドキュメンタリー映画制作を学ん
だ後、テレビ業界に2年間勤務。退職後は書店で働きながら執筆活動を開始。2007年『お行儀
の悪い神々』で作家デビュー、「ガーディアン」「タイムズ」「エル」「マリ・クレール」など英
米の主要紙誌で絶賛を浴びる。ロンドン在住。

最近の翻訳書

◇『わたしは女の子だから』 *BECAUSE I AM A GIRL*　ティム・ブッチャー,
グオ・シャオルー, ジョアン・ハリス, キャシー・レット, デボラ・モガー, マ
リー・フィリップス, アーヴィン・ウェルシュ著, 角田光代訳　英治出版
2012.11　251p　20cm　1600円　①978-4-86276-118-7　内容：「道の歌」ジョ
アン・ハリス著　「彼女の夢」ティム・ブッチャー著　「店を運ぶ女」デボラ・
モガー著　「卵巣ルーレット」キャシー・レット著　「あるカンボジア人の歌」
グオ・シャオルー著　「チェンジ」マリー・フィリップス著　「返答」サブハド
ラ・ベルベース著　「送金」アーヴィン・ウェルシュ著
◇『お行儀の悪い神々』 *Gods behaving badly*　マリー・フィリップス著, 青木
千鶴訳　早川書房　2009.3　405p　19cm　2000円　①978-4-15-209011-9

337

フィンチ, ポール　*Finch, Paul*　　　ホラー, ミステリー

イギリスの作家。ランカシャー州ウィガン生まれ。父親は脚本家のブライアン・フィンチ。ロンドン大学ゴールドスミス・カレッジで歴史学の学位を取得した後、グレーター・マンチェスター警察に入る。1988年ジャーナリストに転身、地元の新聞紙に記事を寄せながら、子供向けのアニメーションや刑事ドラマ「The Bill」で脚本家としても活動を始める。2001年処女作『Cape Wrath』で作家デビュー、同作はブラム・ストーカー賞にノミネートされた。ホラー作品を次々と発表し、『After Shocks』と『Kid』で英国幻想文学大賞を、『The Old North Road』で国際ホラーギルド賞を受賞。また、父から警察での経験を生かした小説執筆を勧められ、13年には〈ヘック部長刑事〉シリーズ第1作となる『調教部屋』を発表、人気シリーズとなる。

最近の翻訳書

◇『調教部屋』 *STALKERS* ポール・フィンチ著, 対馬妙訳　早川書房　2015.9　492p　16cm　（ハヤカワ・ミステリ文庫　HM 423-1）　1100円　①978-4-15-181351-1

フーヴァー, コリーン　*Hoover, Colleen*　　　ヤングアダルト

アメリカの作家。トレーラー暮らしで時給9ドルの仕事をしながら母親にプレゼントするために書いた『そして、きみが教えてくれたこと』が、自費出版を経て「ニューヨーク・タイムズ」紙のベストセラー・リスト入りし、人気作家の仲間入りを果たした。テキサス州で夫と3人の息子と暮らす。

最近の翻訳書

◇『そして、きみが教えてくれたこと』 *SLAMMED* コリーン・フーヴァー著, 鹿田昌美訳　ヴィレッジブックス　2014.7　386p　15cm　（ヴィレッジブックス　F-フ21-1）　780円　①978-4-86491-155-9

フェアスタイン, リンダ　*Fairstein, Linda*　　　ミステリー, スリラー

アメリカの作家。1947年生まれ。72年マンハッタン地方検察庁に入り、のち性犯罪訴追課長となる。94年ノンフィクション『Sexual Violence：Our War Against Rape』を出版し、「ニューヨーク・タイムズ」紙に"注目すべき本"として取り上げられる。96年自らの経験を生かして、マンハッタンの検察庁で性犯罪を追う女性検事補アレックスを主人公にしたサスペンス小説『誤殺』を発表して作家デビュー。シリーズ第4作『妄執』(2001年)はネロ・ウルフ賞を受賞したほか、マカヴィティ賞最優秀長編賞にもノミネートされた。

最近の翻訳書

◇『焦熱』 *Killer heat* リンダ・フェアスタイン著, 飯干京子訳　早川書房　2008.12　607p　16cm　（ハヤカワ・ミステリ文庫　HM264-10）　980円　①978-4-15-173360-4
◇『軋轢』 *Bad blood* リンダ・フェアスタイン著, 平井イサク訳　早川書房　2007.12　591p　16cm　（ハヤカワ・ミステリ文庫）　940円　①978-4-15-173359-8
◇『墜落』 *Death dance* リンダ・フェアスタイン著, 平井イサク訳　早川書房　2007.6　607p　16cm　（ハヤカワ・ミステリ文庫）　940円　①978-4-15-173358-1
◇『埋葬』 *Entombed* リンダ・フェアスタイン著, 平井イサク訳　早川書房　2006.12　587p　16cm　（ハヤカワ・ミステリ文庫）　940円　①4-15-173357-4

海外文学　新進作家事典　　　　　　フエイハ

◇『殺意』 *The kills* リンダ・フェアスタイン著, 平井イサク訳　早川書房
　2006.4　607p　16cm　（ハヤカワ・ミステリ文庫）　940円　①4-15-173356-6

フェイ, ウォーレン　*Fahy, Warren*　　　　　スリラー, **SF**

アメリカの作家。カリフォルニア州ハリウッド生まれ。書店員、統計アナリストなどを経て、
ビデオ・データベースの運営・編集、ゲームソフトのライター、ハイテクおもちゃの開発と
いったエンターテインメント・ビジネスに携わる。2009年『フラグメント 超進化生物の島』で
作家デビュー。カリフォルニア州サンディエゴ在住。

最近の翻訳書

◇『フラグメント―超進化生物の島』 *Fragment* ウォーレン・フェイ著, 漆原
　敦子訳　早川書房　2009.8　482p　19cm　1800円　①978-4-15-209058-4

フェイ, リンジー　*Faye, Lyndsay*　　　　　　　ミステリー

アメリカの作家、女優。カリフォルニア州生まれ。ノートルダム・ド・ナミュール大学卒。2005
年女優のオーディションを受けるためニューヨーク市マンハッタンに移る。27歳の時、切り裂
きジャックとシャーロック・ホームズを題材にした長編を書くという契約で、出版社から10万
ドルという異例の前払い金を受け取る。09年『Dust and Shadow』で作家デビュー。12年「パ
ブリッシャーズ・ウィークリー」誌年間ベストミステリーにランクイン。12年「カーカス」誌
年間ベスト犯罪小説にランクイン。13年アメリカ図書館協会トップフィクション・リスト・ミ
ステリー部門を受賞。

最近の翻訳書

◇『7は秘密』 *SEVEN FOR A SECRET* リンジー・フェイ著, 野口百合子訳
　東京創元社　2015.7　602p　15cm　（創元推理文庫　Mフ27-3―ニューヨー
　ク最初の警官）　1460円　①978-4-488-25105-5
◇『ゴッサムの神々―ニューヨーク最初の警官　上』 *THE GODS OF
　GOTHAM* リンジー・フェイ著, 野口百合子訳　東京創元社　2013.8　285p
　15cm　（創元推理文庫　Mフ27-1）　880円　①978-4-488-25103-1
◇『ゴッサムの神々―ニューヨーク最初の警官　下』 *THE GODS OF
　GOTHAM* リンジー・フェイ著, 野口百合子訳　東京創元社　2013.8　302p
　15cm　（創元推理文庫　Mフ27-2）　920円　①978-4-488-25104-8

フェイバー, ミッシェル　*Faber, Michel*　　　　　**SF**, 歴史

イギリスの作家。1960年4月13日オランダのハーグで生まれ、67年家族とオーストラリアへ移
住。92年からはスコットランドで暮らす。看護師として働いた経験もあり、短編集『Some Rain
Must Fall』（98年）で作家デビュー。2000年初の長編小説『アンダー・ザ・スキン』を発表、世
界20カ国で出版される。

最近の翻訳書

◇『天使の渇き』 *The crimson petal and the white* ミッシェル・フェイバー
　著, 黒原敏行訳　アーティストハウスパブリッシャーズ　2006.3　845p
　20cm　2800円　①4-86234-004-0

フエリス   海外文学　新進作家事典

フェリス, ジョシュア　*Ferris, Joshua*　　　　　　　　　　　　文学, ユーモア

アメリカの作家。1974年11月8日生まれ。アイオワ大学を卒業後、シカゴの広告代理店に勤務。
その後、大学の創作科を経て、執筆活動に入る。2007年『私たち崖っぷち』で長編デビュー
し、"その年もっとも話題を呼んだ新人作家"となる。08年にはPEN／ヘミングウェイ賞を受賞。
また「ニューヨーカー」「グランタ」「ティン・ハウス」など各誌に短編を発表。「ニューヨー
カー」誌が選ぶ"40歳以下の最も優れた作家20人"に選ばれる。ニューヨーク在住。

最近の翻訳書

◇『私たち崖っぷち　上』*Then we came to the end*　ジョシュア・フェリス
　著, 篠森ゆりこ訳　河出書房新社　2011.4　227p　20cm　1600円　①978-4-
　309-20561-8

◇『私たち崖っぷち　下』*Then we came to the end*　ジョシュア・フェリス
　著, 篠森ゆりこ訳　河出書房新社　2011.4　227p　20cm　1600円　①978-4-
　309-20562-5

プエルトラス, ロマン　*Puértolas, Romain*　　　　　　　　　　　文学, ユーモア

フランスの作家。1975年モンペリエ生まれ。作曲家、語学教師、航空管制官などを経て、国境
警察本部の警部補を務めながら、2013年『IKEAのタンスに閉じこめられたサドゥーの奇想天
外な旅』で作家デビュー。その後、警察を休職して執筆に専念。

最近の翻訳書

◇『エッフェル塔くらい大きな雲を呑んでしまった少女』*La petite fille qui*
　avait avalé un nuage grand comme la tour Eiffel　ロマン・プエルトラス著,
　吉田恒雄訳　小学館　2015.6　284p　15cm　（小学館文庫　フ7-2）　700円
　①978-4-09-406119-2

◇『**IKEAのタンスに閉じこめられたサドゥーの奇想天外な旅**』
　L'EXTRAORDINAIRE VOYAGE DU FAKIR QUI ÉTAIT RESTÉ
　COINCÉ DANS UNE ARMOIRE IKEA　ロマン・プエルトラス著, 吉田恒
　雄訳　小学館　2014.10　285p　15cm　（小学館文庫　フ7-1）　700円
　①978-4-09-406025-6

フェルフルスト, ディミトリ　*Verhulst, Dimitri*　　　　　　　　　　文学

ベルギーの作家。1972年ベルギーのオランダ語圏であるフランダース生まれ。大学のゲルマ
ン語学科に進むがほどなく退学。ピザの宅配、市役所職員などの傍ら創作に取り組む。99年
『隣の部屋』で作家デビュー。以後、毎年新作を発表。2006年刊行の『残念な日々』は自身の
子供時代に材をとった連作短編集で、ベルギー、オランダで20万部のベストセラーとなり、金
の栞賞、金のフクロウ文学賞読者賞、高校生によるインクトアープ賞を受賞。

最近の翻訳書

◇『残念な日々』*De helaasheid der dingen*　ディミトリ・フェルフルスト著,
　長山さき訳　新潮社　2012.2　247p　20cm　（Crest books）　1900円
　①978-4-10-590094-6

フェンキノス, ダヴィド　*Foenkinos, David*　　　　　　　　　　　　ロマンス

フランスの作家、映画監督。1974年10月28日パリ生まれ。ソルボンヌ大学で文学を専攻。ジャ
ズ・ギターのインストラクターを経て、2001年『Inversion de l'idiotie』で作家デビュー。04

年『Le potentiel érotique de ma femme』でロジェ・ニミエ賞を受賞。09年の恋愛小説『ナタリー』はフランス国内で25万部のベストセラーとなり、11年にはオドレイ・トトゥ主演で映画化され、兄のステファンとともに共同監督を務めた。フランスで最も注目されている若手作家の一人。

最近の翻訳書

◇『ナタリー』 *LA DÉLICATESSE* ダヴィド・フェンキノス著, 中島さおり
　訳　早川書房　2012.6　255p　19cm　1700円　①978-4-15-209303-5

フォア, ジョナサン・サフラン　*Foer, Jonathan Safran*　　　　文学

アメリカの作家。1977年2月21日生まれ。ワシントンD.C.出身。プリンストン大学で哲学を専攻。同大学の教授で著名な作家でもあるジョイス・キャロル・オーツの薫陶を受けた後、本格的に小説の執筆を始める。卒業後、数々の仕事を経て、99年ウクライナを訪れたことをきっかけに、2002年『エブリシング・イズ・イルミネイテッド』を執筆。デビュー作である同作でガーディアン新人賞ほか多数の賞を受賞した。ニューヨーク市ブルックリン在住。

最近の翻訳書

◇『ものすごくうるさくて、ありえないほど近い』 *Extremely loud & incredibly
close* ジョナサン・サフラン・フォア著, 近藤隆文訳　NHK出版　2011.7
　486p　21cm　2300円　①978-4-14-005603-5

フォアマン, ゲイル　*Forman, Gayle*　　　　ヤングアダルト

アメリカの作家。オレゴン州出身。ジャーナリストとして、雑誌「セブンティーン」などでさまざまな社会問題を取り上げる。その経験を生かし、2007年ヤングアダルト向けの小説『Sisters in Sanity』で作家デビュー。14年第2作の『ミアの選択』(09年)が、「イフ・アイ・ステイ　愛が還る場所」として映画化された。

最近の翻訳書

◇『ミアの選択』 *If I stay* ゲイル・フォアマン著, 三辺律子訳　小学館
　2009.11　255p　19cm　(Super！　YA)　1400円　①978-4-09-290520-7

フォーク, ニック　*Falk, Nick*　　　　児童書

イギリスの作家、実験心理学者。イギリスで働いた後、アメリカ、インド、中国を旅行してオーストラリアへ。タスマニアで暮らしていた時、2人の息子のために本を書き、のち〈Samurai vs Ninja〉シリーズ、〈サウルスストリート〉シリーズ、〈Billy is a Dragon〉シリーズ(未訳)など、幼児向けの著書を出版。2015年イギリスに戻る。ロンドン在住。

最近の翻訳書

◇『大パニック！ よみがえる恐竜』 *A diplodocus trampled my teepee* ニック・フォーク作, 浜田かつこ訳, K-SuKe画　金の星社　2015.9　134p　20cm
　(サウルスストリート)　1300円　①978-4-323-05810-8

フォークナー, ブライアン　*Falkner, Brian*　　　　児童書, ファンタジー

ニュージーランドの作家。1962年オークランド生まれ。大学でコンピューターを学ぶが、幼い頃からの夢をあきらめられず、ジャーナリズムを勉強しながら、作家を目指す。2003年『Henry and the Flea (ヘンリーとフリー)』(未訳)でデビュー。06年、09年とニュージーランド・ポス

ト児童賞の候補に挙がる。09年ニュージーランドの児童図書賞であるLIANZA賞を受賞。オークランドで妻と2人の子供と暮らす。

最近の翻訳書

◇『盗まれたコカ・コーラ伝説』 *The real thing* ブライアン・フォークナー作，三辺律子訳　小学館　2010.4　285p　20cm　1500円　①978-4-09-290536-8

フォゲリン, エイドリアン　*Fogelin, Adrian*　　　児童書, ヤングアダルト

アメリカの作家。美術学校を卒業後、ボルティモアの動物園で専属イラストレーターとして働くうちに、動物写真家の夫と知り合う。1978年に娘が生まれたのを機にフロリダに移住し、アルバイトをしながら細々と執筆をつづけた。2000年自らが暮らす町を舞台にした『ジェミーと走る夏』で作家デビューし、アメリカ・ヤングアダルト図書館サービス協会（YALSA）の最優秀図書に選ばれるなど、高い評価を受ける。フロリダ州タラハシー在住。

最近の翻訳書

◇『ジェミーと走る夏』 *Crossing Jordan* エイドリアン・フォゲリン作，千葉茂樹訳　ポプラ社　2009.7　295p　20cm　（ポプラ・ウイング・ブックス　38）　1400円　①978-4-591-10985-4

フォーサイス, ケイト　*Forsyth, Kate*　　　児童書, ファンタジー

オーストラリアの作家。1966年シドニー生まれ。7歳の頃から小説を書き始める。97年〈エリアナンの魔女〉シリーズの第1作『魔女メガンの弟子』で作家デビュー、98年雑誌「ローカス」のベストファーストノベルに選ばれる。以後、多くの作品を発表、12カ国で翻訳・出版され、アメリカのシビル賞にもノミネートされた。シドニー大学で教鞭を執る傍ら、執筆を続ける。シドニー在住。

最近の翻訳書

◇『薔薇と茨の塔　下』 *The cursed towers* ケイト・フォーサイス作，井辻朱美訳　徳間書店　2011.6　323p　19cm　（エリアナンの魔女　6）　1700円　①978-4-19-863147-5

◇『薔薇と茨の塔　上』 *The cursed towers* ケイト・フォーサイス作，井辻朱美訳　徳間書店　2011.5　356p　19cm　（エリアナンの魔女　5）　1700円　①978-4-19-863146-8

◇『黒き翼の王　下』 *The pool of two moons* ケイト・フォーサイス作，井辻朱美訳　徳間書店　2011.4　326p　19cm　（エリアナンの魔女　4）　1700円　①978-4-19-863144-4

◇『黒き翼の王　上』 *The pool of two moons* ケイト・フォーサイス作，井辻朱美訳　徳間書店　2011.2　345p　19cm　（エリアナンの魔女　3）　1700円　①978-4-19-863120-8

◇『魔女メガンの弟子　下』 *Dragonclaw* ケイト・フォーサイス作，井辻朱美訳　徳間書店　2011.1　252p　19cm　（エリアナンの魔女　2）　1700円　①978-4-19-863109-3

◇『魔女メガンの弟子　上』 *Dragonclaw* ケイト・フォーサイス作，井辻朱美訳　徳間書店　2010.12　314p　19cm　（エリアナンの魔女　1）　1700円　①978-4-19-863091-1

海外文学　新進作家事典　　　　　　　　　　フォト

フォックス, ヘレン　*Fox, Helen*　　　　　　　　　　SF, ファンタジー

イギリスの作家。オックスフォード大学で歴史と現代語を学ぶ。小学校教師、観光ガイド、女優などさまざまな職業を経験するうち、物語の創作に興味を持つ。2004年『EGR 3』で作家デビューし、現在は作家活動に専念。コンピューター科学者の夫とロンドン在住。

最近の翻訳書

◇『EGR 3』 *Eager*　ヘレン・フォックス著, 三辺律子訳　あすなろ書房
　　2006.4　374p　20cm　1600円　①4-7515-2200-0

フォーティア, アン　*Fortier, Anne*　　　　　　　　　　ミステリー, ロマンス

デンマーク出身の作家。1971年生まれ。11歳から小説を書き始め、13歳で出版社に持ち込む。2002年映画業界で働くためにアメリカへ移住。映像作品にエミー賞を受賞したドキュメンタリー「ファイアー＆アイス」(共同プロデュース) などがある。05年デンマークで小説『Hyrder på bjerget』を出版。10年に発表した小説『ジュリエット』は30カ国以上で翻訳された。

最近の翻訳書

◇『ジュリエット　上』 *Juliet*　アン・フォーティア著, 中谷ハルナ訳　角川書
　　店　2011.3　357p　19cm　1900円　①978-4-04-791642-5
◇『ジュリエット　下』 *Juliet*　アン・フォーティア著, 中谷ハルナ訳　角川書
　　店　2011.3　397p　19cm　1900円　①978-4-04-791641-8

フォーデン, ジャイルズ　*Foden, Giles*　　　　　　　　　　文学

イギリスの作家。1967年ウォーリックシャー州生まれ。5歳で父親の仕事のために家族とアフリカへ。マウイ、ナイジェリア、タンザニア、エチオピア、ウガンダと移り住んだ後、帰国。ケンブリッジ大学卒業後、「タイムズ文芸付録」に勤務。「ガーディアン」紙の文芸局副編集長として働きながら執筆した『スコットランドの黒い王様』で作家デビュー。98年度ウィットブレッド賞処女長編小説賞を受賞。ノーフォークに在住。

最近の翻訳書

◇『乱気流　上巻』 *Turbulence*　ジャイルズ・フォーデン著, 村上和久訳　新
　　潮社　2010.11　255p　16cm　(新潮文庫　フー56-1)　552円　①978-4-10-
　　217761-7
◇『乱気流　下巻』 *Turbulence*　ジャイルズ・フォーデン著, 村上和久訳　新
　　潮社　2010.11　303p　16cm　(新潮文庫　フー56-2)　590円　①978-4-10-
　　217762-4

フォード, ジェイミー　*Ford, Jamie*　　　　　　　　　　文学

アメリカの作家。1968年生まれ。曾祖父は中国から移住した中国系アメリカ人。自身は12歳までオレゴン州で育つ。短編小説でいくつか賞を受賞した後、2009年『あの日、パナマホテルで』で本格的に作家デビュー。同作は全米110万部を超えるヒットを記録し、「ニューヨーク・タイムズ」紙のベストセラー・リストに100週以上連続でランクイン。10年にはアジア・太平洋文学賞も受賞した。モンタナ州在住。

最近の翻訳書

◇『あの日、パナマホテルで』 *Hotel on the corner of bitter and sweet*　ジェ
　　イミー・フォード著, 前田一平訳　集英社　2011.12　479p　16cm　(集英社

343

フオト　　　　　　　　海外文学　新進作家事典

文庫　フ31-1）　857円　⓵978-4-08-760639-3

フォード, G.M.　*Ford, G.M.*　　　　　　　　　　　ミステリー, スリラー

アメリカの作家。ニューヨーク州生まれ。幼い頃からミステリーを読みふけり、作家を志す。長年コミュニティカレッジで創作講座を担当した後、40歳を過ぎた1995年、私立探偵レオ・ウォーターマン初登場作の『手負いの森』でデビュー、“ハードボイルドの伝統的な枠組に見事に新風を吹き込んだ”と話題になり、アンソニー賞とシェイマス賞最優秀新人賞にノミネートされる。

最近の翻訳書

◇『**毒魔**』　*Red tide*　G.M.フォード著, 三川基好訳　新潮社　2007.3　523p
16cm　（新潮文庫）　819円　⓵978-4-10-202114-9

フォード, ジャスパー　*Fforde, Jasper*　　　　　　　　　SF, ファンタジー

イギリスの作家。1961年ウェールズ生まれ。高校卒業後、映画業界入り。撮影助手を経て、2001年〈文学刑事サーズデイ・ネクスト〉シリーズの第1作『ジェイン・エアを探せ！』で作家デビュー。ウェールズ在住。

最近の翻訳書

◇『**文学刑事サーズデイ・ネクスト　3　上　だれがゴドーを殺したの？**』　*The Well of Lost Plots*　ジャスパー・フォード著, 田村源二訳　ヴィレッジブックス　2007.1　292p　19cm　2600円　⓵978-4-86332-535-7
◇『**文学刑事サーズデイ・ネクスト　3　下　だれがゴドーを殺したの？**』　*The Well of Lost Plots*　ジャスパー・フォード著, 田村源二訳　ヴィレッジブックス　2007.1　338p　19cm　2600円　⓵978-4-86332-536-4

フォールズ, カット　*Falls, Kat*　　　　　　　　　　ヤングアダルト, SF

アメリカの作家。メリーランド州シルバースプリング生まれ。ノースウェスタン大学で脚本の書き方を教える。2010年『ダーク・ライフ―海底の世界』で作家デビュー。地上、海中、あらゆる生物に関心を持つ。イリノイ州エバンストン在住。

最近の翻訳書

◇『**ダーク・ライフ―海底の世界　上**』　*DARK LIFE*　カット・フォールズ著, 岡本由香子訳　KADOKAWA　2016.1　190p　19cm　900円　⓵978-4-04-103968-7
◇『**ダーク・ライフ―海底の世界　下**』　*DARK LIFE*　カット・フォールズ著, 岡本由香子訳　KADOKAWA　2016.1　190p　19cm　900円　⓵978-4-04-103969-4

フォワード, サイモン　*Forward, Simon*　　　　　　　　　　　　SF

イギリスの作家。1967年コーンウォール州ペンザンス生まれ。英文学、歴史学、情報工学を学んだ後、コンピュータープログラマーとして働く。一方、作家になるという幼い頃からの夢を持ち続け、99年BBCドラマの〈ドクター・フー〉シリーズをもとにした短編集でデビュー。生まれ故郷のペンザンス在住。

海外文学　新進作家事典　　　　　　　　　　　フツシユ

最近の翻訳書

◇『魔術師マーリン　1　運命の出会い』 *Merlin*　サイモン・フォワード著,
　ジュリアン・ジョーンズ原案, 杉田七重訳　角川書店　2009.10　205p　15cm
　（角川文庫　15901）　514円　①978-4-04-298202-9

フォンベル, ティモテ・ド　*Fombelle, Timothée de*　　　　　　児童書

フランスの作家。1973年パリ生まれ。フランスとベトナムで文学の教師を務める。のち演劇
に転向し、90年劇団を結成、演劇のための脚本を手がける。2002年アヴィニョンのフェスティ
バルのオープニングで、著書『Je danse toujours（ぼくはずっと踊っている）』が朗読された。
06年初の小説『トビー・ロルネス』を発表、同作はサン・テグジュペリ賞をはじめ、フランス
国内外で12の賞を受賞、国際的な成功を収めた。

最近の翻訳書

◇『トビー・ロルネス　4　最後の戦い』 *Tobie Lolness*　ティモテ・ド・フォン
　ベル作, フランソワ・プラス画, 伏見操訳　岩崎書店　2009.3　301p　19cm
　900円　①978-4-265-04094-0
◇『トビー・ロルネス　3　エリーシャの瞳』 *Tobie Lolness*　ティモテ・ド・
　フォンベル作, フランソワ・プラス画, 伏見操訳　岩崎書店　2009.2　337p
　19cm　900円　①978-4-265-04093-3
◇『トビー・ロルネス　2　逃亡者』 *Tobie Lolness*　ティモテ・ド・フォンベル
　作, フランソワ・プラス画, 伏見操訳　岩崎書店　2008.10　284p　19cm
　900円　①978-4-265-04092-6
◇『トビー・ロルネス　1　空に浮かんだ世界』 *Tobie Lolness：la vie*
　suspendue　ティモテ・ド・フォンベル作, フランソワ・プラス画, 伏見操訳
　岩崎書店　2008.7　277p　19cm　900円　①978-4-265-04091-9

ブース, スティーヴン　*Booth, Stephen*　　　　　ミステリー, スリラー

イギリスの作家。ランカシャー州バーンリー生まれ。13歳で最初の小説を書き、その後も作
家になる夢を持ちつづけ、バーミンガム大学を卒業後、ジャーナリストとなる。1999年『The
Only Dead Thing』でリッチフィールド賞を受賞。2000年〈ベン・クーパー＆ダイアン・フラ
イ〉シリーズの第1作『黒い犬』を出版、イギリスのみならずアメリカやカナダでも好評を博
し、バリー賞を受賞。01年27年間のジャーナリスト生活を辞め、作家生活に専念する。同年に
出版されたシリーズ第2作『死と踊る乙女』で2年連続バリー賞を受賞し、CWA賞ゴールド・
ダガー賞にもノミネートされた。

最近の翻訳書

◇『死と踊る乙女　上』 *Dancing with the virgins*　スティーヴン・ブース著,
　宮脇裕子訳　東京創元社　2006.7　348p　15cm　（創元推理文庫）　900円
　①4-488-25703-8
◇『死と踊る乙女　下』 *Dancing with the virgins*　スティーヴン・ブース著,
　宮脇裕子訳　東京創元社　2006.7　347p　15cm　（創元推理文庫）　900円
　①4-488-25704-6

ブッシュ, ペトラ　*Busch, Petra*　　　　　　　　　　　　　　　　ミステリー

ドイツの作家。1967年西ドイツ・メーアスブルク生まれ。大学で数学、情報科学、文学史や
音楽学を学ぶ。中世の研究で博士号を取得。ジャーナリストやコピーライターとしても活躍。

345

フツチヤ　　　　　　　海外文学　新進作家事典

2011年作家デビュー作の『漆黒の森』でドイツ推理作家協会賞新人賞を受賞。

最近の翻訳書

◇『漆黒の森』 *SCHWEIG STILL, MEIN KIND* ペトラ・ブッシュ著, 酒寄
進一訳 東京創元社 2015.2 472p 15cm （創元推理文庫 Mフ31-1）
1280円 ①978-4-488-26003-3

ブッチャー, ジム　Butcher, Jim　　　　　　　　　　SF, ファンタジー

アメリカの作家。1971年ミズーリ州インディペンデンス生まれ。ファストフード店から掃除
機のセールスまでさまざまな職業を経て、2000年〈ドレスデン〉シリーズの第1作である『ドレ
スデン・ファイル―魔を呼ぶ嵐』でデビュー。本シリーズは、ニコラス・ケイジ製作総指揮に
よりテレビドラマ化もされた。ほかに〈Codex Alera〉シリーズがある。

最近の翻訳書

◇『ドレスデン・ファイル　3　血塗られた墓』 *Grave peril* ジム・ブッチャー
著, 田辺千幸訳 早川書房 2008.12 527p 16cm （ハヤカワ文庫
FT485） 940円 ①978-4-15-020485-3
◇『ドレスデン・ファイル　2　狂った月』 *Fool moon* ジム・ブッチャー著,
田辺千幸訳 早川書房 2008.8 431p 16cm （ハヤカワ文庫 FT） 840
円 ①978-4-15-020475-4
◇『ドレスデン・ファイル―魔を呼ぶ嵐』 *Storm front* ジム・ブッチャー著,
田辺千幸訳 早川書房 2007.6 383p 16cm （ハヤカワ文庫） 760円
①978-4-15-020445-7

ブートナー, ロバート　Buettner, Robert　　　　　　　　SF, スリラー

アメリカの作家。1947年7月7日ニューヨーク州マンハッタン島生まれ。ウースター大学で地
質学と地理学を専攻した後、シンシナティ大学で法務博士号を取得。大学卒業後は陸軍に入
隊し、情報士官として勤務。除隊後、鉱物資源の探査の仕事に携わるほか、サウスウエスタ
ン・リーガル・ファウンデーションの理事も務める。2004年『孤児たちの軍隊』でSF界にデ
ビュー。

最近の翻訳書

◇『孤児たちの軍隊　5　星間大戦終結』 *ORPHAN'S TRIUMPH* ロバート・
ブートナー著, 月岡小穂訳 早川書房 2015.10 479p 16cm （ハヤカワ文
庫 SF 2034） 1000円 ①978-4-15-012034-4
◇『孤児たちの軍隊　4　人類連盟の誕生』 *ORPHAN'S ALLIANCE* ロバー
ト・ブートナー著, 月岡小穂訳 早川書房 2015.7 399p 16cm （ハヤカ
ワ文庫 SF 2018） 920円 ①978-4-15-012018-4
◇『孤児たちの軍隊　3　銀河最果ての惑星へ』 *ORPHAN'S JOURNEY* ロ
バート・ブートナー著, 月岡小穂訳 早川書房 2014.12 527p 16cm （ハ
ヤカワ文庫 SF 1984） 1080円 ①978-4-15-011984-3
◇『孤児たちの軍隊　2　月軌道上の決戦』 *ORPHAN'S DESTINY* ロバー
ト・ブートナー著, 月岡小穂訳 早川書房 2014.6 431p 16cm （ハヤカ
ワ文庫 SF 1964） 940円 ①978-4-15-011964-5
◇『孤児たちの軍隊―ガニメデへの飛翔』 *ORPHANAGE* ロバート・ブート
ナー著, 月岡小穂訳 早川書房 2013.10 431p 16cm （ハヤカワ文庫 SF
1923） 940円 ①978-4-15-011923-2

海外文学　新進作家事典　**フライア**

フュアリー, ドルトン　*Fury, Dalton*　スリラー

アメリカの作家。アメリカ陸軍特殊部隊デルタ・フォースの元部隊指揮官で、2001年国際テロ組織アルカイダの最高指導者だったオサマ・ビンラディンを捜し出し、殺害する任務を与えられた。08年その任務を詳述したノンフィクション『Kill Bin Laden』を発表し、ベストセラーとなる。12年初の冒険小説『極秘偵察』を発表。

最近の翻訳書

◇『**極秘偵察**』 *BLACK SITE* ドルトン・フュアリー著, 熊谷千寿訳　早川書房　2014.8　509p　16cm　（ハヤカワ文庫 NV　1310）　1060円　①978-4-15-041310-1

ブライアン, ケイト　*Brian, Kate*　ヤングアダルト, ミステリー

別筆名＝スコット, キーラン〈Scott, Kieran〉

アメリカの作家。1974年3月11日ニュージャージー州モントベール生まれ。ラトガース大学で英語とジャーナリズムを専攻。卒業後は数年間編集者として働き、2002年キーラン・スコットの名前で最初の単行本『Jingle Boy』を執筆。以後数多くのヤングアダルト作品を発表。一方、ケイト・ブライアンの筆名では『プリンセス・プロジェクト』や『The V Club』（未訳）、〈プライベート〉シリーズなどの作品がある。ニューヨーク市近郊在住。

最近の翻訳書

◇『**ボーイズ・レポート―同居人はハンサム7人組**』 *Megan Meade's guide to the McGowan boys* ケイト・ブライアン作, 露久保由美子訳　理論社　2007.4　391p　19cm　1380円　①978-4-652-07901-0

◇『**ラッキーT**』 *Lucky T* ケイト・ブライアン著, 小川敏子訳　ランダムハウス講談社　2006.3　383p　15cm　780円　①4-270-10033-8

ブライアント, アン　*Bryant, Ann*　児童書

イギリスの作家。ロイヤル・カレッジ・オブ・ミュージックを卒業後、パブリック・スクール（全寮制の私立中等学校）で教えながら、子供向けの戯曲を書く。〈バレリーナ・ドリームズ〉シリーズのほか、〈School Friends〉〈Step-Chain〉シリーズ（未訳）などで人気を集める。

最近の翻訳書

◇『**バレリーナ・ドリームズ　7　クリスマスの「くるみ割り人形」**』 *Ballerina dreams* アン・ブライアント著, 神戸万知訳　新書館　2009.11　206p　19cm　880円　①978-4-403-33034-6

◇『**バレリーナ・ドリームズ　6　いつまでも踊りたい**』 *Ballerina dreams* アン・ブライアント著, 神戸万知訳　新書館　2009.8　150p　19cm　880円　①978-4-403-33030-8

◇『**バレリーナ・ドリームズ　5　スターをめざして**』 *Ballerina dreams* アン・ブライアント著, 神戸万知訳　新書館　2009.5　150p　19cm　880円　①978-4-403-33028-5

◇『**バレリーナ・ドリームズ　4　バレエのプリンセス**』 *Ballerina dreams* アン・ブライアント著, 神戸万知訳　新書館　2009.3　150p　19cm　880円　①978-4-403-33027-8

◇『**バレリーナ・ドリームズ　3　ローズの大決心**』 *Ballerina dreams* アン・ブライアント著, 神戸万知訳　新書館　2009.1　142p　19cm　880円　①978-4-403-33024-7

フライシ　　　海外文学　新進作家事典

◇『バレリーナ・ドリームズ　2　ジャスミンの幸運の星』 *Ballerina dreams*：
Jasmine's lucky star アン・ブライアント著, 神戸万知訳　新書館　2008.11
150p　19cm　880円　①978-4-403-33023-0
◇『バレリーナ・ドリームズ　1　ポピーの秘密の願い』 *Ballerina dreams*：
Poppy's secret wish アン・ブライアント著, 神戸万知訳　新書館　2008.9
150p　19cm　880円　①978-4-403-33022-3

フライシュハウアー, ヴォルフラム　　*Fleischhauer, Wolfram*　　ミステリー

ドイツの作家。1961年6月9日西ドイツ・カールスルーエ生まれ。ドイツ、スペイン、フランス、アメリカの大学で文学を専攻。96年歴史ミステリー『緋色の線』で作家デビュー。99年に発表した『雨の手の女』で、2000年ドイツ・ミステリー賞の第3位を獲得。綿密な取材に基づいて執筆するドイツを代表する実力派ミステリー作家。EUの会議通訳も務める。

最近の翻訳書

◇『消滅した国の刑事』 *TORSO* ヴォルフラム・フライシュハウアー著, 北川
和代訳　東京創元社　2013.6　522p　15cm　（創元推理文庫　Mフー28-1）
1200円　①978-4-488-28221-9
◇『ファンタージエン―反逆の天使』 *Die Verschworung der Engel* ヴォルフ
ラム・フライシュハウアー著, 遠山明子訳　ソフトバンククリエイティブ
2008.3　479p　23cm　2000円　①978-4-7973-2987-2

プライス, リッサ　　*Price, Lissa*　　ヤングアダルト, SF

アメリカの作家。2012年『スターターズ』で作家デビュー、30カ国以上に版権が売れ、数々の賞を受賞するなど国際的なベストセラーとなる。インド、日本に住んだ経験があり、2年以上をかけて地球一周の旅をしたこともある。SCBWI（The Society of Children's Book Writers and Illustrators）、アメリカSFファンタジー作家協会（SFWA）会員。現在は夫と南カリフォルニア在住。

最近の翻訳書

◇『スターターズ』 *STARTERS* リッサ・プライス著, 森洋子訳　新潮社
2014.3　507p　16cm　（新潮文庫　フー60-1）　840円　①978-4-10-218281-9

プライヤー, マーク　　*Pryor, Mark*　　ミステリー, スリラー

イギリスの作家。1967年ハートフォードシャー州生まれ。新聞記者として犯罪や国際問題の報道に携わる。94年アメリカに移住し、ノースカロライナ大学でジャーナリズムを学んだ後、デューク大学のロー・スクールに進み、優秀な成績で卒業。その後はテキサス州トラビス郡で地方検事補として勤務。一方、執筆活動も行い、2012年『古書店主』で作家デビュー。テキサス州オースティン在住。

最近の翻訳書

◇『血盟の箱―古書店主 続』 *THE BLOOD PROMISE* マーク・プライヤー
著, 澁谷正子訳　早川書房　2015.10　495p　16cm　（ハヤカワ文庫 NV
1362）　980円　①978-4-15-041362-0
◇『古書店主』 *THE BOOKSELLER* マーク・プライヤー著, 澁谷正子訳　早
川書房　2013.12　495p　16cm　（ハヤカワ文庫 NV　1296）　940円
①978-4-15-041296-8

海外文学　新進作家事典　　　　　　　　　　　　　　　フラウン

フライリッチ, ロイ　*Freirich, Roy*　　　　　　　　　　サスペンス

アメリカの脚本家、作家。ニューヨーク生まれ。ミシガン大学で英文学修士号を受け、同州ア
ナーバーで開催された国際映画祭で、自ら脚本・共同演出した「Persona Non Grata」が注目
される。以後、脚本家として活躍。2008年『ブレイキング・ポイント』で作家デビュー、09年
に映画化された際には自ら脚本化した。

最近の翻訳書

◇『ブレイキング・ポイント』　*Winged creatures*　ロイ・フライリッチ著, 船越
　隆子訳　小学館　2010.11　443p　15cm　（小学館文庫　フ4-1）　819円
　①978-4-09-408244-9

ブラウン, アマンダ　*Brown, Amanda*　　　　　　　　　　　その他

アメリカの作家。両親は弁護士。1993年アリゾナ州立大学を卒業し、ブロンドの法律家養護
基金を設立するためにスタンフォード大学ロー・スクールへ進む。2001年大学時代に出会っ
た人々、そして自分自身のキャラクターをモデルに小説『キューティ・ブロンド』を執筆、同
作は映画化されて全米で大ヒット、07年にはミュージカル化もされた。

最近の翻訳書

◇『五番街のキューピッド』　*Family trust*　アマンダ・ブラウン著, 飛田野裕子
　訳　ヴィレッジブックス　2006.10　528p　15cm　（ヴィレッジブックス）
　950円　①4-7897-2971-0

ブラウン, E.R.　*Brown, E.R.*　　　　　　　　　　ミステリー, スリラー

カナダの作家。本名はEric Brown。録音技師、コンピュータープログラマーなどの仕事をし
ながら小説家を志す。2013年『マリワナ・ピープル』で作家デビューし、14年MWA賞最優秀
ペーパーバック賞にノミネートされる。フリーのコピーライター、コミュニケーション・スト
ラテジストとしても活動。バンクーバー在住。

最近の翻訳書

◇『マリワナ・ピープル』　*ALMOST CRIMINAL*　E・R・ブラウン著, 真崎義
　博訳　早川書房　2015.9　414p　16cm　（ハヤカワ・ミステリ文庫　HM
　424-1）　1040円　①978-4-15-181401-3

ブラウン, S.G.　*Browne, S.G.*　　　　　　　　　　文学, ユーモア

アメリカの作家。1965年アリゾナ州生まれ。パシフィック大学を卒業。93年初の短編小説「Wish
You Were Here」が「レッドキャット・マガジン」に掲載された。2009年に発表した『ぼくの
ゾンビ・ライフ』は話題を呼び、刊行前に映画化が決定した。

最近の翻訳書

◇『ぼくのゾンビ・ライフ』　S.G.ブラウン著, 小林真里訳　太田出版　2011.7
　361p　19cm　2000円　①978-4-7783-1261-9

ブラウン, ダン　*Brown, Dan*　　　　　　　　　　ミステリー, サスペンス

アメリカの作家。1964年6月22日ニューハンプシャー州エクセター生まれ。父親は数学者、母
親は宗教音楽家、妻は美術史研究者で画家。アマースト大学卒業後、英語教師から作家へ転

フラウン　　　　　海外文学　新進作家事典

身。98年サスペンス小説『パズル・パレス』でデビュー。2003年宗教象徴学の権威ロバート・ラングドン・ハーバード大学教授を主人公に、レオナルド・ダ・ヴィンチの名画に秘められた暗号に迫ったミステリーシリーズ第2作『ダ・ヴィンチ・コード』を発行。無名の作家ながら1週目からベストセラーランキング1位を獲得、世界中で7000万部を売り上げ、06年にはトム・ハンクス主演で映画化もされる。〈ロバート・ラングドン〉シリーズ第1作『天使と悪魔』(00年)も好評を博し、一躍ベストセラー作家の仲間入りを果たした。同作は09年に、シリーズ第4作『インフェルノ』(13年)は16年に映画化される。

最近の翻訳書

◇『インフェルノ』 *Inferno*　ダン・ブラウン著, 越前敏弥訳　ヴィジュアル愛蔵版　KADOKAWA　2015.8　657p　22cm　4800円　①978-4-04-103269-5

◇『インフェルノ　上』 *Inferno*　ダン・ブラウン著, 越前敏弥訳　KADOKAWA　2013.11　330p　20cm　1800円　①978-4-04-110593-1

◇『インフェルノ　下』 *Inferno*　ダン・ブラウン著, 越前敏弥訳　KADOKAWA　2013.11　329p　20cm　1800円　①978-4-04-110594-8

◇『ロスト・シンボル　上』 *The lost symbol*　ダン・ブラウン著, 越前敏弥訳　角川書店　2012.8　334p　15cm　（角川文庫　フ33-11）629円　①978-4-04-100443-2

◇『ロスト・シンボル　中』 *The lost symbol*　ダン・ブラウン著, 越前敏弥訳　角川書店　2012.8　318p　15cm　（角川文庫　フ33-12）629円　①978-4-04-100444-9

◇『ロスト・シンボル　下』 *The lost symbol*　ダン・ブラウン著, 越前敏弥訳　角川書店　2012.8　350p　15cm　（角川文庫　フ33-13）629円　①978-4-04-100442-5

◇『ロスト・シンボル　上』 *The lost symbol*　ダン・ブラウン著, 越前敏弥訳　角川書店, 角川グループパブリッシング（発売）　2010.3　351p　19cm　1800円　①978-4-04-791627-2

◇『ロスト・シンボル　下』 *The lost symbol*　ダン・ブラウン著, 越前敏弥訳　角川書店, 角川グループパブリッシング（発売）　2010.3　356p　19cm　1800円　①978-4-04-791628-9

◇『パズル・パレス　上』 *Digital fortress*　ダン・ブラウン著, 越前敏弥, 熊谷千寿訳　角川書店　2009.3　338p　15cm　（角川文庫　15632）629円　①978-4-04-295510-8

◇『パズル・パレス　下』 *Digital fortress*　ダン・ブラウン著, 越前敏弥, 熊谷千寿訳　角川書店　2009.3　317p　15cm　（角川文庫　15633）629円　①978-4-04-295511-5

◇『天使と悪魔』 *Angels and demons. Special illustrated ed*　ダン・ブラウン著, 越前敏弥訳　ヴィジュアル愛蔵版　角川書店　2006.12　703p　22cm　4700円　①4-04-791540-8

◇『デセプション・ポイント　上』 *Deception point*　ダン・ブラウン著, 越前敏弥訳　角川書店　2006.10　427p　15cm　（角川文庫）667円　①4-04-295508-8

◇『デセプション・ポイント　下』 *Deception point*　ダン・ブラウン著, 越前敏弥訳　角川書店　2006.10　413p　15cm　（角川文庫）667円　①4-04-295509-6

◇『天使と悪魔　上』 *Angels and demons*　ダン・ブラウン著, 越前敏弥訳　角川書店　2006.6　331p　15cm　（角川文庫）590円　①4-04-295501-0

◇『天使と悪魔　中』 *Angels and demons*　ダン・ブラウン著, 越前敏弥訳　角

海外文学　新進作家事典　　　　　　　　　　　　　　　　　　　　　　　フラク

　　川書店　2006.6　317p　15cm　（角川文庫）　590円　①4-04-295507-X
◇『天使と悪魔　下』 *Angels and demons*　ダン・ブラウン著, 越前敏弥訳　角
　　川書店　2006.6　333p　15cm　（角川文庫）　590円　①4-04-295502-9
◇『パズル・パレス　上』 *Digital fortress*　ダン・ブラウン著, 越前敏弥, 熊谷
　　千寿訳　角川書店　2006.4　300p　20cm　1800円　①4-04-791517-3
◇『パズル・パレス　下』 *Digital fortress*　ダン・ブラウン著, 越前敏弥, 熊谷
　　千寿訳　角川書店　2006.4　284p　20cm　1800円　①4-04-791518-1
◇『ダ・ヴィンチ・コード　上』 *The Da Vinci code*　ダン・ブラウン著, 越前
　　敏弥訳　角川書店　2006.3　296p　15cm　（角川文庫）　552円　①4-04-
　　295503-7
◇『ダ・ヴィンチ・コード　中』 *The Da Vinci code*　ダン・ブラウン著, 越前
　　敏弥訳　角川書店　2006.3　284p　15cm　（角川文庫）　552円　①4-04-
　　295504-5
◇『ダ・ヴィンチ・コード　下』 *The Da Vinci code*　ダン・ブラウン著, 越前
　　敏弥訳　角川書店　2006.3　278p　15cm　（角川文庫）　552円　①4-04-
　　295505-3

ブラウン, ピアース　*Brown, Pierce*　　　　　　　　　　　　ヤングアダルト, SF

アメリカの作家。1988年生まれ。小さい頃から親の仕事の関係でアメリカ各地を転々とする。
2010年大学を卒業し、ABCスタジオ、NBCネットワーク、上院議員の選挙事務所などで働き
ながら作家を目指す。11年デビュー作となる『レッド・ライジング』の草稿がデル・レイ社の
目に留まり、3部作の執筆契約につながった。同作の映画化権は、争奪戦の結果、ユニバーサ
ル・ピクチャーズが獲得。Amazon.comの2014年ベストブックス20選出。カリフォルニア州ロ
サンゼルス在住。

最近の翻訳書

◇『レッド・ライジング―火星の簒奪者』 *RED RISING*　ピアース・ブラウン
　　著, 内田昌之訳　早川書房　2015.2　623p　16cm　（ハヤカワ文庫 SF
　　1994）　1200円　①978-4-15-011994-2

ブラウンズ, アクセル　*Brauns, Axel*　　　　　　　　　　　　　　　　スリラー

ドイツの作家。1963年7月2日西ドイツ・ハンブルク生まれ。84年ハンブルク大学法学部を中
退、執筆活動に入る。2002年『鮮やかな影とコウモリ』を発表し、03年度ドイツ文学賞デビュー
部門の候補となる。映画監督としても活動。

最近の翻訳書

◇『ノック人とツルの森』 *Kraniche und Klopfer*　アクセル・ブラウンズ著, 浅
　　井晶子訳　河出書房新社　2008.8　342p　20cm　（Modern & classic）
　　2000円　①978-4-309-20495-6

ブラーグ, メナ・ヴァン　*Praag, Menna van*　　　　　　　　　　　　　文学, 歴史

イギリスの作家。1977年ケンブリッジ生まれ。オックスフォード大学ベリオール・カレッジで
現代史を学ぶ。2008年『恋とお金とチョコレート』が処女作。ケンブリッジ在住。

最近の翻訳書

◇『恋とお金とチョコレート』 *Men, money and chocolate*　メナ・ヴァン・プ

ラーグ著, 武者圭子訳　講談社インターナショナル　2009.3　221p　20cm
1500円　①978-4-7700-4112-8

ブラザートン, マイク　*Brotherton, Mike*　　SF, ファンタジー

アメリカの作家、天文学者。1968年3月26日イリノイ州グラニットシティ生まれ。テキサス州のライス大学で電子工学の学位を取った後、テキサス大学オースティン校の博士課程に進み、96年天文学の博士号を取得。ローレンス・リバモア国立研究所（カリフォルニア州）、キャットピーク国立天文台（アリゾナ州）の研究職を経て、2002年よりワイオミング大学で教職に就く。専門はクエーサーと活動銀河核の観測研究。作家養成講座のクラリオン・ワークショップに参加した後、03年初長編『Star Dragon』を発表。

最近の翻訳書

◇『スパイダー・スター　上』 *Spider star*　マイク・ブラザートン著, 中原尚哉訳　早川書房　2009.5　382p　16cm　（ハヤカワ文庫　SF1710）　780円
①978-4-15-011710-8
◇『スパイダー・スター　下』 *Spider star*　マイク・ブラザートン著, 中原尚哉訳　早川書房　2009.5　365p　16cm　（ハヤカワ文庫　SF1711）　780円
①978-4-15-011711-5

ブラジョーン, ニーナ　*Blazon, Nina*　　ミステリー, ヤングアダルト

ドイツの作家。1969年12月28日ユーゴスラビア・スロベニア共和国生まれ。ドイツのヴュルツブルク大学でドイツ文学とスラブ文学を専攻。教師やジャーナリストを経て、作家に転身。2003年『Im Bann des Fluchträgers』でヴォルフガング・ホールバイン賞を受賞。バーデン・ビュルテンベルク州在住。

最近の翻訳書

◇『獣の記憶』 *WOLFSZEIT*　ニーナ・ブラジョーン著, 遠山明子訳　東京創元社　2015.10　583p　15cm　（創元推理文庫　Mフ34-1）　1400円　①978-4-488-28703-0

ブラスム, アンヌ＝ソフィ　*Brasme, Anne-Sophie*　　文学

フランスの作家。1984年生まれ。17歳の時『深く息を吸って』でデビュー。ヨーロッパの若い読者からの圧倒的な支持により、文芸書としては異例のベストセラーを記録。13カ国で翻訳される。透徹した描写と衝撃的な内容から"第二のサガン"と話題になり、各紙誌に特集が組まれるなど一躍文壇の寵児となった。フランス東部のメッツ近郊在住。

最近の翻訳書

◇『コンプレックス・カーニバル』 *Le carnaval des monstres*　アンヌ＝ソフィ・ブラスム著, 河村真紀子訳　早川書房　2007.8　216p　18cm　1800円
①978-4-15-208846-8

プラセンシア, サルバドール　*Plascencia, Salvador*　　SF, ファンタジー

アメリカの作家。1976年12月21日メキシコ・ハリスコ州グアダラハラ生まれ。8歳の時に家族とアメリカ・ロサンゼルス郊外のエルモンテへ移住。ウィッティア・カレッジを卒業後、シラキュース大学でMFAを取得。2005年『紙の民』で作家デビュー。同年「ロサンゼルス・タイムズ」紙及び「サンフランシスコ・クロニクル」紙の年間最優秀図書に選ばれ、世界10カ国語

に翻訳された。ロサンゼルス在住。

最近の翻訳書

◇『紙の民』 *The people of paper* サルバドール・プラセンシア著, 藤井光訳
白水社 2011.8 284p 23cm 3400円 Ⓘ978-4-560-08151-8

ブラック, アナスタシア　*Black, Anastasia*　　　　　ロマンス

単独筆名＝テンプルトン, ジュリア〈Templeton, Julia〉

クーパー・ポージー, トレイシー〈Cooper-Posey, Tracy〉

アナスタシア・ブラックは、アメリカ・ワシントン州在住のジュリア・テンプルトン、カナダ
在住のトレイシー・クーパー・ポージーの共同筆名。それぞれロマンス小説の作家として活躍
する。

最近の翻訳書

◇『甘き乙女の香り』 *Dangerous beauty* アナスタシア・ブラック著, 文月梨乃
訳 ソフトバンククリエイティブ 2009.9 438p 16cm （ソフトバンク文
庫 フー6-2) 870円 Ⓘ978-4-7973-5190-3

◇『罪深き純愛』 *Forbidden* アナスタシア・ブラック著, 奥村章子訳 ソフト
バンククリエイティブ 2009.2 428p 16cm （ソフトバンク文庫 フー6-
1) 850円 Ⓘ978-4-7973-5189-7

ブラック, C.S.　*Black, C.S.*　　　　　サスペンス

シンガポール在住の作家。1964年生まれ。日本に駐在していたアメリカ人の父親と日本人の
母親の間に生まれる。幼い頃を東京で過ごすが、高校の時、父母とともにアメリカに渡る。そ
の後、シンガポールで暮らしながら、ビジネスマンとして日本との間を頻繁に行き来する。ア
メリカで暮らす前妻との間に1男1女がある。

最近の翻訳書

◇『エンター・ザ・レッド・ドラゴン―2060 Tokyo, JP, USA』 *Enter the Red
Dragon* C.S.ブラック著, 鬼塚弘訳 幻冬舎メディアコンサルティング
2015.10 333, 282p 20cm 1800円 Ⓘ978-4-344-97324-4

◇『エンター・ザ・ドラゴン―2060 Tokyo, jp.USA』 C.S.ブラック著, 鬼塚弘
訳 幻冬舎ルネッサンス 2011.2 333p 20cm 1500円 Ⓘ978-4-7790-
0673-9

ブラック, ホリー　*Black, Holly*　　　　　ファンタジー

アメリカの作家。1971年ニュージャージー州生まれ。大学卒業後、ニューヨークでゲームマ
ガジンの出版社に勤める。その頃から雑誌などに詩や創作を発表。珍しい民間伝承の熱心な
コレクターで、子供の頃は古いヴィクトリア朝様式のお屋敷に住み、母親から幽霊物語や妖精
の本を与えられていた。2002年その影響から生まれた初のファンタジー小説〈A Modern Tale of
Faerie〉シリーズの第1作『犠牲の妖精たち』を出版。アメリカ図書館協会から二つ星の評価と
ヤングアダルト部門優秀作品と賞賛される。シリーズ第2作『Valiant』も高い評価を受ける。
ほかに〈スパイダーウィック家の謎〉シリーズ、〈Newスパイダーウィック家の謎〉シリーズが
ある。ニューイングランド在住。

最近の翻訳書

◇『スパイダーウィックの謎─映画版』　ホリー・ブラック, トニー・ディテルリッジ原作, なかおえつこ訳　文溪堂　2008.4　29p　26cm　1200円　①978-4-89423-567-0

◇『Newスパイダーウィック家の謎　第3巻　ワーム・ドラゴンの王』 The wyrm king　トニー・ディテルリッジ絵, ホリー・ブラック作, 飯野眞由美訳　文溪堂　2010.4　238p　19cm　900円　①978-4-89423-638-7

◇『Newスパイダーウィック家の謎　第2巻　ジャイアント襲来』 A giant problem　トニー・ディテルリッジ絵, ホリー・ブラック作, 飯野眞由美訳　文溪堂　2010.1　170p　19cm　900円　①978-4-89423-637-0

◇『Newスパイダーウィック家の謎　第1巻　妖精図鑑, ふたたび』 Beyond the Spiderwick chronicles　トニー・ディテルリッジ絵, ホリー・ブラック作, 飯野眞由美訳　文溪堂　2009.11　177p　19cm　900円　①978-4-89423-636-3

◇『アーサー・スパイダーウィックの妖精図鑑』 Arthur Spiderwick's field guide to the fantastical world around you　トニー・ディテルリッジ絵, ホリー・ブラック作, 飯野眞由美訳　文溪堂　2008.3　129p　30cm　2800円　①978-4-89423-568-7

◇『犠牲の妖精たち』 Tithe　ホリー・ブラック著, 金原瑞人, 坂本響子訳　ジュリアン　2006.2　339p　20cm　1524円　①4-902584-18-2

ブラック, リサ　Black, Lisa　　　　　　　　　　ミステリー, スリラー

アメリカの作家, 法科学者。オハイオ州クリーブランド生まれ。クリーブランド州立大学で生物学の学位を取得し, カヤホガ郡検死官事務所に所属。銃の発射残渣やDNA, 血痕等を分析する法科学捜査官としてキャリアをスタートさせる。その後, 夫とともにフロリダ州に移住し, ケープコーラルの警察署で潜在指紋の専門家として活躍。2008年『真昼の非常線』で作家デビューを果たし, 現役法科学者ならではのリアルな描写で各方面から注目を集める。アメリカ法科学会, 国際鑑識協会, 国際血痕パターン分析協会のメンバー。

最近の翻訳書

◇『真昼の非常線』 Takeover　リサ・ブラック著, 酒井裕美訳　ヴィレッジブックス　2009.4　466p　15cm　（ヴィレッジブックス　F-フ13-1）　900円　①978-4-86332-144-1

ブラックウッド, グラント　Blackwood, Grant　　　　　　　　　スリラー

アメリカの作家。オレゴン州出身。アメリカ海軍の誘導ミサイル・フリゲート艦の作戦特技兵として3年間の従軍経験を持つ。作家としては, 2001〜03年に〈ブリッグズ・ターナー〉シリーズという国際諜報ものを3冊出版。その後, クライブ・カッスラーの〈ファーゴ夫妻〉シリーズや, トム・クランシー『デッド・オア・アライヴ』の共作者を務める。コロラド州在住。

最近の翻訳書

◇『ヒマラヤの黄金人（ゴールデン・マン）を追え！　上』 The kingdom　クライブ・カッスラー, グラント・ブラックウッド著, 棚橋志行訳　ソフトバンククリエイティブ　2012.3　334p　16cm　（ソフトバンク文庫　カ-2-17）　600円　①978-4-7973-6545-0

◇『ヒマラヤの黄金人（ゴールデン・マン）を追え！　下』 The kingdom　クライブ・カッスラー, グラント・ブラックウッド著, 棚橋志行訳　ソフトバンククリエイティブ　2012.3　327p　16cm　（ソフトバンク文庫　カ-2-18）

海外文学　新進作家事典　　　　　フラツシ

600円　①978-4-7973-6546-7

◇『デッド・オア・アライヴ　4』 *Dead or alive*　トム・クランシー, グラント・ブラックウッド著, 田村源二訳　新潮社　2012.1　364p　16cm　（新潮文庫　クー28-46）　630円　①978-4-10-247246-0

◇『デッド・オア・アライヴ　3』 *Dead or alive*　トム・クランシー, グラント・ブラックウッド著, 田村源二訳　新潮社　2012.1　363p　16cm　（新潮文庫　クー28-45）　630円　①978-4-10-247245-3

◇『デッド・オア・アライヴ　2』 *Dead or alive*　トム・クランシー, グラント・ブラックウッド著, 田村源二訳　新潮社　2011.12　344p　16cm　（新潮文庫　クー28-44）　630円　①978-4-10-247244-6

◇『デッド・オア・アライヴ　1』 *Dead or alive*　トム・クランシー, グラント・ブラックウッド著, 田村源二訳　新潮社　2011.12　362p　16cm　（新潮文庫　クー28-43）　630円　①978-4-10-247243-9

◇『アステカの秘密を暴け！　上』 *Lost empire*　クライブ・カッスラー, グラント・ブラックウッド著, 棚橋志行訳　ソフトバンククリエイティブ　2011.9　335p　16cm　（ソフトバンク文庫　カー2-13）　600円　①978-4-7973-6543-6

◇『アステカの秘密を暴け！　下』 *Lost empire*　クライブ・カッスラー, グラント・ブラックウッド著, 棚橋志行訳　ソフトバンククリエイティブ　2011.9　342p　16cm　（ソフトバンク文庫　カー2-14）　600円　①978-4-7973-6544-3

◇『スパルタの黄金を探せ！　上』 *Spartan gold*　クライブ・カッスラー, グラント・ブラックウッド著, 棚橋志行訳　ソフトバンククリエイティブ　2010.3　335p　16cm　（ソフトバンク文庫　カー2-7）　600円　①978-4-7973-5853-7

◇『スパルタの黄金を探せ！　下』 *Spartan gold*　クライブ・カッスラー, グラント・ブラックウッド著, 棚橋志行訳　ソフトバンククリエイティブ　2010.3　343p　16cm　（ソフトバンク文庫　カー2-8）　600円　①978-4-7973-5854-4

ブラッシェアーズ, アン　*Brashares, Ann*　　　　ロマンス, ヤングアダルト

アメリカの作家。1967年7月30日バージニア州アレクサンドリアで生まれ、メリーランド州チェビー・チェイスで育つ。コロンビア大学で哲学を学び、大学院の学費を貯めるためにニューヨークで編集者として働くうち、本の世界に魅了され、2001年〈トラベリング・パンツ〉シリーズの第1作『トラベリング・パンツ』で作家デビュー。同シリーズ（全6巻）は全世界で800万部以上を売り上げる大ヒット作となり、映画化もされた（邦題は「旅するジーンズと16歳の夏」）。ニューヨーク在住。

最近の翻訳書

◇『マイネームイズメモリー』 *MY NAME IS MEMORY*　アン・ブラッシェアーズ著, 大嶌双恵訳　新潮社　2013.7　478p　16cm　（新潮文庫　フー59-1）　790円　①978-4-10-218381-6

◇『ジーンズ・フォーエバー──トラベリング・パンツ』 *Forever in blue*　アン・ブラッシェアーズ著, 大嶌双恵訳　角川書店　2012.3　477p　15cm　（角川文庫　17321）　819円　①978-4-04-100079-3

◇『ラスト・サマー──トラベリング・パンツ』 *The third summer of the sisterhood*　アン・ブラッシェアーズ著, 大嶌双恵訳　角川書店　2011.10　460p　15cm　（角川文庫　17081）　819円　①978-4-04-298234-0

◇『セカンド・サマー──トラベリング・パンツ』 *The second summer of the sisterhood*　アン・ブラッシェアーズ著, 大嶌双恵訳　角川書店　2011.8　487p　15cm　（角川文庫　16984）　819円　①978-4-04-298230-2

◇『トラベリング・パンツ』 *The sisterhood of the traveling pants* アン・ブラッシェアーズ著, 大嶌双恵訳 角川書店 2011.6 397p 15cm （角川文庫 16897） 743円 ①978-4-04-298224-1
◇『フレンズ・ツリー』 *3 willows* アン・ブラッシェアーズ作, 大嶌双恵訳 理論社 2009.5 339p 19cm 1500円 ①978-4-652-07950-8
◇『ラストサマー—さよならの季節に』 *The last summer*(*of you & me*) アン・ブラッシェアーズ著, 雨海弘美訳 ヴィレッジブックス 2009.5 365p 19cm 1500円 ①978-4-86332-153-3
◇『ジーンズ・フォーエバー—トラベリング・パンツ』 *Forever in blue* アン・ブラッシェアーズ作, 大嶌双恵訳 理論社 2007.4 425p 19cm 1480円 ①978-4-652-07905-8

プラット, スコット *Pratt, Scott* ミステリー, スリラー

アメリカの作家。1956年12月16日ミシガン州サウスヘブン生まれ。新聞記者やコラムニストを経て、弁護士の資格を取得して7年間刑事弁護士として活動。2008年リーガル・スリラー『最終弁護』で作家デビュー。

最近の翻訳書

◇『**最終弁護**』 *An innocent client* スコット・プラット著, 田村義進訳 早川書房 2009.3 445p 16cm （ハヤカワ・ミステリ文庫 HM359-1） 860円 ①978-4-15-178101-8

ブラッドフォード, アーサー *Bradford, Arthur* 文学, 児童書

アメリカの作家、映画監督。1969年生まれ。ニューイングランド各地を転々とした後、エール大学で学ぶ。一時、作家ウォレス・ステグナー特別奨学生としてスタンフォード大学にも在籍。「エポック」「エスクァイア」各誌に小説が掲載され、2001年短編集『世界の涯まで犬たちと』を出版。同作収録の「ドッグズ」は話題を呼び、O.ヘンリー賞を受賞している。映像制作にも精力的で、映画監督第1作「How's Your News？」は、各映画祭で上映され、02年春に全米で放映された。12年児童書『Benny's Brigade』を発表。オレゴン州ポートランド在住。

最近の翻訳書

◇『世界の涯まで犬たちと』 *Dogwalker* アーサー・ブラッドフォード著, 小川隆訳 角川書店 2007.9 211p 20cm 1800円 ①978-4-04-791551-0

ブラッドベリ, ジェニファー *Bradbury, Jennifer* ヤングアダルト

アメリカの作家。ケンタッキー州生まれ。高校の英語教師を8年間務めた後、2008年『シフト』で作家としてデビュー。ワシントン州バーリントン在住。

最近の翻訳書

◇『シフト』 *Shift* ジェニファー・ブラッドベリ著, 小梨直訳 福音館書店 2012.9 383p 18cm 1700円 ①978-4-8340-2485-2

ブラッドリー, アラン *Bradley, Alan* ミステリー, スリラー

カナダの作家。1938年トロント生まれ。ライアソン大学卒。テレビのエンジニア、大学教員を経て、2007年『パイは小さな秘密を運ぶ』でCWA賞デビュー・ダガー賞を受賞。09年に刊行

された同作は、カナダ生まれの70歳を超える新人作家が書いた、イギリスを舞台にした11歳の少女探偵ミステリーとして世界中で大きな話題となり、アガサ賞、エリス賞、ディリス賞など9つもの賞を受賞した。

最近の翻訳書

◇『不思議なキジのサンドウィッチ』 *The dead in their vaulted arches* アラン・ブラッドリー著, 古賀弥生訳 東京創元社 2015.11 360p 15cm （創元推理文庫 Mフ21-6） 1300円 ①978-4-488-13607-9

◇『春にはすべての謎が解ける』 *Speaking from among the bones* アラン・ブラッドリー著, 古賀弥生訳 東京創元社 2014.4 437p 15cm （創元推理文庫 Mフ21-5） 1300円 ①978-4-488-13606-2

◇『サンタクロースは雪のなか』 *I am half-sick of shadows* アラン・ブラッドリー著, 古賀弥生訳 東京創元社 2012.11 346p 15cm （創元推理文庫 Mフ21-4） 1000円 ①978-4-488-13605-5

◇『水晶玉は嘘をつく?』 *A red herring without mustard* アラン・ブラッドリー著, 古賀弥生訳 東京創元社 2011.11 475p 15cm （創元推理文庫 136-04） 1300円 ①978-4-488-13604-8

◇『人形遣いと絞首台』 *The weed that strings the hangman's bag* アラン・ブラッドリー著, 古賀弥生訳 東京創元社 2010.12 419p 15cm （創元推理文庫 136-03） 1100円 ①978-4-488-13603-1

◇『パイは小さな秘密を運ぶ』 *The sweetness at the bottom of the pie* アラン・ブラッドリー著, 古賀弥生訳 東京創元社 2009.11 443p 15cm （創元推理文庫 136-02） 1100円 ①978-4-488-13602-4

ブラッドリー, セレステ　*Bradley, Celeste* ロマンス, 歴史

アメリカの作家。ヒストリカルを中心に数多くのロマンス小説を発表、ベストセラー作家となる。RITA賞に2度ノミネートされ、「ロマンティック・マガジン」最優秀ヒストリカル・ストーリーテラー賞を受賞。ニューメキシコ州アルバカーキ在住。

最近の翻訳書

◇『私を見つけるのはあなただけ』 *The pretender* セレステ・ブラッドリー著, 法村里絵訳 竹書房 2010.6 558p 15cm （ラズベリーブックス ブ3-1） 981円 ①978-4-8124-4220-3

◇『魔法の夜を公爵と』 *Duke most wanted* セレステ・ブラッドリー著, 高里ひろ訳 ソフトバンククリエイティブ 2010.5 431p 16cm （ソフトバンク文庫 フー7-3） 850円 ①978-4-7973-5626-7

◇『憧れの公爵を射止めるために』 *The duke next door* セレステ・ブラッドリー著, 森嶋マリ訳 ソフトバンククリエイティブ 2010.3 494p 16cm （ソフトバンク文庫 フー7-2） 850円 ①978-4-7973-5625-0

◇『わたしだけの公爵を探して』 *Desperately seeking a duke* セレステ・ブラッドリー著, 河村恵訳 ソフトバンククリエイティブ 2009.12 503p 16cm （ソフトバンク文庫 フー7-1） 850円 ①978-4-7973-5624-3

フラナガン, ジョン　*Flanagan, John* ファンタジー, ヤングアダルト

オーストラリアの作家。1944年5月22日シドニー生まれ。テレビシリーズの脚本家として活躍していた頃、12歳の息子のために物語を書き始める。2005年その作品を膨らませ〈アラルエン戦記〉シリーズの第1作として刊行、シリーズを通して「ニューヨーク・タイムズ」紙のベスト

セラー・リストに60週以上ランクイン、子供たち自身が選出する賞や国内外の賞・推薦を多数受賞、人気を不動のものとする。シドニー在住。

最近の翻訳書

◇『アラルエン戦記 8 奪還 下』 *RANGER'S APPRENTICE* ジョン・フラナガン作, 入江真佐子訳 岩崎書店 2016.2 350p 19cm 1500円 ①978-4-265-05088-8

◇『アラルエン戦記 7 奪還 上』 *RANGER'S APPRENTICE* ジョン・フラナガン作, 入江真佐子訳 岩崎書店 2015.7 365p 19cm 1500円 ①978-4-265-05087-1

◇『アラルエン戦記 6 攻城』 *RANGER'S APPRENTICE* ジョン・フラナガン作, 入江真佐子訳 岩崎書店 2014.12 509p 19cm 1500円 ①978-4-265-05086-4

◇『アラルエン戦記 5 魔術』 *RANGER'S APPRENTICE* ジョン・フラナガン作, 入江真佐子訳 岩崎書店 2014.3 505p 19cm 1500円 ①978-4-265-05085-7

◇『アラルエン戦記 4 銀葉』 *RANGER'S APPRENTICE* ジョン・フラナガン作, 入江真佐子訳 岩崎書店 2013.7 509p 19cm 1500円 ①978-4-265-05084-0

◇『アラルエン戦記 3 氷賊』 *RANGER'S APPRENTICE* ジョン・フラナガン作, 入江真佐子訳 岩崎書店 2013.3 457p 19cm 1350円 ①978-4-265-05083-3

◇『アラルエン戦記 2 炎橋』 *RANGER'S APPRENTICE* ジョン・フラナガン作, 入江真佐子訳 岩崎書店 2012.10 397p 19cm 1350円 ①978-4-265-05082-6

◇『アラルエン戦記 1 弟子』 *RANGER'S APPRENTICE* ジョン・フラナガン作, 入江真佐子訳 岩崎書店 2012.6 397p 19cm 1350円 ①978-4-265-05081-9

ブラナン, J.T. *Brannan, J.T.*　　　　　　　　　　　　　　スリラー

イギリスの作家。ウエストヨークシャー州ブラッドフォード生まれ。元陸軍士官で、空手の国内チャンピオンに輝いた経歴を持つ。ビルダーバーグ会議、エリア51、CERN（欧州原子核研究機構）など、実在の組織をベースに、壮大なスケールで描いた超大作スリラー『神の起源』でデビュー。イングランド北部のノースヨークシャー州ハロゲート在住。

最近の翻訳書

◇『絶滅 上』 *EXTINCTION(vol.1)* J.T.ブラナン著, 棚橋志行訳 二見書房 2016.1 297p 15cm （ザ・ミステリ・コレクション） 733円 ①978-4-576-15201-1

◇『絶滅 下』 *EXTINCTION(vol.2)* J.T.ブラナン著, 棚橋志行訳 二見書房 2016.1 294p 15cm （ザ・ミステリ・コレクション） 733円 ①978-4-576-15202-8

◇『神の起源 上』 *ORIGIN* J・T・ブラナン著, 棚橋志行訳 ソフトバンククリエイティブ 2013.7 301p 16cm （ソフトバンク文庫 フ10-1） 760円 ①978-4-7973-7178-9

◇『神の起源 下』 *ORIGIN* J・T・ブラナン著, 棚橋志行訳 ソフトバンククリエイティブ 2013.7 287p 16cm （ソフトバンク文庫 フ10-2） 760円 ①978-4-7973-7179-6

海外文学　新進作家事典　　　フランク

フランク, E.R.　*Frank, E.R.*　　　文学

アメリカの作家。マンハッタンでトラウマ専門の臨床ソーシャルワーカーとして仕事をする傍ら、2000年『天国（ヘヴン）にいちばん近い場所で』で小説家デビュー。以降若者向けの小説を発表。デビュー作と第2作がアメリカ図書館協会の"本が苦手な若者向けの推薦図書"に選ばれ、デビュー作で、ティーンピープル・ブッククラブのNEXTアワードも受賞した。ニュージャージー州モンクレアに夫と在住。

最近の翻訳書

◇『天国（ヘヴン）にいちばん近い場所』 *Life is funny*　E.R.フランク作, 冨永星訳　ポプラ社　2006.9　351p　20cm　（ポプラ・リアル・シリーズ　3）1400円　①4-591-09420-0

◇『少年アメリカ』 *America*　E.R.フランク著, 冨永星訳　日本評論社　2006.3　310p　19cm　1900円　①4-535-58456-7

ブランク, ハンネ　*Blank, Hanne*　　　ロマンス, 歴史

アメリカの作家。オハイオ州クリーブランド生まれ。古典音楽および文化史を学ぶ。作家、編集者、講演者、活動家、教育家として幅広く活躍し、4冊のエロティカ・アンソロジーを編集。その後、ヘザー・コリナとともに、scarletletters.comを運営する一方、講演活動にも取り組み、文学、性問題、その他に関するワークショップを行う。メリーランド州ボルティモアの近くに在住。

最近の翻訳書

◇『あたしに火をつけて』 *Shameless*　ハンネ・ブランク編, 富永和子訳　扶桑社　2007.8　318p　16cm　（扶桑社ロマンス）　762円　①978-4-594-05460-1　内容：「消えない記憶」キャサリン・ランドフ著「十四日目」L.E.ブランド著「檻」シモーヌ・テンプル著「パーフェクト」ヘレナ・グレイ著「ひんやりと乾いた場所」R.ゲイ著「聖餐」ジーン・ロバータ著「ザナの書」アン・トゥアニー著「意味深な沈黙」ドーン・オハラ著「性の実地教育」ハンネ・ブランク著「あたしに火をつけて」ジェシカ・メルシン著「石のように冷たく」ゾナ著「わたしたちがひとつだったとき」ヘレナ・セッティマーナ著「あなたを忘れないために」サッチ・グリーン著「もっと深く」ジャクリン・フリードマン著「まだあなたの匂いがする」ルーシー・ムーア著「七人の女たち」フア・ツアオ・マオ著「ビーバーちゃん」ヘザー・コリンナ著「親愛なるニコラス」アダーラ・ロウ著

フランク, ユリア　*Franck, Julia*　　　文学

ドイツの作家。1970年2月20日東ドイツ・東ベルリンに生まれ、78年母と姉妹たちとともに西ドイツへ移住。97年『新しいコック』で作家デビュー。2003年に発表した東ドイツ市民のための緊急受け入れ用収容所を舞台にした作品『キャンプファイヤー』は、国内外で高い評価を受ける。07年『真昼の女』でドイツ書籍賞を受賞、作家としての地位を確立した。ドイツで最も注目される作家の一人。

最近の翻訳書

◇『真昼の女』 *Die Mittagsfrau*　ユリア・フランク著, 浅井晶子訳　河出書房新社　2011.4　502p　20cm　2800円　①978-4-309-20563-2

359

フランク　　　　　　海外文学　新進作家事典

フランクリン, トム　*Franklin, Tom*　　　　　　　　文学

アメリカの作家。1963年アラバマ州ディキンソン生まれ。サウスアラバマ大学を卒業した後、アーカンソー大学で芸術修士号を取得。99年短編集『密猟者たち』でデビュー、表題作がMWA賞最優秀短編賞に輝いた。2010年第3長編『ねじれた文字、ねじれた路』はCWA賞ゴールド・ダガー賞とロサンゼルスタイムズ文学賞を受け、MWA賞最優秀長編賞にノミネートされた。13年詩人である妻ベス・アン・フェンリイとの共作『たとえ傾いた世界でも』を発表。

最近の翻訳書

◇『たとえ傾いた世界でも』　*The tilted world*　トム・フランクリン, ベス・アン・フェンリイ著, 伏見威蕃訳　早川書房　2014.8　389p　19cm（HAYAKAWA POCKET MYSTERY BOOKS　1886）　1800円　①978-4-15-001886-3

◇『ねじれた文字、ねじれた路』　*Crooked letter, crooked letter*　トム・フランクリン著, 伏見威蕃訳　早川書房　2013.11　475p　16cm（ハヤカワ・ミステリ文庫　HM 399-1）　940円　①978-4-15-180151-8

◇『ねじれた文字、ねじれた路』　*Crooked letter, crooked letter*　トム・フランクリン著, 伏見威蕃訳　早川書房　2011.9　358p　19cm（Hayakawa pocket mystery books　no.1851）　1700円　①978-4-15-001851-1

フランケル, ローリー　*Frankel, Laurie*　　　　　　　　文学

アメリカの作家。メリーランド州コロンビア生まれ。ワシントン州タコマのピュージェットサウンド大学で文芸創作やジェンダー研究を教える傍ら執筆活動を続け、2010年『The Atlas of Love』で作家デビュー。太平洋岸北西部の作家クラブ "Seattle 7 Writers" の中心メンバーとして精力的に活動。ワシントン州シアトル在住。

最近の翻訳書

◇『さよならのアルゴリズム』　*GOODBYE FOR NOW*　ローリー・フランケル著, 羽田詩津子訳　ヴィレッジブックス　2013.7　549p　19cm　2000円　①978-4-86491-075-0

フランコ, ホルヘ　*Franco, Jorge*　　　　　　　　文学

コロンビアの作家。1962年メデジン生まれ。ロンドン・インターナショナル・フィルム・スクールで映画について学ぶが、小説に転向するため帰国。96年『呪われた愛』で作家デビュー。99年コロンビア文化省の小説部門のスカラシップを得る。のち、ガブリエル・ガルシア・マルケスに招かれ、キューバ映画テレビ国際学園でシナリオ教室「物語の作り方」の講師を務める。ラテンアメリカ文学の新世代を担う作家として注目される。

最近の翻訳書

◇『パライソ・トラベル』　*PARAÍSO TRAVEL*　ホルヘ・フランコ著, 田村さと子訳　河出書房新社　2012.8　301p　20cm　2200円　①978-4-309-20602-8

フランシス, フェリックス　*Francis, Felix*　　　　　ミステリー, スリラー

イギリスの作家。ミステリー作家ディック・フランシスの二男。1953年ロンドン生まれ。ロンドン大学で物理学、電子工学を専攻し、物理学の教師を17年間務める。91年より父の仕事のマネージメントを行う。また、40年間にわたって数多くの〈競馬〉シリーズのためのリサーチを手伝った。父との初の共作となった2007年の『祝宴』では、小説執筆の上で重要な役割を果

360

海外文学　新進作家事典

たし、父の遺作となった『矜持』（10年）まで共に執筆。10年の父の死後は一人で執筆を続け、〈新・競馬〉シリーズともいわれる『強襲』は高い評価を得る。

最近の翻訳書

◇『強襲』 *Gamble*　フェリックス・フランシス著, 北野寿美枝訳　イースト・プレス　2015.2　397p　20cm　（新・競馬シリーズ）　1900円　①978-4-7816-1278-2

◇『矜持』 *Crossfire*　ディック・フランシス, フェリックス・フランシス著, 北野寿美枝訳　早川書房　2012.6　504p　16cm　（ハヤカワ・ミステリ文庫 HM 12-45）　1000円　①978-4-15-070745-3

◇『拮抗』 *Even money*　ディック・フランシス, フェリックス・フランシス著, 北野寿美枝訳　早川書房　2012.1　537p　16cm　（ハヤカワ・ミステリ文庫 HM12-44）　1000円　①978-4-15-070744-6

◇『審判』 *Silks*　ディック・フランシス, フェリックス・フランシス著, 北野寿美枝訳　早川書房　2011.5　518p　16cm　（ハヤカワ・ミステリ文庫 HM12-43）　960円　①978-4-15-070743-9

◇『矜持』 *Crossfire*　ディック・フランシス, フェリックス・フランシス著, 北野寿美枝訳　早川書房　2011.1　395p　20cm　（Hayakawa novels）　2000円　①978-4-15-209185-7

◇『祝宴』 *Dead heat*　ディック・フランシス, フェリックス・フランシス著, 北野寿美枝訳　早川書房　2010.4　510p　16cm　（ハヤカワ・ミステリ文庫 HM12-42）　940円　①978-4-15-070742-2

◇『拮抗』 *Even money*　ディック・フランシス, フェリックス・フランシス著, 北野寿美枝訳　早川書房　2010.1　414p　20cm　（Hayakawa novels）　1900円　①978-4-15-209098-0

◇『審判』 *Silks*　ディック・フランシス, フェリックス・フランシス著, 北野寿美枝訳　早川書房　2008.12　398p　20cm　（Hayakawa novels）　1900円　①978-4-15-208986-1

◇『祝宴』 *Dead heat*　ディック・フランシス, フェリックス・フランシス著, 北野寿美枝訳　早川書房　2007.12　394p　20cm　（Hayakawa novels―競馬シリーズ）　1900円　①978-4-15-208878-9

フランシスコ, ルース　*Francisco, Ruth*　ミステリー

アメリカの作家。スワスモア・カレッジ卒。ニューヨークで演劇の勉強をした後、15年間にわたりカリフォルニア州ロサンゼルスの映画会社に勤務。2003年小説『Confessions of a Deathmaiden』を発表、話題になる。フロリダ州在住。

最近の翻訳書

◇『暁に消えた微笑み』 *Good morning, darkness*　ルース・フランシスコ著, 芹澤恵訳　ヴィレッジブックス　2009.12　553p　15cm　（ヴィレッジブックス　F-フ15-1）　940円　①978-4-86332-204-2

ブランドン, アリ　*Brandon, Ali*　ミステリー, ロマンス

筆名＝スタカート, ダイアン・A.S.〈Stuckart, Diane A.S.〉

　　　スマート, アレクサ〈Smart, Alexa〉

　　　ジェラード, アンナ〈Gerard, Anna〉

361

アメリカの作家。1957年テキサス州ラボック生まれ。オクラホマ大学でジャーナリズムの学位を得る。ヒストリカル・ロマンスをアレクサ・スマート、アンナ・ジェラードの名義で発表。処女長編はアメリカ・ロマンス作家協会ゴールデンハート賞の候補となる。2008年ダイアン・A.S.スタカート名義で〈探偵ダ・ヴィンチ〉シリーズを発表してミステリー界にデビューし、高い評価を得る。11年からアリ・ブラントン名義で〈書店猫ハムレット〉シリーズを発表。本名でファンタジー短編なども発表する。南フロリダ在住。

最近の翻訳書

◇『書店猫ハムレットの跳躍』 *A NOVEL WAY TO DIE* アリ・ブランドン著, 越智睦訳 東京創元社 2015.8 394p 15cm （創元推理文庫 Mフ33-1） 1200円 ①978-4-488-28602-6

◇『淑女（レディ）の肖像—探偵ダ・ヴィンチ』 *Portrait of a lady* ダイアン・A.S.スタカート著, 対馬妙訳 ランダムハウス講談社 2009.9 470p 15cm 920円 ①978-4-270-10317-3

◇『探偵レオナルド・ダ・ヴィンチ』 *The queen's gambit* ダイアン・A.S.スタカート著, 対馬妙訳 ランダムハウス講談社 2008.9 450p 15cm 900円 ①978-4-270-10227-5

プリショタ, アンヌ *Plichota, Anne*

ファンタジー

フランスの作家。ディジョン生まれ。中国語・中国文明を専攻した後、中国と韓国に数年間滞在する。中国語教師、介護士、代筆家、図書館司書などを経て、現在は執筆業に専念。一人娘とともにストラスブール在住。

最近の翻訳書

◇『オクサ・ポロック 6 最後の星』 *OKSA POLLOCK.tome 6：La Dernière étoile* アンヌ・プリショタ, サンドリーヌ・ヴォルフ著, 児玉しおり訳 西村書店東京出版編集部 2015.7 421p 19cm 1300円 ①978-4-89013-710-7

◇『オクサ・ポロック 5 反逆者の君臨』 *OKSA POLLOCK.tome 5：Le Règne des félons* アンヌ・プリショタ, サンドリーヌ・ヴォルフ著, 児玉しおり訳 西村書店東京出版編集部 2014.12 349p 19cm 1300円 ①978-4-89013-707-7

◇『オクサ・ポロック 4 呪われた絆』 *OKSA POLLOCK.tome 4：Les liens maudits* アンヌ・プリショタ, サンドリーヌ・ヴォルフ著, 児玉しおり訳 西村書店東京出版編集部 2014.5 457p 19cm 1300円 ①978-4-89013-705-3

◇『オクサ・ポロック 3 二つの世界の中心』 *OKSA POLLOCK.tome 3：Le coeur des deux mondes* アンヌ・プリショタ, サンドリーヌ・ヴォルフ著, 児玉しおり訳 西村書店東京出版編集部 2013.12 441p 19cm 1300円 ①978-4-89013-693-3

◇『オクサ・ポロック 2 迷い人の森』 *OKSA POLLOCK.tome 2：La forêt des égarés* アンヌ・プリショタ, サンドリーヌ・ヴォルフ著, 児玉しおり訳 西村書店東京出版編集部 2013.6 509p 19cm 1300円 ①978-4-89013-687-2

◇『オクサ・ポロック 1 希望の星』 *OKSA POLLOCK.tome 1：L'Inespérée* アンヌ・プリショタ, サンドリーヌ・ヴォルフ著, 児玉しおり訳 西村書店東京出版編集部 2012.12 653p 19cm 1300円 ①978-4-89013-684-1

海外文学　新進作家事典　　　**フリスト**

フリース, アニタ　*Friis, Agnete*　　　ヤングアダルト, ファンタジー

デンマークの作家。1974年生まれ。ファンタジーと児童文学の作家として活躍。レナ・コバブールとの共著『スーツケースの中の少年』で2008年度ハラルド・モゲンセン賞ベストクライムノベル賞などを受賞した。

最近の翻訳書

◇『スーツケースの中の少年』 *DRENGEN I KUFFERTEN*（重訳） *The Boy in the Suitcase*　レナ・コバブール, アニタ・フリース著, 土屋京子訳　講談社　2013.7　459p　15cm　（講談社文庫　こ82-1）　1000円　①978-4-06-277597-7

プリースト, シェリー　*Priest, Cherie*　　　SF, ファンタジー

アメリカの作家。1975年フロリダ州タンパ生まれ。2001年テネシー大学で修辞学の修士号を取得。03年ファンタジー長編『Four and Twenty Blackbirds』でデビュー。06年に結婚し, シアトルに移住。当地で一大ムーブメントとなっていた"スチームパンク"志向を強め, 09年に発表した『ボーンシェイカー ぜんまい仕掛けの都市』で一躍人気作家となった。同作はヒューゴー, ネビュラ両賞にノミネートされ, 10年のローカス賞SF長編部門を受賞した。

最近の翻訳書

◇『ボーンシェイカー──ぜんまい仕掛けの都市』 *BONESHAKER*　シェリー・プリースト著, 市田泉訳　早川書房　2012.5　607p　16cm　（ハヤカワ文庫SF　1852）　1100円　①978-4-15-011852-5

プリーストリー, クリス　*Priestley, Chris*　　　ホラー, 児童書

イギリスの作家, イラストレーター, 漫画家。1958年8月25日ハル生まれ。子供の頃からエドガー・アラン・ポーやレイ・ブラッドベリの怪奇小説を愛読。長年イラストレーター, 漫画家として活躍し, イギリスの新聞にマンガを連載。2000年作家としてデビューし, 子供向けのノンフィクションや小説を多数発表。04年〈トム・マーロウの奇妙な事件簿〉シリーズの第1作『死神の追跡者』がMWA賞ヤングアダルト部門にノミネートされた。06年シリーズ最終巻『呪いの訪問者』(05年)でランカシャー・ファンタジー大賞を受賞。

最近の翻訳書

◇『ホートン・ミア館の怖い話』 *THE DEAD OF WINTER*　クリス・プリーストリー著, 西田佳子訳　理論社　2012.12　285p　20cm　1600円　①978-4-652-08005-4

◇『呪いの訪問者』 *Redwulf's Curse*　クリス・プリーストリー作, 堀川志野舞訳　ポプラ社　2012.7　302p　20cm　（トム・マーロウの奇妙な事件簿　3）　1480円　①978-4-591-12974-6

◇『悪夢の目撃者』 *The white rider*　クリス・プリーストリー作, 堀川志野舞訳　ポプラ社　2012.3　302p　20cm　（トム・マーロウの奇妙な事件簿　2）　1480円　①978-4-591-12868-8

◇『死神の追跡者』 *Death and the arrow*　クリス・プリーストリー作, 堀川志野舞訳　ポプラ社　2011.11　279p　20cm　（トム・マーロウの奇妙な事件簿　1）　1480円　①978-4-591-12644-8

◇『トンネルに消えた女の怖い話』 *Tales of terror from the tunnel's mouth*　クリス・プリーストリー著, 三辺律子訳　理論社　2010.7　395p　20cm　1600円　①978-4-652-07974-4

◇『船乗りサッカレーの怖い話』 *Tales of terror from the black ship* クリス・プリーストリー著, 三辺律子訳 理論社 2009.10 353p 20cm 1500円 ①978-4-652-07959-1

◇『モンタギューおじさんの怖い話』 *Uncle Montague's tales of terror* クリス・プリーストリー著, デイヴィッド・ロバーツ画, 三辺律子訳 理論社 2008.11 349p 20cm 1500円 ①978-4-652-07941-6

ブリセット, ルーサー *Blissett, Luther*　　　　　文学, 歴史

別共同筆名＝ウー・ミン〈Wu Ming〉

ルーサー・ブリセットはイタリア・ボローニャ在住の4人のイタリア人による筆名。もともとは1994年イタリアのアーティストや活動家、悪戯好きが集まり、"ルーサー・ブリセット・プロジェクト"として起動させたもので、誰でも自由に参加でき、"ルーサー・ブリセット"の名前で発表することだけが決まりだった。そもそもルーサー・ブリセットは、80年代のイギリスにいた無名のサッカー選手の名前で、名前によって作品の価値が決まるわけではという考えからプロジェクト名に採用された。プロジェクトが終了するにあたり、最後に発表されたのが『Q』で、Roberto Bui, Giovanni Cattabriga, Federico Guglielmi, Luca Di Meoの4人が2年間リサーチし、持ち場を決めて全員で執筆・推敲して、長大で複雑な『Q』を完成させた。同作はイタリア最高の文芸賞であるストレーガ賞にノミネートされたが、最終選考まで残った時点で著者側が辞退を表明。この著者たちの一部はその後も執筆活動を続け、メンバーを替え、ウー・ミンの名前で『アルタイ』を発表した。08年ルーサー・ブリセット時代からメンバーだった "ウー・ミン3" が脱退。現在は4名で活動を続ける。

最近の翻訳書

◇『**Q** 上』 *Q* ルーサー・ブリセット著, さとうななこ訳 東京創元社 2014.4 313p 20cm 1900円 ①978-4-488-01011-9

◇『**Q** 下』 *Q* ルーサー・ブリセット著, さとうななこ訳 東京創元社 2014.4 318p 20cm 1900円 ①978-4-488-01012-6

ブリッグズ, パトリシア *Briggs, Patricia*　　　　　SF, ファンタジー

アメリカの作家。1965年モンタナ州ビュート生まれ。少女時代はロッキー山脈で乗馬をして過ごす。モンタナ州立大学で歴史学とドイツ語の学位を取得、非常勤講師を務める傍ら、93年長編ファンタジー『Masques』でデビュー。以後、西洋史に関する知識にもとづく精緻な舞台設定と、平易な文体と会話を意図的に多用したファンタジーを精力的に書き続け、長編第5作、〈Hurog〉シリーズ第1作『ドラゴンと愚者』(2002年)などで幅広い読者を獲得。06年『裏切りの月に抱かれて』は現代ファンタジー〈マーセデス・トンプソン〉シリーズの第1作で、シリーズ第3作『Iron Kissed』(08年)は「ニューヨーク・タイムズ」紙のベストセラー・リスト(ペーパーバック版)で第1位に輝いた。ワシントン州在住。

最近の翻訳書

◇『裏切りの月に抱かれて』 *Moon called* パトリシア・ブリッグズ著, 原島文世訳 早川書房 2008.4 447p 16cm (ハヤカワ文庫 FT) 840円 ①978-4-15-020466-2

◇『ドラゴンと愚者』 *Dragon bones* パトリシア・ブリッグズ著, 月岡小穂訳 早川書房 2007.7 454p 16cm (ハヤカワ文庫 FT) 840円 ①978-4-15-020446-4

海外文学　新進作家事典　　　　　　　　　　　　　フリトマ

ブリッチ, パヴェル　*Brycz, Pavel*　　　　　　　　　　　ファンタジー

チェコの作家。1968年チェコスロバキア・ロウドニツェ・ナド・ラベム（現・チェコ）生まれ。ウースチー・ナド・ラベム大学で教育学を修めた後、プラハ芸術アカデミーで演劇を学ぶ。小説、児童書、エッセイなど多岐にわたる作家活動を行いながら、コピーライター、作詞家、脚本家としても活躍。小説『とうの昔になくなった家父長制の栄誉』（2003年）で国家文学賞を受賞するなど、現代チェコ文学の注目株。

最近の翻訳書

◇『夜な夜な天使は舞い降りる』 *Co si vyprávějí andělé?*　パヴェル・ブリッチ著, 阿部賢一訳　東宣出版　2012.11　215p　18cm　（はじめて出逢う世界のおはなし　チェコ編）　1900円　①978-4-88588-078-0

ブリテン, クリステン　*Britain, Kristen*　　　　　　　　SF, ファンタジー

アメリカの作家。ニューヨーク州出身。1987年イサカ大学で映画製作の学位を取得。卒業後はアメリカ各地の国立公園で森林警備隊員として働く。98年ファンタジー『緑の使者の伝説』でデビュー。同作は好評を博し、今なお書き継がれる人気シリーズとなった。メーン州在住。

最近の翻訳書

◇『緑の使者の伝説　上』 *GREEN RIDER*　クリステン・ブリテン著, 小林みき訳　早川書房　2012.8　335p　16cm　（ハヤカワ文庫 FT　545）　800円　①978-4-15-020545-4
◇『緑の使者の伝説　下』 *GREEN RIDER*　クリステン・ブリテン著, 小林みき訳　早川書房　2012.8　348p　16cm　（ハヤカワ文庫 FT　546）　800円　①978-4-15-020546-1

フリード, セス　*Fried, Seth*　　　　　　　　　　　　　　文学

アメリカの作家。1983年オハイオ州生まれ。ボーリング・グリーン州立大学でラテン語と創作を学ぶ。「マクスウィーニーズ」「ティン・ハウス」「ワン・ストーリー」「ヴァイス」などの雑誌に短編を寄稿。2011年初の短編集『大いなる不満』を刊行。07年『包囲戦』でウィリアム・ペデン賞を受賞。『フロスト・マウンテン・ピクニックの虐殺』および『微小生物集』で11年と13年にプッシュカート賞を受賞。ニューヨーク市ブルックリン在住。

最近の翻訳書

◇『大いなる不満』 *THE GREAT FRUSTRATION*　セス・フリード著, 藤井光訳　新潮社　2014.5　200p　20cm　（CREST BOOKS）　1800円　①978-4-10-590109-7

フリードマン, ダニエル　*Friedman, Daniel*　　　　　　ミステリー, スリラー

アメリカの作家。1981年テネシー州メンフィス生まれ。メリーランド大学、ニューヨーク大学ロー・スクールに学ぶ。ニューヨークで弁護士として働く傍ら、2012年『もう年はとれない』で作家デビューを果たし、13年のマカヴィティ賞最優秀新人賞を受賞。同作は、〈ハリー・ポッター〉シリーズや〈シャーロック・ホームズ〉シリーズを手がけた映画プロデューサー兼脚本家のライオネル・ウィグラムにより映像化されることが決定。

最近の翻訳書

◇『もう過去はいらない』 *DON'T EVER LOOK BACK*　ダニエル・フリードマン著, 野口百合子訳　東京創元社　2015.8　359p　15cm　（創元推理文庫）

365

Mフ29-2） 1040円 ⒤978-4-488-12206-5
◇『もう年はとれない』 *DON'T EVER GET OLD* ダニエル・フリードマン
著，野口百合子訳 東京創元社 2014.8 382p 15cm （創元推理文庫 M
フ29-1） 1040円 ⒤978-4-488-12205-8

ブリトン, アンドリュー　*Britton, Andrew*　　　　ミステリー, スリラー

アメリカの作家。1981年1月6日〜2008年3月18日。イギリスのピーターバラ生まれ。幼少期を
北アイルランドで過ごす。1988年、7歳の時に家族とともにアメリカのミシガン州に移住。ア
メリカ陸軍で工兵として勤務した後、ノースカロライナ大学で経済学と心理学を専攻。2006
年在学中の24歳の時にCIAエージェントの〈ライアン・キーリー〉シリーズ第1作『合衆国爆砕
テロ』で小説家デビュー。新時代の冒険・謀略小説の書き手として絶賛されたが、08年ノース
カロライナ州ダーラムで27歳の若さで死去した。

最近の翻訳書

◇『合衆国包囲網』 *The invisible* アンドリュー・ブリトン著，黒原敏行訳 ソ
フトバンククリエイティブ 2008.7 558p 16cm （ソフトバンク文庫）
850円 ⒤978-4-7973-4022-8
◇『合衆国殲滅計画』 *The assassin* アンドリュー・ブリトン著，黒原敏行訳
ソフトバンククリエイティブ 2007.6 741p 16cm （SB文庫） 857円
⒤978-4-7973-4021-1
◇『合衆国爆砕テロ』 *The American* アンドリュー・ブリトン著，黒原敏行訳
ソフトバンククリエイティブ 2006.12 542p 16cm （SB文庫） 850円
⒤4-7973-3222-0

プリニース, サラ　*Prineas, Sarah*　　　　児童書, ファンタジー

アメリカの作家。1966年11月19日ニュージャージー州生まれ。英文学の博士号を持ち、アイ
オワ大学で教鞭を執る。2008年児童文学のデビュー作『魔法が消えていく……』は人気を呼
び、新聞・雑誌・ブログなどでも好評を博した。アイオワ州在住。

最近の翻訳書

◇『魔法が消えていく……』 *THE MAGIC THIEF* サラ・プリニース作，橋本
恵訳 徳間書店 2016.1 316p 19cm 1600円 ⒤978-4-19-864091-0

フリーマン, ブライアン　*Freeman, Brian*　　　　ミステリー, サスペンス

アメリカの作家。1963年イリノイ州シカゴ生まれ。カールトン大学卒。2005年に発表した『イ
ンモラル』が、マカヴィティ賞最優秀新人賞を受賞。さらに、MWA賞、CWA賞、アンソニー
賞、バリー賞の最優秀新人賞の最終選考にノミネートされた。同作は〈Jonathan Stride〉とし
てシリーズ化され、シリーズ第2作『ストリップ』（06年）も絶賛された。ほかに〈Cab Bolton〉
シリーズがある。

最近の翻訳書

◇『ストリップ』 *Stripped* ブライアン・フリーマン著，長野きよみ訳 早川書
房 2007.11 615p 16cm （ハヤカワ・ミステリ文庫） 1000円 ⒤978-4-
15-176852-1
◇『インモラル』 *Immoral* ブライアン・フリーマン著，長野きよみ訳 早川書
房 2007.3 635p 16cm （ハヤカワ・ミステリ文庫） 1000円 ⒤978-4-

15-176851-4

フリーマン, マーシャ　*Freeman, Martha*　　　児童書, ヤングアダルト

アメリカの作家。1956年2月25日南カリフォルニア生まれ。スタンフォード大学で歴史学を学ぶ。記者や教員、コピーライターなどいくつもの職業を経て、96年『Stink Bomb Mom』で作家デビュー。主に子供向けのユーモア小説やヤングアダルト作品を手がける。ペンシルベニア州ステートカレッジで家族とともに暮らす。

最近の翻訳書

◇『名探偵ネコ ルオー ハロウィンを探せ』　*Who stole Halloween？*　マーシャ・フリーマン著, 栗山理栄, 佐々木本恵, 永江美奈子, 野崎七菜子, 宮原満, 望月むつみ訳, 宮本寿代監訳　バベルプレス　2011.10　246p　19cm　1300円　①978-4-89449-121-2

ブリューワー, ヘザー　*Brewer, Heather*　　　ヤングアダルト, ファンタジー

アメリカの作家。1973年ミシガン州ラピーア生まれ。本名はZachary Oliver Brewer。2007年ハーフ・ヴァンパイアの少年を描いた〈ヴラディミール・トッド・クロニクルズ〉シリーズをヘザー・ブリューワーの名前で刊行しデビュー。その後、『The Slayer Chronicles』(11〜14年)、『Legacy of Tril』(12年〜)などを発表。15年性転換してザック・ブリューワー名義で活動を開始。ミズーリ州セントルイス在住。

最近の翻訳書

◇『ヴラディミール・トッド・クロニクルズ　5　預言の子』　*THE CHRONICLES OF VLADIMIR TOD.Book5：TWELFTH GRADE KILLS*　ヘザー・ブリューワー著, 園生さち訳　新書館　2014.11　461p　19cm　1600円　①978-4-403-22085-2

◇『ヴラディミール・トッド・クロニクルズ　4　エリシアの掟』　*THE CHRONICLES OF VLADIMIR TOD.Book4：ELEVENTH GRADE BURNS*　ヘザー・ブリューワー著, 園生さち訳　新書館　2014.10　429p　19cm　1600円　①978-4-403-22084-5

◇『ヴラディミール・トッド・クロニクルズ　3　血をめぐる儀式』　*THE CHRONICLES OF VLADIMIR TOD.Book3：TENTH GRADE BLEEDS*　ヘザー・ブリューワー著, 園生さち訳　新書館　2014.9　381p　19cm　1400円　①978-4-403-22083-8

◇『ヴラディミール・トッド・クロニクルズ　2　スレイヤーの魔の手』　*THE CHRONICLES OF VLADIMIR TOD.Book2：NINTH GRADE SLAYS*　ヘザー・ブリューワー著, 園生さち訳　新書館　2014.8　373p　19cm　1400円　①978-4-403-22079-1

◇『ヴラディミール・トッド・クロニクルズ　1　牙に秘めた思い』　*THE CHRONICLES OF VLADIMIR TOD.Book1：EIGHTH GRADE BITES*　ヘザー・ブリューワー著, 園生さち訳　新書館　2014.8　257p　19cm　1200円　①978-4-403-22078-4

フリン, アレックス　*Flinn, Alex*　　　ヤングアダルト

アメリカの作家。ニューヨーク州グレンコーブ生まれ。2001年『Breathing Underwater』で作家デビュー。07年の『ビーストリー』は「ニューヨーク・タイムズ」紙のベストセラー・リ

ストで児童文学ジャンル第1位を獲得し、11年に映画化もされた。フロリダ州マイアミ在住。

最近の翻訳書

◇『ビーストリー』 *Beastly* アレックス・フリン著, 古川奈々子訳　角川書店
2012.1　331p　15cm　（角川文庫　17236）　743円　①978-4-04-298228-9

フリン, ギリアン　*Flynn, Gillian*　　　　　　　　　　　　　ミステリー, スリラー

アメリカの作家。ミズーリ州カンザスシティ生まれ。カンザス大学を卒業後、ノースウエスタン大学でジャーナリズムの修士号を取得。「エンターテインメント・ウィークリー」でテレビ批評の責任者として活躍しながら執筆活動を行う。2006年に発表したデビュー作『Kizu―傷』でCWA賞最優秀新人賞（ジョン・クリーシー・ダガー賞）と最優秀スリラー賞を受賞、第2作『冥闇』（09年）はスティーブン・キングなどに激賞され、CWA賞最優秀スパイ・冒険・スリラー賞にノミネートされる。第3作『ゴーン・ガール』（12年）は「ニューヨーク・タイムズ」紙のベストセラー・リストで第1位に輝くなど全米でベストセラーとなり、14年にはデービッド・フィンチャー監督により映画化された（自身で脚本も担当）。夫と子供たちとともにイリノイ州シカゴ在住。

最近の翻訳書

◇『ゴーン・ガール　上』 *Gone Girl* ギリアン・フリン著, 中谷友紀子訳　小
学館　2013.6　413p　16cm　（小学館文庫　フ6-2）　752円　①978-4-09-
408792-5
◇『ゴーン・ガール　下』 *Gone Girl* ギリアン・フリン著, 中谷友紀子訳　小
学館　2013.6　381p　16cm　（小学館文庫　フ6-3）　752円　①978-4-09-
408830-4
◇『冥闇』 *DARK PLACES* ギリアン・フリン著, 中谷友紀子訳　小学館
2012.10　615p　16cm　（小学館文庫　フ6-1）　924円　①978-4-09-408762-8
◇『**Kizu―傷**』 *Sharp objects* ギリアン・フリン著, 北野寿美枝訳　早川書房
2007.10　442p　16cm　（ハヤカワ・ミステリ文庫）　840円　①978-4-15-
177301-3

プール, サラ　*Poole, Sara*　　　　　　　　　　　　　　　　　　歴史, ミステリー

アメリカの作家。1951年生まれ。ジャーナリスト一家に育ち、12歳の時に作家を志す。広告、出版でキャリアを積んだ後、『毒殺師フランチェスカ』で作家デビュー。コネティカット州在住。

最近の翻訳書

◇『**毒殺師フランチェスカ**』 *POISON* サラ・プール著, 三角和代訳　集英社
2014.3　501p　16cm　（集英社文庫　フ32-1）　950円　①978-4-08-760683-6

ブルー, ルーシー　*Blue, Lucy*　　　　　　　　　　　　　　ロマンス, ファンタジー

別筆名＝Hathaway-Nayne, Anne

アメリカの作家。サウスカロライナ州チェスター生まれ。ウィンスロップ大学に学ぶ。中世を舞台にしたヒストリカル・ロマンスを得意とする作家。英文学の修士号を持ち、弁護士のアシスタントとして働く傍ら、作家活動を行う。Anne Hathaway-Nayne名義の著書もある。サウスカロライナ州で夫と暮らす。

最近の翻訳書

◇『**貴婦人と謎の黒騎士**』 *My demon's kiss* ルーシー・ブルー著, 辻早苗訳

海外文学　新進作家事典　　　　　　　　　　　　　　　フルエリ

早川書房　2010.7　429p　16cm　（ハヤカワ文庫　フー3-1—イソラ文庫
23）　900円　①978-4-15-150023-7

フルエリン, リン　*Flewelling, Lynn*　　　　　　　　　SF, ファンタジー

アメリカの作家、ジャーナリスト。1958年メーン州プレスクアイル生まれ。メーン州立大学
で英文学の学位を取得後、結婚。オレゴン州で獣医学を、ジョージタウン大学でギリシャ古
典を学ぶ。会社員、アパートの管理人、教師、検死技師、コピーライター、フリーの編集者、
ジャーナリストなどを務める。カリフォルニア州レッドランズに在住。

最近の翻訳書

◇『魂の棺　**3**』 *Casket of Souls.#6* リン・フルエリン著, 浜名那奈訳　中央
公論新社　2015.5　227p　18cm　（C・NOVELS Fantasia　ふ2-16—ナイト
ランナー　6）　1100円　①978-4-12-501341-1

◇『魂の棺　**2**』 *Casket of Souls.#6* リン・フルエリン著, 浜名那奈訳　中央
公論新社　2015.3　206p　18cm　（C・NOVELS Fantasia　ふ2-15—ナイト
ランナー　6）　1000円　①978-4-12-501337-4

◇『魂の棺　**1**』 *Casket of Souls.#6* リン・フルエリン著, 浜名那奈訳　中央
公論新社　2015.1　243p　18cm　（C・NOVELS Fantasia　ふ2-14—ナイト
ランナー　6）　1000円　①978-4-12-501327-5

◇『禁断の書　上』 リン・フルエリン著, 浜名那奈訳　中央公論新社　2013.
12　261p　18cm　（C・NOVELS Fantasia　ふ2-12—ナイトランナー　5）
1000円　①978-4-12-501277-3

◇『禁断の書　下』 リン・フルエリン著, 浜名那奈訳　中央公論新社　2013.
12　252p　18cm　（C・NOVELS Fantasia　ふ2-13—ナイトランナー　5）
1000円　①978-4-12-501278-0

◇『神託の子　上』 リン・フルエリン著, 浜名那奈訳　中央公論新社　2013.2
249p　18cm　（C・NOVELS Fantasia　ふ2-10—ナイトランナー　4）　950
円　①978-4-12-501240-7

◇『神託の子　下』 リン・フルエリン著, 浜名那奈訳　中央公論新社　2013.2
268p　18cm　（C・NOVELS Fantasia　ふ2-11—ナイトランナー　4）　950
円　①978-4-12-501241-4

◇『月の反逆者　**3**』 *Traitor's moon* リン・フルエリン著, 浜名那奈訳　中央
公論新社　2008.2　283p　18cm　（C novels fantasia—ナイトランナー　3）
1000円　①978-4-12-501022-9

◇『月の反逆者　**2**』 *Traitor's moon* リン・フルエリン著, 浜名那奈訳　中央
公論新社　2007.12　280p　18cm　（C novels fantasia—ナイトランナー　3）
1000円　①978-4-12-501011-3

◇『月の反逆者　**1**』 *Traitor's moon* リン・フルエリン著, 浜名那奈訳　中央
公論新社　2007.9　290p　18cm　（C novels fantasia—ナイトランナー　3）
1050円　①978-4-12-501002-1

◇『光の狩り手　**3**』 *Stalking darkness* リン・フルエリン著, 浜名那奈訳　中
央公論新社　2007.2　220p　18cm　（C novels fantasia—ナイトランナー
2）　950円　①978-4-12-500975-9

◇『光の狩り手　**2**』 *Stalking darkness* リン・フルエリン著, 浜名那奈訳　中
央公論新社　2006.11　222p　18cm　（C novels fantasia—ナイトランナー
2）　950円　①4-12-500960-0

◇『光の狩り手　**1**』 *Stalking darkness* リン・フルエリン著, 浜名那奈訳　中

フルエン　　　　　　海外文学　新進作家事典

央公論新社　2006.8　254p　18cm　（C novels fantasia—ナイトランナー
2)　950円　⑪4-12-500954-6
◇『闇の守り手　3』 *Luck in the shadows*　リン・フルエリン著, 浜名那奈訳
中央公論新社　2006.1　211p　18cm　（C・novels fantasia—ナイトランナー
1)　950円　⑪4-12-500929-5

ブルーエン, ケン　*Bruen, Ken*　　　　　　　　　　　　　　　ミステリー, スリラー

アメリカの作家。1951年アイルランド・ゴールウェイ生まれ。アフリカ、日本、東南アジア、
南アメリカでの英語教師の職を経て、92年『Funeral』でミステリー作家としてデビュー。2001
年に発表した、元警官の本好き酔いどれ探偵ジャック・テイラーが活躍するシリーズ第1作『酔
いどれに悪人なし』はアメリカをはじめ世界各国で話題を集め、シェイマス賞最優秀長編賞
を受賞。またMWA賞、マカヴィティ賞、バリー賞にノミネートされるなど、高い評価を受け
た。06年の『アメリカン・スキン』は、ジョージ・P.ペレケーノス、ローラ・リップマン、C.
J.ボックスといった著名作家らに絶賛された。現在もゴールウェイ在住。

最近の翻訳書

◇『**BIBLIO MYSTERIES　1**』 *AN ACCEPTABLE SACRIFICE THE
BOOK OF VIRTUE*ほか　ケン・ブルーエン, C・J・ボックス, アンド
リュー・テイラー, ジェフリー・ディーヴァー著　ディスカヴァー・トゥエン
ティワン　2014.11　215p　19cm　1300円　⑪978-4-7993-1618-4　内容：
「受け入れがたい犠牲」ジェフリー・ディーヴァー著「美徳の書」ケン・ブ
ルーエン著「ナチス・ドイツと書斎の秘密」C.J.ボックス著「死者の永いソ
ナタ」アンドリュー・テイラー著
◇『ロンドン・ブールヴァード』 *London boulevard*　ケン・ブルーエン著, 鈴木
恵訳　新潮社　2009.11　395p　16cm　（新潮文庫　フー55-1）　705円
⑪978-4-10-217441-8
◇『アメリカン・スキン』 *American skin*　ケン・ブルーウン著, 鈴木恵訳　早
川書房　2008.1　396p　16cm　（ハヤカワ・ミステリ文庫）　880円　⑪978-
4-15-175053-3

ブルック, クリスティーナ　*Brooke, Christina*　　　　　　　　　ロマンス, 歴史

別筆名＝ウェルズ, クリスティーン〈Wells, Christine〉
オーストラリアの作家。弁護士からヒストリカル・ロマンス作家に転身し、2007年クリスティー
ン・ウェルズ名義でデビュー。デビュー作『Scandal's Daughter』がオーストラリア人として
初めてアメリカ・ロマンス作家協会のゴールデンハート賞を受賞した。12年には『密会はお望
みのとおりに』で自身2度目となるRITA賞ファイナリストに選出される。クイーンズランド
州に在住。

最近の翻訳書

◇『約束のワルツをあなたと』 *Mad About the Earl*　クリスティーナ・ブルッ
ク著, 小林さゆり訳　二見書房　2014.7　477p　15cm　（二見文庫　プ8-2—
ザ・ミステリ・コレクション）　895円　⑪978-4-576-14079-7
◇『密会はお望みのとおりに』 *Heiress In Love*　クリスティーナ・ブルック著,
村山美雪訳　二見書房　2013.9　532p　15cm　（二見文庫　プ8-1—ザ・ミス
テリ・コレクション）　952円　⑪978-4-576-13122-1

海外文学　新進作家事典　　　　　　　　　　　フルツク

ブルック, ローレン　*Brooke, Lauren*　　　　　　　　ヤングアダルト

イギリスの作家。イギリスで生まれ、長くアメリカのバージニア州で過ごす。イギリスに移り住んでから本格的に著述活動を始め、2000年から書き始めた〈ハートランド物語〉シリーズが代表作となる。心理学者の夫とイギリス中部のレスターシャー州で暮らす。

最近の翻訳書

◇『長い夜』 *One day you'll know*　ローレン・ブルック著, 勝浦寿美訳　あすなろ書房　2007.11　223p　19cm　（ハートランド物語　6）　950円　①978-4-7515-2406-0

◇『吹雪のあとで』 *Come what may*　ローレン・ブルック著, 勝浦寿美訳　あすなろ書房　2007.2　191p　19cm　（ハートランド物語　5）　950円　①978-4-7515-2405-3

◇『強い絆』 *Taking chances*　ローレン・ブルック著, 勝浦寿美訳　あすなろ書房　2007.1　223p　19cm　（ハートランド物語　4）　950円　①978-4-7515-2404-6

◇『別れのとき』 *Breaking free*　ローレン・ブルック著, 勝浦寿美訳　あすなろ書房　2006.10　191p　19cm　（ハートランド物語　3）　950円　①4-7515-2403-8

◇『15歳の夏』 *Coming home*　ローレン・ブルック著, 勝浦寿美訳　あすなろ書房　2006.9　183p　19cm　（ハートランド物語　1）　950円　①4-7515-2401-1

◇『わたしたちの家』 *After the storm*　ローレン・ブルック著, 勝浦寿美訳　あすなろ書房　2006.9　231p　19cm　（ハートランド物語　2）　950円　①4-7515-2402-X

ブルックス, アダム　*Brookes, Adam*　　　　　　　　　ミステリー

イギリスの作家。カナダ生まれ。1980年代ロンドンの東洋アフリカ研究学院で中国語を学び、ジャーナリストとなる。BBCワールド・サービスのプロデューサーを経て、海外特派員としてインドネシア、中国、アメリカに駐在。この間、イラク、アフガニスタン、北朝鮮、モンゴルなどをはじめ、30カ国以上で取材にあたった。2014年『暗号名ナイトヘロン』で作家デビュー。

最近の翻訳書

◇『暗号名ナイトヘロン』 *NIGHT HERON*　アダム・ブルックス著, 漆原敦子訳　早川書房　2015.7　566p　16cm　（ハヤカワ文庫 NV　1352）　1180円　①978-4-15-041352-1

ブルックス, ジェラルディン　*Brooks, Geraldine*　　　　　歴史

オーストラリアの作家。シドニー生まれ。シドニー大学卒業後、「シドニー・モーニング・ヘラルド」紙で環境問題などを担当。奨学金を得て、アメリカのコロンビア大学に留学、並行して「ウォールストリート・ジャーナル」紙でボスニア、ソマリア、中東地域の特派員として活躍、その経験をもとに2冊のノンフィクションを執筆。2001年17世紀のイギリスを舞台にした『灰色の季節をこえて』で小説家デビュー。06年『マーチ家の父―もうひとつの若草物語』でフィクション部門のピュリッツァー賞を受賞した。第3作の『古書の来歴』もベストセラーとなり、10年日本の翻訳ミステリー大賞を受賞。卓越したストーリーテリングで米歴史小説界の頂点に駆け上がった。夫は同じくピュリッツァー賞受賞者であるジャーナリストのトニー・ホルビッツ。マサチューセッツ州マーサズ・ビンヤード島とシドニー在住。

371

フルツク　　　　　　　　海外文学　新進作家事典

最近の翻訳書

◇『マーチ家の父—もうひとつの若草物語』 *MARCH* ジェラルディン・ブ
ルックス著, 高山真由美訳　武田ランダムハウスジャパン　2012.7　451p
15cm　（RHブックス・プラス　フ14-3）　940円　①978-4-270-10417-0
◇『灰色の季節をこえて』 *YEAR OF WONDERS* ジェラルディン・ブルックス著, 高山真由美訳　武田ランダムハウスジャパン　2012.4　420p　20cm
2200円　①978-4-270-00689-4
◇『古書の来歴　上』 *PEOPLE OF THE BOOK* ジェラルディン・ブルック
ス著, 森嶋マリ訳　武田ランダムハウスジャパン　2012.4　334p　15cm
（RHブックス・プラス　フ14-1）　750円　①978-4-270-10409-5
◇『古書の来歴　下』 *PEOPLE OF THE BOOK* ジェラルディン・ブルック
ス著, 森嶋マリ訳　武田ランダムハウスジャパン　2012.4　325p　15cm
（RHブックス・プラス　フ14-2）　800円　①978-4-270-10410-1
◇『マーチ家の父—もうひとつの若草物語』 *March* ジェラルディン・ブルッ
クス著, 高山真由美訳　武田ランダムハウスジャパン　2010.5　381p　20cm
2200円　①978-4-270-00582-8
◇『古書の来歴』 *People of the book* ジェラルディン・ブルックス著, 森嶋マ
リ訳　ランダムハウス講談社　2010.1　519p　20cm　2300円　①978-4-270-
00562-0

ブルックス, ニック　*Brooks, Nick*　　　　　　　　　　ミステリー

イギリスの作家。ストラスクライド州グラスゴー出身。グラスゴー大学で英文学、同大学院で
文芸創作を学ぶ。2005年『My Name is Denise Forrester』で作家デビュー。

最近の翻訳書

◇『屍体修理人』 *The good death* ニック・ブルックス著, 古賀弥生訳　ランダ
ムハウス講談社　2007.9　479p　15cm　880円　①978-4-270-10121-6

ブルックス, マックス　*Brooks, Max*　　　　　　　　　　　ホラー

アメリカの作家。1972年ニューヨーク市生まれ。父親は "コメディ映画の巨匠" として知られ
る映画監督メル・ブルックス、母親は女優のアン・バンクロフト。「サタデイ・ナイト・ライ
ヴ」などの脚本家として活躍後、2003年『The Zombie Survival Guide』で作家デビュー。06
年終末ホラー小説『WORLD WAR Z』は辛口で鳴る書評誌「カーカス・レビュー」が星つき
で絶賛し、「ニューヨーク・タイムズ」紙のベストセラー・リストにランクイン。13年にはブ
ラッド・ピット主演で映画化された。

最近の翻訳書

◇『**WORLD WAR Z** 上』 *World war Z* マックス・ブルックス著, 浜野アキ
オ訳　文藝春秋　2013.3　313p　16cm　（文春文庫　フ32-1）　657円
①978-4-16-781216-4
◇『**WORLD WAR Z** 下』 *World war Z* マックス・ブルックス著, 浜野アキ
オ訳　文藝春秋　2013.3　334p　16cm　（文春文庫　フ32-2）　686円
①978-4-16-781217-1
◇『**WORLD WAR Z**』 *World war Z* マックス・ブルックス著, 浜野アキオ訳
文藝春秋　2010.4　535p　19cm　2000円　①978-4-16-329140-6

海外文学　新進作家事典　　　**フレイク**

ブルックマイア, クリストファー　*Brookmyre, Christopher*　ミステリー, スリラー

イギリスの作家。1968年9月6日ストラスクライド州グラスゴー生まれ。グラスゴー大学では演劇などを学び、在学中に大学新聞で映画評を手がける。卒業後、ジャーナリストとしてロンドン、ロサンゼルス、エディンバラなどで映画やサッカーのコラムを中心に活躍。96年『殺し屋の厄日』で作家デビューし、評論家が選ぶクライム・ノベルの新人賞を受賞。

最近の翻訳書

◇『殺し屋の厄日』*Quite ugly one morning*　クリストファー・ブルックマイア著, 玉木亨訳　ヴィレッジブックス　2007.4　388p　15cm　（ヴィレッジブックス）　900円　①978-4-7897-3057-0

ブルーム, インディゴ　*Bloome, Indigo*　ロマンス

オーストラリアの作家。シドニー生まれ。シドニーとイギリスの金融業界でキャリアを積んだ後、オーストラリアの地方都市ホバートに移り住み、創作活動を始める。2012年のデビュー作『クイン博士の甘美な実験』がオーストラリアとイギリスのエロティック・ロマンス部門で1位と2位を記録（Kindle版）、一躍話題となり、〈Avalon Trilogy〉としてシリーズ化された。

最近の翻訳書

◇『クイン博士の危険な追跡』*DESTINED TO FEEL*　インディゴ・ブルーム著, 山田蘭訳　集英社クリエイティブ　2014.6　383p　16cm　（ベルベット文庫）　980円　①978-4-420-32024-5
◇『クイン博士の甘美な実験』*DESTINED TO PLAY*　インディゴ・ブルーム著, 山田蘭訳　集英社クリエイティブ　2013.7　383p　16cm　（ベルベット文庫）　940円　①978-4-420-32006-1

ブルーム, レズリー・M.M.　*Blume, Lesley M.M.*　ヤングアダルト

アメリカのジャーナリスト、作家。ニューヨーク生まれ。母親はクラシック・ピアニスト、父親はジャーナリスト。ウィリアムズ大学、オックスフォード大学、ケンブリッジ大学大学院で歴史を学び、作家活動だけでなく、ジャーナリスト、コラムニストとして政治、文化、メディア、ファッションなど幅広い分野で活躍。『サマセット四姉妹の大冒険』（2006年）は30万部を超える人気作となり、08年の『Tennyson』（未訳）なども高い評価を受けている。

最近の翻訳書

◇『サマセット四姉妹の大冒険』*CORNELIA AND THE AUDACIOUS ESCAPADES OF THE SOMERSET SISTERS*　レズリー・M・M・ブルーム作, 尾高薫訳, 中島梨絵絵　ほるぷ出版　2014.6　303p　19cm　1600円　①978-4-593-53491-3

ブレイク, ジェイムズ・カルロス　*Blake, James Carlos*　ミステリー, スリラー

アメリカの作家。メキシコで生まれ、テキサス州で育つ。アメリカ陸軍を経て、南フロリダ大学で学び、ボーリング・グリーン州立大学で修士の学位を取得。1995年長編小説『The Pistoleer』でデビュー以降、アメリカ～メキシコ国境地帯を舞台にした犯罪小説を発表。日本デビュー作となった第6長編『無頼の掟』（2002年）、第7長編『荒ぶる血』（03年）は日本の読者の高い支持を受け、前者で“このミステリーがすごい！”第3位、日本冒険小説協会大賞を、後者で“このミステリーがすごい！”第2位、マルタの鷹協会ファルコン賞を受賞した。アリゾナ州在住。

フレイマ　　　　　　　海外文学　新進作家事典

最近の翻訳書

◇『掠奪の群れ』 *Handsome Harry* ジェイムズ・カルロス・ブレイク著, 加賀
山卓朗訳　文藝春秋　2008.9　426p　16cm　（文春文庫）　819円　①978-4-
16-770566-4

◇『荒ぶる血』 *Under the skin* ジェイムズ・カルロス・ブレイク著, 加賀山卓
朗訳　文藝春秋　2006.4　378p　16cm　（文春文庫）　762円　①4-16-
770520-6

フレイマン＝ウェア, ギャレット　*Freymann-Weyr, Garret*

児童書, ヤングアダルト

アメリカの作家。ニューヨーク市生まれ。ニューヨーク大学大学院で、映画専攻の修士号を取
得。2000年『涙のタトゥー』で作家デビュー。03年第2作の『マイ・ハートビート』は優れた
ヤングアダルト作品に贈られるマイケル・L.プリンツ賞のオナーブックに選ばれた。

最近の翻訳書

◇『涙のタトゥー』 *When I was older* ギャレット・フレイマン＝ウェア作,
ないとうふみこ訳　ポプラ社　2007.7　251p　20cm　（ポプラ・リアル・シ
リーズ　5）　1400円　①978-4-591-09846-2

プレヴォー, ギヨーム　*Prévost, Guillaume*

ファンタジー

フランスの作家。1964年マダガスカル・アンタナナリボ生まれ。サン・クルー高等師範学校
卒。パリ地区リセの歴史教師で、執筆活動を始める前は「ヒストリー」チャンネルの番組制作
にも参加。〈時の書〉シリーズなどで人気を得る。

最近の翻訳書

◇『時の書　3　黄金の環』 *Le livre du temps* ギヨーム・プレヴォー作, 伊藤
直子訳　くもん出版　2010.1　442p　22cm　1900円　①978-4-7743-1689-5

◇『時の書　2　七枚のコイン』 *Le livre du temps* ギヨーム・プレヴォー作,
伊藤直子訳　くもん出版　2009.11　366p　22cm　1600円　①978-4-7743-
1688-8

◇『時の書　1　彫刻された石』 *Le livre du temps* ギヨーム・プレヴォー作,
伊藤直子訳　くもん出版　2009.11　332p　22cm　1600円　①978-4-7743-
1687-1

フレーシュ, ジョゼ　*Frèches, José*

歴史, ロマンス

フランスの作家。1950年6月25日ランド県ダクス生まれ。ギメ美術館（東洋美術専門美術館）の
中国セクションの学芸員、パリ市の広報担当、シラク・フランス大統領顧問、民放テレビ局幹
部などを経て、作家に転身。2002年に処女小説〈翡翠の壁〉3部作を発表。03年から『遥かなる
野望』『仏陀の秘宝』『玉座への道』からなる〈絹の女帝〉3部作を刊行し、一躍ベストセラー作
家となった。

最近の翻訳書

◇『玉座への道』 *L'imperatrice de la soie* ジョゼ・フレーシュ著, 番由美子訳
ランダムハウス講談社　2006.7　542p　15cm　（絹の女帝　第3部）　950円
①4-270-10047-8

◇『仏陀の秘宝』 *L'imperatrice de la soie* ジョゼ・フレーシュ著, 番由美子訳

374

海外文学　新進作家事典　　　　　　　　　　　　　　　フレスフ

ランダムハウス講談社　2006.4　525p　15cm　（絹の女帝　第2部）　950円
①4-270-10036-2

フレズティ, ダナ　*Fredsti, Dana*　　　　　　　　　　　　　　ホラー, ミステリー

筆名＝LaVey, Inara

アメリカの作家、脚本家、女優。カリフォルニア州トーランス生まれ。演劇の剣術家、女優として活動する傍ら、舞台及び映画のプロデューサー、ディレクター、脚本家を務める。2003年ロサンゼルスで開かれたヴァレー・フィルム・フェスティバルでベスト・ドキュメンタリー賞を受賞した「Urban Rescuers」の共同脚本家で、アソシエイト・プロデューサーも務めた。執筆活動も旺盛で、エッセイや短編をさまざまな雑誌に寄稿。Inara LaVey名義でロマンス小説も執筆。

最近の翻訳書

◇『ゾンビ・ハンターアシュリー・パーカー』　*PLAGUE TOWN*　ダナ・フレズティ著, 富永晶子訳　竹書房　2013.4　461p　15cm　（竹書房文庫　ふ4-1）　714円　①978-4-8124-9389-2

プレストン, M.K.　*Preston, M.K.*　　　　　　　　　　　　　　ミステリー, ロマンス

別筆名＝プレストン, マーシャ〈Preston, Marcia〉

アメリカの作家。別名はマーシャ・プレストン。オクラホマ州の小麦農家で生まれ育つ。セントラルオクラホマ大学で学位を取得し、卒業後は高校教師を務める傍ら、"ナショナル・カウボーイ＆ウエスタン・ヘリテッジ・ミュージアム"でPR、出版ディレクターを担当。2002年M.K.プレストン名義で書いたミステリー『太陽の殺意』で作家デビュー、同作はメアリ・ヒギンズ・クラーク賞、バリー賞、マカヴィティ賞にノミネートされ、一躍注目を集める。シリーズ第2作『陽炎の匂い』は04年度のメアリ・ヒギンズ・クラーク賞を受賞。05年マーシャ・プレストン名義で女性の生きざまを書いた『蝶の棲む家』によって新境地を開いた。ライター向けマガジンの編集・発行も手がける。オクラホマ州エドモンド在住。

最近の翻訳書

◇『蝶の棲む家』　マーシャ・プレストン著, 宇丹貴代実訳　ハーレクイン　2008.2　430p　15cm　（Mira）　762円　①978-4-596-91275-6

◇『陽炎の匂い』　*Song of the bones*　M.K.プレストン著, 日暮雅通訳　ヴィレッジブックス　2007.10　366p　15cm　880円　①978-4-7897-3179-9

◇『太陽の殺意』　*Perhaps she'll die*　M.K.プレストン著, 日暮雅通訳　ヴィレッジブックス　2006.10　302p　15cm　（ヴィレッジブックス）　840円　①4-7897-2969-9

プレスフィールド, スティーヴン　*Pressfield, Steven*　　　　　　　　　　歴史

アメリカの作家、脚本家。1943年英領トリニダード島（現・トリニダードトバゴ）のポートオブスペインで生まれる。デューク大学を卒業後、アメリカ海兵隊員、コピーライター、教師、トラックドライバー、バーテンダー、油田施設作業員、精神科病院の係員、脚本家などさまざまな仕事をこなしながら作家を目指す。95年ゴルフ小説『バガー・ヴァンスの伝説』で作家デビュー。その後は歴史小説作家として活躍。

最近の翻訳書

◇『砂漠の狐を狩れ』　*Killing Rommel*　スティーヴン・プレスフィールド著,

村上和久訳　新潮社　2009.3　493p　16cm　（新潮文庫　フー53-1）　781円
①978-4-10-217231-5

ブレット, ピーター・V.　Brett, Peter V.　　　　　SF, ファンタジー

アメリカの作家。1973年2月8日ニューヨーク州ニューロシェル生まれ。ファンタジー小説とコミックを読んで育ち、ニューヨーク州立大学バッファロー校で英文学を専攻する傍ら、D&Dとフェンシングに没頭。卒業後、医療関係の出版社に10年間勤務。処女作『護られし者』(2008年)がイギリスの出版社に認められ、デビューと同時に専業作家となった。ニューヨーク市マンハッタン在住。

*** 最近の翻訳書 ***

◇『護られし者　3　攻勢』　The painted man　ピーター・V.ブレット著, 和爾桃子訳　早川書房　2009.1　269p　16cm　（ハヤカワ文庫　FT487）　700円
①978-4-15-020487-7
◇『護られし者　2　代償』　The painted man　ピーター・V.ブレット著, 和爾桃子訳　早川書房　2008.11　297p　16cm　（ハヤカワ文庫　FT）　720円
①978-4-15-020482-2
◇『護られし者　1　萌芽』　The painted man　ピーター・V.ブレット著, 和爾桃子訳　早川書房　2008.9　363p　16cm　（ハヤカワ文庫　FT）　740円
①978-4-15-020478-5

ブレーデル, サラ　Blaedel, Sara　　　　　ミステリー, スリラー

デンマークの作家。コペンハーゲン生まれ。グラフィックデザインをはじめとするさまざまな職を経て、アメリカのミステリーの翻訳・出版を手がける出版社を設立。その後ジャーナリストとしても活動し、ノンフィクションを2冊発表。2004年ルイース・リックを主人公とする作品でミステリー作家としてデビュー。コペンハーゲン在住。

*** 最近の翻訳書 ***

◇『見えない傷痕』　KALD MIG PRINSESSE　サラ・ブレーデル著, 高山真由美訳　早川書房　2012.8　431p　16cm　（ハヤカワ・ミステリ文庫　HM384-1）　880円　①978-4-15-179401-8

ブレナン, アリスン　Brennan, Allison　　　　　ミステリー, スリラー

アメリカの作家。カリフォルニア州生まれ。サンタクルス大学に学ぶ。1992〜2005年カリフォルニア州議会の立法コンサルタントを経て、作家に転向。05年元FBIアカデミーの女性3人をヒロインに据えた〈Predator〉シリーズ3部作『ザ・プレイ』『ザ・ハント』『ザ・キル』でデビュー、大ヒットしてベストセラー作家の仲間入りを果たす。発表する作品はほとんどが、ダフネ・デュ・モーリア賞やRITA賞などを受賞、あるいはノミネートを受けている。ほかに〈プリズン・ブレイク〉シリーズ3部作、〈Lucy Kincaid〉シリーズなどがある。プライベートでは5児の母親。家族と北カリフォルニアに在住。

*** 最近の翻訳書 ***

◇『エッジ』　CUTTING EDGE　アリスン・ブレナン著, 安藤由紀子訳　集英社　2012.11　543p　16cm　（集英社文庫　フ26-6―FBIトリロジー　3）　1000円　①978-4-08-760658-4
◇『シークレッツ』　FATAL SECRETS　アリスン・ブレナン著, 安藤由紀子訳　集英社　2012.10　598p　16cm　（集英社文庫　フ26-5―FBIトリロジー　2）

1000円　①978-4-08-760655-3

◇『**サドンデス**』 *SUDDEN DEATH*　アリスン・ブレナン著, 安藤由紀子訳
集英社　2012.9　599p　16cm　（集英社文庫　フ26-4—FBIトリロジー　1）
1000円　①978-4-08-760653-9

◇『**欺かれた真実　上**』 *Playing dead*　アリスン・ブレナン著, 崎浜祐子訳　ゴ
マブックス　2009.7　351p　15cm　（ゴマ文庫　G128）　790円　①978-4-
7771-5135-6

◇『**欺かれた真実　下**』 *Playing dead*　アリスン・ブレナン著, 崎浜祐子訳　ゴ
マブックス　2009.7　319p　15cm　（ゴマ文庫　G129）　790円　①978-4-
7771-5136-3

◇『**血塗られた氷雪　上**』 *Tempting evil*　アリスン・ブレナン著, 宇治田郁江,
崎浜祐子訳　ゴマブックス　2009.6　307p　15cm　（ゴマ文庫　G116）
790円　①978-4-7771-5123-3

◇『**血塗られた氷雪　下**』 *Tempting evil*　アリスン・ブレナン著, 崎浜祐子, 宇
治田郁江訳　ゴマブックス　2009.6　305p　15cm　（ゴマ文庫　G117）
790円　①978-4-7771-5124-0

◇『**切り刻まれた暗闇　上**』 *Killing fear*　アリスン・ブレナン著, 崎浜祐子, 宇
治田郁江訳　ゴマブックス　2009.5　334p　15cm　（ゴマ文庫　G106）
790円　①978-4-7771-5113-4

◇『**切り刻まれた暗闇　下**』 *Killing fear*　アリスン・ブレナン著, 宇治田郁江,
崎浜祐子訳　ゴマブックス　2009.5　315p　15cm　（ゴマ文庫　G107）
790円　①978-4-7771-5114-1

◇『**心…縛られて　上**』 *Fear no evil*　アリスン・ブレナン著, 安藤由紀子監訳
ゴマブックス　2008.12　343p　15cm　（ゴマ文庫）　790円　①978-4-7771-
5084-7

◇『**心…縛られて　下**』 *Fear no evil*　アリスン・ブレナン著, 安藤由紀子監訳
ゴマブックス　2008.12　331p　15cm　（ゴマ文庫）　790円　①978-4-7771-
5085-4

◇『**瞳…閉ざされて　上**』 *See no evil*　アリスン・ブレナン著, 安藤由紀子監訳
ゴマブックス　2008.11　319p　15cm　（ゴマ文庫）　790円　①978-4-7771-
5078-6

◇『**瞳…閉ざされて　下**』 *See no evil*　アリスン・ブレナン著, 安藤由紀子監訳
ゴマブックス　2008.11　334p　15cm　（ゴマ文庫）　790円　①978-4-7771-
5079-3

◇『**唇…塞がれて　上**』 *Speak no evil*　アリスン・ブレナン著, 安藤由紀子監訳
ゴマブックス　2008.10　341p　15cm　（ゴマ文庫）　790円　①978-4-7771-
5074-8

◇『**唇…塞がれて　下**』 *Speak no evil*　アリスン・ブレナン著, 安藤由紀子監訳
ゴマブックス　2008.10　318p　15cm　（ゴマ文庫）　790円　①978-4-7771-
5075-5

◇『**ザ・キル**』 *The kill*　アリスン・ブレナン著, 安藤由紀子訳　集英社　2007.
11　558p　16cm　（集英社文庫）　876円　①978-4-08-760543-3

◇『**ザ・ハント**』 *The hunt*　アリスン・ブレナン著, 安藤由紀子訳　集英社
2007.10　535p　16cm　（集英社文庫）　857円　①978-4-08-760540-2

◇『**ザ・プレイ**』 *The prey*　アリスン・ブレナン著, 安藤由紀子訳　集英社
2007.9　575p　16cm　（集英社文庫）　886円　①978-4-08-760537-2

フレナン　　　　　　　　海外文学　新進作家事典

ブレナン, サラ・リース　*Brennan, Sarah Rees*　　　　SF, ヤングアダルト

アイルランドの作家。1983年9月21日生まれ。海の近くで生まれ育つ。ニューヨークの大学で小説を、イギリスのサレーで司書学を修める。その後アイルランドに戻り、執筆活動を始める。2009年『デーモンズ・レキシコン』で作家デビュー。ダブリン在住。

最近の翻訳書

◇『デーモンズ・レキシコン　1　魔術師の息子』*Demon's lexicon*　サラ・リース・ブレナン著, 番由美子訳　メディアファクトリー　2009.4　415p
22cm　1700円　①978-4-8401-2768-4

フレンチ, タナ　*French, Tana*　　　　ミステリー, スリラー

アイルランドの作家。アイルランド、イタリア、アメリカ、マラウィで育ち、1990年以降はアイルランドのダブリンで暮らす。トリニティ・カレッジで演技を学び、女優や声優として働いた後、2007年『悪意の森』で作家デビュー。MWA賞処女長編賞をはじめ、アンソニー賞、マカヴィティ賞、バリー賞などの新人賞を受賞して一躍注目を浴びる存在となった。

最近の翻訳書

◇『葬送の庭　上』*FAITHFUL PLACE*　タナ・フレンチ著, 安藤由紀子訳
集英社　2013.9　356p　16cm　（集英社文庫　フ29-5）　800円　①978-4-08-
760672-0
◇『葬送の庭　下』*FAITHFUL PLACE*　タナ・フレンチ著, 安藤由紀子訳
集英社　2013.9　366p　16cm　（集英社文庫　フ29-6）　800円　①978-4-08-
760673-7
◇『道化の館　上』*The likeness*　タナ・フレンチ著, 安藤由紀子訳　集英社
2010.12　438p　16cm　（集英社文庫　フ29-3）　838円　①978-4-08-760616-
4
◇『道化の館　下』*The likeness*　タナ・フレンチ著, 安藤由紀子訳　集英社
2010.12　459p　16cm　（集英社文庫　フ29-4）　838円　①978-4-08-760617-
1
◇『悪意の森　上』*In the woods*　タナ・フレンチ著, 安藤由紀子訳　集英社
2009.9　406p　16cm　（集英社文庫　フ29-1）　762円　①978-4-08-760585-3
◇『悪意の森　下』*In the woods*　タナ・フレンチ著, 安藤由紀子訳　集英社
2009.9　412p　16cm　（集英社文庫　フ29-2）　762円　①978-4-08-760586-0

フレンチ, ニッキ　*French, Nicci*　　　　ミステリー, スリラー

ニッキ・フレンチは、イギリスの作家ニッキ・ゲラルド（Nicci Gerrard）とショーン・フレンチ（Sean French）夫妻による共同筆名。妻のニッキは1958年生まれ、オックスフォード大学（英文学）卒。「New Statesman」誌でジャーナリストとして活躍中の90年、ショーンと出会い結婚。97年ショーンとニッキ・フレンチ名義で小説『メモリー・ゲーム』を発表。ほかの著書に『記憶の家で眠る少女』『優しく殺して』『素顔の裏まで』などがある。『優しく殺して』は、2002年チェン・カイコー監督により映画化された（邦題「キリング・ミー・ソフトリー」）。

最近の翻訳書

◇『生還』*Land of the living*　ニッキ・フレンチ著, 務台夏子訳　角川書店
2011.4　510p　15cm　（角川文庫　16798）　952円　①978-4-04-276506-6

海外文学　新進作家事典　　フロチ

ブレント, ペーター　*Brendt, Peter*　　スリラー

ドイツの作家。1964年西ドイツ・ノルトライン・ウェストファーレン州生まれ。ドイツ海軍で航海士として潜水艦に乗務。退役後、コンピューターを学び、2005年から専業作家として活動する。

最近の翻訳書

◇『**Uボート決死の航海**』　*Jagd vor Afrika*　ペーター・ブレント著, 小津薫訳　扶桑社　2008.11　431p　16cm　（扶桑社ミステリー）　905円　①978-4-594-05800-5

フロイド, ビル　*Floyd, Bill*　　ミステリー, スリラー

アメリカの作家。アパラチア州立大学卒。10代の頃に短編小説を書き始める。2008年サスペンス小説『ニーナの記憶』で作家デビュー。ノースカロラナイ州モリスビル在住。

最近の翻訳書

◇『**ニーナの記憶**』　*The killer's wife*　ビル・フロイド著, 北野寿美枝訳　早川書房　2009.2　351p　16cm　（ハヤカワ文庫　NV1194）　780円　①978-4-15-041194-7

フロイント, ペーター　*Freund, Peter*　　**SF**, ファンタジー

ドイツの作家、脚本家、映画プロデューサー。1952年2月17日Unterafferbach生まれ。ミュンヘン大学で新聞学、政治学、社会学を学び、学生時代からフリージャーナリストとして活動。現在は作家、脚本家、映画プロデューサーとして活躍。2003年から刊行されている冒険ファンタジー〈ラウラ〉シリーズ（未訳）などで知られる。

最近の翻訳書

◇『**ファンタージエン―忘れられた夢の都**』　*Die Stadt der vergessenen Traume*　ペーター・フロイント著, 酒寄進一訳　ソフトバンククリエイティブ　2006.10　372p　23cm　1800円　①4-7973-2986-6

フロスト, スコット　*Frost, Scott*　　ミステリー, スリラー

アメリカの脚本家、作家。脚本家として人気テレビシリーズ「X－ファイル」「ツイン・ピークス」「バビロン5」などを手がける。2005年『警部補デリーロ』で作家として本格的にデビュー、06年度MWA賞処女長編賞にもノミネートされた。

最近の翻訳書

◇『**警部補デリーロ**』　*Run the risk*　スコット・フロスト著, 池田真紀子訳　集英社　2009.1　517p　16cm　（集英社文庫　フ28-1）　857円　①978-4-08-760566-2

ブローチ, エリース　*Broach, Elise*　　児童書

アメリカの作家。1963年9月20日ジョージア州アトランタ生まれ。エール大学の史学科卒業。テレビのマーケティングなどの仕事をした後、子供の本を書き始める。『Shakespeare's Secret』（2005年, 未訳）でMWA賞や08年のレベッカ・コーディルヤングリーダーズ・ブック賞にノミネートされる。著作は受賞や図書館の選書が多い。コネティカット州の森に住む。

フロツク　　　　　　海外文学　新進作家事典

最近の翻訳書

◇『チビ虫マービンは天才画家！』 *Masterpiece* エリース・ブローチ作, ケ
リー・マーフィー絵, 伊藤菜摘子訳　偕成社　2011.3　406p　22cm　1600円
①978-4-03-631620-5

ブロックマイヤー, ケヴィン　*Brockmeier, Kevin*　　　　　文学, SF

アメリカの作家。1972年12月6日アーカンソー州リトルロック生まれ。サウス・ウェスト州立
大学卒。97年短編「ある日の“半分になったルンペルシュティルツヒェン”」でイタロ・カル
ヴィーノ短編賞を受賞して作家デビュー。「ニューヨーカー」などさまざまな刊行物に短編を
発表、O.ヘンリー賞、ネルソン・オルグレン賞など数々の賞に輝き、短編の名手として新人な
がら注目を浴びる。2007年長編『終わりの街の終わり』を発表、文芸誌「グランタ」が10年ご
とに発表する“最も有望な若手アメリカ作家2007”に選ばれ、アメリカを代表する若手作家と
して評価を得た。

最近の翻訳書

◇『第七階層からの眺め』 *The view of the seventh layer* ケヴィン・ブロック
マイヤー著, 金子ゆき子訳　武田ランダムハウスジャパン　2011.11　380p
20cm　2200円　①978-4-270-00677-1
◇『終わりの街の終わり』 *The brief history of the dead* ケヴィン・ブロック
マイヤー著, 金子ゆき子訳　ランダムハウス講談社　2008.4　333p　20cm
1800円　①978-4-270-00328-2

〔 へ 〕

べ

→ヴェをも見よ

ベア, エリザベス　*Bear, Elizabeth*　　　　　SF, ファンタジー

アメリカの作家。1971年9月22日コネティカット州ハートフォード生まれ。コネティカット大
学で英文学と人類学を専攻するが中退。テクニカルライターなどさまざまな職業を経て、作家
活動に入る。2005年ジョン・W.キャンベル記念賞最優秀賞新人賞を、06年〈Jenny Casey〉シ
リーズ3部作『HAMMERED』『SCARDOWN』『WORLDWIRED』でローカス賞処女長編賞
を受賞した。ほかに〈Jacob's Ladder〉〈Eternal Sky〉シリーズなどがある。マサチューセッツ
州在住。

最近の翻訳書

◇『**Worldwired**―黎明への使徒』 *Worldwired* エリザベス・ベア著, 月岡小穂
訳　早川書房　2008.5　556p　16cm　（ハヤカワ文庫　SF―サイボーグ士官
ジェニー・ケイシー　3）　860円　①978-4-15-011663-7
◇『**Scardown**―軌道上の戦い』 *Scardown* エリザベス・ベア著, 月岡小穂訳
早川書房　2008.4　575p　16cm　（ハヤカワ文庫　SF―サイボーグ士官ジェ
ニー・ケイシー　2）　880円　①978-4-15-011659-0
◇『**Hammered**―女戦士の帰還』 *Hammered* エリザベス・ベア著, 月岡小穂訳
早川書房　2008.3　495p　16cm　（ハヤカワ文庫　SF―サイボーグ士官ジェ

ニー・ケイシー　1)　820円　①978-4-15-011657-6

ペイヴァー, ミシェル　*Paver, Michelle*　ファンタジー, 児童書

イギリスの作家、弁護士。1960年9月7日アフリカのマラウイで生まれ、少女時代にイギリスへ移る。オックスフォード大学で生化学の学位を取得した後、薬事法を専門とする弁護士として活動。2000年『Without Charity』で作家としてデビュー。神話、民俗学、考古学の書物を読み、またアイスランドやノルウェーなどを旅して物語の構想を練り上げ、古代冒険小説〈クロニクル千古の闇〉シリーズを執筆。同作全6巻は世界的なベストセラーとなり、10年最終巻『決戦のとき』でガーディアン児童文学賞を受賞。ほかに〈青銅の短剣〉シリーズがある。06年来日。

最近の翻訳書

◇『神々と戦士たち　2　再会の島で』　*GODS AnD WARRiORS.BOOK.2*　ミシェル・ペイヴァー著, 中谷友紀子訳　あすなろ書房　2015.10　309p　22cm　1900円　①978-4-7515-2759-7

◇『神々と戦士たち　1　青銅の短剣』　*GODS AnD WARRiORS.BOOK.1*　ミシェル・ペイヴァー著, 中谷友紀子訳　あすなろ書房　2015.6　317p　22cm　1900円　①978-4-7515-2756-6

◇『クロニクル千古の闇　6　決戦のとき』　*Ghost hunter*　ミシェル・ペイヴァー作, さくまゆみこ訳, 酒井駒子画　評論社　2010.4　416p　22cm　1800円　①978-4-566-02416-8

◇『クロニクル千古の闇　5　復讐の誓い』　*Oath breaker*　ミシェル・ペイヴァー作, さくまゆみこ訳, 酒井駒子画　評論社　2009.4　425p　22cm　1800円　①978-4-566-02415-1

◇『クロニクル千古の闇　4　追放されしもの』　*Outcast*　ミシェル・ペイヴァー作, さくまゆみこ訳, 酒井駒子画　評論社　2008.4　440p　22cm　1800円　①978-4-566-02414-4

◇『クロニクル千古の闇　3　魂食らい』　*Soul eater*　ミシェル・ペイヴァー作, さくまゆみこ訳, 酒井駒子画　評論社　2007.4　446p　22cm　1800円　①978-4-566-02413-7

◇『クロニクル千古の闇　2　生霊わたり』　*Spirit walker*　ミシェル・ペイヴァー作, さくまゆみこ訳, 酒井駒子画　評論社　2006.4　465p　22cm　1800円　①4-566-02412-1

ベイカー, キース　*Baker, Keith*　ファンタジー

アメリカの作家、ゲームデザイナー。2002年昼間の仕事を辞めてフリーライターの仕事に専念。03年ウィザーズ・オブ・ザ・コースト社によるファンタジーロールプレイングゲーム「ダンジョンズ＆ドラゴンズ」のコンペに、自身が考え出した「エベロン」の世界設定が当選。この成功により、作家、ゲームデザイナーとしての地位を確立。コロラド州ボールダー在住。

最近の翻訳書

◇『夜の門―ダンジョンズ＆ドラゴンズ』　*The gates of night*　キース・ベイカー著, 矢野真弓, 渡部夢霧, 田畑あや子, 辻川美和訳　ホビージャパン　2008.10　526p　15cm　（HJ文庫G　14）　1200円　①978-4-89425-771-9

◇『砕かれた大地―ダンジョンズ＆ドラゴンズ　上巻』　*The shattered land*　キース・ベイカー著, 渡部夢霧, 矢野真弓, 鵜江西昌弘, 田畑あや子, 辻川美和訳　ホビージャパン　2008.6　302p　15cm　（HJ文庫G　11）　900円　①978-4-

89425-719-1

◇『砕かれた大地—ダンジョンズ＆ドラゴンズ　下巻』 *The shattered land*
キース・ベイカー著, 渡部夢霧, 矢野真弓, 鵜江西昌弘, 田畑あや子, 辻川美和訳
ホビージャパン　2008.6　347p　15cm　（HJ文庫G　12）　900円　①978-4-
89425-720-7

◇『シャーンの群塔—ダンジョンズ＆ドラゴンズ　上巻』　キース・ベイカー
著, 矢野真弓, 待兼音二郎, 渡部夢霧, 鵜江西昌弘訳　ホビージャパン　2008.2
301p　15cm　（HJ文庫G　6）　850円　①978-4-89425-662-0

◇『シャーンの群塔—ダンジョンズ＆ドラゴンズ　下巻』　キース・ベイカー
著, 矢野真弓, 待兼音二郎, 渡部夢霧, 鵜江西昌弘訳　ホビージャパン　2008.2
364p　15cm　（HJ文庫G　7）　850円　①978-4-89425-663-7

ベイカー, ケイジ　*Baker, Kage*　　　　　　　　　　　　　SF, ファンタジー

アメリカの作家。1952年6月10日〜2010年1月31日。カリフォルニア州ハリウッド生まれ。カトリック系の学校で教育を受けた後、グラフィック・アーティスト、劇団の台本作家兼監督兼端役の役者、エリザベス朝時代の英語のインストラクターなどさまざまな職業に就く。1997年「アシモフ」誌に掲載された短編「貴腐」でSF作家としてデビュー。〈カンパニー〉シリーズと呼ばれる世界を舞台にした短編・中編・長編を書き継いだ。2004年「The Empress of Mars」でシオドア・スタージョン記念賞、09年「The Women of Nell Gwynne's」でネビュラ賞中編部門を受賞した。10年57歳でカリフォルニア州ピスモ・ビーチの自宅で亡くなった。

最近の翻訳書

◇『黒き計画、白き騎士—時間結社〈カンパニー〉極秘記録』 *BLACK
PROJECTS, WHITE KNIGHTS*　ケイジ・ベイカー著, 中村仁美, 古沢嘉通
訳　早川書房　2012.12　655p　16cm　（ハヤカワ文庫 SF　1884）　1100円
①978-4-15-011884-6

ベイカー, J.I.　*Baker, J.I.*　　　　　　　　　　　　　　　　ミステリー

アメリカの編集者、作家。本名はJames Ireland Baker。「タイムアウト・ニューヨーク」誌創刊時にジャーナリストとしてのキャリアをスタートし、タイム社や「アス」誌などで働いた後、「コンデナスト・トラベラー」誌の寄稿編集者を務める。2012年マリリン・モンロー事件を扱った長編小説『空のグラス』で作家デビュー。ニューヨーク州ウェストチェスター郡在住。

最近の翻訳書

◇『空のグラス』 *THE EMPTY GLASS*　J・I・ベイカー著, 茅律子訳　早川
書房　2013.10　479p　16cm　（ハヤカワ・ミステリ文庫　HM 397-1）　980
円　①978-4-15-180051-1

ヘイグ, フランチェスカ　*Haig, Francesca*　　　　　　　　　　　　SF

オーストラリアの作家。タスマニア州生まれ。メルボルン大学で文学を専攻し、現在はチェスター大学の研究員としてロンドンに在住。ホロコースト文学を研究する。また、文芸誌やアンソロジーで詩を発表して、高い評価を受ける。2014年『アルファ/オメガ』で長編小説デビュー、同作は20カ国語以上に翻訳された。

最近の翻訳書

◇『アルファ/オメガ』 *THE FIRE SERMON*　フランチェスカ・ヘイグ著, 水
越真麻訳　早川書房　2015.9　511p　16cm　（ハヤカワ文庫 SF　2028）

海外文学　新進作家事典

940円　①978-4-15-012028-3

ヘイグ, マット　*Haig, Matt*　　　ミステリー, ヤングアダルト

イギリスの作家、ビジネスコンサルタント。1975年サウスヨークシャー州シェフィールド生まれ。ノッティンガムシャーで少年時代を過ごした後、ロンドン、イビサ島、イングランド中央部のリーズなどに移り住む。若手ビジネス・コンサルタントとして、「ガーディアン」「サンデー・タイムズ」「インディペンデント」などの各紙に寄稿するほか、ビジネス書、児童書、ヤングアダルト、ミステリーなどのジャンルで作品を執筆。初の小説は2004年の『英国の最後の家族』(のち『ラブラドールの誓い』に邦題改題)。その作品群は30カ国語以上に翻訳されており、『今日から地球人』(13年)はMWA賞の最優秀長編賞にノミネートされた。

最近の翻訳書

◇『今日から地球人』　*THE HUMANS*　マット・ヘイグ著, 鈴木恵訳　早川書房　2014.11　422p　16cm　(ハヤカワ・ミステリ文庫　HM 412-1)　980円　①978-4-15-180801-2

◇『ラブラドールの誓い』　*The last family in England*　マット・ヘイグ著, 天野隆司訳　ランダムハウス講談社　2007.5　415p　15cm　840円　①978-4-270-10095-0

ベイジョー, デイヴィッド　*Bajo, David*　　　文学

アメリカの作家。カリフォルニア州のメキシコ国境付近の農場で育つ。サンディエゴ大学、ミシガン大学、カリフォルニア大学アーバイン校に学ぶ。ジャーナリストとして7年間、カリフォルニアとメキシコの国境文化を取材した後、2008年『追跡する数学者』で作家デビュー。サウスカロライナ大学で創作の教鞭を執る傍ら、執筆活動を行う。妻で作家のエリーズ・ブラックウェル、娘とともにサウスカロライナ州在住。

最近の翻訳書

◇『追跡する数学者』　*The 351 books of Irma Arcuri*　デイヴィッド・ベイジョー著, 鈴木恵訳　新潮社　2010.9　558p　16cm　(新潮文庫　ヘ-21-1)　857円　①978-4-10-217651-1

ヘイズ, サマンサ　*Hayes, Samantha*　　　ミステリー, スリラー

別筆名＝ヘイズ, サム〈Hayes, Sam〉

イギリスの作家。ミッドランズ生まれ。2007年サム・ヘイズ名義で作家デビューし、『BLOOD TIES』『UNSPOKEN』『TELL TALE』『SOMEONE ELSE'S SON』を発表。13年よりサマンサ・ヘイズの筆名を使用。

最近の翻訳書

◇『ユー・アー・マイン』　*UNTIL YOU'RE MINE*　サマンサ・ヘイズ著, 奥村章子訳　早川書房　2015.5　525p　16cm　(ハヤカワ・ミステリ文庫　HM 417-1)　1200円　①978-4-15-181051-0

ヘイダー, モー　*Hayder, Mo*　　　ミステリー, スリラー

イギリスの作家。1962年エセックス州生まれ。15歳で社会に出た後、バー勤務などを経て来日。東京でしばらくクラブ・ホステスとして働く。その後アジアをまわってベトナムで英語

教師を務め、アメリカへ渡ってワシントンD.C.のアメリカン大学で映画を学び映画製作に携わる。のち、イギリスのバース・スパ大学で小説制作を学び、2000年『死を啼く鳥』で作家デビュー、イギリス、アメリカで絶賛される。同作は〈Jack Caffery〉としてシリーズ化され、シリーズ第2作『悪鬼の檻』（05年）も好評を博す。シリーズ第5作『喪失』（10年）で、12年MWA賞最優秀長編賞を受賞。バース在住。

最近の翻訳書

◇『人形』 POPPET モー・ヘイダー著, 北野寿美枝訳 早川書房 2016.2
446p 19cm （ハヤカワ・ポケット・ミステリ） 1800円 ①978-4-15-001904-4

◇『喪失』 GONE モー・ヘイダー著, 北野寿美枝訳 早川書房 2012.12
494p 19cm （HAYAKAWA POCKET MYSTERY BOOKS 1866）
1900円 ①978-4-15-001866-5

ベイヤード, ルイス　Bayard, Louis　　　　　　　　　　　ミステリー, スリラー

アメリカの作家。ニューメキシコ州アルバカーキ生まれ。父親はアメリカ陸軍の軍人で、幼い頃からアメリカ各地を転々とした後、バージニア州スプリングフィールドで育つ。プリンストン大学でジョイス・キャロル・オーツに師事して英文学を学び、卒業後は「ニューヨーク・タイムズ」「ワシントン・ポスト」「サロン・ドット・コム」などでジャーナリスト、レビュアーとして活躍。1999年ロマンチック・コメディ『Fool's Errand』で作家デビュー。2006年無名時代のエドガー・アラン・ポーを探偵役に起用した『陸軍士官学校の死』を発表、同年のCWA賞エリス・ピーターズ・ヒストリカル・ダガー賞、07年のMWA賞最優秀長編賞にノミネートされ、一躍ベストセラー作家の仲間入りを果たす。

最近の翻訳書

◇『陸軍士官学校の死　上』 The pale blue eye ルイス・ベイヤード著, 山田蘭訳 東京創元社 2010.7 374p 15cm （創元推理文庫 296-02） 980円
①978-4-488-29602-5

◇『陸軍士官学校の死　下』 The pale blue eye ルイス・ベイヤード著, 山田蘭訳 東京創元社 2010.7 381p 15cm （創元推理文庫 296-03） 980円
①978-4-488-29603-2

ヘイル, シャノン　Hale, Shannon　　　　　　　　　　　　ヤングアダルト, 文学

アメリカの作家。ユタ州ソルトレークシティ生まれ。幼い頃から創作が好きで、10歳でファンタジーを書き始める。テレビや舞台で演技をしながら創作を続け、メキシコやイギリス、パラグアイで暮らした後、ユタ大学で英文学を学び、モンタナ大学で創作の修士号を取る。2003年『The Goose Girl』で作家デビュー。続く『Enna Burning』（04年）、『River Secrets』（06年）で、ファンタジー分野での人気を不動のものとした。06年『プリンセス・アカデミー』でニューベリー賞オナーブックを受賞し、「ニューヨーク・タイムズ」紙のベストセラー・リストにもランクイン。ヤングアダルト向けの作品だけではなく、大人向けの作品も執筆し、07年発表の恋愛コメディ『Austenland』は映画化され、13年サンダンス映画祭で初上演された。ユタ州ソルトレークシティ近郊在住。

最近の翻訳書

◇『リン―森の娘 樹と心をかよわせる少女の物語』 Forest born シャノン・ヘイル著, 石黒美央, 河野志保, 菅野朋子, 首藤真紀, 友井明子, 星晶子訳, 中原尚美監訳 武蔵野 バベルプレス 2014.5 412p 21cm （[ベイヤーン国の物語シリーズ］ [第4作]） 1600円 ①978-4-89449-147-2

海外文学　新進作家事典　　　　　　　　　ヘインズ

◇『ラゾー川の秘密』 *River secrets* シャノン・ヘイル著, 石黒美央, 菅野朋子, 斎藤幸子, 首藤真紀, 新保紫, 那須明弘訳, 中原尚美監訳　バベルプレス　2013. 4　316p　21cm　（［ベイヤーン国の物語シリーズ］［第3作］）　1600円　Ⓘ978-4-89449-139-7

◇『エナ―火をあやつる少女の物語』 *Enna burning* シャノン・ヘイル著, 石黒美央, 上山さとこ, 柴田真木子, 須田智之, 谷口みはる, 西沢有里訳, 中原尚美監訳　バベルプレス　2011.10　344p　21cm　（［ベイヤーン国の物語］［第2作］）　1600円　Ⓘ978-4-89449-120-5

◇『グース・ガール―がちょう番の娘の物語』 *The goose girl* シャノン・ヘイル著, 石黒美央, せのおゆり, 武方恵美, 渡邉真弓訳, 中原尚美監訳　バベルプレス　2011.1　403p　21cm　（［ベイヤーン国の物語］［第1作］）　1700円　Ⓘ978-4-89449-109-0

◇『ふたりのプリンセス』 *Book of a thousand days* シャノン・ヘイル作, 代田亜香子訳　小学館　2010.5　381p　22cm　1900円　Ⓘ978-4-09-290540-5

◇『プリンセス・アカデミー』 *Princess Academy* シャノン・ヘイル作, 代田亜香子訳　小学館　2009.6　383p　22cm　1900円　Ⓘ978-4-09-290510-8

ヘイル, ジン　*Hale, Ginn*　　　　　　　　　　　　ファンタジー

アメリカの作家。2007年の第1作『Wicked Gentlemen』でスペクトラム賞を受賞。アメリカの太平洋岸北西部、火山の麓に位置する岩がちな森林地帯に在住。

最近の翻訳書

◇『白冥の獄　2上　霊域の秘密』 *LOAD OF THE WHITE HELL BOOK TWO* ジン・ヘイル著, 原島文世訳　中央公論新社　2014.4　208p　18cm　（C・NOVELS Fantasia　ヘ1-3）　1000円　Ⓘ978-4-12-501297-1

◇『白冥の獄　2下　影との死闘』 *LOAD OF THE WHITE HELL BOOK TWO* ジン・ヘイル著, 原島文世訳　中央公論新社　2014.4　207p　18cm　（C・NOVELS Fantasia　ヘ1-4）　1000円　Ⓘ978-4-12-501298-8

◇『白冥の獄　1上　王立学院の出会い』 *LOAD OF THE WHITE HELL BOOK ONE* ジン・ヘイル著, 原島文世訳　中央公論新社　2013.5　200p　18cm　（C・NOVELS Fantasia　ヘ1-1）　950円　Ⓘ978-4-12-501247-6

◇『白冥の獄　1下　武術大会の光と影』 *LOAD OF THE WHITE HELL BOOK ONE* ジン・ヘイル著, 原島文世訳　中央公論新社　2013.5　211p　18cm　（C・NOVELS Fantasia　ヘ1-2）　950円　Ⓘ978-4-12-501248-3

ヘインズ, エリザベス　*Haynes, Elizabeth*　　　　　　ミステリー

イギリスの作家。1971年生まれ。サセックス州出身。レスター大学で英語、ドイツ語、美術史を学ぶ。自動車の販売営業や製薬会社の医薬品情報担当者などさまざまな職を経て、警察で情報分析官を務める。2011年に発表されたデビュー作『もっとも暗い場所へ』は、イギリスで15万部を突破するベストセラーとなり、29カ国で刊行された。12年第2長編を発表。ケント州在住。

最近の翻訳書

◇『もっとも暗い場所へ』 *INTO THE DARKEST CORNER* エリザベス・ヘインズ著, 小田川佳子訳　早川書房　2013.5　575p　16cm　（ハヤカワ・ミステリ文庫　HM 391-1）　1040円　Ⓘ978-4-15-179751-4

ヘウス, ミレイユ　*Geus, Mireille*

児童書

オランダの作家。1964年アムステルダム生まれ。オランダ語教師、児童劇の脚本家、シナリオ作家として活躍。2003年『フィレンゾとぼく』(未訳)でオランダ旗と吹流し賞を受賞。06年『コブタのしたこと』で金の石筆賞を受賞。

最近の翻訳書

◇『コブタのしたこと』　*Big*　ミレイユ・ヘウス著, 野坂悦子訳　あすなろ書房
　　2010.1　183p　20cm　1300円　①978-4-7515-2213-4

ベケット, サイモン　*Beckett, Simon*

ミステリー

イギリスの作家。1960年シェフィールド生まれ。大学卒業後ジャーナリストとなり、「タイムズ」「デイリー・テレグラフ」「オブザーバー」などイギリスの一流紙に寄稿。同時に執筆活動も行っていたが、2006年取材で訪れたアメリカの"死体農場"での衝撃的な体験をもとにミステリーに初挑戦。そのミステリー・デビュー作にあたる『法人類学者デイヴィッド・ハンター』は、CWA賞最優秀長編賞にノミネートされたほか、世界20カ国で100万部を売るベストセラーとなった。シェフィールドに住みながら、〈デイヴィッド・ハンター〉シリーズを執筆。

最近の翻訳書

◇『出口のない農場』　*STONE BRUISES*　サイモン・ベケット著, 坂本あおい
　　訳　早川書房　2015.7　366p　19cm　(HAYAKAWA POCKET
　　MYSTERY BOOKS　1897)　1700円　①978-4-15-001897-9
◇『骨と翅』　*WHISPERS OF THE DEAD*　サイモン・ベケット著, 坂本あお
　　い訳　ヴィレッジブックス　2014.2　551p　15cm　(ヴィレッジブックス
　　F-ヘ5-3)　1000円　①978-4-86491-115-3
◇『骨の刻印』　*Written in bone*　サイモン・ベケット著, 坂本あおい訳　ヴィ
　　レッジブックス　2012.3　506p　15cm　(ヴィレッジブックス　F-ヘ5-2)
　　960円　①978-4-86332-375-9
◇『法人類学者デイヴィッド・ハンター』　*The chemistry of death*　サイモン・
　　ベケット著, 坂本あおい訳　ヴィレッジブックス　2009.2　482p　15cm
　　(ヴィレッジブックス　F-ヘ5-1)　920円　①978-4-86332-123-6

ベケット, バーナード　*Beckett, Bernard*

ヤングアダルト, SF

ニュージーランドの作家。1967年生まれ。2006年SF小説『創世の島』でニュージーランドの優れた作品に与えられるエスター・グレン賞を受賞。さらにチルドレンズ・ブックス・フェスティバル(児童文学祭)で選ばれるニュージーランド・ポスト児童書及びヤングアダルト小説賞のヤングアダルト小説部門も受賞。ウェリントンの高校で演劇、数学、英語を教える教師でもある。

最近の翻訳書

◇『創世の島』　*Genesis*　バーナード・ベケット著, 小野田和子訳　早川書房
　　2010.6　239p　18cm　1400円　①978-4-15-209135-2

ベゴドー, フランソワ　*Bégaudeau, François*

文学

フランスの作家。1971年4月27日ヴァンデ県リュソン生まれ。90年代はパンクロックグループのメンバーだった。ナント大学で現代文学を学び、中等・高等教育の教員資格を取得。教員として働く傍ら執筆活動を始め、2003年小説第1作『Jouerjuste』を、05年第2作『Dans la diagonale』を発表。06年発表の第3作『教室へ』は、ラジオ局フランス・キュルチュールと雑誌「テレラマ」共催の文学賞を受賞。17万部の売り上げを記録するベストセラーとなった。また同作はローラン・カンテ監督によって映画化され、08年カンヌ国際映画祭で最高賞のパルムドールを獲得した。

最近の翻訳書

◇『教室へ』 *Entre les murs* フランソワ・ベゴドー著, 秋山研吉訳　早川書房
　　2008.12　276p　19cm　1500円　①978-4-15-208987-8

ペスル, マリーシャ　*Pessl, Marisha*　　　　　　　　　　　ミステリー

アメリカの作家。1977年ミシガン州生まれ。ノースウエスタン大学で映画とテレビ、ニューヨークのバーナード・カレッジで現代文学を専攻。2006年青春ミステリー『転落少女と36の必読書』で作家デビュー。本国でベストセラーとなり、世界中で20以上の言語に翻訳・出版される。ニューヨーク市在住。

最近の翻訳書

◇『転落少女と36の必読書　上』 *Special topics in calamity physics* マリーシャ・ペスル著, 金原瑞人, 野沢佳織共訳　講談社　2011.11　436p　20cm
　　1900円　①978-4-06-217360-5
◇『転落少女と36の必読書　下』 *Special topics in calamity physics* マリーシャ・ペスル著, 金原瑞人, 野沢佳織共訳　講談社　2011.11　404p　20cm
　　1900円　①978-4-06-217361-2

ペチュ, オリヴァー　*Pötzsch, Oliver*　　　　　　　　　歴史, ミステリー

ドイツの作家。1970年12月20日西ドイツ・ミュンヘン生まれ。92～97年ミュンヘンのジャーナリスト学校で学び、ラジオおよびテレビ局に勤務。放送作家などを経て、2008年歴史ミステリー『首斬り人の娘』で作家デビュー。

最近の翻訳書

◇『首斬り人の娘』 *DIE HENKERSTOCHTER* オリヴァー・ペチュ著, 猪股和夫訳　早川書房　2012.10　485p　19cm　（HAYAKAWA POCKET MYSTERY BOOKS　1864）　1900円　①978-4-15-001864-1

ベッカー, ジェームズ　*Becker, James*

→バリントン, ジェイムズを見よ

ベック, グレン　*Beck, Glenn*　　　　　　　　　　　　　　　文学

アメリカのテレビ司会者、キャスター、作家。1964年2月10日ワシントン州マウントバーノン生まれ。本名はGlenn Edward Lee Beck。高校卒業後、ラジオのDJに。ラジオのトーク番組「ザ・グレン・ベック・プログラム」などに出演し、独特の語りと保守的論調で人気を博す。2006年CNNを振り出しにテレビ界にも進出。09年よりFOXニュースのキャスター。10年8月にナショナル・モールで開いた米保守派の市民運動 "ティーパーティー" には8万7000人が集まった。「ニューヨーク・タイムズ」のベストセラー1位に輝いた『An Inconvenient Book』、自身の体験をもとにした小説『クリスマス・セーター』など著書は続々とベストセラーとなり、年収は3500万ドル（約28億円）と言われている。雑誌「フュージョン」の発行者でもある。

ヘツテル　　　　　　　　　　　海外文学　新進作家事典

最近の翻訳書

◇『クリスマス・セーター』 *The Christmas sweater*　グレン・ベック著, ケ
　ヴィン・バルフ, ジェイソン・F.ライト共著, 西本かおる訳　宝島社　2009.10
　334p　20cm　1300円　①978-4-7966-7274-0

ペッテルソン, ペール　*Petterson, Per*　　　　　　　　　　　　　文学

ノルウェーの作家。1952年7月18日オスロ生まれ。司書の資格を持ち、書店員、翻訳、文芸批
評等の仕事を経て、87年処女短編集『Aske i munnen, sand i skoai』を発表。2003年に刊行さ
れた『馬を盗みに』はノルウェー国内の2大文学賞であるノルウェー批評家協会賞と、書店が
選ぶ今年の1冊賞を受賞。05年英訳が出版され、英紙「インディペンデント」の外国小説賞（同
年）、国際IMPACダブリン文学賞（07年）を受賞。

最近の翻訳書

◇『馬を盗みに』 *Out stealing horses*　ペール・ペッテルソン著, 西田英恵訳
　白水社　2010.12　261p　20cm　（Ex libris）　2300円　①978-4-560-09013-8

ペニー, ステフ　*Penney, Stef*　　　　　　　　　　　　　　　ミステリー

イギリスの作家、映画監督。1969年スコットランド・エディンバラ生まれ。ブリストル大学で
哲学と神学の学位を取得後、ボーンマス美術大学でフィルムとテレビを学び、映画製作の仕事
に就く。2つの映画の監督と脚本を担当。2006年のデビュー作『優しいオオカミの雪原』は同
年度コスタ賞最優秀作品賞を受賞。CWA賞エリス・ピーターズ・ヒストリカル・ダガー賞、オ
レンジ賞にもノミネートされた。

最近の翻訳書

◇『優しいオオカミの雪原　上』 *The tenderness of wolves*　ステフ・ペニー
　著, 栗原百代訳　早川書房　2008.2　325p　16cm　（ハヤカワ文庫　NV）
　700円　①978-4-15-041163-3
◇『優しいオオカミの雪原　下』 *The tenderness of wolves*　ステフ・ペニー
　著, 栗原百代訳　早川書房　2008.2　303p　16cm　（ハヤカワ文庫　NV）
　700円　①978-4-15-041164-0

ペニー, ルイーズ　*Penny, Louise*　　　　　　　　　　　ミステリー, スリラー

カナダの作家。1958年トロント生まれ。カナダ放送協会でラジオの報道記者、司会者として
活躍。結婚後、執筆に専念。2005年『スリー・パインズ村の不思議な事件』で小説家デビュー
すると、06年CWA賞最優秀処女長編賞、バリー賞最優秀処女長編賞など数々の賞を得て、本
格推理の新しい旗手として注目を集める。同作は〈ガマシュ警部〉としてシリーズ化され、16
年現在12作刊行されており、いずれも主要ミステリー賞に必ずノミネートされるほど評価が
高い。特に第6作『Bury Your Dead』（10年）はマカヴィティ賞、アンソニー賞、ディリス賞、
アーサー・エリス賞、アガサ賞、ネロ賞など多数の賞を受賞した。翻訳されているシリーズ第
2作『スリー・パインズ村と運命の女神』（06年）、第3作『スリー・パインズ村の無慈悲な春』
（07年）はアガサ賞最優秀長編賞を受賞している。モントリオール近郊で夫と暮らす。

最近の翻訳書

◇『スリー・パインズ村と警部の苦い夏』 *A rule against murder*　ルイーズ・
　ペニー著, 長野きよみ訳　武田ランダムハウスジャパン　2012.7　587p
　15cm　（RHブックス・プラス　へ4-4―［ガマシュ警部シリーズ]）　950円

海外文学　新進作家事典

①978-4-270-10418-7

◇『スリー・パインズ村の無慈悲な春』 *The cruellest month*　ルイーズ・ベニー著, 長野きよみ訳　武田ランダムハウスジャパン　2011.5　614p　15cm（RHブックス＋プラス　へ4-3—［ガマシュ警部シリーズ］）　950円　①978-4-270-10384-5

◇『スリー・パインズ村と運命の女神』 *A fatal grace*　ルイーズ・ペニー著, 長野きよみ訳　ランダムハウス講談社　2009.6　554p　15cm（［ガマシュ警部シリーズ］）　950円　①978-4-270-10301-2

◇『スリー・パインズ村の不思議な事件』 *Still life*　ルイーズ・ペニー著, 長野きよみ訳　ランダムハウス講談社　2008.7　477p　15cm　900円　①978-4-270-10206-0

ベニオフ, デイヴィッド　*Benioff, David*　　　　　文学

アメリカの作家、脚本家。1970年9月25日ニューヨーク生まれ。ダートマス大学を卒業後、用心棒、教員を経て、ダブリン大学院でイギリス文学、アイルランド文学を専攻。以降、アメリカ地方県のDJなどを務め、文学誌「ゾエトロープ」に短編を発表。雑誌「GQ」「セブンティーン」などにも寄稿。2000年『25時』で長編デビューを果たした。映画の脚本家としても著名で、自作「25時」の映画版やブラッド・ピット主演「トロイ」(04年)を手がけた。05年女優のアマンダ・ピートと結婚。

最近の翻訳書

◇『卵をめぐる祖父の戦争』 *City of thieves*　デイヴィッド・ベニオフ著, 田口俊樹訳　早川書房　2011.12　469p　16cm（ハヤカワ文庫　NV1248）　900円　①978-4-15-041248-7

◇『卵をめぐる祖父の戦争』 *City of thieves*　デイヴィッド・ベニオフ著, 田口俊樹訳　早川書房　2010.8　355p　19cm（Hayakawa pocket mystery books　no.1838）　1600円　①978-4-15-001838-2

◇『**99999**』 *When the nines roll over and other stories*　デイヴィッド・ベニオフ著, 田口俊樹訳　新潮社　2006.5　362p　16cm（新潮文庫）　667円　①4-10-222522-6

ペニーパッカー, サラ　*Pennypacker, Sara*　　　　　児童書

アメリカの作家。作家になる前は、画家として絵も描いていた。2006年クレメンタインという女の子を主人公に据えた絵本シリーズを書き始める。マサチューセッツ州ケープコッドの海の近くに住んでいる。

最近の翻訳書

◇『それはないよ!?クレメンタイン』 *Clementine's letter*　サラ・ペニーパッカー作, マーラ・フレイジー絵, 前沢明枝訳　ほるぷ出版　2008.12　187p　21cm（クレメンタイン　3）　1300円　①978-4-593-53453-1

◇『なにをやるつもり!? クレメンタイン』 *The talented Clementine*　サラ・ペニーパッカー作, マーラ・フレイジー絵, 前沢明枝訳　ほるぷ出版　2008.7　163p　21cm（クレメンタイン　2）　1300円　①978-4-593-53452-4

◇『どうなっちゃってるの!?クレメンタイン』 *Clementine*　サラ・ペニーパッカー作, マーラ・フレイジー絵, 前沢明枝訳　ほるぷ出版　2008.5　159p　21cm（クレメンタイン　1）　1300円　①978-4-593-53451-7

389

ベネツト 海外文学　新進作家事典

ベネット, ソフィア　*Bennett, Sophia*　　　　　児童書, ヤングアダルト

イギリスの作家。12歳から作家を目指す。2009年『リアル・ファッション』で新人作家のためのコンテストであるタイムズ・チルドレンズ・フィクション・コンペティションに優勝し、同作で作家デビュー。全3巻の人気シリーズとなった。ロンドン在住。

最近の翻訳書

◇『リアル・ファッション』　*Threads*　ソフィア・ベネット著, 西本かおる訳
　小学館　2012.4　317p　19cm　（SUPER！YA）　1500円　①978-4-09-
　290548-1

ベネット, ロバート・ジャクソン　*Bennett, Robert Jackson*　　SF, ファンタジー

アメリカの作家。1984年ルイジアナ州生まれ。2010年のデビュー作『Mr.Shivers』でシャーリイ・ジャクスン賞および英国幻想文学大賞シドニー・J.バウンズ最優秀新人賞を受賞。11年に発表した第2作『カンパニー・マン』で、MWA賞最優秀ペーパーバック賞およびフィリップ・K.ディック賞特別賞を受賞した。第3長編『The Troupe』（12年）も、書評誌「パブリッシャーズ・ウィークリー」の12年のベストブックに選出される。テキサス州オースティン在住。

最近の翻訳書

◇『カンパニー・マン　上』　*THE COMPANY MAN*　ロバート・ジャクソン・
　ベネット著, 青木千鶴訳　早川書房　2014.1　443p　16cm　（ハヤカワ文庫
　NV　1298）　860円　①978-4-15-041298-2
◇『カンパニー・マン　下』　*THE COMPANY MAN*　ロバート・ジャクソン・
　ベネット著, 青木千鶴訳　早川書房　2014.1　441p　16cm　（ハヤカワ文庫
　NV　1299）　860円　①978-4-15-041299-9

ベネディクト, アレクサンドラ　*Benedict, Alexandra*　　ロマンス, ヤングアダルト

別筆名＝ベネディクト, アレックス〈Benedict, Alex〉

カナダの作家。トロント大学卒。博物館でパートタイムとして働く傍ら、ヒストリカル・ロマンスを執筆。アレックス・ベネディクトの筆名でヤングアダルト小説も執筆。

最近の翻訳書

◇『意地悪なキス』　*Too scandalous to wed*　アレクサンドラ・ベネディクト著,
　桐谷知未訳　ぶんか社　2010.8　447p　15cm　（フローラブックス　ベー1-
　2）　886円　①978-4-8211-5370-1
◇『情熱のさざめき』　*Too great a temptation*　アレクサンドラ・ベネディクト
　著, 桐谷知未訳　ぶんか社　2010.6　478p　15cm　（フローラブックス
　ベー1-1）　914円　①978-4-8211-5362-6

ベノー, チャールズ　*Benoit, Charles*　　　　　　　　　　ミステリー

アメリカの作家。ニューヨーク州ロチェスター生まれ。アメリカ陸軍に数年間勤務した後、大学で文学と歴史を学ぶ。卒業後、高校教師、中東での英語教師を経て、広告会社でコピーライターとして働く。2004年のデビュー作『レッド・ダイヤモンドチェイス』で、05年のMWA賞やバリー賞の最優秀新人賞にノミネートされ、一躍脚光を浴びる。漫画家としても活躍。

最近の翻訳書

◇『レッド・ダイヤモンド・チェイス』　*Relative danger*　チャールズ・ベノー

海外文学　新進作家事典　　　　　　　　　　　　　　　ヘモン

著, 坂口玲子訳　早川書房　2006.1　394p　16cm　（ハヤカワ・ミステリ文庫）　780円　①4-15-176051-2

ペマ, ツェテン　*Pad-ma-tshe-brtan*　　　　　　　　　　　　文学

チベットの作家、映画監督。1969年中国青海省海南チベット族自治州貴徳県生まれ。西北民族学院在学中に小説家デビュー。チベット語、漢語の両方で執筆し、高い評価を得ている希有な作家。国内で多数の文学賞を受賞。映画制作にも携わり、故郷の人々の生活に深く迫り、丁寧に描き出す作風で、チベットの "今" を浮き彫りにする作品を次々と発表。海外での評価も高く、国際映画祭での受賞歴多数。著書に『ある旅芸人の夢』（漢語）、『誘惑』『都会の生活』（チベット語）、『チベット文学の現在 ティメー・クンデンを探して』など。

最近の翻訳書

◇『ティメー・クンデンを探して―チベット文学の現在』　ペマ・ツェテン著, チベット文学研究会編, 星泉, 大川謙作訳　勉誠出版　2013.12　413p　20cm　3000円　①978-4-585-29063-6

ヘミオン, ティモシー　*Hemion, Timothy*　　　　　　ミステリー, スリラー

イギリスの作家、数学者。1961年生まれ。82年ケンブリッジ大学の数学科を卒業。23歳の時にアメリカのコーネル大学で確率論・統計学分野の博士号を取得。以後、いくつかの大学で数学の指導と講義に携わり、現在は大学教授としてコロラド州デンバー在住。日本にも数度足を運び、岡山大学で講義も行った。作家として岡山を舞台にした推理小説『森本警部と2本の傘』『森本警部と有名な備前焼作家』を著し、2004年と05年には同シリーズの取材のために岡山を訪れている。

最近の翻訳書

◇『森本警部と有名な備前焼作家』 *Inspector Morimoto and the famous potter* ティモシー・ヘミオン著, インスペクターM邦訳集団訳　岡山　山崎隆夫　2007.12　255p　19cm　1400円　①978-4-86069-191-2

◇『森本警部と二本の傘』 *Inspector Morimoto and the two umbrellas* ティモシー・ヘミオン著, インスペクターM邦訳集団訳　岡山　山崎隆夫　2006.7　205p　19cm　1200円　①4-86069-136-9

ヘミングス, カウイ・ハート　*Hemmings, Kaui Hart*　　　　　　文学

アメリカの作家。ハワイ州出身。伝説的なサーファーで、アメリカ上院議員も務めたフレッド・ヘミングスを義父に持つ。コロラド大学やサラ・ローレンス大学で学んだのち作家の道へ。2005年短編集『House of Thieves』で作家デビュー。ハワイ在住。

最近の翻訳書

◇『ファミリー・ツリー』 *THE DESCENDANTS* カウイ・ハート・ヘミングス著, 堤朝子訳　ヴィレッジブックス　2012.4　436p　15cm　（ヴィレッジブックス　F-ヘ6-1）　820円　①978-4-86332-377-3

ヘモン, アレクサンダル　*Hemon, Aleksandar*　　　　　　　　文学

ユーゴスラビア出身の作家。1964年9月9日サラエボ生まれ。92年アメリカのシカゴ滞在中にユーゴ内戦が起こったため、そのまま同国に残る。95年から英語で小説を書き始め、文芸誌に

391

掲載されて高い評価を受ける。2000年刊行の処女短編集『The Question of Bruno』は数々の文学賞を受賞。02年の長編第1作『ノーホエア・マン』は全米批評家協会賞の最終候補作、長編第2作『The Lazarus Project』(08年)も全米図書賞と全米批評家協会賞の最終候補作に選ばれた。シカゴ在住。

最近の翻訳書

◇『愛と障害』 *LOVE AND OBSTACLES* アレクサンダル・ヘモン著, 岩本正恵訳 白水社 2014.1 225p 20cm （エクス・リブリス） 2200円 ①978-4-560-09031-2

ベヤジバ, ジェーン　*Vejjajiva, Jane*　　　　　　　　文学

本名＝ガームパン・ウェチャチワ〈Ngarmpun Vejjajiva〉

タイの作家、翻訳家。1963年両親が渡英中のロンドンで生まれる。3歳でタイに戻りバンコクで育つ。生まれながら手足の動きに障害があるものの、大学卒業後はベルギーのブリュッセルへ留学して英語などの翻訳と通訳を学ぶ。帰国して5年間は雑誌出版社のオーナーとして編集の仕事にも携わるが、95年タイで最初の翻訳エージェンシーを設立、版権ビジネスの傍ら、自身も翻訳家として活動する。2003年初の創作『タイの少女カティ』を出版、06年には東南アジア文学賞を受け、09年には映画化された。タイ首相を務めたアビシット・ウェチャチワは弟。

最近の翻訳書

◇『タイの少女カティ』 *The happiness of Kati* ジェーン・ベヤジバ作, 大谷真弓訳 講談社 2006.7 143p 22cm （講談社文学の扉） 1400円 ①4-06-283202-X

ヘラー, ピーター　*Heller, Peter*　　　　　　　　文学

アメリカの作家。1959年2月13日ニューヨーク州生まれ。ダートマス大学卒、アイオワ・ライターズ・ワークショップ修了。「ナショナル・ジオグラフィック・アドベンチャー」誌をはじめ多数の雑誌に寄稿。冒険や探検の旅を描く作家として、ナショナル・アウトドア・ブック・アワードを受賞するなど高く評価されており、ノンフィクションの著作を3冊刊行。2012年に発表した初の小説『いつかぼくが帰る場所』は有力紙誌に絶賛され、「ニューヨーク・タイムズ」紙のベストセラー・リスト入りした。14年長編第2作『The Painter』を発表。

最近の翻訳書

◇『いつかぼくが帰る場所』 *THE DOG STARS* ピーター・ヘラー著, 堀川志野舞訳 早川書房 2015.3 468p 19cm 2400円 ①978-4-15-209529-9

ベリー, ジェデダイア　*Berry, Jedediah*　　　　　　　　文学

アメリカの作家。1977年生まれ、ニューヨーク州ハドソンバレー出身。2009年のデビュー作『探偵術マニュアル』で、ハメット賞およびクロフォード賞を受賞。マサチューセッツ州在住。

最近の翻訳書

◇『探偵術マニュアル』 *The manual of detection* ジェデダイア・ベリー著, 黒原敏行訳 東京創元社 2011.8 389p 15cm （創元推理文庫） 1140円 ①978-4-488-19754-4

ベリー, スティーヴ　*Berry, Steve*　　　　　ミステリー, スリラー

アメリカの作家。ジョージア州で生まれ育つ。1990年から執筆活動を始める。2000年及び01年短編2作品がジョージア州の文学賞を受賞した後、03年処女長編『琥珀蒐集クラブ』で本格デビュー。04年の『ロマノフの血脈』が全米ベストセラーとなり、一躍、歴史ミステリー界の寵児になる。作家のほか、ヨーロッパ、ロシアなど各国を歴訪する弁護士、教育委員と3つの顔を持つ。

最近の翻訳書

◇『ロマノフの血脈　上巻』　*The Romanov prophecy*　スティーブ・ベリー著, 富永和子訳　エンターブレイン　2007.4　288p　20cm　1900円　①978-4-7577-3521-7

◇『ロマノフの血脈　下巻』　*The Romanov prophecy*　スティーブ・ベリー著, 富永和子訳　エンターブレイン　2007.4　288p　20cm　1900円　①978-4-7577-3522-4

◇『ファティマ第三の予言』　*The third secret*　スティーブ・ベリー著, 富永和子訳　エンターブレイン　2007.3　432p　20cm　1900円　①978-4-7577-3457-9

◇『テンプル騎士団の遺産　上巻』　*The Templar legacy*　スティーブ・ベリー著, 富永和子訳　エンターブレイン　2007.2　344p　20cm　1900円　①978-4-7577-3386-2

◇『テンプル騎士団の遺産　下巻』　*The Templar legacy*　スティーブ・ベリー著, 富永和子訳　エンターブレイン　2007.2　336p　20cm　1900円　①978-4-7577-3387-9

◇『琥珀蒐集クラブ』　*The amber room*　スティーヴ・ベリー著, 仁木めぐみ訳　ランダムハウス講談社　2006.3　604p　15cm　950円　①4-270-10032-X

ペリッシノット, アレッサンドロ　*Perissinotto, Alessandro*　　　ミステリー

イタリアの作家。1964年トリノ生まれ。記号論の卒論でトリノ大学文学部を卒業。民話や寓話の記号論、マルチメディア、文学教育法の研究を深め、99年共同執筆の『寓話辞典』で民俗学部門のニグラ賞を受賞した。ミステリー作家としてのデビューは、97年『L'anno che uccisero Rosetta（ロゼッタが殺された年）』。以後『コロンバーノの唄』(2000年)、『8017列車』(03年)と、数年おきに話題作を世に送り続け、第4作の『僕の検事へ─逃亡殺人犯と女性検事の40通のメール』(04年)でグリンザーネ・カヴール賞イタリア小説賞を受賞。トリノ大学でマスコミ・技術論の講義を持ちながら、地元の「ラ・スタンパ」紙にも記事や物語を執筆する。

最近の翻訳書

◇『僕の検事へ─逃亡殺人犯と女性検事の40通のメール』　*Al mio giudice*　アレッサンドロ・ペリッシノット著, 中村浩子訳　講談社　2007.6　255p　20cm　1500円　①978-4-06-214143-7

ヘルストレム, ベリエ　*Hellström, Börge*　　　　　ミステリー, スリラー

スウェーデンの刑事施設・更正施設評論家、作家。1957年生まれ。自らも犯罪者として刑務所で服役した経験から、犯罪の防止を目指す団体KRIS（Kriminellas Revansch I Samhället─犯罪者による社会への返礼）の発起人となり、犯罪や暴力に走る少年たちに対するケアを行う。KRISの取材に訪れた作家アンデシュ・ルースルンドと出会い、『制裁』で作家デビューを果たす。以後、共作で『ボックス21』『死刑囚』『三秒間の死角』などを発表。

ヘルタニ　　　　　　　　海外文学　新進作家事典

最近の翻訳書

◇『三秒間の死角　上』 *TRE SEKUNDER*　アンデシュ・ルースルンド, ベリ
エ・ヘルストレム著, ヘレンハルメ美穂訳　KADOKAWA　2013.10　451p
15cm　（角川文庫　ル4-1）　840円　①978-4-04-101073-0
◇『三秒間の死角　下』 *TRE SEKUNDER*　アンデシュ・ルースルンド, ベリ
エ・ヘルストレム著, ヘレンハルメ美穂訳　KADOKAWA　2013.10　459p
15cm　（角川文庫　ル4-2）　840円　①978-4-04-101074-7
◇『死刑囚』 *Edward Finnigans upprattelse*　アンデシュ・ルースルンド, ベリ
エ・ヘルストレム著, ヘレンハルメ美穂訳　武田ランダムハウスジャパン
2011.1　566p　15cm　（RHブックス＋プラス　ル1-3）　950円　①978-4-
270-10375-3
◇『ボックス21』 *Box 21*　アンデシュ・ルースルンド, ベリエ・ヘルストレム
著, ヘレンハルメ美穂訳　ランダムハウス講談社　2009.4　614p　15cm　950
円　①978-4-270-10286-2
◇『制裁』 *Odjuret*　アンデシュ・ルースルンド, ベリエ・ヘルストレム著, ヘレ
ンハルメ美穂訳　ランダムハウス講談社　2007.7　559p　15cm　950円
①978-4-270-10107-0

ベルターニャ, ジュリー　*Bertagna, Julie*　　　　　　　　　児童書

イギリスの作家。1962年スコットランド・エアシャー生まれ。グラスゴー大学卒業後、雑誌
編集者、教師、フリージャーナリストを経て、グラスゴーで絵本および児童文学作家として活
動。作品は国内外で高い評価を得る。グラスゴー近郊在住。

最近の翻訳書

◇『救世主少女マアラ─メイデン・メサイア』 *Exodux*　ジュリー・ベルター
ニャ著, 斎藤郁子訳　バベルプレス　2008.12　386p　22cm　1800円　①978-
4-89449-082-6

ヘルマン, ユーディット　*Hermann, Judith*　　　　　　　　　文学

ドイツの作家。1970年5月15日ベルリン生まれ。98年デビュー作『夏の家、その後』を発表、
ドイツでベストセラーとなり大きな話題を呼ぶ。99年ブレーメン市文学奨励賞およびフーゴ・
バル奨励賞、2001年ハインリヒ・フォン・クライスト賞を受賞。03年の短編集『幽霊コレク
ター』も30万部を超えるベストセラーとなった。

最近の翻訳書

◇『幽霊コレクター』 *Nichts als Gespenster*　ユーディット・ヘルマン著, 松永
美穂訳　河出書房新社　2008.12　317p　20cm　1800円　①978-4-309-
20509-0

ヘルンドルフ, ヴォルフガング　*Herrndorf, Wolfgang*　　　　ヤングアダルト

ドイツの作家。1965年6月12日～2013年8月26日。西ドイツ・ハンブルク生まれ。ニュルンベ
ルク美術大学で絵画を学び、イラストレーターとして風刺雑誌「Titanic」などに寄稿。02年
『In Plüschgewittern』で作家デビューし、10年に発表されたヤングアダルト小説『14歳、ぼく
らの疾走』はドイツ児童文学賞、クレメンス・ブレンターノ賞、ハンス・ファラダ賞を受賞。
11年の長編小説『砂』は、12年ライプツィヒ書籍賞を受賞。長い闘病の末、13年48歳の若さで
ベルリンで亡くなった。

海外文学　新進作家事典　　　　　　　　　　　　　　　　　　　　　ヘロ

最近の翻訳書

◇『14歳、ぼくらの疾走—マイクとチック』 *TSCHICK*　ヴォルフガング・ヘ
ルンドルフ作, 木本栄訳　小峰書店　2013.10　311p　20cm　（Y.A.Books）
1600円　①978-4-338-14432-2
◇『砂』 *SAND*　ヴォルフガング・ヘルンドルフ著, 高橋文子訳　論創社
2013.9　503p　20cm　3000円　①978-4-8460-1257-1

ベレンスン, アレックス　*Berenson, Alex*　　　　　　　　　スリラー

アメリカの作家、ジャーナリスト。1973年生まれ。94年エール大学を卒業、歴史学および経済
学の学位取得。「ニューヨーク・タイムズ」紙の記者としてイラク占領からニューオーリンズ
洪水まで幅広いトピックを取材。2003年イラク特派員として過ごした3カ月を機に小説を書く
ことを決意し、06年『フェイスフル・スパイ』で作家デビュー。07年MWA賞最優秀処女長編
賞を受賞したほか、バリー賞最優秀処女長編賞にノミネートされた。CIA工作員ウェルズが活
躍する同作は、〈John Wells〉としてシリーズ化される。ニューヨーク在住。

最近の翻訳書

◇『フェイスフル・スパイ』 *The faithful spy*　アレックス・ベレンスン著, 池
央耿訳　小学館　2009.11　573p　15cm　（小学館文庫　ヘ1-1）　886円
①978-4-09-408446-7
◇『暗号名ゴースト』 *The ghost war*　アレックス・ベレンスン著, 棚橋志行訳
ランダムハウス講談社　2009.6　583p　15cm　950円　①978-4-270-10299-2
◇『フェイスフル・スパイ—**Faithful Spy**』 *The faithful spy*　アレックス・ベ
レンスン著, 池央耿訳　小学館　2007.9　447p　20cm　1900円　①978-4-09-
356703-9

ペロー, ブリアン　*Perro, Bryan*　　　　　　　　　　　　　児童書

カナダの作家。1968年6月11日シャウィニガン生まれ。ネイティブ・アメリカンの語り部であっ
た祖父ラウール、やはり話好きだったもうひとりの祖父ジョルジュから語りの才能を受け継
ぎ、ケベックの伝統的な語りにもとづいたお話の会を開く一方、俳優、作家、劇作家など多方
面で活躍。また、シャウィニガン・カレッジでは演劇を教える。2003年からの〈アモス・ダラ
ゴン〉シリーズは大ヒット作となり、世界中で翻訳され、カナダではアニメ化が予定されてい
る。ほかに〈Wariwulf〉シリーズ、小説『マーモット』『果実の世界の私の兄弟』『私はどうし
て父を殺したか？』、さらに戯曲を3作発表している。

最近の翻訳書

◇『アモス・ダラゴン　12（運命の部屋）』 *La fin des dieux*　ブリアン・ペロー
作, 高野優監訳, 荷見明子訳　竹書房　2007.10　333p　19cm　800円
①978-4-8124-3266-2
◇『アモス・ダラゴン　11（エーテルの仮面）』 *Le masque de l'Ether*　ブリア
ン・ペロー作, 高野優監訳, 河村真紀子訳　竹書房　2007.7　333p　19cm
800円　①978-4-8124-3188-7
◇『アモス・ダラゴン　10（ふたつの軍団）』 *La grande croisade*　ブリアン・
ペロー作, 高野優監訳, 宮澤実穂訳　竹書房　2007.4　345p　19cm　800円
①978-4-8124-3091-0
◇『アモス・ダラゴン　9（黄金の羊毛）』 *La toison d'or*　ブリアン・ペロー作,
高野優監訳, 橘明美訳　竹書房　2006.12　345p　19cm　800円　①4-8124-
2978-1

◇『アモス・ダラゴン　8（ペガサスの国）』　*La cite de pegase*　ブリアン・ペ
ロー作, 高野優監訳, 臼井美子訳　竹書房　2006.10　349p　19cm　800円
①978-4-8124-2880-1
◇『アモス・ダラゴン　7（地獄の旅）』　*Voyage aux enfers*　ブリアン・ペロー
作, 高野優監訳, 野澤真理子訳　竹書房　2006.7　349p　19cm　800円　①4-
8124-2796-7
◇『アモス・ダラゴン　6（エンキの怒り）』　*La colere d'Enki*　ブリアン・ペ
ロー作, 高野優監訳, 荷見明子訳　竹書房　2006.3　333p　19cm　800円
①4-8124-2642-1

ヘロン, ミック　*Herron, Mick*　　　　　　　ミステリー, スリラー

イギリスの作家。ニューキャッスル・アポン・タイン生まれ。オックスフォード大学ベリオー
ル・カレッジ卒。2003年『Down Cemetery Road』で作家デビューし、オックスフォードを舞
台にしたミステリー小説を発表。長編第6作にあたる初のスパイ小説『窓際のスパイ』はCWA
賞イアン・フレミング・スティール・ダガー賞候補となった。13年続編『死んだライオン』で
CWA賞ゴールド・ダガー賞を受賞。オックスフォード在住。

最近の翻訳書
◇『死んだライオン』　*DEAD LIONS*　ミック・ヘロン著, 田村義進訳　早川書
房　2016.4　522p　16cm　（ハヤカワ文庫 NV　1319）　1145円　①978-4-
15-041375-0
◇『窓際のスパイ』　*SLOW HORSES*　ミック・ヘロン著, 田村義進訳　早川書
房　2014.10　556p　16cm　（ハヤカワ文庫 NV　1319）　1100円　①978-4-
15-041319-4

ベングトソン, ヨナス・T.　*Bengtsson, Jonas T.*　　　　　文学

デンマークの作家。1976年ブロンスホイ生まれ。2005年『アミナの手紙』でデンマーク新人賞
受賞。『サブマリーノ』(07年)は、11年トマス・ヴィンターベア監督により「光のほうへ」と
して映画化された。コペンハーゲン在住。

最近の翻訳書
◇『サブマリーノ―夭折の絆』　*Submarino*　ヨナス・T.ベングトソン著, 猪股和
夫訳　AC Books/ACクリエイト　2011.5　492p　20cm　2800円　①978-4-
904249-32-1

ベンダー, エイミー　*Bender, Aimee*　　　　　　　　　文学

アメリカの作家。1969年生まれ。カリフォルニア州ロサンゼルス出身。3人姉妹の末っ子。カ
リフォルニア大学アーバイン校の創作科出身で、小学校教師を務めた後、「グランタ」「GQ」
「The Antioch Revie」などの雑誌に短編を発表。処女短編集『燃えるスカートの少女』(98年)
はその独特の不可思議な世界が多くの書評家から絶賛され、「ニューヨーク・タイムズ」紙の
注目の1冊にも選ばれる。2000年初の長編『私自身の見えない徴』を発表、「ロサンゼルス・タ
イムズ」の注目の1冊に選ばれるとともに、ベストセラー・リストにも登場した。11年『The
Particular Sadness of Lemon Cake』(10年)で、アメリカ図書館協会のアレックス賞を受賞。
南カリフォルニア大学教授として創作を教える傍ら、執筆活動を続ける。ロサンゼルス在住。

最近の翻訳書
◇『私自身の見えない徴』　*An invisible sign of my own*　エイミー・ベンダー

海外文学　新進作家事典　　　　　　　　　　　　ヘントン

著, 管啓次郎訳　角川書店　2010.4　351p　15cm　（角川文庫　16245）　705
円　①978-4-04-296802-3
◇『わがままなやつら』　Willful creatures　エイミー・ベンダー著, 管啓次郎訳
角川書店　2008.2　204p　20cm　1900円　①978-4-04-791602-9
◇『燃えるスカートの少女』　The girl in the flammable skirt　エイミー・ベン
ダー著, 管啓次郎訳　角川書店　2007.12　271p　15cm　（角川文庫）　552円
①978-4-04-296801-6
◇『私自身の見えない徴』　An invisible sign of my own　エイミー・ベンダー
著, 管啓次郎訳　角川書店　2006.2　318p　20cm　1900円　①4-04-791515-7

ベントー, マックス　Bentow, Max　　　　　　　　　　　　　　　　　スリラー

ドイツの作家。1966年ベルリン生まれ。大学で演劇を専攻した後、俳優として数々の舞台を踏
む。劇作家としても活躍。ベルリン刑事局殺人課警部ニルス・トローヤンを主人公とした『羽
男』でデビューし、同作を第1作とするシリーズで人気を得る。

最近の翻訳書

◇『羽男』　DER FEDERMANN　マックス・ベントー著, 猪股和夫訳
KADOKAWA　2013.11　466p　15cm　（角川文庫　へ16-1）　920円
①978-4-04-101097-6

ヘンドリックス, ヴィッキー　Hendricks, Vicki　　　　　　　　　　ミステリー

アメリカの作家。1952年生まれ。オハイオ州出身。フロリダ国際大学大学院で英文学と文章
創作芸術の修士課程を修了。95年『マイアミ・ピュリティ』で作家デビュー。ブロワード・コ
ミュニティ・カレッジで創作コースの教鞭を執る。2000年度ベスト・アメリカ・エロティカ賞
を受賞。長編ミステリー『娼婦レナータ』は、08年MWA賞最優秀ペーパーバック賞の候補と
なった。南フロリダ在住。

最近の翻訳書

◇『娼婦レナータ』　Cruel poetry　ヴィッキー・ヘンドリックス著, 小西敦子訳
ランダムハウス講談社　2008.11　454p　15cm　880円　①978-4-270-10248-0

ベントン, ジム　Benton, Jim　　　　　　　　　　　　　　　ヤングアダルト

アメリカの作家、漫画家、アニメプロデューサー。1960年10月31日ミシガン州ブルームフィー
ルド生まれ。2004年から出版されている子供向けSFコメディ小説〈キョーレツ科学者・フラ
ニー〉シリーズはアメリカで評価が高く、1巻『モンスターをやっつけろ！』は04年にグリフォ
ン賞、4巻『タイムマシンで大暴走！』は06年にゴールデンダック賞、5巻『ミクロフラニー危
機一髪！』はディズニー賞の2位を受賞。テレビ、本、マンガ、おもちゃ、洋服、雑貨などの
キャラクターを次々に生み出す漫画家でもあり、テレビアニメのプロデューサーも務める。ミ
シガン州在住。

最近の翻訳書

◇『フラニー、大統領になる！』　Franny K.Stein, mad scientist　ジム・ベン
トン作, 杉田七重訳　あかね書房　2009.6　124p　19cm　（キョーレツ科学
者・フラニー　7）　700円　①978-4-251-04317-7
◇『フラニー対ロボフラニー』　The Fran with four brains　ジム・ベントン作,
杉田七重訳　あかね書房　2007.11　111p　19cm　（キョーレツ科学者・フラ

ニー 6) 700円 ①978-4-251-04316-0
◇『ミクロフラニー危機一髪！』 *Frantastic voyage* ジム・ベントン作, 杉田七重訳 あかね書房 2007.11 110p 19cm （キョーレツ科学者・フラニー 5) 700円 ①978-4-251-04315-3
◇『タイムマシンで大暴走！』 *The Fran that time forgot* ジム・ベントン作, 杉田七重訳 あかね書房 2007.9 109p 19cm （キョーレツ科学者・フラニー 4) 700円 ①978-4-251-04314-6
◇『ドデカビームで大あばれ！』 *Attack of the 50-ft.cupid* ジム・ベントン作, 杉田七重訳 あかね書房 2007.6 108p 19cm （キョーレツ科学者・フラニー 2) 700円 ①978-4-251-04312-2
◇『モンスターをやっつけろ！』 *Lunch walks among us* ジム・ベントン作, 杉田七重訳 あかね書房 2007.6 108p 19cm （キョーレツ科学者・フラニー 1) 700円 ①978-4-251-04311-5
◇『透明フラニー大作戦！』 *The invisible Fran* ジム・ベントン作, 杉田七重訳 あかね書房 2007.6 109p 19cm （キョーレツ科学者・フラニー 3) 700円 ①978-4-251-04313-9

ヘンリヒス, ベルティーナ　*Henrichs, Bertina*　　文学

ドイツの作家、脚本家。1966年西ドイツ・フランクフルトで生まれ、88年からフランスで暮らす。97年祖国を離れて外国語で執筆する作家をテーマとした博士論文をパリ大学に提出。ドキュメンタリー及びフィクションのシナリオライターとして活動し、2005年フランス語で書いた初めての小説『チェスをする女』で作家デビュー。同作は数々の読者賞を獲得、映画化もされた。

最近の翻訳書

◇『チェスをする女』 *La joueuse d'echecs* ベルティーナ・ヘンリヒス著, 中井珠子訳 筑摩書房 2011.2 189p 19cm 1800円 ①978-4-480-83204-7

〔 ホ 〕

ボ

→ヴォをも見よ

ホイト, サラ・A.　*Hoyt, Sarah A.*　　ファンタジー, ミステリー

別筆名＝D'Almeida, Sarah
　　　　Hyatt, Elise
　　　　Marqués, Sarah

ポルトガル出身の作家。1962年グランハ生まれ。ポルト大学を卒業後、渡米。語学力を活かした仕事を経て、2001年シェイクスピアを主人公としたファンタジーで作家デビュー。アーバン・ファンタジーや歴史ミステリーなど、幅広く執筆を続ける。『闇の船』(10年) は〈Darkship〉シリーズ第1作。ほかに〈Shifters〉〈Magical British Empire〉シリーズがある。ほかのペンネームでもシリーズがある。

海外文学　新進作家事典　　　**ホカン**

最近の翻訳書

◇『闇の船』 *Darkship thieves* サラ・A.ホイト著, 赤尾秀子訳　早川書房
2011.3　573p　16cm　（ハヤカワ文庫　SF1801）　1100円　①978-4-15-
011801-3

ボイン, ジョン　*Boyne, John*　　　　　歴史, 児童書

アイルランドの作家。1971年ダブリン生まれ。トリニティ・カレッジで英文学を、イースト・
アングリア大学で創作を学ぶ。小説として第4作にあたる『縞模様のパジャマの少年』(2006年)
は、アイルランドで長期間ベストセラーとなって話題を呼び、カーネギー賞の候補にも選ばれ
る。同作は30カ国以上で翻訳・出版され、08年マーク・ハーマン監督により映画化もされた。

最近の翻訳書

◇『浮いちゃってるよ、バーナビー！』 *THE TERRIBLE THING THAT
HAPPENED TO BARNABY BROCKET* ジョン・ボイン著, オリヴァー・
ジェファーズ画, 代田亜香子訳　作品社　2013.10　243p　20cm　1800円
①978-4-86182-445-6

◇『縞模様のパジャマの少年』 *The boy in the striped pyjamas* ジョン・ボイ
ン作, 千葉茂樹訳　岩波書店　2008.9　233p　20cm　1800円　①978-4-00-
115623-2

ボーウェン, パトリック　*Bauwen, Patrick*　　　　ミステリー

フランスの医師、作家。パリの病院で救急医療チームを率いる。激務の合い間を縫って書き上
げた処女作『カインの眼』(2007年)で一躍ベストセラー作家となった。

最近の翻訳書

◇『カインの眼』 *L'oeil de Caine* パトリック・ボーウェン著, 中原毅志訳　ラ
ンダムハウス講談社　2008.8　583p　15cm　950円　①978-4-270-10218-3

ボウラー, ティム　*Bowler, Tim*　　　　ヤングアダルト, 児童書

イギリスの作家。1953年エセックス州リーオンシー生まれ。子供の頃から創作活動を始め、
イースト・アングリア大学ではスウェーデン語およびスカンジナビア文化を学ぶ。卒業後は教
師や木材の伐採など、さまざまな職業を経て、90年作家・翻訳家として独立。94年初めての作
品『MIDGET』を出版、反響を呼ぶ。97年『川の少年』でカーネギー賞を受賞。

最近の翻訳書

◇『黙示の海』 *Apocalypse* ティム・ボウラー著, 金原瑞人, 相山夏奏訳　東京
創元社　2007.4　292p　20cm　2000円　①978-4-488-01326-4

ホーガン, エドワード　*Hogan, Edward*　　　　ヤングアダルト

イギリスの作家。1980年ダービー生まれ。数々の作家を輩出している、イースト・アングリア
大学大学院クリエイティブ・ライティング専攻で学ぶ。2008年のデビュー作『Blackmoor』(未
訳)でデズモンド・エリオット賞を受賞。第2作『The Hunger Trace』(11年, 未訳)を経て、12
年初めてのヤングアダルト向け作品『バイバイ、サマータイム』を刊行。

最近の翻訳書

◇『バイバイ、サマータイム』 *DAYLIGHT SAVING* エドワード・ホーガン

作, 安達まみ訳　岩波書店　2013.9　267p　19cm　（STAMP BOOKS）
1700円　①978-4-00-116406-0

ホーキンズ, ポーラ　*Hawkins, Paula*　　　　　ミステリー

ジンバブエ出身の作家。1972年ハラレで生まれ、89年ロンドンに移住。パリ、ブリュッセル、オックスフォードで政治や哲学、経済を学ぶ。ロンドンで15年にわたってジャーナリズムに従事し、報道と出版の分野で金融から芸術、科学まで幅広い執筆活動を行う。サイコスリラー『ガール・オン・ザ・トレイン』(2015年)で全米デビュー。

最近の翻訳書

◇『ガール・オン・ザ・トレイン　上』　*THE GIRL ON THE TRAIN*　ポーラ・ホーキンズ著, 池田真紀子訳　講談社　2015.10　299p　15cm　（講談社文庫　ほ42-1)　720円　①978-4-06-293222-6
◇『ガール・オン・ザ・トレイン　下』　*THE GIRL ON THE TRAIN*　ポーラ・ホーキンズ著, 池田真紀子訳　講談社　2015.10　289p　15cm　（講談社文庫　ほ42-2)　720円　①978-4-06-293253-0

ホーク, リチャード　*Hawke, Richard*　　　　　ミステリー, スリラー

別名＝コッキー, ティム〈Cockey, Tim〉

アメリカの作家。ボルティモア州出身。アメリカ南部の大工業都市に生まれ、少年時代から作家を志す。中西部のカレッジを卒業後、新聞の書評や広告のコピーを執筆し、2000年ティム・コッキー名義でミステリー『The Hearse You Came in On』を発表して作家デビュー。ハードボイルド『デビルを探せ』(06年)がリチャード・ホーク名義の第1作で、マイクル・コナリー、T.ジェファーソン・パーカーらに絶賛された。

最近の翻訳書

◇『デビルを探せ』　*Speak of the devil*　リチャード・ホーク著, 菊地よしみ訳　早川書房　2007.8　557p　16cm　（ハヤカワ・ミステリ文庫）　1000円　①978-4-15-177001-2

ホークス, ジョン・トウェルヴ　*Hawks, John Twelve*　　　　　SF, ファンタジー

アメリカの作家。2004年アメリカの小説界に突然彗星のごとく現れた新人作家。『ダ・ヴィンチ・コード』を手がけた大物編集者に見出され、05年『トラヴェラー』で華々しくデビュー。『トラヴェラー』に始まるSF3部作〈Fourth Realm Trilogy〉シリーズは、ワーナー・ブラザーズが映画化権を獲得した。誰も正体を知らない謎の作家として知られる。

最近の翻訳書

◇『トラヴェラー』　*The traveler*　ジョン・トウェルヴ・ホークス著, 松本剛史訳　ソニー・マガジンズ　2006.3　597p　20cm　2200円　①4-7897-2834-X

ボジャノウスキ, マーク　*Bojanowski, Marc*　　　　　文学

アメリカの作家。カリフォルニア大学バークレー校を卒業後、ニューヨークにあるニュースクールでクリエイティブ・ライティングのMFAを取得。2004年長編第1作『ドッグ・ファイター』を刊行。

海外文学　新進作家事典　　　　　　　　　　　　　　　　ホタ

最近の翻訳書

◇『ドッグ・ファイター』 *THE DOG FIGHTER*　マーク・ボジャノウスキ著，
浜野アキオ訳　河出書房新社　2013.8　393p　20cm　2800円　①978-4-309-
20629-5

ホスプ, デイヴィッド　*Hosp, David*　　　　　　　　　　　　ミステリー

アメリカの弁護士、作家。ボストン在住の弁護士。ダートマス大学卒業後、ジョージ・ワシント
ン大学のロー・スクールで学ぶ。2005年『ダーク・ハーバー』で作家デビューし、バリー賞
の最優秀新人賞にノミネートされる。同作は〈スコット・フィン〉シリーズとなった。

最近の翻訳書

◇『ダーク・ハーバー』 *DARK HARBOR*　デイヴィッド・ホスプ著, 務台夏
子訳　ヴィレッジブックス　2007.5　563p　15cm　（ヴィレッジブックス）
980円　①978-4-86332-888-4

ボーセニュー, ジェイムズ　*Beauseigneur, James*　　　　　　ミステリー

アメリカの作家。1953年生まれ。アメリカ国家安全保障局に情報分析官として勤務した経験
を持ち、80年には共和党下院議員候補としてアル・ゴア（のちアメリカ副大統領）と議席を争っ
たこともある。97年初の小説『キリストのクローン/新生』でデビュー。『キリストのクロー
ン/真実』(同年)、『キリストのクローン/覚醒』(98年)と〈キリストのクローン〉3部作を構成、
2003年大手出版社ワーナーブックスから再刊された。戦略防衛関係の著作もある。

最近の翻訳書

◇『キリストのクローン/覚醒 上』 *ACTS OF GOD*　ジェイムズ・ボーセ
ニュー著, 田辺千幸訳　東京創元社　2012.12　284p　15cm　（創元推理文庫
Fホ9-4）　980円　①978-4-488-55206-0
◇『キリストのクローン/覚醒 下』 *ACTS OF GOD*　ジェイムズ・ボーセ
ニュー著, 田辺千幸訳　東京創元社　2012.12　286p　15cm　（創元推理文庫
Fホ9-5）　980円　①978-4-488-55207-7
◇『キリストのクローン/真実』 *Birth of an age*　ジェイムズ・ボーセニュー
著, 田辺千幸訳　東京創元社　2011.6　359p　15cm　（創元推理文庫　552-
05）　1000円　①978-4-488-55205-3
◇『キリストのクローン/新生 上』 *In his image*　ジェイムズ・ボーセニュー
著, 田辺千幸訳　東京創元社　2010.10　334p　15cm　（創元推理文庫　552-
03）　920円　①978-4-488-55203-9
◇『キリストのクローン/新生 下』 *In his image*　ジェイムズ・ボーセニュー
著, 田辺千幸訳　東京創元社　2010.10　321p　15cm　（創元推理文庫　552-
04）　920円　①978-4-488-55204-6

ホダー, マーク　*Hodder, Mark*　　　　　　　　　　　SF, ファンタジー

イギリスの作家。1962年11月28日生まれ。BBCの放送作家、編集者、ジャーナリスト、ウェ
ブ制作者などの職を経て、2010年『バネ足ジャックと時空の罠』で作家デビュー。同作で翌年
のフィリップ・K.ディック賞を受賞した。探偵セクストン・ブレイクものの大ファンでもあ
り、自らも同シリーズの新作を執筆。スペイン・バレンシア在住。

401

最近の翻訳書

◇『月の山脈と世界の終わり　上』 *EXPEDITION TO THE MOUNTAINS OF THE MOON* マーク・ホダー著, 金子司訳　東京創元社　2016.1　344p　20cm　（創元海外SF叢書　09—大英帝国蒸気奇譚　3）　2000円　①978-4-488-01458-2

◇『月の山脈と世界の終わり　下』 *EXPEDITION TO THE MOUNTAINS OF THE MOON* マーク・ホダー著, 金子司訳　東京創元社　2016.1　365p　20cm　（創元海外SF叢書　10—大英帝国蒸気奇譚　3）　2000円　①978-4-488-01459-9

◇『ねじまき男と機械の心　上』 *THE CURIOUS CASE OF THE CLOCKWORK MAN* マーク・ホダー著, 金子司訳　東京創元社　2015.7　330p　20cm　（創元海外SF叢書　07—大英帝国蒸気奇譚　2）　1900円　①978-4-488-01456-8

◇『ねじまき男と機械の心　下』 *THE CURIOUS CASE OF THE CLOCKWORK MAN* マーク・ホダー著, 金子司訳　東京創元社　2015.7　315p　20cm　（創元海外SF叢書　08—大英帝国蒸気奇譚　2）　1900円　①978-4-488-01457-5

◇『バネ足ジャックと時空の罠　上』 *THE STRANGE AFFAIR OF SPRING HEELED JACK* マーク・ホダー著, 金子司訳　東京創元社　2015.1　328p　20cm　（創元海外SF叢書　05—大英帝国蒸気奇譚　1）　1900円　①978-4-488-01454-4

◇『バネ足ジャックと時空の罠　下』 *THE STRANGE AFFAIR OF SPRING HEELED JACK* マーク・ホダー著, 金子司訳　東京創元社　2015.1　321p　20cm　（創元海外SF叢書　06—大英帝国蒸気奇譚　1）　1900円　①978-4-488-01455-1

ホッキング, アマンダ　*Hocking, Amanda*　　　ヤングアダルト, ファンタジー

アメリカの作家。1984年7月12日ミネソタ州オースティン生まれ。子供の頃から作家を志望し、高校、大学の創作コースや地域のワークショップで創作を学ぶ。アシスタントとして企業で働く傍ら、空いた時間に小説を書き、2010年までに17本の小説を書き上げる。それらのいくつかを出版社に送るが、ことごとく断られ、10年Amazonのe-booksで自費出版。作品は自費出版としては近年稀に見る大成功を収め、9つの作品でミリオンセラーを記録し、200万ドル以上の売り上げを記録。11年大手出版社マクミラン傘下のセントマーティンズ社による200万ドルでの破格のオファーを受けメジャーデビュー。電子書籍や書籍の電子流通システムによって生まれた、新しい出版時代を代表する人気作家となった。ミネソタ州在住。

最近の翻訳書

◇『スウィッチ』 *SWITCHED* アマンダ・ホッキング著, 裕木俊一訳　楓書店　2013.10　389p　15cm　780円　①978-4-86113-820-1

ボックス, C.J.　*Box, C.J.*　　　ミステリー, スリラー

アメリカの作家。1967年ワイオミング州生まれ。牧場労働者、測量技師、フィッシング・ガイド、ミニコミ誌編集者など、さまざまな職業を経て、旅行マーケティング会社を経営。2001年〈ジョー・ピケット〉シリーズ第1作『沈黙の森』でデビュー。同作は絶賛を浴び、02年バリー賞、マカヴィティ賞、アンソニー賞などの最優秀処女長編賞を受賞。07年の『ブルー・ヘヴン』で、09年MWA賞最優秀長編賞を受賞した。

海外文学　新進作家事典　　　　　　　　　　　　ホツセイ

最近の翻訳書

◇『ゼロ以下の死』 *BELOW ZERO* C.J.ボックス著, 野口百合子訳　講談社
2015.11　559p　15cm　（講談社文庫　ほ30-8）　1250円　①978-4-06-
293249-3

◇『**BIBLIO MYSTERIES　1**』 *AN ACCEPTABLE SACRIFICE THE
BOOK OF VIRTUE*ほか　ケン・ブルーエン,C・J・ボックス, アンド
リュー・テイラー, ジェフリー・ディーヴァー著　ディスカヴァー・トゥエン
ティワン　2014.11　215p　19cm　1300円　①978-4-7993-1618-4　内容:
「受け入れがたい犠牲」ジェフリー・ディーヴァー著「美徳の書」ケン・ブ
ルーエン著「ナチス・ドイツと書斎の秘密」C.J.ボックス著「死者の永いソ
ナタ」アンドリュー・テイラー著

◇『復讐のトレイル』 *BLOOD TRAIL* C.J.ボックス著, 野口百合子訳　講談
社　2014.8　440p　15cm　（講談社文庫　ほ30-7）　910円　①978-4-06-
277897-8

◇『フリーファイア』 *FREE FIRE* C.J.ボックス著, 野口百合子訳　講談社
2013.6　562p　15cm　（講談社文庫　ほ30-6）　1000円　①978-4-06-277561-
8

◇『裁きの曠野』 *IN PLAIN SIGHT* C.J.ボックス著, 野口百合子訳　講談社
2012.5　428p　15cm　（講談社文庫　ほ30-5）　743円　①978-4-06-277257-0

◇『さよならまでの三週間』 *Three weeks to say goodbye* C.J.ボックス著, 真
崎義博訳　早川書房　2010.5　479p　16cm　（ハヤカワ・ミステリ文庫
HM355-2）　940円　①978-4-15-177902-2

◇『震える山』 *Out of range* C.J.ボックス著, 野口百合子訳　講談社　2010.4
482p　15cm　（講談社文庫　ほ30-4）　819円　①978-4-06-276642-5

◇『ブルー・ヘヴン』 *Blue heaven* C.J.ボックス著, 真崎義博訳　早川書房
2008.8　554p　16cm　（ハヤカワ・ミステリ文庫）　1000円　①978-4-15-
177901-5

◇『神の獲物』 *Trophy hunt* C.J.ボックス著, 野口百合子訳　講談社　2008.3
535p　15cm　（講談社文庫）　819円　①978-4-06-276005-8

ホッケンスミス, スティーヴ　*Hockensmith, Steve*　　　　ミステリー, スリラー

アメリカの作家。1968年8月17日ケンタッキー州ルイビル生まれ。「ハリウッド・レポーター」
誌などでジャーナリストとして活躍し、その後ミステリー作家に転身。短編で評価された後、
2006年『荒野のホームズ』で長編デビュー。アンソニー賞やMWA賞の最優秀処女長編賞など
にノミネートされた。カリフォルニア州アラメダ在住。

最近の翻訳書

◇『荒野のホームズ、西へ行く』 *On the wrong track* スティーヴ・ホッケン
スミス著, 日暮雅通訳　早川書房　2009.6　334p　19cm　（Hayakawa pocket
mystery books　no.1825）　1400円　①978-4-15-001825-2

◇『荒野のホームズ』 *Holmes on the range* スティーヴ・ホッケンスミス著,
日暮雅通訳　早川書房　2008.7　310p　19cm　（ハヤカワ・ミステリ）
1300円　①978-4-15-001814-6

ホッセイニ, カーレド　*Hosseini, Khaled*　　　　　　　　　　　文学

アメリカの作家、医師。1965年3月4日アフガニスタン・カブール生まれ。アフガニスタンの

ホツタ　　　　　　海外文学　新進作家事典

外交官一家に5人兄弟の長男として生まれ、76年父親のパリ転勤に伴い出国。アメリカで高等
教育を受け、80年同国に亡命、アメリカ国籍を取得する。サンタ・クララ大学で生物学を専
攻した後、カリフォルニア大学医学部で学ぶ。医師として働く傍ら執筆活動を始め、2003年、
1970年代のカブールを舞台にした『君のためなら千回でも』でデビュー。同作は世界的なベ
ストセラーとなり、07年映画化される。第2作『千の輝く太陽』(同年)は「ニューヨーク・タ
イムズ」紙のベストセラー・リストで1位となるなど、同年度にアメリカで最も売れた小説と
なった。第3作『そして山々はこだました』(13年)も70カ国以上で刊行が決定し、世界的ベス
トセラーとなる。この間、06年国連難民高等弁務官事務所(UNHCR)の親善使節に任命され、
自身でもNPO団体、カーレド・ホッセイニ・ファウンデーションを設立するなど、アフガニ
スタンの人々の支援にも取り組む。北カリフォルニア在住。

最近の翻訳書

◇『そして山々はこだました　上』 *AND THE MOUNTAINS ECHOED*
カーレド・ホッセイニ著、佐々田雅子訳　早川書房　2014.10　266p　19cm
2000円　①978-4-15-209491-9
◇『そして山々はこだました　下』 *AND THE MOUNTAINS ECHOED*
カーレド・ホッセイニ著、佐々田雅子訳　早川書房　2014.10　261p　19cm
2000円　①978-4-15-209492-6
◇『千の輝く太陽』 *A THOUSAND SPLENDID SUNS*　カーレド・ホッセイ
ニ著, 土屋政雄訳　早川書房　2014.8　514p　16cm　(ハヤカワepi文庫
79)　1200円　①978-4-15-120079-3
◇『千の輝く太陽』 *A thousand splendid suns*　カーレド・ホッセイニ著, 土屋
政雄訳　早川書房　2008.11　444p　19cm　(ハヤカワepiブック・プラネッ
ト)　2000円　①978-4-15-208976-2
◇『君のためなら千回でも　上』 *The kite runner*　カーレド・ホッセイニ著,
佐藤耕士訳　早川書房　2007.12　305p　16cm　(ハヤカワepi文庫)　660円
①978-4-15-120043-4
◇『君のためなら千回でも　下』 *The kite runner*　カーレド・ホッセイニ著,
佐藤耕士訳　早川書房　2007.12　284p　16cm　(ハヤカワepi文庫)　660円
①978-4-15-120044-1
◇『カイト・ランナー』 *The kite runner*　カーレド・ホッセイニ著, 佐藤耕士
訳　アーティストハウスパブリッシャーズ　2006.3　483p　20cm　1800円
①4-86234-024-5

ポッター, エレン　*Potter, Ellen*　　　　　　　　　　　　　　　　児童書

アメリカの作家。ニューヨーク市で生まれ、ウエストサイドの北にあるマンションで育つ。11
歳の時に学校の図書館で作家になろうと思いたち、大学で小説の書きかたを学ぶ。卒業後は、
ペットの美容師やウエイトレス、美術の先生などさまざまな仕事をしながら、物語を執筆。2003
年初の著書『西95丁目のゴースト』で高い評価を受ける。家族とニューヨーク在住。

最近の翻訳書

◇『地下の幽霊トンネル―ちいさな霊媒師オリビア　1』 *Olivia Kidney and
secret beneath the city*　エレン・ポッター著、海後礼子訳　主婦の友社
2008.4　223p　19cm　1200円　①978-4-07-252658-3
◇『地下の幽霊トンネル―ちいさな霊媒師オリビア　2』 *Olivia Kidney and
secret beneath the city*　エレン・ポッター著、海後礼子訳　主婦の友社
2008.4　191p　19cm　1200円　①978-4-07-261344-3
◇『真夜中の秘密学校―ちいさな霊媒師オリビア』 *Olivia Kidney and the exit*

海外文学　新進作家事典　　　　　　　　　　　　　　ホトツク

academy　エレン・ポッター著, 海後礼子訳　主婦の友社　2008.1　287p
19cm　1400円　①978-4-07-252641-5

◇『西95丁目のゴースト―ちいさな霊媒師オリビア』　*Olivia Kidney*　エレン・
ポッター著, 海後礼子訳　主婦の友社　2007.10　222p　19cm　1200円
①978-4-07-252635-4

ポツナンスキ, ウルズラ　*Poznanski, Ursula*　　　　ミステリー, ヤングアダルト

オーストリアの作家。1968年10月30日ウィーン生まれ。96年より医学系出版社で働いた後、
2003年児童小説を発表して作家デビュー。児童文学やヤングアダルト分野で人気作家となり、
数々の賞を受賞。10年に発表した初の大人向けミステリー『〈5〉のゲーム』は、刊行後たちま
ちベストセラーとなった。Ursula P.Archerのペンネームでも活動。ウィーン在住。

最近の翻訳書

◇『〈5〉のゲーム』　*FÜNF*　ウルズラ・ポツナンスキ著, 浅井晶子訳　早川書房
2014.10　599p　16cm　（ハヤカワ・ミステリ文庫　HM 409-1）　1140円
①978-4-15-180651-3

ホッブズ, ロジャー　*Hobbs, Roger*　　　　　　　　ミステリー, スリラー

アメリカの作家。1988年6月10日マサチューセッツ州ボストン生まれ。オレゴン州ポートラン
ドのリード・カレッジで古代言語、フィルム・ノワール、文学論を学ぶ。少年時代から執筆を
開始し、20歳の時には「ニューヨーク・タイムズ」紙に寄稿。大学在学中に執筆したクライ
ム・ノワール『時限紙幣』は、2013年アメリカの老舗文芸出版社Knopfより刊行。辛口で知ら
れる「ニューヨーク・タイムズ」の批評家ミチコ・カクタニの絶賛を受けたほか、CWA賞イ
アン・フレミング・スティール・ダガー賞を受賞するなど、米英のミステリー界で高く評価さ
れた。オレゴン州ポートランド在住。

最近の翻訳書

◇『時限紙幣―ゴーストマン』　*GHOSTMAN*　ロジャー・ホッブズ著, 田口俊
樹訳　文藝春秋　2014.8　405p　20cm　1800円　①978-4-16-390107-7

ボドック, リリアナ　*Bodoc, Liliana*　　　　　　　　　　　　　　文学

アルゼンチンの作家。1958年7月21日サンタフェ生まれ。クジョ国立大学で現代文学を専攻。
教師を経験後、南米大陸の神話や先住民文化を題材にしたファンタジーの執筆を決意。2000
年初の著書となる3部作〈最果てのサーガ〉シリーズを発表し、南米でベストセラーとなる。自
国で数々の賞に輝いたほか、同年国際児童図書評議会の推薦作品にも選ばれ、欧州各国で翻訳
される。

最近の翻訳書

◇『最果てのサーガ　4　火の時』　*La saga de los confines.3：los dias del fuego*
リリアナ・ボドック著, 中川紀子訳　PHP研究所　2011.3　350p　22cm
2200円　①978-4-569-78123-5

◇『最果てのサーガ　3　泥の時』　*La saga de los confines.3：los dias del fuego*
リリアナ・ボドック著, 中川紀子訳　PHP研究所　2011.3　278p　22cm
2000円　①978-4-569-78122-8

◇『最果てのサーガ　2　影の時』　*La saga de los confines.2：Los dias de la*
sombra　リリアナ・ボドック著, 中川紀子訳　PHP研究所　2011.1　413p

ホナンシ　　　　　　海外文学　新進作家事典

22cm　2400円　①978-4-569-78101-3

◇『**最果てのサーガ　1　鹿の時**』　*La saga de los confines.1：Los dias del venado*　リリアナ・ボドック著,中川紀子訳　PHP研究所　2011.1　366p　22cm　2200円　①978-4-569-78064-1

ボナンジンガ, ジェイ　*Bonansinga, Jay*　　　　　　　　　ミステリー, ホラー

アメリカの作家。SF・ホラー雑誌に短編小説やエッセイを発表した後、1994年長編ホラー『ブラック・マライア』を出版。スティーブン・キング、ディーン・クーンツに続く超新星の出現と一躍脚光を浴びる。テレビドラマが全世界で大ヒットした「ウォーキング・デッド」の小説版『ウォーキング・デッド ガバナーの誕生』を2011年より手がけ、シリーズ化。この間、04年には『Sinking of The Eastland』でノンフィクションデビューした。映像学の修士号を持ち、ノースウェスタン大学客員教授、劇作家、脚本家、映画監督としても活躍。イリノイ州エバンストン在住。

最近の翻訳書

◇『**ウォーキング・デッド―ガバナーの誕生**』　*The walking dead*　ロバート・カークマン, ジェイ・ボナンジンガ著,尾之上浩司訳　角川書店　2012.2　493p　15cm　（角川文庫　17279）　952円　①978-4-04-100134-9

ボーネン, ステファン　*Boonen, Stefan*　　　　　　　　　　　　児童書

ベルギーの作家。1966年10月29日ベルギー北部フランダース地方のハモントに生まれる。家具製作、ソーシャルワーカーを経て、2000年より作家活動に専念。子供、青少年のための作品を多数執筆。作品は世界各国で翻訳・出版される。児童演劇のシナリオ作家でもあり、各種ワークショップ、子供のための本の書き方教室、ラブレターの書き方講習会などユニークな活動も続ける。ベルギーのルーヴェン在住。

最近の翻訳書

◇『**100パーセントレナ**』　*100 procent Lena*　ステファン・ボーネン著, 小橋敦子, ヒルト・ファン・ブレーメン訳　日経BP社　2008.2　209p　20cm　1300円　①978-4-8222-4622-8

ホフ, マルヨライン　*Hof, Marjolijn*　　　　　　　　　　　　　児童書

オランダの作家。1956年アムステルダム生まれ。心理学者で芸術家だった父親のもと、本や芸術作品に囲まれて育った。モンテッソーリ教育の学校を出た後、司書の資格を取り、ザーンスタット市の図書館に長く勤める。作家養成学校に通った時期もある。99年退職し、念願の職業作家となる。2006年に発表した『小さな可能性』がオランダで金の石筆賞、ベルギーでは金のフクロウ賞を受賞し、本格的な成功を収めた。

最近の翻訳書

◇『**小さな可能性**』　*Een kleine kans*　マルヨライン・ホフ著,野坂悦子訳　小学館　2010.5　167p　20cm　1300円　①978-4-09-290537-5

ホーフィング, イサベル　*Hoving, Isabel*　　　　　ヤングアダルト, ファンタジー

オランダの作家。1955年9月アムステルダム生まれ。父親は音楽家で画家、母親は詩人。美術アカデミーを卒業して美術教師や女性書専門書店の設立を経験し、アムステルダム大学で文学

406

研究の博士号を取得。その後、ライデン大学で文学を教える。2002年長編ファンタジー『翼のある猫』で作家デビュー、同年のうちに3度重版されるベストセラーとなり、03年には最も優れたオランダ語のヤングアダルト作品に与えられる金のキス賞を受けた。

最近の翻訳書

◇『翼のある猫　上』 *De gevleugelde kat*　イサベル・ホーフィング著, 野坂悦子, うえだはるみ訳　河出書房新社　2010.12　384p　20cm　2200円　①978-4-309-20555-7

◇『翼のある猫　下』 *De gevleugelde kat*　イサベル・ホーフィング著, 野坂悦子, うえだはるみ訳　河出書房新社　2010.12　426p　20cm　2200円　①978-4-309-20556-4

ホブスン, M.K.　*Hobson, M.K.*　歴史, ファンタジー

アメリカの作家。1969年カリフォルニア州リバーサイド生まれ。大学で英語と映画を学んだ後、マーケティング会社に勤めながら作品を書き続け、2010年『宵星の魔女エミリー』で長編デビュー。歴史と魔法の融合が好評を博して、ネビュラ賞長編部門とローカス賞処女長編賞にノミネートされた。オレゴン州ポートランド在住。

最近の翻訳書

◇『宵星の魔女エミリー―新大陸魔法冒険記』 *THE NATIVE STAR*　M・K・ホブスン著, 吉嶺英美訳　早川書房　2013.5　617p　16cm　（ハヤカワ文庫FT　554）　1040円　①978-4-15-020554-6

ホフマン, ジリアン　*Hoffman, Jilliane*　ミステリー, スリラー

アメリカの作家、元検察官。ニューヨーク州ロングアイランド生まれ。セント・ジョンズ大学ロー・スクール在学中からクイーンズやブルックリンの検事局で検察官としての修業を積む。卒業後は1992年からフロリダ州マイアミの検事局で検事補となり、重罪担当検察官として活躍。その後フロリダの法執行局に移り、地域法務アドバイザーとして法的助言を与える一方、ジャンニ・ヴェルサーチを射殺した連続殺人犯アンドリュー・クナナンの事件もFBIやCIAとともに調査にあたった。2001年法執行局を辞職し、執筆に専念。03年〈C.J.Townsend〉シリーズの第1作『報復』で小説家デビュー。同作は日本をはじめ世界中でベストセラーとなった。05年シリーズ第2作『報復 ふたたび』、12年第3作『報復、それから』を発表。南フロリダ在住。

最近の翻訳書

◇『報復、それから』 *THE CUTTING ROOM*　ジリアン・ホフマン著, 吉田利子訳　ヴィレッジブックス　2013.4　610p　15cm　（ヴィレッジブックス　F-ホ3-6）　980円　①978-4-86491-055-2

◇『いとけなく愛らしき者たちよ』 *Pretty little things*　ジリアン・ホフマン著, 吉田利子訳　ヴィレッジブックス　2010.11　546p　15cm　（ヴィレッジブックス　F-ホ3-5）　860円　①978-4-86332-291-2

◇『心神喪失　上』 *Plea of insanity*　ジリアン・ホフマン著, 吉田利子訳　ヴィレッジブックス　2008.11　348p　15cm　（ヴィレッジブックス）　740　①978-4-86332-096-3

◇『心神喪失　下』 *Plea of insanity*　ジリアン・ホフマン著, 吉田利子訳　ヴィレッジブックス　2008.11　396p　15cm　（ヴィレッジブックス）　760円　①978-4-86332-097-0

ホフマン, ポール　*Hoffman, Paul*　　　　　　　　　　　　　　SF, ファンタジー

イギリスの作家、脚本家。1953年生まれ。イギリスのニューカレッジで英文学を学ぶ。2000年『The Wisdom of Crocodiles』で作家デビュー。第2作の『The Golden Age of Censorship』(07年)は、イギリス映画倫理委員会での検閲委員の実体験に基づく。第3作の『神の左手』(10年)は世界的ベストセラーとなり、『悪魔の右手』(11年)、『天使の羽ばたき』(13年)と3部作を形成する。

最近の翻訳書

◇『天使の羽ばたき』 *The Beating of His Wings* ポール・ホフマン著, 金原瑞人, 井上里訳 講談社 2014.11 577p 20cm 3000円 ①978-4-06-219217-0

◇『悪魔の右手』 *The Last Four Things* ポール・ホフマン著, 金原瑞人, 井上里訳 講談社 2012.7 462p 20cm 2600円 ①978-4-06-217832-7

◇『神の左手』 *The left hand of God* ポール・ホフマン著, 金原瑞人訳 講談社 2011.5 470p 20cm 2600円 ①978-4-06-216939-4

ボーラー, サラ　*Vogler, Sara*　　　　　　　　　　　　　　　　　　歴史

イギリスの作家。長年の友人であるジャン・バーチェット(エセックス州在住)と共同で児童文学を執筆し、16年の間に150冊を執筆。海賊アドベンチャー〈タイムスリップ海賊サム・シルバー〉シリーズなどで人気を得る。ロンドン在住。

最近の翻訳書

◇『タイムスリップ海賊サム・シルバー　4　裏切り者のわな！』 *SAM SILVER UNDERCOVER PIRATE.Book4：THE DEADLY TRAP* ジャン・バーチェット, サラ・ボーラー著, 浅尾敦則訳, スカイエマ絵 KADOKAWA 2014.5 173p 19cm 850円 ①978-4-04-066737-9

◇『タイムスリップ海賊サム・シルバー　3　真夜中の救出作戦』 *SAM SILVER UNDERCOMER PIRATE.Book3：KIDNAPPED* ジャン・バーチェット, サラ・ボーラー著, 浅尾敦則訳, スカイエマ絵 KADOKAWA 2014.3 158p 19cm 850円 ①978-4-04-066359-3

◇『タイムスリップ海賊サム・シルバー　2　幽霊船をおいかけろ！』 *SAM SILVER UNDERCOVER PIRATE.Book2：THE GHOST SHIP* ジャン・バーチェット, サラ・ボーラー著, 浅尾敦則訳, スカイエマ絵 KADOKAWA 2013.10 174p 19cm 850円 ①978-4-04-066009-7

◇『タイムスリップ海賊サム・シルバー　1　伝説の秘宝をさがせ』 *SAM SILVER UNDERCOVER PIRATE.Book1：SKELETON ISLAND* ジャン・バーチェット, サラ・ボーラー著, 浅尾敦則訳, スカイエマ絵 メディアファクトリー 2013.7 174p 19cm 850円 ①978-4-8401-5261-7

ボラレーヴィ, アントネッラ　*Boralevi, Antonella*　　　　　　　　文学

イタリアの作家、脚本家。1963年フィレンツェ生まれ。フィレンツェ大学文学部言語哲学科卒。小説やエッセイなどを手がけるほか、ジャーナリスト、コラムニスト、テレビ番組のコメンテーターなども務める。2008年『輝きの側』で国際小説賞ペンの都市―ヨーロッパ賞、11年『もうひとつの人生』でチミティーレ賞を受賞。

最近の翻訳書

◇『もしもを叶えるレストラン』 *LA LOCANDA DELLE OCCASIONI*

PERDUTE アントネッラ・ボラレーヴィ著, 中村浩子訳　小学館　2015.8
237p　15cm　（小学館文庫　ホ1-1）　630円　①978-4-09-406152-9

ポール, グレアム・シャープ　*Paul, Graham Sharp*　　SF, ファンタジー

スリランカ出身の作家。スリランカのコロンボで生まれ、スコットランドで高校生活を送る。ケンブリッジ大学で考古学と人類学を学び、オーストラリアのマッコーリー大学でMBAを取得。卒業後、1972年イギリス海軍に入隊、少佐にまで昇進した。83年オーストラリアに移住し、オーストラリア海軍に移籍。87年除隊して銀行とメディア関係の企業に勤務した後、フリーの事業開発・企業金融コンサルタントとして国際的に活躍。2007年〈若獅子ヘルフォート戦史〉シリーズの『若き少尉の初陣』を出版。

最近の翻訳書

◇『若き少尉の初陣─若獅子ヘルフォート戦史』　*THE BATTLE AT THE MOONS OF HELL*　グレアム・シャープ・ポール著, 金子浩訳　早川書房　2012.4　591p　16cm　（ハヤカワ文庫 SF　1848）　1040円　①978-4-15-011848-8

ホール, スティーヴン　*Hall, Steven*　　文学

イギリスの作家。1975年ダービーシャー州生まれ。写真家のアシスタント、私立探偵などの職を経て、ファインアートを学ぶ。短編をいくつか発表した後、2007年『ロールシャッハの鮫』で長編デビュー。同年のBorders Original Voices Award、08年のサマセット・モーム賞を受賞。アーサー・C.クラーク賞にもノミネートされた。世界30カ国以上で刊行され、映画化も決定。プレストン在住。

最近の翻訳書

◇『ロールシャッハの鮫』　*The raw shark texts*　スティーヴン・ホール著, 池田真紀子訳　角川書店　2010.12　511p　19cm　2200円　①978-4-04-791638-8

ホルヴァートヴァー, テレザ　*Horváthová, Tereza*　　児童書

チェコの作家。1973年8月20日チェコスロバキア・プラハ生まれ。2000年イラストレーター、デザイナーである夫のユライ・ホルヴァートと子供の本のための出版社バオバブを設立、中心メンバーとしてプラハを拠点に若いクリエイターたちと共に絵本を作り続け、チェコ文化省による"チェコの美しい本"コンクールでも度々受賞。夫との共作『青いトラ』(04年)で、05年チェコ国際児童図書評議会の金のリボン賞を受賞。

最近の翻訳書

◇『青いトラ』　*Modry tygr*　テレザ・ホルヴァートヴァー文, ユライ・ホルヴァート絵, 関沢明子訳　求龍堂　2008.11　134p　23cm　2000円　①978-4-7630-0736-0

ボルクス, シェイン

→ガレン, シャーナを見よ

ホルスト, ヨルン・リーエル　*Horst, Jørn Lier*　　ミステリー

ノルウェーの作家。1970年生まれ。警察官として勤務しながら、2004年作家デビュー。12年

に発表した警察小説〈ヴィリアム・ヴィスティング捜査官〉シリーズの第8作『猟犬』で、北欧ミステリーの最高峰ガラスの鍵賞をはじめ、マルティン・ベック賞、ゴールデン・リボルバー賞の3冠に輝く。ノルウェーで高く評価される人気作家。

最近の翻訳書

◇『猟犬』 *JAKTHUNDENE* ヨルン・リーエル・ホルスト著, 猪股和夫訳 早川書房 2015.2 403p 19cm （HAYAKAWA POCKET MYSTERY BOOKS 1892） 1700円 ①978-4-15-001892-4

ホルト, ジョナサン　*Holt, Jonathan*　　　スリラー

イギリスの作家。オックスフォード大学で英文学を専攻し、広告会社のクリエイティブ・ディレクターを務める。2013年『カルニヴィア1 禁忌』で作家デビューし、後に〈カルニヴィア〉3部作として世界中で人気を得る。ロンドン在住。

最近の翻訳書

◇『カルニヴィア 3 密謀』 *THE TRAITOR* ジョナサン・ホルト著, 奥村章子訳 早川書房 2015.9 424p 19cm （HAYAKAWA POCKET MYSTERY BOOKS 1899） 2000円 ①978-4-15-001899-3

◇『カルニヴィア 1 禁忌』 *THE ABOMINATION* ジョナサン・ホルト著, 奥村章子訳 早川書房 2015.8 553p 16cm （ハヤカワ文庫 NV 1353） 1200円 ①978-4-15-041353-8

◇『カルニヴィア 2 誘拐』 *THE ABDUCTION* ジョナサン・ホルト著, 奥村章子訳 早川書房 2014.9 486p 19cm （HAYAKAWA POCKET MYSTERY BOOKS 1887） 1800円 ①978-4-15-001887-0

◇『カルニヴィア 1 禁忌』 *THE ABOMINATION* ジョナサン・ホルト著, 奥村章子訳 早川書房 2013.9 453p 19cm （HAYAKAWA POCKET MYSTERY BOOKS 1875） 1800円 ①978-4-15-001875-7

ボールドウィン, ケアリー　*Baldwin, Carey*　　　スリラー, ミステリー

アメリカの作家。薬学と心理学の博士号を持ち、臨床心理士として働きながら、作家活動を続ける。精神科医フェイス・クランシーを主人公とした『ある男ダンテの告白』に登場する、司法精神医学者ケイトリン・キャシディとFBI特別捜査官アティカス・スペンサーを主人公としたスピンオフ作品『Judgment』（2014年）は、「サスペンスマガジン」誌により同年のベストブックに選ばれた。

最近の翻訳書

◇『ある男ダンテの告白』 *CONFESSION* ケアリー・ボールドウィン著, 皆川孝子訳 ハーパーコリンズ・ジャパン 2015.9 478p 15cm （ハーパーBOOKS） 870円 ①978-4-596-55006-4

ボルトン, S.J.　*Bolton, S.J.*　　　ミステリー, スリラー

イギリスの作家。ランカシャー生まれ。本名はSharon J.Bolton。2008年の処女作『三つの秘文字』でMWA賞のメアリ・ヒギンズ・クラーク賞にノミネートされ、13カ国で翻訳刊行されるなど好評を博す。第2作の『毒の目覚め』（09年）で同賞を受賞。また第3作の『緋の収穫祭』（10年）と合わせて3年連続ノミネートという快挙を果たす。同作はCWA賞最優秀長編賞など多数の賞の候補となり、英米で高い評価を受けた。

海外文学　新進作家事典　　　　　　　　　　　　　　ホルマン

最近の翻訳書

◇『緋の収穫祭』 *BLOOD HARVEST* S・J・ボルトン著, 法村里絵訳　東京
　創元社　2014.4　605p　15cm　（創元推理文庫　Mホ9-5）　1320円　①978-
　4-488-20707-6
◇『毒の目覚め　上』 *AWAKENING* S・J・ボルトン著, 法村里絵訳　東京創
　元社　2012.8　310p　15cm　（創元推理文庫　Mホ9-3）　900円　①978-4-
　488-20705-2
◇『毒の目覚め　下』 *AWAKENING* S・J・ボルトン著, 法村里絵訳　東京創
　元社　2012.8　300p　15cm　（創元推理文庫　Mホ9-4）　900円　①978-4-
　488-20706-9
◇『三つの秘文字　上』 *Sacrifice* S.J.ボルトン著, 法村里絵訳　東京創元社
　2011.9　315p　15cm　（創元推理文庫）　860円　①978-4-488-20703-8
◇『三つの秘文字　下』 *Sacrifice* S.J.ボルトン著, 法村里絵訳　東京創元社
　2011.9　313p　15cm　（創元推理文庫）　860円　①978-4-488-20704-5

ボルバーン, バーバラ　*Bollwahn, Barbara*　　　　　　　ヤングアダルト

ドイツの作家。1964年東ドイツ・ザクセン州生まれ。ライプツィヒ大学でスペイン語と英語を
専攻。ベルリンの壁崩壊後、文筆活動に入り、「ターゲスツァイトゥング」紙で記事やエッセ
イを執筆。2006年『ベルリンの月』（未訳）でヤングアダルト作家としてデビュー。第2作の半
自伝的小説『階級の敵と私─ベルリンの壁崩壊ライブ』（07年）で、ドイツ語で書かれた最も優
れた青少年文学作品に対する文学賞、ブクステーフーデ雄牛賞にノミネートされ、ドイツの若
い世代に現代史の知識を伝える作品として各方面から注目された。

最近の翻訳書

◇『階級の敵と私─ベルリンの壁崩壊ライブ』 *Der Klassenfeind+ich*　バーバ
　ラ・ボルバーン著, 落合直子訳　未知谷　2010.11　277p　20cm　2500円
　①978-4-89642-319-8

ボルピ, ホルヘ　*Volpi, Jorge*　　　　　　　　　　　　　ミステリー, 文学

メキシコの作家。1968年7月10日メキシコシティ生まれ。本名はJorge Volpi Escalante。大学
で法律と文学を学んだ後、92年長編小説『暗い沈黙にもかかわらず』を発表し注目を集める。以
後、『怒りの日』（94年）、『狂気の終わり』（2003年）など話題作を発表。1999年『クリングゾー
ルをさがして』で伝統あるブレベ叢書賞を受賞した。ラテンアメリカ新世代の旗手として高い
評価を得ている。

最近の翻訳書

◇『クリングゾールをさがして』 *EN BUSCA DE KLINGSOR*　ホルヘ・ボル
　ピ著, 安藤哲行訳　河出書房新社　2015.5　499p　20cm　3800円　①978-4-
　309-20674-5

ボルマン, メヒティルト　*Borrmann, Mechtild*　　　　　　　　ミステリー

ドイツの作家。1960年西ドイツ・ケルン生まれ。セラピスト、ダンスの振付、レストラン経
営など多彩な職を経て、2006年『Wenn das Herz im Kopf schlägt』で作家デビュー。11年よ
り専業作家として活動。12年『沈黙を破る者』でドイツ・ミステリー大賞第1位に選ばれる。
ビーレフェルト在住。

411

*** 最近の翻訳書 ***

◇『希望のかたわれ』 *DIE ANDERE HÄLFTE DER HOFFNUNG* メヒ
ティルト・ボルマン著, 赤坂桃子訳 河出書房新社 2015.8 314p 20cm
2500円 Ⓘ978-4-309-20681-3
◇『沈黙を破る者』 *WER DAS SCHWEIGEN BRICHT* メヒティルト・ボル
マン著, 赤坂桃子訳 河出書房新社 2014.5 252p 20cm 2200円 Ⓘ978-
4-309-20650-9

ホルム, ジェニファー・L. *Holm, Jennifer L.*

児童書, 歴史

アメリカの作家。1968年カリフォルニア州生まれ。99年『Our Only May Amelia』で児童文
学作家としてデビュー、同作は2000年のニューベリー賞オナーブックに選ばれた。『ペニー・
フロム・ヘブン』(06年)、『Turtle in Paradise』(10年)も同賞オナーブックとなり、『Turtle in
Paradise』は11年のゴールデン・カイト賞フィクション部門賞も受賞した。

*** 最近の翻訳書 ***

◇『14番目の金魚』 *The Fourteenth Goldfish* ジェニファー・L・ホルム作, 横
山和江訳 講談社 2015.11 246p 20cm 1600円 Ⓘ978-4-06-219782-3
◇『ペニー・フロム・ヘブン』 *Penny from heaven* ジェニファー・L.ホルム
著, もりうちすみこ訳 ほるぷ出版 2008.7 353p 19cm 1400円 Ⓘ978-
4-593-53398-5

ホワイト, ジム *White, Jim*

その他

イギリスの作家、コラムニスト、司会者。グレーター・マンチェスター州マンチェスター生ま
れ。ブリストル大学で英語学の学位を取得後、ジャーナリズムの世界に入る。「インディペン
デント」「ガーディアン」各紙を経て、「デイリー・テレグラフ」でスポーツライター、コラム
ニストとして活躍する傍ら、BBCテレビ、同ラジオ、STV、スカイスポーツなどで司会者も
務める。BBCラジオ5で放送された「ウェンブリー・スタジアムの終焉」ではソニー・ゴール
ド賞を受賞。

*** 最近の翻訳書 ***

◇『日曜日のピッチ―父と子のフットボール物語』 *You'll win nothing with
kids* ジム・ホワイト著, 東本貢司訳 カンゼン 2010.7 403p 20cm
1680円 Ⓘ978-4-86255-069-9

ホワイト, ハル *White, Hal*

ミステリー

アメリカの作家。幼い頃から転居を繰り返し、1984年からワシントンの学校で法律を学ぶ。95
〜97年ワシントン州法曹協会の雑誌「Washington State Bar News」の編集を担当。2008年
『ディーン牧師の事件簿』で作家デビュー。

*** 最近の翻訳書 ***

◇『ディーン牧師の事件簿』 *The mysteries of reverend Dean* ハル・ホワイト
著, 高橋まり子訳 東京創元社 2011.1 362p 15cm （創元推理文庫
220-03） 1000円 Ⓘ978-4-488-22003-7

海外文学　新進作家事典　　　　　　　　　　ホンテユ

ホワイト, マイケル　　*White, Michael*　　　　　　　文学

イギリスの科学ジャーナリスト、作家、ミュージシャン。1959年生まれ。ロンドン大学卒。雑誌「GQ」イギリス版の科学担当編集者、「サンデー・エクスプレス」紙のコラムニスト、BBC科学番組のコンサルタントとして活躍する一方、プロのミュージシャンとしても活動。イギリスのバンド、トンプソン・ツインズのメンバーだったこともある。ニュートン、レオナルド・ダ・ヴィンチなどの偉人の伝記やノンフィクションを数多く手がけ、2006年サスペンス小説『五つの星が列なる時』を発表し、小説家デビュー。ほかの著書に『ガリレオ・ガリレイ』、共著に『スティーヴン・ホーキング―天才科学者の光と影』『22世紀から回顧する21世紀全史』などがある。オーストラリアのパース在住。

最近の翻訳書

◇『メディチ家の暗号』　*The Medici secret*　マイケル・ホワイト著, 横山啓明訳　早川書房　2009.7　438p　16cm　（ハヤカワ文庫　NV1199）　860円　①978-4-15-041199-2

◇『五つの星が列なる時』　*Equinox*　マイケル・ホワイト著, 横山啓明訳　早川書房　2007.5　359p　20cm　（Hayakawa novels）　1800円　①978-4-15-208819-2

ボーン, サム　　*Bourne, Sam*　　　　　　　　ミステリー

本名＝フリードランド, ジョナサン〈Freedland, Jonathan〉

イギリスのジャーナリスト、作家。1967年生まれ。イギリスの著名なジャーナリストでありキャスター。オックスフォード大学卒業後、記者となる。「ガーディアン」紙などにコラムを寄稿するほか、BBCでテレビ・キャスターも務める。著書に99年のサマセット・モーム賞ノンフィクション部門を獲得した『Bring Home the Revolution』（98年）など。一方、サム・ボーン名義で『アトラスの使徒』（2006年）を執筆。世界30カ国で出版されたほか、イギリスで60万部を超える大ベストセラーとなった。同作は厳格なユダヤ正教徒の家庭に育ち、「ガーディアン」のワシントン特派員として4年間アメリカで過ごしたことなどを背景に生まれた。

最近の翻訳書

◇『アトラスの使徒　上』　*The righteous men*　サム・ボーン著, 加賀山卓朗訳　ヴィレッジブックス　2008.9　317p　20cm　（ヴィレッジブックス）　1500円　①978-4-86332-033-8

◇『アトラスの使徒　下』　*The righteous men*　サム・ボーン著, 加賀山卓朗訳　ヴィレッジブックス　2008.9　278p　20cm　1500円　①978-4-86332-034-5

ボンデュラント, マット　　*Bondurant, Matt*　　　　　文学

アメリカの作家。1971年バージニア州アレクサンドリア生まれ。ジェームズ・マディソン大学に学ぶ。フロリダ州立大学で博士号を取得。2005年の作家デビュー作『The Third Translation』が国内外で高く評価される。禁酒法時代のバージニアを舞台に密造酒ビジネスで成功した3兄弟の三男ジャックの実孫であることから、祖父ら3兄弟の復讐劇を描いた第2作『欲望のバージニア』（08年）を発表。同作は「ニューヨーク・タイムズ」ブックレビューのエディターズ・チョイス賞を受賞し、12年に映画化もされた。

最近の翻訳書

◇『欲望のバージニア』　*THE WETTEST COUNTY IN THE WORLD*　マット・ボンデュラント著, 公庄さつき訳　集英社　2013.5　460p　16cm　（集英社文庫　ホ10-1）　950円　①978-4-08-760667-6

413

ボンド, ブラッドレー　*Bond, Bradley*　　　　　　　　　　　　SF, ファンタジー

アメリカの作家。1968年生まれ。90年代にインターネットを介してフィリップ・N.モーゼズと知り合い、小説『ニンジャスレイヤー』の共作を開始。日本文化を誤解したような独特の世界観と言葉遣いがインターネット上で人気を集め、2015年には日本でアニメ化もされた。言語学、歴史、伝統文化への造詣が深い。ニューヨーク在住。

＊＊＊最近の翻訳書＊＊＊

◇『ニンジャスレイヤー―**NINJA SLAYER NEVER DIES　#3　キリング・フィールド・サップーケイ**』 *NINJA SLAYER.#3* ブラッドレー・ボンド, フィリップ・N・モーゼズ著, 本兌有, 杉ライカ訳　KADOKAWA　2015.12　477p　19cm　1200円　①978-4-04-730790-2

◇『ニンジャスレイヤー―**NINJA SLAYER NEVER DIES　#2　死神の帰還**』 *NINJA SLAYER.#3* ブラッドレー・ボンド, フィリップ・N・モーゼズ著, 本兌有, 杉ライカ訳　KADOKAWA　2015.8　527p　19cm　1200円　①978-4-04-730606-6

◇『ニンジャスレイヤー―**NINJA SLAYER NEVER DIES　#1　秘密結社アマクダリ・セクト**』 *NINJA SLAYER.#3* ブラッドレー・ボンド, フィリップ・N・モーゼズ著, 本兌有, 杉ライカ訳　KADOKAWA　2015.4　469p　19cm　1200円　①978-4-04-730418-5

◇『ニンジャスレイヤー―**KYOTO：HELL ON EARTH　#8　キョート・ヘル・オン・アース 下**』 *NINJA SLAYER.#2* ブラッドレー・ボンド, フィリップ・N・モーゼズ著, 本兌有, 杉ライカ訳　KADOKAWA　2015.2　515p　19cm　1200円　①978-4-04-730189-4

◇『ニンジャスレイヤー―**KYOTO：HELL ON EARTH　#7　キョート・ヘル・オン・アース 上**』 *NINJA SLAYER.#2* ブラッドレー・ボンド, フィリップ・N・モーゼズ著, 本兌有, 杉ライカ訳　KADOKAWA　2014.10　561p　19cm　1200円　①978-4-04-729932-0

◇『ニンジャスレイヤー―**KYOTO：HELL ON EARTH　#7　キョート・ヘル・オン・アース 上**』 *NINJA SLAYER.#2* ブラッドレー・ボンド, フィリップ・N・モーゼズ著, 本兌有, 杉ライカ訳　ドラマCD付特装版　KADOKAWA　2014.10　561p　19cm　2500円　①978-4-04-729933-7

◇『ニンジャスレイヤー―**KYOTO：HELL ON EARTH　#6　マグロ・アンド・ドラゴン**』 *NINJA SLAYER.#2* ブラッドレー・ボンド, フィリップ・N.モーゼズ著, 本兌有, 杉ライカ訳　KADOKAWA　2014.7　532p　19cm　1200円　①978-4-04-729755-5

◇『ニンジャスレイヤー―**KYOTO：HELL ON EARTH　#5　ピストルカラテ決死拳**』 *NINJA SLAYER.#2* ブラッドレー・ボンド, フィリップ・N・モーゼズ著, 本兌有, 杉ライカ訳　KADOKAWA　2014.4　571p　19cm　1200円　①978-4-04-729362-5

◇『ニンジャスレイヤー―**KYOTO：HELL ON EARTH　#4　聖なるヌンチャク**』 *NINJA SLAYER.#2* ブラッドレー・ボンド, フィリップ・N・モーゼズ著, 本兌有, 杉ライカ訳　ドラマCD付特装版　KADOKAWA　2014.1　545p　19cm　1900円　①978-4-04-729353-3

◇『ニンジャスレイヤー―**KYOTO：HELL ON EARTH　#4　聖なるヌンチャク**』 *NINJA SLAYER.#2* ブラッドレー・ボンド, フィリップ・N.モーゼズ著, 本兌有, 杉ライカ訳　KADOKAWA　2014.1　545p　19cm　1200円　①978-4-04-729261-1

◇『ニンジャスレイヤー―**KYOTO：HELL ON EARTH　#3　荒野の三忍**』

海外文学　新進作家事典　　　　　　　　　　　　　　　　　　ホントウ

　　NINJA SLAYER.#2　ブラッドレー・ボンド, フィリップ・N・モーゼズ著,
　　本兌有, 杉ライカ訳　KADOKAWA　2013.11　531p　19cm　1200円
　　①978-4-04-729253-6
◇『ニンジャスレイヤー——KYOTO：HELL ON EARTH　#2　ゲイシャ危機
　　一髪！』　NINJA SLAYER.#2　ブラッドレー・ボンド, フィリップ・N・
　　モーゼズ著, 本兌有, 杉ライカ訳　エンターブレイン　2013.9　525p　19cm
　　1200円　①978-4-04-729120-1
◇『ニンジャスレイヤー——KYOTO：HELL ON EARTH　#1　ザイバツ強
　　襲！』　NINJA SLAYER　ブラッドレー・ボンド, フィリップ・N・モーゼズ
　　著, 本兌有, 杉ライカ訳　エンターブレイン　2013.7　507p　19cm　1200円
　　①978-4-04-728945-1
◇『ニンジャスレイヤー——KYOTO：HELL ON EARTH　#1　ザイバツ強
　　襲！』　NINJA SLAYER　ブラッドレー・ボンド, フィリップ・N・モーゼズ
　　著, 本兌有, 杉ライカ訳　ドラマCD付特装版　エンターブレイン　2013.7
　　507p　19cm　1900円　①978-4-04-728946-8
◇『ニンジャスレイヤー——ネオサイタマ炎上　4』　NINJA SLAYER　ブラッド
　　レー・ボンド, フィリップ・N・モーゼズ著, 本兌有, 杉ライカ訳　［ネット限
　　定版］　エンターブレイン　2013.4　596p　19cm　1700円　①978-4-04-
　　728858-4
◇『ニンジャスレイヤー——ネオサイタマ炎上　4』　NINJA SLAYER　ブラッド
　　レー・ボンド, フィリップ・N・モーゼズ著, 本兌有, 杉ライカ訳　エンターブ
　　レイン　2013.4　596p　19cm　1200円　①978-4-04-728690-0
◇『ニンジャスレイヤー——ネオサイタマ炎上　3』　NINJA SLAYER　ブラッド
　　レー・ボンド, フィリップ・N・モーゼズ著, 本兌有, 杉ライカ訳　エンターブ
　　レイン　2013.2　529p　19cm　1200円　①978-4-04-728481-4
◇『ニンジャスレイヤー——ネオサイタマ炎上　2』　NINJA SLAYER　ブラッド
　　レー・ボンド, フィリップ・N・モーゼズ著, 本兌有, 杉ライカ訳　エンターブ
　　レイン　2012.12　447p　19cm　1200円　①978-4-04-728480-7
◇『ニンジャスレイヤー——ネオサイタマ炎上　1』　NINJA SLAYER　ブラッド
　　レー・ボンド, フィリップ・N・モーゼズ著, 本兌有, 杉ライカ訳　エンターブ
　　レイン　2012.10　458p　19cm　1200円　①978-4-04-728331-2

ボンドゥー, アンヌ＝ロール　*Bondoux, Anne-Laure*　　　　　　ヤングアダルト

フランスの作家。1971年4月23日パリ郊外生まれ。10歳から小説を書き始める。現代文学を学
んだ後、出版社に勤務しながら若い読者に向けた作品を発表し続け、人気作家となる。ソルシ
エール賞ほか、数々の児童文学賞を受賞している。

最近の翻訳書

◇『殺人者の涙』　*Les larmes de l'assassin*　アン＝ロール・ボンドゥ著, 伏見操
　　訳　小峰書店　2008.12　224p　20cm　（Y.A.books）　1500円　①978-4-
　　338-14428-5
◇『マルヴァ姫、海へ！』　*La princetta et le capitaine*　アンヌ＝ロール・ボン
　　ドゥー作, 伊藤直子訳　評論社　2007.8　315p　19cm　（児童図書館・文学
　　の部屋—ガルニシ国物語　上）　1200円　①978-4-566-01366-7
◇『マルヴァ姫、海へ！』　*La princetta et le capitaine*　アンヌ＝ロール・ボン
　　ドゥー作, 伊藤直子訳　評論社　2007.8　322p　19cm　（児童図書館・文学
　　の部屋—ガルニシ国物語　下）　1200円　①978-4-566-01367-4

415

〔 マ 〕

マイケルズ, J.C.　*Michaels, J.C.*　　　　　　　　　　ヤングアダルト

イギリスの作家。ダラム大学で歴史を学ぶ。認知科学の学位を持つ科学者、哲学者、ピアノ演奏の学位を持つ音楽家、川下りなどのアドベンチャートラベルガイドを務める冒険家、教育関連のソフトウエア開発の会社を経営する起業家など、さまざまな肩書を持つ。2005年『ファイアベリー——考えるカエル、旅に出る』で小説家デビュー。処女作でノーチラス・ブック賞ほか多くの賞を受賞。北イングランド在住。

最近の翻訳書

◇『ファイアベリー——考えるカエル、旅に出る』　*Firebelly*　J.C.マイケルズ著,
　　小田島則子, 小田島恒志訳　日本放送出版協会　2008.9　277p　20cm　1400
　　円　①978-4-14-005550-2

マイヤー, クレメンス　*Meyer, Clemens*　　　　　　　　　　　文学

ドイツの作家。1977年8月20日東ドイツ・ハレ生まれ。建設作業、家具運送、警備などの仕事を経て、98〜2003年ライプツィヒ・ドイツ文学研究所に学ぶ。06年自伝的長編『おれたちが夢見た頃』で作家デビュー。08年第2作『夜と灯りと』でライプツィヒ・ブック・フェア文学賞を受賞。ライプツィヒ在住。

最近の翻訳書

◇『夜と灯りと』　*Die Nacht, die Lichter*　クレメンス・マイヤー著, 杵渕博樹
　　訳　新潮社　2010.3　239p　20cm　（Crest books）　1900円　①978-4-10-
　　590082-3

マイヤー, デオン　*Meyer, Deon*　　　　　　　　　　　　　ミステリー

南アフリカの作家。1958年7月4日西ケープ州パール生まれ。空軍での兵役を終了後、ポチェフストルーム大学およびフリーステイト大学で学ぶ。フリーステイト（自由州）のブルームフォンテーンで日刊紙の記者、コピーライター、ウェブマネージャーなどを務め、94年母語のアフリカーンスで書いた処女長編『Wie Met Vuur Speel』で作家デビュー。2010年『デビルズ・ピーク』でマルティン・ベック賞を受賞したほか、数々の華麗な受賞歴を誇る。作品は20数カ国語に翻訳され、高い評価を得る。ケープタウン近郊在住。

最近の翻訳書

◇『デビルズ・ピーク』　*DEVIL'S PEAK*　デオン・マイヤー著, 大久保寛訳
　　集英社　2014.11　639p　16cm　（集英社文庫　マ17-1）　1100円　①978-4-
　　08-760696-6
◇『追跡者たち　上』　*Spoor*（重訳）*TRACKERS*　デオン・メイヤー著, 真崎
　　義博,友廣純訳　早川書房　2013.6　475p　16cm　（ハヤカワ・ミステリ文庫
　　HM 392-1）　1000円　①978-4-15-179801-6
◇『追跡者たち　下』　*Spoor*（重訳）*TRACKERS*　デオン・メイヤー著, 真崎
　　義博,友廣純訳　早川書房　2013.6　495p　16cm　（ハヤカワ・ミステリ文庫
　　HM 392-2）　1000円　①978-4-15-179802-3
◇『流血のサファリ　上』　*BLOOD SAFARI*　デオン・マイヤー著, 大久保寛

訳　武田ランダムハウスジャパン　2012.5　334p　15cm　（RHブックス・プラス　マ6-1）　860円　①978-4-270-10415-6

◇『流血のサファリ　下』　*BLOOD SAFARI*　デオン・マイヤー著，大久保寛訳　武田ランダムハウスジャパン　2012.5　346p　15cm　（RHブックス・プラス　マ6-2）　860円　①978-4-270-10416-3

マイヤーズ, ランディ　*Meyers, Randy*　　文学

アメリカの作家。ニューヨーク市ブルックリン生まれ。本名はRandy Susan Meyers。結婚して2人の娘を育てる傍ら、バーテンダーをしたり、ノンフィクションを執筆していたが、DVの加害者や被害者のカウンセリングを担当するようになる。2010年その経験をもとに描いた『殺人者の娘たち』で作家デビュー。

最近の翻訳書

◇『殺人者の娘たち』　*THE MURDERER'S DAUGHTERS*　ランディ・マイヤーズ著，鹿田昌美訳　集英社　2013.6　518p　16cm　（集英社文庫　マ15-1）　950円　①978-4-08-760668-3

マイルズ, ミシェル　*Miles, Michelle*　　ロマンス, ファンタジー

アメリカの作家。テキサス州で育ち、高校時代から執筆活動を始める。コンテンポラリー、パラノーマル、ファンタジーなどのロマンスを、〈Coffee House Chronicles〉〈Guardians of Atlantis〉〈Realm of Honor〉などのシリーズで発表。巧みなストーリー展開と熱いシーンで人気がある。テキサス在住。

最近の翻訳書

◇『もう一度甘いささやきを』　*TALK DIRTY TO ME TICKET HOME*　ミシェル・マイルズ，セリーナ・ベル著，箸本すみれ，芦原夕貴訳　主婦の友社　2013.12　331p　16cm　（ルナブックス）　860円　①978-4-07-292907-0

マーウッド, アレックス　*Marwood, Alex*　　ミステリー

イギリスの作家、ジャーナリスト。本名はセリーナ・マッケシー。大学卒業後、教師、派遣社員、辞書の校正係、バーテン、クロスワードパズル編集者などを経て、ジャーナリストとなる。さまざまな全国紙に記事を執筆する傍ら、1999年小説『テンプ（派遣社員）』で作家デビュー。2012年にアレックス・マーウッド名義で発表した『邪悪な少女たち』で、14年MWA賞最優秀ペーパーバック賞を受賞。サウスロンドン在住。

最近の翻訳書

◇『邪悪な少女たち』　*THE WICKED GIRLS*　アレックス・マーウッド著，長島水際訳　早川書房　2014.11　586p　16cm　（ハヤカワ・ミステリ文庫　HM 411-1）　1100円　①978-4-15-180751-0

マカモア, ロバート　*Muchamore, Robert*　　ヤングアダルト

イギリスの作家。1972年12月26日ロンドン生まれ。私立探偵をしていた時、"読みたい本がない"という甥っ子の不満を聞いて、スパイ・アクション〈チェラブ〉シリーズを書いたところ、ベストセラーとなる。シリーズ第1作『スカウト』（2004年）で、イギリスの子供たちが選ぶチルドレンズ・ブック賞ほか、多くの賞を受賞。13年間探偵の仕事を続けた後、ロンドンで作家

業に専念。

最近の翻訳書

◇『チェラブ—英国情報局秘密組織　Mission 10　リスク』 *The General* ロバート・マカモア作, 大澤晶訳　ほるぷ出版　2014.12　417p　20cm　1600円　①978-4-593-53466-1

◇『チェラブ—英国情報局秘密組織　Mission 9　クラッシュ』 *The Sleepwalker* ロバート・マカモア作, 大澤晶訳　ほるぷ出版　2013.12　444p　20cm　1600円　①978-4-593-53465-4

◇『チェラブ—英国情報局秘密組織　Mission 8　ギャング戦争』 *Mad Dogs* ロバート・マカモア作, 大澤晶訳　ほるぷ出版　2012.12　474p　20cm　1600円　①978-4-593-53464-7

◇『チェラブ—英国情報局秘密組織　mission 7　疑惑』 *The fall* ロバート・マカモア作, 大澤晶訳　ほるぷ出版　2011.8　492p　20cm　1600円　①978-4-593-53397-8

◇『チェラブ—英国情報局秘密組織　mission 6　リベンジ』 *Man vs Beast* ロバート・マカモア作, 大澤晶訳　ほるぷ出版　2010.8　458p　20cm　1500円　①978-4-593-53396-1

◇『チェラブ—英国情報局秘密組織　mission 5　マインド・コントロール』 *Cherub* ロバート・マカモア作, 大澤晶訳　ほるぷ出版　2009.10　534p　20cm　1400円　①978-4-593-53395-4

◇『チェラブ—英国情報局秘密組織　mission 4　大もうけ』 *Cherub* ロバート・マカモア作, 大澤晶訳　ほるぷ出版　2009.2　447p　20cm　1400円　①978-4-593-53394-7

◇『チェラブ—英国情報局秘密組織　mission 3　脱獄』 *Maximum security* ロバート・マカモア作, 大澤晶訳　ほるぷ出版　2008.8　416p　20cm　1400円　①978-4-593-53393-0

◇『チェラブ—英国情報局秘密組織　mission 2　クラスA』 *Class A* ロバート・マカモア作, 大澤晶訳　ほるぷ出版　2008.2　444p　20cm　1400円　①978-4-593-53392-3

◇『チェラブ—英国情報局秘密組織　mission 1　スカウト』 *The recruit* ロバート・マカモア作, 大澤晶訳　ほるぷ出版　2008.2　505p　20cm　1400円　①978-4-593-53391-6

マカリスター, ケイティ　*MacAlister, Katie*　　　ロマンス, ヤングアダルト

別筆名＝マクスウェル, ケイティ〈Maxwell, Katie〉

アメリカの作家。2002年作家デビューし、ヒストリカル、パラノーマル、コンテンポラリーなどのロマンスからアーバン・ファンタジーまで多岐の分野に渡って活躍。〈アシュリン＆ドラゴン〉シリーズ第4巻でロマンティック・タイムズ賞を受賞した。ケイティ・マクスウェル名義でのヤングアダルト作品も多数執筆。太平洋岸北西部に在住。

最近の翻訳書

◇『黒伯爵との結婚』 *NOBLE INTENTIONS* ケイティ・マカリスター著, 出水純訳　オークラ出版　2014.12　441p　15cm　（マグノリアロマンス　KM-01）　886円　①978-4-7755-2340-7

◇『パリは恋と魔法の誘惑』 *You slay me* ケイティ・マカリスター著, 原島文世訳　早川書房　2010.1　459p　16cm　（ハヤカワ文庫§アシュリン＆ドラゴン・シリーズ　マー2-1—イソラ文庫　10）　900円　①978-4-15-150010-7

海外文学　新進作家事典　　　**マキナニ**

マカリスター, マージ　*McAllister, Maggi*　　児童書

イギリスの作家。本名はMargaret I.McAllister。イングランドの北東海岸部に生まれ育つ。1997年『A Friend For Rachel（ラッチェルの友だち）』（のち『The Secret Mice（秘密のネズミたち）』と改題）でデビュー。翌年結婚し3人の子供をもうける。イングランドのヨークシャーで暮らし、ゆるやかなペースで創作活動を続ける。Poppy Harris名義でも活動。

＊＊＊最近の翻訳書＊＊＊

◇『ミストマントル・クロニクル　3（アーチンとプリンセス）』　*The heir of mistmantle*　マージ・マカリスター著, 嶋田水子訳　小学館　2008.4　381p　22cm　1800円　①978-4-09-290443-9

◇『ミストマントル・クロニクル　2（アーチンとハートの石）』　*Urchin and the heartstone*　マージ・マカリスター著, 嶋田水子訳　小学館　2007.5　365p　22cm　1800円　①978-4-09-290442-2

◇『ミストマントル・クロニクル　1（流れ星のアーチン）』　*Urchin of the riding stars*　マージ・マカリスター著, 高橋啓訳　小学館　2006.11　365p　22cm　1800円　①4-09-290441-X

マカン, A.L.　*McCann, A.L.*　　文学, ホラー

本名＝マッキャン, アンドリュー〈McCann, Andrew〉

オーストラリアの作家、批評家。1966年アデレードで生まれ、メルボルンで育つ。96年アメリカのコーネル大学で英文学の博士号を取得。オーストラリアのクイーンズランド大学、メルボルン大学で英文学とオーストラリア文学を講じた後、アメリカのダートマス大学英文学科准教授に就任。2002年A.L.マッキャン名義で『黄昏の遊歩者』を出版して作家デビュー、同年オーリアリス賞ホラー部門大賞を受賞。05年第2作の『Subtopia』（未訳）を発表。本名で学術書も出版している。

＊＊＊最近の翻訳書＊＊＊

◇『黄昏の遊歩者』　*The white body of evening*　A.L.マカン著, 下楠昌哉訳　国書刊行会　2009.10　468p　20cm　2800円　①978-4-336-05145-5

マキナニー, カレン　*MacInerney, Karen*　　ミステリー, スリラー

アメリカの作家。ライス大学を卒業。広報ライターを経て、2006年〈朝食のおいしいB&B〉シリーズの第1作『注文の多い宿泊客』でデビュー、同作でアガサ賞の処女長編賞にノミネートされた。夫、子供とともにテキサス州オースティン在住。

＊＊＊最近の翻訳書＊＊＊

◇『海賊の秘宝と波に消えた恋人』　*Berried to the hilt*　カレン・マキナニー著, 上條ひろみ訳　武田ランダムハウスジャパン　2012.3　383p　15cm　（RHブックス＋プラス　マ2-4—朝食のおいしいB&B　4）　840円　①978-4-270-10406-4

◇『危ないダイエット合宿』　*Murder most Maine*　カレン・マキナニー著, 上條ひろみ訳　武田ランダムハウスジャパン　2010.4　396p　15cm　（RHブックス＋プラス　マ2-3—朝食のおいしいB&B　3）　820円　①978-4-270-10345-6

◇『料理人は夜歩く』　*Dead and berried*　カレン・マキナニー著, 上條ひろみ訳　ランダムハウス講談社　2009.8　462p　15cm　（朝食のおいしいB&B　2）　840円　①978-4-270-10313-5

419

◇『注文の多い宿泊客』 *Murder on the rocks* カレン・マキナニー著，上條ひ
ろみ訳 ランダムハウス講談社 2008.7 395p 15cm （朝食のおいしい
B&B 1） 800円 ⓘ978-4-270-10207-7

マキューエン, スコット　*McEwen, Scott*　　スリラー

アメリカの作家、弁護士。1961年生まれ。オレゴン州東部の山岳地帯で育ち、オレゴン州立
大学卒業後、ロンドンでさまざまな職業に就く。その後、カリフォルニア州サンディエゴを
拠点に本職の法廷弁護士として活動する傍ら、小説家、戦記作家として活躍。クリント・イー
ストウッド監督作品として映画化されたノンフィクション『アメリカン・スナイパー』の共著
者でもあり、ほかにリチャード・ミニターと『Eyes on Target』、トマス・コールネーと〈スナ
イパー・エリート〉シリーズを共同執筆している。SEAL基金など軍関係の慈善団体の支援も
行う。

最近の翻訳書

◇『スナイパー・エリート』 *SNIPER ELITE* スコット・マキューエン, トマ
ス・コールネー著, 公手成幸訳 早川書房 2015.5 556p 16cm （ハヤカ
ワ文庫 NV 1344） 1100円 ⓘ978-4-15-041344-6
◇『アメリカン・スナイパー』 *AMERICAN SNIPER* クリス・カイル, ジム・
デフェリス, スコット・マキューエン著, 田口俊樹他訳 早川書房 2015.2
499p 16cm （ハヤカワ文庫 NF 427） 920円 ⓘ978-4-15-050427-4

マギロウェイ, ブライアン　*McGilloway, Brian*　　ミステリー, スリラー

イギリスの作家。1974年北アイルランド・デリー生まれ。2007年ベン・デヴリン警部を主人
公にした『国境の少女』で小説家デビューし、CWA賞最優秀新人賞（ジョン・クリーシー・ダ
ガー賞）にノミネートされる。同作は〈Inspector Devlin〉としてシリーズ化され、ほかに〈DS
Lucy Black〉シリーズがある。家族とともにアイルランドの国境近くに住む。

最近の翻訳書

◇『国境の少女』 *Borderlands* ブライアン・マギロウェイ著, 長野きよみ訳
早川書房 2008.4 383p 16cm （ハヤカワ・ミステリ文庫） 800円
ⓘ978-4-15-177651-9

マクガイア, ジェイミー　*McGuire, Jamie*　　ロマンス

アメリカの作家。1978年11月6日オクラホマ州タルサ生まれ。電子書籍の形で発表した小説
『ビューティフル・ディザスター』が「ニューヨーク・タイムズ」「USAトゥデイ」各紙のベス
トセラー・リストに入り、人気作家の仲間入りを果たす。コロラド州スティームボート・スプ
リングス在住。

最近の翻訳書

◇『ウォーキング・ディザスター　上』 *WALKING DISASTER* ジェイ
ミー・マクガイア著, 金井真弓訳 早川書房 2015.9 331p 16cm （ハヤ
カワ文庫 NV 1358） 780円 ⓘ978-4-15-041358-3
◇『ウォーキング・ディザスター　下』 *WALKING DISASTER* ジェイ
ミー・マクガイア著, 金井真弓訳 早川書房 2015.9 335p 16cm （ハヤ
カワ文庫 NV 1359） 780円 ⓘ978-4-15-041359-0
◇『ビューティフル・ディザスター　上』 *BEAUTIFUL DISASTER* ジェイ

ミー・マクガイア著, 金井真弓訳　早川書房　2015.4　300p　16cm　（ハヤ
カワ文庫 NV 1340）　680円　①978-4-15-041340-8
◇『ビューティフル・ディザスター　下』　*BEAUTIFUL DISASTER*　ジェイ
ミー・マクガイア著, 金井真弓訳　早川書房　2015.4　329p　16cm　（ハヤ
カワ文庫 NV 1341）　680円　①978-4-15-041341-5
◇『ビューティフル・ディザスター　上』　*BEAUTIFUL DISASTER*　ジェイ
ミー・マクガイア著, 金井真弓訳　早川書房　2013.1　284p　19cm
（RiViERA）　1200円　①978-4-15-209349-3
◇『ビューティフル・ディザスター　下』　*BEAUTIFUL DISASTER*　ジェイ
ミー・マクガイア著, 金井真弓訳　早川書房　2013.1　312p　19cm
（RiViERA）　1200円　①978-4-15-209350-9

マクダーモット, アンディ　*McDermott, Andy*　ミステリー, スリラー

イギリスの作家。1974年7月2日ウェストヨークシャー州ハリファクス生まれ。ジャーナリス
ト、編集者などを経て、2007年アクション・スリラー『アトランティス殲滅計画を阻め！』で
作家デビュー。ドーセット州ボーンマス在住。

最近の翻訳書

◇『ヘラクレスの墓を探せ！　上』　*THE TOMB OF HERCULES*　アン
ディ・マクダーモット著, 棚橋志行訳　ソフトバンククリエイティブ　2014.4
423p　16cm　（ソフトバンク文庫　ア6-3）　780円　①978-4-7973-7318-9
◇『ヘラクレスの墓を探せ！　下』　*THE TOMB OF HERCULES*　アン
ディ・マクダーモット著, 棚橋志行訳　ソフトバンククリエイティブ　2014.4
359p　16cm　（ソフトバンク文庫　ア6-4）　780円　①978-4-7973-7372-1
◇『アトランティス殲滅計画を阻め！　上』　*THE HUNT FOR ATLANTIS*
アンディ・マクダーモット著, 棚橋志行訳　ソフトバンククリエイティブ
2012.9　381p　16cm　（ソフトバンク文庫　ア6-1）　760円　①978-4-7973-
6789-8
◇『アトランティス殲滅計画を阻め！　下』　*THE HUNT FOR ATLANTIS*
アンディ・マクダーモット著, 棚橋志行訳　ソフトバンククリエイティブ
2012.9　415p　16cm　（ソフトバンク文庫　ア6-2）　760円　①978-4-7973-
6790-4

マクドナルド, クレイグ　*McDonald, Craig*　スリラー, 歴史

アメリカの作家、ジャーナリスト、編集者。オハイオ州コロンバス生まれ。2007年の長編デ
ビュー小説『パンチョ・ビリャの罠』で08年MWA賞などにノミネートされる。またノンフィク
ションにも定評があり、ライフワークともいえるクライムやミステリー作家へのインタビュー
をまとめた『ART IN THE BLOOD』などのインタビュー集も刊行。

最近の翻訳書

◇『パンチョ・ビリャの罠』　*Head games*　クレイグ・マクドナルド著, 池田真
紀子訳　集英社　2011.10　375p　16cm　（集英社文庫　マ13-1）　762円
①978-4-08-760634-8

マクドノー, ヨナ・ゼルディス　*McDonough, Yona Zeldis*　児童書

イスラエル出身の作家。イスラエルのハデラで生まれ、ニューヨーク市のブルックリンで育

つ。高校生の時にバレリーナへの道を諦めて大学へ進学。コロンビア大学大学院で学んだ後、全国誌と書評誌に多数の記事やフィクションを発表し、児童文学作家として活躍。人形の収集家でもあり、『バービー・クロニクル』の著書もある。夫と2人の娘とブルックリン在住。

最近の翻訳書

◇『お人形屋さんに来たネコ』 *THE CATS IN THE DOLL SHOP* ヨナ・ゼルディス・マクドノー作, おびかゆうこ訳, 杉浦さやか絵　徳間書店　2013.5　253p　19cm　1400円　①978-4-19-863613-5

◇『うちはお人形の修理屋さん』 *THE DOLL SHOP DOWNSTAIRS* ヨナ・ゼルディス・マクドノー作, おびかゆうこ訳, 杉浦さやか絵　徳間書店　2012.5　204p　19cm　1400円　①978-4-19-863410-0

マグナソン, アンドリ・S.　*Magnason, Andri Snaer*　児童書, SF

アイスランドの作家。1973年レイキャビク生まれ。本名はアンドリ・スナイル・マグナソン。父親は医師、母親は看護師。3歳から6年間をアメリカで過ごし、9歳の時にアイスランドに戻る。97年アイスランド大学人文学部アイスランド語学科を卒業。大学在学中に詩集2冊と短編小説集1冊を出版し、作家として出発。99年『青い惑星のはなし』で児童書初のアイスランド文学賞を受賞、2001年アイスランド国立劇場で上演された。02年長編『ラブスター博士の最後の発見』がベスト・ノベル2002に選ばれる。06年母国アイスランドが高度成長と引き替えに自然や伝統文化が喪失していく問題を告発した『よみがえれ！　夢の国アイスランド―世界を救うアイデアがここから生まれる』で2度目のアイスランド文学賞を受賞。09年同作日本語版の出版を機に初来日。12年『ラブスター博士の最後の発見』が英訳され、フィリップ・K.ディック賞特別賞を受賞した。13年『Timakistan』で3度目のアイスランド文学賞を受賞。

最近の翻訳書

◇『ラブスター博士の最後の発見』 *Lovestar*（重訳）　アンドリ・S・マグナソン著, 佐田千織訳　東京創元社　2014.11　373p　15cm　（創元SF文庫　SF　マ5-1）　1000円　①978-4-488-75101-2

マクナミー, グラム　*McNamee, Graham*　ミステリー, スリラー

カナダの作家。1968年トロント生まれ。バンクーバーの図書館司書として勤務する一方、99年作家デビュー。デビュー以来、カナダ総督文学賞（児童書部門）にノミネートされたほか、全米図書館賞（ヤングアダルト部門）、オーストラリア児童図書賞などさまざまな賞を受賞。2004年『アクセラレイション―シリアルキラーの手帖』でMWA賞のヤングアダルト部門を受賞。

最近の翻訳書

◇『アクセラレイション―シリアルキラーの手帖』 *Acceleration*　グラム・マクナミー著, 松井里弥訳　マッグガーデン　2006.12　319p　19cm　1190円　①4-86127-324-2

マクニッシュ, クリフ　*McNish, Cliff*　ヤングアダルト, ファンタジー

イギリスの作家。1962年8月24日タイン・アンド・ウェア州サンダーランド生まれ。ヨーク大学で歴史を専攻後、IT関連の仕事に従事。離れて暮らしていた読書好きの娘のために物語を書くことを思い立ち、そのリクエストに応えて執筆した〈魔法少女レイチェル〉3部作の第1作『レイチェルと滅びの呪文』（2000年）で作家デビュー。イメージ豊かな物語世界、設定のユニークさ、魅力的なキャラクターなど新感覚のファンタジー作家として高い評価を受ける。〈シルバーチャイルド〉3部作も世界的なベストセラーとなった。

海外文学　新進作家事典　　　　　　　　マクニル

最近の翻訳書

◇『夢見る犬たち―五番犬舎の奇跡』　GOING HOME　クリフ・マクニッシュ
作, 浜田かつこ訳　金の星社　2015.8　319p　20cm　1400円　①978-4-323-
07322-4

◇『魔法少女レイチェル魔法の匂い　上』　The scent of magic　クリフ・マク
ニッシュ作, 亜沙美画, 金原瑞人訳　理論社　2009.9　197p　18cm　（フォア
文庫　C219）　650円　①978-4-652-07497-8

◇『魔法少女レイチェル魔法の匂い　下』　The scent of magic　クリフ・マク
ニッシュ作, 亜沙美画, 金原瑞人訳　理論社　2009.9　194p　18cm　（フォア
文庫　C220）　650円　①978-4-652-07498-5

◇『魔法少女レイチェル滅びの呪文　上』　The doomspell　クリフ・マクニッ
シュ作, 亜沙美画, 金原瑞人訳　理論社　2008.9　198p　18cm　（フォア文
庫）　600円　①978-4-652-07489-3

◇『魔法少女レイチェル滅びの呪文　下』　The doomspell　クリフ・マクニッ
シュ作, 亜沙美画, 金原瑞人訳　理論社　2008.9　199p　18cm　（フォア文
庫）　600円　①978-4-652-07490-9

◇『暗黒天使メストラール』　Angel　クリフ・マクニッシュ著, 金原瑞人, 松山
美保訳　理論社　2008.5　373p　20cm　1600円　①978-4-652-07930-0

◇『ゴーストハウス』　Breathe　クリフ・マクニッシュ著, 金原瑞人, 松山美保訳
理論社　2007.5　323p　20cm　1400円　①978-4-652-07906-5

◇『シルバーチャイルド　3（目覚めよ！　小さき戦士たち）』　Silver world　ク
リフ・マクニッシュ作, 金原瑞人, 中村浩美訳　理論社　2006.6　349p　22cm
1500円　①4-652-07777-7

◇『シルバーチャイルド　2（怪物ロアの襲来）』　Silver city　クリフ・マクニッ
シュ作, 金原瑞人, 中村浩美訳　理論社　2006.5　355p　22cm　1500円　①4-
652-07776-9

◇『シルバーチャイルド　1（ミロと6人の守り手）』　The silver child　クリフ・
マクニッシュ作, 金原瑞人訳　理論社　2006.4　252p　22cm　1400円　①4-
652-07775-0

マクニール, スーザン・イーリア　　MacNeal, Susan Elia　　　ミステリー, スリラー

アメリカの作家。ニューヨーク州バッファロー生まれ。ウェルズリー大学卒業後、編集者を経
て作家に転身。2012年『チャーチル閣下の秘書』で小説家デビュー。同作はバリー賞（最優秀
ペーパーバック部門）を受賞したほか、MWA賞、ディリス賞、マカヴィティ賞の候補に選出
された。また、シリーズ続編の『エリザベス王女の家庭教師』『国王陛下の新人スパイ』はと
もに「ニューヨーク・タイムズ」紙のベストセラー・リストにランクインした。

最近の翻訳書

◇『スパイ学校の新任教官』　THE PRIME MINISTER'S SECRET AGENT
スーザン・イーリア・マクニール著, 圷香織訳　東京創元社　2015.10　411p
15cm　（創元推理文庫　Mマ25-4）　1260円　①978-4-488-25505-3

◇『国王陛下の新人スパイ』　HIS MAJESTY'S HOPE　スーザン・イーリア・
マクニール著, 圷香織訳　東京創元社　2015.3　463p　15cm　（創元推理文
庫　Mマ25-3）　1260円　①978-4-488-25504-6

◇『エリザベス王女の家庭教師』　PRINCESS ELIZABETH'S SPY　スーザ
ン・イーリア・マクニール著, 圷香織訳　東京創元社　2014.3　470p　15cm
（創元推理文庫　Mマ25-2）　1260円　①978-4-488-25503-9

マクフア　　　　海外文学　新進作家事典

◇『チャーチル閣下の秘書』　MR.CHURCHILL'S SECRETARY　スーザン・
イーリア・マクニール著, 圷香織訳　東京創元社　2013.6　465p　15cm
（創元推理文庫　Mマ25-1）　1100円　①978-4-488-25502-2

マクファディン, コーディ　McFadyen, Cody　　　　スリラー, サスペンス

アメリカの作家。1968年テキサス州生まれ。ドラッグ問題を抱えた人たちのカウンセリングなどの社会奉仕活動に従事した後、ウェブ関係のデザイナーとなり、特にゲームの分野で活躍。30代前半で本格的な執筆活動を始め、2006年第1作『傷痕』が大手出版社の目に留まり、アメリカのみならずヨーロッパでもデビューを果たす。同作は〈Smoky Barrett〉としてシリーズ化され、シリーズ第2作『戦慄』（07年）、第3作『暗闇』（08年）、第4作『遺棄』（09年）、第5作『Die Stille vor dem Tod』（13年）と続いている。

最近の翻訳書

◇『遺棄　上』　Abandoned　コーディ・マクファディン著, 長島水際訳　ヴィ
レッジブックス　2011.10　376p　15cm　（ヴィレッジブックス　F-マ9-7）
780円　①978-4-86332-345-2

◇『遺棄　下』　Abandoned　コーディ・マクファディン著, 長島水際訳　ヴィ
レッジブックス　2011.10　378p　15cm　（ヴィレッジブックス　F-マ9-8）
780円　①978-4-86332-346-9

◇『暗闇　上』　The darker side　コーディ・マクファディン著, 長島水際訳
ヴィレッジブックス　2010.6　294p　15cm　（ヴィレッジブックス　F-マ9-
5）　700円　①978-4-86332-252-3

◇『暗闇　下』　The darker side　コーディ・マクファディン著, 長島水際訳
ヴィレッジブックス　2010.6　354p　15cm　（ヴィレッジブックス　F-マ9-
6）　720円　①978-4-86332-253-0

◇『戦慄　上』　The face of death　コーディ・マクファディン著, 長島水際訳
ヴィレッジブックス　2007.11　428p　15cm　740円　①978-4-7897-3204-8

◇『戦慄　下』　The face of death　コーディ・マクファディン著, 長島水際訳
ヴィレッジブックス　2007.11　377p　15cm　700円　①978-4-7897-3205-5

◇『傷痕　下』　Shadow man　コーディ・マクファディン著, 長島水際訳　ヴィ
レッジブックス　2006.12　396p　15cm　（ヴィレッジブックス）　720円
①978-4-86332-853-2

◇『傷痕　上』　Shadow man　コーディ・マクファディン著, 長島水際訳　ヴィ
レッジブックス　2006.11　317p　15cm　（ヴィレッジブックス）　680円
①978-4-86332-852-5

マクファーレン, フィオナ　McFarlane, Fiona　　　　　　　　　文学

オーストラリアの作家。1978年生まれ。シドニー出身。シドニー大学で英文学を専攻、ケンブリッジ大学で文学博士号を取得。また、テキサス大学オースティン校ミッチェナー・センターで学ぶ。「ニューヨーカー」誌などに短編を寄稿。2013年に発表した初の長編『夜が来ると』は、ニューサウスウェールズ・プレミア文学賞グレンダ・アダムズ賞、ヴォス文学賞、バーバラ・ジェフリーズ賞を受賞したほか、オーストラリアで最も権威ある文学賞マイルズ・フランクリン賞の最終候補作に選ばれ、英米の有力紙誌でも高い評価を受けた。

最近の翻訳書

◇『夜が来ると』　THE NIGHT GUEST　フィオナ・マクファーレン著, 北田
絵里子訳　早川書房　2015.6　316p　20cm　2200円　①978-4-15-209547-3

424

海外文学　新進作家事典　　　　　　　　　　　　　　**マクレイ**

マクマホン, キャスリーン　*MacMahon, Kathleen*　　　　　　文学

アイルランドの作家。1970年生まれ。アイルランド女性作家の草分けの一人で短編作家として知られるメアリ・ラビンの孫。アイルランドの公共テレビ局RTEの国際ニュース担当記者を経て、2012年『最高の彼、最後の恋』で小説家デビュー。同年アイルランドのウーマン・オブ・ザ・イヤー賞（文芸部門）を受賞。ダブリン在住。

最近の翻訳書

◇『**最高の彼、最後の恋**』 *This Is How It Ends*　キャスリーン・マクマホン著,
古賀祥子訳　小学館　2013.11　477p　15cm　（小学館文庫　マ2-1）　838円
①978-4-09-408693-5

マクラウド, ケン　*MacLeod, Ken*　　　　　　**SF, ファンタジー**

イギリスの作家。1954年8月2日ルイス島ストーノーウェイ生まれ。グラスゴー大学で動物学の学士号を取得し、76年に卒業。コンピュータープログラマーとして働きながらブルネル大学で生体力学の修士号を取得した。95年長編『The Star Fraction』で作家デビュー。人類の宇宙進出を壮大なスケールで描き、アーサー・C.クラーク賞にノミネートされ、プロメテウス賞を受賞。96年に発表した第2長編『The Stone Canal』でも再びプロメテウス賞を受賞。99年発表の第4長編『The Sky Road』で英国SF協会賞を受賞。中短編にも定評があり、2001年発表の『人類戦線』でサイドワイズ賞短編部門を受賞、星雲賞にも選ばれた。

最近の翻訳書

◇『**ニュートンズ・ウェイク**』 *Newton's wake*　ケン・マクラウド著, 嶋田洋一
訳　早川書房　2006.8　509p　16cm　（ハヤカワ文庫　SF）　920円　①4-
15-011575-3

マクリーン, グレース　*McCleen, Grace*　　　　　　文学

イギリスの作家。1981年ウェールズ生まれ。オックスフォード大学を卒業後、ヨーク大学で修士号を取得。2012年のデビュー作『わたしが降らせた雪』は有力紙誌に絶賛され、優れたデビュー小説に贈られるデズモンド・エリオット賞を受賞。ロンドン在住。

最近の翻訳書

◇『**わたしが降らせた雪**』 *THE LAND OF DECORATION*　グレース・マク
リーン著, 堀川志野舞訳　早川書房　2013.2　428p　20cm　2200円　①978-
4-15-209357-8

マクレイン, ポーラ　*McLain, Paula*　　　　　　歴史, 文学

アメリカの作家、詩人。1965年カリフォルニア州フレズノ生まれ。両親が育児を放棄したため、2人の姉妹とともにさまざまな里親のもとを転々としながら育つ。看護助手やピザ配達などで生計を立てながらミシガン大学で詩作を学び、99年最初の詩集を出版。2011年に出版した小説『ヘミングウェイの妻』がベストセラーとなり、映画化も決定。現在は家族とクリーブランドに住み、ニュー・イングランド・カレッジで詩作を教えている。

最近の翻訳書

◇『**ヘミングウェイの妻**』 *THE PARIS WIFE*　ポーラ・マクレイン著, 高見浩
訳　新潮社　2013.7　457p　20cm　2400円　①978-4-10-506471-6

425

マケイン, チャールズ　McCain, Charles　　　　スリラー

アメリカの作家。1955年アラバマ州モービル生まれ。テュレイン大学卒。幼い頃から歴史、特に軍事史に興味を抱き、80年代前半に『猛き海浪』の第1稿を書き上げる。以後、鬱病及び癌との闘いを経て、2009年53歳にして『猛き海浪』で作家デビュー。ワシントンD.C.在住。

最近の翻訳書

◇『猛き海狼　上巻』 *An honorable German*　チャールズ・マケイン著、高見
　浩訳　新潮社　2010.12　345p　16cm　（新潮文庫　マ-30-1）　629円
　①978-4-10-217781-5
◇『猛き海狼　下巻』 *An honorable German*　チャールズ・マケイン著、高見
　浩訳　新潮社　2010.12　343p　16cm　（新潮文庫　マ-30-2）　629円
　①978-4-10-217782-2

マコーイ, ジュディ　McCoy, Judi　　　　ミステリー, ロマンス

アメリカの作家。1949年～2012年2月18日。イリノイ州ジョリエット生まれ。本名はJudith Ann Karol McCoy。01年デビュー作『I Dream of You』でウォルデンブックス新人賞を受賞。ロマンティック・サスペンスを多数発表した後、〈ドッグウォーカー・ミステリ〉シリーズで人気を博した。熱心なランの栽培家でもあった。12年バージニア州ケープチャールズで63歳で亡くなった。

最近の翻訳書

◇『ドッグウォーカーの事件簿─名犬バディは行方不明』 *HOUNDING THE
　PAVEMENT*　ジュディ・マコーイ著, 川西凛子訳　幻冬舎　2012.10　430p
　16cm　（幻冬舎文庫　まー29-1）　800円　①978-4-344-41937-7

マゴーワン, アンソニー　McGowan, Anthony　　　ヤングアダルト, スリラー

イギリスの作家。1965年グレーター・マンチェスター州マンチェスター生まれ。2006年『Henry Tumor』（未訳）でブックトラスト・ティーンエイジ賞を受賞。大人向けスリラーから児童向けフィクションまで多彩な作品を発表、自然界に魅了され、世界中を広く旅しながら研究・観察を続ける。ロンドン在住。

最近の翻訳書

◇『アニマル・アドベンチャー　ミッション2　タイガーシャークの襲撃』
　SHARK ADVENTURE　アンソニー・マゴーワン作, 西本かおる訳　静山社
　2013.12　281p　19cm　1200円　①978-4-86389-222-4
◇『アニマル・アドベンチャー　ミッション1　アムールヒョウの親子を救
　え！』 *LEOPARD ADVENTURE*　アンソニー・マゴーワン作, 西本かおる
　訳　静山社　2013.6　283p　19cm　1200円　①978-4-86389-215-6

マザネック, ヨアヒム　Masannek, Joachim　　　　児童書

ドイツの作家。1960年生まれ。大学でドイツ文学と哲学を学んだ後、カメラマン、映像作家、脚本家として映画やテレビ番組制作に携わる。のち作家として活動。

最近の翻訳書

◇『サッカーキッズ物語　10』 *Die wilden Fussballkerle. band.10*　ヨアヒム・
　マザネック作, 高田ゆみ子訳, 矢島眞澄絵　ポプラ社　2006.3　204p　22cm

（ポップコーン・ブックス　15）　1100円　Ⓘ4-591-09163-5

マサーリ, ルカ　*Masali, Luca*　　　　　　　　　　　　SF

イタリアの作家。1963年3月14日トリノ生まれ。『時鐘の翼』で95年度のウラニア賞を受賞、SF
雑誌「ウラニア」の一冊として刊行された後、2006年単行本化される。同作は『世の終わりの
真珠』『La balena del cielo』と合わせ3部作をなしている。

最近の翻訳書

◇『世の終わりの真珠』 *La perla alla fine del mondo*　ルカ・マサーリ著, 久保
　耕司訳　シーライトパブリッシング　2015.8　638p　19cm　1800円　Ⓘ978-
　4-903439-99-0
◇『時鐘の翼』 *Biplani di D'Annunzio*　ルカ・マサーリ著, 久保耕司訳　シー
　ライトパブリッシング　2013.7　486p　19cm　1800円　Ⓘ978-4-903439-95-2

マージ, カム　*Majd, Kam*　　　　　　　　　　　　　ミステリー

アメリカのパイロット、作家。パイロットの傍ら、執筆活動を行い、2002年航空サスペンス小
説『ジェットスター緊急飛行』で作家デビュー。03年同作と同じく女性機長ケイト・ギャラ
ガーを主人公とした第2作『高度一万フィートの死角』を発表。妻と2人の幼い子供たちと南カ
リフォルニアで暮らす。

最近の翻訳書

◇『高度一万フィートの死角』 *HIGH IMPACT*　カム・マージ著, 戸田裕之訳
　ヴィレッジブックス　2006.8　544p　15cm　（ヴィレッジブックス）　1100
　円　Ⓘ978-4-86332-834-1

マーシュ, キャサリン　*Marsh, Katherine*　　　　ファンタジー, 児童書

アメリカの作家。1974年生まれ。ニューヨーク郊外で育つ。エール大学で英文学を専攻。の
ち教員を経て、ジャーナリストになる。2007年に発表した作家デビュー作『ぼくは夜に旅をす
る』で、MWA賞最優秀ジュブナイル賞を受賞。「ニュー・リパブリック」誌の編集に携わる傍
ら、執筆を続ける。

最近の翻訳書

◇『ぼくは夜に旅をする』 *The night tourist*　キャサリン・マーシュ著, 堀川志
　野舞訳　早川書房　2008.10　260p　19cm　1600円　Ⓘ978-4-15-208969-4

マシューズ, L.S.　*Matthews, L.S.*　　　　　　　　ヤングアダルト

イギリスの作家。1964年8月29日ウェストミッドランズ州ダドリー生まれ。本名はLaura Dron。
5人きょうだいの末っ子として生まれる。ロンドンのゴールドスミス・カレッジで英文学を専
攻後、教師を経て、2003年『フィッシュ』で児童文学作家としてデビュー。問題ある馬の訓練
なども手がける。家族とドーセット州の海辺の町に暮らす。

最近の翻訳書

◇『嵐にいななく』 *AFTER THE FLOOD*　L.S.マシューズ作, 三辺律子訳
　小学館　2013.3　285p　20cm　1500円　Ⓘ978-4-09-290528-3
◇『フィッシュ』 *Fish*　L.S.マシューズ作, 三辺律子訳　鈴木出版　2008.2
　237p　22cm　（鈴木出版の海外児童文学 この地球を生きる子どもたち）

1600円　①978-4-7902-3209-4

マスター, アーファン　*Master, Irfan*　　児童書

イギリスの作家。1977年レスターシャー州レスター生まれ。父親はインド人、母親はパキスタン人。司書として勤務した後、2011年『バンヤンの木―ぼくと父さんの嘘』で児童文学作家としてデビュー、同作はウォーターストーン児童図書賞の最終候補となった。学校及び図書館で講演や創作のワークショップも行う。

最近の翻訳書

◇『バンヤンの木―ぼくと父さんの嘘』　*A BEAUTIFUL LIE*　アーファン・マスター著, 杉田七重訳　静山社　2013.4　317p　20cm　1600円　①978-4-86389-210-1

マスターマン, ベッキー　*Masterman, Becky*　　ミステリー, スリラー

アメリカの作家。犯罪捜査用医学書の編集者。2012年『消えゆくものへの怒り』でミステリー作家としてデビュー、MWA賞やCWA賞ゴールド・ダガー賞の候補となった。アリゾナ州ツーソン在住。

最近の翻訳書

◇『消えゆくものへの怒り』　*RAGE AGAINST THE DYING*　ベッキー・マスターマン著, 嵯峨静江訳　早川書房　2012.12　507p　16cm　（ハヤカワ・ミステリ文庫　HM 387-1）　1040円　①978-4-15-179551-0

マースデン, キャロリン　*Marsden, Carolyn*　　ヤングアダルト

アメリカの作家。メキシコシティ生まれ。両親は宣教師。2002年『The Gold-Threaded Dress』で児童文学作家としてデビュー。タイや中国、ベトナム、メキシコなどの移民やその子供たちを描いた、ユニークな作品を精力的に発表。カリフォルニア州在住。

最近の翻訳書

◇『ムーン・ランナー―ほんとの友だちのしるし』　*Moon runner*　キャロリン・マーズデン作, 宮坂宏美訳, 丹地陽子絵　ポプラ社　2008.12　139p　22cm　（ポップコーン・ブックス　17）　1200円　①978-4-591-10585-6
◇『シルクの花』　*Silk umbrellas*　キャロリン・マーズデン作, 代田亜香子訳　鈴木出版　2008.3　157p　22cm　（鈴木出版の海外児童文学 この地球を生きる子どもたち）　1400円　①978-4-7902-3210-0

マストローコラ, パオラ　*Mastrocola, Paola*　　文学

イタリアの作家。1956年トリノ生まれ。リチェオ・シェンティーフィコ（理科高等学校）で文学を教える。小説『La gallina volante』で、99年イタロ・カルヴィーノ賞、2000年カンピエッロ賞、01年ラパッロ・カリージェ女流作家賞を、『Una barca nel bosco』で04年カンピエッロ賞、アラッシオ・チェントリーブリ賞を受賞。『Palline di pane』は01年ストレーガ賞の最終候補作となった。トリノ在住。

最近の翻訳書

◇『狼がたまごを温めたら』　*E se covano i lupi*　パオラ・マストローコラ著, 川西麻理訳　オンデマンド・バージョン　シーライトパブリッシング　2012.

海外文学　新進作家事典　　　　　　　　　　　　　　　　マツカシ

6　286p　19cm　（オンデマンドブックス）　1600円　①978-4-903439-22-8

◇『君はだぁれ？』　*Che animale sei?*　パオラ・マストローコラ著, 川西麻理訳　シーライトパブリッシング　2008.8　287p　20cm　1600円　①978-4-903439-05-1

マタール, ヒシャーム　*Matar, Hisham*　　　　　　　　　　　　　　　文学

リビアの作家。1970年ニューヨーク市でリビア人の両親の間に生まれる。幼少年期をトリポリ、カイロで過ごし、86年ロンドンに移る。2006年『リビアの小さな赤い実』で作家デビュー。自伝的要素の色濃い作品は高い評価を受け、ブッカー賞をはじめ数々の文学賞にノミネートされる。07年イギリス王立文学協会賞を受賞。

最近の翻訳書

◇『リビアの小さな赤い実』　*In the country of men*　ヒシャーム・マタール著, 金原瑞人, 野沢佳織訳　ポプラ社　2007.8　366p　20cm　1800円　①978-4-591-09861-5

マーツィ, クリストフ　*Marzi, Christoph*　　　　　　　　　　　ファンタジー

ドイツの作家。1970年西ドイツ・マイエン生まれ。2004年〈エミリー・レインとリシダス〉シリーズの第1作『エミリー・レインとリシダス1 リヒトロード』でデビュー。同作により05年ドイツ・ファンタスティック・プライズのドイツ語小説部門新人賞を受賞。ザールラント州ザールブリュッケン在住。

最近の翻訳書

◇『エミリー・レインとリシダス　1　リヒトロード』　*Lycidas*　クリストフ・マーツィ著, 西浦貴浩訳　創土社　2010.3　396p　21cm　（エミリー・レインシリーズ　1）　2000円　①978-4-7988-0203-9

◇『エミリー・レインとリシダス　2　リヒトレディ』　*Lycidas*　クリストフ・マーツィ著, 西浦貴浩訳　創土社　2010.3　386p　21cm　（エミリー・レインシリーズ　2）　2000円　①978-4-7988-0204-6

◇『エミリー・レインとリシダス　3　光を！』　*Lycidas*　クリストフ・マーツィ著, 西浦貴浩訳　創土社　2010.3　447p　21cm　（エミリー・レインシリーズ　3）　2000円　①978-4-7988-0205-3

マッカーシー, トム　*McCarthy, Tom*　　　　　　　　　　　　　　　文学

イギリスの作家。1969年ロンドン生まれ。オックスフォード大学英文科卒。プラハ、ベルリン、アムステルダムでさまざまな職を経験し、90年代初頭にロンドンに戻る。虚構アート集団"国際ネクロノーティカル協会"で活動する一方、2001年初めての小説となる『もう一度』を執筆。イギリスの大手出版社から軒並み拒絶されたが、4年後にパリの小さな美術系出版社から刊行されると絶賛を浴び、英米でも改めて出版されて大きな注目を集めた。その後も小説、評論、書評などで活躍。10年発表の長編小説『C』はブッカー賞最終候補作となった。

最近の翻訳書

◇『もう一度』　*REMAINDER*　トム・マッカーシー著, 栩木玲子訳　新潮社　2014.1　332p　20cm　（CREST BOOKS）　2100円　①978-4-10-590107-3

マッギャン, オシーン　*McGann, Oisín*　　　　SF, ファンタジー

アイルランドの作家、イラストレーター。1973年ダブリン生まれ。アートディレクター、コピーライターなどを経て、2003年作家デビュー。長編『The Gods and Their Machines』（04年）でビスト・チルドレンズ・ブック・オブ・ザ・イヤー賞優秀賞を受賞したほか、ローカス賞処女長編賞ファイナリストになるなど、高く評価されている。

最近の翻訳書

◇『ラットランナーズ』　*RAT RUNNERS*　オシーン・マッギャン著, 中原尚哉訳　東京創元社　2015.4　349p　15cm　（創元SF文庫　SFマ6-1）　1040円　①978-4-488-75401-3

マッキントッシュ, D.J.　*McIntosh, D.J.*　　　　ミステリー, スリラー

カナダの作家。トロント大学文学部で学ぶ。カナダ推理作家協会が発行していた季刊誌「フィンガープリンツ」の編集者を務めた。2008年『バビロンの魔女』でアーサー・エリス賞未出版推理小説部門最優秀賞を受賞。

最近の翻訳書

◇『バビロンの魔女』　*The Witch of Babylon*　D・J・マッキントッシュ著, 宮崎晴美訳　エンジン・ルーム　2012.9　511p　20cm　2000円　①978-4-309-90959-2

マッキンリー, ジェン　*McKinlay, Jenn*　　　　ミステリー, スリラー

筆名＝ローレンス, ルーシー〈Lawrence, Lucy〉

　　　ベル, ジョジー〈Belle, Josie〉

アメリカの作家。ロマンス・コメディを3作発表した後、コージー・ミステリーに転向。『ウェディングケーキにご用心』から始まる〈カップケーキ探偵〉シリーズのほか、ルーシー・ローレンス名義で〈デコパージュ〉シリーズ、ジョジー・ベル名義で〈グッド・バイ・ガールズ〉シリーズを執筆。アリゾナ州スコッツデール在住。

最近の翻訳書

◇『恋するベーカリーで謎解きを』　*BUTTERCREAM BUMP OFF*　ジェン・マッキンリー著, 上條ひろみ訳　武田ランダムハウスジャパン　2012.8　335p　15cm　（カップケーキ探偵§RHブックス・プラス　2§マ4-2）　820円　①978-4-270-10419-4

◇『ウェディングケーキにご用心』　*Sprinkle with murder*　ジェン・マッキンリー著, 上條ひろみ訳　武田ランダムハウスジャパン　2011.7　327p　15cm　（RHブックス＋プラス　マ4-1―カップケーキ探偵　1）　800円　①978-4-270-10389-0

マッキンリー, デボラ　*McKinlay, Deborah*　　　　文学, ユーモア

イギリスの作家、コラムニスト。ニュージーランドで生まれ、1985年よりイギリス在住。人気コラムニストとして「コスモポリタン」「エスクァイア」「ヴォーグ」などの雑誌に連載を持つ。恋愛や結婚、男性の扱い方などをテーマに、多くの著作を執筆。2011年初の長編小説『The View from Here』を発表。

海外文学　新進作家事典　　　　　　　　　　　　　マツケナ

最近の翻訳書

◇『パリで待ち合わせ』 *THAT PART WAS TRUE* デボラ・マッキンリー著,
国弘喜美代訳　早川書房　2015.7　268p　19cm　1900円　①978-4-15-
209549-7

マック, T.　*Mack, T.*　　　　　　　　　　　　　ミステリー

アメリカの作家。本名はトレーシー・マック。書籍の編集者を務める傍ら、夫のM.シトリンと
ともに児童向けの作品を執筆。デビュー作『Drawing Lessons』は優れたヤングアダルト作品
としてアメリカ国内で評判となった。ロンドンを舞台にした痛快ミステリー〈シャーロック・
ホームズ＆イレギュラーズ〉シリーズで人気を得る。マサチューセッツ州在住。

最近の翻訳書

◇『シャーロック・ホームズ＆イレギュラーズ　4　最後の対決』 *Sherlock
Holmes and the Baker Street irregulars. case book no.4：the final meeting*
T.マック,M.シトリン著, 金原瑞人, 相山夏奏共訳　文渓堂　2012.1　252p
19cm　900円　①978-4-89423-564-9
◇『シャーロック・ホームズ＆イレギュラーズ　3　女神ディアーナの暗号』
*Sherlock Holmes and the Baker Street irregulars. case book no.3：in search
of Watson* T.マック,M.シトリン著, 金原瑞人, 相山夏奏共訳　文渓堂
2011.11　204p　19cm　900円　①978-4-89423-563-2
◇『シャーロック・ホームズ＆イレギュラーズ　2　冥界からの使者』 *Sherlock
Holmes and the Baker Street irregulars. case book no.2：The mystery of the
conjured man* T.マック,M.シトリン作, 金原瑞人, 相山夏奏共訳　文渓堂
2011.9　205p　19cm　900円　①978-4-89423-562-5
◇『シャーロック・ホームズ＆イレギュラーズ　1　消されたサーカスの男』
*Sherlock Holmes and the Baker Street irregulars. case book no.1：The fall
of the amazing Zalindas* T.マック,M.シトリン作, 金原瑞人, 相山夏奏共訳
文渓堂　2011.9　252p　19cm　900円　①978-4-89423-561-8

マックラー, キャロリン　*Mackler, Carolyn*　　　　　ヤングアダルト

アメリカの作家。1973年7月13日ニューヨーク市マンハッタン生まれ。『The Earth, My Butt,
and Other Big Round Things』(2003年) は優れたヤングアダルト作品に与えられるマイケル・
L.プリンツ賞オナーブックに選ばれる。その作品は20カ国以上で翻訳・出版されている。

最近の翻訳書

◇『6日目の未来』 *The Future of Us* ジェイ・アッシャー, キャロリン・マッ
クラー著, 野口やよい訳　新潮社　2012.12　426p　16cm　(新潮文庫　アー
26-1)　710円　①978-4-10-218271-0

マッケナ, ジュリエット　*McKenna, Juliet E.*　　　　　SF, ファンタジー

イギリスの作家。1965年リンカーンシャー州生まれ。オックスフォード大学セントヒルダカ
レッジで古典文学を専攻。2年間書店での営業と母親業を兼業した後、家庭生活の合間に執筆
するスタイルに落ち着く。99年〈エイナリン物語〉5部作の第1作『盗賊の危険な賭』で作家デ
ビュー。〈The Aldabreshin Compass〉シリーズも執筆。

マツツツ　　　　　　　　　　海外文学　新進作家事典

最近の翻訳書

◇『剣士の誓約　下』　*The swordsman's oath*　ジュリエット・マッケナ著, 原
島文世訳　中央公論新社　2006.4　328p　18cm　（C novels fantasia—エイ
ナリン物語　第2部）　1200円　①4-12-500941-4
◇『剣士の誓約　上』　*The swordsman's oath*　ジュリエット・マッケナ著, 原
島文世訳　中央公論新社　2006.3　390p　18cm　（C novels fantasia—エイ
ナリン物語　第2部）　1300円　①4-12-500938-4

マッツッコ, メラニア・G.　*Mazzucco, Melania G.*　　　　　　　　文学

イタリアの作家。1966年10月6日ローマ生まれ。ローマ・ラ・サピエンツァ大学でイタリア文
学の学位を取得。96年『メドゥーサのキス』でデビュー。20世紀初めアメリカに移住した, 南
伊カラブリア州生まれの祖父の経験を描いた『ヴィータ』（2003年）で, ストレーガ賞受賞。ほ
かの作品に『かくも愛された, 彼女』（00年, ナポリ賞受賞）, 『ある完全な一日』（05年, フェル
ザン・オズペテク監督により同タイトルで映画化）, 『天使の待ちぼうけ』（08年, バグッタ賞受
賞）, 『リンボ』（12年, エルサ・モランテ賞受賞）などがある。

最近の翻訳書

◇『ダックスフントと女王さま』　*Il bassotto e la Regina*　メラニア・G・マッ
ツッコ著, 栗原俊秀訳・解説　未知谷　2013.12　137p　20cm　1800円
①978-4-89642-427-0

マーティン, ダグラス・A.　*Martin, Douglas A.*　　　　　　　　文学

アメリカの詩人, 劇作家, 作家。1973年バージニア州で生まれ, ジョージア州で育つ。詩人・
劇作家として活動をはじめ, 2冊の詩集を出してのち作家となる。初めての長編小説『彼はぼ
くの恋人だった』（2000年）でアメリカ図書館協会のGLBTブック賞にノミネートされ, 「タイ
ムズ文芸付録」紙でインターナショナル・ブック・オブ・ザ・イヤーに挙げられる。また同作
は, フランクフルト・バレエ団とフォーサイス・カンパニーのマルチメディア作品「Kammer/
Kammer」（01年）で翻案されている。

最近の翻訳書

◇『彼はぼくの恋人だった』　*Outline of my lover*　ダグラス・A.マーティン著,
中川五郎訳　東京創元社　2007.8　213p　18cm　1900円　①978-4-488-
01328-8

マドア, ナンシー　*Madore, Nancy*　　　　　　　　　　　　　その他

アメリカの作家。2006年グリム童話や古くから伝わるお伽話をエロティックにアレンジした
『大人のためのエロティック童話13篇—美女と野獣他』で作家デビュー。マサチューセッツ州
で靴屋の女主人として経営者の顔も持つ。

最近の翻訳書

◇『大人のためのエロティック童話13篇—美女と野獣他』　*ENCHANTED：*
EROTIC BEDTIME STORIES FOR WOMEN　ナンシー・マドア著, 立石
ゆかりほか訳　ハーパーコリンズ・ジャパン　2015.7　345p　15cm
（MIRA文庫　NM01-01）　796円　①978-4-596-91638-9

432

海外文学　新進作家事典　　マラニ

マトゥーロ, クレア　*Matturro, Claire*　　ミステリー

アメリカの作家。アラバマ州とフロリダ州で育つ。アラバマ大学法学部を卒業後、サラソタの著名な法律事務所に女性初のパートナー弁護士として勤務。約10年ほど上訴審専門の弁護士として活動した後、作家活動を開始。デビュー作『毒の花の香り』(2004年)で数々の新人賞に輝く。

最近の翻訳書

◇『**毒の花の香り**』 *Skinny-dipping* クレア・マトゥーロ著, 栗原百代訳　二見書房　2007.1　349p　15cm　(二見文庫―ザ・ミステリ・コレクション)　733円　①4-576-06211-5

マノック, ジョン　*Mannock, John*　　スリラー

アメリカの作家。潜水士や船長として働いた経験がある。1970年代には中東と中米において軍の偵察部隊に所属した。溶接工、ジャーナリスト、教師などの職のほか、ジャズ・ミュージシャンとしても活動。フロリダ州在住。

最近の翻訳書

◇『**Uボート113最後の潜航**』 *Iron coffin* ジョン・マノック著, 村上和久訳　ヴィレッジブックス　2007.12　571p　15cm　(ヴィレッジブックス)　960円　①978-4-7897-3222-2

マフィ, タヘラ　*Mafi, Tahereh*　　ヤングアダルト, ロマンス

アメリカの作家。1988年イラン系移民の両親のもと、コネティカット州の小さな町に生まれる。ラグナビーチに近いリベラルアーツ・カレッジを卒業し、その後世界中を旅する。2011年ヤングアダルト向けのディストピア小説『シャッターミー』で作家デビュー。その後シリーズ化され、アメリカ、アジア、中東、ヨーロッパ、ロシア、中国など世界各国で刊行される。カリフォルニア州オレンジ郡在住。

最近の翻訳書

◇『**シャッターミー　2　アンラヴェルミー―ほんとうのわたし**』 *UNRAVEL ME* タヘラ・マフィ著, 金原瑞人, 大谷真弓訳　潮出版社　2015.3　473p　19cm　2300円　①978-4-267-01942-5
◇『**シャッターミー　1**』 *SHATTER ME* タヘラ・マフィ著, 金原瑞人, 大谷真弓訳　潮出版社　2013.4　377p　20cm　1700円　①978-4-267-01941-8

マラーニ, ディエゴ　*Marani, Diego*　　文学

イタリアの作家。1959年フェラーラ生まれ。ヨーロッパ連合理事会に通訳・翻訳校閲官として勤務。考案した人工言語 "ユーロパント" で書いた国際ニュース解説をスイスの新聞に連載。単一言語主義を挑発した奇抜なアイデアが有名になり、99年フランスでユーロパントによる短編集『Las adventures des inspector Cabillot(カビリオ警部の冒険)』を出版。2000年小説『Nuova grammatica finlandese(新しいフィンランド語文法)』で本格的にデビューし、グリンザーネ・カヴール賞を受賞。『通訳』(04年)のほか、『L'ultimo dei vostiachi(ヴォスティアキ族の最後)』(02年カンピエッロ賞審査員選定賞, ストレーザ賞)、『Il compagno di scuola(同級生)』(05年カヴァッリーニ賞)など多数の著書がある。

433

マラホヒ　　　　　海外文学　新進作家事典

最近の翻訳書

◇『通訳』 *L'interprete*　ディエゴ・マラーニ著, 橋本勝雄訳　東京創元社
2007.11　270p　20cm　（海外文学セレクション）　2300円　①978-4-488-
01648-7

マラホビッチ, グスタボ　*Malajovich, Gustavo*　　　　スリラー, ミステリー

アルゼンチンの作家。1963年生まれ。映画、テレビドラマの脚本家として活躍した後、小説の
執筆活動に転じ、2012年ミステリー小説『ブエノスアイレスに消えた』で華々しくデビュー。

最近の翻訳書

◇『ブエノスアイレスに消えた』 *EL JARDÍN DE BRONCE*　グスタボ・マラ
ホビッチ著, 宮﨑真紀訳　早川書房　2015.5　598p　19cm　（HAYAKAWA
POCKET MYSTERY BOOKS　1895）　2300円　①978-4-15-001895-5

マリー, ジェマ　*Malley, Gemma*　　　　ヤングアダルト

イギリスの作家。リーディング大学で哲学を専攻後、ジャーナリストとして活躍。ビジネス誌
の編集を手がけ、「サンデーテレグラフ」紙などに寄稿する。2007年初のヤングアダルト作品
『2140』を出版。現在は家族とともに南ロンドンで暮らす。

最近の翻訳書

◇『**2140　ピーター・ピンセントの闘い**』 *The resistance*　ジェマ・マリー著,
橋本恵訳　ソフトバンククリエイティブ　2009.4　415p　22cm　1800円
①978-4-7973-5154-5
◇『**2140—サープラス・アンナの日記**』 *The declaration*　ジェマ・マリー著,
橋本恵訳　ソフトバンククリエイティブ　2008.7　399p　22cm　1800円
①978-4-7973-4365-6

マリアーニ, スコット　*Mariani, Scott*　　　　スリラー

イギリスの作家。1968年スコットランド生まれ。オックスフォード大学で現代英語を専攻。翻
訳者、プロのミュージシャン、射撃のインストラクター、フリーのジャーナリストなどを経
て、作家となる。元SAS（イギリス陸軍特殊空挺部隊）隊員のベン・ホープが活躍するシリー
ズで人気を博す。イタリアとフランスで数年暮らした後、西ウェールズに移り、同地で執筆活
動を行う。

最近の翻訳書

◇『**背教のファラオ—アクエンアテンの秘宝**』 *THE HERETIC'S
TREASURE*　スコット・マリアーニ著, 舩山睦美訳　エンジン・ルーム
2013.11　500p　20cm　1800円　①978-4-309-92006-1
◇『**終わりの日—黙示録の預言**』 *THE DOOMSDAY PROPHECY*　スコッ
ト・マリアーニ著, 高野由美訳　エンジン・ルーム　2012.8　516p　20cm
1800円　①978-4-309-90955-4
◇『**モーツァルトの陰謀**』 *The Mozart conspiracy*　スコット・マリアーニ著,
高野由美訳　エンジン・ルーム　2010.10　517p　20cm　1800円　①978-4-
309-90889-2
◇『**消えた錬金術師—レンヌ・ル・シャトーの秘密**』 *The alchemist's secret*
スコット・マリアーニ著, 高野由美訳　エンジン・ルーム　2010.5　517p

海外文学　新進作家事典　　　　　　　　　　　　　　　　　マル

　　　20cm　1800円　Ⓘ978-4-309-90854-0

マリエット, G.M.　*Malliet, G.M.*　　　　　　　　　ミステリー, スリラー

アメリカ在住の作家。1951年イギリス生まれ。オックスフォード大学で学んだ後、ケンブリッジ大学大学院で学位を取得。ジャーナリスト、コピーライターとしてイギリス内外の出版社や公共放送局で働く。2008年セント・ジャスト警部が活躍するミステリー・シリーズの第1作である『コージー作家の秘密の原稿』を出版、アガサ賞最優秀処女長編賞を受賞したほか、アンソニー賞、マカヴィティ賞、ディヴィッド賞などにもノミネートされ、一躍注目を集める。現在夫とバージニア州在住。

最近の翻訳書

◇『ミステリ作家の嵐の一夜』 *DEATH AND THE LIT CHICK*　G・M・マリエット著, 吉澤康子訳　東京創元社　2012.10　414p　15cm　（創元推理文庫　Mマ23-2）　1100円　Ⓘ978-4-488-22104-1

◇『コージー作家の秘密の原稿』 *Death of a cozy writer*　G.M.マリエット著, 吉澤康子訳　東京創元社　2011.10　389p　15cm　（創元推理文庫　221-03）　1100円　Ⓘ978-4-488-22103-4

マリオン, アイザック　*Marion, Isaac*　　　　　　　　　　　　ホラー

アメリカの作家。1981年ワシントン州マウントバーノン生まれ。大学には行かず、病院にベッドを納入する仕事をはじめ、里子に出された子供と実の親との面会に付き添う仕事などさまざまな職業を経験。2010年『ウォーム・ボディーズ―ゾンビRの物語』で作家デビュー。アメリカでは電子配信のみで人気を博し、13年には映画化された。ワシントン州シアトル在住。

最近の翻訳書

◇『ウォーム・ボディーズ―ゾンビRの物語』 *WARM BODIES*　アイザック・マリオン著, 満園真木訳　小学館　2012.9　389p　16cm　（小学館文庫　マ1-1)　771円　Ⓘ978-4-09-408743-7

マリンズ, デブラ　*Mullins, Debra*　　　　　　　　　　　　　ロマンス

アメリカの作家。RWAが新人作家発掘のために行うコンペティションで最終候補に残ったことから、1999年作家デビュー。以来、ヒストリカル・ロマンスを執筆。西部開拓時代のアメリカが舞台の『Donovan's Bed』は2001年度、RITA賞の最終候補となった。その後、摂政時代のイギリスを舞台にした作品を次々に発表し、全米各州のロマンス作家協会が選ぶ年間最優秀賞を受賞、またはノミネートされている。カリフォルニア州在住。

最近の翻訳書

◇『仮面舞踏会に黒い薔薇』 *Scandal of the black rose*　デブラ・マリンズ著, 沢律子訳　竹書房　2010.5　397p　15cm　（ラズベリーブックス　マ4-1)　905円　Ⓘ978-4-8124-4199-2

マール, メリッサ　*Marr, Melissa*　　　　　　　　　ファンタジー, ロマンス

アメリカの作家。大学卒業後、ペンシルベニア州やノースカロライナ州で暮らし、大学で文学やジェンダースタディを教える。2007年『妖精の女王（フェアリー・クイーン）』で作家デビュー、同作は出版直後に「ニューヨーク・タイムズ」紙のベストセラー・リストにランクインしたほか、RITA賞YA部門を受賞するなど高い評価を受ける。

435

マルクレ　　　　　海外文学　新進作家事典

最近の翻訳書

◇『永遠の女王（クイーン・オブ・エタニティ）』 *Fragile eternity*　メリッサ・マール著, 相山夏奏訳　東京創元社　2011.3　445p　15cm　（創元推理文庫 544-04）　1200円　①978-4-488-54404-1

◇『闇の妖精王（ダークキング）』 *Ink exchange*　メリッサ・マール著, 相山夏奏訳　東京創元社　2010.6　364p　15cm　（創元推理文庫　544-03）　980円 ①978-4-488-54403-4

◇『妖精の女王（フェアリー・クイーン）』 *Wicked lovely*　メリッサ・マール著, 相山夏奏訳　東京創元社　2009.12　398p　15cm　（創元推理文庫　544-02）　1060円　①978-4-488-54402-7

マルグレイ, ヘレン　*Mulgray, Helen*　　　　ミステリー

イギリスの作家。モーナ・マルグレイとともに双子の姉妹作家として活動。1939年スコットランド・エディンバラのジョッパ生まれ。どちらも英語教師をしていたが、93年に退職した後、長年夢見てきた文筆業に専念。初めはロマンス小説を書いていたが、ミステリーに転向。2007年天才猫と女性麻薬密輸捜査官D.J.スミスによる名コンビが活躍するコージー・ミステリー『ねこ捜査官ゴルゴンゾーラとハギス缶の謎』でデビューし、人気シリーズとなる。エディンバラ在住。

最近の翻訳書

◇『ねこ捜査官ゴルゴンゾーラとハギス缶の謎』 *No suspicious circumstances*　ヘレン・マルグレイ, モーナ・マルグレイ著, 羽田詩津子訳　ヴィレッジブックス　2009.2　402p　15cm　（ヴィレッジブックス　F-マ13-1）　900円 ①978-4-86332-125-0

マルソー, アルマ　*Marceau, Alma*　　　　その他

アメリカの作家。オクラホマ州生まれ。ロンドンに留学し、18歳で学士号を取得。イタリアの大学で研究に従事し、24歳の時、アミガサタケの系統に関する論文で、博士号を取得。2001年『秘められた欲望』で作家デビュー。

最近の翻訳書

◇『秘められた欲望』　アルマ・マルソー著, 真崎義博訳　扶桑社　2007.8 303p　19cm　1600円　①978-4-594-05469-4

マルティーニ, クリスティアーネ　*Martini, Christiane*　　　　ミステリー

ドイツの作家、音楽家。1967年西ドイツ・フランクフルト生まれ。ブロックフレーテの演奏家、古楽器アンサンブルの指揮者、作曲家として活躍する傍ら、児童書の執筆や教則本の編纂も手がける。2005年初のミステリー『猫探偵カルーソー』を発表、続編も出版。夫と2人の子供とともにフランクフルト近郊のドライアイヒ在住。

最近の翻訳書

◇『猫探偵カルーソー』 *Carusos erster Fall*　クリスティアーネ・マルティーニ著, 小津薫訳　扶桑社　2007.12　213p　16cm　（扶桑社ミステリー）　667円　①978-4-594-05553-0

海外文学　新進作家事典　　マンカレ

マルティン, エステバン　*Martín, Esteban*　　文学

スペインの作家、編集者。1956年バルセロナ生まれ。2007年同じカタルーニャ生まれの作家ア
ンドレウ・カランサとの初の共作となる『ガウディの鍵』を上梓。刊行当初から話題となり、
20カ国以上で翻訳・出版された。09年単独でミステリー『El Pintor De Sombras』を刊行。11
年にはリッテラ・ブックス出版を創立。「タラゴナ日報」「歴史と生活」などの新聞、雑誌に寄
稿する。ラジオの文化番組にも出演。

最近の翻訳書

◇『ガウディの鍵』　*LA CLAVE GAUDI*　エステバン・マルティン, アンドレ
　ウ・カランサ著, 木村裕美訳　集英社　2013.10　528p　16cm　（集英社文庫
　マ16-1）　950円　Ⓘ978-4-08-760669-0

マローン, マリアン　*Malone, Marianne*　　ファンタジー, 児童書

アメリカの作家。イリノイ大学卒。アーティスト、美術教師で、3人の子供を持つ。長女が中
学校へ入学した際に、長女の親友の母親と共同で女子中学校を創立した。2010年『1/12の冒
険』で作家デビュー。同作は〈Sixty-Eight Rooms〉としてシリーズ化された。夫とともにイリ
ノイ州アーバナに暮らす。

最近の翻訳書

◇『1/12の冒険　3　海賊の銀貨』　*THE PIRATE'S COIN：A Sixty-Eight
　Rooms Adventure*　マリアン・マローン作, 橋本恵訳　ほるぷ出版　2014.2
　256p　21cm　1600円　Ⓘ978-4-593-53476-0
◇『1/12の冒険　2　消えた鍵の謎』　*STEALING MAGIC：A Sixty-Eight
　Rooms Adventure*　マリアン・マローン作, 橋本恵訳　ほるぷ出版　2012.11
　314p　21cm　1600円　Ⓘ978-4-593-53475-3
◇『1/12の冒険』　*The sixty-eight rooms*　マリアン・マローン作, 橋本恵訳　ほ
　るぷ出版　2010.12　335p　21cm　1600円　Ⓘ978-4-593-53473-9

マン, アントニー　*Mann, Antony*　　ミステリー

オーストラリアの作家。1998年から2003年にかけて「クライムノベル」「エラリー・クイーン
ズ・ミステリーマガジン」誌などに短編を発表、1999年『フランクを始末するには』でCWA
賞短編賞を受賞。2003年同名の第一短編集を刊行した。

最近の翻訳書

◇『フランクを始末するには』　*MILO and I*　アントニー・マン著, 玉木亨訳
　東京創元社　2012.4　302p　15cm　（創元推理文庫　Mマ24-1）　880円
　Ⓘ978-4-488-24205-3

マンガレリ, ユベール　*Mingarelli, Hubert*　　文学

フランスの作家。1956年ロレーヌ地方生まれ。17歳より3年間海軍に在籍。その後、様々な職
を転々とする。89年児童文学作家としてデビュー。99年『しずかに流れるみどりの川』で本格
的な中・長編小説の執筆を開始。フランスのグルノーブルに程近い山村で暮らしながら、年1
冊のペースで小説を発表する。『四人の兵士』で2003年度メディシス賞を受賞。

最近の翻訳書

◇『おわりの雪』　*LA DERNIÈRE NEIGE*　ユベール・マンガレリ著, 田久保

437

麻理訳　白水社　2013.5　157p　18cm　（白水uブックス　182—海外小説の誘惑）　950円　Ⓘ978-4-560-07182-3

◇『四人の兵士』　*Quatre soldats*　ユベール・マンガレリ著, 田久保麻理訳　白水社　2008.8　185p　20cm　1800円　Ⓘ978-4-560-09211-8

マンクーシ, マリ　*Mancusi, Mari*　　　　ヤングアダルト, ロマンス

別名＝マンクーシ, マリアンヌ〈Mancusi, Marianne〉

アメリカの作家。ハーバーヒル生まれ。ボストン大学を卒業。精力的に小説を執筆する傍ら、テレビプロデューサーとしても活躍し、エミー賞を受賞。マリアンヌ・マンクーシ名義で発表した大人向けタイムトラベル・コメディや、『ヴァンパイア・キス』(2006年)をはじめとするティーンズ・ロマンスで作家としての地位を確立した。ユーモア溢れる作風に定評がある。

＊＊＊最近の翻訳書＊＊＊

◇『ヴァンパイア・キス　レインの挑戦』　*Girls that growl*　マリ・マンクーシ著, 笠井道子訳　小学館　2009.2　333p　15cm　（小学館ルルル文庫　ルマ1-3）　581円　Ⓘ978-4-09-452095-8

◇『ヴァンパイア・キス—レインの恋』　*Stake that!*　マリ・マンクーシ著, 笠井道子訳　小学館　2008.12　328p　15cm　（小学館ルルル文庫）　581円　Ⓘ978-4-09-452092-7

◇『ヴァンパイア・キス』　*Boys that bite*　マリ・マンクーシ著, 笠井道子訳　小学館　2008.5　332p　15cm　（小学館ルルル文庫）　581円　Ⓘ978-4-09-452065-1

マンデル, エミリー・セントジョン　*Mandel, Emily St.John*　　　　文学, SF

カナダの作家。1979年コモックス生まれ。トロント・ダンス・シアターでコンテンポラリーダンスを学ぶ。2009年『Last Night in Montreal』で作家デビュー。第2作『The Singer's Gun』でフランス・ミステリー批評家賞（翻訳作品部門）を受賞。第4作SF小説『ステーション・イレブン』は、14年全米図書賞（フィクション部門）の最終候補作に選ばれ、15年アーサー・C.クラーク賞を受賞した。ニューヨーク市在住。

＊＊＊最近の翻訳書＊＊＊

◇『ステーション・イレブン』　*STATION ELEVEN*　エミリー・セントジョン・マンデル著, 満園真木訳　小学館　2015.2　493p　15cm　（小学館文庫　マ3-1）　880円　Ⓘ978-4-09-406026-3

〔ミ〕

寵物先生　ミスターペッツ　*Mr.Pets*　　　　ミステリー

台湾の作家。1980年生まれ。本名は王建閔。幼い頃から日本のマンガや文化が好きで、大学でも第一外国語で日本語を学んだ。大学時代、ミステリー研究会部長を務め、綾辻行人の作品を読んでミステリーを書き始める。台湾大学情報科学科卒業後、外資系の会社にプログラマーとして勤務するが、2007年短編「犯罪紅線」で人狼城推理文学賞（現・台湾推理作家協会賞）を受賞したこと機に作家専業となる。08年初の単行本『吾乃雑種』を上梓。09年『虚擬街頭漂流記』で、中国語で書かれた本格ミステリーを募る第1回島田荘司推理小説賞を受賞。台湾推理

海外文学　新進作家事典　　　　　　　　　　　　　　ミツチエ

作家協会会員。寵物先生の筆名は、ネットで使っていたハンドルネームを流用、寵物はペットの意味。

最近の翻訳書

◇『虚擬街頭漂流記』　寵物先生著, 玉田誠訳　文藝春秋　2010.4　405p
　19cm　1800円　①978-4-16-328960-1

ミチャード, ジャクリーン　*Mitchard, Jacquelyn*　　　　文学, ヤングアダルト

アメリカの作家。新聞記者の経験を持ち、不妊をテーマにしたノンフィクションを発表。1985年「ミルウォーキー・ジャーナル・センティネル」に社会倫理や家族問題についてのコラムを書き始める。96年『青く深く沈んで』で作家デビュー、映画化もされ、全米ベストセラーとなった。

最近の翻訳書

◇『きみを想う瞬間』　*Christmas, present*　ジャクリーン・ミチャード著, 田栗
　美奈子訳　主婦の友社　2006.11　159p　20cm　1300円　①4-07-251825-5

ミッチェル, アレックス　*Mitchell, Alex*　　　　　　　ミステリー, スリラー

イギリスの作家、考古学者。1974年オックスフォードで生まれ、ベルギーで育つ。本名はAlexandre G.Mitchell。ストラスブール大学で美術と建築を学び、修士課程を修了した後、オックスフォード大学で古典考古学の博士号を取得。中心となる研究分野は "ユーモアの考古学" で、これまでにいくつかの論文を発表。2009年初の著書『ギリシャの壺絵と視覚的ユーモアの起源』を出版。オックスフォードとブリュッセルの考古学研究所で名誉非常勤研究員の立場にある。

最近の翻訳書

◇『13番目の石板　上』　*THE 13TH TABLET*　アレックス・ミッチェル著, 森
　野そら訳　竹書房　2014.5　283p　15cm　（竹書房文庫　み2-1）　660円
　①978-4-8124-8900-0
◇『13番目の石板　下』　*THE 13TH TABLET*　アレックス・ミッチェル著, 森
　野そら訳　竹書房　2014.5　276p　15cm　（竹書房文庫　み2-2）　660円
　①978-4-8124-8901-7

ミッチェル, デイヴィッド　*Mitchell, David*　　　　　　　　　　　　文学

イギリスの作家。1969年1月12日サウスポート生まれ。芸術家の家庭に生まれる。18歳からバックパッカーとしてインド、ネパールなどを旅し、ケント大学で比較文学を学ぶ。勤務先の大手書店で日本人女性と出会い、来日。94年から8年間、広島県の大学で英語教師を務めた。99年東京やロンドンを舞台に冷戦後の世界が抱える問題を描いた『ゴーストリトン』で作家デビュー。2001年生まれて一度も会ったことのない父親の謎を探る日本人青年の姿を描いた『ナンバー9ドリーム』を出版し、ブッカー賞の最終候補作となる。04年第3作『クラウド・アトラス』、06年『Black Swan Green』が連続してブッカー賞候補作に選ばれる。妻は日本人。

最近の翻訳書

◇『出島の千の秋　上』　*The thousand autumns of jacob de zoet*　デイヴィッ
　ド・ミッチェル著, 土屋政雄訳　河出書房新社　2015.10　339p　20cm　3200
　円　①978-4-309-20688-2
◇『出島の千の秋　下』　*The thousand autumns of jacob de zoet*　デイヴィッ

ミト　　　　　　　　　海外文学　新進作家事典

ド・ミッチェル著, 土屋政雄訳　河出書房新社　2015.10　343p　20cm　3300
円　①978-4-309-20689-9

◇『クラウド・アトラス　上』 *Cloud atlas*　デイヴィッド・ミッチェル著, 中
川千帆訳　河出書房新社　2013.1　372p　20cm　1900円　①978-4-309-
20611-0

◇『クラウド・アトラス　下』 *Cloud atlas*　デイヴィッド・ミッチェル著, 中
川千帆訳　河出書房新社　2013.1　370p　20cm　1900円　①978-4-309-
20612-7

◇『ナンバー**9**ドリーム』 *Number 9 dream*　デイヴィッド・ミッチェル著, 高
吉一郎訳　新潮社　2007.2　558p　20cm　（Crest books）　2800円　①978-
4-10-590059-5

ミード, リシェル　*Mead, Richelle*　　　　　　　ファンタジー, ヤングアダルト

アメリカの作家。1976年ミシガン州生まれ。ミシガン大学で一般教養を修めたあと、西ミシ
ガン大学で比較宗教学を学び、ワシントン大学で中学校・高校の英語教師の資格を取得。アメ
リカ図書館協会賞も受賞した〈ヴァンパイア・アカデミー〉シリーズが人気を博す。そのほか
にもパラノーマル作品を多数執筆し、どれも高い評価を受けている。シアトル在住。

最近の翻訳書

◇『ブックストアでくちづけを』 *Succubus on top*　リシェル・ミード著, 須麻
カオル訳　角川書店　2011.1　389p　15cm　（角川文庫　16659）　743円
①978-4-04-298215-9

◇『ブックストアは危険がいっぱい』 *Succubus blues*　リシェル・ミード著, 須
麻カオル訳　角川書店　2010.11　398p　15cm　（角川文庫　16556）　743円
①978-4-04-298212-8

◇『ヴァンパイアアカデミー　**2**』 *Frostbite*　リシェル・ミード著, 中村有以訳
ソフトバンククリエイティブ　2010.2　415p　16cm　（ソフトバンク文庫
ミー1-2）　850円　①978-4-7973-5679-3

◇『ヴァンパイアアカデミー　**1**』 *Vampire academy*　リシェル・ミード著, 中
村有以訳　ソフトバンククリエイティブ　2009.12　447p　16cm　（ソフトバ
ンク文庫　ミー1-1）　850円　①978-4-7973-5678-6

ミュッソ, ギヨーム　*Musso, Guillaume*　　　　　　　　　　　　　　　　文学

フランスの作家。1974年6月6日アンティーブ生まれ。ニース大学で商業経済学を学び、高校
教師として勤務。2004年に発表した『メッセージ―そして、愛が残る』が驚異的な売り上げを
記録し、一躍ベストセラー作家となる。

最近の翻訳書

◇『メッセージ―そして、愛が残る』 *Et apres...*　ギヨーム・ミュッソ著, 吉田
恒雄訳　小学館　2010.9　477p　15cm　（小学館文庫　ミ2-3）　819円
①978-4-09-408546-4

◇『天国からの案内人』 *Sauve-moi*　ギヨーム・ミュッソ著, 堀内久美子訳　小
学館　2009.11　473p　15cm　（小学館文庫　ミ2-2）　838円　①978-4-09-
408151-0

◇『時空を超えて』 *Seras-tu la?*　ギヨーム・ミュッソ著, 吉田恒雄訳　小学
館　2008.5　402p　15cm　（小学館文庫）　733円　①978-4-09-408150-3

440

海外文学　新進作家事典　　　　　　　　　　　　ミラ

ミラー, A.D.　*Miller, A.D.*　　　　　　　　　　　　　ミステリー

イギリスの作家、編集者。1974年ロンドン生まれ。ケンブリッジ大学とプリンストン大学で文学を学び、プリンストン在学中から紀行文の執筆を始める。その後、ロンドンに戻り、テレビプロデューサーを経て、エコノミスト社に勤務。2004〜07年同紙の海外特派員として、モスクワに滞在。この間、06年祖父母の人生を描いたノンフィクション作品を発表。11年小説『すべては雪に消える』を出版。

最近の翻訳書

◇『すべては雪に消える』 *Snowdrops*　A.D.ミラー著, 北野寿美枝訳　早川書房　2011.7　303p　16cm　（ハヤカワ文庫　NV1243）　740円　①978-4-15-041243-2

ミラー, キルステン　*Miller, Kirsten*　　　　　　　　　　　児童書

アメリカの作家。広告会社勤務を経て、作家となる。2006年『キキ・ストライクと謎の地下都市』でデビュー。同作は〈キキ・ストライク〉としてシリーズ化される。ほかに〈Eternal Ones〉シリーズがある。ニューヨーク在住。

最近の翻訳書

◇『キキ・ストライクと謎の地下都市』 *Kiki Strike inside the shadow city*　キルステン・ミラー作, 三辺律子訳　理論社　2006.12　477p　22cm　1900円　①4-652-07797-1

ミラー, クリストファー　*Miller, Cristopher*　　　　　　　　その他

アメリカの作家。ニューヨーク市で生まれ、クリーブランド、シアトル、ポートランド、オレゴン、セントルイスなどを転々として育つ。コロンビア大学とワシントン大学で哲学と文学を学ぶ。心の病に苦しむ人の自立を支援する団体や、ホームレス・センターなどで働いた後、2002年『ピアニストは二度死ぬ』で作家デビュー。

最近の翻訳書

◇『ピアニストは二度死ぬ』 *Simon Silber works for solo piano*　クリストファー・ミラー著, 石原未奈子訳　ブルース・インターアクションズ　2006.12　381p　20cm　1900円　①4-86020-208-2

ミラー, グレンダ　*Millard, Glenda*　　　　　　　児童書, ヤングアダルト

オーストラリアの作家。キャッスルメイン生まれ。子供の本の作家として、幼い子供向けの絵本から、ヤングアダルト向けの小説まで多くの作品を手がけ、オーストラリアでは高い評価を受けている。『ひなぎくの冠をかぶって』（2003年）が、04年オーストラリア児童図書賞Young Readersのオナーブックになる。家族とともにビクトリア州に暮らす。

最近の翻訳書

◇『ひなぎくの冠をかぶって』 *The naming of Tishkin Silk*　グレンダ・ミラー作, 伏見操訳　くもん出版　2006.3　108p　18cm　1200円　①4-7743-1118-9

ミラー, マデリン　*Miller, Madeline*　　　　　　　　　　　　歴史

アメリカの作家。1978年ボストンに生まれ、ニューヨークおよびフィラデルフィアで育つ。ブラウン大学大学院で古典学の修士号を取得。高校で教鞭を執り、ラテン語、ギリシア語、シェ

441

イクスピアなどを教える。2011年に発表されたデビュー作『アキレウスの歌』は、12年女性作家による優れた長編小説に与えられるオレンジ賞を受賞し、23カ国語以上に翻訳されるベストセラーとなった。マサチューセッツ州ケンブリッジ在住。

最近の翻訳書

◇『アキレウスの歌』 *THE SONG OF ACHILLES* マデリン・ミラー著, 川副智子訳　早川書房　2014.3　486p　20cm　3000円　①978-4-15-209448-3

ミラー, レベッカ　*Miller, Rebecca*　　　　　　　　　　文学

アメリカの映画監督、脚本家、作家。1962年9月15日コネティカット州生まれ。父親は劇作家アーサー・ミラー、夫は俳優ダニエル・デイ・ルイス。女優として、映画「心の旅」(91年)、「隣人」(93年)、「ウィンズ」(同年)などに出演した後、95年「アンジェラ」で映画監督・脚本デビュー。その後、夫が主演した「The Ballad of Jack and Rose」(2005年)ほか、「プルーフ・オブ・マイ・ライフ」(05年)で脚本を担当。02年初の長編小説『50歳の恋愛白書』を執筆、世界30カ国で出版された。09年同作を映画化して監督・脚本を務める。未訳の著書に『Personal Velocity』(01年)、『The Ballad of Jack and Rose』(05年)、『Jacob's Folly』(13年)などがある。

最近の翻訳書

◇『50歳の恋愛白書』 *The private lives of Pippa Lee* レベッカ・ミラー著, 中野恵津子訳　講談社　2010.1　294p　20cm　1905円　①978-4-06-216029-2

ミラージェス, フランセスク　*Miralles, Francesc*　　　ヤングアダルト

スペインの作家。1968年8月27日バルセロナ生まれ。セルフヘルプ書籍の専門家で、『amor en minuscula(微粒子の愛)』、スリラー『El Cuarto Reino(第四の王国)』などの著書がある。「インテグラル」「クエルポメンテ」などの雑誌にスピリチュアリズムについて執筆。世界的ベストセラー『Good Luck』の著者アレックス・ロビラとともに、"自分たちの幸福論的なものを、だれの心にも残るようなファンタジー形式にして本にしよう"と共同執筆した『幸福の迷宮』(2008年刊行)が話題になる。ほかのロビラとの共著に『TREASURE MAP─成功への大航海』がある。

最近の翻訳書

◇『幸福の迷宮』 *El laberinto de la felicidad* アレックス・ロビラ, フランセスク・ミラージェス著, 田内志文, 鈴木亜紀訳　ゴマブックス　2009.6　158p　15cm　（ゴマ文庫　G103）　619円　①978-4-7771-5110-3

◇『幸福の迷宮』 *El laberinto de la felicidad.* 重訳 *The maze of happiness* アレックス・ロビラ, フランセスク・ミラージェス著, 田内志文, 鈴木亜紀訳　ゴマブックス　2008.5　158p　20cm　1200円　①978-4-7771-0951-7

ミラン, コートニー　*Milan, Courtney*　　　　　　　ロマンス, 歴史

アメリカの作家。カリフォルニア大学バークレー校卒。法律関係書類の作成者、コンピュータープログラマー、ドッグトレーナーなどさまざまな職業を経て、2009年作家デビュー。たちまち評判となり、「ニューヨーク・タイムズ」「USAトゥデイ」各紙のベストセラー作家の仲間入りを果たす。『罪つくりな囁きを』で11年にAmazon.comのBest Book、12年にはRITA賞ベストヒストリカルロマンス部門の最終候補作品に選ばれた。セクシーで繊細な歴史物が得意。アメリカ太平洋岸の北西部に在住。

海外文学　新進作家事典　　　　　　　　　　　　　　　　　　　　ミルス

最近の翻訳書

◇『遥かなる夢をともに』 *THE HEIRESS EFFECT* コートニー・ミラン著,
桐谷美由記訳　原書房　2015.9　513p　15cm　（ライムブックス　ミ1-2)
1050円　①978-4-562-04474-0
◇『気高き夢に抱かれて』 *THE DUCHESS WAR* コートニー・ミラン著, 水
野凜訳　原書房　2015.5　421p　15cm　（ライムブックス　ミ1-1)　940円
①978-4-562-04470-2
◇『その愛はみだらに』 *Unclaimed* コートニー・ミラン著, 横山ルミ子訳　二
見書房　2013.11　477p　15cm　（二見文庫　ミ5-2―ザ・ミステリ・コレク
ション）　886円　①978-4-576-13152-8
◇『罪つくりな囁きを』 *Unveiled* コートニー・ミラン著, 横山ルミ子訳　二見
書房　2013.2　518p　15cm　（二見文庫　ミ5-1―ザ・ミステリ・コレクショ
ン）　895円　①978-4-576-13005-7
◇『クリスマス・オブ・ラブ―十九世紀の愛の誓い』 *A handful of gold.*［*etc.*］
メアリ・バログ, コートニー・ミラン, マーガレット・ムーア著, 辻早苗, 岡聖
子, 柿沼瑛子訳　ハーレクイン　2010.11　454p　15cm　（［Mira文庫］
［MB02-01]）　819円　①978-4-596-91436-1　内容：「金の星に願いを」メア
リ・バログ著　「不埒な贈り物」コートニー・ミラン著　「愛と喜びの讃歌」
マーガレット・ムーア著

ミリエズ, ジャック　*Milliez, Jacques*　　　　　　　　　　　ミステリー

フランスの作家、医師。パリ第6大学の産婦人科学教授であり、サン・タントワーヌ病院で産婦
人科部長を務める。開発途上国の少女や女性の教育と健康のための援助を推進するNGO（非政
府組織）"均衡と人口"の事務局長で、国際産婦人科連盟倫理委員会のメンバーでもある。2008
年64歳にして初めて書いた冒険ミステリー『人類博物館の死体』でフランス冒険小説大賞を
受賞。

最近の翻訳書

◇『人類博物館の死体』 *L'inconnue du musee de l'homme* ジャック・ミリエ
ズ著, 香川由利子訳　早川書房　2009.10　236p　16cm　（ハヤカワ文庫
NV1205)　660円　①978-4-15-041205-0

ミルズ, マーク　*Mills, Mark*　　　　　　　　　　　　　　ファンタジー

イギリスの作家、脚本家。1963年8月6日スイス・ジュネーブ生まれ。「仮面の真実」などの映
画の脚本家として活躍する傍ら、2004年アメリカのロング・アイランドを舞台とした『アマガ
ンセット―弔いの海』で作家デビューし、CWA賞最優秀新人賞（ジョン・クリーシー・ダガー
賞）を受賞した。

最近の翻訳書

◇『アマガンセット―弔いの海　上』 *Amagansett* マーク・ミルズ著, 北澤和
彦訳　ヴィレッジブックス　2007.6　314p　15cm　760円　①978-4-7897-
3112-6
◇『アマガンセット―弔いの海　下』 *Amagansett* マーク・ミルズ著, 北澤和
彦訳　ヴィレッジブックス　2007.6　289p　15cm　740円　①978-4-7897-
3113-3

ミンター, ジェイ　*Minter, J.*　　　その他

アメリカの作家。ニューヨーク・マンハッタンに生まれ育ち、コロンビア大学を卒業。マンハッタンを舞台とした青春小説『インサイダーズ』(2004年)は全米ベストセラーとなり、シリーズ化された。

最近の翻訳書

◇『インサイダーズ　2(恋も友情も大ピンチ！ 篇)』*Pass it on*　ジェイ・ミンター著, 近藤隆文訳　ヴィレッジブックス　2007.2　381p　19cm　1500円
①978-4-7897-3055-6

〔 ム 〕

ムーディ, デイヴィッド　*Moody, David*　　　ホラー, スリラー

イギリスの作家。1970年生まれ。ウェストミッドランズ州バーミンガム出身。ホラー映画の製作を志して大手銀行を退職するが、知識も技術もなく挫折、小説の執筆を始める。小出版社から刊行された処女作はほとんど売れなかったが、インターネットで公開したゾンビものの〈オータム〉シリーズが50万回ダウンロードされる。『憎鬼』はインターネットで公開後すぐに映画化権が売れ、トマス・デューン・ブックスが過去の作品も含めて出版権を獲得した。

最近の翻訳書

◇『憎鬼』*Hater*　デイヴィッド・ムーディ著, 風間賢二訳　武田ランダムハウスジャパン　2011.6　375p　15cm　(RHブックス＋プラス　ム2-1)　860円
①978-4-270-10387-6

ムーニー, エドワード(**Jr.**)　*Mooney, Edward*(*Jr.*)　　　文学

アメリカの作家。マサチューセッツ州で生まれ、カリフォルニア州で育つ。長く高校教師を務めた後、2014年より大学の教育学教授として学生指導に当たる。1992年よりプロの作家として活動。代表作の『石を積むひと』は、2015年日本で北海道に舞台を移した「愛を積むひと」として映画化された。カリフォルニア州北部在住。

最近の翻訳書

◇『石を積むひと』*THE PEARLS OF THE STONE MAN*　エドワード・ムーニー・Jr.著, 杉田七重訳　小学館　2014.9　470p　15cm　(小学館文庫　ム1-1)　850円　①978-4-09-408897-7

ムーニー, クリス　*Mooney, Chris*　　　ミステリー, スリラー

アメリカの作家。マサチューセッツ州リン出身。スティーブン・キングの影響を受けて作家を志し、2000年初の長編『Deviant Ways』を発表。第3長編『Remembering Sarah』(04年)はMWA賞にノミネートされた。07年〈ダービー・マコーミック〉シリーズの第1作『贖罪の日』を発表、人気シリーズとなる。

最近の翻訳書

◇『贖罪の日』*The missing*　クリス・ムーニー著, 高橋佳奈子訳　講談社　2008.11　480p　15cm　(講談社文庫)　781円　①978-4-06-276206-9

海外文学　新進作家事典　　　　　　　　　　　　　　　　　　　ムルルウ

ムリガン, アンディ　*Mulligan, Andy*　　　　　　　　　　文学

イギリスの作家。南ロンドン生まれ。10年間演劇製作に関わった後、インド、ブラジル、ベトナム、フィリピンで英語を教えた。イギリスに戻った後は小説執筆に専念。〈Ribblestrop〉3部作の第2部である『Return to Ribblestrop』は、「ガーディアン」紙によって2011年度最優秀児童書（フィクション部門）に選ばれた。また、『トラッシュ』(10年)は14年スティーブン・ダルドリー監督により「トラッシュ！―この街が輝く日まで」として映画化された。

最近の翻訳書

◇『トラッシュ』　*TRASH*　アンディ・ムリガン著, 髙橋結花訳
　KADOKAWA　2013.12　351p　15cm　（MF文庫ダ・ヴィンチ　あー5-1）
　680円　①978-4-04-066175-9

ムリノフスキ, サラ　*Mlynowski, Sarah*　　　　ヤングアダルト, ファンタジー

カナダの作家。モントリオール生まれ。マッギル大学で英文学を学んだ後、トロントのハーレクイン・エンタープライズに勤務。24歳で作家デビュー。ティーン向けの小説は、2005年刊行の『マンハッタンの魔女』が初めてとなる。ニューヨーク在住。

最近の翻訳書

◇『魔女のサマーキャンプ』　*Spells & sleeping bags*　サラ・ムリノフスキ著, 今泉敦子訳　東京創元社　2011.10　382p　15cm　（創元推理文庫　551-04）
　1160円　①978-4-488-55104-9

◇『カエルにちゃんとキスをする』　*Frogs & French kisses*　サラ・ムリノフスキ著, 今泉敦子訳　東京創元社　2010.10　350p　15cm　（創元推理文庫　551-03）　980円　①978-4-488-55103-2

◇『魔女とほうきの正しい使い方』　*Bras & broomsticks*　サラ・ムリノフスキ著, 今泉敦子訳　東京創元社　2010.7　366p　15cm　（創元推理文庫　551-02）　980円　①978-4-488-55102-5

◇『マンハッタンの魔女』　*BRAS&BROOMSTICKS*　サラ・ムリノフスキ著, 松本美菜子訳　ヴィレッジブックス　2006.11　397p　19cm　1600円
　①978-4-86332-519-7

ムルルヴァ, ジャン＝クロード　*Mourlevat, Jean-Claude*　　児童書, ファンタジー

フランスの作家。1952年オーヴェルニュ地方生まれ。ストラスブール、トゥールーズ、パリ、ボンなどで学び、数年間中学校のドイツ語教師を務めた後、パリの演劇学校に入学して演劇の世界に入る。ピエロのひとり芝居を自作自演し、フランスで1000回以上、さらには世界各地をまわった経験を持つ。90年代後半から作家として活動を始め、98年最初の小説を発表。現在は執筆に専念。作品の多くは子供たちの高い支持を得、2007年『抵抗のディーバ』でサン・テグジュペリ賞（小説部門）を受賞するなどフランス語圏で数々の賞を受ける。学校や図書館での読み聞かせも展開する。サンテティエンヌ在住。

最近の翻訳書

◇『抵抗のディーバ』　*Le combat d'hiver*　ジャン＝クロード・ムルルヴァ著, 横川晶子訳　岩崎書店　2012.3　461p　22cm　（海外文学コレクション　3）
　1900円　①978-4-265-86005-0

◇『トメック』　*Tomek*　ジャン＝クロード・ムルルヴァ作, 堀内紅子訳　福音館書店　2007.5　237p　20cm　（さかさま川の水　1）　1700円　①978-4-8340-2216-2

445

◇『ハンナ』 *Hannah* ジャン＝クロード・ムルルヴァ作, 堀内紅子訳 福音館
書店 2007.5 213p 20cm （さかさま川の水 2） 1600円 ①978-4-8340-
2217-9
◇『旅するヤギはバラードを歌う』 *La ballade de cornebique* ジャン＝クロー
ド・ムルルヴァ著, 山本知子訳 早川書房 2006.10 235p 20cm （ハリネ
ズミの本箱） 1500円 ①4-15-250044-1

ムレール, メラニー　*Muller, Mélanie*　　　　　　　　　　その他

フランスの作家、画家、彫刻家。アルザス出身。画家、彫刻家としても活躍。2006年パリの女
子大生の禁断の私生活を描いた『私をたたいて！』で作家デビュー。ストラスブール在住。

最近の翻訳書
◇『私をたたいて！』 *Frappe-moi !* メラニー・ムレール著, 長島良三訳 河
出書房新社 2006.3 207p 20cm 1600円 ①4-309-20456-2

〔 メ 〕

メイ, ポール　*May, Paul*　　　　　　　　　　ヤングアダルト, 児童書

イギリスの作家。1953年ロンドン生まれ。大学卒業後、さまざまな職業を経験した後、教員と
して小学校に勤めるとともに、読書が不得意な子供を長年指導。はじめて書いた子供向けの
作品『Troublemakers』で、2000年度のブランフォード・ボウズ（BBA）賞にノミネートされ、
その後、子供向けの作品のほかフィクション、ノンフィクション作品を数多く手がける。『グ
リ～ンフィンガ～─約束の庭』は、02年度のカーネギー賞のロングリスト、03年度のAskews
Torchlight Children's Book Awardのショートリストに選ばれた。ノーフォーク州在住。

最近の翻訳書
◇『グリ～ンフィンガ～─約束の庭』 *Green fingers* ポール・メイ作, 横山和
江訳 さ・え・ら書房 2009.6 319p 20cm 1700円 ①978-4-378-01479-1

メイコック, ダイアン　*Maycock, Dianne*　　　　　　　　　　児童書

カナダの作家。バンクーバー生まれ。初等教育の学士号を持ち、トロント大学で教育学とカウ
ンセリングの修士号も取得。小学校の教員として働き、教育テレビのためのライターとしても
活躍。母親の話をもとにしたという代表作『わたしの犬、ラッキー』は数々の賞を受賞してい
る。家族とブリティッシュコロンビア州在住。

最近の翻訳書
◇『わたしの犬、ラッキー』 *Lucky's mountain* ダイアン・メイコック作, 若
林千鶴訳, 佐藤真紀子絵 あすなろ書房 2010.12 159p 21cm 1300円
①978-4-7515-2473-2

メイスン, ザッカリー　*Mason, Zachary*　　　　　　　　　　文学

アメリカの作家、コンピューター科学者。1974年生まれ。14歳で高校を卒業し、ブランダイス
大学で博士号を取得。人工知能を専門とするコンピューター科学者で、Amazon.com勤務を経
て、2007年『オデュッセイアの失われた書』で作家デビュー。同作はニューヨーク公共図書館

海外文学　新進作家事典　　　　　　　　　　　　　　　**メイヤ**

主催のヤング・ライオンズ・フィクション賞最終候補に残り、注目を集めた。シリコンバレー在住。

最近の翻訳書

◇『オデュッセイアの失われた書』 *The lost books of the Odyssey*　ザッカリー・メイスン著，矢倉尚子訳　白水社　2011.7　220p　20cm　2400円　①978-4-560-08152-5

メイスン, ジェイミー　*Mason, Jamie*　　　　　ミステリー, ユーモア

アメリカの作家。オクラホマ州オクラホマシティで生まれ、ワシントンD.C.で育つ。その後、バージニア州やカリフォルニア州でも生活し、現在は家族とノースカロライナ州に在住。2013年『誰の墓なの？』で作家デビュー。

最近の翻訳書

◇『誰の墓なの？』 *THREE GRAVES FULL*　ジェイミー・メイスン著, 府川由美恵訳　早川書房　2014.4　447p　16cm　（ハヤカワ・ミステリ文庫　HM 401-1）　880円　①978-4-15-180251-5

メイヤー, ステファニー　*Meyer, Stephenie*　　　　　ファンタジー, ロマンス

アメリカの作家。1973年12月24日コネティカット州ハートフォード生まれ。ブリガムヤング大学で英語学を学んだ後、2005年〈トワイライト〉シリーズで作家デビュー。4人の若いバンパイアのロマンスを描いた同作は世界で1億5000万部の売り上げを記録。08年より〈トワイライト・サーガ〉シリーズとして映画化され、シリーズ5作品は全世界で累積33億ドルの興行収入を上げた。同年に発表されたSF恋愛小説『ザ・ホスト』も高い評価を得、シリーズ化される。15年小説〈トワイライト〉シリーズの主人公たちの性別を入れ替えた新作本『Life and Death』を刊行。

最近の翻訳書

◇『トワイライト・サーガオフィシャルガイド』 *The twilight saga : the official illustrated guide*　ステファニー・メイヤー著, 小原亜美訳　ヴィレッジブックス　2011.11　547p　22cm　2200円　①978-4-86332-353-7

◇『トワイライト―哀しき新生者』 *The short second life of Bree Tanner*　ステファニー・メイヤー著, 小原亜美訳　ヴィレッジブックス　2010.10　213p　15cm　（ヴィレッジブックス　F-メ1-10）　540円　①978-4-86332-281-3

◇『トワイライト　4 最終章』 *Breaking dawn*　ステファニー・メイヤー著, 小原亜美訳　ヴィレッジブックス　2010.4　521p　15cm　（ヴィレッジブックス　F-メ1-9）　880円　①978-4-86332-233-2

◇『ザ・ホスト　3 別離』 *The host*　ステファニー・メイヤー著, 小原亜美訳　ソフトバンククリエイティブ　2010.4　381p　19cm　1238円　①978-4-7973-4552-0

◇『ザ・ホスト　2 背信』 *The host*　ステファニー・メイヤー著, 小原亜美訳　ソフトバンククリエイティブ　2010.4　351p　19cm　1238円　①978-4-7973-4551-3

◇『ザ・ホスト　1 寄生』 *The host*　ステファニー・メイヤー著, 小原亜美訳　ソフトバンククリエイティブ　2010.4　358p　19cm　1238円　①978-4-7973-4550-6

◇『トワイライト　4 上』 *Breaking dawn*　ステファニー・メイヤー著, 小原亜美訳　ヴィレッジブックス　2009.11　205p　15cm　（ヴィレッジブックス

447

F-メ1-7)　500円　①978-4-86332-189-2

◇『トワイライト　4 下』 *Breaking dawn*　ステファニー・メイヤー著, 小原亜美訳　ヴィレッジブックス　2009.11　315p　15cm　（ヴィレッジブックス　F-メ1-8)　640円　①978-4-86332-190-8

◇『トワイライト　3 上』 *Eclipse*　ステファニー・メイヤー著, 小原亜美訳　ヴィレッジブックス　2009.7　447p　15cm　（ヴィレッジブックス　F-メ1-5)　780円　①978-4-86332-164-9

◇『トワイライト　3 下』 *Eclipse*　ステファニー・メイヤー著, 小原亜美訳　ヴィレッジブックス　2009.7　380p　15cm　（ヴィレッジブックス　F-メ1-6)　740円　①978-4-86332-165-6

◇『トワイライト　13　永遠に抱かれて』 *Breaking dawn*　ステファニー・メイヤー著, 小原亜美訳　ヴィレッジブックス　2009.3　301p　19cm　1000円　①978-4-86332-131-1

◇『トワイライト　12　不滅の子』 *Breaking dawn*　ステファニー・メイヤー著, 小原亜美訳　ヴィレッジブックス　2009.3　272p　19cm　1000円　①978-4-86332-130-4

◇『トワイライト　2 上』 *New moon*　ステファニー・メイヤー著, 小原亜美訳　ヴィレッジブックス　2009.3　370p　15cm　（ヴィレッジブックス　F-メ1-3)　720円　①978-4-86332-132-8

◇『トワイライト　2 下』 *New moon*　ステファニー・メイヤー著, 小原亜美訳　ヴィレッジブックス　2009.3　335p　15cm　（ヴィレッジブックス　F-メ1-4)　700円　①978-4-86332-133-5

◇『トワイライト　11　夜明けの守護神』 *Breaking dawn*　ステファニー・メイヤー著, 小原亜美訳　ヴィレッジブックス　2008.12　326p　19cm　1000円　①978-4-86332-113-7

◇『トワイライト　10　ヴァンパイアの花嫁』 *Breaking dawn*　ステファニー・メイヤー著, 小原亜美訳　ヴィレッジブックス　2008.11　214p　19cm　900円　①978-4-86332-101-4

◇『トワイライト　上』 *Twilight*　ステファニー・メイヤー著, 小原亜美訳　ヴィレッジブックス　2008.4　332p　15cm　（ヴィレッジブックス）　700円　①978-4-86332-013-0

◇『トワイライト　下』 *Twilight*　ステファニー・メイヤー著, 小原亜美訳　ヴィレッジブックス　2008.4　317p　15cm　（ヴィレッジブックス）　680円　①978-4-86332-014-7

◇『トワイライト　9　黄昏は魔物の時間』 *Eclipse*　ステファニー・メイヤー著, 小原亜美訳　ヴィレッジブックス　2007.11　303p　19cm　1000円　①978-4-86332-587-6

◇『トワイライト　8　冷たいキスをあたしに』 *Eclipse*　ステファニー・メイヤー著, 小原亜美訳　ヴィレッジブックス　2007.11　340p　19cm　1000円　①978-4-86332-586-9

◇『トワイライト　7　赤い刻印』 *Eclipse*　ステファニー・メイヤー著, 小原亜美訳　ヴィレッジブックス　2007.11　331p　19cm　1000円　①978-4-86332-585-2

◇『トワイライト　6　嘆きの堕天使』 *New moon*　ステファニー・メイヤー著, 小原亜美訳　ヴィレッジブックス　2006.12　287p　19cm　1000円　④4-7897-3013-1

◇『トワイライト　5　狼の月』 *New moon*　ステファニー・メイヤー著, 小原亜美訳　ヴィレッジブックス　2006.12　275p　19cm　1000円　④4-7897-

海外文学　新進作家事典　　　　　　　　メッツ

3012-3
◇『トワイライト　4　牙は甘くささやく』 *New moon*　ステファニー・メイ
ヤー著, 小原亜美訳　ヴィレッジブックス　2006.11　299p　19cm　1000円
①4-7897-3010-7

メイヤー, マリッサ　*Meyer, Marissa*　　　　　　　　　　　SF, ファンタジー

アメリカの作家。1984年2月19日ワシントン州タコマ生まれ。2012年近未来の地球を描いたSF
ファンタジー『シンダー』でデビューし、「ニューヨーク・タイムズ」紙のベストセラー・リ
ストにランクイン。以後、〈The Lunar Chronicles〉としてシリーズ化され人気を得る。郷里の
タコマ在住。

最近の翻訳書

◇『シンダー　上』 *CINDER*　マリッサ・メイヤー著, 林啓恵訳　竹書房
　　2015.4　262p　15cm　（竹書房文庫　め2-1）　660円　①978-4-8019-0269-5
◇『シンダー　下』 *CINDER*　マリッサ・メイヤー著, 林啓恵訳　竹書房
　　2015.4　263p　15cm　（竹書房文庫　め2-2）　660円　①978-4-8019-0270-1

メスード, クレア　*Messud, Claire*　　　　　　　　　　　　　　　　文学

アメリカの作家。1966年10月8日コネティカット州グリニッジ生まれ。94年『When the World
Was Steady』で作家デビュー、95年PEN/フォークナー賞の最終候補作にノミネートされた。
第2長編『The Last Life』(99年)は「パブリッシャーズ・ウィークリー」のベストブックに選
出される。流麗かつシニカルな文体、深みのある人間洞察、ストーリーテリングの巧みさが高
く評価される。第4長編『ニューヨーク・チルドレン』(2006年)は英米の著名紙誌で絶賛され、
「ニューヨーク・タイムズ」紙同年度ベストテンの1冊に選出され、ブッカー賞にもノミネート
された。マサチューセッツ州ケンブリッジ在住。

最近の翻訳書

◇『ニューヨーク・チルドレン』 *The emperor's children*　クレア・メスード
著, 古屋美登里訳　早川書房　2008.3　597p　20cm　2500円　①978-4-15-
208900-7

メスナー, ケイト　*Messner, Kate*　　　　　　　　　　　　　　　児童書

アメリカの作家。元中学校の英語教師。2009年の『木の葉のホームワーク』は、全米の児童書書
店が子供にぜひ読んでほしい本に贈る、10年のE.B.ホワイト推薦図書賞を受賞。〈Silver Jaguar
Society Mysteries〉〈Marty McGuire〉〈Ranger in Time〉シリーズがある。家族とともにシャン
プレーン湖近くで暮らす。

最近の翻訳書

◇『木の葉のホームワーク』 *The Brilliant Fall of Gianna Z*　ケイト・メス
ナー著, 中井はるの訳　講談社　2012.10　287p　20cm　1400円　①978-4-
06-283222-9

メッツ, メリンダ　*Metz, Melinda*　　　　　　　　　ヤングアダルト, ミステリー

アメリカの作家。カリフォルニア州サンノゼ出身。サンノゼ州立大学で英語を専攻。ローラ・
J.バーンズと、ともに編集者だった時に知り合い、共同で創作をする長所に気づき、チームで
活動をはじめる。バーンズとの共同執筆作品は、『キング・コング』(映画小説版)、〈Buffy the

メトウエ　　　　　海外文学　新進作家事典

Vampire Slayer〉シリーズ中の『Colony』など多数。児童文学作品〈名探偵アガサ＆オービル〉シリーズの『おばあちゃん誘拐事件』で、2006年MWA賞ジュブナイル部門のオナーブックを受賞。単独執筆には日本でも放映されたドラマ〈ロズウェル/星の恋人たち〉シリーズがある。

最近の翻訳書

◇『ふたつの顔を持つ男』 *The case of the slippery soap star*　ローラ・J.バーンズ, メリンダ・メッツ作, 金原瑞人, 小林みき訳　文溪堂　2007.9　269p　19cm　（名探偵アガサ＆オービル　ファイル4）　900円　①978-4-89423-536-6

◇『伝説の殺人鬼』 *The case of the trail mix-up*　ローラ・J.バーンズ, メリンダ・メッツ作, 金原瑞人, 小林みき訳　文溪堂　2007.8　253p　19cm　（名探偵アガサ＆オービル　ファイル3）　900円　①978-4-89423-535-9

◇『おばあちゃん誘拐事件』 *The case of the Nana-Napper*　ローラ・J.バーンズ, メリンダ・メッツ作, 金原瑞人, 小林みき訳　文溪堂　2007.7　253p　19cm　（名探偵アガサ＆オービル　ファイル2）　900円　①978-4-89423-534-2

◇『火をはく怪物の謎』 *The case of the prank that stank*　ローラ・J.バーンズ, メリンダ・メッツ作, 金原瑞人, 小林みき訳　文溪堂　2007.7　269p　19cm　（名探偵アガサ＆オービル　ファイル1）　900円　①978-4-89423-533-5

メドヴェイ, コーネリアス　*Medvei, Cornelius*　　　　文学

イギリスの作家。1977年生まれ。サフォークとロンドンで育つ。オックスフォード大学でフランス語とドイツ語を学んだ後、教師として中国に赴任。02年シェフィールド大学で中国語の博士号を取得。07年『ミスタ・サンダーマグ』で作家デビュー。小説執筆の傍ら中国詩の翻訳や、短編映画の監督とプロデュースに従事。またロンドン近辺の大学でフランス語と英語を教えている。ロンドン在住。

最近の翻訳書

◇『ミスタ・サンダーマグ―しゃべるヒヒの話』 *Mr.Thundermug*　コーネリアス・メドヴェイ著, 高山真由美訳　ランダムハウス講談社　2007.9　132p　19cm　1300円　①978-4-270-00246-9

メヘラーン, マーシャ　*Mehran, Marsha*　　　　文学

イランの作家。1977年11月11日〜2014年4月30日。テヘラン生まれ。1980年代家族とともに動乱から逃れてアルゼンチンへ渡り、同地のスコットランド系の学校で教育を受ける。アメリカ、オーストラリア、アイルランドで暮らし、ニューヨークへ移る。2005年テヘランから逃れてアイルランドの田舎町で料理店を営む3姉妹を描いた『柘榴のスープ』で作家デビュー。ほかの著書に『Rosewater and Soda Bread』(08年)、『The Saturday Night School of Beauty』(13年)などがある。14年36歳の若さで亡くなった。

最近の翻訳書

◇『柘榴のスープ』 *Pomegranate soup*　マーシャ・メヘラーン著, 渡辺佐智江訳　白水社　2006.7　266p　20cm　2000円　①4-560-02746-3

メルコ, ポール　*Melko, Paul*　　　　SF, ファンタジー

アメリカの作家。1968年オハイオ州アセンズ生まれ。シンシナティ大学で原子核工学を学んだ後、ミシガン大学の大学院に進み修士号を取得。93年に卒業後、総合電機メーカーで原発大

450

手のウェスティングハウス社に入社。原子核工学エンジニアとして5年間勤務した後、IT業界に転身。2002年「燃える男」が「レルムズ・オブ・ファンタジー」誌に掲載され短編デビュー。08年に発表した『天空のリング』は好評を博し、ローカス賞処女長編賞とコンプトン・クルーク賞を受賞。オハイオ州在住。

最近の翻訳書

◇『天空のリング』 *Singularity's ring* ポール・メルコ著, 金子浩訳 早川書房 2010.8 509p 16cm （ハヤカワ文庫 SF1771） 1000円 ①978-4-15-011771-9

メルドラム, クリスティーナ *Meldrum, Christina* 文学, ヤングアダルト

アメリカの作家。ミシガン大学で政治学と宗教学の学位を取得後、ハーバード大学ロー・スクールで法務博士号を取得。仕事や勉強の関係でアメリカのほかヨーロッパやアフリカに住み、弁護士や人権保護活動家として活動。2008年の作家デビュー作『マッドアップル』はアメリカ図書館協会ベストブックに選ばれ、イタリア、ドイツ、日本で翻訳される。カリフォルニア州サンタバーバラ在住。

最近の翻訳書

◇『マッドアップル』 *MADAPPLE* クリスティーナ・メルドラム著, 大友香奈子訳 東京創元社 2012.9 492p 15cm （創元推理文庫 Mメ3-1） 1300円 ①978-4-488-22207-9

〔 モ 〕

モアハウス, ライダ *Morehouse, Lyda* SF, ファンタジー

アメリカの作家。1967年11月18日カリフォルニア州サクラメント生まれ。英語と歴史を専攻し、舞台芸術に携わった後、2001年長編『アークエンジェル・プロトコル』で作家デビュー。"SFとミステリーの見事な融合"と高く評価され、02年シェイマス賞ペーパーバック賞を受賞した。

最近の翻訳書

◇『アークエンジェル・プロトコル』 *Archangel protocol* ライダ・モアハウス著, 金子司訳 早川書房 2006.9 591p 16cm （ハヤカワ文庫 SF） 940円 ①4-15-011581-8

モイーズ, ジョジョ *Moyes, Jojo* ロマンス, ミステリー

イギリスの作家、ジャーナリスト。1969年ロンドン生まれ。さまざまな職業を経験した後、「インディペンデント」紙から奨学金を受け、92年シティ大学ロンドンの大学院課程で新聞ジャーナリズムを専攻。香港で1年間、「インディペンデント」紙で9年間ジャーナリストとして働き、2002年専業作家に転身し、『Sheltering Rain』で小説家デビュー。その後、イギリス・ロマンス小説家協会の年間最優秀ロマンス小説賞を2度受賞。エセックス州在住。

最近の翻訳書

◇『ミー・ビフォア・ユー──きみと選んだ明日』 *ME BEFORE YOU* ジョジョ・モイーズ著, 最所篤子訳 集英社 2015.2 639p 16cm （集英社文庫 モ13-1） 1050円 ①978-4-08-760700-0

モウル, ジョシュア　*Mowll, Joshua*　スリラー

イギリスの作家。ケント州生まれ。ウェールズに近い人里はなれた丘の頂上に立つ、厳しい寄宿学校で少年時代を過ごした後、カンタベリーの美術学校でグラフィックデザインを学んだ。卒業後は新聞社に勤め、「サンデー」紙でグラフィックアートの仕事をしている。2005年『秘密作戦レッドジェリコ』で作家デビュー。

最近の翻訳書

◇『**秘密作戦レッドジェリコ　上巻**』*Operation Red Jericho*　ジョシュア・モウル著，唐沢則幸訳　ソニー・マガジンズ　2006.5　249p　20cm　（ザ・ギルド　1）　1600円　①4-7897-2871-4

◇『**秘密作戦レッドジェリコ　下巻**』*Operation Red Jericho*　ジョシュア・モウル著，唐沢則幸訳　ソニー・マガジンズ　2006.5　270p　20cm　（ザ・ギルド　1）　1600円　①4-7897-2872-2

モガー, ロッティ　*Moggach, Lottie*　ミステリー

イギリスの作家、ジャーナリスト。フリーのジャーナリストとして「タイムズ」「フィナンシャル・タイムズ」「GQ」などの紙誌で活躍した後、作家に転身。2013年のデビュー作『篭ノナカ』はイギリスで11もの出版社が争奪戦を繰り広げ、発売前から大きな話題となった。ノースロンドン在住。

最近の翻訳書

◇『**篭ノナカ**』*KISS ME FIRST*　ロッティ・モガー著，山北めぐみ訳　ヴィレッジブックス　2013.10　459p　15cm　（ヴィレッジブックス　F-モ4-1）　900円　①978-4-86491-089-7

モーガン, ニコラ　*Morgan, Nicola*　児童書

イギリスの作家。1961年ラグビー生まれ。ケンブリッジ大学卒。英語教師の傍ら、幼児向けの学習書を多数執筆。一方、小説家を目指し、2002年『月曜日は赤』で作家デビュー。その後も毎年コンスタントに作品を発表。

最近の翻訳書

◇『**月曜日は赤**』*Mondays are red*　ニコラ・モーガン著，原田勝訳　東京創元社　2006.8　238p　19cm　1600円　①4-488-01325-2

モーガン, リチャード　*Morgan, Richard*　**SF, ファンタジー**

イギリスの作家。1965年9月24日ロンドンで生まれ、イングランド東部地方イーストアングリアで育つ。ケンブリッジ大学卒業後、英語講師としてイスタンブール、マドリード、ロンドン、グラスゴーなど各地を転々とする。2002年イギリスで出版された処女作〈タケシ・コヴァッチ〉シリーズ3部作の第1作である『オルタード・カーボン』でフィリップ・K.ディック賞を受賞。08年『Black Man』でアーサー・C.クラーク賞を受賞し、SF作家として地歩を固める。

最近の翻訳書

◇『**ウォークン・フュアリーズ—目覚めた怒り　上**』*Woken furies*　リチャード・モーガン著，田口俊樹訳　アスペクト　2010.8　599p　15cm　940円　①978-4-7572-1804-8

◇『**ウォークン・フュアリーズ—目覚めた怒り　下**』*Woken furies*　リチャー

ド・モーガン著, 田口俊樹訳　アスペクト　2010.8　459p　15cm　940円
Ⓘ978-4-7572-1805-5

◇『オルタード・カーボン　上』 *Altered carbon*　リチャード・モーガン著, 田
口俊樹訳　アスペクト　2010.4　455p　15cm　880円　Ⓘ978-4-7572-1763-8

◇『オルタード・カーボン　下』 *Altered carbon*　リチャード・モーガン著, 田
口俊樹訳　アスペクト　2010.4　444p　15cm　880円　Ⓘ978-4-7572-1764-5

◇『ブロークン・エンジェル　上』 *Broken angels*　リチャード・モーガン著,
田口俊樹訳　アスペクト　2007.4　368p　19cm　Ⓘ978-4-7572-1359-3

◇『ブロークン・エンジェル　下』 *Broken angels*　リチャード・モーガン著,
田口俊樹訳　アスペクト　2007.4　372p　19cm　Ⓘ978-4-7572-1359-3

モーゲンスターン, エリン　*Morgenstern, Erin*　　　　　ファンタジー

アメリカの作家。1978年7月8日マサチューセッツ州マーシュフィールド生まれ。スミス・カ
レッジで演劇と舞台美術を専攻後、作家、マルチメディア・アーティストとして活躍。2011年
ファンタジー『夜のサーカス』で作家デビュー。ニューヨーク市マンハッタン在住。

最近の翻訳書

◇『夜のサーカス』 *THE NIGHT CIRCUS*　エリン・モーゲンスターン著, 宇佐
川晶子訳　早川書房　2012.4　557p　20cm　2700円　Ⓘ978-4-15-209285-4

モス, タラ　*Moss, Tara*　　　　　ミステリー, スリラー

カナダ出身の作家、モデル。ビクトリア生まれ。国際的なトップモデルとして成功した後、
オーストラリアで本格的に小説を書き始める。23歳で初めての小説『探偵モデル・マケーデ
偏愛』を書き、オーストラリアの新人女流ミステリー作家に与えられるデヴィット賞の候補
にもなった。「ナショナル・ジオグラフィック・チャンネル」でドキュメンタリー番組「Tara
Moss Investigates」の司会を務めるほか、ユニセフの新善大使としても活躍。

最近の翻訳書

◇『魔性―探偵モデル・マケーデ 2』 *Covet*　タラ・モス著, 高月園子訳　ヴィ
レッジブックス　2011.2　513p　15cm　（ヴィレッジブックス　F-モ2-2）
880円　Ⓘ978-4-86332-309-4

◇『偏愛―探偵モデル・マケーデ』 *Fetish*　タラ・モス著, 高月園子訳　ヴィ
レッジブックス　2010.3　445p　15cm　（ヴィレッジブックス　F-モ2-1）
840円　Ⓘ978-4-86332-227-1

モス, ヘレン　*Moss, Helen*　　　　　児童書

イギリスの作家。1964年ウスターシャー州生まれ。ケンブリッジ大学で言語心理学を学ぶ。
2007年最初の児童向けの本を執筆。日本では〈冒険島〉シリーズで知られる。夫とふたりの息
子とケンブリッジの近くで暮らしている。

最近の翻訳書

◇『冒険島　3　盗まれた宝の謎』 *THE MYSTERY OF HIDDEN GOLD*　ヘ
レン・モス著, 金原瑞人, 井上里訳　メディアファクトリー　2013.3　236p
19cm　900円　Ⓘ978-4-8401-5124-5

◇『冒険島　2　真夜中の幽霊の謎』 *THE MYSTERY OF THE MIDNIGHT
GHOST*　ヘレン・モス著, 金原瑞人, 井上里訳　メディアファクトリー

2012.11　237p　19cm　900円　①978-4-8401-4900-6

◇『冒険島　1　ロぶえ洞窟の謎』　*THE MYSTERY OF THE WHISTLING CAVES*　ヘレン・モス著, 金原瑞人, 井上里訳　メディアファクトリー 2012.7　234p　19cm　900円　①978-4-8401-4628-9

モーゼズ, フィリップ・N.　*Morzez, Philip N.*　SF, ファンタジー

アメリカの作家。1969年生まれ。90年代にインターネットを介してブラッドレー・ボンドと知り合い、小説『ニンジャスレイヤー』の共作を開始。コンピューター工学を学んでいたため、サイバーパンク的な考証も担当。日本文化を誤解したような独特の世界観と言葉遣いがインターネット上で人気を集め、2015年には日本でアニメ化もされた。カリフォルニア州ロサンゼルス近郊在住。

＊＊＊最近の翻訳書＊＊＊

◇『ニンジャスレイヤー—**NINJASLAYER NEVER DIES　#3　キリング・フィールド・サップーケイ**』　*NINJA SLAYER.#3*　ブラッドレー・ボンド, フィリップ・N・モーゼズ著, 本兌有, 杉ライカ訳　KADOKAWA　2015.12 477p　19cm　1200円　①978-4-04-730790-2

◇『ニンジャスレイヤー—**NINJASLAYER NEVER DIES　#2　死神の帰還**』 *NINJA SLAYER.#3*　ブラッドレー・ボンド, フィリップ・N・モーゼズ著, 本兌有, 杉ライカ訳　KADOKAWA　2015.8　527p　19cm　1200円　①978- 4-04-730606-6

◇『ニンジャスレイヤー—**NINJASLAYER NEVER DIES　#1　秘密結社アマクダリ・セクト**』　*NINJA SLAYER.#3*　ブラッドレー・ボンド, フィリップ・N・モーゼズ著, 本兌有, 杉ライカ訳　KADOKAWA　2015.4　469p 19cm　1200円　①978-4-04-730418-5

◇『ニンジャスレイヤー—**KYOTO：HELL ON EARTH　#8　キョート・ヘル・オン・アース　下**』　*NINJA SLAYER.#2*　ブラッドレー・ボンド, フィリップ・N・モーゼズ著, 本兌有, 杉ライカ訳　KADOKAWA　2015.2　515p 19cm　1200円　①978-4-04-730189-4

◇『ニンジャスレイヤー—**KYOTO：HELL ON EARTH　#7　キョート・ヘル・オン・アース　上**』　*NINJA SLAYER.#2*　ブラッドレー・ボンド, フィリップ・N・モーゼズ著, 本兌有, 杉ライカ訳　KADOKAWA　2014.10 561p　19cm　1200円　①978-4-04-729932-0

◇『ニンジャスレイヤー—**KYOTO：HELL ON EARTH　#7　キョート・ヘル・オン・アース　上**』　*NINJA SLAYER.#2*　ブラッドレー・ボンド, フィリップ・N・モーゼズ著, 本兌有, 杉ライカ訳　ドラマCD付特装版 KADOKAWA　2014.10　561p　19cm　2500円　①978-4-04-729933-7

◇『ニンジャスレイヤー—**KYOTO：HELL ON EARTH　#6　マグロ・アンド・ドラゴン**』　*NINJA SLAYER.#2*　ブラッドレー・ボンド, フィリップ・N.モーゼズ著, 本兌有, 杉ライカ訳　KADOKAWA　2014.7　532p　19cm 1200円　①978-4-04-729755-5

◇『ニンジャスレイヤー—**KYOTO：HELL ON EARTH　#5　ピストルカラテ決死拳**』　*NINJA SLAYER.#2*　ブラッドレー・ボンド, フィリップ・N・モーゼズ著, 本兌有, 杉ライカ訳　KADOKAWA　2014.4　571p　19cm 1200円　①978-4-04-729362-5

◇『ニンジャスレイヤー—**KYOTO：HELL ON EARTH　#4　聖なるヌンチャク**』　*NINJA SLAYER.#2*　ブラッドレー・ボンド, フィリップ・N・

モーゼズ著, 本兒有, 杉ライカ訳　ドラマCD付特装版　KADOKAWA　2014.
1　545p　19cm　1900円　①978-4-04-729353-3

◇『ニンジャスレイヤー──**KYOTO**：**HELL ON EARTH**　**#4**　**聖なるヌン**
チャク』 *NINJA SLAYER.#2*　ブラッドレー・ボンド, フィリップ・N.モー
ゼズ著, 本兒有, 杉ライカ訳　KADOKAWA　2014.1　545p　19cm　1200円
①978-4-04-729261-1

◇『ニンジャスレイヤー──**KYOTO**：**HELL ON EARTH**　**#3**　**荒野の三忍**』
NINJA SLAYER.#2　ブラッドレー・ボンド, フィリップ・N・モーゼズ著,
本兒有, 杉ライカ訳　KADOKAWA　2013.11　531p　19cm　1200円
①978-4-04-729253-6

◇『ニンジャスレイヤー──**KYOTO**：**HELL ON EARTH**　**#2**　**ゲイシャ危機**
一髪！』 *NINJA SLAYER.#2*　ブラッドレー・ボンド, フィリップ・N・
モーゼズ著, 本兒有, 杉ライカ訳　エンターブレイン　2013.9　525p　19cm
1200円　①978-4-04-729120-1

◇『ニンジャスレイヤー──**KYOTO**：**HELL ON EARTH**　**#1**　**ザイバツ強**
襲！』 *NINJA SLAYER*　ブラッドレー・ボンド, フィリップ・N・モーゼズ
著, 本兒有, 杉ライカ訳　エンターブレイン　2013.7　507p　19cm　1200円
①978-4-04-728945-1

◇『ニンジャスレイヤー──**KYOTO**：**HELL ON EARTH**　**#1**　**ザイバツ強**
襲！』 *NINJA SLAYER*　ブラッドレー・ボンド, フィリップ・N・モーゼズ
著, 本兒有, 杉ライカ訳　ドラマCD付特装版　エンターブレイン　2013.7
507p　19cm　1900円　①978-4-04-728946-8

◇『ニンジャスレイヤー──ネオサイタマ炎上　**4**』 *NINJA SLAYER*　ブラッド
レー・ボンド, フィリップ・N・モーゼズ著, 本兒有, 杉ライカ訳　［ネット限
定版］　エンターブレイン　2013.4　596p　19cm　1700円　①978-4-04-
728858-4

◇『ニンジャスレイヤー──ネオサイタマ炎上　**4**』 *NINJA SLAYER*　ブラッド
レー・ボンド, フィリップ・N・モーゼズ著, 本兒有, 杉ライカ訳　エンターブ
レイン　2013.4　596p　19cm　1200円　①978-4-04-728690-0

◇『ニンジャスレイヤー──ネオサイタマ炎上　**3**』 *NINJA SLAYER*　ブラッド
レー・ボンド, フィリップ・N・モーゼズ著, 本兒有, 杉ライカ訳　エンターブ
レイン　2013.2　529p　19cm　1200円　①978-4-04-728481-4

◇『ニンジャスレイヤー──ネオサイタマ炎上　**2**』 *NINJA SLAYER*　ブラッド
レー・ボンド, フィリップ・N・モーゼズ著, 本兒有, 杉ライカ訳　エンターブ
レイン　2012.12　447p　19cm　1200円　①978-4-04-728480-7

◇『ニンジャスレイヤー──ネオサイタマ炎上　**1**』 *NINJA SLAYER*　ブラッド
レー・ボンド, フィリップ・N・モーゼズ著, 本兒有, 杉ライカ訳　エンターブ
レイン　2012.10　458p　19cm　1200円　①978-4-04-728331-2

モートン, ケイト　*Morton, Kate* 文学

オーストラリアの作家。1976年ベリ生まれ。3人姉妹の長女で、クイーンズランド大学で舞台
芸術と英文学を修める。2006年『リヴァトン館』で作家デビュー、オーストラリアで発表され
るやベストセラーとなり、07年イギリスでは『The House at Riverton』と改題されて「サン
データイムズ」紙のベストセラー1位に輝いた。また、同国のチャンネル4の人気バラエティ番
組「リチャード＆ジュディ・ショー」の夏の推薦図書にも選ばれ、ロングセラーとなった。『忘
れられた花園』(08年)でオーストラリアABIA年間最優秀小説賞を受賞。クイーンズランド州

ブリスベン在住。

最近の翻訳書

◇『秘密　上』 *THE SECRET KEEPER* ケイト・モートン著, 青木純子訳
東京創元社　2013.12　330p　19cm　1800円　①978-4-488-01008-9
◇『秘密　下』 *THE SECRET KEEPER* ケイト・モートン著, 青木純子訳
東京創元社　2013.12　332p　19cm　1800円　①978-4-488-01009-6
◇『リヴァトン館　上』 *THE SHIFTING FOG* ケイト・モートン著, 栗原百
代訳　武田ランダムハウスジャパン　2012.5　423p　15cm　（RHブックス・
プラス　モ2-1）　880円　①978-4-270-10411-8
◇『リヴァトン館　下』 *THE SHIFTING FOG* ケイト・モートン著, 栗原百
代訳　武田ランダムハウスジャパン　2012.5　334p　15cm　（RHブックス・
プラス　モ2-2）　820円　①978-4-270-10412-5
◇『忘れられた花園　上』 *The forgotten garden* ケイト・モートン著, 青木純
子訳　東京創元社　2011.2　349p　19cm　1700円　①978-4-488-01331-8
◇『忘れられた花園　下』 *The forgotten garden* ケイト・モートン著, 青木純
子訳　東京創元社　2011.2　348p　19cm　1700円　①978-4-488-01332-5
◇『リヴァトン館』 *The house at Riverton* ケイト・モートン著, 栗原百代訳
ランダムハウス講談社　2009.10　610p　20cm　3000円　①978-4-270-
00542-2

モラ, ジャン　*Molla, Jean*　　　　　文学

フランスの作家。1958年モロッコ・ウジダ生まれ。フランスのトゥールとポワティエで文学を
学び、次いで観光学を学ぶ。その後、養蜂家、クラシックギター講師、博物館ガイドの仕事な
どを経て、文学の教師となる。多くの学校で教鞭を執ったあと、ポワティエのZEP（教育優先
地区の略号で教育上問題の多い地域を優先的に支援する制度に基づくもの）の中学校教師を務
める。2002年より執筆活動を始め、『ジャック・デロシュの日記—隠されたホロコースト』で
ソルシエール賞など10以上の賞を受賞。

最近の翻訳書

◇『ジャック・デロシュの日記—隠されたホロコースト』 *Sobibor* ジャン・モ
ラ作, 横川晶子訳　岩崎書店　2007.7　301p　19cm　（海外文学コレクショ
ン　1）　1400円　①978-4-265-04181-7

モーラン, クリステル　*Maurin, Christelle*　　　　　ミステリー

フランスの匿名作家。2005年ベルサイユ宮殿を舞台としたミステリー『ヴェルサイユの影』を
発表、同作で伝統あるパリ警視庁賞を受賞した。

最近の翻訳書

◇『ヴェルサイユの影』 *L'ombre du soleil* クリステル・モーラン著, 野口雄司
訳　早川書房　2007.2　209p　19cm　（ハヤカワ・ミステリ）　1200円
①978-4-15-001796-5

モランヴィル, シャレル・バイアーズ　*Moranville, Sharelle Byars*　　　児童書

アメリカの作家。大学などで文学や創作を教える傍ら、小・中学生向けの小説を執筆。主な著
書に『Over the River』（2002年）などがある。アイオワ州在住。

最近の翻訳書

◇『スミレ色のリボン』 *The purple ribbon* シャレル・バイアーズ・モラン
ヴィル文, アンナ・オールター絵, 三原泉訳 神戸 BL出版 2006.4 119p
22cm 1500円 ①4-7764-0173-8

モーリー, アイラ *Morley, Isla*　　　　　　　　　文学

南アフリカ出身の作家。イギリス人の父親と南アフリカ人の母親を持ち、アパルトヘイト時代
の南アフリカで育つ。ネルソン・マンデラ・メトロポリタン大学で文学を専攻し、その後、雑
誌編集者として活躍。アメリカ人男性と結婚してカリフォルニア州へ移住。女性と子供を支援
するボランティア活動に10年以上従事した後、執筆活動に転じ、長編『日曜日の空は』で作家
デビュー。カリフォルニア州ロサンゼルス在住。

最近の翻訳書

◇『日曜日の空は』 *Come Sunday* アイラ・モーリー著, 古屋美登里訳 早川
書房 2009.5 432p 19cm （ハヤカワepiブック・プラネット） 2200円
①978-4-15-209030-0

モリス, ボブ *Morris, Bob*　　　　　　　　　ミステリー, スリラー

アメリカの作家。フロリダ州リーズバーグ生まれ。地元フロリダをベースに、新聞のコラムや
雑誌記事などを多数執筆。2004年サスペンス小説『震える熱帯』を出版、05年MWA賞処女長
編賞にノミネートされた。

最近の翻訳書

◇『ジャマイカの迷宮』 *Jamaica me dead* ボブ・モリス著, 高山祥子訳 講談
社 2009.3 524p 15cm （講談社文庫 も47-2） 943円 ①978-4-06-
276343-1

◇『震える熱帯』 *Bahamarama* ボブ・モリス著, 高山祥子訳 講談社 2006.
11 493p 15cm （講談社文庫） 876円 ①4-06-275576-9

モリソン, ボイド *Morrison, Boyd*　　　　　　　ミステリー, スリラー

アメリカの作家、俳優。1967年生まれ。ジョンソン宇宙センターでNASA（アメリカ航空宇宙
局）の宇宙ステーション計画に携わる。バージニア工科大学で工学の博士号を取得後、エレク
トロニクス企業のトムソン/RCAで11の特許品を生み出す。その後、マイクロソフトのXbox
部門を経て、作家に転向。プロの俳優でもあり、数々の映画、CM、舞台劇に参加。2003年に
はアメリカのクイズ番組「ジェパディ！」で優勝、チャンピオンの座に輝いた経験を持つ。

最近の翻訳書

◇『**THE ROSWELL** 封印された異星人の遺言 上』 *THE ROSWELL
CONSPIRACY* ボイド・モリソン著, 阿部清美訳 竹書房 2015.9 350p
15cm （竹書房文庫 も4-5—タイラー・ロックの冒険 3） 750円 ①978-
4-8019-0444-6

◇『**THE ROSWELL** 封印された異星人の遺言 下』 *THE ROSWELL
CONSPIRACY* ボイド・モリソン著, 阿部清美訳 竹書房 2015.9 355p
15cm （竹書房文庫 も4-6—タイラー・ロックの冒険 3） 750円 ①978-
4-8019-0445-3

◇『**THE MIDAS CODE** 呪われた黄金の手 上』 *THE MIDAS CODE* ボイ

ド・モリソン著, 阿部清美訳　竹書房　2014.12　366p　15cm　（竹書房文庫
も4-3―タイラー・ロックの冒険　2）　700円　①978-4-8019-0057-8

◇『THE MIDAS CODE 呪われた黄金の手　下』　THE MIDAS CODE　ボイ
ド・モリソン著, 阿部清美訳　竹書房　2014.12　347p　15cm　（竹書房文庫
も4-4―タイラー・ロックの冒険　2）　700円　①978-4-8019-0058-5

◇『THE ARK 失われたノアの方舟　上』　THE ARK　ボイド・モリソン著,
阿部清美訳　竹書房　2013.12　374p　15cm　（竹書房文庫　も4-1―タイ
ラー・ロックの冒険　1）　667円　①978-4-8124-9795-1

◇『THE ARK 失われたノアの方舟　下』　THE ARK　ボイド・モリソン著,
阿部清美訳　竹書房　2013.12　383p　15cm　（竹書房文庫　も4-2―タイ
ラー・ロックの冒険　1）　667円　①978-4-8124-9796-8

モルク, クリスチャン　*Mørk, Christian*　　　　ミステリー

デンマークの作家。1966年1月5日コペンハーゲン生まれ。渡米してコロンビア大学ジャーナ
リズム大学院を修了。雑誌の映画担当記者を経て、映画会社で製作を手がけた。2007年ミス
テリー『狼の王子』で英語圏にデビュー。

最近の翻訳書

◇『狼の王子』　*DARLING JIM*　クリスチャン・モルク著, 堀川志野舞訳　早
川書房　2013.10　393p　19cm　（HAYAKAWA POCKET MYSTERY
BOOKS　1876）　1800円　①978-4-15-001876-4

モレイ, フレデリック　*Molay, Frédérique*　　　　ミステリー

フランスの作家。1968年パリ生まれ。連続殺人鬼とフランス警察の対決を描いた『第七の女』
（2006年）で07年パリ警視庁賞を受賞し、デビュー。ほかの著書に『Bienvenue à Murderland』
などがある。

最近の翻訳書

◇『第七の女』　*La 7e femme*　フレデリック・モレイ著, 野口雄司訳　早川
書房　2008.6　270p　19cm　（ハヤカワ・ミステリ）　1400円　①978-4-15-
001813-9

モレイス, リチャード・C.　*Morais, Richard C.*　　　　その他

アメリカの作家。1960年ポルトガルで生まれ、スイスで育つ。「フォーブス」誌のヨーロッパ
特派員として17年間ロンドンに駐在したほか、人生のほとんどをアメリカの外で過ごし、経済
界、政界のさまざまな側面を取材。イギリスのビジネス・ジャーナリスト賞を3回受賞してい
る。2003年以降アメリカに戻り、執筆を続ける。10年初の小説『マダム・マロリーと魔法のス
パイス』は世界的なベストセラーとなり、14年に映画化された。ニューヨーク在住。

最近の翻訳書

◇『マダム・マロリーと魔法のスパイス』　*THE HUNDRED-FOOT
JOURNEY*　リチャード・C・モレイス著, 中谷友紀子訳　集英社　2014.9
366p　16cm　（集英社文庫　モ12-1）　780円　①978-4-08-760689-8

海外文学　新進作家事典　　　　　　　　　　　　　ヤコフセ

モレル, アレックス　*Morel, Alex*　　　　　ヤングアダルト

アメリカの作家。ニュージャージー州モントクレア生まれ。博士号を持つ。友人と2つの小説を共作した後、2012年『ミルキーブルーの境界』で作家デビュー。同作はアメリカ、イギリス、ドイツなどで刊行され、「ガーディアン」紙の書評では5つ星の最高評価を得る。郷里のモントクレア在住。

最近の翻訳書

◇『ミルキーブルーの境界』　*SURVIVE*　アレックス・モレル著, 中村有以訳
早川書房　2015.11　270p　16cm　（ハヤカワ・ミステリ文庫　HM 426-2―
my perfume）　640円　①978-4-15-181502-7

モンタナリ, リチャード　*Montanari, Richard*　　　ミステリー, スリラー

アメリカの作家。イタリア系。オハイオ州生まれ。大学卒業後、ヨーロッパ各地を旅する。帰国後、作家を志し、建築現場作業員、ガードマン、衣類販売業者などをして働く傍ら、「The Chicago Tribune Magazine」「Word Perfect for Windows Magazine」などに文芸評論、映画評論を寄稿。1995年『倒錯者たちの闇』で作家デビュー、オンライン・ミステリー賞の最優秀新人賞を受賞した。

最近の翻訳書

◇『聖なる少女たちの祈り　上』　*The rosary girls*　リチャード・モンタナリ著,
安藤由紀子訳　集英社　2006.5　311p　16cm　（集英社文庫）　743円　①4-
08-760503-5
◇『聖なる少女たちの祈り　下』　*The rosary girls*　リチャード・モンタナリ著,
安藤由紀子訳　集英社　2006.5　311p　16cm　（集英社文庫）　743円　①4-
08-760504-3

〔ヤ〕

ヤーゲルフェルト, イェニー　*Jägerfeld, Jenny*　　　ヤングアダルト

スウェーデンの作家。1974年生まれ。心理学を専門に学び、児童精神科病院勤務を経て、心理療法クリニックを開業。ライティング・セラピー（文章を書くことを通じた心理療法）などを行う。心理学のほかに哲学や性科学も学び、ラジオ番組に出演したり、各紙にコラムを寄稿したり、さまざまな活動を展開。2006年『頭に開いた穴』で作家デビュー。第2作の『わたしは倒れて血を流す』で、10年度のアウグスト賞児童・青少年文学部門を受賞。ストックホルム在住。

最近の翻訳書

◇『わたしは倒れて血を流す』　*HÄR LIGGER JAG OCH BLÖDER*　イェ
ニー・ヤーゲルフェルト作, ヘレンハルメ美穂訳　岩波書店　2013.5　388p
19cm　（STAMP BOOKS）　1900円　①978-4-00-116407-7

ヤコブセン, シュテフェン　*Jacobsen, Steffen*　　　　ミステリー

デンマークの作家。1956年1月生まれ。2008年に『Passageren』で作家デビュー。13年発表のミステリー『氷雪のマンハント』はデンマークで刊行されると長らくベストセラー・リストに載り続け、4万部以上の売り上げを記録。イギリスやドイツなどヨーロッパ各国やアメリカ、中国などでも翻訳・出版される。整形外科医でもある。

459

ヤン　　　　　　　　　　海外文学　新進作家事典

最近の翻訳書

◇『氷雪のマンハント』 *TROFÆ* シュテフェン・ヤコブセン著, 北野寿美枝訳
　早川書房　2015.4　627p　16cm　（ハヤカワ文庫 NV　1339）　1280円
　①978-4-15-041339-2

ヤン, ユアン　*Zheng, Yuan*　　　　　　　　　　　　　　　ロマンス

英語名＝SILLA（シーラ）
　Weng, Silla

台湾の作家。1970年5月13日生まれ。欧米から入ってきて台湾で根づいたロマンス小説は、一
大ジャンルとして独自の発展を遂げるが、その“台湾ロマンス”で女王の地位にのぼりつめる。
英語名のSILLAでも親しまれる。台湾のみならず、香港やシンガポールでも圧倒的人気を誇
り、2005年には中国本土にも進出した、中国語圏で最大のロマンス作家。〈ガラスの靴〉シリー
ズ3部作は執筆に8ケ月を費やしたが、最短では20日という驚異的な創作ペースで作品を発表
する。

最近の翻訳書

◇『ガラスの靴　3』　ヤン・ユアン著, 和泉裕子訳　早川書房　2007.1　425p
　16cm　（ハヤカワ文庫　NV）　760円　①978-4-15-041134-3
◇『ガラスの靴　2』　ヤン・ユアン著, 和泉裕子訳　早川書房　2006.11　413p
　16cm　（ハヤカワ文庫　NV）　760円　①4-15-041129-8
◇『ガラスの靴　1』　ヤン・ユアン著, 和泉裕子訳　早川書房　2006.9　396p
　16cm　（ハヤカワ文庫　NV）　760円　①4-15-041124-7

ヤーン, ライアン・デイヴィッド　*Jahn, Ryan David*　　　ミステリー, スリラー

アメリカの作家。1979年アリゾナ州生まれ。16歳で高校を中退し、レコード店勤務を経て入
隊。除隊後、2004年よりテレビや映画の仕事に携わり、09年『暴行』で小説家デビュー。“ポ
ルノまがいの暴力描写”という一部の批判もあったが、極めて高い評価を得て、CWA賞最優秀
新人賞（ジョン・クリーシー・ダガー賞）を受賞。ケンタッキー州ルイビル在住。

最近の翻訳書

◇『暴行』　*Acts of violence*　ライアン・デイヴィッド・ヤーン著, 田口俊樹訳
　新潮社　2012.5　374p　16cm　（新潮文庫）　670円　①978-4-10-218041-9

ヤング, ウィリアム・ポール　*Young, William Paul*　　　　　　　その他

カナダ出身の作家。1955年5月11日グランドプレーリー生まれ。宣教師だった両親の任地、ニュー
ギニアで幼少期を過ごす。オレゴン州のワーナー・パシフィック・カレッジで宗教学を専攻。
その後、保険業や建設業などさまざまな業界で働く傍ら、2007年『神の小屋』で作家デビュー。

最近の翻訳書

◇『神の小屋』　*The shack*　ウィリアム・ポール・ヤング著, 結城絵美子訳　い
　のちのことば社フォレストブックス　2015.6　365p　19cm　1900円　①978-
　4-264-03217-5
◇『神の小屋』　*The shack*　ウィリアム・ポール・ヤング著, 吉田利子訳　サン
　マーク出版　2008.11　349p　20cm　1900円　①978-4-7631-9879-2

460

海外文学　新進作家事典　　　　　　　　　　　　　ヤンシ

ヤング, トマス・W.　*Young, Thomas W.*　　　　　　スリラー

アメリカの作家。1962年生まれ。アフガニスタンおよびイラクで従軍したほか、多くの作戦に参加。機関士としてC-5ギャラクシーおよびC-130ハーキュリーズで、約4000時間の飛行経験を持ち、その間に約40カ国の上空を飛んだ。その功により、航空章を2度、航空業績章を3度、空軍戦闘行動章を1度、授与された。民間では、AP通信のライターおよびエディターを10年にわたって務め、民間航空会社でも副操縦士として勤務。ノースカロライナ大学でマスコミ学を学び、2008年ノンフィクション『The Speed of Heat：An Airlift Wing at War in Iraq and Afghanistan』を発表。またアンソロジー『Operation Homecoming』には「Night Flight to Baghdad」というタイトルの体験談が収録されている。10年小説デビュー作『脱出山脈』で一躍注目を浴びた。バージニア州アレクサンドリア在住。

最近の翻訳書

◇『脱出連峰』　*THE RENEGADES*　トマス・W.ヤング著, 公手成幸訳　早川書房　2013.7　551p　16cm　（ハヤカワ文庫 NV 1286）　1100円　①978-4-15-041286-9

◇『脱出空域』　*Silent enemy*　トマス・W.ヤング著, 公手成幸訳　早川書房　2012.2　511p　16cm　（ハヤカワ文庫 NV1251）　1000円　①978-4-15-041251-7

◇『脱出山脈』　*The mullah's storm*　トマス・W.ヤング著, 公手成幸訳　早川書房　2011.1　429p　16cm　（ハヤカワ文庫 NV1231）　900円　①978-4-15-041231-9

ヤング, モイラ　*Young, Moira*　　　　　　ヤングアダルト

カナダの作家。ニューウエストミンスター生まれ。ブリティッシュコロンビア大学（西洋史）卒。教師、女優、コメディエンヌ、ダンサー、オペラ歌手として活動後、『ブラッドレッドロード』で作家デビュー。2011年同作でイギリスの権威ある文学賞コスタ賞を受賞。イギリス在住。

最近の翻訳書

◇『ブラッドレッドロード―死のエンジェル　上』　*BLOOD RED ROAD*　モイラ・ヤング著, 三辺律子訳　ソフトバンククリエイティブ　2013.2　318p　16cm　（ソフトバンク文庫 ヤ5-1）　760円　①978-4-7973-6848-2

◇『ブラッドレッドロード―死のエンジェル　下』　*BLOOD RED ROAD*　モイラ・ヤング著, 三辺律子訳　ソフトバンククリエイティブ　2013.2　327p　16cm　（ソフトバンク文庫 ヤ5-2）　760円　①978-4-7973-6849-9

ヤンシー, リック　*Yancey, Rick*　　　　　　ミステリー, スリラー

本名＝ヤンシー, リチャード〈Yancey, Richard〉

アメリカの作家。フロリダ州マイアミ生まれ。アメリカ国税庁で税務官を12年務め、本名でその経験を綴ったデビュー作『Confessions of a Tax Collector：One Man's Tour of Duty Inside the IRS』（2004年）を出版、高い評価を受けた。小説では南部を舞台にした大人向けの『A Burning in Homeland』（03年）などがある。テネシー州ノックスビル在住。

最近の翻訳書

◇『アルフレッド・クロップの奇妙な冒険』　*The extraordinary adventures of Alfred Kropp*　リック・ヤンシー著, 堺三保訳　ソフトバンククリエイティブ　2006.8　347p　22cm　1600円　①4-7973-3223-9

ヤンソン　　　　　　海外文学　新進作家事典

ヤンソン, アンナ　*Jansson, Anna*　　　　　　　　ミステリー, スリラー

スウェーデンの作家。1958年ゴットランド島ヴィースビュー生まれ。幼い頃から曽祖母にゴットランドの昔話や伝説を聞いて育つ。看護師として25年間働き、42歳の時に作家デビュー。女性警官マリア・ヴェーンが活躍するシリーズで人気を集める。

最近の翻訳書

◇『死を歌う孤島』 *INTE ENS DET FÖRFLUTNA*　アンナ・ヤンソン著, 久山葉子訳　東京創元社　2015.3　437p　15cm　（創元推理文庫　Mヤ2-2）　1320円　①978-4-488-17506-1

◇『消えた少年』 *POJKE FÖRSVUNNEN*　アンナ・ヤンソン著, 久山葉子訳　東京創元社　2014.10　461p　15cm　（創元推理文庫　Mヤ2-1）　1300円　①978-4-488-17505-4

〔 ユ 〕

ユウ, チャールズ　*Yu, Charles*　　　　　　　　　　　SF, ファンタジー

アメリカの作家。1976年1月3日カリフォルニア州生まれ。両親は台湾出身。コロンビア大学ロー・スクールで法学博士号を取得後、弁護士になった。その後、小説の執筆と投稿を始め、2006年に第1短編集『Third Class Superhero』を発表。10年に刊行された『SF的な宇宙で安全に暮らすっていうこと』は、SF界、文学界から絶賛され、ローカス賞にノミネート、「タイム」誌が選ぶフィクション・ベスト10に選出された。妻と2人の子供とともにカリフォルニア州ロサンゼルス在住。

最近の翻訳書

◇『**SF的な宇宙で安全に暮らすっていうこと**』 *HOW TO LIVE SAFELY IN A SCIENCE FICTIONAL UNIVERSE*　チャールズ・ユウ著, 円城塔訳　早川書房　2014.6　314p　19cm　（新☆ハヤカワ・SF・シリーズ　5015）　1600円　①978-4-15-335015-1

ユージェニデス, ジェフリー　*Eugenides, Jeffrey*　　　　　　文学

アメリカの作家。1960年3月8日ミシガン州グロースポイント生まれ。ブラウン大学、スタンフォード大学で創作を学ぶ。さまざまな職業を経て、80年代には一時、映画脚本家を目指した。この間も「ニューヨーカー」など一流文芸誌で活躍し、やがて執筆活動に専念。93年処女長編『ヘビトンボの季節に自殺した五人姉妹』を発表、ベストセラーとなりアガ・カーン賞をはじめ数々の賞を受賞し、99年にはソフィア・コッポラ監督によって映画化された。2003年『ミドルセックス』(02年)でピュリッツァー賞を受賞。

最近の翻訳書

◇『マリッジ・プロット』 *THE MARRIAGE PLOT*　ジェフリー・ユージェニデス著, 佐々田雅子訳　早川書房　2013.3　604p　20cm　3000円　①978-4-15-209361-5

ユーン, ポール　*Yoon, Paul*　　　　　　　　　　　　　　文学

アメリカの作家。1980年韓国系アメリカ人の家庭にニューヨークで生まれる。2002年ウェズ

リアン大学を卒業後、作家として活動を開始。05年短編「かつては岸」を発表、翌年の"ベスト・アメリカン・ショート・ストーリーズ"に選出される。09年には短編「そしてわたしたちはここに」がO.ヘンリー賞を受賞。同年第1短編集『かつては岸』を刊行、アメリカ図書館協会が選ぶ"35歳以下の若手作家"に名を連ねた。13年長編『雪の狩人たち』を刊行。マサチューセッツ州ボストン在住。

最近の翻訳書

◇『かつては岸』 *ONCE THE SHORE* ポール・ユーン著, 藤井光訳 白水社 2014.7 256p 20cm （エクス・リブリス） 2300円 ①978-4-560-09034-3

〔ヨ〕

ヨート, ミカエル *Hjorth, Michael*   ミステリー

スウェーデンの作家、映画監督、プロデューサー。1963年ヴィスビュー生まれ。映画監督、プロデューサー、脚本家として活動。ヘニング・マンケルの〈刑事ヴァランダー〉シリーズの映画やテレビドラマの脚本を手がけるほか、仲間と設立した映像プロダクション会社でイェンス・ラピドゥスの〈イージーマネー〉3部作、カミラ・レックバリの〈エリカ&パトリック事件簿〉シリーズなどを映像化。作家としては、ハンス・ローセンフェルトと組んだ初の小説〈犯罪心理捜査官セバスチャン〉シリーズ（2010年〜）で人気を博す。

最近の翻訳書

◇『模倣犯 上』 *LÄRJUNGEN* M・ヨート,H・ローセンフェルト著, ヘレンハルメ美穂訳 東京創元社 2015.1 423p 15cm （創元推理文庫 Mヨ1-3 ―犯罪心理捜査官セバスチャン） 1180円 ①978-4-488-19905-0

◇『模倣犯 下』 *LÄRJUNGEN* M・ヨート,H・ローセンフェルト著, ヘレンハルメ美穂訳 東京創元社 2015.1 429p 15cm （創元推理文庫 Mヨ1-4 ―犯罪心理捜査官セバスチャン） 1180円 ①978-4-488-19906-7

◇『犯罪心理捜査官セバスチャン 上』 *DET FÖRDOLDA* M・ヨート,H・ローセンフェルト著, ヘレンハルメ美穂訳 東京創元社 2014.6 358p 15cm （創元推理文庫 Mヨ1-1） 1100円 ①978-4-488-19903-6

◇『犯罪心理捜査官セバスチャン 下』 *DET FÖRDOLDA* M・ヨート,H・ローセンフェルト著, ヘレンハルメ美穂訳 東京創元社 2014.6 364p 15cm （創元推理文庫 Mヨ1-2） 1100円 ①978-4-488-19904-3

ヨナソン, ヨナス *Jonasson, Jonas*   文学, ユーモア

スウェーデンの作家。1961年7月6日ベクショー生まれ。イェーテボリ大学を卒業して地方紙の記者となり、その後、メディア・コンサルティング及びテレビ番組制作会社OTWを設立。テレビ、新聞などのメディアで20年以上活躍した後、会社などすべてを手放し、家族とスイスへ移り住む。2009年『窓から逃げた100歳老人』で作家デビュー、世界中で累計1000万部を超える大ベストセラーとなる。13年には「100歳の華麗なる冒険」のタイトルで映画化される。スウェーデンのゴットランド島在住。

最近の翻訳書

◇『国を救った数学少女』 *Analfabeten som kunde räkna* ヨナス・ヨナソン著, 中村久里子訳 西村書店東京出版編集部 2015.7 485p 19cm 1500円 ①978-4-89013-724-4

◇『窓から逃げた100歳老人』 *Hundraåringen som klev ut genom fönstret och försvann*（重訳）*The Hundred-Year-Old Man* ヨナス・ヨナソン著, 柳瀬尚紀訳 西村書店東京出版編集部 2014.7 413p 19cm 1500円 ①978-4-89013-706-0

〔ラ〕

ライ, バリ *Rai, Bali*
ヤングアダルト, ロマンス

イギリスの作家。1971年レスターシャー州レスター生まれ。インド系移民2世。サウスバンク大学政治学部を卒業後、ロンドンで働く。95年にレスターに戻り、"面白い"バーの経営と執筆活動を開始。2001年『インド式マリッジブルー』で作家デビュー、アンガス図書賞など8つの賞を受賞したほか、ブランフォード・ボウズ賞など多数の賞にノミネートされた。

最近の翻訳書

◇『おいぼれミック』 *OLD DOG NEW TRICKS* バリ・ライ著, 岡本さゆり訳 あすなろ書房 2015.9 119p 20cm 1200円 ①978-4-7515-2758-0

ライアニエミ, ハンヌ *Rajaniemi, Hannu*
SF, ファンタジー

フィンランドの作家。1978年3月9日イリヴィエスカ生まれ。オウル大学で数学の学士号を、エディンバラ大学で数理物理学の博士号を取得。2003年『Shibuya no Love』で作家デビュー。10年『量子怪盗』で長編デビューを果たす。チャールズ・ストロスの後継者と目されるSF作家。

最近の翻訳書

◇『複成王子』 *THE FRACTAL PRINCE* ハンヌ・ライアニエミ著, 酒井昭伸訳 早川書房 2015.8 397p 19cm （新☆ハヤカワ・SF・シリーズ 5022） 1900円 ①978-4-15-335022-9

◇『量子怪盗』 *THE QUANTUM THIEF* ハンヌ・ライアニエミ著, 酒井昭伸訳 早川書房 2014.3 575p 16cm （ハヤカワ文庫SF 1951） 1060円 ①978-4-15-011951-5

◇『量子怪盗』 *THE QUANTUM THIEF* ハンヌ・ライアニエミ著, 酒井昭伸訳 早川書房 2012.10 454p 19cm （新☆ハヤカワ・SF・シリーズ 5006） 1800円 ①978-4-15-335006-9

ライアン, アンソニー *Ryan, Anthony*
SF, ファンタジー

イギリスの作家。1970年スコットランドに生まれ、若くしてロンドンに移り、公務員として勤務。一方、〈Raven's Shadow〉シリーズの開幕編にあたる『ブラッド・ソング』の執筆を開始。2011年に自費出版で発売すると大きな話題となり、13年に紙書籍版が発売される。同作はAmazon.ukが選ぶ13年のベストFT&SFブックの1冊に選出された。

最近の翻訳書

◇『ブラッド・ソング 2 戦士の掟』 *BLOOD SONG* アンソニー・ライアン著, 矢口悟訳 早川書房 2015.3 324p 16cm （ハヤカワ文庫FT 571） 900円 ①978-4-15-020571-3

◇『ブラッド・ソング 1 血の絆』 *BLOOD SONG* アンソニー・ライアン著, 矢口悟訳 早川書房 2014.12 367p 16cm （ハヤカワ文庫FT 570）

860円　①978-4-15-020570-6

ライアン, クリス　*Ryan, Chris*　　　　ミステリー, スリラー

イギリスの作家、元軍人。1961年ニューカッスル近郊生まれ。16歳でイギリス空軍第23特殊部隊のC戦闘中隊に入隊。84年正規の連隊である第22SAS連隊に入隊、世界のさまざまな地域に遠征。対テロリストの分野でも活躍、襲撃隊員や狙撃兵を務めた後、特別プロジェクト（SP）チームの狙撃兵チーム指揮官に就任。91年イラクからの脱出行が評価され、戦功勲章を受章。94年SASを除隊。95年イラクからの脱出行の経験を綴ったノンフィクション『ブラヴォー・ツー・ゼロ　孤独の脱出行』がベストセラーとなり、映画化もされた。96年SAS隊員ジョーディ・シャープを主人公にした〈ジョーディ・シャープ〉シリーズの第1作『襲撃待機』で作家デビュー。以後、冒険小説を精力的に発表する。

最近の翻訳書

◇『戦場の支配者—SAS部隊シリア特命作戦　上』 *MASTERS OF WAR*　クリス・ライアン著, 石田享訳　竹書房　2015.7　302p　15cm　（竹書房文庫　ら1-1）　700円　①978-4-8019-0402-6

◇『戦場の支配者—SAS部隊シリア特命作戦　下』 *MASTERS OF WAR*　クリス・ライアン著, 石田享訳　竹書房　2015.7　318p　15cm　（竹書房文庫　ら1-2）　700円　①978-4-8019-0403-3

◇『孤高のSAS戦士』 *KILLING FOR THE COMPANY*　クリス・ライアン著, 伏見威蕃訳　ソフトバンククリエイティブ　2013.1　575p　16cm　（ソフトバンク文庫　ラ5-1）　900円　①978-4-7973-6803-1

◇『レッドライト・ランナー抹殺任務』 *Who dares wins*　クリス・ライアン著, 伏見威蕃訳　早川書房　2010.9　511p　16cm　（ハヤカワ文庫　NV1226）　980円　①978-4-15-041226-5

◇『ファイアファイト偽装作戦』 *Firefight*　クリス・ライアン著, 伏見威蕃訳　早川書房　2009.5　474p　16cm　（ハヤカワ文庫　NV1196）　900円　①978-4-15-041196-1

◇『反撃のレスキュー・ミッション』 *Strike back*　クリス・ライアン著, 伏見威蕃訳　早川書房　2008.10　414p　16cm　（ハヤカワ文庫　NV）　860円　①978-4-15-041184-8

◇『究極兵器コールド・フュージョン』 *Ultimate weapon*　クリス・ライアン著, 伏見威蕃訳　早川書房　2007.10　534p　16cm　（ハヤカワ文庫　NV）　940円　①978-4-15-041153-4

◇『逃亡のSAS特務員』 *Blackout*　クリス・ライアン著, 伏見威蕃訳　早川書房　2006.12　476p　16cm　（ハヤカワ文庫　NV）　900円　①4-15-041133-6

◇『抹殺部隊インクレメント』 *The increment*　クリス・ライアン著, 伏見威蕃訳　早川書房　2006.7　476p　16cm　（ハヤカワ文庫　NV）　900円　①4-15-041122-0

ライアン, ブリトニー　*Ryan, Brittney*　　　　ファンタジー

アメリカの作家、女優。オレゴン州ポートランド生まれ。ポートランド大学で演劇と音楽を学ぶ。30以上のミュージカルに出演し"アメリカでもっとも活躍する若い女性"に選ばれたこともある。テレビや舞台に登場する一方、プロデューサー、作曲家などとしても手腕を発揮。2004年『ホリー・クロースの冒険』で作家デビューも果たした。カリフォルニア州在住。

ライアン 　　　　　海外文学　新進作家事典

最近の翻訳書

◇『ホリー・クロースの冒険』 *The legend of Holly Claus* 　ブリトニー・ライ
アン著, 永瀬比奈訳　早川書房　2006.11　430p　20cm　（ハリネズミの本
箱）　1800円　①4-15-250036-0

ライアン, ロブ　*Ryan, Rob* 　　　　　　　　　　　　　ミステリー

イギリスの作家。1951年マージーサイド州リバプール生まれ。ブルネル大学環境汚染科を卒
業。ジャーナリストを経て、99年『アンダードッグス』で作家デビュー。斬新な設定と緻密な
プロットで、イギリスのメディアから絶賛される。続く第2長編『9ミリの挽歌』、第3長編『硝
煙のトランザム』と3部作を構成する。近年は〈Dr John Watson〉シリーズ（未訳）を執筆して
いる。

最近の翻訳書

◇『暁への疾走』 *Early one morning* 　ロブ・ライアン著, 鈴木恵訳　文藝春秋
2006.7　425p　16cm　（文春文庫）　771円　①4-16-770528-1

ライオダン, リック

→リオーダン, リックを見よ

ライガ, バリー　*Lyga, Barry* 　　　　　　　　　ヤングアダルト, 文学

アメリカの作家。1971年生まれ。エール大学卒業後、マンガ業界で働く。2006年『The Aston-
ishing Adventures of Fanboy and Goth Girl』でデビュー。以来、ヤングアダルト小説を中心
に作品を発表。ニューヨーク市在住。

最近の翻訳書

◇『殺人者たちの王』 *GAME* 　バリー・ライガ著, 満園真木訳　東京創元社
2015.11　551p　15cm　（創元推理文庫　Mラ9-2）　1340円　①978-4-488-
20804-2
◇『さよなら、シリアルキラー』 *I HUNT KILLERS* 　バリー・ライガ著, 満園
真木訳　東京創元社　2015.5　414p　15cm　（創元推理文庫　Mラ9-1）
1200円　①978-4-488-20803-5

ライク, クリストファー　*Reich, Christopher* 　　　ミステリー, スリラー

アメリカの作家。1961年11月12日東京で生まれ、65年からカリフォルニア州ロサンゼルスで
育つ。ジョージタウン大学、テキサス大学で学び、スイス・ユニオン銀行ジュネーブ本店のプ
ライベート・バンキング部門に勤務した後、チューリヒ支店に移ってM&Aを担当。95年から
執筆活動を始め『匿名口座』で作家デビュー。『The Patriots Club』は、2006年世界スリラー
作家クラブでベストノベルに選ばれた。

最近の翻訳書

◇『欺瞞の法則　上』 *Rules of deception* 　クリストファー・ライク著, 北澤和
彦訳　講談社　2011.2　373p　15cm　（講談社文庫　ら4-3）　762円　①978-
4-06-276894-8
◇『欺瞞の法則　下』 *Rules of deception* 　クリストファー・ライク著, 北澤和
彦訳　講談社　2011.2　383p　15cm　（講談社文庫　ら4-4）　762円　①978-

海外文学　新進作家事典　　ライス

4-06-276895-5
◇『テロリストの口座　上』 *The devil's banker* 　クリストファー・ライク著,
土屋京子訳　ランダムハウス講談社　2007.1　347p　15cm　800円　①978-
4-270-10076-9
◇『テロリストの口座　下』 *The devil's banker* 　クリストファー・ライク著,
土屋京子訳　ランダムハウス講談社　2007.1　335p　15cm　800円　①978-
4-270-10077-6
◇『謀略上場　上』 *The first billion* 　クリストファー・ライク著, 土屋京子訳
ランダムハウス講談社　2006.9　478p　15cm　850円　①4-270-10055-9
◇『謀略上場　下』 *The first billion* 　クリストファー・ライク著, 土屋京子訳
ランダムハウス講談社　2006.9　460p　15cm　840円　①4-270-10056-7

ライクス, キャシー　*Reichs, Kathy*　　　　　　　　　　ミステリー, スリラー

アメリカの法人類学者、作家。ノース・カロライナ大学教授。イリノイ州シカゴ生まれ。本名
はキャスリーン・ライクス。アメリカ法医学協会から法人類学者として正式に認定を受ける。
ノースカロライナ大学で教鞭を執る傍ら、ノースカロライナ州とカナダのケベックで骨鑑定
の専門家として活躍。また専門を生かし、1997年〈女法人類学者テンペ〉シリーズ第1作となる
『既死感』で作家デビュー。同作は「ニューヨーク・タイムズ」紙のベストセラー・リストに
入り、カナダ推理作家協会最優秀処女長編賞を受賞。

最近の翻訳書
◇『ボーンズ─「キリストの骨」に刻まれた秘密』 *Cross bones* 　キャシー・ラ
イクス著, 山本やよい訳　イースト・プレス　2010.3　535p　19cm　1600円
①978-4-7816-0351-3

ライザート, レベッカ　*Reisert, Rebecca*　　　　　　　　　　　　　文学

アメリカの作家、劇作家、演出家。高校で英語、演劇、クリエイティブライティングを教える
教師、演出家でもある。2001年復讐に燃える少女を描く『三番目の魔女』で小説家デビュー。
03年『Ophelia's Revenge』（未訳）を出版。

最近の翻訳書
◇『三番目の魔女』 *The third witch* 　レベッカ・ライザート著, 森祐希子訳
ポプラ社（発売）　2007.5　453p　20cm　1800円　①978-4-591-09784-7

ライス, デイヴィッド　*Rice, David*　　　　　　　　　　　　　　児童書

アメリカの作家。1964年テキサス州ウェスラコで生まれ、以来同州を離れず、現在はオース
ティンとリオ・グランデ・バレーを生活の拠点として、エドコーチで高校生に創作・表現を教
える。自らもその中に身を置くメキシコ─アメリカ混合文化がその作品の源泉で、短編集『豚
にチャンスを』などを発表。小説を書く傍ら、演劇や短編映画の脚本も手がけ、演出もして
いる。

最近の翻訳書
◇『国境まで10マイル─コーラとアボカドの味がする九つの物語』 *Crazy loco*
デイヴィッド・ライス作, ゆうきよしこ訳, 山口マオ画　福音館書店　2009.3
227p　19cm　1600円　①978-4-8340-2434-0

467

ライテイ　　　海外文学　新進作家事典

ライティック・スミス, グレッグ　*Leitich Smith, Greg*　　ヤングアダルト

アメリカの作家。イリノイ州シカゴ出身。日系とドイツ系の血を引く。イリノイ州立大学とテキサス州立大学で電子工学、ミシガン州立大学で法律の修士号を取得。2004年『ニンジャ×ピラニア×ガリレオ』を出版。同じく児童文学作家である妻のシンシア・ライティック・スミスともにテキサス州オースティン在住。

最近の翻訳書

◇『ニンジャ×ピラニア×ガリレオ』　*Ninjas, piranhas, and Galileo*　グレッグ・ライティック・スミス作, 小田島則子, 小田島恒志訳　ポプラ社　2007.2　238p　20cm　（ポプラ・リアル・シリーズ　4）　1400円　①978-4-591-09563-8

ライリー, マシュー　*Reilly, Matthew*　　ミステリー, スリラー

オーストラリア出身の作家。1974年7月2日シドニー生まれ。ニューサウスウェールズ大学で学ぶ。19歳の時に執筆し、22歳で自費出版した『CONTEST』が注目され、98年『アイス・ステーション』で作家デビュー。新人作家としては異例の大ベストセラーとなった。その後もヒット作を連発し、オーストラリアを代表するエンターテインメント作家として名を馳せる。

最近の翻訳書

◇『ターゲットナンバー12　上』　*Scarecrow*　マシュー・ライリー著, 松田貴美子訳　ランダムハウス講談社　2007.7　335p　15cm　820円　①978-4-270-10108-7

◇『ターゲットナンバー12　下』　*Scarecrow*　マシュー・ライリー著, 松田貴美子訳　ランダムハウス講談社　2007.7　377p　15cm　850円　①978-4-270-10109-4

◇『エリア7―合衆国空軍秘密基地を脱出せよ　上』　*Area 7*　マシュー・ライリー著, 松田貴美子訳　ランダムハウス講談社　2007.2　335p　15cm　820円　①978-4-270-10080-6

◇『エリア7―合衆国空軍秘密基地を脱出せよ　下』　*Area 7*　マシュー・ライリー著, 松田貴美子訳　ランダムハウス講談社　2007.2　367p　15cm　850円　①978-4-270-10081-3

◇『7ワンダーズ　上』　*Seven ancient wonders*　マシュー・ライリー著, 飯干京子訳　早川書房　2006.8　317p　22cm　1600円　①4-15-208755-2

◇『7ワンダーズ　下』　*Seven ancient wonders*　マシュー・ライリー著, 飯干京子訳　早川書房　2006.8　342p　22cm　1600円　①4-15-208756-0

◇『アイス・ステーション　上』　*Ice station*　マシュー・ライリー著, 泊山梁訳　ランダムハウス講談社　2006.8　398p　15cm　850円　①4-270-10051-6

◇『アイス・ステーション　下』　*Ice station*　マシュー・ライリー著, 泊山梁訳　ランダムハウス講談社　2006.8　374p　15cm　850円　①4-270-10052-4

ラヴェット, チャーリー　*Lovett, Charlie*　　歴史, ミステリー

アメリカの作家。1962年ノースカロライナ州ウィンストン・セーラム生まれ。父親は英文学者。84年から最初の妻と古書取引を始め、ルイス・キャロルに関連する希書と資料の蒐集を続ける。教師、児童演劇の劇作家でもある。

最近の翻訳書

◇『古書奇譚』　*THE BOOKMAN'S TALE*　チャーリー・ラヴェット著, 最所

篤子訳　集英社　2015.11　508p　16cm　（集英社文庫　ラ13-1）　1000円
①978-4-08-760713-0

ラクース, アマーラ　*Lakhous, Amara*　　　文学

イタリアの作家。1970年アルジェリア・アルジェ生まれ。幼い頃より古典アラビア語、アルジェリアの現代アラビア語、フランス語が併存する多言語的な環境の中で暮らす。アルジェ大学哲学科を卒業した後、ローマ大学（サピエンツァ）で文化人類学の博士号を取得。2006年『ヴィットーリオ広場のエレベーターをめぐる文明の衝突』でフライアーノ賞国際賞を受賞。1995年よりローマ在住。

最近の翻訳書

◇『マルコーニ大通りにおけるイスラム式離婚狂想曲』　*Divorzio all'islamica a viale Marconi*　アマーラ・ラクース著, 栗原俊秀訳・解説　未知谷　2012.9　286p　20cm　2500円　①978-4-89642-382-2

◇『ヴィットーリオ広場のエレベーターをめぐる文明の衝突』　*Scontro di civiltà per un ascensore a piazza Vittorio*　アマーラ・ラクース著, 栗原俊秀訳・解説　未知谷　2012.6　217p　20cm　2500円　①978-4-89642-378-5

ラシター, リアノン　*Lassiter, Rhiannon*　　　ミステリー, ホラー

イギリスの作家。1977年生まれ。児童文学作家メアリ・ホフマンの長女。オックスフォード大学で学び、コープス・クリスティ・カレッジで英文学を専攻。98年10代の頃に書いた処女作『Hex』を出版。

最近の翻訳書

◇『メイク・ビリーブ・ゲーム』　*Bad blood*　リアノン・ラシター著, 乾侑美子訳　小学館　2009.8　399p　19cm　（Super！　YA）　1500円　①978-4-09-290515-3

ラシャムジャ　*lha byams rgyal*　　　文学

チベットの作家。1977年アムド地方ティカ（中国青海省海南チベット族自治州貴徳県）生まれ。漢字名は拉先加。北京の中央民族大学でチベット学を修め、北京の中国チベット学研究センターの宗教学部門の研究員としてチベット仏教に関する研究を行う傍ら、チベット語の小説を雑誌などに発表。チベット語文芸雑誌「ダンチャル」主催の文学賞を3回受賞（うち1回は新人賞）しており、3回受賞は著名な作家タクブンジャと並んで最多となる。2012年には中国の民族文学母語作家賞を受賞。

最近の翻訳書

◇『雪を待つ―チベット文学の新世代』　ラシャムジャ著, 星泉訳　勉誠出版　2015.1　361p　20cm　3200円　①978-4-585-29085-8

ラシュディ, マブルーク　*Rachedi, Mabrouck*　　　文学

フランスの作家。1976年パリ郊外生まれ。アルジェリア系移民2世としてパリ郊外に生まれる。子供の頃はサッカーに熱中するが、14歳の時にバルザックの『ゴリオ爺さん』を読んで小説の面白さに目覚める。経済アナリストとして数年間働いた後、2006年長編『Le poids d'une âme』で作家デビュー。

ラシュナ 　　　　海外文学　新進作家事典

最近の翻訳書

◇『郊外少年マリク』 *LE PETIT MALIK*　マブルーク・ラシュディ著, 中島
さおり訳　集英社　2012.10　206p　20cm　1800円　①978-4-08-773481-2

ラシュナー, ウィリアム　*Lashner, William*　　ミステリー, スリラー

アメリカの作家、弁護士。ニューヨーク大学ロー・スクールとアイオワ大学ライターズ・プログラムを卒業。フィラデルフィアを拠点に弁護士として活動する傍ら、作品を執筆。1995年〈弁護士ヴィクター・カール〉シリーズの第1作であるリーガル・サスペンス『敵意ある証人』を出版、作家としてデビュー。以来、作家活動に専念。

最近の翻訳書

◇『独善　上』 *Falls the shadow*　ウィリアム・ラシュナー著, 北澤和彦訳　講
談社　2008.2　425p　15cm　(講談社文庫)　781円　①978-4-06-275984-7
◇『独善　下』 *Falls the shadow*　ウィリアム・ラシュナー著, 北澤和彦訳　講
談社　2008.2　419p　15cm　(講談社文庫)　781円　①978-4-06-275985-4

ラーセン, ライフ　*Larsen, Reif*　　文学

アメリカの作家。1980年マサチューセッツ州ケンブリッジ生まれ。ブラウン大学で教育学を学んだ後、コロンビア大学大学院クリエイティブ・ライティング修士課程を修了。ドキュメンタリー映画製作者としても活動し、アメリカ、イギリス、サハラ砂漠周辺の芸術を専攻する学生たちの記録を発表。2009年12歳の天才少年を主人公にした冒険小説『T・S・スピヴェット君傑作集』で作家デビュー。たちまち話題となり、アメリカ、イギリス、カナダの3国でベストセラー・リストを賑わせた。14年にはジャン・ピエール・ジュネ監督により映画化される。ニューヨーク市ブルックリン在住。

最近の翻訳書

◇『T・S・スピヴェット君傑作集』 *The selected works of T.S.Spivet*　ライ
フ・ラーセン著, 佐々田雅子訳　早川書房　2010.2　381p　26cm　4700円
①978-4-15-209108-6

ラーソン, M.A.　*Larson, M.A.*　　ファンタジー

アメリカの作家、脚本家。ミネソタ州ロチェスター生まれ。マイアミ大学で学んだ後、ニューヨークに渡り、映画やテレビドラマの脚本家として活動。ディズニー・チャンネルをはじめとした子供向け番組専門チャンネルの作品を担当し、熱狂的な人気を誇るアニメ「マイリトルポニー〜トモダチは魔法〜」も手がける。2014年『プリンセスブートキャンプ』で作家デビュー。

最近の翻訳書

◇『プリンセスブートキャンプ』 *Pennyroyal Academy*　M・A・ラーソン著,
服部理佳訳　アルファポリス　2015.8　398p　19cm　1500円　①978-4-434-
20913-0

ラーソン, オーサ　*Larsson, Asa*　　ミステリー, スリラー

スウェーデンの作家。1966年6月28日ウプサラ生まれ。弁護士として働いた後、2003年に発表した処女作『オーロラの向こう側』で、スウェーデン推理作家アカデミー最優秀新人賞を受賞。04年に発表した第2作『赤い夏の日』では最優秀長編賞を受賞し、注目を集める。

海外文学　新進作家事典　　　　　　　　　ラツクマ

＊＊＊最近の翻訳書＊＊＊

◇『黒い氷』 *Svart stig*　オーサ・ラーソン著, 松下祥子訳　早川書房　2009.5
567p　16cm　（ハヤカワ・ミステリ文庫　HM354-3）　1040円　①978-4-15-
177853-7

◇『赤い夏の日』 *Ded blod som spillts.* 重訳　オーサ・ラーソン著, 松下祥子訳
早川書房　2008.10　515p　16cm　（ハヤカワ・ミステリ文庫）　1000円
①978-4-15-177852-0

◇『オーロラの向こう側』 *Solstorm.* 重訳　オーサ・ラーソン著, 松下祥子訳
早川書房　2008.8　473p　16cm　（ハヤカワ・ミステリ文庫）　940円
①978-4-15-177851-3

ラーソン, B.V.　*Larson, B.V.*　　　　　　　　　　SF, ファンタジー

アメリカの作家。カリフォルニア州ターロック生まれ。10代の頃から作家志望で、さまざまな
雑誌に投稿を続け、短編が何度か商業誌に掲載されるも、長編の買い手はつかなかった。それ
でもあきらめず、電子書籍に活路を見出す。2010年に最初のSF作品『Mech』(異星人による侵
略SF)をAmazonのKindleで刊行し、以後3年間で30冊近い長編を立て続けにリリース。作品
のジャンルはSF、ファンタジーから吸血鬼もののパラノーマルロマンスやホラーまで多岐に
渡る。

＊＊＊最近の翻訳書＊＊＊

◇『スターフォース―最強の軍団、誕生！』 *SWARM*　B・V・ラーソン著, 中
原尚哉訳　早川書房　2012.7　399p　16cm　（ハヤカワ文庫 SF　1862)
840円　①978-4-15-011862-4

ラタン, サンドラ　*Ruttan, Sandra*　　　　　　　　　　　ミステリー

カナダの作家。トロント生まれ。13歳で新聞にコラム欄を持ち、早然な文才を発揮。「オンラ
インマガジン」誌を創設し、プロと新人作家に発表の場を提供、犯罪小説の書評で健筆を振る
う。問題行動を起こす子供たちを対象とする特殊教育に携わるエデュケーターでもある。家族
とアメリカのメリーランド州在住。

＊＊＊最近の翻訳書＊＊＊

◇『虐待―コクウィットラム連邦警察署ファイル』 *The frailty of flesh*　サンド
ラ・ラタン著, 中井京子訳　集英社　2011.1　543p　16cm　（集英社文庫
ラ11-2)　1000円　①978-4-08-760618-8

◇『放火―コクウィットラム連邦警察署ファイル』 *What burns within*　サンド
ラ・ラタン著, 中井京子訳　集英社　2010.6　575p　16cm　（集英社文庫
ラ11-1)　933円　①978-4-08-760605-8

ラックマン, トム　*Rachman, Tom*　　　　　　　　　　文学, ミステリー

イギリス生まれのジャーナリスト、作家。1974年ロンドンで生まれ、トロント大学、コロンビ
ア大学ジャーナリズム大学院で学ぶ。AP通信ローマ特派員、「インターナショナル・ヘラルド
トリビューン」紙パリ支局員などを経て、2010年経営不振で廃刊・閉鎖が決まった小さな英字
新聞社を舞台にした連作短編集『最後の紙面』で作家デビュー。

＊＊＊最近の翻訳書＊＊＊

◇『最後の紙面』 *THE IMPERFECTIONISTS*　トム・ラックマン著, 東江一

紀訳　日本経済新聞出版社　2014.3　445p　15cm　（日経文芸文庫　ラ1-1）
900円　①978-4-532-28029-1

ラッセル, カレン　*Russell, Karen*　　文学, ユーモア

アメリカの作家。1981年フロリダ州マイアミ生まれ。23歳で「ニューヨーカー」誌にデビュー、卓越した想像力と独特の世界観で絶賛を受ける。2006年コロンビア大学のMFAプログラムを卒業。同年初短編集『狼少女たちの聖ルーシー寮』を刊行、アメリカ図書館協会の "35歳以下の注目すべき作家5人"、「ニューヨーカー」の "25歳以下の注目すべき作家25人" に選ばれた。11年に発表した初の長編『スワンプランディア！』は「ニューヨーク・タイムズ」紙の11年のベスト10に選ばれ、12年度のピュリッツァー賞フィクション部門の最終候補作にもなった。ニューヨーク市ワシントンハイツ在住。

＊＊＊最近の翻訳書＊＊＊

◇『レモン畑の吸血鬼』　*VAMPIRES IN THE LEMON GROVE*　カレン・ラッセル著, 松田青子訳　河出書房新社　2016.1　317p　20cm　2700円
①978-4-309-20696-7

◇『狼少女たちの聖ルーシー寮』　*ST.LUCY'S HOME FOR GIRLS RAISED BY WOLVES*　カレン・ラッセル著, 松田青子訳　河出書房新社　2014.7
316p　20cm　2300円　①978-4-309-20654-7

◇『スワンプランディア！』　*SWAMPLANDIA！*　カレン・ラッセル著, 原瑠美訳　左右社　2013.9　510p　19cm　2200円　①978-4-903500-80-5

ラッセル, クレイグ　*Russell, Craig*　　ミステリー

イギリスの作家。1956年ファイフ生まれ。警察官、コピーライター、クリエイティブ・ディレクターなどを経て、2005年サスペンス小説『血まみれの鷲』で作家デビュー。

＊＊＊最近の翻訳書＊＊＊

◇『血まみれの鷲』　*Blood eagle*　クレイグ・ラッセル著, 北野寿美枝訳　早川書房　2006.11　613p　16cm　（ハヤカワ・ミステリ文庫）　1000円　①4-15-176601-4

ラッツ, リサ　*Lutz, Lisa*　　ミステリー, ユーモア

アメリカの作家、脚本家。カリフォルニア大学サンタクルーズ校、アーバイン校、イギリスのリーズ大学、サンフランシスコ州立大学で学ぶが、学士号は取得してない。マフィア・コメディ「プランB」の脚本家としてハリウッド・デビュー。その後作家に転身し、『門外不出 探偵家族の事件ファイル』を発表。パラマウントで映画化が決定、世界22カ国で出版が決定するなど、大きな話題となる。

＊＊＊最近の翻訳書＊＊＊

◇『門外不出 探偵家族の事件ファイル』　*The spellman files*　リサ・ラッツ著, 清水由貴子訳　ソフトバンククリエイティブ　2007.6　463p　16cm　（SB文庫）　750円　①978-4-7973-3696-2

ラトナー, ヴァディ　*Ratner, Vaddey*　　文学

アメリカの作家。1970年カンボジア・プノンペン生まれ。コーネル大学卒。カンボジアのシソ

海外文学　新進作家事典　　ラヒトウ

ワット王の末裔。75年から79年にかけて、クメール・ルージュ（ポル・ポト派）のカンボジア支配のもと、強制労働や飢餓を経験、家族の多くを亡くしながらも辛うじて生き延びる。その後、母親とともにカンボジアを脱出し、81年11歳の時に難民として渡米。2010年自伝的小説『バニヤンの木陰で』で作家デビュー。ワシントンD.C.郊外在住。

最近の翻訳書

◇『バニヤンの木陰で』 *IN THE SHADOW OF THE BANYAN*　ヴァデイ・ラトナー著, 市川恵里訳　河出書房新社　2014.4　409p　20cm　2600円
①978-4-309-20647-9

ラーバレスティア, ジャスティーン　*Larbalestier, Justine*　　ヤングアダルト

オーストラリアの作家。1967年9月23日シドニー生まれ。92年から書評やエッセイを発表。2002年SF評論『The Battle of the Sexes in Science Fiction』でヒューゴー賞候補となる。また、01年の「The Cruel Brother」を皮切りに、SF・ファンタジー雑誌に短編を多数発表。05年に発表した初の長編『あたしと魔女の扉』でアンドレ・ノートン賞を受賞、オーリアリス賞ヤングアダルト部門、ディトマー賞SF・ファンタジー部門の候補に挙げられた。01年SF作家のスコット・ウエスターフェルドと結婚した。

最近の翻訳書

◇『さよなら駐車妖精（パーキング・フェアリー）』 *HOW TO DITCH YOUR FAIRY*　ジャスティーン・ラーバレスティア著, 大友香奈子訳　東京創元社　2012.8　373p　15cm　（創元推理文庫　Fラ6-1）　1000円　①978-4-488-57502-1

◇『あたしのなかの魔法』 *Magic's child*　ジャスティーン・ラーバレスティア著, 大谷真弓訳　早川書房　2009.2　425p　16cm　（ハヤカワ文庫　FT488）　820円　①978-4-15-020488-4

◇『あたしをとらえた光』 *Magic lessons*　ジャスティーン・ラーバレスティア著, 大谷真弓訳　早川書房　2008.12　383p　16cm　（ハヤカワ文庫　FT）　780円　①978-4-15-020483-9

◇『あたしと魔女の扉』 *Magic or madness*　ジャスティーン・ラーバレスティア著, 大谷真弓訳　早川書房　2008.10　383p　16cm　（ハヤカワ文庫　FT）　760円　①978-4-15-020479-2

ラピドゥス, イェンス　*Lapidus, Jens*　　ミステリー, スリラー

スウェーデンの作家、弁護士。1974年3月24日ストックホルム生まれ。刑事事件を担当する弁護士で、2006年『イージーマネー』で作家デビュー。家族とストックホルム在住。

最近の翻訳書

◇『イージーマネー　上』 *SNABBA CASH*（重訳）*Easy Money*　イェンス・ラピドゥス著, 土屋晃, 小林さゆり共訳　講談社　2013.11　454p　15cm　（講談社文庫　ら10-1）　950円　①978-4-06-277693-6

◇『イージーマネー　下』 *SNABBA CASH*（重訳）*Easy Money*　イェンス・ラピドゥス著, 土屋晃, 小林さゆり共訳　講談社　2013.11　485p　15cm　（講談社文庫　ら10-2）　1010円　①978-4-06-277694-3

ラヒーミー, アティーク *Rahimi, Atiq*　　　　　　　　文学

アフガニスタン出身の作家、映画監督。1962年2月26日最高裁判事の父親と、アフガニスタン初の女学校創立者の母親の間にカブールで生まれる。共産党員だった兄はソ連の撤退後、殺害された。ソ連の軍事介入後の85年、雪山を歩き続けてパキスタン入りし、フランス大使館に駆け込んで22歳で政治亡命した。その後、ソルボンヌ大学で映画学の博士号を取得し、数本のドキュメンタリー作品を監督。99年処女小説『地と灰』をダリー語で発表。2000年フランス語に翻訳されると、広くその名を知られた。02年第2作『数千の夢と恐怖の家』でフォンダシオン・ド・フランス賞を受賞。08年自身初のフランス語作品で、夫に虐待死させられたアフガニスタンの女性詩人に捧げた『悲しみを聴く石』でフランスの最も権威ある文学賞のひとつ、ゴンクール賞を受けた。一方、04年自ら映画化した「地と灰」でカンヌ国際映画祭の新人監督賞（カメラ・ドール）を受賞した。

最近の翻訳書

◇『悲しみを聴く石』*Syngue sabour*　アティーク・ラヒーミー著, 関口涼子訳
白水社　2009.10　158p　20cm　（Ex libris）　1900円　①978-4-560-09005-3

ラブ, M.E.　*Rabb, M.E.*　　　　　　　　　　　ミステリー

別名＝ラブ, マーゴ〈Rabb, Margo〉

アメリカの作家。ニューヨーク市のクイーンズ地区に生まれ育つ。M.E.ラブ名義で〈おたずねもの姉妹〉シリーズを執筆するほか、マーゴ・ラブ名義でも小説やエッセイも発表。テキサスやアリゾナのほか、中西部で暮らした経験を持つ。家族とともにペンシルベニア州フィラデルフィア在住。

最近の翻訳書

◇『おたずねもの姉妹の探偵修行　File#4　クリスマスの暗号を解け！』
MISSING PERSONS.#4：THE UNSUSPECTING GOURMET　M.E.ラブ著, 西田佳子訳　学研プラス　2015.12　286p　19cm　1100円　①978-4-05-204329-1

◇『おたずねもの姉妹の探偵修行　File#3　踊るポリスマンの秘密』*MISSING PERSONS.#3：THE VENETIAN POLICEMAN*　M.E.ラブ著, 西田佳子訳　学研プラス　2015.11　294p　19cm　1100円　①978-4-05-204318-5

◇『おたずねもの姉妹の探偵修行　File#2　チョコレートは忘れない』*MISSING PERSONS.#2：THE CHOCOLATE LOVER*　M.E.ラブ著, 西田佳子訳　学研教育出版　2015.9　310p　19cm　1100円　①978-4-05-204285-0

◇『おたずねもの姉妹の探偵修行　File#1　学園クイーンが殺された!?』*MISSING PERSONS.#1：THE ROSE QUEEN*　M.E.ラブ著, 西田佳子訳　学研教育出版　2015.7　306p　19cm　1100円　①978-4-05-204267-6

◇『クリスマス・キッス—ふたりはまだまだ恋愛中！』*The unsuspecting gourmet*　M.E.ラブ作, 西田佳子訳　理論社　2007.11　315p　19cm　（ミッシング・パーソンズ　4）　1200円　①978-4-652-07920-1

◇『ダンシング・ポリスマン—ふたりはひそかに尾行中！』*The Venetian policeman*　M.E.ラブ作, 西田佳子訳　理論社　2007.7　313p　19cm　（ミッシング・パーソンズ　3）　1200円　①978-4-652-07909-6

◇『チョコレート・ラヴァー—ふたりはこっそり変装中！』*The chocolate lover*　M.E.ラブ作, 西田佳子訳　理論社　2006.12　341p　19cm　（ミッシング・パーソンズ　2）　1200円　①4-652-07795-5

◇『ローズクイーン—ふたりはただいま失踪中！』*The rose queen*　M.E.ラブ

作, 西田佳子訳　理論社　2006.6　343p　19cm　（ミッシング・パーソンズ 1）　1200円　①4-652-07783-1

ラファージ, ポール　*La Farge, Paul*　　SF, 歴史

アメリカの作家。1970年生まれ。99年20代の時に書いたSF小説『失踪者たちの画家』でデビューし、その後、擬似歴史小説『オスマン』(2002年) などを発表。"翻訳書"の体裁で、19世紀フランスの文人ポール・ポワセルが著した『The Facts of Winter』(05年) もある。ニューヨーク州バード・カレッジで創作を教える。

最近の翻訳書

◇『失踪者たちの画家』　*THE ARTIST OF THE MISSING*　ポール・ラ
　ファージ著, 柴田元幸訳　中央公論新社　2013.7　285p　20cm　2100円
　①978-4-12-004512-7

ラフィーバース, R.L.　*LaFevers, R.L.*　　児童書, ファンタジー

アメリカの作家。カリフォルニア州ロサンゼルス生まれ。〈シオドシア〉〈見習い幻獣学者ナサニエル・フラッドの冒険〉シリーズなどの児童書のほか、『Grave Mercy』など大人向けの作品も執筆。夫とともに南カリフォルニアの小さな牧場に暮らす。

最近の翻訳書

◇『見習い幻獣学者ナサニエル・フラッドの冒険　4　ユニコーンの赤ちゃん』
　NATHANIEL FLUDD, BEASTOLOGIST.Book4：THE UNICORN'S
　TALE　R・L・ラフィーバース作, ケリー・マーフィー絵, 千葉茂樹訳　あす
　なろ書房　2013.1　214p　19cm　1000円　①978-4-7515-2734-4
◇『見習い幻獣学者ナサニエル・フラッドの冒険　3　ワイバーンの反乱』
　NATHANIEL FLUDD, BEASTOLOGIST.Book3：THE WYVERN'S
　TREASURE　R・L・ラフィーバース作, ケリー・マーフィー絵, 千葉茂樹訳
　あすなろ書房　2012.12　215p　19cm　1000円　①978-4-7515-2733-7
◇『見習い幻獣学者ナサニエル・フラッドの冒険　2　バジリスクの毒』
　NATHANIEL FLUDD, BEASTOLOGIST.Book2：THE BASILISK'S
　LAIR　R・L・ラフィーバース作, ケリー・マーフィー絵, 千葉茂樹訳　あす
　なろ書房　2012.12　207p　19cm　1000円　①978-4-7515-2732-0
◇『見習い幻獣学者ナサニエル・フラッドの冒険　1　フェニックスのたまご』
　NATHANIEL FLUDD, BEASTOLOGIST.Book1：FLIGHT OF THE
　PHOENIX　R・L・ラフィーバース作, ケリー・マーフィー絵, 千葉茂樹訳
　あすなろ書房　2012.12　191p　19cm　1000円　①978-4-7515-2731-3

ラープチャルーンサップ, ラッタウット　*Lapcharoensap, Rattawut*　　文学

アメリカの作家。1979年イリノイ州シカゴで生まれ、タイの首都バンコクで育つ。タイの有名教育大学およびコーネル大学で学位を取得後、ミシガン大学大学院のクリエイティブ・ライティング・コースで創作を学び、英語での執筆活動を始める。2005年『観光』で作家デビューすると「ワシントン・ポスト」「ロサンゼルス・タイムズ」「ガーディアン」など英米の有力紙で絶賛を浴び、一躍その名を知られた。06年には文芸誌「グランタ」により才能ある若手作家の一人として名前を挙げられ、またアメリカ図書館協会による"35歳以下の注目作家"にも選出された。

最近の翻訳書

◇『観光』 *Sightseeing* ラッタウット・ラープチャルーンサップ著, 古屋美登里訳 早川書房 2010.8 309p 16cm （ハヤカワepi文庫 epi 62） 800円 ①978-4-15-120062-5

◇『観光』 *Sightseeing* ラッタウット・ラープチャルーンサップ著, 古屋美登里訳 早川書房 2007.2 274p 19cm （ハヤカワepiブック・プラネット） 1800円 ①978-4-15-208796-6

ラフトス, ピーター　*Raftos, Peter*

ホラー

オーストラリアの作家、ジャーナリスト。ウェブ開発者、大学講師、ジャーナリストとしても活動。2001年より幻想的で不条理に満ちたフィクションを執筆。『山羊の島の幽霊』は、オーストラリアの小出版社から刊行され話題となり、05年国際ホラーギルド賞の長編部門にノミネートされた。

最近の翻訳書

◇『山羊の島の幽霊』 *The stone ship* ピーター・ラフトス著, 甲斐理恵子訳 ランダムハウス講談社 2008.9 286p 20cm 1800円 ①978-4-270-00403-6

ラプトン, ロザムンド　*Lupton, Rosamund*

文学

イギリスの作家。ケンブリッジシャー州ケンブリッジ生まれ。ケンブリッジ大学で英文学を専攻。ロンドンでコピーライターや文学評論誌「リテラリー・レビュー」の記者など、さまざまな職業を経験した後、カールトンテレビの新人作家コンクールで優勝、BBCの新人作家養成コースの一員に選ばれ、ロイヤルコート劇場の作家グループにも招かれる。テレビや映画の台本作家などを務めた後、専業作家となる。デビュー作『シスター』（2010年）はCWA賞の新人賞にノミネートされた。ロンドン在住。

最近の翻訳書

◇『さよなら、そして永遠に』 *AFTERWARDS* ロザムンド・ラプトン著, 笹山裕子訳 エンジン・ルーム 2014.5 581p 20cm 2000円 ①978-4-309-92021-4

◇『シスター』 *Sister* ロザムンド・ラプトン著, 笹山裕子訳 エンジン・ルーム 2012.9 479p 20cm 2000円 ①978-4-309-90960-8

ラプラント, アリス　*LaPlante, Alice*

文学

アメリカの作家、ジャーナリスト。1958年生まれ。2011年に発表した初のフィクション作品『忘却の声』は「ニューヨーク・タイムズ」紙、「ヴォーグ」誌やナショナル・パブリック・ラジオなどさまざまなメディアで注目され、発売後1カ月でベストセラーとなる。医療・健康を扱った優れた文学やノンフィクションに与えられるウェルカム・トラスト・ブック・プライズを受賞。「ガーディアン」紙の最優秀ミステリー、書評誌「カーカス・レビュー」のフィクション分野でトップ25作品の1つにも選ばれる。スタンフォード大学などで創作講座を持ち、指導を行う。カリフォルニア州北部在住。

最近の翻訳書

◇『忘却の声 上』 *TURN OF MIND* アリス・ラプラント著, 玉木亨訳 東京創元社 2014.6 298p 19cm 1900円 ①978-4-488-01023-2

◇『忘却の声 下』 *TURN OF MIND* アリス・ラプラント著, 玉木亨訳 東

京創元社　2014.6　340p　19cm　2100円　Ⓘ978-4-488-01024-9

ラフルーア, スザンヌ　*LaFleur, Suzanne*　　児童書

アメリカの作家。1983年ボストン郊外ニュートン生まれ。バージニア州レキシントンにある
ワシントン・アンド・リー大学で英語とヨーロッパの歴史を学ぶ。2009年のデビュー作『もう
いちど家族になる日まで』は、10年イギリスのカーネギー賞候補作、チルドレンズ・ブック賞
最終候補作に選ばれた。ニューヨークとボストンを往復する生活を送る。

最近の翻訳書

◇『**もういちど家族になる日まで**』　*Love, Aubrey*　スザンヌ・ラフルーア作, 永
瀬比奈訳　徳間書店　2011.12　313p　19cm　1600円　Ⓘ978-4-19-863317-2

ラム, ヴィンセント　*Lam, Vincent*　　その他

カナダの作家、医師。1974年オンタリオ州ロンドン生まれ。両親はベトナムの中国人社会か
らの移民。トロントで医学を学び、トロント東総合病院に緊急医として勤務。2006年連作短
編集『ER研修医たちの現場から』で作家デビューを果たし、カナダで最も権威ある文学賞ギ
ラー賞を受賞、各方面から高い評価を得た。

最近の翻訳書

◇『**ER研修医たちの現場から**』　*Bloodletting & miraculous cures*　ヴィンセン
ト・ラム著, 雨沢泰訳　集英社　2010.4　383p　16cm　（集英社文庫　ラ10-
1)　905円　Ⓘ978-4-08-760602-7

ラム, ジョン・J.　*Lamb, John J.*　　ミステリー, スリラー

アメリカの作家1979年カリフォルニア州リバーサイド郡の保安官事務所から警察官としての
キャリアをスタートさせ、サンディエゴ郡の北部にあるオーシャンサイド警察署で警邏警察
官、人質交渉チーム、科学捜査班（CSI）、殺人課刑事、同部長刑事を歴任し、再び人質交渉チー
ムに戻ってその指揮官を務める。97年健康上の理由で退職し、著述業に転じる。おやじギャグ
とテディベアをこよなく愛する元腕利き刑事＆愛妻の〈おしどり探偵〉シリーズ第1作『嘆きの
テディベア事件』(2006年)はミステリーデビュー作。潜在指紋の検出や犯罪行為分析の専門家
だった妻と、バージニア州のシェナンドー渓谷に暮らす。

最近の翻訳書

◇『**偽りのアンティークベア事件**』　*The crafty teddy*　ジョン・J・ラム著, 阿尾
正子訳　東京創元社　2013.1　378p　15cm　（創元推理文庫　Mラ8-3)
1100円　Ⓘ978-4-488-26406-2
◇『**天使のテディベア事件**』　*The false-hearted teddy*　ジョン・J.ラム著, 阿尾
正子訳　東京創元社　2011.10　333p　15cm　（創元推理文庫　264-05)
1000円　Ⓘ978-4-488-26405-5
◇『**嘆きのテディベア事件**』　*The mournful Teddy*　ジョン・J.ラム著, 阿尾正
子訳　東京創元社　2011.4　377p　15cm　（創元推理文庫　264-04)　980円
Ⓘ978-4-488-26404-8

ラングリッシュ, キャサリン　*Langrish, Katherine*　　ファンタジー, 児童書

イギリスの作家。ヨークシャー渓谷で生まれ育つ。ロンドン大学で英語学の学位を取得した

後、さまざまな仕事を経験しながらフランスとアメリカで暮らす。イギリスへ戻ってから本格的に執筆を開始し、『トロール・フェル』を完成。2004年に出版されるやいなや爆発的な人気を呼び、作家として華々しいデビューを飾った。オックスフォードシャー州在住。

最近の翻訳書

◇『トロール・ブラッド　上　呪われた船』 *Troll blood* キャサリン・ラングリッシュ作, 金原瑞人, 杉田七重訳　あかね書房　2008.6　291p　22cm　1700円　①978-4-251-06585-8

◇『トロール・ブラッド　下　長い旅路の果て』 *Troll blood* キャサリン・ラングリッシュ作, 金原瑞人, 杉田七重訳　あかね書房　2008.6　311p　22cm　1700円　①978-4-251-06586-5

ランデイ, ウィリアム　*Landay, William*　　　　ミステリー, スリラー

アメリカの作家。マサチューセッツ州ボストン生まれ。エール大学とボストン大学ロー・スクールで学位を取得後、6年間検事補として公職に就く。2003年『ボストン、沈黙の街』で作家デビュー、同作でCWA賞最優秀新人賞（ジョン・クリーシー・ダガー賞）を受賞。

最近の翻訳書

◇『ジェイコブを守るため』 *DEFENDING JACOB* ウィリアム・ランデイ著, 東野さやか訳　早川書房　2013.7　523p　19cm　（HAYAKAWA POCKET MYSTERY BOOKS　1873）　1900円　①978-4-15-001873-3

◇『ボストン・シャドウ』 *The strangler* ウィリアム・ランデイ著, 東野さやか訳　早川書房　2007.7　605p　16cm　（ハヤカワ・ミステリ文庫）　980円　①978-4-15-174202-6

ランディ, デレク　*Landy, Derek*　　　　ヤングアダルト, ファンタジー

アイルランドの作家、脚本家。1974年10月23日ラスク生まれ。2007年の『スカルダガリー』が最初の小説で、同作はシリーズ化される。ほかに〈Demon Road〉シリーズがある。過去には"ゾンビ"や"切り裂き魔"の映画で脚本を担当したこともあるスリラー愛好家。空手の黒帯を持ち、これまでに数多くの子供たちに護身術を教える。ダブリン近郊に在住。

最近の翻訳書

◇『スカルダガリー　3』 *Skulduggery Pleasant* デレク・ランディ著, 村上ゆみ子訳　小学館　2010.6　381p　22cm　1800円　①978-4-09-290538-2

◇『スカルダガリー　2』 *Skulduggery Pleasant* デレク・ランディ著, 村上ゆみ子訳　小学館　2009.6　332p　22cm　1800円　①978-4-09-290535-1

◇『スカルダガリー　1』 *Skulduggery Pleasant* デレク・ランディ著, 駒沢敏器訳　小学館　2007.9　381p　22cm　1800円　①978-4-09-290533-7

ランバック, アンヌ　*Rambach, Anne*　　　　ミステリー

フランスの作家。1970年ブルターニュ半島サン・ブリュー生まれ。大学では文学を専攻、特にスタンダールとアレクサンドル・デュマに傾倒する。91年エイズ撲滅運動団体、アクト・アップ・パリに参加。その後、パリ・ゲイ・レズビアン・センター・エイズ対策委員長を経て、パートナーのマリーヌ・ランバックとゲイ・レズビアン出版社を設立。2000年初のミステリーで〈女性捜査官・郷順子〉シリーズの第1作である『東京カオス』を発表、07年に日本でも刊行された。同シリーズには『Tokyo atomic』（01年）、『Tokyo Mirage』（02年）がある。

海外文学　新進作家事典　　　　　　　　　　　　　　リ

最近の翻訳書

◇『東京カオス』 *Tokyo chaos* 　アンヌ・ランバック著, 平岡敦訳　阪急コミュ
ニケーションズ　2007.8　435p　20cm　2000円　①978-4-484-07104-6

ランベール, P.J.　*Lambert, P.J.*　　　　　　　　　　　　　　スリラー

本名＝Lambert, Patrick Jérôme

フランスの作家。2007年のデビュー作『カタコンベの復讐者』で08年度パリ警視庁賞を受賞。
国際金融コンサルタントであること以外その経歴などは明らかにされていない。

最近の翻訳書

◇『カタコンベの復讐者』 *Le vengeur des catacombes*　P.J.ランベール著, 野口
雄司訳　早川書房　2009.2　254p　19cm　（Hayakawa pocket mystery
books　no.1821）　1400円　①978-4-15-001821-4

〔 リ 〕

リー, イーユン　*Li, Yi-yun*　　　　　　　　　　　　　　　　　文学

中国の作家。漢字名は李翊雲。1972年北京生まれ。父親は物理学者。96年渡米し、アイオワ
大学大学院で免疫学修士号を取得。創作科のジェームズ・アラン・マクファー
ソン教授に才能を見出され、作家になることを勧められる。2004年短編『不滅』でプリンプト
ン新人賞、プッシュカート賞を受け、05年に刊行したデビュー短編集『千年の祈り』は第1回
フランク・オコナー国際短編小説賞、PEN/ヘミングウェイ賞、ガーディアン新人賞、「ニュー
ヨーク・タイムズ」ブックレビューのエディターズ・チョイス賞、ホワイティング賞など数々
の賞を受賞。07年文芸誌「グランタ」で“もっとも有望な若手アメリカ作家”の一人に選出さ
れた。母国語の中国語ではなく、英語で小説を執筆する。ミルズ大学文学部創作科助教授を経
て、カリフォルニア大学デービス校教授も務める。「千年の祈り」は映画化された。カリフォ
ルニア州オークランド在住。

最近の翻訳書

◇『黄金の少年、エメラルドの少女』 *Gold Boy, Emerald Girl*　イーユン・
リー著, 篠森ゆりこ訳　河出書房新社　2016.2　325p　15cm　（河出文庫）
880円　①978-4-309-46418-3
◇『独りでいるより優しくて』 *Kinder than solitude*　イーユン・リー著, 篠森
ゆりこ訳　河出書房新社　2015.7　390p　20cm　2600円　①978-4-309-
20675-2
◇『黄金の少年、エメラルドの少女』 *Gold boy, emerald girl*　イーユン・リー
著, 篠森ゆりこ訳　河出書房新社　2012.7　262p　20cm　1900円　①978-4-
309-20599-1
◇『さすらう者たち』 *The vagrants*　イーユン・リー著, 篠森ゆりこ訳　河出書
房新社　2010.3　381p　20cm　2200円　①978-4-309-20537-3
◇『千年の祈り』 *A thousand years of good prayers*　イーユン・リー著, 篠森
ゆりこ訳　新潮社　2007.7　253p　20cm　（Crest books）　1900円　①978-
4-10-590060-1

479

リ   海外文学　新進作家事典

リー, ジョセフ　*Lee, Joseph*   ミステリー

香港出身の作家、経営コンサルタント。中央大学ビジネススクール客員教授。4歳の時に東京に移り住み、インターナショナルスクールで英語と日本語のバイリンガル教育を受ける。オレゴン州のルイス＆クラーク大学を卒業、シカゴ大学でMBAを取得。アメリカ四大会計事務所のパートナーとして大手日系企業の経営戦略、企業・不動産買収などのコンサルティングを行う。『赤く燃える空』で作家デビュー。

最近の翻訳書

◇『封印入札』　ジョセフ・リー著, 青木創訳　幻冬舎　2010.10　461p　16cm
（幻冬舎文庫　りー3-2）　800円　Ⓘ978-4-344-41561-4
◇『レッドスカイ』　ジョセフ・リー著, 青木創訳　幻冬舎　2010.6　365p
16cm　（幻冬舎文庫　りー3-1）　686円　Ⓘ978-4-344-41486-0
◇『赤く燃える空』　*The sky burns red*　ジョセフ・リー著, 青木創訳　幻冬舎
2007.1　348p　20cm　1500円　Ⓘ978-4-344-01283-7

リー, チャンネ　*Lee, Chang-rae*   文学

アメリカの作家。1965年7月29日ソウル生まれの韓国系アメリカ人。父親は精神科のカウンセラーで、3歳の時に両親と妹と渡米。エール大学、オレゴン州立大学大学院創作学科に学ぶ。大学卒業後、ウォール街のアナリストになったが、1年で辞めて作家を目指す。95年デビュー作『ネイティヴ・スピーカー』で韓国系移民の内面を描き注目を集め、PEN/ヘミングウェイ賞などを受賞。続く第2長編『最後の場所で』（99年）では韓国人従軍慰安婦をテーマに描き、文学界での地位を確立。2002年からプリンストン大学創作科で教鞭を執る。

最近の翻訳書

◇『空高く』　*Aloft*　チャンネ・リー著, 高橋茅香子訳　新潮社　2006.5　444p
20cm　（Crest books）　2400円　Ⓘ4-10-590054-4

リー, ドン　*Lee, Don*   文学

アメリカの作家。韓国系3世。父親は外交官で、子供時代の大半を東京とソウルで過ごす。カリフォルニア大学ロサンゼルス校で文学を専攻し、エマーソン・カレッジで創作の修士号を取得。1988年から非営利の文芸誌「Ploughshares」の主幹として活躍し、91年からはフリーの文芸出版コンサルタントも行う。90年頃から短編を発表し始め、2001年に出版した処女短編集『Yellow』は高い評価を得て、多くの賞を受賞。また、04年に発表した『出生地』でも、05年のMWA賞最優秀新人賞、ABA賞などの賞を受賞した。

最近の翻訳書

◇『出生地』　*Country of origin*　ドン・リー著, 池田真紀子訳　早川書房　2006.
10　436p　16cm　（ハヤカワ・ミステリ文庫）　760円　Ⓘ4-15-176451-8

リー, ナム　*Le, Nam*   文学

オーストラリアの作家。1978年ベトナムのラックザーで生まれ、生後3カ月で両親とともにボートピープルとしてオーストラリアへ渡る。メルボルン大学を卒業し、大手法律事務所勤務を経て、渡米。アイオワ大学ライターズ・ワークショップに学ぶ。デビュー短編集『ボート』（2008年刊行）で、07年プッシュカート賞、08年ディラン・トマス賞、09年オーストラリア・プライム・ミニスター文学賞、メルボルン賞ほか多数受賞。ニューヨークで「ハーバード・レビュー」の文芸記者を務めるとともに、09年にはライター・イン・レジデンスとしてイギリスのイース

海外文学　新進作家事典　　　リウ

ト・アングリア大学に留学。

最近の翻訳書

◇『ボート』 *The boat*　ナム・リー著, 小川高義訳　新潮社　2010.1　359p
20cm　（Crest books）　2300円　①978-4-10-590080-9

リー, パトリック　*Lee, Patrick*　　　ミステリー, スリラー

アメリカの作家。1976年ミシガン州生まれ。映画脚本家を志した後、作家に転向し、2009年
近未来冒険小説『ザ・ブリーチ』でデビュー。第2作の『ゴーストカントリー』（10年）もテク
ノスリラーとSFの融合と高い評価を受けた。ミシガン州在住。

最近の翻訳書

◇『闇を駆けた少女』 *RUNNER*　パトリック・リー著, 田村義進訳　小学館
2014.8　493p　15cm　（小学館文庫　リ2-4―サム・ドライデンシリーズ　1）
850円　①978-4-09-408863-2
◇『ディープスカイ』 *Deep Sky*　パトリック・リー著, 瓜生知寿子訳　小学館
2013.10　493p　15cm　（小学館文庫　リ2-3）　838円　①978-4-09-408727-7
◇『ゴーストカントリー』 *Ghost Country*　パトリック・リー著, 瓜生知寿子訳
小学館　2012.12　477p　16cm　（小学館文庫　リ2-2）　838円　①978-4-09-
408651-5
◇『ザ・ブリーチ』 *The breach*　パトリック・リー著, 瓜生知寿子訳　小学館
2011.2　441p　15cm　（小学館文庫　リ2-1）　819円　①978-4-09-408469-6

リーヴ, フィリップ　*Reeve, Philip*　　　児童書, ヤングアダルト

イギリスの作家。1966年イースト・サセックス州ブライトン生まれ。5歳の時から物語を書く。
書店での仕事に就いた後、児童書の挿絵などを手がけるイラストレーターとなる。その後、2001
年『移動都市』で作家デビューし、ネスレ・スマーティーズ賞を受賞。ウィットブレッド賞の
候補にもあがる話題作となった。『A Darkling Plain』でガーディアン賞、『アーサー王ここに
眠る』でカーネギー賞を受賞するなど、イギリスを代表する児童文学作家の一人として活躍。

最近の翻訳書

◇『オリバーとさまよい島の冒険』 *OLIVER AND THE SEAWIGS*　フィ
リップ・リーヴ作, セアラ・マッキンタイヤ絵, 井上里訳　理論社　2014.1
199p　21cm　1600円　①978-4-652-20045-2
◇『氷上都市の秘宝』 *Infernal devices*　フィリップ・リーヴ著, 安野玲訳　東
京創元社　2010.3　430p　15cm　（創元SF文庫　723-03）　1200円　①978-
4-488-72303-3
◇『アーサー王ここに眠る』 *Here lies Arthur*　フィリップ・リーヴ著, 井辻朱
美訳　東京創元社　2009.4　372p　20cm　（Sogen bookland）　2500円
①978-4-488-01967-9
◇『スタークロス』 *Starcross*　フィリップ・リーヴ著, 松山美保訳, デイヴィッ
ド・ワイアット画　理論社　2008.9　411p　22cm　2000円　①978-4-652-
07937-9
◇『掠奪都市の黄金』 *Predator's gold*　フィリップ・リーヴ著, 安野玲訳　東京
創元社　2007.12　411p　15cm　（創元SF文庫）　1080円　①978-4-488-
72302-6
◇『ラークライト―伝説の宇宙海賊』 *Larklight*　フィリップ・リーヴ著, 松山

481

美保訳　理論社　2007.8　421p　22cm　1800円　①978-4-652-07912-6

◇『移動都市』 *Mortal engines*　フィリップ・リーヴ著, 安野玲訳　東京創元社　2006.9　378p　15cm　（創元SF文庫）　940円　①4-488-72301-2

リオーダン, リック　*Riordan, Rick*　　ヤングアダルト, ファンタジー

アメリカの作家。1964年テキサス州サンアントニオ生まれ。テキサス大学オースティン校で英語と歴史を専攻。88年同大学サンアントニオ校で教員資格を取得後、サンフランシスコに移り、サンフランシスコ州立大学で英語と中世文学を専攻。98年同大学を離れ、サンアントニオに帰郷。デビュー作『ビッグ・レッド・テキーラ』(97年)で、98年のアンソニー賞とシェイマス賞を、『ホンキートンク・ガール』(98年)で、99年のMWA賞の最優秀ペーパーバック賞を受賞。また、初のファンタジー〈パーシー・ジャクソン〉シリーズは全世界でシリーズ累計5000万部の大ヒット作となり、映画化もされた。謎解きアドベンチャー〈サーティーナイン・クルーズ〉シリーズでも人気を集める。

＊＊＊最近の翻訳書＊＊＊

◇『オリンポスの神々と7人の英雄　5　最後の航海』 *The heroes of olympus. 5：the blood of olympus*　リック・リオーダン著, 金原瑞人, 小林みき訳　ほるぷ出版　2015.11　510p　22cm　（[パーシー・ジャクソンとオリンポスの神々シーズン2]）　2000円　①978-4-593-53490-6

◇『パーシー・ジャクソンとオリンポスの神々　2　盗まれた雷撃』 *The lightning thief*　リック・リオーダン作　金原瑞人訳　静山社　2015.11　309p　18cm　（静山社ペガサス文庫）　740円　①978-4-86389-316-0

◇『パーシー・ジャクソンとオリンポスの神々　1　盗まれた雷撃』 *The lightning thief*　リック・リオーダン作　金原瑞人訳　静山社　2015.11　307p　18cm　（静山社ペガサス文庫）　740円　①978-4-86389-315-3

◇『オリンポスの神々と7人の英雄　4　ハデスの館』 *The heroes of olympus. 4：the house of hades*　リック・リオーダン著, 金原瑞人, 小林みき訳　ほるぷ出版　2014.11　595p　22cm　（[パーシー・ジャクソンとオリンポスの神々シーズン2]）　2000円　①978-4-593-53489-0

◇『ケイン・クロニクル　2　炎の魔術師たち』 *The kane chronicles：the throne of fire*　リック・リオーダン著, 小浜杳訳　KADOKAWA　2014.3　227p　19cm　900円　①978-4-04-066369-2

◇『サーティーナイン・クルーズ　1　骨の迷宮』　リック・ライオダン著, 小浜杳訳　KADOKAWA　2013.12　312p　19cm　900円　①978-4-04-066450-7

◇『オリンポスの神々と7人の英雄　3　アテナの印』 *The heroes of olympus. 3：the mark of athena*　リック・リオーダン著, 金原瑞人, 小林みき訳　ほるぷ出版　2013.11　589p　22cm　（[パーシー・ジャクソンとオリンポスの神々シーズン2]）　2000円　①978-4-593-53488-3

◇『ケイン・クロニクル　1　炎の魔術師たち』 *The kane chronicles：the throne of fire*　リック・リオーダン著, 小浜杳訳　メディアファクトリー　2013.8　259p　19cm　900円　①978-4-8401-5293-8

◇『ケイン・クロニクル　3　最強の魔術師』 *The kane chronicles：the red pyramid*　リック・リオーダン著, 小浜杳訳　メディアファクトリー　2012.12　299p　19cm　900円　①978-4-8401-4914-3

◇『オリンポスの神々と7人の英雄　2　海神の息子』 *The heroes of olympus. 2：the son of neptune*　リック・リオーダン作, 金原瑞人, 小林みき訳　ほるぷ出版　2012.11　537p　22cm　（[パーシー・ジャクソンとオリンポスの

神々　シーズン2]）　1900円　①978-4-593-53487-6

◇『ケイン・クロニクル　2　ファラオの血統』　*The kane chronicles : the red pyramid*　リック・リオーダン著, 小浜杏訳　メディアファクトリー　2012.8　275p　19cm　900円　①978-4-8401-4655-5

◇『サーティーナイン・クルーズ　11　新たなる脅威』　*The 39 clues*　小浜杏訳　リック・リオーダン, ピーター・ルランジス, ゴードン・コーマン, ジュード・ワトソン著　メディアファクトリー　2012.6　343p　19cm　900円　①978-4-8401-4612-8

◇『ケイン・クロニクル　1　灼熱のピラミッド』　*The kane chronicles : the red pyramid*　リック・リオーダン著, 小浜杏訳　メディアファクトリー　2012.3　271p　19cm　900円　①978-4-8401-4514-5

◇『オリンポスの神々と7人の英雄　1　消えた英雄』　*The heroes of olympus. 1 : the lost hero*　リック・リオーダン作, 金原瑞人, 小林みき訳　ほるぷ出版　2011.10　588p　22cm　2000円　①978-4-593-53486-9

◇『パーシー・ジャクソンとオリンポスの神々　外伝　ハデスの剣』　*The demigod files*　リック・リオーダン作, 金原瑞人, 小林みき訳　ほるぷ出版　2010.12　158p　22cm　1400円　①978-4-593-53400-5

◇『パーシー・ジャクソンとオリンポスの神々　5　最後の神』　*The last olympian*　リック・リオーダン作, 金原瑞人, 小林みき訳　ほるぷ出版　2009.12　527p　22cm　1900円　①978-4-593-53390-9

◇『サーティーナイン・クルーズ　1　骨の迷宮』　*The 39 clues*　リック・ライオダン著, 小浜杏訳　メディアファクトリー　2009.6　319p　19cm　900円　①978-4-8401-2812-4

◇『パーシー・ジャクソンとオリンポスの神々　4　迷宮の戦い』　*The battle of the labyrinth*　リック・リオーダン作, 金原瑞人, 小林みき訳　ほるぷ出版　2008.12　511p　22cm　1800円　①978-4-593-53389-3

◇『パーシー・ジャクソンとオリンポスの神々　3　タイタンの呪い』　*The titan's curse*　リック・リオーダン作, 金原瑞人, 小林みき訳　ほるぷ出版　2007.12　450p　22cm　1800円　①978-4-593-53388-6

◇『パーシー・ジャクソンとオリンポスの神々　2　魔海の冒険』　*The sea of monsters*　リック・リオーダン作, 金原瑞人, 小林みき訳　ほるぷ出版　2006.11　394p　22cm　1700円　①4-593-53387-2

◇『殺人鬼オーストゥンに帰る』　*The devil went down to austin*　リック・リオーダン著, 伏見威蕃訳　小学館　2006.7　567p　15cm　（小学館文庫）　800円　①4-09-403885-X

◇『パーシー・ジャクソンとオリンポスの神々　盗まれた雷撃』　*The lightning thief*　リック・リオーダン作, 金原瑞人訳　ほるぷ出版　2006.4　527p　22cm　1900円　①4-593-53386-4

リカーズ, ジョン　*Rickards, John*　　　　ミステリー

イギリスの作家、ジャーナリスト。1978年ロンドン生まれ。大学を卒業後、建具屋、本の倉庫などで働いた後、海運業界のフリージャーナリストとなる。やがて本格的に創作に取り組み、2003年『聖ヴァレンタインの劫火』で作家デビュー。

最近の翻訳書

◇『聖ヴァレンタインの劫火』　*Winter's end*　ジョン・リカーズ著, 玉木亨訳

ソニー・マガジンズ　2006.1　365p　15cm　（ヴィレッジブックス）　870円
①4-7897-2755-6

リカルツィ, ロレンツォ　*Licalzi, Lorenzo*　　　　　　文学

イタリアの作家、心理学者。1956年ジェノバ生まれ。一時期は老人ホームを作って運営していたが、心理学方面の仕事と本の執筆に専念。2001年『Io no』で作家デビュー、03年同作が映画化された。日本には老人ホームでの恋愛小説『きみがくれたぼくの星空』(05年) が紹介されている。ピエーヴェ・リグーレ在住。

最近の翻訳書

◇『**きみがくれたぼくの星空**』　*Che cosa ti aspetti da me ?*　　ロレンツォ・リカルツィ著, 泉典子訳　河出書房新社　2006.6　223p　20cm　1600円　①4-309-20461-9

リクス, ミーガン　*Rix, Megan*　　　　　　児童書

本名＝サイメス, ルース〈Symes, Ruth〉

イギリスの作家。1962年ロンドン生まれ。学習障害児の教育法を学び教職に就くが、その後、アメリカ、ニュージーランド、シンガポールなどでさまざまな職を得て暮らす。タスマニア滞在中に初めての本『マスター・オブ・シークレット』(未訳) を本名のルース・サイメス名義で刊行。その後、児童文学やラジオ、テレビのジャンルで活躍。2006年介助犬の子犬飼育ボランティアを経験してから、動物を扱った作品をミーガン・リクス名で発表している。イギリス在住。

最近の翻訳書

◇『**戦火の三匹―ロンドン大脱出**』　*THE GREAT ESCAPE*　ミーガン・リクス作, 尾高薫訳　徳間書店　2015.11　261p　19cm　1600円　①978-4-19-864050-7

リグズ, ランサム　*Riggs, Ransom*　　　　　ヤングアダルト, スリラー

アメリカの作家。メリーランド州で200年以上続く古い農場に生まれる。ケニオン大学で英文学を、南カリフォルニア大学のシネマ・テレビジョン・スクールで映像を学ぶ。古い写真の収集家でもあり、集めた写真に触発されて書いた初めての小説『ハヤブサが守る家』(2011年) を発表。

最近の翻訳書

◇『**ハヤブサが守る家**』　*MISS PEREGRINE'S HOME FOR PECULIAR CHILDREN*　ランサム・リグズ著, 山田順子訳　東京創元社　2013.10　414p　20cm　2800円　①978-4-488-01656-2

リース, マット・ベイノン　*Rees, Matt Beynon*　　　　ミステリー, スリラー

イギリスの作家、ジャーナリスト。1967年南ウェールズ生まれ。96年よりジャーナリストとして中東の記事を書くようになり、2000年6月から06年1月まで「タイム」誌のエルサレム支局長を務める。ノンフィクションの著作を発表後、07年初のフィクション『ベツレヘムの密告者』を出版、CWA賞最優秀新人賞 (ジョン・クリーシー・ダガー賞) を受賞した。

最近の翻訳書

◇『ベツレヘムの密告者』 *The collaborator of Bethlehem* マット・ベイノン・リース著, 小林淳子訳 ランダムハウス講談社 2009.6 358p 15cm 880円 ①978-4-270-10300-5

リチャードソン, C.S. *Richardson, C.S.* 文学

カナダの作家、ブックデザイナー。1955年生まれ。ブックデザイナーとして20年以上も出版界で活躍し、カナダで最も権威のある書籍装幀の賞であるアルキン賞を受賞。2007年『最期の旅、きみへの道』で作家としてもデビュー、「ワシントン・ポスト」紙ほかの有力紙誌で絶賛され、コモンウェルス作家賞処女長編賞を受賞した。12年『The Emperor of Paris』（未訳）を発表。

最近の翻訳書

◇『最期の旅、きみへの道』 *The end of the alphabet* C.S.リチャードソン著, 青木千鶴訳 早川書房 2008.8 187p 20cm 1500円 ①978-4-15-208952-6

リテル, ジョナサン *Littell, Jonathan* 文学

アメリカの作家。1967年10月10日ニューヨーク市生まれ。父親は数々のスパイ小説で知られるロバート・リテルで、幼い頃に両親と渡仏して、アメリカとフランスで育つ。各国語に堪能で、人道救援組織のメンバーとしてボスニア、チェチェン、アフガニスタン、コンゴなどで活動する。2006年初めてフランス語で書いた長編小説『慈しみの女神たち』を発表すると、フランスでベストセラーとなり、同年のアカデミー・フランセーズ賞文学賞、ゴンクール賞をダブル受賞した。スペインのバルセロナ在住。

最近の翻訳書

◇『慈しみの女神たち　上』 *Les bienveillantes* ジョナサン・リテル著, 菅野昭正, 星埜守之, 篠田勝英, 有田英也訳 集英社 2011.5 555p 22cm 4500円 ①978-4-08-773473-7

◇『慈しみの女神たち　下』 *Les bienveillantes* ジョナサン・リテル著, 菅野昭正, 星埜守之, 篠田勝英, 有田英也訳 集英社 2011.5 438p 22cm 4000円 ①978-4-08-773474-4

リード, ハンナ *Reed, Hannah* ミステリー, ユーモア

本名＝ベーカー, デブ〈Baker, Deb〉

アメリカの作家。1953年ミシガン州エスカナーバ生まれ。デブ・ベーカー名義で執筆した『Murder Passes the Buck』（2006年）でオーサーリンク・インターナショナル新人賞を受賞して作家デビュー。ハンナ・リードの筆名による〈はちみつ探偵〉シリーズでも人気を集める。ウィスコンシン州南部の小さな町で暮らす。

最近の翻訳書

◇『女王バチの不機嫌な朝食』 *BEELINE TO TROUBLE* ハンナ・リード著, 立石光子訳 原書房 2014.11 391p 15cm （コージーブックス　リ1-4—はちみつ探偵　4） 900円 ①978-4-562-06033-7

◇『泣きっ面にハチの大泥棒』 *PLAN BEE* ハンナ・リード著, 立石光子訳 原書房 2013.9 406p 15cm （コージーブックス　リ1-3—はちみつ探偵　3） 895円 ①978-4-562-06019-1

◇『家出ミツバチと森の魔女』 *MIND YOUR OWN BEESWAX* ハンナ・リード著, 立石光子訳 原書房 2012.9 415p 15cm （コージーブックス リ1-2―はちみつ探偵 2） 876円 ①978-4-562-06007-8
◇『ミツバチたちのとんだ災難』 *BUZZ OFF* ハンナ・リード著, 立石光子訳 原書房 2012.4 415p 15cm （コージーブックス リ1-1―はちみつ探偵 1） 876円 ①978-4-562-06001-6

リードベック, ペッテル *Lidbeck, Petter*　　　　　　　児童書

スウェーデンの作家。1964年ヘルシンボルイ生まれ。大学で国語学（スウェーデン語）を専攻。卒業後、フリージャーナリストを経て、97年作家デビュー。のち児童書『日曜日島のパパ―ヴィンニ！ 1』を発表。この〈ヴィンニ〉シリーズ（全4冊）以後、子供向けの本を書き続ける。2005年『王女ヴィクトリアの人生のある一日』でニルス・ホルゲション賞を受賞。ストックホルム在住。

最近の翻訳書
◇『われらがヴィンニ』 *Var Vinni* ペッテル・リードベック作, 菱木晃子訳, 杉田比呂美絵 岩波書店 2011.6 142p 22cm （ヴィンニ！ 4） 1600円 ①978-4-00-115630-0
◇『ヴィンニ イタリアへ行く』 *Vinni har och dar* ペッテル・リードベック作, 菱木晃子訳, 杉田比呂美絵 岩波書店 2011.6 154p 22cm （ヴィンニ！ 3） 1600円 ①978-4-00-115629-4
◇『ヴィンニとひみつの友だち』 *Vinnis vinter* ペッテル・リードベック作, 菱木晃子訳, 杉田比呂美絵 岩波書店 2011.6 156p 22cm （ヴィンニ！ 2） 1600円 ①978-4-00-115628-7
◇『日曜日島のパパ』 *Pappa pa Sondag* ペッテル・リードベック作, 菱木晃子訳, 杉田比呂美絵 岩波書店 2009.6 150p 22cm （ヴィンニ！ 1） 1600円 ①978-4-00-115627-0

リトルフィールド, ソフィー *Littlefield, Sophie*　　　　スリラー, ミステリー

アメリカの作家。ミズーリ州出身。大学を卒業後しばらく働いたのちに結婚し、専業主婦となる。傍ら小説修行を続け、2009年『謝ったって許さない』で長編デビューを果たす。同作はロマンティック・タイムズ・レビュアーズ・チョイス賞ミステリー新人賞を受賞したほか、MWA賞最優秀新人賞の最終候補作となり、アンソニー賞、マカヴィティ賞、バリー賞などの新人賞にもノミネートされた。家族とカリフォルニア州在住。

最近の翻訳書
◇『謝ったって許さない』 *A bad day for sorry* ソフィー・リトルフィールド著, 嵯峨静江訳 早川書房 2010.10 381p 16cm （ハヤカワ・ミステリ文庫 HM376-1） 840円 ①978-4-15-179001-0

リマッサ, アレッサンドロ *Rimassa, Alessandro*　　　　　　文学

イタリアの作家。1975年10月19日生まれ。大学では経済を専攻。会計検査官を志望していたが、文筆業に転向。フリージャーナリストとして雑誌社で働き、現在はテレビ番組なども手がける。2006年アントニオ・インコルバイアとの共著『僕らは、ワーキング・プー』を出版。

海外文学　新進作家事典　　　　　　　　　リリン

最近の翻訳書

◇『僕らは、ワーキング・プー』 *Generazione mille euro*　アントニオ・インコ
ルバイア, アレッサンドロ・リマッサ著, アンフィニジャパン・プロジェクト
訳　世界文化社　2007.10　255p　19cm　1500円　①978-4-418-07513-3

リミントン, ステラ　*Rimington, Stella*　　　　　　　ミステリー, スリラー

イギリスの作家。元イギリス情報局保安部(MI5)部長。1935年5月13日ロンドン生まれ。エ
ディンバラ大学を卒業し、63年結婚。69年MI5入り。極左・極右グループによる国家転覆活動
を防止する "F局"、ソ連・東欧諸国のスパイ活動を監視する "K局" を中心にキャリアを積み、
副部長から、92年2月初の女性部長に就任。95年辞意を表明し、96年4月辞任。在任中は情報
公開を積極的に推進したことで評価を得た。2001年自叙伝『Open Secret』を発表、ベストセ
ラーになる。『リスクファクター』(04年) などの小説も執筆。

最近の翻訳書

◇『リスクファクター』 *At risk*　ステラ・リミントン著, 田辺千幸訳　ランダ
ムハウス講談社　2007.6　558p　15cm　950円　①978-4-270-10101-8

リャン, ダイアン・ウェイ　*Liang, Diane Wei*　　　　　　　　　ミステリー

アメリカの作家。1966年中国北京生まれ。幼い頃に文化大革命の下放で両親とともに中国奥
地の強制収容所で暮らした経験がある。北京大学で心理学を専攻するが、学生の民主化運動に
参加、天安門事件のあとアメリカへ移住。カーネギー・メロン大学で経営学の博士号を取得。
天安門事件を回想したノンフィクションを上梓した後、2008年ミステリー小説『翡翠の眼』を
発表。同年シリーズ第2作の『Paper Butterfly』(未訳)を刊行した。

最近の翻訳書

◇『翡翠の眼』 *The eye of jade*　ダイアン・ウェイ・リャン著, 羽地和世訳
ランダムハウス講談社　2008.6　311p　15cm　850円　①978-4-270-10197-1

リュウ, ケン　*Liu, Ken*　　　　　　　　　　　　　　　SF, ファンタジー

アメリカの作家、翻訳家。1976年中国甘粛省生まれ。漢字名は劉宇昆。11歳の時に家族ととも
に渡米。ハーバード大学で文学とコンピューターを学んだ。2002年短編「Carthaginian Rose」
でデビュー。その後も精力的に短編を発表し、12年短編集『紙の動物園』の表題作はヒューゴー
賞、ネビュラ賞、世界幻想文学大賞という史上初の3冠に輝いた。15年初の長編『The Grace
of Kings』を刊行。テッド・チャンに続く現代アメリカSFの新鋭と言われる。創作以外に中国
SFの英訳紹介も行う。弁護士、プログラマーとしての顔も持つ。マサチューセッツ州在住。

最近の翻訳書

◇『紙の動物園』 *THE PAPER MENAGERIE Mono no Aware*ほか　ケン・
リュウ著, 古沢嘉通編・訳　早川書房　2015.4　413p　19cm　(新☆ハヤカ
ワ・SF・シリーズ　5020)　1900円　①978-4-15-335020-5

リリン, ニコライ　*Lilin, Nicolai*　　　　　　　　　　　　　　　文学

ロシアの作家。1980年2月12日旧ソ連南部の紛争地域トランスニストリア(沿ドニエストル共
和国)のベンデルに生まれる。本名はニコライ・ヴェリビツキ。"リリン" は、母親の名前にち
なんだ筆名で、2004年イタリアに渡り、09年イタリア語で書いた最初の小説『シベリアの掟』

を刊行。11年ミラノで文化プロジェクト"コリマ・コンテンポラリー・カルチャー"を立ち上げ、13年にはヴェネト州ソレジーノにタトゥー工房マルキアトゥリフィーチョを開設。12年よりミラノのヨーロッパデザインスクールでクリエイティブ・ライティングの講座を担当。

最近の翻訳書

◇『シベリアの掟』 *EDUCAZIONE SIBERIANA* ニコライ・リリン著, 片野道郎訳 東邦出版 2015.2 398p 19cm 1800円 ⓘ978-4-8094-1298-1

リロイ, J.T. *LeRoy, J.T.*

文学

アメリカの作家。1980年ウェストバージニア州生まれの男性作家、ミュージシャンで、16歳から執筆活動を始め、ターミネイター名義で新聞、雑誌に寄稿。18歳で自伝的小説『サラ、神に背いた少年』(99年)を発表、過激な内容で大きな話題を呼び、早熟の天才作家としてマドンナ、ウィノナ・ライダー、コートニー・ラブ、トム・ウェイツ、ガス・ヴァン・サントらに絶賛される。続く『サラ、いつわりの祈り』(2001年)は、アーシア・アルジェント監督・脚本・主演で映画化された。しかし、06年2月「ニューヨーク・タイムズ」紙の調査によりJ.T.リロイは架空の存在で、これまで発表した作品は1965年11月2日ニューヨーク生まれの女性作家ローラ・アルバートの手による物だと判明。ローラの夫の妹がJ.T.リロイに"変装"して公の場に登場していたこともあり、その報道は全米に衝撃を与えた。

最近の翻訳書

◇『かたつむりハロルド』 *Harold's end* J.T.リロイ著, 金谷朋樹訳 USEN 2006.3 57p 図版12枚 22cm (Eyescream books) 1800円 ⓘ4-401-72102-0

リーン, サラ *Lean, Sarah*

児童書

イギリスの作家。庭師や小学校教師などさまざまな職業を経て、ウィンチェスター大学で創作を学ぶ。『一年後のおくりもの』(2012年)が初めての小説で、イギリスでベストセラーとなった。同作で13年障害のある子供や家族を描いた優れた作品に贈られるシュナイダー・ファミリーブック賞を受賞。家族とともにドーセット在住。

最近の翻訳書

◇『一年後のおくりもの』 *A dog called Homeless* サラ・リーン作, 宮坂宏美訳, 片山若子絵 あかね書房 2014.12 237p 21cm (スプラッシュ・ストーリーズ 20) 1500円 ⓘ978-4-251-04420-4

リン, フランシー *Lin, Francie*

ミステリー, スリラー

アメリカの作家。台湾系。ユタ州ソルトレークシティ生まれ。ハーバード大学卒業後、1998〜2004年「The Threepenny Review」の編集者を務めた。08年発表のデビュー作『台北の夜』でMWA賞最優秀新人賞を受賞。マサチューセッツ州グリーンフィールド在住。

最近の翻訳書

◇『台北の夜』 *The foreigner* フランシー・リン著, 和泉裕子訳 早川書房 2010.1 477p 16cm (ハヤカワ・ミステリ文庫 HM369-1) 900円 ⓘ978-4-15-178601-3

海外文学　新進作家事典　　　リンク

リン, マット　*Lynn, Matt*　　　ミステリー, スリラー

別名＝リン, マシュー〈Lynn, Matthew〉

イギリスの作家、ジャーナリスト。イギリス南西部のデボン州エクセターで生まれ、ダブリンやロンドンで少年時代を過ごす。オックスフォードのベイリオル・カレッジで政治、哲学、経済を学び、「ファイナンシャル・タイムズ」「タイム」「サンデー・タイムズ」各紙誌の記者として働いた後、アメリカのニュース・エージェンシー「ブルームバーグ」のコラムニストや「サンデー・ビジネス」の契約記者として活躍。また、インターネット会社トークチャット創設者でもある。航空機業界などの内幕を扱った経済ノンフィクションの『Billion-Dollar Battle』『ボーイングvsエアバス─旅客機メーカーの栄光と挫折』といった著作があり、1997年マシュー・リン名義で初の小説『疑惑の薬』を発表。また、ベストセラー作家のゴーストライターとして数多くの作品を執筆。2009年マット・リン名義で『アフガン、死の特殊部隊』を発表、最新の世界情勢を織り込んだ軍事小説として書評家に絶賛され、シリーズ化される。

最近の翻訳書

◇『北極の白魔』 *Ice force*　マット・リン著, 熊谷千寿訳　ソフトバンククリエイティブ　2013.10　535p　16cm　（ソフトバンク文庫　リ1-4）　900円　①978-4-7973-7170-3

◇『無法海域掃討作戦』 *Shadow force*　マット・リン著, 熊谷千寿訳　ソフトバンククリエイティブ　2012.2　525p　16cm　（ソフトバンク文庫　リー1-3）　900円　①978-4-7973-6547-4

◇『暗黒の特殊作戦』 *Fire force*　マット・リン著, 熊谷千寿訳　ソフトバンククリエイティブ　2011.2　535p　16cm　（ソフトバンク文庫　リー1-2）　900円　①978-4-7973-6102-5

◇『アフガン、死の特殊部隊』 *Death force*　マット・リン著, 熊谷千寿訳　ソフトバンククリエイティブ　2010.3　501p　16cm　（ソフトバンク文庫　リー1-1）　900円　①978-4-7973-5627-4

リンク, ケリー　*Link, Kelly*　　　文学, SF

アメリカの作家。1969年フロリダ州マイアミ生まれ。コロンビア大学で学士号、ノースカロライナ大学で修士号を取得。95年『黒犬の背に水』でデビュー後、97年『雪の女王と旅して』でジェイムズ・ティプトリー・ジュニア賞、99年『スペシャリストの帽子』で世界幻想文学大賞、2001年『ルイーズのゴースト』でネビュラ賞を受賞した。第2短編集『マジック・フォー・ビギナーズ』（05年）は、収録した表題作がネビュラ賞を、「妖精のハンドバック」がヒューゴー賞などを受賞し、06年のローカス賞短編集部門を受賞した。第3短編集『プリティ・モンスターズ』（08年）では、表題作がローカス賞中編部門を受賞している。夫と出版社スモール・ビア・プレスを共同経営。

最近の翻訳書

◇『プリティ・モンスターズ』 *PRETTY MONSTERS*　ケリー・リンク著, 柴田元幸訳　早川書房　2014.7　470p　20cm　2500円　①978-4-15-209469-8

◇『マジック・フォー・ビギナーズ』 *Magic for beginners.*［*etc.*］　ケリー・リンク著, 柴田元幸訳　早川書房　2012.2　490p　16cm　（ハヤカワepi文庫　epi 68）　1000円　①978-4-15-120068-7

◇『マジック・フォー・ビギナーズ』 *Magic for beginners*　ケリー・リンク著, 柴田元幸訳　早川書房　2007.7　376p　20cm　2000円　①978-4-15-208839-0

リンゴー, ジョン　*Ringo, John*　　　　　SF, ファンタジー

アメリカの作家。1963年3月20日フロリダ州マイアミ・デイド生まれ。父親の仕事の関係で外国生活が多く、高校を卒業するまでにエジプト、イラク、ギリシア、スイスなど合計23カ国に住み、アメリカ国内でもアラバマ州、フロリダ州、ジョージア州などに住む。高校卒業後、陸軍に入隊。第82空挺師団の第508落下傘歩兵連隊第1大隊などで4年間の従軍を経て、2年間のフロリダ州兵を経験し、除隊後は大学に入って海洋生物学を学ぶ。大学卒業後はデータベース管理の仕事に就きながらSFを執筆。2000年『大戦前夜』で作家デビュー。戦争SFのジャンルに新風を吹きこみ、たちまちベストセラーに。以後ミリタリーSFの話題作を次々に発表している。

最近の翻訳書

◇『**地球戦線　4**』 *Gust front* ジョン・リンゴー著, 月岡小穂訳　早川書房
2011.1　319p　15cm　（ハヤカワ文庫SF―ポスリーン・ウォー　2）　740円
①978-4-15-011793-1

◇『**地球戦線　3**』 *Gust front* ジョン・リンゴー著, 月岡小穂訳　早川書房
2010.12　319p　16cm　（ハヤカワ文庫　SF1790―ポスリーン・ウォー　2）
740円　①978-4-15-011790-0

◇『**地球戦線　2**』 *Gust front* ジョン・リンゴー著, 月岡小穂訳　早川書房
2010.11　319p　16cm　（ハヤカワ文庫　SF1785―ポスリーン・ウォー　2）
740円　①978-4-15-011785-6

◇『**地球戦線　1**』 *Gust front* ジョン・リンゴー著, 月岡小穂訳　早川書房
2010.10　335p　16cm　（ハヤカワ文庫　SF1781―ポスリーン・ウォー　2）
740円　①978-4-15-011781-8

◇『**大戦前夜　上**』 *A hymn before battle* ジョン・リンゴー著, 月岡小穂訳
早川書房　2010.7　350p　16cm　（ハヤカワ文庫　SF1767―ポスリーン・
ウォー　1）　740円　①978-4-15-011767-2

◇『**大戦前夜　下**』 *A hymn before battle* ジョン・リンゴー著, 月岡小穂訳
早川書房　2010.7　351p　16cm　（ハヤカワ文庫　SF1768―ポスリーン・
ウォー　1）　740円　①978-4-15-011768-9

リンズ, ゲイル　*Lynds, Gayle*　　　　　ミステリー, スリラー

アメリカの作家。ネブラスカ州オマハ生まれ。アイオワ大学でジャーナリズムの学位を取得、卒業後は新聞記者となる。その後、弁護士と結婚してカリフォルニア州へ移り、ゼネラル・エレクトリック（GE）で3年間働くが、離婚。男性名で冒険小説やジュブナイル小説を発表しはじめ、1996年の『マスカレード』から本名のゲイル・リンズ名義を用いる。男まさりの筆致で国際謀略の世界を描き "スパイ小説の女王" とも評される。ミステリー作家のマイケル・コリンズと結婚したが、2005年に死別した。

最近の翻訳書

◇『**裏切りのスパイたち**』 *The last spymaster* ゲイル・リンズ著, 山本光伸訳
二見書房　2008.7　574p　15cm　（二見文庫―ザ・ミステリ・コレクション）
952円　①978-4-576-08061-1

リンチ, スコット　*Lynch, Scott*　　　　　SF, ファンタジー

アメリカの作家。1978年4月2日ミネソタ州セントポール生まれ。2006年詐欺師の悪党紳士団を描いた『ロック・ラモーラの優雅なたくらみ』でデビュー。さまざまな賞の最終候補作にノ

海外文学　新進作家事典　　　　　　　　　　　　　　リントク

ミネートされ、〈Gentleman Bastard〉としてシリーズ化される。

最近の翻訳書

◇『ロック・ラモーラの優雅なたくらみ』　*The lies of Locke Lamora*　スコッ
ト・リンチ著, 原島文世訳　早川書房　2007.6　586p　20cm　2300円
①978-4-15-208830-7

リンデル, スーザン　*Rindell, Suzanne*　　　　　　　　　　　　　　歴史

アメリカの作家。カリフォルニア州サクラメント生まれ。2006年テキサスの大学院に入学。10
年スーツケース1つでニューヨークへ行き、著作権を扱うエージェンシーで働きながらデビュー
作『もうひとりのタイピスト』を書き上げ、ロサンゼルス公立図書館が選ぶ最優秀フィクショ
ン、書評誌「カーカス・レビュー」年間ベスト・ブックス(13年)に選ばれる。ヒューストン
のライス大学英文学博士課程でアメリカ近代文学を学びながら、短編小説や詩を発表。ニュー
ヨーク市在住。

最近の翻訳書

◇『もうひとりのタイピスト』　*THE OTHER TYPIST*　スーザン・リンデル
著, 吉澤康子訳　東京創元社　2015.10　365p　19cm　1900円　①978-4-488-
01048-5

リンド, ヘイリー　*Lind, Hailey*　　　　　　　　　　　　ミステリー, スリラー

ヘイリー・リンドは、アメリカの作家ジュリエット・ブラックウェル(Juliet Blackwell)とキャ
ロライン・J.ローズ(Carolyn J. Laws)の姉妹による共同筆名。カリフォルニア州出身。画家
兼疑似塗装師のアニー・キンケイドを主人公とした〈アート・ラヴァーズ・ミステリー〉シリー
ズの第1作『贋作と共に去りぬ』はアガサ賞にノミネートされ、続く第2作『贋作に明日はな
い』、第3作『暗くなるまで贋作を』も全米でベストセラーを記録。

最近の翻訳書

◇『暗くなるまで贋作を』　*Brush with death*　ヘイリー・リンド著, 岩田佳代子
訳　東京創元社　2012.11　475p　15cm　(創元推理文庫　Mリ6-3)　1300
円　①978-4-488-18106-2
◇『贋作に明日はない』　*Shooting gallery*　ヘイリー・リンド著, 岩田佳代子訳
東京創元社　2012.1　478p　15cm　(創元推理文庫　181-05)　1260円
①978-4-488-18105-5
◇『贋作と共に去りぬ』　*Feint of art*　ヘイリー・リンド著, 岩田佳代子訳　東
京創元社　2011.8　473p　15cm　(創元推理文庫)　1180円　①978-4-488-
18104-8

リンドクヴィスト, ヨン・アイヴィデ　*Lindqvist, John Ajvide*　　　　ホラー

スウェーデンの作家。1968年12月2日ストックホルム郊外ブラッケベリ生まれ。マジシャン、
スタンダップ・コメディアン、シナリオライターなど多彩な経歴を持つ。2004年ヴァンパイ
ア・ホラー『Morse』で作家デビュー。翌05年にはゾンビを題材にした第2作『Hanteringen av
odöda』がベストセラーになった。"スウェーデンのスティーブン・キング"の異名を取る。

最近の翻訳書

◇『**Morse　上**』　*Let me in*　ヨン・アイヴィデ・リンドクヴィスト著, 富永和
子訳　早川書房　2009.12　362p　16cm　(ハヤカワ文庫　NV1209)　780円

ⓘ978-4-15-041209-8

◇『**Morse 下**』 *Let me in* ヨン・アイヴィデ・リンドクヴィスト著, 富永和子訳 早川書房 2009.12 409p 16cm （ハヤカワ文庫 NV1210） 780円 ⓘ978-4-15-041210-4

〔 ル 〕

ルー, マリー　*Lu, Marie*

SF, ファンタジー

アメリカの作家。1984年中国江蘇省無錫生まれ。天安門事件が起きた89年、5歳の時に家族とともにアメリカに移住。14歳の頃から本格的に小説を書き始め、2011年恋愛アクション『レジェンド』でデビュー。南カリフォルニア大学で政治学を学び、専業作家になる前はゲーム会社でアートディレクターとして働いていた。カリフォルニア州ロサンゼルス在住。

最近の翻訳書

◇『レジェンド─伝説の闘士ジューン&デイ』 *LEGEND* マリー・ルー著, 三辺律子訳　新潮社　2012.6　420p　16cm　（新潮文庫　ルー4-1）　710円 ⓘ978-4-10-218061-7

ルイ, エドゥアール　*Louis, Édouard*

文学

フランスの作家。1992年10月30日ソンム県アランクール生まれ。エディ・ベルグルからエドゥアール・ルイに改名。エコール・ノルマル・シュペリウール（高等師範学校）で哲学と社会学を学び、社会学者ピエール・ブルデューを専門として『ピエール・ブルデュー論』を刊行。また、フランス大学出版局（PUF）で叢書の編集責任者も務める。在学中の21歳の時、自身の半生を赤裸々に綴った小説第1作『エディに別れを告げて』(2014年)を発表。現代フランスにおける貧困の実態、想像を超える差別主義を語った衝撃的な作品として話題を呼ぶ。パリ在住。

最近の翻訳書

◇『エディに別れを告げて』 *EN FINIR AVEC EDDY BELLEGUEULE* エドゥアール・ルイ著, 高橋啓訳　東京創元社　2015.4　246p　20cm　（海外文学セレクション）　1700円　ⓘ978-4-488-01657-9

ルイス, サイモン　*Lewis, Simon*

ミステリー, スリラー

イギリスの作家。1971年ウェールズ生まれ。ロンドン大学ゴールドスミスカレッジでアートを専攻後、トラベルライターとして旅行ガイドの〈Rough Guide〉シリーズの中国を担当執筆。99年小説『Go』を出版。長編小説第2作にあたる『黒竜江から来た警部』は8カ国で出版され、「タイムズ・オンライン」選出・年間優秀犯罪小説、「ロサンゼルス・タイムズ」紙ブックプライズ最終候補作となる。ロンドン南部ブリクストンを拠点にしながら中国と日本でも執筆活動を続ける。

最近の翻訳書

◇『黒竜江から来た警部』 *Bad traffic* サイモン・ルイス著, 堀川志野舞訳　武田ランダムハウスジャパン　2010.7　503p　15cm　（RHブックス+プラス　ル2-1）　950円　ⓘ978-4-270-10357-9

海外文学　新進作家事典　　　　　　　　　　　　　　　ルスルン

ルイス, ジル　*Lewis, Gill*　　　　　　　　　　　　　　ヤングアダルト

イギリスの作家。バース郊外出身。大学では獣医学を専攻。卒業後は獣医として働く傍ら、野生動物との出会いを求めてさまざまな国を旅行する。バースの大学で子供の本の創作を学び、執筆活動を開始。2011年『ミサゴのくる谷』で作家デビューし、高い評価を受ける。

最近の翻訳書

◇『白いイルカの浜辺』　*WHITE DOLPHIN*　ジル・ルイス作, さくまゆみこ訳
評論社　2015.7　294p　21cm　（評論社の児童図書館・文学の部屋）　1600
円　①978-4-566-01394-0

◇『ミサゴのくる谷』　*SKY HAWK*　ジル・ルイス作, さくまゆみこ訳　評論社
2013.6　278p　21cm　（評論社の児童図書館・文学の部屋）　1600円　①978-
4-566-01385-8

ルヴォワル, ニーナ　*Revoyr, Nina*　　　　　　　　　　　ミステリー

アメリカの作家。日本人の母親とポーランド系アメリカ人の父親のもと東京で生まれ、5歳でアメリカに移住してウィスコンシン州、カリフォルニア州ロサンゼルスで育つ。1997年『The Necessary Hunger』でデビュー。第2作にあたる『ある日系人の肖像』で2004年度のMWA賞最優秀ペーパーバック賞にノミネートされた。第3長編『銀幕に夢をみた』は08年度ロサンゼルス・タイムズ文学賞の最終候補となった。

最近の翻訳書

◇『銀幕に夢をみた』　*The age of dreaming*　ニーナ・ルヴォワル著, 長澤あかね訳　PHP研究所　2011.3　505p　15cm　（PHP文芸文庫　る1-1）　952円
①978-4-569-67629-6

ルースルンド, アンデシュ　*Roslund, Anders*　　　　　ミステリー, スリラー

スウェーデンの作家、ジャーナリスト。1961年生まれ。スウェーデン公営テレビの文化ニュース番組を立ち上げ、数年間にわたって番組を統括。そのほか10年間にわたり、報道記者、リポーター、報道番組のデスクなどを務めた。犯罪の防止を目指す団体KRIS（Kriminellas Revansch I Samhället—犯罪者による社会への返礼）を取材した際にベリエ・ヘルストレムと知り合い、共作『制裁』を刊行。同作はグラスニッケル賞最優秀北欧犯罪小説賞を受け、スウェーデンのベストセラー・リストに14週連続でランクインした。以後、共作で『ボックス21』『死刑囚』『三秒間の死角』などを発表。

最近の翻訳書

◇『三秒間の死角　上』　*TRE SEKUNDER*　アンデシュ・ルースルンド, ベリエ・ヘルストレム著, ヘレンハルメ美穂訳　KADOKAWA　2013.10　451p
15cm　（角川文庫　ル4-1）　840円　①978-4-04-101073-0

◇『三秒間の死角　下』　*TRE SEKUNDER*　アンデシュ・ルースルンド, ベリエ・ヘルストレム著, ヘレンハルメ美穂訳　KADOKAWA　2013.10　459p
15cm　（角川文庫　ル4-2）　840円　①978-4-04-101074-7

◇『死刑囚』　*Edward Finnigans upprättelse*　アンデシュ・ルースルンド, ベリエ・ヘルストレム著, ヘレンハルメ美穂訳　武田ランダムハウスジャパン
2011.1　566p　15cm　（RHブックス＋プラス　ル1-3）　950円　①978-4-
270-10375-3

◇『ボックス21』　*Box 21*　アンデシュ・ルースルンド, ベリエ・ヘルストレム
著, ヘレンハルメ美穂訳　ランダムハウス講談社　2009.4　614p　15cm　950

493

ルツカ　　　　　　　海外文学　新進作家事典

円　①978-4-270-10286-2
◇『制裁』　*Odjuret*　アンデシュ・ルースルンド、ベリエ・ヘルストレム著, ヘレ
ンハルメ美穂訳　ランダムハウス講談社　2007.7　559p　15cm　950円
①978-4-270-10107-0

ルッカ, グレッグ　*Rucka, Greg*　　　　　　　　　　　　　　　　ミステリー

アメリカの作家。1970年カリフォルニア州サンフランシスコ生まれ。9歳の時に短編小説コン
クールで1位に選ばれて自信をつけた。ニューヨーク州のバッサー大学を卒業し、南カリフォ
ルニア大学創作学科で修士号を取得。96年プロのボディガードを主人公にした〈アティカス・
コディアック〉シリーズの第1作『守護者（キーパー）』で作家デビュー、シェイマス賞最優秀
処女長編賞にノミネートされた。

*** 最近の翻訳書 ***

◇『回帰者』　*Walking dead*　グレッグ・ルッカ著, 飯干京子訳　講談社　2010.
8　512p　15cm　（講談社文庫　る2-8）　876円　①978-4-06-276736-1
◇『哀国者』　*Patriot acts*　グレッグ・ルッカ著, 飯干京子訳　講談社　2008.9
546p　15cm　（講談社文庫）　895円　①978-4-06-276163-5
◆『天使は容赦なく殺す』　*A gentleman's game*　グレッグ・ルッカ著, 佐々田
雅子訳　文藝春秋　2007.8　379p　19cm　2667円　①978-4-16-326250-5
◇『逸脱者　上』　*Critical space*　グレッグ・ルッカ著, 飯干京子訳　講談社
2006.1　359p　15cm　（講談社文庫）　695円　①4-06-275307-3
◇『逸脱者　下』　*Critical space*　グレッグ・ルッカ著, 飯干京子訳　講談社
2006.1　395p　15cm　（講談社文庫）　695円　①4-06-275310-3

ルツコスキ, マリー　*Rutkoski, Marie*　　　　　　　　　　　　ファンタジー

アメリカの作家、ブルックリン大学教授。イリノイ州ヒンスデール生まれ。アイオワ大学で
BAを取得後、ハーバード大学でシェイクスピアを研究。ブルックリン大学の英文学教授とし
てルネッサンス期の戯曲や児童文学・小説を講じる一方、作家として活動。夫と2人の息子と
ニューヨーク市在住。

*** 最近の翻訳書 ***

◇『天球儀（セレスチアル・グローブ）とイングランドの魔法使い』　*The
celestial globe*　マリー・ルツコスキ著, 圷香織訳　東京創元社　2011.2
430p　15cm　（創元推理文庫　556-03）　1200円　①978-4-488-55603-7
◇『ボヘミアの不思議（ワンダー）キャビネット』　*The cabinet of wonders*　マ
リー・ルツコスキ著, 圷香織訳　東京創元社　2010.11　350p　15cm　（創元
推理文庫　556-02）　980円　①978-4-488-55602-0

ルービン, ジェイ　*Rubin, Jay*　　　　　　　　　　　　　　　　　　文学

アメリカの日本文学者、翻訳家、ハーバード大学名誉教授。1941年ワシントンD.C.生まれ。シ
カゴ大学大学院博士課程修了。ワシントン大学教授、ハーバード大学教授を歴任。教鞭を執
る傍ら、日本の小説を英訳。夏目漱石、坂口安吾、村上春樹など、時代、テーマなどが異なる
さまざまな作家の作品を手がける。2003年村上春樹の『ねじまき鳥クロニクル』の翻訳『The
Wind-Up Bird Chronicle』で野間文芸翻訳賞を受賞。ほかに村上春樹『ノルウェイの森』など
の英訳があり、村上作品の翻訳者として世界的に知られる。15年73歳で初の小説『日々の光』

（柴田元幸・平塚隼介訳）を出版。

最近の翻訳書

◇『日々の光』 *THE SUN GODS* ジェイ・ルービン著, 柴田元幸, 平塚隼介訳
新潮社 2015.7 461p 20cm 2900円 ①978-4-10-505372-7

ルーベンフェルド, ジェド *Rubenfeld, Jed* ミステリー

アメリカの作家、法学者、エール大学教授。ワシントンD.C.生まれ。ジュリアード学院でシェイクスピアについて学び、プリンストン大学の卒業論文のテーマは精神医学者のジグムント・フロイト。ハーバード大学ロー・スクールで博士号を取得。2006年初の小説で、フロイトやユングが殺人事件の真相に迫る『殺人者は夢を見るか』を発表した。

最近の翻訳書

◇『殺人者は夢を見るか　上』 *The interpretation of murder* ジェド・ルーベンフェルド著, 鈴木恵訳 講談社 2007.10 366p 15cm （講談社文庫）752円 ①978-4-06-275877-2
◇『殺人者は夢を見るか　下』 *The interpretation of murder* ジェド・ルーベンフェルド著, 鈴木恵訳 講談社 2007.10 321p 15cm （講談社文庫）714円 ①978-4-06-275901-4

ルメートル, ピエール *Lemaitre, Pierre* ミステリー, サスペンス

フランスの作家。1951年4月19日パリ生まれ。教職を経て、2006年〈カミーユ・ヴェルーヴェン警部〉シリーズの第1作『悲しみのイレーヌ』で作家デビュー。同作でコニャック・ミステリー大賞ほか4つのミステリー賞を受賞。シリーズ第2作『その女アレックス』はCWA賞インターナショナル・ダガー賞を受賞した。日本では「このミステリーがすごい！」など4つのミステリーランキングで1位となり、ベストセラーとなった。13年初めて発表した文学作品『天国でまた会おう』でフランスを代表する文学賞であるゴンクール賞を受賞。

最近の翻訳書

◇『天国でまた会おう』 *AU REVOIR LÀ-HAUT* ピエール・ルメートル著, 平岡敦訳 早川書房 2015.10 582p 20cm 3200円 ①978-4-15-209571-8
◇『天国でまた会おう　上』 *AU REVOIR LÀ-HAUT* ピエール・ルメートル著, 平岡敦訳 早川書房 2015.10 334p 16cm （ハヤカワ・ミステリ文庫 HM 425-1） 740円 ①978-4-15-181451-8
◇『天国でまた会おう　下』 *AU REVOIR LÀ-HAUT* ピエール・ルメートル著, 平岡敦訳 早川書房 2015.10 321p 16cm （ハヤカワ・ミステリ文庫 HM 425-2） 740円 ①978-4-15-181452-5
◇『悲しみのイレーヌ』 *Travail soigné* ピエール・ルメートル著, 橘明美訳 文藝春秋 2015.10 472p 16cm （文春文庫 ル6-3） 860円 ①978-4-16-790480-7
◇『死のドレスを花婿に』 *Robe de marié* ピエール・ルメートル著, 吉田恒雄訳 文藝春秋 2015.4 388p 16cm （文春文庫 ル6-2） 790円 ①978-4-16-790356-5
◇『その女アレックス』 *ALEX* ピエール・ルメートル著, 橘明美訳 文藝春秋 2014.9 457p 16cm （文春文庫 ル6-1） 860円 ①978-4-16-790196-7
◇『死のドレスを花婿に』 *Robe de marie* ピエール・ルメートル著, 吉田恒雄訳 柏書房 2009.8 374p 19cm 1800円 ①978-4-7601-3586-8

〔レ〕

レイナード, シルヴァイン　*Reynard, Sylvain*　　　　　　　文学, ロマンス

カナダの作家。ネットで発表した小説をもとに、ダンテの『神曲』をモチーフにしたコンテ
ンポラリー・ロマンス『インフェルノ』(2011年) を出版。同作は「ニューヨーク・タイムズ」
「USAトゥデイ」各紙のベストセラー・リスト入りし、一挙に有名作家の仲間入りを果たした。
本名は明かしていない。

最近の翻訳書

◇『ガブリエル　上』*GABRIEL'S RAPTURE*　シルヴァイン・レイナード
　　著, 高里ひろ訳　早川書房　2013.5　322p　19cm　(RiViERA)　1400円
　　①978-4-15-209375-2
◇『ガブリエル　下』*GABRIEL'S RAPTURE*　シルヴァイン・レイナード
　　著, 高里ひろ訳　早川書房　2013.5　333p　19cm　(RiViERA)　1400円
　　①978-4-15-209376-9
◇『インフェルノ　上』*GABRIEL'S INFERNO*　シルヴァイン・レイナード
　　著, 高里ひろ訳　早川書房　2012.12　405p　19cm　(RiViERA)　1400円
　　①978-4-15-209344-8
◇『インフェルノ　下』*GABRIEL'S INFERNO*　シルヴァイン・レイナード
　　著, 高里ひろ訳　早川書房　2012.12　405p　19cm　(RiViERA)　1400円
　　①978-4-15-209345-5

レヴィ, ジュスティーヌ　*Lévy, Justine*　　　　　　　　　　　文学

フランスの作家。1974年生まれ。本名はジュスティーヌ・ジュリエット・レヴィ。哲学者ベル
ナール・アンリ・レヴィ (通称BHL) の長女。パリ大学で哲学を専攻していた20歳の時、『あた
しのママ』で作家としてデビューし、96年コントルポワン仏文学賞を受賞。知的でみずみずし
い作風から“新しいサガン”と呼ばれ、ヨーロッパ各国だけでなくアメリカでも絶賛を博した。
第2作『Rien de grave』でル・ヴォードヴィル文学賞 (2004年) を受賞。そのセンセーショナル
な内容から一躍時の人なる。映画「デュラス―愛の最終章」(01年) には女優として出演した。

最近の翻訳書

◇『あたしのママ』*Le rendez-vous*　ジュスティーヌ・レヴィ著, 河野万里子訳
　　ディスカヴァー・トゥエンティワン　2008.4　220p　19cm　1700円　①978-
　　4-88759-631-3

レヴィ, マルク　*Levy, Marc*　　　　　　　　　　　　　　　　文学

フランスの作家、建築家。1961年10月16日ブーローニュ・ビヤンクール生まれ。アメリカの
サンフランシスコで6年間生活したのち帰国し、91年建築事務所を設立。アメリカとヨーロッ
パを行き来し、フランス有数の建築事務所と認められるようになり、500以上の社屋を設計し
た。98年10歳になる息子のために創作した物語『夢でなければ』で作家デビュー、同作はフ
ランスで大ベストセラーとなり、世界約40カ国で翻訳される。さらに刊行2カ月前に映画監督
スティーブン・スピルバーグの目に留まり、99年10月ドリーム・ワークスによって映画化が
決定、2005年「ジャスト・ライク・ヘブン」(邦題「恋人はゴースト」) として全米公開された。

海外文学　新進作家事典　　　　　　　　　　　　　　レスマン

この間、建築事務所を退職し、ロンドンに移り住み、執筆活動に専念する。00年から1年1冊の
ペースで作品を刊行、いずれもが母国で100万部を突破し、世界約40カ国で翻訳されるなど、
フランスを代表する作家となる。08年初来日。

最近の翻訳書

◇『時間（とき）を超えて』 *La prochaine fois*　マルク・レヴィ著, 山田浩之訳
　　PHP研究所　2009.5　299p　19cm　1600円　①978-4-569-70633-7
◇『ぼくの友だち、あるいは、友だちのぼく』 *Mes amis, mes amours*　マル
　　ク・レヴィ著, 藤本優子訳　PHP研究所　2009.3　429p　19cm　1800円
　　①978-4-569-70564-4
◇『あなたを探して』 *Ou es-tu?*　マルク・レヴィ著, 藤本優子訳　PHP研究
　　所　2008.12　319p　19cm　1200円　①978-4-569-70423-4
◇『永遠の七日間』 *Sept jours pour une eternite..*　マルク・レヴィ著, 藤本優
　　子訳　PHP研究所　2008.11　313p　19cm　1200円　①978-4-569-69922-6

レヴィツカ, マリーナ　*Lewycka, Marina*　　　　　　　　　　　文学

イギリスの作家。第二次大戦後の1946年、ウクライナ出身の両親のもとドイツ・キールの難
民キャンプで生まれる。1歳の時に一家でイギリスへ移住。キール大学とヨーク大学で学ぶ。
2005年58歳で小説家としてデビュー。処女作『おっぱいとトラクター』は37カ国で出版され、
200万部を超えるベストセラーとなる。同作はブッカー賞の候補となり、イギリスのコメディ
賞ボランジェ・エブリマン・ウッドハウス賞を女性として初めて受賞。自身の生い立ちをベー
スにした作風で独特の文学性、ヒューマニズム、ユーモアを持ち、ヨーロッパで高い評価を得
ている。シェフィールド・ハラム大学で教鞭も執る。10年国際ペン東京大会のため初来日。

最近の翻訳書

◇『おっぱいとトラクター』 *A short history of tractors in Ukrainian*　マリー
　　ナ・レヴィツカ著, 青木純子訳　集英社　2010.8　461p　16cm　（集英社文
　　庫　レ10-1）　800円　①978-4-08-760609-6

レヴィンスン, ロバート・S.　*Levinson, Robert S.*　　　　ミステリー, スリラー

アメリカの作家。新聞記者を経て、広報マンとなり、エルトン・ジョンやスティービー・ワン
ダー、20世紀フォックスやコロンビア映画など、多数のクライアントを担当。1999年〈ニール
＆ステヴィ〉シリーズの第1作『The Elvis and Marilyn Affair』で作家デビュー。日本には第
2作の『ジェームズ・ディーン殺人事件』（2001年）が紹介されている。

最近の翻訳書

◇『ジェームズ・ディーン殺人事件』 *The James Dean affair*　ロバート・S.レ
　　ヴィンスン著, 薩摩美知子訳　扶桑社　2007.1　582p　16cm　（扶桑社ミス
　　テリー）　1000円　①978-4-594-05302-4

レスマン, C.B.　*Lessmann, C.B.*　　　　　　　　　　　　　　児童書

C.B.レスマンは、最も有名なドイツの児童文学作家クリスティアン・ビニク（Christian Bieniek,
1956〜2005年）、マレーネ・ヤブロンスキ（Marlene Jablonski, 1978年ダンツィヒ生まれ）、
ウィーンの作家ヴァネッサ・ヴァルダー（Vanessa Walder, 78年ハイデルベルク生まれ）の3人
の作家による共同筆名。〈シスターズ〉シリーズで知られ、ビニクのアイデアをもとに、ビニク
とヤブロンスキが登場人物たちを構想し、ヴァルダーが執筆にあたる。3人はほかにもいくつ

497

レツキ　　　　　海外文学　新進作家事典

かのシリーズを共同執筆する。

最近の翻訳書

◇『シスターズ　**v.1**　新しいルームメイト』 *Dicke Freunde, Dunne Haut* C.
　B.レスマン著, 浅見昇吾, 増賀知佳子訳　WAVE出版　2008.8　246p　20cm
　1500円　①978-4-87290-369-0

レッキー, アン　*Leckie, Ann*

SF, ファンタジー

アメリカの作家。1966年オハイオ州生まれ。ワシントン大学で音楽の学位を取得。2005年クラリオン・ウェスト・ワークショップを卒業した後、作家となる。13年の『叛逆航路』でヒューゴー賞、ネビュラ賞、アーサー・C.クラーク賞など主要SF文学賞を軒並み受賞し、デビュー長編として史上初の英米7冠を達成。続編『亡霊星域』(14年)はローカス賞および英国SF協会賞をダブル受賞した。ミズーリ州セントルイス在住。

最近の翻訳書

◇『亡霊星域』 *Ancillary Sword* アン・レッキー著, 赤尾秀子訳　東京創元社
　2016.4　448p　15cm　（創元SF文庫　SFレ3-2）　1296円　①978-4-488-
　75802-8
◇『叛逆航路』 *Ancillary Justice* アン・レッキー著, 赤尾秀子訳　東京創元社
　2015.11　487p　15cm　（創元SF文庫　SFレ3-1）　1300円　①978-4-488-
　75801-1

レックバリ, カミラ　*Läckberg, Camilla*

ミステリー, スリラー

スウェーデンの作家。1974年8月30日フィエルバッカ生まれ。イェーテボリ大学で経済学を学び、エコノミストとして働いた後、2003年〈エリカ＆パトリック事件簿〉シリーズの第1作『氷姫』で作家デビュー。第2作『説教師』(04年)で人気に火が付き、人口880万人のスウェーデンにおいてシリーズ4作で400万部を売り上げる空前のヒット作となり、05年SKTF賞今年の作家賞、06年度国民文学賞を受賞。10年刑事と再婚し話題になった。

最近の翻訳書

◇『霊の棲む島』 *The lost boy* カミラ・レックバリ著, 富山クラーソン陽子訳
　集英社　2014.10　671p　16cm　（集英社文庫　レ9-7―エリカ＆パトリック
　事件簿）　1100円　①978-4-08-760693-5
◇『人魚姫』 *The mermaid* カミラ・レックバリ著, 富山クラーソン陽子訳
　集英社　2014.1　639p　16cm　（集英社文庫　レ9-6―エリカ＆パトリック事
　件簿）　1000円　①978-4-08-760681-2
◇『踊る骸―エリカ＆パトリック事件簿』 *The hidden child* カミラ・レックバ
　リ著, 富山クラーソン陽子訳　集英社　2013.4　719p　16cm　（集英社文庫
　レ9-5）　1100円　①978-4-08-760664-5
◇『死を哭く鳥―エリカ＆パトリック事件簿』 *The jinx* カミラ・レックバリ
　著, 富山クラーソン陽子訳　集英社　2012.4　591p　16cm　（集英社文庫
　レ9-4）　952円　①978-4-08-760643-0
◇『悪童―エリカ＆パトリック事件簿』 *The stonecutter* カミラ・レックバリ
　著, 富山クラーソン陽子訳　集英社　2011.3　693p　16cm　（集英社文庫
　レ9-3）　1000円　①978-4-08-760620-1
◇『説教師―エリカ＆パトリック事件簿』 *Predikanten* カミラ・レックバリ
　著, 原邦史朗訳　集英社　2010.7　618p　16cm　（集英社文庫　レ9-2）　905

海外文学　新進作家事典　　　　　　　　レニソン

　　　円　　①978-4-08-760607-2
　◇『氷姫─エリカ＆パトリック事件簿』　*Isprinsessan*　カミラ・レックバリ著,
　　原邦史朗訳　集英社　2009.8　582p　16cm　（集英社文庫　レ9-1）　905円
　　①978-4-08-760584-6

レドモンド, パトリック　*Redmond, Patrick*　　　　　　スリラー

イギリスの作家。1966年生まれ。チャネル諸島出身。レスター大学、ブリティシュ・コロンビ
ア大学で学ぶ。ロンドンのいくつかの法律事務所で国際法専門の弁護士として働き、その間に
小説を書き始めた。第3作の『霊応ゲーム』（99年）が出版社に高額で買われ作家デビューを果
たし、ベストセラーを記録。その後、弁護士業を廃業して専業作家となった。

*** 最近の翻訳書 ***
　◇『霊応ゲーム』　*THE WISHING GAME*　パトリック・レドモンド著, 広瀬
　　順弘訳　早川書房　2015.5　638p　16cm　（ハヤカワ文庫　NV　1343）
　　1400円　①978-4-15-041343-9

レナー, ジェイムズ　*Renner, James*　　　　　　ミステリー, スリラー

アメリカの作家。1978年オハイオ州フランクリンミルズ生まれ。小説とノンフィクションの
両分野で活躍。出身地であるオハイオ州の大学を卒業後、ジャーナリストとして活動しながら
3冊の犯罪実話もののノンフィクションを上梓。2012年『プリムローズ・レーンの男』で小説
デビュー。オハイオ州アクロン在住。

*** 最近の翻訳書 ***
　◇『プリムローズ・レーンの男　上』　*THE MAN FROM PRIMROSE LANE*
　　ジェイムズ・レナー著, 北田絵里子訳　早川書房　2014.10　360p　16cm
　　（ハヤカワ文庫　NV　1321）　760円　①978-4-15-041321-7
　◇『プリムローズ・レーンの男　下』　*THE MAN FROM PRIMROSE LANE*
　　ジェイムズ・レナー著, 北田絵里子訳　早川書房　2014.10　339p　16cm
　　（ハヤカワ文庫　NV　1322）　760円　①978-4-15-041322-4

レナード, ピーター　*Leonard, Peter*　　　　　　ミステリー, スリラー

アメリカの作家。ミステリー界の大御所エルモア・レナードの息子。長年にわたって広告会社
に勤務し、パートナーの地位に就く。一方、5年間をかけて執筆した処女長編『震え』を2008
年に出版、好評を得る。ミシガン州バーミンガム在住。

*** 最近の翻訳書 ***
　◇『信じてほしい』　*TRUST ME*　ピーター・レナード著, 濱野大道訳　武田ラ
　　ンダムハウスジャパン　2012.5　437p　15cm　（RHブックス・プラス　レ2-
　　2）　900円　①978-4-270-10413-2
　◇『震え』　*Quiver*　ピーター・レナード著, 濱野大道訳　ランダムハウス講談
　　社　2009.10　415p　15cm　900円　①978-4-270-10324-1

レニソン, ルイーズ　*Rennison, Louise*　　　　　ヤングアダルト, 文学

イギリスの作家。1951年10月11日～2016年2月29日。ヨークシャー州リーズ生まれ。15歳の時
に一家でニュージーランドへ移住するが、ホームシックのため6週間後に一人で帰国して祖父

499

レフラ　　　　　　海外文学　新進作家事典

母と同居。2年後にまたニュージーランドへ渡り、3年間滞在。芝居の脚本で成功した後、コメディの脚本家や新聞のコラムニスト、テレビリポーターなどとして活躍しながら、執筆活動に入る。1999年〈ジョージアの青春日記〉シリーズの第1作『ジョージアの青春日記 キスはいかが？』(のち『ゴーゴー・ジョージア 運命の恋のはじまり!?』と改題・改訳)を発表、2001年にはマイケル・L.プリンツ賞オナーブックに選ばれた。同シリーズは10代の女の子に絶大な人気を誇り、08年には「ジョージアの日記 ゆーうつでキラキラな毎日」として映画化もされた。16年64歳で亡くなった。

最近の翻訳書

◇『ゴーゴー・ジョージア　1　運命の恋のはじまり!?』 *Angus, thongs and full-frontal snogging*　ルイーズ・レニソン作, 尾高薫訳　理論社　2009.4　219p　19cm　1000円　①978-4-652-07948-5

◇『ゴーゴー・ジョージア　2　男の子ってわかんない!!』 *It's ok, I'm wearing really big knickers!*　ルイーズ・レニソン作, 尾高薫訳　理論社　2009.4　217p　19cm　1000円　①978-4-652-07949-2

レフラー, ライナー　*Löffler, Rainer*　　　　　　スリラー

別筆名＝ハンチュク, ライナー〈Hanczuk, Rainer〉

ドイツの作家。1961年西ドイツ・バーデンビュルテンベルク州生まれ。スーパーやガソリンスタンドの店長、機械工などの仕事を転々とする。仕事の傍ら、85〜87年ドイツ版「MAD」誌に寄稿し、98年よりライナー・ハンチュクの筆名で世界最長のSF小説シリーズとして知られる〈宇宙英雄ローダン〉シリーズのファンによる2次作品や、同シリーズから派生した〈アトラン〉シリーズの書き手の一人として健筆を振るった。2012年50歳にしてライナー・レフラーの筆名で『人形遣い―事件分析官アーベル＆クリスト』を発表しデビュー。

最近の翻訳書

◇『人形遣い―事件分析官アーベル＆クリスト』 *BLUTSOMMER*　ライナー・レフラー著, 酒寄進一訳　東京創元社　2015.10　472p　15cm　(創元推理文庫　Mレ8-1)　1200円　①978-4-488-23509-3

レヘトライネン, レーナ　*Lehtolainen, Leena*　　　　　ミステリー, スリラー

フィンランドの作家。1964年3月11日ベサント生まれ。12歳で小説を書き、93年より犯罪小説を執筆、95年まで文学を学んだ。『雪の女』(96年)で、推理の糸口賞を受賞。ベストセラー作家の一方、文学研究者、コメンテーター、評論家としても活動。

最近の翻訳書

◇『要塞島の死』 *TUULEN PUOLELLA*　レーナ・レヘトライネン著, 古市真由美訳　東京創元社　2014.5　478p　15cm　(創元推理文庫　Mレ7-3)　1200円　①978-4-488-28006-2

◇『氷の娘』 *KUOLEMANSPIRAALI*　レーナ・レヘトライネン著, 古市真由美訳　東京創元社　2013.9　508p　15cm　(創元推理文庫　Mレ7-2)　1200円　①978-4-488-28005-5

◇『雪の女』 *LUMINAINEN*　レーナ・レヘトライネン著, 古市真由美訳　東京創元社　2013.1　472p　15cm　(創元推理文庫　Mレ7-1)　1200円　①978-4-488-28004-8

海外文学　新進作家事典　　　　　　　　　　ロウエル

〔 ロ 〕

ロイ, ローリー　*Roy, Lori*　　　　　　　　　　ミステリー

アメリカの作家。カンザス州生まれ。カンザス州立大学卒。長年税理士として働いた後、執筆活動を開始。2010年のデビュー作『ベント・ロード』は、11年度「ニューヨーク・タイムズ」紙の注目ミステリーに選ばれたほか、12年度MWA賞処女長編賞を受賞した。第2作となる『UNTIL SHE COMES HOME』は14年度のMWA賞長編賞にノミネートされる。フロリダ州在住。

最近の翻訳書

◇『ベント・ロード』　*BENT ROAD*　ローリー・ロイ著, 田口俊樹訳　集英社
　　2014.9　454p　16cm　（集英社文庫　ロ12-1）　900円　Ⓘ978-4-08-760690-4

ロウ, イングリッド　*Law, Ingrid*　　　　　　　　　　児童書

アメリカの作家。1970年ニューヨーク州で生まれ、6歳からコロラド州で暮らす。衣装デザイナーや書店員などさまざまな仕事を経験し、2008年『チ・カ・ラ。』で作家デビュー。ニューベリー賞オナーブック、ボストングローブ・ホーンブック賞オナーブックをはじめ、数々の賞を受賞している。

最近の翻訳書

◇『チ・カ・ラ。』　*Savvy*　イングリッド・ロウ著, 田中亜希子訳　小学館
　　2011.11　333p　19cm　1400円　Ⓘ978-4-09-290549-8

ローウェル, ヴァージニア　*Lowell, Virginia*　　　　　　　　ミステリー

アメリカの作家。アメリカ中西部の小さな町で育つ。2011年『フラワークッキーと春の秘密』で作家デビューし、「ロマンティック・タイムズ」誌が選ぶ11年度最優秀処女長編賞ミステリー部門にノミネートされ、高い評価を受ける。

最近の翻訳書

◇『お菓子の家の大騒動』　*WHEN THE COOKIE CRUMBLES*　ヴァージニア・ローウェル著, 上條ひろみ訳　原書房　2013.12　422p　15cm　（コージーブックス　ロ1-3-クッキーと名推理　3）　905円　Ⓘ978-4-562-06022-1
◇『野菜クッキーの意外な宿敵』　*A COOKIE BEFORE DYING*　ヴァージニア・ローウェル著, 上條ひろみ訳　原書房　2013.3　406p　15cm　（コージーブックス　ロ1-2-クッキーと名推理　2）　876円　Ⓘ978-4-562-06013-9
◇『フラワークッキーと春の秘密』　*COOKIE DOUGH OR DIE*　ヴァージニア・ローウェル著, 上條ひろみ訳　原書房　2012.6　391p　15cm　（コージーブックス　ロ1-1-クッキーと名推理　1）　838円　Ⓘ978-4-562-06004-7

ローウェル, ネイサン　*Lowell, Nathan*　　　　　　　　SF, ファンタジー

アメリカの作家。1952年メーン州ポートランド生まれ。70〜75年アメリカ沿岸警備隊に所属し、北大西洋やアラスカ州で勤務。幼い頃からのSFファンで、2007年Podiobooks.comからオ

501

リジナルのオーディオブックとして長編第1作『大航宙時代』を発売。

最近の翻訳書

◇『大航宙時代—星海への旅立ち』 *QUARTER SHARE* ネイサン・ローウェ
ル著, 中原尚哉訳 早川書房 2014.4 383p 16cm （ハヤカワ文庫 SF
1954） 860円 ①978-4-15-011954-6

ローウェル, ヘザー　*Lowell, Heather*　ミステリー, ロマンス

アメリカの作家。南カリフォルニアで生まれ育ち、ジョージタウン大学を卒業。以降、世界中
を旅して歩く。1990年代にはIT企業にプロジェクトマネージャーとして勤めるが、ITバブル
崩壊後、専業作家となる。2003年の『嵐の予感』はデビュー作ながら「ニューヨーク・タイム
ズ」紙のベストセラー・リストで上位に入った。母親は人気ロマンス作家のエリザベス・ロー
ウェル。

最近の翻訳書

◇『ナイトクラブの罠』 *No escape* ヘザー・ローウェル著, 仁木めぐみ訳 ラ
ンダムハウス講談社 2006.5 575p 15cm 950円 ①4-270-10038-9

ローウェル, レインボー　*Rowell, Rainbow*　文学

アメリカの作家。ネブラスカ州オマハ生まれ。地元紙のコラムニストとして活躍した後、2011
年大人向けの小説『Attachments』（未訳）でデビュー、高く評価される。13年に発表した『エレ
ナーとパーク』はヤングアダルト小説としてベストセラー入りを果たす。郷里のオマハ在住。

最近の翻訳書

◇『エレナーとパーク』 *ELEANOR&PARK* レインボー・ローウェル著, 三辺
律子訳 辰巳出版 2016.2 406p 19cm 1900円 ①978-4-7778-1618-7

ローガン, シャーロット　*Rogan, Charlotte*　文学

アメリカの作家。主に建築学の分野でさまざまな職業を経験した後、独学で執筆活動を開始。
2012年『ライフボート』で作家デビュー。夫とともにコネティカット州ウエストポートに在住。

最近の翻訳書

◇『ライフボート』 *THE LIFEBOAT* シャーロット・ローガン著, 池田真紀
子訳 集英社 2014.5 320p 16cm （集英社文庫 ロ10-1） 740円
①978-4-08-760685-0

六六　ロクロク　*Liu Liu*　文学

中国の作家。1974年安徽省生まれ。大学卒業後、貿易会社に1年勤務後、職を転々とする。99
年夫の留学に伴いシンガポールに移住。幼稚園に勤めながら小説を書き始める。2007年『上
海、かたつむりの家』（原題『蝸牛』）を出版。現代中国を代表する女性ベストセラー作家。上
海在住。

最近の翻訳書

◇『上海、かたつむりの家』 六六著, 青樹明子訳 プレジデント社 2012.9
445p 19cm 1900円 ①978-4-8334-2021-1

海外文学　新進作家事典　　　　　　　　　　　　　　　　　　　ロス

ローシャ, ルイス・ミゲル　Rocha, Luís Miguel　　　　　　ミステリー, スリラー

ポルトガルの作家。1976年〜2015年3月26日。ポルトガルのポルトで生まれ、同地で幼少期を過ごす。テレビ局TV1で番組制作に関わった後、渡英。脚本家、プロデューサーとしてテレビ番組制作に携わる。2005年『Um País Encantado』で作家デビュー。06年に発表した『P2』は30カ国以上で翻訳され、09年には「ニューヨーク・タイムズ」紙でベストセラー・リストにランクインした。15年3月、病気のため39歳の若さで他界。

最近の翻訳書

◇『**P2**　上巻』　*O ultimo papa*　ルイス・ミゲル・ローシャ著, 木村裕美訳　新潮社　2010.6　279p　16cm　（新潮文庫　ロー15-1）　590円　①978-4-10-217471-5

◇『**P2**　下巻』　*O ultimo papa*　ルイス・ミゲル・ローシャ著, 木村裕美訳　新潮社　2010.6　282p　16cm　（新潮文庫　ロー15-2）　590円　①978-4-10-217472-2

ローシュ, シャーロッテ　Roche, Charlotte　　　　　　　　　　　　文学

イギリスの作家、タレント。1978年3月18日バッキンガムシャー州ハイウィカム生まれ。本名はCharlotte Elisabeth Grace Roche。エンジニアであるイギリス人の父親と、活発に政治・芸術活動をするドイツ人の母親を持つ。ドイツで作家、歌手、リポーター、女優など多方面で活躍するマルチタレント。2008年作家デビュー作『湿地帯』は出版されるとたちまちベストセラーに。その過激ともいえる描写のため各メディアでセンセーショナルに取り上げられ、物議を醸した。離婚した夫との間に娘が1人いるが、その後再婚。ドイツ在住。

最近の翻訳書

◇『湿地帯』　*Feuchtgebiete*　シャーロッテ・ローシュ著, シドラ房子訳　二見書房　2009.12　270p　15cm　（二見文庫　ロ11-1―ザ・ミステリ・コレクション）　752円　①978-4-576-09170-9

ロス, アダム　Ross, Adam　　　　　　　　　　　　　　　　　文学, ミステリー

アメリカの作家。1967年ニューヨーク市生まれ。俳優である父親の影響で、子役として映画やテレビに出演。ホリンズ大学、ワシントン大学でクリエイティブ・ライティングを学ぶ。95年テネシー州ナッシュビルに移住し、ライター・エディターとしてナッシュビルの週刊紙や「ニューヨーク・タイムズ」紙ブックレビューなどで活躍。2010年『ミスター・ピーナッツ』で作家デビュー。ナッシュビル在住。

最近の翻訳書

◇『ミスター・ピーナッツ』　*Mr.Peanut*　アダム・ロス著, 谷垣暁美訳　国書刊行会　2013.6　582p　20cm　3000円　①978-4-336-05675-7

ローズ, ダン　Rhodes, Dan　　　　　　　　　　　　　　　　　　　文学

イギリスの作家。1972年生まれ。2000年101の短編を集めた短編集『Anthropology』でデビュー、イギリス文学界に新風をまきおこし、各紙誌で"イギリスで最高の新人作家"と絶賛された。03年初の長編『ティモレオン―センチメンタル・ジャーニー』を発表、25カ国で翻訳され、世界的ベストセラーとなる。

最近の翻訳書

◇『コンスエラ―7つの愛の狂気』　*Don't tell me the truth about love*　ダン・

503

ローズ著, 金原瑞人, 野沢佳織訳　中央公論新社　2006.9　248p　16cm　（中公文庫）　762円　①4-12-204739-0

◇『ティモレオン―センチメンタル・ジャーニー』 *Timoleon vieta come home*
ダン・ローズ著, 金原瑞人, 石田文子訳　中央公論新社　2006.4　258p　16cm（中公文庫）　724円　①4-12-204682-3

ロス, ベロニカ　*Roth, Veronica*　　　　　　　ヤングアダルト

アメリカの作家。1988年生まれ。イリノイ州シカゴ出身。ノースウェスタン大学で創作を学び、2011年〈ダイバージェント〉シリーズの第1作である『ダイバージェント 異端者』で作家デビュー。同シリーズは数百万部のベストセラーとなり、映画化もされる。

最近の翻訳書

◇『ダイバージェント　3[上]　忠誠者 上』 *DIVERGENT*　ベロニカ・ロス著, 河井直子訳　KADOKAWA　2015.9　306p　15cm　（角川文庫　ロ13-5）　680円　①978-4-04-103611-2
◇『ダイバージェント　3[下]　忠誠者 下』 *DIVERGENT*　ベロニカ・ロス著, 河井直子訳　KADOKAWA　2015.9　275p　15cm　（角川文庫　ロ13-6）　680円　①978-4-04-103612-9
◇『ダイバージェント　2[上]　叛乱者 上』 *DIVERGENT*　ベロニカ・ロス著, 河井直子訳　KADOKAWA　2014.6　287p　15cm　（角川文庫　ロ13-3）　560円　①978-4-04-101783-8
◇『ダイバージェント　2[下]　叛乱者 下』 *DIVERGENT*　ベロニカ・ロス著, 河井直子訳　KADOKAWA　2014.6　292p　15cm　（角川文庫　ロ13-4）　560円　①978-4-04-101784-5
◇『ダイバージェント　1[上]　異端者 上』 *DIVERGENT*　ベロニカ・ロス著, 河井直子訳　KADOKAWA　2014.5　269p　15cm　（角川文庫　ロ13-1）　560円　①978-4-04-101638-1
◇『ダイバージェント　1[下]　異端者 下』 *DIVERGENT*　ベロニカ・ロス著, 河井直子訳　KADOKAWA　2014.5　275p　15cm　（角川文庫　ロ13-2）　560円　①978-4-04-101639-8
◇『ダイバージェント―異端者』 *DIVERGENT*　ベロニカ・ロス著, 河井直子訳　角川書店　2013.9　453p　20cm　2000円　①978-4-04-110564-1

ロスファス, パトリック　*Rothfuss, Patrick*　　ファンタジー, ヤングアダルト

アメリカの作家。1973年ウィスコンシン州マディソン生まれ。ウィスコンシン大学在学時から地元紙向けコラムの執筆や、ラジオのコメディ番組の脚本を手がける。2002年、7年以上独力で書き続けた『無血のクォート』をめぐる物語が、未来の作家コンテストで優勝し、〈キングキラー・クロニクル〉3部作として出版される。その第1部『風の名前』はクィル賞、Amazonの "Best Books of 2007" など数多くの賞を受賞。

最近の翻訳書

◇『風の名前　上』 *The name of the wind*　パトリック・ロスファス著, 山形浩生, 渡辺佐智江, 守岡桜訳　白夜書房　2008.6　367p　22cm　（キングキラー・クロニクル　第1部）　1900円　①978-4-86191-393-8
◇『風の名前　中』 *The name of the wind*　パトリック・ロスファス著, 山形浩生, 渡辺佐智江, 守岡桜訳　白夜書房　2008.6　337p　22cm　（キングキラー・クロニクル　第1部）　1900円　①978-4-86191-394-5

◇『風の名前　下』 *The name of the wind* パトリック・ロスファス著, 山形
浩生, 渡辺佐智江, 守岡桜訳　白夜書房　2008.6　333p　22cm　（キングキ
ラー・クロニクル　第1部）　1900円　①978-4-86191-395-2

ロースン, M.A.　*Lawson, M.A.*　　　　　　ミステリー, サスペンス

別筆名＝ロースン, マイク〈Lawson, Mike〉

アメリカの作家。コロラド州プエブロ出身。シアトル大学でエンジニアリングを学ぶ。30年間
にわたってエンジニアとしてアメリカ海軍に所属した経歴を活かし、2005年よりマイク・ロー
スンの筆名で作家活動を開始。弁護士ジョー・デマルコを主人公にした『The Inside Ring』で
デビュー。13年にはM.A.ローソン名義で、女性麻薬捜査官を主人公にした『奪還』を上梓。

最近の翻訳書

◇『奪還―女麻薬捜査官ケイ・ハミルトン』 *ROSARITO BEACH* Ｍ・Ａ・
ロースン著, 高山祥子訳　扶桑社　2015.12　505p　16cm　（扶桑社ミステ
リー　ロ16-1）　980円　①978-4-594-07386-2

ローゼン, レナード　*Rosen, Leonard*　　　　　　ミステリー, スリラー

アメリカの作家。メリーランド州ボルティモア生まれ。ハーバード大学などで教鞭を執った
後、2010年『捜査官ポアンカレ―叫びのカオス』で作家デビュー。同作はMWA賞処女長編賞
にノミネートされ、一躍脚光を浴びた。マサチューセッツ州ボストン近郊のブルックライン
在住。

最近の翻訳書

◇『捜査官ポアンカレ―叫びのカオス』 *ALL CRY CHAOS* レナード・ロー
ゼン著, 田口俊樹訳　早川書房　2013.8　478p　19cm　（HAYAKAWA
POCKET MYSTERY BOOKS　1874）　1900円　①978-4-15-001874-0

ローセンフェルト, ハンス　*Rosenfeldt, Hans*　　　　　　ミステリー

スウェーデンの作家、脚本家、司会者。1964年ボロース生まれ。脚本家のほか、テレビやラジ
オ番組の司会者としても有名。テレビドラマ「THE BRIDGE」、ヘニング・マンケルの〈刑事
ヴァランダー〉シリーズの映画やテレビドラマの脚本も手がける。ミカエル・ヨートと組んだ
初の小説〈犯罪心理捜査官セバスチャン〉シリーズで人気を博す。

最近の翻訳書

◇『模倣犯　上』 *LÄRJUNGEN* Ｍ・ヨート,Ｈ・ローセンフェルト著, ヘレン
ハルメ美穂訳　東京創元社　2015.1　423p　15cm　（創元推理文庫　Mヨ1-3
―犯罪心理捜査官セバスチャン）　1180円　①978-4-488-19905-0
◇『模倣犯　下』 *LÄRJUNGEN* Ｍ・ヨート,Ｈ・ローセンフェルト著, ヘレン
ハルメ美穂訳　東京創元社　2015.1　429p　15cm　（創元推理文庫　Mヨ1-4
―犯罪心理捜査官セバスチャン）　1180円　①978-4-488-19906-7
◇『犯罪心理捜査官セバスチャン　上』 *DET FÖRDOLDA* Ｍ・ヨート,Ｈ・
ローセンフェルト著, ヘレンハルメ美穂訳　東京創元社　2014.6　358p
15cm　（創元推理文庫　Mヨ1-1）　1100円　①978-4-488-19903-6
◇『犯罪心理捜査官セバスチャン　下』 *DET FÖRDOLDA* Ｍ・ヨート,Ｈ・
ローセンフェルト著, ヘレンハルメ美穂訳　東京創元社　2014.6　364p
15cm　（創元推理文庫　Mヨ1-2）　1100円　①978-4-488-19904-3

ロソフ　　　　　　　　海外文学　新進作家事典

ローゾフ, メグ　Rosoff, Meg　　　　　　　　　　　　ヤングアダルト

アメリカの作家。1956年マサチューセッツ州ボストンに4人姉妹の二女として生まれる。ハーバード大学に在学中、ロンドンの美術学校へ留学。大学卒業後、ニューヨークで出版・広告関係の仕事に携わる。妹の死を機に作家となり、デビュー作の『わたしは生きていける』(2004年)でガーディアン賞とマイケル・L.プリンツ賞を受賞した。『ジャストインケース―終わりのはじまりできみを想う』(06年)でカーネギー賞を受賞。ロンドン在住。

最近の翻訳書

◇『神の名はボブ』　*THERE IS NO DOG*　メグ・ローゾフ著, 今泉敦子訳　東京創元社　2013.11　262p　19cm　1800円　①978-4-488-01006-5

◇『ジャストインケース―終わりのはじまりできみを想う』　*Just in case*　メグ・ローゾフ作, 堀川志野舞訳　理論社　2009.12　329p　19cm　1300円　①978-4-652-07953-9

ローソン, アンシア　Lawson, Anthea　　　　　　　　　ロマンス, ミステリー

アンシア・ローソンは、妻アンシアと夫ローソンの夫婦ユニットの作家名。ローソンはワシントン州の職員、アンシアは音楽講師として働く傍ら、ともにミュージシャンとしてケルト音楽のバンド・フィドルヘッドを結成して活動する。一方、作家アンシア・ローソンとしては、夫婦でプロットや登場人物のキャラクターを話し合い、アンシアが原稿を起こした後、ローソンが加筆してアンシアに戻す、という作業を繰り返して完成させる。2006年『Fortune's Floerw』がアメリカ・ロマンス協会のゴールデンハート賞にノミネートされ、09年『黄金の花咲く谷で(Passionate)』と改題して出版される。同作はRITA賞新人賞にノミネートされた。アンシアはアンシア・シャープ(Anthea Sharp)の名前でヤングアダルト、SF、ファンタジー作品を発表するベストセラー作家。

最近の翻訳書

◇『黄金の花咲く谷で』　*Passionate*　アンシア・ローソン著, 宮田攝子訳　二見書房　2010.8　522p　15cm　(二見文庫　ロ12-1―ザ・ミステリ・コレクション)　933円　①978-4-576-10100-2

ロダート, ヴィクター　Lodato, Victor　　　　　　　　　　　　　文学

アメリカの作家、脚本家、詩人。ワイスバーガー賞を受賞した戯曲「Motherhouse」などによりアメリカ演劇界で注目される。2009年に刊行した初の小説『マチルダの小さな宇宙』は、「パブリッシャーズ・ウィークリー」をはじめ有名紙誌で絶賛され、10年ペンUSA文学賞を受賞。ニューヨークおよびアリゾナ州ツーソン在住。

最近の翻訳書

◇『マチルダの小さな宇宙』　*Mathilda Savitch*　ヴィクター・ロダート著, 駒月雅子訳　早川書房　2010.9　350p　20cm　2200円　①978-4-15-209156-7

ロック, アッティカ　Locke, Attica　　　　　　　　　　　　ミステリー

アメリカの作家。テキサス州ヒューストン生まれ。ノースウエスタン大学卒。サンダンス・インスティテュートに学び、映画とテレビの世界でシナリオライターとして活動。2009年の小説デビュー作『黒き水のうねり』は、MWA賞をはじめ多くの賞にノミネートされた。カリフォルニア州ロサンゼルス在住。

海外文学　新進作家事典　　　　　　　　　　　　ロハツ

最近の翻訳書

◇『黒き水のうねり』 *Black water rising*　アッティカ・ロック著, 高山真由美
訳　早川書房　2011.2　623p　16cm　（ハヤカワ・ミステリ文庫　HM379-
1）　1100円　①978-4-15-179151-2

ロッツ, サラ　*Lotz, Sarah*　　　　　　　　　　　　　ミステリー, ホラー

筆名＝グレイ, S.L.〈Grey, S.L.〉

ペイジ, ヘレナ・S.〈Paige, Helena S.〉

ハーン, リリー〈Herne, Lily〉

南アフリカ在住の作家、脚本家。サラ・ロッツ名義のほか、S.L.グレイ、ヘレナ・S.ペイジ、
リリー・ハーンなどの筆名でホラーやエロティカなどの合作作品を発表。脚本家としても活動
する。ケープタウンに暮らす。

最近の翻訳書

◇『黙示　上』 *THE THREE*　サラ・ロッツ著, 府川由美恵訳　早川書房
2015.8　376p　16cm　（ハヤカワ文庫 NV　1356）　840円　①978-4-15-
041356-9

◇『黙示　下』 *THE THREE*　サラ・ロッツ著, 府川由美恵訳　早川書房
2015.8　377p　16cm　（ハヤカワ文庫 NV　1357）　840円　①978-4-15-
041357-6

ローテンバーグ, ロバート　*Rotenberg, Robert*　　　ミステリー, スリラー

カナダの作家、弁護士。1953年トロント生まれ。ロー・スクールを卒業後パリに渡り、英文雑
誌の編集者として活動。その後、郷里のトロントに戻り、自らの雑誌を創刊したが軌道に乗
らず、映画やラジオ業界などでさまざまな職を経験。37歳で弁護士を開業。傍ら執筆を続け、
2009年『完全なる沈黙』で作家デビュー。妻、3人の子供とともにトロント在住。

最近の翻訳書

◇『完全なる沈黙』 *Old city hall*　ロバート・ローテンバーグ著, 七搦理美子訳
早川書房　2009.12　585p　16cm　（ハヤカワ・ミステリ文庫　HM368-1）
1000円　①978-4-15-178551-1

ロード, シンシア　*Lord, Cynthia*　　　　　　　　　　　　　　児童書

アメリカの作家。ニューハンプシャー州出身。教職、書籍販売を経て、2006年『ルール！』で
児童文学作家としてデビュー。同作はニューベリー賞オナーブック、アメリカ図書館協会優良
図書賞など多くの賞を受けた。メーン州で夫と娘、自閉症の息子とともに暮らす。

最近の翻訳書

◇『ルール！』 *Rules*　シンシア・ロード作, おびかゆうこ訳　主婦の友社
2008.12　286p　20cm　1600円　①978-4-07-257874-2

ロバーツ, グレゴリー・デイヴィッド　*Roberts, Gregory David*　　その他

オーストラリアの作家。1952年6月メルボルン生まれ。10代から無政府主義運動に身を投じ、
家庭の崩壊をきっかけにヘロイン中毒となる。77年武装強盗を働き、服役中の80年重警備刑務
所から脱走。82年ボンベイに渡り、スラム住民のために無資格・無料診療所を開設。その後、

507

ボンベイ・マフィアと行動をともにし、アフガン・ゲリラに従軍したほか、タレント事務所設立、ロックバンド結成、旅行代理店経営を手がける。薬物密輸で再逮捕され、残された刑期を務め上げた。2003年自身の体験をもとにした小説『シャンタラム』を発表。

最近の翻訳書

◇『シャンタラム　上巻』 *Shantaram*　グレゴリー・デイヴィッド・ロバーツ
著, 田口俊樹訳　新潮社　2011.11　700p　16cm　（新潮文庫　ロー16-1）
990円　①978-4-10-217941-3

◇『シャンタラム　中巻』 *Shantaram*　グレゴリー・デイヴィッド・ロバーツ
著, 田口俊樹訳　新潮社　2011.11　622p　16cm　（新潮文庫　ロー16-2）
890円　①978-4-10-217942-0

◇『シャンタラム　下巻』 *Shantaram*　グレゴリー・デイヴィッド・ロバーツ
著, 田口俊樹訳　新潮社　2011.11　555p　16cm　（新潮文庫　ロー16-3）
840円　①978-4-10-217943-7

ロバートスン, イモジェン　*Robertson, Imogen*　　　　歴史, ミステリー

イギリスの作家。1973年ダーラム州ダーリントン生まれ。ケンブリッジ大学でロシア語とドイツ語を学んだ後、ロシア南西部のヴォロネジで1年間過ごす。帰国後は子供向けのテレビ番組や映画のディレクターを務め、2007年未発表小説の冒頭1000語だけを対象にしたFirst Thousand Words of a Novel賞で優勝、09年歴史ミステリー〈英国式犯罪解剖学〉シリーズの第1作である『闇のしもべ』として刊行される。

最近の翻訳書

◇『亡国の薔薇─英国式犯罪解剖学　上』 *ANATOMY OF MURDER*　イモ
ジェン・ロバートスン著, 茂木健訳　東京創元社　2013.9　341p　15cm
（創元推理文庫　Mロ6-3）　1000円　①978-4-488-14909-3

◇『亡国の薔薇─英国式犯罪解剖学　下』 *ANATOMY OF MURDER*　イモ
ジェン・ロバートスン著, 茂木健訳　東京創元社　2013.9　322p　15cm
（創元推理文庫　Mロ6-4）　1000円　①978-4-488-14910-9

◇『闇のしもべ─英国式犯罪解剖学　上』 *INSTRUMENTS OF DARKNESS*
イモジェン・ロバートスン著, 茂木健訳　東京創元社　2012.9　318p　15cm
（創元推理文庫　Mロ6-1）　940円　①978-4-488-14907-9

◇『闇のしもべ─英国式犯罪解剖学　下』 *INSTRUMENTS OF DARKNESS*
イモジェン・ロバートスン著, 茂木健訳　東京創元社　2012.9　350p　15cm
（創元推理文庫　Mロ6-2）　940円　①978-4-488-14908-6

ロビラ, アレックス　*Rovira, Alex*　　　　その他

スペインの作家、ビジネスコンサルタント、経済学者。1969年バルセロナ生まれ。ヨーロッパの名門エサデ・ビジネススクールでMBAを取得後、民間企業でマーケティングのキャリアを積む。96年コンサルティング会社を設立。クライアントにはヒューレット・パッカード、マイクロソフト、ソニー、モルガン・スタンレーなどが名を連ねる。経済学者である一方、心理学や民俗学にも造詣が深く、企業活動や消費行動をダイナミックな人間学の中に位置付ける新しいマーケティング手法は高い評価を獲得。その後、作家に転身、『グッドラック』が世界的ベストセラーとなる。

最近の翻訳書

◇『幸福の迷宮』 *El laberinto de la felicidad*　アレックス・ロビラ, フランセス

ク・ミラージェス著, 田内志文, 鈴木亜紀訳　ゴマブックス　2009.6　158p
15cm　（ゴマ文庫　G103）　619円　①978-4-7771-5110-3

◇『幸福の迷宮』 *El laberinto de la felicidad.* 重訳 *The maze of happiness*　ア
レックス・ロビラ, フランセスク・ミラージェス著, 田内志文, 鈴木亜紀訳　ゴ
マブックス　2008.5　158p　20cm　1200円　①978-4-7771-0951-7

◇『セブンパワーズ』 *Seven powers*　アレックス・ロビラ著, 田内志文訳　ポ
プラ社　2006.11　150p　20cm　952円　①4-591-09505-3

ロビンズ, デイヴィッド・L.　*Robbins, David L.* スリラー

アメリカの作家。1954年3月10日バージニア州リッチモンド生まれ。事務弁護士を経て、フリー
ライターとなり、98年幽霊との三角関係を描いたラブ・ファンタジー『Soulsto Keep』で作家
デビュー。作風を変えた第2作の『鼠たちの戦争』で注目を浴びる。2000年第二次大戦末期を
舞台にした戦記サスペンス『戦火の果て』を発表。バージニア州リッチモンド在住。

最近の翻訳書

◇『カストロ謀殺指令　上巻』 *The betrayal game*　デイヴィッド・L.ロビンズ
著, 村上和久訳　新潮社　2010.5　280p　16cm　（新潮文庫　ロー14-10）
590円　①978-4-10-221930-0

◇『カストロ謀殺指令　下巻』 *The betrayal game*　デイヴィッド・L.ロビンズ
著, 村上和久訳　新潮社　2010.5　305p　16cm　（新潮文庫　ロー14-11）
590円　①978-4-10-221931-7

◇『ルーズベルト暗殺計画　上巻』 *The assassins gallery*　デイヴィッド・L.ロ
ビンズ著, 村上和久訳　新潮社　2008.3　377p　16cm　（新潮文庫）　667円
①978-4-10-221928-7

◇『ルーズベルト暗殺計画　下巻』 *The assassins gallery*　デイヴィッド・L.ロ
ビンズ著, 村上和久訳　新潮社　2008.3　343p　16cm　（新潮文庫）　629円
①978-4-10-221929-4

◇『クルスク大戦車戦　上巻』 *Last citadel*　デイヴィッド・L.ロビンズ著, 村
上和久訳　新潮社　2006.1　434p　16cm　（新潮文庫）　743円　①4-10-
221926-9

◇『クルスク大戦車戦　下巻』 *Last citadel*　デイヴィッド・L.ロビンズ著, 村
上和久訳　新潮社　2006.1　430p　16cm　（新潮文庫）　743円　①4-10-
221927-7

ロビンスン, ジェレミー　*Robinson, Jeremy* スリラー, **SF**

別筆名＝ビショップ, ジェレミー〈Bishop, Jeremy〉
　　　　ナイト, ジェレマイア〈Knight, Jeremiah〉

アメリカの作家。1974年マサチューセッツ州ビバリー生まれ。美術学校卒業後、コミック業界
に入る。その後、不動産会社で働きつつ、脚本や小説を執筆。2005年に自費出版した作品で認
められ、小規模出版社からデビュー。09年の『神話の遺伝子』からマスマーケットに進出し、
フルタイム作家に転身した。SF系冒険小説の新鋭。ジェレミー・ビショップ名義でホラー小
説も執筆。ニューハンプシャー州在住。

最近の翻訳書

◇『神話の遺伝子』 *PULSE*　ジェレミー・ロビンソン著, 多田桃子訳　オーク
ラ出版　2015.3　544p　15cm　（マグノリアブックス）　1000円　①978-4-

7755-2380-3

◇『怪物島─ヘル・アイランド』 *ISLAND 731* ジェレミー・ロビンスン著, 林
香織訳 早川書房 2015.2 556p 16cm （ハヤカワ文庫 NV 1331）
1100円 ①978-4-15-041331-6

ロビンソン, パトリック *Robinson, Patrick* ミステリー, スリラー

イギリスのジャーナリスト、作家。1940年1月21日生まれ。ケント州出身。ジャーナリストと
して活躍し、サンディ・ウッドワード提督との共著でフォークランド紛争を扱ったノンフィク
ション作品などを出版。97年海洋軍事小説『ニミッツ・クラス』でフィクションに進出、『キ
ロ・クラス』（98年）、『最新鋭原潜シーウルフ奪還』（2000年）などを出しベストセラーとなっ
た。また、別名義で野球小説も書く。

最近の翻訳書

◇『アフガン、たった一人の生還』 *Lone survivor* マーカス・ラトレル, パト
リック・ロビンソン著, 高月園子訳 亜紀書房 2009.9 445p 20cm 2500
円 ①978-4-7505-0914-3
◇『シミタールSL-2』 *Scimitar SL-2* パトリック・ロビンソン著, 伏見威蕃訳
角川書店 2008.8 543p 15cm （角川文庫） 952円 ①978-4-04-287303-7

ロブソン, ジャスティナ *Robson, Justina* SF, ファンタジー

イギリスの作家。1968年ウェストヨークシャー州リーズ生まれ。ヨーク大学で哲学と言語学
を学んだ後、秘書、テクニカルライター、フィットネス・インストラクターなどさまざまな職
業に就く。99年第1長編『Silver Screen』でデビュー、同作は英国SF協会賞、アーサー・C.ク
ラーク賞、フィリップ・K.ディック賞の候補作となった。以後に発表したノンシリーズの長編
も、それぞれ英国SF協会賞、クラーク賞、ディック賞、ジョン・W.キャンベル記念賞などの
候補作に選ばれている。

最近の翻訳書

◇『アルフハイムのゲーム─特務探査官リーラ・ブラック』 *KEEPING IT*
REAL ジャスティナ・ロブソン著, 和爾桃子訳 早川書房 2012.6 479p
16cm （ハヤカワ文庫 SF 1857） 940円 ①978-4-15-011857-0

ロブレスキー, デイヴィッド *Wroblewski, David* 文学

アメリカの作家。ウィスコンシン州出身。ウォレン・ウィルソン大学創作プログラムで修士学
位を取得。その後25年間ソフトウェア開発に携わった後、小説を書き始める。2008年『エド
ガー・ソーテル物語』で作家デビュー。同じく作家であるパートナー、キンバリー・マクリン
トックとともにコロラド州に在住。

最近の翻訳書

◇『エドガー・ソーテル物語』 *The story of Edgar Sawtelle* デイヴィッド・
ロブレスキー著, 金原瑞人訳 NHK出版 2011.8 734p 20cm 3800円
①978-4-14-005604-2

ローリー, ヴィクトリア *Laurie, Victoria* ミステリー, スリラー

アメリカの作家。霊能力を使ってカウンセリングと警察の事件解決に協力している。2004年
自身をモデルにしたアビー・クーパーを主人公にした『超能力カウンセラーアビー・クーパー

の事件簿』で作家デビュー、人気シリーズとなる。07年新シリーズ『Ghost Hunter Mystery』の第1作『What's a Ghoul to Do？』（未訳）を発表した。

最近の翻訳書

◇『超能力カウンセラーアビー・クーパーの事件簿』 *Abby Cooper, psychic eye*
ヴィクトリア・ローリー著, 小林淳訳　マッグガーデン　2006.12　382p
19cm　1305円　①4-86127-325-0

ローリング, J.K.　*Rowling, J.K.*　　　　　　　ファンタジー, ミステリー

筆名＝ガルブレイス, ロバート〈Galbraith, Robert〉

ウィスプ, ケニルワージー〈Whisp, Kennilworthy〉

イギリスの作家。1965年7月31日ウェールズ生まれ。本名はJoanne Kathleen Rowling。エクスター大学で古典とフランス語を学ぶ。ポルトガルで英語教師となり、ポルトガル人ジャーナリストと結婚、1女をもうける。90年代初めに職を失い、離婚してイギリスに戻る。貧しい暮らしを送っていた時に執筆を始め、97年9月魔法使いの少年が仲間と力を合わせて悪と闘う『ハリー・ポッターと賢者の石』を出版。同作はベストセラーとなり、スマーティーズ賞とブリティッシュ・ブック賞を受賞、世界各国で翻訳される。〈ハリー・ポッター〉シリーズの続編『秘密の部屋』『アズカバンの囚人』『炎のゴブレット』『不死鳥の騎士団』『謎のプリンス』も次々とベストセラーとなり、07年第7巻『ハリー・ポッターと死の秘宝』でシリーズは完結。全7巻が73カ国語に翻訳され、約4億5000万部を売り上げ、日本でも総部数2400万部を超えた。一方、01年より映画化もされ全8作が世界中で大ヒットを記録。12年9月大人向けの小説『カジュアル・ベーカンシー　突然の空席』を刊行。13年にはロバート・ガルブレイス名義でミステリー小説『カッコウの呼び声 私立探偵コーモラン・ストライク』を出版した。01年医師と再婚、現在3人の子供がいる。エディンバラ在住。

最近の翻訳書

◇『カイコの紡ぐ嘘―私立探偵コーモラン・ストライク　上』 *The Silkworm*
ロバート・ガルブレイス著, 池田真紀子訳　講談社　2015.11　405p　20cm
2100円　①978-4-06-219836-3

◇『カイコの紡ぐ嘘―私立探偵コーモラン・ストライク　下』 *The Silkworm*
ロバート・ガルブレイス著, 池田真紀子訳　講談社　2015.11　388p　20cm
2100円　①978-4-06-219837-0

◇『ハリー・ポッターと死の秘宝　7-2』 *HARRY POTTER AND THE DEATHLY HALLOWS* J.K.ローリング作, 松岡佑子訳　静山社　2015.1
317p　18cm　（静山社ペガサス文庫―ハリー・ポッター　18）　740円
①978-4-86389-247-7

◇『ハリー・ポッターと死の秘宝　7-1』 *HARRY POTTER AND THE DEATHLY HALLOWS* J.K.ローリング作, 松岡佑子訳　静山社　2015.1
318p　18cm　（静山社ペガサス文庫―ハリー・ポッター　17）　740円
①978-4-86389-246-0

◇『ハリー・ポッターと謎のプリンス　6-3』 *HARRY POTTER AND THE HALF-BLOOD PRINCE* J.K.ローリング作, 松岡佑子訳　静山社　2014.11
397p　18cm　（静山社ペガサス文庫―ハリー・ポッター　16）　840円
①978-4-86389-245-3

◇『ハリー・ポッターと謎のプリンス　6-2』 *HARRY POTTER AND THE HALF-BLOOD PRINCE* J.K.ローリング作, 松岡佑子訳　静山社　2014.11
392p　18cm　（静山社ペガサス文庫―ハリー・ポッター　15）　840円
①978-4-86389-244-6

◇『ハリー・ポッターと謎のプリンス　6-1』 *HARRY POTTER AND THE HALF-BLOOD PRINCE* J.K.ローリング作, 松岡佑子訳　静山社　2014.11　325p　18cm　（静山社ペガサス文庫—ハリー・ポッター　14）　760円　①978-4-86389-243-9

◇『カッコウの呼び声—私立探偵コーモラン・ストライク　上』 *The Cuckoo's Calling* ロバート・ガルブレイス著, 池田真紀子訳　講談社　2014.6　366p　20cm　1900円　①978-4-06-218914-9

◇『カッコウの呼び声—私立探偵コーモラン・ストライク　下』 *The Cuckoo's Calling* ロバート・ガルブレイス著, 池田真紀子訳　講談社　2014.6　346p　20cm　1900円　①978-4-06-218915-6

◇『クィディッチ今昔』　ケニルワージー・ウィスプ著, 松岡佑子訳　静山社　2014.3　93p　18cm　（静山社ペガサス文庫　ロー1-21—ハリー・ポッター　21）　620円　①978-4-86389-251-4

◇『ハリー・ポッターと死の秘宝　上巻』 *Harry Potter and the deathly hallows* J.K.ローリング作, 松岡佑子訳　携帯版　静山社　2010.12　565p　18cm　①978-4-86389-089-3

◇『ハリー・ポッターと死の秘宝　下巻』 *Harry Potter and the deathly hallows* J.K.ローリング作, 松岡佑子訳　携帯版　静山社　2010.12　565p　18cm　①978-4-86389-090-9

◇『ハリー・ポッターと謎のプリンス　上巻』 *Harry Potter and the half-blood prince* J.K.ローリング作, 松岡佑子訳, ダン・シュレシンジャー画　携帯版　静山社　2010.3　493p　18cm　①978-4-86389-043-5

◇『ハリー・ポッターと謎のプリンス　下巻』 *Harry Potter and the half-blood prince* J.K.ローリング作, 松岡佑子訳, ダン・シュレシンジャー画　携帯版　静山社　2010.3　509p　18cm　①978-4-86389-044-2

◇『吟遊詩人ビードルの物語—原語の古代ルーン語からの翻訳ハーマイオニー・グレンジャー』 *The tales of Beedle the bard* J.K.ローリング作, 松岡佑子訳　静山社　2008.12　156p　20cm　1500円　①978-4-915512-75-9

◇『ハリー・ポッターと死の秘宝　上巻』 *Harry Potter and the deathly hallows* J.K.ローリング作, 松岡佑子訳　静山社　2008.7　565p　22cm　①978-4-915512-64-3

◇『ハリー・ポッターと死の秘宝　下巻』 *Harry Potter and the deathly hallows* J.K.ローリング作, 松岡佑子訳　静山社　2008.7　565p　22cm　①978-4-915512-65-0

◇『ハリー・ポッターと不死鳥の騎士団　上巻』 *Harry Potter and the order of the phoenix* J.K.ローリング作, 松岡佑子訳, ダン・シュレシンジャー画　携帯版　静山社　2008.3　661p　18cm　①978-4-915512-67-4

◇『ハリー・ポッターと不死鳥の騎士団　下巻』 *Harry Potter and the order of the phoenix* J.K.ローリング作, 松岡佑子訳, ダン・シュレシンジャー画　携帯版　静山社　2008.3　701p　18cm　①978-4-915512-68-1

◇『ハリー・ポッターと炎のゴブレット』 *Harry Potter and the goblet of fire* J.K.ローリング作, 松岡佑子訳, ダン・シュレシンジャー画　携帯版　静山社　2006.9　1011p　18cm　1600円　①4-915512-60-6

◇『ハリー・ポッターと謎のプリンス　上巻』 *Harry Potter and the half-blood prince* J.K.ローリング作, 松岡佑子訳　静山社　2006.5　493p　22cm　①4-915512-58-4

◇『ハリー・ポッターと謎のプリンス　下巻』 *Harry Potter and the half-blood*

prince J.K.ローリング作, 松岡佑子訳　静山社　2006.5　509p　22cm　Ⓝ4-915512-59-2

ロリンズ, ジェームズ　*Rollins, James*　　　　　　　スリラー, **SF**

アメリカの作家。1961年イリノイ州シカゴ生まれ。ミズーリ大学で獣医学の博士号の取得し、カリフォルニア州サクラメントで獣医を開業。98年頃から執筆活動を始め、99年『地底世界—サブテラニアン』を発表。2004年に発表した『ウバールの悪魔』に登場した「シグマフォース」を、05年の『マギの聖骨』から本格的にシリーズ化。歴史的事実に基づきながら最新の研究成果および科学技術を取り入れて構成した緻密なストーリー展開には定評があり、アクションシーンの描写でも高い評価を得る。

最近の翻訳書

◇『地底世界—サブテラニアン　上』 *SUBTERRANEAN* ジェームズ・ロリンズ著, 遠藤宏昭訳　扶桑社　2016.1　366p　16cm　（扶桑社ミステリー　ロ14-5）　880円　Ⓘ978-4-594-07400-5

◇『地底世界—サブテラニアン　下』 *SUBTERRANEAN* ジェームズ・ロリンズ著, 遠藤宏昭訳　扶桑社　2016.1　373p　16cm　（扶桑社ミステリー　ロ14-6）　880円　Ⓘ978-4-594-07401-2

◇『穢れた血　上』 *BLOOD INFERNAL* ジェームズ・ロリンズ, レベッカ・キャントレル著, 小川みゆき訳　オークラ出版　2015.12　381p　15cm　（マグノリアブックス）　778円　Ⓘ978-4-7755-2495-4

◇『穢れた血　下』 *BLOOD INFERNAL* ジェームズ・ロリンズ, レベッカ・キャントレル著, 小川みゆき訳　オークラ出版　2015.12　385p　15cm　（マグノリアブックス）　778円　Ⓘ978-4-7755-2496-1

◇『チンギスの陵墓　上』 *THE EYE OF GOD* ジェームズ・ロリンズ著, 桑田健訳　竹書房　2015.11　348p　15cm　（竹書房文庫　ろ1-18—シグマフォースシリーズ　8）　700円　Ⓘ978-4-8019-0508-5

◇『チンギスの陵墓　下』 *THE EYE OF GOD* ジェームズ・ロリンズ著, 桑田健訳　竹書房　2015.11　381p　15cm　（竹書房文庫　ろ1-19—シグマフォースシリーズ　8）　700円　Ⓘ978-4-8019-0509-2

◇『Σ **FILES**〈シグマフォース〉機密ファイル』　ジェームズ・ロリンズ著, 桑田健訳　竹書房　2015.11　291p　15cm　（竹書房文庫　ろ1-17—シグマフォースシリーズ　X）　700円　Ⓘ978-4-8019-0510-8

◇『聖なる血　上』 *INNOCENT BLOOD* ジェームズ・ロリンズ, レベッカ・キャントレル著, 小川みゆき訳　オークラ出版　2015.8　456p　15cm　（マグノリアブックス）　824円　Ⓘ978-4-7755-2445-9

◇『聖なる血　下』 *INNOCENT BLOOD CITY OF SCREAMS* ジェームズ・ロリンズ, レベッカ・キャントレル著, 小川みゆき訳　オークラ出版　2015.8　401p　15cm　（マグノリアブックス）　796円　Ⓘ978-4-7755-2446-6

◇『ギルドの系譜　上』 *BLOODLINE* ジェームズ・ロリンズ著, 桑田健訳　竹書房　2015.4　407p　15cm　（竹書房文庫　ろ1-15—シグマフォースシリーズ　7）　700円　Ⓘ978-4-8019-0274-9

◇『ギルドの系譜　下』 *BLOODLINE* ジェームズ・ロリンズ著, 桑田健訳　竹書房　2015.4　406p　15cm　（竹書房文庫　ろ1-16—シグマフォースシリーズ　7）　700円　Ⓘ978-4-8019-0275-6

◇『アマゾニア　上』 *AMAZONIA* ジェームズ・ロリンズ著, 遠藤宏昭訳　扶桑社　2015.3　447p　16cm　（扶桑社ミステリー　ロ14-3）　800円　Ⓘ978-

◇『アマゾニア　下』*AMAZONIA*　ジェームズ・ロリンズ著, 遠藤宏昭訳　扶桑社　2015.3　391p　16cm　（扶桑社ミステリー　ロ14-4）　800円　①978-4-594-07221-6

◇『ジェファーソンの密約　上』*THE DEVIL COLONY*　ジェームズ・ロリンズ著, 桑田健訳　竹書房　2014.11　399p　15cm　（竹書房文庫　ろ1-13―シグマフォースシリーズ　6）　700円　①978-4-8019-0034-9

◇『ジェファーソンの密約　下』*THE DEVIL COLONY*　ジェームズ・ロリンズ著, 桑田健訳　竹書房　2014.11　414p　15cm　（竹書房文庫　ろ1-14―シグマフォースシリーズ　6）　700円　①978-4-8019-0035-6

◇『血の福音書　上』*THE BLOOD GOSPEL*　ジェームズ・ロリンズ, レベッカ・キャントレル著, 小川みゆき訳　オークラ出版　2014.9　369p　15cm　（マグノリアブックス）　759円　①978-4-7755-2294-3

◇『血の福音書　下』*THE BLOOD GOSPEL*　ジェームズ・ロリンズ, レベッカ・キャントレル著, 小川みゆき訳　オークラ出版　2014.9　497p　15cm　（マグノリアブックス）　898円　①978-4-7755-2295-0

◇『ケルトの封印　上』*THE DOOMSDAY KEY*　ジェームズ・ロリンズ著, 桑田健訳　竹書房　2014.5　389p　15cm　（竹書房文庫　ろ1-11―シグマフォースシリーズ　5）　700円　①978-4-8124-9974-0

◇『ケルトの封印　下』*THE DOOMSDAY KEY*　ジェームズ・ロリンズ著, 桑田健訳　竹書房　2014.5　370p　15cm　（竹書房文庫　ろ1-12―シグマフォースシリーズ　5）　700円　①978-4-8124-9975-7

◇『ウバールの悪魔　上』*SANDSTORM*　ジェームズ・ロリンズ著, 桑田健訳　竹書房　2013.11　462p　15cm　（竹書房文庫　ろ1-9―シグマフォースシリーズ　0）　667円　①978-4-8124-9734-0

◇『ウバールの悪魔　下』*SANDSTORM*　ジェームズ・ロリンズ著, 桑田健訳　竹書房　2013.11　463p　15cm　（竹書房文庫　ろ1-10―シグマフォースシリーズ　0）　667円　①978-4-8124-9735-7

◇『ロマの血脈　上』*THE LAST ORACLE*　ジェームズ・ロリンズ著, 桑田健訳　竹書房　2013.5　388p　15cm　（竹書房文庫　ろ1-7―シグマフォースシリーズ　4）　667円　①978-4-8124-9481-3

◇『ロマの血脈　下』*THE LAST ORACLE*　ジェームズ・ロリンズ著, 桑田健訳　竹書房　2013.5　422p　15cm　（竹書房文庫　ろ1-8―シグマフォースシリーズ　4）　667円　①978-4-8124-9482-0

◇『アイス・ハント　下』*Ice hunt*　ジェームズ・ロリンズ著, 遠藤宏昭訳　扶桑社　2013.5　463p　16cm　（扶桑社ミステリー）　800円　①978-4-594-06816-5

◇『アイス・ハント　上』*ICE HUNT*　ジェームズ・ロリンズ著, 遠藤宏昭訳　扶桑社　2013.4　445p　16cm　（扶桑社ミステリー　ロ14-1）　800円　①978-4-594-06790-8

◇『ユダの覚醒　上』*THE JUDAS STRAIN*　ジェームズ・ロリンズ著, 桑田健訳　竹書房　2012.11　415p　15cm　（竹書房文庫　ろ1-5―シグマフォースシリーズ　3）　667円　①978-4-8124-9128-7

◇『ユダの覚醒　下』*THE JUDAS STRAIN*　ジェームズ・ロリンズ著, 桑田健訳　竹書房　2012.11　463p　15cm　（竹書房文庫　ろ1-6―シグマフォースシリーズ　3）　667円　①978-4-8124-9129-4

◇『ナチの亡霊　上』*BLACK ORDER*　ジェームズ・ロリンズ著, 桑田健訳　竹書房　2012.7　430p　15cm　（竹書房文庫　ろ1-3―シグマフォースシリー

ズ　2)　667円　①978-4-8124-9016-7
◇『ナチの亡霊　下』 *BLACK ORDER*　ジェームズ・ロリンズ著, 桑田健訳
竹書房　2012.7　391p　15cm　（竹書房文庫　ろ1-4―シグマフォースシリー
ズ　2）　667円　①978-4-8124-9017-4
◇『マギの聖骨　上』 *MAP OF BONES*　ジェームズ・ロリンズ著, 桑田健訳
竹書房　2012.7　395p　15cm　（竹書房文庫　ろ1-1―シグマフォースシリー
ズ　1）　667円　①978-4-8124-9003-7
◇『マギの聖骨　下』 *MAP OF BONES*　ジェームズ・ロリンズ著, 桑田健訳
竹書房　2012.7　413p　15cm　（竹書房文庫　ろ1-2―シグマフォースシリー
ズ　1）　667円　①978-4-8124-9004-4
◇『ナチの亡霊　上』 *Black order*　ジェームズ・ロリンズ著, 桑田健訳　竹書
房　2008.6　391p　20cm　2095円　①978-4-8124-3492-5
◇『ナチの亡霊　下』 *Black order*　ジェームズ・ロリンズ著, 桑田健訳　竹書
房　2008.6　355p　20cm　2095円　①978-4-8124-3493-2
◇『インディ・ジョーンズ―クリスタル・スカルの王国』 *Indiana Jones and
the kingdom of the crystal skull*　ジェイムズ・ローリンズ著, 漆原敦子訳
早川書房　2008.5　479p　16cm　（ハヤカワ文庫　NV）　762円　①978-4-
15-041174-9
◇『マギの聖骨　上』 *Map of bones*　ジェームズ・ロリンズ著, 桑田健訳　竹
書房　2007.10　358p　20cm　1900円　①978-4-8124-3262-4
◇『マギの聖骨　下』 *Map of bones*　ジェームズ・ロリンズ著, 桑田健訳　竹
書房　2007.10　371p　20cm　1900円　①978-4-8124-3263-1

ロロ, ゴード　*Rollo, Gord*　　　　　　　　　　　　　ホラー, サスペンス

イギリス出身の作家。スコットランドのセント・アンドリュースで生まれ、1971年よりカナ
ダのオンタリオ州ダンヴィルに移住。2002年『Crimson』で作家デビューし、第3作の『ジグ
ソーマン』(06年)で注目を集める。長編をコンスタントに発表する傍ら、ホラー・アンソロジ
ストとしても活躍する。

最近の翻訳書

◇『ジグソーマン』 *THE JIGSAW MAN*　ゴード・ロロ著, 高里ひろ訳　扶桑
社　2015.12　391p　16cm　（扶桑社ミステリー　ロ17-1）　950円　①978-4-
594-07385-5

ロワチー, カリン　*Lowachee, Karin*　　　　　　　　　　　SF, ファンタジー

カナダの作家。南米のガイアナで生まれ、2歳からカナダで育つ。トロントのヨーク大学でク
リエイティブ・ライティングを学ぶ。デル・レイ・オンライン・ライティング・ワークショッ
プなどに参加した後、デビュー作『戦いの子』(2002年)でワーナーアスペクトの第1長編コン
テストに優勝。フィリップ・K.ディック賞、オーロラ賞にノミネートされた。第2長編『艦長
の子』(03年)もオーロラ賞にノミネートされ、第3長編『海賊の子』(05年)は、オーロラ賞な
らびにゲイラティック・スペクトラム賞を受賞した。

最近の翻訳書

◇『海賊の子』 *Cagebird*　カリン・ロワチー著, 嶋田洋一訳　早川書房　2009.
10　568p　16cm　（ハヤカワ文庫　SF1729）　1000円　①978-4-15-011729-0
◇『艦長の子』 *Burndive*　カリン・ロワチー著, 嶋田洋一訳　早川書房　2009.

7　607p　16cm　（ハヤカワ文庫　SF1718）　1000円　①978-4-15-011718-4

◇『戦いの子』　*Warchild*　カリン・ロワチー著, 嶋田洋一訳　早川書房　2008.
7　655p　16cm　（ハヤカワ文庫　SF）　1000円　①978-4-15-011671-2

ロンカ, マッティ　*Rönkä, Matti*　　　　　　　　　　　　　　　ミステリー

フィンランドの作家。1959年9月9日北カレリア地方生まれ。フィンランド公共放送YLEの
ニュースキャスターとして活躍。2002年『殺人者の顔をした男』で文壇デビュー。以後、ヴィ
クトル・カルッパを主人公とするシリーズを書き続け、国内外で好評を博す。05年に刊行され
たシリーズ第3作で、フィンランド・ミステリー協会から推理の糸口賞を贈られたほか、07年
には北欧5カ国のミステリーが対象となるガラスの鍵賞をフィンランドの作品として初めて受
賞した。

最近の翻訳書

◇『殺人者の顔をした男』　*Tappajan näköinen mies*　マッティ・ロンカ著, 古
市真由美訳　集英社　2014.6　303p　16cm　（集英社文庫　ロ11-1）　660円
①978-4-08-760686-7

〔 ワ 〕

ワイズバーガー, ローレン　*Weisberger, Lauren*　　　　　　　　文学, ロマンス

アメリカの作家。1977年3月28日ペンシルベニア州スクラントン生まれ。コーネル大学を卒業
した99年、ファッション誌「ヴォーグ」に就職。編集長のアシスタントとして9カ月勤めた後、
旅行雑誌社に転職し、記事を書き始める。傍ら、受講していた創作講座の課題として書いた
『プラダを着た悪魔』（2003年）で作家デビュー、全米でヒットし、映画化もされた。ニューヨー
ク在住。

最近の翻訳書

◇『プラダを着た悪魔リベンジ！　上』　*Revenge wears prada*　ローレン・ワ
イズバーガー著, 佐竹史子訳　早川書房　2015.3　270p　19cm　1300円
①978-4-15-209530-5

◇『プラダを着た悪魔リベンジ！　下』　*Revenge wears prada*　ローレン・ワ
イズバーガー著, 佐竹史子訳　早川書房　2015.3　270p　19cm　1300円
①978-4-15-209531-2

◇『ハリー・ウィンストンを探して』　*Chasing Harry Winston*　ローレン・ワ
イズバーガー著, 佐竹史子訳　早川書房　2009.12　527p　16cm　（ハヤカワ
文庫　ワー1-1―イソラ文庫　8）　940円　①978-4-15-150008-4

◇『パーティプランナー――流セレブの集めかた』　*Everyone worth knowing*
ローレン・ワイズバーガー著, 佐竹史子訳　早川書房　2006.11　485p　19cm
2000円　①4-15-208771-4

◇『プラダを着た悪魔　上』　*The devil wears Prada*　ローレン・ワイズバー
ガー著, 佐竹史子訳　早川書房　2006.10　347p　16cm　（ハヤカワ文庫
NV）　660円　①4-15-041126-3

◇『プラダを着た悪魔　下』　*The devil wears Prada*　ローレン・ワイズバー
ガー著, 佐竹史子訳　早川書房　2006.10　350p　16cm　（ハヤカワ文庫
NV）　660円　①4-15-041127-1

海外文学　新進作家事典　　　　　　　　　　　　ワトソン

ワイマン, マット　*Whyman, Matt*　　　　　　ヤングアダルト, スリラー

イギリスの作家。大人から子供まで幅広い読者層の小説、児童文学作品を執筆する傍ら、ティーンエイジャー向けの雑誌で相談コーナーを多数持ち、サウジアラビア、ロシアでワークショップを開くなど、多方面にわたって活躍する。家族とウェストサセックス在住。

最近の翻訳書

◇『ボーイ・キルズ・マン』　*Boy kills man*　マット・ワイマン作, 長友恵子訳　鈴木出版　2007.5　277p　22cm　（鈴木出版の海外児童文学　この地球を生きる子どもたち）　1600円　①978-4-7902-3168-4

ワイルズ, デボラ　*Wiles, Deborah*　　　　　　　　　文学, 児童書

アメリカの作家。アラバマ州生まれ。短期大学在学中に最初の結婚をし、子育てをしながら20代からの夢だったという作家を目指す。フリーのライターを経て、2001年『Love, Ruby Lavender』で作家デビュー。絵本や小説など、児童書の分野で活躍している。

最近の翻訳書

◇『空へ、いのちのうたを』　*Each little bird that sings*　デボラ・ワイルズ作, よねむら知子訳　ポプラ社　2008.10　319p　20cm　（ポプラ・ウイング・ブックス　37）　1600円　①978-4-591-10538-2

ワトキンズ, クレア　*Watkins, Claire*　　　　　　　　　文学, SF

アメリカの作家。1984年カリフォルニア州ビショップで生まれ、同州とネバダ州の砂漠地帯で育つ。ネバダ大学リノ校とオハイオ州立大学で学び、バックネル大学およびプリンストン大学の創作科で講師を務める。2009年「グランタ」ウェブサイトにエッセイ「Keeping it in the Family（身内にとどめる）」を寄稿。その後、ネバダ州の歴史や自らの生い立ちを背景とした短編小説を「グランタ」「パリ・レビュー」などに発表。13年短編集『バトルボーン』でショート・フィクション文学賞、ディラン・トマス賞などを受賞。

最近の翻訳書

◇『バトルボーン』　*BATTLEBORN*　クレア・ワトキンズ著, 馬籠清子訳　岩波書店　2015.6　275p　19cm　2400円　①978-4-00-024478-7

ワトソン, ジュード　*Watson, Jude*　　　　　　ミステリー, ヤングアダルト

本名＝ブランデル, ジュディ〈Blundell, Judy〉

アメリカの作家。ニューヨーク市ブルックリン生まれ。〈ラスト・オブ・ジェダイ〉シリーズや〈ジェダイ・アプレンティス〉シリーズなど、多くのスター・ウォーズ作品を手がける。ほかに、超自然ミステリーなども執筆。また、2008年本名のジュディ・ブランデル名義で書いた小説『ホワット・アイ・ソウ・アンド・ハウ・アイ・ライド』でナショナル・ブック・アワードの児童文学賞を受賞した。

最近の翻訳書

◇『サーティーナイン・クルーズ　20　失われた文明』　*The 39 clues*　小浜杏訳　ジュード・ワトソン著　KADOKAWA　2015.7　239p　19cm　900円　①978-4-04-067714-9

◇『サーティーナイン・クルーズ　19　史上最悪の敵』　*The 39 clues*　小浜杏訳　ジュード・ワトソン著　KADOKAWA　2015.3　239p　19cm　900円

ワトソン　　　　　　海外文学　新進作家事典

①978-4-04-067459-9
◇『サーティーナイン・クルーズ　13　いにしえの地図』 *The 39 clues* 　小浜
杏訳　ジュード・ワトソン著　メディアファクトリー　2013.2　287p　19cm
900円　①978-4-8401-5101-6
◇『サーティーナイン・クルーズ　11　新たなる脅威』 *The 39 clues* 　小浜杏
訳　リック・リオーダン, ピーター・ルランジス, ゴードン・コーマン, ジュー
ド・ワトソン著　メディアファクトリー　2012.6　343p　19cm　900円
①978-4-8401-4612-8
◇『サーティーナイン・クルーズ　6　遠い記憶』 *The 39 clues* 　ジュード・ワ
トソン著, 小浜杏訳　メディアファクトリー　2010.6　303p　19cm　900円
①978-4-8401-3414-9
◇『サーティーナイン・クルーズ　4　死者の伝言』 *The 39 clues* 　ジュード・
ワトソン著, 小浜杏訳　メディアファクトリー　2009.11　287p　19cm　900
円　①978-4-8401-3072-1
◇『最後の対決』 *The final showdown* 　ジュード・ワトソン著, 西村和子訳
オークラ出版　2008.11　209p　19cm　（スター・ウォーズ―ジェダイ・クエ
スト　10）　952円　①978-4-7755-1283-8
◇『偽りの平和』 *The false peace* 　ジュード・ワトソン著, 西村和子訳　オーク
ラ出版　2008.9　222p　19cm　（スター・ウォーズ―ジェダイ・クエスト
9）　952円　①978-4-7755-1241-8
◇『クーデターの真相』 *The changing of the guard* 　ジュード・ワトソン著, 西
村和子訳　オークラ出版　2008.7　209p　19cm　（スター・ウォーズ―ジェ
ダイ・クエスト　8）　952円　①978-4-7755-1213-5
◇『真実の瞬間』 *The moment of truth* 　ジュード・ワトソン著, 西村和子訳
オークラ出版　2008.5　192p　19cm　（スター・ウォーズ―ジェダイ・クエ
スト　7）　952円　①978-4-7755-1184-8
◇『シャドー・トラップ』 *The shadow trap* 　ジュード・ワトソン著, 西村和子
訳　オークラ出版　2008.3　189p　19cm　（スター・ウォーズ―ジェダイ・
クエスト　6）　952円　①978-4-7755-1126-8
◇『ダークサイドの陰謀』 *Return of the dark side* 　ジュード・ワトソン著, 西
村和子訳　オークラ出版　2008.1　191p　19cm　（スター・ウォーズ―ラス
ト・オブ・ジェダイ　6）　952円　①978-4-7755-1098-8
◇『指導者学校の秘密』 *The school of fear* 　ジュード・ワトソン著, 西村和子
訳　オークラ出版　2008.1　203p　19cm　（スター・ウォーズ―ジェダイ・
クエスト　5）　952円　①978-4-7755-1099-5
◇『皇帝の罠』 *A tangled web* 　ジュード・ワトソン著, 西村和子訳　オークラ
出版　2007.10　192p　19cm　（スター・ウォーズ―ラスト・オブ・ジェダイ
5）　952円　①978-4-7755-1039-1
◇『ダークサイドの誘惑』 *The master of disguise* 　ジュード・ワトソン著, 西
村和子訳　オークラ出版　2007.8　199p　19cm　（スター・ウォーズ―ジェ
ダイ・クエスト　4）　857円　①978-4-7755-0997-5
◇『ナブーに死す』 *Death on Naboo* 　ジュード・ワトソン著, 西村和子訳
オークラ出版　2007.6　191p　19cm　（スター・ウォーズ―ラスト・オブ・
ジェダイ　4）　857円　①978-4-7755-0962-3
◇『アンダーワールド』 *Underworld* 　ジュード・ワトソン著, 西村和子訳
オークラ出版　2007.4　190p　19cm　（スター・ウォーズ―ラスト・オブ・
ジェダイ　3）　857円　①978-4-7755-0922-7

海外文学　新進作家事典　　　　ワナ

◇『危険なゲーム』 *The dangerous games* ジュード・ワトソン著, 西村和子訳 オークラ出版 2007.4 238p 19cm （スター・ウォーズ―ジェダイ・クエスト 3） 857円 ①978-4-7755-0923-4

◇『師弟のきずな』 *The trail of the Jedi* ジュード・ワトソン著, 西村和子訳 オークラ出版 2006.12 191p 19cm （スター・ウォーズ―ジェダイ・クエスト 2） 857円 ①4-7755-0835-0

◇『冒険のはじまり』 *The way of the apprentice* ジュード・ワトソン著, 西村和子訳 オークラ出版 2006.12 222p 19cm （スター・ウォーズ―ジェダイ・クエスト 1） 857円 ①4-7755-0834-2

◇『闇の警告』 *Dark warning* ジュード・ワトソン著, 西村和子訳, 高貴準三監修 オークラ出版 2006.8 218p 19cm （スター・ウォーズ―ラスト・オブ・ジェダイ 2） 857円 ①4-7755-0784-2

◇『危険なミッション』 *The desperate mission* ジュード・ワトソン著, 西村和子訳, 高貴準三監修 オークラ出版 2006.8 242p 19cm （スター・ウォーズ―ラスト・オブ・ジェダイ 1） 857円 ①4-7755-0783-4

ワーナー, ペニー　*Warner, Penny*　　　　ミステリー, 児童書

アメリカの作家。ディアブロ・バレーカレッジ、シャボット・カレッジで子供の発達、特殊教育、カリフォルニア州立大学ヘイワード校、カリフォルニア大学バークレー校公開教育部で文章創作などを教える。傍ら、夫と国中の図書館や地方公共団体といった組織のためにミステリー関係のイベントを企画。1997年処女作『死体は訴える』でミステリー作家としてデビュー、98年マカヴィティ賞最優秀処女長編賞を受賞。2002年に出版した『The Mystery of the Haunted Caves』(未訳)は、アガサ賞とアンソニー児童書賞のミステリー部門大賞を受賞した。多くの児童書を執筆し、世界14カ国で出版されている。カリフォルニア州ダンビル在住。

最近の翻訳書

◇『暗号クラブ 6 エンジェル島キャンプ事件』 *The Code Busters Club.6：Secret in the Puzzle Box* ペニー・ワーナー著, 番由美子訳, ヒョーゴノスケ絵 KADOKAWA 2015.12 253p 19cm 850円 ①978-4-04-103792-8

◇『暗号クラブ 5 謎のスパイを追え！』 *The Code Busters Club.5：Hunt for the Missing Spy* ペニー・ワーナー著, 番由美子訳, ヒョーゴノスケ絵 KADOKAWA 2015.8 253p 19cm 850円 ①978-4-04-103524-5

◇『暗号クラブ 4.5 暗号クラブ結成の日』 ペニー・ワーナー著, 番由美子訳, ヒョーゴノスケ絵 KADOKAWA 2015.4 222p 19cm 850円 ①978-4-04-067460-5

◇『暗号クラブ 4 よみがえったミイラ』 *The Code Busters Club.4：The Mummy's Curse* ペニー・ワーナー著, 番由美子訳, ヒョーゴノスケ絵 KADOKAWA 2014.7 253p 19cm 850円 ①978-4-04-066928-1

◇『暗号クラブ 2 ゆうれい灯台ツアー』 *The Code Busters Club 2：The Haunted Lighthouse* ペニー・ワーナー著, 番由美子訳, ヒョーゴノスケ絵 KADOKAWA 2014.2 222p 19cm 850円 ①978-4-04-066605-1

◇『暗号クラブ 3 海賊がのこしたカーメルの宝』 *The Code Busters Club. 3：The mystery of the Pirate's Treasure* ペニー・ワーナー著, 番由美子訳, ヒョーゴノスケ絵 KADOKAWA 2013.12 254p 19cm 850円 ①978-4-04-066178-0

◇『暗号クラブ 1 ガイコツ屋敷と秘密のカギ』 *The Code Busters Club 1：The Secret of the Skeleton Key* ペニー・ワーナー著, 番由美子訳, ヒョーゴ

ノスケ絵　KADOKAWA　2013.11　253p　19cm　850円　①978-4-04-066430-9

◇『暗号クラブ　2　ゆうれい灯台ツアー』　*The Code Busters Club 2 : The Haunted Lighthouse*　ペニー・ワーナー著, 番由美子訳, ヒョーゴノスケ挿絵　メディアファクトリー　2013.8　222p　19cm　850円　①978-4-8401-5272-3

◇『暗号クラブ　1　ガイコツ屋敷と秘密のカギ』　*The Code Busters Club.1 : The Secret of the Skeleton Key*　ペニー・ワーナー著, 番由美子訳, ヒョーゴノスケ挿絵　メディアファクトリー　2013.4　253p　19cm　850円　①978-4-8401-5155-9

ワン, ルル　*Wang, Lulu*　　文学

オランダの作家。1960年中国北京に生まれ、北京大学で英米文学を専攻。26歳の時にオランダへ渡る。以後、マーストリヒト大学で中国語を教え、翻訳業に従事する傍ら、小説を執筆。97年長編『睡蓮の教室』で作家デビュー。オランダでは異例の20万部を超えるベストセラーとなり、ノニーノ国際文学賞も受賞。その後6冊以上の小説を発表。

最近の翻訳書

◇『睡蓮の教室』　*Het lelietheater The lily theater.* 重訳　ルル・ワン著, 鴻巣友季子訳　新潮社　2006.10　583p　20cm　（Crest books）　2800円　①4-10-590057-9

人名索引（欧文）

人名索引（欧文）　　　　　　　　BEN

〔 A 〕

Aames, Avery 48
Aaronovitch, Ben 19
Abbott, Megan 13
Abedi, Isabel 12
Abraham, Daniel 48
Acito, Marc 6
Adams, Guy 8
Adams, Will 7
Adamson, Isaac 8
Adderson, Caroline 7
Adeline, L.Marie 10
Adichie, Chimamanda Ngozi 10
Adiga, Aravind 9
Adler-Olsen, Jussi 50
Adlington, L.J. 11
Aguirre, Ann 5
Agus, Milena 5
Ahern, Cecelia 12
Akunin, Boris 5
Alarcón, Daniel 14
Albin, Gennifer 16
Albom, Mitch 17
Alexander, Tasha 18
Alexander, William 18
Alfonsi, Alice 17
Alkemade, Kim van 60
Allan, Jay 15
Allen, Sarah Addison 18
Almond, David 14
Alonso, Ana 19
Alpert, Mark 16
Altbacker, E.J. 16
Alten, Steve 66
Alvtegen, Karin 15
Amato, Mary 13
Ambrose, Starr 21
Anderson, C.L. 20
Anderson, Eli 20
Anderson, Jodi Lynn 20
Anderson, Laurie Halse 21
Andrews, Lori 21
Angleberger, Tom 19
Anny baby 11
Apodaca, Jennifer 13
Apperry, Yann 12
Applegate, Katherine 9
Arena, Felice 15
Armel, Aliette 17
Arnold, Louise 11
Arslan, Antonia 15

Artem'eva, Galina 16
Asensi, Matilde 7
Ashby, Madeline 6
Asher, Jay 8
Asher, Neal 9
Atkins, Ace 10
Audouin-Mamikonian, Sophie 62
Auer, Margit 3
Ausubel, Ramona 61
Auvini, Kadresengane 4
Avallone, Silvia 4
Avanzini, Lena 4
Axelsson, Carina 5

〔 B 〕

Baccalario, Pierdomenico 299
Bacigalupi, Paolo 298
Badai 297
Bajo, David 383
Baker, J.I. 382
Baker, Kage 382
Baker, Keith 381
Baldacci, David 314
Baldwin, Carey 410
Ballantyne, Lisa 309
Balliett, Blue 310
Bank, Melissa 319
Banker, Ashok K. 318
Baratz-Logsted, Lauren 309
Barbery, Muriel 315
Barclay, Linwood 293
Barcomb, Wayne 291
Bardugo, Leigh 302
Barnes, Jennifer Lynn 319
Baronsky, Eva 317
Barrett, Lorna 316
Barrett, Tracy 316
Barrington, James 312
Barry, Brunonia 310
Barry, Max 310
Bass, L.G. 295
Battles, Brett 305
Bauer, Belinda 285
Bauwen, Patrick 399
Bayard, Louis 384
Bazell, Josh 296
Bear, Elizabeth 380
Beauseigneur, James 401
Beck, Glenn 387
Beckett, Bernard 386
Beckett, Simon 386
Bégaudeau, François 386
Bender, Aimee 396
Benedict, Alexandra 390

523

BEN　人名索引（欧文）

Bengtsson, Jonas T.	396	Brennan, Allison	376
Benioff, David	389	Brennan, Sarah Rees	378
Bennett, Robert Jackson	390	Brett, Peter V.	376
Bennett, Sophia	390	Brewer, Heather	367
Benoit, Charles	390	Brian, Kate	347
Benton, Jim	397	Briggs, Patricia	364
Bentow, Max	397	Britain, Kristen	365
Berenson, Alex	395	Britton, Andrew	366
Berney, Lou	306	Broach, Elise	379
Berry, Jedediah	392	Brockmeier, Kevin	380
Berry, Steve	393	Brooke, Christina	370
Bertagna, Julie	394	Brooke, Lauren	371
Bertram, Holli	304	Brookes, Adam	371
Beukes, Lauren	326	Brookmyre, Christopher	373
Billingham, Mark	329	Brooks, Geraldine	371
Bilston, Sarah	331	Brooks, Max	372
Binet, Laurent	326	Brooks, Nick	372
Birdsall, Jeanne	296	Brotherton, Mike	352
Black, Anastasia	353	Brown, Amanda	349
Black, C.S.	353	Brown, Dan	349
Black, Holly	353	Brown, E.R.	349
Black, Lisa	354	Brown, Pierce	351
Blackwood, Grant	354	Browne, S.G.	349
Blaedel, Sara	376	Bruen, Ken	370
Blake, James Carlos	373	Bryant, Ann	347
Blank, Hanne	359	Brycz, Pavel	365
Blazon, Nina	352	Buckell, Tobias S.	301
Blissett, Luther	364	Buckley, Michael	300
Bloome, Indigo	373	Buckley-Archer, Linda	301
Blue, Lucy	368	Buckner, M.M.	300
Blume, Lesley M.M.	373	Budnitz, Judy	303
Bodoc, Liliana	405	Buettner, Robert	346
Bojanowski, Marc	400	Buff, Joe	307
Bollwahn, Barbara	411	Buffa, D.W.	302
Bolton, S.J.	410	Burchard, Brendon	298
Bonansinga, Jay	406	Burchett, Jan	297
Bond, Bradley	414	Burley, John	315
Bondoux, Anne-Laure	415	Burton, Jaci	305
Bondurant, Matt	413	Burton, Jessie	305
Boonen, Stefan	406	Busch, Petra	345
Booth, Stephen	345	Bussi, Michel	327
Boralevi, Antonella	408	Butcher, Jim	346
Borrmann, Mechtild	411	Butler, Dori Hillestad	304
Bourne, Sam	413	Buyea, Rob	334
Bowler, Tim	399	Byrd, Nicole	303
Box, C.J.	402	Byrne, Kerrigan	318
Boyne, John	399	Byrnes, Michael	319
Bradbury, Jennifer	356		
Bradford, Arthur	356		
Bradley, Alan	356		
Bradley, Celeste	357		
Brandon, Ali	361		
Brannan, J.T.	358		
Brashares, Ann	355		
Brasme, Anne-Sophie	352		
Brauns, Axel	351		
Brendt, Peter	379		

〔 C 〕

Cabot, Meg	92
Cain, Chelsea	132
Callanan, Liam	95
Calloway, Cassidy	97
Calmel, Mireille	81

人名索引（欧文）　　　　　CUT

Calmes, Mary	80	Choldenko, Gennifer	244
Calonita, Jen	97	Christer, Sam	115
Calvetti, Paola	78	Chun, Shu	187
Cambias, James L.	98	Chung, Ook	243
Cameron, Marc	95	Chung, Se-rang	245
Cameron, Peter	94	Citrin, Micael	173
Cameron, W.Bruce	94	Citron, Lana	173
Campbell, Anna	99	Clare, Cassandra	121
Campbell, Gordon	99	Clark, Martin	111
Campbell, Jack	100	Clarke, Stephen	111
Campion, Alexander	98	Clarke, Susanna	111
Cantrell, Rebecca	97	Claudel, Philippe	127
Capella, Anthony	74	Cleave, Chris	114
Capps, Ronald Everett	91	Cleave, Paul	115
Capus, Alex	74	Cleland, Jane K.	117
Card, Melanie	72	Clement, Peter	126
Carey, Jacqueline	130	Clevenger, Craig	124
Carey, Janet Lee	130	Cline, Ernest	109
Carlson, Jeff	80	Cobb, James H.	145
Carlyle, Liz	76	Colbert, Curt	153
Carman, Patrick	75	Cole, August	151
Carofiglio, Gianrico	82	Colfer, Eoin	153
Carpenter, Lea	75	Collins, Suzanne	150
Carr, Shelly Dickson	66	Commère, Hervé	149
Carranza, Andreu	77	Condie, Ally	155
Carrell, Jennifer Lee	96	Conlon, Edward	155
Carriger, Gail	95	Connolly, John	147
Carrisi, Donato	71	Constable, Kate	155
Carson, Rae	69	Cook, Troy	106
Carter, Ally	70	Coonts, Deborah	129
Carter, Dean Vincent	70	Cooper-Posey, Tracy	108
Cartwright, Sarah Blakley	73	Cope, Andrew	148
Carzan, Carlo	79	Copperman, E.J.	145
Case, John	132	Corey, James S.A.	149
Casey, Jane	132	Coriell, Shelley	154
Cash, Wiley	90	Cosper, Darcy	143
Cashore, Kristin	68	Cotterill, Colin	144
Cassidy, Cathy	90	Coughlin, Jack	142
Castillon, Claire	69	Cowell, Cressida	141
Castle, Richard	91	Coyle, Cleo	140
Cates, Bailey	131	Crandall, Susan	113
Cavanagh, Steve	90	Crane, Caprice	124
Chan, Kylie	242	Cready, Gwyn	126
Chaplet, Anne	179	Croft, Sydney	128
Chapman, Drew	241	Cross, Kady	127
Chapman, Linda	242	Crouch, Blake	110
Charney, Noah	242	Crowther, Yasmin	110
Chase, Clifford	238	Crusie, Jennifer	119
Chbosky, Stephen	243	Cullin, Mitch	78
Chen, Hao-ji	245	Cumming, Charles	75
Chen, Xue	246	Cummings, Lindsay	76
Chessman, Harriet Scott	239	Curran, Colleen	77
Chevalier, Tracy	183	Currie, Jr., Ron	77
Child, Lee	240	Cutler, Ronald	73
Childs, Laura	239		
Cho, Chang-in	243		
Choi, Min-kyong	238		

525

DAI 人名索引（欧文）

〔D〕

Dai, Sijie ·········· 229
Dale, Anna ·········· 257
Daniel Raby, Lucy ·········· 233
Dasgupta, Rana ·········· 232
Dashner, James ·········· 231
David, Evelyn ·········· 250
Davidson, Andrew ·········· 254
Davidson, Craig ·········· 250
Davidson, MaryJanice ·········· 259
Davies, Jacqueline ·········· 249
Davies, Murray ·········· 249
Davies, Nicola ·········· 254
Davis, Kyra ·········· 249
Day, Sylvia ·········· 247
DBC Pierre ·········· 254
Dean, Debra ·········· 259
De Cock, Michael ·········· 261
Dekker, Ted ·········· 261
Delacourt, Grégoire ·········· 270
de la Motte, Anders ·········· 263
Delaney, Joseph ·········· 257
Delaney, Luke ·········· 263
De Leeuw, Jan ·········· 264
Depp, Daniel ·········· 262
Desai, Kiran ·········· 261
DeSilva, Bruce ·········· 232
Dessen, Sarah ·········· 261
de Vigan, Delphine ·········· 267
deWitt, Patrick ·········· 259
Dhar, Mainak ·········· 235
Diamand, Emily ·········· 228
Díaz, Junot ·········· 248
Dibben, Damian ·········· 255
DiCamillo, Kate ·········· 250
Dicker, Joël ·········· 250
Dicks, Matthew ·········· 251
Dietrich, William ·········· 253
Diffenbaugh, Vanessa ·········· 255
Dinh, Linh ·········· 259
Dirgo, Craig ·········· 231
DiTerlizzi, Tony ·········· 251
Djavann, Chahdortt ·········· 176
Doctorow, Cory ·········· 268
Doerr, Anthony ·········· 265
Doetsch, Richard ·········· 266
Doiron, Paul ·········· 266
Donbavand, Tommy ·········· 274
Donohue, Keith ·········· 269
Doran, Teresa ·········· 271
Dowd, Siobhan ·········· 230
Downham, Jenny ·········· 230

Drummond, Laurie Lynn ·········· 271
Du Brul, Jack ·········· 234
Dueñas, María ·········· 267
Duey, Kathleen ·········· 262
Duffy, David ·········· 233
Dun, David ·········· 237
Dunbar, Fiona ·········· 237
Durham, Laura ·········· 235
Dybek, Nick ·········· 229
Dyer, Hadley ·········· 228
Dyer, Heather ·········· 229

〔E〕

Eaton, Jason Carter ·········· 24
Ebershoff, David ·········· 53
Edwards, Jeff ·········· 52
Edwards, Kim ·········· 52
Egeland, Tom ·········· 50
Eggers, Dave ·········· 49
Egholm, Elsebeth ·········· 25
Eisler, Barry ·········· 3
EJFD, Thomas ·········· 50
Eka Kurniawan ·········· 49
Elderkin, Susan ·········· 57
Elfgren, Sara B. ·········· 58
Elizarov, Mikhail ·········· 55
Ellis, David ·········· 55
Ellis, Deborah ·········· 56
Ellison, J.T. ·········· 56
Ellsworth, Loretta ·········· 57
Elsberg, Marc ·········· 57
Énard, Mathias ·········· 53
Engelman, Peter G. ·········· 58
Enger, Thomas ·········· 58
Englander, Nathan ·········· 26
Englert, J.F. ·········· 25
Enochs, Susan ·········· 24
Epping, Charles ·········· 52
Epstein, Adam Jay ·········· 55
Erian, Alicia ·········· 55
Erre, Jean-Marcel ·········· 57
Erskine, Kathryn ·········· 7
Essex, Karen ·········· 51
Eugenides, Jeffrey ·········· 462
Eun, Hee-kyung ·········· 47
Evans, Chris ·········· 49
Evans, Douglas ·········· 54
Everhart, Emerald ·········· 53
Eversz, Robert ·········· 48
Ewan, Chris ·········· 25
Eyre, Lucy ·········· 47
Ezer, Sini ·········· 52

人名索引（欧文）　　　　　　　　　　　GOL

〔 F 〕

Faber, Michel ………………… 339
Fahy, Warren ………………… 339
Fairstein, Linda ……………… 338
Falcones, Ildefonso …………… 333
Faletti, Giorgio ……………… 333
Falk, Nick …………………… 341
Falkner, Brian ………………… 341
Fallon, Jane …………………… 334
Falls, Kat …………………… 344
Faverón Patriau, Gustavo …… 333
Fawer, Adam ………………… 332
Faye, Lyndsay ………………… 339
Feehan, Christine …………… 336
Feng, Xu-xuan ……………… 328
Ferris, Joshua ……………… 340
Fforde, Jasper ……………… 344
Fiffer, Sharon ……………… 337
Finch, Paul …………………… 338
Fiorato, Marina ……………… 334
Fitzek, Sebastian …………… 335
Fitzgerald, Conor …………… 336
Fitzpatrick, Becca …………… 336
Fitzpatrick, Kylie …………… 336
Flanagan, John ……………… 357
Fleischhauer, Wolfram ……… 348
Flewelling, Lynn …………… 369
Flinn, Alex …………………… 367
Floyd, Bill …………………… 379
Flynn, Gillian ……………… 368
Foden, Giles ………………… 343
Foenkinos, David …………… 340
Foer, Jonathan Safran ……… 341
Fogelin, Adrian ……………… 342
Fombelle, Timothée de ……… 345
Ford, G.M. ………………… 344
Ford, Jamie ………………… 343
Forman, Gayle ……………… 341
Forsyth, Kate ……………… 342
Fortier, Anne ……………… 343
Forward, Simon ……………… 344
Fowler, Therese ……………… 332
Fox, Helen …………………… 343
Francis, Felix ……………… 360
Francisco, Ruth ……………… 361
Franck, Julia ……………… 359
Franco, Jorge ……………… 360
Frank, E.R. ………………… 359
Frankel, Laurie ……………… 360
Franklin, Tom ……………… 360
Frèches, José ……………… 374

Fredsti, Dana ……………… 375
Freeman, Brian ……………… 366
Freeman, Martha …………… 367
Freirich, Roy ……………… 349
French, Nicci ……………… 378
French, Tana ……………… 378
Freund, Peter ……………… 379
Freymann-Weyr, Garret …… 374
Fried, Seth ………………… 365
Friedman, Daniel …………… 365
Friis, Agnete ……………… 363
Frost, Scott ………………… 379
Fury, Dalton ……………… 347

〔 G 〕

Gabbay, Tom …………………… 91
Galen, Shana …………………… 81
Galite, John La ………………… 78
Galloway, Steven ……………… 97
Gambino, Christopher J. ……… 83
Gan, Yao-ming ………………… 82
Gappah, Petina ………………… 70
Garcia, Eric …………………… 79
Garcia, Kami ………………… 79
García, Laura Gallego ………… 79
Gardiner, Meg ………………… 71
Gaspard, John ………………… 69
Gaude, Laurent ……………… 145
Gavalda, Anna ………………… 67
Gaylin, Alison ……………… 131
Genelin, Michael …………… 168
Gerdom, Susanne …………… 136
Gessler, Tatjana …………… 133
Geus, Mireille ……………… 386
Ghelfi, Brent ……………… 137
Giacometti, Eric …………… 178
Giambanco, V.M. …………… 182
Gibbins, David ……………… 87
Gibbs, Stuart ………………… 87
Gideon, Melanie ……………… 85
Gier, Kerstin ………………… 84
Giffin, Emily ………………… 87
Gilbers, Harald …………… 101
Gilbert, Elizabeth ………… 101
Giles, Jennifer St. ………… 176
Giltrow, Helen ……………… 101
Ginsberg, Debra …………… 103
Giordano, Paolo …………… 189
Glattauer, Daniel …………… 112
Gleason, Colleen …………… 115
Glukhovsky, Dmitry ………… 121
Godbersen, Anna …………… 144
Goff, Christine ……………… 149
Golding, Julia ……………… 152

527

GOL 人名索引（欧文）

Goldman, Joel	153
Goldstein, Barbara	152
Gonzales, Manuel	154
Goodman, Alison	107
Gordon, David	146
Gordon, Neil	146
Gordon, Roderick	147
Gore, Kristin	139
Grabenstein, Chris	113
Graff, Laurent	112
Graff, Lisa	112
Grahame-Smith, Seth	122
Gran, Sara	113
Grasset, Jules	112
Gray, Keith	122
Gray, Kes	123
Grazer, Gigi L.	124
Greaney, Mark	116
Grecian, Alex	125
Green, John	118
Green, Sally	118
Gregorio, Michael	125
Gregory, David	125
Gregson, Jessica	124
Grémillon, Hélène	126
Grimwood, Jon Courtenay	117
Grossman, Lev	127
Grove, S.E.	126
Gruber, Andreas	120
Gruber, Michael	120
Gruen, Sara	118
Gruley, Bryan	121
Guène, Faïza	138
Guilfoile, Kevin	102
Guinn, Matthew	106
Guo, Jing-ming	68
Guo, Xiaolu	106

〔 H 〕

Haas, Gary Van	295
Haenel, Yannick	53
Hage, Rawi	294
Haig, Francesca	382
Haig, Matt	383
Hale, Ginn	385
Hale, Shannon	384
Hall, Steven	409
Halpern, Adena	314
Hamid, Mohsin	308
Hamilton, Steve	308
Hammer, Lotte	308
Hanley, Victoria	323
Hannah, Sophie	305
Harbach, Chad	306

Harding, Paul	302
Harkaway, Nick	291
Harkness, Deborah	293
Harris, Maria G.	311
Harris, Oliver	310
Harris, Rosemary	311
Harrison, A.S.A.	312
Harrison, Kim	312
Harrison, Mike	312
Hart, John	302
Harvey, Michael	287
Haslam, Chris	296
Hassan, Yaël	301
Hausfater, Rachel	61
Hawke, Richard	400
Hawkins, Paula	400
Hawks, John Twelve	400
Hayder, Mo	383
Hayes, Samantha	383
Haynes, Elizabeth	385
Hearne, Kevin	318
Heller, Peter	392
Hellström, Börge	393
Hemion, Timothy	391
Hemmings, Kaui Hart	391
Hemon, Aleksandar	391
Hendricks, Vicki	397
Henrichs, Bertina	398
Hermann, Judith	394
Herrndorf, Wolfgang	394
Herron, Mick	396
Hewson, David	326
Hill, Casey	329
Hill, Joe	330
Hill, Stuart	330
Hill, Toni	330
Hillenbrand, Tom	331
Hillier, Jennifer	329
Hirahara, Naomi	328
Hirata, Andrea	328
Hirsch, Jeff	295
Hislop, Victoria	325
Hjorth, Michael	463
Hobbs, Roger	405
Hobson, M.K.	407
Hockensmith, Steve	403
Hocking, Amanda	402
Hodder, Mark	401
Hof, Marjolijn	406
Hoffman, Jilliane	407
Hoffman, Paul	408
Hogan, Edward	399
Holm, Jennifer L.	412
Holt, Jonathan	410
Hong, Ling	141
Hoover, Colleen	338
Horst, Jørn Lier	409

人名索引（欧文）　　　　　　　　　　　　　　KIM

Horváthová, Tereza ································ 409
Hosp, David ································· 401
Hosseini, Khaled ····························· 403
Houck, Colleen ······························· 288
House, Richard ······························· 287
Hoving, Isabel ······························· 406
How, Wen-yeong ···························· 141
Howey, Hugh ································· 286
Hoyt, Sarah A. ······························ 398
Hu, Shu-wen ································· 138
Hudie, Ian ··································· 144
Hughes, Carol ······························· 326
Hull, Linda Joffe ···························· 314
Human, Charlie ····························· 328
Hunt, Elizabeth Singer ····················· 322
Hunt, Laird ·································· 323
Hunter, Erin ································· 320
Hunter, Evie ································· 319
Hunter, Maddy ······························ 322
Hurley, Tonya ······························· 309
Hurwitz, Gregg ······························ 286
Hyzy, Julie ·································· 285

〔 I 〕

Iha byams rgyal ····························· 469
Indridason, Arnaldur ························ 26
Ingólfsson, Viktor Arnar ····················· 26
Ione, Larissa ································· 24

〔 J 〕

Jackson, Mick ································ 178
Jackson, Vina ································ 177
Jacobs, Kate ································· 164
Jacobsen, Steffen ····························· 459
Jacobson, Andrew ···························· 165
Jacobson, Jennifer Richard ··················· 165
Jägerfeld, Jenny ······························ 459
Jahn, Ryan David ···························· 460
Jakes, S.E. ··································· 164
James, E.L. ·································· 165
Janes, Diane ································· 172
Jansson, Anna ······························· 462
Japp, Andréa H. ····························· 178
Jattawaalak ·································· 241
Jemisin, N.K. ································ 169
Jenkins, A.M. ································ 171
Jenkins, Emyl ································ 171
Jenkins, T.M. ································ 171
Jenkinson, Ceci ······························ 171
Jeon, Ari ····································· 244
Jeon, Kyung-rin ······························ 245
Jerkins, Grant ······························· 177

Ji, Soo-hyun ································· 238
Jiu, Yuan ···································· 105
Johansen, Erika ······························ 188
Johnson, Adam ······························ 191
Johnston, Tim ································ 190
Jonasson, Jonas ······························ 463
Jones, Kelly ································· 190
Jones, V.M. ·································· 190
Joy ··· 188
Joyce, Lydia ································· 188
Joyce, Rachel ································ 188
July, Miranda ······························· 187
Jun, Min-hee ································· 189
Jung, Yi-hyun ································ 245

〔 K 〕

Kaaberbol, Lene ······························ 148
Kahaney, Amelia ······························ 74
Kallentoft, Mons ······························ 71
Kan, Young-sook ······························ 83
Kandel, Susan ································ 83
Kanon, Joseph ································ 91
Karasyov, Carrie ······························ 76
Kargman, Jill ································ 68
Karnezis, Panos ······························ 80
Kate, Lauren ································· 131
Kaufman, Andrew ····························· 67
Kaye, Erin ··································· 131
Kazinski, A.J. ································ 68
Keegan, Claire ································ 85
Kehlmann, Daniel ···························· 137
Keith, Erick ·································· 85
Kellerman, Jesse ····························· 135
Kelly, Jacqueline ····························· 136
Kelly, Jim ··································· 136
Kelly, Lynne ································· 136
Kennen, Ally ································· 134
Kent, Hannah ································ 138
Kent, Steven L. ······························ 137
Kenyon, Sherrilyn ···························· 133
Kepler, Lars ································· 135
Kepnes, Caroline ······························ 134
Kerley, Jack ································· 77
Kernick, Simon ······························· 73
Key, Watt ··································· 84
Khadra, Yasmina ····························· 72
Khan, Rukhsana ······························ 83
Khin Khin Htoo ······························ 102
Khoury, Raymond ····························· 114
Kianpour, Fredun ····························· 84
Kim, Ae-ran ································· 88
Kim, Jung-hyuk ······························ 88
Kim, Rang ··································· 89
Kim, Suki ··································· 89

529

KIM 人名索引（欧文）

Kim, Tag-hwan ·································89
Kim, Un-su ·································88
Kim, Young-ha ·································89
Kimberly, Alice ·································104
Kimmel, Elizabeth Cody ·································90
King, Jonathon ·································102
Kingfisher, Rupert ·································103
Kingsbury, Karen ·································103
Kingsley, Kaza ·································103
Kinney, Jeff ·································86
Kinsella, Sophie ·································104
Kirby, Matthew ·································74
Kirn, Walter ·································82
Kittle, Katrina ·································86
Klay, Phil ·································123
Klein, Matthew ·································110
Kline, Christina Baker ·································109
Klise, Kate ·································108
Kloos, Marko ·································127
Kluver, Cayla ·································117
Knausgård, Karl Ove ·································107
Knight, E.E. ·································275
Knight, Renée ·································275
Knopf, Chris ·································108
Knox, Tom ·································284
Ko, Jung-wook ·································138
Kooij, Rachel van ·································139
Kornetsky, L.A. ·································148
Koryta, Michael ·································150
Kostova, Elizabeth ·································143
Kowal, Mary Robinette ·································154
Kozak, Harley Jane ·································143
Krauss, Nicole ·································110
Krueger, William K. ·································119
Kubica, Mary ·································108
Kuipers, Alice ·································67
Kunzru, Hari ·································129
Kurti, Richard ·································80
Kutscher, Volker ·································106
Kwahulé, Koffi ·································128
K'wan ·································128

〔 L 〕

Läckberg, Camilla ·································498
La Farge, Paul ·································475
LaFevers, R.L. ·································475
LaFleur, Suzanne ·································477
Lakhous, Amara ·································469
Lam, Vincent ·································477
Lamb, John J. ·································477
Lambert, P.J. ·································479
Landay, William ·································478
Landy, Derek ·································478
Langrish, Katherine ·································477

Lapcharoensap, Rattawut ·································475
Lapidus, Jens ·································473
LaPlante, Alice ·································476
Larbalestier, Justine ·································473
Larsen, Reif ·································470
Larson, B.V. ·································471
Larson, M.A. ·································470
Larsson, Asa ·································470
Lashner, William ·································470
Lassiter, Rhiannon ·································469
Laurie, Victoria ·································510
Law, Ingrid ·································501
Lawson, Anthea ·································506
Lawson, M.A. ·································505
Le, Nam ·································480
Lean, Sarah ·································488
Leckie, Ann ·································498
Lee, Chang-rae ·································480
Lee, Chul-hwan ·································22
Lee, Don ·································480
Lee, Eun ·································22
Lee, Joseph ·································480
Lee, Jung-myung ·································22
Lee, Patrick ·································481
Lee, Young-do ·································23
Lehtolainen, Leena ·································500
Leitich Smith, Greg ·································468
Lemaitre, Pierre ·································495
Leonard, Peter ·································499
LeRoy, J.T. ·································488
Lessmann, C.B. ·································497
Levinson, Robert S. ·································497
Lévy, Justine ·································496
Levy, Marc ·································496
Lewis, Gill ·································493
Lewis, Simon ·································492
Lewycka, Marina ·································497
Li, Yi-yun ·································479
Liang, Diane Wei ·································487
Licalzi, Lorenzo ·································484
Lidbeck, Petter ·································486
Lilin, Nicolai ·································487
Lin, Francie ·································488
Lind, Hailey ·································491
Lindqvist, John Ajvide ·································491
Link, Kelly ·································489
Littell, Jonathan ·································485
Littlefield, Sophie ·································486
Liu, Ken ·································487
Liu Liu ·································502
Locke, Attica ·································506
Lodato, Victor ·································506
Löffler, Rainer ·································500
Lord, Cynthia ·································507
Lotz, Sarah ·································507
Louis, Édouard ·································492
Lovett, Charlie ·································468

人名索引（欧文）　　MIT

Lowachee, Karin ……… 515	Maurin, Christelle ……… 456
Lowell, Heather ……… 502	May, Paul ……… 446
Lowell, Nathan ……… 501	Maycock, Dianne ……… 446
Lowell, Virginia ……… 501	Mazzucco, Melania G. ……… 432
Lu, Marie ……… 492	McAllister, Maggi ……… 419
Lupton, Rosamund ……… 476	McCain, Charles ……… 426
Lutz, Lisa ……… 472	McCann, A.L. ……… 419
Lyga, Barry ……… 466	McCarthy, Tom ……… 429
Lynch, Scott ……… 490	McCleen, Grace ……… 425
Lynds, Gayle ……… 490	McCoy, Judi ……… 426
Lynn, Matt ……… 489	McDermott, Andy ……… 421
	McDonald, Craig ……… 421
	McDonough, Yona Zeldis ……… 421
〔 M 〕	McEwen, Scott ……… 420
	McFadyen, Cody ……… 424
	McFarlane, Fiona ……… 424
MacAlister, Katie ……… 418	McGann, Oisín ……… 430
MacInerney, Karen ……… 419	McGilloway, Brian ……… 420
Mack, T. ……… 431	McGowan, Anthony ……… 426
Mackler, Carolyn ……… 431	McGuire, Jamie ……… 420
MacLeod, Ken ……… 425	McIntosh, D.J. ……… 430
MacMahon, Kathleen ……… 425	McKenna, Juliet E. ……… 431
MacNeal, Susan Elia ……… 423	McKinlay, Deborah ……… 430
Madore, Nancy ……… 432	McKinlay, Jenn ……… 430
Mafi, Tahereh ……… 433	McLain, Paula ……… 425
Magnason, Andri Snaer ……… 422	McNamee, Graham ……… 422
Majd, Kam ……… 427	McNish, Cliff ……… 422
Malajovich, Gustavo ……… 434	Mead, Richelle ……… 440
Malley, Gemma ……… 434	Medvei, Cornelius ……… 450
Malliet, G.M. ……… 435	Mehran, Marsha ……… 450
Malone, Marianne ……… 437	Meldrum, Christina ……… 451
Mancusi, Mari ……… 438	Melko, Paul ……… 450
Mandel, Emily St.John ……… 438	Messner, Kate ……… 449
Mann, Antony ……… 437	Messud, Claire ……… 449
Mannock, John ……… 433	Metz, Melinda ……… 449
Marani, Diego ……… 433	Meyer, Clemens ……… 416
Marceau, Alma ……… 436	Meyer, Deon ……… 416
Mariani, Scott ……… 434	Meyer, Marissa ……… 449
Marion, Isaac ……… 435	Meyer, Stephenie ……… 447
Marr, Melissa ……… 435	Meyers, Randy ……… 417
Marsden, Carolyn ……… 428	Michaels, J.C. ……… 416
Marsh, Katherine ……… 427	Milan, Courtney ……… 442
Martin, Douglas A. ……… 432	Miles, Michelle ……… 417
Martín, Esteban ……… 437	Millard, Glenda ……… 441
Martini, Christiane ……… 436	Miller, A.D. ……… 441
Marwood, Alex ……… 417	Miller, Cristopher ……… 441
Marzi, Christoph ……… 429	Miller, Kirsten ……… 441
Masali, Luca ……… 427	Miller, Madeline ……… 441
Masannek, Joachim ……… 426	Miller, Rebecca ……… 442
Mason, Jamie ……… 447	Milliez, Jacques ……… 443
Mason, Zachary ……… 446	Mills, Mark ……… 443
Master, Irfan ……… 428	Mingarelli, Hubert ……… 437
Masterman, Becky ……… 428	Minter, J. ……… 444
Mastrocola, Paola ……… 428	Miralles, Francesc ……… 442
Matar, Hisham ……… 429	Mitchard, Jacquelyn ……… 439
Matthews, L.S. ……… 427	Mitchell, Alex ……… 439
Matturro, Claire ……… 433	Mitchell, David ……… 439

531

MLY 人名索引（欧文）

Mlynowski, Sarah ·········· 445
Mørk, Christian ·········· 458
Moggach, Lottie ·········· 452
Molay, Frédérique ·········· 458
Molla, Jean ·········· 456
Montanari, Richard ·········· 459
Moody, David ·········· 444
Mooney, Chris ·········· 444
Mooney, Edward (Jr.) ·········· 444
Morais, Richard C. ·········· 458
Moranville, Sharelle Byars ·········· 456
Morehouse, Lyda ·········· 451
Morel, Alex ·········· 459
Morgan, Nicola ·········· 452
Morgan, Richard ·········· 452
Morgenstern, Erin ·········· 453
Morley, Isla ·········· 457
Morris, Bob ·········· 457
Morrison, Boyd ·········· 457
Morton, Kate ·········· 455
Morzez, Philip N. ·········· 454
Moss, Helen ·········· 453
Moss, Tara ·········· 453
Mourlevat, Jean-Claude ·········· 445
Mowll, Joshua ·········· 452
Moyes, Jojo ·········· 451
Mr.Pets ·········· 438
Muchamore, Robert ·········· 417
Mulgray, Helen ·········· 436
Muller, Mélanie ·········· 446
Mulligan, Andy ·········· 445
Mullins, Debra ·········· 435
Musso, Guillaume ·········· 440

〔 N 〕

Nadel, Barbara ·········· 276
Naoura, Salah ·········· 275
Napier, Bill ·········· 280
Neate, Patrick ·········· 279
Neff, Henry H. ·········· 282
Nesbø, Jo ·········· 281
Ness, Patrick ·········· 280
Neuhaus, Nele ·········· 282
Neville, Stuart ·········· 280
Nicholls, David ·········· 278
Nicholls, Sally ·········· 278
Nicoll, Andrew ·········· 278
Nielsen, Jennifer A. ·········· 279
Niffenegger, Audrey ·········· 279
Nikitas, Derek ·········· 276
Nix, Garth ·········· 276
Noël, Alyson ·········· 283
North, Will ·········· 284
Norton, Carla ·········· 284

Novak, B.J. ·········· 283
Novik, Naomi ·········· 283
Nuyen, Jenny-Mai ·········· 279

〔 O 〕

Obreht, Téa ·········· 64
O'Carroll, Brendan ·········· 59
O'Connor, Barbara ·········· 60
O'Hagan, Andrew ·········· 64
Ohlsson, Kristina ·········· 65
Oksanen, Sofi ·········· 60
Oliver, Lauren ·········· 64
Olson, Neil ·········· 65
Olsson, Fredrik T. ·········· 65
Olsson, Linda ·········· 66
Orringer, Julie ·········· 64
Owen, James A. ·········· 59
Oyeyemi, Helen ·········· 59
Ozeki, Ruth ·········· 61
Özkan, Serdar ·········· 60

〔 P 〕

Pad-ma-tshe-brtan ·········· 391
Page, Martin ·········· 295
Pajares, Santiago ·········· 306
Palacio, R.J. ·········· 309
Palahniuk, Chuck ·········· 309
Palma, Félix J. ·········· 315
Palmer, Tom ·········· 307
Paolini, Christopher ·········· 288
Paprotta, Astrid ·········· 307
Park, Hyuk-moon ·········· 292
Park, Hyun-wook ·········· 291
Park, Linda Sue ·········· 292
Park, Min-gyu ·········· 292
Parot, Jean-François ·········· 317
Parshall, Sandra ·········· 294
Parsons, Tony ·········· 297
Paul, Graham Sharp ·········· 409
Paver, Michelle ·········· 381
Pavone, Chris ·········· 287
Peace, David ·········· 324
Pearl, Matthew ·········· 313
Peet, Mal ·········· 325
Penney, Stef ·········· 388
Penny, Louise ·········· 388
Pennypacker, Sara ·········· 389
Percy, Benjamin ·········· 294
Perissinotto, Alessandro ·········· 393
Perro, Bryan ·········· 395
Pessl, Marisha ·········· 387

人名索引（欧文）　　　**SAG**

Petterson, Per ·········· 388
Phillips, Marie ·········· 337
Pichon, Liz ·········· 324
Pillow, Michelle M. ·········· 331
Pintoff, Stefanie ·········· 331
Pitcher, Annabel ·········· 325
Pizzolatto, Nic ·········· 325
Plascencia, Salvador ·········· 352
Plichota, Anne ·········· 362
Poole, Sara ·········· 368
Potter, Ellen ·········· 404
Pötzsch, Oliver ·········· 387
Powell, Gareth L. ·········· 287
Powers, Kevin ·········· 317
Poznanski, Ursula ·········· 405
Praag, Menna van ·········· 351
Pratt, Scott ·········· 356
Pressfield, Steven ·········· 375
Preston, M.K. ·········· 375
Prévost, Guillaume ·········· 374
Price, Lissa ·········· 348
Priest, Cherie ·········· 363
Priestley, Chris ·········· 363
Prineas, Sarah ·········· 366
Pryor, Mark ·········· 348
Puértolas, Romain ·········· 340
Pyper, Andrew ·········· 285

〔 Q 〕

Quan, Tracy ·········· 129
Quick, Matthew ·········· 105

〔 R 〕

Rabb, M.E. ·········· 474
Rachedi, Mabrouck ·········· 469
Rachman, Tom ·········· 471
Raftos, Peter ·········· 476
Rahimi, Atiq ·········· 474
Rai, Bali ·········· 464
Rajaniemi, Hannu ·········· 464
Rambach, Anne ·········· 478
Ratner, Vaddey ·········· 472
Redmond, Patrick ·········· 499
Reed, Hannah ·········· 485
Rees, Matt Beynon ·········· 484
Reeve, Philip ·········· 481
Reich, Christopher ·········· 466
Reichs, Kathy ·········· 467
Reilly, Matthew ·········· 468
Reisert, Rebecca ·········· 467
Renner, James ·········· 499

Rennison, Louise ·········· 499
Revoyr, Nina ·········· 493
Reynard, Sylvain ·········· 496
Rhodes, Dan ·········· 503
Rice, David ·········· 467
Richardson, C.S. ·········· 485
Rickards, John ·········· 483
Riggs, Ransom ·········· 484
Rimassa, Alessandro ·········· 486
Rimington, Stella ·········· 487
Rindell, Suzanne ·········· 491
Ringo, John ·········· 490
Riordan, Rick ·········· 482
Rix, Megan ·········· 484
Robbins, David L. ·········· 509
Roberts, Gregory David ·········· 507
Robertson, Imogen ·········· 508
Robinson, Jeremy ·········· 509
Robinson, Patrick ·········· 510
Robson, Justina ·········· 510
Rocha, Luís Miguel ·········· 503
Roche, Charlotte ·········· 503
Rogan, Charlotte ·········· 502
Rollins, James ·········· 513
Rollo, Gord ·········· 515
Rönkä, Matti ·········· 516
Rosen, Leonard ·········· 505
Rosenfeldt, Hans ·········· 505
Roslund, Anders ·········· 493
Rosoff, Meg ·········· 506
Ross, Adam ·········· 503
Rotenberg, Robert ·········· 507
Roth, Veronica ·········· 504
Rothfuss, Patrick ·········· 504
Rovira, Alex ·········· 508
Rowell, Rainbow ·········· 502
Rowling, J.K. ·········· 511
Roy, Lori ·········· 501
Rubenfeld, Jed ·········· 495
Rubin, Jay ·········· 494
Rucka, Greg ·········· 494
Russell, Craig ·········· 472
Russell, Karen ·········· 472
Rutkoski, Marie ·········· 494
Ruttan, Sandra ·········· 471
Ryan, Anthony ·········· 464
Ryan, Brittney ·········· 465
Ryan, Chris ·········· 465
Ryan, Rob ·········· 466

〔 S 〕

Sa'at, Alfian ·········· 156
Safier, David ·········· 158
Sage, Angie ·········· 222

533

SAI 人名索引（欧文）

Said, S.F. 156
Sakey, Marcus 221
Sampson, Catherine 163
Sanders, Leah 160
Sanderson, Brandon 161
Sanghani, Radhika 159
Saniee, Parinoush 157
Sansom, C.J. 160
Sansom, Ian 160
Santlofer, Jonathan 163
Santora, Nick 162
Santos, Marisa de los 162
Sardou, Romain 159
Saunders, George 227
Saunders, Kate 226
Scalzi, John 199
Scarpa, Tiziano 197
Scarrow, Alex 197
Schätzing, Frank 167
Schenkel, Andrea M. 172
Schepp, Emelie 168
Schirach, Ferdinand von 191
Schmidt, Gary 186
Scholes, Ken 200
Schreiber, Joe 187
Schwarz, Britta 183
Schweblin, Samanta 184
Schwegel, Theresa 184
Schweikert, Ulrike 182
Scott, Jasper T. 198
Scott, Michael 198
Scott, Michele 199
Scott, Trevor 198
Sears, Michael 164
Sebold, Alice 174
Sedgwick, Marcus 223
Sehlberg, Dan T. 224
Sendker, Jan-Philipp 225
Sepetys, Ruta 224
Setterfield, Diane 223
Sgardoli, Guido 196
Shan, Darren 179
Sharp, Deborah 179
Shem-Tov, Tami 170
Shepard, Sara 169
Shepherd, Lloyd 169
Sherez, Stav 170
Sherwood, Ben 177
Shields, Gillian 193
Shikatani, Gerry Osamu 172
Shinn, Sharon 194
Shirvington, Jessica 177
Shteyngart, Gary 184
Shuitianyise 195
Shuman, George D. 186
Siegel, James 173
Sierra, Javier 170

Sigurdardottir, Yrsa 172
Silva, Daniel 192
Silver, Elizabeth L. 192
Silver, Eve 192
Silver, Mitch 192
Simmons, Jo 175
Simms, Chris 174
Simon, Michael 156
Simons, Moya 176
Simsion, Graeme 174
Simukka, Salla 175
Sinha, Indra 194
Skelton, Matthew 198
Skrypuch, Marsha Forchuk 197
Slaughter, Karin 220
Sloan, Robin 220
Smercek, Boris von 219
Smith, Joanne Huist 217
Smith, Mark Allen 219
Smith, Roger 219
Smith, Tom Rob 218
Smith, Zadie 217
Snicket, Lemony 214
Snyder, Maria V. 214
Söderberg, Alexander 223
Sohn, Amy 226
Somper, Justin 227
Soren, Jack 226
Sosnowski, David 226
Sparaco, Simona 216
Sparks, Nicholas 215
Sparrow, Thomas 216
Spencer, Wen 217
Spiegelman, Peter 216
Spielberg, Christoph 186
Spoor, Ryk E. 217
Stace, Wesley 205
Stag-vbum-rgyal 231
Standiford, Natalie 203
Stanišić, Saša 202
Stanley, J.B. 203
Stead, Rebecca 207
Stedman, M.L. 207
Steel, James 207
Stefanova, Kalina 207
Stein, Garth 201
Steinberg, Hank 202
Steinberg, Janice 202
Steinhauer, Olen 201
Stelmach, Orest 208
Sten, Viveca 208
Stephens, John 206
Sternbergh, Adam 203
Stevens, Chevy 205
Stevens, Taylor 205
Stewart, Mike 204
Stewart, Trenton Lee 204

人名索引（欧文）　　　**VAN**

Stewner, Tanya ················· 184
Stiefvater, Maggie ············· 206
Stock, Jon ···················· 209
Stockett, Kathryn ············· 209
Stockwin, Julian ·············· 210
Stohl, Margaret ··············· 212
Stoker, Dacre ················· 208
Stone, David L. ··············· 214
Stone, Jeff ··················· 213
Stone, Nick ··················· 214
Stork, Francisco X. ··········· 209
Strandberg, Mats ············· 212
Strange, Marc ················· 213
Stranger, Simon ··············· 212
Stratton, Allan ··············· 211
Strayed, Cheryl ··············· 213
Stroud, Jonathan ·············· 211
Strout, Elizabeth ············· 210
Stumpf, Doug ················· 203
Su, De ······················· 225
Suarez, Daniel ················· 195
Sullivan, Michael J. ··········· 158
Sussman, Paul ················· 157
Sutcliffe, William ············· 157
Suter, Martin ················· 201
Swain, James ················· 196
Swann, Leonie ················· 195
Swanson, Peter ················· 221
Swarup, Vikas ················· 221
Sweeney, Leann ················ 196
Sweterlitsch, Thomas ·········· 196
Swierczynski, Duane ··········· 195
Syjuco, Miguel ················· 174
Sylvain, Dominique ············ 193

〔T〕

Tabor, James M. ··············· 253
Tahir, Sabaa ·················· 233
Tále, Samko ··················· 236
Tan, Shaun ···················· 237
Tao, Lin ······················ 230
Tardieu, Laurence ·············· 236
Tarnoff, Terry ················· 236
Tashjian, Janet ················ 232
Taylor, G.P. ··················· 255
Taylor, Laini ·················· 256
Taylor, Sarah Stewart ·········· 255
Tea, Michelle ················· 248
Tebbetts, Chris ················ 262
Teller, Janne ················· 263
Temple, Peter ················· 265
Templeton, Julia ··············· 265
Teran, Boston ················· 264
Terrell, Heather ··············· 264

Thal, Lilli ··················· 235
Theorin, Johan ················· 260
Theroux, Marcel ··············· 224
Thiesler, Sabine ··············· 251
Thilliez, Franck ··············· 256
Thilo ························ 258
Thomas, Diane Coulter ·········· 269
Thomas, Scarlett ··············· 269
Thomason, Dustin ·············· 270
Thompson, James ·············· 274
Thomson, Keith ················· 270
Thor, Annika ················· 272
Thor, Brad ···················· 225
Thurman, Rob ················· 158
Thúy, Kim ···················· 243
Thydell, Johanna ·············· 251
Tian, Yuan ···················· 264
Tidhar, Lavie ················· 252
Todd, Anna ··················· 268
Toltz, Steve ··················· 272
Torday, Paul ················· 269
Tower, Wells ················· 236
Toyne, Simon ················· 266
Tracy, P.J. ··················· 273
Trigiani, Adriana ·············· 271
Tristram, Claire ··············· 272
Trojanow, Ilija ················· 273
Tropper, Jonathan ············· 273
Truong, Monique ·············· 268
Trussoni, Danielle ············· 271
Tsiolkas, Christos ············· 244
Tuccillo, Liz ················· 232
Turner, Megan Whalen ·········· 233
Tyler, Val ··················· 230

〔U〕

Ullman, Ellen ················· 46
Unger, Lisa ··················· 47
Uon, Yu-soon ················· 44
Updale, Eleanor ················ 9
Uribe, Kirmen ················· 46
Utami, Ayu ··················· 44
Uthit Hēmamūn ················ 45

〔V〕

Valente, Catherynne M. ········· 29
Valentine, Jenny ··············· 28
Valeur, Erik ··················· 28
Vanas, D.J. ··················· 28
Vance, Lee ··················· 29
VanderMeer, Jeff ··············· 30
Van Dyken, Rachel ············· 30

535

VAN

人名索引（欧文）

VanLiere, Donna⋯⋯⋯⋯⋯⋯⋯⋯30
Vantrease, Brenda Rickman ⋯⋯⋯⋯⋯⋯30
Vapnyar, Lara ⋯⋯⋯⋯⋯⋯⋯⋯⋯28
Vásquez, Juan Gabriel⋯⋯⋯⋯⋯⋯ 296
Vejjajiva, Jane⋯⋯⋯⋯⋯⋯⋯⋯⋯ 392
Venkatraman, Padma ⋯⋯⋯⋯⋯⋯⋯39
Verhulst, Dimitri⋯⋯⋯⋯⋯⋯⋯⋯ 340
Vermes, Timur⋯⋯⋯⋯⋯⋯⋯⋯⋯39
Villalobos, Juan Pablo ⋯⋯⋯⋯⋯⋯ 324
Villatoro, Marcos M. ⋯⋯⋯⋯⋯⋯ 323
Vogler, Sara ⋯⋯⋯⋯⋯⋯⋯⋯⋯ 408
Volpi, Jorge⋯⋯⋯⋯⋯⋯⋯⋯⋯ 411
Vonnegut, Norb ⋯⋯⋯⋯⋯⋯⋯⋯41
V.Z., Cecily⋯⋯⋯⋯⋯⋯⋯⋯⋯⋯ 334

〔 W 〕

Waite, Urban⋯⋯⋯⋯⋯⋯⋯⋯⋯37
Waiwaiole, Lono ⋯⋯⋯⋯⋯⋯⋯⋯36
Walden, Mark⋯⋯⋯⋯⋯⋯⋯⋯⋯42
Waldman, Amy⋯⋯⋯⋯⋯⋯⋯⋯⋯42
Walker, Karen Thompson ⋯⋯⋯⋯⋯40
Wallace, Daniel⋯⋯⋯⋯⋯⋯⋯⋯⋯43
Wallace, Sandra Neil ⋯⋯⋯⋯⋯⋯⋯43
Walter, Jess ⋯⋯⋯⋯⋯⋯⋯⋯⋯⋯41
Walton, Jo ⋯⋯⋯⋯⋯⋯⋯⋯⋯⋯42
Wang, Lulu ⋯⋯⋯⋯⋯⋯⋯⋯⋯ 520
Ward, Amanda Eyre ⋯⋯⋯⋯⋯⋯⋯41
Warner, Penny⋯⋯⋯⋯⋯⋯⋯⋯ 519
Waters, Sarah ⋯⋯⋯⋯⋯⋯⋯⋯⋯40
Watkins, Claire⋯⋯⋯⋯⋯⋯⋯⋯ 517
Watson, Jude ⋯⋯⋯⋯⋯⋯⋯⋯⋯ 517
Weiner, Jennifer⋯⋯⋯⋯⋯⋯⋯⋯37
Weir, Andy ⋯⋯⋯⋯⋯⋯⋯⋯⋯⋯31
Weisberger, Lauren ⋯⋯⋯⋯⋯⋯ 516
Wells, Jennifer Foehner⋯⋯⋯⋯⋯⋯38
Wells, Pamela ⋯⋯⋯⋯⋯⋯⋯⋯⋯39
Wells, Rachel⋯⋯⋯⋯⋯⋯⋯⋯⋯39
Welshman, Malcolm D. ⋯⋯⋯⋯⋯38
Wendig, Chuck ⋯⋯⋯⋯⋯⋯⋯⋯40
Westerfeld, Scott⋯⋯⋯⋯⋯⋯⋯⋯37
Wheeler, Thomas⋯⋯⋯⋯⋯⋯⋯⋯32
White, Hal ⋯⋯⋯⋯⋯⋯⋯⋯⋯ 412
White, Jim⋯⋯⋯⋯⋯⋯⋯⋯⋯ 412
White, Michael ⋯⋯⋯⋯⋯⋯⋯⋯ 413
Whyman, Matt⋯⋯⋯⋯⋯⋯⋯⋯ 517
Wiebe, Trina⋯⋯⋯⋯⋯⋯⋯⋯⋯32
Wilce, Ysabeau S. ⋯⋯⋯⋯⋯⋯⋯33
Wildgen, Michelle ⋯⋯⋯⋯⋯⋯⋯33
Wildner, Martina ⋯⋯⋯⋯⋯⋯⋯⋯35
Wiles, Deborah ⋯⋯⋯⋯⋯⋯⋯ 517
Wilkinson, Carole ⋯⋯⋯⋯⋯⋯⋯33
Williams, Kashamba ⋯⋯⋯⋯⋯⋯32
Wilson, Daniel H. ⋯⋯⋯⋯⋯⋯⋯35
Wilson, Kevin⋯⋯⋯⋯⋯⋯⋯⋯⋯34

Wilson, Laura⋯⋯⋯⋯⋯⋯⋯⋯⋯35
Wilson, N.D. ⋯⋯⋯⋯⋯⋯⋯⋯⋯34
Winston, Lolly⋯⋯⋯⋯⋯⋯⋯⋯⋯35
Winter, Ariel S. ⋯⋯⋯⋯⋯⋯⋯⋯35
Winters, Ben H. ⋯⋯⋯⋯⋯⋯⋯⋯36
Witcher, Moony⋯⋯⋯⋯⋯⋯⋯⋯31
Wolfe, Inger Ash ⋯⋯⋯⋯⋯⋯⋯⋯46
Wolven, Scott ⋯⋯⋯⋯⋯⋯⋯⋯⋯41
Wood, Patricia ⋯⋯⋯⋯⋯⋯⋯⋯⋯45
Wood, Tom ⋯⋯⋯⋯⋯⋯⋯⋯⋯⋯44
Woodrow, Patrick ⋯⋯⋯⋯⋯⋯⋯45
Woodworth, Stephen ⋯⋯⋯⋯⋯⋯45
Wroblewski, David ⋯⋯⋯⋯⋯⋯ 510
Wu, Fan⋯⋯⋯⋯⋯⋯⋯⋯⋯⋯⋯27
Wu, Ming⋯⋯⋯⋯⋯⋯⋯⋯⋯⋯27
Wu, Ming-yi ⋯⋯⋯⋯⋯⋯⋯⋯ 139

〔 X 〕

Xia, Yi ⋯⋯⋯⋯⋯⋯⋯⋯⋯⋯⋯66

〔 Y 〕

Yancey, Rick ⋯⋯⋯⋯⋯⋯⋯⋯ 461
Yoon, Paul ⋯⋯⋯⋯⋯⋯⋯⋯⋯ 462
Young, Moira ⋯⋯⋯⋯⋯⋯⋯⋯ 461
Young, Thomas W. ⋯⋯⋯⋯⋯⋯ 461
Young, William Paul ⋯⋯⋯⋯⋯⋯ 460
Yu, Charles ⋯⋯⋯⋯⋯⋯⋯⋯⋯ 462

〔 Z 〕

Zakour, John ⋯⋯⋯⋯⋯⋯⋯⋯ 156
Zambra, Alejandro ⋯⋯⋯⋯⋯⋯ 163
Zan, Koethi ⋯⋯⋯⋯⋯⋯⋯⋯⋯ 159
Zander, Joakim⋯⋯⋯⋯⋯⋯⋯⋯ 162
Zarr, Sara ⋯⋯⋯⋯⋯⋯⋯⋯⋯ 159
Zeevaert, Sigrid ⋯⋯⋯⋯⋯⋯⋯ 247
Zeh, Juli ⋯⋯⋯⋯⋯⋯⋯⋯⋯⋯ 246
Zerries, A.J. ⋯⋯⋯⋯⋯⋯⋯⋯⋯ 224
Zevin, Gabrielle ⋯⋯⋯⋯⋯⋯⋯ 222
Zheng, Yuan⋯⋯⋯⋯⋯⋯⋯⋯⋯ 460
Zimler, Richard ⋯⋯⋯⋯⋯⋯⋯ 175
Zippert, Hans ⋯⋯⋯⋯⋯⋯⋯⋯ 246
Zouroudi, Anne⋯⋯⋯⋯⋯⋯⋯⋯ 219
Zusak, Markus ⋯⋯⋯⋯⋯⋯⋯⋯ 200

書 名 索 引

書 名 索 引　　　　　　**あふな**

〔あ〕

アイアン・ハウス（ハート）………………303
愛をささやく夜明け（フィーハン）…………337
愛を返品した男（ノヴァク）………………283
愛をみつけたうさぎ（ディカミロ）…………250
愛がきこえる夜（フィーハン）………………337
哀国者（ルッカ）………………………494
アイ・コレクター（フィツェック）…………335
愛してる。ずっと愛してた。（ファウラー）
　………………………………332, 333
アイスクリームの受難（スタンリー）………204
アイス・ステーション（ライリー）…………468
アイス・ハント（ロリンズ）………………514
アイスプリンセス（チャップマン）…………242
アイスマーク（ヒル）…………………………330
愛するということ（トリジアーニ）…………271
愛する道をみつけて（カーライル）…………76
愛と障害（ヘモン）……………………………392
愛に手錠をかけるとき（デイ）………………248
愛にふれた侯爵（カーライル）………………76
愛に揺れるまなざし（クランダル）…………113
愛のうたをききたくて（デッセン）…………262
愛は虹の向こうに（アハーン）………………12
アインシュタイン・セオリー（アルバート）…16
アヴァロン（キャボット）……………………94
アウト・オブ・レンジ（スタインバーグ）……202
アウトロー（チャイルド）……………………241
青い舌の怪獣をさがせ！（バトラー）………304
青いトラ（ホルヴァートヴァー）……………409
青い野を歩く（キーガン）……………………85
蒼の皇子（バンカー）…………………………319
赤い手袋の奇跡（キングズベリー）…………103
赤い夏の日（ラーソン）………………………471
赤く微笑む春（テオリン）……………………260
赤く燃える空（リー）…………………………480
赤ずきん（カートライト）……………………73
暁への疾走（ライアン）………………………466
暁に消えた微笑み（フランシスコ）…………361
暁に走れ（ストック）…………………………209
赤と赤（コンロン）……………………155, 156
赤と黒の肖像（サントロファー）……………163
赤ん坊は川を流れる（イーホルム）…………25
秋のカフェ・ラテ事件（コイル）……………140
秋の城に死す（カッレントフト）……………71
アキレウスの歌（ミラー）……………………442
アキレス将軍暗殺事件（アクーニン）………6
悪意の波紋（コメール）………………………149
悪意の森（フレンチ）…………………………378
アークエンジェル・プロトコル（モアハウス）
　………………………………………451

悪女は自殺しない（ノイハウス）……………282
アクセラレイション（マクナミー）…………422
悪童（レックパリ）……………………………498
悪徳子犬ブリーダーをさがせ（アンダーソン）‥21
悪魔に捧げた身代わりのキス（キャンベル）……99
悪魔のヴァイオリン（グラッセ）……………112
悪魔のくちづけは、死（シルヴァー）………192
悪魔の右手（ホフマン）………………………408
悪夢の目撃者（プリーストリー）……………363
アグリーズ（ウエスターフェルド）…………38
憧れの公爵を射止めるために（ブラッド
　リー）…………………………………357
アーサー王ここに眠る（リーヴ）……………481
アーサー・スパイダーウィックの妖精図鑑
　（ブラック）…………………………354
堕天使（アザゼル）殺人事件（アクーニン）………6
欺かれた真実（ブレナン）……………………377
アステカの秘密を暴け！（ブラックウッド）…355
明日と明日（スウェターリッチ）……………196
明日なんて見えない（ウィリアムズ）………32
明日はきっとうまくいく（ゲンヌ）…………138
明日は遠すぎる（アディーチェ）……………10
あたしをとらえた光（ラーバレスティア）…473
あたしがおうちに帰る旅（デイビス）………254
あたしと魔女の扉（ラーバレスティア）……473
あたしに火をつけて（ブランク）……………359
あたしのカルマの旅（ザフィア）……………158
あたしのなかの魔法（ラーバレスティア）…473
あたしのママ（レヴィ）………………………496
あつあつ卵の不吉な火曜日（チャイルズ）…240
あったかスープと雪の森の罠（チャイルズ）‥239
軋轢（フェアスタイン）………………………338
アテネからの使者（ズルーディ）……………220
アトラスの使徒（ボーン）……………………413
アトランティスを探せ（ギビンズ）…………87
アトランティス殲滅計画を阻め！（マクダー
　モット）………………………………421
あなたを選んでくれるもの（ジュライ）……187
あなたを探して（レヴィ）……………………497
あなたと出会った日から（サントス）………162
あなたに不利な証拠として（ドラモンド）…271
アニーのかさ（グラフ）………………………112
アニマル・アドベンチャー（マゴーワン）…426
アニマルズ・ピープル（シンハ）……………194
あの空をおぼえてる（ケアリー）……………131
あの夏、エデン・ロードで（ジャーキンス）‥177
あの日にかえりたい（スパークス）…………215
あの日、パナマホテルで（フォード）………343
アフガン、死の特殊部隊（リン）……………489
アフガン、たった一人の生還（ロビンソン）‥510
AFTER（トッド）………………………268
アフター 終わらない記憶（トリストラム）……272
危ない恋人（クルージー）……………………120
危ないダイエット合宿（マキナニー）………419

539

あふな 書 名 索 引

危ない夏のコーヒー・カクテル（コイル）……140
アブホーセン（ニクス）………………277
アフリカで一番美しい船（カビュ）……74
アマガンセット（ミルズ）………………443
甘き乙女の香り（ブラック）……………353
アマゾニア（ロリンズ）……………513, 514
アマチュア手品師失踪事件（サンソム）…160
雨の掟（アイスラー）………………………3
雨の罠（アイスラー）………………………3
アメリカにいる、きみ（アディーチェ）…10
アメリカン・スキン（ブルーエン）……370
アメリカン・スナイパー（マキューエン）…420
アモス・ダラゴン（ペロー）………395, 396
謝ったって許さない（リトルフィールド）…486
嵐を呼ぶ絆（クロフト）…………………128
嵐にいななく（マシューズ）……………427
アラスカを追いかけて（グリーン）……118
荒ぶる血（ブレイク）……………………374
アラルエン戦記（フラナガン）…………358
阿娘（アラン）はなぜ（金英夏）………89
アリー・フィンクルの女の子のルール（キャボット）…………………92
ありふれた祈り（クルーガー）…………119
ある男ダンテの告白（ボールドウィン）…410
アル・カポネによろしく（チョールデンコウ）…………………244
アール・グレイと消えた首飾り（チャイルズ）…………………240
アルタイ（ウー・ミン）…………………27
アルテミス・ファウル（コルファー）…153, 154
あるときの物語（オゼキ）………………62
ある日とつぜん、霊媒師（キメル）……90
アルファ/オメガ（ヘイグ）……………382
アルファベット・ハウス（エーズラ・オールスン）…………………50
アルフハイムのゲーム（ロブソン）……510
アルフレッド・クロップの奇妙な冒険（ヤンシー）…………………461
アレクサンダーの暗号（アダムズ）……8
アレクシア女史、埃及で木乃伊と踊る（キャリガー）…………………96
アレクシア女史、女王陛下の暗殺を憂う（キャリガー）…………………96
アレクシア女史、飛行船で人狼城を訪（おとな）う（キャリガー）…………………96
アレクシア女史、欧羅巴で騎士団と遭う（キャリガー）…………………96
アレクシア女史、倫敦で吸血鬼と戦う（キャリガー）…………………96
アロサウルスをつかまえろ！（ハント）…322
淡き影と愛の呪い（イオーネ）…………24
暗号クラブ（ワーナー）……………519, 520
暗号名ゴースト（ベレンスン）…………395
暗号名ナイトヘロン（ブルックス）……371

暗黒街の女（アボット）…………………13
暗黒天使メストラール（マクニッシュ）…423
暗黒の特殊作戦（リン）…………………489
暗殺者グレイマン（グリーニー）………117
暗殺者の正義（グリーニー）……………116
暗殺者の鎮魂（グリーニー）……………116
暗殺者の復讐（グリーニー）……………116
暗殺のハムレット（ウォルトン）………43
アンダー、サンダー、テンダー（チョン・セラン）…………………245
アンダルシアの友（セーデルベリ）……223
アンダーワールド（ワトソン）…………518
アンティーク鑑定士は疑う（ジェンキンス）…171
アンティーク鑑定士は見やぶる（ジェンキンス）…………………171
アンドロイドの夢の羊（スコルジー）…199
アンネ・フランクについて語るときに僕たちの語ること（イングランダー）…26

〔い〕

ER研修医たちの現場から（ラム）……477
イアン・フレミング極秘文書（シルヴァー）…193
イー・イー・イー（タオ）………………231
E・S・ガードナーへの手紙（カンデル）…83
家出ミツバチと森の魔女（リード）……486
イエメンで鮭釣りを（トーディ）………269
イエロー・バード（パワーズ）…………317
遺骸（クレメント）………………………126
怒りのフローラ（ウィルス）………33, 34
イカルス・ガール（オイェイェミ）……59
遺棄（マクファディン）…………………424
IKEAのタンスに閉じこめられたサドゥーの奇想天外な旅（プエルトラス）…340
生贄たちの狂宴（ヒューソン）…………327
犠牲の妖精たち（ブラック）……………354
EGR 3（フォックス）…………………343
石を積むひと（ムーニー）………………444
石の葬式（カルネジス）…………………80
イージーマネー（ラピドゥス）…………473
異種間通信（ウェルズ）…………………38
意地悪なキス（ベネディクト）…………390
イースタリーのエレジー（ガッパ）……70
イスタンブールの記憶（ナデル）………276
いたずら魔女のノシーとマーム（ソーンダズ）…………………226, 227
いたって明解な殺人（ジャーキンス）…177
一時帰還（クレイ）………………………124
一年後のおくりもの（リーン）…………488
いちばんここに似合う人（ジュライ）…187
いちばんに、なりたい！（ジェイコブソン）…165
一枚のめぐり逢い（スパークス）………215

書 名 索 引　　　　　　　　　　　うみお

いつかぼくが帰る場所（ヘラー）……………… 392
慈しみの女神たち（リテル）………………… 485
逸脱者（ルッカ）……………………………… 494
五つの星が列なる時（ホワイト）…………… 413
偽りのアンティークベア事件（ラム）……… 477
偽りの王子（ニールセン）…………………… 280
偽りの平和（ワトソン）……………………… 518
偽りの楽園（スミス）………………………… 218
遺伝子捜査官アレックス 殺意の連鎖（アンド
　リューズ）……………………………………21
遺伝子捜査官アレックス 復讐の傷痕（アンド
　リューズ）……………………………………21
移動都市（リーヴ）…………………………… 482
いとけなく愛らしき者たちよ（ホフマン）…… 407
犬どろぼう完全計画（オコーナー）……………60
犬猫探偵と月曜日の嘘（コーネツキー）…… 148
居眠り名棋士（エージーエフデー）……………50
イフ（アロンソ）………………………………19
イルストラード（シフーコ）………………… 174
イングリッシュ・ブレックファスト倶楽部
　（チャイルズ）……………………………… 240
インサイダーズ（ミンター）………………… 444
イン・ザ・ブラッド（カーリイ）………………78
インスブルック葬送曲（アヴァンツィーニ）……4
インディアナ、インディアナ（ハント）…… 323
インディゴ・ドラゴン号の冒険（オーウェン）…59
インディ・ジョーンズ（ロリンズ）………… 515
インドかよ！（サトクリフ）………………… 157
インフェルノ（ブラウン）…………………… 350
インフェルノ（レイナード）………………… 496
インフォメーショニスト（スティーヴンス）… 205
インヘリタンス（パオリーニ）………… 288, 289
陰謀病棟（シュピールベルク）……………… 186
インモラル（フリーマン）…………………… 366

〔 う 〕

ヴァイオレット（シャーヴィントン）……… 177
ヴァイオレット・アイ（ウッドワース）………45
ヴァイオレットがぼくに残してくれたもの
　（ヴァレンタイン）…………………………29
ヴァージン（サンガーニ）…………………… 159
ヴァーノン・ゴッド・リトル（DBCピエー
　ル）…………………………………………… 254
ヴァレンシア・ストリート（ティー）……… 248
ヴァンパイアアカデミー（ミード）………… 440
ヴァンパイア・アース（ナイト）…………… 275
ヴァンパイア・キス（マンクーシ）………… 438
ヴァンパイアハンター・リンカーン（グレア
　ム＝スミス）………………………………… 122
ヴァンパイアはご機嫌ななめ（デヴィッドス
　ン）…………………………………………… 260

ヴァンパイレーツ（ソンパー）………… 227, 228
浮いちゃってるよ、バーナビー！（ボイン）… 399
ウィッシュ（アリーナ）………………………15
ヴィットーリオ広場のエレベーターをめぐる
　文明の衝突（ラクース）…………………… 469
ウィルバーフォース氏のヴィンテージ・ワイ
　ン（トーディ）……………………………… 269
ウィンキー（チェイス）……………………… 239
ヴィンテージ・ドレス・プリンセス（キャ
　ボット）………………………………………93
ヴィンニ イタリアへ行く（リードベック）… 486
ヴィンニとひみつの友だち（リードベック）… 486
ウェイワード（クラウチ）…………………… 111
ウェディングケーキにご用心（マッキン
　リー）………………………………………… 430
ウエディング・シーズン（コスパー）……… 143
ウエディング・プランナーは凍りつく（ダラ
　ム）…………………………………………… 235
ウエディング・プランナーは狙われる（ダラ
　ム）…………………………………………… 235
ヴェネツィアの悪魔（ヒューソン）………… 327
ヴェルサイユの影（モーラン）……………… 456
ウォーキング・ディザスター（マクガイア）… 420
ウォーキング・デッド（ボナンジンガ）…… 406
ウォークン・フュアリーズ（モーガン）…… 452
ウォー・サーフ（バックナー）……………… 300
ウォーム・ボディーズ（マリオン）………… 435
ウォーリアーズ（ハンター）……… 320, 321, 322
ウォールストリートの靴磨きの告白（スタン
　フ）…………………………………………… 203
ウォールフラワー（チョボスキー）………… 244
失われた天使（シエラ）……………………… 170
失われた薔薇（オズカン）……………………61
失われた都（スコールズ）…………………… 200
失われたものたちの本（コナリー）………… 148
ウソつきとスパイ（ステッド）……………… 207
嘘つきのくちびる（アンブローズ）……………22
嘘つきは恋のはじまり（キャボット）…………93
嘘でもいいから（クルージー）……………… 120
うちにユダヤ人がいます（ヴァプニャール）…28
宇宙兵志願（クロウス）……………………… 127
うちはお人形の修理屋さん（マクドノー）… 422
美しい嘘（ウンガー）…………………………47
美しき廃墟（ウォルター）……………………42
美しさが僕をさげすむ（殷熙耕）……………47
ウティット・ヘーマムーン短編集（ウティッ
　ト・ヘーマムーン）…………………………46
腕利き泥棒のためのアムステルダム・ガイド
　（イーワン）…………………………………25
奪い尽くされ、焼き尽くされ（タワー）…… 237
ウバールの悪魔（ロリンズ）………………… 514
馬を盗みに（ペッテルソン）………………… 388
生まれるためのガイドブック（オースベル）…61
海を照らす光（ステッドマン）……………… 207

541

海を渡る呼び声の秘密（ジャイルズ）………… 176
海のカテドラル（ファルコネス）……………… 333
海の島（トール）………………………………… 272
海の深み（トール）……………………………… 272
海辺の幽霊ゲストハウス（コッパーマン）…… 145
裏切り（アルヴテーゲン）……………………… 15
裏切りの峡谷（ガーディナー）………………… 72
裏切りのスパイたち（リンズ）………………… 490
裏切りの代償（バトルズ）……………………… 305
裏切りの月に抱かれて（ブリッグズ）………… 364
ヴラディミール・トッド・クロニクルズ（ブ
　リューワー）………………………………… 367
ウール（ハウイー）……………………………… 286
ウロボロスの古写本（クーリー）……………… 114
ウーロンと仮面舞踏会の夜（チャイルズ）…… 240
雲上的少女（夏伊）……………………………… 66
運命の強敵（コグリン）………………………… 143

〔 え 〕

エアーズ家の没落（ウォーターズ）………… 40, 41
エアヘッド！（キャボット）…………………… 92
エアーマン（コルファー）……………………… 153
永遠に生きるために（ニコルズ）……………… 278
永遠の恋人に誓って（ケニヨン）……………… 134
永遠の七日間（レヴィ）………………………… 497
HHhH（ビネ）…………………………………… 326
エイティ・デイズ・イエロー（ジャクソン）… 178
エイティ・デイズ・ブルー（ジャクソン）…… 178
英雄たちの朝（ウォルトン）…………………… 43
エイリアン・テイスト（スペンサー）………… 217
エージェント6（スミス）……………………… 218
エジプトのミイラ（デューイ）………………… 263
SF的な宇宙で安全に暮らすっていうこと（ユ
　ウ）…………………………………………… 462
エスプレッソと不機嫌な花嫁（コイル）……… 140
エッジ（ブレナン）……………………………… 376
エッフェル塔くらい大きな雲を呑んでしまっ
　た少女（プエルトラス）…………………… 340
エディに別れを告げて（ルイ）………………… 492
エドガー・ソーテル物語（ロブレスキー）…… 510
エナ（ヘイル）…………………………………… 385
N42°の恐怖（ダーゴ）………………………… 231
エマーソンの夜（蘇徳）………………………… 225
エマの秘密に恋したら…（キンセラ）………… 104
エミリー・レインとリシダス（マーツィ）…… 429
エメラルドアトラス（スティーブンス）……… 206
エラゴン（パオリーニ）…………………… 290, 291
エラスムスの迷宮（アンダーソン）…………… 20
エラントリス（サンダースン）………………… 162
エリア7（ライリー）…………………………… 468
エリオン国物語（カーマン）…………………… 75

エリザベス王女の家庭教師（マクニール）…… 423
エリザベスゴールデン・エイジ（アレクサン
　ダー）………………………………………… 18
エルサレムの秘宝を発見せよ！（ダブラル）… 234
エルデスト（パオリーニ）………………… 289, 290
エルフとレーベンのふしぎな冒険（セジ
　ウィック）…………………………………… 223
エルミタージュの聖母（ディーン）…………… 259
エレック・レックス（キングスレイ）………… 103
エレナーとパーク（ローウェル）……………… 502
エレベーター・ファミリー（エバンス）……… 54
エンジェル・メイカー（グレグソン）………… 124
エンジェルメイカー（ハーカウェイ）………… 291
炎上投稿（デ・ラ・モッツ）…………………… 264
エンゾ（スタイン）……………………………… 201
エンター・ザ・ドラゴン（ブラック）………… 353
エンター・ザ・レッド・ドラゴン（ブラック）
　……………………………………………… 353
エンデュミオン・スプリング（スケルトン）… 198
エンデュミオンと叡智の書（スケルトン）…… 198
エントワインド・ウィズ・ユー（デイ）……… 247

〔 お 〕

おいしいワインに殺意をそえて（スコット）… 199
おいぼれミック（ライ）………………………… 464
王国の鍵（ニクス）………………………… 276, 277
黄金の少年、エメラルドの少女（リー）……… 479
黄金の花咲く谷で（ローソン）………………… 506
王たちの道（サンダースン）…………………… 161
王都の二人組（サリヴァン）…………………… 158
大いなる不満（フリード）……………………… 365
狼がたまごを温めたら（マストローコラ）…… 428
狼少女たちの聖ルーシー寮（ラッセル）……… 472
狼の王子（モルク）……………………………… 458
狼のゲーム（ゲルフィ）………………………… 137
狼の夜（エーゲラン）…………………………… 50
お菓子の家の大騒動（ローウェル）…………… 501
オーガニック・ティーと黒ひげの杯（チャイ
　ルズ）………………………………………… 239
小川（チュイ）…………………………………… 243
お行儀の悪い神々（フィリップス）…………… 337
オクサ・ポロック（プリショタ）……………… 362
億万長者の究極ブレンド（コイル）…………… 140
お皿監視人（ツィッパート）…………………… 246
オスカー・ピル2（アンダーソン）…………… 20
オスカー・ピル（アンダーソン）……………… 20
オスカー・ワオの短く凄まじい人生（ディア
　ス）…………………………………………… 249
オタク男とエッチな彼女（ピロー）…………… 331
おたずねもの姉妹の探偵修行（ラブ）………… 474
お誕生日の剣（セイジ）………………………… 222

落ちこぼれネクロマンサーと黒魔術の館
　（カード）……………………………72
落ちこぼれネクロマンサーと死せる美女
　（カード）……………………………72
落っこちた！（ナオウラ）………………275
夫に出会わないためのTo Doリスト（ギア）……84
おっぱいとトラクター（レヴィツカ）………497
オデュッセイアの失われた書（メイスン）……447
大人のためのエロティック童話13篇（マド
　ア）……………………………………432
音もなく少女は（テラン）………………264
踊る骸（レックパリ）……………………498
お人形屋さんに来たネコ（マクドノー）……422
おばあちゃん誘拐事件（メッツ）…………450
オーバーン城の夏（シン）………………194
オフィサー・ダウン（シュヴィーゲル）……184
溺れる人魚たち（オリンジャー）…………65
オーラが見える転校生（バーンズ）………319
オラクルの光（ハンリー）………………323
オリーヴ・キタリッジの生活（ストラウト）……210
オリガミ・チューバッカの占いのナゾ（アン
　グルバーガー）………………………19
オリガミ・ヨーダの研究レポート（アングル
　バーガー）……………………………19
オリバーとさまよい島の冒険（リーヴ）……481
おり姫の日記帳（チョン・アリ）…………244
オリンポスの神々と7人の英雄（リオーダン）
　…………………………………482, 483
オルタード・カーボン（モーガン）………453
オルモスト・ムーン（シーボルト）………174
オーロラの向こう側（ラーソン）…………471
終わり（スニケット）……………………214
終わりから二番めの危機（スニケット）……214
終わりの日（マリアーニ）………………434
終わりの街の終わり（ブロックマイヤー）……380
おわりの雪（マンガレリ）………………437
女海賊メアリ・リード（カルメル）………81
隠密部隊ファントム・フォース（コップ）……145

〔 か 〕

母さんが消えた夏（アダーソン）…………7
絵画鑑定家（ズーター）…………………201
回帰者（ルッカ）………………………494
階級の敵と私（ボルバーン）……………411
解雇手当（スウィアジンスキー）…………195
カイコの紡ぐ嘘（ローリング）…………511
かいじゅうたちのいるところ（エガーズ）……49
解錠師（ハミルトン）……………………308
海賊黒パンと、プリンセスに魔女トロル、2
　ひきのエイリアンをめぐるぼうけん（ニク
　ス）……………………………………277
海賊の子（ロワチー）……………………515

海賊の秘宝と波に消えた恋人（マキナニー）……419
快盗ビショップの娘（カーター）…………70
カイト・ランナー（ホッセイニ）…………404
怪物島（ロビンスン）……………………510
怪物はささやく（ネス）…………………281
解剖迷宮（グイン）………………………106
買い物かご（キンキントゥー）…………102
カインの眼（ボーウェン）………………399
ガウディの鍵（カランサ）………………77
ガウディの鍵（マルティン）……………437
カウントダウン・シティ（ウィンタース）……36
帰ってきたヒトラー（ヴェルメシュ）………39
カエルにちゃんとキスをする（ムリノフス
　キ）……………………………………445
カエルはどこだ（セイジ）………………222
火焔の鎖（ケリー）………………………136
顔のない魔術師（アーロノヴィッチ）………19
隠し味は罪とスパイス（ケイツ）…………131
革命の倫敦（ティドハー）………………253
影（アルヴテーゲン）……………………15
影なき者の歌（アレグザンダー）…………18
影の爆殺魔（デッカー）…………………261
影のミレディ（ティドハー）……………253
影の妖精国で宴をひらいた少女（ヴァレンテ）……29
KGB（カーゲーベー）から来た男（ダフィ）……234
陽炎の匂い（ブレストン）………………375
ガーゴイル（デイビッドソン）…………254
籠ノナカ（モガー）………………………452
ガサガサ・ガール（ヒラハラ）…………329
カサンドラの紳士養成講座（ガルシア）……79
家事場の女神さま（キンセラ）…………104
カステラ（パク・ミンギュ）……………292
カストロ謀殺指令（ロビンズ）…………509
火星の人（ウィアー）……………………31
風の絵師（イ・ジョンミョン）…………22
風の彼方へ（バートン）…………………305
風の少年ムーン（キー）…………………84
風の名前（ロスファス）………………504, 505
華葬伝（久遠）……………………………105
片思いの終わらせ方（ガレン）…………81
GATACA（ティリエ）……………………256
カタコンベの復讐者（ランベール）………479
かたつむりハロルド（リロイ）…………488
楽器たちの図書館（キム・ジュンヒョク）……88
カッコウの呼び声（ローリング）…………512
カッシアの物語（コンディ）……………155
合衆国殲滅計画（ブリトン）……………366
合衆国爆砕テロ（ブリトン）……………366
合衆国包囲網（ブリトン）………………366
褐色の街角（ビジャトーロ）……………323
かつては岸（ユーン）……………………463
ガットショット・ストレート（バーニー）……306
カップケーキよ、永遠なれ（スタンリー）……204

かなし　　　　　　　　　　書　名　索　引

悲しみを聴く石（ラヒーミー） ……………… 474
悲しみのイレーヌ（ルメートル） …………… 495
悲しみの聖母（ズルーディ） ………………… 220
悲しみは逆流して河になる（郭敬明） ……… 68
奏でる声（エルダーキン） …………………… 58
彼女のいない飛行機（ビュッシ） …………… 328
ガブリエル（レイナード） …………………… 496
カブールの燕たち（カドラ） ………………… 73
壁の花とワルツを（サンダース） …………… 160
壁の花とワルツを（ヴァン・ダイケン） …… 30
神々と戦士たち（ベイヴァー） ……………… 381
神様の食卓（グレゴリー） …………………… 125
神の獲物（ボックス） ………………………… 403
神の起源（ブラナン） ………………………… 358
神の球体（クーリー） ………………………… 114
神の小屋（ヤング） …………………………… 460
紙の民（プラセンシア） ……………………… 353
紙の動物園（リュウ） ………………………… 487
神の名はボブ（ローゾフ） …………………… 506
神の左手（ホフマン） ………………………… 408
神の水（バチガルピ） ………………………… 298
神は死んだ（カリー） ………………………… 77
仮面の帝国守護者（タヒア） ………………… 233
仮面の街（アレグザンダー） ………………… 18
仮面の町（バーレー） ………………………… 316
仮面舞踏会に黒い薔薇（マリンズ） ………… 435
カモミール・ティーは雨の日に（チャイルズ）
 ………………………………………………… 240
通い猫アルフィーの奇跡（ウェルズ） ……… 39
火曜日の手紙（グレミヨン） ………………… 126
ガラスの靴（ヤン・ユアン） ………………… 460
ガラス瓶のなかの依頼人（フィファー） …… 337
空のグラス（ベイカー） ……………………… 382
かりそめの結婚は恋の罠（デイ） …………… 247
ガール・オン・ザ・トレイン（ホーキンズ） … 400
ガールズX−レート（スタンディフォード） … 203
ガールズ・ハート（スタンディフォード） … 203
ガールズ＆ボーイズ（スタンディフォード） … 203
カルーソーという悲劇（シャプレ） ………… 179
カルニヴィア（ホルト） ……………………… 410
カールの降誕祭（クリスマス）（シーラッハ） … 191
彼はぼくの恋人だった（マーティン） ……… 432
カレンの眠る日（ウォード） ………………… 41
川は静かに流れ（ハート） …………………… 303
観光（ラープチャルーンサップ） …………… 476
贋作と共に去りぬ（リンド） ………………… 491
贋作に明日はない（リンド） ………………… 491
監視機構（ヴァンダミア） …………………… 30
監視ごっこ（デ・ラ・モッツ） ……………… 264
ガンジス・レッド、悪魔の手と呼ばれしもの
 （カーター） ………………………………… 70
完全なる沈黙（ローテンバーグ） …………… 507
艦長の子（ロワチー） ………………………… 515
カンパニー・マン（ベネット） ……………… 390

カンフーファイブ（ストーン） ……………… 213
完璧な夏の日（ティドハー） ………………… 253
ガンメタル・ゴースト（パウエル） ………… 287

〔 き 〕

消えた王（ニールセン） ……………………… 280
消えたカマンベールの秘密（エイムズ） …… 48
消えたゴッホ（ゼリーズ） …………………… 224
消えた少年（ヤンソン） ……………………… 462
消えた少年のひみつ（バトラー） …………… 304
消えたモナリザをさがせ！（ハント） ……… 322
消えた錬金術師（マリアーニ） ……………… 434
消えゆくものへの怒り（マスターマン） …… 428
機械男（バリー） ……………………………… 310
規格外ホテル（クーンツ） …………………… 129
キキ・ストライクと謎の地下都市（ミラー） … 441
帰郷（アトキンズ） …………………………… 11
危険な愛のいざない（キャンベル） ………… 99
危険なエクスタシーの代償（イオーネ） …… 24
危険なゲーム（ワトソン） …………………… 519
キケンな野良猫王国（アンダーソン） ……… 21
危険なミッション（ワトソン） ……………… 519
記者魂（ダシルヴァ） ………………………… 232
Kizu（フリン） ……………………………… 368
傷痕（マクファディン） ……………………… 424
キスへのカウントダウン（グリーソン） …… 115
キスへのカウントダウン（バートラム） …… 304
キス・キス・キス（デヴィッドソン） ……… 260
キスは極上（クージー） ……………………… 120
奇跡が起こる遊園地（バーチャード） ……… 298
奇跡の時代（ウォーカー） …………………… 40
奇跡の聖母（オルスン） ……………………… 65
北風の吹く夜には（グラッタウアー） ……… 112
北からやって来た女の子（ウォン・ユスン） … 44
拮抗（フランシス） …………………………… 361
キーパー（ピート） …………………………… 326
貴婦人と一角獣（シュヴァリエ） …………… 183
貴婦人と謎の黒騎士（ブルー） ……………… 368
希望のかたわれ（ボルマン） ………………… 412
希望の学校（エリス） ………………………… 56
希望の記憶（クルーガー） …………………… 119
希望の戦争（スクリバック） ………………… 198
欺瞞の法則（ライク） ………………………… 466
きみを想う瞬間（ミチャード） ……………… 439
きみを想う夜空に（スパークス） …………… 216
きみがくれたぼくの星空（リカルツィ） …… 484
きみがくれた未来（シャーウッド） ………… 177
きみがぼくを見つけた日（ニッフェネガー） … 279
君と歩く世界（デイヴィッドソン） ………… 250
きみと選ぶ道（スパークス） ………………… 215
きみに出会うとき（ステッド） ……………… 207

書名索引　　　　くらや

きみに読む物語（スパークス）……………… 216
君のためなら千回でも（ホッセイニ）……… 404
きみの遠い故郷へ（ノース）………………… 284
きみ、ひとりじゃない（エリス）…………… 56
君はだあれ？（マストローコラ）…………… 429
キムチ（チャング）…………………………… 243
キメラの呪い（ゴールディング）…………… 152
虐待（ラタン）………………………………… 471
逆転立証（キャンベル）……………………… 100
キャットとアラバスターの石（ソーンダズ）… 226
キャットと王立劇場のダイヤモンド（ゴール
　ディング）………………………………… 152
キャットとカレージャス号の陰謀（ゴール
　ディング）………………………………… 152
キャットと奴隷船の少年（ゴールディング）… 152
キャットとパレロワイヤルの盗賊王（ゴール
　ディング）………………………………… 152
ギャングスタ（クワン）……………………… 129
キャンバス（パハーレス）…………………… 306
キャンプで、おおあわて（ジェイコブソン）… 165
Q（プリセット）……………………………… 364
究極兵器コールド・フュージョン（ライアン）
　……………………………………………… 465
救世主少女マアラ（ベルターニャ）………… 394
Qの「絶対安静」ダイアリー（ビルストン）… 331
今日から地球人（ヘイグ）…………………… 383
矜持（フランシス）…………………………… 361
教室へ（ベゴドー）…………………………… 387
強襲（フランシス）…………………………… 361
凶弾（ギャベイ）……………………………… 91
共和国の戦士（ケント）………………… 137, 138
虚擬街頭漂流記（寵物先生）………………… 439
曲芸師のハンドブック（クレヴェンジャー）… 124
極限捜査（スタインハウアー）……………… 202
王座への道（フレーシュ）…………………… 374
極北（セロー）………………………………… 225
極夜（トンプソン）…………………………… 275
巨獣めざめる（コーリィ）……………… 149, 150
景福宮（キョンボックン）の秘密コード（イ・
　ジョンミョン）…………………………… 22
煌めく氷のなかで（ステン）………………… 208
キリエル（ジェンキンス）…………………… 171
切り刻まれた暗闇（ブレナン）……………… 377
キリストのクローン／覚醒（ボーセニュー）… 401
キリストのクローン／真実（ボーセニュー）… 401
キリストのクローン／新生（ボーセニュー）… 401
霧の王（ゲルドム）…………………………… 137
キリング（ヒューソン）……………………… 327
キリング・サークル（パイパー）…………… 285
キリング・フロアー（チャイルド）………… 241
ギルドの系譜（ロリンズ）…………………… 513
銀河帝国を継ぐ者（ニクス）………………… 276
禁忌（シーラッハ）…………………………… 191

緊急速報（シェッツィング）………………… 167
キング・アーサー（デューイ）……………… 263
キング・オブ・スティング（クライン）…… 110
キングの死（ハート）………………………… 303
銀行強盗にあって妻が縮んでしまった事件
　（カウフマン）…………………………… 67
禁止リスト（ザン）…………………………… 159
禁断の書（フルエリン）……………………… 369
銀幕に夢をみた（ルヴォワル）……………… 493
吟遊詩人ビードルの物語（ローリング）…… 512
金曜日の編み物クラブ（ジェイコブス）…… 164

〔く〕

クィディッチ今昔（ローリング）…………… 512
永遠の女王（クイーン・オブ・エタニティ）
　（マール）………………………………… 436
クイン博士の甘美な実験（ブルーム）……… 373
クイン博士の危険な追跡（ブルーム）……… 373
空中スキップ（バドニッツ）………………… 304
空中庭園の魔術師（アーロノヴィッチ）…… 19
クシエルの啓示（ケアリー）………………… 130
クシエルの使徒（ケアリー）………………… 130
クシエルの矢（ケアリー）…………………… 130
クジラに救われた村（デイビス）…………… 254
グース・ガール（ヘイル）…………………… 385
くそったれ、美しきパリの12か月（クラー
　ク）………………………………………… 111
砕かれた大地（ベイカー）……………… 381, 382
口のなかの小鳥たち（シュウェブリン）…… 184
唇が嘘を重ねる（シーゲル）………………… 173
唇…塞がれた真実（ブレナン）……………… 377
グッド・イン・ベッド（ウェイナー）……… 37
グッド・ガール（クビカ）…………………… 108
グッド・グリーフ（ウィンストン）………… 35
グッドライフ（チョ・チャンイン）………… 243
グッナイ、スリーピーヘッド（ビリンガム）… 329
クーデターの真相（ワトソン）……………… 518
国を救った数学少女（ヨナソン）…………… 463
首斬り人の娘（ペチュ）……………………… 387
クーポンマダムの事件メモ（ハル）………… 314
クミョンに灯る愛（チョ・チャンイン）…… 243
昏い季節（ケイン）…………………………… 132
クラウド・アトラス（ミッチェル）………… 440
クラウン・ジュエルを追え！（ハント）…… 322
暗き炎（サンソム）…………………………… 160
暗くなるまで贋作を（リンド）……………… 491
グラーグ57（スミス）………………………… 218
グラニー（オキャロル）……………………… 59
暗闇（マクフェイディン）…………………… 424
暗闇の王子──キリアン（ケニヨン）……… 134
暗闇の岬（ガーディナー）…………………… 72

545

くらら 書 名 索 引

クララ先生、さようなら（コーイ）………… 139
グランド・セントラル・アリーナ（スプアー）
　………………………………………… 217
グランプリ・レースの危機を救え！（ハント）
　………………………………………… 322
クリスタル・レイン（バッケル）………… 301
クリスマス・オブ・ラブ（ミラン）……… 443
クリスマス・キッス（ラブ）……………… 474
クリスマス・セーター（ベック）………… 388
クリスマス・トレイン（バルダッチ）…… 314
クリスマスのシェフは命がけ（ハイジー）… 285
クリスマス・ラテのお別れ（コイル）…… 140
グリニッジ大冒険（タイラー）…………… 230
グリム姉妹の事件簿（バックリー）……… 300
グリムスペース（アギアレイ）……………… 5
クリングゾールをさがして（ボルピ）…… 411
グリーン・ティーは裏切らない（チャイルズ）
　………………………………………… 240
グリ〜ンフィンガ〜（メイ）……………… 446
クルスク大戦車戦（ロビンズ）…………… 509
グルメ警部キュッパー（シェッツィング）… 168
クレイ（アーモンド）………………………… 14
グレイ（ジェイムズ）……………………… 166
グレイ・アーサー（アーノルド）………… 11
グレッグのダメ日記（キニー）……… 86, 87
クレプスリー伝説（シャン）……………… 180
黒い氷（ラーソン）………………………… 471
黒い悦びに包まれて（キャンベル）……… 99
鉄のエルフ（エヴァンズ）………………… 49
鉄（くろがね）の魔道僧（ハーン）……… 318
黒き計画、白き騎士（ベイカー）………… 382
黒き翼の王（フォーサイス）……………… 342
黒き水のうねり（ロック）………………… 507
クロックワークスリー（カービー）……… 74
クロニクル（ハウス）……………………… 288
クロニクル千古の闇（ベイヴァー）……… 381
黒猫オールドウィンの探索（エプスタイン）… 55
黒猫オールドウィンの探索（ジェイコブスン）… 165
黒猫オールドウィンの冒険（エプスタイン）… 55
黒猫オールドウィンの冒険（ジェイコブスン）… 165
黒のクイーン（グルーバー）……………… 120
黒のトイフェル（シェッツィング）……… 168
黒伯爵との結婚（マカリスター）………… 418
グローバリズム出づる処の殺人者より（ア
　ディガ）………………………………… 10

〔け〕

警官の街（スローター）…………………… 220
刑事たちの三日間（グレシアン）………… 125
刑事たちの四十八時間（グレシアン）…… 125
警鐘（チャイルド）………………………… 241

警部補デリーロ（フロスト）……………… 379
契約（ケプレル）…………………………… 135
ケイン・クロニクル（リオーダン）…… 482, 483
穢れた血（キャントレル）………………… 98
穢れた血（ロリンズ）……………………… 513
激情（エリソン）…………………………… 56
気高き夢に抱かれて（ミラン）………… 443
ケチャップ・シンドローム（ピッチャー）… 325
月影の罠（サーマン）……………………… 158
血液と石鹸（ディン）……………………… 259
結婚をめぐる十箇条（カーライル）……… 76
訣別のトリガー（ウェイト）……………… 37
血盟の箱（プライヤー）…………………… 348
月面の聖戦（キャンベル）………………… 100
月曜日は赤（モーガン）…………………… 452
ケニー＆ドラゴン（ディテルリッジ）…… 252
ゲームウォーズ（クライン）……………… 109
煙と骨の魔法少女（テイラー）…………… 256
獣の記憶（ブラジョーン）………………… 352
Ker死神の刻印（シェップ）……………… 168
ケルトの封印（ロリンズ）………………… 514
ゲルマニア（ギルバース）………………… 101
元気で大きいアメリカの赤ちゃん（バドニッ
　ツ）……………………………………… 304
肩胛骨は翼のなごり（アーモンド）……… 14
原罪（ケイン）……………………………… 132
剣士の誓約（マッケナ）…………………… 432
懸賞首の男（バトルズ）…………………… 305
原潜デルタ3（スリー）を撃沈せよ（エドワー
　ズ）……………………………………… 52
原潜、氷海に潜航せよ（パフ）…………… 307
玄天（チャン）……………………………… 243
ケンブリッジ・シックス（カミング）…… 75

〔こ〕

恋するベーカリーで謎解きを（マッキン
　リー）…………………………………… 430
恋するよりも素敵なこと（ガヴァルダ）… 67
恋とお金とチョコレート（ブラーグ）…… 351
恋におちる確率（クルージー）…………… 120
恋に落ちる方法（アハーン）……………… 12
恋のキューピッド・ケーキ（ダンバー）… 238
恋の続きはマンハッタンで（キャボット）… 93
郊外少年マリク（ラシュディ）…………… 470
狡猾なる死神よ（テイラー）……………… 255
こうしてお前は彼女にフラれる（ディアス）… 249
孔子の空中曲芸（ダイ・シージエ）……… 229
皇帝ネロの密使（バリントン）…………… 313
皇帝の罠（ワトソン）……………………… 518
鋼鉄の黙示録（ヒューマン）……………… 328
高度一万フィートの死角（マージ）……… 427

幸福の迷宮（ミラージェス）……………………442
幸福の迷宮（ロビラ）……………………508, 509
高慢と偏見とゾンビ（グレアム＝スミス）……122
コウモリの見た夢（ハミッド）………………308
荒野のホームズ（ホッケンスミス）…………403
荒野のホームズ、西へ行く（ホッケンスミス）
　……………………………………………403
交霊（ケブレル）………………………………135
声（インドリダソン）……………………………26
凍りついた空（カールソン）……………………80
氷と堕天使の企み（デイ）……………………248
氷の娘（レヘトライネン）……………………500
氷の闇を越えて（ハミルトン）………………308
氷姫（レックバリ）……………………………499
黒衣の天使と危険な恋（フィッツパトリッ
　ク）………………………………………336
国王陛下の新人スパイ（マクニール）………423
極秘偵察（フュアリー）………………………347
黒竜江から来た警部（ルイス）………………492
孤高のSAS戦士（ライアン）…………………465
凍える墓（ケント）……………………………138
凍える森（シェンケル）………………………172
ゴーゴー・ジョージア（レニソン）…………500
九つめの緋色（フィッツパトリック）………336
心…縛られて（ブレナン）……………………377
心のナイフ（ネス）……………………………281
コージー作家の秘密の原稿（マリエット）……435
孤児たちの軍隊（ブートナー）………………346
50歳の恋愛白書（ミラー）……………………442
ゴシップガール（V.Z.）………………334, 335
孤児の物語（ヴァレンテ）………………………29
古書奇譚（ラヴェット）………………………468
古書収集家（ファベロン＝パトリアウ）……333
古書店主（プライヤー）………………………348
古書の来歴（ブルックス）……………………372
孤児列車（クライン）…………………………109
コスタグアナ秘史（バスケス）………………296
ゴースト・ガール（ハーリー）………………310
ゴーストカントリー（リー）…………………481
ゴーストダンサー（ケース）…………………133
ゴーストばあちゃん（チェ・ミンギョン）……238
ゴーストハウス（マクニッシュ）……………423
告解（シルヴァ）………………………………192
国境の少女（マギロウェイ）…………………420
国境まで10マイル（ライス）…………………467
ゴッサムの神々（フェイ）……………………339
コーデックス（グロスマン）…………………127
鼓動を聴いて（センドカー）…………………225
コードネームを忘れた男（トムスン）………270
子どもたちのいない世界（クローデル）……128
〈5〉のゲーム（ポツナンスキ）………………405
このTシャツは児童労働で作られました。（ス
　トランゲル）………………………………212
木の葉のホームワーク（メスナー）…………449

この世のおわり（ガルシア）……………………79
この世の涯てまで、よろしく（キアンプール）‥85
琥珀蒐集クラブ（ベリー）……………………393
五番街のキューピッド（ブラウン）…………349
コーヒーのない四つ星レストラン（コイル）…140
コブタがテレビをみるなんて！（ウィーブ）……32
コブタのしたこと（ヘウス）…………………386
コマドリの賭け（ネスボ）……………………282
コミック密売人（バッカラリオ）……………299
今宵、心をきみにゆだねて（カーライル）………76
ゴリアテ（ウエスターフェルド）………37, 38
コリーニ事件（シーラッハ）…………………191
ゴルゴンの眼光（ゴールディング）…………152
ゴールドスティン（クッチャー）……………107
ゴールド・タイガーリリー（ダンバー）……237
殺し屋の厄日（ブルックマイア）……………373
殺し女（バーカム）……………………………291
ゴロとトビおじさん（シュヴァルツ）………183
ゴロのおかしな大作戦（シュヴァルツ）……183
ゴロのお引越し（シュヴァルツ）……………183
ゴロのギリシャ旅行（シュヴァルツ）………183
ゴロのネットサーフィン（シュヴァルツ）……183
壊れた海辺（テンプル）………………………265
ゴーン・ガール（フリン）……………………368
コンスエラ（ローズ）…………………………503
こんな結婚の順番（グレイザー）……………124
コーンフィールド先生とふしぎな動物の学校
　（アウアー）…………………………………3
コンプリケーション（アダムスン）……………8
コンプレックス・カーニバル（プラスム）……352
今夜はだれも眠れない（シャン）……………182

〔さ〕

罪悪（シーラッハ）……………………………191
最高の彼、最後の恋（マクマホン）…………425
最高の銀行強盗のための47ヶ条（クック）……106
最高の子（シュミット）………………………187
最後の1分（アップデール）……………………9
最後の紙面（ラックマン）……………………471
最後の星戦（スコルジー）……………………200
最後の対決（ワトソン）………………………518
最期の旅、きみへの道（リチャードソン）……485
最後の帝国艦隊（スコット）…………………198
最後の吐息（シューマン）……………………186
最後の初恋（スパークス）……………………215
最後の晩餐の暗号（シエラ）…………………170
サイコブレイカー（フィツェック）…………335
最終弁護（プラット）…………………………356
最終目的地（キャメロン）………………………95
最重要容疑者（チャイルド）…………………241
最新鋭機を狙え（スコット）…………………198

さいす　　　書　名　索　引

サイズ12はでぶじゃない（キャボット）‥‥‥‥93
サイズ14でもでぶじゃない（キャボット）‥‥‥93
最果てのサーガ（ボドック）‥‥‥‥‥405, 406
催眠（ケプレル）‥‥‥‥‥‥‥‥‥‥‥‥‥135
サイレンの秘密（ゴールディング）‥‥‥‥‥152
サイン会の死（バレット）‥‥‥‥‥‥‥‥‥316
逆さの骨（ケリー）‥‥‥‥‥‥‥‥‥‥‥‥136
サーカス象に水を（グルーエン）‥‥‥‥‥‥118
ザ・キー（トイン）‥‥‥‥‥‥‥‥‥‥‥‥267
ザ・キル（ブレナン）‥‥‥‥‥‥‥‥‥‥‥377
柘榴のスープ（メヘラーン）‥‥‥‥‥‥‥‥450
ザ・サークル（エガーズ）‥‥‥‥‥‥‥‥‥49
ザ・サークル（エルフグリエン）‥‥‥‥‥‥58
ザ・サークル（ストランドベリ）‥‥‥‥‥‥212
ささやかだけど忘れられないいくつかのこと
　（バンク）‥‥‥‥‥‥‥‥‥‥‥‥‥‥‥319
ささやかながら信じる心があれば（アルボム）‥17
ささやかな奇跡（バーズオール）‥‥‥‥‥‥296
The city（シャン）‥‥‥‥‥‥‥‥‥‥180, 181
サスティ姫の裏切り（ストーン）‥‥‥‥‥‥214
さすらう者たち（リー）‥‥‥‥‥‥‥‥‥‥479
ザ・ゼロ（ウォルター）‥‥‥‥‥‥‥‥‥‥42
殺意（フェアスタイン）‥‥‥‥‥‥‥‥‥‥339
サッカーが消える日（カルザン）‥‥‥‥‥‥79
サッカーキッズ物語（マザネック）‥‥‥‥‥426
殺人鬼オーストゥンに帰る（リオーダン）‥‥‥483
殺人鬼ジョー（クリーヴ）‥‥‥‥‥‥‥‥‥115
殺人者たちの王（ライガ）‥‥‥‥‥‥‥‥‥466
殺人者の顔をした男（ロンカ）‥‥‥‥‥‥‥516
殺人者の涙（ボンドゥー）‥‥‥‥‥‥‥‥‥415
殺人者の放物線（ジャップ）‥‥‥‥‥‥‥‥179
殺人者の娘たち（マイヤーズ）‥‥‥‥‥‥‥417
殺人者は夢を見るか（ルーベンフェルド）‥‥‥495
殺人図像学（ビジャトーロ）‥‥‥‥‥‥‥‥323
殺人特区（カミングス）‥‥‥‥‥‥‥‥‥‥76
殺人マジック（ケース）‥‥‥‥‥‥‥‥‥‥133
殺人遊園地へいらっしゃい（グラベンスタイ
　ン）‥‥‥‥‥‥‥‥‥‥‥‥‥‥‥‥‥‥113
ザット・オールド・ブラック・マジック/ブ
　ルー・ス・キャット（クワユレ）‥‥‥‥‥128
殺戮者のウイルス（キャメロン）‥‥‥‥‥‥95
サーティーナイン・クルーズ（カーマン）‥‥‥75
サーティーナイン・クルーズ（ハーシュ）‥‥‥295
サーティーナイン・クルーズ（バルダッチ）‥‥314
サーティーナイン・クルーズ（パーク）‥‥292, 293
サーティーナイン・クルーズ（リオーダン）
　‥‥‥‥‥‥‥‥‥‥‥‥‥‥‥‥‥482, 483
サーティーナイン・クルーズ（ワトソン）
　‥‥‥‥‥‥‥‥‥‥‥‥‥‥‥‥‥517, 518
サドンデス（ブレナン）‥‥‥‥‥‥‥‥‥‥377
蛹令嬢の肖像（テレル）‥‥‥‥‥‥‥‥‥‥264
サバイバーズ（ハンター）‥‥‥‥‥‥‥‥‥320
裁きの曠野（ボックス）‥‥‥‥‥‥‥‥‥‥403

砂漠の狐を狩れ（プレスフィールド）‥‥‥‥375
砂漠のゲシュペンスト（シェッツィング）‥‥‥167
砂漠の鴬（エゼル）‥‥‥‥‥‥‥‥‥‥‥‥52
ザ・バット（ネスボ）‥‥‥‥‥‥‥‥‥‥‥281
ザ・ハント（ブレナン）‥‥‥‥‥‥‥‥‥‥377
錆びた刃（セイキー）‥‥‥‥‥‥‥‥‥‥‥222
青玉（サファイア）は光り輝く（ギア）‥‥‥‥84
サブマリーノ（ベングトソン）‥‥‥‥‥‥‥396
サブミッション（ウォルドマン）‥‥‥‥‥‥42
サフラン・キッチン（クラウザー）‥‥‥‥‥110
サブリエル（ニクス）‥‥‥‥‥‥‥‥‥‥‥277
ザ・ブリーチ（リー）‥‥‥‥‥‥‥‥‥‥‥481
ザ・プレイ（ブレナン）‥‥‥‥‥‥‥‥‥‥377
ザ・ホスト（メイヤー）‥‥‥‥‥‥‥‥‥‥447
ザ・ホスピタル（侯文詠）‥‥‥‥‥‥‥‥‥141
サマー・オブ・ラブ（クルージー）‥‥‥‥‥119
サマセット四姉妹の大冒険（ブルーム）‥‥‥373
彷徨える艦隊（キャンベル）‥‥‥‥‥100, 101
彷徨える艦隊外伝（キャンベル）‥‥‥‥‥‥100
サマン（ウタミ）‥‥‥‥‥‥‥‥‥‥‥‥‥44
THE MIDAS CODE 呪われた黄金の手（モ
　リソン）‥‥‥‥‥‥‥‥‥‥‥‥‥‥457, 458
サムサーラ・ジャンクション（グリムウッド）
　‥‥‥‥‥‥‥‥‥‥‥‥‥‥‥‥‥‥‥‥117
サムシング・ボロウ（ギフィン）‥‥‥‥‥‥87
サムライ（デューイ）‥‥‥‥‥‥‥‥‥‥‥262
サムライの娘（シルヴァン）‥‥‥‥‥‥‥‥193
サメ王国のグレイ（アルトバッカー）‥‥‥‥16
サヤン、シンガポール（サアット）‥‥‥‥‥156
さよならを告げた夜（コリーヌ）‥‥‥‥‥‥150
さよならを待つふたりのために（グリーン）‥‥118
さよならを言うことは（アボット）‥‥‥‥‥13
さよなら、シリアルキラー（ライガ）‥‥‥‥466
さよなら、そして永遠に（ラプトン）‥‥‥‥476
さよならのアルゴリズム（フランケル）‥‥‥360
サヨナラの代わりに（ウィルジェン）‥‥‥‥33
さよなら駐車場妖精（パーキング・フェアリー）
　（ラーバレスティア）‥‥‥‥‥‥‥‥‥‥473
さよなら、ビビアン（アニー・ベイビー）‥‥‥11
さよならまでの三週間（ボックス）‥‥‥‥‥403
サラエボのチェリスト（ギャロウェイ）‥‥‥‥97
サラスの旅（ダウド）‥‥‥‥‥‥‥‥‥‥‥230
さらば、ベルリン（キャノン）‥‥‥‥‥‥‥91
ザ・リッパー（カー）‥‥‥‥‥‥‥‥‥‥‥67
THE ROSWELL 封印された異星人の遺言
　（モリソン）‥‥‥‥‥‥‥‥‥‥‥‥‥‥457
THE LOCK（バッカラリオ）‥‥‥‥‥‥‥299
ザ・ワースト中学生（テベッツ）‥‥‥‥‥‥262
残虐なる月（シムズ）‥‥‥‥‥‥‥‥‥‥‥175
サンクトゥス（トイン）‥‥‥‥‥‥‥‥‥‥267
三十三本の歯（コッタリル）‥‥‥‥‥‥‥‥144
サンタクロースは雪のなか（ブラッドリー）‥‥357
三人姉妹（パーソンズ）‥‥‥‥‥‥‥‥‥‥297
残念な日々（フェルフルスト）‥‥‥‥‥‥‥340

書 名 索 引　　　　　しゆう

三番目の魔女（ライザート）………………467
三秒間の死角（ヘルストレム）………………394
三秒間の死角（ルースルンド）………………493

〔し〕

THE ARK 失われたノアの方舟（モリソン）
　………………………………………………458
幸せケーキは事件の火種（チャイルズ）………239
幸せの残像（サニイ）…………………………157
シヴァ（スティーブベーター）………………206
シェイクスピア・シークレット（キャレル）…96
ジェイコブを守るため（ランデイ）…………478
ジェネシス・シークレット（ノックス）………284
ジェファーソンの密約（ロリンズ）…………514
ジェミーと走る夏（フォゲリン）……………342
ジェームズ・ディーン殺人事件（レヴィンス
　ン）……………………………………………497
死を歌う孤島（ヤンソン）……………………462
死を騙る男（ウルフ）……………………………46
死を哭く鳥（レックバリ）……………………498
時空を超えて（ミュッソ）……………………440
ジグソーマン（ロロ）…………………………515
シーグと拳銃と黄金の謎（セジウィック）……223
Σ FILES〈シグマフォース〉機密ファイル（ロ
　リンズ）………………………………………513
シークレッツ（ブレナン）……………………376
シークレット（アデライン）……………………10
シークレット（デヴィッドソン）……………260
死刑囚（ヘルストレム）………………………394
死刑囚（ルースルンド）………………………493
事件現場は花ざかり（ハリス）………………312
時限紙幣（ホップズ）…………………………405
事件の後はカプチーノ（コイル）……………140
ジジのエジプト旅行（オスファテール）………61
屍車（シュライバー）…………………………187
死者覚醒（ジェンキンズ）……………………171
死者の季節（ヒューソン）……………………327
死者の声なき声（クッチャー）………………107
死者の部屋（ティリエ）………………………256
死者の館に（テイラー）………………………255
時鐘の翼（マサーリ）…………………………427
静かな水のなかで（ステン）…………………208
シスター（ラプトン）…………………………476
シスターズ（レスマン）………………………498
シスターズ・ブラザーズ（デウィット）………259
死せる獣（ハマ）………………………………308
死せる魔女がゆく（ハリスン）………………312
死体絵画（パプロッタ）………………………307
屍体修理人（ブルックス）……………………372
自堕落な凶器（ウィンター）……………………36

7人のこびとがアンに教えてくれたこと（ステ
　ファノバ）……………………………………208
漆黒のエンジェル（ノエル）…………………284
漆黒の旅人―ザレク（ケニヨン）……………134
漆黒の森（ブッシュ）…………………………346
失踪家族（バークレイ）………………………294
失踪者たちの画家（ラファージ）……………475
湿地（インドリダソン）……………………26, 27
湿地帯（ローシュ）……………………………503
シップブレイカー（バチガルピ）……………298
シティ・オブ・タイニー・ライツ（ニート）…279
師弟のきずな（ワトスン）……………………519
指導者学校の秘密（ワトスン）………………518
死と踊る乙女（ブース）………………………345
死神を葬れ（バゼル）…………………………297
死神の追跡者（プリーストリー）……………363
死の同窓会（ガーディナー）……………………72
死のドレスを花婿に（ルメートル）…………495
支配者（サンソム）……………………………160
シフト（ハウイー）……………………………286
シフト（ブラッドベリ）………………………356
シベリアの掟（リリン）………………………488
縞模様のパジャマの少年（ボイン）…………399
シミタールSL-2（ロビンソン）………………510
市民ヴィンス（ウォルター）……………………42
邪悪（ピントフ）………………………………332
邪悪な少女たち（マーウッド）………………417
シャイニング・オン（キャボット）……………93
シャイニング・ガール（ビュークス）………326
ジャコのお菓子な学校（オスファテール）……61
邪神創世記（オルテン）…………………………66
ジャストインケース（ローゾフ）……………506
ジャスミン・ティーは幽霊と（チャイルズ）…240
ジャック・デロシュの日記（モラ）…………456
シャッターミー（マフィ）……………………433
シャドウハンター 硝子の街（クレア）………122
シャドウハンター 灰の街（クレア）…………122
シャドウハンター 骨の街（クレア）…………122
シャドウマンサー（テイラー）………………256
シャドー・トラップ（ワトスン）……………518
ジャマイカの迷宮（モリス）…………………457
ジャミーラの青いスカーフ（カーン）…………83
シャーロック・ホームズ&イレギュラーズ
　（シトリン）…………………………………173
シャーロック・ホームズ&イレギュラーズ
　（マック）……………………………………431
シャーロック・ホームズ神の息吹殺人事件
　（アダムス）……………………………………8
シャーロック・ホームズ恐怖！ 獣人モロー
　軍団（アダムス）………………………………8
シャンタラム（ロバーツ）……………………508
シャーンの群塔（ベイカー）…………………382
上海、かたつむりの家（六六）………………502
11号室のひみつ（ダイヤー）…………………230

549

しゆう　　　　　書　名　索　引

11日間（カーペンター）…………75
州検事（クラーク）…………112
15歳—あたしたち、最高の女の子（カラン）…77
15歳の夏（ブルック）…371
15の夏を抱きしめて（デ・レーウ）…264
13時間前の未来（ドイッチ）…266
13の理由（アッシャー）…8
13番目の贈りもの（スミス）…217
13番目の石板（ミッチェル）…439
13番目の物語（セッターフィールド）…223
州知事戦線異状あり！（クック）…106
1/12の冒険（マローン）…437
10の奇妙な話（ジャクソン）…178
18秒の遺言（シューマン）…186
終末のグレイト・ゲーム（ティドハー）…253
14歳、ぼくらの疾走（ヘルンドルフ）…395
14番目の金魚（ホルム）…412
16歳。死ぬ前にしてみたいこと（ダウンハム）…230
樹海の妖魔（バンカー）…318
祝宴（フランシス）…361
粛清（オクサネン）…60
宿命の恋人—ヴェイン（ケニヨン）…134
守護天使に恋して（カルムス）…81
呪術師ベレネル（スコット）…199
出生地（リー）…480
出張鑑定にご用心（クリーランド）…117
シューティング・スター（テンプル）…265
守備の極意（ハーバック）…306
ジュリエット（フォーティア）…343
純粋理性批判殺人事件（グレゴリオ）…125
少女探偵の肖像（カンデル）…83
少女は時計仕掛けの首輪を壊める（クロス）…127
少女は鋼のコルセットを身に纏う（クロス）…127
焦熱（フェアスタイン）…338
情熱のさざめき（ベネディクト）…390
情熱のシーラ（ドゥエニャス）…267, 268
少年アメリカ（フランク）…359
娼婦レナータ（ヘンドリックス）…397
消滅した国の刑事（フライシュハウアー）…348
女王バチの不機嫌な朝食（リード）…485
女王陛下の魔術師（アーロノヴィッチ）…19
贖罪の日（ムーニー）…444
贖罪の日々（グレゴリオ）…125
処刑者たち（ハーウィッツ）…287
ジョシュア・ファイル（ハリス）…311
書店主フィクリーのものがたり（ゼヴィン）…222
書店猫ハムレットの跳躍（ブランドン）…362
ジョナサン・ストレンジとミスター・ノレル（クラーク）…111
ジョニー＆ルー（ソレン）…226
知らずにいれば（スティーヴンス）…205
白雪姫には死んでもらう（ノイハウス）…282

シルクの花（マースデン）…428
シルバーチャイルド（マクニッシュ）…423
シルフ警視と宇宙の謎（ツェー）…246
死霊術師ジョン・ディー（スコット）…199
白いイルカの浜辺（ルイス）…493
白い虎の月（ハウック）…288
白金の王冠（カーソン）…69
白の迷路（トンプソン）…274
死は見る者の目に宿る（エリス）…56
親愛なるE（トーマス）…269
親愛なるきみへ（スパークス）…215
深海のyrr（イール）（シェッツィング）…168
深海の雷鳴（バフ）…307
新艦長、孤高の海路（ストックウィン）…210
新銀河ヒッチハイク・ガイド（コルファー）…153
ジンクス（キャボット）…93
真紅の戦場（アラン）…15
真実の瞬間（ワトソン）…518
真実ふたつと嘘ひとつ（キトル）…86
信じてほしい（レナード）…499
心神喪失（ホフマン）…407
ジーンズ・フォーエバー（ブラッシェアーズ）…355, 356
人生最高の10のできごと（ハルパーン）…315
人生なんて無意味だ（テラー）…263
シンダー（メイヤー）…449
神託の子（フルエリン）…369
死んだ人形たちの季節（ヒル）…330
死んだライオン（ヘロン）…396
死んでもいきたいアルプス旅行（ハンター）…322
シンデレラたちの罠（オルソン）…65
新ドラキュラ（ストーカー）…209
シンドロームE（ティリエ）…256
新任海尉、出港せよ（ストックウィン）…210
審判（フランシス）…361
神秘結社アルカーヌム（ウィーラー）…32
神秘列車（甘耀明）…82
尋問請負人（スミス）…219
心理学的にありえない（ファウアー）…332
心理検死官ジョー・ベケット（ガーディナー）…72
人類暗号（オルソン）…65
人類博物館の死体（ミリエズ）…443
神話の遺伝子（ロビンスン）…509

〔す〕

水晶玉は嘘をつく？（ブラッドリー）…357
スイート・ティーは花嫁の復讐（チャイルズ）…239
睡蓮の池（トール）…272
睡蓮の教室（ワン）…520
スウィッチ（ホッキング）…402

書 名 索 引　　　　　　　　せんの

数学的にありえない（ファウアー）………… 332
Scardown（ベア）………………………… 380
スカルダガリー（ランディ）…………… 478
スカーレット（キャシディー）………… 90
救いようがない（バークレイ）………… 294
スコルタの太陽（ゴデ）………………… 145
ZOO CITY（ビュークス）……………… 326
スター・ウォーズ ジェダイの継承者（ハーン）…………………………………… 318
スタークロス（リーヴ）………………… 481
スターターズ（プライス）……………… 348
スターと彼女の捜しもの（キンセラ）… 104
スターバト・マーテル（スカルパ）…… 197
スターフォース（ラーソン）…………… 471
スーツケースの中の少年（コバプール）… 148
スーツケースの中の少年（フリース）… 363
ステーション・イレブン（マンデル）… 438
ストリップ（フリーマン）……………… 366
砂（ヘルンドルフ）……………………… 395
スナイパー・エリート（マキューエン）… 420
スネークスキン三味線（ヒラハラ）…… 329
スノーマン（ネスボ）…………………… 282
スパイ学校の新任教官（マクニール）… 423
スパイガール（カーター）……………… 70
スパイ少女ドーン・バックル（デイル）… 257
スパイスクール（ギブス）……………… 88
スパイダーウィックの謎（ディテルリッジ）… 252
スパイダーウィックの謎（ブラック）… 354
スパイダー・スター（ブラザートン）… 352
スパイ・ドッグ（コープ）……………… 149
スパイは泳ぎつづける（サンデル）…… 162
スーパー・サッド・トゥルー・ラブ・ストーリー（シュタインガート）……… 184
スパルタの黄金を探せ！（ブラックウッド）… 355
すべては消えゆくのだから（タルデュー）… 236
すべては雪に消える（ミラー）………… 441
スミレ色のリボン（モランヴィル）…… 457
スモーキー山脈からの手紙（オコーナー）… 60
スラップ（チョルカス）………………… 244
すり替えられた花嫁（ガレン）………… 82
すりかわったチャンピオン犬（バトラー）… 304
スリー・パインズ村と運命の女神（ペニー）… 389
スリー・パインズ村と警部の苦い夏（ペニー）…………………………………… 388
スリー・パインズ村の不思議な事件（ペニー）…………………………………… 389
スリー・パインズ村の無慈悲な春（ペニー）… 389
スワンプランディア！（ラッセル）…… 472

〔せ〕

聖ヴァレンタインの劫火（リカーズ）… 483

生還（フレンチ）………………………… 378
聖教会最古の秘宝（サスマン）………… 157
制裁（ヘルストレム）…………………… 394
制裁（ルースルンド）…………………… 494
聖十字架の守り人（アセンシ）………… 7
聖書の絵師（ヴァントリーズ）………… 30
清掃魔（クリーヴ）……………………… 115
聖都決戦（バンカー）…………………… 318
生と死にまつわるいくつかの現実（バウアー）…………………………………… 286
生、なお恐るべし（ウェイト）………… 37
聖なる愛を悪魔に（イオーネ）………… 24
聖なる暗号（ネイピア）………………… 280
聖なる遺骨（バーンズ）………………… 319
聖なる少女たちの祈り（モンタナリ）… 459
聖なる血（キャントレル）……………… 98
聖なる血（ロリンズ）…………………… 513
聖なる比率（ヒューソン）……………… 327
セイフヘイヴン（スパークス）………… 215
聖夜の罪はカラメル・ラテ（コイル）… 140
クロニクル千古の闇（ベイヴァー）…… 381
世界一幸せなゴリラ、イバン（アップルゲイト）………………………………… 9
世界を売った男（陳浩基）……………… 246
世界が終わってしまったあとの世界で（ハーカウェイ）……………………………… 291
世界収集家（トロヤノフ）……………… 273
世界樹の影の都（ジェミシン）………… 169
世界受容（ヴァンダミア）……………… 30
世界にひとつのプレイブック（クイック）… 105
世界の終わりの七日間（ウィンタース）… 36
世界の測量（ケールマン）……………… 137
世界の涯まで犬たちと（ブラッドフォード）… 356
セカンド・サマー（ブラッシェアーズ）… 355
説教師（レックバリ）…………………… 498
絶境の秘密寺院に急行せよ！（ダブラル）… 234
設計者（キム・オンス）………………… 88
絶体絶命27時間！（グレイ）…………… 123
Zの喜劇（エール）……………………… 57
絶滅（ブラナン）………………………… 358
セブンスタワー（ニクス）……………… 277
セブンパワーズ（ロビラ）……………… 509
7ワンダーズ（ライリー）……………… 468
セラピー犬からのおくりもの（アンダーソン）… 21
天球儀（セレスチアル・グローブ）とイングランドの魔法使い（ルツコスキ）…… 494
ゼロ（エルスベルグ）…………………… 57
ゼロ以下の死（ボックス）……………… 403
ゼロの和和（ウェンディグ）…………… 40
戦火の三匹（リクス）…………………… 484
戦場の支配者（ライアン）……………… 465
前世療法（フィツェック）……………… 335
千年の祈り（リー）……………………… 479
千の嘘（ウィルソン）…………………… 35

551

せんの　　　　　　　書　名　索　引

千の輝く太陽（ホッセイニ）………… 404
全滅領域（ヴァンダミア）…………… 30
前夜（チャイルド）…………………… 241
戦慄（マクファディン）……………… 424
戦慄のウイルス・テロを阻止せよ！（ダブラ
ル）…………………………………… 234
占領都市（ピース）…………………… 324
善良な町長の物語（ニコル）………… 278

〔そ〕

ゾーイの物語（スコルジー）………… 200
ゾウがとおる村（デイビス）………… 254
憎鬼（ムーディ）……………………… 444
巣窟の祭典（ビジャロボス）………… 324
蒼月のライアー（ノエル）…………… 284
捜査官ポアンカレ（ローゼン）……… 505
喪失（ヘイダー）……………………… 384
喪失の響き（デサイ）………………… 261
蔵書まるごと消失事件（サンソム）… 160
創世の島（ベケット）………………… 386
葬送の庭（フレンチ）………………… 378
遭難船のダイヤを追え！（ダブラル）… 235
狙撃手の使命（コグリン）…………… 142
そして、きみが教えてくれたこと（フー
ヴァー）……………………………… 338
そして山々はこだました（ホッセイニ）… 404
素数たちの孤独（ジョルダーノ）…… 189
ソードハンド（セジウィック）……… 223
その愛はみだらに（ミラン）………… 443
その女アレックス（ルメートル）…… 495
その心にふれたくて（キャンベル）… 99
その罪のゆくえ（バランタイン）…… 309
ソフロニア嬢、仮面舞踏会を密偵（スパイ）す
る（キャリガー）…………………… 95
ソフロニア嬢、空賊の秘宝を探る（キャリ
ガー）………………………………… 96
ソフロニア嬢、発明の礼儀作法を学ぶ（キャ
リガー）……………………………… 95
祖母の手帖（アグス）………………… 5
空へ、いのちのうたを（ワイルズ）… 517
空高く（リー）………………………… 480
宙（そら）の地図（パルマ）………… 315
空の都の神々は（ジェミシン）……… 169
それはないよ!?クレメンタイン（ペニーパッ
カー）………………………………… 389
ゾンビ・ハンターアシュリー・パーカー（フ
レズティ）…………………………… 375

〔た〕

大海の光（トール）…………………… 272
タイガーズ・ワイフ（オブレヒト）… 64
大吸血時代（ソズノウスキ）………… 226
大航宙時代（ローウェル）…………… 502
たいせつな友だち（シモンズ）……… 176
大戦前夜（リンゴー）………………… 490
大統領選挙とバニラウォッカ（ゴア）… 139
第七階層からの眺め（ブロックマイヤー）… 380
第七の女（モレイ）…………………… 458
タイの少女カティ（ベヤジバ）……… 392
ダイバージェント（ロス）…………… 504
大パニック！ よみがえる恐竜（フォーク）… 341
台北の夜（リン）……………………… 488
タイムスリップ海賊サム・シルバー（バー
チェット）………………… 297, 298
タイムスリップ海賊サム・シルバー（ボー
ラー）………………………………… 408
タイムトラベラー（バックリー・アーチャー）
………………………………………… 301
タイムマシンで大暴走！（ベントン）… 398
タイムライダーズ（スカロウ）……… 197
太陽が沈む前に（タルノフ）………… 236
太陽の殺意（プレストン）…………… 375
太陽の召喚者（バーデュゴ）………… 302
太陽の血は黒い（胡淑雯）…………… 138
第六ポンプ（バチガルピ）…………… 298
台湾原住民文学選（アオヴィニ・カドゥスガ
ヌ）…………………………………… 4
ダ・ヴィンチ・コード（ブラウン）… 351
ダ・ヴィンチの白鳥たち（エセックス）… 51
ダーウィンと出会った夏（ケリー）… 136
だから、ひとりだけって言ったのに（カス
ティヨン）…………………………… 69
闇の妖精王（ダークキング）（マール）… 436
ダークサイド（バウアー）…………… 286
ダークサイドの陰謀（ワトソン）…… 518
ダークサイドの誘惑（ワトソン）…… 518
ダークな騎士に魅せられて（バーン）… 318
ダーク・ハーバー（ホスプ）………… 401
ダーク・ライフ（フォールズ）……… 344
猛き海狼（マケイン）………………… 426
ターゲットナンバー12（ライリー）… 468
駄作（ケラーマン）…………………… 135
ダスト（ハウイー）…………………… 286
ダース・ペーパーの逆襲（アングルバーガー）… 19
黄昏に眠る秋（テオリン）…………… 260
黄昏の彼女たち（ウォーターズ）…… 40
黄昏の遊歩者（マカン）……………… 419
戦いの子（ロワチー）………………… 516

書 名 索 引　　　　　　　　　　　　ちんも

戦いの虚空（スコルジー）……………… 199
奪還（ローソン）…………………………… 505
ダックスフントと女王さま（マッツッコ）…… 432
脱出空域（ヤング）………………………… 461
脱出山脈（ヤング）………………………… 461
脱出連峰（ヤング）………………………… 461
ダーティ・サリー（サイモン）…………… 156
ダーティ・ドラゴン（ヒューズ）………… 326
堕天使のコード（パイパー）……………… 285
堕天使の街（グラン）……………………… 113
たとえ傾いた世界でも（フランクリン）… 360
他人への話しかけ（殷煕耕）………………… 47
旅するヤギはバラードを歌う（ムルルヴァ）… 446
タブー（ヒル）……………………………… 329
XX（ダブルエックス）・ホームズの探偵ノー
　ト（バレット）…………………………… 316
たぶん、愛の話（バージュ）……………… 295
タペストリー（ネフ）……………………… 282
食べて、祈って、恋をして（ギルバート）…… 102
卵をめぐる祖父の戦争（ベニオフ）……… 389
クロニクル千古の闇（ペイヴァー）……… 381
魂の棺（フルエリン）……………………… 369
タマラカウ物語（巴代）…………………… 297
民のいない神（クンズル）………………… 129
タラ・ダンカン（オドゥワン＝マミコニアン）
　………………………………… 62，63，64
ダラー・ビル（ジョイ）…………………… 188
タルタロスの審問官（ティリエ）………… 257
だれが海辺で気ままに花火を上げるのか（金
　愛爛）…………………………………………… 88
誰かがわたしを壊すまえに（エリアン）…… 55
誰かが私にキスをした（ゼヴィン）……… 222
誰の墓なの？（メイスン）………………… 447
誰も知らないわたしたちのこと（スパラコ）… 216
だれも寝てはならぬ（ニクス）…………… 277
ダレン・シャン（シャン）………… 181，182
ダレン・シャンインジャパン（シャン）…… 181
戯れの夜に惑わされ（カーライル）………… 76
ダンシング・ポリスマン（ラブ）………… 474
探偵術マニュアル（ベリー）……………… 392
探偵レオナルド・ダ・ヴィンチ（ブランドン）
　………………………………………………… 362
探偵は犬を連れて（デイヴィッド）……… 250
探偵は壊れた街で（グラン）……………… 113
ダンテ・クラブ（パール）………………… 313

〔 ち 〕

小さな可能性（ホフ）……………………… 406
チェスをする女（ヘンリヒス）…………… 398
チェラブ（マカモア）……………………… 418
チェリーパイの困った届け先（チャイルズ）…240

チェルノブイリから来た少年（ステルマッ
　ク）………………………………………… 208
違いのわかる渡り鳥（ゴフ）……………… 149
地下の幽霊トンネル（ポッター）………… 404
地下迷宮の魔術師（アーロノヴィッチ）…… 19
チ・カ・ラ。（ロウ）……………………… 501
地球から子どもたちが消える。（ストランゲ
　ル）………………………………………… 212
地球戦線（リンゴー）……………………… 490
地球の中心までトンネルを掘る（ウィルソン）…34
縮みゆく記憶（ズーター）………………… 201
地上最後の刑事（ウィンタース）………… 36
恥辱（アルヴテーゲン）……………………… 15
チーズフォンデュと死の財宝（エイムズ）… 48
チズラーズ（オキャロル）………………… 59
地底世界（ロリンズ）……………………… 513
血塗られた氷雪（ブレナン）……………… 377
血の饗宴（サーマン）……………………… 158
血の協会（グルーバー）…………………… 121
血の極点（トンプソン）…………………… 274
血のケープタウン（スミス）……………… 219
血の探求（ウルマン）………………………… 47
血の福音書（キャントレル）………………… 98
血の福音書（ロリンズ）…………………… 514
血の咆哮（クルーガー）…………………… 119
ちび吸血鬼捕獲作戦（セイジ）…………… 222
チビ虫マービンは天才画家！（ブローチ）… 380
血まみれの鷲（ラッセル）………………… 472
チャイナ・レイク（ガーディナー）………… 72
チャイルド44（スミス）…………………… 218
チャイルド・コレクター（ティースラー）… 251
チャーチル閣下の秘書（マクニール）…… 424
中国軍を駆逐せよ！（コール）…………… 151
厨房のちいさな名探偵（ハイジー）……… 285
注文の多い宿泊客（マキナニー）………… 420
チューダー王朝弁護士シャードレイク（サン
　ソム）……………………………………… 160
朱蒙（朴赫文）……………………………… 292
調教部屋（フィンチ）……………………… 338
長江三峡の移民の子どもたち（馮緒旋）…… 328
超人類カウル（アッシャー）………………… 9
超能力カウンセラーアビー・クーパーの事件
　簿（ローリー）…………………………… 511
蝶の棲む家（プレストン）………………… 375
蝶の夢（水天一色）………………………… 195
チョコレート・マウンテンに沈む夕日（エル
　ダーキン）………………………………… 58
チョコレート・ラヴァー（ラブ）………… 474
治療島（フィツェック）…………………… 336
チンギスの陵墓（ロリンズ）……………… 513
鎮魂歌は歌わない（ウェイウェイオール）…… 36
沈黙への三日間（シェッツィング）……… 167
沈黙を破る者（ボルマン）………………… 412
沈黙のはてに（ストラットン）…………… 212

553

ちんも　　　　　書 名 索 引

沈黙の虫たち（トレイシー）……………273

〔つ〕

追跡者たち（マイヤー）……………… 416
追跡する数学者（ベイジョー）…………383
ついてないことだらけ（サンプソン）………163
クロニクル千古の闇（ベイヴァー）……381
墜落（フェアスタイン）………………338
通訳（マラーニ）………………………434
通訳／インタープリター（キム・スキ）…89
月影のアウトロー（バース）…………295
月が昇らなかった夜に（ダイ・シージエ）…229
月に歪む夜（ジェーンズ）……………172
月の山脈と世界の終わり（ホダー）……402
月の街山の街（イ・チョルファン）……23
月の反逆者（フルエリン）……………369
月夜に輝く涙（カーライル）……………76
月夜にささやきを（ガレン）……………81
月夜のかかしと宝探し（フィファー）……337
翼のある猫（ホーフィング）…………407
妻22と研究者101の関係（ギデオン）……85
妻の沈黙（ハリスン）…………………312
罪つくりな囁きを（ミラン）…………443
罪という名の記憶（デイ）……………247
罪深き愛のゆくえ（キャンベル）………99
罪深き貴公子（テンプルトン）………265
罪深き純愛（ブラック）………………353
冷たい川が呼ぶ（コリータ）…………150
冷たい月（パーシャル）………………294
強い絆（ブルック）……………………371
ツーリスト（スタインハウアー）…201, 202
ツーリストの帰還（スタインハウアー）…201
剣姫（カショア）…………………………68
つるつるスロープ（スニケット）……215

〔て〕

ティアリングの女王（ジョハンセン）…………188
Ｔ・Ｓ・スピヴェット君傑作集（ラーセン）…470
抵抗のディーバ（ムルルヴァ）………………445
デイジーのおおさわぎ動物園（グレイ）…123
デイジーのおさわがせ巨人くん（グレイ）…123
デイジーのこまっちゃうまいにち（グレイ）…123
デイジーのびっくり！ クリスマス（グレイ）…123
デイジーのめちゃくちゃ！ おさかなつり（グ
　　レイ）………………………………123
デイジーのもんだい！ 子ネコちゃん（グレ
　　イ）…………………………………123
ディセント生贄の山（ジョンストン）………190
ディープスカイ（リー）………………481

ディープゾーン（テイバー）…………254
ティメー・クンデンを探して（ペマ・ツェテ
　　ン）…………………………………391
ティモレオン（ローズ）………………504
ティンカー（スペンサー）……………217
ティンカーズ（ハーディング）………302
ディーン牧師の事件簿（ホワイト）………412
デヴィッド・ベッカム・アカデミー（ドンバ
　　バンド）……………………………274
出口のない農場（ベケット）…………386
出島の千の秋（ミッチェル）…………439
デス・コレクターズ（カーリイ）………78
デセプション・ポイント（ブラウン）……350
テッサリアの医師（ズルーディ）………220
デッド・オア・アライヴ（ブラックウッド）…355
デニーロ・ゲーム（ハージ）…………294
デビルを探せ（ホーク）………………400
デビルズ・ピーク（マイヤー）………416
でぶじゃないの、骨太なだけ（キャボット）…92
テメレア戦記（ノヴィク）……………283
デモナータ（シャン）…… 179, 180, 181, 182
デーモン（スアレース）………………195
デーモンズ・レキシコン（ブレナン）……378
テラプト先生がいるから（ブイエー）……334
デリリウム17（オリヴァー）……………64
テロリストの口座（ライク）…………467
テロル（カドラ）…………………………73
天空のリング（メルコ）………………451
転校生は、ハリウッドスター（キャロリタ）…97
天国への鍵（ドイッチ）………………266
天国からの案内人（ミュッソ）………440
天国からの電話（アルボム）……………17
天国でまた会おう（ルメートル）………495
天才犬ララ、危機一髪!?（コープ）………148
天才ジョニーの秘密（アップデール）……9
天使が堕ちるとき（シュヴァリエ）……183
天使が震える夜明け（トレイシー）……273
天使と悪魔（ブラウン）……………350, 351
天使の甘い罠（テンプルトン）………265
天使の檻（トラッソーニ）……………271
天使の渇き（フェイバー）……………339
天使の靴（ヴァンリアー）………………31
天使の死んだ夏（カッレントフト）………71
天使のテディベア事件（ラム）………477
天使の羽ばたき（ホフマン）…………408
天井に星の輝く（ティデル）…………251
天使は容赦なく殺す（ルッカ）………494
伝説の殺人鬼（メッツ）………………450
伝説の双子ソフィー＆ジョシュ（スコット）…198
テンプル騎士団の遺産（ベリー）………393
テンプル騎士団の古文書（クーリー）……114
テンプル騎士団の聖戦（クーリー）……114
転落少女と36の必読書（ペスル）………387

書 名 索 引　　　　**なけき**

〔と〕

東京へ飛ばない夜（ダスグプタ）……………232
東京カオス（ランバック）………………………479
道化の館（フレンチ）……………………………378
父さんの手紙はぜんぶおぼえた（シェム＝ト
　ヴ）………………………………………………170
盗神伝（ターナー）………………………………233
どうなっちゃってるの!?クレメンタイン（ペ
　ニーパッカー）…………………………………389
凍氷（トンプソン）………………………………274
動物と話せる少女リリアーネ（シュテーブ
　ナー）…………………………………… 185, 186
動物と話せる少女リリアーネスペシャル
　（シュテーブナー）………………… 184, 185
動物病院のマリー（ゲスラー）…………………133
逃亡のSAS特務員（ライアン）………………465
逃亡のガルヴェストン（ピゾラット）…………325
透明フラニー大作戦！（ベントン）……………398
問う者、答える者（ネス）………………………281
遠い町から来た話（タン）………………………237
遠すぎた星（スコルジー）………………………200
トカゲにリップクリーム？（ウィーヴ）………32
蜥蜴の牙（ヒューソン）…………………………327
時間（とき）を超えて（レヴィ）………………497
時を紡ぐ少女（アルビン）………………………17
どきどき 僕の人生（金愛爛）…………………88
時の書（プレヴォー）……………………………374
時の地図（パルマ）………………………………315
時の番人（アルボム）……………………………17
TOKYO YEAR ZERO（ピース）…………324
毒入りチョコはキスの味（アポダカ）…………13
毒殺師フランチェスカ（プール）………………368
毒蛇の園（カーリイ）……………………………78
独善（ラシュナー）………………………………470
特捜部Q（エーズラ・オールスン）……… 50, 51
毒の花の香り（マトゥーロ）……………………433
毒の目覚め（ボルトン）…………………………411
毒魔（フォード）…………………………………344
毒見師イレーナ（スナイダー）…………………214
匿名投稿（ギンズバーグ）………………………104
髑髏の檻（カーリイ）……………………………78
時計仕掛けの恋人（スワンソン）………………221
ドコカ行き難民ボート。（ストランゲル）……212
図書館大戦争（エリザーロフ）…………………55
図書室からはじまる愛（ヴェンカトラマン）…39
図書室の魔法（ウォルトン）……………………43
戸棚の奥のソクラテス（エア）…………………47
ドッグウォーカーの事件簿（マコイ）…………426
ドッグ・ファイター（ボジャノウスキ）………401
トップ・プロデューサー（ヴォネガット）……41

ドデカビームで大あばれ！（ベントン）………398
トトの勇気（ガヴァルダ）………………………67
扉は今も閉ざされて（スティーヴンス）………205
トビー・ロルネス（フォンベル）………………345
トム・ゲイツ ステキないいわけ（ピーショ
　ン）………………………………………………324
トム・ゲイツ トホホなまいにち（ピーショ
　ン）………………………………………………324
弔いのイコン（ハース）…………………………295
弔いの炎（ニキータス）…………………………276
とむらう女（エルスワース）……………………57
トメック（ムルルヴァ）…………………………445
トラヴェラー（ホークス）………………………400
ドラゴンがいっぱい！（ウォルトン）…………43
ドラゴンキーパー（ウィルキンソン）…………33
ドラゴンゲート（ニュエン）……………………279
ドラゴンと愚者（ブリッグズ）…………………364
ドラゴンラージャ（イ・ヨンド）……… 23, 24
トラッシュ（ムリガン）…………………………445
トラベリング・パンツ（ブラッシェアーズ）…356
囚われの愛ゆえに（キャンベル）………………99
囚われの恋人―ジュリアン（ケニヨン）………134
ドリーム・レッスン（ヴァナス）………………28
トルコ捨駒スパイ事件（アクーニン）…………6
ドルチェには恋を添えて（カペラ）……………74
ドールマン（スティーヴンス）…………………205
ドレスデン・ファイル（ブッチャー）…………346
トレマリスの歌術師（コンスタブル）…………155
泥棒は几帳面であるべし（ディックス）………251
トロール・ブラッド（ラングリッシュ）………478
ドローンランド（ヒレンブラント）……………331
トワイライト（メイヤー）……… 447, 448, 449
トワイライト・サーガオフィシャルガイド
　（メイヤー）……………………………………447
とんでもないパティシエ（スタンリー）………204
トンネル（ゴードン）……………………………147
トンネルに消えた女の怖い話（プリースト
　リー）……………………………………………363

〔な〕

ナイトクラブの罠（ローウェル）………………502
99999（ベニオフ）………………………………389
長い酷暑（キャッスル）…………………………91
長い夜（ブルック）………………………………371
亡き王女のためのパヴァーヌ（パク・ミン
　ギュ）……………………………………………292
渚の忘れ物（コッタリル）………………………144
泣きっ面にハチの大泥棒（リード）……………485
失くした記憶の物語（ゼヴィン）………………222
嘆きのテディベア事件（ラム）…………………477
嘆きのマリアの伝言（キャボット）……………92

555

書名索引

なぜ、ぼくのパソコンは壊れたのか？（ダル）
………………………………………… 235
謎を運ぶコーヒー・マフィン（コイル）……… 140
なぞの火災報知器事件（バトラー）…………… 304
謎の私掠船を追え（ストックウィン）………… 210
なぞのワゴン車を追え！（バトラー）………… 304
ナタリー（フェンキノス）……………………… 341
ナチの亡霊（ロリンズ）………………… 514, 515
夏を殺す少女（グルーバー）…………………… 120
夏の沈黙（ナイト）……………………………… 275
夏の陽射しのなかで（ステン）………………… 208
夏の魔法（バーズオール）……………………… 296
7人目の子（ヴァレア）………………………… 28
七番目のユニコーン（ジョーンズ）…………… 190
七匹の蛾が鳴く（ティリエ）…………………… 256
7は秘密（フェイ）……………………………… 339
なにをやるつもり!? クレメンタイン（ペニー
　パッカー）……………………………………… 389
ナブーに死す（ワトソン）……………………… 518
ナポレオン艦隊追撃（ストックウィン）……… 210
鉛を呑まされた男（バロ）……………………… 317
涙のタトゥー（フレイマン＝ウェア）………… 374
南海のトレジャーハント（ウッドロウ）……… 45
南極の中国艦を破壊せよ！（ダブラル）……… 234
ナンバー9ドリーム（ミッチェル）…………… 440

〔に〕

2140（マリー）…………………………………… 434
二月の花（ウー）………………………………… 27
ニキビとメガネと友情と（アルフォンシ）…… 17
逃げおくれた猫を救え（アンダーソン）……… 21
ニコラといたずら天使（アダーソン）………… 7
西95丁目のゴースト（ポッター）……………… 405
20世紀の幽霊たち（ヒル）……………………… 330
虹の少年たち（ヒラタ）………………………… 328
日曜日島のパパ（リードベック）……………… 486
日曜日の空は（モーリー）……………………… 457
日曜日のビッチ（ホワイト）…………………… 412
日記は囁く（アベディ）………………………… 12
二度死んだ少女（クルーガー）………………… 119
ニーナの記憶（フロイド）……………………… 379
ニーナの誓い（エヴァーツ）…………………… 48
二番目のフローラ（ウィルス）………………… 34
日本海の海賊を撃滅せよ！（ダブラル）… 234, 235
Newスパイダーウィック家の謎（ブラック）… 354
ニュートンズ・ウェイク（マクラウド）……… 425
ニューヨーク・チルドレン（メスード）……… 449
二流小説家（ゴードン）………………………… 146
人気者になる方法（キャボット）……………… 93
人形遣い（レフラー）…………………………… 500
人形遣いと絞首台（ブラッドリー）…………… 357

人魚姫（レックバリ）…………………………… 498
ニンジャスレイヤー（ボンド）………… 414, 415
ニンジャスレイヤー（モーゼズ）……… 454, 455
ニンジャ×ピラニア×ガリレオ（ライティッ
　ク・スミス）…………………………………… 468
ニンジンより大切なもの（スメルチェック）… 219

〔ぬ〕

盗まれたコカ・コーラ伝説（フォークナー）… 342
盗まれっ子（ドノヒュー）……………………… 269
濡れた魚（クッチャー）………………………… 107

〔ね〕

ねこ捜査官ゴルゴンゾーラとハギス缶の謎
　（マルグレイ）………………………………… 436
猫探偵カルーソー（マルティーニ）…………… 436
猫とキルトと死体がひとつ（スウィーニー）… 196
ねじまき男と機械の心（ホダァ）……………… 402
ねじまき少女（バチガルピ）…………………… 298
ねじれた文字、ねじれた路（フランクリン）… 360
ネメシス（ネスボ）……………………………… 281
ネメシスのささやき（ズルーディ）…………… 220

〔の〕

ノア・P・シングルトンの告白（シルヴァー）
　………………………………………………… 192
残された天使たち（ドラン）…………………… 271
残り香を秘めた京都（ウティット・ヘーマ
　ムーン）………………………………………… 46
NOS4A2（ノスフェラトゥ）（ヒル）………… 330
ノック人とツルの森（ブラウンズ）…………… 351
野良犬トビーの愛すべき転生（キャメロン）… 94
野良犬の運河（シェレズ）……………… 170, 171
ノルマンディ沖の陰謀（ストックウィン）…… 210
呪いの訪問者（プリーストリー）……………… 363
ノンストップ！（カーニック）………………… 73

〔は〕

灰色の季節をこえて（ブルックス）…………… 372
灰色の地平線のかなたに（セペティス）……… 224
背教のファラオ（マリアーニ）………………… 434
ハイスピード！（カーニック）………………… 73
はいつくばって慈悲を乞え（スミス）………… 219
バイバイ、サマータイム（ホーガン）………… 399

書 名 索 引　　　　　　　　　　ひくに

H.I.V.E.（ウォールデン） ……………………42
パイレーツ（デューイ） …………………………263
パイは小さな秘密を運ぶ（ブラッドリー） ……357
パインズ（クラウチ） …………………………111
破壊計画〈コルジセプス〉（ダン） ……………237
剥がされた皮膚（シムズ） ……………………175
鋼の夏（アヴァッローネ） ………………………4
伯爵令嬢の駆け落ち（ガレン） …………………81
白鳥泥棒（コストヴァ） ………………………143
白冥の獄（ヘイル） ……………………………385
バージェス家の出来事（ストラウト） …………210
パーシー・ジャクソンとオリンポスの神々
　（リオーダン） …………………… 482, 483
橋の上の子ども（陳雪） ………………………246
バージャック（サイード） ……………………156
パズル・パレス（ブラウン） ……………350, 351
裸のヒート（キャッスル） ………………………91
バタフライ・エフェクト（アルヴテーゲン） …15
8番目の子（オークメイド） ……………………60
バッキンガムの光芒（ウォルトン） ……………43
白光の召喚者（バーデュゴ） …………………302
バッドタイム・ブルース（ハリス） …………311
ハッピーエンドのその先に（クルージー） ……119
ハッピーデイズ（グラフ） ……………………113
バディ（ジョーンズ） …………………………190
パーティプランナー（ワイズバーガー） ……516
バーティミアス（ストラウド） ………………211
ハートシェイプト・ボックス（ヒル） ………330
ハートビートに耳をかたむけて（エルスワー
　ス） ……………………………………………57
ハートブレイカーズ（ウェルズ） ………………39
バトルボーン（ワトキンズ） …………………517
ハード・レイン/雨の影（アイスラー） …………3
花言葉をさがして（ディフェンバー） ………255
話してあげて、戦や王さま、象の話を（エ
　ナール） ………………………………………53
ハニー・トラップ探偵社（シトロン） ………173
バニヤンの木陰で（ラトナー） ………………473
バネ足ジャックと時空の罠（ホダー） ………402
羽男（ベント） …………………………………397
ハパ犬を育てる話（タクブンジャ） …………231
パパのメールはラブレター!?（アマート） ……13
パパはバードマン（アーモンド） ………………14
バビロン・ナイツ（デップ） …………………262
バビロンの魔女（マッキントッシュ） ………430
パーフェクト・ハンター（ウッド） ……44, 45
パーフェクト・ライフ（スチュアート） ……204
ハーフ・バッド（グリーン） …………………118
バーベキューは命がけ（スタンリー） ………204
ハヤブサが守る家（リグズ） …………………484
パライソ・トラベル（フランコ） ……………360
バラッド（スティーブベーター） ……………206
薔薇と茨の塔（フォーサイス） ………………342

ハリー・ウィンストンを探して（ワイズバー
　ガー） …………………………………………516
聖林殺人事件（バッファ） ……………………302
ハリウッドスター、撮影開始！（キャロニタ） ‥97
ハリウッドスターと謎のライバル（キャロニ
　タ） ……………………………………………97
ハリー・クバート事件（ディケール） ………251
パリで待ち合わせ（マッキンリー） …………431
ハリー・ポッターと死の秘宝（ローリング）
　…………………………………………511, 512
ハリー・ポッターと謎のプリンス（ローリン
　グ） …………………………………511, 512
ハリー・ポッターと不死鳥の騎士団（ローリ
　ング） ………………………………………512
ハリー・ポッターと炎のゴブレット（ローリ
　ング） ………………………………………512
パリは恋と魔法の誘惑（マカリスター） ……418
遥かなる夢をともに（ミラン） ………………443
バルザックと小さな中国のお針子（ダイ・
　シージエ） …………………………………229
春にはすべての謎が解ける（ブラッドリー） ‥357
春は嵐の季節（クロフト） ……………………128
バレエなんて、きらい（ジェイコブソン） ……165
バレリーナ・ドリームズ（ブライアント）
　…………………………………………347, 348
ハロルド・フライの思いもよらない巡礼の旅
　（ジョイス） …………………………………188
ハンガー・ゲーム（コリンズ） ………150, 151
晩夏の犬（フィッツジェラルド） ……………336
叛逆航路（レッキー） …………………………498
反撃のレスキュー・ミッション（ライアン） ‥465
瘢痕（エンゲル） ………………………………58
犯罪（シーラッハ） ……………………………191
犯罪小説家（ハーウィッツ） …………………286
犯罪心理捜査官セバスチャン（ヨート） ……463
犯罪心理捜査官セバスチャン（ローセンフェ
　ルト） …………………………………………505
ハンターズ・ラン（エイブラハム） ……………48
パンチョ・ビリャの罠（マクドナルド） ……421
ハンティング（バウアー） ……………………286
半島の密使（ジョンソン） ……………………191
ハンナ（ムルルヴァ） …………………………446
半分のぼった黄色い太陽（アディーチェ） ……10
Hammered（ベア） ……………………………380
バンヤンの木（マスター） ……………………428

〔ひ〕

ピアニストは二度死ぬ（ミラー） ……………441
P.S.アイラヴユー（アハーン） …………………12
火をはく怪物の謎（メッツ） …………………450
光の狩り手（フルエリン） ……………………369
ピクニック（アルテミエヴァ） …………………16

ピグマリオンの冷笑（ピントフ）……………331
美術館の鼠（李垠）…………………………22
美食家たちが消えていく（キャンピオン）……98
翡翠のクローザー（ノエル）………………284
翡翠の眼（リャン）…………………………487
翡翠の女神の甘い誘惑（アポダカ）…………13
ビースト（ケネン）…………………………134
ビーストリー（フリン）……………………368
ヒストリアン（コストヴァ）………………143
ヒストリー・オブ・ラヴ（クラウス）……110
ヒストリーキーパーズ（ディベン）………255
ピーターと象と魔術師（ディカミロ）……250
ピーチズ★卒業（アンダーソン）…………20
ピーチズ★初恋（アンダーソン）…………21
P2（ローシャ）………………………………503
ヒックとドラゴン（コーウェル）…………142
ヒックとドラゴン外伝（コーウェル）……142
ヒックとドラゴンドラゴン大図鑑（コーウェ
　ル）……………………………………141
ヒックとドラゴンヒーロー手帳（コーウェ
　ル）……………………………………141
ひつじ探偵団（スヴァン）…………………195
ピッチの王様（ティロ）……………………258
ピップ通りは大さわぎ！（シモンズ）……175, 176
人形（ヘイダー）……………………………384
人狩りは終わらない（ウェイウェイオール）……36
人という怪物（ネス）………………………281
ひとときの永遠（クランダル）……………113
瞳…閉ざされて（ブレナン）………………377
瞳の奥のシークレット（ケニヨン）………134
独りでいるより優しくて（リー）…………479
ひとりな理由（わけ）はきかないで（タシー
　ロ）……………………………………232
ひなぎくの冠をかぶって（ミラー）………441
美について（スミス）………………………218
緋の収穫祭（ボルトン）……………………411
ひばり館（アルスラン）……………………16
日々の光（ルービン）………………………495
ひびわれた心を抱いて（コレール）………154
BIBLIO MYSTERIES（コナリー）………148
BIBLIO MYSTERIES（ブルーエン）………370
BIBLIO MYSTERIES（ボックス）………403
ヒマラヤの黄金人（ゴールデン・マン）を追
　え！（ブラックウッド）………………354
秘密（モートン）……………………………456
秘密結社ベネディクト団（スチュワート）
　…………………………………204, 205
秘密作戦レッドジェリコ（モウル）………452
秘密資産（シアーズ）………………………164
秘密の多いコーヒー豆（コイル）…………140
秘密の心臓（カヘーニ）……………………74
秘密の巻物（カトラー）……………………73
秘められた欲望（マルソー）………………436
100人の人生の物語（アハーン）…………12

100の扉（ウィルソン）………………………34
100パーセントレナ（ボーネン）…………406
百万ドルは花嫁を賭けて（ヴァン・ダイケン）…30
ビューティ・キラー（ケイン）……………132
ビューティフル・クリーチャーズ（ガルシア）…79
ビューティフル・クリーチャーズ（ストール）
　…………………………………………213
ビューティフル・ディザスター（マクガイア）
　…………………………………420, 421
氷上都市の秘宝（リーヴ）…………………481
氷雪のマンハント（ヤコブセン）…………460
漂泊の王の伝説（ガルシア）………………80
漂流爆弾（キャラナン）……………………95
ピラミッド封印された数列（ディートリッ
　ヒ）……………………………………253
ピラミッドロゼッタの鍵（ディートリッヒ）…253
ヒラムの儀式（ジャコメッティ）…………178
飛竜雷天（サンダースン）…………………161
比類なき翠玉（エメラルド）（ギア）………84
昼が夜に負うもの（カドラ）………………73
ビルキス、あるいはシバの女王への旅（アル
　メル）…………………………………18
ビルバオーニューヨークービルバオ（ウリベ）…46
美は傷（エカ・クルニアワン）……………49
ピンク・カメレオン（ダンバー）…………237

〔 ふ 〕

ファイアー・クロニクル（スティーブンス）…206
ファイアファイト偽装作戦（ライアン）……465
ファイアベリー（マイケルズ）……………416
ファイト・クラブ（パラニューク）………309
ファイナル・ターゲット（ウッド）………44
ファティマ第三の予言（ベリー）…………393
ファニーマネー（スウェイン）……………196
ファミリー・ツリー（ヘミングス）………391
ファラゴ（アベリ）…………………………13
ファン・ジニ（キム・タクファン）………89
ファン・ジニ（チョン・ギョンニン）……245
ファンタージエン（シュヴァイケルト）…183
ファンタージエン（フライシュハウアー）…348
ファンタージエン（フロイント）…………379
ファンダンゴは踊れない（ハスラム）……296
vN（アシュビー）……………………………6
フィッシュ（マシューズ）…………………427
フィフティ・シェイズ・オブ・グレイ（ジェ
　イムズ）…………………………166, 167
フィフティ・シェイズ・ダーカー（ジェイム
　ズ）……………………………………166
フィフティ・シェイズ・フリード（ジェイム
　ズ）……………………………………166
フィフティーン・ディジッツ（サントラ）…163
封印入札（リー）……………………………480

書　名　索　引　　　　　　　へうん

封印の島（ヒスロップ）……………………325
妖精の女王（フェアリー・クイーン）（マー
　ル）………………………………………436
フェイスオフ対決（バルダッチ）……………314
フェイスフル・スパイ（ベレンスン）………395
ブエノスアイレスに消えた（マラホビッチ）…434
フェルメールの暗号（バリエット）…………310
フォールト・ライン（アイスラー）……………3
フォールン（ケイト）………………………131
深い疵（ノイハウス）………………………282
深い森の灯台（コリータ）…………………150
深煎りローストはやけどのもと（コイル）……140
フーガ黒い太陽（洪凌）……………………141
ぶきみな岩屋（スニケット）………………215
復讐のトレイル（ボックス）………………403
復讐の輪舞（ロンド）（デイ）……………248
複成王子（ライアニエミ）…………………464
不屈の弾道（コグリン）……………………143
不思議なキジのサンドウィッチ（ブラッド
　リー）………………………………………357
ふたつの顔を持つ男（メッツ）……………450
二つの時計の謎（チャッタワーラック）……241
ふたりのプリンセス（ヘイル）……………385
ブック・オブ・ソルト（トゥルン）…………268
ブックストアでくちづけを（ミード）………440
ブックストアは危険がいっぱい（ミード）……440
仏陀の秘宝（フレーシュ）…………………374
フットボール・アカデミー（パーマー）……307
ぶどう畑のあの男（キム・ラン）……………89
船乗りサッカレーの怖い話（プリースト
　リー）………………………………………364
吹雪のあとで（ブルック）…………………371
不法取引（ヴァンス）…………………………29
フューチャーウォーカー（イ・ヨンド）……23
冬の生贄（カレントフト）…………………71
冬の灯台が語るとき（テオリン）…………260
冬の歓び（ハンター）………………………320
プライベートファイル（ゴールドマン）……153
フラグメント（フェイ）……………………339
プラダを着た悪魔（ワイズバーガー）………516
プラダを着た悪魔リベンジ！（ワイズバー
　ガー）………………………………………516
ブラックアウト（エルスベルグ）……………57
ブラック・フライデー（シアーズ）…………164
ブラックランズ（バウアー）………………286
ブラック・リスト（ソー）…………………225
ブラック・レコニング（スティーブンス）……206
ブラッドオレンジ・ティーと秘密の小部屋
　（チャイルズ）……………………………240
ブラッド・ソング（ライアン）……………464
ブラッド・ブラザー（カーリイ）……………78
ブラッドレッドロード（ヤング）…………461
フラテイの暗号（インゲルフソン）…………26
プラド美術館の師（シエラ）………………170

フラニー、大統領になる！（ベントン）……397
フラニー対ロボフラニー（ベントン）………397
フラワークッキーと春の秘密（ローウェル）…501
フランクを始末するには（マン）…………437
フランク・ロイド・ライトの伝言（バリエッ
　ト）…………………………………………310
ブラン・マントー通りの謎（パロ）…………317
ブリキの馬（スタインバーグ）……………202
ブリジンガー（パオリーニ）…………289, 290
プリティ・ガールズ（スローター）…………220
プリティ・モンスターズ（リンク）………489
フリーファイア（ボックス）………………403
プリムローズ・レーンの男（レナー）………499
ブリリアンス（セイキー）…………………222
プリンセス・アカデミー（ヘイル）…………385
プリンセス・ダイアリー（キャボット）…93, 94
プリンセスブートキャンプ（ラーソン）……470
フリント船長がまだいい人だったころ（ダイ
　ベック）……………………………………229
震え（レナード）……………………………499
震える業火（ケーシー）……………………132
震える熱帯（モリス）………………………457
震える山（ボックス）………………………403
プルーデンス女史、印度茶会事件を解決する
　（キャリガー）………………………………95
プルトニウム・ブロンド（ザコーアー）……157
ブルー・ヘヴン（ボックス）………………403
ブルーベリー・チーズは大誤算（エイムズ）…48
ブルー・ロックガール（ダンバー）………237
ブレイキング・ポイント（フライリッチ）……349
フレンズ・ツリー（ブラッシェアーズ）……356
フロイトの弟子と旅する長椅子（ダイ・シー
　ジエ）………………………………………229
ブロークン・エンジェル（モーガン）………453
プロスペクトパーク・ウエスト（ソーン）……226
プロデックの報告書（クローデル）…………128
フローラとパウラと妖精の森（シュテーブ
　ナー）………………………………………185
文学刑事サーズデイ・ネクスト（フォード）…344

〔へ〕

ペアード・トゥ・ユー（デイ）…………247, 248
兵士たちの肉体（ジョルダーノ）…………189
兵士はどうやってグラモフォンを修理するか
　（スタニシチ）………………………………202
米中開戦（グリーニー）……………………116
米中対決（チャップマン）…………………242
ヘイロー（バッケル）………………………301
米露開戦（グリーニー）……………………116
ヘヴンアイズ（アーモンド）…………………14

559

書 名 索 引

天国（ヘヴン）にいちばん近い場所（フラン
ク）……………………………………359
ベーカリーは罪深い（スタンリー）…………204
北京ドール（春樹）……………………………187
ヘッドハンターズ（ネスボ）…………………282
ベツレヘムの密告者（リース）………………485
ペナンブラ氏の24時間書店（スローン）……220
ペニー・フロム・ヘブン（ホルム）…………412
ペーパータウン（グリーン）…………………118
ベヒモス（ウエスターフェルド）………37, 38
ヘブンショップ（エリス）……………………56
ヘミングウェイの妻（マクレイン）…………425
ヘラクレスの墓を探せ！（マクダーモット）…421
ペリー・Dの日記（アドリントン）…………11
ヘルプ（ストケット）…………………………209
ベルファストの12人の亡霊（ネヴィル）……280
偏愛（モス）……………………………………453
弁護士の血（キャヴァナー）…………………90
ベント・ロード（ロイ）………………………501

〔ほ〕

保安官にとびきりの朝食を（チャイルズ）……239
ボーイ・キルズ・マン（ワイマン）…………517
ボーイズ・レポート（ブライアン）…………347
放火（ラタン）…………………………………471
崩壊家族（バークレイ）………………………294
忘却の声（ラブラント）………………………476
冒険島（モス）…………………………453, 454
冒険のはじまり（ワトソン）…………………519
暴行（ヤーン）…………………………………460
亡国の薔薇（ロバートソン）…………………508
法人類学者デイヴィッド・ハンター（ベケッ
ト）……………………………………386
宝石の筏で妖精国を旅した少女（ヴァレンテ）…29
報復、それから（ホフマン）…………………407
謀略監獄（ギルトロウ）………………………101
謀略上場（ライク）……………………………467
謀略のステルス艇を追撃せよ！（ダブラル）…234
暴力の教義（テラン）…………………………264
亡霊星域（レッキー）…………………………498
ほかほかパンプキンとあぶない読書会（チャ
イルズ）………………………………240
ぼくを創るすべての要素のほんの一部（トル
ツ）……………………………………272
ぼくを忘れたスパイ（トムスン）……………270
ぼくが妻を亡くしてから（トロッパー）……273
ぼくが本を読まない理由（わけ）（タージン）…232
ぼくたちに翼があったころ（シェム＝トヴ）…170
ボグ・チャイルド（ダウド）…………………230
ぼくと1ルピーの神様（スワループ）………221
北東の大地、逃亡の西（ウォルヴン）………41

僕とカミンスキー（ケールマン）……………137
ぼくと象のものがたり（ケリー）……………136
僕とばあばと宝くじ（ウッド）………………45
ぼくとヨシエと水色の空（ツェーフェルト）…247
僕の検事へ（ペリッシノット）………………393
ぼくのすてきなお兄ちゃん（コ・ジョンウク）
………………………………………139
ぼくのゾンビ・ライフ（ブラウン）…………349
ぼくの友だち、あるいは、友だちのぼく（レ
ヴィ）…………………………………497
ぼくのベッド（バージュ）……………………295
ぼくの見つけた絶対値（アースキン）………7
僕らは、ワーキング・プー（リマッサ）……487
ぼくは牛飼い（ウォレス）……………………43
僕は、殺す（ファレッティ）…………………333
ぼくは夜に旅をする（マーシュ）……………427
星を数えて（アーモンド）……………………14
星影の娘と真紅の帝国（テイラー）…………256
星空のウェディング（スパークス）…………215
ボー・シャドウ（パール）……………………313
ボストン・シャドウ（ランデイ）……………478
墓地の書（ターレ）……………………………236
北極の白魔（リン）……………………………489
ボックス21（ヘルストレム）………………394
ボックス21（ルースルンド）………………493
ボディブロー（ストレンジ）…………………213
ボート（リー）…………………………………481
歩道橋の魔術師（呉明益）……………………139
ほどほどにちっちゃい男の子とファクトト
ラッカーの秘密（イートン）………24
ホートン・ミア館の怖い話（プリーストリー）
………………………………………363
骨とともに葬られ（キャレル）………………96
骨と翅（ベケット）……………………………386
骨の刻印（ベケット）…………………………386
炎と茨の王女（カーソン）……………………69
ボヘミアの不思議（ワンダー）キャビネット
（ルツコスキ）………………………494
ホラー横丁13番地（ドンババンド）………274
ホリー・クロスの冒険（ライアン）…………466
掘り出し物には理由（わけ）がある（フィ
ファー）………………………………337
ポール先生のゆかいな動物病院（ウェルシュ
マン）…………………………………38
ホワイト・シャドウ（アトキンズ）…………11
ホワイトチャペルの雨音（シルヴァー）……192
ホワイト・ティーは映画のあとで（チャイル
ズ）……………………………………240
本を隠すなら本の中に（バレット）…………316
盆栽／木々の私生活（サンブラ）……………163
ボーンシェイカー（プリースト）……………363
本日も、記憶喪失。（キンセラ）……………104
ボーンズ（ライクス）…………………………467
ホーンズ 角（ヒル）…………………………330

ほんとうのフローラ（ウィルス）……………34
本泥棒（ズーサック）……………………………200
本のなかで恋をして（カルヴェッティ）………78
本の町の殺人（バレット）……………………317

〔 ま 〕

マイ・オンリー・サン（ガンビーノ）…………84
迷子のアリたち（ヴァレンタイン）……………28
マイスウィートソウル（チョン・イヒョン）…245
埋葬（トレイシー）………………………………273
埋葬（フェアスタイン）…………………………338
マイネームイズメモリー（ブラッシェアー
　　ズ）………………………………………………355
マイレージ、マイライフ（カーン）……………82
マギの聖骨（ロリンズ）…………………………515
魔境の二人組（サリヴァン）……………………158
マグノリアの眠り（バロンスキー）……………317
負け犬の街（デップ）……………………………262
マザーズアンドドーターズ（ケイ）……………131
マジシャン殺人事件（エンゲルマン）…………58
マジシャンは騙りを破る（ガスパード）………69
マジック・フォー・ビギナーズ（リンク）……489
魔獣の召喚者（バーデュゴ）……………………302
マシューを捨てたくて（ファロン）……………334
魔術師ニコロ・マキャベリ（スコット）………199
魔術師マーリン（フォワード）…………………345
魔性（モス）………………………………………453
魔女とほうきの正しい使い方（ムリノフス
　　キ）………………………………………………445
魔女の愛した子（グルーバー）…………………121
魔女の血族（ハークネス）………………………293
魔女のサマーキャンプ（ムリノフスキ）………445
魔女の契り（ハークネス）………………………293
魔女の目覚め（ハークネス）……………………293
魔女の物語（ディレイニー）……………………257
魔女メガンの弟子（フォーサイス）……………342
魔女遊戯（シグルザルドッティル）……………172
マスターオブスキル全職高手（胡蝶藍）………144
まだなにかある（ネス）…………………………281
マダム・マロリーと魔法のスパイス（モレイ
　　ス）………………………………………………458
マーチ家の父（ブルックス）……………………372
マチルダの小さな宇宙（ロダート）……………506
魔使いの悪夢（ディレイニー）…………………258
魔使いの過ち（ディレイニー）…………………258
魔使いの運命（ディレイニー）…………………257
魔使いの犠牲（ディレイニー）…………………258
魔使いの戦い（ディレイニー）…………………258
魔使いの血（ディレイニー）……………………257
魔使いの敵（ディレイニー）……………………257
魔使いの弟子（ディレイニー）…………257, 258

魔使いの呪い（ディレイニー）…………257, 258
魔使いの秘密（ディレイニー）…………257, 258
魔使いの復讐（ディレイニー）…………………257
魔使いの盟友（ディレイニー）…………………257
抹殺部隊インクレメント（ライアン）…………465
まったなしの偽物鑑定（フィファー）…………337
マッティのうそとほんとの物語（ナオウラ）…275
マッドアップル（メルドラム）…………………451
マップメイカー（グローヴ）……………………126
魔導師アブラハム（スコット）…………………199
窓から逃げた100歳老人（ヨナソン）…………464
窓際のスパイ（ヘロン）…………………………396
窓辺の疑惑（ガリット）…………………………78
マドレーヌは小さな名コック（キングフィッ
　　シャー）…………………………………………103
真昼の女（フランク）……………………………359
真昼の非常線（ブラック）………………………354
真冬の牙（スパロウ）……………………………216
魔法が消えていく……（プリニーズ）…………366
魔法少女レイチェル滅びの呪文（マクニッ
　　シュ）……………………………………………423
魔法少女レイチェル魔法の匂い（マクニッ
　　シュ）……………………………………………423
魔法使いの王国（カーソン）……………………69
魔法の泉への道（パーク）………………………293
魔法の国のかわいいバレリーナ（エバーハー
　　ト）………………………………………………54
魔法の国の小さなバレリーナ（エバーハート）…54
魔法の夜を公爵と（ブラッドリー）……………357
幻のドラゴン号（オーウェン）…………………59
ママ・ショップ（ジェンキンソン）……………172
ママのトランクを開けないで（シャープ）……179
ママの遺したラヴソング（キャップス）………91
ママは大統領（キャロウェイ）…………………97
マーメイド・ガールズ（シールズ）……193, 194
護られし者（ブレット）…………………………376
真夜中の青い彼方（キング）……………………102
真夜中の太陽─ウルフ（ケニヨン）……………134
真夜中の秘密学校（ポッター）…………………404
マリッジ・プロット（ユージェニデス）………462
マリワナ・ピープル（ブラウン）………………349
マルヴァ姫、海へ！（ボンドゥー）……………415
マルコーニ大通りにおけるイスラム式離婚狂
　　想曲（ラクース）………………………………469
マルセロ・イン・ザ・リアルワールド（ス
　　トーク）…………………………………………209
マルチーズ犬マフとその友人マリリン・モン
　　ローの生活と意見（オヘイガン）……………64
満開の栗の木（アルヴテーゲン）………………15
マン・ダイエット（イノックス）………………25
マンハッタン・コールガールの日記（クワン）
　　……………………………………………………129
マンハッタンの魔女（ムリノフスキ）…………445

〔み〕

ミアの選択（フォアマン）……………………… 341
見えない傷痕（ブレーデル）…………………… 376
ミクロフラニー危機一髪！（ベントン）……… 398
ミサゴのくる谷（ルイス）……………………… 493
ミシェルのゆううつな一日（ヴィルトナー）……35
短くて恐ろしいフィルの時代（ソーンダー
　ズ）………………………………………… 227
湖・その他の物語（シカタニ）………………… 172
湖は餓えて煙る（グルーリー）………………… 121
ミス・エルズワースと不機嫌な隣人（コワル）
　…………………………………………………… 154
ミスター・クラリネット（ストーン）………… 214
ミスタ・サンダーマグ（メドヴェイ）………… 450
Mr.スペードマン（スターンバーグ）………… 203
ミスター・セバスチャンとサーカスから消え
　た男の話（ウォレス）………………… 43, 44
Mr.ダーシーに恋して（クレディ）…………… 126
ミスター・ピーナッツ（ロス）………………… 503
ミスター・ホームズ名探偵最後の事件（カリ
　ン）……………………………………………… 78
ミステリアス・ショーケース（ゴードン）…… 146
ミステリガール（ゴードン）…………………… 146
ミステリ作家の嵐の一夜（マリエット）…… 435
ミストクローク（サンダーソン）……………… 161
水時計（ケリー）………………………………… 136
ミストスピリット（サンダーソン）…………… 161
ミストボーン（サンダーソン）………………… 162
ミストマントル・クロニクル（マカリスター）
　…………………………………………………… 419
水の彼方（田原）………………………………… 265
水の血脈（フィオラート）……………………… 334
水の都の仮面（ジョイス）……………………… 188
ミスフォーチュン（ステイス）………………… 206
ミダスの汚れた手（ズルーディ）……………… 220
密会はお望みのとおりに（ブルック）………… 370
密室の王（ノートン）…………………………… 284
三つの秘文字（ボルトン）……………………… 411
ミッドナイターズ（ウエスターフェルド）…… 38
ミツバチたちのとんだ災難（リード）………… 486
緑の使者の伝説（ブリテン）…………………… 365
ミナの物語（アーモンド）……………………… 14
見習い幻獣学者ナサニエル・フラッドの冒険
　（ラフィーバース）…………………………… 475
ミニチュア作家（バートン）…………………… 305
ミニチュアの妻（ゴンザレス）………………… 154
ミノタウルスの洞窟（ゴールディング）……… 152
ミー・ビフォア・ユー（モイーズ）…………… 451
ミムス（タール）………………………………… 235
ミラー・アイズ（ゲイリン）…………………… 132

ミラクルクッキーめしあがれ！（ダンバー）… 238
ミルキーブルーの境界（モレル）……………… 459
ミントの香りは危険がいっぱい（チャイル
　ズ）……………………………………………… 240
みんなバーに帰る（デウィット）……………… 259

〔む〕

6日目の未来（アッシャー）……………………… 8
6日目の未来（マックラー）…………………… 431
報いの街よ、暁に眠れ（ハーヴェイ）………… 287
木槿の咲く庭（パーク）………………………… 293
ムシェ（ウリベ）………………………………… 46
息子を奪ったあなたへ（クリーヴ）…………… 114
無法海域掃討作戦（リン）……………………… 489
ムーンズエンド荘の殺人（キース）…………… 85
ムーン・ランナー（マースデン）……………… 428

〔め〕

メアリー－ケイト（スウィアジンスキー）…… 196
冥闇（フリン）…………………………………… 368
名画消失（チャーニイ）………………………… 242
メイク・ビリーブ・ゲーム（ラシター）……… 469
名犬ランドルフ、スパイになる（イングラー
　ト）……………………………………………… 25
名犬ランドルフと船上の密室（イングラート）…25
名犬ランドルフ、謎を解く（イングラート）…25
メイズ・ランナー（ダシュナー）……………… 231
名声（ケールマン）……………………………… 137
名探偵ネコ ルオー ハロウィンを探せ（フ
　リーマン）……………………………………… 367
名探偵のキッシュをひとつ（エイムズ）……… 48
名探偵のコーヒーのいれ方（コイル）………… 140
眼を閉じて（カロフィーリオ）………………… 82
メッセージ（ミュッソ）………………………… 440
メッセージ・イン・ア・ボトル（スパークス）
　…………………………………………………… 215
滅亡の暗号（トマスン）………………………… 270
メディエータ（キャボット）…………………… 94
メディエータzero（キャボット）……………… 93
メディチ家の暗号（ホワイト）………………… 413
METRO2033（グルホフスキー）……………… 121
メモリー・ウォール（ドーア）………………… 266
メモリー・キーパーの娘（エドワーズ）……… 52

〔も〕

もう一度（マッカーシー）……………………… 429
もう一度あの馬に乗って（グルーエン）……… 118

書名索引　　　　ゆりし

もう一度甘いささやきを（マイルズ）………417
もういちど家族になる日まで（ラフルーア）…477
もう一日（アルボム）……………………17
もう過去はいらない（フリードマン）………365
もう年はとれない（フリードマン）…………366
もうひとり夫が欲しい（パク・ヒョンウク）…292
もうひとりのタイピスト（リンデル）………491
燃えるスカートの少女（ベンダー）…………397
モカマジックの誘惑（コイル）………………140
黙示（ロッツ）……………………………507
黙示の海（ボウラー）……………………399
もし、君に僕が見えたら（アハーン）………12
もしもを叶えるレストラン（ボラレーヴィ）…408
モーツァルトの陰謀（マリアーニ）…………434
モッキンバード（アースキン）………………7
もっとも暗い場所へ（ヘインズ）……………385
モデル探偵事件録（アクセルソン）…………5
モナ聖なる感染（セールベリ）………………224
物が落ちる音（バスケス）……………………296
モノグラム殺人事件（ハナ）…………………306
ものすごくうるさくて、ありえないほど近い
　（フォア）……………………………341
模倣犯（ヨート）………………………463
模倣犯（ローセンフェルト）…………………505
森へ消えた男（ドイロン）……………………266
森の奥へ（パーシー）…………………………294
森本警部と二本の傘（ヘミオン）……………391
森本警部と有名な備前焼作家（ヘミオン）……391
Morse（リンドクヴィスト）…………491, 492
門外不出 探偵家族の事件ファイル（ラッツ）…472
モンキー・ウォーズ（カルティ）……………80
モンスターをやっつけろ！（ベントン）………398
モンタギューおじさんの怖い話（プリースト
　リー）……………………………364
モンテスキューの孤独（ジャヴァン）………176

〔や〕

山羊の島の幽霊（ラフトス）…………………476
約束の道（キャッシュ）………………………90
約束のワルツをあなたと（ブルック）………370
野菜クッキーの意外な宿敵（ローウェル）……501
やさしい歌を歌ってあげる（オルソン）………66
優しいオオカミの雪原（ペニー）……………388
優しい鬼（ハント）……………………………323
夜愁（ウォーターズ）…………………………41
やせっぽちの死刑執行人（シャン）…………180
闇を駆けた少女（リー）………………………481
闇からの贈り物（ジャンバンコ）……………182
闇と影（シェパード）…………………………169
闇に浮かぶ牛（トレイシー）…………………273
闇に煌めく恋人（バートン）…………………305

闇の記憶（クルーガー）………………………119
闇の警告（ワトスン）…………………………519
闇の劫火（サーマン）…………………………158
闇のしもべ（ロバートスン）…………………508
闇の秘密口座（エッピング）…………………52
闇の船（ホイト）………………………………399
闇の守り手（フルエリン）……………………370
ヤング・サンタクロース（ダニエル＝レイ
　ビー）……………………………233

〔ゆ〕

YOU（ケプネス）……………………………135
ユー・アー・マイン（ヘイズ）………………383
優雅なハリネズミ（バルベリ）………………315
勇者の谷（ストラウド）………………………211
幽霊狩り（ジェイクス）………………………164
幽霊コレクター（ヘルマン）…………………394
ゆうれい作家はおおいそがし（クライス）……109
幽霊探偵からのメッセージ（キンバリー）……105
幽霊探偵と銀幕のヒロイン（キンバリー）……105
幽霊探偵と呪われた館（キンバリー）………105
幽霊探偵とポーの呪い（キンバリー）………105
幽霊探偵の五セント硬貨（キンバリー）……105
幽霊ピアニスト事件（キアンプール）………85
誘惑された伯爵（ガレン）……………………81
誘惑のストレンジャー（デイヴィス）………249
誘惑は愛のために（キャンベル）……………99
誘惑は殺意の香り（コザック）………………143
歪められた旋律（ヒリアー）…………………329
雪を待つ（ラシャムジャ）……………………469
雪の女（レヘトライネン）……………………500
雪山の白い虎（ゴードン）……………………146
揺さぶり（ハリソン）…………………………312
U307を雷撃せよ（エドワーズ）……………53
ユダの覚醒（ロリンズ）………………………514
ユダヤ人大虐殺の証人ヤン・カルスキ（エネ
　ル）……………………………………53
ユダヤの秘宝を追え（ギビンズ）……………87
Uボート113最後の潜航（マノック）………433
Uボート決死の航海（ブレント）……………379
夢をかなえて！ ウィッシュ・チョコ（ダン
　バー）……………………………238
夢見の森の虎（ハウック）……………………288
夢見る犬たち（マクニッシュ）………………423
ゆらめく炎の中で（バラッツ・ログステッド）
　……………………………………309
ユリシーズ・ムーアと石の守護者（バッカラ
　リオ）……………………………299
ユリシーズ・ムーアと鏡の館（バッカラリオ）
　……………………………………300
ユリシーズ・ムーアと隠された町（バッカラ
　リオ）……………………………299

563

ゆりし　　　　　書名索引

ユリシーズ・ムーアと雷の使い手（バッカラ
リオ） ……………………………………… 299
ユリシーズ・ムーアと仮面の島（バッカラリ
オ） …………………………………………… 300
ユリシーズ・ムーアと空想の旅人（バッカラ
リオ） ……………………………………… 299
ユリシーズ・ムーアと氷の国（バッカラリオ）
………………………………………………… 299
ユリシーズ・ムーアと第一のかぎ（バッカラ
リオ） ……………………………………… 299
ユリシーズ・ムーアと時の扉（バッカラリオ）
………………………………………………… 300
ユリシーズ・ムーアとなぞの地図（バッカラ
リオ） ……………………………………… 300
ユリシーズ・ムーアとなぞの迷宮（バッカラ
リオ） ……………………………………… 299
ユリシーズ・ムーアと灰の庭（バッカラリオ）
………………………………………………… 299
許されざる愛（クーパー・ボージー） ………… 108

〔よ〕

夜明け前の死（ドイッチ） ……………………… 266
宵星の魔女エミリー（ホブスン） ……………… 407
ようこそ女たちの王国へ（スペンサー） ……… 217
ようこそキミワルーイ屋敷へ（セイジ） ……… 222
ようこそグリニッジ警察へ（デイヴィス） …… 249
要塞島の死（レヘトライネン） ………………… 500
傭兵チーム、極寒の地へ（スティール） ……… 207
よき自殺（ヒル） ………………………………… 330
夜霧は愛とともに（フィーハン） ……………… 336
欲望通りにすむ女（シルヴァン） ……………… 193
欲望のバージニア（ボンデュラント） ………… 413
預言者モーゼの秘宝（バリントン） …………… 313
夜な夜な天使は舞い降りる（ブリッチ） ……… 365
四人の兵士（マンガレリ） ……………………… 438
世の終わりの真珠（マサーリ） ………………… 427
甦ったスパイ（カミング） ………………………… 75
予約の消えた三つ星レストラン（キャンピオ
ン） …………………………………………… 99
夜を抱く戦士―タロン（ケニヨン） …………… 134
夜を希（ねが）う（コリータ） ………………… 150
夜が来ると（マクファーレン） ………………… 424
夜と灯りと（マイヤー） ………………………… 416
夜に彷徨うもの（サーマン） …………………… 158
夜のサーカス（モーゲンスターン） …………… 453
夜の門（ベイカー） ……………………………… 381
夜ふけの恋人（クルージー） …………………… 120
夜、僕らは輪になって歩く（アラルコン） ……… 14

〔ら〕

ライアーズ（シェパード） ……………………… 169
ライアンの代価（グリーニー） ………… 116, 117
ライフボート（ローガン） ……………………… 502
ライ麦畑をぶっばせ（アシート） ……………… 6
ライラエル（ニクス） …………………………… 277
ラヴ・レッスン（アデライン） …………………… 10
落札された死（クリーランド） ………………… 117
ラークライト（リーヴ） ………………………… 481
ラグランジュ・ミッション（キャンビアス） …… 98
ラジオ・キラー（フィツェック） ……………… 335
ラスト・グッドマン（カジンスキー） …………… 69
ラスト・サマー（ブラッシェアーズ） ………… 355
ラストサマー（ブラッシェアーズ） …………… 356
ラスト・ソング（スパークス） ………………… 215
ラスト・タウン（クラウチ） …………………… 110
ラスト・チャイルド（ハート） ………………… 303
螺旋（バハーレス） ……………………………… 306
ラゾ（ヘイル） …………………………………… 385
ラッキーT（ブライアン） ……………………… 347
Luxe（ゴッドバーセン） ………………………… 145
ラット・シティの銃声（コルバート） ………… 153
ラットランナーズ（マッギャン） ……………… 430
ラバーネッカー（バウアー） …………………… 286
ラブスター博士の最後の発見（マグナソン） … 422
ラブラドールの誓い（ヘイグ） ………………… 383
ラブリー・ボーン（シーボルト） ……………… 174
ラメント（スティーフベーター） ……………… 206
ラモーゼ（ウィルキンソン） …………………… 33
ラリー（タージン） ……………………………… 232
乱気流（フォーデン） …………………………… 343
ランナウェイ/逃亡者（ゴードン） …………… 146

〔り〕

リアル・ファッション（ベネット） …………… 390
リヴァイアサン（ウエスターフェルド） …… 37, 38
リヴァイアサン号殺人事件（アクーニン） ……… 6
リヴァトン館（モートン） ……………………… 456
陸軍士官学校の死（ベイヤード） ……………… 384
リスクファクター（リミントン） ……………… 487
リスボンの最後のカバリスト（ジムラー） …… 175
理想の恋の作りかた（クルージー） …………… 120
りっぱな兵士になりたかった男の話（スガル
ドリ） ……………………………………… 196
リトル・ブラザー（ドクトロウ） ……………… 268
リナ（姜英淑） …………………………………… 83
リニューアル・ガール（クレイン） …………… 124

書　名　索　引　　　　　ろんと

リビアの小さな赤い実（マタール）……………429
リフレクティッド・イン・ユー（デイ）………248
LIMIT（シェッツィング）………………………167
略奪（エリソン）……………………………………56
掠奪都市の黄金（リーヴ）………………………481
掠奪の群れ（ブレイク）…………………………374
流血のサファリ（マイヤー）………………416, 417
竜に選ばれし者イオン（グッドマン）…………107
竜ひそむ入り江の秘密（ジャイルズ）…………176
リュシル（ドゥ・ヴィガン）……………………267
猟犬（ホルスト）…………………………………410
量子怪盗（ライアニエミ）………………………464
料理教室の探偵たち（スタンリー）……………204
料理人は夜歩く（マキナニー）…………………419
緑衣の女（インドリダソン）………………………26
リリーと海賊の身代金（ダイアモンド）………229
リリーのすべて（エバーショフ）…………………53
リン（ヘイル）……………………………………384
りんご酒と嘆きの休暇（キャンピオン）…………99
林檎の庭の秘密（アレン）…………………………18

〔　る　〕

ルクセンブルクの迷路（パヴォーネ）…………287
ルーシー変奏曲（ザール）………………………159
ルーズベルト暗殺計画（ロビンズ）……………509
ルナ・チャイルド（ウィッチャー）………31, 32
ルネサンスをかけぬけた男ラファエロ（ゴー
　ルドシュタイン）………………………………152
紅玉（ルビー）は終わりにして始まり（ギア）…84
ルミッキ（シムッカ）……………………………175
ルール！（ロード）………………………………507
ルーンの子供たち（ジョン・ミンヒ）……189, 190

〔　れ　〕

霊応ゲーム（レドモンド）………………………499
冷血の彼方（ジェネリン）………………………168
冷酷（デラニー）…………………………………263
令嬢と華麗なる詐欺師（バード）………………303
冷蔵庫のうえの人生（カイパース）………………67
霊能者は女子高生！（キャボット）………………92
霊の棲む島（レックバリ）………………………498
レイン・フォール/雨の牙（アイスラー）…………3
レガシア（クリューバー）………………………117
レクイエムの夜（キャントレル）…………………98
レジェンド（ルー）………………………………492
レースリーダー（バリー）………………………310
Rex（デューイ）…………………………………263
列石の暗号（クリスター）………………………115

レッドスカイ（リー）……………………………480
レッドスーツ（スコルジー）……………………199
レッド・ダイヤモンド・チェイス（ベノー）…390
レッド・ドラゴン号を探せ！（オーウェン）……59
レッド・ハンド（ウッドワース）…………………45
レッド・ライジング（ブラウン）………………351
レッドライト・ランナー抹殺任務（ライアン）
　…………………………………………………465
レディ・エミリーの事件帖（アレクサンダー）…18
淑女（レディ）の肖像（ブランドン）…………362
レディの願い（クルージー）………………119, 120
レベッカのお買いもの日記（キンセラ）………104
レボメン（ガルシア）………………………………79
レモネード戦争（デイヴィーズ）………………249
レモン畑の吸血鬼（ラッセル）…………………472
錬金術師ニコラ・フラメル（スコット）………199
煉獄の丘（クルーガー）…………………………119
連鎖（エリソン）……………………………………56

〔　ろ　〕

老検死官シリ先生がゆく（コッタリル）………144
老人と宇宙（スコルジー）………………………200
6人の容疑者（スワループ）……………………221
六人目の少女（カッリージ）………………………71
ロザリーの秘密（ダイアー）……………………228
ロシア軍殺戮指令（バリントン）………………313
ロシアン珈琲（キム・タクファン）………………89
ロージーとムサ（デコック）……………………261
ロージーとムサ パパからの手紙（デコック）…261
ロス、きみを送る旅（グレイ）…………………123
ローズクイーン（ラブ）…………………………474
ローズ・ティーは昔の恋人に（チャイルズ）…239
ロスト・シティ・レディオ（アラルコン）………14
ロスト・シンボル（ブラウン）…………………350
ロックイン（スコルジー）………………………199
ロックウッド除霊探偵局（ストラウド）………211
ロック・ラモーラの優雅なたくらみ（リンチ）
　…………………………………………………491
ロボポカリプス（ウィルソン）…………………35
ローマで消えた女たち（カッリージ）……………71
ロマの血脈（ロリンズ）…………………………514
ロマノフの血脈（ベリー）………………………393
ロールシャッハの鮫（ホール）…………………409
ロワイヤル通りの悪魔憑き（パロ）……………317
ロンジン・ティーと天使のいる庭（チャイル
　ズ）………………………………………………240
ロンドン・ブールヴァード（ブルーエン）……370

565

〔わ〕

Y氏の終わり（トマス）……………………… 269
ワイフ・プロジェクト（シムシオン）………… 174
若き少尉の初陣（ポール）…………………… 409
わが闘争（クナウスゴール）………………… 108
わが骨を動かす者へ（グルーバー）………… 121
わがままな求婚者（デイ）…………………… 248
わがままなやつら（ベンダー）……………… 397
別れのとき（ブルック）……………………… 371
忘れられた花園（モートン）………………… 456
私を見つけるのはあなただけ（ブラッド
　　リー）………………………………………… 357
私の職場はラスベガス（クーンツ）………… 129
私の名前はキム・サムスン（チ・スヒョン）… 238
わたしを殺して、そして傷口を舐めて。（ス
　　ピーゲルマン）……………………………… 216
私をたたいて！（ムレール）………………… 446
私が終わる場所（クノップ）………………… 108
わたしが降らせた雪（マクリーン）………… 425
私自身の見えない徴（ベンダー）……… 396, 397
わたしだけの公爵を探して（ブラッドリー）… 357
私たち崖っぷち（フェリス）………………… 340
わたしたちの家（ブルック）………………… 371
わたしに会うまでの1600キロ（ストレイド）… 213
わたしにふさわしい場所（カーグマン）…… 68
わたしにふさわしい場所（カラショフ）…… 76, 77
わたしの犬、ラッキー（メイコック）……… 446
わたしの知らない母（チェスマン）………… 239
わたしの人生の物語（アハーン）…………… 12
わたしの中の遠い夏（トール）……………… 272
私の名前はキム・サムスン（チ・スヒョン）… 238
私の欲しいものリスト（ドラクール）……… 270
わたしは女の子だから（グオ）……………… 106
わたしは女の子だから（フィリップス）…… 337
わたしは倒れて血を流す（ヤーゲルフェル
　　ト）…………………………………………… 459
わたしは忘れない（ハッサン）……………… 301
ワタリガラスはやかまし屋（ゴフ）………… 149
WORLD WAR Z（ブルックス）…………… 372
Worldwired（ベア）………………………… 380
われらがヴィンニ（リードベック）………… 486
我らが影歩みし所（ギルフォイル）………… 102
我らの罪を許したまえ（サルドゥ）………… 159
ワンダー（パラシオ）………………………… 309
ワンダ＊ラ（ディテルリッジ）……………… 252
ワン・デイ（ニコルズ）……………………… 278

海外文学 新進作家事典

2016 年 6 月 25 日　第 1 刷発行

発 行 者／大高利夫
編集・発行／日外アソシエーツ株式会社
　　　　　〒143-8550 東京都大田区大森北 1-23-8 第 3 下川ビル
　　　　　電話 (03)3763-5241(代表)　FAX(03)3764-0845
　　　　　URL http://www.nichigai.co.jp/
発 売 元／株式会社紀伊國屋書店
　　　　　〒163-8636 東京都新宿区新宿 3-17-7
　　　　　電話 (03)3354-0131(代表)
　　　　　ホールセール部(営業)　電話 (03)6910-0519

　　　電算漢字処理／日外アソシエーツ株式会社
　　　印刷・製本／光写真印刷株式会社

　　　不許複製・禁無断転載　　　　　《中性紙三菱クリームエレガ使用》
　　　〈落丁・乱丁本はお取り替えいたします〉
　　　ISBN978-4-8169-2608-2　　*Printed in Japan,2016*

本書はディジタルデータでご利用いただくことが
できます。詳細はお問い合わせください。

原題邦題事典シリーズ

日本国内で翻訳出版された図書の原題とその邦題を対照できる事典シリーズ。原著者ごとに原題、邦題、翻訳者、出版社、刊行年を一覧でき、同一書籍について時代による出版状況や邦題の変遷もわかる。

翻訳書原題邦題事典

B5・1,850頁　定価（本体18,000円＋税）　2014.12刊
小説を除く古今の名著から最近の書籍まで、原題12万件とその邦題を一覧できる。

英米小説原題邦題事典 追補版2003-2013

A5・700頁　定価（本体12,000円＋税）　2015.4刊
英語圏の文芸作品14,500点について、原題と邦題を一覧できる。

英米小説原題邦題事典 新訂増補版

A5・1,050頁　定価（本体5,700円＋税）　2003.8刊
英語圏の文芸作品26,600点について、原題と邦題を一覧できる。

海外小説（非英語圏）原題邦題事典

A5・710頁　定価（本体13,800円＋税）　2015.7刊
フランス・ドイツ・イタリア・ロシア・スペイン・ポルトガル・中国・朝鮮・アジアなどの文芸作品18,400点について、原題と邦題を一覧できる。

海外文学賞事典

A5・640頁　定価（本体13,800円＋税）　2016.4刊
海外で主催されている文学賞55賞の事典。小説や短編集、ミステリー・SF・ファンタジー・ホラー等の各ジャンル、児童文学、さらに文学分野全般を対象にした賞まで、各国の文学賞の概要と創設以来の受賞情報を掲載。「受賞者名索引」「作品名索引」付き。

データベースカンパニー
日外アソシエーツ　〒143-8550　東京都大田区大森北 1-23-8
TEL.(03)3763-5241　FAX.(03)3764-0845　http://www.nichigai.co.jp/